KiWi 401

Über das Buch
In seinem berühmten Roman *Bildnis einer Dame,* der 1881 erschien, schildert Henry James die Geschichte der jungen reichen Amerikanerin Isabel Archer. Kapriziös und neugierig kommt sie zum ersten Mal nach Europa, zunächst nach England auf das Gut ihrer Tante und dann nach Italien. Staunend erlebt sie die Unterschiede zwischen dem alten und dem neuen Kontinent, und sie wirkt dank ihrer Frische und Offenheit und nicht zuletzt auch dank ihres Reichtums faszinierend auf ihre europäischen Bekannten und Verehrer. Doch ihr mangelnder Instinkt bei der Beurteilung anderer und ihre Überschätzung gesellschaftlichen Glanzes läßt sie schließlich eine Ehe mit einem gefühlskalten Mann eingehen, in der sie nicht glücklich wird. Durch die bitteren Erfahrungen gereift, erkennt Isabel ihre Versäumnisse, wird ruhiger und gewinnt an Statur. Sie wird zu jenem »Bildnis einer Dame«, das Henry James so meisterhaft beschreibt.

Über den Autor
Henry James, 1843–1916, ging als junger Mann von New York, wo er geboren wurde, als Kritiker und Korrespondent nach Europa. Seit 1877 lebte er als freier Schriftsteller in Europa. Henry James gilt als Meister des psychologischen Realismus.

Henry James

Bildnis einer Dame

Roman

Kiepenheuer & Witsch

1. Auflage 1996

Titel der Originalausgabe:
The Portrait of a Lady
Aus dem Englischen von Hildegard Blomeyer

Umschlaggestaltung Manfred Schulz, Köln
Umschlagmotiv Raman Casas

Gesamtherstellung Clausen & Bosse, Leck
ISBN 3-462-02501-5

I

Die wenigen Stunden im Leben, die angenehmer sind als die Stunde jener Zeremonie, die uns als Nachmittagstee bekannt ist, bedürfen besonderer Umstände. Da gibt es Umstände, unter denen, ob man nun mittrinkt oder nicht – und manche Leute tun es nie –, die Situation als solche bezaubernd ist. Jene, welche ich im Auge habe, während ich mich anschicke, diese anspruchslose Geschichte aufzurollen, boten für diesen unschuldigen Zeitvertreib einen prächtigen Rahmen. Alles, was man zu dem kleinen Fest benötigte, war auf dem Rasen eines alten englischen Landsitzes ausgebreitet, zu einem Zeitpunkt, den ich als die vollkommene Mitte eines herrlichen Sommernachmittags bezeichnen möchte. Ein Teil des Nachmittags war schon hingegangen, aber viel war noch geblieben, und was blieb, war von feinster und erlesenster Qualität. Es mochte noch einige Stunden bis zur Abenddämmerung währen, doch die Flut des Sonnenlichts begann schon zu verebben, die Luft wurde voll und mild, lange Schatten legten sich über den glatten, dichten Rasen. Sie schoben sich nur langsam vor, und der ganze Schauplatz verhieß das Gefühl jener Muße, die uns vielleicht einen solchen Ort und eine solche Stunde am meisten genießen läßt. Die Zeit von fünf Uhr nachmittags bis acht Uhr abends bedeutet manchmal eine kleine Ewigkeit, diesmal konnte es sich jedenfalls nur um eine Ewigkeit an Freude handeln. Die hier versammelten Personen genossen ihre Freude schweigend und still, sie gehörten nicht dem Geschlecht an, das üblicherweise berufen scheint, die Tee-Zeremonien zu vollziehen. Ihre Schatten auf dem fehlerlosen Rasen waren gerade und eckig, der Schatten eines alten Herrn, der in einem tiefen Korbstuhl neben dem niedrigen Tischchen saß, auf dem man den Tee serviert hatte, und jener von zwei jüngeren Männern, die plaudernd vor ihm auf und ab schritten. Der alte Herr hielt seine Teetasse in der Hand, eine ungewöhnlich große Tasse, die anders als das übrige Service gemustert war und leuchtende Farben zeigte. Er ging mit ihrem Inhalt umständlich und behutsam um und hielt sie lange dicht an sein Kinn, das Gesicht dem Hause zugewandt. Seine Gefährten hatten entweder schon ausgetrunken oder ihr Teeprivileg nicht genutzt; sie rauchten Zigaretten, während sie weiter hin und her schlenderten. Gelegentlich, wenn sie vorüberkamen, richtete einer von ihnen einen aufmerksamen Blick auf den alten Herrn, der sich unbeobachtet fühlte und seine Augen auf der sanftroten Vorderfront seines Hauses ruhen ließ. Das Haus, das sich hinter dem Rasen erhob, war in der Tat von einer Struktur, die solche Betrachtung wohl verdiente. In diesem so bezeichnend englischen Bild, das ich zu entwerfen trachte, war es ganz besonders charakteristisch.

Es stand auf einer sanften Anhöhe oberhalb des Flusses – der Fluß war die Themse –, etwa vierzig Meilen von London entfernt. Eine lange, gegiebelte Fassade aus rotem Backstein – von einer Patina, an der sich Zeit und Wetter mit jeder Art malerischer Kunstgriffe ausgelassen hatten, mit dem schönen Erfolg, sie zu verschönern und zu veredeln – zeigte sich gegen den Rasen hin efeuüberhangen, mit Schornsteinen in ragenden Gruppen, mit überwucherten Fenstern. Das Haus hatte einen Namen und eine Geschichte; der alte Herr hätte einem, während er seinen Tee trank, davon mit dem größten Vergnügen erzählt: wie es, erbaut unter Eduard VI., einst der großen Elisabeth für eine Nacht Obdach gewährte (deren erhabene Person hatte auf einem riesigen, prächtigen und entsetzlich unbequemen Bett ihre Glieder gestreckt – es bildete noch jetzt das Prunkstück der Schlafgemächer), dann in den Kriegen Cromwells erheblich beschädigt und verunstaltet und in der Restauration wieder instand gesetzt und bedeutend vergrößert wurde; wie es schließlich, nachdem es im achtzehnten Jahrhundert durch Umbauten entstellt worden war, in die sorgfältige Obhut eines schlauen amerikanischen Bakiers geriet, der es ursprünglich gekauft hatte, weil es ihm (unter Umständen, deren Beschreibung zu weit führen würde) zu einem Spottpreis angeboten worden war. Allerdings hatte er zunächst viel zu murren und zu schelten ob soviel altmodischer Garstigkeit und Mangel an Komfort. Nun aber, nach zwanzig Jahren, hatte er in sich eine wahrhaft ästhetische Leidenschaft für dieses Haus entdeckt, so daß er alle seine Vorzüge kannte und jedem Besucher zu sagen wußte, welcher Platz einzunehmen sei, um das ganze Bild auf sich wirken lassen zu können, und zu welcher Stunde die Schatten der mannigfaltigen Vorsprünge – die so sanft auf das warme, müde Mauerwerk fielen – die richtige Länge hatten. Überdies hätte er, wie ich schon erwähnte, der Reihe nach alle Eigentümer und Bewohner des Hauses aufzählen können, von denen einige zu allgemeinem Ruhm gelangt waren; freilich hätte er beiläufig seine feste Überzeugung durchblicken lassen, daß die jetzige Phase seines Schicksals dem Hause zu nicht geringerer Ehre gereiche. Die Hausseite hinter dem Rasen, dem wir unser Augenmerk zuwandten, war nicht die Vorderfront; der Eingang befand sich in einem anderen Teil des Hauses. Hier war man völlig ungestört, und der weite Grasteppich, der sich über den flachen Hang hinzog, fügte den prächtig eingerichteten Räumen gleichsam einen weiteren hinzu. Die hohen, ruhigen Eichen und Buchen warfen Schatten, so dicht wie ein Samtvorhang. Der Platz war wie ein Zimmer ausgestattet, mit kissenbelegten Sesseln, buntfarbigen Matten, mit Büchern und Zeitungen, die auf dem Rasen verstreut lagen. Ein wenig abseits zog sich der Fluß; wo der Boden sich zur Böschung neigte, hörte genaugenommen der Rasen auf; doch war es ein lieblicher Pfad, der zum Wasser führte.

Der alte Herr am Teetisch, der vor dreißig Jahren aus Amerika herübergekommen war, hatte sein Amerikanertum obenauf im Koffer mitgebracht. Und nicht nur das, er hatte es auch so vortrefflich bewahrt, daß er es notfalls mit gutem Gewissen wieder hätte in sein Heimatland bringen können. Gegenwärtig jedoch mochte er eine solche Veränderung nicht für nötig erachten; die Zeit seiner Reisen war vorbei, er genoß bereits die Ruhe, die der ewigen Ruhe vorangeht. Sein Gesicht war schmal und glattrasiert, mit gleichmäßig verteilten Zügen und einem Ausdruck wohlwollender Schärfe. Es war augenscheinlich ein Gesicht, in dem die Verpflichtung zur Repräsentation nicht an erster Stelle stand, so daß der Ausdruck zufriedener Schläue eigentlich sein Verdienst war. Es schien von einem erfolgreichen Leben zu sprechen, doch auch gleichzeitig von Enttäuschungen und Fehlschlägen, die dem Erfolge alles Bittere nahmen.

Er hatte gewiß große Menschenkenntnis, und doch lag eine fast bäuerliche Schlichtheit in dem unmerklichen Lächeln, das um seine hageren, großflächigen Wangen spielte und in seinen humorvollen Augen leuchtete, als er endlich seine große Teetasse langsam und vorsichtig auf das Tischchen zurücksetzte. Er war sorgfältig gekleidet, in wohlgebürstetem Schwarz, aber über seine Knie lag eine Decke gebreitet, und seine Füße staken in dicken bestickten Pantoffeln. Ein schöner schottischer Schäferhund lag im Gras neben seinem Stuhl und beobachtete mit fast der gleichen Zärtlichkeit die Züge seines Herrn, mit der dieser den herrschaftlichen Umrissen seines Hauses mit den Augen folgte; ein kleiner, geschäftiger stichelhaariger Terrier wandte seine flüchtige Aufmerksamkeit den beiden anderen Herren zu.

Einer von diesen war ein auffallend gut aussehender Mann von fünfunddreißig Jahren mit einem Gesicht, das ebenso englisch wie das des alten Herrn, das ich gerade zeichnete, fremdländisch war; ein bemerkenswert schönes Gesicht von frischen Farben, frei und offen, mit geraden, festen Zügen, lebhaften grauen Augen und dem reichen Schmuck eines kastanienbraunen Bartes. Es lag über dieser Gestalt jener gewisse ungewöhnliche Glanz des vom Schicksal Begünstigten – der Ausdruck eines glücklichen Temperaments, bereichert durch hohe Kultur –, um den ihn so ziemlich jeder Betrachter von vornherein beneiden würde. Er war gestiefelt und gespornt, als sei er soeben nach langem Ritt vom Pferd gestiegen; er trug einen weißen Hut, der ihm ein wenig zu groß zu sein schien; beide Hände hielt er auf dem Rücken, in der einen – einer großen, weißen, wohlgebildeten Faust – zerknüllte er ein Paar beschmutzter Handschuhe aus Hundeleder.

Sein Gefährte, der neben ihm die Länge des Rasens abschritt, war ein ganz anderer Typ; er hätte vielleicht Neugier erregt, doch niemanden hätte er auf den Wunsch gebracht, gewissermaßen unbesehen seine Stelle einzunehmen. Hoch aufgeschossen, hager, lose und schmächtig gebaut, hatte er ein häßliches, kränkliches, dabei geistvolles und anziehendes Gesicht; er trug Schnurrbart und Backenbart, was ihn durchaus nicht schmückte. Er sah klug und krank aus, eine keineswegs glückverheißende Kombination; und er trug ein braunes Samtjackett. Beide Hände hielt er in den Hosentaschen, auf eine Art, die verriet, daß dies zu seinen Gewohnheiten gehörte. Sein Gang war schleppend und ungleichmäßig, er war nicht sehr fest auf den Beinen. Wie ich bereits erwähnte, warf er im Vorübergehen jedesmal einen Blick auf den alten Herrn im Stuhl. Traten auf diese Weise beide Gesichter zueinander in Beziehung, so ließ sich unschwer erkennen, daß es Vater und Sohn waren.

Der Vater hatte endlich den Blick des Sohnes aufgefangen und gab ihn mit mildem Lächeln zurück.

»Es geht mir sehr gut«, sagte er.

»Hast du deinen Tee getrunken?« fragte der Sohn.

»Getrunken und genossen.«

»Soll ich dir noch einmal einschenken?«
Der alte Herr überlegte behaglich. »Ach, ich denke, ich warte noch ein wenig.« Er sprach mit amerikanischem Tonfall.
»Ist dir kalt?« fragte der Sohn.
Der Vater rieb sich langsam die Beine. »Ich weiß nicht recht. Ich kann es nicht sagen, bevor ich es nicht fühle.«
»Vielleicht kann ein anderer für dich fühlen«, sagte der Sohn und lachte.
»Oh, ich hoffe, einer wird immer für mich fühlen! Fühlen Sie nichts für mich, Lord Warburton?«
»Aber gewiß doch«, sagte der mit Lord Warburton angeredete Herr unverzüglich. »Ich muß aber sagen, Sie sehen wunderbar behaglich aus.«
»So fühle ich mich auch im großen und ganzen.« Der alte Herr sah auf die grüne Decke hinab, die er auf den Knien glattstrich. »Tatsächlich ist es mir seit vielen Jahren so wohl ergangen, daß ich glaube, ich habe mich so daran gewöhnt, daß ich es schon gar nicht mehr merke.«
»Ja, das ist das Leidige am Wohlbefinden«, sagte Lord Warburton. »Wir merken nur noch, wenn es uns schlecht ergeht.«
«Mir scheint allerdings, wir sind ziemlich verwöhnt«, sagte sein Gefährte.
»O ja, zweifellos sind wir verwöhnt«, murmelte Lord Warburton. Und dann verfielen die drei Männer in Schweigen; die beiden jüngeren standen und blickten auf den anderen hinab, der jetzt um die zweite Tasse Tee bat. »Ich sollte meinen, die Decke müßte Ihnen lästig sein«, sagte Lord Warburton abschließend, während sein Gefährte dem alten Herrn die Tasse füllte.
»O nein, er braucht die Decke!« rief der Herr in der Samtjacke. »Setz ihm keinen Floh ins Ohr!«
»Sie gehört meiner Frau«, sagte der alte Herr schlicht.
»Oh, wenn es pietätvolle Gründe sind –« Lord Warburton machte eine Geste der Entschuldigung.
»Ich denke, ich werde sie ihr zurückgeben müssen, wenn sie wiederkommt«, fuhr der alte Herr fort.
»Du wirst nichts dergleichen tun. Du mußt sie behalten und deine armen Beine damit zudecken.«
»Nun, meine Beine brauchst du nicht zu beschimpfen«, sagte der alte Herr. »Ich glaube, sie sind nicht schlechter als deine.«
»Meine Beine darfst du gern schlechtmachen«, erwiderte sein Sohn und reichte ihm die Tasse Tee.

»Na, wir sind beide zwei lahme Enten; ich glaube, da besteht nicht viel Unterschied.«
»Herzlichen Dank für die lahme Ente. Wie schmeckt der Tee?«
»Nun, ziemlich heiß.«
»Das gilt im allgemeinen als Vorzug.«
»Ach, es gibt noch manche Vorzüge«, murmelte der alte Herr freundlich. »Er ist ein guter Krankenpfleger, Lord Warburton.«
»Ist er nicht ein bißchen ungeschickt?« fragte Seine Lordschaft.
»Aber nein, nicht ungeschickt – wenn man bedenkt, daß er selber nicht ganz gesund ist. Für einen kranken Pfleger ist er ein sehr guter Krankenpfleger. Ich nenne ihn meinen kranken Pfleger; denn er ist ja selber krank.«
»Komm, komm, Papa!« rief der häßliche junge Mann.
»Aber so ist es doch; ich wünschte es mir anders. Aber du kannst wahrscheinlich nichts dafür.«
»Das käme auf den Versuch an: immerhin ein Gedanke«, sagte der junge Mann.
»Waren Sie jemals krank, Lord Warburton?« fragte der Vater. Lord Warburton überlegte einen Augenblick. »Doch einmal, im Persischen Golf.«
»Jetzt zieht er dich auf, Papa«, sagte der andere junge Mann. »Das soll ein besonderer Witz sein.«
»Besondere Witze sind jetzt sehr beliebt«, erwiderte Papa heiter. »Auf jeden Fall sehen Sie nicht so aus, Lord Warburton, als seien Sie je krank gewesen.«
»Er krankt am Leben; er hat es mir gerade gesagt; er zog entsetzlich darüber her.«
»Ist das wahr, mein Herr?« fragte der alte Mann ernsthaft.
»Wenn dem so wäre, so hat Ihr Sohn mir keinen Trost gewußt. Es läßt sich schlecht mit ihm reden, er ist der reine Zyniker. Er scheint an nichts zu glauben.«
»Das ist wieder ein besonderer Witz«, versetzte der ›reine Zyniker‹.
»Das liegt an seiner schwachen Gesundheit«, klärte sein Vater Lord Warburton auf. »Sie greift seinen Geist an und trübt seine Art, die Dinge zu sehen; offenbar glaubt er, noch nie eine Chance gehabt zu haben. Aber das ist bloß so eine Theorie von ihm, müssen Sie wissen; jedenfalls scheint seine Stimmung nicht darunter zu leiden. Ich habe ihn fast nie anders als fröhlich gesehen – so wie jetzt. Oft heitert er mich auf.«

Der solcherart beschriebene junge Mann blickte Lord Warburton an und lachte. »Ist das nun eine glühende Lobeshymne oder eine Beschuldigung leichtfertiger Gesinnung? Soll ich einmal meine Theorien entwickeln, Papa?«
»Bei Gott, wir würden unser blaues Wunder erleben!« rief Lord Warburton.
»Warburtons Tonart ist noch schlimmer; er schützt dabei Langeweile vor. Ich langweile mich nie; ich finde das Leben nur allzu interessant.«
»Ach, *allzu* interessant – soweit solltest du es nicht kommen lassen, weißt du.«
»Hier wenigstens langweile ich mich niemals«, sagte Lord Warburton. »Hier finde ich immer eine ungewöhnlich anregende Unterhaltung.«
»Ist das wieder einer der besonderen Witze?« fragte der alte Herr. »Für Langeweile gibt es nirgends eine Entschuldigung. Als ich in Ihrem Alter war, kannte ich so etwas gar nicht.«
»Sie müssen sich sehr spät entwickelt haben.«
»Nein, ich habe mich sehr rasch entwickelt. Daran lag es ja. Mit zwanzig Jahren war ich tatsächlich sehr weit für mein Alter. Ich habe Tag und Nacht geschuftet. Sie würden sich nicht langweilen, wenn Sie etwas zu tun hätten, aber ihr jungen Leute seid zu untätig. Ihr denkt zuviel an euer Vergnügen. Ihr seid zu anspruchsvoll, zu gleichgültig und zu reich.«
»Hören Sie mal«, rief Lord Warburton, »Sie sind gerade der Richtige, Ihre Nächsten anzuklagen, sie seien zu reich!«
»Meinen Sie das, weil ich Bankier bin?« fragte der alte Herr.
»Auch darum, wenn Sie wollen, und vor allem, weil Sie – nicht wahr – so unbegrenzte Mittel haben.«
»Er ist nicht sehr reich«, plädierte der andere junge Mann milder. »Er hat Unsummen verschenkt.«
»Na, vermutlich doch seine eigenen«, sagte Lord Warburton. »Gibt es einen besseren Beweis für seinen Reichtum? Ein öffentlicher Wohltäter sollte anderen lieber keine Vergnügungssucht vorwerfen!«
»Papa hat großen Spaß am Vergnügen – anderer Leute.«
Der alte Mann schüttelte den Kopf. »Ich bilde mir nicht ein, auch nur das geringste zum Vergnügen meiner Zeitgenossen beigetragen zu haben.«
»Du bist zu bescheiden, lieber Vater!«
»Das soll wieder ein besonderer Witz sein«, sagte Lord Warburton.

»Ihr jungen Leute macht zu viele Witze. Wenn es keine Witze mehr gibt, ist eure Weisheit am Ende.«

»Zum Glück nehmen aber Witze nie ein Ende«, bemerkte der häßliche junge Mann.

»Doch, doch – ich glaube, die Verhältnisse werden immer ernster. Ihr jungen Leute werdet es noch erleben.«

»Der wachsende Ernst der Verhältnisse also – da hätten wir die große Gelegenheit für Witze.«

»Bittere Witze werden das sein«, sagte der alte Mann. »Ich bin überzeugt, es kommen große Veränderungen, und nicht alle zum Besseren.«

»Da bin ich ganz Ihrer Ansicht«, erklärte Lord Warburton. »Gewiß werden große Veränderungen eintreten, und die merkwürdigsten Dinge werden passieren. Darum finde ich es ja so schwierig, Ihren Rat zu befolgen! Sie wissen doch, Sie rieten mir neulich, irgendeine Sache ›anzupacken‹. Man zögert, eine Sache anzupacken, die im nächsten Moment auffliegen kann.«

»Du solltest eine schöne Frau anpacken«, sagte sein Gefährte. »Er macht nämlich große Anstrengungen, sich zu verlieben«, setzte er, seinem Vater zur Erklärung, hinzu.

»Sogar schöne Frauen können sich verflüchtigen!« rief Lord Warburton.

»Nein, nein, sie bleiben fest«, fiel der alte Herr ein; »sie werden von den politischen und sozialen Veränderungen, die ich im Auge habe, nicht berührt.«

»Sie meinen, sie werden nicht abgeschafft? Also gut. Ich werde mich so rasch wie möglich einer schönen Frau bemächtigen und sie mir als Lebensretter um den Hals binden.«

»Die Frauen werden uns retten«, sagte der alte Herr; »das heißt, die besten unter ihnen – denn ich mache da Unterschiede. Machen Sie eine gute ausfindig und heiraten die, das wird Ihr Dasein viel interessanter machen.«

Das kurze Schweigen seiner Zuhörer bewies ihr Verständnis für den Großmut seiner Rede; denn es war weder seinem Sohn noch seinem Besucher ein Geheimnis, daß sein eigenes Eheexperiment nicht besonders geglückt war. Wie er jedoch gesagt hatte, er machte Unterschiede; und diese Worte mochten als Eingeständnis seines eigenen Irrtums gemeint sein, obwohl sich selbstverständlich keiner seiner Zuhörer die Bemerkung hätte erlauben dürfen, die Dame seiner Wahl sei demnach keine von den besten gewesen.

»Wenn ich eine interessante Frau heirate, werde ich auch am Leben Interesse gewinnen – wollen Sie das damit sagen?« fragte Lord Warburton. »Ich bin nicht die Spur aufs Heiraten versessen – Ihr Sohn hat mich da mißverstanden; freilich ist es nicht abzusehen, was eine interessante Frau aus mir machen könnte.«
»Ich möchte nur gern einmal dein Wunschbild einer interessanten Frau sehen«, sagte sein Freund.
»Mein Lieber, Wunschbilder kann man nicht sehen – vor allem nicht ein so ätherisches wie dies. Wenn ich sie nur selber sehen könnte – das wäre schon ein großer Schritt vorwärts.«
»Nun, Sie können sich verlieben, in wen Sie wollen, aber verlieben Sie sich nicht in meine Nichte«, sagte der alte Herr.
Sein Sohn brach in ein Gelächter aus. »Jetzt wird er denken, du meinst das als Herausforderung. Lieber Vater, seit dreißig Jahren lebst du unter den Engländern und hast manches von dem begriffen, was sie sagen. Aber das, was sie nicht sagen, hast du doch niemals begriffen!«
»Ich sage, was mir gefällt«, erklärte der alte Herr mit seiner ganzen Heiterkeit.
»Ich habe nicht die Ehre, Ihre Nichte zu kennen«, sagte Lord Warburton. »Ich glaube, es ist das erste Mal, daß ich von ihr höre.«
»Sie ist eine Nichte meiner Frau, Mrs. Touchett wird sie mit nach England bringen.«
Der junge Mr. Touchett gab die dazu nötige Erklärung. »Du weißt doch, meine Mutter war den Winter über in Amerika; jetzt erwarten wir sie zurück. Sie schrieb, sie habe eine Nichte entdeckt und sie hierher eingeladen.«
»Aha! Wie nett von ihr«, sagte Lord Warburton. »Ist es eine interessante junge Dame?«
»Wir wissen kaum mehr von ihr als du; meine Mutter ging auf Einzelheiten nicht ein. Sie verständigt sich hauptsächlich durch Telegramme mit uns, und ihre Telegramme sind immer recht undurchsichtig. Man behauptet ja, Frauen verstehen nichts vom Telegrafieren, aber meine Mutter beherrscht diese Kunst der Verdichtung meisterhaft. ›Amerikamüde, Hitze entsetzlich, Rückkehr England mit Nichte, erster Dampfer, anständige Kabine.‹ Solche Nachrichten erhalten wir – das war das letzte, das ankam. Aber da war noch ein früheres, welches die Nichte, glaube ich, zum erstenmal erwähnte. ›Hotel gewechselt, sehr schlecht, unverschämter Portier, neue Adresse, Schwestertoch-

ter angenommen, vorjährig verstorben, ankomme Europa, zwei Schwestern ganz unabhängig‹. Hierüber haben Vater und ich gerade das Kopfzerbrechen aufgegeben; es scheint zahlreiche Auslegungen zuzulassen.«

»Nur über eines scheint kein Zweifel zu bestehen«, sagte der alte Herr, »dem Hotelportier hat sie den Marsch geblasen.«

»Da bin ich gar nicht so sicher; sie muß ihm doch das Feld geräumt haben. Wir dachten anfangs, die erwähnte Schwester könnte die Schwester des Portiers sein; aber die Erwähnung der Nichte scheint doch die Vermutung nahezulegen, daß es sich um eine meiner Tanten handelt. Dann erhob sich die Frage, welche Bewandtnis es mit den anderen beiden Schwestern haben könnte; da handelt es sich wahrscheinlich um die zwei Töchter meiner verstorbenen Tante. Aber was ist ›ganz unabhängig‹? Und in welchem Sinn ist der Ausdruck gebraucht? Dieser Punkt ist noch strittig. Bezieht er sich nur auf die junge Dame, die meine Mutter adoptierte, oder charakterisiert er zugleich ihre Schwester? Ist er in moralischer oder etwa in finanzieller Hinsicht zu verstehen? Soll es heißen, daß sie nicht unbemittelt sind oder daß sie jede Verpflichtung ablehnen? Oder bedeutet es lediglich, daß sie gern ihren eigenen Kopf durchsetzen?«

»Was es sonst auch heißen mag – dieses bedeutet es sicher«, beendete Mr. Touchett.

»Sie werden sich selber überzeugen müssen«, sagte Lord Warburton. »Wann wird Mrs. Touchett eintreffen?«

»Das ist uns noch ganz dunkel; sobald sie ihre ›anständige‹ Kabine findet. Vielleicht wartet sie noch auf die; vielleicht ist sie schon in England angekommen.«

»In dem Fall würde sie doch telegrafiert haben.«

»Sie telegrafiert nie, wenn man es erwarten sollte – nur umgekehrt«, sagte der alte Herr. »Sie liebt es, mich zu überfallen, sie hofft immer, mich bei einer Missetat zu ertappen. Das hat sie zwar noch nie getan, aber sie läßt sich nicht so bald entmutigen.«

»Die Unabhängigkeit, von der sie spricht, ist übrigens auch bei ihr ein starker Familienzug.« Ihr Sohn legte die Sache freundlicher aus. »Mögen die jungen Damen noch so selbständig sein, sie ist ihnen gewachsen. Sie tut am liebsten alles allein und setzt kein Vertrauen in anderer Leute Beistand. Ich bin ihr nicht mehr wert als eine Briefmarke ohne Klebstoff; sie würde es mir nie verzeihen, wenn ich es mir einfallen ließe, sie in Liverpool abzuholen.«

»Würden Sie mich benachrichtigen, wenn Ihre Kusine eintrifft?« fragte Lord Warburton.

»Nur unter der besprochenen Bedingung – daß Sie sich nicht in sie verlieben!« erwiderte Mr. Touchett.

»Das erscheint mir sehr unbillig; bin ich Ihnen nicht gut genug?«

»Nur zu gut wahrscheinlich. Es würde mir nicht passen, wenn das Mädchen Sie bekäme. Hoffentlich ist sie nicht hergekommen, um sich einen Mann zu suchen; das tun so viele junge Mädchen, als ob die jungen Leute zu Hause nichts taugten. Übrigens wird sie vermutlich verlobt sein. Amerikanische Mädchen sind, glaube ich, meistens verlobt. Außerdem bin ich gar nicht so sicher, daß Sie einen guten Ehemann abgeben werden.«

»Höchstwahrscheinlich wird sie verlobt sein. Ich habe zahlreiche amerikanische Mädchen gekannt; alle waren verlobt. Aber auf mein Wort, ich konnte nie entdecken, daß es den geringsten Unterschied ausmachte! Was übrigens meine Eignung zum Ehemann angeht«, fuhr der Besucher fort, »so erscheint sie auch mir sehr fraglich. Man müßte es erproben.«

»Erproben Sie das, mit wem Sie wollen, nur lassen Sie meine Nichte aus dem Spiel!« Der alte Herr schmunzelte; er protestierte offenbar nur zum Spaß gegen diesen Gedanken.

»Na schön«, sagte Lord Warburton und machte sich einen noch größeren Spaß daraus, »vielleicht lohnt sich der Versuch auch gar nicht.«

II

Während die beiden diese Liebenswürdigkeiten austauschten, war Ralph Touchett ein wenig weitergeschlendert, in seinem üblichen schleppenden Gang, die Hände in den Hosentaschen, den ungebärdigen kleinen Terrier um die Füße. Sein Gesicht war dem Hause zugekehrt, doch sein Blick nachdenklich auf den Rasen geheftet. So konnte die weibliche Person, die soeben in der breiten Türöffnung erschienen war, ihn ungestört einige Augenblicke betrachten, bevor er sie entdeckte. Seine Aufmerksamkeit wurde durch das Gebaren des Hundes auf sie gerichtet, der plötzlich vorwärtssprang und in ein schrilles Gekläff ausbrach, das übrigens mehr nach Willkomm als nach Herausforderung klang. Die fragliche Person war eine junge Dame, welche die stürmische Begrüßung des jungen Tieres anscheinend

sofort richtig zu deuten verstand. Der Hund hatte sich ihr in großer Schnelligkeit genähert, dann vor ihren Füßen haltgemacht, wo er nun aus Leibeskräften bellte, woraufhin sie sich ohne Scheu bückte, ihn mit beiden Händen ergriff und an die Wange preßte, während er fröhlich weiterbellte. Sein Herr hatte inzwischen Zeit gefunden, nachzukommen und festzustellen, daß Bunchies neue Freundin, ein großes junges Mädchen in schwarzem Kleid, auffallend hübsch aussah. Sie trug keinen Hut, also wohnte sie im Hause, ein Umstand, der den Sohn des Hauses einigermaßen aus der Fassung brachte. Hatte doch der schlechte Gesundheitszustand seines Vaters seit einiger Zeit keinen Hausbesuch mehr zugelassen.
»Du liebe Zeit, wer ist die fremde Dame?« hatte inzwischen Mr. Touchett gefragt.
»Vielleicht die Nichte von Mrs. Touchett – jene unabhängige junge Dame«, schlug Lord Warburton vor. »Ich glaube, sie muß es sein, wenigstens der Art nach zu urteilen, mit der sie den Hund behandelt.«
Auch der Schäferhund geruhte jetzt aufzumerken; er trabte auf die junge Dame im Türrahmen zu, wobei er seinen Schwanz langsam in Bewegung setzte.
»Aber wo ist in diesem Fall meine Frau?« murmelte der alte Herr.
»Vermutlich hat die junge Dame sie irgendwo zurückgelassen – das gehört zur Unabhängigkeit.«
Das junge Mädchen sprach, immer den Hund noch in den Armen, lächelnd zu Ralph: »Ist das Ihr kleiner Hund, Sir?«
»Bis soeben ja, aber Sie haben sehr schnell ein bemerkenswertes Besitzrecht gewonnen.«
»Könnten wir ihn nicht teilen?« fragte das Mädchen. »Er ist ein so netter kleiner Kerl!«
Ralph betrachtete sie einen Augenblick, sie war überraschend hübsch. »Sie können ihn ganz haben«, erwiderte er dann.
Die junge Dame schien eine gehörige Portion Vertrauen zu besitzen, sowohl in sich selbst wie in andere; allein diese überstürzte Freigebigkeit ließ sie erröten. »Ich hätte Ihnen sagen sollen, daß ich wahrscheinlich Ihre Kusine bin«, stieß sie hervor, während sie den Hund niedersetzte. »Da ist ja noch einer«, fügte sie schnell hinzu, als der Schäferhund erschien.
»Wahrscheinlich?« rief der junge Mann lachend. »Ich hielt das schon für sicher. Kamen Sie mit meiner Mutter?«
»Ja, vor einer halben Stunde.«

»Sie hat Sie wohl abgesetzt und ist wieder verschwunden?«
»Nein, sie ging sofort auf ihr Zimmer und trug mir nur auf, falls ich Sie zu Gesicht bekäme, sollte ich Ihnen ausrichten, daß Sie sie dort um dreiviertel sieben Uhr aufsuchen möchten.«
Der junge Mann blickte auf seine Taschenuhr. »Vielen Dank, ich werde pünktlich sein.« Dann sah er sich seine Kusine an. »Sie sind mir hier überaus willkommen. Ich bin entzückt, Ihre Bekanntschaft zu machen.«
Sie sah sich gründlich um – ihr Blick verriet eine klare Auffassungsgabe –, sah den Vetter, die beiden Hunde, die Herren unter den Bäumen, die herrliche Szenerie, die sie umgab.
»Ich habe noch nie etwas so Schönes gesehen. Ich bin auch schon überall im Hause gewesen, es ist bezaubernd hier.«
»Ich bedaure nur, daß wir keine Ahnung hatten, daß Sie schon so lange hier sind.«
»Ihre Mutter sagte, in England macht man kein Aufhebens, wenn man ankommt. Daher dachte ich, alles sei in Ordnung. Ist einer dieser Herren Ihr Vater?«
»Ja, der ältere – der, der im Stuhl sitzt«, sagte Ralph.
Das Mädchen lachte hell auf. »Ich nehme auch nicht an, daß es der andere ist. Wer ist der andere?«
»Ein Freund des Hauses – Lord Warburton.«
»Ach, auf einen Lord hatte ich hier zu treffen gehofft. Es ist ganz wie im Roman.« Und plötzlich rief sie wieder: »Du entzückendes Geschöpf!« bückte sich und ergriff den kleinen Hund.
Sie verharrte noch immer an derselben Stelle und traf keine Anstalten, weiterzugehen oder Mr. Touchett zu begrüßen. Während sie also an der Tür zögerte, schlank und reizend, überlegte Ralph, ob sie etwa erwarte, daß der alte Herr käme, um ihr seine Aufwartung zu machen. Amerikanische Mädchen waren an große Verehrung gewöhnt, und den hochfliegenden Stolz dieser jungen Dame hatte man schon angekündigt; Ralph fand ihn ihr tatsächlich ins Gesicht geschrieben.
»Wollen Sie nicht nähertreten und meinen Vater begrüßen?« wagte er dennoch vorzuschlagen. »Er ist alt und leidend – und verläßt seinen Stuhl nicht mehr.«
»Oh, der Ärmste! Das tut mir leid!« rief das junge Mädchen und eilte sogleich davon. »Durch Ihre Mutter gewann ich den Eindruck, er sei ganz besonders – besonders aktiv.«
Einen Augenblick schwieg Ralph Touchett. »Sie hat ihn seit einem Jahr nicht mehr gesehen.«

»Aber er sitzt da herrlich. Komm mit, kleiner Hund.«

»Ja, es ist ein schöner alter Platz«, sagte der junge Mann und betrachtete seine Begleiterin von der Seite.

»Wie heißt er denn?« fragte sie; ihre Aufmerksamkeit war durch den jungen Terrier schon wieder abgelenkt.

»Wer? Mein Vater?«

»Ja«, sagte die junge Dame amüsiert; »aber sagen Sie ihm nicht, daß ich Sie fragte.«

Inzwischen waren sie bei dem alten Mr. Touchett angelangt, der sich langsam aus seinem Stuhl erhob, um sich vorzustellen.

»Mutter ist angekommen«, sagte Ralph, »und dies ist Miß Archer.«

Der alte Herr legte ihr beide Hände auf die Schultern, betrachtete sie einen Augenblick mit besonderem Wohlwollen und küßte sie galant. »Es ist mir eine große Freude, dich zu begrüßen; ich wollte nur, ihr hättet uns Gelegenheit gegeben, euch zu empfangen.«

»Aber wir wurden empfangen«, sagte das junge Mädchen. »Ungefähr ein halbes Dutzend Dienstboten waren in der Halle. Und eine alte Frau war da, die an der Pforte knickste.«

»Wir können mehr leisten – wenn man uns nur benachrichtigt.« Der alte Herr stand lachend da, händereibend, und schüttelte den Kopf. »Aber Mrs. Touchett liebt keine Empfänge.«

»Sie ist sofort auf ihr Zimmer gegangen.«

»Ja – und hat sich eingeschlossen. Das macht sie immer. Nun, ich denke, dann werde ich sie wohl nächste Woche zu sehen kriegen.« Und langsam nahm Mrs. Touchetts Ehegemahl seinen früheren Platz wieder ein.

»Doch vorher kommt sie zum Abendessen – um acht Uhr«, sagte Miß Archer. »Vergessen Sie nicht: um dreiviertel sieben«, setzte sie hinzu, sich lächelnd an Ralph wendend.

»Was soll um dreiviertel sieben geschehen?«

»Da bin ich zu Mutter bestellt.«

»O glücklicher Junge!« kommentierte der alte Herr. »Du mußt dich aber hinsetzen und eine Tasse Tee trinken«, wandte er sich an die Nichte seiner Frau.

»Ich habe schon Tee auf meinem Zimmer bekommen, kaum daß ich da war. Es tut mir leid, daß Sie nicht gesund sind«, setzte sie hinzu und richtete ihre Augen auf ihren ehrwürdigen Gastgeber.

»Ach, ich bin ein alter Mann, mein Kind. Es ist ja auch an der

Zeit für mich, alt zu sein. Aber jetzt steht es ja weit besser um mich, da ich dich hier habe.«

Sie hatte sich wieder alles angeschaut – den Rasen, die großen Bäume, die schilfbewachsene silberne Themse, das schöne alte Haus; noch beschäftigt mit diesem Überblick, hatte sie schon die Gefährten darin untergebracht, mit einer Einfühlungsgabe, die bei dem jungen Geschöpf, das sich offenkundig lebhaft und intelligent zugleich zeigte, leicht zu erkennen war. Sie hatte jetzt Platz genommen und den kleinen Hund auf die Erde gesetzt; ihre weißen Hände lagen in ihrem Schoß, auf dem schwarzen Kleid gefaltet. Sie trug den Kopf hoch, ihre Augen glänzten, leicht wandte sich ihre geschmeidige Gestalt nach hier und dort, ganz im Einklang mit der Auffassungsgabe, mit der sie jeden Eindruck wahrnahm. Sie hatte zahlreiche Eindrücke, und alle fingen sich in ihrem klaren, versonnenen Lächeln.

»Es macht sich sehr hübsch«, sagte Mr. Touchett. »Ich weiß, auf welche Art es dich anrührt. Ich habe das alles schon hinter mir. Aber du bist selbst sehr schön«, setzte er mit einer Höflichkeit hinzu, die keineswegs plump wirkte. Er genoß dabei das glückliche Bewußtsein, daß er in seinem Alter solche Sachen sagen dürfe – auch so jungen Mädchen gegenüber, die womöglich gleich auf der Hut waren.

Es braucht hier nicht näher erörtert zu werden, wie sehr dieses junge Mädchen auf der Hut war: jedenfalls stand sie sofort auf, mit einem Erröten, das keine Zurechtweisung meinte: »O ja, natürlich bin ich hübsch!« gab sie mit lebendigem Auflachen zurück. »Wie alt ist das Haus? Aus der Zeit Elisabeths?«

»Es ist frühes Tudor«, sagte Ralph Touchett.

Sie kehrte sich gegen ihn und prüfte sein Gesicht. »Frühes Tudor? Wie wunderbar! Und sicher gibt es hier noch viele Häuser dieser Art?«

»Viele, die noch schöner sind.«

»Das sage nicht, mein Junge«, protestierte der alte Herr. »Es gibt kein besseres als dieses.«

»Ich habe ein recht gutes mitbekommen; in mancher Hinsicht dürfte es noch besser sein«, sagte Lord Warburton, der bisher nichts gesagt, aber Miß Archer nicht aus den Augen gelassen hatte. Er lächelte und verneigte sich leicht; er hatte eine blendende Art, mit Frauen umzugehen. Das junge Mädchen erfaßte das auch sofort; sie hatte nicht vergessen, daß dies Lord Warburton war. »Ich würde es Ihnen schrecklich gern zeigen.«

»Glaube ihm ja nicht!« rief der alte Herr, »sieh es nur nicht an! Es ist eine elende alte Baracke – gar nicht mit diesem Haus zu vergleichen.«
»Ich weiß es nicht – ich kann es nicht beurteilen«, sagte das Mädchen und lächelte dem Lord zu.
Ralph Touchett schenkte dieser Auseinandersetzung keinerlei Interesse; die Hände in den Hosentaschen stand er da und schien sehr geneigt, mit der neugefundenen Kusine sein Gespräch fortzusetzen.
»Sind Sie ein großer Hundenarr?« fragte er, um einen Anknüpfungspunkt bemüht. Doch schien er zu bemerken, daß dies für einen klugen Mann eine recht klägliche Einleitung war.
»Ja, gewiß.«
»Den Terrier müssen Sie aber behalten, verstehen Sie«, fuhr er fort, noch immer recht kläglich.
»Ich will ihn behalten, solange ich hier bin, gern.«
»Das wird eine Zeit dauern, hoffe ich.«
»Sehr freundlich. Aber ich weiß es nicht. Das muß die Tante regeln.«
»Das werde ich mit ihr regeln – um dreiviertel sieben«, und wieder sah Ralph nach der Uhr.
»Ich bin jedenfalls froh, daß ich hier bin«, sagte das Mädchen.
»Ich kann mir gar nicht vorstellen, daß Sie andere Ihre Angelegenheiten regeln lassen.«
»O doch, wenn es dabei nach meinem Kopf geht.«
»Dies werde ich aber nach meinem Kopf bestimmen«, sagte Ralph. »Es ist doch gar nicht zu glauben, daß wir Sie bisher nicht gekannt haben.«
»Ich war immer da – Sie brauchten nur zu Besuch zu kommen.«
»Da? Wo meinen Sie?«
»In den Vereinigten Staaten, in New York und Albany und anderen Städten Amerikas.«
»Da bin ich gewesen – überall, aber Sie habe ich nicht getroffen. Ich kann das nicht begreifen.«
Miß Archer zögerte. »Das lag an einer Verstimmung zwischen Ihrer Mutter und meinem Vater nach dem Tode meiner Mutter; sie starb bereits, als ich noch ein Kind war. Daher haben wir auch nie erwartet, Ihnen zu begegnen.«
»So ist das! Aber ich kann doch nicht alle Zänkereien meiner Mutter auf mich beziehen, bei Gott nicht!« rief der junge Mann. »Sie haben Ihren Vater kürzlich verloren?« fuhr er ernster fort.

»Ja, vor gut einem Jahr. Danach war die Tante sehr freundlich zu mir. Sie suchte mich auf und schlug mir vor, sie nach Europa zu begleiten.«

»Ich verstehe«, sagte Ralph, »sie hat Sie adoptiert.«

»Mich adoptiert?« Das Mädchen starrte ihn an, wieder wurde sie rot, und zugleich zeichnete sich ein schmerzlicher Zug ab, der den Fragesteller irgendwie beunruhigte.

Lord Warburton wünschte offensichtlich, sich Miß Archer näher anzuschauen, und schritt gerade in diesem Augenblick auf Vetter und Kusine zu, und als er es tat, richtete sie ihre geweiteten Augen auf ihn. »O nein, sie hat mich nicht adoptiert. Ich bin kein Anwärter auf Adoptionen.«

»Ich bitte tausendmal um Vergebung«, murmelte Ralph. »Ich habe gemeint – ich meinte ...« Er wußte selbst nicht, was er meinte.

»Sie meinten, sie hat mich angenommen. Ja, sie nimmt sich gern der Leute an. Sie war sehr gut zu mir, aber«, setzte sie mit einem gewissen sichtbaren Eifer hinzu, der sich bemühte, den richtigen Ausdruck zu finden, »ich hänge sehr an meiner Freiheit.«

»Redet ihr von Mrs. Touchett?« rief der alte Herr von seinem Stuhl dazwischen. »Komm her, mein Kind, und erzähle mir von ihr. Ich bin immer dankbar, wenn man mich unterrichtet.«

Das Mädchen zögerte wieder und lächelte. »Sie ist wirklich sehr gütig«, antwortete sie, worauf sie zu ihrem Onkel hinüberging, den ihre Worte erheitert hatten.

Lord Warburton war mit Ralph stehengeblieben, dem er augenblicklich zuraunte: »Du wolltest vorhin mein Wunschbild von einer interessanten Frau sehen. Da ist es.«

III

Mrs. Touchett war sicherlich eine Person mit vielen Sonderlichkeiten, wovon ihr Benehmen bei der Rückkehr in das Haus ihres Mannes nach monatelanger Abwesenheit eine bemerkenswerte Probe zeigte. In allem, was sie tat, folgte sie ihrem eigenen Kopf, und damit ist auf einfachste Weise ein Charakter beschrieben, der, wenn auch durchaus nicht ohne liberale Anflüge, selten einen Eindruck von Milde erweckte. Mrs. Touchett mochte viel Gutes stiften, aber sie machte sich nirgends beliebt. Die Art, mit der sie ihren eigenen Willen bekundete, hatte von Haus aus

nichts Kränkendes, sie unterschied sich nur unmißverständlich von dem Benehmen aller anderen. Die Kanten ihres Wesens waren so wenig geglättet, daß es unausbleiblich war, wenn empfindliche Gemüter sich zuweilen daran ritzten. Bereits während der ersten Stunden ihrer Rückkehr aus Amerika trat diese kantige Härte wieder zutage, als es angezeigt und natürlich gewesen wäre, Gemahl und Sohn zu begrüßen. Statt dessen zog sich Mrs. Touchett aus zwingenden Gründen, die allerdings nur ihr einleuchteten, stets in die strikteste Einsamkeit zurück; die gefühlvollen Riten der Heimkehr wurden hinausgeschoben, bis sie die letzte Unordnung in ihrer Kleidung mit einer Gründlichkeit beseitigt hatte, die in keiner Weise der Bedeutung entsprach, zumal weder Schönheit noch Eitelkeit im Spiele waren. Sie war eine ältliche Frau mit gewöhnlichen Gesichtszügen, ohne Anmut oder größere Eleganz, aber von ausgeprägter Hochachtung gegenüber den Motiven ihrer eigenen Handlungsweise. Gewöhnlich war sie bereit, diese zu erklären, falls man sich dies als Gunst erbat; dann entpuppten sie sich freilich als total verschieden von denen, die man ihr unterschob. So lebte sie praktisch von ihrem Mann getrennt, ohne etwas Außergewöhnliches an dieser Situation zu finden. Schon in einem frühen Stadium ihrer Gemeinschaft hatte sich nämlich herausgestellt, daß sie beide niemals dasselbe zur selben Zeit begehrten, was sie sofort bewog, ihre Uneinigkeit dem vulgären Bereich des Zufalls zu entziehen und sie mit aller Macht zum Gesetz zu erheben – was viel erfreulicher wirkte –, indem sie nach Florenz zog, sich dort ein eigenes Haus einrichtete und ihrem Mann die Leitung der englischen Filialen seiner Bank überließ. Diese Lösung behagte ihr höchlich, damit war alles herrlich definitiv geworden.
Ihrem Manne erschien es im gleichen Licht an einem nebligen Platz in London; es war mitunter das einzig Definitive, was er dort wahrnahm. Ihm wäre es freilich lieber gewesen, derartig unnatürliche Dinge wären mehr in der Schwebe geblieben. Dem Unstimmigen zuzustimmen, hatte ihn doch Mühe gekostet; zu jeder anderen Sache hätte er sich lieber bereit gefunden; außerdem sah er nicht ein, warum eine gegenseitige Zuneigung oder Abneigung etwas so erschreckend Endgültiges haben sollte. Mrs. Touchett hielt sich nicht viel mit Bedauern oder Spekulationen auf; einmal im Jahr besuchte sie ihren Mann gewöhnlich für einen Monat, in welchem sie alle Anstrengungen machte, ihn von der Richtigkeit ihres Systems zu überzeugen. Es war der

englische Lebensstil, der ihr nicht gefiel, und sie kam beharrlich auf drei, vier Gründe zurück, mit denen sie ihre Abneigung belegte; sie betrafen Kleinigkeiten der alten Sittenordnung, für Mrs. Touchett Anlaß genug, ihren Wohnsitz andernorts aufzuschlagen: sie verabscheute Brotsoße mit der Behauptung, sie sehe wie ein Krankensüppchen aus und schmecke wie Seife; ferner mißbilligte sie den Bierkonsum des weiblichen Personals und tadelte die britischen Waschfrauen, daß sie ihr Handwerk nicht verstünden (Mrs. Touchett war sehr penibel mit ihrer Wäsche). In bestimmten Zeiträumen besuchte sie ihre Heimat, wo sie sich dieses Mal aber länger als gewöhnlich aufgehalten hatte.

Sie hatte drüben ihre Nichte angenommen – darüber konnte kaum ein Zweifel bestehen. An einem regnerischen Nachmittag, ungefähr vier Monate früher als die jüngst beschriebene Begebenheit, hatte diese junge Dame allein mit einem Buch zu Hause gesessen. Diese Feststellung soll besagen, daß die Einsamkeit sie nicht bedrückte, denn ihr Wissensdurst war echt und ihre Phantasie sehr lebendig. In diesem Moment allerdings verlangte es sie nach ein wenig Abwechslung, die nicht besser als durch die Ankunft eines unerwarteten Besuches herbeigeführt werden konnte. Die Besucherin hatte sich nicht angesagt, das junge Mädchen hörte ihre Schritte erst, als sie schon im Nebenzimmer war. Dies ereignete sich in einem alten Haus in Albany, einem großen, quadratischen Doppelhaus, das laut einem Schilde im Fenster seines Erdgeschosses zum Verkauf stand. Es hatte zwei Eingänge; der eine, längst außer Gebrauch, war nie beseitigt worden. Sie waren völlig gleich; große weiße Portale mit gebogener Holzverschalung und breiten Seitenfensterchen, auf einem roten Steinsockel errichtet, von dem niedrige Stufen zu dem Ziegelsteinpflaster der Straße hinabführten. Beide Häuser bildeten zusammen eine Wohnung, nachdem man die Trennungsmauer durchbrochen und die Räume miteinander verbunden hatte. Im ersten Geschoß waren sie sehr zahlreich und alle übereinstimmend gelblichweiß gestrichen, ein Farbton, den die Zeit getrübt hatte. Im zweiten befand sich ein getäfelter Gang, der beide Häuserseiten miteinander verband; Isabel und ihre Schwestern hatten ihn als Kinder den Tunnel genannt, und noch dem jungen Mädchen erschien er, obwohl er nur kurz und stets gut beleuchtet war, fremd und verlassen, besonders an Winterabenden. Sie hatte als Kind zu verschiedenen Zeiten in diesem Haus gewohnt; damals gehörte es noch ihrer Großmutter. Dann war sie zehn Jahre fort und kam erst vor dem Tode ihres Vaters nach Albany zurück. Ihre Großmutter, die alte Mrs. Archer, hatte in der früheren Periode, hauptsächlich innerhalb der eigenen Familie, eine große Gastfreundschaft geübt – die kleinen Mädchen hatten oft Wochen unter ihrem Dache verbracht, Wochen, an die Isabel noch die glücklichste Erinnerung hatte. Die Lebensweise war hier anders gewesen als in ihrem Elternhaus, breiter, üppiger, tatsächlich viel festlicher: die Zucht der Kinderstube war hier herrlich gelockert, und allenthalben hatte sich Gelegenheit ergeben, der Unterhaltung der Erwachsenen zu lauschen (ein Vergnügen, das die kleine Isabel sehr genoß). Es herrschte ein ständiges Kommen und Gehen; die Söhne und Töchter der Großmutter schienen mit ihren Kindern im dauernden Besitz einer Einladung gewesen zu sein, es sich hier nach Belieben bequem zu machen, so daß das Haus zuweilen den Eindruck eines geschäftigen Provinzhotels gemacht hatte, dem eine sanfte alte Wirtin vorstand, die ein gut Teil seufzte und niemals eine Rechnung präsentierte. Isabel verstand natürlich noch nichts von Rechnungen, aber schon als Kind empfand sie das großmütterliche Haus als romantisch. Auf seiner Rückseite schloß sich eine überdachte Veranda an; dort war die Schaukel der Mittelpunkt atemlosen Interesses gewesen, und dahinter erstreckte sich bis hinab zu den Stallungen ein großer Garten mit Pfirsichbäumen, dem Kinde unsagbar vertraut. Isabel hatte ihre Großmutter zu verschiedenen Jahreszeiten besucht, aber auf geheimnisvolle Weise hatte jedem Besuch ein Pfirsichduft angehaftet. Auf der anderen Seite, jenseits der Straße, befand sich ein altes Gebäude, das Holländische Haus genannt, von besonderer Bauart; noch aus der frühesten Kolonialzeit stammend, stand es mit der Schmalseite zur Straße und war aus gelb gestrichenen Backsteinen errichtet, mit einem Giebel gekrönt, auf den man Fremde aufmerksam machte, und durch einen wackligen Lattenzaun geschützt. Man hatte darin eine Vorschule für Kinder beiderlei Geschlechts untergebracht, geleitet oder besser: vernachlässigt von einer auffallenden Dame, von der Isabel hauptsächlich die Haare im Gedächtnis behalten hatte (die mit merkwürdigen Schlafzimmerkämmen über den Schläfen befestigt waren) und daß sie die Witwe eines Herrn von Stande gewesen war. Man hatte dem kleinen Mädchen damals vorgeschlagen, in diesem Etablissement den Grundstein seines Wissens zu legen, aber

schon am ersten Tage hatte es gegen die Hausordnung protestiert und durfte wieder zu Hause bleiben, wo es an Septembertagen, wenn die Fenster des Holländischen Hauses offenstanden, das Gesumm der Kinderstimmen von drüben zu hören liebte, die das Einmaleins aufsagten, ein Erlebnis, in dem sich das erhebende Gefühl der Freiheit mit dem Schmerz des Ausgestoßenseins ununterscheidbar gemischt hatte. Der Grundstein ihres Wissens wurde dann tatsächlich in der Muße ihres großmütterlichen Hauses gelegt, wo ihr, da die meisten Insassen sich nicht mit Lektüre befaßten, eine Bibliothek zum unkontrollierten Gebrauch zur Verfügung stand, welche Bücher mit prächtigen Illustrationen enthielt, die sie nur vom Stuhl aus erreichen konnte. Hatte sie eines nach ihrem Geschmack gefunden – ihre Wahl wurde meist durch die Titelbilder bestimmt –, trug sie es in das geheimnisvolle Kabinett, das hinter der Bibliothek lag und traditionsgemäß – kein Mensch wußte, weshalb – »das Büro« genannt wurde. Wessen Büro es gewesen, in welcher Periode es floriert hatte, erfuhr sie nie; es genügte ihr, daß es ein Echo besaß und angenehm muffig roch und daß es außerdem als Verbannungsort für alte, abgelegte Möbelstücke diente, deren Altersschwäche nicht immer zutage trat (so daß die Verbannung unverdient erschien und sie zu Opfern der Ungerechtigkeit erhob) und zu denen sie nach Kinderart fast menschliche, auf jeden Fall dramatische Beziehungen unterhielt. Da gab es vor allem ein altes Roßhaarsofa, dem sie hundert kindliche Nöte anvertraut hatte. Der Ort verdankte seine geheimnisvolle Melancholie größtenteils dem Umstand, daß er eigentlich auf die zweite Haustür mündete, auf jene, die verdammt und mit schweren Riegeln versehen war, die sich von einem so schmalen kleinen Mädchen unmöglich zurückschieben ließen. Sie wußte auch, daß dieses stumme, bewegungslose Portal auf die Straße führte; wären seine Seitenfensterchen nicht mit grünem Papier beklebt gewesen, hätte sie die braunen Treppenstufen und das abgewetzte Straßenpflaster erblicken können. Aber es verlangte sie nicht danach, das hätte ihren Traum von dem merkwürdigen, unsichtbaren Platz da draußen zerstört – einem Platz, der in der Phantasie des Kindes, je nach seiner wechselnden Stimmung, zu einem Reich der Freude oder des Schreckens wurde.
Auch an diesem melancholischen Vorfrühlingsnachmittag, den ich soeben erwähnte, saß Isabel im »Büro«. Jetzt hätte ihr das ganze Haus zur Verfügung gestanden; der erwähnte Raum war

der trübsinnigste von allen. Sie hatte seine verriegelte Tür niemals geöffnet, auch niemals das grüne Papier seiner Seitenfenster entfernt (das andere Hände erneuert hatten); sie hatte sich niemals vergewissert, daß unten die gewöhnliche Straße vorüberführte. Jetzt ging draußen ein rauher, kalter Regen schwer nieder; die Tage des Vorfrühlings waren in der Tat eine Aufforderung – eine wahrhaft wetterwendische Aufforderung – zur Geduld. Isabel indessen schenkte dieser kosmischen Niedertracht nicht die geringste Beachtung; sie hielt ihre Augen auf das Buch gerichtet und suchte ihre Gedanken zusammenzuhalten. Neuerdings war ihr aufgefallen, daß ihr Geist umherzuschweifen drohte, und sie hatte viel Sorgfalt darauf verwandt, ihn wieder in militärische Zucht zu nehmen, ihn auf Kommando marschieren, halten, sich zurückziehen und noch schwierigere Manöver ausführen zu lassen. Soeben hatte sie Marschbefehl gegeben, und er mußte sich auf den sandigen Ebenen einer deutschen Geistesgeschichte tummeln. Plötzlich vernahm sie Schritte, die sich von ihrem geistigen Tempo beträchtlich unterschieden; sie lauschte ein Weilchen und entdeckte, daß sich jemand in der benachbarten Bibliothek befand. Sie hielt es zunächst für die Schritte eines Besuchers, den sie halb erwartete, aber fast im selben Augenblick verrieten sie sich als weiblich und fremd, was auf jenen erwarteten Besucher nicht zutraf. Die Schritte klangen fragend und prüfend und ließen erkennen, daß sie vor der Schwelle des Büros nicht haltmachen würden. Und in der Tat zeigte sich bereits eine Dame unter der Tür des Kabinetts und blickte durchdringend auf unsere Heldin. Es war eine wenig schöne ältere Frau in einem bauschigen Regenmantel, mit einem Gesicht von ziemlich heftiger Schärfe.

»Ach«, hub sie an, »hier hältst du dich meistens auf?« Sie musterte das Durcheinander von Tischen und Stühlen.

»Nicht, wenn ich Besuch empfange«, sagte Isabel und erhob sich, um den Eindringling zu begrüßen.

Sie führte sie zur Bibliothek zurück, während die Besucherin in ihrer Musterung fortfuhr. »Anscheinend habt ihr Zimmer genug, sie sind auch in weit besserem Zustand. Aber alles ist rasend verwohnt.«

»Sind Sie etwa gekommen, um das Haus zu besichtigen?« fragte Isabel, »das Mädchen wird es Ihnen zeigen.«

»Schick sie nur fort; ich will es nicht kaufen. Sie sucht dich wahrscheinlich oben; sie macht ja keinen sehr intelligenten Eindruck. Du sagst ihr besser Bescheid.« Und dann, während das junge Mädchen noch zögernd stand und sich wunderte, fragte diese unerwartete Kritikerin plötzlich: »Du bist wohl eine der Töchter?«

Isabel empfand ihre Umgangsformen höchst ungewöhnlich. »Das kommt darauf an, wessen Töchter Sie meinen.«

»Des verstorbenen Mr. Archer – und meiner armen Schwester.«

»Ach«, sagte Isabel langsam, »dann bist du die verrückte Tante Lydia!«

»Hat dein Vater euch gelehrt, mich so zu nennen? Ich bin deine Tante Lydia, aber ich bin keineswegs verrückt: was keinen Zweifel duldet! Und welche der Töchter bist du?«

»Ich bin die jüngste von uns dreien und heiße Isabel.«

»Richtig, die anderen heißen Lilian und Edith. Bist du die hübscheste?«

»Da habe ich keine Ahnung«, sagte das Mädchen.

»Du wirst es schon sein.« Auf diese Weise hatten Tante und Nichte Freundschaft geschlossen. Die Tante hatte sich vor Jahren mit ihrem Schwager überworfen, als sie ihn nach dem Tode ihrer Schwester über seine verrückten Erziehungsmethoden zur Rede gestellt hatte. Als Mann von hitziger Gemütsart hatte er sie daraufhin aufgefordert, sich gefälligst um ihre eigenen Angelegenheiten zu kümmern, was sie prompt befolgt hatte. Die ganzen Jahre hindurch hatte sie keine Verbindung mit ihm gehabt, auch nach seinem Tode nicht eine Zeile an seine Töchter geschrieben, die in jener respektlosen Meinung über ihre Tante aufgewachsen waren, die Isabel, wie wir sahen, soeben verraten hatte. Mrs. Touchett hatte wie gewöhnlich ihre Maßnahmen wohl überlegt. Sie wollte sich in Amerika um ihre Investierungen kümmern (in die ihr Mann trotz seiner hohen Stellung bei der Finanz keinen Einblick hatte) und dabei die Gelegenheit benutzen, sich nach dem Ergehen ihrer Nichten zu erkundigen. Da erübrigte sich das Schreiben, denn sie hielt nichts von einem Bild, das sie sich stückweise aus einem Brief zusammensetzen mußte; sie traute wie immer nur dem eigenen Augenschein. Isabel entdeckte allerdings, daß ihre Tante ganz gut Bescheid wußte; sie wußte von der Heirat ihrer beiden älteren Schwestern; sie wußte, daß ihr armer Vater nur sehr wenig Geld hinterlassen, daß aber das Haus in Albany, das an ihn gefallen war, zu ihren Gunsten verkauft werden sollte, und schließlich, daß Edmund Ludlow, Lilians Ehemann, diese Sache in die Hand genommen und daß deshalb das junge Paar, das für die Dauer von Mr. Archers Krankheit nach Albany gekommen war, ebenso wie Isabel zur Zeit im Hause wohnte.

»Wieviel Geld erwartet ihr als Erlös?« fragte Mrs. Touchett; ihre Nichte hatte sie ins Wohnzimmer genötigt, worin sie sich abermals ohne viel Enthusiasmus umblickte.

»Da habe ich keine Ahnung«, sagte das Mädchen.

»Das antwortest du bereits zum zweitenmal«, erwiderte die Tante. »Dabei siehst du gar nicht dumm aus.«

»Ich bin auch nicht dumm, aber von Geldsachen verstehe ich nichts.«

»Ja, so seid ihr erzogen worden – als ob ihr eine Million zu erben hättet. Was habt ihr nun tatsächlich geerbt?«

»Das kann ich dir wirklich nicht sagen; da mußt du Edmund und Lilian fragen, sie wollen in einer halben Stunde zurück sein.«

»In Florenz würden wir es ein miserables Haus nennen«, sagte Mrs. Touchett; »aber hier mag es eine ganze Menge abwerfen. Das müßte für jeden von euch eine hübsche Summe geben. Aber darüber hinaus muß doch noch mehr da sein, höchst merkwürdig, daß du das nicht weißt. Die Lage ist sehr günstig, sie werden es wahrscheinlich abreißen und eine Ladenreihe errichten. Ich wundere mich ja, daß du das nicht selber tust; du könntest die Läden sehr vorteilhaft vermieten.«

Isabel machte große Augen; der Gedanke, Läden zu vermieten, war ihr neu. »Hoffentlich reißen sie es nicht ab«, sagte sie; »ich hänge an dem Haus.«

»Dazu hast du wenig Veranlassung; dein Vater ist doch hier gestorben.«

»Ja, aber deswegen ist es mir nicht zuwider«, antwortete das Mädchen ein wenig seltsam. »Ich habe Häuser gern, in denen sich Ereignisse abgespielt haben, selbst wenn es traurige sind. Hier sind viele Leute gestorben. Das Haus war voller Leben.«

»Das also meinst du mit ›voller Leben‹?«

»Ich meine: voller Erfahrung, Erfahrung menschlicher Gefühle und Sorgen. Und nicht nur Sorgen – ich war als Kind hier sehr glücklich.«

»Du solltest nach Florenz kommen, wenn dir Häuser gefallen, in denen etwas geschieht – besonders Todesfälle. Ich wohne in einem alten Palast, in dem drei Menschen ermordet wurden. Drei, von denen man weiß, und ich weiß nicht, wie viele außerdem.«

»In einem alten Palast?« wiederholte Isabel.
»Ja, mein Kind; das ist etwas anderes als dieses Haus. Dieses ist doch sehr bürgerlich.«
Isabel fühlte eine leichte Erregung in sich aufsteigen; sie hatte das Haus ihrer Großmutter immer sehr bewundert. Aber diese Erregung veranlaßte sie nur zu der Bemerkung:
»Ich würde sehr gern nach Florenz reisen.«
»Gut, wenn du sehr brav bist und alles tust, was ich dir sage, werde ich dich mitnehmen«, erklärte Mrs. Touchett.
Die Bewegung unseres jungen Mädchens nahm zu; sie errötete leicht und blickte die Tante lächelnd an. »Alles tun, was du sagst? Ich glaube, das kann ich nicht versprechen.«
»Nein, du siehst mir auch kaum danach aus. Du hast deinen eigenen Kopf. Aber ich dürfte die letzte sein, dich deswegen zu tadeln.«
»Dennoch, um nach Florenz zu kommen«, entfuhr es dem Mädchen im selben Augenblick, »würde ich beinahe alles versprechen.«
Edmund und Lilian ließen sich Zeit mit der Heimkehr, so daß Mrs. Touchett sich ungestört eine Stunde mit ihrer Nichte unterhalten konnte, die in ihr eine eigenartige und interessante Persönlichkeit kennenlernte – vor allem eine Persönlichkeit, eigentlich die erste, die ihr begegnete. Sie war genauso exzentrisch, wie Isabel immer vermutet hatte. Doch wenn sie sich bisher unter einem exzentrischen Menschen immer eine taktlose und aufgeregte Person vorgestellt und dieser Ausdruck für sie stets etwas Groteskes oder Finsteres gehabt hatte, so entdeckte sie jetzt, daß die Exzentrik ihrer Tante leichteste, ja komödienhafte Ironie war, so daß sie sich heimlich eingestand, daß sie sich noch nie im Leben so angeregt unterhalten hatte. Niemand hatte sie bisher so gefesselt wie diese ausländisch wirkende kleine Person mit den dünnen Lippen und den glänzenden Augen, die ihr unscheinbares Äußeres durch auffallende Manieren wieder wettmachte und in ihrem vielgetragenen Regenmantel mit aufregender Vertrautheit von allen Höfen Europas sprach. Mrs. Touchett war nicht leichtfertig, aber soziale Unterschiede ließ sie nicht gelten, und da ihr Urteil über die Großen dieser Welt dieser Einstellung entsprach, genoß sie die Genugtuung, einen tiefen Eindruck auf Isabels reines und empfängliches Gemüt zu machen. Isabel hatte anfangs eine Reihe von Fragen beantwortet, und Mrs. Touchett hatte aus ihren Antworten offen-

sichtlich eine sehr hohe Meinung von ihrer Intelligenz gewonnen. Aber dann hatte Isabel gefragt, und in welche Richtung die Antworten ihrer Tante auch liefen, sie gaben Stoff genug zu tiefem Nachdenken. Mrs. Touchett wartete auf die Rückkehr ihrer anderen Nichte, solange sie es für angemessen hielt, aber als Mrs. Ludlow auch um sechs Uhr noch nicht erschienen war, rüstete sie zum Aufbruch.

»Deine Schwester muß eine große Klatschbase sein. Bleibt sie immer so lange aus?«

»Du bist ebensolange geblieben«, erwiderte Isabel, »sie hatte das Haus kaum verlassen, als du eintratest.«

Mrs. Touchett fühlte sich durchaus nicht getroffen, sie schien sich vielmehr über die kecke Antwort zu freuen, die ihr Gelegenheit zu einer huldvollen Erwiderung gab: »Sie wird aber kaum eine so triftige Entschuldigung haben wie ich. Bestell ihr auf jeden Fall, sie möchte mich heute abend noch in meinem abscheulichen Hotel aufsuchen. Wenn sie Lust hat, soll sie ihren Mann mitbringen, aber dich soll sie zu Hause lassen. Wir werden uns später noch zur Genüge sehen.«

IV

Mrs. Ludlow war die älteste der drei Schwestern und galt gemeinhin als die vernünftigste. Im übrigen besagte die Klassifizierung, daß Lilian die praktischste, Edith die schönste und Isabel die gescheiteste von ihnen war. Mrs. Keyes, die zweite, war die Frau eines Pionieroffiziers der amerikanischen Armee, und da unsere Geschichte sich nicht weiter mit ihrer Person befassen wird, mag es genügen, wenn wir erwähnen, daß sie in der Tat sehr hübsch und in den verschiedenen Garnisonstädten der umschwärmte Mittelpunkt war. Freilich lagen diese meist im unmodernen Westen, und es war ihr tiefster Kummer, daß ihr Mann beständig dorthin versetzt wurde. Lilian hatte einen Juristen aus New York geheiratet, einen jungen Mann mit lautem Organ und großer Begeisterung für seinen Beruf; diese Verbindung war keineswegs glänzend, ebensowenig wie Ediths. Aber von Lilian hatte es schon wiederholt geheißen, sie müsse dankbar sein, überhaupt geheiratet zu haben; sie war längst nicht so hübsch wie ihre Schwestern. Aber als Mutter von zwei obstinaten kleinen Buben und als Herrin eines Hauses in der

35. Straße war sie jetzt doch strahlend glücklich und schien ihre Stellung in einem Maße zu genießen, als sei sie damals zum mindesten mit ihrem Manne durchgegangen. Sie war kurz und ein wenig gedrungen; ob sie Anspruch auf Figur erheben konnte, stand zur Debatte; besaß sie keine imponierende Statur, so mußte man ihr doch eine gewisse Haltung zubilligen. Außerdem hatte sie, wie man zu sagen pflegt, seit ihrer Heirat »sehr gewonnen«. Zwei Dinge in ihrem Leben gab es, die sie besonders beobachtete: die Geschicklichkeit ihres Mannes im Argumentieren und die Besonderheit ihrer Schwester Isabel. »Ich habe mit Isabel niemals Schritt halten können – es hätte mich sonst meine ganze Zeit gekostet«, bemerkte sie häufig; dem zum Trotz aber schenkte sie ihr ein recht wehmütiges Augenmerk, so etwa wie ein mütterlicher Spaniel es einem freien Windhund widmen mag. »Ich möchte sie sicher verheiratet wissen – mehr will ich ja gar nicht«, bekannte sie ihrem Manne wiederholt.

»Na, ich hätte keine besondere Lust, sie zu heiraten«, pflegte Ludlow darauf mit äußerster Stimmstärke zu antworten.

»Ich weiß, das sagst du nur aus Freude am Widerspruch. Du beziehst immer die Stellung des Gegners. Ich wüßte nicht, was du gegen sie haben könntest, es sei denn, dich störte ihre Originalität.«

»Allerdings, ich schätze Originale nicht; Übersetzungen sind mir lieber«, hatte Mr. Ludlow mehr als einmal entgegnet. »Isabel ist in fremder Zunge geschrieben, ich werde nicht klug aus ihr. Sie sollte einen Armenier oder Portugiesen heiraten.«

»Sie wär's imstande! Das ängstigt mich ja gerade«, hatte Lilian geantwortet, die Isabel alles zutraute.

Mit gespanntem Interesse hörte sie zu, als ihr die Schwester von dem Erscheinen der Tante berichtete, und traf sogleich alle Vorbereitungen, dem Wunsch der Tante zu entsprechen. Was Isabel noch hinzusetzte, ist nicht überliefert, aber es war für Lilian der Anlaß zu folgender Unterhaltung mit ihrem Manne, als beide sich zu dem abendlichen Besuch umkleideten:

»Ich hoffe inständig, sie wird Isabel etwas Gutes erweisen; sie hat sie augenscheinlich ins Herz geschlossen.«

»Was versprichst du dir denn?« fragte Edmund Ludlow. »Soll sie ihr ein großes Geschenk machen?«

»Aber nein, nichts Derartiges! Sie soll sich für Isabel interessieren – ihr ein wenig Sympathie entgegenbringen. Anscheinend ist sie ganz der Mensch, der ihren Wert zu würdigen weiß. Sie hat so viel in ausländischen Kreisen verkehrt – wie sie Isabel erzählte. Du weißt doch, du hast ja Isabel auch immer für ein bißchen ausländisch gehalten.«

»Dann soll sie ihr also ein bißchen ausländische Sympathie erweisen, wie? Findest du nicht, daß sie davon zu Hause genug bekommt?«

»Ach, sie sollte auf Reisen gehen«, sagte Mrs. Ludlow, »sie ist ganz der Mensch dazu.«

»Und du wünschst, daß die alte Dame sie mitnimmt, wenn ich dich recht verstehe?«

»Sie hat sich schon dazu erboten – sie brennt darauf, Isabel mitzunehmen. Aber was ich möchte, ist, daß sie ihr dabei auch alle Vorteile bietet. Wir müssen ihr einfach diese Chance verschaffen.«

»Welche Chance?«

»Sich frei zu entwickeln.«

»O Moses!« rief Edmund Ludlow. »Hoffentlich entwickelt sie sich nicht noch weiter!«

»Wenn ich nicht wüßte, daß du das bloß sagst, um zu widersprechen, müßte ich mich grämen. Aber du weißt ganz gut, daß du sie liebst.« –

»Weißt du auch, daß ich dich liebe?« sagte der junge Mann ein wenig später im Scherz zu Isabel, während er seinen Hut abbürstete.

»Ich weiß nur, daß mir das vollständig gleichgültig ist«, rief das Mädchen, doch Stimme und Lächeln waren weniger hochfahrend als ihre Worte.

»Oh, seit Mrs. Touchetts Besuch ist sie erhaben«, sagte ihre Schwester.

Aber Isabel begegnete dieser Behauptung mit Entschiedenheit.

»Das mußt du nicht sagen, Lilian. Ich komme mir gewiß nicht erhaben vor.«

»Es war nicht bös gemeint«, sagte die versöhnliche Lilian.

»An Mrs. Touchetts Besuch war wahrhaftig nichts, was einen hätte erhaben machen können.«

»Oh«, rief Ludlow, »das klingt ja noch erhabener!«

»Wenn ich mich jemals erhaben fühlen sollte, dann bei einem gewichtigeren Anlaß«, sagte das Mädchen.

Ob erhaben oder nicht, auf jeden Fall war ihr anders zumute; ihr war, als sei plötzlich etwas mit ihr geschehen. Sich selbst überlassen, saß sie abends noch ein Weilchen unter der Lampe, die Hände im Schoß, ohne die gewohnte Beschäftigung. Dann erhob sie sich und ging im Zimmer umher, dann von einem Zimmer ins andere, wobei sie sich möglichst aus dem Schein der Lampe fernhielt. Sie war unruhig, ja bewegt, zuweilen befiel sie ein leises Zittern. Die Wichtigkeit der Ereignisse stand in keinem Verhältnis zu ihrem äußeren Anschein. Trotzdem: ihr Leben hatte sich auf einmal geändert. Was das im einzelnen bedeutete, ließ sich nicht im mindesten absehen; aber Isabel befand sich in einer Lage, in welcher sie jeden Wechsel begrüßte. Sie spürte ein Verlangen, sich von ihrer Vergangenheit zu lösen und, wie sie es nannte, einen neuen Anfang zu machen. Dieses Verlangen war allerdings nicht erst heute nachmittag entstanden; es war ihr so vertraut wie das Trommeln des Regens gegen ihr Fenster und hatte schon viele Male zu einem neuen Anfang geführt. Mit geschlossenen Augen saß sie jetzt in der dämmerigen Ecke des stillen Wohnzimmers; nicht, daß es sie nach Ruhe und Frieden verlangte, im Gegenteil, sie fühlte sich hell und wach und wollte nur der Fülle der Bilder Einhalt tun, die ihre Seele bestürmten. Ihre Phantasie war schon gewöhnlich ungemein rege, sie sprang gleichsam sofort zum Fenster hinaus, wenn sie die Tür verschlossen fand. Sie hinter verriegelter Tür zu lassen, hatte Isabel immer verabsäumt. In so wichtigen Momenten wie jetzt, wo es ihr lieb gewesen wäre, nur ihrer gesunden Urteilskraft zu vertrauen, büßte sie dafür, ihrer Art, alle Dinge unbesehen zu akzeptieren, niemals Zwang auferlegt zu haben. In dem Bewußtsein, die Stunde der Entscheidung habe geschlagen, besann sie sich gegenwärtig auf alle Dinge, die sie nun zurücklassen würde. Die Jahre und Stunden ihres Lebens zogen an ihr vorüber, und während die Stille ringsum nur kurz durch das Ticken der großen bronzenen Uhr unterbrochen wurde, betrachtete Isabel sie unverwandt. Sie hatte ein glückliches Leben geführt und konnte sich selbst nur glücklich preisen. Diese Erkenntnis drängte sich ihr vor allem auf. Sie hatte von allem nur das Beste genossen, und in einer Welt, in der nur wenigen Menschen ein beneidenswertes Los zuteil wird, mußte es schon als Vorteil gelten, niemals etwas sonderlich Unangenehmes erlebt zu haben. Dies erschien Isabel nun beinahe als ein Mangel, denn aus ihrer Kenntnis der Literatur hatte sie wohl erfahren, daß Unannehmlichkeiten interessant, ja zuweilen lehrreich sein können. Ihr Vater hatte all das von ihr ferngehalten, ihr schöner und vielgeliebter Vater, der immer eine solche Abneigung dagegen gehegt hatte. Es war ein großes Glück, ihn zum Vater gehabt zu haben; Isabel empfand sogar einen gewissen Stolz auf ihre Abstammung. Seit seinem Tode ahnte ihr freilich, er habe seinen Kindern nur seine freundlichere Seite zugekehrt und sei dem Häßlichen in der Welt gar nicht so ferngestanden, wie sein Reden das hatte vermuten lassen. Aber dadurch war ihre zärtliche Liebe zu ihm nur gewachsen; es war nicht einmal mehr sonderlich schmerzlich, daß man ihn für zu großzügig, zu freigebig, für zu gleichgültig gegenüber allen kleinlichen Rücksichten halten mußte. Viele Leute waren der Ansicht gewesen, daß seine Gleichgültigkeit zu weit ging, besonders die vielen, denen er Geld schuldete. Was diese in Wahrheit über ihn dachten, hatte Isabel niemals genau erfahren. Aber den Leser mag es interessieren, daß sie zwar anerkannten, der spätere Mr. Archer habe einen auffallend schönen Kopf und ein einnehmendes Wesen gehabt (er nahm, was er kriegen konnte, hatte sogar einer gesagt), aber daß sie doch behaupteten, er habe sein Leben wenig zu nutzen gewußt. Er hatte ein beträchtliches Vermögen verschleudert, ein Schlemmerleben geführt und leichtsinnig gespielt. Einige böse Kritiker gingen in ihrer Behauptung sogar so weit, er habe nicht einmal seine Töchter erzogen. Sie hatten keine regelmäßige Erziehung und kein festes Elternhaus gehabt; man hatte sie gleichzeitig verwöhnt und vernachlässigt. Entweder hatten sie mit einem Fräulein oder einer Gouvernante (meist sehr schlechten) zusammen gewohnt oder waren in oberflächliche französische Schulen geschickt worden, wo sie am Monatsende unter Tränen wieder ausschieden. Isabel hätte freilich diese Schilderung mit Entrüstung abgelehnt; ihrem Urteil nach hatten ihnen reiche Bildungsmöglichkeiten offengestanden. Selbst als der Vater seine drei Töchter auf ein Vierteljahr in Neuchâtel mit einer französischen Bonne zurückließ, die mit einem russischen Aristokraten durchging, der im selben Hotel gewohnt hatte – selbst an dieser ungewöhnlichen Situation (das Kind war damals elf Jahre alt) hatte sie nichts Beängstigendes oder Beschämendes gefunden, sondern sie als romantische Episode einer liberalen Erziehung betrachtet. Ihr Vater hatte eine großzügige Auffassung vom Leben, was durch die Unruhe seines Wesens und den gelegentlichen Zwiespalt in seinem Benehmen nur bestätigt wurde. Er wollte, daß seine Töchter schon im Kindesalter soviel wie nur möglich von der

Welt zu sehen bekamen, er hatte sie zu diesem Zweck, noch vor Isabels vierzehntem Jahr, dreimal über den Atlantik geschleppt, um ihnen dann jedoch nur wenige Monate Zeit zum Studium der geplanten Dinge zu lassen; ein Verhalten, das den Wissensdurst unserer Heldin angestachelt hatte, ohne sie in den Stand zu setzen, ihn auch zu befriedigen. Sie wäre ihrem Vater der richtige Kamerad gewesen, denn sie war diejenige des Trios, die ihn am meisten für alle Unannehmlichkeiten, die er verschweigen mußte, entschädigte. Die allgemeine Bereitwilligkeit seiner letzten Tage, aus einer Welt zu scheiden, in der es mit zunehmendem Alter immer schwieriger wurde, nach eigenem Belieben zu handeln, war empfindlich von dem Abschiedsschmerz verdunkelt worden, sich von seinem gescheitesten, seinem liebsten und ungewöhnlichsten Kind trennen zu müssen. Später, als die Europareisen aufhörten, hatte er seinen Kindern weiter die buntesten Zerstreuungen geboten; er mochte schwere Geldsorgen haben, aber ihnen hatte er den unerschütterlichen Glauben an reiche Besitztümer erhalten.

Obwohl sie gut tanzte, hatte Isabel nicht den Eindruck, daß sie im New-Yorker Tanzzirkel sehr erfolgreich gewesen sei; ihre Schwester Edith hatte nach allgemeiner Ansicht viel mehr Beifall gefunden. Ediths Erfolge waren so offensichtlich gewesen, daß Isabel über die Ursache ihrer Beliebtheit nicht im unklaren bleiben konnte, wobei sie auch ihre eigenen Grenzen erkannte: Sie konnte nicht jauchzen, springen und überschäumen und damit gar noch Eindruck machen. Von zwanzig Personen hätten neunzehn (zu denen auch die jüngere Schwester gehörte) Edith für die unumstritten hübschere gehalten; die zwanzigste hätte allerdings nicht nur das Urteil umgestoßen, sondern sich noch ein Vergnügen daraus gemacht, die anderen für ästhetische Plebejer zu erklären. Isabel fühlte im Grunde ihres Herzens ein viel unbändigeres Verlangen, Gefallen zu erregen, als Edith; aber dieser Herzensgrund lag in solcher Tiefe, daß eine Verständigung zwischen ihm und ihrer Oberfläche durch ein Dutzend kapriziöser Einfälle ständig gestört wurde. Sie sah, wie die jungen Leute in großer Zahl ihre Schwester besuchten, vor ihr aber hatte man allgemein Angst; man glaubte, es bedürfe besonderer Voraussetzungen, um sich mit ihr zu unterhalten. Der Ruf einer eifrigen Leserin hüllte sie wie der Mantel einer Göttin aus einem klassischen Epos ein, und das bedeutete für ihre Partner, in schwierige Fragen verwickelt zu werden, ohne dabei die

Temperatur der Unterhaltung über den Gefrierpunkt bringen zu können. Das arme Mädchen wollte gern für gescheit gelten, aber sie haßte es, als Bücherwurm verschrien zu werden; fortan las sie nur noch heimlich und vermied es, obwohl sie ein glänzendes Gedächtnis hatte, mit ihren Kenntnissen zu prunken. Ihr Wissensdurst war unbezähmbar, instinktiv zog sie jedoch jede Belehrung aus erster Hand dem gedruckten Bücherwissen vor. Sie hatte eine brennende Neugier nach dem Leben und befand sich in einem Zustand dauernder Verwunderung. In ihrem Innern ruhte eine große Lebenskraft, und mit tiefer Freude empfand sie, wie die Bewegtheit der Welt mit den Bewegungen ihrer eigenen Seele übereinstimmte. Aus diesem Grunde schon sah sie mit Vorliebe Menschenansammlungen und große Landstraßen, las sie von Revolutionen und Kriegen, betrachtete sie historische Bilder – wobei sie sich oft bei dem bekannten Fehler ertappte, dem Maler sein schlechtes Gemälde zugunsten seines Gegenstandes zu verzeihen. Während des Bürgerkrieges war sie noch sehr jung gewesen und hatte Monate in einem Zustand leidenschaftlicher Erregung verbracht, als sie sich zu ihrer grenzenlosen Verwirrung von den Bravourtaten beider Armeen hingerissen fühlte, deren keine sie zu verdammen wußte.

Als später die ersten Freier auftauchten, verlor keiner von ihnen soweit den Kopf, sie gesellschaftlich zu kompromittieren; wer sich ihr näherte, tat es nur mit gemäßigtem Herzklopfen, so daß ihr die Möglichkeiten ihres Alters und ihres Geschlechts noch verborgen blieben. Sie hatte alles gehabt, was ein Mädchen sich nur wünschen konnte: Freundschaft, Bewunderung, Bonbons, Buketts, alle gesellschaftlichen Vergnügungen der Welt, der sie angehörte, unerschöpfliche Tanzgelegenheiten, eine Fülle neuer Kleider, die letzten Neuerscheinungen, den *Spectator* aus London, Gounods Musik, Brownings Poesie und George Eliots Prosa.

Alle diese Dinge schlossen sich jetzt in der Erinnerung zu einer Unmenge von Bildern und Figuren zusammen. Vergessenes kehrte wieder, vieles andere, eben noch schrecklich Wichtige verlor jede Bedeutung. Das hatte ein kaleidoskopisches Ergebnis – aber da kam plötzlich das Mädchen und meldete den Besuch eines Herrn, so daß die Bilder zusammenfielen. Der Herr nannte sich Caspar Goodwood; ein aufrechter junger Mann aus Boston, der Miß Archer seit einem Jahr kannte und sie für das schönste Mädchen auf Erden hielt, also zu jenen gehörte, die von der Zeit, in welcher diese Erkenntnis noch nicht Allgemeingut gewesen, als der traurigsten Epoche der Weltgeschichte sprachen. Er schrieb ihr zuweilen und hatte vor ein, zwei Wochen aus New York geschrieben. Den ganzen Regentag über hatte sie eigentlich mit seinem Kommen gerechnet. Als sie jetzt hörte, er sei da, hatte sie trotzdem wenig Lust, ihn zu sehen. Er war der beste unter allen jungen Leuten, die sie kannte; er war tatsächlich ein ganz prächtiger Mensch, sie empfand ihm gegenüber einen Respekt, wie ihn ihr bisher noch kein Mensch hatte einflößen können. Man nahm an, er wolle sie heiraten. Aber schließlich war das eine Angelegenheit, die nur sie beide anging.

So viel stand jedenfalls fest, daß er nur ihretwegen die Reise nach Albany unternommen, nachdem er in New York, wo er einige Tage beschäftigt war und sie anzutreffen gehofft hatte, erfahren hatte, daß sie noch in der Hauptstadt weile. Isabel zögerte ein paar Minuten, ob sie zu ihm gehen solle. Sie bewegte sich durch ihr Zimmer mit dem Gefühl neuer Schwierigkeiten. Aber schließlich erschien sie im Besuchszimmer; sie fand ihn unter der Lampe stehen. Er war groß, kräftig und ein wenig steif; er war ferner mager und gebräunt. Sein Äußeres besaß nichts Romantisches, war aber von einer gewissen düsteren Schönheit; durch die auffallend starke Bläue seiner Augen, die zu seinem Teint nicht passen wollte, und jene Eckigkeit der Kinnpartie, die Entschlossenheit verraten soll, zog er die Blicke auf sich. Isabel konnte heute abend diese Entschlossenheit feststellen, aber trotzdem hatte Caspar Goodwood, der nicht nur entschlossen, sondern auch voller Hoffnung gekommen war, eine halbe Stunde später auf dem Weg zu seinem Hotel deutlich das Gefühl, ein geschlagener Mann zu sein. Aber wir müssen hinzusetzen: Er war nicht der Mann, einen Schlag kampflos hinzunehmen.

V

RALPH Touchett war ein Philosoph; indessen klopfte er jetzt (dreiviertel sieben) mit einer gewissen Erwartung an die Tür seiner Mutter. Selbst Philosophen haben ihre Vorlieben, und es ließ sich nicht bestreiten, daß er seinem Erzeuger den Hauptanteil seiner kindlichen Liebe zuwandte. Er wußte, sein Vater besaß die mütterlichen Gefühle, während seine Mutter die väterlichen Eigenschaften verkörperte; sie war eigentlich »der alte Herr«, wie man das heute nachlässig nennt. Dabei war sie ihrem Kind sehr zugetan und hatte immer darauf geachtet, daß sie wenigstens drei Monate des Jahres bei ihm weilte. Ralph ließ ihrer Neigung alle Gerechtigkeit widerfahren und war sich wohl bewußt, daß er in ihren Gedanken und ihrem wohlgeordneten, gepflegten Haushalt durchaus den zweiten Platz innehatte; er rangierte gleich hinter ihren täglichen Sorgen und den häuslichen Verrichtungen ihrer Angestellten.

Er fand sie schon zum Abendessen umgekleidet, aber sie umarmte ihren Sohn mit behandschuhten Händen und zog ihn neben sich aufs Sofa. Sie erkundigte sich eingehend nach seiner Gesundheit und der ihres Gemahls. Als der Bericht nicht gerade glänzend ausfiel, bemerkte sie, wie weise sie gehandelt habe, ihre Gesundheit nicht dem englischen Klima ausgesetzt zu haben; dem hätte auch sie nicht standgehalten. Ralph mußte bei der Vorstellung lächeln, daß sie einmal nicht standhalten würde, und verzichtete auf die Entgegnung, daß seine Anfälligkeit nicht vom englischen Klima herrühre, da er ja jedes Jahr für längere Zeit verreise.

Er war noch ein kleiner Junge gewesen, als sein Vater Daniel Tracy Touchett aus Rutland im Staate Vermont nach England kam und als junger Teilhaber in ein Bankhaus eintrat, das zehn Jahre später völlig unter seiner Aufsicht stehen sollte. Damals hatte Touchett vorausgesehen, daß er wohl sein Leben lang in England bleiben würde; er hatte von diesem Lande eine schlichte, gesunde und den Tatsachen entsprechende Vorstellung. Dabei hatte er keineswegs die Absicht, seine amerikanische Herkunft zu verleugnen oder seinen Sohn in dieser mühseligen Kunst zu unterweisen. In England zu leben, sich anzupassen, ohne bekehrt zu werden, war für ihn ein leicht lösbares Problem gewesen, so daß er auch für seinen Sohn und gesetzlichen Erben keine Schwierigkeiten darin erblickte, später einmal die graue, alte Bank in dem hellen Lichte Amerikas fortzuführen. Auf jeden Fall scheute er keine Mühe, den Knaben schon frühzeitig an dieses scharfe Licht zu gewöhnen, indem er ihn drüben erziehen ließ. Ralph hatte einige Jahre auf amerikanischen Schulen zugebracht und an einer amerikanischen Universität Examen gemacht, so daß er bei seiner Rückkehr seinem Vater so übermäßig »eingeboren« vorkam, daß dieser ihn schleunigst auf drei Jahre nach Oxford schickte. Oxford tilgte Harvards Spuren, und Ralph wurde ein passabler Engländer. Daß er sich äußerlich seiner Umgebung völlig anpaßte, gehörte zu der Maske seines Geistes, dem eigene Unabhängigkeit über alles ging, der nicht lange fremden Einflüssen unterlag und der, seinem natürlichen Hang zu Abenteuer und Ironie folgend, sich unbegrenzt die Freiheit nahm, alle Dinge selbständig auf ihren Wert zu prüfen. Er begann, ein vielversprechender junger Mann zu werden; in Oxford zeichnete er sich aus, was seinen Vater ungemein befriedigte, und alle, die ihn kannten, fanden, es sei ein Jammer, daß ein so kluger Bursche nicht sofort Karriere machen konnte. Ralph hätte in seinem Heimatland Karriere machen können – inwiefern, mag hier dahingestellt bleiben –, aber selbst wenn sein Vater in die Trennung gewilligt hätte (was er gewiß nicht tat), ihm selbst wäre es bitter schwergefallen, auf die Dauer eine Wasserwüste zwischen sich und dem alten Mann zu wissen, den er als seinen besten Freund betrachtete. Ralph hing nicht nur an seinem Vater, er bewunderte ihn, er genoß jede Gelegenheit, sein Wesen zu beobachten. In seiner Vorstellung war Daniel Touchett ein genialer Mensch, und ob er selbst auch keine Begabung für die Mysterien der Geldwirtschaft besaß, so bemühte er sich doch, so weit darin einzudringen, um ermessen zu können, welch glänzende Rolle sein Vater darin gespielt hatte. Doch nicht diese Vorzüge empfand er als die feinsten; mehr noch schätzte er die Standhaftigkeit, mit welcher der alte Mann die feine elfenbeinerne Oberfläche seines Charakters, die gleichsam von der englischen Luft poliert war, allen eindringenden Einflüssen entgegengehalten hatte. Daniel Touchett hatte weder Harvard noch Oxford besucht, es war seine eigene Schuld, wenn nun sein Sohn den Schlüssel zur modernen Kritik in den Händen hielt. Ralph, dessen Kopf mit Ideen angefüllt war, von denen sein Vater nicht die leiseste Ahnung hatte, besaß ein feines Gefühl für die Originalität des anderen. Man rühmt den Amerikanern – ob zu Recht oder zu Unrecht – immer eine gewisse Leichtfertigkeit nach, mit welcher sie sich fremden Bedingungen anpassen; bei Mr. Touchett waren es gerade die Schranken seiner Anpassungsfähigkeit, die seinen Erfolg gewährleistet hatten. In aller Frische hatte er sich die Spuren seiner ersten Prägung bewahrt, auch in seinem Tonfall bemerkte der Sohn immer mit Vergnügen noch den alten, reichen Klang der Heimat. Am Ende seines Lebens war er neben allem äußeren Reichtum auch auf eigenem Boden zu der Reife seines Wesens gekommen: Er vereinigte in sich eine umfassende Schlauheit mit einer Anlage zu oberflächlicher Verbrüderung; dadurch hatte seine soziale Stellung, an die er nie einen Gedanken verschwendete, die runde Vollkommenheit einer unberührten Frucht erlangt. Mochte es an seiner mangelnden Einbildungskraft liegen, an dem Fehlen eines historischen Bewußtseins, jedenfalls verschloß sich sein Sinn allen Eindrücken, die sonst das englische Leben bei jedem kultivierten Ausländer hinterläßt. Da gab es gewisse Unterschiede, die er niemals bemerkt, gewisse Gepflogenheiten, die er niemals angenommen, und gewisse Schleier, die er niemals gelüftet hatte. Was die letzteren betraf, so hätte sein Sohn im anderen Fall sofort wesentlich geringer von ihm gedacht.

Als Ralph Oxford verließ, war er anschließend ungefähr zwei Jahre auf Reisen gegangen, bis er sich auf einem hohen Schemel in der väterlichen Bank wiederfand. Die Verantwortung und Ehre einer solchen Stellung läßt sich meines Wissens nicht nach der Höhe des Schemels bemessen, sie hängt von anderen Überlegungen ab: Ralph mit seinen langen Beinen stand in Wirklichkeit lieber, am liebsten ging er bei der Arbeit auf und ab. Doch dieser Gewohnheit konnte er nur kurze Zeit folgen, denn schon nach knapp zwei Jahren mußte er die langsame Zerrüttung seiner Gesundheit feststellen. Eine heftige Erkältung hatte sich auf die Lunge gelegt und brachte sie in schreckliche Unordnung. Er mußte die Arbeit aufgeben und sich fortan der trüben Aufgabe unterziehen, buchstäblich nur noch seiner Gesundheit zu leben. Anfangs nahm er es auf die leichte Achsel; es schien ihm nicht der Mühe wert, auf eine so uninteressante Person wie sein eigenes Ich, mit dem er nichts zu schaffen hatte, Rücksicht und Sorgfalt zu verschwenden. Unglück stiftet merkwürdige Kameradschaft, daher widmete unser junger Mann im Gefühl einer gewissen eigenen Bedeutung – er kannte seinen Ruf als eines Mannes von Geist – fortan seinem kläglichen Schützling eine Aufmerksamkeit, die ihre Früchte trug: Der arme Kerl blieb wenigstens am Leben. Eine seiner Lungen begann zu heilen, die andere machte Anstalten, diesem guten Beispiel zu folgen, und man versicherte dem Patienten, er werde noch einige Dutzend Winter überleben, wenn er sich in jenes Klima verfüge, in dem sich Lungenkranke hauptsächlich zusammenscharen. Da er sich inzwischen vorzüglich in London eingelebt hatte, ging er nur zähneknirschend in die Verbannung. Als aber seine empfindliche Lunge dankbar auf diese widerstrebend gewährte Wohltat reagierte, bewilligte er sie künftig mit weniger Ingrimm. Er überwinterte im Ausland, wärmte sich in der Sonne, blieb zu Hause, wenn der Wind blies, ging zu Bett, wenn es regnete, und ein- oder zweimal, wenn es in der Nacht geschneit hatte, stand er überhaupt nicht auf.

Ein geheimer Vorrat von Gleichgültigkeit – wie ein runder Kuchen, den eine gute alte Kinderfrau ihm für den Schulweg zugesteckt haben mochte – kam ihm dabei zu Hilfe, so daß er sich mit seinem Schicksal aussöhnte. Denn auch in seinen besten Stunden war er zu krank für eine ernsthafte Beschäftigung. Er redete sich ein, daß es wahrhaftig nichts gab, was er besonders gern getan hätte, so daß er schließlich nicht ganz darauf verzichtete, Ehre einzulegen. Gegenwärtig jedoch lockte ihn zuweilen der duftende Schmelz der verbotenen Frucht und erinnerte ihn, daß Tatendrang der schönste Rausch unseres Lebens ist. Ein Leben, wie er es jetzt führte, kam der Lektüre eines guten Buches in schlechter Übersetzung gleich, ein karges Vergnügen für einen jungen Mann, der von seinen linguistischen Gaben überzeugt war. Er hatte gute und schlechte Winter überstanden, und während die guten anhielten, war er oft ein Spielball der Vision vollständiger Heilung geworden. Aber diese Visionen waren drei Jahre vor den Ereignissen, mit denen unsere Geschichte beginnt, zerflattert. Er hatte damals zu lange in England gezögert; schlechtes Wetter hatte ihn überrascht, bevor er die Küste Algiers erreichte. Bei seiner Ankunft mehr tot als lebendig, schwebte er wochenlang in Lebensgefahr. Seine Genesung war ein Wunder, und der erste Nutzen, den er daraus zog, war, sich klarzumachen, daß solche Wunder nur einmal passieren. Er sagte sich, daß seine Stunde herangerückt sei und daß er das wohl oder übel im Auge behalten müsse, doch daß es ihm auch freistünde, die verbleibende Spanne so angenehm hinzubringen, wie es unter solchem Vorzeichen noch möglich war. Im Bewußtsein ihres drohenden Verlustes wurde jetzt die einfache Anwendung seiner Fähigkeiten zu einem exquisiten Vergnügen; es schien ihm, man habe die Freuden der Kontemplation niemals genügend gerühmt. Jene Zeit, in der es ihn bitter angekommen war, alle Träume von Leistung und Auszeichnung zu begraben, hatte er weit hinter sich gelassen. Seinen Freunden erschien er jetzt heiterer, was sie einer neuen Heilungstheorie zuschrieben, über die sie bedenklich die Köpfe schüttelten. Ach, seine Heiterkeit war nichts als ein Büschel Feldblumen, die auf seinen Trümmern blühten.

Wahrscheinlich lag es an dem süßen Reiz ihrer Person, daß die Ankunft der jungen Dame in Ralph dieses jähe Interesse entfachte. Sie war ganz augenscheinlich reizvoll. Wenn er sich behutsam verhielt – so fühlte er heraus –, hatte er hier etwas, das ihn einige Zeit ausfüllen konnte. Wir dürfen noch zusammenfassend hinzufügen, daß in seinem reduzierten Lebensplan die Liebe – wohl unterschieden vom Geliebtwerden – noch sehr wohl ihren Platz behauptete. Er hatte sich nur jeden Gefühlsausbruch untersagt. Er jedenfalls würde seiner Kusine keine Leidenschaft einflößen, noch auch würde sie, selbst wenn sie gewollt hätte, ihm seinerseits dazu verhelfen können.

»Erzähl mir von der jungen Dame«, sagte er zu seiner Mutter, »was hast du mit ihr vor?«

Mrs. Touchett antwortete prompt. »Ich will deinen Vater bitten, sie auf drei, vier Wochen nach Gardencourt einzuladen.«

»Solcher Etikette bedarf es nicht«, sagte Ralph. »Selbstverständlich wird Vater sie einladen.«

»Da bin ich nicht sicher. Sie ist *meine* Nichte, nicht seine.«

»Herrgott, liebe Mutter, welch feines Gefühl für Eigentumsverhältnisse! – Um so mehr Ursache, sie einzuladen. Aber danach – ich meine nach drei Monaten (denn es wäre Blödsinn, sie nur auf kümmerliche drei Wochen zu bitten) – was willst du dann mit ihr anfangen?«

»Dann will ich sie nach Paris mitnehmen. Ich will ihr Kleider kaufen.«

»Ach, richtig, das leuchtet mit ein. Und abgesehen davon?«

»Werde ich sie für den Herbst nach Florenz einladen.«

»Du bleibst immer im Detail stecken, liebste Mutter«, sagte Ralph. »Ich wüßte gern, was du so im großen und ganzen an ihr tun willst.«

»Meine Pflicht!« erklärte Mrs. Touchett. »Anscheinend tut sie dir sehr leid.«

»Nein, das wohl kaum. Sie ist nicht der Mensch, mein Mitleid zu erregen. Eher glaube ich, daß ich neidisch bin. Doch das kann ich erst sicher sagen, wenn du mir andeutest, worin du deine Pflicht siehst.«

»Ihr vier Länder Europas zu zeigen – zwei davon soll sie selbst

bestimmen – und ihr Gelegenheit zu geben, ihr Französisch zu vervollkommnen; sie spricht schon ganz nett.«
Ralph runzelte ein wenig die Stirn. »Das klingt ziemlich trokken – selbst wenn sie sich zwei Länder aussucht.«
»Wenn es zu trocken ist«, sagte seine Mutter und lachte, »dann wird Isabel schon für Bewässerung sorgen! Sie ist jeden Tag wie ein Sommerregen.«
»Du hältst sie für begabt?«
»Ich weiß nichts von ihrer Begabung, aber sie ist ein kluges Mädchen – mit starkem Willen und klarem Gemüt. Langeweile kennt sie nicht.«
»Das kann ich mir vorstellen«, sagte Ralph und setzte unvermittelt hinzu: »Wie vertragt ihr euch beide?«
»Willst du damit sagen, daß ich langweilig bin? Ich glaube nicht, daß sie das findet. Andere Mädel mögen das tun, ich weiß; aber Isabel ist zu klug dazu. Ich denke, ich amüsiere sie. Wir vertragen uns, weil ich sie verstehe; ich kenne ihre Art. Sie ist sehr offen und ich bin sehr offen: wir wissen einer vom anderen, woran wir sind.«
»Ach, liebste Mutter«, rief Ralph, »bei dir weiß man immer, woran man ist. – Du hast mich noch nie überrascht, bis heute – als du mir eine hübsche Kusine beschertest, von deren Existenz ich nichts ahnte.«
»Findest du sie so hübsch?«
»Ausnehmend hübsch; aber das ist nicht das Entscheidende. Sie ist in allem etwas Besonderes, das fällt mir auf. Wer ist dieses seltsame Geschöpf, was ist sie? Wo hast du sie gefunden und wie hast du ihre Bekanntschaft gemacht?«
»Ich fand sie in einem alten Haus in Albany; da saß sie an einem regnerischen Tag in einem garstigen Zimmer, las ein schweres Buch und langweilte sich zu Tode. Davon wußte sie allerdings nichts, aber als ich ihr daran keinen Zweifel ließ, schien sie mir sehr dankbar für den Liebesdienst zu sein. Du magst sagen, ich hätte sie nicht aufklären, sondern lieber in Ruhe lassen sollen. Manches mochte dafür sprechen, aber ich handelte nach bestem Gewissen; sie war für Besseres bestimmt. So fiel mir ein, daß ich ihr einen Gefallen tun und sie mitnehmen könnte, um ihr die Welt zu zeigen. Sie ist der Meinung, sie kenne schon eine Menge – wie die meisten jungen Mädchen in Amerika; aber wie die meisten irrt sie sich gewaltig. Wenn du es genau wissen willst: Ich will Staat mit ihr machen. Ich schätze es, wenn die Leute gut

von mir reden. Für eine Frau in meinem Alter gibt es kaum eine größere Empfehlung als eine anziehende Nichte. Du weißt doch, ich hatte die Kinder meiner Schwester jahrelang nicht gesehen; der Vater mißfiel mir durchaus. Aber ich hatte immer beabsichtigt, mich ihrer anzunehmen, wenn er erst seinen Lohn davongetragen. Ich machte ihren Aufenthalt ausfindig, fuhr ohne Anmeldung hin und machte mich bekannt. Da gibt es noch zwei andere, die beide verheiratet sind; aber ich lernte nur die ältere kennen, die übrigens einen recht unhöflichen Mann hat. Die junge Frau, sie heißt Lilian, war Feuer und Flamme bei dem Gedanken an eine engere Bindung zwischen mir und Isabel: genau das sei es, was ihre Schwester brauche – daß nämlich jemand an ihr Anteil nehme. Sie sprach von ihr wie von einer höchst genialen jüngeren Person, die nur meiner Fürsorge und Ermutigung bedurfte. Es kann schon sein, daß Isabel Geist hat, ich weiß nur noch nicht, in welcher Hinsicht. Mrs. Ludlow legte größten Wert darauf, ich sollte sie mitnehmen nach Europa; drüben betrachten sie alle Europa als ein Land der Emigration, der Rettung, der Zuflucht für ihre überschüssige Bevölkerung. Isabel hatte auch große Lust, und so ließ sich alles höchst einfach arrangieren. Die Geldfrage machte einige Schwierigkeiten, da sie nicht geneigt schien, pekuniär von mir abzuhängen. Aber sie hat selbst ein kleines Einkommen und ist nun im Glauben, daß sie ihre Reise allein bestreitet.«

Ralph hatte sich diesen wohlbegründeten Bericht aufmerksam angehört; sein Interesse war noch nicht erlahmt. »Ach, sie hat Geist«, wiederholte er, »da müssen wir herauskriegen, wonach ihr der Sinn steht. Vielleicht nach einem Flirt?«

»Das glaube ich kaum. Man könnte es anfangs vermuten, aber das ist falsch. Du wirst dich so schnell nicht bei ihr zurechtfinden.«

»Dann hat sich Warburton geirrt!« rief Ralph sichtlich erfreut. »Er schmeichelte sich, er hätte gerade das entdeckt.«

Seine Mutter schüttelte den Kopf. »Lord Warburton wird sie nicht durchschauen. Er braucht sich gar keine Mühe zu geben.«

»Er ist sehr intelligent«, sagte Ralph; »aber es geschieht ihm recht, wenn er sich auch einmal den Kopf zerbrechen muß.«

»Das wird Isabel ein Trost sein, bei einem Lord ganz besonders.«

Ihr Sohn runzelte wieder die Stirn. »Was weiß sie von einem Lord?«

»Gar nichts; da wird er sich um so mehr den Kopf zerbrechen müssen.«

Ralph begrüßte diese Äußerung mit einem Auflachen und blickte zum Fenster hinaus. Darauf: »Gehst du nicht hinunter und sagst Vater guten Tag?«

»Um dreiviertel acht«, entgegnete Mrs. Touchett.

Ihr Sohn blickte auf die Uhr. »Dann hast du noch eine Viertelstunde Zeit. Erzähl mir noch etwas von Isabel.« Als Mrs. Touchett diese Aufforderung ablehnte und erklärte, das weitere müsse er selber erforschen, fuhr er fort: »Sicher wirst du Staat mit ihr machen. Aber könnte sie dir nicht auch Schwierigkeiten bereiten?«

»Hoffentlich nicht; aber wenn dem so wäre, werde ich nicht davor zurückschrecken. Das tue ich niemals.«

»Mir fällt auf, wie natürlich sie ist«, sagte Ralph.

»Natürliche Menschen machen die wenigsten Schwierigkeiten.«

»Das stimmt«, sagte Ralph; »da bist du selbst der beste Beweis. Du bist ausnehmend natürlich und bereitest gewiß niemandem Schwierigkeiten. Gerade das wäre ja schwierig. Aber da fällt mir ein: sage mir nur noch dies eine: Ist es wohl möglich, daß Isabel sich unbeliebt macht?«

»Ach«, rief seine Mutter, »da fragst du mich zuviel! Das mußt du selber herausfinden.«

Aber seine Fragen waren noch nicht erschöpft. »Die ganze Zeit«, sagte er, »hast du mir immer noch nicht verraten, was du mit ihr vorhast.«

»Was soll ich denn mit ihr vorhaben; du sprichst, als sei sie ein Meter Baumwolle. Ich werde absolut nichts mit ihr anfangen; sie wird tun, was ihr gefällt. Davon hat sie mir schon Proben gegeben.«

»Das hast du wohl in deinem Telegramm ausdrücken wollen, als du von ihrem ›unabhängigen Charakter‹ schriebst?«

»Ich weiß nie, was ich in meinen Telegrammen ausdrücken will – besonders in denen, die ich aus Amerika kabele. Klarheit ist zu kostspielig. Jetzt komm hinunter zu deinem Vater.«

»Es ist noch nicht dreiviertel acht«, sagte Ralph.

»Ich muß seine Ungeduld in Rechnung ziehen«, antwortete Mrs. Touchett.

Ralph wußte, was von der Ungeduld seines Vaters zu halten war, aber er entgegnete nichts, sondern bot seiner Mutter den Arm. Dies setzte ihn in die Lage, sie beim Hinabsteigen der Treppe – einer breiten, niedrigen, ausladenden Treppe aus altersschwarzem Eichenholz, einer der Sehenswürdigkeiten von Gar-

dencourt – einen Moment auf dem mittleren Absatz zurückzuhalten und lächelnd zu fragen: »Du beabsichtigst doch nicht etwa, sie zu verheiraten?«
»Sie zu verheiraten? Es täte mir leid, wenn ich ihr einen so schlechten Dienst erweisen sollte. Außerdem kann sie das gut allein besorgen. Sie hat alle Voraussetzungen dazu.«
»Soll das heißen, daß schon ein Gemahl im Hintergrund lauert?«
»Von einem Gemahl weiß ich nichts, aber da ist ein junger Mann aus Boston –«
Ralph ging weiter. Er trug kein Verlangen, noch mehr von dem jungen Mann zu erfahren. »Wie Vater sagte, sie sind immer verlobt!«
Seine Mutter hatte ihm empfohlen, seine Neugier an der Quelle selbst zu befriedigen, und sehr bald stellte sich heraus, daß es ihm an Gelegenheit nicht fehlen würde. Er hatte eine lange Unterhaltung mit seiner jungen Verwandten, als die beiden sich im Salon überlassen blieben. Lord Warburton, der zu Pferd von seinem Haus, das ungefähr zehn Meilen entfernt lag, herübergeritten war, hatte sich vor dem Abendessen verabschiedet. Die Abendmahlzeit war noch keine Stunde vergangen, als Herr und Frau Touchett, im Gefühl, der Form Genüge getan zu haben, sich unter dem stichhaltigen Vorwand der Müdigkeit in ihre diesbezüglichen Gemächer zurückzogen. Der junge Mann plauderte noch eine Stunde mit seiner Kusine; sie war zwar den halben Tag gefahren, schien aber noch völlig frisch zu sein. In Wirklichkeit war sie müde, sie wußte es, und sie wußte auch, daß sie es am nächsten Tage büßen würde; aber in diesen Jahren liebte sie es, ihre Kräfte bis zum äußersten zu erschöpfen und sich dies erst einzugestehen, wenn ein Versagen sich nicht mehr verheimlichen ließ. Gegenwärtig gelang ihr die kleine List, sie war interessiert, sie war, wie sie sich selber sagte, einfach hingerissen. Sie bat Ralph, ihr die Bilder zu zeigen, es gab viele im Hause, die meisten hatte er selbst ausgesucht. Die besten waren in einer eichenen Galerie aufgehängt, die in reizenden Proportionen an jedem Ende in einen kleinen Salon mündete und abends gewöhnlich erleuchtet war. Aber das Licht war ungenügend und wenig vorteilhaft für die Bilder, so daß ihre Besichtigung besser auf morgen verschoben wurde. Als Ralph dies vorzuschlagen wagte, zeigte sich Isabel enttäuscht – sie lächelte trotzdem – und sagte: »Ach bitte, wenn ich sie nur ein wenig sehen dürfte.« Sie war voller Eifer und wußte, daß sie

damit zuviel verriet. Aber sie konnte nicht anders. »Auf Vorschläge geht sie nicht ein«, sagte sich Ralph; aber er sagte es ohne Verstimmung; ihr Drängen amüsierte ihn, ja es gefiel ihm. Die Lampen steckten auf Leuchtern und waren in Zwischenräumen angebracht, ihr Licht war unvollkommen, aber wirkungsvoll. Es fiel auf unbestimmte Flächen reicher Farben, auf verblaßte Vergoldung schwerer Rahmen; es schimmerte auf dem polierten Fußboden der Galerie. Ralph ergriff einen Kerzenleuchter, ging umher und zeigte ihr seine Lieblingsstücke; Isabel wandte sich einem Bild nach dem anderen zu und stieß kleine Rufe des Entzückens aus. Sie verstand offensichtlich etwas von Malerei, sie hatte einen natürlichen Geschmack; das fiel ihm auf. Sie ergriff selber einen Kerzenleuchter und hielt ihn langsam gegen die Bilder; sie hob ihn hoch, und als sie noch verharrte, ertappte er sich, wie er in der Mitte des Raumes innehielt und seine Augen statt auf den Bildern auf ihrer Erscheinung ruhen ließ. Er verlor bei der unsicheren Beleuchtung nichts; sie war wahrhaftig ein würdigeres Objekt der Betrachtung als die meisten der Kunstwerke. Unleugbar schlank und leicht war sie gebaut, und nachweislich war sie hochgewachsen. Zur Unterscheidung von den Schwestern hatten die Leute daheim sie die Gerte genannt. Ihr Haar, so dunkel, daß es fast schwarz erschien, hatten ihr schon viele Frauen geneidet; ihre hellgrauen Augen, vielleicht ein wenig starr bei ernster Gelegenheit, verfügten über eine reiche Skala liebenswürdigster Blicke. Langsam wanderten sie die Galerie auf der einen Seite hinauf und auf der anderen wieder hinab; schließlich sagte sie: »So, nun weiß ich doch mehr als am Anfang!«
»Du hast anscheinend eine große Leidenschaft für alles Wissenswerte«, entgegnete ihr Vetter.
»Das mag wohl sein; die meisten Mädchen sind so entsetzlich unwissend.«
»Du kommst mir anders vor als die meisten Mädchen.«
»Anders als manche – wenn man bedenkt, was manche anhören müssen!« sprach Isabel halblaut; sie zog es vor, nicht gerade jetzt von sich selbst zu reden. Und im selben Moment hatte sie das Thema gewechselt: »Sag einmal – gibt es hier nicht einen Geist?«
»Einen Geist?«
»Ein Schloßgespenst, ein Ding, das nachts erscheint. Wir nennen das ›Geist‹ in Amerika.«

»Wir hier genauso, wenn wir es sehen.«
»Dann seht ihr es also? Das dacht' ich mir, in so einem romantischen alten Haus.«
»Es ist kein romantisches altes Haus«, sagte Ralph, »da muß ich dich enttäuschen. Es ist erschreckend prosaisch. Du wirst hier keine Romantik finden, es sei denn, du hast sie mitgebracht.«
»Ich habe eine ganze Menge mitgebracht, und hier ist sie doch nicht fehl am Platze.«
»Romantische Gefühle kann man hier jedenfalls konservieren; bei Vater und mir wird ihnen nichts passieren.«
Isabel blickte einen Augenblick auf. »Gibt es hier sonst niemand außer deinem Vater und dir?«
»Meine Mutter natürlich.«
»Ach, deine Mutter kenne ich doch; sie ist nicht romantisch. Habt ihr keine Freunde?«
»Sehr wenige.«
»Wie schade! Ich habe Besuch so gern!«
»Oh, dir zu Gefallen werden wir die ganze Nachbarschaft einladen.«
»Jetzt machst du dich lustig über mich«, antwortete das Mädchen ernst. »Wer war der Herr auf dem Rasen, als ich ankam?«
»Ein Gutsnachbar; er kommt nicht sehr oft.«
»Wie schade! Er gefiel mir«, sagte Isabel.
»Na, mir schien, du hast kaum ein Wort mit ihm gewechselt«, wandte Ralph ein.
»Das macht nichts, er gefiel mir dennoch; dein Vater gefiel mir auch riesig.«
»Das ist recht; er ist der Beste der Besten.«
»Es tut mir so leid, daß er krank ist«, sagte Isabel.
»Du kannst mir ein bißchen bei seiner Pflege helfen; du müßtest eine gute Pflegerin abgeben.«
»Das glaube ich nicht; man sagt wenigstens, ich hätte zuviel Theorien. Aber du hast mir noch nichts von eurem Gespenst erzählt«, setzte sie hinzu.
Ralph ging indessen nicht darauf ein. »Dir gefällt mein Vater, und dir gefällt Lord Warburton; ich nehme an, daß dir auch meine Mutter gefällt.«
»Ja, sehr; sie gefällt mir, weil – weil –« Isabel merkte, wie sie nach Gründen suchte, um ihre Neigung für Mrs. Touchett zu erklären.
»Ach, man weiß nie, warum«, sagte ihr Gefährte lachend.

»Ich weiß immer, warum«, antwortete das Mädchen. »Weil sie es nicht von einem erwartet. Es ist ihr gleich, ob man sie liebhat oder nicht.«
»Du verehrst sie also – zum Trotz? Na, ich schlage ganz nach meiner Mutter«, sagte Ralph.
»Nein, gar nicht – du möchtest, daß du den Leuten gefällst, und bemühst dich, bis du es erreichst.«
»Lieber Himmel, wie du einen durchschaust!« rief er mit einem Erschrecken, das nicht nur gespielt war.
»Aber du gefällst mir trotzdem«, fuhr seine Kusine fort. »Und um die Sache zu begraben, wird es das beste sein, du zeigst mir jetzt den Geist.«
Ralph schüttelte traurig den Kopf. »Ich könnte ihn dir zeigen, aber du würdest ihn nicht sehen. Dieses Vorrecht gebührt nicht jedem; niemand ist darum zu beneiden. Junge, glückliche und unschuldige Menschen wie du haben ihn noch nie gesehen. Man muß vorher gelitten, sehr gelitten und zuerst traurige Erkenntnisse gesammelt haben. Auf diese Weise werden einem die Augen geöffnet. Ich habe ihn vor langem gesehen.«
»Ich habe doch gerade gesagt, daß mir sehr viel an Erkenntnis liegt«, antwortete Isabel.
»Ja, an glücklicher, an freudiger Erkenntnis. Aber du hast nicht gelitten und bist nicht dafür geschaffen. Hoffentlich wirst du den Geist niemals sehen!«
Sie hatte aufmerksam zugehört, mit einem Lächeln um ihre Lippen, aber in ihren Augen stand ein gewisser Ernst. Bei allem Charme erschien sie ihm reichlich selbstherrlich – es war in der Tat ein Teil ihres Charmes; nun war er gespannt auf ihre Antwort.
»Weißt du, ich fürchte mich nicht«, sagte sie; das war schließlich selbstherrlich genug.
»Du fürchtest dich nicht vor Leiden?«
»Doch, davor fürchte ich mich. Aber ich fürchte mich nicht vor Gespenstern. Und ich glaube, die meisten Menschen leiden zu leicht«, setzte sie hinzu.
»Bei dir glaube ich das nicht«, sagte Ralph und sah sie an, beide Hände in den Hosentaschen.
»Das ist doch kein Fehler«, antwortete sie. »Zu leiden ist nicht unbedingt nötig; dazu sind wir nicht auf der Welt.«
»Du gewiß nicht.«
»Ich rede nicht von mir.« Sie schritt ein wenig weiter.

»Nein, es ist kein Fehler«, sagte ihr Vetter. »Es ist ein Verdienst, wenn man stark ist.«
»Nur: wenn man nicht leidet, nennen die Leute einen hart«, versetzte Isabel.
Sie verließen den kleinen Salon, in den sie sich aus der Galerie zurückgezogen hatten, und hielten in der Diele, am Fuß der Treppe. Ralph versah seine Begleiterin mit der Schlafzimmerkerze, die in einer Nische bereitstand.
»Egal, was die Leute sagen. Leidest du wirklich, nennen sie dich einen Idioten. Es kommt alles darauf an, so glücklich wie nur möglich zu sein.«
Die Kerze in der Hand, blickte sie ihn einen Augenblick an, einen Fuß auf die eichene Stufe gesetzt. »Ja«, sagte sie, »deshalb kam ich nach Europa, um hier so glücklich wie nur möglich zu sein. Gute Nacht.«
»Gute Nacht! Ich wünsche dir guten Erfolg und werde froh sein, wenn ich ein wenig dazu beitragen darf.«
Sie wandte sich zum Gehen, und er sah ihr nach, wie sie langsam nach oben stieg. Dann ging er, die Hände noch immer in den Hosentaschen, in den leeren Salon zurück.

VI

Isabel Archer war ein junger Mensch mit vielen Theorien; ihre Einbildungskraft war bemerkenswert rege. Sie gehörte zu den Glücklichen, die geistig feiner gebaut sind als die Menschen ihrer Umgebung; ihre Auffassungsgabe war schärfer, und ihr Drang nach Erkenntnis machte auch vor entlegenen Dingen nicht halt. Es traf wohl zu, daß sie unter ihren Zeitgenossen für ein Mädchen von ungewöhnlicher Tiefe galt, denn diese guten Leute geizten nie mit Bewunderung für eine Intelligenz, die ihren eigenen Horizont überschritt; man sprach von Isabel als einem Ausbund von Klugheit; man raunte sich zu, sie habe die Klassiker – in Übersetzung – gelesen. Einmal verbreitete Mrs. Varian, eine Tante väterlicherseits, sogar das Gerücht, Isabel schreibe ein Buch. Diese Tante hatte eine Leidenschaft für Bücher und war überzeugt, Isabel würde sich gedruckt sehr gut ausnehmen. Sie hatte außerdem eine hohe Meinung von der Literatur; sie nährte jene Bewunderung, die sich ein wenig beraubt vorkommt. Ihr eigenes großes Haus, bemerkenswert durch eine Ansammlung von Mosaiktischen und ausgemalten Zimmerdecken, ließ eine Bibliothek vermissen und enthielt an gedruckten Büchern nichts weiter als ein halbes Dutzend Romane in Pappeinband auf einem Regal in den Zimmern der Töchter. Praktisch ging Mrs. Varians Bekanntschaft mit Literatur nicht über den New Yorker *Interviewer* hinaus, und, wie sie sehr richtig bemerkte, nach der Lektüre des *Interviewers* verlor man allen Glauben an Kultur. Deshalb ging ihre Tendenz dahin, ihren Töchtern den *Interviewer* vorzuenthalten; sie wollte die Mädel anständig erziehen, deshalb lasen sie überhaupt nichts. Was ihre Hoffnungen auf Isabels Bemühen anging, so waren sie völlig illusorisch; das Mädchen hatte niemals versucht, ein Buch zu schreiben, und trug kein Verlangen nach den Lorbeeren der Feder. Sie hatte kein Talent, sich auszudrücken, und besaß zuwenig von dem Selbstgefühl eines wahren Genies; aber sie hatte den unbestimmten Eindruck, daß die Leute recht hätten, wenn sie ihr eine Überlegenheit nachrühmten; ob sie nun überlegen war oder nicht, die Leute taten recht daran, sie zu bewundern; denn es war ihr oft, als ob ihr Geist sich leichter rege als der Geist der anderen, und dies Gefühl verursachte eine Ungeduld, die leicht mit Überlegenheit verwechselt wird. Wir wollen ohne Zögern einräumen, daß Isabel sehr leicht der Sünde der Selbsterhöhung zum Opfer fiel; mit Wohlgefallen überblickte sie oft das weite Feld ihrer eigenen Natur; sie war gewohnt, meist schon nach flüchtigem Augenschein zu behaupten, sie habe recht, und zuweilen streute sie sich selber Weihrauch. Die Irrtümer und Versehen, die ihr auf diese Weise unterliefen, waren derartig, daß ein Biograph, dem immerhin die Würde seiner Heldin am Herzen liegt, vor einer speziellen Schilderung zurückschrecken muß. Ihre Gedanken waren ein Durcheinander vager Umrisse, die niemals durch das Urteil von Menschen mit Autorität korrigiert worden waren. Mit allen ihren Meinungen war sie bisher ihrem eigenen Kopf und dabei natürlich den lächerlichsten Zickzackwegen gefolgt. Manchmal merkte sie, daß sie unrecht hatte, dann unterwarf sie sich für eine Woche einer leidenschaftlichen Selbsterniedrigung. Später trug sie ihren Kopf wieder höher als zuvor; es hatte alles keinen Zweck, das Verlangen in ihr, von sich selber nur freundlich zu denken, war einfach unbezähmbar. Es gehörte zu ihren Theorien, daß nur unter diesem Aspekt das Leben lebenswert sei, daß man zu den Besten gehören und sich seiner feineren Konstitution bewußt sein müsse (sie konnte sich der Erkenntnis ihrer feineren Konstitution nun einmal nicht entziehen), daß man sich bewegen sollte in einem Reiche des Lichts, der natürlichen Weisheit, der glücklichen Einfälle, in einem Reiche unablässig schöner Eingebungen. Zweifel an der eigenen Person zu haben, war ebenso überflüssig wie Zweifel an den besten Freunden; man sollte sich bemühen, sich selbst der beste Freund zu werden, um auf die Weise sich stets der besten Gesellschaft zu erfreuen. Das Mädchen besaß gewissermaßen einen Edelmut der Phantasie, der ihr manche Dienste leistete und ebenso viele Streiche spielte. Die Hälfte ihrer Zeit widmete sie Gedanken über die Schönheit, die Tapferkeit und den Edelmut; sie war fest entschlossen, die Welt als eine Stätte des Glanzes, der freien Ausdehnung und mitreißenden Aktivität zu sehen; Angst oder gar Scham zu empfinden, hielt sie für unwürdig. Sie hegte eine unbegrenzte Hoffnung, daß sie niemals etwas Böses tun würde. Schon die bloßen Irrtümer ihres Gefühls (deren Entdeckung sie erzittern ließ, als sei sie einer Falle entronnen, in welcher sie hätte gefangen und erschlagen werden können) bereute sie so heftig, daß schon die Möglichkeit, etwa anderen Menschen nur als Folge dieses Irrtums ein spürbares Leid zuzufügen, ihr den Atem stocken ließ. Dies erschien ihr immer als das Schlimmste, was ihr geschehen könnte. Im ganzen war sie sich aber über alle Dinge im klaren, die verkehrt waren. Sie ließ sich nicht durch ihren schönen Schein verführen; sobald sie sie genau fixierte, gaben sie sich ihr zu erkennen. Schäbig, eifersüchtig, falsch oder grausam zu sein, das alles war verkehrt; sie hatte noch wenig vom Bösen dieser Welt erfahren, aber sie kannte Frauen, die logen und versuchten, sich gegenseitig zu verletzen. Ein solcher Anblick hatte ihr hitziges Gemüt erregt; sich nicht zornig davon abzuwenden, wäre ihr erbärmlich vorgekommen. Freilich, ein hitziges Gemüt barg die Gefahr des Übereifers in sich – die Gefahr, die Flagge noch hochzuhalten, während die Burg sich schon ergeben hatte; ein so verdrehtes Benehmen hätte dann der Flagge nur zur Unehre gereicht. Aber Isabel, die wenig Ahnung hatte von dem Geschütz, welchem ein junges Mädchen ausgesetzt sein kann, schmeichelte sich, daß solche Widersprüche in ihrem Benehmen nicht auftreten konnten. Ihr Leben sollte stets harmonisch mit dem gefälligsten Eindruck übereinstimmen, den sie nur hervorbringen konnte; sie wollte das sein, was sie schien, und als das erscheinen, was sie war. Manchmal ging sie so weit, sich in eine schwierige Lage zu wünschen, so daß sie das Vergnügen hätte genießen können, sich so heroisch zu erweisen, wie die Situation es verlangte. Alles in allem wäre sie mit ihrem geringen Wissen, ihren flachen Idealen, mit ihrem ebenso unschuldigen wie dogmatischen Vertrauen, ihrem pedantischen und impulsiven Temperament, in ihrer Mischung aus Neugier und Verletzlichkeit, aus Lebhaftigkeit und Gleichgültigkeit, in ihrem Verlangen, gut auszusehen und, wenn möglich, noch besser zu sein, in ihrem Drang, alles anzusehen, zu erfahren und zu wissen, in der Vereinigung endlich eines zarten, sprunghaften, flammenähnlichen Geistes mit einer Person, die sich in jeder Lage behauptet – in diesen Eigenschaften wäre sie für eine wissenschaftliche Kritik eine leichte Beute gewesen, hätte es nicht in unserer Absicht gelegen, auf seiten des Lesers gerade dadurch ein zärtliches Interesse der reinen Erwartung für sie zu erwecken.

Eine ihrer Theorien besagte, daß Isabel Archer sich wegen ihrer Unabhängigkeit glücklich preisen konnte und verpflichtet sei, aus diesem Zustand den besten Nutzen zu ziehen. Sie nannte es nie Einsamkeit oder Alleinsein; das hielt sie für törichte Bezeichnungen, und außerdem hatte ihre Schwester Lily sie beständig um ihren Besuch gebeten. Isabel besaß eine Freundin, deren Bekanntschaft sie kurz vor dem Tode ihres Vaters gemacht hatte, die ihr ein so hohes Beispiel nützlicher Tätigkeit setzte, daß Isabel sie sich seitdem zum Vorbild nahm. Henrietta Stackpole hatte den Vorteil, eine anerkannte Größe zu sein; sie war im Journalismus zu Hause, und ihre Briefe an den *Interviewer* aus Washington, aus Newport, vom Gebirge und anderen Orten wurden überall zitiert. Isabel bezeichnete sie im Vertrauen als kurzlebig, aber sie achtete den Mut, die Energie und gute Laune der Schreiberin, die, ohne Anhang und Vermögen, drei von den Kindern einer verwitweten und kränklichen Schwester adoptiert hatte und deren Schulgeld aus den Erträgnissen ihrer literarischen Arbeit bezahlte. Henrietta fuhr im Wagen des Fortschrittes und hatte über alle Dinge eine bündige Ansicht; ihr langgehegter Wunsch war eine Reise nach Europa, um dort vom radikalen Standpunkt aus eine Reihe von Briefen an den *Interviewer* zu schreiben; ein Unternehmen, das um so einfacher war, als sie schon im voraus ganz genau wußte, wie sie ihre Ansichten formulieren, welche Einwendungen sie gegen die meisten europäischen Institutionen erheben würde. Als sie von Isabels Reiseplänen hörte, wollte sie auch sofort aufbrechen, eine Reise zu zweit dachte sie sich natürlich entzückend. In letzter Minute hatte sie indessen ihre Reise verschieben müssen. Sie fand, Isabel sei eine herrliche Person, und hatte sie in einigen Briefen heimlich erwähnt, was sie jedoch der Freundin verschwieg, die es keineswegs geschätzt hätte; Isabel war kein regelmäßiger Leser des *Interviewers*. Für sie war Henrietta vornehmlich ein Beweis dafür, daß eine Frau sich selbst zu genügen und glücklich zu sein vermag. Sie speiste sich freilich aus sichtbaren Quellen, aber selbst wenn man das journalistische Talent nicht besaß, das heißt: nicht zu erraten vermochte – wie Henrietta sich ausdrückte –, wonach die Öffentlichkeit morgen verlangte, durfte man deshalb noch nicht zu der Schlußfolgerung kommen, man habe keine Berufung, keine irgendwie hilfreichen Fähigkeiten, sondern müsse sich damit begnügen, frivol und hohl zu sein. Isabel war tapfer entschlossen, nicht hohl zu sein. Wenn man nur die rechte Geduld zum Warten aufbrachte, würde sich schon eine glückliche Beschäftigung ergeben. Natürlich war diese junge Dame mit all ihren Theorien durchaus nicht ohne eine ganze Sammlung von Ansichten zum Thema Ehe. Zunächst ist da ihre Überzeugung anzuführen, es sei vulgär, zuviel daran zu denken; Isabel betete ernstlich um Bewahrung davor, über diesen Punkt in unziemlichen Eifer zu geraten; denn sie vertrat die Ansicht, eine Frau müsse imstande sein, auf eigenen Füßen zu stehen, ohne daß deshalb das Leben öder würde, und glücklich zu werden auch ohne die Gesellschaft eines mehr oder minder grobschlächtigen Vertreters des anderen Geschlechts. Das Gebet des Mädchens wurde hinreichend erhört; sie hatte etwas Stolzes und Reines an sich – etwas Kaltes und Trockenes hätte ein unerwünschter Bewerber mit der nötigen Analysierungsgabe es nennen können –, was sie bisher gehindert hatte, mit allzu großer Eitelkeit unter dem Artikel Ehemann eine Auswahl zu treffen. Bei wenigen ihrer Bekannten schien sich ein solcher Kostenaufwand zu lohnen, und sie mußte lächeln bei dem Gedanken, daß einer darunter das Lied der Hoffnung angestimmt und sie als Lohn seiner Geduld ausersehen hatte. Tief in ihrer Seele – es war das Tiefste dort – lag ein Glaube, daß beim Aufgehen eines bestimmten Lichtes sie sich völlig hingeben würde. Aber dieses Bild war im ganzen zu schrecklich, um dabei zu verweilen. Isabels Gedanken umflatterten es, aber sie beharrten nur selten dabei; schon nach kurzem endete es in Unruhe. Es kam ihr häufig zum Bewußtsein, daß sie zuviel an sich selber dachte; man hätte sie jederzeit zum Erröten bringen können, indem man sie einen krassen Egoisten nannte. Stets plante sie ihre Entwicklung, wünschte ihre Vervollkommnung und beobachtete ihre Fortschritte – eingebildet wie sie war, verglich sie sich selbst mit einem Garten; die Vorstellung von Wohlgerüchen und wispernden Zweigen, von schattigen Lauben und lohnenden Durchblicken gaben ihr ein Gefühl, daß eine Besichtigung nur eine Übung in frischer Luft und daß ein Besuch in den Gefilden des eigenen Geistes harmlos sei, solange man mit einem Korb voll Rosen zurückkehrte. Aber häufig fiel ihr ein, daß es noch andere Gärten in der Welt gab außer diesem ihrer eigenen höchst achtbaren Seele und daß außerdem noch Orte vorhanden waren, die durchaus nichts von einem Garten hatten – nur staubige, übelriechende Strecken, dick mit Häßlichkeit und Elend bewachsen. In der Strömung jener belohnten Neugier, auf der sie seit kurzem gleichsam dahintrieb, die sie zu diesem schönen, alten England gebracht und noch viel weiter tragen sollte, mußte sie sich oft selber Einhalt gebieten mit dem Gedanken an die Tausende, die nicht wie sie in dieser glücklichen Lage waren; ein Gedanke, der ihr feines, ausgeprägtes Selbstgefühl als eine Art von Unbescheidenheit erscheinen ließ. Wo blieb das Leid der Welt in diesem Plan, der für sie selbst nur Angenehmes vorsah? Wir müssen gestehen, diese Frage beschäftigte sie nie lange. Sie war noch zu jung, zu ungeduldig in ihrer Erwartung des Lebens, noch zuwenig mit Schmerzen vertraut. Sie kehrte stets zu ihrer Theorie zurück, daß ein junges Mädchen, das schließlich alle Welt für klug hielt, beginnen müsse, sich einen allgemeinen Eindruck vom Leben zu verschaffen. Dieser Eindruck war nötig, um Irrtümer zu verhüten; war er einmal sicher erworben, dann konnten auch die unglücklichen Umstände ihrer Mitmenschen Gegenstand ihrer Betrachtung werden.

England war eine Offenbarung für sie, sie fand hier so viel Zerstreuung wie ein Kind am Puppentheater. Auf den Europaausflügen ihrer Kindheit hatte sie nur den Kontinent gesehen, und diesen nur aus den Fenstern ihres Kinderzimmers; Paris, nicht London, war das Mekka ihres Vaters gewesen, an zahlreichen seiner Interessen dort hatten die Kinder natürlich nicht teilgenommen. Die Bilder jener Zeit waren zudem verblaßt, so daß die Qualität der »Alten Welt« in allem, was sie jetzt sah, wieder den ganzen Charme der Neuheit hatte. Das Haus ihres Onkels erschien ihr wie ein lebendig gewordenes Bild. Das Angenehme in seinem verfeinerten Zustand – keine Nuance entging Isabel, die reiche Vollkommenheit von Gardencourt offenbarte ihr eine neue Welt und befriedigte ihr Schönheitsbedürfnis. Die weiten, niedrigen Räume mit braunen Balkendecken und dämmerigen Winkeln, die tiefen Erker und merkwürdigen Fenster, das stille Licht auf dem dunklen polierten Holz, draußen das tiefe Grün, das immer hereinklang, das Gefühl einer wohlgeordneten Abgeschlossenheit inmitten des eigenen Besitzes – wo jedes Geräusch wie zufällig wirkte, wo die Erde selbst jeden Schritt verschluckte, wo in der vollen, milden Luft jeder Krampf der Berührung sich löste und jedem Gespräch der schrille Ton entfiel –, diese Dinge waren ganz nach dem Geschmack unserer jungen Heldin; der Geschmack spielte eine wichtige Rolle in ihrem Gefühlsleben. Mit ihrem Onkel schloß sie eine rasche Freundschaft und saß oft neben seinem Liegestuhl, wenn er ihn nach draußen an den Hang hatte bringen lassen. Stunden verbrachte er dort im Freien, mit gefalteten Händen saß er da wie ein vertrauter, wohlgefälliger Hausgott, ein Gott der Dienstbarkeit, der seine Arbeit getan und seinen Lohn empfangen hatte und nun versuchte, sich an Wochen und Monate zu gewöhnen, die nur noch aus Feiertagen bestehen sollten. Isabel amüsierte ihn mehr, als sie ahnen konnte – ihre Wirkung auf Menschen war oft verschieden von dem, was sie vermutete –, und er machte sich häufig das Vergnügen, sie zum Schwatzen zu bringen. Mit diesem Ausdruck wertete er ihre Unterhaltung, die zugespitzt und pointenreich war, wie man das bei den jungen Damen ihres Landes beobachten kann, denen sich das Ohr der Welt mehr zuwendet als ihren Schwestern in anderen Ländern. Wie bei den meisten amerikanischen Mädchen hatte man Isabel immer im eigenen Ausdruck bestärkt; ihre Bemerkungen waren stets aufmerksam entgegengenommen worden, man wartete geradezu auf ihre Ansichten und Empfindungen. Viele ihrer Ansichten waren zweifellos nur von spärlicher Bedeutung, viele ihrer Gefühle waren, kaum geäußert, schon verflogen; aber sie erweckte zum mindesten den Eindruck, lebhaft zu fühlen und zu denken und darüber hinaus, sobald sie wirklich bewegt war, ihren Worten jene prompte Lebendigkeit mitzuteilen, die so vielen Leuten als Zeichen von Überlegenheit galt. Mr. Touchett dachte häufig, daß sie ihn an seine Frau erinnere, als diese noch nicht zwanzig war. Wegen ihrer Frische und Natürlichkeit, wegen ihrer schnellen Auffassungsgabe – alles Eigenschaften, die auch ihre Nichte besaß – hatte er sich damals in seine Frau verliebt. Doch dem Mädchen gegenüber äußerte er nichts von dieser Ähnlichkeit; denn war Mrs. Touchett einst Isabel ähnlich gewesen, so war Isabel keineswegs Mrs. Touchett ähnlich. Der alte Mann war ihr gegenüber voller Freundlichkeit; es war lange her, wie er sagte, seitdem sie junges Leben im Hause hatten, und unsere Heldin mit ihren flinken, raschelnden Bewegungen, ihrer hellen Stimme war seinen Sinnen so angenehm wie das Geräusch fließenden Wassers. Er hätte ihr gern etwas Gutes getan und wünschte nur, sie würde ihn um etwas bitten. Aber sie stellte nur Fragen, wahrhaftig unendliche Fragen. Ihr Onkel hatte einen großen Vorrat an Antworten, obgleich sie ihn manchmal bedrängte, daß er ganz ratlos wurde. Sie fragte ihn aus über England, über die britische Verfassung, den englischen Charakter, über die politische Lage, die Sitten und Gebräuche der königlichen Familie, über die Eigenheiten der Aristokratie, die Denkungsart und Lebensweise der Nachbarn; und indem sie ihn in diesen Punkten um Aufklärung bat, fragte sie gewöhnlich, ob sie übereinstimmten mit der Beschreibung in Büchern. Der alte Mann blickte sie immer mit seinem trockenen Lächeln an, während er die Decke über seinen Knien glattstrich.

»Bücher?« fragte er einmal. »Ach, von Büchern weiß ich wenig. Da mußt du Ralph fragen. Ich habe mich immer selbst vergewissert – und holte mir alles Nötige auf natürlichem Wege. Ich habe auch nie viel gefragt. Ich verhielt mich still und paßte auf. Natürlich hatte ich gute Einblicke, bessere, als junge Damen haben können. Ich bin von Natur sehr wißbegierig, was man vielleicht nicht denkt, wenn man mich beobachtet; aber soviel die anderen mich auch beobachteten, ich beobachtete die anderen immer noch ein bißchen mehr. Die Leute hier habe ich nun annähernd fünfunddreißig Jahre beobachtet, und ich möchte schon meinen, daß ich beträchtliche Kenntnisse erworben habe. Im ganzen ist es bestimmt ein schönes Land, schöner, als wir drüben zugeben wollen. Sie haben hier einige Verbesserungen, die ich gerne bei uns drüben eingeführt sehen wollte; aber ihre Notwendigkeit scheint bisher noch nicht allgemein empfunden zu werden. Wird die Notwendigkeit einer Sache erst einmal allgemein empfunden, versucht man ihr zu entsprechen; aber vorläufig wartet man es drüben noch gemütlich ab. Ich fühle mich hier bestimmt viel heimischer, als ich es bei meinem ersten Herkommen erwartete; vermutlich liegt das an dem gewissen Erfolg, den ich hatte. Wer erfolgreich ist, fühlt sich natürlich auch heimisch.«

»Denkst du denn, daß ich mich auch heimisch fühlen werde, wenn ich hier Erfolg habe?«

»Das will ich wohl meinen; und sicher hast du Erfolg. – Die jungen Damen aus Amerika sind hier sehr beliebt, man erweist ihnen viel Freundlichkeit. Aber zu heimisch, weißt du, darfst du hier auch nicht werden.«

»Oh, ich weiß auch gar nicht, ob es mir hier genügt«, betonte Isabel überlegen; »mir gefällt die Gegend sehr gut, aber ich weiß noch gar nicht, ob mir die Leute gefallen.«

»Die Leute sind gute Leute, besonders, wenn sie dir gefallen.«

»Daß sie gut sind, daran zweifle ich nicht«, fuhr Isabel fort, »aber sind sie angenehm in Gesellschaft? Sie werden mich nicht ausrauben, nicht schlagen, aber werden sie auch liebenswürdig sein? Darauf lege ich großen Wert bei Menschen. Ich gebe es ohne weiteres zu, weil ich es zu schätzen weiß. Ich glaube, zu Mädchen ist man hier nicht sehr nett; in den Romanen jedenfalls nicht.«

»Von Romanen verstehe ich nichts«, sagte Mr. Touchett. »Romane mögen ja ganz gescheit sein, aber zuverlässig sind sie wohl kaum. Wir hatten hier einmal eine Dame zu Besuch, die Romane schrieb; sie war eine Bekannte von Ralph, und er hatte sie eingeladen. Sie wußte Bescheid, ganz auf dem laufenden war sie, aber sie gehörte nicht zu den Leuten, auf die man sich berufen kann. Die Phantasie ging nämlich mit ihr durch, daran mag es gelegen haben. Später publizierte sie eine Geschichte, die eine Darstellung – eine Karikatur wahrscheinlich – meiner eigenen Wenigkeit enthalten sollte. Ich habe sie nicht gelesen, aber Ralph gab mir das Buch und hatte die entsprechenden Stellen angestrichen. Es war als Beschreibung meiner Unterhaltung zu verstehen; amerikanische Eigentümlichkeiten, Nasallaute, Yankee-Ausdrücke, du weißt schon, Sternenbanner und so weiter. Na, es war keineswegs zutreffend, sehr aufmerksam konnte sie mir nicht zugehört haben. Ich hatte ja nichts dagegen, daß sie meine Unterhaltung wiedergab, wenn ihr das Spaß machte. Aber das gefiel mir nicht, daß sie sich nicht wenigstens Mühe gegeben hatte, mir richtig zuzuhören. Natürlich rede ich wie ein Amerikaner, ich kann ja nicht gut wie ein Hottentotte reden. Wie auch immer, hierzulande hat man mich stets gut verstanden. Aber ich rede nicht wie der alte Mann in dem Roman der Dame. Das war kein Amerikaner, den hätten wir drüben nie geduldet. Ich erwähne das nur, damit du siehst, sie sind nicht immer genau. Da ich keine Töchter habe und Mrs. Touchett für gewöhnlich in Florenz wohnt, hatte ich natürlich wenig Gelegenheit, mich über die jungen Damen zu unterrichten. Es will mir manchmal scheinen, als ob es die jungen Frauen der unteren Klassen nicht sehr gut hätten; aber in den oberen Klassen wird ihre Lage besser sein und in gewisser Hinsicht auch in den mittleren.«

»Du liebe Zeit«, rief Isabel, »wieviel Klassen haben sie denn? Ungefähr fünfzig?«

»Na, gezählt habe ich sie nicht. Um Klassen habe ich mich nie viel gekümmert. Das ist der Vorteil, wenn man als Amerikaner hier wohnt, da gehört man zu keiner Klasse.«

»Das will ich hoffen«, sagte Isabel. »Welch ein Gedanke, zu einer englischen Klasse zu gehören!«

»Nun, in einigen muß es sich ganz behaglich leben – besonders auf die Spitze zu. Für mich gibt es nur zwei Klassen von Menschen: denen ich traue und denen ich nicht traue. Du, liebe Isabel, gehörst in die erste.«

»Vielen Dank«, sagte das Mädchen rasch. Sie hatte eine beinahe trockene Art, Komplimente entgegenzunehmen; sie ließ sie so schnell wie möglich fallen. Aber man tat ihr unrecht, wenn man dachte, sie sei dagegen unempfindlich; in Wahrheit wollte sie nur nicht zeigen, wie sehr sie jedes Kompliment entzückte. Das aber zu zeigen, hieß zuviel zeigen. »Ich glaube, die Engländer sind auch sehr konventionell«, spann sie den Faden weiter.

»Sie haben alles ganz nett fixiert«, gab Mr. Touchett zu. »Es steht alles von Anfang an fest – sie überlassen nichts dem letzten Augenblick.«

»Das mag ich nicht«, sagte das Mädchen, »ich liebe Überraschungen.«

Die Deutlichkeit ihrer Neigungen schien ihren Onkel zu amüsieren. »Auf jeden Fall steht fest, daß du großen Erfolg haben wirst«, sagte er abschließend, »hoffentlich gefällt dir das.«

»Wenn sie hier so lästig konventionell sind, werde ich keinen Erfolg haben. Ich bin das gar nicht, ganz im Gegenteil. Da werde ich ihnen nicht gefallen.«

»Nein, nein, da irrst du dich gewaltig«, sagte der alte Herr.

»Man kann nie wissen, was ihnen hier gefällt. Sie sind da sehr unbeständig, das ist auch ihr Hauptreiz.«

»Na schön«, sagte Isabel und stand auf, beide Hände um den Gürtel ihres schwarzen Kleides geschlungen, einen Blick über den Rasen werfend: »Das sagt mir schon viel besser zu.«

VII

IMMER wieder machte es den beiden Spaß, sich über die Haltung der britischen Öffentlichkeit zu unterhalten, als ob die junge Dame in der Lage gewesen wäre, sie anzurufen; in Wahrheit verhielt sich die britische Öffentlichkeit vorläufig absolut indifferent gegen Miß Isabel Archer, die das Schicksal, nach den Worten ihres Vetters, in das langweiligste Haus ganz Englands verschlagen hatte. Der gichtkranke Onkel empfing nur wenig Besucher, und Mrs. Touchett, welche die Beziehungen zu den Nachbarn ihres Mannes niemals gepflegt hatte, konnte umgekehrt nicht erwarten, daß diese sie besuchten. Aber sie hatte einen merkwürdigen Geschmack: Sie freute sich, wenn Karten bei ihr abgeworfen wurden. Für gesellschaftlichen Verkehr wenig empfänglich, hatte sie ihren kindlichen Spaß daran, wenn der Tisch in der Diele gepflastert war mit diesen länglichen Stückchen symbolisch weißen Kartons. Sie schmeichelte sich, eine sehr gerechte Frau zu sein und die tiefe Wahrheit zu beherzigen, daß auf dieser Welt nichts umsonst erhältlich ist. Als Herrin von Gardencourt hatte sie niemals eine gesellschaftliche Rolle gespielt; niemand konnte erwarten, daß die Nachbarschaft über ihr Kommen und Gehen genau Buch führte. Aber es war keineswegs sicher, ob sie es nicht bitter empfand, daß man so gar keine Notiz davon nahm; es mochte am Ende doch ein Zusammenhang zwischen dem Mißerfolg ihrer gesellschaftlichen Bemühungen (was immerhin verzeihlich war) und der Schärfe ihrer Angriffe auf das auserwählte Land ihres Ehegemahls bestehen. Daher befand sich Isabel binnen kurzem in der grotesken Lage, die britische Verfassung gegen die Tante in Schutz zu nehmen, denn Mrs. Touchett hatte es sich angewöhnt, dieses ehrwürdige Instrument mit Stecknadeln zu pieken. Isabel fühlte sich stets gedrängt, die Stecknadeln wieder zu entfernen; nicht daß sie fürchtete, die zähe alte Pergamenthaut könnte Schaden nehmen, sondern weil sie fand, die Tante könnte ihre Schärfe anderweitig besser verwenden. Isabel war selbst sehr kritisch – das paßte zu ihrem Alter, ihrem Geschlecht und ihrer Nationalität; aber sie war ebenso sentimental, und die Trockenheit der Tante konnte sie einfach moralisch zur Entrüstung bringen.

»Was willst du eigentlich?« wollte sie von ihrer Tante wissen. »Wenn du hier alles kritisierst, müßtest du selbst einen Standpunkt haben. Amerikanisch ist deiner nicht, denn drüben fandest du alles abscheulich; wenn ich kritisiere, ist mein Standpunkt aber durch und durch amerikanisch!«

»Mein liebes Fräulein«, sagte Mrs. Touchett, »Standpunkte gibt es in der Welt so viele, wie es Menschen von Verstand gibt. Du magst einwenden, dann gäbe es nicht sehr viele. Aber amerikanische? Nicht im Leben! Das wäre entsetzlich eng. Mein Standpunkt, Gott sei Dank, ist ein persönlicher.«

Isabel fand diese Antwort besser, als sie zugeben mochte. Es war die annehmbare Umschreibung ihrer eigenen Urteilsweise, aber dies zu sagen, hätte ihr nicht zugestanden. Von den Lippen eines Menschen, der Mrs. Touchett an Jahren und Lebenserfahrung so weit unterlegen war, hätte eine derartige Erklärung unbescheiden, ja arrogant geklungen. Sie wagte sie immerhin in ihrer Unterhaltung mit Ralph, mit dem sie viel redete; ihre Unterhaltungen waren von der Art, die einen Freibrief für Ungewöhnliches gibt. Ihr Vetter pflegte sie zu verulken und hatte sich bei ihr schon bald das Renommee erworben, jede Sache als Spaß zu behandeln, und er war nicht der Mann, sich die Vorteile eines solchen Renommees entgehen zu lassen. Sie warf ihm seinen schrecklichen Mangel an Ernst vor, da er über alles lache, bei sich selbst angefangen. Alles, was ihm an Ehrfurcht verblieben war, verschwendete er an seinen Vater; im übrigen ließ er seinen Witz tatsächlich ohne Unterschied an dem Sohn dieses Vaters aus, an dessen schlechter Lunge und unnützem Leben, an seiner verrückten Mutter, an seiner alten und neuen Heimat, seinen Freunden (besonders an Lord Warburton) und seiner reizenden, neugefundenen Kusine. »Ich halte mir nämlich ein Orchesterchen in meinem Wartezimmer«, hatte er ihr einmal erklärt. »Das hat Anweisung, ununterbrochen zu spielen. Ich verfolge damit zwei glänzende Absichten: Ich verhindere, daß die Geräusche der Welt in meine Privatgemächer dringen, und mache die Welt glauben, daß drinnen das Tanzen kein Ende nimmt.« In der Tat, man konnte beinahe an das Orchester glauben, immer schien Tanzmusik in Ralphs Nähe zu erklingen; schmelzende Walzer tönten durch die Luft. Isabel war oft irritiert von diesem ständigen Gefiedel; sie hätte gern sein sogenanntes Wartezimmer durchschritten und die Privatgemächer betreten. Es half ihr wenig, daß er sie beruhigte, dort sei es dunkel und trübe; sie hätte sie bereitwilligst ausgekehrt und wieder instand gesetzt. Sie fand es wenig gastlich, daß er sie draußen stehen ließ; zur Strafe unternahm sie mit ihrem klaren, jungen Verstand unzählige Angriffe auf die verschlossenen Türen. Aber es ließ sich nicht leugnen, sie brauchte ihren ganzen Verstand zur eigenen Verteidigung; denn Ralph bereitete es unbändiges Vergnügen, sie »Columbia« zu taufen und zu erklären, ihr Patriotismus sei so hitzig, daß es rauche. Er zeichnete eine Karikatur von ihr als sehr hübsche weibliche Person, im Schnitt der herrschenden Mode eingehüllt in die Falten der Nationalflagge. Auf dieser Stufe ihrer Entwicklung war es Isabels höchstes Entsetzen, für engstirnig zu gelten; gleich dahinter kam die Angst, es auch wirklich zu sein. Aber in diesem Fall bereitete es ihr gar keine Skrupel, dem Vetter reichlich Stoff für seine Neckereien zu geben und so zu tun, als verzehre sie sich nach der Heimatküste. Sie war gern so amerikanisch, wie er es von ihr behauptete, und wenn er Gefallen daran fand, sie auszulachen, dann sollte er tüchtig lachen. Sie verteidigte England gegen seine Mutter, aber wenn Ralph sein englisches Loblied anstimmte – mit Absicht, wie sie sagte, um sie in Harnisch zu bringen –, fand sie sich befähigt, ihm in vielen Punkten zu widersprechen. In Wahrheit kam ihr das kleine Land so reif und vollkommen vor, so köstlich im Geschmack wie eine edle Oktoberbirne. Weil sie sich glücklich fühlte, konnte sie auch die Neckereien ihres Vetters unbeschwert erwidern. Nur zuweilen trübte sich ihre gute Laune, nicht, weil sie etwas übelnahm, sondern weil ein plötzliches Mitleid mit Ralph sie überkam. Dann schien es ihr, als rede er wie ein Blinder und schenke seinen eigenen Worten wenig Glauben.

»Ich weiß nicht, was mit dir los ist«, bemerkte sie einmal; »ich habe den Verdacht, du bist ein großer Gauner.«

»Das steht dir frei«, antwortete Ralph, der an einen so rauhen Ton nicht gewöhnt war.

»Ich weiß nicht, was dir eigentlich teuer ist, vermutlich gar nichts. England ist dir im Grunde nicht teuer, auch wenn du es lobst; Amerika ebensowenig, wenn du auch vorgibst, es zu beschimpfen.«

»Nur du bist mir teuer, liebste Kusine«, sagte Ralph.
»Wenn ich es nur glauben könnte, dann wäre ich froh.«
»Ach, das habe ich gehofft!« rief der junge Mann.
Isabel hätte es schon glauben können und wäre von der Wahrheit nicht weit entfernt gewesen. Er dachte viel an sie; seine Gedanken kreisten beständig um ihre Person. Zu einer Zeit, als ihm seine Gedanken eine Last gewesen, war ihre plötzliche Ankunft, die gar nichts versprach und ihm doch wie eine Gabe des Himmels erschien, für ihn eine geistige Erfrischung und Belebung. Die Gedanken bekamen Flügel und Anlaß zu fliegen. Viele Wochen hatte der arme Ralph unter einer schweren Melancholie gestanden; seine an sich nicht rosigen Lebensaussichten wurden von einer tiefen Wolke beschattet. Die Sorge um seinen Vater hatte ihn plötzlich gepackt, dessen Gicht, bisher auf beide Beine beschränkt, jetzt auf vitalere Gebiete übergriff. Der alte Mann war im Frühjahr ernstlich krank gewesen, und die Ärzte hatten angedeutet, daß er den nächsten Anfall nicht so leicht überwinden werde. Gegenwärtig war er frei von Schmerzen, aber Ralph wurde den Verdacht nicht los, daß der Feind nur im Hinterhalt lauerte und unversehens wieder losschlagen könnte. Wenn der Anschlag gelang, bestand wenig Hoffnung auf Widerstand. Ralph hatte stets angenommen, daß sein Vater ihn überleben – daß zuerst sein eigener Name unerbittlich aufgerufen würde. Vater und Sohn waren unzertrennliche Gefährten; der Gedanke, allein übrigzubleiben und dann nicht zu wissen, wohin mit den Resten seines schmalen Lebens, war dem jungen Mann entsetzlich. Er hatte immer auf die Hilfe des Älteren gerechnet, mit ihm gemeinsam gute Miene zu ihrem trüben Spiel zu machen. Die Aussicht, mit seinem Vater den Antrieb seines Lebens zu verlieren, raubte Ralph alle Schwungkraft. Wenn sie zur selben Stunde sterben könnten, wäre alles gut. Aber ohne die Belebung durch die Gesellschaft seines Vaters würde er kaum die Geduld besitzen, ruhig auf den eigenen Tod zu warten. Denn es fehlte ihm die antreibende Überzeugung, daß er seiner Mutter unentbehrlich sei; es stand fest, daß seine Mutter kein Bedauern kannte. Natürlich besann sich Ralph, daß er seinem Vater keinen Gefallen tat, wenn er sich wünschte, von ihnen beiden sollte der aktive eher als der passive Teil den Verlust erleiden; aber gleichzeitig fiel ihm ein, daß der alte Herr seine Todesahnung immer als klugen Betrug belächelt hatte, den er vorher durch sein eigenes Ableben nur allzugern entlarven würde. Bei beiden Trium-

phen, nämlich entweder dem sophistischen Sohn ein Schnippchen zu schlagen oder noch ein Weilchen in dem Zustand zu verharren, den er trotz aller Nachteile doch genoß, hielt Ralph es nicht für Sünde, wenn er hoffte, Mr. Touchett möge doch der zweite zuteil werden.
Das waren reizvolle Überlegungen; doch die Ankunft Isabels machte seiner diesbezüglichen Verwirrung ein Ende; ja, es schien ihm ein Trost zu winken für die unerträgliche Leere, die ihn mit seines Vaters Tod befallen würde. Ralph überlegte lange, ob es Liebe sein könnte, was er für die junge Dame aus Albany empfand, und entschied sich dafür, im ganzen sei dies zu verneinen. Nachdem er sie eine Woche kannte, wurde er mit jedem Tag ein wenig sicherer. Lord Warburton hatte recht, sie war wirklich eine interessante kleine Person. Ralph staunte, daß sein Freund das so schnell herausgefunden hatte, und nahm es dann als erneuten Beweis für dessen hohe Gaben, die er immer sehr bewundert hatte. Wenn seine Kusine nur eine Unterhaltung für sie sein sollte, dann war sie gewiß eine Unterhaltung ersten Ranges. »Einen Charakter wie den ihren«, sagte sich Ralph, »eine richtige leidenschaftliche kleine Kraft am Werke zu sehen, ist die schönste Erscheinung in der Natur, schöner als das schönste Kunstwerk – als ein griechisches Basrelief, als ein großer Tizian, als eine gotische Kathedrale. Wie angenehm, so gut bewirtet zu werden, wo man es zuallerletzt erwartet hätte. Nie war die Welt so grau, so öde gewesen, wie die letzten acht Tage vor ihrer Ankunft; ich hätte nie erwartet, daß mir noch etwas Erfreuliches passieren könnte. So bringt mir die Post plötzlich einen Tizian für mein Zimmer, ein griechisches Basrelief zum Aufstellen über meinem Kamin. Man drückt mir den Schlüssel zu einem herrlichen Gebäude in die Hand und fordert mich auf, einzutreten und alles im einzelnen zu bewundern. Lieber Junge, du bist schändlich undankbar gewesen, nun sei ganz still und beklag dich nie wieder.« Das Grundgefühl dieser Reflexionen war schon richtig; nur traf es nicht ganz zu, daß Ralph Touchett einen Schlüssel in der Hand hielt. Seine Kusine war ein ungewöhnliches Mädchen, das, wie er sagte, ein genaues Studium erforderte. Man mußte sie verstehen, und sein Urteil über sie war wohl kritisch und betrachtend, aber keineswegs reif. Er überblickte das Bauwerk von außen und bewunderte es sehr, er blickte durch die Fenster und gewahrte innen gleichfalls die reinsten Proportionen. Aber er wußte, er sah es nur in Aus-

schnitten, er hatte noch nicht unter dem Dach gestanden. Die Tür war verriegelt, und von seinen Schlüsseln in der Tasche wollte keiner recht passen. Sie war intelligent und großzügig, ihre Natur war nobel und frei, was würde sie mit sich anfangen? Diese Frage war ungewöhnlich; bei den meisten Frauen wird sie gar nicht gestellt; die meisten Frauen fangen eben gar nichts mit sich an. Sie warten in mehr oder weniger anmutiger Stellung, daß ein Mann ihres Weges kommt und ihnen eine Bestimmung mitbringt. Hingegen machte es gerade Isabels Originalität aus, daß sie ganz den Eindruck machte, eigene Absichten zu verfolgen. »Wann sie auch aufbricht«, sprach Ralph zu sich, »ich möchte dabei sein und ihr zusehen.«

Natürlich fiel es ihm zu, die Honneurs des Hauses zu machen. Mr. Touchett war an seinen Stuhl gefesselt, und seine Frau befand sich mehr in der Rolle eines grimmigen Gastes, so daß in Ralphs Verhalten sich Pflicht und Neigung harmonisch vereinigen konnten. Er war kein großer Fußgänger, aber er durchstreifte mit Isabel die Gutsanlagen – ein Zeitvertreib, den das Wetter mit einer Beständigkeit begünstigte, die in Isabels düsterer Klima-Anschauung eigentlich nicht vorgesehen war. An den langen Nachmittagen, deren Länge nur das Maß ihres belohnten Eifers war, ruderten sie auf dem Fluß, dem hübschen kleinen Fluß, wie Isabel sagte, dessen jenseitiges Ufer noch zum Vordergrund der Landschaft gehörte; oder sie fuhren in einer Kalesche über Land – einem niedrigen, geräumigen, dickrädrigen Gefährt, das Mr. Touchett früher viel gebraucht hatte; jetzt hatte er dieses Vergnügen aufgeben müssen. Isabel fand ausgiebiges Vergnügen daran; sie meisterte die Zügel mit erfahrener Umsicht, wie der Kutscher mit Kennerblick feststellte, und wurde nicht müde, die prächtigen Pferde ihres Onkels durch die gewundenen Alleen und Feldwege zu lenken, die ihr den Anblick aller der ländlichen Idylle boten, die sie zu sehen gehofft hatte; sie fuhren vorbei an strohgedeckten Bauernhäusern aus Ziegelsteinen, an Wirtshäusern hinter Staketenzäunen, vorbei an alten Dorfangern, an verlassenen Parks und blühenden Heckenstreifen. Bei ihrer Rückkehr fanden sie gewöhnlich den Tee im Garten serviert, wo Mrs. Touchett sich unerschrocken in das Unvermeidliche gefügt und ihrem Gatten die Tasse eingeschenkt hatte. Die beiden saßen meist schweigend zusammen, der alte Herr mit zurückgelegtem Kopf und geschlossenen Augen und seine Frau mit ihrem Strickzeug beschäftigt, wobei sie jenen

Ausdruck von seltenem Tiefsinn zur Schau trug, mit dem manche Damen die Bewegung ihrer Nadeln verfolgen.
Jedoch eines Tages war Besuch gekommen. Die beiden jungen Leute schlenderten nach einer Stunde auf dem Wasser zum Haus zurück und sahen Lord Warburton unter den Bäumen sitzen, in einer schon von weitem als sehr flüchtig erkennbaren Unterhaltung mit Mrs. Touchett begriffen. Er war im Wagen herübergekommen und hatte, da Vater und Sohn ihn häufig dazu aufforderten, um Beköstigung und Nachtquartier gebeten. Isabel hatte ihn damals am Tage ihrer Ankunft für eine halbe Stunde gesehen und in dieser kurzen Zeit Gefallen an ihm gefunden; er hatte sich ihrem empfindlichen Gemüt tatsächlich eingeprägt, und sie hatte wiederholt an ihn gedacht. Sie hatte gehofft, sie würde ihn wiedersehen. Außerdem hatte sie noch auf andere Gäste gehofft. Gardencourt war nicht langweilig; das Gut selbst war einzigartig. Der Onkel entwickelte sich mehr und mehr zu einem goldenen Großvater, und Ralph war unähnlich allen Vettern, die sie jemals getroffen – ihre Vorstellung von Vettern war bisher nicht sehr rosig gewesen. Auch waren ihre Eindrükke noch frisch und erneuerten sich so rasch, daß sie noch nicht die leiseste Leere empfunden hatte. Aber Isabel mußte sich zuweilen erinnern, daß sie an der menschlichen Natur am meisten Interesse und sich im Ausland vor allem auf viele neue Gesichter gefreut hatte. Wenn Ralph zu ihr sagte, wie er schon wiederholt getan: »Ich staune, daß du es hier aushältst; du müßtest ein paar Nachbarn und einige unserer Freunde kennenlernen, denn wir haben welche, wenn man es auch nicht vermutet« – oder wenn er sich anbot, eine Menge Leute einzuladen und sie in die englische Gesellschaft einzuführen, dann hatte sie diese gastlichen Impulse stets unterstützt und im voraus versprochen, sich in den gesellschaftlichen Strudel zu stürzen. Aber bisher war aus diesen Angeboten wenig geworden, und wir mögen dem Leser verraten, daß der junge Mann Grund genug zum Zögern hatte: bisher hatte er seine Kusine noch immer allein unterhalten können. Sie hatte oft von »Spezialfällen« gesprochen, ein Ausdruck, der eine große Rolle in ihrem Vokabelschatz spielte; sie hatte ihm zu verstehen gegeben, daß sie die englische Gesellschaft gern in bedeutenden Exemplaren kennenzulernen wünschte.
»Na also, da hätten wir einen Spezialfall«, sagte er, als sie vom Ufer herunterkamen und er Lord Warburton erkannte.
»Einen Spezialfall wovon?« fragte das Mädchen.

»Den Spezialfall eines englischen Gentlemans.«
»Soll das heißen, die anderen sind ihm gleich?«
»O nein, nicht im mindesten.«
»Dann ist er also ein günstiger Spezialfall«, sagte Isabel; »ich bin überzeugt, er ist sehr nett.«
»Ja, er ist sehr nett und sehr zu beneiden.«
Der beneidenswerte Lord Warburton tauschte einen Händedruck mit unserer Heldin und hoffte, es gehe ihr gut. »Aber was frage ich«, sagte er, »Sie haben ja gerade die Ruder aus der Hand gelegt.«
»Ja, ich habe ein bißchen gerudert«, antwortete Isabel, »aber woher wissen Sie das?«
»Oh, ich weiß, *er* rudert nicht, er ist viel zu faul«, sagte Seine Lordschaft und deutete lachend auf Ralph Touchett.
»Er hat eine gute Entschuldigung für seine Faulheit«, sagte Isabel und senkte ihre Stimme.
»Ach was, er hat für alles eine Entschuldigung!« rief Lord Warburton in sonorer guter Laune.
»Meine Kusine rudert so gut«, sagte Ralph, »da bin ich entschuldigt, wenn ich nicht rudere. Alles, was sie macht, macht sie vorzüglich; was sie nur berührt, das schmückt sie.«
»Da bekommt man Lust auf Ihre Berührung, Miß Archer«, erklärte Lord Warburton.
»Eine richtige Berührung könnte Ihnen nichts schaden«, sagte Isabel, die glücklich war, wenn man ihre Fähigkeiten aufzählte und sie sich sagen durfte, daß sie demnach keinen schlechten Charakter haben konnte; denn sie tat sich in vielen Dingen hervor. In ihrem Bedürfnis, vor sich selbst gerechtfertigt zu werden, steckte viel Bescheidenheit: sie mußte sich ihre Vortrefflichkeit immer aufs neue beweisen.
Lord Warburton blieb nicht nur über Nacht, er ließ sich überreden, auch noch den nächsten Tag in Gardencourt zu verbringen, und als dieser zu Ende ging, beschloß er, seinen Abschied bis auf den nächsten Vormittag zu verschieben. Er hatte wiederholt das Wort an Isabel gerichtet, die diesen Beweis seiner Achtung mit viel Grazie entgegennahm. Er gefiel ihr außerordentlich; der erste Eindruck, den er auf sie gemacht, hatte standgehalten; nach dem ersten Abend erschien er ihr – freilich ohne düsteren Hintergrund – fast wie ein Balladenritter. Sie ging mit einem Gefühl des Glückes zur Ruhe, frohe Erwartung ließ ihr Herz höher schlagen. »Wie schön, zwei so reizende Menschen

zu kennen«, dachte sie in bezug auf ihren Vetter und dessen Freund.
Wir müssen ergänzen, daß ein kleiner Zwischenfall ihre gute Laune auf die Probe gestellt hatte. Mr. Touchett ging um halb zehn Uhr zu Bett, aber seine Frau war mit der übrigen Gesellschaft im Salon geblieben. Sie dehnte ihre Nachtwache noch ungefähr eine Stunde aus, erhob sich dann und bemerkte zu Isabel, es werde Zeit, den Herren gute Nacht zu wünschen. Isabel hatte noch kein Verlangen, zu Bett zu gehen; sie fand den Abend festlich, und Feste beendet man nicht so früh. Ohne also weiter nachzudenken, sagte sie ganz einfach: »Muß ich schon hinaufgehen, Tantchen? Ich komme in einer halben Stunde nach.«
»Ich kann aber unmöglich auf dich warten«, antwortete Mrs. Touchett.
»Oh, du brauchst nicht zu warten, Ralph wird mir meine Kerze anzünden«, antwortete Isabel fröhlich.
»*Ich* darf Ihre Kerze anstecken, bitte, gestatten Sie es mir, Miß Archer!« rief Lord Warburton. »Aber bitte nicht vor Mitternacht!«
Mrs. Touchett fixierte ihn einen Augenblick mit ihren glänzenden kleinen Augen und blickte dann kühl auf ihre Nichte. »Du kannst hier nicht allein bei den Herren bleiben. Du bist – du bist hier nicht in deinem gesegneten Albany, mein Kind.«
Isabel erhob sich errötend. »Ich wollte, ich wär' es«, sagte sie.
»Ach, so hör doch, Mutter!« entfuhr es Ralph.
»Meine liebe Mrs. Touchett!« beschwor sie Lord Warburton.
»Ich habe Ihr Land nicht geschaffen, mein Lord«, sagte Mrs. Touchett mit Majestät. »Ich muß es nehmen, wie es ist.«
»Kann ich nicht mit meinem eigenen Vetter aufbleiben?« erkundigte sich Isabel.
»Ich wüßte nicht, daß Lord Warburton dein Vetter ist.«
»Vielleicht ginge *ich* dann besser zu Bett!« schlug der Gast vor, »dann hätten wir doch die Situation geklärt!«
Mrs. Touchett warf einen Blick gelinder Verzweiflung zur Decke und setzte sich wieder. »Also, wenn es nicht anders geht, werde ich bis Mitternacht aufbleiben.«
Ralph hatte inzwischen Isabel eine Kerze gereicht. Er hatte sie beobachtet. Es war ihm, als ob ihr Temperament losbrechen würde – ein Ereignis, das ihn interessiert hätte. Aber wenn er einen Ausbruch erwartete, wurde er enttäuscht, denn das junge Mädchen lachte nur ein wenig, nickte gute Nacht und zog sich,

begleitet von der Tante, zurück. Er selber war ärgerlich auf seine Mutter, wenn er ihr auch recht gab. Oben angelangt, trennten sich die beiden Damen vor Mrs. Touchetts Tür. Isabel hatte auf der Treppe kein Wort gesagt.

»Du bist natürlich böse, daß ich dir hineingeredet habe«, sagte Mrs. Touchett.

Isabel überlegte. »Ich bin nicht böse, ich bin überrascht – es ist mir ganz mystisch. Hätte es sich nicht geschickt, wenn ich im Salon geblieben wäre?«

»Ganz und gar nicht. Hierzulande sitzen junge Mädchen – in anständigen Häusern – nicht bis spät in die Nacht mit Herren allein zusammen.«

»Dann war es richtig, daß du es mir sagtest«, erklärte Isabel. »Ich verstehe es zwar nicht, aber ich bin froh, wenn ich es weiß.«

»Ich werde es dir immer sagen«, antwortete die Tante, »jedesmal, wenn du meiner Meinung nach zu weit gehst.«

»Ja bitte; aber ich will damit nicht sagen, daß ich deine Bedenken immer berechtigt finden werde.«

»Wahrscheinlich nicht. Dazu folgst du zu sehr deinem eigenen Kopf.«

»Das mag wohl sein, aber ich möchte immer wissen, was man nicht tun darf.«

»Um es dann doch zu tun?« fragte die Tante.

»Um die Wahl zu haben«, sagte Isabel.

VIII

DA Isabel auf romantische Effekte versessen war, äußerte Lord Warburton die Hoffnung, sie würde vielleicht einmal kommen und sich sein Haus ansehen, ein sehr komisches altes Besitztum. Er nahm Mrs. Touchett das Versprechen ab, ihre Nichte nach Lockleigh zu bringen, auch Ralph erklärte sich zur Begleitung der Damen bereit, wenn sein Vater ihn einmal entbehren könnte. Lord Warburton versicherte inzwischen unserer Heldin, daß seine Schwestern ihr ihre Aufwartung machen würden. Sie wußte schon einiges von seinen Schwestern, da sie sich in den gemeinsamen Stunden in Gardencourt nach verschiedenen Dingen in seiner Familie erkundigt hatte. Wenn Isabels Interesse geweckt war, stellte sie viele Fragen, und da ihr Begleiter ein williger Plauderer war, brauchte sie ihn nicht lange zu drängen. Er erzählte, er hätte vier Schwestern und zwei Brüder; beide Eltern seien gestorben. Seine Geschwister wären sehr umgänglich – »nicht besonders klug, wissen Sie«, sagte er, »aber sehr anständig und angenehm«, und er äußerte erneut seine Hoffnung, Miß Archer möchte gute Bekanntschaft mit ihnen schließen. Einer der Brüder gehörte zur Kirche, er besaß die Pfarrstelle von Lockleigh, einen sehr ausgedehnten Sprengel, übrigens ein großartiger Bursche, wenn er auch bei jedem Gegenstand entgegengesetzter Ansicht war. Und dann erwähnte Lord Warburton ein paar der brüderlichen Meinungen – Meinungen, die Isabel schon oft gehört und für menschliches Allgemeingut gehalten hatte. Viele davon teilte sie sogar, woraufhin er ihr erklärte, das müsse ein Irrtum sein, das sei ganz unmöglich, sie könne sich darauf verlassen, bei einer nochmaligen Überprüfung werde sie diese Ansichten fallenlassen. Als sie zur Antwort gab, viele dieser Fragen hätte sie schon häufig sehr aufmerksam überprüft, erklärte er sie für ein neues Beispiel, nämlich der Tatsache, die ihm schon immer aufgefallen, daß von allen Völkern auf Erden die Amerikaner die abergläubischsten wären. Sie wären bigott, jeder einzelne wäre ein erklärter Tory, es gäbe keine schärferen Konservativen als die Konservativen in Amerika. Ihr Onkel und ihr Vetter seien der beste Beweis. Niemand könnte eine so mittelalterliche Einstellung haben wie diese beiden – sie hätten Ansichten, die zu bekennen man sich heutzutage in England schämen würde; außerdem hätten sie die Unverfrorenheit, sagte Seine Lordschaft lachend, so zu tun, als wüßten sie mehr von den Nöten und Gesetzen dieses armen, guten, dummen alten Englands als er, der er hier geboren und Eigentümer eines beträchtlichen Stückchens dieses Landes sei – also Schande über ihn! Woraus Isabel entnahm, daß Lord Warburton ein Aristokrat neuester Prägung war, ein Reformer, ein Radikaler, ein Sturmläufer gegen alte Tradition. Sein anderer Bruder in der indischen Armee war zügellos und beschränkt und hatte bisher nur Schulden gemacht, die Warburton bezahlen mußte. »Aber mehr werde ich nicht bezahlen«, erklärte er; »er lebt auf viel größerem Fuße als ich, treibt unerhörten Luxus und hält sich für den weit größeren Herrn. Als treuer Radikaler kämpfe ich nur für Gleichheit, aber nicht für die Überlegenheit jüngerer Brüder.« Zwei von den vier Schwestern waren verheiratet, die zweite und die vierte, eine glänzend, die andere recht mäßig. Der Gemahl der älteren, Lord Haycock, war ein guter Kerl, aber unglücklicherweise ein entsetzlicher Tory, und seine Frau, wie alle guten englischen Ehefrauen, war noch viel schlimmer. Die andere habe einen kleinen Gutsherrn in Norfolk geehelicht, das sei kaum gestern gewesen, und heute habe sie schon fünf Kinder. Diese und andere Informationen erhielt die junge Amerikanerin, wobei Lord Warburton sich Mühe gab, ihr die Dinge zu erklären und die Eigentümlichkeiten des englischen Lebens vor Augen zu stellen. Isabel amüsierte sich über seine Ausführlichkeit, wie er ihr weder rechte Erfahrung noch Vorstellungskraft zutraute. »Er hält mich für einen Barbaren«, sagte sie zu sich, »als ob ich nie Gabel und Löffel gesehen hätte«, und sie fing an, ihm harmlose Fragen zu stellen, nur aus Vergnügen an seinen todernsten Antworten. War er dann in die Falle gegangen, bemerkte sie: »Wie schade, daß Sie mich nicht in voller Kriegsbemalung und Federschmuck sehen können; hätte ich gewußt, wie freundlich Sie zu den armen Wilden sind, hätte ich mein Eingeborenenkostüm mitgebracht!« Lord Warburton hatte die Vereinigten Staaten bereist und wußte dort viel besser Bescheid als Isabel. Er hatte die Güte zuzugeben, Amerika sei das herrlichste Land der Erde, aber nach seiner Erfahrung wäre es nötig, den Amerikanern in England eine Menge Dinge zu erklären. »Wenn ich Sie nur damals in Amerika dabeigehabt hätte, um mir alles erklären zu lassen!« sagte er. »Ich war in Ihrem Lande ganz ratlos; tatsächlich, ich war ganz verwirrt, und das schlimme war, alle Erklärungen verwirrten mich nur noch mehr. Wissen Sie, ich habe oft gedacht, man erklärte mir absichtlich alles falsch, darauf verstehen sie sich drüben ganz gut. Aber auf *meine* Erklärungen können Sie sich verlassen; was ich sage, steht fest.« Zum mindesten stand fest, daß er sehr intelligent und kultiviert war und fast alles in der Welt kannte. Obgleich er die interessantesten und aufregendsten Einblicke gewährte, hatte Isabel das sichere Gefühl, daß er sich nicht dabei zur Schau stellte; er hatte Gefahren bestanden und war oft gerade mit heiler Haut davongekommen, aber er vermied es durchaus, daraus ein Verdienst zu machen. Er hatte die besten Dinge der Welt genossen, ohne seinen Sinn für Proportion einzubüßen. Seine Qualität bestand in einer Mischung der Ergebnisse reichster Erfahrung – so leicht erworben! – mit einer zeitweise fast knabenhaften Bescheidenheit; und dieses süße und gesunde Aroma – es war so angenehm wie ein Geschmack – verlor nichts durch seinen Zusatz von verantwortungsvoller Liebenswürdigkeit.

»Mir gefällt dieser Spezialfall eines englischen Gentlemans über die Maßen«, sagte sie zu Ralph, als Lord Warburton wieder fort war.

»Mir gefällt er auch; ich liebe ihn«, erwiderte Ralph, »aber mehr noch bemitleide ich ihn.«

Isabel blickte ihn entgeistert an. »Wieso? Das erschien mir als sein einziger Fehler – daß man ihn nicht ein wenig bedauern kann. Er scheint alles zu haben, alles zu wissen und alles zu sein.«

»Ach, er ist in einer schlimmen Lage!« beharrte Ralph.

»Du meinst doch nicht gesundheitlich?«

»Nein, was das betrifft, er ist unanständig gesund. Ich meine, er ist ein Mann in einer großen Position, die er zu lauter Mätzchen benutzt. Er nimmt sich selbst nicht ernst.«

»Betrachtet er sich als einen Witz?«

»Viel schlimmer: Er betrachtet sich als eine Fälschung – als einen Betrug.«

»Nun, vielleicht ist er das«, sagte Isabel.

»Ja, vielleicht – obwohl ich es im ganzen nicht glaube. Aber wenn dem so wäre, was wäre trauriger, als ein Betrug zu sein, der sich selbst als solcher empfindet, der, von anderen Händen eingepflanzt, tiefe Wurzeln schlug und nun an einem Gefühl seines unberechtigten Daseins leidet. Ich wäre an seiner Stelle so salbungsvoll wie ein Buddha. Er hat eine Stellung inne, die meine Phantasie beschäftigt. Große Verantwortung, große Möglichkeiten, große Überlegungen, großen Reichtum, große Macht, einen natürlichen Anteil an dem öffentlichen Wohlergehen eines großen Landes. Aber er ist vollkommen mit sich selbst uneinig, mit seiner Stellung, seiner Macht, wirklich mit allem in der Welt. Er ist das Opfer einer kritischen Epoche: Er hat aufgehört, an sich selbst zu glauben, und weiß noch nicht, was er statt dessen glauben soll. Wenn ich es ihm zu sagen versuche (wäre ich an seiner Stelle, wüßte ich genau, an was ich glauben würde), nennt er mich einen schlappen Frömmler. Ich glaube, er hält mich ernstlich für einen schrecklichen Philister; er sagte, ich verstünde unsere Zeit nicht. Ich verstehe sie weit besser als er, der sich weder als Ärgernis ausreißen noch als Institution erhalten kann.«

»Er sieht aber nicht sehr bedauernswert aus«, stellte Isabel fest.

»Wahrscheinlich nicht; aber als Mann von erlesenem Geschmack

hat er bestimmt häufig sehr unangenehme Stunden. Aber was will das bei einem Menschen mit seinen Möglichkeiten besagen, er sei nicht elend? Nebenbei, glaube ich, ist er es doch.«
»Er ist es nicht«, sagte Isabel.
»Na«, erklärte ihr Vetter abschließend, »dann sollte er es wenigstens sein!«
Am Nachmittag verbrachte sie eine Stunde bei ihrem Onkel auf dem Rasen; der alte Herr saß wie gewöhnlich in seinem Stuhl, die Decke auf den Knien, die große Tasse mit verdünntem Tee in der Hand. Im Laufe der Unterhaltung fragte er, was sie von ihrem heutigen Gast halte.
Isabel antwortete prompt: »Ich fand ihn reizend.«
»Er ist ein netter Mensch«, sagte Mr. Touchett, »aber ich empfehle dir, verlieb dich nicht in ihn.«
»Dann werde ich es also lassen und mich nur auf deine Empfehlung hin verlieben. Außerdem«, setzte Isabel hinzu, »gibt Ralph einen ziemlich trüben Bericht über Lord Warburton.«
»So, wirklich? Ich wüßte nicht, was da zu berichten wäre, aber Ralph muß nun einmal reden.«
»Er findet seinen Freund zu aufwieglerisch oder nicht aufwieglerisch genug, ich habe es nicht ganz verstanden«, sagte Isabel.
Der alte Mann schüttelte langsam den Kopf, lächelte und stellte seine Tasse ab. »Ich weiß es auch nicht genau. Er geht sehr weit, aber es mag schon sein, daß er nicht weit genug geht. Anscheinend will er mit vielen Dingen aufräumen, aber sich selbst möchte er so lassen. Das ist wohl nur natürlich, aber etwas widerspruchsvoll.«
»Oh, ich hoffe, er bleibt derselbe«, sagte Isabel. »Wenn sie ihn wegräumten, würden seine Freunde ihn doch schmerzlich vermissen.«
»Na«, sagte der alte Herr, »vermutlich bleibt er bestehen und wird seine Freunde weiter unterhalten. Ich würde ihn hier in Gardencourt auch sehr entbehren. Er unterhält mich immer, wenn er herüberkommt, und anscheinend macht ihm das selber Spaß. Hier in der Gesellschaft gibt es noch viele, die ähnlich sind wie er, sie sind jetzt große Mode. Ich weiß nicht, was sie vorhaben – ob sie eine Revolution anzetteln wollen. Auf jeden Fall hoffe ich, daß sie das noch aufschieben bis nach meinem Tode. Weißt du, sie wollen alles enteignen; aber ich bin hier ein ziemlich großer Grundbesitzer, ich möchte nicht enteignet werden. Ich wäre nicht herübergekommen, wenn ich gewußt

hätte, sie benehmen sich derartig«, fuhr Mr. Touchett in ausbrechender Heiterkeit fort. »Ich bin herübergekommen, weil ich England für sicher hielt. Ich nenne es einen regelrechten Betrug, wenn sie hier große Veränderungen einführen; dann wären hier viele enttäuscht.«

»Ach, hoffentlich machen sie Revolution!« rief Isabel. »Ich fänd' es entzückend, wenn ich eine Revolution erleben könnte!«

»Laß sehen«, sagte der Onkel mit humoristischem Augenzwinkern, »ich habe vergessen, bist du auf seiten der Alten oder der Neuen? Ich habe mir sagen lassen, du hast da sehr widersprechende Ansichten.«

»Ich bin auf beiden Seiten. Ich bin vermutlich immer ein bißchen auf beiden Seiten. Bei einer Revolution – wenn sie erst gute Anfänge gemacht hat – wäre ich wohl eine überzeugte, stolze Loyalistin. Mit denen hat man mehr Sympathie, und ihnen bleibt immer die Möglichkeit, sich blendend zu benehmen. Ich meine so in malerischer Haltung.«

»Ich weiß nicht recht, was du darunter verstehst, aber mir will scheinen, du benimmst dich immer blendend, liebes Kind.«

»O liebster Onkel, wenn ich das nur glauben könnte!« unterbrach ihn das Mädchen.

»Aber ich fürchte, du wirst zur Zeit nicht viel Gelegenheit haben, dich anmutig zur Guillotine zu begeben«, fuhr Mr. Touchett fort. »Wenn du einen großen Umbruch sehen willst, mußt du lange hierbleiben. Siehst du, wenn es zum Letzten kommt, würde es ihnen nicht passen, wenn man sie beim Wort nimmt.«

»Von wem sprichst du?«

»Nun, ich meine Lord Warburton und seine Freunde – die Radikalen der oberen Klasse. Natürlich beurteile ich sie von meinem Standpunkt aus. Sie reden von Änderungen, aber ich glaube, sie wissen gar nicht, um was es geht. Du und ich, siehst du, wir beide wissen, was demokratische Einrichtungen bedeuten; ich fand sie immer sehr angenehm, aber ich war von Anfang an daran gewöhnt. Und außerdem bin ich kein Lord. Du bist zwar eine Lady, mein Kind, aber ich bin kein Lord. Hierzulande macht man sich das nicht klar. Demokratie ist eine Sache, die jeden Tag zu jeder Stunde stattfindet, und vielen wird sie weniger gefallen als das, was sie jetzt haben. Natürlich ist es ihre Sache, wenn sie sich daran versuchen wollen, aber ich glaube, so arg wollen sie es gar nicht.«

»Hältst du sie nicht für aufrichtig?« fragte Isabel.
»Nun, dem Gefühl nach schon«, räumte Mr. Touchett ein, »aber es scheint mir, sie gefallen sich mehr in Theorien. Ihre radikalen Ansichten gehören zu ihren Vergnügungen; irgendeine Unterhaltung müssen sie ja haben, und da könnten es gröbere Vergnügungen sein. Weißt du, sie treiben alle viel Luxus, und diese Idee des Fortschritts ist ihr größter Luxus. Sie gibt ihnen ein moralisches Gefühl und tut ihrer Stellung keinen Abbruch. Sie halten sehr, sehr viel auf ihre Stellung; laß dir von niemandem einreden, er täte es nicht, denn wenn du auf *der* Basis fortfahren wolltest, kämst du bald ins Gedränge.«
Isabel folgte den Ausführungen ihres Onkels, die er mit altfränkischer Umständlichkeit vorbrachte, mit großer Aufmerksamkeit. Wenn ihr die britische Aristokratie auch fremd war, so fand sie darin doch keinen Widerspruch zu ihren übrigen Eindrücken von der menschlichen Natur. Aber sie fühlte sich veranlaßt, für Lord Warburton noch eine Lanze zu brechen. »Ich glaube nicht, daß Lord Warburton ein Gauner ist; was die andern sind, kümmert mich nicht. Lord Warburton sähe ich gern einmal auf die Probe gestellt.«
»Der Himmel erlöse mich von meinen Freunden!« antwortete Mr. Touchett. »Lord Warburton ist ein sehr liebenswürdiger junger Mann – ein prächtiger junger Mensch. Er bezieht hunderttausend im Jahr. Er besitzt fünfzigtausend Morgen Land auf dieser kleinen Insel und noch viele Dinge nebenbei. Er hat ein halbes Dutzend Häuser zum Wohnen. Er hat einen Sitz im Parlament wie ich an meinem eigenen Eßtisch. Er hat ausgesuchte Liebhabereien – Interesse an Literatur, an Kunst, an Wissenschaft und reizenden jungen Damen. Die eleganteste ist – seine Vorliebe für neue Meinungen. Daran hat er viel Vergnügen – mehr vielleicht als an allem anderen, die jungen Damen ausgenommen. Drüben sein altes Haus – wie nennt er es, *Lockleigh*? – ist sehr reizvoll, wenn auch längst nicht so hübsch wie unseres. Aber das macht nichts – er hat noch viele andere, und seine Ansichten tun niemandem weh, soweit ich das beurteile, ihm selbst am wenigsten. Sollte es eine Revolution geben, würde er ungeschoren bleiben. Niemand würde ihm ein Haar krümmen, sie würden ihn alle laufenlassen; er ist viel zu beliebt.«
»Ach, nicht einmal ein Märtyrer könnte er werden, wenn er Lust hätte!« Isabel seufzte. »Da ist er wirklich schlecht dran!«

»Er wird nie ein Märtyrer sein, wenn du ihn nicht dazu machst«, sagte der alte Herr.
Isabel schüttelte den Kopf; man hätte lachen können, soviel Melancholie lag in dieser Bewegung. »Ich werde niemanden zum Märtyrer machen.«
»Hoffentlich wirst du nicht selbst einer.«
»Das hoffe ich nicht. Du bemitleidest Lord Warburton also nicht so, wie Ralph es tut?«
Ihr Onkel betrachtete sie ein Weilchen mit schalkhafter Schärfe. »Doch, ich bemitleide ihn auch.«

IX

Die beiden Damen Molyneux, die Schwestern des Lords, machten Isabel unverzüglich einen Besuch, welche beide sofort in ihr Herz schloß; sie fand, daß sie von höchst eigentümlicher Prägung seien. Als sie freilich ihrem Vetter gegenüber diesen Ausdruck erwähnte, erklärte er sofort, keine Beschreibung könne unzutreffender sein für diese jungen Damen; in England gäbe es fünfzigtausend Personen weiblichen Geschlechts, die ihnen völlig glichen. Dieses Vorzugs also beraubt, blieb Isabels Besuchern ein reizend schüchternes, süßes Benehmen und – wie sie es ausdrückte – ein Paar Augen wie Schalen »schmückenden Wassers«, die man zwischen Geranien setzt.
»Sie sind jedenfalls nicht morbid, wie sie auch sein mögen«, sagte sich unsere Heldin und hielt dies für einen großen Vorzug; zwei Freundinnen aus ihrer Kindheit waren nicht frei von diesem Fehler (sonst wären sie sehr nett gewesen), davon ganz zu schweigen, daß Isabel sich dessen bei Gelegenheit schon selbst bezichtigt hatte. Die Damen Molyneux waren nicht mehr in ihrer ersten Jugend, aber sie hatten einen hellen, frischen Teint und etwas vom Lächeln der Kindheit. Ja, ihre Augen, die Isabel bewunderte, waren rund, still und zufrieden, und ihre Figuren, gleichfalls von großzügiger Rundung, steckten in Sealjacken. Ihre Freundlichkeit war groß, so groß, daß es sie fast verlegen machte, sie zu zeigen; sie schienen sich ein wenig vor der jungen Dame von der anderen Seite der Welt zu fürchten und drückten ihre gute Absicht lieber mit Blicken als mit Worten aus. Immerhin äußerten sie die deutliche Hoffnung, Isabel in Lockleigh zum Lunch begrüßen zu können, wo sie mit ihrem Bruder leb-

ten, um sie dann recht, recht oft wiederzusehen. Vielleicht könnte sie auch bei ihnen übernachten, am 29. erwarteten sie einige Gäste, vielleicht hätte sie dann auch Lust zu kommen?

»Leider ist es niemand Besonderes«, sagte die Ältere, »aber ich denke, Sie nehmen uns schon, wie wir sind.«

»Ich finde Sie entzückend, ich finde Sie geradezu bezaubernd«, entgegnete Isabel, die oft sehr überschwenglich lobte.

Ihre Besucherinnen erröteten tief, und nach ihrem Weggang erklärte Ralph, wenn sie den armen Dingern noch einmal solche Sachen sagte, würden sie denken, Isabel mache sich auf eine wilde, freie Art über sie lustig; er sei überzeugt, es wäre das erste Mal gewesen, daß jemand sie bezaubernd genannt hätte.

»Dafür kann ich nicht«, antwortete Isabel. »Ich finde es süß, wenn man so still und vernünftig und zufrieden ist. Ich wollte, ich wär' auch so.«

»Der Himmel bewahre uns!« rief Ralph mit Feuer.

»Ich will mir Mühe geben und ihnen nacheifern«, sagte Isabel. »Ich würde sie gern zu Hause besuchen.«

Dieses Vergnügen wurde ihr einige Tage später zuteil, als sie mit Ralph und seiner Mutter nach Lockleigh hinüberfuhr. Sie traf die Damen Molyneux in einem riesigen Salon (später entdeckte sie, es war einer von mehreren), in einer Wildnis von verschossenem Chintz. Sie gefielen Isabel zu Hause noch besser als schon in Gardencourt, und wieder fiel ihr auf: Sie waren nicht ein bißchen morbid. Anfangs hatte sie gedacht, wenn sie überhaupt einen Fehler hätten, seien sie geistig ein wenig träge; aber nun zeigte es sich, daß sie tiefer Gefühle fähig waren. Vor dem Essen saß sie ein Weilchen allein mit ihnen zusammen in einer Ecke des Salons, während Lord Warburton sich in einiger Entfernung mit Mrs. Touchett unterhielt.

»Ist es wahr, daß Ihr Bruder so ein Radikaler ist?« fragte Isabel. Sie wußte es ja bereits, aber wir kennen ihr brennendes Interesse an der menschlichen Natur, und jetzt hatte sie Lust, die Damen Molyneux ein wenig auszufragen.

»Ach ja, er ist riesig fortgeschritten«, sagte Mildred, die jüngere.

»Aber gleichzeitig ist Warburton sehr vernünftig«, bemerkte die andere.

Isabel beobachtete ihn einen Augenblick auf der anderen Seite des Raumes; er gab sich offensichtlich große Mühe mit Mrs. Touchett. Ralph beschäftigte sich mit einem zutraulichen Hund vor dem Feuer, das bei der Temperatur eines englischen Augusts

in diesen altertümlichen Räumen durchaus seine Berechtigung hatte. »Glauben Sie, daß Ihr Bruder aufrichtig ist?« forschte Isabel mit einem Lächeln.
»Aber ja, das muß er doch«, antwortete Mildred eilig, während die ältere Schwester unsere Heldin schweigend anstarrte.
»Denken Sie, er würde die Probe bestehen?«
»Die Probe?«
»Ich meine zum Beispiel, wenn er dieses alles aufgeben müßte.«
»Lockleigh aufgeben?« fragte Miß Molyneux, als sie ihre Stimme wiederfand.
»Ja, und die anderen Güter, wie heißen sie doch?«
Die beiden Schwestern tauschten beinahe erschrockene Blicke.
»Meinen Sie damit – wegen der Unkosten?« fragte die jüngere.
»Ich würde sagen, dann könnte er ein, zwei Häuser vermieten«, sagte die andere.
»Hergeben für nichts?« fragte Isabel.
»Ich kann mir nicht vorstellen, daß er sein Eigentum aufgeben würde«, sagte Miß Molyneux.
»Ach, dann ist er ein Betrüger!« erwiderte Isabel. »Finden Sie nicht, daß er dann eine falsche Position behauptet?«
Ihre Gesprächspartner hatten offensichtlich den Faden verloren.
»Meines Bruders Position?« vergewisserte sich Miß Molyneux.
»Sie gilt als sehr gut«, sagte die jüngere Schwester. »Er ist der erste Mann in diesem Teil des Landes.«
»Sie werden mich wahrscheinlich für sehr respektlos halten«, nahm Isabel die Gelegenheit zu bemerken. »Sie verehren Ihren Bruder wahrscheinlich sehr und fürchten ihn doch ein bißchen.«
»Natürlich blickt man zu seinem Bruder auf«, sagte Miß Molyneux einfach.
»Dann muß er sehr gütig sein – denn Sie sind beide von gewinnender Güte.«
»Er ist sehr gutherzig. Niemand ahnt, wieviel Gutes er tut.«
»Seine Fähigkeiten sind bekannt«, setzte Mildred hinzu, »jeder findet sie erstaunlich.«
»O, das merke ich wohl«, sagte Isabel. »Aber an seiner Stelle würde ich bis zum Tode kämpfen wollen: ich meine für das Erbe der Vergangenheit. Ich würde es nicht preisgeben.«
»Ich finde, man sollte liberal sein«, wandte Mildred sanft ein. »Das sind wir immer gewesen, in unserer ganzen Vergangenheit.«
»Nun gut«, sagte Isabel, »Sie haben auch großen Erfolg gehabt;

kein Wunder, daß Sie daran festhalten. – Ich sehe, Sie lieben Seidenstickerei?«

Als ihr Lord Warburton nach dem Essen sein Haus zeigte, erschien es ihr ganz verständlich, daß es wie ein altes Bild auf sie wirkte. Innen hatte man es erheblich modernisiert und den schönsten Teilen dadurch ihre Reinheit genommen. Aber als sie es dann vom Garten aus liegen sah, fest und grau aufgetürmt, von einem sanften, tiefen, von Wind und Wetter überhauchten Schimmer, aufstrebend über einem breiten, stillen Graben, erschien es unserem jungen Gast wie eine Burg in der Legende. Der Tag war kühl und glanzlos, die ersten Herbsttöne waren schon angeschlagen, und ein dünner Sonnenschein spielte in zerstreuten, flatternden Strahlen auf den Mauern, sie gleichsam an den Stellen behutsam waschend, wo das Alter sie am meisten schmerzte. Der Bruder ihres Gastgebers, der Vikar, war zum Essen gekommen, und Isabel hatte sich fünf Minuten mit ihm unterhalten – Zeit genug, um bei ihm nach einer tiefen Kirchlichkeit zu suchen und diese Suche als vergeblich wieder aufzugeben. Die Vorzüge des Vikars von Lockleigh bestanden in einer großen athletischen Figur und reinen, natürlichen Gesichtszügen, in einem umfangreichen Appetit und einer Neigung zu endlosem Gelächter. Isabel erfuhr später von ihrem Vetter, daß er vor seiner Ordination ein mächtiger Ringkämpfer gewesen und noch imstande sei, gelegentlich – tatsächlich nur im Familienkreis – seinen Gegner zu Boden zu werfen. Isabel mochte ihn gern – sie war in einer Stimmung, wo sie alle Welt gernhatte –, aber ihre Phantasie weigerte sich, in ihm eine Quelle geistlicher Hilfe zu erblicken.

Die ganze Gesellschaft erging sich nach dem Essen im Garten, doch Lord Warburton entfaltete alle Geschicklichkeit, den jüngsten Gast auf einen kleinen Spaziergang ohne die anderen mitzunehmen.

»Ich möchte gern, daß Sie sich alles richtig, ernstlich ansehen«, sagte er. »Das ist nicht möglich, wenn Sie Ihre Aufmerksamkeit diesem unbeachtlichen Gespräch zuwenden müssen.« Seine eigene Unterhaltung war (obgleich er Isabel eine Unmenge von dem alten Haus erzählte, das eine sehr merkwürdige Geschichte hatte) nicht rein archäologisch; zwischendurch bezog er sich auf mehr persönliche Dinge, die ihn und die junge Dame allein angingen. Aber schließlich kehrte er nach einer Pause von einiger Dauer zu ihrem sichtbaren Thema zurück. »Na also«, sagte er, »ich bin sehr froh, wenn Ihnen die alte Baracke gefällt. Ich wünschte nur, Sie könnten sie sich noch ein wenig genauer betrachten – Sie müßten ein wenig länger hierbleiben. Meine Schwestern haben Sie sehr liebgewonnen – wenn das Sie veranlassen könnte.«

»Dazu bedarf es keiner Veranlassung«, antwortete Isabel. »Aber ich fürchte, ich kann keine Verabredung treffen. Ich bin da ganz in der Hand meiner Tante.«

»Ach, verzeihen Sie, wenn ich das nicht so ganz glaube. Ich sollte meinen, Sie können alles machen, was Sie nur wollen.«

»Das tut mir leid, wenn ich Ihnen diesen Eindruck mache; ich finde, damit mache ich keinen hübschen Eindruck.«

»Er hat den Vorzug, mir eine Hoffnung zu lassen«, und Lord Warburton machte eine kleine Pause.

»Was für eine Hoffnung?«

»Daß ich Sie in Zukunft oft sehen darf.«

»Oh«, sagte Isabel, »für dieses Vergnügen brauche ich nicht so ungebunden zu sein.«

»Gewiß nicht, aber ich bilde mir ein, Ihr Onkel kann mich nicht leiden.«

»Das ist ein sehr großer Irrtum. Er spricht sehr gut von Ihnen.«

»Ich bin froh, daß Sie über mich sprechen«, sagte Lord Warburton. »Aber dennoch, glaube ich, mag er es nicht, wenn ich ständig nach Gardencourt komme.«

»Ich kann für die Neigungen meines Onkels nicht einstehen«, fuhr das Mädchen fort, »obgleich ich sie natürlich, so gut ich kann, berücksichtigen muß. Ich selber jedenfalls werde mich immer freuen, wenn Sie kommen.«

»Das wollte ich nur hören. Ich bin entzückt, wenn Sie das sagen.«

»Sie sind sehr leicht entzückt, mein Lord«, sagte Isabel.

»Nein, ich bin nicht leicht entzückt!« Er hielt einen Moment inne. »Aber Sie entzücken mich, Miß Archer.«

Diese Worte enthielten einen undefinierbaren Klang, der das Mädchen stutzig machte. Sie klangen wie das Vorspiel zu etwas Ernstem – sie hatte diesen Klang schon früher gehört und erkannte ihn wieder. Wie dem auch sei, für den Augenblick wünschte sie keine Weiterungen dieses Vorspiels, und so sagte sie so heiter wie möglich und so rasch, wie es ohne Anstoß zulässig sein mochte: »Ich fürchte, ich habe keine Aussicht, nochmals herzukommen.«

»Niemals?« sagte Lord Warburton.

»Ich mag nicht ›niemals‹ sagen; das klingt so melodramatisch.«
»Darf ich Sie dann nächste Woche einmal besuchen?«
»Aber gewiß. Was sollte Sie hindern?«
»Nichts Greifbares. Aber bei Ihnen ist man nie sicher. Ich habe immer das Gefühl, daß Sie die Menschen taxieren.«
»Dabei brauchen Sie nicht notwendig zu verlieren.«
»Sehr freundlich; aber selbst wenn ich etwas gewinne, strenge Gerechtigkeit ist nicht mein Fall. Wird Mrs. Touchett Sie bald ins Ausland entführen?«
»Das hoffe ich.«
»Ist England Ihnen nicht gut genug?«
»Das ist eine sehr machiavellische Frage; sie verdient keine Antwort. Ich möchte so viele Länder wie nur möglich kennenlernen.«
»Dann werden Sie vermutlich weiter urteilen?«
»Hoffentlich auch weiter genießen.«
»Ja, das genießen Sie ja gerade am meisten; ich bringe nicht heraus, was Sie vorhaben«, sagte Lord Warburton. »Sie fallen mir immer auf, als hätten Sie geheimnisvolle Absichten – riesige Pläne.«
»Es ist sehr gütig, daß Sie eine Theorie entwickeln, die gar nicht auf mich paßt. Was ist da geheimnisvoll bei einem Vorsatz, den jedes Jahr fünfzigtausend meiner Landsleute in aller Öffentlichkeit ausführen – nämlich durch Reisen in fremde Länder den Geist zu bilden?«
»Sie können Ihren Geist nicht noch bilden, Miß Archer«, erklärte ihr Begleiter. »Er ist bereits ein furchtbares Instrument. Er blickt auf uns herab; er verachtet uns.«
»Verachtet Sie? Sie spotten«, sagte Isabel, ernst werdend.
»Na, Sie finden uns doch ›kurios‹ – das ist ganz dasselbe. Ich mag nicht kurios sein, das ist das erste; ich bin es auch nicht im mindesten, da protestiere ich.«
»So ein Protest ist das Kurioseste, was ich je gehört habe«, antwortete Isabel mit einem Lächeln.
Lord Warburton schwieg einen Augenblick. »Sie urteilen nur von außen – mehr kümmert Sie nicht«, sagte er dann. »Sie kümmern sich nur darum, zu Ihrem Vergnügen zu kommen.« Und wieder schwang ein Ton in seiner Stimme, den sie eben schon vernommen hatte, und ihm beigemischt war ein hörbarer Zug von Bitterkeit – eine so plötzliche und inkonsequente Bitterkeit, daß das Mädchen fürchtete, sie hätte ihn verletzt.

Sie hatte oft gehört, Engländer seien ein höchst exzentrisches Volk, und bei einem sehr einsichtigen Autor hatte sie sogar gelesen, sie seien im Grunde die romantischste aller Rassen. War Lord Warburton auf einmal romantisch geworden? – Würde er ihr eine Szene machen, in seinem eigenen Hause, kaum daß sie sich das drittemal getroffen hatten? Der Glaube an seine vorzüglichen Manieren beruhigte sie ungemein schnell; er hatte auch dadurch nicht gelitten, daß Lord Warburton den äußersten Rand des guten Geschmacks bereits gestreift, als er einer jungen Dame, die sich seiner Gastfreundschaft anvertraut hatte, seine Bewunderung ausdrückte. Sie hatte recht, wenn sie auf seine guten Manieren baute; denn jetzt lachte er ein wenig und fuhr ohne jede Spur jenes beunruhigenden Tones fort: »Ich will damit natürlich nicht sagen, daß Sie sich mit Kleinigkeiten amüsieren. Sie erwählen sich einen großen Stoff; die Torheiten, die Heimsuchungen der menschlichen Natur, die Eigenarten der Nationen!«

»Was das angeht«, sagte Isabel, »so würde ich bei meinem eigenen Volk Unterhaltung auf Lebenszeit finden. – Aber wir haben eine lange Heimreise vor uns, und meine Tante wird aufbrechen wollen.«

Sie kehrten um und suchten die anderen, Lord Warburton ging schweigend an ihrer Seite. Aber bevor sie die anderen erreichten, sagte er: »Ich werde Sie nächste Woche besuchen.«

Seine Worte versetzten ihr einen merklichen Schock; doch als er verging, fühlte sie, daß sie sich nicht selbst vortäuschen dürfe, es sei ein sehr unangenehmer Schock gewesen. Trotzdem klang ihre Antwort auf seine Erklärung kühl genug: »Ganz wie Ihnen beliebt.« Ihre Kühle war nicht die Berechnung ihrer Wirkung – ein Spiel, dem sie viel weniger huldigte, als ihre Kritiker glauben mochten –; sie entsprang einer gewissen Furcht.

X

Am Tage nach ihrem Besuch in Lockleigh bekam sie ein Briefchen von ihrer Freundin Miß Stackpole – dessen Umschlag, versehen mit dem Poststempel aus Liverpool und der sauberen Handschrift der flinkfingrigen Henrietta, Isabel in freudigste Erregung versetzte. »Hier bin ich, liebste Freundin«, schrieb Miß Stackpole. »Endlich habe ich mich losgerissen. Ich entschloß mich erst in der letzten Nacht vor meiner Abreise aus New York. – Der *Interviewer* hatte sich endlich zu meinem Kostenanschlag bequemt. Wie ein alter Journalistenveteran warf ich meine Utensilien in den Koffer und fuhr mit der Straßenbahn zum Dampfer. Wo bist Du jetzt, und wo können wir uns treffen? Vermutlich weilst Du zu Besuch auf irgendeinem Schloß und hast Dir bereits den korrekten Akzent zugelegt. Vielleicht hast Du sogar einen Lord geheiratet; ich hoffe es beinahe, denn ich brauche eine Einführung in die höchsten Kreise und zähle da auf Dich. Der *Interviewer* möchte ein paar Erleuchtungen über die Aristokratie haben. Mein erster Eindruck von dem Volk im allgemeinen ist nicht gerade rosig, aber ich möchte ihn mit Dir durchsprechen, und Du weißt ja: was ich auch bin, oberflächlich bin ich schließlich nicht. Ich habe Dir auch etwas Besonderes zu bestellen. Verabrede doch, so schnell Du kannst, ein Treffen; komm nach London (ich würde so gern die Sehenswürdigkeiten mit Dir zusammen besichtigen), oder sonst laß mich hinkommen, wo Du auch sein magst. Ich tue es mit dem größten Vergnügen, denn Du weißt ja, mich interessiert alles, und ich möchte soviel wie nur möglich vom englischen Innenleben in mich aufnehmen.«

Isabel hielt es für das beste, ihrem Onkel diesen Brief nicht zu zeigen; aber sie berichtete ihm von seinem Inhalt, und wie sie erwartet hatte, bat er sie sogleich, Miß Stackpole in seinem Namen zu versichern, daß er entzückt wäre, sie in Gardencourt willkommen zu heißen. »Wenn sie auch eine Literatur-Dame ist«, sagte er, »wird sie, als Amerikanerin, mich doch nicht zur Schau stellen wollen wie damals die andere. Sie hat schon andere meinesgleichen gesehen.«

»Aber niemanden, der so entzückend ist«, antwortete Isabel, doch etwas in Sorge über Henriettas Reproduktionsinstinkte, die zu *den* Charaktereigenschaften ihrer Freundin gehörten, die sie mit dem geringsten Wohlgefallen betrachtete. Auf jeden Fall schrieb sie Miß Stackpole, daß sie unter Mr. Touchetts Dach willkommen sei. Dieses geschäftige junge Fräulein verlor daraufhin keine Minute, ihre unverzügliche Ankunft anzumelden. Sie war nach London gefahren und nahm in diesem Zentrum den ersten Zug nach der nächsten Bahnstation von Gardencourt, wo Isabel und Ralph auf sie warteten, um sie abzuholen.

»Werde ich sie nun lieben, oder werde ich sie hassen?« fragte Ralph, während sie auf dem Bahnsteig auf und ab schritten.

»Wie auch immer, darum wird sie sich nicht kümmern«, sagte Isabel. »Es ist ihr absolut schnuppe, was die Männer von ihr denken!«
»Dann bin ich also als Mann verpflichtet, sie abzulehnen. Sie muß ja ein rechtes Monstrum sein. Ist sie sehr häßlich?«
»Keineswegs. Sie ist ausgesprochen hübsch.«
»Ein weiblicher Beobachter – ein Reporter in Unterröcken? Ich bin sehr gespannt, sie kennenzulernen«, räumte Ralph ein.
»Es ist sehr einfach, sie auszulachen, aber es ist nicht so einfach, sich so tapfer durchzusetzen, wie sie das tut.«
»Das stimmt. Gewaltdelikte und persönliche Angriffe erfordern gewissen persönlichen Schneid. Glaubst du, daß sie mich interviewen wird?«
»Im Leben nicht; du bist ihr viel zu uninteressant.«
»Warten wir ab«, sagte Ralph, »sie wird von uns allen eine Beschreibung, Bunchie eingeschlossen, an ihre Zeitung schicken.«
»Ich werde sie bitten, das zu unterlassen«, anwortete Isabel.
»Du hältst sie demnach für dessen fähig?«
»Durchaus.«
»Und so eine hast du dir zur Busenfreundin erkoren?«
»Ich habe sie mir nicht zur Busenfreundin erkoren; ich habe sie lieb, trotz ihrer Fehler.«
»Sehr schön«, sagte Ralph, »ich fühle, ich werde sie ablehnen, trotz ihrer Vorzüge.«
»Du wirst dich höchstwahrscheinlich in sie verlieben, ehe drei Tage zu Ende sind.«
»Und meine Liebesbriefe im *Interviewer* veröffentlicht sehen? Niemals!«
In diesem Augenblick fuhr der Zug ein, dem Miß Stackpole sogleich entstieg und sich, wie Isabel verheißen hatte, von einer gewissen zarten, wenn auch ziemlich provinziellen Hübschheit erwies. Sie war eine adrette, füllige Person, von mittlerer Statur, mit einem runden Gesicht, kleinem Mund und zartem Teint, sie hatte am Hinterkopf eine Unmenge lichtbrauner Löckchen und ein eigentümlich offenes, überrascht blickendes Auge. Der auffallende Zug an ihrer ganzen Erscheinung war die bemerkenswerte Starrheit dieses Organs, das ohne Unverschämtheit oder Trotz, aber wie in bewußter Ausübung eines natürlichen Rechts auf allen Gegenständen, die ihr begegneten, ruhenblieb. In dieser Art ruhte es auch auf Ralph, der, von Miß Stackpoles anmutigem und vertrauenerweckendem Äußerem angenehm

berührt, zugeben mußte, daß es nicht leicht sein würde, sie abzulehnen. Sie rauschte und sie raschelte in frischen taubenfarbenen Gewändern, und Ralph sah auf einen Blick, sie war so knisterfrisch, neu und aufgebauscht wie ein neues Zeitungsblatt vor dem Zusammenfalten. Von Kopf bis Fuß war vermutlich kein Druckfehler an ihr. Sie sprach mit hoher, klarer Stimme – einer nicht vollen, aber lauten Stimme, doch als sie mit ihren Begleitern in Mr. Touchetts Kutsche Platz genommen, fiel ihm angenehm auf, daß sie nicht das Gewaltige jener fürchterlichen Schlagzeilen an sich hatte, denen man in Zeitungen begegnet. Alle Fragen, die Isabel an sie stellte und an denen sich der junge Mann beteiligte, beantwortete sie immerhin mit ausreichender Klarheit; als sie später in der Bibliothek von Gardencourt saßen und sie die Bekanntschaft Mr. Touchetts gemacht hatte (Mrs. Touchett hatte ihr Erscheinen nicht für nötig befunden), gab sie eine erste Probe der in ihr schlummernden Möglichkeiten zum besten.

»Also jetzt wüßte ich gern, ob Sie sich als Amerikaner oder als Europäer fühlen«, brach sie los. »Wenn ich es weiß, kann ich entsprechend mit Ihnen reden.«

»Reden Sie nur drauflos, wir sind für alles dankbar«, hatte Ralph großzügig erwidert.

Ihre Augen fixierten ihn, und es lag etwas in ihrem Aussehen, das ihn an große polierte Knöpfe erinnerte – Knöpfe, die an kurzen Gummistrippen tanzten. Er meinte, den Reflex aller Gegenstände sich in ihren Pupillen spiegeln zu sehen. Der Ausdruck eines Knopfes gilt gemeinhin nicht als menschlich. Aber in Miß Stackpoles Blick lag etwas, was ihm zu nahe trat, was ihn als bescheidenen jungen Mann in Verlegenheit setzte – er fühlte sich angetastet, mehr geschmäht, als ihm lieb war. Dieser Eindruck, das muß gleich hinzugefügt werden, verlor sich deutlich nach ein, zwei Tagen in ihrer Gesellschaft, wenn er sich auch nie gänzlich verflüchtigte. »Ich hoffe, Sie wollen mir nicht einzureden versuchen, daß Sie Amerikaner sind«, sagte sie.

»Ihnen zu Gefallen werde ich Engländer, werde ich Türke.«

»Na, wenn Sie sich so verändern können, soll es mir recht sein.«

»Ich bin sicher, daß Sie sich auf alles verstehen; Verschiedenheiten der Nationalität sind keine Schranke für Sie«, fuhr Ralph fort.

Miß Stackpole starrte ihn immer noch an. »Meinen Sie damit die fremden Sprachen?«

»Sprachen bedeuten nichts. Ich meine den Geist – den Genius.«
»Ich weiß nicht, ob ich Sie recht verstehe«, sagte die Korrespondentin des *Interviewers;* »aber bis ich abfahre, werde ich Sie ergründet haben.«
»Er ist ein Kosmopolit, wie man so sagt«, half Isabel ein.
»Das soll heißen, er ist ein bißchen von allem und von allem nichts richtig. Ich muß sagen, mit dem Patriotismus ist es wie mit der Barmherzigkeit – er fängt zu Hause an.«
»Ach, und wo fängt Zuhause an, Miß Stackpole?« erkundigte sich Ralph.
»Ich weiß nicht, wo es anfängt, aber ich weiß, wo es aufhört. Es hörte längst auf, bevor ich hierherkam.«
»Gefällt es Ihnen hier nicht?« fragte Mr. Touchett mit seiner alten, unschuldigen Stimme.
»Ach, wissen Sie, ich bin noch unentschlossen, wie ich mich verhalten soll. Ich fühle mich so bedrängt. Das fühlte ich bereits auf der Reise von Liverpool nach London.«
»Vielleicht war Ihr Abteil gedrängt voll?« schlug Ralph vor.
»Ja, aber gedrängt voll mit Freunden – einer Gesellschaft Amerikaner, deren Bekanntschaft ich auf dem Schiff gemacht hatte, reizenden Leuten von Little Rock, Arkansas. Trotzdem fühlte ich mich bedrängt – etwas bedrückte mich von außen. Ich könnte nicht sagen, was es war. Von Anfang an hatte ich das Gefühl, als würde es hier mit der Atmosphäre nicht klappen. Aber ich denke, ich werde mir meine eigene Atmosphäre schaffen. Das ist das richtige – dann kann man atmen. Die Umgebung scheint hier sehr verlockend zu sein.«
»Ach, wir sind auch reizende Leute!« sagte Ralph. »Warten Sie nur, Sie werden es noch merken.«
Miß Stackpole zeigte sich nur zu geneigt zu warten und war offensichtlich gewillt, ihren Besuch in Gardencourt noch beträchtlich auszudehnen. Am Vormittag beschäftigte sie sich literarisch, aber trotzdem verbrachte Isabel manche Stunde in der Begleitung ihrer Freundin, die nach vollbrachtem Tagewerk Einsamkeit durchaus nicht schätzte.
Isabel fand bald Gelegenheit, sie zu bitten, von einer Verherrlichung der Vorzüge ihres gemeinsamen Aufenthalts in Druckerschwärze abzusehen, denn schon am zweiten Tag von Miß Stackpoles Besuch entdeckte sie, daß diese mit einem Brief an den *Interviewer* beschäftigt war, dessen Titel in ihrer ungemein sauberen und leserlichen Handschrift (genau der glei-

chen, an die sich unsere Heldin noch von Schulheften her erinnerte) lautete: *Amerikaner und Tudors, Streiflichter auf Gardencourt.* Mit dem besten Gewissen der Welt war Miß Stackpole sogleich bereit, Isabel den Inhalt laut vorzulesen, die jedoch sofort Protest erhob.

»Ich finde, das dürftest du nicht. Ich finde, das Gut hier dürftest du nicht beschreiben.«

Henrietta starrte sie wie gewöhnlich an. »Wieso? Das ist genau, was die Leute lesen wollen, und es ist doch ein herrliches Fleckchen Erde.«

»Es ist zu schön für die Zeitungen, und mein Onkel hat es bestimmt nicht gern.«

»Das glaube nur nicht!« rief Henrietta. »Hinterher sind immer alle sehr erfreut!«

»Mein Onkel ist auch hinterher nicht erfreut – und mein Vetter erst recht nicht. Sie würden es als Bruch ihrer Gastfreundschaft betrachten.«

Miß Stackpole zeigte keine Spur von Verwirrung; sie wischte säuberlich ihre Feder an einem kleinen, eleganten Wischer ab, den sie sich zu diesem Zwecke hielt, und räumte ihr Manuskript zusammen. »Natürlich lasse ich es sein, wenn du es nicht billigst; aber ich opfere ein schönes Thema.«

»Es gibt genug andere Themen, du bist hier von Themen direkt umringt. Wir wollen einmal ausfahren, dann zeige ich dir einige herrliche Aussichtspunkte.«

»Naturansichten sind nicht mein Ressort. Ich brauche immer ein menschliches Interesse. Du weißt doch, Isabel, ich bin tief menschlich; das war ich immer«, hub Miß Stackpole wieder an. »Ich wollte gerade deinen Vetter beschreiben, den verbündeten Amerikaner. Verbündete Amerikaner sind zur Zeit sehr gefragt, und dein Vetter ist ein blendender Spezialfall. Ich wollte scharf mit ihm ins Gericht gehen.«

»Er wäre ja gestorben!« rief Isabel. »Nicht wegen der Schärfe, sondern wegen der Öffentlichkeit.«

»Na, ich hätte ihn gern ein bißchen getötet. Aber noch mehr Vergnügen hätte mir ein Konterfei deines Onkels gemacht, der erscheint mir als der weit noblere Typ – der noch getreue Amerikaner. Er ist ein großer alter Mann; ich sehe nicht ein, warum ich ihm nicht diese Ehre erweisen soll.«

Isabel blickte mit Verwunderung auf die Freundin; es kam ihr seltsam vor, daß eine Natur, an der sie so viel Schätzenswertes

fand, an manchen Stellen so abblätterte. »Ärmste Henrietta«, sagte sie, »du hast kein Gefühl für das Private.«
Henriettas Wangen färbten sich tief, und einen Augenblick verschleierten sich ihre glänzenden Augen, so daß Isabel nur wieder staunen konnte, wie inkonsequent sie war. »Da tust du mir sehr unrecht«, sagte Henrietta mit Würde, »ich habe nie eine Silbe über mich selbst geschrieben!«
»Das glaube ich gern; aber mir scheint, man sollte sich auch bei anderen mäßigen.«
»Oh, das ist sehr gut«, rief Henrietta und griff aufs neue zur Feder. »Laß mich das notieren, das verwende ich später.« Sie war eine absolut gutartige Person; eine halbe Stunde später war sie in heiterster Laune, wie es einer Zeitungsdame auf der Suche nach Stoff nur anstehen konnte. »Ich habe nämlich versprochen, die soziale Seite zu bringen«, sagte sie zu Isabel, »und wie kann ich sie bringen, wenn ich kein Material sammle? Wenn ich hier das Besitztum nicht beschreiben darf, kennst du nicht ein anderes, wo ich es dürfte?«
Isabel versprach, sie würde sich bedenken, und am nächsten Tag erwähnte sie zufällig ihren Besuch in Lord Warburtons altertümlichem Haus. »O, da mußt du mich hinbringen – das ist ganz der Ort für mich!« rief Miß Stackpole. »Ich muß Streiflichter auf den Adel werfen.«
»Hinbringen kann ich dich nicht«, sagte Isabel, »aber Lord Warburton wollte herkommen, und dann hast du Gelegenheit, ihn zu betrachten. Nur wenn du beabsichtigst, seine Unterhaltung wiederzugeben, werde ich ihn bestimmt vorher warnen.«
»Bitte, tu das nicht«, flehte die andere, »ich möchte doch, daß er sich recht natürlich gibt.«
»Ein Engländer ist nie natürlicher, als wenn er den Mund hält«, erklärte Isabel.
Nach Ablauf von drei Tagen hatte sich noch nicht herausgestellt, daß Ralph, entsprechend ihrer Prophezeiung, sein Herz an den Besuch verloren, obwohl er viel Zeit in ihrer Gesellschaft verbrachte. Sie schlenderten zusammen durch den Park, sie saßen unter den Bäumen, und nachmittags, wenn es so entzükkend auf der Themse war, behauptete jetzt Miß Stackpole einen Platz in dem Boot, in dem Ralph bisher nur mit *einer* Begleiterin gesessen. Die Art seiner Kusine, ihre Gefühle verströmen zu lassen, hatte sein Gemüt derart verstört, daß er durch Henriettas Hinzutreten viel mehr gefühlvolle Wandelbarkeit er-

wartet hatte; doch die Korrespondentin des *Interviewers* erregte seine Heiterkeit, und daß das Crescendo der Heiterkeit die Blume seiner schwindenden Tage sein sollte, hatte er längst beschlossen. Henrietta ihrerseits versäumte ein wenig, Isabels Behauptung über ihre Indifferenz gegen die Männerwelt zu rechtfertigen; der arme Ralph wenigstens schien sich ihr als ein irritierendes Problem darzubieten, das nicht aufzulösen geradezu unmoralisch gewesen wäre.

»Was tut er eigentlich zu seinem Lebensunterhalt?« fragte sie Isabel am Abend ihrer Ankunft. »Geht er den ganzen Tag umher und hat die Hände in den Hosentaschen?«

»Er tut gar nichts«, lächelte Isabel; »er ist ein Gentleman mit großen Einkünften.«

»Na, das nenne ich eine Schande – wo ich wie ein Straßenbahnschaffner arbeiten muß«, entgegnete Miß Stackpole. »Ich würde ihm gern einmal Bescheid sagen.«

»Seine Gesundheit ist zerrüttet; er ist gar nicht imstande zu arbeiten«, stellte Isabel ihr vor.

»Hach! Glaub nur das nicht! Ich arbeite auch, wenn mir schlecht ist«, rief ihre Freundin. Später, als sie ins Boot stieg, um an der Wasserfahrt teilzunehmen, bemerkte sie, Ralph würde sie wohl hassen und am liebsten ertränken.

»O nein«, sagte Ralph, »ich spare mir meine Opfer auf zur langsamen Tortur. Und Sie sind ein besonders interessantes Opfer!«

»Nun, Sie spannen mich schon genug auf die Folter; ich darf das wohl sagen. Aber ich verabscheue Ihre Vorurteile, und das ist mir auch ein Trost.«

»Meine Vorurteile? Ich bin mit keinem Vorurteil gesegnet, da sehen Sie meine intellektuelle Armut.«

»Schande auf Ihr Haupt; ich selbst habe reizende Vorurteile. Natürlich verderbe ich Ihnen hier Ihren Flirt, oder wie Sie das nennen, mit Ihrer Kusine, aber das stört mich gar nicht, denn ich erweise ihr einen Dienst, indem ich Sie entlarve. Dann soll sie sehen, wie wenig an Ihnen dran ist.«

»O ja, entlarven Sie mich!« begeisterte sich Ralph. »Heutzutage macht sich niemand sonst die Mühe.«

Bei dieser Aufgabe schien Miß Stackpole vor keiner Anstrengung zurückzuschrecken, meist griff sie, wann sich nur eine Gelegenheit bot, zu dem natürlichen Hilfsmittel direkter Fragen. Am folgenden Tag war das Wetter schlecht, und am Nachmittag erbot sich der junge Mann, schon um eine Unterhaltung im Hause zu bieten, ihr die Gemälde zu zeigen. Henrietta schlenderte in seiner Gesellschaft durch die Galerie, während er auf die Kostbarkeiten wies und Maler und Gegenstand nannte. Miß Stackpole sah sich die Bilder schweigend an, ohne eine Meinung zu äußern, und Ralph war ihr dankbar, daß sie ihn mit den gebrauchsfertigen kleinen Ausrufen des Entzückens verschonte, mit denen sonst die Besucher Gardencourts so verschwenderisch umgingen. Diese junge Dame war, das muß zu ihrer Ehre gesagt sein, sehr sparsam im Gebrauch konventioneller Phrasen; ihre Stimme konnte einen ernsten und suchenden Ton annehmen, der zuweilen in seiner angestrengten Überlegtheit an eine Person von hoher Kultur erinnerte, die in fremder Sprache redete. Ralph Touchett erfuhr alsbald, daß sie früher als Kunstkritikerin an einem Journal der anderen Welt gearbeitet hatte, aber dessenungeachtet die kleine Münze der üblichen Bewunderung nicht mit sich führte. Plötzlich, als er sie gerade auf einen reizenden Constable aufmerksam machte, wendete sie sich um und beobachtete ihn, als sei er selbst ein Bild.

»Verbringen Sie immer Ihre Zeit auf diese Weise?« verlangte sie zu wissen.

»Selten so angenehm.«

»Na, Sie wissen schon, was ich meine – ohne geregelte Beschäftigung?«

»Ach«, sagte Ralph, »ich bin der faulste Mensch auf Erden.« Miß Stackpole richtete ihren Blick auf den Constable, und Ralph wies sie auf einen kleinen Lancret hin, der dicht daneben hing und einen Kavalier darstellte, der im rosa Wams, enganliegenden Beinkleidern und Spitzenjabot gegen das Podest einer Gartennymphe lehnte und für zwei im Grase sitzende Damen Gitarre spielte. »Das ist mein Ideal einer geregelten Beschäftigung«, sagte er. Miß Stackpole wandte sich ihm abermals zu, und wenn ihre Augen auch auf dem Bild geruht hatten, konnte er doch erkennen, sie hatte das Sujet gar nicht bemerkt. »Ich kann nicht begreifen, wie Sie das mit Ihrem Gewissen vereinen.«

»Mein gnädiges Fräulein, ich habe kein Gewissen.«

»Dann empfehle ich Ihnen: Züchten Sie eins. Sie werden es brauchen, wenn Sie das nächstemal nach Amerika kommen.«

»Da werde ich wahrscheinlich nie wieder hinkommen.«

»Schämen Sie sich, dort aufzutauchen?«

Ralph lächelte milde und überlegte. »Ich vermute, wenn man kein Gewissen hat, hat man auch kein Schamgefühl.«

»Na, an Sicherheit fehlt es Ihnen nicht«, erklärte Henrietta. »Halten Sie es für richtig, Ihr Heimatland so schnöde aufzugeben?«
»Ach, man gibt sein Heimatland so wenig auf wie seine Großmutter. Beide stehen jenseits unserer Wahl – Elemente unseres Aufbaus, die man nicht entfernen kann.«
»Das soll wahrscheinlich heißen, daß Sie es versucht haben und gescheitert sind. Was denkt man denn hier von Ihnen?«
»Man ist entzückt von mir.«
»Weil Sie sich unterwerfen.«
»Ach, schieben Sie es doch ein wenig auf meinen natürlichen Charme«, seufzte Ralph.
»Ich weiß nichts von Ihrem natürlichen Charme. Wenn Sie Charme haben, ist es ein ganz unnatürlicher. Er ist erworben – zum mindesten haben Sie sich heiß bemüht, ihn zu erwerben, seit Sie hier wohnen. Ich will nicht sagen, daß es Ihnen gelungen ist. Auf jeden Fall ist es ein Charme, der bei mir nicht verfängt. Betätigen Sie sich irgendwie nützlich, dann wollen wir uns wiedersprechen.«
»Na schön, dann sagen Sie mir, was ich tun soll«, sagte Ralph.
»Vor allem, fahren Sie nach Hause.«
»Aha, verstehe. Und dann?«
»Ergreifen Sie etwas.«
»Ja, was denn eigentlich?«
»Was Sie wollen, solange Sie es nur ergreifen. Irgendeine neue Idee, irgendeine große Arbeit.«
»Ist das Ergreifen sehr schwierig?« erkundigte sich Ralph.
»Nicht, wenn Sie mit Ihrem Herzen dabei sind.«
»Ach, mein Herz«, sagte Ralph, »wenn es von meinem Herzen abhängt – !«
»Haben Sie denn auch kein Herz?«
»Ich hatte eins, vor wenigen Tagen noch, aber seitdem habe ich es verloren.«
»Sie können nicht ernst sein«, bemerkte Miß Stackpole; »daran liegt es.«
Aber trotz allem gestattete sie ihm nach ein, zwei Tagen wiederum, ihre Aufmerksamkeit zu erregen; dieses Mal hatte ihre seltsame Halsstarrigkeit eine andere Ursache. »Jetzt weiß ich, was mit Ihnen los ist, Mr. Touchett«, begann sie, »Sie halten sich für zu gut, um zu heiraten.«
»Das tat ich, bis ich Sie kennenlernte, Miß Stackpole«, antwor-

tete Ralph, »und dann habe ich plötzlich meinen Sinn geändert.«
»O Gott – « stöhnte Henrietta.
»Dann erschien es mir«, sagte Ralph, »als sei ich nicht gut genug.«
»Die Ehe würde Sie bessern. Außerdem ist es Ihre Pflicht.«
»Oh«, rief der junge Mann, »man hat so viele Pflichten! Ist das auch eine Pflicht?«
»Natürlich – haben Sie das noch nicht gewußt? Sich zu verheiraten ist eines jeden Menschen Pflicht.«
Ralph überlegte einen Moment; er war enttäuscht. In Miß Stackpole steckte etwas, was er beinahe liebgewonnen hatte. Wenn auch keine entzückende Frau, so war sie doch ein guter Kerl. Ihr fehlte Distinktion, aber, wie Isabel gesagt hatte, sie war tapfer: Sie trat in Käfige und schwang die Peitsche wie ein erfahrener Löwenbändiger. Er hatte sie gemeiner Künste nicht für fähig gehalten, aber diese letzten Worte hatten für ihn einen falschen Ton. Wenn ein junges Weib im heiratsfähigen Alter einen ungebundenen jungen Mann zur Ehe drängt, dann ist die einfachste Erklärung ihres Benehmens nicht ein altruistischer Impuls.
»Nun gut, darüber ließe sich eine Menge sagen«, nahm Ralph das Gespräch wieder auf.
»Das mag sein, aber das ist eine Frage des Prinzips. Ich muß sagen, ich finde, es sieht höchst exklusiv aus, wenn Sie so allein umhergehen, als ob Ihnen keine Frau gut genug sei. Halten Sie sich für besser als irgendeinen in der Welt? In Amerika ist es üblich, daß die Leute heiraten.«
»Wenn es meine Pflicht ist«, fragte Ralph, »ist es nicht in Analogie auch die Ihre?«
Miß Stackpoles Augen starrten ohne zu blinzeln in die Sonne.
»Tragen Sie sich mit der stillen Hoffnung, einen Schnitzer in meiner Gedankenfolge zu entdecken? Natürlich habe ich ebensowohl das Recht zu heiraten wie jeder andere auch.«
»Nun denn«, sagte Ralph, »ich will nicht sagen, daß es mich ärgert, Sie noch ledig zu wissen. Es entzückt mich vielmehr.«
»Sie sind immer noch nicht ernst. Sie lernen es nie.«
»Werden Sie mir nicht glauben, daß ich es doch bin, wenn ich Ihnen eines Tages mitteile, daß ich danach trachte, die Praxis eines Einzelgängers aufzugeben?«
Miß Stackpole blickte ihn einen Moment mit einem Ausdruck an, der, technisch gesprochen, eine ermutigende Antwort verhieß. Aber zu seiner großen Überraschung wechselte dieser

Ausdruck plötzlich zu Unruhe, zu Verdruß. »Nein, nicht einmal dann«, antwortete sie kurz. Darauf ging sie davon.
»Ich verspüre noch keine Leidenschaft für deine Freundin«, sagte Ralph am selben Abend zu Isabel, »wenn wir uns auch heute morgen länger darüber unterhalten haben.«
»Und du sagtest etwas, was sie nicht vertrug«, erwiderte das Mädchen.
Ralph machte große Augen. »Hat sie sich beklagt?«
»Sie sagte, die Europäer hätten Frauen gegenüber einen höchst gemeinen Ton.«
»Nennt sie mich einen Europäer?«
»Einen der schlimmsten. Sie sagte mir, du hättest etwas gesagt, was ein Amerikaner nie sagen würde. Aber sie hat es mir nicht wiederholt.«
Ralph leistete sich den Luxus eines schallenden Gelächters. »Sie ist eine ungewöhnliche Mischung. Hat sie gedacht, ich mache ihr Avancen?«
»Nein; ich glaube, das machen ihr sogar die Amerikaner. Aber sie dachte offensichtlich, du hättest eine Absicht von ihr mißverstanden und ihr eine unfreundliche Deutung unterlegt.«
»Ich dachte, sie schlüge mir die Ehe vor, und ich nahm den Antrag an. War das unfreundlich?«
Isabel lächelte. »Es war unfreundlich gegen mich. Ich möchte nicht, daß du heiratest.«
»Liebe Kusine, was soll man nur mit euch anfangen?« fragte Ralph. »Miß Stackpole teilt mir mit, es sei meine erklärte Pflicht, und ihre sei es ganz allgemein, dafür zu sorgen, daß ich die meine tue!«
»Sie hat ein sehr großes Pflichtgefühl«, sagte Isabel, ernst werdend, »das ist tatsächlich das Motiv aller ihrer Reden. Darum mag ich sie gern leiden. Sie findet es deiner unwürdig, so viele Dinge allein für dich zu behalten. Das wollte sie ausdrücken. Wenn du dachtest, sie wollte dich – dich locken, dann warst du im Irrtum.«
»Es ist wahr, das war verkehrt, ich habe mir wirklich eingebildet, sie wollte mich verführen. Verzeih mir meine Verderbtheit.«
»Du bist sehr eingebildet. Sie hat an dir kein Interesse und kam nicht auf den Gedanken, daß du das denken könntest.«
»Man muß sehr bescheiden sein, um sich mit solchen Frauen zu unterhalten«, sagte Ralph reumütig. »Es ist auch ein seltsamer Typ. Sie ist zu persönlich – wenn man bedenkt, daß sie das

gerade bei andern nicht erwartet. Sie tritt ein, ohne anzuklopfen.«

»Ja«, gab Isabel zu, »Türklopfer führen eine Existenz, die sie noch nicht genügend erkannt hat, und ich bin nicht einmal sicher, ob sie nicht denkt, sie seien recht überflüssige Ornamente. Sie findet, Türen müßten offenstehen. Aber ich bestehe darauf: Ich mag sie trotzdem gern.«

»Und ich bestehe darauf: Ich finde sie zu vertraulich«, gab Ralph zurück, dem es naturgemäß nicht ganz wohl bei dem Gedanken war, sich zweimal in Miß Stackpole getäuscht zu haben.

»Ach«, sagte Isabel und lächelte, »ich fühle, sie gefällt mir bloß, weil sie so ordinär ist.«

»Bei dieser Begründung wird sie sich sehr geschmeichelt fühlen.«

»Ihr gegenüber würde ich es anders ausdrücken. Ich würde sagen, weil sie etwas ›vom Volke‹ in sich hat.«

»Was weißt du vom Volk? Und was das anlangt, was weiß *sie* davon?«

»Sie weiß eine ganze Menge, und ich weiß genug, um zu spüren, daß sie eine Art Verkörperung der großen Demokratie darstellt – des Kontinents, der Heimat, der Nation. Ich will nicht sagen, daß sie die Summe alles dessen ist, das wäre zuviel von ihr verlangt; aber sie deutet sie an, sie stellt sie lebendig vor Augen.«

»Du liebst sie also aus patriotischen Gründen. Ich fürchte, aus ebendenselben lehne ich sie ab.«

»Ach«, sagte Isabel mit einem fröhlichen Seufzer. »Ich liebe so viele Dinge! Wenn mir irgendwas mit einer gewissen Eindringlichkeit entgegentritt, schon nehme ich es an. Ich will mich nicht aufspielen, aber ich glaube, ich bin sehr vielseitig. Ich liebe die Menschen, wenn sie total anders sind als Henrietta – zum Beispiel Lord Warburtons Schwestern. Solange ich die Damen Molyneux betrachte, scheinen sie mir für ein bestimmtes Ideal zu sprechen. Dann taucht Henrietta auf, und ich bin von ihr überzeugt, nicht sosehr im Hinblick auf ihre Person als auf das, was hinter ihr aufsteigt.«

»Ach, du meinst ihre Hinteransicht«, erklärte Ralph.

»Sie hat ganz recht«, entgegnete seine Kusine, »du bist niemals ernst. Ich liebe die großen Flächen, die sich jenseits der Ströme über die Prärien erstrecken, blühend und lachend und ausgebreitet, bis sie am grünen Pazifik haltmachen! Ein starker, süßer, frischer Duft steigt auf von da, und Henrietta – verzeih mir den Vergleich – trägt etwas von diesem Duft in ihren Kleidern.«

Isabel errötete ein wenig, als sie ihre Rede beendet hatte, und dieses Erröten, zusammen mit dem Feuereifer, den sie ihren Worten verliehen, stand ihr so reizend, daß Ralph noch einen Augenblick lächelte, nachdem sie mit Sprechen aufgehört. »Ich weiß nicht, ob der Pazifik wirklich so grün ist«, sagte er, »aber du bist ein Mädchen mit Phantasie. Henrietta riecht auf jeden Fall nach Zukunft – daß es einen beinah umwirft!«

XI

NACH diesem Vorfall gelobte sich Ralph, Miß Stackpoles Worte nicht wieder falsch zu verstehen, selbst wenn sie die persönliche Trommel wieder recht kräftig rühren sollte. Er machte sich klar, daß von ihrem Standpunkt aus jeder Mensch ein einfacher und homogener Organismus, er für sein Teil aber ein zu entarteter Vertreter des menschlichen Geschlechts war, als daß er berechtigt gewesen wäre, mit ihr auf gleicher Ebene zu streiten. Er führte seinen Entschluß mit großem Takt aus, so daß die junge Dame, erneut mit ihm in Verbindung tretend, kein Hindernis mehr fand, an dem sie ihr Talent, unerschrockene Fragen zu stellen und damit ihr Selbstvertrauen zu erproben, hätte beweisen können. Ihre Stellung in Gardencourt wäre daher, bei all der Anerkennung, die, wie wir sehen, Isabel ihr entgegenbrachte und die sie selbst für den freien Gedankenaustausch empfand, durch den ihrem Gefühl nach Isabel erst zu ihrem wahren Schwestergeist wurde, bei all der Verehrung für Mr. Touchett, dessen vornehmer Ton, wie sie es ausdrückte, ihre volle Billigung fand – ihre Stellung in Gardencourt wäre also sehr behaglich gewesen, hätte sie nicht ein unwiderstehliches Mißtrauen gegen die kleine Dame verspürt, die sie zunächst als die Dame des Hauses anzuerkennen sich verpflichtet gefühlt hatte. Doch sie merkte bald, daß diese Verpflichtung sehr wenig Gewicht hatte und daß es Mrs. Touchett nicht den geringsten Eindruck machte, wie Miß Stackpole sich benahm. Mrs. Touchett ihrerseits hatte sie Isabel gegenüber als Abenteuerin und langweilige Gans bezeichnet – denn Abenteuerinnen seien gewöhnlich doch etwas aufregender; sie zeigte sich etwas überrascht, daß ihre Nichte sich eine solche Freundin ausgesucht, hatte aber extra hinzugefügt, sie wisse, Isabels Freunde seien deren Sache; sie habe sich nie vorgenommen, sie alle zu billigen oder das Mädchen nur auf die zu beschränken, die sie billigte.

»Wenn du nur mit den Menschen verkehren würdest, mein Kind, die mir gefallen, dann wäre es nur ein sehr kleiner Kreis«, gestand Mrs. Touchett freimütig ein, »und ich glaube, für dich wäre mir niemand gut genug. Wenn es darauf ankommt, jemanden zu empfehlen, wird die Sache ernst. Ich mag Miß Stackpole nicht – alles an ihr mißfällt mir; sie redet viel zu laut und blickt einen an, als ob man darauf brenne, sie anzublicken, was doch wahrhaftig nicht der Fall ist. Ich bin sicher, sie hat ihr Leben lang in Pensionen gelebt, und ich verabscheue die Manieren und Freiheiten solcher Häuser. Wenn du mich fragst, so sind mir meine eigenen Manieren lieber, die du sicher sehr schlecht findest, aber ich sage dir, sie sind mir tausendmal lieber. Miß Stackpole weiß genau, daß ich die Umgangsformen der Pensionen verabscheue, und sie verabscheut mich wegen meines Abscheus, weil ihr nichts darüber geht. Ihr würde Gardencourt sehr viel besser gefallen, wenn es eine Pension wäre. Mir geht die Ähnlichkeit schon jetzt zu weit. Daher werden wir uns nie vertragen, und es hat gar keinen Zweck, daß wir es versuchen.«

Mrs. Touchett hatte recht, daß Miß Stackpole sie mißbilligte, aber sie hatte den Grund doch nicht ganz getroffen. Ein oder zwei Tage nach Miß Stackpoles Ankunft hatte sie einige gehässige Äußerungen über amerikanische Hotels getan, welche die Korrespondentin des *Interviewers* nicht unwidersprochen hatte hingehen lassen; in Ausübung ihres Berufs hatte sie in der westlichen Hemisphäre jede Art menschlicher Karawanserei kennengelernt. Henrietta vertrat die Ansicht, amerikanische Hotels seien die besten der Welt, während Mrs. Touchett, ihre letzten Kämpfe noch frisch im Gedächtnis, behauptete, sie seien die schlechtesten. Um den Bruch zu heilen, schlug Ralph in seiner tastenden Versöhnlichkeit vor, die Wahrheit liege wohl zwischen beiden Extremen, und man beschreibe die in Frage stehenden Etablissements wohl am besten als mittelmäßig. Diesen Beitrag zur Diskussion wies Miß Stackpole indessen mit Entrüstung zurück. Mittelmäßigkeit, wahrhaftig! Waren sie nicht die besten der Welt, dann waren sie die schlechtesten, aber Mittelmäßiges gab es bei einem amerikanischen Hotel nicht.

»Wir urteilen offensichtlich von verschiedenen Standpunkten aus«, sagte Mrs. Touchett. »Ich lasse mich gern als Individuum, Sie lassen sich gern als Gesellschaft behandeln.«

»Ich weiß nicht, was Sie damit sagen wollen«, erwiderte Henrietta. »Ich lasse mich als amerikanische Dame behandeln.«
»Arme amerikanische Damen!« Mrs. Touchett brach in ein Gelächter aus. »Sie sind die Sklaven ihrer Sklaven.«
»Sie sind die Gefährten freier Männer«, versetzte Henrietta.
»Sie sind die Gefährten ihrer Dienstboten – ihres irischen Stubenmädchens und ihres Negerkellners. Sie teilen sich in die Arbeit.«
»Nennen Sie die Dienstboten eines amerikanischen Haushalts ›Sklaven‹?« erkundigte sich Miß Stackpole. »Wenn Sie sie auf diese Weise behandeln wollen, kein Wunder, daß Sie Amerika nicht leiden mögen.«
»Hat man keine guten Dienstboten, ergeht es einem schlecht«, sagte Mrs. Touchett heiter. »In Amerika sind sie schlecht, aber in Florenz habe ich fünf, die sind perfekt.«
»Ich wüßte nicht, wozu Sie fünf brauchen.« Henrietta konnte sich diese Bemerkung nicht versagen. »Ich glaube nicht, daß ich fünf Personen in abhängiger Stellung um mich haben möchte.«
»Mir gefallen sie in dieser Stellung besser als in mancher andern«, verkündete Mrs. Touchett bedeutungsvoll.
»Gefiele ich dir besser, wenn ich dein Butler wäre, meine Liebe?« fragte ihr Mann.
»Ich glaube nicht; du hättest ja gar nicht die *tenue*.«
»Die Gefährten freier Männer – das gefällt mir, Miß Stackpole«, sagte Ralph. »Das ist eine hübsche Umschreibung.«
»Wenn ich ›freie Männer‹ sagte, habe ich nicht Sie gemeint, mein Herr!«
Und das war der einzige Lohn, den Ralph für sein Kompliment erhielt. Miß Stackpole war stutzig geworden; offensichtlich witterte sie Verrat in Mrs. Touchetts Billigung einer Klasse, die sie selbst für ein Überbleibsel des Feudalismus hielt. Ihr Geist wurde vielleicht von diesem Bild verfolgt, so daß sie noch einige Tage hingehen ließ, bevor sie die Gelegenheit ergriff, zu Isabel zu sagen:
»Liebste Freundin, ich mache mir Gedanken, ob du wohl treulos bist.«
»Treulos? Treulos gegen dich, Henrietta?«
»Nein, das wäre ein großer Schmerz; aber das meine ich nicht.«
»Also treulos gegen die Heimat?«
»O, das wird hoffentlich nie geschehen. Als ich dir von Liverpool aus schrieb, erwähnte ich, ich hätte dir etwas Besonderes

zu berichten. Du hast nie danach gefragt. Hast du es schon geargwöhnt?«

»Was denn geargwöhnt? In der Regel bin ich nicht argwöhnisch«, sagte Isabel. »Ich entsinne mich jetzt, aber ich muß gestehen, ich hatte den Satz in deinem Brief vergessen. Was hast du mir denn zu sagen?«

Henrietta sah enttäuscht aus, und ihr standhafter Blick verriet es. »Du fragst nicht richtig – als ob es dir nicht wichtig sei. Du bist verändert – du denkst an andere Dinge.«

»Sage mir, was du damit meinst, dann will ich daran denken.«

»Willst du das wirklich? Das möchte ich genau wissen.«

»Ich kann meine Gedanken nicht so konzentrieren, aber ich will mein Bestes versuchen«, sagte Isabel. Henrietta betrachtete sie schweigend, so lange, daß Isabels Geduld zu reißen drohte und sie schließlich hinzusetzte: »Soll das heißen, daß du heiraten willst?«

»Nicht bevor ich Europa gesehen habe«, sagte Miß Stackpole. »Worüber lachst du?« fuhr sie fort. »Was ich meine, ist, daß Mr. Goodwood auf demselben Schiff mit mir herüberkam.«

»Ach«, entgegnete Isabel.

»Das war der richtige Ton. Ich habe mich lange mit ihm unterhalten; er ist dir nachgefahren.«

»Hat er dir das erzählt?«

»Nein, er hat mir nichts erzählt, und auf diese Weise erfuhr ich es«, sagte Henrietta einsichtsvoll. »Er sprach sehr wenig von dir, aber ich sprach von dir um so mehr.«

Isabel wartete. Bei der Erwähnung von Mr. Goodwoods Namen war sie ein wenig blaß geworden. »Das hättest du nicht tun sollen«, sagte sie schließlich.

»Es war mir ein Vergnügen, und mir gefiel die Art, wie er zuhörte. Mit so einem Zuhörer hätte ich stundenlang reden können; er war so still, so intensiv; er hat alles eingesogen.«

»Was hast du von mir erzählt?« fragte Isabel.

»Ich sagte, du wärest alles in allem das herrlichste Geschöpf, das ich kenne.«

»Das tut mir leid. Er hat schon eine zu hohe Meinung von mir; er darf nicht noch ermutigt werden.«

»Er lechzt nach ein bißchen Ermutigung. Ich sehe sein Gesicht noch vor mir und seinen ernsten, versonnenen Blick, während ich sprach. Ich habe nie einen häßlichen Mann so verschönt gesehen.«

»Er ist geistig sehr einfach«, sagte Isabel. »Und so häßlich ist er auch nicht.«
»Nichts wirkt so vereinfachend wie eine große Leidenschaft.«
»Es ist keine große Leidenschaft; da bin ich ganz sicher.«
»Du sagst es aber nicht sehr überzeugend.«
Isabel lächelte etwas kühl. »Ich werde es Mr. Goodwood lieber persönlich sagen.«
»Dazu wird bald Gelegenheit sein«, sagte Henrietta.
Isabel gab keine Antwort auf diese Ankündigung, die ihre Freundin mit der Miene höchster Vertraulichkeit vorbrachte.
»Er wird dich verändert finden«, fuhr diese fort. »Deine neue Umgebung hat dich beeinflußt.«
»Sehr wahrscheinlich. Ich werde von allem beeinflußt.«
»Von allem, nur nicht von Mr. Goodwood!« rief Miß Stackpole mit leicht erzwungener Heiterkeit.
Isabel unterließ ein Lächeln und fragte einen Moment später: »Hat er dich gebeten, mit mir zu sprechen?«
»Nicht ausdrücklich. Aber seine Augen baten – sein Händedruck bat, als er mir Lebewohl sagte.«
»Danke für die Bestellung.« Und Isabel wandte sich ab.
»Ja, du hast dich verändert; du hast hier neue Gedanken angenommen«, fuhr ihre Freundin fort.
»Hoffentlich«, sagte Isabel; »man soll soviel neue Gedanken aufnehmen wie nur möglich.«
»Ja, aber sie sollten sich mit den alten vertragen, wenn die alten die richtigen sind.«
Isabel wandte sich abermals ab. »Wenn du denkst, daß ich im Hinblick auf Mr. Goodwood irgendwelche Gedanken hatte –« Aber sie stockte vor dem unversöhnlichen Glanz in den Augen der Freundin.
»Mein liebes Kind, du hast ihn sicherlich ermutigt.«
Isabel wollte diese Unterstellung eigentlich sofort entkräften; statt dessen antwortete sie jedoch unumwunden: »Ja, es ist schon wahr. Ich habe ihn ermutigt.« Und dann fragte sie, ob ihre Freundin von Mr. Goodwood über seine Absichten unterrichtet worden sei. Es war ein Zugeständnis an deren Neugier, denn sie verspürte keine Neigung, über diese Geschichte zu reden, und fand, es mangele Henrietta an Zartgefühl.
»Ich fragte ihn, und er sagte, er wolle gar nichts tun«, antwortete Miß Stackpole. »Aber das glaube ich nicht; er ist nicht der Mann, der nichts tut. Er ist ein Mann der sogenannten kühnen Tat.

Was ihm auch zustoßen mag, er wird immer etwas tun, und was er auch tut, es wird immer das Richtige sein.«

»Das glaube ich auch.« Henrietta mochte es an Zartgefühl mangeln, aber dennoch war das Mädchen über diese Erklärung gerührt.

»O, dann ist er dir nicht gleichgültig«, entfuhr es ihrer Freundin.

»Was er auch tut, es wird immer das Richtige sein«, wiederholte Isabel. »Wenn er ein Mann von so unfehlbarer Natur ist, was kümmern ihn dann Gefühle?«

»Ihn nicht, aber dich müssen sie kümmern.«

»Ach, was mich bekümmert – darüber reden wir nicht«, sagte Isabel mit kühlem Lächeln.

Diesmal war ihre Freundin ernst. »Nun, mich geht es nichts an; du bist verändert. Du bist nicht mehr das Mädchen, das du noch vor wenigen Wochen warst, und Mr. Goodwood wird das auch feststellen. Ich erwarte ihn hier mit jedem Tag.«

»Hoffentlich haßt er mich dann«, sagte Isabel.

»Ich glaube, du hoffst das ebensosehr, wie ich ihn dessen für fähig halte.«

Auf diese Versicherung gab unsere Heldin keine Antwort; sie war völlig alarmiert von Henriettas Mitteilung, Caspar Goodwood könne hier in Gardencourt auftauchen. Trotzdem machte sie sich vor, dies Ereignis sei ganz unmöglich, und äußerte später auch der Freundin gegenüber ihren Zweifel. Dennoch war sie die nächsten achtundvierzig Stunden innerlich darauf vorbereitet, seinen Namen angekündigt zu hören. Dieses Gefühl bedrückte sie; die Luft wurde schwül, als stünde ein Wettersturz bevor; und da das Wetter sich, gesellschaftlich gesprochen, während Isabels Aufenthalt in Gardencourt nur angenehm gezeigt hatte, konnte jeder Wechsel nur eine Verschlechterung bedeuten. Ihre Spannung löste sich tatsächlich am zweiten Tag. Sie war mit dem geselligen Bunchie in den Park gegangen und hatte sich dort nach einigem ruhelosen und unlustigen Umherschlendern auf eine Gartenbank in Sicht des Hauses gesetzt, unter eine weit ausladende Buche, wo sie in ihrem weißen, mit schwarzen Bändern verzierten Kleid unter den tanzenden Schatten ein anmutiges und harmonisches Bild abgab. Sie zerstreute sich kurze Zeit, indem sie mit dem kleinen Terrier sprach, auf den der Vorschlag eines geteilten Besitzes zwischen ihr und ihrem Vetter so unparteiisch wie nur möglich angewendet wurde – so unparteiisch, wie es Bunchies eigene unbeständige und wechselnde Sympathien erlaubten. Aber bei dieser Gelegenheit entdeckte sie zum erstenmal, daß Bunchies Verstand beschränkt war; bisher war ihr nur dessen Weite aufgefallen. Schließlich fand sie, sie täte am besten, ein Buch aufzuschlagen; wenn ihr früher das Herz schwer gewesen, war es ihr immer mit Hilfe einer gut gewählten Lektüre gelungen, ihre Gedanken auf einen Gegenstand des reinen Verstandes zu konzentrieren. Aber neuerdings, das ließ sich nicht leugnen, war Literatur für sie nur noch ein schwindendes Licht; selbst nachdem ihr eingefallen, daß die Bibliothek ihres Onkels mit einer kompletten Sammlung aller Autoren versehen war, die in keiner Kollektion eines Herrenhauses fehlen sollten – saß sie noch immer regungslos, mit leeren Händen, die Augen auf den kühlen grünen Rasen gesenkt. Ihre Meditationen wurden durch die Ankunft eines Dieners unterbrochen, der ihr einen Brief überreichte. Der Brief trug den Stempel von London und war von einer Hand adressiert, die sie kannte, die ihr mit Lebhaftigkeit Stimme und Gesicht des Schreibers vor das innere Auge zauberte, in dessen Blickfeld er immer gestanden. Das Schreiben war kurz und mag hier im Wortlaut erscheinen:

»Liebe Miß Archer!
Ich weiß nicht, ob Sie von meiner Ankunft in England gehört haben; wenn nicht, dürfte es Sie kaum überraschen. Sie werden sich erinnern, daß ich, als Sie mir vor drei Monaten in Albany meine Entlassung gaben, diese nicht annahm. Ich protestierte dagegen. Sie schienen auch tatsächlich meinen Protest anzuerkennen und zuzugeben, daß ich das Recht auf meiner Seite hatte. Ich hatte Sie in der Hoffnung aufgesucht, daß es mir gelingen möchte, Sie zu überzeugen; ich hatte berechtigte Gründe, mich in dieser Hoffnung zu wiegen. Aber Sie enttäuschten mich; ich fand Sie verändert, und Sie konnten mir diese Veränderung nicht erklären. Sie gaben zu, Sie seien unvernünftig, das war das einzige Zugeständnis, das Sie mir machten; es war völlig wertlos, denn Unvernunft liegt nicht in Ihrem Charakter. Nein, Sie sind weder launisch noch kapriziös; das werden Sie auch nie sein. Darum bin ich überzeugt, Sie werden mir erlauben, Sie nochmals aufzusuchen. Sie sagten mir, ich sei Ihnen nicht unangenehm, das glaube ich; denn ich sehe keinen Grund, warum ich es sein sollte. Ich werde immer an Sie denken, nie

an jemand anders. Ich kam nach England, einfach, weil Sie hier sind; ich konnte nicht zu Hause bleiben, nachdem Sie fort waren: Ich haßte die Heimat, weil Sie nicht mehr da waren. Wenn mir dieses Land gegenwärtig gefällt, liegt es nur daran, daß es Sie beherbergt. Ich bin schon früher in England gewesen, da habe ich es nicht sonderlich gemocht.
Darf ich nicht kommen und Sie eine halbe Stunde sprechen? Dies ist gegenwärtig der innigste Wunsch Ihres getreuen

Caspar Goodwood.«

Isabel war so vertieft in die Lektüre dieser Botschaft, daß sie den herannahenden Schritt auf dem weichen Rasen nicht vernommen hatte. Doch als sie aufblickte und mechanisch den Bogen zusammenfaltete, sah sie Lord Warburton vor sich stehen.

XII

OHNE eine Spur von Unbehagen zu zeigen, steckte sie den Brief in die Tasche und bot ihrem Besucher ein Lächeln des Willkommens, halb überrascht von der eigenen Kühle.
»Man sagte mir im Hause, Sie seien hier draußen«, sagte Lord Warburton; »und da niemand im Salon war und ich nur Ihretwegen kam, bin ich ohne Umstände hierhergekommen.«
Isabel war aufgestanden; sie fühlte in diesem Augenblick den Wunsch, daß er sich nicht neben sie setzte. »Ich wollte gerade hineingehen.«
»Bitte nicht; hier ist es viel netter; ich bin von Lockleigh herübergeritten; es ist ein herrlicher Tag.« Sein Lächeln war eigentümlich freundlich und angenehm; seine ganze Person schien einen Glanz von Wohlbehagen und Wohlwollen auszustrahlen, einen Charme, den Isabel schon bei der ersten Begegnung empfunden und der ihn umgab wie eine Gloriole von schönem Juniwetter.
»Wir können ja ein paar Schritte gehen«, sagte Isabel, die sich nicht mehr von dem Gefühl lösen konnte, ihr Besucher verfolge eine bestimmte Absicht, und die nun beides wünschte: dieser Absicht auszuweichen und ihre Neugier zu befriedigen. Sie hatte schon einmal eine Erleuchtung gehabt und war darüber, wie wir wissen, in nicht geringe Unruhe versetzt worden. Diese Unruhe bestand aus mehreren Elementen, von denen nicht alle

unangenehmer Natur waren; sie hatte tatsächlich Tage damit zugebracht, sie zu analysieren, und es war ihr gelungen, die angenehme Seite von Lord Warburtons Werbung von der schmerzlichen zu trennen. Manchem Leser mag es scheinen, als ob unsere junge Dame etwas überstürzt, gleichzeitig aber auch sträflich schwer zu befriedigen sei, diese letzte Eigenschaft müßte jedoch, falls der Vorwurf zuträfe, sie vom Makel der ersten befreien. Isabel war nicht auf eine Bestätigung erpicht, daß ein englischer Magnat, wie sie hatte Lord Warburton nennen hören, von ihren Reizen bezaubert war; ein Antrag von dieser Seite hätte weit mehr Fragen als Antworten im Gefolge gehabt. Daß er »ein Mann von Stande« war, hatte ihr tiefen Eindruck gemacht, sie hatte sich schon verschiedentlich damit beschäftigt, sein Bild unter diesem Aspekt zu prüfen. Auf die Gefahr hin, Isabel aufs neue ihre Dünkelhaftigkeit nachzuweisen, müssen wir erwähnen, daß ihr die mögliche Bewunderung eines »Mannes von Stande« zeitweise wie ein Angriff fast vom Ausmaß eines Affronts, zum mindesten wie eine Zumutung vorkam. Sie hatte bisher nie einen »Mann von Stande« gekannt; dergleichen gab es in ihrem Leben nicht, wahrscheinlich existierten gar keine in ihrem Heimatland. Hatte sie sich bisher Beispiele individueller Bedeutung vorgestellt, dann doch nur auf der Basis des Charakters und des Geistes – alles dessen, was einem am Verstand und an der Unterhaltung eines Herrn gefallen mag. Sie selbst war ein Charakter – da half nichts, das wußte sie nun einmal –, und ihre Vorstellung von einem vollkommenen Gewissen hatte sich überdies vornehmlich mit moralischen Begriffen beschäftigt – wobei es sich um die Frage drehte, ob diese ihrer edlen Seele zusagten oder nicht. Lord Warburton aber tauchte groß und glänzend vor ihr auf, als eine Anhäufung fremder Eigenschaften und Mächte, die sich dieser schlichten Regel entzogen und statt dessen eine ganz andere Art von Anerkennung forderten, eine Anerkennung, für die das Mädchen, das gewohnt war, rasch und frei zu urteilen, nicht die genügende Geduld in sich fühlte. Er schien von ihr etwas fordern zu wollen, was bisher noch niemand zu fordern gewagt hatte. Ihr Gefühl ging also dahin, daß ein territorialer, politischer und sozialer Magnat sich mit der Absicht trug, sie einzubeziehen in ein System, in welchem er sich selbst ungeniert aufhielt und bewegte. Ein gewisser Instinkt riet ihr, nicht gebieterisch, aber überredend, zum Widerstand, flüsterte ihr zu, daß sie im übertragenen Sinn selbst ein System, ein

Weltbild besitze. Er gab ihr noch andere Dinge ein, Dinge, die sich widersprachen und bestätigten: daß ein Mädchen Schlimmeres tun könnte, als sich solchem Mann anzuvertrauen, daß es doch von Interesse wäre, dies System einmal von seinem Standpunkt aus zu betrachten; daß es andererseits Nachteile mit sich brächte, die jede Stunde ihres Lebens komplizieren würden. Dieser ganzen Angelegenheit schien etwas Dummes und Steifes anzuhaften, schon dadurch drohte das System für sie zu einer Bürde zu werden. Ferner war da ein junger Mann aus Amerika, der kein System mit sich führte, aber einen Charakter besaß, dessen Eindruck auf ihr Gemüt sie vergeblich zu verkleinern suchte. Der Brief in ihrer Tasche gemahnte sie hinreichend an das Gegenteil. Doch lächelt nicht – ich wage die Wiederholung – über dieses schlichte junge Mädchen aus Albany, das sich überlegte, ob es einen englischen Peer erhören sollte, bevor er sich noch erklärte, und das im ganzen der Überzeugung war, noch eine bessere Wahl treffen zu können. Sie war ein Mensch von gutem Glauben, und wenn ihre Weisheit zum guten Teil aus Torheit bestand, so mögen die, welche sie mit Strenge verurteilen, mit Genugtuung erfahren, daß sie später beständig an Weisheit zunahm, freilich auf Kosten von soviel Torheit, daß sie noch unser ganzes Erbarmen beanspruchen wird.
Lord Warburton schien durchaus bereit, spazierenzugehen oder sich hinzusetzen, Isabel brauchte es nur vorzuschlagen, und er gab ihr diese Versicherung mit der gewohnten Miene eines Mannes, dem die Ausübung gesellschaftlicher Pflichten ein besonderes Vergnügen bereitet. Dabei hatte er seine Gefühle keineswegs unter Kontrolle, und als er einen Augenblick schweigend neben Isabel herging und sie verstohlen von der Seite betrachtete, lag eine leichte Verlegenheit in seinem Blick. Ja, gewiß – da wir den Punkt schon erwähnten, sei es vergönnt, ihn nochmals aufzugreifen –: die Engländer sind das romantischste Volk auf Erden, und Lord Warburton war drauf und dran, hierfür ein Beispiel zu geben. Er war drauf und dran, einen Schritt zu tun, der seine Freunde erstaunen und vielen von ihnen mißfallen sollte, zumal keine zwingenden Gründe dazu vorlagen. Die junge Dame, die neben ihm über den Rasen schritt, stammte aus einem merkwürdigen Land jenseits des Meeres, das er allerdings gut kannte; ihr Vorleben und ihr Verkehr waren ihm nur undeutlich vertraut; nur über ihre Abstammung wußte er besser Bescheid, insoweit war alles klar und völlig nebensächlich. Miß Archer besaß weder

Vermögen noch jene Art von Schönheit, welche die Wahl eines Mannes vor der Welt rechtfertigt; nach seiner Berechnung hatte er bisher ganze sechsundzwanzig Stunden in ihrer Gesellschaft verbracht. Er hatte aber alles bedacht – die Abwegigkeit seines Impulses, der sich gegen alle Beruhigungsversuche behauptete, ebenso das Urteil der Welt, wie es sich besonders in ihrer rasch richtenden Hälfte verkörperte: Er hatte diese Dinge ins Auge gefaßt und sie dann beiseite gelegt; sie bekümmerten ihn nicht mehr als die Rosenknospe in seinem Knopfloch. Es ist ein großes Glück für einen Mann, wenn er es die größere Hälfte seines Lebens mühelos vermieden hat, das Mißfallen seiner Freunde zu erregen, und nun, da die Notwendigkeit ihn zwingt, darauf keine Rücksicht zu nehmen, wenigstens nicht durch trübe Erinnerungen vorbelastet ist.

»Ich hoffe, Sie hatten einen angenehmen Ritt«, sagte Isabel, welcher das Zögern ihres Begleiters nicht entgangen war.

»Er war schon deshalb angenehm, weil er mich hierherbrachte.«

»Hängen Sie so an Gardencourt?« fragte das Mädchen, jetzt mehr denn je überzeugt, daß er einen Antrag vorbereite; sie wollte ihn nicht herausfordern, wenn er zögerte, sondern sich nur die Klarheit ihres Denkens wahren, wenn er fortfahren sollte. Es kam ihr plötzlich zum Bewußtsein, daß sie sich in einer Situation befand, die ihr noch vor wenigen Wochen höchst romantisch erschienen wäre: Im Park eines alten englischen Herrenhauses befand sich im Vordergrund ein »mächtiger« (das meinte sie) Edelmann, der im Begriff stand, seine Liebe einer jungen Dame zu erklären, die bei näherem Hinsehen deutliche Ähnlichkeit mit ihr selber hatte. Sosehr sie selbst jetzt auch die Hauptfigur des Auftrittes war, sie verfolgte nichtsdestoweniger das Ganze gleichzeitig weiter von außen.

»Mir liegt nichts an Gardencourt«, sagte ihr Begleiter. »Mir liegt nur an Ihnen.«

»Sie kennen mich zu kurz, um ein Recht zu haben, das zu sagen; ich kann nicht glauben, daß Sie es ernst meinen.«

Diese Worte Isabels waren nicht ganz aufrichtig; sie zweifelte nicht im geringsten an seiner Ehrlichkeit. Ihre Antwort war nur ein Zugeständnis an die vulgäre Welt, die durch seine Erklärung, wie sie sehr wohl wußte, überrascht worden wäre. Und mehr noch, hätte es zusätzlich zu ihrem Gefühl, das längst davon überzeugt war, einer Bestätigung bedurft, sie davon zu überzeugen, daß Lord Warburton kein schlechter Kopf war,

dann hätte der Ton, in dem er jetzt antwortete, vollauf dafür genügt:
»Das Recht in diesen Dingen richtet sich nicht nach der Zeit, Miß Archer; es richtet sich nach dem Gefühl selbst. Wenn ich noch drei Monate wartete, würde es keinen Unterschied machen; ich würde meiner Sache dann nicht sicherer sein, als ich es heute bin. Gewiß habe ich Sie nur sehr wenig gesehen, aber mein Eindruck geht auf den ersten Augenblick unserer Begegnung zurück. Ich verlor damals keine Zeit, ich liebte Sie sofort. Auf den ersten Blick, wie es in Romanen heißt; ich weiß jetzt, das ist kein Phantasieausdruck, und meine Achtung vor Romanen ist für immer gestiegen. Die beiden Tage dann, die ich hier verbrachte, festigten mein Gefühl. Ich weiß nicht, ob Sie es bemerkten, aber ich habe Ihnen – geistig gesprochen – neulich die größtmögliche Aufmerksamkeit zugewandt. Sie haben nichts getan und nichts gesagt, was mir entgangen wäre. Als Sie vorige Woche nach Lockleigh kamen – genauer: als Sie wieder gingen, stand meine Absicht fest. Trotzdem zwang ich mich zu neuer Überlegung und abermaliger Prüfung. Das habe ich nun hinter mir; ich habe in diesen Tagen nichts anderes getan. In diesen Dingen irre ich mich nicht, ich bin ein sehr überlegendes Wesen. Ich bin nicht leicht entflammt, aber wenn es mich ergreift, ist es fürs Leben. Fürs Leben, Miß Archer, fürs Leben«, wiederholte Lord Warburton mit der liebevollsten, zärtlichsten Stimme, die Isabel je gehört hatte. In seinen Augen leuchtete das Licht einer Leidenschaft, die alle Schlacken niederer Regungen, Glut, Gewalt und Unvernunft zurückgelassen und so stetig brannte wie eine Lampe an windgeschütztem Ort.
In schweigender Übereinstimmung hatte sich ihr Schritt während seiner Worte verlangsamt, schließlich standen sie beide still, und er ergriff ihre Hand. »O Lord Warburton, wie wenig Sie mich kennen!« sagte Isabel sehr sanft. Ebenso sanft entzog sie ihm ihre Hand.
»Spotten Sie meiner nicht deswegen; daß ich Sie nicht besser kenne, macht mich jetzt unglücklich genug; es ist mein eigener Schade. Ihn aus der Welt zu schaffen, scheint mir, bin ich auf dem besten Wege. Wenn Sie meine Frau werden, werde ich Sie kennen, und wenn ich Ihnen dann alle Ihre Vorzüge aufzähle, werden Sie nicht mehr sagen können, es geschehe aus Unwissenheit.«
»Wenn Sie mich kaum kennen, dann kenne ich Sie noch weniger«, sagte Isabel.

»Meinen Sie damit, daß, im Gegensatz zu Ihnen, nicht auch ich bei längerer Bekanntschaft gewinne? Das ist natürlich durchaus möglich. Aber bedenken Sie, wie entschlossen ich sein muß, wenn ich so zu Ihnen spreche, mir alle Mühe zu geben, um Sie zufriedenzustellen. Sie haben mich doch ein bißchen gern, nicht wahr?«
»Ich habe Sie sehr gern, Lord Warburton«, antwortete sie und hatte ihn in diesem Augenblick riesig gern.
»Ich danke Ihnen für diese Worte; es zeigt, daß ich Ihnen kein Fremder mehr bin. Ich glaube wirklich, daß ich im Leben bisher alle Anforderungen so einigermaßen erfüllte, darum sehe ich nicht ein, warum ich nicht auch diese erfüllen sollte – wo ich Ihnen mein Leben biete – und die mir so deutlich mehr am Herzen liegt. Fragen Sie die Leute, die mich gut kennen; ich habe Freunde, die mir Fürsprecher sein sollen.«
»Ich brauche die Empfehlung Ihrer Freunde nicht«, sagte Isabel.
»Ach, das ist reizend von Ihnen. Sie glauben selbst an mich?«
»Vollkommen«, erklärte Isabel. Sie glühte innerlich und fühlte es mit Freuden.
Das Licht in den Augen ihres Begleiters wurde zum Lächeln, und er stieß einen langen Freudenruf aus. »Wenn Sie sich täuschen sollten, Miß Archer, will ich alles verlieren, was ich besitze.«
Sie überlegte, ob er sie damit an seinen Reichtum erinnern wollte, aber im selben Augenblick wußte sie, das war nicht seine Absicht. Er hätte darauf gepfiffen (wie er das ausgedrückt hätte), und selbstverständlich hätte er ihn seelenruhig dem Erinnerungsvermögen eines jeden Freundes überlassen können, um wieviel mehr einem solchen, dem er die Hand zur Ehe bot. Isabel hatte um Fassung gebetet; ihr Geist war ruhig; während sie zuhörte und überlegte, was sie am besten sagen sollte, konnte sie sich diesen kritischen Seitenblick wohl gestatten. Hatte sie überlegt, was sie sagen sollte? Ihr oberster Impuls war, ihm seine Freundlichkeit zu vergelten. Seine Worte hatten sie vollkommen überzeugt, sie hatte erfahren, daß sie ihm – auf welche geheimnisvolle Art auch immer – etwas bedeutete.
»Ich danke Ihnen für Ihren Antrag mehr, als ich es ausdrücken kann«, entgegnete sie schließlich. »Sie erweisen mir eine große Ehre.«
»O nicht doch, sagen Sie das nicht!« entfuhr es ihm. »Ich fürchtete, Sie würden so etwas sagen. Damit müssen Sie sich nicht

abgeben. Warum sollten Sie mir danken? Ich wäre es, der zu danken hätte, daß Sie mir zuhörten – einem Mann, den Sie so wenig kennen und der Sie so überfällt! Natürlich ist es eine große Frage; ich muß Ihnen gestehen, lieber stelle ich sie, als daß ich sie beantworte. Aber die Art Ihres Zuhörens – *daß* Sie überhaupt zuhörten – gibt mir einige Hoffnung.«

»Hoffen Sie nicht zu sehr!« sagte Isabel.

»O Miß Archer!« Ihr Begleiter lächelte bei allem Ernst, als ob eine solche Warnung nur ein Spiel zwischen gleichgestimmten Seelen, nur ein Ausdruck ihres Überschwanges sei.

»Würde es Sie sehr überraschen, wenn ich Sie bitten würde, alle Hoffnung aufzugeben?« fragte Isabel.

»Überraschen? Ich weiß nicht, was Sie darunter verstehen. Das wäre es nicht, es wäre ein viel schlimmeres Gefühl.«

Isabel schritt wieder aus; sie schwieg minutenlang. »Ich bin überzeugt, bei aller Hochachtung, die ich schon jetzt für Sie hege, meine Meinung würde, lernte ich Sie besser kennen, nur noch steigen. Aber ich bin gar nicht sicher, ob Sie nicht enttäuscht wären; und ich sage das nicht im mindesten aus konventioneller Bescheidenheit; ich meine es völlig aufrichtig.«

»Darauf wollte ich es wagen, Miß Archer«, sagte ihr Begleiter.

»Es ist eine große Frage, ganz wie Sie sagen. Es ist eine sehr schwierige Frage.«

»Ich erwarte natürlich nicht, daß Sie sie umgehend beantworten. Überlegen Sie es sich in aller Ruhe. Wenn ich durch Warten gewinnen kann, bin ich gern bereit, lange zu warten. Nur vergessen Sie nicht, daß am Ende mein höchstes Glück von Ihrer Antwort abhängt.«

»Es wäre mir leid, Sie im ungewissen zu lassen«, sagte Isabel.

»O, das macht nichts. Ich habe lieber in sechs Monaten eine gute als heute eine schlechte Antwort.«

»Aber wahrscheinlich werde ich Ihnen auch in sechs Monaten keine geben können, die Sie gut nennen.«

»Warum nicht, wenn Sie mich doch gernhaben?«

»O, daran dürfen Sie nicht zweifeln«, sagte Isabel.

»Nun also, dann sehe ich nicht ein, was Sie noch mehr verlangen?«

»Es handelt sich nicht darum, was ich verlange, sondern um das, was ich Ihnen geben kann. Ich denke nicht, daß ich zu Ihnen passe, wirklich nicht.«

»Darüber machen Sie sich keine Gedanken; das lassen Sie meine

Sorge sein. Sie brauchen kein besserer Royalist zu sein als der König.«
»Es ist nicht nur das«, sagte Isabel, »aber ich weiß gar nicht, ob ich überhaupt heiraten will.«
»Das kann schon sein. Zweifellos gehen viele Mädchen von dieser Vorstellung aus«, sagte Seine Lordschaft, der im übrigen nicht im geringsten an diese These glaubte, hinter der er seine Besorgnis versteckte. »Aber sie lassen sich häufig überreden.«
»Ja, weil sie es heimlich erwarten!« Und Isabel lachte leise.
Ein Schatten überflog das Gesicht ihres Freiers, und er blickte sie eine Weile schweigend an. »Ich fürchte, Sie zögern, weil ich Engländer bin«, nahm er das Gespräch wieder auf. »Ich weiß, Ihr Onkel ist der Ansicht, Sie sollten zu Hause heiraten.«
Isabel hörte diese Versicherung mit Interesse; sie war nie auf den Gedanken gekommen, Mr. Touchett könne ihre Heiratsaussichten mit Lord Warburton besprechen. »Hat er Ihnen das gesagt?«
»Ich erinnere mich einer Andeutung in dieser Richtung. Er sprach vielleicht allgemein von Amerikanern.«
»Ihm scheint es jedenfalls in England sehr gut zu gefallen.« Isabels Worte widersprachen sich ein wenig. Sie wollte das äußere Wohlbehagen ihres Onkels richtigstellen, zugleich aber sich vor allem Anschein bewahren, in irgendeinem Punkte beschränkten Ansichten zu huldigen.
Ihr Begleiter schöpfte wieder Hoffnung und rief sofort voller Wärme: »O, wissen Sie, Miß Archer, Old England ist ein gutes altes Land, und es wird noch besser, wenn wir es erst ein bißchen aufpoliert haben.«
»Ach, Sie dürfen es nicht polieren, Lord Warburton; lassen Sie es, wie es ist; so gefällt es mir am besten.«
»Nun, wenn es Ihnen gefällt, dann werde ich immer ratloser, was Sie gegen meinen Vorschlag einzuwenden haben.«
»Ich fürchte, ich kann es nicht begreiflich machen.«
»Sie müssen es wenigstens versuchen. Ich habe einen guten Verstand. Fürchten Sie – fürchten Sie vielleicht das Klima? Wissen Sie, wir könnten gut woanders leben. Sie können sich das Klima aussuchen, wo immer auf der ganzen Welt!«
Diese Worte, mit aufrichtiger Inbrunst gesprochen, waren wie das Umfangen starker Arme – wie der Hauch, der ihr Gesicht streifte, der von frischen, atmenden Lippen kam, aus sie wußte nicht welchen unbekannten Gärten, beladen mit fremden Düf-

ten. In diesem Augenblick hätte sie ihren kleinen Finger hergegeben, um aus starkem, einfachem Impuls sagen zu können: »Lord Warburton, ich könnte mir unmöglich auf dieser schönen Welt etwas Besseres denken, als mich dankbar in Ihren treuen Schutz zu begeben.« Aber obgleich sie sich ganz der Bewunderung solcher Möglichkeit hingab, brachte sie es fertig, sich in den tiefen Schatten zurückzuziehen wie ein wildes, gefangenes Tier in seinen großen Käfig. Die glänzende Sicherheit, die sich ihr hier eröffnete, war nicht die größte, die sie sich vorzustellen wußte. Was ihr schließlich zu sagen einfiel, war etwas ganz anderes, etwas, das die drohende Krise noch hinausschob. »Bitte nehmen Sie es mir nicht übel, wenn ich Sie bitte, heute nicht mehr über die Sache zu sprechen.«

»Aber gewiß, gewiß doch«, rief ihr Begleiter. »Ich will Sie um keinen Preis bedrängen!«

»Sie haben mir viel Stoff zum Nachdenken gegeben, und ich verspreche Ihnen, ich werde ernsthaft mit mir zu Rate gehen.«

»Das ist alles, um was ich Sie bitten möchte – und daß Sie nicht vergessen, wie sehr mein Glück in Ihren Händen liegt.«

Isabel vernahm diese Ermahnung mit größtem Respekt, aber sie sagte nach einer Minute: »Ich muß Ihnen sagen, daß ich vor allem über die Art nachdenken werde, wie ich Ihnen mitteilen soll, daß ich unmöglich auf Ihren Wunsch eingehen kann – ohne Ihnen damit weh zu tun.«

»Das gibt es nicht, Miß Archer. Ich will nicht behaupten, daß ich mich umbringe, wenn Sie mich ablehnen; sterben werde ich nicht daran, viel schlimmer, ich werde ohne Ziel weiterleben.«

»Sie werden weiterleben und eine bessere Frau finden.«

»Bitte, reden Sie nicht so«, sagte Lord Warburton tiefernst. »Das ist unbillig gegen uns beide.«

»Dann also: eine schlechtere finden.«

»Wenn es bessere Frauen gibt als Sie, dann sind mir die schlechteren lieber. Mehr bleibt mir nicht zu sagen«, setzte er mit gleichem Ernst hinzu. »Über den Geschmack läßt sich nicht streiten.«

Sein Ernst sprang auf sie über, und sie bat ihn abermals, für heute das Thema fallenzulassen. »Ich werde Sie selbst daraufhin ansprechen – bald. Vielleicht werde ich schreiben.«

»Ganz nach Ihrem Belieben«, erwiderte er. »Wie lange es auch dauern mag, selbstverständlich wird mir die Zeit lang erscheinen, aber damit muß ich mich wohl abfinden.«

»Ich werde Sie nicht im ungewissen lassen; ich muß mich nur erst etwas fassen.«
Er seufzte melancholisch, blieb stehen und betrachtete sie einen Augenblick; die Hände auf dem Rücken, ließ er nervös die Reitgerte schwippen. »Wissen Sie, daß ich mich davor fürchte – vor Ihrer bedeutenden Fassung?«
Als Biograph unserer Heldin können wir es auch kaum erklären, aber diese Frage ließ sie auffahren und brachte die Röte der Verlegenheit in ihre Wangen. Sie erwiderte seinen Blick und sprach dann mit einem Klang in der Stimme, der an sein Mitgefühl appellierte: »Mir geht es genauso«, rief sie, seltsam genug.
Doch sein Mitgefühl regte sich nicht; was er an Mitleid besaß, benötigte er für sich selbst. »Oh, seien Sie gnädig, seien Sie gnädig«, murmelte er.
»Ich glaube, Sie gehen jetzt besser«, sagte Isabel. »Ich werde Ihnen schreiben.«
»Sehr wohl, aber was Sie auch schreiben, ich werde kommen und Sie aufsuchen; das müssen Sie begreifen.« Er stand und überlegte, die Augen auf Bunchies abwartende Miene gerichtet, der so aussah, als habe er alles Gehörte verstanden und werde es alsbald in eiliger Neugier an der Wurzel einer ehrwürdigen Eiche hinterlegen. »Da wäre noch eine Sache zu erwähnen«, fuhr er fort. »Wissen Sie, wenn Sie Lockleigh nicht mögen – wenn Sie vielleicht denken, es sei feucht oder dergleichen –, dann können Sie gut fünfzig Meilen davon wegbleiben. Übrigens ist es gar nicht feucht; ich ließ das ganze Haus überprüfen; es ist völlig in Ordnung. Aber wenn es Ihnen nicht behagen sollte, dann brauchen Sie es im Leben nicht zu beziehen. Da gibt es gar keine Schwierigkeiten; Häuser sind genug vorhanden. Ich dachte, ich sage Ihnen das noch; viele Leute mögen keinen Schloßgraben, verstehen Sie. Leben Sie wohl!«
»Ich finde Schloßgräben herrlich«, sagte Isabel. »Leben Sie wohl!«
Er streckte seine Hand aus, und sie reichte ihm die ihre für einen Augenblick, Zeit genug, daß er seinen schönen, entblößten Kopf darüberneigte und sie küßte. Dann schritt er, in beherrschter Bewegung sein Jagdgerät schwingend, rasch davon. Er war offensichtlich sehr erregt.
Isabel war auch erregt, aber sie war nicht so ergriffen, wie sie es sich eingebildet hatte. Die große Verantwortung, die große Schwierigkeit einer Wahl empfand sie nicht; in dieser Frage schien es für sie gar keine Wahl zu geben. Sie konnte Lord

Warburton nicht heiraten; dieser Gedanke widersprach ihrer leuchtenden Idee von einer freien Entdeckung des Lebens, wie sie diese bisher unternommen hatte oder jetzt zu unternehmen in der Lage war. Dies mußte sie ihm schreiben, davon mußte sie ihn überzeugen, und diese Pflicht war verhältnismäßig einfach. Aber was ihr zu schaffen machte, in dem Sinne, daß es sie verblüffte, war die Tatsache an sich, wie wenig es sie kostete, eine großartige Chance auszuschlagen. Wie man die Sache auch einschätzen mochte, Lord Warburton hatte ihr große Möglichkeiten geboten; die Situation mochte Nachteile haben, mochte bedrückende, mochte einschränkende Momente enthalten, mochte sich letztlich als ein Betäubungsmittel erweisen, aber ihrem Geschlecht tat sie gewiß nicht unrecht, wenn sie glaubte, daß neunzehn von zwanzig Mädchen sich ohne Gewissensbisse angepaßt hätten. Warum fühlte sie selbst sich nicht unwiderstehlich angezogen? Wer war sie, was war sie, daß sie sich für etwas Besseres hielt? Welchen Lebensausblick, welchen Schicksalsplan, welche Glücksvorstellung hatte sie, die so angelegt waren, daß sie größer wirkten als diese große, märchenhafte Gelegenheit? Wenn sie diese Sache ausschlug, dann hatte sie große Dinge vor, dann mußte sie diese Gelegenheiten überbieten. Die arme Isabel fand Grund genug, sich hin und wieder zu ermahnen, nicht zu stolz zu sein; nichts war aufrichtiger als ihr Gebet, von dieser Gefahr befreit zu werden: Die Einsamkeit und Isolierung des Stolzes hatte für ihren Geist alle Schrecken der Wüste. Wäre es Stolz gewesen, der sie veranlaßte, Lord Warburtons Hand auszuschlagen, eine solche *Bêtise* wäre reichlich fehl am Platze gewesen; sie wußte zu gut, daß sie ihn gernhatte, also versuchte sie sich einzureden, daß die Sanftheit, das feine Verständnis der Sympathie die Ursache ihrer Ablehnung war. Sie hatte ihn *zu* gern, um ihn zu heiraten, das war die Wahrheit; aber gleichzeitig witterte sie einen Trugschluß in der glänzenden Logik seines Antrags – wie *er* ihn sah –, auch wenn sie ihn nicht im entferntesten nachweisen konnte; einen Mann, der so viel zu bieten hatte, mit einer Frau von so kritischer Neigung zu strafen, wäre außerdem eine besonders ehrenrührige Handlungsweise gewesen. Sie hatte ihm versprochen, seine Frage zu bedenken. Als sie nun, nachdem er sie verlassen, zu der Bank zurückkehrte, auf der er sie gefunden, und wieder ihren Gedanken nachhing, hatte es auch den Anschein, als ob sie ihr Versprechen hielte. Aber das war nicht der Fall; sie grübelte nur, ob sie nicht am Ende eine kalte, harte, eingebildete Person sei, und als sie schließlich aufstand, um rasch ins Haus zurückzukehren, war sie vor sich selbst erschrokken, wie sie ihrem Freund dann gestand.

XIII

DIESES Gefühl, nicht das Bedürfnis, sich beraten zu lassen – denn danach verlangte es sie gewiß nicht –, veranlaßte sie, mit ihrem Onkel über das Vorgefallene zu sprechen. Sie wollte gern mit jemandem sprechen, dann würde sie sich wieder natürlicher, menschlicher vorkommen, und zu diesem Zweck erschien ihr der Onkel geeigneter als die beiden anderen, die Tante oder ihre Freundin Henrietta. Ihren Vetter hätte sie natürlich gleichfalls ins Vertrauen ziehen können, aber Ralph in dieses spezielle Geheimnis einzuweihen, hätte sie nicht über sich gebracht. Also nahm sie am nächsten Tag nach dem Frühstück die Gelegenheit wahr. Ihr Onkel verließ seine Zimmer nie vor dem frühen Nachmittag. Aber seine Favoriten, wie er sagte, empfing er in seinem Ankleidezimmer. Isabel nahm in dieser Kategorie einen festen Platz ein, zu welcher im übrigen der Sohn des alten Herrn, sein Arzt, sein Kammerdiener und sogar Miß Stackpole gehörten. Da Mrs. Touchett nicht auf dieser Liste stand, konnte Isabel um so sicherer sein, den Hausherrn allein anzutreffen. Er saß bereits, nachdem er auf das sorgfältigste Toilette gemacht, in einem komplizierten Rollstuhl am offenen Fenster, das nach Westen auf Park und Fluß hinaus blickte, Zeitungen und Briefschaften neben sich aufgestapelt und auf seinem glatten, nachdenklichen Gesicht einen ruhigen Ausdruck wohlwollender Erwartung.

Sie kam sofort zur Sache. »Ich glaube, ich muß dir mitteilen, daß Lord Warburton um mich angehalten hat. Wahrscheinlich müßte ich es der Tante sagen; aber es erschien mir richtiger, mich zuerst an dich zu wenden.«

Der alte Mann zeigte sich nicht im mindesten überrascht, sondern dankte ihr für das bewiesene Vertrauen. »Und würdest du mir auch verraten, ob du seinen Antrag angenommen hast?« fragte er dann.

»Ich habe ihm noch nicht endgültig geantwortet; ich habe mir noch etwas Zeit ausgebeten. Das erschien mir respektvoller. Aber ich werde ihn nicht annehmen.«

Mr. Touchett enthielt sich jeden Kommentars; mochte er auch gesellschaftlich an der Sache interessiert sein, so gab er sich doch den Anschein, als dürfe er hier nicht direkt Partei ergreifen. »Siehst du, ich sagte dir, du würdest hier Erfolg haben. Amerikanerinnen sind hier sehr gefragt.«

»Allerdings«, sagte Isabel. »Aber selbst auf die Gefahr hin, für geschmacklos und undankbar zu gelten, bin ich der Meinung, daß ich Lord Warburton nicht heiraten kann.«

»Nun«, fuhr ihr Onkel fort, »ein alter Mann kann sich natürlich schlecht in die Seele einer jungen Dame versetzen. Ich bin froh, daß du mich nicht gefragt hast, bevor du deinen Entschluß faßtest. Ich denke, ich muß dir gestehen«, setzte er langsam hinzu, aber so, als sei es von geringer Bedeutung, »daß ich hierüber seit Tagen informiert bin.«

»Über Lord Warburtons Zustand?«

»Über seine Absichten, wie man hierzulande sagt. Er schrieb mir einen sehr netten Brief, in welchem er sie darlegte. Möchtest du den Brief vielleicht sehen?« fragte der alte Herr verbindlich.

»Danke vielmals, das ist nicht nötig. Aber ich bin froh, daß er dir schrieb. Das gehört sich wohl so, und er wird immer alles tun, was sich gehört.«

»Nun ja, demnach gefällt er dir!« erklärte Mr. Touchett. »Du brauchst nicht so zu tun, als ob er dir nicht gefiele.«

»Er gefällt mir außerordentlich; das gebe ich unumwunden zu. Aber zur Zeit möchte ich niemanden heiraten.«

»Du denkst, es könnte doch ein anderer daherkommen, der dir noch besser gefällt. Nun, das ist wohl möglich«, sagte Mr. Touchett, der offensichtlich dem jungen Mädchen sein Wohlwollen zeigen wollte, indem er versuchte, ihr den Entschluß ein wenig leichter zu machen und eine heitere Begründung zu finden.

»Und wenn mir auch niemand sonst begegnet. Mir gefällt Lord Warburton gut genug.« Damit schien sie ihren Standpunkt in jener plötzlichen Weise wieder geändert zu haben, mit welcher sie schon verschiedentlich Verblüffung und Mißfallen erregt hatte. Ihr Onkel jedoch schien gegen derlei Empfindungen gefeit zu sein. »Er ist ein prächtiger Mensch«, faßte er sein Urteil in einem Ton zusammen, der ermutigend hätte klingen können. »Seit Wochen habe ich keinen so angenehmen Brief erhalten, vermutlich gefiel er mir besonders, weil er nur von dir handelte, abgesehen von dem Abschnitt, der ihn betraf. Das wird er dir aber selbst gesagt haben.«

«Er würde mir alles gesagt haben, wenn ich etwas hätte wissen wollen«, sagte Isabel.
»Aber du warst nicht neugierig?«
»Meine Neugier wäre müßig gewesen – nachdem ich beschlossen hatte, seinen Antrag abzulehnen.«
»Erschien er dir nicht verlockend genug?« forschte Mr. Touchett.
Sie schwieg ein Weilchen. »Ja, das wird es sein«, gab sie dann zu. »Ich weiß auch nicht, wieso.«
»Zum Glück ist eine Dame nicht verpflichtet, Gründe anzugeben«, sagte ihr Onkel. »An sich ist der Gedanke schon verlokkend; aber ich sehe nicht ein, warum die Engländer uns unserer Heimat entfremden wollen. Ich weiß, daß wir sie umgekehrt bei uns zu Hause festhalten wollen, aber das liegt an unserer geringen Bevölkerung. Hier, weißt du, sind sie eigentlich ziemlich besetzt. Doch ich nehme an, für reizende junge Damen ist überall Platz.«
»Für dich scheint hier aber auch genug Platz zu sein«, sagte Isabel und ließ ihre Augen über die luxuriöse Weite des Parks schweifen.
Mr. Touchett lächelte verschmitzt und überlegen. »Es ist überall Platz, liebes Kind, solange man dafür bezahlt. Manchmal denke ich zwar, ich habe hier ein wenig zuviel bezahlt. Vielleicht wirst du auch einmal zuviel bezahlen müssen.«
»Ja, vielleicht«, entgegnete das Mädchen.
Dieser Hinweis gab ihren Gedanken einen festeren Anhalt, als sie selbst bisher gefunden hatte. Daß der Onkel ihrer Verlegenheit mit dieser milden Schärfe begegnete, schien ihr zu beweisen, daß es sich hier für sie um natürliche und vernünftige Lebensgefühle handelte und daß sie nicht das Opfer eines intellektuellen Eifers oder vager Ambitionen war, die weit über Lord Warburtons glänzenden Antrag hinaus nach etwas Unbestimmtem strebten, das möglicherweise kaum zu empfehlen war. Insoweit das Unbestimmte zu diesem Zeitpunkt überhaupt einen festen Einfluß auf Isabels Verhalten ausübte, war es nicht der Gedanke – auch nicht unbewußt – an eine Verbindung mit Caspar Goodwood; denn sosehr sie sich einer Ergreifung durch die großen, sicheren Hände ihres englischen Freiers widersetzte, so war sie ebensoweit von einer Bereitschaft entfernt, den jungen Mann aus Boston tatsächlich von sich Besitz ergreifen zu lassen. Nach der Lektüre seines Briefes flüchtete sie sich in eine kritische Be-

trachtung seiner Auslandsreise. Denn der Einfluß, den er auf sie ausübte, ging dahin, daß er ihr Freiheitsgefühl anzutasten schien. Es lag etwas lästig Drängendes, eine gewisse harte Aufdringlichkeit in seiner Art, vor ihr aufzutauchen. Manchmal hatte sie sich schon von der Vorstellung, er könne sie in einer Sache mißbilligen, heimgesucht gefühlt und sich über der Frage ertappt – die niemand sonst sie stellen ließ –, ob ihm ihr Tun und Lassen wohl gefiele. Die Schwierigkeit lag darin, daß Caspar Goodwood mehr als jeder andere Mensch, den sie kannte, mehr als der arme Lord Warburton (sie hatte inzwischen angefangen, Seiner Lordschaft dieses schmückende Beiwort zuzulegen), für sie eine bestimmte Energie darstellte – die sie längst als eine Macht empfunden hatte, die seine Natur durchaus bestimmte. Dies hatte in keiner Weise etwas mit seinen »Vorzügen« zu tun, sondern war eine Sache des Geistes, der in seinen klar brennenden Augen wie ein nimmermüder Wächter am Fenster saß. Es mochte ihr angenehm sein oder nicht, aber er machte sich mit seiner ganzen Kraft nachdrücklich und fortwährend bemerkbar: Selbst wenn man ganz alltäglich mit ihm in Berührung kam, hatte man mit dieser Kraft zu rechnen. Der Gedanke an eine Freiheitsbeschränkung war ihr gegenwärtig besonders unangenehm, da sie soeben ihrer Unabhängigkeit einen besonderen, persönlichen Nachdruck verliehen und Lord Warburtons lokkende Bestechung voll gewürdigt und dennoch ausgeschlagen hatte. Es war ihr schon manchmal so vorgekommen, als ob Caspar Goodwood ihr Schicksal werden sollte, als sei er die hartnäckigste Tatsache, die sie kannte; dann hatte sie sich jedesmal gesagt, daß sie ihm wohl eine Zeitlang ausweichen könne, aber eines Tages doch mit ihm einen Vertrag schließen müsse, einen Vertrag, der gewiß für ihn sehr günstig lauten werde. Impulsiv hatte sie sich deshalb aller Dinge bemächtigt, die ihr helfen konnten, dieser Verpflichtung zu entgehen, und dieser Entschluß hatte auch mitgewirkt, die Einladung ihrer Tante damals so bereitwillig anzunehmen. Denn sie erhielt sie zu einer Stunde, als sie täglich Mr. Goodwood erwartete und nur allzu froh war, eine Antwort für etwas bereit zu haben, von dem sie sicher war, daß er es fragen würde. Als sie ihm in Albany am Abend nach Mrs. Touchetts Besuch antwortete, sie könne jetzt – völlig benommen von der großen Aussicht, die Tante werde ihr »Europa« anbieten – keine schwierigen Fragen beantworten, hatte er erklärt, das sei für ihn keine Antwort; und er war ihr über das

Meer gefolgt, um sich jetzt eine richtige zu holen. Sie mochte sich sagen, daß er für sie gleichsam ein grimmiges Schicksal darstellte; als junges Mädchen mit reicher Phantasie konnte sie sich damit zufriedengeben, zumal sie manches bei ihm voraussetzen konnte; aber der Leser hat ein Recht, diesen Bewerber etwas genauer in Augenschein zu nehmen.
Er war der Sohn eines bekannten Baumwollfabrikanten aus Massachusetts, der in dieser Branche ein beträchtliches Vermögen erworben hatte. Caspar leitete gegenwärtig die Werke, die es seinem Urteil und seiner Energie verdankten, daß sie trotz scharfer Konkurrenz und ertragsarmen Jahren nichts von ihrem Wohlstand eingebüßt hatten. Den besseren Teil seiner Erziehung hatte er an der Harvard-Universität genossen, wo er allerdings anstatt mannigfacher Kenntnisse mehr Ruhm als Turner und Ruderer eingeheimst hatte. Später sollte er freilich erkennen, daß ein scharfer Verstand auch springen, rudern und steuern – ja sogar Rekorde brechen und seltene Leistungen erzielen kann. Auf diese Weise hatte er seinen scharfen Blick für die Wunder der Mechanik entdeckt und eine Verbesserung im Spinnereiprozeß erfunden, die sich allgemein durchsetzte und unter seinem Namen bekannt wurde, der alsdann in Verbindung mit dieser segensreichen Erfindung auch in den Zeitungen erschien; wessen er wiederum Isabel versicherte, indem er in einer Rubrik des New Yorker *Interviewers* einen ausführlichen Artikel über das Goodwood-Patent zeigte, der ausnahmsweise nicht von Miß Stackpole herrührte, so entgegenkommend sich diese auch seinem Gefühlsleben gegenüber gezeigt hatte. Er fand Spaß an kniffligen, komplizierten Dingen, er liebte Organisation, Konkurrenz, Verwaltung, und er konnte seine Leute dazu bringen, ihm zu gehorchen, an ihn zu glauben, sich für seine Sache einzusetzen und seine Methoden zu rechtfertigen. Man sagte, er verstehe sich auf Menschenbehandlung, eine Kunst, die einem kühnen und zugleich bohrenden Ehrgeiz entsprang. Wer ihn gut kannte, rechnete damit, daß er noch größere Dinge vollbringen könnte als eine Baumwollspinnerei zu leiten; da war nichts Baumwollenes an Caspar Goodwood, und seine Freunde waren überzeugt, daß er irgendwann und irgendwo einmal seinen Namen in größeren Lettern schreiben würde; aber es war, als ob erst etwas Großes und Verworrenes, etwas Dunkles und Häßliches ihn auf den Plan rufen würde; mit spießig-bürgerlichem Frieden, mit gewöhnlicher Gier und Gewinnsucht, mit einer

Weltordnung, deren Lebensatem sich in steter Reklame erschöpfte, schien er wenig zu schaffen zu haben; Isabel gefiel sich in der Vorstellung, daß er auf schäumendem Roß einem großen Krieg voranreiten könnte - einem Krieg wie dem Bürgerkrieg, der ihre letzte Kindheit und seine reifende Jugend überschattet hatte.
Auf jeden Fall gefiel ihr die Vorstellung, daß er nach Anlage und Charakter ein Mann war, der Menschen bewegte; andere Seiten seines Wesens gefielen ihr weniger. Seine Baumwollfabriken machten ihr wenig Eindruck – das Goodwood-Patent ließ ihre Phantasie vollkommen kalt. Sie wollte seine Männlichkeit nicht um ein Gran gemindert wissen, aber zuweilen dachte sie, er würde ihr besser gefallen, wenn er zum Beispiel ein wenig anders aussähe. Sein Kinn war zu eckig und zu fest, seine Figur zu gerade und zu steif, darin verriet sich ein Mangel an Übereinstimmung mit tieferen Lebensrhythmen. Nur zurückhaltend betrachtete sie seine Gewohnheit, sich stets in derselben Weise zu kleiden; das sollte nicht besagen, daß er beständig denselben Anzug trug, im Gegenteil, seine Kleider sahen immer ein wenig zu neu aus. Aber sie schienen alle vom selben Stück zu stammen: der Schnitt, der Stoff, es war so entsetzlich das Übliche. Sie hatte sich schon mehr als einmal vorgeworfen, daß dies ein frivoler Einwand gegen eine Person von seiner Bedeutung sei, aber dann hatte sie diesen Vorwurf mit der Behauptung wieder entkräftet, der Einwand könne nur dann frivol sein, wenn sie ihn liebte. Doch sie liebte ihn nicht und konnte daher seine kleinen Mängel ebenso kritisieren wie seine großen – und diese bestanden in dem Sammelvorwurf, daß er zu ehrlich sei, oder vielmehr (denn das ging ja gar nicht) zu ehrlich wirkte. Er zeigte seine Gelüste und seine Absichten zu unverhohlen und kunstlos; war man mit ihm allein, sprach er zuviel über dasselbe Thema, waren andere Menschen zugegen, sprach er über alles zuwenig. Dabei war alles an ihm von äußerst klarem und kräftigem Zuschnitt – was soviel bedeutete: Sie sah, daß er sich aus verschiedenen Teilen zusammensetzte, wie sie in Museen und auf Bildern Ritterrüstungen gesehen hatte, die aus verschiedenen Teilen bestanden – aus Stahlplatten, hübsch mit Gold eingelegt. Es war sehr merkwürdig: Wo blieb die Verbindung zwischen ihren Eindrücken und ihrer Handlungsweise? Caspar Goodwood hatte ihrer Vorstellung von einem reizenden Menschen niemals entsprochen, und sie ver-

mutete, daß sie ihm deshalb so kritisch sauer gegenüberstand. Doch als Lord Warburton, der diesen Begriff nicht nur verkörperte, sondern ihn noch erweiterte, sich um ihre Zuneigung bemühte, stellte sie fest, daß sie noch immer nicht zufrieden war. Das war gewiß sehr merkwürdig.

Das Gefühl ihrer Inkonsequenz verhalf Isabel zu keiner Antwort auf Mr. Goodwoods Brief; daher beschloß sie, ihn zunächst einmal liegenzulassen. Wenn er entschlossen war, sie zu verfolgen, mußte er die Konsequenzen auf sich nehmen. Dazu gehörte vor allem, daß er merken sollte, wie wenig sie von der Aussicht entzückt war, er könnte sie in Gardencourt besuchen. Hier war sie bereits den Angriffen eines Freiers ausgesetzt, und wenn es auch ganz angenehm sein mochte, im gegnerischen Lager gleichfalls verehrt zu werden, so war es doch ein wenig geschmacklos, gleich zwei leidenschaftliche Anbeter auf einmal anzuhören, sei es auch nur, um sie beide abzulehnen. Sie gab Mr. Goodwood keine Antwort, aber nach drei Tagen schrieb sie an Lord Warburton, und dieser Brief gehört zu unserer Geschichte:

»Lieber Lord Warburton!

Noch einmal habe ich mich ernsthaft geprüft; meine Ansicht über den Antrag, den Sie mir neulich so liebenswürdig machten, blieb unverändert. Ich kann Sie – ich kann Sie mir wirklich und wahrhaftig nicht als einen Gefährten für mein Leben vorstellen; ich kann mir auch Ihr Haus – Ihre verschiedenen Häuser – nicht als den endgültigen Platz für mein Leben denken. Über diese Dinge kann die Vernunft nicht entscheiden, und ich möchte Sie eindringlich bitten, deshalb nicht wieder zu diesem Thema, das wir so erschöpfend behandelten, zurückzukehren. Wir betrachten jeder unser Leben von unserem eigenen Standpunkt aus, das ist das Recht auch des Schwächsten und Bescheidensten unter uns, und ich kann mein Leben niemals auf die Art betrachten, die Sie mir vorschlugen. Lassen Sie es bitte hierbei bewenden und seien Sie überzeugt, daß ich Ihrem Antrag all die zutiefst respektvolle Beachtung widerfahren ließ, die er verdient.

Mit diesem ernstlichen Gefühl verbleibe ich

Isabel Archer.«

Während die Verfasserin sich anschickte, diese Botschaft abzusenden, kam Henrietta Stackpole zu einem Entschluß, der ihr weiter keine Skrupel bereitete. Sie forderte Ralph Touchett auf, mit ihr einen Spaziergang durch den Park zu machen, und während er sich mit jener Eilfertigkeit dazu bereit erklärte, die beständig seine hohen Erwartungen bestätigen sollte, teilte sie ihm mit, daß sie ihn um einen Gefallen bitten müsse. Wir können nicht bestreiten, daß der junge Mann bei diesen Worten zusammenzuckte, denn wir wissen, daß er Miß Stackpole durchaus für fähig hielt, ihren Vorteil wahrzunehmen. Freilich entbehrte seine Unruhe jeder Grundlage, denn er war sich weder über den Bereich noch über den Grad ihrer Indiskretion im klaren. Also erklärte er höflich, ihr ganz zur Verfügung zu stehen. Er war in Angst vor ihr, was er ihr sogleich mitteilte. »Wenn Sie mich in dieser bestimmten Weise anblicken, geraten meine Knie ins Schlottern, und alle Weisheit verläßt mich; dann befällt mich ein Zittern, und ich flehe nur noch um Kraft, Ihre Befehle ausführen zu können. Sie haben ein Auftreten, das mir noch nie bei einer Frau begegnet ist.«

»Wenn ich es nicht schon wüßte«, entgegnete Henrietta wohlgelaunt, »daß Sie mich immer einschüchtern wollen, dann wüßte ich es jetzt. Ich bin für Sie natürlich eine leichte Beute – ich bin unter ganz anderen Begriffen und Gewohnheiten aufgewachsen. Ihren geschraubten Stil bin ich nicht gewöhnt, noch nie hat in Amerika jemand so mit mir gesprochen. Wenn drüben ein Herr sich so mit einer Dame unterhielte, wüßte man nicht, was das zu bedeuten hätte. Wir nehmen drüben alles viel natürlicher und sind im übrigen viel einfacher. Ich gebe das zu: ich bin selbst sehr einfach. Wenn Sie mich deshalb auslachen wollen, so steht Ihnen das frei; aber trotzdem möchte ich nicht mit Ihnen tauschen, ich bin ganz zufrieden, so und nicht anders zu sein, ich will mich gar nicht ändern. Es gibt genug Leute, die mich schätzen so wie ich bin; freilich, es sind alles nette, frische, frei geborene Amerikaner!« Henrietta gefiel sich neuerdings in der Rolle der hilflosen Unschuld, die jedem Konzessionen macht. »Ich möchte, daß Sie mir ein wenig beistehen«, fuhr sie fort. »Es kümmert mich nicht im geringsten, wenn Sie sich dabei über mich amüsieren, vielmehr bin ich durchaus bereit, Ihnen ein solches Vergnügen als Belohnung zuzugestehen. Ich möchte, daß Sie mir bei Isabel helfen.«

»Hat Sie Ihnen weh getan?« fragte Ralph.

»Ach, das wäre mir gleich, das würde ich Ihnen niemals sagen. Aber was ich befürchte, ist, daß sie sich selbst weh tun wird.«

»Das halte ich durchaus für möglich«, sagte Ralph.
Seine Begleiterin hielt auf dem Gartenweg inne, ihn mit jenem Blick fixierend, der ihm auf die Nerven ging. »Das amüsiert Sie vermutlich noch. Die Art, wie Sie so etwas sagen! Mir ist noch nie soviel Gleichgültigkeit begegnet.«
»Isabel gegenüber? Doch bestimmt nicht!«
»Na, hoffentlich sind Sie nicht in sie verliebt.«
»Wie könnte ich, wenn ich doch jemand anders liebe!«
»Sie sind in sich selbst verliebt, das ist der Jemand!« erklärte Miß Stackpole. »Möge es Ihnen gut tun! Aber wenn Sie einmal in Ihrem Leben ernst sein wollen, hätten Sie jetzt eine Chance, und wenn Ihnen Ihre Kusine etwas bedeutet, hätten Sie jetzt eine Gelegenheit, es zu beweisen. Ich erwarte nicht, daß Sie sie verstehen, das wäre zuviel verlangt. Und um mir einen Gefallen zu tun, ist das auch gar nicht nötig. Da verfüge ich schon über die nötige Intelligenz.«
»Das freut mich riesig!« rief Ralph. »Ich werde Caliban und Sie werden Ariel sein.«
»Sie sind Caliban völlig unähnlich. Denn Sie sind spitzfindig, was Caliban nie war. Aber ich rede nicht von Phantasiegestalten; ich rede von Isabel. Isabel ist lebendig genug. Was ich Ihnen sagen möchte, ist, daß ich sie beängstigend verändert finde.«
»Seitdem Sie kamen, meinen Sie?«
»Seitdem ich kam und schon vorher. Sie ist nicht mehr dieselbe, die sie einmal so wundervoll gewesen ist.«
»Die sie in Amerika gewesen ist?«
»Ja, in Amerika. Ihnen ist doch bekannt, daß sie von dorther stammt. Sie kann ja nicht dafür, aber es ist so.«
»Wollen Sie sie wieder zurückverwandeln?«
»Natürlich will ich das, und dabei sollen Sie mir helfen.«
»Ach«, sagte Ralph, »ich bin nur Caliban; ich bin nicht Prospero.«
»Sie waren Prospero genug, um sie zu dem zu machen, was sie jetzt ist. Sie haben auf Isabel Archer eingewirkt, seit sie hierherkam, Mr. Touchett.«
«Ich, meine liebe Miß Stackpole? Nicht um alles in der Welt! Isabel Archer hat auf mich gewirkt – jawohl; sie wirkt auf jeden, ich bin da völlig passiv gewesen.«
»Dann sind Sie eben zu passiv. Rühren Sie sich lieber, aber seien Sie recht vorsichtig. Isabel ändert sich jeden Tag; sie treibt ab – geradewegs ins Meer. Ich habe sie beobachtet, ich

kann es sehen. Sie ist nicht mehr das fröhliche amerikanische Mädchen, das sie früher war. Sie hat jetzt neue Ansichten, neue Farben und kehrt sich von ihren alten Idealen ab. Diese Ideale aber will ich retten, Mr. Touchett, und hier müssen Sie einspringen.«

»Doch gewiß nicht als Ideal?«

»Das will ich nicht hoffen«, gab Henrietta prompt zurück. »Ich werde die Angst nicht los, daß sie einen dieser europäischen Burschen heiraten könnte, und das will ich verhindern.«

»Ach, ich verstehe«, rief Ralph, »um das zu verhindern, wünschen Sie, daß ich einspringen und sie heiraten soll?«

»Nicht ganz; dann wäre die Medizin ebenso schlimm wie die Krankheit selbst, denn Sie sind der typische europäische Vertreter, vor dem ich sie ja bewahren möchte. Nein. Ich möchte, daß Sie sich ein wenig für jemand anders interessieren – für einen jungen Mann, den Isabel früher sehr ermutigte und der ihr jetzt anscheinend nicht mehr gut genug ist. Es ist ein durch und durch prächtiger Mensch und ein sehr lieber Freund von mir. Ich möchte dringend, daß Sie ihn einladen, uns hier zu besuchen.«

Ralph war recht verblüfft über diese Aufforderung, und es mag der Reinheit seines Gemüts nicht gerade zur Ehre gereichen, daß es ihm nicht gelang, sie sogleich in ihrem einfachsten Licht zu betrachten. Für seine Augen hatte dieses Ersuchen ein verschlagenes Aussehen, und sein Fehler war, nicht ganz sicher zu sein, ob irgend etwas in der Welt wirklich so schneeweiß sein könnte, wie sich dieses Ansinnen von Miß Stackpole ausgab. Daß ein junges weibliches Wesen darum ersuchte, einem Gentleman, den sie als ihren sehr lieben Freund bezeichnete, Gelegenheit zu verschaffen, sich einem anderen jungen weiblichen Wesen angenehm zu machen, einem jungen weiblichen Wesen, dessen Neigung schwankte und das über größeren Charme verfügte – das war eine Regelwidrigkeit, die für den Augenblick all seinen Scharfsinn herausforderte. Zwischen den Zeilen zu lesen war für ihn leichter als dem klaren Text zu folgen, und die Vermutung, daß Miß Stackpole die Einladung dieses Herrn im eigenen Interesse erbat, entsprang nicht so sehr einem niedrigen als einem verwirrten Gemüt. Aber selbst vor diesem verzeihlich niedrigen Gedanken wurde Ralph durch eine Überlegung bewahrt, und zwar mit einer Heftigkeit bewahrt, die ich nur als Inspiration bezeichnen kann. Ohne daß ihm die Sache irgend durch ein neues Licht klarer geworden war, fand er sich plötzlich überzeugt, daß man der Korrespondentin des *Interviewers* entschieden unrecht tat, wenn man irgendeiner ihrer Handlungen ein ehrenrühriges Motiv unterschob. Diese Erkenntnis ging ihm blitzartig auf, vielleicht entfacht am reinen Glanz von Henriettas unbeirrtem Blick. Einen Augenblick erwiderte er ihre Herausforderung und unterdrückte bewußt eine Neigung zum Blinzeln, wie man in Gegenwart hellerer Lichtkörper zu blinzeln versucht ist. »Wer ist der Herr, von dem Sie sprechen?«

»Mr. Caspar Goodwood aus Boston. Er war Isabel gegenüber äußerst zuvorkommend – ergeben mit jedem Atemzug. Er ist ihr hierher gefolgt und weilt gegenwärtig in London. Ich weiß seine Adresse nicht, aber ich denke, ich kann sie mir verschaffen.«

»Ich habe nie von ihm gehört«, sagte Ralph.

»Schon gut; auch Sie kennen nicht alle Leute, nehme ich an. Ich glaube nicht, daß er je von Ihnen hörte; aber das ist kein Grund, weswegen Isabel ihn nicht heiraten sollte.«

Ralph lachte leise und vieldeutig. »Wie Sie darauf versessen sind, alle Leute zu verheiraten! Wissen Sie noch, wie Sie neulich mich verheiraten wollten?«

»Davon bin ich abgekommen. Sie wissen solche Gedanken nicht richtig aufzunehmen. Mr. Goodwood weiß es, das steht fest, und darum gefällt er mir. Er ist ein prachtvoller Mensch, ein vollkommener Gentleman, und das weiß Isabel auch.«

«Ist sie ihm denn sehr zugetan?«

»Wenn nicht, so sollte sie es doch sein. Er ist ganz vernarrt in sie.«

»Und Sie wünschen, daß ich ihn einlade«, sagte Ralph nachdenklich.

»Das wäre eine Tat wahrer Gastfreundschaft.«

»Caspar Goodwood«, fuhr Ralph fort – »ein ziemlich ungewöhnlicher Name.«

»Sein Name kümmert mich überhaupt nicht. Von mir aus könnte er Hesekiel Jenkins heißen, und ich würde dasselbe behaupten. Er ist der einzige Mann, den ich kenne, der Isabels würdig ist.«

»Sie sind eine sehr ergebene Freundin«, meinte Ralph.

»Natürlich bin ich das. Wenn Sie sich über mich lustig machen wollen, so ist mir das gleich.«

»Ich will mich nicht über Sie lustig machen; es fällt mir nur auf.«

»Sie sind heute satirischer denn je, aber ich warne Sie, lachen Sie nicht über Mr. Goodwood!«

»Ich versichere Ihnen, ich bin ganz ernst; das sollten Sie eigentlich verstehen«, sagte Ralph.

Im selben Moment verstand es seine Begleiterin. »Ich glaube Ihnen, aber jetzt sind Sie zu ernst.«

»Ihnen kann man es schwer recht machen.«

»O, jetzt sind Sie wirklich ernst. Sie wollen Mr. Goodwood nicht einladen.«

»Ich weiß nicht recht«, sagte Ralph. »Ich bringe merkwürdige Dinge fertig. Erzählen Sie mir ein bißchen von Mr. Goodwood. Wie ist er denn?«

»In allem Ihr Gegenteil. Er leitet eine Baumwollfabrik – eine sehr schöne.«

»Hat er angenehme Manieren?« fragte Ralph.

»Prachtvolle Manieren – im amerikanischen Stil.«

»Würde er ein angenehmes Mitglied unseres kleinen Zirkels bilden?«

»Ich glaube nicht, daß er sich viel aus unserem kleinen Zirkel machen wird. Er wird sich auf Isabel konzentrieren.«

»Und wie wird das meiner Kusine behagen?«

»Möglicherweise gar nicht. Aber es wäre gut für sie. Es wird ihre Gedanken zurückrufen.«

»Zurückrufen – von wo?«

»Von fremden Orten und anderen unnatürlichen Gegenden. Noch vor drei Monaten hat sie Mr. Goodwood allen Grund zu der Annahme gegeben, er sei ihr willkommen; es ist ihrer nicht würdig, einen wahren Freund im Stich zu lassen, nur weil sie ihren Standort gewechselt hat. Ich habe meinen Standort auch gewechselt, mit dem einzigen Erfolg, daß ich mehr denn je an meinen alten Bindungen hänge. Ich bin fest überzeugt, je eher Isabel zurückfindet, desto besser. Ich kenne sie gut genug, um zu wissen, daß sie hierzulande niemals wahrhaft glücklich werden kann, daher möchte ich, daß sie eine starke amerikanische Bindung eingeht, die sie leitet.«

»Haben Sie es nicht ein bißchen zu eilig?« forschte Ralph. »Finden Sie nicht, man müßte ihr im armen alten England noch eine Chance lassen?«

»Eine Chance, sich ihr blühendes, junges Leben zu ruinieren? Man kann sich nie genug beeilen, ein kostbares Menschenleben vor dem Ertrinken zu retten.«

»Wenn ich Sie also recht verstehe«, sagte Ralph, »wünschen Sie von mir, daß ich Mr. Goodwood zu ihr ins Wasser stoße. Wissen Sie übrigens«, setzte er hinzu, »daß sie seinen Namen mir gegenüber nie erwähnt hat?«

Henrietta lächelte strahlend. »Das freut mich zu hören; das beweist, wie viel sie an ihn denkt.«

Ralph schien einzuräumen, daß manches dafür spreche, und er überließ sich seinen Gedanken, während seine Begleiterin ihn aus den Augenwinkeln beobachtete. »Wenn ich Mr. Goodwood einladen sollte«, sagte er schließlich, »geschähe es nur, um mich mit ihm zu streiten.«

»Das lassen Sie lieber sein; da werden Sie den kürzeren ziehen.«

»Sie setzen tatsächlich alles daran, ihn mir zu verleiden. Ich glaube wirklich, ich kann ihn nicht herbitten. Ich müßte ständig in Angst leben, ausfallend gegen ihn zu werden.«

»Tun Sie ganz nach Ihrem Belieben«, entgegnete Henrietta. »Ich hatte keine Ahnung, daß Sie selbst in Isabel verliebt sind.«

»Glauben Sie das wirklich?« erkundigte sich der junge Mann mit hochgezogenen Brauen.

»Das ist der natürlichste Ausspruch, den ich bisher von Ihnen gehört habe! Gewiß glaube ich es«, bemerkte Miß Stackpole spürsinnig.

»Um Ihnen also Ihren Irrtum zu beweisen«, erklärte Ralph abschließend, »werde ich ihn einladen. Aber natürlich nur als einen Freund von Ihnen!«

»Wenn er kommt, kommt er nicht als Freund von mir, und Sie werden ihn nicht einladen, um mir meinen Irrtum, sondern um sich Ihren eigenen nachzuweisen.«

Miß Stackpoles letzte Worte (woraufhin die beiden auseinandergingen) enthielten einen gewissen Grad von Wahrheit, den Ralph anerkennen mußte; aber insoweit nahm es seiner Anerkennung alle Schärfe, als er trotz aller Bedenken, daß es vielleicht noch indiskreter sei, sein Versprechen zu halten als es zu brechen, Mr. Goodwood ein paar Zeilen schrieb, in denen er erklärte, sein Vater, Mr. Touchett, würde sich sehr freuen, wenn Mr. Goodwood sich ihrer kleinen Gesellschaft in Gardencourt anschließen würde, zu welcher auch Miß Stackpole gehöre. Er schickte den Brief an die Adresse eines Bankiers (wie Miß Stackpole vorgeschlagen) und wartete nun in einiger Spannung auf eine Antwort. Er hatte diese neue drohende Figur zum erstenmal beim Namen nennen hören; denn als seine Mutter damals bei ihrer Ankunft erwähnte, daß einem Gerücht zufolge das Mädchen zu Hause einen Bewunderer habe, hatte diesem Gedanken jede nähere Realität gefehlt, und Ralph hatte sich nicht die Mühe gemacht, Fragen zu stellen, deren Antwort nur vage oder unangenehm ausfallen konnte. Jetzt hingegen war die heimatliche Bewunderung, die seine Kusine zum Gegenstand hatte, greifbarer geworden; sie nahm die Gestalt eines jungen Mannes an, der ihr nach London gefolgt war, sich für eine Baumwollspinnerei interessierte und Manieren im besten amerikanischen Stil besaß. Ralph unterhielt zwei Theorien über diesen Eindringling. Entweder war seine Leidenschaft eine sentimentale Einbildung von Miß Stackpole (unter Frauen bestand immer eine Art schweigenden Einvernehmens aus der Solidarität ihres Geschlechtes heraus, wonach sie sich gegenseitig Liebhaber entdeckten oder erfanden), dann war er nicht weiter zu fürchten und würde die Einladung kaum annehmen; oder er kam und erwies sich damit als so unmöglich, daß er keine weitere Beachtung verdiente. Ralphs letzte Schlußfolgerung mochte nicht ganz einleuchten, aber sie entsprach seiner Überzeugung, daß, wenn Mr. Goodwood sich wirklich in der ernsthaften Weise, wie Miß Stackpole es beschrieben, für Isabel interessierte, er keine Neigung verspüren würde, sich auf Befehl der ersteren in Gardencourt zu präsentieren. »Unter dieser Voraussetzung«, sagte Ralph, »muß er sie als Dorn am Stiel seiner Rose betrachten; als Vermittlerin muß sie ihm zu taktlos erscheinen.«

Zwei Tage nach Absendung seiner Einladung erhielt Ralph eine sehr knappe Mitteilung von Caspar Goodwood, der ihm dankte und bedauerte, daß andere Verpflichtungen ihm einen Besuch in Gardencourt nicht gestatteten; zum Schluß ließ er sich Miß Stackpole empfehlen. Ralph überreichte Henrietta die Absage, die sie durchlas und ausrief: »Na, so etwas an Steifheit ist mir noch nicht begegnet!«

»Ich fürchte, er macht sich nicht ganz soviel aus meiner Kusine, wie Sie annahmen«, bemerkte Ralph.

»Nein, daran liegt es nicht; das hat feinere Gründe. Er hat eine sehr tiefe Natur, aber ich werde sie unbedingt ergründen, ich werde ihm schreiben und herausbringen, was er meint.«

Mr. Goodwoods Weigerung, Ralphs Aufforderung zu folgen, war leicht beunruhigend; von dem Augenblick an, als er es ablehnte, nach Gardencourt zu kommen, maß unser Freund ihm eine gewisse Bedeutung bei. Er fragte sich allerdings, was es ihm bedeuten könne, wenn Isabels Verehrer Draufgänger oder Nachzügler wären; sie waren keine Rivalen, es stand ihnen völlig frei, ihre Fähigkeiten zu erproben. Dennoch verspürte er eine gewisse Neugier, wieweit Miß Stackpole die Gründe zu Mr. Goodwoods Steifheit erforschen würde – eine Neugier, die insofern vorläufig unbefriedigt blieb, als Henrietta drei Tage später auf seine Frage, ob sie nach London geschrieben habe, bekennen mußte, vergeblich geschrieben zu haben. Mr. Goodwood hatte nicht geantwortet.

»Vermutlich überlegt er sich die Sache«, sagte sie; »er überlegt alles; er handelt niemals überstürzt. Aber ich bin gewöhnt, daß man meine Briefe am selben Tage beantwortet.«

Sogleich schlug sie Isabel vor, auf alle Fälle zusammen einen Ausflug nach London zu machen. »Um die Wahrheit zu sagen«, bemerkte sie, »ich bekomme hier nicht allzuviel zu sehen, und dir ergeht es wohl nicht anders. Ich habe nicht einmal diesen Aristokraten besichtigt – wie heißt er doch? –, Lord Washburton. Er scheint dich sträflich zu vernachlässigen.«

»Lord Warburton will morgen kommen; ich weiß es zufällig«, erwiderte ihre Freundin, die auf ihren Brief eine kurze Mitteilung von dem Gebieter in Lockleigh erhalten hatte. »Du wirst genügend Gelegenheit finden, ihn völlig umzukrempeln.«

»Nun ja, für einen Bericht mag er ausreichen, aber was ist *ein* Bericht, wenn man fünfzig schreiben möchte? Ich habe alle *Environs* der Nachbarschaft beschrieben, mich über alle alten Weiber und Esel mit Begeisterung ausgelassen. Aber du kannst sagen, was du willst, Milieuschilderungen machen einen Bericht nicht fett. Ich muß zurück nach London und mir einige Eindrücke vom tatsächlichen Leben verschaffen. Ich blieb dort nur drei Tage, ehe ich herkam, da konnte man nicht gut warm werden.«

Da Isabel auf ihrer Reise von New York nach Gardencourt sogar noch weniger von der britischen Hauptstadt gesehen hatte, schien es ein glücklicher Vorschlag Henriettas zu sein, gemeinsam eine kleine Vergnügungsfahrt dorthin zu unternehmen. Isabel fand, es sei ein reizender Einfall; sie war auf alle Einzelheiten in London gespannt, die Stadt hatte ihr immer groß und reich vor Augen gestanden. Sie schmiedeten gemeinsame Reisepläne und malten sich romantische Stunden aus. Sie wollten in irgendeiner malerischen alten Herberge absteigen – wie Dickens sie noch beschreibt – und in einer der entzückenden Droschken durch die Stadt fahren. Henrietta war eine literarische Frau, und der große Vorteil einer literarischen Frau bestand darin, überall hingehen und alles unternehmen zu können. Sie wollte in einem Kaffeehaus zu Abend essen und hinterher ins Theater gehen; ferner würde sie die *Abbey* und das Britische Museum besuchen und herausbringen, wo Doktor Johnson gelebt hatte und Goldsmith und Addison.

Isabel wurde ganz eifrig und weihte Ralph sogleich in diese glänzenden Pläne ein; er brach in ein Gelächter aus, das wenig der Sympathie entsprach, auf die sie gehofft hatte.

»Es ist ein reizender Plan«, sagte er. »Ich rate euch, steigt im *Duke's Head* in Covent Garden ab, das ist ein altmodisches, zwangloses Haus, außerdem kann ich euch in meinem Club anmelden.«

»Meinst du vielleicht, es schickt sich nicht?« fragte Isabel. »Mein Gott, schickt sich denn hier gar nichts? Mit Henrietta kann ich doch gewiß überall hingehen; sie ist doch nicht in dieser Weise behindert. Sie hat in Amerika den ganzen Kontinent bereist; da kann sie sich wohl auf eurer winzigen Insel zurechtfinden.«

»Also dann«, sagte Ralph, »erlaube, daß ich aus ihrer Protektion gleichfalls Nutzen ziehe und mit euch nach London fahre. Am Ende habe ich nie wieder eine Chance, so behütet reisen zu können!«

XIV

Miss Stackpole wäre gern sogleich aufgebrochen, aber Isabel, wie wir sahen, war unterrichtet, daß Lord Warburton nochmals nach Gardencourt kam; sie hielt es für ihre Pflicht, dazubleiben und ihn zu empfangen. Vier oder fünf Tage hatte er ihren Brief unbeantwortet gelassen, dann hatte er ihr kurz geschrieben, er werde in zwei Tagen zum Mittagessen in Gardencourt erscheinen. In diesem Hinauszögern und Aufschieben lag etwas Rührendes für das Mädchen, ihr Gefühl für seine Geduld und Rücksichtnahme bestätigte sich aufs neue, er wollte nicht aufdringlich erscheinen und übte eine Rücksicht, die genau überlegt war; denn sie war überzeugt, »er hatte sie wirklich gern«. Isabel verständigte ihren Onkel, daß sie ihm geschrieben habe, und erwähnte, daß er zu kommen beabsichtige. Infolgedessen verließ der alte Herr seine Zimmer früher als sonst und erschien zu der Zwei-Uhr-Mahlzeit. Dies geschah nicht aus irgendeiner Wachsamkeit seinerseits, sondern vielmehr aus dem wohlmeinenden Glauben heraus, daß seine Gegenwart ihnen ein Davonstehlen erleichtern würde, falls Isabel ihrem edlen Besucher nochmals eine Audienz gewähren wollte. Der hohe Herr kam von Lockleigh herübergefahren und brachte die ältere seiner Schwestern mit, eine Maßnahme, die vermutlich aus der gleichen Überlegung herrührte wie die von Mr. Touchett. Die beiden Besucher wurden Miß Stackpole vorgestellt, die beim Lunch ihren Platz neben Lord Warburton hatte. Isabel war nervös und scheute vor der Aussicht zurück, abermals die Frage, die er so voreilig gestellt, erörtern zu müssen; aber sie konnte nicht umhin, seine gutartige Selbstbeherrschung zu bewundern, welche alle Anzeichen verbarg, die, was sie ihm natürlich nachgesehen hätte, seine besondere Anteilnahme an ihrer Person hätten verraten können. Er blickte sie weder an noch sprach er mit ihr; das einzige Zeichen seiner Bewegtheit bestand darin, daß er es vermied, ihren Augen zu begegnen. Alle anderen unterhielt er vorzüglich, und seine Mahlzeit schien er mit Genuß und Verständnis zu verzehren. Miß Molyneux, mit glatter, nonnenhafter Stirn und einem großen silbernen Kreuz an der Halskette, war augenscheinlich mit Henrietta Stackpole beschäftigt; sie ließ sie nicht aus den Augen und bekundete damit einen Konflikt zwischen ihrem tiefen Befremden und ihrer sehnsüchtigen Verwunderung. Von den beiden Damen in Lockleigh war sie diejenige, die Isabel am besten gefiel, eine Welt ererbter Ruhe strahlte von ihr aus. Isabel war außerdem überzeugt, daß die milde Stirn und das silberne Kreuz auf ein zauberisches anglikanisches Mysterium zurückgingen – auf die reizende Wiedereinsetzung vielleicht eines verschollenen Amtes für Stiftsdamen. Sie überlegte, was Miß Molyneux wohl von ihr halten würde, wenn sie erfahren sollte, daß Miß Archer ihren Bruder ausgeschlagen hatte; aber da war sie überzeugt, das würde Miß Molyneux nie erfahren – solche Dinge würde Lord Warburton ihr nie erzählen. Er hatte die Schwester gern und war freundlich zu ihr, aber im ganzen erzählte er ihr wenig. So wenigstens lautete Isabels Theorie; wenn sie bei Tisch nicht an der Unterhaltung teilnahm, beschäftigte sie sich gewöhnlich mit Theorien, die sie sich über ihre Nachbarn bildete. Wenn also (nach Isabel) Miß Molyneux jemals erfahren würde, was zwischen Miß Archer und Lord Warburton vorgefallen war, so würde sie sich vermutlich darüber entrüsten, wie so ein Mädchen ihr Glück verfehlte; oder nein (dies war die endgültige Stellungnahme unserer Heldin): Sie würde der jungen Amerikanerin nur das richtige Gefühl für ihre Ungleichheit unterstellen.

Wozu Isabel auch ihre Möglichkeiten benutzen mochte, Henrietta Stackpole war auf alle Fälle nicht geneigt, ihre Stunde ungenutzt verstreichen zu lassen. »Wissen Sie, daß Sie der erste Lord sind, den ich je gesehen habe?« sagte sie unverzüglich zu ihrem Nachbarn. »Vermutlich denken Sie, mir widerfahre eine große Gunst?«

»Dann ist Ihnen der Anblick einiger garstiger Männer entgangen«, antwortete Lord Warburton, eine Spur abwesend die Tafel überblickend.

»Sind sie so garstig? In Amerika will man uns immer glauben machen, daß alle Lords schön und prächtig sind und herrliche Roben und Kronen tragen.«

»Ach, die Roben und Kronen sind aus der Mode gekommen«, sagte Lord Warburton, »genau wie Ihre Tomahawks und Revolver.«

»Das tut mit leid«, erklärte Henrietta; »die Aristokratie sollte prächtig sein; wenn sie das nicht ist, was ist sie dann?«

»O, nicht viel, wenn es hochkommt, wissen Sie«, räumte ihr Nachbar ein. »Nehmen Sie eine Kartoffel?«

»Ich mache mir nicht viel aus diesen europäischen Kartoffeln. Ich würde Sie nicht von einem amerikanischen Herrn unterscheiden.«

»Dann reden Sie mit mir, als ob ich einer sei«, sagte Lord Warburton. »Aber wie kommen Sie ohne Kartoffeln aus? Sie werden hier sonst nicht viel Eßbares finden.«

Henrietta verstummte ein Weilchen; es bestand die Möglichkeit, daß er sie nicht ernst nahm. »Ich habe kaum Appetit gehabt, seitdem ich hier bin«, fuhr sie schließlich fort; »also spielt es keine Rolle. Wissen Sie, ich mißbillige Sie; ich habe das Gefühl, als ob ich Ihnen das sagen müßte.«

»Sie mißbilligen mich?«

»Ja; das hat Ihnen wohl bisher noch niemand gesagt, wie? Ich mißbillige Lords als Institution. Ich finde, die Welt ist über sie hinaus – weit hinaus.«

»O, das finde ich auch. Ich billige mich selbst nicht im mindesten. Manchmal überkommt es mich – wie ich an mir Anstoß nehmen würde, wenn ich nicht ich wäre, verstehen Sie? Das ist übrigens ganz heilsam, um nicht selbstherrlich zu werden.«

»Warum geben Sie es dann nicht auf?« forschte Miß Stackpole.

»Was denn aufgeben?« fragte Lord Warburton, einer scharfen Andeutung mit Milde begegnend.

»Warum geben Sie das Lordsein nicht auf?«

»O, ich mache so wenig Gebrauch davon! Man würde das alles längst vergessen, wenn ihr furchtbaren Amerikaner einen nicht dauernd daran erinnertet. Aber schon in den nächsten Tagen werde ich mit dem wenigen, was mir noch anhaftet, Schluß machen.«

»Das würde ich gern erleben!« rief Henrietta ziemlich grimmig.

»Ich werde Sie zu dem Festakt einladen; wir werden ein Essen veranstalten mit nachfolgendem Tanz.«

»Schön«, sagte Miß Stackpole. »Ich sehe mir gern alle Seiten an. Ich mißbillige die privilegierten Klassen, aber ich höre gern, was sie für sich zu sagen haben.«

»Höchst wenig, wie Sie sehen.«

»Ich würde Sie gern noch ein wenig aushorchen«, fuhr Henrietta fort. »Aber Sie blicken immer fort. Sie fürchten sich, mir ins Auge zu sehen. Ich merke, daß Sie mir entwischen wollen.«

»Nein, ich blicke mich nur nach den verachteten Kartoffeln um.«

»Bitte, dann erklären Sie mir die junge Dame – Ihre Schwester. Ich verstehe das nicht. Ist sie eine Lady?«

»Sie ist ein großartiges Mädchen.«

»Es gefällt mir nicht, wie Sie das sagen – als ob Sie das Thema wechseln wollten. Ist ihre Stellung Ihnen untergeordnet?«

»Wir haben beide keine Stellung, die der Rede wert wäre; aber sie ist besser daran als ich; sie hat weiter keine Plagen davon.«

»Ja, sie sieht nicht aus, als ob sie viele Plagen hätte. Ich wollte, ich hätte auch nicht mehr. Sie ziehen stille Leute heran hierzulande, was Sie auch sonst tun mögen.«

»Ach, sehen Sie, wir nehmen im ganzen das Leben sehr leicht«, sagte Lord Warburton, »und außerdem, wissen Sie, sind wir sehr langweilig. Ach, wenn wir uns bemühen, können wir unbeschreiblich langweilig sein.«

»Ich würde Ihnen empfehlen, bemühen Sie sich um etwas anderes. Ich wüßte nicht, was ich mit Ihrer Schwester reden sollte; sie sieht so anders aus. Ist das Silberkreuz ein Abzeichen?«

»Ein Abzeichen?«

»Ein Rangabzeichen.«

Lord Warburton hatte seine Blicke ein gut Teil umherwandern lassen, aber jetzt begegnete er den fragenden Augen seiner Nachbarin. »O ja«, antwortete er im selben Moment; »Frauen gefallen sich ja in diesen Dingen. Das silberne Kreuz wird immer von der ältesten Tochter eines Viscounts getragen.« Das war seine harmlose Rache für die vielen Anlässe, bei denen man seine Leichtgläubigkeit in Amerika mißbraucht hatte. Nach dem Lunch schlug er Isabel vor, mit ihm in die Galerie zu gehen und die Bilder zu betrachten; obwohl sie wußte, daß er die Bilder schon zwanzigmal gesehen, fügte sie sich, ohne seinen Vorwand zu kritisieren. Ihr Gewissen war jetzt sehr erleichtert; seitdem sie ihm den Brief geschickt, hatte sie eine besondere geistige Leichtigkeit verspürt.

Er wanderte langsam bis an das Ende der Galerie, blickte die Wände an und sagte nichts, bis er plötzlich losbrach: »Ich hatte gehofft, Sie würden nicht in dieser Art schreiben.«

»Es war die einzige Art, Lord Warburton«, sagte das junge Mädchen. »Versuchen Sie doch, mir zu glauben!«

»Wenn ich es glauben könnte, würde ich Sie selbstverständlich in Ruhe lassen. Aber durch den Willen allein kann man nicht glauben. Ich bekenne, ich verstehe es nicht. Ich könnte verstehen, daß Sie mich nicht leiden könnten; das könnte ich gut verstehen. Aber daß Sie zugeben, daß Sie – «

»Was gebe ich zu?« unterbrach ihn Isabel, leicht erblassend.

»Daß Sie mich für einen guten Kerl halten, war es nicht o?«

Sie entgegnete nichts, und er fuhr fort: »Sie scheinen mir keinen Grund zu haben, und das empfinde ich gewissermaßen als ungerecht.«

»Ich habe einen Grund, Lord Warburton.« Sie sagte es in einem Ton, bei dem sich sein Herz zusammenkrampfte.

»Den hätte ich gern gewußt.«

»Ich werde ihn Ihnen eines Tages mitteilen, wenn ich mehr vorzuweisen habe.«

»Verzeihen Sie mir, wenn ich behaupte, daß ich so lange daran zweifle.«

»Sie machen mich sehr unglücklich«, sagte Isabel.

»Das bedaure ich nicht; dann können Sie mir vielleicht ein wenig meine Empfindung nachfühlen. Würden Sie mir wohl eine Frage erlauben?«

Isabel gab keine hörbare Zustimmung, aber anscheinend gab

ein Blick in ihre Augen ihm den Mut fortzufahren. »Ziehen Sie jemand anders vor?«
»Das ist eine Frage, die ich lieber nicht beantworten möchte.«
»Ach, dann trifft es zu!« murmelte ihr Bewerber voll Bitternis.
Die Bitternis rührte sie, und sie rief aus: »Sie irren sich, es trifft nicht zu!«
Er setzte sich ohne Umstände auf eine Bank; verdrossen wie ein Mann voller Sorgen stützte er seine Ellbogen auf die Knie und starrte auf den Fußboden. »Ich kann mich nicht einmal dessen freuen«, sagte er schließlich und warf sich gegen die Wand zurück; »das wäre eine Entschuldigung gewesen.«
Überrascht zog sie die Augenbrauen in die Höhe. »Eine Entschuldigung? Muß ich mich entschuldigen?«
Doch er gab keine Antwort. Ein anderer Gedanke durchfuhr ihn. »Sind es meine politischen Ansichten? Finden Sie, daß ich zu weit gehe?«
»Ich kann mich zu Ihren politischen Ansichten nicht äußern, weil ich nichts davon verstehe.«
»Ach, Sie kümmern sich nicht um meine Ansichten!« rief er und stand auf. »Ihnen ist das alles gleichgültig.«
Isabel schritt hinüber zu der anderen Seite der Galerie und zeigte ihm ihren reizenden Rücken, ihre leichte, schlanke Figur, die Linie ihres weißen Nackens, während sie den Kopf neigte, und die dichte Fülle ihrer dunklen Haarflechten. Vor einem kleinen Bild hielt sie an, als ob sie es betrachten wollte, und in dieser Bewegung lag etwas so Freies und Junges, daß gerade ihre Biegsamkeit ihn zu verspotten schien. Doch ihre Augen nahmen nichts wahr; sie schwammen plötzlich in Tränen. Im selben Augenblick war er ihr gefolgt. Inzwischen hatte sie ihre Tränen abgewischt, aber als sie sich umwandte, war ihr Gesicht blaß, und in ihren Augen stand ein fremder Ausdruck. »Den Grund, den ich Ihnen nicht sagen wollte, werde ich nun doch sagen. Nämlich, daß ich meinem Schicksal nicht entgehen kann.«
»Ihrem Schicksal?«
»Ich würde ihm zu entkommen trachten, wenn ich Sie heiratete.«
»Das verstehe ich nicht. Warum könnte nicht eine Ehe mit mir ebensogut wie alles andere Ihr Schicksal sein?«
»Weil es das nicht ist«, sagte Isabel mit weiblicher Logik. »Das weiß ich. Es ist nicht mein Schicksal, aufzugeben – ich weiß, das kann es nicht sein.«
Der arme Lord Warburton starrte sie an, in jedem Auge ein

Fragezeichen. »Nennen Sie das Aufgeben, wenn Sie mich heiraten?«

»Nicht in dem gewöhnlichen Sinn. Ich erhalte – erhalte – eine ganze Menge. Aber ich gebe andere Chancen auf.«

»Andere Chancen wozu?«

»Ich meine nicht Heiratschancen«, sagte Isabel, alle Farbe kehrte rasch in ihr Gesicht zurück. Und dann hielt sie inne und blickte mit einem tiefen Stirnrunzeln zu Boden, als sei jeder weitere Versuch, sich verständlich zu machen, hoffnungslos.

»Ich glaube nicht, daß ich zu anmaßend bin, wenn ich behaupte, daß Sie mehr gewinnen, als Sie verlieren«, bemerkte ihr Begleiter.

»Ich kann dem Unglück nicht entfliehen«, sagte Isabel. »Wenn ich Sie heiratete, würde ich es versuchen.«

»Ich weiß nicht, ob Sie das damit versuchten, aber Sie würden ihm gewiß entgehen, das muß ich in aller Offenheit zugeben!« erklärte er mit besorgtem Lachen.

»Ich darf es nicht – ich kann es nicht!« rief das Mädchen.

»Nun, wenn Sie entschlossen sind, unglücklich zu werden, sehe ich nicht ein, warum Sie mich auch unglücklich machen. Wenn ein Leben im Elend seine Reize für Sie hat, für mich hat es keine.«

»Ich bin nicht versessen auf ein Leben im Elend«, sagte Isabel. »Ich bin immer fest entschlossen, glücklich zu sein, und ich habe oft geglaubt, ich sei es auch. Ich habe das auch den anderen gesagt. Sie können sie fragen. Aber zuweilen überkommt es mich, daß ich mein Glück nicht in ungewöhnlichen Umständen suchen darf; nicht indem ich mich abwende, indem ich mich trenne.«

»Indem Sie sich wovon trennen?«

»Vom Leben. Von den gewöhnlichen Möglichkeiten und Gefahren, von dem, was die meisten Menschen durchmachen und erfahren müssen.«

Lord Warburtons Züge verklärten sich zu einem Lächeln, in welchem neue Hoffnung aufblühte. »Aber, meine liebe Miß Archer«, begann er mit höchst rücksichtsvollem Eifer zu erklären. »Ich biete Ihnen doch keine Befreiung vom Leben und seinen Chancen und Gefahren. Ich wollte, es stände in meiner Macht; dann würde ich es bestimmt versuchen. Für wen halten Sie mich denn? Der Himmel steh' mir bei, ich bin nicht der Kaiser von China! Alles, was ich Ihnen biete, ist das gewöhnliche

Los in einer einigermaßen angenehmen Form. Das gewöhnliche Los? Ach, ich habe mich auch dem gewöhnlichen Los verschrieben; schließen wir ein Bündnis, und ich verspreche Ihnen Ihr reichliches Teil. Sie sollen sich von nichts trennen – nicht einmal von Ihrer Freundin Miß Stackpole.«

»Das würde sie auch nie billigen«, sagte Isabel und versuchte zu lächeln, froh über diese Abschweifung, nicht ohne sich deshalb ein wenig zu verachten.

»Reden wir von Miß Stackpole?« fragte Seine Lordschaft ungeduldig. »Ich habe nie eine Person gesehen, welche die Dinge so theoretisch betrachtet.«

»Nun sprechen Sie wohl von mir«, sagte Isabel in bescheidener Selbsterkenntnis; wieder kehrte sie sich ab, denn sie sah, wie Miß Molyneux, begleitet von Henrietta und Ralph, die Galerie betrat.

Lord Warburtons Schwester wendete sich mit einer gewissen Schüchternheit an ihren Bruder und erinnerte ihn, sie müßten rechtzeitig zum Tee zurück, da sie Gäste erwarteten. Er gab keine Antwort – anscheinend hatte er sie gar nicht gehört; er war geistesabwesend, mit gutem Grund. Miß Molyneux – als sei er ein Mitglied der königlichen Familie – stand da wie eine wartende Hofdame.

»Aber wie können Sie nur, Miß Molyneux!« rief Henrietta Stackpole. »Wenn ich gehen wollte, müßte er einfach mitgehen. Wenn ich von meinem Bruder etwas verlangen würde, müßte er es tun.«

»O, Warburton tut alles, was man verlangt«, antwortete Miß Molyneux mit einem raschen, scheuen Lächeln. »Was haben Sie für viele Bilder!« sagte sie und wandte sich an Ralph.

»Das sieht nur so aus, weil sie alle zusammen hängen«, sagte Ralph, »in Wirklichkeit ist das keine sehr glückliche Methode.«

»O, mir gefällt es. Wenn wir doch auch eine Galerie in Lockleigh hätten! Ich habe Bilder so gern!« Miß Molyneux plauderte hartnäckig mit Ralph, als habe sie Angst, Miß Stackpole würde sie noch einmal anreden. Henrietta schien sie gleichzeitig zu faszinieren und zu ängstigen.

»O ja, Bilder sind sehr zweckdienlich«, sagte Ralph, der anscheinend besser wußte, welche Betrachtungen ihr willkommen waren.

»Sie sind so angenehm, wenn es regnet«, fuhr die junge Dame fort. »In der letzten Zeit hat es soviel geregnet.«

»Es tut mir leid, daß Sie schon gehen, Lord Warburton«, sagte Henrietta. »Ich wollte noch eine Menge aus Ihnen herausholen.«
»Ich gehe noch nicht«, gab Lord Warburton zur Antwort.
»Ihre Schwester sagt, Sie müssen. In Amerika gehorchen die Herren den Damen.«
»Ich fürchte, wir haben Gäste zum Tee«, sagte Miß Molyneux, ihren Bruder ansehend.
»Schön, Schwesterchen, dann gehen wir.«
»Ach, ich hoffte, Sie würden es abschlagen!« rief Henrietta aus. »Ich hätte so gern gesehen, was Miß Molyneux dann gemacht hätte.«
»Ich mache nie etwas«, sagte diese junge Dame.
»Ich glaube, in Ihrer Stellung genügt es, wenn man existiert!« entgegnete Miß Stackpole. »Ich würde Sie gern einmal zu Hause erleben.«
»Sie müssen wieder nach Lockleigh kommen«, sagte Miß Molyneux sehr niedlich zu Isabel, die Bemerkung der Freundin ignorierend.
Isabel tat einen Blick in ihre Augen, und während dieses Blicks schien sie in den grauen Tiefen alles das sich spiegeln zu sehen, was sie zurückgewiesen hatte, als sie Lord Warburton zurückwies: den Frieden und die Freundlichkeit, die Ehre und die Besitzungen, eine tiefe Sicherheit und eine große Distanz. Sie küßte Miß Molyneux, und dann sagte sie: »Es tut mir leid, ich kann nie wieder kommen.«
»Nie wieder?«
»Ja, es tut mir sehr leid, ich werde bald abreisen.«
»O, das bedaure ich aber sehr«, sagte Miß Molyneux. »Ich finde, das ist nicht recht von Ihnen.«
Lord Warburton beobachtete diesen kleinen Vorgang; dann kehrte er sich ab und starrte auf ein Bild. Ralph lehnte gegen das Geländer vor dem Bild, beide Hände in den Hosentaschen; er hatte ihn einen Moment beobachtet.
»Ich würde Sie gern zu Hause aufsuchen«, sagte Henrietta, die Lord Warburton neben sich gewahrte. »Ich würde mich gern eine Stunde mit Ihnen unterhalten; ich habe noch sehr viele Fragen.«
»Ich wäre entzückt, wenn Sie kämen«, erwiderte der Eigentümer von Lockleigh; »aber viele Ihrer Fragen vermag ich gewiß nicht zu beantworten. Wann wollen Sie kommen?«
»Sobald Miß Archer mich mitnimmt. Wir haben eine Reise

nach London vor, aber zuerst werden wir Sie besuchen. Ich bin entschlossen, mir einige Genugtuung durch Sie zu verschaffen.«

»Wenn es von Miß Archer abhängt, so fürchte ich, kommen Sie nicht auf Ihre Kosten. Sie wünscht nicht, nach Lockleigh zu kommen; es gefällt ihr dort nicht.«

»Sie sagte mir, es sei reizend«, sagte Henrietta.

Lord Warburton zögerte. »Trotzdem wird sie nicht kommen. Sie kämen besser allein«, setzte er hinzu.

Henrietta richtete sich auf, und ihre großen Augen weiteten sich. »Würden Sie eine solche Bemerkung an eine englische Dame richten?« forschte sie mit sanfter Strenge.

Lord Warburton sah sie groß an. »Ja, wenn ich sie genügend schätzte.«

»Sie würden sich hüten, sie zu schätzen. Wenn Miß Archer Ihr Gut nicht besuchen möchte, liegt es daran, daß sie mich nicht mitnehmen will. Ich weiß, was sie von mir denkt, und ich nehme an, Sie denken dasselbe – daß ich Privatpersonen nicht anführen sollte.«

Lord Warburton war in Verlegenheit; er war über Miß Stackpoles beruflichen Charakter nicht informiert worden und begriff ihre Anspielung nicht. »Miß Archer hat Sie gewarnt!« fuhr sie deshalb unbeirrt fort.

»Mich gewarnt?«

»Ist sie nicht deshalb allein mit Ihnen hierher gegangen – um Ihnen zu sagen, Sie müßten auf der Hut sein?«

»O lieber Gott, nein«, sagte Lord Warburton rückhaltlos, »so feierlich war unsere Unterhaltung nicht.«

»Na, aber Sie sind unablässig auf Ihrer Hut gewesen. Das ist vermutlich Ihre Natur; das wollte ich gerade feststellen. Bei Miß Molyneux war es genauso – sie wollte sich keine Blöße geben. *Sie* sind auf jeden Fall gewarnt worden«, fuhr Henrietta fort und wandte sich an die junge Dame; »aber bei Ihnen war es überflüssig.«

»Hoffentlich nicht«, sagt Miß Molyneux ratlos.

»Miß Stackpole macht sich Notizen«, erklärte Ralph beruhigend. »Sie ist eine große Satirikerin; sie durchschaut uns alle und verarbeitet uns.«

»Ich muß schon sagen, ich habe noch nie ein so unergiebiges Material gehabt«, erklärte Henrietta und blickte von Isabel zu Lord Warburton und von diesem Aristokraten zu seiner Schwester und zu Ralph. »Irgendwas stimmt bei Ihnen allen nicht;

Sie sind alle so trübsinnig, als hätten Sie ein schlechtes Telegramm erhalten.«

»Sie durchschauen uns wirklich, Miß Stackpole«, sagte Ralph mit gesenkter Stimme und nickte ihr verständnisvoll zu, während er die kleine Gesellschaft zur Galerie hinausgeleitete. »Irgend etwas stimmt bei uns nicht.«

Isabel ging hinter den beiden; Miß Molyneux, die sie entschieden ins Herz geschlossen hatte, hatte sich bei ihr eingehakt und schritt mit ihr über den gebohnerten Fußboden. Auf ihrer anderen Seite schlenderte Lord Warburton, die Hände auf dem Rükken, die Augen gesenkt. Er schwieg einige Augenblicke und fragte dann: »Ist es wahr, daß Sie nach London gehen?«

»Ich glaube, es ist alles verabredet.«

»Und wann werden Sie wiederkommen?«

»Nach einigen Tagen; aber wahrscheinlich nicht mehr für lange. Ich reise dann mit meiner Tante nach Paris.«

»Wann werde ich Sie dann wiedersehen?«

»Fürs erste wohl kaum«, sagte Isabel, »aber der Tag wird schon kommen, hoffe ich.«

»Hoffen Sie das wirklich?«

»Aber sehr!«

Schweigend ging er einige Schritte; dann hielt er an und streckte ihr seine Hand hin. »Leben Sie wohl.«

»Leben Sie wohl«, sagte Isabel.

Miß Molyneux küßte sie abermals, und sie schied von den beiden. Danach, ohne noch auf Henrietta und Ralph zu warten, zog sie sich auf ihr Zimmer zurück; hier suchte sie Mrs. Touchett vor dem Abendessen, ehe sie in den Salon hinunterging, auf. »Ich kann es dir ebensogut sagen«, erklärte diese Dame, »daß dein Onkel mir von deinen Beziehungen zu Lord Warburton berichtete.«

Isabel überlegte. »Beziehungen? Beziehungen sind es kaum. Das ist das seltsame an der Sache: Er hat mich nur drei- oder viermal gesehen.«

»Warum hast du es deinem Onkel eher erzählt als mir?« erkundigte sich Mrs. Touchett sachlich.

Wieder zögerte das Mädchen. »Weil er Lord Warburton besser kennt.«

»Ja, aber ich kenne dich besser.«

»Da bin ich nicht ganz sicher«, sagte Isabel lächelnd.

»Ich auch nicht, nach diesem allem; besonders wenn du mich

so eingebildet anguckst. Man könnte meinen, du seiest außerordentlich mit dir zufrieden und hättest einen Preis errungen! Wenn du einen Antrag von Lord Warburton abgelehnt haben solltest, so vermute ich, weil du noch etwas Besseres erwartest.«
»O, das hat der Onkel nicht gesagt!« rief Isabel, immer noch lächelnd.

XV

MAN hatte vereinbart, daß die beiden jungen Damen sich unter Ralphs Führung nach London begeben sollten, obgleich Mrs. Touchett dem Plan nicht sehr gewogen war. Es sei ein Plan, sagte sie, wie er von Miß Stackpole nicht anders zu erwarten gewesen, und sie erkundigte sich nur, ob die Korrespondentin des *Interviewers* die ganze Gesellschaft in ihrer Lieblingspension unterzubringen gedenke.
»Es ist mir gleich, wo sie uns unterbringt, solange wir nur ein wenig Lokalkolorit kennenlernen«, sagte Isabel. »Deswegen fahren wir ja nach London.«
»Mir scheint, nachdem ein Mädchen einen englischen Lord ausgeschlagen hat, kann es sich alles erlauben«, entgegnete die Tante. »Danach hält man sich nicht mit Kleinigkeiten auf.«
»Hättest du es gern gesehen, wenn ich Lord Warburton geheiratet hätte?« forschte Isabel.
»Aber natürlich.«
»Ich dachte, du hast eine Abneigung gegen die Engländer.«
»Das habe ich auch; aber das ist nur ein noch triftigerer Grund, sie sich zunutze zu machen.«
»Ist das deine Vorstellung von der Ehe?« und Isabel war kühn genug, anzumerken, wie wenig ihre Tante sich Mr. Touchett zunutze gemacht habe.
»Dein Onkel ist kein englischer Aristokrat«, sagte Mrs. Touchett, »aber auch dann hätte ich meine Zelte in Florenz aufgeschlagen.«
»Denkst du denn, daß Lord Warburton mich in irgendeiner Weise verbessern könnte?« fragte das junge Mädchen lebhaft. »Ich meine nicht, daß ich zu schade für den Versuch sei. Ich meine – ich meine, daß ich Lord Warburton nicht genügend liebe, um ihn zu heiraten.«
»Dann hast du recht, ihn auszuschlagen«, sagte Mrs. Touchett

mit sparsamster Stimme. »Nur, bei dem nächsten großen Antrag hoffe ich, daß du deine Gefühle danach einrichten kannst.«
»Wir warten den Antrag lieber ab, bevor wir davon reden. Ich hoffe sehr, daß vorläufig keine mehr kommen. Sie bringen mich ganz durcheinander.«
»Wahrscheinlich wird man dich nicht mehr damit belästigen, wenn du dir dieses Zigeunerleben zur Regel machst. Aber ich habe Ralph versprochen, meine Kritik für mich zu behalten.«
»Ich werde alles tun, was Ralph für richtig hält«, entgegnete Isabel. »Ich habe ein unbegrenztes Vertrauen zu Ralph.«
»Da ist seine Mutter dir sehr verbunden!« lachte Mrs. Touchett trocken.
»So müßte sie das wirklich empfinden, meiner Meinung nach«, antwortete Isabel unbeirrt.
Ralph hatte ihr versichert, daß es nicht gegen den Anstand verstieß, wenn sie – ihre kleine Gruppe von drei Personen – die Sehenswürdigkeiten der Metropole besichtigten; aber Mrs. Touchett war anderer Ansicht. Ähnlich zahlreichen Damen ihres Landes, die längere Zeit in Europa lebten, hatte sie in diesen Dingen völlig ihren angeborenen Takt verloren und war in ihrer an sich nicht beklagenswerten Reaktion gegenüber der beschränkten Freiheit der Jugend diesseits des Meeres nun in übertriebene und unbegründete Skrupel geraten.
Ralph begleitete seine Gäste in die Hauptstadt und etablierte sic dort in einem ruhigen Hotel in einer Straße, die rechtwinklig zu Piccadilly verlief. Anfänglich hatte er daran gedacht, sie in dem Haus seines Vaters in Winchester Square einzuquartieren, einem großen, öden Gebäude, das zu dieser Jahreszeit in Schweigen und braune Tücher gehüllt war; aber als er sich überlegte, daß niemand im Hause ihnen die Mahlzeit richten würde (denn die Köchin war in Gardencourt), wurde Pratt's Hotel ihr Ankerplatz. Was Ralph anging, so bezog er das Haus in Winchester Square, wo er eine »Bude« hatte, an welcher er sehr hing. Außerdem kannte er größere Sorgen als die um die kalte Küche. Er griff allerdings vornehmlich auf die Vorräte von Pratt's Hotel zurück, wo er sich schon früh am Tage bei seinen Reisegefährtinnen melden ließ, denen Mr. Pratt in breitgewölbter weißer Weste persönlich aufwartete, indem er die Deckel von den Schüsselgerichten entfernte. Wenn Ralph sich nach dem Frühstück einstellte, entwarf die kleine Gesellschaft ihr Vergnügungsprogramm für den Tag. Da Londons Gesicht im Sep-

tember nur Spuren des früheren Verkehrs zeigt, fühlte sich der junge Mann verpflichtet, zu Miß Stackpoles höchster Belustigung den Damen gegenüber entschuldigend zu bemerken, es sei auch nicht eine Seele in der Stadt.
»Sie wollen wohl sagen, daß die Aristokratie fehlt«, antwortete Henrietta. »Wäre sie überhaupt nicht da, könnte es keinen besseren Beweis geben, daß man sie gar nicht vermißt. Mir scheint, die Stadt könnte gar nicht voller sein. Es ist natürlich niemand hier, nur drei oder vier Millionen Menschen. Wie nennt man sie gleich – die niedere Mittelklasse? Sie machen zwar die Bevölkerung Londons aus, aber die zählt natürlich nicht«.
Ralph erklärte, daß für ihn die Aristokratie keine Lücke zurücklasse, die Miß Stackpole nicht auszufüllen vermöge, und daß es in diesem Moment keinen zufriedeneren Menschen als ihn geben könne. Darin sprach er die Wahrheit, denn die abgestandenen Septembertage in der halbleeren Stadt glichen dem Charme einer farbigen Gemme, die in ein graues Tuch eingeschlagen ist. Wenn er abends in sein leeres Haus in Winchester Square zurückkehrte, nachdem er vorher eine Reihe von Stunden mit seinen lebhaften Freundinnen verbracht hatte, dann wanderte er durch das große, dämmerige Speisezimmer, in welchem die Kerze, die er sich, nach dem Aufschließen, von dem Tisch in der Diele nahm, die einzige Beleuchtung bildete. Auf dem Platz draußen war es still, auch im Haus war es still; wenn er eins der Fenster im Speisezimmer öffnete, um die frische Luft hereinzulassen, konnte er die langsamen, stiefelknarrenden Schritte eines einsamen Schutzmannes hören. Sein eigener Schritt in dem leeren Haus erschien laut und hallend; einige der Teppiche waren zusammengerollt, und sobald er sich bewegte, weckte er ein melancholisches Echo. Er setzte sich in einen der Lehnstühle; der große polierte Eßtisch glänzte hin und wieder in dem Kerzenlicht, die Bilder an der Wand, alle sehr gebräunt, wirkten unbestimmt und fremd. Schon lange verdaute Mahlzeiten, Tischgespräche, die lange schon jeden Anlaß eingebüßt hatten, waren gespenstisch gegenwärtig. Dieser Anhauch vom Übernatürlichen mochte wohl dazu beitragen, daß seine Einbildungskraft sich beflügelte, daß er in seinem Sessel lange über die Stunde hinaus verharrte, in der er hätte ins Bett gehen wollen; und er tat nichts, schlug nicht einmal die Abendzeitung auf. Ich sagte: Er tat nichts – und halte daran fest, angesichts der Tatsache, daß er zu dieser Stunde an Isabel dachte. An Isabel

zu denken, war für ihn ein müßiges Tun, das zu nichts führen und niemandem Gewinn bringen konnte. Seine Kusine war ihm noch nie so reizend vorgekommen wie in diesen Tagen, in denen sie nach Touristenart die Tiefen und Untiefen der Metropole erforschten. Sie war voller Vorhaben, Entschlüsse, Gefühle; wenn sie auf der Suche nach dem Lokalkolorit gekommen war – hier fand sie es überall. Sie stellte mehr Fragen, als er beantworten konnte, und stellte kühne Theorien über historische Ursachen und soziale Wirkungen auf, die er weder annehmen noch ablehnen konnte. Mehr als einmal begab sich die kleine Gesellschaft ins Britische Museum und zu jenem lichten Kunstpalast, der für seine antiken Sammlungen ein so großes Gelände in der monotonen Vorstadt beansprucht; sie verbrachten einen Vormittag in der *Abbey* und fuhren auf einem Groschendampfer zum Tower; sie betrachteten die Gemälde öffentlicher und privater Sammlungen und saßen wiederholt unter den großen Bäumen in Kensington Gardens. Henrietta erwies sich als ein unverwüstlicher Betrachter aller Sehenswürdigkeiten und urteilte milder, als Ralph zu hoffen gewagt hatte. Tatsächlich war sie oft enttäuscht, und London hatte unter ihrer lebhaften Erinnerung an die Vorzüge amerikanischen Städtebaues zu leiden; aber im ganzen ließ sie seine graue Würde gelten, seufzte nur gelegentlich und gab ein zerstreutes »Na schön!« von sich, das zu nichts Weiterem verpflichtete und sich in Rückblicken verlor. In Wahrheit fand sie sich, wie sie selbst sagte, nicht in ihrem Element. »Für seelenlose Gegenstände kann ich keine Begeisterung aufbringen«, bemerkte sie zu Isabel in der National Gallery; und sie litt weiterhin an der Magerkeit ihres Einblickes, den man ihr bisher von Englands Innenleben gegönnt hatte. Landschaften von Turner und assyrische Stiere waren ein ärmlicher Ersatz für die literarischen Abendgesellschaften, auf denen sie die führenden Geister Großbritanniens zu treffen gehofft hatte.

»Wo sind Ihre Männer der Öffentlichkeit, wo sind Ihre Männer und Frauen der Intelligenz?« erkundigte sie sich bei Ralph und blieb mitten auf Trafalgar Square stehen, als ob ihr hier natürlicherweise ein paar begegnen könnten. »Da oben auf der Säule, sagen Sie, der gehört dazu – Lord Nelson? War er auch ein Lord? War er noch nicht hoch genug, daß man ihn da hundert Fuß hoch in die Luft setzen mußte? Das ist die Vergangenheit – die kümmert mich nicht; ich möchte ein paar der führenden

Köpfe der Gegenwart sehen. Ich sage ja nicht: der Zukunft; denn ich glaube nicht sehr an Englands Zukunft.« Der arme Ralph hatte unter seinen Bekannten nur wenige führende Köpfe und genoß nur selten das Vergnügen, einer Berühmtheit über den Weg zu laufen, ein Zustand, der Miß Stackpole zufolge einen beklagenswerten Mangel an Tatkraft bekundete. »Wenn ich drüben auf der anderen Seite wäre, würde ich Besuch machen«, sagte sie, »und dem Herrn, was er auch sein mag, sagen, ich hätte so viel über ihn gehört und sei gekommen, um mich selbst davon zu überzeugen. Aber aus dem, was Sie sagen, entnehme ich, daß das hier nicht Sitte ist. Sie scheinen mir hier eine Fülle bedeutungsloser Sitten zu haben, aber nicht eine einzige, die einem weiterhelfen kann. Wir sind bestimmt viel fortgeschrittener. Ich glaube, ich werde die gesellschaftliche Seite ganz und gar aufgeben müssen«; und obwohl Henrietta mit Baedeker und Bleistift umherging und einen Bericht an den *Interviewer* über den Tower schickte (in welchem sie die Hinrichtung von Lady Jane Grey beschrieb), hatte sie doch das mißliche Gefühl, ihre Mission nicht zu erfüllen.

Der Vorfall, der sich vor Isabels Abreise in Gardencourt ereignete, hatte schmerzliche Spuren im Herzen unserer jungen Heldin zurückgelassen. Wenn sie in Gedanken abermals auf ihrem Gesicht wie von einer zurückflutenden Welle den kalten Anhauch der Überraschung ihres letzten Bewerbers fühlte, konnte sie nur ihr Haupt verhüllen, bis die Luft sich klärte. Sie hätte nicht anders handeln können, als sie es tat, soviel stand fest. Wie dem auch sei, ihre Zwangslage war so wenig anmutig gewesen, wie irgendeine überanstrengte Körperhaltung; sie trug kein Verlangen, sich ihr Verhalten zur Ehre anzurechnen. Dennoch war diesem fragwürdigen Stolz ein Gefühl der Freiheit beigemischt, das in sich selbst sehr süß war und sich, während sie mit ihren ungleichen Begleitern die große Stadt durchstreifte, zuweilen in eigenartigen Demonstrationen äußerte. Auf ihren Spaziergängen in Kensington Garden hielt sie die Kinder an (hauptsächlich die ärmeren), die auf dem Rasen spielten; sie fragte sie, wie sie hießen, und schenkte ihnen kleine Münzen, und wenn sie hübsch waren, gab sie ihnen einen Kuß. Ralph bemerkte diese seltsamen Almosen; er bemerkte alles, was sie tat. Eines Nachmittags lud er zum Zeitvertreib die Damen nach Winchester Square zum Tee ein; er hatte das Haus soweit wie möglich für den Besuch in Ordnung bringen lassen. Es war noch ein anderer Gast zugegen, ein liebenswürdiger Junggeselle, ein alter Freund von Ralph, der zufällig in der Stadt weilte und sich prompt Miß Stackpole zuwandte, was ihm weder Schwierigkeiten noch Schrecken zu bereiten schien. Mr. Bantling, ein breitschultriger, gepflegter, lächelnder Mann von vierzig, vorzüglich gekleidet, blendend informiert, beständig amüsiert, lachte unmäßig über alles, was Henrietta sagte, schenkte ihr mehrere Tassen Tee ein, besah in ihrer Gesellschaft die kleinen Kunstgegenstände, von denen Ralph eine beträchtliche Sammlung hatte, und später, als ihr Gastgeber vorschlug, sich auf den Platz hinauszubegeben und so zu tun, als sei es eine *fête-champêtre*, wandelte er mehrere Male mit ihr in dem abgegrenzten Kreis umher; bei dem Dutzend Wendungen ihres Gesprächs griff er in einer förmlichen Leidenschaft des Debattierens Henriettas Bemerkungen über das englische Innenleben zustimmend auf.

»O, ich verstehe; ich möchte wetten, Sie müssen sehr zurückgezogen in Gardencourt gelebt haben. Da kann natürlich nicht viel Betrieb sein, wenn soviel Krankheit im Gange ist. Touchett geht es schlecht, wissen Sie; die Ärzte haben ihm den Aufenthalt in England überhaupt verboten; er ist nur zurückgekommen, um nach seinem Vater zu sehen. Der alte Herr leidet, glaube ich, an einem halben Dutzend Geschichten. Sie nennen es Gicht, aber ich bin sicher unterrichtet, daß es sich um ein organisches Leiden handelt, das sich rapide entwickelt. Sie können sich darauf verlassen, eines Tages geht es mit ihm sehr schnell zu Ende. Das drückt natürlich auf die Stimmung im Haus; ich wundere mich, daß sie überhaupt Gäste haben, wenn sie so wenig für sie tun können. Außerdem, glaube ich, kabbelt sich Mr. Touchett unentwegt mit seiner Frau; sie lebt getrennt von ihrem Gatten, wissen Sie, Sie haben da ja so ungewöhnliche amerikanische Gepflogenheiten. Wenn Sie sich nach einem Haus umsehen, wo beständig etwas los ist, empfehle ich Ihnen, besuchen Sie meine Schwester, Lady Pensil in Bedfordshire. Ich werde ihr morgen schreiben, und ich glaube sicher, sie wird entzückt sein, Sie einladen zu dürfen. Ich weiß ja genau, was Sie wünschen – Sie wünschen sich eine Gastlichkeit mit Theater und Picknicks und dergleichen. Da ist meine Schwester ganz die richtige; sie hat immer etwas vor und freut sich, wenn ihr die richtigen Leute begegnen, die ihr da helfen. Ich bin sicher, sie wird Ihnen postwendend schreiben, sie hat eine rasende Vorliebe für distinguierte Leute und Schriftsteller. Sie schreibt selbst, wissen Sie; aber ich habe nicht alles von ihr gelesen. Es ist gewöhnlich Poesie, und aus Poesie mach' ich mir nicht viel – wenn es nicht Byron ist. Ich glaube, in Amerika wird Byron auch sehr geschätzt«, fuhr Mr. Bantling fort, der, in der anregenden Luft von Miß Stackpoles Beachtung aufblühend, seine Sentenzen unverzüglich vorbrachte und mit leichter Handbewegung die Themen wechselte. Dabei stellte er zu Henriettas namenlosem Entzücken den Gedanken an ihren Besuch bei Lady Pensil in Bedfordshire immer wieder anmutig in den Vordergrund. »Ich begreife ja, was Sie möchten; Sie möchten etwas echt Englisches erleben. Wissen Sie, die Touchetts sind ja gar nicht englisch; sie haben ihre eigenen Sitten, ihre eigene Sprache, ihre eigenen Speisen – ich glaube, selbst ihre eigene, höchst merkwürdige Religion. Der alte Herr hält das Jagen für eine Sünde, habe ich mir sagen lassen. Sie müssen rechtzeitig zu meiner Schwester hinausfahren, um mit Theater zu spielen; ich bin sicher, sie wird froh sein, wenn Sie eine Rolle übernehmen. Ich bin sicher, Sie spielen ausgezeichnet; ich weiß, Sie sind sehr klug. Meine Schwester ist vierzig und hat sieben Kinder, aber sie spielt noch immer die Hauptrolle. Sie sieht nach nichts aus, aber sie macht sich fabelhaft zurecht – das muß ich ihr lassen. Natürlich brauchen Sie auch nicht zu spielen, wenn Sie keine Lust haben.«

In dieser Weise erging sich Mr. Bantling, während sie beide über den Rasen in Winchester Square schlenderten, der zwar von Londons Ruß gepfeffert, dennoch den Schritt zum Verweilen einlud. Henrietta fand den blühenden leichtzüngigen Junggesellen an ihrer Seite mit seiner Empfänglichkeit für weibliche Meriten und seinen weitreichenden Vorschlägen sehr angenehm, und sie wußte die dargebotene Gelegenheit zu schätzen. »Ich weiß nicht recht, aber wenn Ihre Schwester mich auffordert, würde ich hinfahren. Ich halte es einfach für meine Pflicht. Wie war doch gleich der Name?«

»Pensil. Ein komischer Name, aber kein schlechter.«

»Für mich ist ein Name so gut wie der andere. Aber was ist ihr Rang?«

»Ach, sie ist die Frau eines Barons; eine sehr brauchbare Rangstufe. Man ist vornehm genug und wiederum nicht zu vornehm.«

»Das kann ich nicht beurteilen, wenn sie nur nicht für mich zu vornehm ist. Wie heißt der Ort, wo sie wohnt – Bedfordshire?«

»Sie wohnt ganz in dem nördlichsten Zipfel. Eine langweilige Gegend, aber ich denke, Sie werden es ertragen. Ich werde versuchen, hinüberzurutschen, während Sie dort sind.«
Dies alles war Musik für Miß Stackpoles Ohren, und es tat ihr leid, sich von Lady Pensils höflichem Bruder so bald schon trennen zu müssen. Aber zufällig hatte sie am Tage zuvor in Piccadilly Freunde getroffen, die sie seit einem Jahr nicht gesehen: die beiden Schwestern Climber, zwei Damen aus Wilmington, Delaware, die den Kontinent bereist hatten und sich nun zur Rückreise anschickten. Henrietta hatte eine lange Unterredung mit ihnen auf dem Piccadillypflaster gehabt, und obgleich alle drei Damen gleichzeitig redeten, hatten sie ihren Vorrat noch keineswegs erschöpft. Daher hatte man verabredet, daß Henrietta sie am folgenden Tag um sechs Uhr abends in ihren Räumen in Jermyn Street aufsuchen und mit ihnen zu Abend speisen solle, und diese Verabredung fiel ihr jetzt wieder ein. Sich zum Aufbruch in die Jermyn Street rüstend, verabschiedete sie sich zunächst von Ralph Touchett und Isabel, die auf Gartenstühlen in einem anderen Teil der Einfriedung saßen und – wenn der Ausdruck erlaubt ist – in den Austausch von Liebenswürdigkeiten vertieft waren, wobei es weniger hitzig zuging als bei der praktischen Unterhaltung zwischen Miß Stackpole und Mr. Bantling. Nachdem Isabel mit ihrer Freundin vereinbart hatte, daß man sich zur angemessenen Stunde in Pratt's Hotel wiedertreffen würde, bemerkte Ralph, daß Miß Stackpole eine Droschke benötige, sie könne nicht den ganzen Weg zur Jermyn Street zu Fuß gehen.
»Sie wollen wohl sagen, es schickt sich nicht, daß ich allein gehe!« entfuhr es Henrietta. »Du Allmächtiger, ist es schon so weit mit mir gekommen?«
»Es besteht nicht die geringste Notwendigkeit, daß Sie allein gehen«, schaltete Mr. Bantling sich vergnügt ein. »Es wird mir ein Vergnügen sein, Sie zu begleiten.«
»Ich meinte ganz einfach, Sie würden zu spät kommen«, entgegnete Ralph. »Die armen Damen könnten sonst leicht denken, daß wir uns noch in letzter Minute weigerten, Sie zu entbehren.«
»Dann nimm doch eine Droschke, Henrietta«, sagte Isabel.
»Ich besorge Ihnen eine Droschke, wenn Sie mir vertrauen«, sagte Mr. Bantling. »Wir können ja so lange zu Fuß gehen, bis wir eine treffen.«
»Ich sehe nicht ein, warum ich ihm nicht trauen sollte, was sagst du?« erkundigte sich Henrietta bei Isabel.

»Ich wüßte nicht, was Mr. Bantling dir antun könnte«, antwortete Isabel verbindlich; »aber wenn du magst, begleiten wir dich, bis du deine Droschke findest.«

»Ach, nicht die Spur; wir gehen allein. Kommen Sie, Mr. Bantling, und passen Sie auf, daß Sie mir eine gute besorgen.«

Mr. Bantling versprach sein Bestes, und beide brachen auf, das junge Mädchen und seinen Vetter auf dem Platz zurücklassend, über welchem sich jetzt ein klares Septemberzwielicht gesammelt hatte. Es war vollkommen still; das weite Viereck dämmeriger Häuser zeigte in seinen Fenstern, deren Läden und Jalousien geschlossen waren, noch kein Licht; leer dehnte sich das Straßenpflaster, und abgesehen von zwei kleinen Kindern, die neugierig ihre Gesichtchen an die rostigen Gitterstäbe drängten, war der lebendigste Gegenstand in ihrem Blickfeld die große rote Briefkastensäule an der Südostecke.

»Henrietta wird ihn auffordern, mit einzusteigen und bis zur Jermyn Street mitzufahren«, überlegte Ralph. Er sprach von Miß Stackpole immer als Henrietta.

»Sehr wahrscheinlich«, sagte Isabel.

»Oder vielmehr, nein, das wird sie nicht«, fuhr er fort. »Aber Bantling wird um die Erlaubnis bitten einzusteigen.«

»Auch sehr wahrscheinlich. Ich bin froh, daß sie so gute Freunde geworden sind.«

»Sie hat eine Eroberung gemacht. Er hält sie für eine brillante Frau. Es mag weit führen«, sagte Ralph.

Isabel schwieg einen Augenblick. »Ich finde Henrietta auch brillant, aber ich glaube nicht, daß es weit führt. Sie werden sich nie richtig kennenlernen. Er hat nicht die geringste Vorstellung von dem, was sie wirklich ist, und sie kann ihm auch nicht gerecht werden.«

»Es gibt meist keine bessere Basis für eine Verbindung als ein schweigendes Mißverständnis. Aber es sollte nicht so schwierig sein, Bob Bantling zu verstehen«, setzte Ralph hinzu. »Er hat einen sehr einfachen Organismus.«

»Ja, aber Henrietta hat einen noch einfacheren. Und, bitte, was soll *ich* tun?« fragte Isabel, sich in dem schwindenden Licht umblickend, in welchem die begrenzten Gartenanlagen sich groß und wirkungsvoll ausnahmen. »Ich kann mir nicht vorstellen, daß du mir auch vorschlägst, daß wir beide zu unserem Vergnügen in einer Droschke durch London fahren.«

»Es besteht kein Grund, daß wir nicht hierbleiben könnten –

wenn es dir nicht mißfällt. Es ist noch sehr warm; es verbleibt uns noch eine gute halbe Stunde, bis es ganz dunkel ist, und wenn du erlaubst, zünde ich mir eine Zigarette an.«
»Du kannst tun, was du willst«, sagte Isabel; »wenn du mich bis sieben Uhr unterhalten magst. Ich schlage vor, daß ich um diese Zeit nach Hause gehe und eine einfache, einsame Mahlzeit halte – zwei verlorene Eier und eine Semmel – in Pratt's Hotel.«
»Darf ich nicht mit dir essen?« fragte Ralph.
»Nein, du wirst in deinem Club essen.«
Sie waren wieder bei ihren Stühlen in der Mitte des Platzes angekommen, und Ralph hatte sich seine Zigarette angesteckt. Es wäre ihm ein großes Vergnügen gewesen, an ihrer kleinen Mahlzeit teilzunehmen; in Ermangelung dessen machte ihm selbst ihr Verbot Vergnügen. Im Augenblick jedoch freute er sich ungemein, in der wachsenden Dämmerung mit ihr allein zu sein, mitten in der dichtbevölkerten Stadt; es gab ihm den Anschein, als ob sie von ihm abhängig und in seiner Gewalt sei. Diese Gewalt konnte er nur sehr unbestimmt ausüben; den besten Gebrauch davon machte er wohl, indem er ihre Entschlüsse unterwürfig entgegennahm – in der Tat machte er schon die besten Anstalten. »Warum läßt du mich nicht mit dir essen?« fragte er nach einer Pause.
»Weil ich keine Lust habe.«
»Ich glaube, du bist meiner müde.«
»In einer Stunde, ja. Du siehst, ich habe die Gabe der Vorausschau.«
»O, bis dahin werde ich dich entzückt haben«, sagte Ralph. Aber er sagte nichts weiter, und als sie nichts entgegnete, saßen sie einige Zeit in einer Stille, die seinem Versprechen, sie zu unterhalten, zu widersprechen schien. Er hatte den Eindruck, als sei sie mit etwas beschäftigt, und er grübelte, was sie wohl denken mochte; zwei oder drei Dinge lagen da im Bereich der Möglichkeit. »Lehnst du meine Gesellschaft heute abend ab, weil du vielleicht einen anderen Besucher erwartest?«
Sie drehte ihren Kopf herum und blickte ihn aus klaren, schönen Augen an. »Einen anderen Besucher? Was für einen Besucher sollte ich erwarten?«
Er hatte keinen, den er jetzt hätte vorschlagen können; dadurch erschien ihm seine Frage selbst albern und brutal. »Du hast eine Reihe von Freunden, die ich nicht kenne. Du hast eine ganze Vergangenheit, aus der ich schändlich ausgeschlossen bin!«

»Du warst mir für die Zukunft aufgespart. Du mußt nicht vergessen, daß meine Vergangenheit da über dem Wasser abgeschlossen ist. In London existiert davon nichts.«
»Sehr schön, wenn du deine Zukunft neben dir hast. Großartig, eine so greifbare Zukunft.« Und Ralph zündete sich eine neue Zigarette an und überlegte, daß Isabel wahrscheinlich Nachricht bekommen habe, Mr. Caspar Goodwood habe sich nach Paris eingeschifft. Er rauchte die eben angebrannte Zigarette ein Weilchen und fing dann wieder an. »Ich versprach soeben, recht amüsant zu sein; aber du siehst, ich erreiche es nicht. Es ist sehr leichtsinnig, sich anheischig zu machen, einen Menschen wie dich unterhalten zu wollen. Was kümmerst du dich um meine schwachen Versuche? Du hast weitfliegende Gedanken – du hast in diesen Dingen so hohe Ansprüche. Ich müßte wenigstens eine Musikkapelle aufbieten oder eine Harlekinbande.«
»*Ein* Harlekin ist genug, und du machst es sehr schön. Fahre nur fort, dann werde ich nach zehn Minuten anfangen zu lachen.«
»Ich versichere dir, ich meine es ernst«, sagte Ralph. »Du verlangst wirklich sehr viel.«
»Ich weiß nicht, was du damit meinst. Ich kann gar nichts verlangen.«
»Du kannst nichts annehmen«, sagte Ralph. Sie verfärbte sich, und es war ihr plötzlich, als ob sie seine Meinung erriete. Aber warum wollte er von diesen Dingen sprechen? Er zögerte ein wenig und fuhr dann fort: »Ich hätte gern etwas mit dir besprochen. Ich möchte dir eine Frage stellen. Mir scheint, ich habe ein Recht auf diese Frage, weil ich an der Antwort auf gewisse Weise interessiert bin.«
»Frage, was du willst«, erwiderte Isabel sanft, »und ich will versuchen, dich zufriedenzustellen.«
»Nun denn, ich hoffe, du hast nichts dagegen, wenn ich dir sage, daß Warburton mir gesagt hat, daß zwischen euch etwas vorgefallen ist.«
Isabel unterdrückte ein Aufschrecken; sie saß und blickte auf ihren offenen Fächer. »Nun gut; vermutlich war es nur natürlich, daß er es dir gesagt hat.«
»Er hat mir erlaubt, es dir mitzuteilen. Er macht sich immer noch Hoffnungen«, sagte Ralph.
»Immer noch?«
»Noch vor wenigen Tagen.«

»Dann glaube ich nicht, daß er jetzt noch welche hat«, sagte das junge Mädchen.
»Dann tut er mir sehr leid; er ist ein aufrechter Mann.«
»Bitte, hat er dich gebeten, mit mir zu sprechen?«
»Nein, das nicht; aber er hat es mir gesagt, weil er nicht anders konnte. Wir sind alte Freunde, und er war bitter enttäuscht. Er bat mich mit ein paar Zeilen um meinen Besuch, und ich fuhr nach Lockleigh am Tage, bevor er mit seiner Schwester zu uns zum Lunch kam. Er war sehr niedergeschlagen; er hatte gerade einen Brief von dir erhalten.«
»Hat er dir den Brief gezeigt?« fragte Isabel in plötzlichem Hochmut.
»Ganz und gar nicht. Aber er sagte mir, er enthalte eine glatte Absage. Er tat mir sehr leid«, wiederholte Ralph.
Einige Augenblicke sagte Isabel nichts; dann schließlich: »Weißt du, wie oft er mich gesehen hat?« fragte sie. »Fünf- oder sechsmal.«
»Das tut dir alle Ehre an.«
»Darum habe ich es nicht gesagt.«
»Warum dann? Nicht um festzustellen, daß der arme Warburton sehr oberflächlich urteile, denn ich weiß ganz gut, daß du das nicht denkst.«
Isabel war zu dieser Behauptung gewiß nicht in der Lage; aber jetzt sagte sie etwas anderes. »Wenn Lord Warburton dich nicht aufgefordert hat, mit mir zu reden, dann tust du es also ohne eine bestimmte Absicht – nur aus Lust am Diskutieren.«
»Ich habe keine Lust, mit dir zu diskutieren; ich will dich gewiß in Frieden lassen. Ich bin nur sehr interessiert an deinen eigenen Gefühlen.«
»Da bin ich dir sehr verbunden!« rief Isabel mit einem kleinen nervösen Lachen.
»Natürlich denkst du, daß ich mich da in Dinge mische, die mich nichts angehen. Aber warum soll ich nicht von dieser Sache sprechen, ohne dich zu ärgern oder selbst in Verlegenheit zu geraten? Wozu bin ich dein Vetter, wenn ich nicht einige Vorrechte genießen darf? Wozu bete ich dich ohne Hoffnung auf Belohnung an, wenn ich nicht einen kleinen Trost erhalte? Wozu bin ich krank und gefechtsunfähig und bei diesem Spiel des Lebens nur zum Zuschauen verurteilt, wenn ich das Spiel nicht richtig sehen kann und doch einen so hohen Eintrittspreis bezahlte? Sage mir dies eine«, fuhr Ralph fort, während sie mit

plötzlicher Aufmerksamkeit seinen Worten lauschte. »Was hast du dir gedacht, als du Lord Warburton abwiesest?«
»Was ich mir gedacht habe?«
»Was war die Logik – dein Standpunkt –, die dir eine so bemerkenswerte Handlung diktierte?«
»Ich *wollte* ihn nicht heiraten – wenn das logisch ist.«
»Nein, das ist keine Logik – das habe ich schon gewußt. Das bedeutet gar nichts, weißt du. Was hast du dir *gesagt?* Du hast dir doch mehr gesagt als das?«
Isabel überlegte einen Augenblick, dann antwortete sie mit einer Gegenfrage. »Warum nennst du es eine bemerkenswerte Handlung? Deine Mutter sah es auch so an.«
»Warburton ist von so durch und durch guter Art; als Mann ist er fast ohne Tadel. Außerdem lebt er in ganz großem Stil. Er hat riesige Besitztümer, und seine Frau würde beinahe als ein höheres Wesen betrachtet. Er vereinigt in sich alle inneren und äußeren Vorzüge.«
Isabel beobachtete ihren Vetter, als wollte sie herausfinden, wie weit er gehen würde. »Dann habe ich ihn also abgewiesen, weil er zu vollkommen ist. Ich selbst bin nicht vollkommen, er ist zu gut für mich. Außerdem würde seine Vollkommenheit mich irritieren.«
»Das ist mehr geistreich als aufrichtig«, sagte Ralph. »Tatsächlich gilt dir nichts in der Welt als zu vollkommen für dich.«
»Hältst du mich für so gut?«
»Nein, aber du bist anspruchsvoll ohne die Entschuldigung, dich selbst für gut zu halten. Von zwanzig Frauen hätten es jedenfalls neunzehn fertiggebracht, auch die selbstbewußtesten, mit Warburton auszukommen. Vielleicht weißt du nicht, wie man ihm nachstellt.«
»Das will ich gar nicht wissen. Aber mir scheint«, sagte Isabel, »du hast, als wir eines Tages von ihm sprachen, merkwürdige Dinge von ihm erwähnt.«
Ralph rauchte und überlegte. »Hoffentlich hat das, was ich damals sagte, dich nicht beeinflußt; denn was ich erwähnte, waren keine Fehler, es waren einfach die Eigentümlichkeiten seiner Stellung. Hätte ich gewußt, daß er dich heiraten wollte, hätte ich nie darauf angespielt. Soviel ich weiß, sagte ich, daß er hinsichtlich seiner Stellung ein Skeptiker sei. Es hätte in deiner Macht gelegen, ihn zum Gläubigen zu bekehren.«
»Ich glaube, nein. Ich verstehe diese Dinge nicht und bin mir

keiner Mission bewußt. Du bist augenscheinlich enttäuscht«, setzte Isabel hinzu, ihren Vetter mit reuiger Sanftmut anblickend. »Du hättest diese Heirat gern gesehen.«

»Nicht im mindesten. In dieser Sache habe ich gar keinen Wunsch. Ich will auch nicht vorgeben, dich beraten zu wollen, ich begnüge mich, dir zuzusehen – mit dem tiefsten Interesse.«

Sie seufzte ein wenig bewußt. »Ich wollte, ich könnte für mich ebenso interessant sein wie für dich.«

»Jetzt bist du wieder nicht ganz aufrichtig; du bist dir äußerst interessant. Aber weißt du«, sagte Ralph, »wenn du Warburton dein letztes Wort gegeben hast, bin ich im Grunde froh, daß es so und nicht anders ausfiel. Ich will nicht sagen, daß ich deinetwegen froh bin und natürlich noch weniger seinetwegen. Ich bin nur meinetwegen froh.«

»Gedenkst du mir auch einen Antrag zu machen?«

»Auf keinen Fall. Von meinem Standpunkt aus wäre das verhängnisvoll; ich würde ja die Gans umbringen, die mir den Stoff liefert zu meinen unvergleichlichen Omeletten. Ich benutze dieses Tier als das Symbol meiner wahnsinnigen Illusionen. Was ich meine, ist, daß ich jetzt voller Spannung verfolgen kann, was eine junge Dame unternimmt, die nicht Lord Warburton heiraten will.«

»Darauf richtet sich deine Mutter auch ein«, sagte Isabel.

»Ach, du wirst eine Menge Zuschauer haben. Wir werden uns an deine Karriere hängen. Ich werde sie nicht ganz verfolgen können, aber wahrscheinlich doch während der interessantesten Jahre. Wenn du unseren Freund heiratest, machst du natürlich auch Karriere, eine sehr anständige, in der Tat eine brillante Karriere. Aber relativ gesprochen, wäre sie ein wenig prosaisch. Sie wäre im voraus genau festgelegt; es würde ihr das Unerwartete fehlen. Du weißt ja, ich habe eine ausgesprochene Liebe für das Unerwartete, und da du nun das Spiel in der Hand behalten hast, verlasse ich mich darauf, daß du uns ein grandioses Beispiel gibst.«

»Ich verstehe das alles nicht genau«, sagte Isabel, »aber doch so weit, um dir versichern zu können: Wenn du von mir ein grandioses Beispiel erwartest, werde ich dich enttäuschen.«

»Das tust du nur, wenn du dich selbst enttäuschst, und das wird dir schwerfallen.«

Hierauf gab sie keine direkte Antwort. Hier begegnete ihr eine Wahrheit, die sie noch bedenken mußte. Schließlich sagte sie unvermittelt: »Ich sehe nicht ein, was denn dabei ist, wenn ich mich noch nicht zu binden wünsche. Ich will das Leben nicht mit einer Heirat beginnen. Eine Frau versteht noch andere Dinge.«

»Aber nichts versteht sie so gut. Du bist natürlich vielseitig.«

»Wenn man zweiseitig ist, genügt es auch«, sagte Isabel.

»Du bist ein reizendes Vieleck!« entfuhr es ihrem Gefährten. Doch auf ihren Blick hin wurde er wieder ernst, und um es zu beweisen, fuhr er fort: »Du willst das Leben entdecken – du gehörst ja gehenkt, wenn du es nicht tust, wie die jungen Leute sich ausdrücken.«

»Ich will es nicht entdecken, wie die jungen Leute das wollen. Aber ich will mich umsehen.«

»Du willst den Becher der Erfahrung leeren.«

»Nein, den Becher der Erfahrung rühre ich nicht an. Das ist ein Gifttrank. Ich will mir nur alles selbst ansehen.«

»Du willst sehen, aber nicht fühlen«, bemerkte Ralph.

»Ich glaube nicht, daß man als fühlendes Wesen diese Unterscheidung machen darf. Ich bin doch Henrietta sehr ähnlich. Als ich sie neulich fragte, ob sie nicht heiraten wolle, sagte sie: ›Nicht bevor ich Europa gesehen habe!‹ Ich will auch nicht heiraten, bevor ich Europa nicht sah.«

»Augenscheinlich wartest du, daß ein gekröntes Haupt um deine Hand anhält.«

»Nein, das wäre ja noch schlimmer, als wenn ich Lord Warburton heiratete. – Aber es wird dunkel«, fuhr Isabel fort, »und ich muß nach Hause.« Sie erhob sich von ihrem Stuhl, aber Ralph blieb einfach sitzen und sah sie an. Als er so verharrte, blieb sie stehen, und sie wechselten einen Blick, der auf beiden Seiten, besonders auf der Ralphs, viel Unwägbares enthielt, was sich nicht in Worte fassen ließ.

»Du hast meine Frage beantwortet«, sagte er abschließend. »Du hast mir gesagt, was ich wünschte. Ich bin dir sehr zu Dank verpflichtet.«

»Mir ist, als hätte ich dir sehr wenig gesagt.«

»Du hast mir das eine Große gesagt: daß dich die Welt interessiert und daß du dich hineinstürzen willst.«

Ihre silbrigen Augen glänzten in der Dämmerung auf. »Das habe ich niemals gesagt.«

»Aber ich glaube, du hast es gemeint. Bestreite es nicht. Es ist so schön.«

»Ich weiß nicht, auf was du mich festlegen willst, denn ich bin nicht im mindesten ein Abenteurergeist. Frauen sind nicht wie Männer.«
Ralph erhob sich langsam von seinem Sitz, und sie gingen zusammen zur Gartenpforte. »Nein«, sagte er, »Frauen rühmen sich selten ihres Mutes. Das tun Männer viel häufiger.«
»Männer haben Ursache dazu.«
»Das hätten Frauen auch. Du hast viel Mut.«
»Genug, um jetzt in einer Droschke nach Pratt's Hotel zu fahren, aber mehr nicht.«
Ralph schloß das Pförtchen auf, und nachdem sie hindurchgegangen war, schloß er es wieder zu. »Wir werden dir eine Droschke suchen«, sagte er; und als sie in eine nahe Straße einbogen, um dort das Gesuchte zu finden, fragte er wieder, ob er sie nicht nach Hause bringen dürfe.
»Auf keinen Fall«, antwortete sie; »du bist sehr müde; du mußt nach Hause gehen und dich niederlegen.«
Die Droschke wurde gefunden, er half ihr hinein und stand einen Augenblick am offenen Schlag. »Wenn die Leute vergessen, daß ich ein armer Invalide bin, bringt es mir manchmal Unannehmlichkeiten«, sagte er. »Aber es ist schlimmer, wenn sie es nicht vergessen!«

XVI

Sie hatte keine heimliche Veranlassung gehabt, Ralphs Begleitung abzulehnen; es war ihr nur auf einmal zu Bewußtsein gekommen, daß sie seine Zeit seit ein paar Tagen ungebührlich häufig in Anspruch nahm; als unabhängiges amerikanisches Mädchen fühlte sich Isabel durch übertriebene Fürsorglichkeit zu einer Haltung getrieben, die sie schließlich als geziert empfand. Das hatte sie zu dem Entschluß geführt, sich einmal für wenige Stunden selbst zu genügen. Außerdem liebte sie Pausen mit sich allein und hatte seit ihrer Ankunft in England selten Gelegenheit dazu gehabt. Es war ein Luxus, den sie sich zu Hause stets hatte leisten können und den sie hier bewußt entbehrte. An diesem Abend jedoch passierte ein Zwischenfall, welcher – falls ein Kritiker es bemerkt hätte – der Theorie allen Boden entzog, daß nur das Verlangen, allein zu sein, sie getrieben habe, sich von ihrem Vetter zu verabschieden.

Sie saß gegen neun Uhr in der trüben Beleuchtung von Pratt's Hotel und versuchte mit Hilfe von zwei Kerzen sich in ein Buch zu vertiefen, das sie aus Gardencourt mitgebracht hatte, aber sie brachte es nicht weiter, als andere Worte als die gedruckten zu lesen – Worte, die ihr Ralph am Nachmittag gesagt hatte. Plötzlich vernahm sie das gedämpfte Klopfen des Kellners an der Tür, der ihr sogleich, wie eine glorreiche Trophäe, eine Visitenkarte überreichte. Als sie darauf mit starren Augen den Namen des Herrn Caspar Goodwood entzifferte, ließ sie den Mann in seiner Stellung verharren, ohne ihre Wünsche anzugeben.
»Soll ich den Herrn heraufführen, Madame?« fragte er mit leicht ermutigender Betonung.
Isabel zögerte noch und blickte, während sie zögerte, in den Spiegel. »Er mag hereinkommen«, sagte sie schließlich und wartete auf ihn, indem sie nicht sosehr ihr Haar glättete als ihren Geist gürtete.
Somit schüttelte ihr Caspar Goodwood schon im nächsten Augenblick die Hand; aber er sagte nichts, bis der Diener das Zimmer verlassen hatte. »Warum haben Sie meinen Brief nicht beantwortet?« fragte er sodann in schnellem, vollem, leicht gebieterischem Ton – in dem Ton eines Mannes, der gewohnheitsmäßig Fragen ohne Umschweife stellt und hartnäckig auf einer Antwort beharrt.
Sie antwortete mit einer fertigen Gegenfrage: »Woher wußten Sie, daß ich hier bin?»
»Miß Stackpole teilte es mir mit«, sagte Caspar Goodwood. »Sie sagte, Sie seien wahrscheinlich heute abend allein und bereit, mich zu empfangen.«
»Wo hat sie Sie getroffen – um Ihnen das zu sagen?«
»Sie hat mich nicht getroffen, sie hat mir geschrieben.«
Isabel verstummte; niemand hatte Platz genommen; sie standen sich mit trotziger oder wenigstens streitbarer Miene gegenüber.
»Henrietta hat mir kein Wort davon gesagt, daß sie Ihnen schrieb«, sagte sie schließlich. »Das war nicht nett von ihr.«
»Ist es Ihnen so unangenehm, mich zu sehen?« fragte der junge Mann.
»Ich habe es nicht erwartet. Solche Überraschungen liebe ich nicht.«
»Aber Sie wußten doch, daß ich hier bin; da war es doch natürlich, daß wir uns treffen würden?«
»Nennen Sie das treffen? Ich hoffte, ich würde Sie nicht sehen.

In einer so großen Stadt wie London war das durchaus möglich.«
»Es widerstrebte Ihnen anscheinend, mir auch nur zu schreiben«, fuhr ihr Besucher fort.
Isabel gab keine Antwort. Das Gefühl, von Henrietta Stackpole hintergangen zu sein, wie sie es im Moment empfand, überwältigte sie. »Henrietta ist gewiß kein Muster von Zartgefühl!« rief sie voller Bitterkeit. »Sie hat sich viel herausgenommen.«
»Ich fürchte, ich bin auch kein Muster – weder von dieser noch von irgendeiner anderen Tugend. Der Fehler liegt ebenso bei mir.«
Als Isabel ihn anblickte, schien es ihr, als sei sein Kinn noch nie so eckig gewesen. Dies hätte ihr mißfallen können, aber sie schlug jetzt eine andere Richtung ein. »Nein, Ihr Fehler ist es nicht sosehr wie der ihre. Was Sie taten, haben Sie vermutlich nicht vermeiden können.«
»Das stimmt allerdings!« rief Caspar Goodwood und lachte freimütig. »Und wo ich nun einmal da bin, darf ich nicht bleiben?«
»Sie dürfen sich immerhin setzen.«
Sie begab sich zu ihrem Stuhl zurück, während ihr Besucher, in der Art eines Mannes, der solchen Dingen wenig Beachtung schenkt, die erste sich ihm bietende Sitzgelegenheit ergriff. »Ich habe jeden Tag auf eine Antwort gewartet. Sie hätten mir doch einige Zeilen schreiben können.«
»Mich hat nicht die Mühe des Schreibens gehindert. Ich hätte Ihnen ebensogut vier statt einer Seite schreiben können. Aber mein Schweigen war Absicht«, sagte Isabel. »Ich hielt es für das beste.«
Während sie sprach, ließ er seine Augen nicht von ihren Augen; dann schlug er sie nieder und heftete sie auf eine Stelle des Teppichs, als ob er sich anstrengen müsse, nur das zu sagen, was ihm zukam. Er konnte es durchaus ertragen, im Unrecht zu sein, und er war scharfsinnig genug, zu erkennen, daß eine zwecklose Hervorkehrung seiner Stärke ihn nur tiefer ins Unrecht setzen würde. Bei einem solchen Mann wäre Isabel durchaus imstande gewesen, einen gegebenen Vorteil zu nutzen. War sie auch wenig geneigt, es ihm jetzt ins Gesicht zu schleudern, so hätte sie doch die Möglichkeit genießen können, ihm zu entgegnen: Sie wissen ganz gut, daß Sie selbst mir nicht hätten schreiben dürfen! – und das mit triumphierender Miene.
Caspar Goodwood schlug die Augen wieder zu ihr auf; die ihren schienen wie durch ein Visier zu blicken. Er besaß ein starkes

Gerechtigkeitsgefühl und hatte die Frage seiner Berechtigung jederzeit bereitwillig erörtert. »Sie sagten damals, Sie hofften niemals wieder etwas von mir zu hören; das weiß ich. Aber ich habe diese Regel niemals akzeptiert. Ich warnte Sie, Sie würden bald genug von mir hören.«

»Ich sagte nicht, ich hoffte *niemals* wieder von Ihnen etwas zu hören«, berichtigte Isabel.

»Dann nicht in den nächsten fünf oder zehn oder zwanzig Jahren. Das ist alles dasselbe.«

»Finden Sie? Mir scheint, das ist ein großer Unterschied. Ich kann mir vorstellen, daß wir nach zehn Jahren eine sehr nette Korrespondenz miteinander führen. Dann hat der Stil meiner Episteln die nötige Reife erlangt.«

Sie blickte ihn nicht an, während sie diese Worte sprach, denn sie wußte, daß sie weniger ernst waren als der Ausdruck seines Gesichtes. Ihre Augen kehrten indessen zu ihm zurück, gerade als er völlig zusammenhanglos fragte: »Freut Sie der Besuch bei Ihrem Onkel?«

»Ja, selbstverständlich sehr.« Sie unterbrach sich, dann entfuhr es ihr: »Was versprechen Sie sich von Ihrer Hartnäckigkeit?«

»Daß ich Sie nicht verliere.«

»Sie haben kein Recht, von Verlieren zu sprechen, wenn Ihnen nichts gehört. Und selbst von Ihrem Standpunkt aus«, setzte Isabel hinzu, »sollten Sie wissen, wann Sie jemand in Frieden lassen müssen.«

»Sie verabscheuen mich tief«, sagte Caspar Goodwood düster; nicht, als ob er ihr Mitleid erregen wollte, sondern vielmehr, um sich diese Tatsache vor Augen zu halten und mit offenen Augen dagegen vorzugehen.

»Ja, Sie entzücken mich keineswegs, Sie fügen sich in keiner Weise ein, wie jetzt zum Beispiel; das schlimme ist dabei, daß es ganz überflüssig ist, wenn Sie es mir derart bestätigen.« Seine Natur war sicherlich nicht weich, Nadelstiche drangen nicht durch seine Haut; schon zu Beginn ihrer Bekanntschaft hatte Isabel erkannt – als sie sich noch gegen seine hochfahrende Art, besser zu wissen, was ihr frommte, als sie selbst, zur Wehr setzte –, daß völlige Offenheit ihre beste Waffe gegen ihn war. Schon der Versuch, seine Empfindlichkeit zu schonen oder ihm stückweise zu entfliehen – wie bei jemand, der ihren Weg weniger umsichtig versperrt hätte –, dies war im Umgang mit Caspar Goodwood, der alles und jedes ergriff, was man ihm bot, ein vergebliches Bemühen. Das sollte nicht heißen, daß er unverwundbar war, aber seine passive sowohl wie seine aktive Oberfläche waren breit und hart, man konnte ihm immer zutrauen, daß er sich seine Wunden, soweit sie es benötigten, selbst verband. Sie kehrte also zu ihrer alten Vorstellung zurück, daß er, wenn er möglicherweise auch Stiche und Schmerzen empfand, doch von Natur aus in einer Eisenrüstung steckte und vornehmlich zum Angriff gewappnet war.

»Ich kann mich nicht damit aussöhnen«, sagte er einfach. Darin lag eine gefährliche Großmut; denn sie fühlte, daß es für ihn nahegelegen hätte, zu betonen, sie habe ihn nicht immer verabscheut.

»Ich kann mich auch nicht damit aussöhnen; es ist nicht der Zustand, der sich zwischen uns gehört. Wenn Sie nur versuchen wollten, mich einige Monate aus Ihren Gedanken zu verbannen, würden wir uns wieder vertragen.«

»Ich verstehe. Wenn ich eine vorgeschriebene Zeit aufhöre, an Sie zu denken, soll ich entdecken, daß ich das unendlich fortsetzen könnte.«

»Unendlich ist mehr, als ich beanspruche; es ist auch mehr, als ich möchte.«

»Sie wissen ganz gut, daß Ihre Forderung untragbar ist«, sagte der junge Mann, sein Adjektiv in einer Weise gebrauchend, die sie aufreizend fand.

»Sind Sie denn unfähig, eine überlegte Anstrengung zu machen?« verlangte sie zu wissen. »Sie haben Kraft für alles andere; warum haben Sie hierzu keine Kraft?«

»Eine Anstrengung, die worauf angelegt ist?« Und als sie zögerte, fuhr er fort: »Ich bin zu gar nichts fähig, soweit es Sie betrifft, außer verteufelt in Sie verliebt zu sein; wer stark ist, liebt um so stärker.«

»Daran mag wohl etwas sein« – unsere junge Freundin spürte tatsächlich das Bezwingende dieses Satzes, der, in die Weite der Wahrheit und Poesie hinausgeworfen, für ihre Phantasie förmlich zu einem Köder wurde. Aber sofort wechselte sie den Kurs. »Es soll mir gleich sein, ob Sie an mich denken oder nicht, wenn Sie mich nur in Ruhe lassen wollen!«

»Auf wie lange?«

»Nun, auf ein, zwei Jahre.«

»Wie denn nun? Zwischen einem und zwei Jahren liegt aller Unterschied dieser Welt.«

»Lassen wir es also bei zweien«, sagte Isabel mit gespielter Leichtigkeit.
»Und was gewinne ich dabei?« fragte ihr Freund, ohne mit der Wimper zu zucken.
»Sie würden mich Ihnen sehr verpflichten.«
»Und was wäre meine Belohnung?«
»Müssen Sie für eine großmütige Tat belohnt werden?«
»Ja, wenn sie ein großes Opfer fordert.«
»Es gibt keine Großmut ohne gewisse Opfer. Männer verstehen diese Dinge nicht. Wenn Sie das Opfer bringen, sind Sie meiner Bewunderung sicher.«
»Ich gebe keinen Deut für Ihre Bewunderung – nicht einen Strohhalm, wenn nichts dabei herausspringt. Wann heiraten Sie mich? Das ist die einzige Frage.«
»Niemals – wenn Sie mir kein anderes Gefühl einflößen wollen als heute.«
»Was gewinne ich dann, wenn ich nicht versuche, Sie anders fühlen zu lassen?«
»Sie gewinnen genausoviel, wie wenn Sie mich zu Tode hetzen.«
Caspar Goodwood senkte wieder den Blick und betrachtete ein Weilchen die Innenseite seines Hutes. Eine tiefe Röte überzog sein Gesicht; sie sah, ihre Schärfe war endlich durchgedrungen. Dies hatte sofort einen Wert für sie – ob klassisch, romantisch, erlösend, was wußte sie? »Der starke Mann in seiner Pein« gehörte zu den Fällen, die die Menschlichkeit herausfordern, sowenig verlockend der vorliegende Fall auch wirken mochte.
»Warum bringen Sie mich dahin, Ihnen so etwas zu sagen?« rief sie mit zitternder Stimme. »Ich möchte nur sanft und von Herzen freundlich sein, nichts weiter. Es bereitet mir keine Freude, daß mich Menschen lieben, wenn ich mich doch bemühen muß, es ihnen auszureden. Ich finde, andere müßten auch Rücksicht üben; wir müssen jeder für sich einstehen. Ich weiß, Sie sind rücksichtsvoll, soweit das in Ihrer Macht steht; Sie haben für alles, was Sie tun, Ihre guten Gründe. Aber ich habe zur Zeit wirklich nicht den Wunsch, zu heiraten oder darüber zu reden. Wahrscheinlich werde ich es niemals tun – nein, niemals! Und ich habe ein gutes Recht auf diese Empfindung. Man tut einer Frau keinen Gefallen, wenn man sie so bedrängt und gegen ihren Willen zwingt. Wenn ich Ihnen Schmerzen bereite, kann ich nur sagen, es tut mir leid. Es ist nicht meine Schuld; ich kann Sie nicht heiraten, bloß um Ihnen gefällig zu sein. Ich will auch

nicht sagen, daß wir immer gute Freunde bleiben wollen, denn wenn Frauen das in solcher Lage sagen, gilt das, glaube ich, als eine Art Verspottung. Aber eines Tages können Sie mich auf die Probe stellen.«

Während dieser Rede hatte Caspar Goodwood auf den Namen seines Hutfabrikanten geblickt, und erst nachdem sie schon eine Weile schwieg, sah er wieder auf. Dabei brachte der Anblick ihres rosigen, lieblich eifrigen Gesichtes seinen Versuch, ihre Worte zu analysieren, in Verwirrung. »Ich werde nach Hause fahren – ich fahre morgen – ich lasse Sie allein«, stieß er endlich hervor. »Nur«, sagte er schwerfällig, »ich hasse es, Sie aus den Augen zu verlieren.«

»Keine Angst. Ich werde kein Unheil stiften.«

»Sie werden jemand anders heiraten, so sicher, wie ich hier sitze«, erklärte Caspar Goodwood.

»Halten Sie diese Beschuldigung für fair?«

»Warum nicht? Viele Männer werden Sie bestürmen.«

»Ich sagte Ihnen doch, daß ich nicht heiraten will und daß ich es auch fast bestimmt nicht tun werde.«

»Ich weiß, Sie sagten das, und ich schätze Ihr ›fast bestimmt‹. Ich kann Ihren Worten nicht trauen.«

»Vielen Dank. Denken Sie, daß ich lüge, bloß um Sie abzuschütteln? Sie sagen da sehr heikle Dinge.«

»Warum soll ich sie nicht sagen? Sie haben mir nicht das kleinste Unterpfand gegeben.«

»Nein, das hätte noch gefehlt!«

»Sie mögen sich wirklich in Sicherheit wiegen – einfach, weil Sie sich sicher wünschen; aber Sie sind es nicht.« Der junge Mann fuhr fort, als ob er sich auf das Schlimmste gefaßt machte.

»Also gut. Lassen wir es dabei, daß ich nicht sicher bin. Ganz wie Sie wünschen.«

»Doch weiß ich eben nicht«, sagte Caspar Goodwood, »ob ich es nicht verhindern kann, wenn ich Sie im Auge behalte.«

»Wirklich? Schließlich fürchte ich mich noch vor Ihnen. Denken Sie denn, daß ich so leicht zu befriedigen bin?« fragte sie plötzlich und änderte ihren Ton.

»Nein – das nicht; damit würde ich mich auch zu trösten versuchen. Aber zweifellos gibt es eine Reihe blendender Männer auf der Welt – und wenn's nur einen gäbe, das genügte schon. Der blendendste von allen wird geradewegs auf Sie zusteuern. Sie werden bestimmt niemanden erhören, der nicht blendet.«

»Wenn Sie unter ›blendend‹ einen glänzenden Verstand verstehen«, sagte Isabel, »– und ich wüßte nicht, was man sonst darunter verstehen sollte –, so kann ich nur versichern, daß ich die Hilfe eines klugen Mannes nicht brauche, um zu lernen, wie man am besten lebt. Das bekomme ich allein heraus.«
»Auch wie man allein lebt? Wenn Sie das herausbekommen haben, bitte ich Sie um Unterricht für mich.«
Sie sah ihn einen Augenblick an und sagte dann mit raschem Lächeln: »O, *Sie* sollten heiraten!«
Man wird ihm verzeihen, wenn ihm dieser Ausruf für einen Augenblick wie ein höllischer Spott vorkam, und es bleibt ungeklärt, ob der Anlaß zu diesem Lanzenwurf sonderlich einleuchtend war. Er sollte jedenfalls nicht hungrig und mager allein herumlaufen – gewiß empfand sie das für ihn. »Das mag Gott Ihnen verzeihen!« stieß er zwischen den Zähnen hervor und wandte sich ab.
Sie fühlte, jetzt war sie im Unrecht, und es trieb sie, sich zu rechtfertigen. Das ging am leichtesten, wenn sie den Spieß umdrehte. »Sie tun mir sehr unrecht – Sie reden, was Sie nicht verstehen«, brachte sie hervor. »Ich wäre kein leichtes Opfer – ich habe es bewiesen.«
»O, mir gegenüber völlig.«
»Ich habe es anderen genausogut bewiesen.« Sie wartete einen Augenblick. »Letzte Woche habe ich einen Heiratsantrag abgelehnt, was man so – zweifellos – einen blendenden nennt.«
»Das freut mich sehr zu hören«, sagte der junge Mann ernst.
»Es war ein Antrag, den viele Mädchen angenommen hätten. Er bot nur Vorteile.« Isabel hatte nicht beabsichtigt, diese Episode zu erzählen, aber als sie jetzt anfing, wurde sie von der Befriedigung erfaßt, alles auszusprechen, um sich zu rechtfertigen. »Mir wurde eine große Stellung und ein großes Vermögen angeboten – von jemandem, der mir sehr sympathisch ist.«
Caspar folgte ihr in höchstem Interesse. »Ist er ein Engländer?«
»Ein englischer Aristokrat«, sagte Isabel.
Ihr Besucher nahm diese Eröffnung zunächst schweigend entgegen, aber schließlich sagte er: »Ich bin froh, daß er enttäuscht wurde.«
»Also dann, wenn Sie Leidensgenossen haben, trösten Sie sich.«
»Er ist kein Leidensgenosse für mich«, sagte Caspar grimmig.
»Warum nicht – wenn ich seinen Antrag endgültig abgelehnt habe?«

»Dadurch wird er nicht zu meinem Leidensgenossen. Außerdem ist es ein Engländer.«
»Ist denn, bitte schön, ein Engländer kein Mensch?« fragte Isabel.
»Diese Leute? Für mich gehören sie nicht zur Menschheit, und es kümmert mich nicht, was aus ihnen wird.«
»Sie sind verärgert«, sagte das Mädchen. »Wir haben die Sache jetzt genug besprochen.«
»O ja, ich bin sehr verärgert. Da bekenne ich mich schuldig.«
Sie kehrte sich von ihm ab und trat ans offene Fenster, einen Augenblick schaute sie in die leere Dunkelheit der Straße, in welcher eine trübe Gaslaterne das einzige Zeichen von Gemeinwesen war. Eine Zeitlang sprach keiner der jungen Leute; Caspar zögerte noch neben dem Kamin, seine Augen blickten düster. Sie hatte ihn praktisch zum Gehen aufgefordert – er wußte das; aber selbst auf die Gefahr hin, lästig zu werden, behauptete er das Feld. Sie war zu sehr an eine rasche Versöhnung gewöhnt, und schließlich war er übers Meer gekommen, um ihr nur einen Fetzen von einem Versprechen zu entreißen. Sie trat jetzt vom Fenster zurück und stand ihm wieder gegenüber. »Sie lassen mir wenig Gerechtigkeit widerfahren – nachdem ich Ihnen das eben erzählt habe. Dann bereue ich es – wenn es Ihnen so wenig Eindruck macht.«
»Ach«, rief der junge Mann, »wenn Sie an mich gedacht hätten, als Sie ihn abwiesen!« Und er hielt inne, aus Angst, sie könnte diesem glücklichen Gedanken widersprechen.
»Ein bißchen habe ich dabei an Sie gedacht«, sagte Isabel.
»Ein bißchen? Ich verstehe Sie nicht. Wenn die Kenntnis meiner Gefühle überhaupt Gewicht für Sie hatte, dann ist der Ausdruck ›ein bißchen‹ eine armselige Markierung.«
Isabel schüttelte den Kopf, als ob sie einen Irrtum berichtigen wollte. »Ich habe einen sehr liebenswürdigen, edlen Mann ausgeschlagen. Daran müssen Sie sich halten.«
»Dann danke ich Ihnen«, sagte Caspar Goodwood ernsthaft. »Dann danke ich Ihnen vielmals.«
»Und jetzt gehen Sie am besten nach Hause.«
»Darf ich Sie nicht wiedersehen?« fragte er.
»Lieber nicht. Sie werden wieder davon anfangen, und Sie sehen doch, es führt zu nichts.«
»Ich verspreche Ihnen, nicht ein Wort zu sagen, das Sie verstimmt.«
Isabel überlegte und antwortete dann: »Ich werde in ein, zwei

Tagen zu meinem Onkel zurückkehren, und ich kann Ihnen nicht vorschlagen, mich dort zu treffen. Das wäre zu unbeständig.«
Jetzt überlegte Caspar Goodwood. »Sie müssen mir auch Gerechtigkeit widerfahren lassen. Ich erhielt vor mehr als einer Woche eine Einladung von Ihrem Onkel, und ich lehnte sie ab.«
Sie konnte ihre Überraschung nicht verhehlen. »Von wem stammte die Einladung?«
»Von Mr. Ralph Touchett, ich glaube, er ist Ihr Vetter. Ich lehnte ab, weil ich nicht Ihre Erlaubnis hatte, sie anzunehmen. Der Vorschlag, mich einzuladen, schien auf Miß Stackpole zurückzugehen.«
»Von mir stammte er gewiß nicht. Henrietta geht da wirklich zu weit«, setzte Isabel hinzu.
»Gehen Sie nicht zu streng mit ihr ins Gericht – das trifft mich.«
»Nein, Sie taten recht daran, die Einladung abzulehnen, dafür danke ich Ihnen.« Ein gelindes Entsetzen packte sie noch nachträglich bei dem Gedanken, Lord Warburton und Mr. Goodwood hätten sich in Gardencourt treffen können; für Lord Warburton wäre es sehr peinlich gewesen.
»Und wohin begeben Sie sich dann, wenn Sie Ihren Onkel verlassen?« fragte ihr Besucher.
»Dann gehe ich mit meiner Tante ins Ausland – nach Florenz und anderen Städten.«
Die Ruhe, mit welcher sie ihm diese Tatsachen mitteilte, ließ das Herz des jungen Mannes jäh erschauern; er schien bereits zu sehen, wie sie in Kreise hineingeriet, von denen er unbarmherzig ausgeschlossen war. Dennoch fuhr er rasch mit seinen Fragen fort. »Und wann werden Sie nach Amerika zurückkehren?«
»Vielleicht für lange nicht. Ich fühle mich hier sehr glücklich.«
»Soll das heißen, daß Sie Ihr Vaterland aufgeben?«
»Seien Sie doch kein Kind!«
»Aber ich verliere Sie wahrhaftig aus den Augen!« sagte Caspar Goodwood.
»Ich weiß nicht«, antwortete sie ein wenig großartig. »Die Welt mit all ihren Plätzen, wie sie angeordnet sind und sich alle berühren – kommt einem zuweilen ziemlich klein vor.«
»Das ist ein Gesichtskreis, der für mich zu groß ist«, rief Caspar mit einer Einfachheit, die unsere junge Freundin hätte rühren müssen, wenn sie sich nicht gegen alle Zugeständnisse gewappnet hätte.
Diese Haltung gehörte zu einem System, einer Theorie, die sie

seit kurzem verfolgte, und um aufrichtig zu sein, sagte sie einen Moment später: »Halten Sie mich nicht für unfreundlich, wenn ich sage, daß mir daran gerade liegt: aus Ihrem Gesichtskreis entschwinden, das möchte ich ja. Wären Sie in derselben Stadt, hätte ich immer das Gefühl, Sie beobachten mich, und das mag ich nicht – ich hänge zu sehr an meiner Freiheit. Wenn ich etwas in der Welt liebe«, fuhr sie fort, wieder ein wenig großartig, »dann ist es meine persönliche Unabhängigkeit.«

Aber was immer an dieser Rede ein wenig überheblich sein mochte, erregte nur Caspar Goodwoods Bewunderung. Vor solcher Anmaßung zuckte er nicht zurück. Er hatte nie bezweifelt, daß sie Flügel hätte und nach herrlich freier Bewegung verlangte – er hatte selber lange Arme und einen langen Schritt, er brauchte ihre Kraft nicht zu fürchten. Wenn Isabel beabsichtigt hatte, ihn mit diesen Worten zu schockieren, so hatte sie ihr Ziel verfehlt; er lächelte nur; hier standen sie auf gleichem Boden.

»Wer möchte Ihre Freiheit weniger beschneiden als ich? Was würde mir mehr Vergnügen bereiten, als Sie völlig unabhängig zu wissen – damit Sie tun können, was Sie wollen? Ich will Sie unabhängig machen, darum möchte ich Sie ja heiraten.«

»Das ist ein schöner Trugschluß«, sagte das Mädchen mit einem noch schöneren Lächeln.

»Eine unverheiratete Frau – ein junges Mädchen Ihres Alters – ist nicht unabhängig. Da gibt es viele Dinge, die sie nicht tun darf. Bei jedem Schritt ist sie behindert.«

»Es kommt darauf an, wie sie die Sache ansieht«, antwortete Isabel mit viel Geist. »Ich bin nicht mehr in meiner ersten Jugend – ich kann tun, was mir beliebt – ich gehöre zur Klasse der Unabhängigen. Ich habe weder Vater noch Mutter; ich bin arm und von ernster Natur; ich bin auch nicht hübsch. Daher bin ich nicht verpflichtet, schüchtern und konventionell aufzutreten; tatsächlich kann ich mir diesen Luxus nicht leisten. Außerdem suche ich mir ein selbständiges Urteil zu bilden; ich finde, ein falsches Urteil ist ehrenwerter als gar kein Urteil. Ich will nicht nur ein Schaf in der Herde sein; ich will mein Schicksal selbst in die Hand nehmen und von menschlichen Dingen etwas mehr kennenlernen, als andere Leute mich mit Schicklichkeit lehren zu dürfen glauben.« Sie machte eine kleine Pause, aber nicht lange genug, um ihrem Besucher Zeit zu einer Unterbrechung zu geben. Er wollte gerade anheben, als sie fortfuhr:

»Lassen Sie mich Ihnen dies sagen, Mr. Goodwood. Sie waren so freundlich und sagten, Sie fürchteten, ich würde heiraten. Wenn Sie ein Gerücht vernehmen sollten, daß ich im Begriff stünde – Mädchen wird so etwas bald nachgesagt –, dann denken Sie daran, was ich Ihnen von meiner Freiheitsliebe sagte, und bezweifeln Sie das Gerücht.«
Sie hatte diesen Ratschlag in leidenschaftlichem Ton vorgebracht, die leuchtende Aufrichtigkeit ihrer Augen half ihm, ihr zu glauben. Im ganzen fühlte er sich jetzt beruhigt, was seinen folgenden Worten zu entnehmen war, die ganz eifrig klangen.
»Sie möchten einfach die nächsten zwei Jahre auf Reisen gehen? Ich bin gern bereit, zwei Jahre zu warten; so lange können Sie tun, was Ihnen beliebt. Wenn das alles ist, was Sie sich wünschen, sagen Sie es bitte. Ich will gar nicht, daß Sie konventionell sind. Komme ich Ihnen so konventionell vor? Sie wollen Ihren Geist bilden? Für mich ist Ihr Geist allerdings gut genug; aber wenn es Sie interessiert, umherzureisen und verschiedene Länder zu besichtigen, dann soll es mir ein Vergnügen sein, Ihnen nach besten Kräften zu helfen.«
»Sie sind sehr großmütig; das ist mir nicht neu. Sie helfen mir am besten, wenn Sie so viele hundert Seemeilen wie nur möglich zwischen uns legen.«
»Man könnte denken, Sie wollten irgendeine Freveltat verüben!« sagte Caspar Goodwood.
»Vielleicht ist es so. Ich wünsche mir auch diese Freiheit, wenn mich das Verlangen treiben sollte.«
»Dann also«, sagte er langsam, »werde ich heimfahren.« Und mit dem Versuch, zuversichtlich und zufrieden auszusehen, streckte er ihr die Hand hin.
Isabels Vertrauen auf ihn war indessen größer als umgekehrt. Nicht daß er sie einer Freveltat für fähig hielt, aber soviel er es auch drehen mochte, es lag etwas Verhängnisvolles in der Art, wie sie sich ihre Entscheidung vorbehielt. Als sie seine Hand ergriff, empfand sie einen tiefen Respekt für ihn; sie wußte, wie sehr er ihr zugetan war, und hielt ihn für sehr großmütig. So standen sie einen Augenblick, einander anblickend, durch einen Händedruck vereint, der auch von ihrer Seite nicht passiv war.
»So ist es recht«, sagte sie sehr freundlich, beinahe liebevoll. »Sie werden nichts verlieren dadurch, daß Sie vernünftig sind.«
»Aber ich komme wieder, wo Sie auch sein werden, heute in zwei Jahren«, erwiderte er mit charakteristischem Ingrimm.

Wir haben schon gesehen, daß unsere Heldin inkonsequent war, und jetzt wechselte sie erneut plötzlich ihren Ton. »Aber bedenken Sie, ich verspreche nichts – absolut gar nichts!« und dann sanfter, wie um ihm den Abschied zu erleichtern: »Und bedenken Sie ferner, ich bin kein leichtes Opfer!«

»Sie werden Ihrer Unabhängigkeit überdrüssig werden.«

»Schon möglich, das ist sogar wahrscheinlich. An dem Tage werde ich mich freuen, Sie wiederzusehen.«

Sie hatte ihre Hand auf die Klinke ihrer Schlafzimmertür gelegt und wartete einen Moment, ob ihr Besucher sich nicht entfernen würde. Aber dazu schien er außerstande; seine Haltung drückte immer noch einen großen Unwillen aus, und in seinen Augen lagen Schmerz und Trauer. »Ich muß Sie jetzt verlassen«, sagte Isabel; sie öffnete die Tür und betrat das andere Zimmer. Hier war es dunkel, aber die Dunkelheit wurde durch einen blassen Schein gemildert, der vom Hof des Hotels her durch das Fenster fiel, und Isabel konnte die Massen der Möbel, den trüben Glanz des Spiegels und das große vierpfostige Bett unterscheiden. Horchend blieb sie einen Moment stehen, und schließlich hörte sie, wie Caspar Goodwood das Wohnzimmer verließ und die Tür hinter sich zumachte. Immer noch blieb sie stehen, dann fiel sie, einem unwiderstehlichen Impuls folgend, vor ihrem Bett auf die Knie und barg ihr Gesicht in den Armen.

XVII

Sie betete nicht, sie zitterte – zitterte am ganzen Körper. Sie vibrierte leicht – tatsächlich beständig –, und jetzt spürte sie, daß es in ihr nachklang wie bei einer umgestürzten Harfe. Sie wünschte sich eigentlich unter die Decken, wünschte sich in dem rohen Bettleinen zu bergen, aber sie wollte ihre Erregung niederkämpfen, und in dieser Haltung, in welcher sie noch verharrte, schien sie sich leichter zu beruhigen. Sie frohlockte, daß Caspar Goodwood endlich gegangen war, daß sie sich seiner entledigt hatte, es kam ihr vor, als habe sie gegen Vorzeigen eines gestempelten Rezepts endlich eine Schuld bezahlt, die sie lange bedrückt hatte. Sie empfand eine frohe Erleichterung und neigte ihren Kopf ein wenig tiefer; ein Gefühl klopfte in ihrem Herzen; es gehörte zu ihrem erregten Zustand, aber es war beschämend, es war gewöhnlich und nicht am Platze. Erst nach ungefähr zehn Minuten erhob sie sich von ihren Knien, aber selbst als sie ins Wohnzimmer zurückging, zitterte sie noch. Das hatte in Wirklichkeit einen doppelten Grund: Zum Teil ging es auf Rechnung ihrer langen Zwiesprache mit Mr. Goodwood, aber man wird fürchten müssen, daß es sonst die pure Freude war, die sie an der Ausübung ihrer Macht empfand. Sie setzte sich auf denselben Stuhl und nahm wieder ihr Buch zur Hand, allerdings ohne es auch nur zu öffnen. Mit einem leisen, sanften Summen, mit dem sie oft auf Ereignisse reagierte, deren heitere Seite nicht ohne weiteres ersichtlich war, lehnte sie sich zurück und gab sich der Befriedigung hin, binnen vierzehn Tagen zwei glühende Bewerber abgewiesen zu haben. Ihre Freiheitsliebe, die sie Caspar Goodwood so kühn geschildert, hatte bis jetzt fast ausschließlich in der Theorie bestanden, sie hatte sich bisher noch kaum in größerem Umfang äußern können. Aber jetzt, schien es ihr, hatte sie etwas geleistet, sie hatte von der süßen Frucht wenn nicht des Kampfes, so doch des Sieges gekostet; sie war ihrem Plan treu geblieben. Das Bild Mr. Goodwoods auf seinem traurigen Heimweg durch die rußige Stadt drängte sich ihrem Hochgefühl allerdings mit vorwurfsvollem Nachdruck auf, so daß sie, als im selben Moment die Tür aufging, ahnungsvoll aufsprang, in der Annahme, er sei zurückgekommen. Aber es war nur Henrietta Stackpole, die von ihrem Abendessen heimkehrte.

Miß Stackpole sah sofort, daß unsere junge Freundin etwas durchgemacht hatte, wozu in der Tat kein allzu großer Scharfblick gehörte. Sie ging geradewegs auf ihre Freundin zu, die sie nicht einmal begrüßte. War Isabel auch von dem erhebenden Gefühl besessen, Caspar Goodwood nach Amerika zurückgeschickt zu haben, und daher in gewisser Weise erleichtert, daß er dagewesen, so vergaß sie doch keinen Augenblick, daß Henrietta kein Recht gehabt hatte, ihr diese Falle zu stellen.

»Ist er hier gewesen, Isabel?« fragte die andere sehnsüchtig.

Isabel kehrte sich ab und gab eine Weile keine Antwort. »Du hast sehr verkehrt gehandelt«, erklärte sie schließlich.

»Ich handelte nur zu deinem Besten. Ich hoffe, du tatest es auch.«

»Das hast du nicht zu beurteilen. Ich kann dir nicht vertrauen«, sagte Isabel.

Diese Behauptung war nicht sehr schmeichelhaft, aber Henrietta war viel zu selbstlos, um sich eine Beschuldigung weiter zu Herzen zu nehmen; sie wertete sie nur im Hinblick auf ihre Freundin. »Isabel Archer«, bemerkte sie mit ebensolcher Schroffheit wie Feierlichkeit, »wenn du einen von diesen Kerlen heiratest, werde ich nie wieder mit dir sprechen.«

»Bevor du eine so gräßliche Drohung ausstößt, wartest du besser, bis man mich fragte«, erwiderte Isabel. Da sie Miß Stackpole gegenüber kein Wort über Lord Warburtons Werbung hatte verlauten lassen, fühlte sie sich auch jetzt nicht veranlaßt, sich vor Henrietta damit zu rechtfertigen, daß sie diesen Edelmann ausgeschlagen hatte.

»O, man wird nur allzurasch gefragt, sobald man nur auf dem Kontinent ankommt. Annie Climber hat man in Italien dreimal um ihre Hand gebeten – die arme, garstige, kleine Annie.«

»Na, wenn Annie Climber sich nicht fangen ließ, warum sollte ich dann –«

»Ich glaube nicht, daß man Annie sehr gedrängt hat, aber dich wird man drängen.«

»Eine sehr schmeichelhafte Ansicht«, sagte Isabel gleichmütig.

»Ich schmeichle dir nicht, Isabel, ich sage dir die Wahrheit!« rief ihre Freundin. »Ich hoffe nur, daß du mir nicht erklärst, Mr. Goodwood keine Hoffnung gelassen zu haben.«

»Ich weiß nicht, ob ich dir überhaupt etwas erzählen kann: wie ich gerade sagte, ich kann dir nicht mehr trauen. Aber da du an Mr. Goodwood solches Interesse nimmst, will ich dir nicht verhehlen, daß er sofort nach Amerika zurückkehrt.«

»Du willst doch nicht sagen, du habest ihn fortgeschickt?« Henrietta schrie es fast.

»Ich bat ihn, mich in Frieden zu lassen, und das bitte ich dich auch, Henrietta.«

Miß Stackpole funkelte einen Augenblick vor Entrüstung, dann trat sie vor den Spiegel über dem Kamin und nahm ihren Hut ab. »Ich hoffe, dein Dinner war erfreulich«, fuhr Isabel fort. Aber ihre Begleiterin ließ sich durch frivole Ablenkungen nicht beirren. »Weißt du auch, wohin du gehst, Isabel Archer?«

»Jetzt gehe ich zu Bett«, sagte Isabel, auf ihrer Frivolität beharrend.

»Weißt du, wohin du treibst?« Henrietta verfolgte ihren Gedankengang, behutsam ihr Hütchen von sich streckend.

»Nein, ich habe nicht die blasseste Ahnung, und eben das gefällt mir. Eine schnelle Kutsche in dunkler Nacht, die von vier Pferden gezogen über Wege rattert, die man nicht sehen kann – das ist meine Vorstellung vom Glück!«

»Das hat Mr. Goodwood dich sicher nicht gelehrt, daß du Sachen sagst – wie die Heldin eines unmoralischen Romans«, sagte Miß Stackpole. »Du treibst einem großen Irrtum entgegen.«
Isabel fühlte sich durch die Einmischung ihrer Freundin irritiert, dennoch prüfte sie ihre Behauptung auf ihren möglichen Wahrheitsgehalt. Sie konnte sich dabei nicht enthalten zu bemerken: »Du mußt mich sehr gern haben, Henrietta, daß du mich so hartnäckig attackierst.«
»Ich liebe dich von Herzen, Isabel«, sagte Miß Stackpole mit Inbrunst.
»Gut, wenn du mich von Herzen liebst, dann laß mich von Herzen in Ruh. Ich habe das auch Mr. Goodwood gebeten, und ich muß dich um dasselbe bitten.«
»Gib nur acht, daß du nicht zu sehr in Ruhe gelassen wirst.«
»Das hat Mr. Goodwood auch gesagt. Ich sagte ihm, die Gefahr würde ich auf mich nehmen.«
»Du bist ein Mensch des Risikos – du machst mich schaudern«, rief Henrietta. »Wann kehrt Mr. Goodwood nach Amerika zurück?«
»Das weiß ich nicht – er hat es mir nicht gesagt.«
»Vielleicht hast du dich nicht erkundigt«, sagte Henrietta im Tone berechtigter Ironie.
»Ich bin ihm zu wenig entgegengekommen, als daß ich ein Recht gehabt hätte, ihm Fragen zu stellen.«
Diese Versicherung erschien Miß Stackpole für einen Augenblick durchaus anfechtbar; aber dann rief sie schließlich: »Ach, Isabel, wenn ich dich nicht kennte, würde ich denken, du hast kein Herz!«
»Gib acht«, sagte Isabel, »daß du mich nicht beraubst!«
»Ich fürchte, das habe ich schon getan. Ich hoffe wenigstens«, setzte Miß Stackpole hinzu, »daß er mit Annie Climber zurückfährt.«
Isabel erfuhr am anderen Morgen, daß Henrietta nicht beabsichtigte, nach Gardencourt zurückzukehren (wo der alte Mr. Touchett ihr ein neues Willkommen versprochen hatte), sondern in London abzuwarten, bis die Einladung eintraf, die Mr. Bantling ihr von seiner Schwester, Lady Pensil, in Aussicht gestellt hatte. Freimütig gab Miß Stackpole ihre Unterhaltung mit Ralph Touchetts geselligem Freund zum besten und erklärte Isabel, daß sie jetzt wirklich glaube, etwas in der Hand zu haben, das sie weiterführen werde. Nach Empfang von Lady Pensils

Brief – Mr. Bantling hatte ihr dieses Dokument praktisch garantiert – wolle sie sofort nach Bedfordshire aufbrechen, und wenn Isabel sich dann für ihre Eindrücke interessiere, werde sie sie bestimmt im *Interviewer* finden. Henrietta war augenscheinlich diesmal dem Innenleben auf der Spur.
»Weißt du auch, wohin du treibst, Henrietta Stackpole?« fragte Isabel, Henriettas Ton vom Abend vorher nachahmend.
»Ich treibe einer großen Stellung entgegen – der einer Königin des amerikanischen Journalismus. Wenn mein nächster Bericht nicht in der ganzen Presse des Westens abgedruckt wird, will ich gern meinen Tintenwischer verschlucken.«
Sie hatte sich mit ihrer Freundin, Miß Annie Climber, der Dame mit den kontinentalen Anträgen, zu jenen Einkäufen verabredet, die Miß Climbers Lebewohl an jene Hemisphäre darstellten, in welcher sogar sie gewürdigt worden war. Henrietta strebte also sogleich abermals der Jermyn Street zu, um dort ihre Begleiterin abzuholen. Sie war kaum gegangen, als Ralph Touchett sich melden ließ, und er hatte kaum das Zimmer betreten, als Isabel sah, daß ihn etwas bedrückte. Er zog seine Kusine sogleich ins Vertrauen. Seine Mutter hatte ihm ein Telegramm geschickt, das besagte, sein Vater habe einen schweren Anfall seines alten Leidens gehabt, sie sei sehr beunruhigt und bitte ihn, augenblicklich nach Gardencourt zurückzukommen. Bei dieser Gelegenheit hatte sich Mrs. Touchetts Vorliebe für den elektrischen Draht auf jeden Fall bewährt.
»Ich hielt es für das beste, zunächst einmal den bedeutenden Arzt Sir Matthew Hope aufzusuchen«, sagte Ralph; »glücklicherweise ist er in der Stadt. Er hat mich auf halb ein Uhr bestellt; ich will ihn bewegen, nach Gardencourt hinüberzukommen – was er sicher bereitwillig tun wird, denn er hat meinen Vater schon mehrmals untersucht, dort und in London. Ich will den Eilzug zwei Uhr vierundzwanzig nehmen; du kannst entweder mitkommen oder noch einige Tage hierbleiben, ganz wie du magst.«
»Gewiß komme ich mit«, entgegnete Isabel. »Ich werde meinem Onkel ja wenig nützen können, aber wenn er krank ist, wäre ich gern in seiner Nähe.«
»Ich glaube, du hängst an meinem Vater«, sagte Ralph, eine gewisse, scheue Freude im Gesicht. »Du weißt seinen Wert zu schätzen, was sonst die Welt nicht tut. Er ist von zu feiner Qualität.«

»Ich verehre ihn sehr«, sagte Isabel nach einem kurzen Moment.
»Das freut mich. Nach seinem Sohn ist er dein größter Verehrer.«
Sie nahm diese Versicherung gern entgegen, aber insgeheim seufzte sie ein wenig erleichtert bei dem Gedanken, daß Mr. Touchett zu den Verehrern gehörte, die ihr keinen Heiratsantrag machen konnten. Doch das sprach sie nicht aus; sie berichtete Ralph statt dessen, daß andere Gründe ihr den Aufenthalt in London unmöglich machten. Sie habe jetzt genug und wolle fort, außerdem wolle Henrietta auch fort – sie wolle nach Bedfordshire.
»Nach Bedfordshire?«
»Zu Lady Pensil, Mr. Bantlings Schwester, er hat ihr eine Einladung in Aussicht gestellt.«
Ralph war bedrückt, aber jetzt brach er in Lachen aus. Doch plötzlich kehrte seine ernste Stimmung zurück. »Bantling ist ein mutiger Mann, aber wenn die Einladung unterwegs verlorengeht?«
»Ich hielt die britische Post für unfehlbar.«
»Zuweilen schläft auch der gute Homer«, sagte Ralph. »Auf jeden Fall« – und sein Gesicht erheiterte sich wieder – »tut das der gute Bantling nicht, und was auch passieren mag, er wird sich Henriettas schon annehmen.«
Ralph ging zu seiner Verabredung mit Sir Matthew Hope, und Isabel traf ihre Vorbereitungen, um Pratt's Hotel zu verlassen. Daß es um ihren Onkel so bedenklich stand, ging ihr sehr nahe, und während sie noch vor ihrem offenen Koffer stand und sich ungewiß umblickte, was sie hineintun solle, stiegen ihr plötzlich die Tränen in die Augen. Vielleicht war sie aus diesem Grunde nicht fertig, als Ralph um zwei Uhr kam, um sie zum Bahnhof abzuholen. Statt dessen traf er Miß Stackpole im Wohnzimmer, die sich gerade von ihrem Lunch erhob und ihm sogleich ihr Bedauern über die Krankheit seines Vaters aussprach.
»Er ist ein großartiger alter Herr«, sagte sie. »Er ist getreu bis an den Tod. Wenn es wirklich der Tod sein sollte – verzeihen Sie, daß ich darauf anspiele, aber Sie müssen diese Möglichkeit oft bedacht haben –, dann bedaure ich, daß ich nicht in Gardencourt bin.«
»Sie werden sich in Bedfordshire viel besser unterhalten.«
»Ich werde es bedauern, mich zu solcher Zeit zu unterhalten«, sagte Henrietta mit viel Anstand. Aber sofort setzte sie hinzu: »Ich hätte mir so gern die Schlußszene eingeprägt.«

»Mein Vater mag noch lange leben«, sagte Ralph einfach. Dann, zu einem erfreulicheren Thema übergehend, fragte er Miß Stackpole nach ihren eigenen Zukunftsplänen.
Nun, da Ralph in Sorge war, redete sie mit ihm in einem zutraulicheren Ton und sagte, daß sie ihm sehr zu Dank verpflichtet sei, weil er sie mit Mr. Bantling bekannt gemacht habe. »Er hat mir genau die Dinge erzählt, die ich wissen wollte«, sagte sie. »Lauter Einzelheiten über die Gesellschaft und die königliche Familie. Ich kann ja nicht finden, daß das, was er mir über die Königlichen Hoheiten berichtete, ihnen viel Ehre macht; aber er sagt, das sei nur meine eigentümliche Auffassung. Na, ich will ja von ihm nichts weiter als Tatsachen; wenn ich die erst habe, kann ich mir alles Übrige schnell genug zusammenreimen.« Und sie fügte hinzu, daß Mr. Bantling liebenswürdigerweise versprochen habe, sie heute nachmittag auszuführen.
»Wohin denn?« gestattete sich Ralph zu fragen.
»Nach Buckingham Palace. Er will mich da herumführen, damit ich mir ungefähr vorstellen kann, wie sie leben.«
»O«, sagte Ralph, »wir lassen Sie in guten Händen. Als erstes werden wir von Ihnen hören, daß man Sie nach Schloß Windsor eingeladen hat.«
»Wenn sie mich einladen, werde ich bestimmt hingehen. Wenn ich erst drin bin, habe ich keine Angst. Aber dessenungeachtet«, setzte Henrietta einen Augenblick später hinzu, »bin ich nicht zufrieden; ich mache mir Sorgen um Isabel.«
»Was war ihr letzter Fehltritt?«
»Nun, ich habe es Ihnen ja schon gesagt; es wird nichts schaden, wenn ich fortfahre. Ich bringe ein Thema, wenn ich es begonnen habe, immer zum Abschluß. Gestern abend war Mr. Goodwood hier.«
Ralph riß beide Augen auf, er errötete sogar ein wenig – ein Zeichen, daß er ernstlich bewegt war. Ihm fiel ein, daß Isabel, als sie sich von ihm in Winchester Square verabschiedete, die Vermutung, sie gehe nur, weil sie noch einen Besucher in Pratt's Hotel erwarte, zurückgewiesen hatte; es war ihm ein neuer Schmerz, sie eines doppelten Spieles verdächtigen zu müssen. Andererseits, beeilte er sich selbst zu versichern, was ging es ihn an, wenn sie ein Stelldichein mit einem Liebhaber hatte? Galt es nicht zu allen Zeiten nur für anmutig, wenn junge Mädchen solche Verabredungen im dunkeln ließen? Ralph gab Miß Stackpole eine diplomatische Antwort: »Ich sollte meinen, daß

Sie nach den Ansichten, die Sie neulich äußerten, sehr befriedigt darüber wären.«

»Daß er sie besuchte? Das war soweit gut und schön. Ich hatte ein kleines Komplott geschmiedet: Ich ließ ihn wissen, daß wir in London seien, und als ich mich für gestern abend verabredete, hatte ich ihm Bescheid geschickt. Ich hoffte, er werde sie allein antreffen. Ich will auch nicht verhehlen, daß ich hoffte, Sie wären aus dem Weg geschafft. So hat er sie also besucht, aber ebensogut hätte er wegbleiben können.«

»Isabel war grausam?« – und Ralphs Gesicht erhellte sich vor Erleichterung, daß seine Kusine doch kein doppeltes Spiel getrieben hatte.

»Ich weiß nicht genau, was zwischen ihnen vorfiel. Aber sie machte ihm nicht viel Hoffnung – sie hat ihn nach Amerika zurückgeschickt.«

»Armer Mr. Goodwood!« und Ralph seufzte.

»Ihr einziger Gedanke scheint sich nur darum zu drehen, wie sie ihn loswerden kann«, fuhr Henrietta fort.

»Armer Mr. Goodwood!« wiederholte Ralph. Wir müssen gestehen, es war ein automatischer Ausruf, der seine Gedanken nicht genau ausdrückte, die eine andere Richtung nahmen.

»Sie sagen das nicht gerade, als ob Sie das dächten. Ich glaube nicht, daß es Ihnen nahegeht.«

»Ach«, sagte Ralph, »Sie müssen bedenken, daß ich diesen interessanten jungen Mann ja gar nicht kenne – daß ich ihn nie gesehen habe.«

»Nun, ich werde ihn noch sehen und ihm sagen, daß er nicht aufgeben soll. Wenn ich nicht glaubte, daß Isabel sich noch umstimmen läßt«, setzte Miß Stackpole hinzu – »na, dann würde ich es auch aufgeben. Ich meine, dann würde ich *sie* aufgeben.«

XVIII

RALPH war aufgegangen, daß unter diesen Umständen Isabels Abschied von ihrer Freundin ein wenig gezwungen ausfallen müsse; er ging schon hinunter und wartete an der Tür des Hotels auf seine Kusine, die ihm nach kurzer Verspätung folgte, in den Augen, wie es ihm schien, noch Spuren eines abgewiesenen Vorwurfs. In fast ungebrochenem Schweigen reisten sie zusammen nach Gardencourt; der Diener, der sie an der Bahnstation erwartete, konnte ihnen noch von keiner Besserung in Mr. Touchetts Befinden berichten, so daß Ralph sich nur aufs neue damit tröstete, daß Sir Matthew Hope ihm versprochen hatte, noch heute mit dem Fünf-Uhr-Zug herüberzukommen und die Nacht über dazubleiben. Als sie zu Hause ankamen, erfuhr er, daß Mrs. Touchett dem alten Herrn nicht von der Seite gewichen und auch in diesem Augenblick bei ihm war, woraufhin Ralph sich sagte, daß seine Mutter auf eine solche Gelegenheit gewartet haben mußte. Feine Naturen beweisen sich erst in großen Zeiten. Als Isabel auf ihr Zimmer ging, bemerkte sie überall im Hause jene wahrnehmbare Gedämpftheit, die einer Krise voraufgeht. Nach Ablauf einer Stunde kam sie wieder herunter und suchte ihre Tante, um sich bei ihr nach dem Zustand des Onkels zu erkundigen. Sie ging in die Bibliothek, aber dort war Mrs. Touchett nicht, und da das Wetter, schon vorher kühl und feucht, sich jetzt endgültig verschlechtert hatte, war es wenig wahrscheinlich, daß sie ihren üblichen Spaziergang in den Park machte. Isabel war schon im Begriff, zu klingeln und im Zimmer der Tante nachfragen zu lassen, als plötzlich unerwartete leise Musikklänge an ihr Ohr drangen, die anscheinend aus dem Salon herübertönten. Sie wußte, ihre Tante rührte das Klavier nicht an, daher war es wahrscheinlich Ralph, der spielte, wie er es oft zu seinem eigenen Vergnügen tat. Daß er sich gegenwärtig diese Entspannung gönnte, bewies augenscheinlich, daß sich seine Besorgnis um seinen Vater ein wenig zerstreut hatte; also ging das junge Mädchen fast in alter Heiterkeit der Quelle dieses Wohlklanges nach. Der Salon in Gardencourt war ein Raum von großen Ausmaßen, und da das Klavier, von der Tür aus gesehen, durch die sie eintrat, in der entferntesten Ecke stand, konnte die Person vor dem Instrument ihren Eintritt nicht bemerken. Diese Person war weder Ralph noch seine Mutter; es war eine fremde Dame, wie Isabel sogleich feststellte, obgleich sie ihr noch den Rücken zukehrte. Diesen Rücken – füllig und wohlgekleidet – betrachtete Isabel einige Augenblicke voll Überraschung. Die Dame war natürlich ein Besuch, der während ihrer Abwesenheit eingetroffen und von keinem der Dienstboten erwähnt worden war, mit denen sie – darunter auch mit der Zofe ihrer Tante – seit ihrer Rückkehr gesprochen. Isabel hatte indessen schon gelernt, mit welcher unschätzbaren Reserve dienstbare Geister Befehle entgegennehmen können; es war ihr nicht entgangen, wie kurzangebunden vor allem die Zofe ihrer Tante sie behandelte, der sie vielleicht etwas zu mißtrauisch ausgewichen war, mit einem Sträuben, das die Sache nur noch augenscheinlicher machte. Die Ankunft eines Gastes war ihr an sich alles andere als unwillkommen; noch hatte sie ein jugendliches Vertrauen nicht abgelegt, daß jede neue Bekanntschaft ihr Leben unmittelbar beeinflussen könne. Während sie noch diese Überlegungen anstellte, kam ihr zu Bewußtsein, daß diese Dame am Klavier bemerkenswert gut spielte. Sie spielte etwas von Schubert – Isabel wußte nicht, was, aber sie erkannte Schubert –, der Anschlag war von persönlicher Feinheit; er bewies Gefühl und gutes Können. Lautlos setzte sich Isabel auf den nächsten Stuhl und wartete das Ende des Stückes ab. Als es soweit war, fühlte sie ein starkes Verlangen, der Pianistin zu danken, und erhob sich impulsiv. Zur gleichen Zeit hatte sich auch die andere rasch umgedreht, als habe sie sie jetzt erst bemerkt.

»Das war sehr schön, und Ihr Spiel hat es noch verschönt«, sagte Isabel mit dem strahlenden Liebreiz, mit dem sie stets ihr aufrichtiges Entzücken äußerte.

»Sie glauben also nicht, daß ich Mr. Touchett störte?« fragte die musizierende Dame so liebenswürdig, wie es das Kompliment verdiente. »Das Haus ist so groß und sein Zimmer so weit entfernt, da dachte ich, ich dürfte es wagen, zumal ich nur – nur *du bout des doigts* spielte.«

»Sie ist eine Französin«, sagte sich Isabel; »sie sagte das, als sei sie Französin.« Und diese Vermutung machte unserer überlegungsfreudigen Heldin die Besucherin noch interessanter. »Ich hoffe, meinem Onkel geht es besser«, setzte Isabel hinzu. »Ich möchte denken, bei so schöner Musik müßte sein Zustand sich bessern.«

Die Dame machte lächelnd eine Unterscheidung: »Ich fürchte, es gibt Augenblicke im Leben, wo selbst Schubert uns nichts mehr zu sagen hat. Das sind dann allerdings die schlimmsten.«

»In dem Zustand bin ich also noch nicht«, sagte Isabel. »Im Gegenteil, ich wäre sehr froh, wenn Sie noch weiterspielten.«

»Wenn es Sie freut, gern.« Bereitwillig nahm die Dame wieder Platz und griff einige Akkorde, während Isabel näher an das Instrument heranrückte. Plötzlich ließ die Fremde ihre Hände auf den Tasten ruhen; sich halb umkehrend, blickte sie über die Schulter. Sie war vierzig Jahre alt und nicht hübsch, wenn auch von reizendem Ausdruck. »Verzeihen Sie«, sagte sie, »aber sind Sie die Nichte – die junge Amerikanerin?«

»Ich bin die Nichte meiner Tante«, entgegnete Isabel schlicht. Die Dame am Klavier blieb noch einen Augenblick ruhig sitzen und blickte noch einmal interessiert über ihre Schulter. »Das ist nett; dann sind wir Landsleute.« Und dann begann sie zu spielen.

»Aha, dann ist sie also keine Französin«, murmelte Isabel. Da die gegenteilige Vermutung ihr romantisch erschienen war, hätte diese Eröffnung einen Rückschlag bedeuten können. Aber das war nicht der Fall. Amerikanisch war unter so bemerkenswerten Umständen viel seltener als französisch.

Die Dame spielte in derselben Art wie vorher, leise und feierlich, und während sie spielte, wuchsen die Schatten im Zimmer. Das herbstliche Dämmerlicht sickerte herein, und Isabel konnte von ihrem Platz aus beobachten, wie der Regen, der nun ernstlich eingesetzt hatte, den kühlen Rasen abspülte und der Wind die großen Bäume schüttelte. Als die Musik schließlich verstummte, erhob sich ihre Gefährtin, trat, ehe Isabel noch Zeit fand, ihr erneut zu danken, lächelnd heran und sagte: »Ich freue mich, daß Sie wieder da sind; ich habe schon viel von Ihnen gehört.«

Isabel fand sie sehr anziehend. Aber trotzdem beantwortete sie diese Worte mit einer gewissen Schroffheit: »Von wem haben Sie von mir gehört?«

Die Fremde zögerte ganz leicht und antwortete dann: »Von Ihrem Onkel. Ich bin seit drei Tagen hier, und er erlaubte, daß ich ihn am ersten Tage in seinem Zimmer besuchte. Da hat er beständig von Ihnen gesprochen.«

»Da Sie mich nicht kannten, muß Sie das aber gelangweilt haben.«

»Nein, ich war gespannt auf Ihre Bekanntschaft. Und das um so mehr, als ich seitdem – da Ihre Tante so viel bei Mr. Touchett sitzt – ganz allein blieb und meiner eigenen Gesellschaft ein wenig müde wurde. Ich habe mir für meinen Besuch hier keinen guten Zeitpunkt ausgesucht.«

Ein Diener war mit Lampen hereingekommen, ein anderer folgte sogleich und trug das Tablett mit dem Teegeschirr. Mrs. Touchett war vom Auftragen dieses Imbisses augenscheinlich unterrichtet worden, denn sie kam jetzt herein und widmete sich der Teekanne. Die Begrüßung unterschied sich nicht von der Art, wie sie den Deckel dieses Gerätes hochhob, um sich von seinem Inhalt zu überzeugen; sie hielt es für unpassend, von beidem viel Aufhebens zu machen. Nach dem Befinden ihres

Gatten befragt, konnte sie von keiner Besserung berichten; aber der Hausarzt war bei ihm, von dessen Konsultation mit Sir Matthew Hope man sich die nötige Aufklärung versprach.
»Wahrscheinlich habt ihr zwei euch inzwischen bekannt gemacht«, fuhr sie fort. »Wenn nicht, möchte ich es euch empfehlen. Denn solange wir – Ralph und ich – weiter an Mr. Touchetts Bett hocken, werdet ihr sonst nicht viel Gesellschaft haben.«
»Ich weiß von Ihnen nur, daß Sie wunderbar musizieren«, sagte Isabel zu dem Gast.
»Da gibt es noch manches andere Wissenswerte«, versicherte Mrs. Touchett mit der ihr eigenen Trockenheit.
»Ich bin überzeugt, Miß Archer ist schon mit ein paar Einzelheiten zufrieden«, rief die fremde Dame mit leichtem Lachen. »Ich bin eine alte Freundin Ihrer Tante. Ich habe lange in Florenz gewohnt. Ich bin Madame Merle.« Diese letzte Erklärung gab sie ab, als handele es sich um eine Person, die einigermaßen bekannt sein dürfte. Isabel hingegen konnte wenig damit anfangen; sie hatte nur weiterhin das Gefühl, Madame Merle habe die reizendste Wesensart, die ihr je begegnet war.
»Trotz ihres Namens ist sie keine Ausländerin«, sagte Mrs. Touchett. »Sie wurde geboren in – ich vergesse immer, wo du eigentlich geboren bist!«
»Dann lohnt es sich kaum, daß ich es wiederhole.«
»Im Gegenteil«, sagte Mrs. Touchett, die sich nur selten einen Punkt in der Logik entgehen ließ; »nur wenn ich mich daran erinnerte, wäre es überflüssig, daß du es sagst.«
Madame Merle blickte mit einem Lächeln zu Isabel hinüber, so weltweit, daß es alle Grenzen beiseite schob.
»Ich bin im Schatten der Nationalflagge geboren.«
»Sie hüllt sich zu gern in Geheimnisse«, sagte Mrs. Touchett; »das ist ihr großer Fehler.«
»O«, rief Madame Merle, »ich habe gewiß große Fehler, aber zu diesen gehört das nicht; das ist gewiß nicht mein größter. Ich kam in Brooklyn zur Welt, im Marinegebäude. Mein Vater war ein hoher Offizier in der Marine der Vereinigten Staaten und hatte zu seiner Zeit dort einen Posten – einen leitenden Posten – inne. Darum sollte ich eigentlich das Meer lieben, aber ich hasse es. Deshalb kehre ich auch nicht nach Amerika zurück. Ich liebe das Festland; die Hauptsache ist ja, daß man überhaupt etwas liebt.«

Isabel fand, als unbeteiligter Beobachter, Mrs. Touchetts Charakterisierung ihres Gastes keineswegs zutreffend; das ausdrucksfähige, mitteilsame, bewegliche Gesicht der Fremden ließ nach Isabels Meinung nicht im geringsten auf eine geheimnisvolle Anlage schließen. Es war ein Gesicht, das eine natürliche Vollkraft und rasche, freie Regungen verriet; wenn nicht von regelmäßiger Schönheit, war es doch äußerst anziehend und reizvoll. Madame Merle war eine große, blonde, glatthäutige Frau; alles an ihrer Person war füllig und gerundet, jedoch ohne jene Polster, die auf Körpergewicht schließen lassen. Ihr Gesicht war vollkommen proportioniert, und ihr Teint hatte eine gesunde Klarheit. Ihre grauen Augen waren klein, aber voller Licht und unfähig eines dummen Ausdruckes – unfähig freilich auch, wie manche meinten, der Tränen. Ihr Mund war nicht kleinlich, mit vollrandigen Lippen, die sich beim Lächeln auf der linken Seite ein wenig in die Höhe hoben, was die meisten Leute recht merkwürdig, einige recht geziert und nur wenige sehr anmutig fanden. Isabel neigte dazu, sich den letzteren anzuschließen. Madame Merle besaß starkes blondes Haar, irgendwie »klassisch« frisiert, als sei sie eine Büste, wie Isabel es beurteilte – eine Juno oder eine Niobe –, und große, weiße Hände von vollkommener Form, einer so vollkommenen Form, daß ihre Besitzerin es vorzog, sie ganz schmucklos zu lassen, und keine Ringe mit Edelsteinen trug. Wie wir bemerkten, hatte Isabel sie anfangs für eine Französin gehalten; aber nach genauerer Beobachtung konnte man sie für eine Deutsche halten – für eine Deutsche von hoher Abkunft, vielleicht für eine österreichische Baronin, Gräfin oder Fürstin. Niemand wäre darauf gekommen, daß sie in Brooklyn das Licht der Welt erblickt hatte – obgleich man zweifellos die Theorie nicht verfechten konnte, daß die Distinktion, die ihrer Erscheinung in so hohem Maße zu eigen war, sich mit einem solchen Geburtsort nicht vereinen ließe. Es traf durchaus zu, daß die Nationalflagge unmittelbar über ihrer Wiege geflattert hatte, ja, die wehende Freiheit der Sterne und Streifen mochte auf ihre Haltung dem Leben gegenüber einen gewissen Einfluß ausgeübt haben. Jedoch hatte Madame Merle augenscheinlich keine Ähnlichkeit mit einem lose flatternden, im Winde treibenden Stoffetzen; ihr Auftreten bekundete die Ruhe und das Vertrauen, das aus großer Erfahrung erwächst. Die Erfahrung hatte übrigens ihre Jugend nicht ausgelöscht, sie hatte sie einfach nur teilnahmsvoll und geschmeidig gemacht. Sie war, mit einem Wort, eine Frau von starker Empfindungsfähigkeit, die in bewundernswerter Ordnung gehalten war. Das empfahl sich Isabel als ein idealer Ausgleich.

Das junge Mädchen stellte diese Betrachtungen an, während die drei Damen ihren Tee tranken, aber schon kurz darauf wurde diese Zeremonie durch die Ankunft des großen Doktors aus London unterbrochen, den man sofort in den Salon führte. Mrs. Touchett nahm ihn zu einer privaten Unterredung mit hinüber in die Bibliothek; daraufhin trennten sich Madame Merle und Isabel bis zum Abendessen. Der Gedanke, noch mehr von dieser interessanten Frau kennenzulernen, trug viel dazu bei, daß sich Isabels Gefühl für die Traurigkeit, die sich jetzt auf Gardencourt herniedersenkte, ein wenig milderte.

Als sie vor dem Abendessen den Salon betrat, war das Zimmer leer, aber schon im nächsten Augenblick trat Ralph ein. Seine Besorgnis um seinen Vater hatte sich etwas gelichtet; Sir Matthew Hope sah den Fall weniger hoffnungslos als er selbst. Der Doktor hielt es für ratsam, in den nächsten drei bis vier Stunden den alten Herrn unter der Obhut der Pflegerin allein zu lassen; auf diese Weise konnten Ralph, seine Mutter und der große Internist an der Abendtafel teilnehmen. Mrs. Touchett und Sir Matthew traten ein; Madame Merle war die letzte.

Bevor sie kam, sprach Isabel mit Ralph, der am Kamin lehnte.

»Bitte, wer ist diese Madame Merle?«

»Die klügste Frau, die ich kenne, du selbst nicht ausgenommen«, sagte Ralph.

»Mir schien sie sehr nett zu sein.«

»Ich wußte gleich, daß sie dir gefallen würde.«

»Hast du sie deshalb eingeladen?«

»Ich habe sie nicht eingeladen, und als wir aus London zurückkamen, wußte ich gar nicht, daß sie hier war. Niemand lud sie ein. Sie ist eine Freundin meiner Mutter, und als wir beide gerade weg waren, erhielt meine Mutter ein Briefchen von ihr. Sie war eben in England gelandet (gewöhnlich lebt sie im Ausland, obgleich sie hier auch ein gut Teil ihrer Zeit verbringt) und bat um die Erlaubnis, einige Tage herzukommen. Sie gehört zu den Frauen, die vertrauensvoll solche Vorschläge machen können; überall, wo sie hinkommt, ist sie willkommen. Bei meiner Mutter gab es gar kein Zögern, Madame Merle ist die einzige Person in der Welt, die meine Mutter sehr bewundert.

Wäre sie nicht sie selbst (was ihr schließlich das liebste ist), dann wäre sie gern Madame Merle. Das wäre allerdings eine große Abwechslung.«
»Sie ist reizend«, sagte Isabel. »Und sie spielt sehr schön Klavier.«
»Sie tut alles sehr schön. Sie ist vollkommen.«
Isabel sah ihren Vetter einen Augenblick an. »Du magst sie nicht?«
»Im Gegenteil, ich habe sie früher geliebt.«
»Und sie hat sich nichts aus dir gemacht, und darum magst du sie nicht mehr.«
»Wie hätten wir das erörtern können? Damals lebte Monsieur Merle noch.«
»Ist er jetzt tot?«
»So behauptet sie.«
»Glaubst du ihr nicht?«
»Doch, denn die Behauptung stimmt mit der Wahrscheinlichkeit überein. Der Gemahl von Madame Merle mußte notwendig dahinscheiden.«
Wieder sah Isabel ihren Vetter an. »Ich weiß nicht, was du damit meinst. Du meinst etwas – was du nicht meinst. Was war denn Monsieur Merle?«
»Der Gemahl von Madame.«
»Du bist abscheulich. Hat sie Kinder?«
»Nicht das geringste kleine Kind – glücklicherweise.«
»Glücklicherweise?«
»Ich meine glücklicherweise für das Kind. Sie hätte es sicher verzogen.«
Isabel stand offensichtlich im Begriff, ihrem Vetter zum drittenmal zu versichern, er sei abscheulich, als ihre Unterhaltung durch den Eintritt der Dame unterbrochen wurde, um die sich ihr Gespräch drehte. Sie rauschte eilig herein; sich für ihre Verspätung entschuldigend, befestigte sie noch ein Armband. Sie trug ein Kleid aus dunkelblauem Satin, das einen weißen Busen freigab, der nur unvollkommen von einem merkwürdigen silbernen Halsband bedeckt war. Ralph bot ihr seinen Arm mit der übertriebenen Höflichkeit eines Mannes, der nicht länger ein Liebhaber ist.
Aber selbst wenn er sich noch in diesem Zustand befunden hätte, mußte Ralph jetzt andere Dinge bedenken. Der große Doktor blieb über Nacht in Gardencourt und kehrte erst nach einer weiteren Konferenz mit Mr. Touchetts Hausarzt am Morgen nach

London zurück, um am folgenden Tag Ralphs Wunsch zu entsprechen, den Patienten nochmals zu untersuchen. Am nächsten Tage erschien Sir Matthew Hope also wieder in Gardencourt und zeigte sich über das Befinden des alten Herrn, das sich während der letzten vierundzwanzig Stunden verschlimmert hatte, weit weniger zuversichtlich. Mr. Touchetts Schwäche war so fortgeschritten, daß es seinem Sohn, der beständig neben seinem Bett saß, oft schien, als ob das Ende nahe sei. Der Hausarzt, ein sehr weiser Mann, zu dem Ralph insgeheim mehr Vertrauen hatte als zu dessen erlauchtem Kollegen, hielt sich fortwährend zur Verfügung; Sir Matthew Hope sah verschiedentlich herein. Die meiste Zeit war Mr. Touchett ohne Bewußtsein; er schlief sehr viel und sprach nur selten. Isabel hatte ein großes Bedürfnis, sich nützlich zu machen; man erlaubte ihr, in den Stunden bei ihm zu wachen, in welchen seine anderen Wärter (von denen Mrs. Touchett gewiß nicht der unregelmäßigste war) sich ausruhten. Er schien sie aber nie zu kennen. Sie sagte sich immer: Am Ende stirbt er, während ich hier sitze – ein Gedanke, der sie erregte und wach hielt. Einmal öffnete er ein Weilchen die Augen und blickte sie verständnisvoll an, aber als sie in der Hoffnung herantrat, er werde sie vielleicht erkennen, schloß er sie wieder und fiel in seinen Dämmerzustand zurück. Jedoch am nächsten Tag belebte er sich für längere Zeit; diesmal war aber nur Ralph bei ihm. Der alte Herr fing an zu reden, sehr zur Befriedigung seines Sohnes, der ihm versicherte, daß er bald wieder aufsitzen würde.

»Nein, mein Junge«, sagte Mr. Touchett, »nur wenn ihr mich in sitzender Stellung begrabt, wie es die Alten – waren es die Alten? – zu tun pflegten.«

»Ach, Väterchen, rede nicht so«, sprach Ralph halblaut. »Du kannst nicht bestreiten, daß es dir besser geht.«

»Ich brauche es nicht zu bestreiten, wenn du es nicht behauptest«, entgegnete der alte Herr. »Warum sollen wir uns jetzt noch etwas vormachen? Das haben wir nie getan. Einmal muß ich doch sterben, und da ist es besser, man stirbt, wenn man krank ist, als wenn man gesund ist. Ich fühle mich sehr krank – so krank, wie ich nur sein kann. Hoffentlich willst du mir nicht beweisen, daß es mir noch schlechter gehen soll? Das wäre mir wirklich arg. Du willst es nicht? Also gut.«

Nachdem er diesen Punkt glänzend gewonnen, schwieg er still; aber als Ralph das nächstemal bei ihm saß, begann er eine neue Unterhaltung. Die Pflegerin war zum Abendessen gegangen, und Ralph hatte gerade Mrs. Touchett abgelöst, die seit Mittag gewacht hatte. Das Zimmer wurde nur von dem flackernden Feuer erhellt, das seit kurzem nötig war und jetzt Ralphs hohen Schatten über Wand und Decke warf, dessen Umrisse, ständig wechselnd, sich grotesk ausnahmen.

»Wer ist jetzt bei mir – ist es mein Sohn?« fragte der alte Herr.

»Ja, dein Sohn – Väterchen.«

»Ist sonst niemand da?«

»Sonst niemand.«

Ein Weilchen sagte Mr. Touchett nichts, dann fing er an: »Ich möchte etwas mit dir besprechen.«

»Wird es dich nicht ermüden?« wandte Ralph ein.

»Das würde nichts schaden. Ich werde eine lange Ruhe halten. Jetzt will ich über dich sprechen.«

Ralph war an das Bett herangerückt; er beugte sich vor, seine Hand lag auf der seines Vaters. »Du solltest dir ein erfreulicheres Thema aussuchen.«

»Du warst mir immer eine Freude; ich war schon immer sehr stolz auf dich. Es wäre mir jetzt ein lieber Gedanke, wenn du etwas anfangen würdest.«

»Wenn du uns verläßt«, sagte Ralph, »werde ich nichts weiter tun als dich entbehren.«

»Das will ich ja gerade vermeiden; darum will ich ja mit dir reden. Du mußt neue Interessen gewinnen.«

»Neue Interessen will ich nicht, Väterchen. Ich habe an meinen alten mehr als genug.«

Der alte Herr lag da und blickte seinen Sohn an; sein Gesicht war das Gesicht eines Sterbenden, aber seine Augen waren die Augen Daniel Touchetts. Er schien Ralphs Interessen zu überschlagen. »Natürlich hast du deine Mutter«, sagte er schließlich. »Du mußt dich um sie kümmern.«

»Das wird meine Mutter immer allein besorgen«, entgegnete Ralph.

»Nun«, sagte sein Vater, »wenn sie älter wird, könnte sie vielleicht ein wenig Hilfe brauchen.«

»Das sehe ich noch nicht. Sie wird mich überleben.«

»Sehr wahrscheinlich; aber das ist kein Grund –!« Mr. Touchett ließ seinen Satz in einem hilflosen, aber nicht ganz unzufriedenen Seufzer verklingen und verfiel wieder in Schweigen.

»Mach dir keine Sorgen um uns«, sagte sein Sohn. »Du weißt doch, ich vertrage mich sehr gut mit meiner Mutter.«

»Indem ihr immer getrennt lebt; das ist gegen die Natur.«
»Wenn du uns verläßt, werden wir vielleicht ein bißchen mehr zusammenrücken.«
»Na«, überlegte der alte Herr und ließ seine Gedanken wandern, »man kann nicht behaupten, daß mein Tod einen großen Unterschied im Leben deiner Mutter ausmachen wird.«
»Wahrscheinlich einen größeren, als du denkst.«
»Na ja, sie hat dann mehr Geld zur Verfügung«, sagte Mr. Touchett. »Ich hinterlasse ihr den Anteil einer guten Ehefrau, ganz, als sei sie mir eine gute Ehefrau gewesen.«
»Das war sie auch, Väterchen, wenn man es nach ihren Theorien bemißt. Sie hat dir nie Sorgen bereitet.«
»Ach, manche Sorgen sind süß«, murmelte Mr. Touchett. »Zum Beispiel die Sorgen, die ich mir deinetwegen machte. Aber deine Mutter ist mir seit meiner Krankheit weniger – weniger – wie soll ich es nennen? – aus dem Weg gegangen. Ich nehme an, sie weiß, daß ich es bemerkte.«
»Ich will es ihr gern sagen; ich bin so froh, daß du es jetzt erwähnst.«
»Es wird ihr keinen Eindruck machen; sie macht es nicht, um mir einen Gefallen zu tun. Sie tut es nur, um – um –« und er lag still und versuchte zu ergründen, warum sie es tat. »Sie tut es nur, weil es ihr paßt. Aber darüber wollte ich nicht reden«, setzte er hinzu. »Es handelt sich um dich. Du bist dann sehr bemittelt.«
»Ja«, sagte Ralph, »das weiß ich. Aber ich hoffe sehr, du hast nicht vergessen, was wir vor einem Jahr besprachen – als ich dir genau sagte, wieviel Geld ich brauche, und dich bat, über den Rest anderweitig zu verfügen.«
»Ja, ja, ich entsinne mich. Ich habe ein neues Testament gemacht – das heißt, in den nächsten Tagen. Ich glaube, das ist zum ersten Male passiert, daß ein junger Mann versucht, ein Testament zu seinen Ungunsten umzustoßen.«
»Nicht zu meinen Ungunsten«, sagte Ralph. »Ungünstig wäre es für mich, wenn ich auf einmal ein großes Vermögen verwalten müßte. Einem Mann in meinem Gesundheitszustand ist es nicht möglich, viel Geld auszugeben. Da bedeutet genug Geld schon ein Fest.«
»Na, genug wirst du haben – noch etwas darüber. Es ist mehr als genug da für einen – es ist genug für zwei.«
»Das wäre zuviel«, sagte Ralph.

»Ach, sage das nicht. Das beste wäre, wenn ich nicht mehr bin, daß du dann heiratest.«
Ralph hatte vorausgesehen, auf was sein Vater kommen würde; dieser Vorschlag war jedenfalls nicht neu. Vielmehr war das seit langem Mr. Touchetts einfallsreichste Weise, die mögliche Lebensdauer seines Sohnes hoffnungsvoll aufzufassen. Ralph hatte darauf stets mit einem Scherz geantwortet. Aber gegenwärtig verboten sich die Scherze. Er fiel einfach in seinen Stuhl zurück und gab seines Vaters flehende Blicke flehend zurück.
»Wenn ich mit einer Frau, die mich nicht sonderlich liebte, ein sehr glückliches Leben hatte«, sagte der alte Herr, seine Schlauheit weitertreibend, »was kannst dann du für ein Leben führen, wenn du jemand heiratest, der anders ist als Mrs. Touchett. Es gibt mehr Frauen, die sich von ihr unterscheiden als die ihr ähneln.« Ralph schwieg noch, und nach einer Pause hub sein Vater in sanftem Tone wieder an: »Was hältst du denn von deiner Kusine?«
Da fuhr Ralph auf und begegnete der Frage mit einem mühsamen Lächeln. »Willst du mir damit vorschlagen, Isabel zu heiraten?«
»Ja, darauf läuft es schließlich hinaus. Hast du Isabel nicht gern?«
»Doch, sehr.« Ralph erhob sich aus seinem Stuhl und schritt hinüber zum Feuer. Er blieb einen Augenblick davor stehen, dann bückte er sich und schürte es mechanisch. »Ich habe Isabel sehr gern«, wiederholte er.
»Na also«, sagte sein Vater, »und ich weiß, daß sie dich auch gernhat. Sie hat mir gesagt, wie gern sie dich hat.«
»Hat sie auch bemerkt, daß sie mich gern heiraten möchte?«
»Nein, aber sie kann nichts gegen dich haben. Und sie ist die reizendste junge Dame, die ich jemals sah. Und sie wäre auch gut zu dir. Ich habe es mir lange durch den Kopf gehen lassen.«
»Ich mir auch«, sagte Ralph, zum Bettrand zurückkehrend. »Das will ich dir nicht verhehlen.«
»Dann liebst du sie also? Ich kann es mir auch gar nicht anders denken. Dann kam sie ja wie gerufen herüber.«
»Nein, ich liebe sie nicht; aber ich würde sie lieben, wenn – wenn manches anders wäre.«
»Ach, es ist immer alles anders, als man es haben möchte«, sagte der alte Herr. »Wenn du auf Änderung wartest, erreichst du gar nichts. Ich weiß nicht, ob es dir bekannt ist«, fuhr er fort, »aber ich glaube, es geschieht kein Unrecht, wenn ich es in einer sol-

chen Stunde zur Sprache bringe: Neulich wollte jemand Isabel heiraten, und sie hat ihn abgewiesen.«

»Ich weiß, sie hat Warburton einen Korb gegeben; das hat er mir selbst gesagt.«

»Nun, das beweist, daß jemand anders sein Glück versuchen kann.«

»Jemand anders hat neulich in London sein Glück versucht – und auch nichts erreicht.«

»Warst du das?« fragte Mr. Touchett voller Eifer.

»Nein, es war ein alter Freund von ihr; ein armer Mensch, der eigens aus Amerika kam, um sie zu fragen.«

»Nun, da tut er mir leid, wer es auch gewesen sein mag. Aber das beweist nur, was ich schon sagte – daß der Weg für dich frei ist.«

»Wenn dem so ist, lieber Vater, dann ist es ein um so größerer Jammer, daß ich außerstande bin, ihn zu betreten. Ich habe nicht viele Überzeugungen, aber drei oder vier befolge ich strikt. Die eine ist, daß die Leute im allgemeinen besser tun, wenn sie keine Kusinen heiraten. Die andere lautet, daß Leute im fortgeschrittenen Stadium der Schwindsucht besser tun, gar nicht zu heiraten.«

Der alte Mann hob seine schwache Hand und fuhr damit vor seinem Gesicht hin und her. »Was meinst du damit? Du betrachtest die Dinge auf eine Weise, die alles verkehrt erscheinen läßt. Was heißt denn Kusine bei einer Kusine, die du mehr als zwanzig Jahre lang überhaupt nicht gesehen hast? Wir sind alle untereinander verwandt; wenn wir uns daran kehrten, würde die menschliche Rasse aussterben. Mit deiner kranken Lunge ist es genauso. Es geht dir jetzt viel besser als früher. Dir fehlt nur ein natürliches Leben. Es ist weit natürlicher, eine hübsche junge Dame, die du liebst, zu heiraten, als wegen falscher Prinzipien ledig zu bleiben.«

»Ich liebe Isabel nicht«, sagte Ralph.

»Du hast eben gesagt, du würdest sie lieben, wenn du es nicht für falsch hieltest. Ich will dir nur beweisen, daß es nicht falsch ist.«

»Es macht dich nur müde, Väterchen«, sagte Ralph, die Hartnäckigkeit seines Vaters bewundernd, mit welcher dieser auf seinem Standpunkt beharrte. »Wo kämen wir denn hin?«

»Wo kommst du hin, wenn ich nicht vorsorge? Du willst nichts mit der Bank zu schaffen haben und willst nicht, daß ich mich um dich kümmere. Du sagst, du hast so viele Interessen, ich kann sie aber nicht ausfindig machen.«

Ralph lehnte sich mit verschränkten Armen in seinem Stuhl zu-

rück, seine Augen blickten starr und nachdenklich. Schließlich sagte er mit dem Ausdruck eines Menschen, der allen Mut zusammenrafft: »Ich interessiere mich sehr für meine Kusine, allerdings nicht so, wie du es wünschst. Ich werde nicht mehr viele Jahre leben, aber ich hoffe, daß ich lange genug lebe, um zu verfolgen, was sie mit ihrem Leben anfängt. Von mir ist sie ganz unabhängig; ich kann nur wenig Einfluß auf ihr Leben ausüben. Aber ich würde gern etwas für sie tun.«
»Was denn?«
»Ich würde gern ein bißchen Wind in ihre Segel blasen.«
»Was meinst du damit?«
»Ich möchte ihr gern zu einigen Dingen verhelfen, die sie sich wünscht. Zum Beispiel will sie sich die Welt ansehen. Da würde ich ihr gern etwas Geld in den Beutel stecken.«
»O, ich bin froh, daß du daran denkst«, sagte der alte Herr. »Aber daran habe ich auch gedacht. Ich habe ihr ein Legat ausgesetzt – fünftausend Pfund.«
»Das ist großartig und sehr freundlich von dir. Aber ich möchte noch ein bißchen mehr tun.«
Etwas von der verschleierten Aufmerksamkeit, mit welcher Daniel Touchett sein Lebtag gewohnt gewesen war, sich finanzielle Vorschläge anzuhören, schien seinen Gesichtszügen noch anzuhaften; noch hatte der Kranke den Geschäftsmann nicht ganz verdrängt.
»Ich will es gern in Erwägung ziehen«, sagte er leise.
»Also: Isabel ist arm. Ich weiß von meiner Mutter, daß sie im Jahr nur einige hundert Dollar hat. Ich möchte sie gern reich machen.«
»Was verstehst du unter reich?«
»Ich nenne Leute reich, wenn sie imstande sind, die Bedürfnisse ihrer Phantasie zu befriedigen. Isabel hat eine lebhafte Phantasie.«
»Du auch, mein Sohn«, sagte Mr. Touchett, der aufmerksam, aber ein wenig verwirrt, zuhörte.
»Du sagst, ich werde Geld genug für zwei erben. Ich wünsche mir nun, daß du mich von meinem Überfluß befreist und Isabel das Geld vermachst. Teile meine Erbschaft in zwei gleiche Hälften und gib ihr die zweite.«
»Damit sie frei darüber verfügt?«
»Absolut frei.«
»Ohne eine Gegenleistung?«
»Welche Gegenleistung könnte das sein?«
»Die, welche ich erwähnte.«
»Daß sie jemanden heiratet? Das will ich ja gerade vereiteln, da-

zu mache ich meinen Vorschlag. Wenn sie ein sorgenfreies Einkommen hat, braucht sie nicht zu heiraten, nur um versorgt zu sein. Das will ich ja auf listige Weise verhindern. Sie will frei sein – dein Vermächtnis setzt sie frei.«

»Nun, du scheinst ja alles durchdacht zu haben«, sagte Mr. Touchett. »Aber ich verstehe nicht, warum du dich an mich wendest. Das Geld gehört dir. Du kannst es ihr mit Leichtigkeit selbst schenken.«

Ralph blickte verblüfft auf. »Aber lieber Vater, *ich* kann doch Isabel kein Geld anbieten!«

Der alte Herr ließ ein Stöhnen hören. »Sag nur nicht, daß du sie nicht liebst! Du wünschst also, daß es *mein* Verdienst sein soll?«

»Durchaus. Es wäre mir am liebsten, wenn das Ganze nur als Klausel in deinem Testament erscheint, ohne im geringsten auf mich Bezug zu nehmen.«

»Willst du denn, daß ich ein neues Testament mache?«

»Ein paar Worte genügen; du kannst es am besten erledigen, sobald du dich wieder ein bißchen frischer fühlst.«

»Dann mußt du Mr. Hilary telegrafieren. Ich unternehme nichts ohne meinen Rechtsanwalt.«

»Du kannst morgen mit Mr. Hilary sprechen.«

»Er wird denken, wir hätten uns gezankt, wir beide«, sagte der alte Herr.

»Höchstwahrscheinlich; es wäre mir nur recht, wenn er das dächte«, sagte Ralph und lächelte; »und um den Gedanken in die Tat umzusetzen, sage ich dir jetzt schon, daß ich sehr knapp und abscheulich und fremd zu dir sein werde.«

Diese komische Vorstellung schien seinen Vater zu erheitern; er lag ein Weilchen und ergötzte sich daran. »Ich will alles tun, was du verlangst«, sagte Mr. Touchett schließlich; »aber ich weiß nicht, ob es richtig ist. Du sagst, du möchtest ihr die Segel ein bißchen aufblasen; hast du keine Angst, es könnte zuviel werden?«

»Ich möchte sie mit frischer Brise segeln sehen«, antwortete Ralph.

»Du sprichst, als ob es sich um dein reines Vergnügen handele.«

»Darum handelt es sich auch zum großen Teil.«

»Ich glaube nicht, daß ich dich verstehe«, sagte Mr. Touchett mit einem Seufzer. »Die jungen Leute sind heute anders als zu meiner Zeit. Wenn ich ein Mädchen gernhatte – als ich jung war –, wollte ich mehr als ihr nur zusehen. Du hast Skrupel, die ich nicht gehabt hätte, und du hast Gedanken, die ich auch nicht gehabt hätte. Du sagst, Isabel wolle frei sein und sie brauche, wenn sie reich ist, nicht des Geldes wegen zu heiraten. Denkst du denn, daß sie zu den Mädchen gehört, die so etwas tun?«

»Keineswegs. Aber sie hat jetzt weniger Geld als jemals zuvor. Früher hat ihr Vater ihr alles gegeben, weil er vom Kapital zehrte. Jetzt hat sie zum Leben nur die Krumen von jenem Festmahl und weiß nicht einmal genau, wie spärlich sie sind – das muß sie noch lernen. Meine Mutter hat mir alles auseinandergesetzt. Isabel wird es lernen, wenn sie wirklich allein der Welt gegenübersteht, und es wäre mir ein schmerzlicher Gedanke, wenn sie sich dann ihrer Wünsche bewußt würde, ohne imstande zu sein, sie zu befriedigen.«

»Ich habe ihr fünftausend Pfund ausgesetzt. Damit kann sie sich manchen Wunsch erfüllen.«

»Das kann sie gewiß. Aber in zwei bis drei Jahren wird sie es ausgegeben haben.«

»Dann denkst du also, daß sie verschwenderisch ist?«

»Ganz bestimmt«, sagte Ralph und lächelte fröhlich.

Der Scharfsinn des armen Mr. Touchett machte rasch einer völligen Verwirrung Platz. »Dann wäre es also nur eine Frage der Zeit, daß sie die größere Summe verbraucht?«

»Nein – wenn ich auch denke, daß sie anfangs recht großzügig damit verfahren wird: wahrscheinlich wird sie jeder Schwester einen Teil abtreten. Aber dann wird sie zur Besinnung kommen und daran denken, daß sie noch ein Leben vor sich hat, und sich nach ihren Mitteln richten.«

»Na, du hast es dir aber überlegt«, sagte der alte Herr hilflos. »Interesse nimmst du wahrhaftig an ihr.«

»Du kannst nicht immer wieder sagen, ich ginge zu weit. Du wolltest ja, daß ich noch weiter ginge.«

»Na, ich weiß nicht«, antwortete Mr. Touchett. »Ich verstehe mich nicht auf deine Gemütsart. Sie erscheint mir unmoralisch.«

»Unmoralisch, Väterchen?«

»Ich weiß nicht, ob es recht ist, einem Menschen alle Schwierigkeiten aus dem Weg zu räumen.«

»Das hängt natürlich von dem Menschen ab. Ist es ein guter Mensch, dem man es leichter macht, dann erweist man doch nur der Tugend die Ehre. Die Ausübung guter Impulse zu erleichtern – gibt es eine edlere Handlungsweise?«

Diesem Gedankengang zu folgen, war ein wenig schwierig, und Mr. Touchett bedachte sich ein Weilchen. Schließlich sagte er:

»Isabel ist ein süßes junges Ding; aber denkst du wirklich, daß sie so gut ist?«

»Sie ist so gut, wie sie es sich leisten kann«, entgegnete Ralph.

»Nun, bei sechzigtausend Pfund«, erklärte Mr. Touchett, »sollte sie genügend Gelegenheit finden.«

»Das wird sie auch zweifellos.«

»Ich will natürlich tun, was du wünschst«, sagte der alte Herr. »Ich hätte es nur gern ein bißchen verstanden.«

»Na, Väterchen, verstehst du es jetzt nicht?« fragte sein Sohn liebevoll. »Wenn nicht, wollen wir uns keine Sorgen weiter machen. Dann lassen wir es eben.«

Mr. Touchett lag lange still. Ralph war im Glauben, er hätte es aufgegeben, ihm zu folgen. Aber schließlich sagte er, vollkommen klar: »Sag mir nur dies eine: Hast du nicht bedacht, daß eine junge Dame mit sechzigtausend sehr leicht den Mitgiftjägern zum Opfer fallen kann?«

»Sie kann kaum mehr als einem zum Opfer fallen.«

»Na ja, aber einer ist schon zuviel.«

»Ganz entschieden. Das ist ein Risiko, das ich für meine Berechnungen in Kauf genommen habe. Ich denke, es ist annehmbar, aber ich denke auch, es ist klein; ich bin darauf vorbereitet, es hinzunehmen.«

Der Scharfsinn des armen Mr. Touchett hatte sich in Ratlosigkeit verwandelt; jetzt verwandelte sich seine Ratlosigkeit in Bewunderung. »Du hast dich aber hineingedacht!« wiederholte er. »Ich sehe nur nicht, was du dabei erntest.«

Ralph lehnte sich über seines Vaters Kissen, sie mit sanfter Hand glattstreichend; es wurde ihm klar, daß ihre Unterhaltung ungebührlich lange gedauert hatte. »Ich ernte das Gute, das ich Isabel, wie gesagt, gern in Reichweite bringen möchte: die Bedürfnisse meiner Phantasie zu befriedigen. Aber es ist schändlich, wie ich dich ausgenutzt habe!«

XIX

Wie Mrs. Touchett vorausgesagt hatte, waren Isabel und Madame Merle während der Krankheit ihres Gastgebers viel aufeinander angewiesen; wären sie nicht miteinander vertraut geworden, hätten sie damit fast gegen die guten Manieren verstoßen. Aber nicht nur, daß ihre Manieren tadellos waren, darüber hinaus hatten sie das Glück, tatsächlich Gefallen aneinander zu finden. Es wäre vielleicht übertrieben zu sagen, daß sie sich ewige Freundschaft schworen, aber schweigend zum mindesten riefen sie die Zukunft zum Zeugen. Isabel tat das mit dem besten Gewissen, wenn sie auch nur zögernd zugegeben hätte, daß sie mit der neuen Freundin wirklich intim stand, in dem hohen Sinne nämlich, den sie für sich mit diesem Ausdruck verband. Sie hatte tatsächlich schon häufig darüber nachgedacht, ob sie jetzt oder in Zukunft jemals mit einem Menschen intim stehen könnte. Genau wie von manchen anderen Gefühlen hatte sie auch von der Freundschaft eine Idealvorstellung, die sich ihr – wie auch in diesem Fall – kaum jemals zu verwirklichen schien. Aber sie ermahnte sich immer wieder, daß es stichhaltige Gründe gab, warum Ideale nicht konkrete Gestalt annehmen können. Ein Ideal war eine Sache, an die man glaubte, die man nicht sah; da ging es um Überzeugung, nicht um Erfahrung. Indessen vermag die Erfahrung uns vertrauenswürdige Imitationen zu liefern; es bedarf der Weisheit, aus diesen das Beste zu machen. Sicherlich hatte Isabel niemals eine angenehmere, interessantere Person als Madame Merle getroffen, sie war noch nie einem Menschen begegnet, der so wenig von dem Fehler besaß, der jede Freundschaft am meisten beschwert, nämlich die leidigen, altbackenen, zum Überdruß bekannten Seiten unseres eigenen Charakters hervorzukehren. Die Tore zum Vertrauen des jungen Mädchens waren weiter geöffnet als je zuvor; sie sagte zu dieser liebenswürdigen Zuhörerin Dinge, die sie noch zu keinem gesagt hatte. Zuweilen beunruhigte sie sich über die eigene Aufrichtigkeit; denn es war ihr dabei zumute, als habe sie einer verhältnismäßig Fremden den Schlüssel zu ihrer geheimsten Schatzkammer ausgehändigt. Die dort verwahrten geistigen Juwelen waren die einzigen, die Isabel besaß, um so sorgfältiger mußten sie gehütet werden. Hinterher jedoch fiel ihr immer wieder ein, daß man einen großmütigen Irrtum niemals bereuen soll und daß, falls Madame Merle nicht die Vorzüge besaß, die sie ihr zuerkannte, es nur Madame Merles Schaden war. Zweifellos hatte sie große Vorzüge – sie war reizend, teilnahmsvoll, intelligent, kultiviert. Darüber hinaus (denn diese Eigenschaften hatte Isabel glücklicherweise auf ihrem Lebensweg schon bei verschiedenen Geschlechtsgenossinnen angetroffen) war sie überlegen, selten und bedeutend. Liebenswürdige Menschen gibt es viele auf der Welt, Madame Merle war von durchschnittlicher Gutmütigkeit und unablässiger Spritzigkeit gleich weit entfernt. Sie konnte denken – eine Begabung, die man bei Frauen selten trifft; und sie hatte mit ausgezeichnetem Erfolg gedacht. Natürlich wußte sie auch zu empfinden; Isabel konnte nicht eine Woche mit ihr zusammen gewesen sein, ohne sich davon zu überzeugen. Empfindung war tatsächlich Madame Merles großes Talent, ihre vollkommenste Gabe. Das Leben hatte ihr mitgespielt, sie hatte es stark empfunden. Es gehörte zu der Befriedigung, die ihre Gesellschaft vermittelte, daß, wenn das Mädchen von dem sprach, was sie gern als ernste Dinge bezeichnete, diese Dame sie so leicht und rasch verstand. Gefühle besaßen für sie freilich mehr historischen Wert; sie machte kein Geheimnis aus der Tatsache, daß der Quell der Leidenschaft, den sie einst ziemlich heftig hatte rauschen lassen, nicht mehr so munter wie einst sprudelte. Sie beabsichtigte vielmehr und erwartete es auch, alle Gefühle aufzugeben; sie gab freimütig zu, sich früher etwas verrückt gebärdet zu haben. Jetzt behauptete sie, vollkommen vernünftig zu sein.

»Ich wäge mehr ab als früher«, sagte sie zu Isabel, »aber mir scheint, man erwirbt sich einen Anspruch darauf. Vor vierzig hat man kein Urteil; bis dahin sind wir zu eifrig, zu hart, zu grausam und obendrein viel zu töricht. Sie tun mir leid; es dauert noch lange, bis Sie vierzig sind. Aber in mancher Hinsicht ist jeder Gewinn ein Verlust; ich denke oft, nach vierzig kann man nicht mehr richtig fühlen. Die Frische, die Schnelligkeit sind gewiß dahin. Sie werden sich beides länger bewahren als die anderen; es wird mir eine große Befriedigung sein, wenn ich Sie in späteren Jahren wiedersehe. Ich möchte sehen, was das Leben mit Ihnen vorhat. Eines ist sicher – es kann Sie nicht verderben; es mag Sie entsetzlich herumstoßen, aber ich bestreite, daß es Sie zerbrechen kann.«

Isabel nahm diese Versicherung wie ein junger Soldat entgegen, der, noch atemlos nach dem leichten Scharmützel, aus dem er mit Ehren hervorging, das Schulterklopfen seines Obersten entgegennimmt. Wie jene Zeichen der Anerkennung kam es offenbar mit Autorität. Auch das leichteste Wort mußte diese Wirkung haben, kam es doch aus dem Munde einer Person, die auf beinahe alles, was Isabel ihr mitteilte, bereit war, zu antworten: »O mein Kind, das habe ich auch durchgemacht, es vergeht wie alles andere.« Viele ihrer Zuhörer hätte Madame Merle damit irritiert; es war so aufreizend schwierig, sie jemals zu überraschen. Aber Isabel, wenn auch gewiß nicht ohne das Bedürfnis, Eindruck zu machen, verspürte gegenwärtig kaum dieses Verlangen. Sie war noch zu aufrichtig, zu aufgeschlossen für ihre kluge Gefährtin. Außerdem sagte Madame Merle diese Dinge nie triumphierend oder prahlerisch; sie ließ sie nebenbei fallen wie erkaltete Bekenntnisse.

Eine Periode schlechten Wetters hatte sich über Gardencourt festgesetzt; die Tage wurden kürzer, und die hübschen Teemahlzeiten auf dem Rasen nahmen ein Ende. Aber unsere junge Freundin führte im Hause lange Unterhaltungen mit dem anderen Gast, und trotz des Regens begaben sich beide Damen oft auf einen Spaziergang, ausgerüstet mit allen Schutzvorrichtungen, die das englische Klima gemeinsam mit dem englischen Erfindungsgeist zu solcher Vollkommenheit entwickelt hat. Madame Merle hatte in diesem Lande beinahe alles gern, den englischen Regen nicht ausgenommen. »Er ist immer leicht, nie zuviel auf einmal«, sagte sie, »er durchweicht einen nicht und riecht immer gut.« Sie behauptete, daß in England die Geruchsfreuden besonders groß seien – daß auf dieser unvergleichlichen Insel eine bestimmte Mischung aus Nebel, Bier und Ruß, so komisch es auch klinge, das nationale Aroma bilde und der Nase sehr angenehm sei; sie hob auch gern den Ärmel ihres britischen Mantels hoch und steckte ihre Nase hinein, um den klaren, feinen Duft der Wolle einzuatmen. Kaum hatte der Herbst eingesetzt, wurde der arme Ralph Touchett beinahe zum Gefangenen; bei schlechtem Wetter war ihm das Ausgehen verwehrt, dann stand er manchmal am Fenster, die Hände in den Hosentaschen, und sah mit halb reuigem, halb kritischem Gesicht Isabel und Madame Merle nach, wie sie unter einem Paar von Regenschirmen die Allee hinunter wandelten. Die Wege um Gardencourt waren so fest, daß selbst im schlechtesten Wetter beide Damen immer mit rosig überhauchten Wangen zurückkehrten, die Sohlen ihrer hübschen, festen Stiefel betrachteten und erklärten, der Spaziergang habe ihnen unbeschreiblich gut getan. Vor Tisch war Madame Merle immer beschäftigt; Isabel bewunderte und bemitleidete sie um die feste Einteilung ihrer Vormittage. Unsere Heldin hatte immer für ein Mädchen mit Einfällen gegolten und hatte sich auf ihre Liebhabereien etwas zugute getan; aber jetzt war es, als wandere sie gleichsam an der verkehrten Seite einer Gartenmauer entlang, hinter welcher sich die Talente, Fertigkeiten und mancherlei Künste Madame Merles befanden. Sie überraschte sich über dem Wunsch, es der anderen gleichzutun; und auf zwanzig Weisen dieser Art bot sich die Dame als Vorbild an. »So möchte ich auch gern sein!« entfuhr es Isabel mehr als einmal insgeheim, sobald wieder eine neue schöne Seite der Freundin zum Vorschein kam; schon nach kurzer Zeit wußte sie, daß sie bei einer hohen Meisterin in die Lehre ging. Es dauerte auch nicht lange, und sie fühlte, daß sie unter einem Einfluß stand. »Was kann es mir schaden?« überlegte sie, »solange es ein guter ist? Je mehr man unter einen guten Einfluß gerät, desto besser. Es kommt nur darauf an, daß man begreift, welche Schritte man macht, um zu erkennen, wohin sie uns führen. Das werde ich zweifellos immer wissen. Ich brauche keine Angst zu haben, zu nachgiebig zu werden, war es nicht immer mein Fehler, zu wenig nachzugeben?« Man behauptet wohl, Nachahmung sei die höchste Schmeichelei; wenn sich Isabel manchmal bewogen fühlte, die Freundin verlangend oder verzweifelt anzustaunen, geschah es nicht sosehr aus dem Wunsch, selbst zu glänzen, als vielmehr, Madame Merle die Lampe zu halten. Sie hatte sie ausnehmend gern, aber sie wurde fast mehr von ihr geblendet als angezogen. Manchmal fragte sie sich, was wohl Henrietta Stackpole zu diesem verirrten Reis ihres gemeinsamen Mutterbodens sagen würde, und war der Überzeugung, es würde streng mißbilligt werden. Henrietta würde sich Madame Merle nicht verschreiben; aus Gründen, die es sich nicht erklären konnte, suchte diese Wahrheit das Mädchen heim. Andererseits war sie ebenso sicher, sollte die Gelegenheit sich ergeben, daß ihre neue Freundin einen sehr günstigen Eindruck von ihrer alten gewinnen würde: Madame Merle war zu humorvoll, zu aufmerksam, um nicht Henrietta gerecht zu werden; sie würde bei näherer Bekanntschaft einen Takt beweisen, den zu erreichen Miß Stackpole niemals hoffen konnte. Sie schien in dem reichen Schatz ihrer Erfahrung für alles einen Prüfstein zu besitzen, und irgendwo in dem umfangreichen Beutel ihres freundlichen Gedächtnisses würde sie wohl den Schlüssel zu Henriettas Werten finden. »Das ist die Hauptsache«, überlegte Isabel feierlich, »das ist das höchste Glück: in einer besseren Lage zu sein, um andere Menschen zu würdigen, als diese sind, um uns zu würdigen.« Und sie setzte ergänzend hinzu, daß dies, wenn man es recht überlegte, einfach die Quintessenz aristokratischer Haltung sei. In diesem Licht, wenn sonst in keinem anderen, sollte man nach dieser aristokratischen Haltung streben.

Wir mögen hier nicht alle Glieder der Kette aufzählen, die Isabel dazu führte, Madame Merles Haltung für aristokratisch zu halten – eine Auffassung, die die Dame selbst mit keiner Anmerkung zu diesem Thema je angedeutet hatte. Sie hatte große Verhältnisse und große Persönlichkeiten gekannt, aber niemals eine große Rolle gespielt. Sie gehörte zu den Kleinen auf Erden; zu großen Ehren war sie nicht berufen; sie kannte die Welt zu gut, um lächerliche Illusionen über ihre eigene Stellung darin zu nähren. Sie war vielen der begünstigten Auslese begegnet und kannte genau alle Punkte, an denen sich deren Geschicke von ihrem eigenen unterschieden. Aber wenn sie nach ihrem eigenen Maßstab keine Rolle auf der Hauptbühne spielte, so besaß sie in Isabels Vorstellung doch eine Art Größe. So kultiviert und zivilisiert, so klug und anmutig zu sein und von allem so wenig Aufhebens zu machen – damit wurde man wirklich zur großen Dame, vor allem, wenn man mit so viel Haltung auftrat. Es war, als ob irgendwie die Gesellschaft ihr mit all den Künsten und feinen Sitten, die sie ausübte, tributpflichtig war – oder war die Wirkung diese, daß man selbst aus der Ferne von ihren feinen Diensten, die sie der lauten Welt erwies, wo immer sie auch weilte, einen reizenden Gebrauch zu machen wußte? Nach dem Frühstück schrieb sie eine Reihe von Briefen, da unzählige für sie einzutreffen schienen; ihre Korrespondenz war jedesmal, wenn sie zusammen zum Postamt gingen, um Madame Merles Briefbündel abzuliefern, eine Quelle der Überraschung für Isabel. Sie kannte mehr Menschen, erzählte sie Isabel, als sie bewältigen konnte, und immer geschah etwas, das zu schreiben sich verlohnte. Der Malerei war sie sehr ergeben, und von dem Entwerfen einer Skizze machte sie nicht mehr Aufhebens als von dem Anziehen ihrer Handschuhe. In Gardencourt ließ sie keine Stunde Sonnenschein ungenutzt verstreichen, ohne mit einem Feldstuhl und einem Aquarellkasten auszuziehen. Daß sie ausgezeichnet musizierte, bemerkten wir schon; es galt für erwiesen, daß ihre Zuhörer, wenn sie sich allabendlich ans Klavier setzte, ohne Murren auf ihre anregende Unterhaltung verzichteten. Isabel schämte sich, seitdem sie sie kannte, ihrer eigenen Fähigkeiten, die sie jetzt als recht mäßig betrachtete. Obgleich sie zu Hause als musikalisches Wunderkind galt, war tatsächlich der Verlust für die Gesellschaft, sobald sie ihren Platz vor dem Flügel einnahm und dem Zimmer den Rücken kehrte, größer als der Gewinn. Wenn Madame Merle weder schrieb, malte noch

Klavier spielte, war sie gewöhnlich mit herrlichen Stickereien beschäftigt, mit Kissen, Vorhängen und Dekorationsstücken für den Kaminsims; eine Kunstfertigkeit, die ihre kühne, freie Phantasie ebenso zur Geltung brachte wie die Beweglichkeit ihrer flinken Nadel. Sie war niemals müßig, denn wenn sie sich nicht in angeführter Weise betätigte, las sie entweder (Isabel schien es, sie hätte »alles Wichtige« gelesen) oder ging spazieren oder legte Patiencen oder plauderte mit ihrer Zimmergefährtin. Dabei war sie stets gesellig, niemals ungezogen geistesabwesend und niemals zu sehr vertieft. Sie legte ihre Beschäftigung so leicht beiseite, wie sie sie zur Hand nahm; sie arbeitete und plauderte zur gleichen Zeit und schien stets ihrem Tun nur geringen Wert beizumessen. Sie verschenkte ihre Skizzen und Stickereien; sie erhob sich vom Klavier oder blieb sitzen, je nach den Wünschen ihrer Zuhörer, die sie stets unweigerlich erriet. Sie war kurzum die angenehmste, gewinnbringendste und zugänglichste Person für jedes Zusammenleben. Wenn sie in Isabels Augen einen Fehler hatte, so war es der, daß sie nicht natürlich war; womit das junge Mädchen nicht meinte, daß sie affektiert oder eingebildet sei; keine Frau konnte weiter entfernt von diesen vulgären Lastern sein als sie, sondern daß ihre Natur zu überdeckt war von den Erfordernissen des guten Tons, daß ihre Ecken zu abgeschliffen waren. Sie war zu geschmeidig, zu zweckmäßig geworden, zu reif und zu abgeschlossen. Sie war, mit einem Wort, zu vollkommen das Gesellschaftstier, von dem man unterstellt, alle Männer und Frauen strebten, es zu werden; sie hatte sich aller Überbleibsel jener gesunden Wildheit entledigt, die auch der liebenswürdigsten Person in jenen Zeiten einmal angehaftet haben dürfte, als das Leben im Landhaus noch nicht allgemein die Mode war. Isabel fand es schwierig, sich die Freundin privat und isoliert vorzustellen, sie existierte nur in ihren direkten oder indirekten Beziehungen zu ihren Mitmenschen. Man konnte darüber grübeln, welchen möglichen Umgang sie mit ihrem eigenen Geist pflegen mochte. Indessen kam man stets zu dem Schluß, daß ein reizendes Äußeres nicht notwendig oberflächlich zu sein braucht; mit dieser Illusion wurden wir schon in unserer Jugend nicht mehr gefüttert. Madame Merle war nicht oberflächlich – sie nicht. Sie war tief, und ihre Natur sprach trotzdem aus ihrem Benehmen, wenn sie sich auch des Umgangstones bediente. »Was ist die Sprache schließlich anderes als eine Umgangsform?« sagte Isabel. »Sie hat Geschmack genug, sich nicht wie andere Leute, die ich traf, in originalen Zeichen auszudrücken.«

»Ich fürchte, Sie haben viel gelitten«, glaubte sie einmal bei einem Anlaß zu ihrer Freundin sagen zu dürfen, als Antwort auf eine Bemerkung, die viel zu besagen schien.

»Wie kommen Sie darauf?« fragte Madame Merle mit dem vergnügten Lächeln eines Menschen, der sich zu einem Ratespiel niedersetzt. »Ich habe hoffentlich nicht die säuerliche Miene der Mißverstandenen.«

»Nein, aber Sie sagen manchmal Dinge, die, glaube ich, Menschen, die immer glücklich waren, nicht herausbekommen würden.«

»Ich bin nicht immer glücklich gewesen«, sagte Madame Merle noch immer lächelnd, aber mit spöttischem Ernst, als ob sie einem Kind ein Geheimnis erzählte.

Aber Isabel durchschaute die Ironie. »Bei vielen Menschen habe ich oft den Eindruck, als ob sie gar nichts fühlten.«

»Das ist sehr richtig; es gibt sicherlich mehr eiserne als porzellanene Töpfe. Aber Sie können sich darauf verlassen, daß jeder irgendeine schadhafte Stelle hat; selbst die härtesten Eisentöpfe haben eine kleine Schramme, irgendwo ein kleines Loch. Ich schmeichle mir, daß ich ziemlich robust bin, aber wenn ich die Wahrheit gestehen muß, so bin ich entsetzlich verbeult und angeschlagen worden. Ich versehe meinen Dienst noch recht gut, weil ich sehr kunstvoll geflickt wurde; und ich versuche im Schrank zu bleiben – im stillen, dunklen Schrank, in welchem es nach muffigen Gewürzen riecht –, so gut ich nur kann. Aber wenn man mich herausholt und ins helle Licht stellt – dann, mein Kind, bin ich ein Graus!«

Ich weiß nicht, ob sie bei dieser oder einer anderen Gelegenheit, als die Unterhaltung die gerade erwähnte Wendung genommen hatte, zu Isabel sagte, daß sie ihr eines Tages eine Geschichte erzählen werde. Isabel versicherte, sie werde ihr mit Freuden lauschen, und erinnerte sie mehr als einmal an ihr Versprechen. Indessen bat Madame Merle wiederholt um Aufschub und erklärte schließlich ihrer jungen Gefährtin freimütig, daß sie noch warten müßten, bis sie einander besser kennten. Dies werde gewiß eintreten; eine lange Freundschaft liege deutlich vor ihnen. Isabel stimmte zu, fragte aber zu gleicher Zeit, ob man ihr nicht trauen könne – ob sie eines Vertrauensbruches fähig scheine?

»Es ist nicht, daß ich fürchte, Sie könnten es ausplaudern«, entgegnete ihre Gastgefährtin; »ich fühle im Gegenteil, daß Sie es sich zu sehr zu Herzen nehmen. Sie würden mich zu hart verurteilen; Sie stehen im grausamen Alter.« Gegenwärtig zog sie es vor, mit Isabel über Isabel zu sprechen, und bewies für die Geschichte unserer Heldin, für ihre Gefühle, Meinungen und Aussichten das größte Interesse. Sie regte sie an zu plaudern und lauschte ihrem Geplauder mit unversieglich guter Laune. Dies schmeichelte dem jungen Mädchen und beflügelte es; es war geblendet von all den bedeutenden Menschen, welche die Freundin kennengelernt hatte; sie hatte, wie Mrs. Touchett es ausdrückte, in der besten Gesellschaft Europas verkehrt. Isabel tat sich nicht wenig darauf zugute, daß sie die Gunst einer Person gewonnen hatte, die auf so weitem Feld Vergleiche anstellen konnte; um aus diesen Vergleichen Gewinn zu ziehen, geschah es wohl, daß sie so häufig auf diese Schätze der Erinnerung zurückkam. Madame Merle war ein Wanderer in vielen Gefilden gewesen und hatte gesellschaftliche Beziehungen zu einem Dutzend verschiedener Länder. »Ich will nicht behaupten, daß ich sehr gebildet bin«, pflegte sie zu sagen, »aber in meinem Europa kenne ich mich wohl aus.« An einem Tag sprach sie davon, in Schweden eine alte Freundin besuchen zu wollen, und am nächsten, daß sie nach Malta zu reisen und dort eine neue Bekanntschaft weiterzuspinnen beabsichtige. Mit England, wo sie häufig weilte, war sie gründlich vertraut; sie konnte zu Isabels Nutzen ihr die Sitten des Landes und den Charakter der Leute vortrefflich erklären, mit denen es sich »schließlich«, wie sie gern behauptete, doch am angenehmsten leben ließ.

»Du mußt dich nicht wundern, daß sie zu dieser Zeit hierbleibt, wenn Mr. Touchett im Sterben liegt«, bemerkte die Frau dieses Mannes zu ihrer Nichte. »Sie ist außerstande, einen Fehler zu begehen. Sie ist die taktvollste Frau, die ich kenne. Sie bleibt jetzt nur mir zuliebe; sie muß deswegen viele Besuche in großen Häusern verschieben«, sagte Mrs. Touchett, die vergaß, daß ihr gesellschaftlicher Rang, sobald sie in England war, um zwei bis drei Grade sank. »Sie kann sich aussuchen, wohin sie gehen möchte; Zuflucht zu suchen hat sie nicht nötig. Aber ich habe sie gebeten, diese Zeit hier einzuschieben, weil ich gerne möchte, daß du sie kennenlernst. Ich glaube, daß das ganz gut für dich ist. Serena Merle ist frei von jedem Fehler.«

»Wenn ich sie nicht schon liebgewonnen hätte, könnte diese Beschreibung mich beunruhigen«, entgegnete Isabel.
»Sie bleibt immer angenehm selbständig. Ich habe dich hierhergebracht und möchte alles für dich tun. Deine Schwester Lily sagte mir, sie hoffe sehr, ich würde dir reichlich Gelegenheit verschaffen. Ich verschaffe dir eine, indem ich dich mit Madame Merle bekannt mache. Sie ist eine der glänzendsten Frauen in Europa.«
»Sie gefällt mir besser als deine Beschreibung von ihr«, beharrte Isabel.
»Schmeichelst du dir, daß du je etwas an ihr auszusetzen finden wirst? Du wirst es mir hoffentlich mitteilen, wenn das eintritt.«
»Das wäre grausam – gegen dich«, sagte Isabel.
»Auf mich brauchst du keine Rücksicht zu nehmen. Du wirst keinen Tadel an ihr finden.«
»Das mag sein. Ich würde mir keinen entgehen lassen.«
»Sie weiß restlos alles auf Erden, was man wissen muß«, sagte Mrs. Touchett.
Daraufhin bemerkte Isabel ihrer Freundin gegenüber, sie wisse hoffentlich, daß Mrs. Touchett keinen Tadel an ihr sehen wolle.
»Vielen Dank«, erwiderte Madame Merle, »aber ich fürchte, Ihre Tante bezieht das nur auf Abweichungen, die sich am Zifferblatt der Standuhr ablesen lassen; zumindest deutet sie das an.«
»Sie meinen also, Sie hätten eine böse Seite, von der sie nichts weiß«?
»Bewahre! Ich fürchte, meine bösen Seiten sind meine zahmsten. Ich meine, daß ein fehlerloses Betragen für Ihre Tante bedeutet, daß man niemals zu spät zu Tisch kommt – das heißt, zu *ihrem* Tisch. Übrigens kam ich neulich nicht zu spät, als Sie von London zurückkehrten; die Uhr war genau acht, als ich den Salon betrat: Ihr anderen wart zu früh gekommen. Für sie bedeutet es, daß man Briefe am selben Tag beantwortet, an dem man sie erhält, und daß man, wenn man zu Besuch kommt, nicht zuviel Gepäck mitbringt und sich hütet, krank zu werden. Darin besteht für Mrs. Touchett die Tugend; es ist nur ein Segen, daß man sie auf ihre Elemente zurückführen kann.«
Madame Merles eigene Konversation enthielt, wie man wohl bemerkt, kühne, freie Äußerungen der Kritik, die aber selbst in ihrer etwa herabsetzenden Wirkung Isabel niemals bösartig erschienen. Daß zum Beispiel Mrs. Touchetts vollendeter Gast

die Gastgeberin schlechtmachte, konnte dem Mädchen nicht zum Bewußtsein kommen, und das aus sehr guten Gründen. Zum ersten kannte Isabel die Schattenseiten ihrer Tante zu genau; zum zweiten deutete Madame Merle nur an, daß da noch manches zu sagen wäre, und zum dritten war es klar, daß es immer ein angenehmes Zeichen entgegengebrachten Vertrauens war, wenn der andere so ohne Umstände von den nächsten Verwandten sprach. Diese Zeichen inniger Verbundenheit mehrten sich, während die Tage dahinglitten, und für keines war Isabel empfänglicher, als daß die Freundin mit Vorliebe Miß Archer selbst zum Gegenstand ihrer Unterhaltung machte. Wenn sie sich auch gern auf Vorfälle ihres eigenen Lebens bezog, so verweilte sie doch nie dabei; sie war ebensowenig ein krasser Egoist wie ein loses Klatschweib.

»Ich bin alt und verblichen und abgestanden«, sagte sie mehr als einmal; »ich bin nicht interessanter als die Zeitung der letzten Woche. Sie aber sind frisch und jung und von heute. Sie besitzen das, was wichtig ist – Gegenwärtigkeit. Ich besaß es auch einmal – wir alle besitzen es für eine Stunde. Aber Sie werden es länger behalten. Also wollen wir von Ihnen sprechen. Es gibt nichts, was Sie sagen, das ich nicht gerne anhören möchte. Es ist ein Zeichen, daß ich alt werde – daß ich gern mit jüngeren Menschen spreche. Ich finde, das ist eine sehr hübsche Entschädigung. Wenn wir die Jugend von innen nicht mehr besitzen, können wir sie wenigstens von außen haben, und ich meine wirklich, daß wir sie auf die Weise besser erkennen und empfinden. Natürlich müssen wir mit ihr im Einverständnis sein – und das werde ich immer. Ich weiß nicht, ob ich mit alten Leuten jemals mißgelaunt sein werde, hoffentlich nicht; es gibt gewiß einige alte Menschen, die ich bewundere, aber der Jugend werde ich alles durchgehen lassen: sie rührt mich zu sehr, sie spricht mich so an. Ich gebe Ihnen also *carte blanche;* Sie können unbesorgt frech werden; auch das werde ich Ihnen nachsehen und Sie schrecklich verwöhnen. Sie meinen, ich spräche, als sei ich hundert Jahre alt? Nun, bitte sehr, das bin ich auch: Ich bin vor der Französischen Revolution geboren. Ach, liebes Kind, *je viens de loin;* ich gehöre zur alten, alten Welt. Aber davon will ich nicht sprechen; ich will von der neuen reden. Sie müssen mir noch viel von Amerika erzählen; da erzählen Sie mir nie genug. Ich bin hiergeblieben, seitdem man mich als hilfloses Kind herüberbrachte, und es ist lächerlich, vielmehr es ist skandalös, wie wenig ich von dem herrlichen, schrecklichen, komischen Lande weiß – das gewiß das größte und merkwürdigste von allen ist. Von unserer Art gibt es hierzulande eine ganze Reihe, und ich muß sagen, ich halte uns für eine recht jämmerliche Gesellschaft. Man sollte in seinem eigenen Lande leben; was dieses auch sein mag, dort hat man seine Heimat. Wenn wir keine guten Amerikaner sind, sicherlich sind wir recht kümmerliche Europäer; hier haben wir keine Heimat. Wir sind bloße Parasiten und kriechen über die Oberfläche; wir stehen nicht mit den Füßen auf der Erde. Zum mindesten sollte man das wissen und sich keinen Illusionen hingeben. Eine Frau wird vielleicht damit fertig; eine Frau, scheint mir, hat nirgends eine Heimat; wo sie sich auch befindet, muß sie an der Oberfläche haften und mehr oder weniger kriechen. Sie protestieren, mein Kind? Sie sind entsetzt? Sie behaupten, Sie würden niemals kriechen? Es ist ja wahr, ich sehe Sie nicht am Boden kriechen. Sie stehen aufrechter als mancher unserer armen Mitmenschen. Sehr wohl; im ganzen glaube ich auch nicht, daß Sie kriechen werden. Aber die Männer, die Amerikaner – *je vous demande un peu*, was machen sie hier drüben aus sich? Ich beneide sie nicht um ihre Bemühungen, sich hier einzurichten. Sehen Sie sich doch den armen Ralph Touchett an; welche Figur macht er denn hier? Zum Glück hat er die Schwindsucht; ich sage zum Glück, weil sie ihm etwas zu tun gibt. Seine Schwindsucht ist seine Karriere; sie gibt ihm eine gewisse Stellung. Man kann sagen: ›Ach, Mr. Touchett pflegt seine Lunge; er weiß gut Bescheid über klimatische Verhältnisse.‹ Aber davon abgesehen, was würde er sein, was würde er sonst darstellen? ›Mr. Ralph Touchett: ein Amerikaner, der in Europa lebt.‹ Das besagt absolut gar nichts – unmöglich kann etwas noch weniger besagen. ›Er ist sehr kultiviert‹, heißt es, ›er hat eine sehr schöne Sammlung alter Schnupftabaksdosen.‹ Die Sammlung hat gerade noch gefehlt, damit die ganze Kläglichkeit erst recht zutage tritt. Schon den Klang des Wortes bin ich leid, ich finde es einfach grotesk. Bei dem armen alten Vater ist es anders; er hat seine Identität, und eine ziemlich massive. Er repräsentiert ein großes Bankgeschäft, und das ist heutzutage ebensogut wie irgendwas. Jedenfalls genügt es für einen Amerikaner vollauf. Aber ich bleibe bei meiner Ansicht, daß Ihr Vetter Glück hat mit seinem chronischen Leiden, solange er nicht daran stirbt. Das ist viel besser als die Schnupftabaksdosen. Wenn er nicht krank wäre, sagen Sie, dann würde er etwas anfangen? – dann würde er den Platz seines Vaters in der Bank übernehmen? Mein armes Kind, das bezweifle ich; ich glaube, er macht sich nicht das geringste aus der Bank. Jedoch Sie kennen ihn besser als ich, obgleich ich ihn früher sehr gut kannte, mein Zweifel entscheide also zu seinen Gunsten. Ich glaube, der schlimmste Fall ist einer meiner Freunde, ein Landsmann von uns, der in Italien wohnt (wo er ebenfalls hingebracht wurde, bevor er sich eines Besseren besinnen konnte), einer der bezauberndsten Männer, die ich kenne. Sie müssen ihn eines Tages kennenlernen. Ich werde Sie zusammenbringen, und dann werden Sie verstehen, was ich meine. Er heißt Gilbert Osmond und wohnt in Italien; das ist alles, was sich von ihm sagen oder hermachen läßt. Er ist ungemein gescheit, ein Mann, dazu bestimmt, sich auszuzeichnen; aber, wie ich Ihnen sagte, man erschöpft seine Beschreibung bereits, wenn man erklärt, er heiße Mr. Osmond und wohne *tout bêtement* in Italien. Keine Karriere, kein Name, keine Stellung, kein Vermögen, keine Vergangenheit, keine Zukunft, kein Garnichts. Nun ja, er malt, bitte schön – malt Aquarell; wie ich, nur besser als ich. Seine Bilder sind außerdem ziemlich schlecht; aber im ganzen bin ich ganz froh darüber. Zum Glück ist er sehr träge, so träge, daß es schon einer gewissen Stellung gleichkommt. Er kann von sich sagen: ›O, ich tue gar nichts; ich bin von tödlicher Faulheit. Man kann ja heutzutage nichts anfangen, wenn man nicht morgens um fünf Uhr aufsteht.‹ Auf die Weise wird er zu einer gewissen Ausnahme; man bekommt den Eindruck, er könnte schon etwas anfangen, wenn er nur früh aufstände. Er spricht auch nie von seinen Bildern – nicht im größeren Kreis; dazu ist er zu klug. Aber er hat ein Töchterchen – ein liebes kleines Mädchen; von ihr spricht er unentwegt. Er vergöttert sie, und wenn es ein Beruf wäre, ein ausgezeichneter Vater zu sein, hätte er große Meriten. Nur fürchte ich, damit steht es nicht besser als mit den Schnupftabaksdosen; vielleicht nicht einmal so gut. Jetzt erzählen Sie mir, was man in Amerika tut«, fuhr Madame Merle fort, welche, wie wir in Parenthese bemerken, diese Reflexionen nicht alle auf einmal zum besten gab; sie wurden hier nur dem Leser zuliebe aneinandergereiht. Sie plauderte von Florenz, wo Mr. Osmond wohnte und wo auch Mrs. Touchett einen mittelalterlichen Palast bewohnte, sie plauderte von Rom, wo sie selbst ein kleines *pied-à-terre* mit einigen recht guten alten Damasten besaß. Sie plauderte über Orte, über Menschen, selbst über »Themen«, wie man zu sagen pflegt, und zuweilen sprach sie über ihren guten alten Gastgeber und seine Genesungsaussichten. Von Anfang an hatte sie diese Aussichten für gering gehalten, und Isabel war es aufgefallen, mit welcher positiven, abwägenden, umsichtigen Art sie ihm seine verbleibenden Tage bemaß. Eines Abends verkündete sie definitiv, daß er nicht länger leben werde.

»Sir Matthew Hope hat es mir so offen erklärt, wie es die Schicklichkeit nur zuließ«, sagte sie; »als er dort neben dem Feuer stand, vor dem Abendessen. Er hat eine sehr angenehme Art, der große Doktor. Ich meine nicht, daß diese Mitteilung das mindeste damit zu tun hätte. Aber er sagt so etwas mit großem Taktgefühl. Ich hatte ihm erzählt, daß ich mir jetzt als Besuch hier sehr deplaciert vorkäme, daß ich mir selbst so indiskret erschiene – nicht als ob ich mich der Krankenpflege entziehen möchte. ›Sie müssen bleiben, Sie müssen bleiben‹, antwortete er, ›Ihre Aufgabe wird noch kommen.‹ War das nicht eine sehr zarte Umschreibung dafür, daß der arme Mr. Touchett von uns gehen und ich dann als Tröster von Nutzen sein werde? Allerdings bin ich dann nicht von leisestem Nutzen. Ihre Tante wird sich selbst trösten; sie und sie ganz allein weiß genau, wieviel Trost sie braucht. Für jede andere Person wäre es ein sehr heikles Unterfangen, ihr diese Dosis zu bemessen. Bei Ihrem Vetter ist es etwas anderes; er wird seinen Vater unendlich entbehren. Aber ich würde nie so vermessen sein, Mr. Ralph Trost zu spenden; wir sind nicht so vertraut miteinander.« Madame Merle hatte schon mehr als einmal auf eine undefinierbare Unstimmigkeit in ihrer Beziehung zu Ralph Touchett angespielt, so daß Isabel diese Gelegenheit ergriff, um sie zu fragen, ob sie nicht gut Freund mit ihm sei.

»Durchaus, aber er mag mich nicht.«

»Was haben Sie ihm getan?«

»Nicht das mindeste. Aber dazu bedarf man keiner Begründung.«

»Um Sie nicht leiden zu können? Dazu muß man schon einen zwingenden Grund haben, würde ich meinen.«

»Sehr liebenswürdig. Legen Sie sich einen zurecht für den Tag, an dem Sie damit anfangen.«

»Sie nicht mehr leiden zu können? Damit fange ich nie an.«

»Hoffentlich nicht; denn sonst würden Sie nie wieder aufhören. So ergeht es Ihrem Vetter, er wird nicht damit fertig. Es ist eine natürliche Antipathie – wenn ich es so nennen kann, da sie nur auf seiner Seite besteht. Ich habe nicht das mindeste gegen ihn und trage es ihm auch keineswegs nach, daß er mir nicht gerecht wird. Ich will ja nur Gerechtigkeit. Immerhin, man spürt, er ist ein Gentleman, er würde nie eine üble Nachrede führen. *Cartes sur table*«, setzte Madame Merle im selben Moment hinzu. »Ich habe keine Angst vor ihm.«

»Das hoffe ich«, sagte Isabel und setzte, dem Sinne nach, hinzu, er sei einer der wohlmeinendsten Menschen in der Welt. Doch fiel ihr ein, daß er bei ihrer ersten Frage nach Madame Merle in einer Weise geantwortet hatte, die für besagte Dame verletzend, wenn auch nicht aufschlußreich gewesen war. Da war etwas zwischen ihnen, sagte Isabel zu sich selbst, aber mehr äußerte sie nicht. War es etwas von Wichtigkeit, erheischte es Respekt; anderenfalls aber lohnte es die Neugier nicht. Bei aller Wißbegier schrak sie instinktiv davor zurück, Schleier zu lüften und in unbeleuchtete Winkel zu blicken. Die Liebe zur Erkenntnis verband sich in ihrem Geist mit der feinsten Begabung zur Ignoranz.

Aber Madame Merle sagte zuweilen Dinge, die Isabel auffahren ließen, die sie veranlaßten, ihre klaren Augenbrauen hochzuziehen und den Worten noch später nachzusinnen. »Ich gäbe viel darum, noch einmal in Ihrem Alter zu sein«, stieß sie einmal mit einer Bitterkeit hervor, die, obwohl gemildert durch ihre übliche, sanfte Lässigkeit, sich nur schlecht verhehlte. »Wenn ich nur noch einmal von vorn beginnen – mein Leben noch vor mir haben könnte!«

»Sie haben Ihr Leben noch vor sich«, entgegnete Isabel sanft, denn sie wurde von ungewisser Scheu ergriffen.

»Nein, das Beste ist dahin – für nichts und wieder nichts.«

»Aber doch gewiß nicht für nichts«, sagte Isabel.

»Warum nicht? – Was habe ich denn jetzt? Weder einen Mann noch ein Kind, weder Vermögen noch Stellung noch die Spuren einer Schönheit, die ich nie besessen.«

»Sie haben viele Freunde.«

»Dessen bin ich nicht so sicher!« rief Madame Merle.

»O, da irren Sie sich. Sie haben Erinnerungen, Gaben, Talente – « Aber Madame Merle unterbrach sie. »Was haben meine Talente mir eingebracht? Nichts als das Bedürfnis, sie weiter auszuüben, um die Stunden, die Jahre auszufüllen, um mich mit angeblicher Bewegung, mit Bewußtlosigkeit zu betrügen. Was meine Gaben und Erinnerungen angeht, so ist es am besten, man schweigt darüber. Auch Sie werden mir Ihre Freundschaft nur bewahren, bis Sie besseren Gebrauch davon machen können.«

»Dann müssen Sie dafür sorgen, daß das nicht geschieht«, sagte Isabel.

»Ja, ich würde mich schon anstrengen, um Sie zu halten.« Und ihre Gefährtin blickte sie ernst an. »Wenn ich sagte, ich wäre gern noch einmal in Ihrem Alter, dann meine ich mit Ihren Eigenschaften – freimütig, großzügig und aufrichtig wie Sie. In dem Fall hätte ich etwas Besseres aus meinem Leben gemacht.«

»Was hätten Sie gern gemacht, was Sie verabsäumten?«

Madame Merle nahm ein Notenheft – sie saß vor dem Klavier und hatte sich bei ihren ersten Worten auf ihrem Schemel jäh herumgedreht – und wendete mechanisch die Seiten. »Ich bin sehr ehrgeizig«, entgegnete sie schließlich.

»Und haben Sie Ihren Ehrgeiz nicht befriedigt? Er muß sehr groß gewesen sein.«

»Er war groß. Ich würde mich lächerlich machen, wenn ich davon redete.«

Isabel wunderte sich, welche Pläne Madame Merle wohl gehabt – ob sie wohl nach einer Krone gestrebt haben mochte. »Ich weiß ja nicht, was Sie sich unter Erfolg vorstellen, aber mir erscheinen Sie sehr erfolgreich. Für mich sind Sie tatsächlich der lebendige Inbegriff des Erfolges.«

Madame warf mit einem Lächeln das Notenheft beiseite. »Was ist denn Ihre Vorstellung von Erfolg?«

»Sie denken offensichtlich, es müsse eine sehr zahme sein; ich möchte erleben, sehen, wie ein Traum unserer Jugend wahr wird.«

»Ah«, rief Madame Merle, »das habe ich nie gesehen! Aber meine Träume waren auch zu hoch – zu vermessen. Der Himmel sei mir gnädig, auch jetzt träume ich!« Und sie kehrte sich wieder zum Klavier und begann, großartig zu spielen. Am anderen Morgen sagte sie zu Isabel, ihre Erfolgsdefinition sei sehr hübsch, aber auch schrecklich traurig gewesen. »Daran gemessen – wer hätte jemals Erfolg gehabt? Die Träume unserer Jugend, ach, sie waren magisch, sie waren göttlich! Wer hätte je gesehen, daß sie sich erfüllten?«

»Ich selbst – wenigstens einige«, wagte Isabel zu entgegnen.

»Schon? Das müssen Träume von gestern gewesen sein.«

»Ich fing schon sehr jung zu träumen an«, lächelte Isabel.

»Ach, wenn Sie die Wünsche der Kindheit meinen – eine rosa Schürze und eine Puppe mit Schlafaugen.«
»Nein, die meine ich nicht.«
»Oder den jungen Mann mit hübschem Schnurrbart, der vor uns auf die Knie fällt.«
»Nein, den auch nicht«, erklärte Isabel mit noch größerem Nachdruck.
Madame Merle schien dieser Eifer nicht zu entgehen. »Ich argwöhne, den meinen Sie doch. Der junge Mann mit dem Schnurrbart ist uns allen begegnet. Der ist unvermeidlich; der zählt nicht.«
Isabel schwieg ein Weilchen und sprach dann in äußerster und charakteristischer Inkonsequenz: »Warum sollte er nicht zählen? Es gibt solche und solche junge Männer.«
»Und der Ihre war ein Musterexemplar – wollen Sie das sagen?« fragte die Freundin und lachte. »Wenn Ihnen ebenderselbe junge Mann begegnete, den Sie sich erträumten, dann war das ein Erfolg, und ich gratuliere Ihnen von ganzem Herzen. Aber warum sind Sie dann nicht mit ihm auf sein Schloß im Apennin geflogen?«
»Er hat kein Schloß im Apennin.«
»Was hat er sonst? Ein häßliches Backsteinhaus in der *Fortieth Street*? Erzählen Sie mir nicht so etwas; ich weigere mich, das als Ideal anzuerkennen.«
»Sein Haus ist mir völlig gleichgültig«, sagte Isabel.
»Dann sind Sie noch sehr unreif. Wenn Sie erst so lange gelebt haben wie ich, werden Sie merken, daß jedes menschliche Wesen eine Schale hat und daß man diese Schale in Rechnung stellen muß. Mit ›Schale‹ meine ich seine ganzen äußeren Verhältnisse. So etwas wie eine Frau oder einen Mann ganz für sich gibt es nicht; wir sind alle ein Bündel von Bedingnissen. Was nennen wir denn ›unser Selbst‹? Wo fängt es an? Wo hört es auf? Es strömt in alles, was uns gehört – und von da strömt es zurück. Ich weiß, ein großer Teil meines Selbst steckt in meinen Kleidern, die ich mir aussuche. Ich habe großen Respekt vor *Sachen*. Das eigene Selbst liegt – für andere – in dem Ausdruck unseres Selbst; unser Haus, unsere Möbel, unsere Kleidung, die Bücher, die wir lesen, die Beziehungen, die wir pflegen – diese Dinge drücken uns aus.«
Dies klang sehr metaphysisch; allerdings auch nicht mehr als andere Bemerkungen, die Madame Merle bereits gemacht hatte.

Isabel hatte eine Vorliebe für Metaphysik, aber ihrer Freundin in dieser kühnen Analyse der menschlichen Persönlichkeit zu folgen, war sie außerstande. »Da stimme ich Ihnen nicht zu. Ich finde, es verhält sich gerade umgekehrt. Ich weiß ja nicht, ob es mir gelingt, mich jemals auszudrücken, aber das weiß ich, daß mich etwas anderes nie ausdrücken kann. Nichts, was mir gehört, kann ein Maß meines Wesens sein; im Gegenteil, alles ist Grenze, ist Schranke, und dazu eine völlig willkürliche. Die Kleider, die man sich aussucht, wie Sie sagen, sind bestimmt kein Ausdruck von mir, und der Himmel bewahre mich davor.«

»Sie ziehen sich sehr gut an«, warf Madame Merle leichthin ein.

»Schon möglich; aber ich möchte nicht danach beurteilt werden. Meine Kleider mögen Ausdruck meiner Schneiderin sein, aber nicht mein eigener. Ich trage sie ja gar nicht aus eigenem Antrieb. Sie wurden mir von der Gesellschaft vorgeschrieben.«

»Würden Sie sie lieber ablegen?« fragte Madame Merle in einem Ton, welcher die Unterhaltung praktisch beendete.

Wir müssen gestehen, obgleich es auf das Bild, das wir von der jugendlichen Treue unserer Heldin zu dieser vollkommenen Frau entwarfen, einen Schatten werfen könnte, daß Isabel ihr nicht das geringste von Lord Warburton gesagt hatte und auch beim Thema Caspar Goodwood äußerst verschwiegen gewesen war. Sie hatte ihr zwar nicht verborgen, daß sie schon Heiratsmöglichkeiten hatte, und ihre Freundin auch wissen lassen, von welch vorteilhafter Art diese gewesen. Lord Warburton hatte Lockleigh verlassen und war mit beiden Schwestern nach Schottland gereist; und wenn er auch verschiedentlich an Ralph geschrieben und sich nach Mr. Touchetts Befinden erkundigt hatte, so war das junge Mädchen doch nicht der Verlegenheit seiner Nachfragen ausgesetzt, die er, wäre er in der Nachbarschaft verblieben, sich doch vielleicht verpflichtet gefühlt hätte persönlich vorzubringen. Er hatte ausgezeichnete Manieren, aber sie war überzeugt, wäre er nach Gardencourt gekommen, würde er Madame Merle getroffen und Gefallen an ihr gefunden haben, um ihr dann zu verraten, daß er ihre junge Freundin liebte. Zufällig war er auch während früherer Besuche dieser Dame, deren jeder kürzer als der derzeitige gedauert hatte, entweder nicht in Lockleigh gewesen oder hatte Mr. Touchett nicht besucht. Daher hatte Madame Merle, obwohl sie ihn dem Namen nach als den ersten Mann der Grafschaft kannte, keine Veranlassung, in ihm einen Bewerber der frisch importierten Nichte Mrs. Touchetts zu vermuten.

»Sie haben noch viel Zeit«, hatte sie in Erwiderung auf Isabels lückenhafte vertrauliche Mitteilungen erklärt, die unsere junge Freundin ihr gemacht hatte und die keinen Anspruch auf Vollständigkeit erhoben, obschon wir feststellten, daß das junge Mädchen zeitweilig zerknirscht dachte, sie hätte schon zuviel gesagt. »Ich bin froh, daß Sie bisher noch nichts in dieser Richtung unternahmen – daß Sie es noch vor sich haben. Es ist immer gut, wenn ein Mädchen einige gute Anträge ausschlägt – natürlich nur, solange es nicht die besten sind, die ihr voraussichtlich gemacht werden. Verzeihen Sie, das klingt schrecklich bestechlich; man muß auch zuweilen die weltliche Seite bedenken. Und Sie dürfen auch nicht weiter Körbe austeilen nur aus Freude an Körben. Es ist gewiß eine angenehme Erprobung unserer Macht, aber anzunehmen, ist schließlich auch eine Erprobung unserer Macht. Es besteht immer die Gefahr, daß man einen Korb zuviel austeilt. Dem habe ich mich nicht ausgesetzt; ich verteilte nicht genug. Sie sind ein entzückendes Geschöpf; ich sähe es gern, wenn Sie einen Premierminister heirateten. Aber genaugenommen, das wissen Sie selbst, sind Sie nicht, was man, technisch gesprochen, eine gute Partie nennt. Sie sehen ungewöhnlich gut aus und sind ungewöhnlich gescheit; so gesehen sind Sie schon etwas Besonderes. Doch von Ihren irdischen Besitztümern scheinen Sie nur verschwommene Vorstellungen zu haben; soweit ich sehe, sind Sie nicht mit Einkünften belastet. Ich wünschte, Sie hätten ein bißchen Geld.«

»Das wünschte ich auch!« sagte Isabel einfach, augenscheinlich vergessend, daß ihre Armut bisher für zwei vorzügliche Anbeter ein verzeihlicher Fehler war.

Trotz Sir Matthew Hopes wohlwollender Empfehlung blieb Madame Merle nicht bis zum Ende da, denn jetzt wurde der Krankheitsausgang des armen Mr. Touchett ganz offen genannt. Sie hatte anderen Leuten gegenüber Verpflichtungen, die sie endlich einlösen mußte, also verließ sie Gardencourt mit der Vereinbarung, auf alle Fälle Mrs. Touchett noch einmal aufzusuchen oder in London zu treffen, bevor sie England verließe. Ihr Abschied von Isabel bestätigte die beginnende Freundschaft noch mehr, als ihr Zusammensein es getan. »Ich werde sechs verschiedene Freunde hintereinander aufsuchen, aber darunter befindet sich keiner, der mir so gefällt wie Sie. Es sind zwar alles alte

Freunde; in meinem Alter schließt man keine neuen Freundschaften mehr. Ich habe da für Sie eine große Ausnahme gemacht. Das dürfen Sie nicht vergessen und müssen so gut wie möglich von mir denken. Sie müssen mich belohnen, indem Sie mir Ihr Vertrauen schenken.«

Statt aller Antwort gab Isabel ihr einen Kuß, und wenn auch manche Frauen mit Leichtigkeit küssen, so gibt es doch Unterschiede, und diese Umarmung befriedigte Madame Merle.

Von nun an war unsere junge Dame viel allein; sie traf ihre Tante und ihren Vetter nur zu den Mahlzeiten und stellte fest, daß von den Stunden, die Mrs. Touchett unsichtbar blieb, nur der kleinere Teil der Pflege ihres Gatten gewidmet war. Die übrige Zeit verbrachte sie in ihren eigenen Räumen, zu denen selbst ihre Nichte keinen Zutritt hatte und in denen sie sich augenscheinlich mit mysteriösen und undurchsichtigen Übungen beschäftigte. Bei Tisch war sie ernst und schweigsam; aber ihre Feierlichkeit war keine Pose – Isabel sah, sie entsprach ihrer Überzeugung. Sie überlegte, ob ihre Tante jetzt bereue, so sehr ihren eigenen Weg gegangen zu sein; aber dafür gab es keine sichtbaren Anzeichen – keine Tränen, keine Seufzer, keinen übertriebenen Eifer, der vielmehr immer vernünftig blieb. Mrs. Touchett schien einfach das Bedürfnis zu haben, die Dinge zu überdenken und das Fazit zu ziehen; sie führte ein kleines moralisches Kontobuch – mit fehlerlos unterstrichenen Zahlenreihen und einer harten Stahlschließe –, in welchem sie vorbildlich Ordnung hielt. Überlegungen, die sie äußerte, hatten immer einen durchaus praktischen Klang. »Wenn ich dies vorausgesehen hätte, würde ich dir für jetzt nicht vorgeschlagen haben, mit mir ins Ausland zu gehen«, sagte sie zu Isabel, nachdem Madame Merle das Haus verlassen. »Dann hätte ich gewartet und im nächsten Jahre nach dir geschickt.«

»So daß ich meinen Onkel vielleicht nie kennengelernt hätte? Es ist ein großes Glück für mich, daß ich jetzt gekommen bin.«

»Das mag schon sein. Aber ich habe dich nicht nach Europa gebracht, damit du deinen Onkel kennenlernst.« Diese Rede entsprach ganz der Wahrheit, aber nach Isabels Ansichten nicht ganz dem richtigen Zeitpunkt. Sie hatte Muße genug, über diese und andere Dinge nachzudenken. Jeden Tag unternahm sie einen einsamen Spaziergang und verbrachte bestimmungslose Stunden mit den Büchern der Bibliothek. Zu den Dingen, die ihre Aufmerksamkeit fesselten, gehörten die Abenteuer ihrer

Freundin Henrietta Stackpole, mit der sie regelmäßig korrespondierte. Isabel gefiel der private Briefstil ihrer Freundin viel besser als ihr öffentlicher; das heißt, sie hätte ihre öffentlichen Briefe ausgezeichnet gefunden, wären sie nicht gedruckt worden. Henriettas Karriere war jedoch nicht so erfolgreich, wie man hätte wünschen können, selbst im Interesse ihres privaten Glückes; jene Vorstellung vom Innenleben Großbritanniens, der sie so eifrig nachjagte, schien wie ein Irrlicht vor ihr her zu tanzen. Die Einladung der Lady Pensil war aus mysteriösen Gründen niemals eingetroffen, und mit all seinem freundlichen Scharfsinn war der arme Mr. Bantling außerstande gewesen, die schwerwiegende Mißachtung einer Botschaft zu erklären, die offensichtlich abgegangen war. Augenscheinlich hatte er sich Henriettas Sorgen sehr zu Herzen genommen und schien jetzt der Ansicht zu sein, ihr für den illusorischen Besuch in Bedfordshire eine Entschädigung zu schulden. »Er findet, ich sollte mir den Kontinent ansehen«, schrieb Henrietta, »und da er selbst eine Reise dorthin beabsichtigt, halte ich seinen Rat für ehrlich. Er fragte immer, warum ich mir nicht das französische Leben betrachte; tatsächlich möchte ich die neue Republik gern kennenlernen. Mr. Bantling ist zwar kein Freund der Republik, aber er will sowieso nach Paris. Ich muß sagen, er ist so aufmerksam, wie ich es mir nur wünschen kann, so daß ich doch einen höflichen Engländer kennengelernt habe. Ich erkläre Mr. Bantling fortgesetzt, er müßte eigentlich Amerikaner sein; du solltest sehen, wie ihm das gefällt. Sobald ich das sage, bricht er in immer denselben Ausruf aus: ›Ach, aber wirklich, wo denken Sie hin!‹« Wenige Tage später schrieb sie, sie habe beschlossen, Ende der Woche nach Paris zu fahren, und Mr. Bantling habe versprochen, sie an die Bahn zu bringen – sie vielleicht bis Dover zu begleiten. In Paris werde sie auf Isabels Ankunft warten, setzte Henrietta hinzu, ohne Mrs. Touchett zu erwähnen, als ob Isabel ihre Europatour allein antreten würde. Eingedenk seines Interesses gab unsere Heldin Teile dieser Korrespondenz an Ralph weiter, der beinahe erleichtert die Nachrichten über die weiteren Wege der Vertreterin des *Interviewers* aufnahm.
»Mir scheint, sie macht sich«, sagte er, »mit einem früheren Kavallerieoffizier nach Paris zu fahren! Wenn sie etwas schreiben will, braucht sie bloß diese Episode darzustellen.«
»Es ist gewiß nicht sehr konventionell«, antwortete Isabel; »aber wenn du meinst, daß es – soweit es Henrietta betrifft – nicht

in aller Unschuld geschieht, irrst du dich sehr. Du wirst Henrietta nie verstehen.«
»Entschuldige, ich verstehe sie vollkommen. Zunächst verstand ich sie gar nicht, aber jetzt habe ich den richtigen Blickpunkt. Ich fürchte nur, daß Bantling ihn noch nicht hat; er kann noch einige Überraschungen erleben. O, ich verstehe Henrietta, als hätte ich sie selbst geschaffen.«
Davon war Isabel nicht ganz überzeugt, aber sie enthielt sich weiterer Zweifel, denn sie fühlte in diesen Tagen großes Erbarmen mit ihrem Vetter. Eines Nachmittags, knapp eine Woche nach Madame Merles Abreise, saß sie in der Bibliothek mit einem Buch, das sie wenig fesselte. Sie hatte sich in die tiefe Fensterbank gesetzt, von wo aus sie in den trüben, nassen Park blickte, und da die Bibliothek rechtwinklig zur Auffahrt des Hauses stand, konnte sie des Doktors Kalesche sehen, die schon zwei Stunden vor der Tür wartete. Es fiel ihr auf, daß er so lange blieb, aber schließlich sah sie, wie er heraustrat, einen Augenblick stehenblieb, sich langsam die Handschuhe anzog und die Knie seines Pferdes betrachtete; dann stieg er ein, und der Wagen rollte davon. Isabel blieb noch eine halbe Stunde sitzen; große Stille herrschte im Haus. Das Schweigen war so groß, daß sie fast zusammenfuhr, als sie schließlich einen leichten, langsamen Schritt auf dem dicken Teppich im Zimmer hörte. Sie wandte sich rasch vom Fenster ab und erblickte Ralph Touchett, die Hände wie immer in den Hosentaschen, aber das Gesicht ohne eine Spur seines üblichen Lächelns. Sie erhob sich, und in ihrer Bewegung und in ihrem Blick lag eine Frage.
»Es ist alles vorbei«, sagte Ralph.
»Soll das heißen, der Onkel –?« Und Isabel hielt inne.
»Mein lieber Vater starb vor einer Stunde.«
»O mein armer Ralph!« klagte sie leise und streckte ihre beiden Hände nach ihm aus.

XX

Ungefähr vierzehn Tage später fuhr Madame Merle in einer schönen Equipage vor dem Hause in Winchester Square vor. Beim Aussteigen bemerkte sie zwischen den Fenstern des Speisezimmers eine große, frische Holztafel, auf deren neuer schwarzer Oberfläche in weißer Schrift zu lesen stand: »Dieses vor-

nehme Anwesen ist zu verkaufen«, mit der Unterschrift des Agenten, bei dem Näheres zu erfahren war. »Sie verlieren wirklich keine Zeit«, sagte die Besucherin, als sie den großen Messingklopfer in Bewegung setzte und auf Einlaß wartete, »es ist ein praktisches Land!« Im Innern des Hauses entdeckte sie, während sie dem Salon zuschritt, zahlreiche Zeichen der Abdankung; Bilder, die von den Wänden genommen und auf Sofas gestellt waren; vorhanglose Fenster und entblößte Fußböden. Mrs. Touchett empfing sie sofort und deutete mit wenigen Worten an, daß sie ihre Kondolenzbeweise als für geschehen erachte.
»Ich weiß, was du sagen willst – er war ein sehr guter Mensch. Aber das weiß ich selbst am besten, denn ich gab ihm die meisten Möglichkeiten, das zu beweisen. Darin, denke ich, war ich ihm eine gute Frau.« Mrs. Touchett setzte hinzu, daß ihr Mann das zum Schluß auch offensichtlich anerkannt habe. »Er hat mir viel Freiheit gelassen«, sagte sie; »ich will nicht sagen, mehr Freiheit, als ich erwartete, denn ich erwartete keine. Du weißt ja, daß es meine Art nicht ist, etwas zu erwarten. Aber er verschloß sich der Tatsache nicht, nehme ich an, daß ich, obwohl ich häufig fort war und mich – du kannst sagen: frei – unter fremde Leute mischte, für niemand anders die geringste Neigung zeigte.«
»Für niemand als für dich selbst«, bemerkte Madame Merle bei sich; aber diese Bemerkung blieb vollkommen lautlos.
»Ich habe niemals meinen Gemahl für jemand anders geopfert«, fuhr Mrs. Touchett in ihrer gedrungenen Kürze fort.
»Ach nein«, dachte Madame Merle, »du hast nie etwas für jemand anders getan.«
In diesem stummen Kommentar lag ein gewisser Zynismus, der der Aufklärung bedarf; um so mehr, als er weder mit dem – vielleicht etwas oberflächlichen – Eindruck, den wir bisher von Madame Merles Charakter genossen, noch mit den tatsächlichen Ereignissen in Mrs. Touchetts Geschichte im Einklang steht; um so mehr obendrein, als Madame Merle mit Recht überzeugt sein konnte, daß die letzte Bemerkung ihrer Freundin nicht im mindesten auf sie gemünzt war. In Wahrheit hatte sie, kaum daß sie die Schwelle überschritten, sich des Eindruckes nicht erwehren können, daß Mr. Touchetts Tod subtile Konsequenzen gezeitigt hatte und daß diese Konsequenzen einem kleinen Kreis zugute gekommen waren, zu dem sie selbst nicht zählte. Selbstverständlich war es ein Ereignis, das natürliche Folgen haben

mußte; ihre Vorstellungskraft hatte sich während ihres Besuchs in Gardencourt mehr als einmal mit diesem Umstand beschäftigt. Aber es war etwas anderes, eine solche Sache im Geiste vorauszusehen als jetzt den massiven Beweisen gegenüberzustehen. Der Gedanke an eine Verteilung des Eigentums – sie hätte fast gesagt: der Beute – bedrückte sie eben jetzt und irritierte sie durch das Gefühl, dabei ausgeschlossen zu sein. Wir sind weit davon entfernt, sie als eines der hungrigen Mäuler oder neidischen Herzen der gewöhnlichen Herde hinzustellen, aber wir haben bereits erfahren, daß sie Begierden hatte, die nie befriedigt wurden. Hätte man sie gefragt, würde sie natürlich zugegeben haben – mit feinem, stolzem Lächeln –, daß sie nicht den leisesten Anspruch auf einen Anteil an Mr. Touchetts Nachlaß besaß. »Nie im Leben war etwas zwischen uns«, würde sie sagen, »nicht so viel, der Ärmste!« und mit Daumen und Mittelfinger schnippen. Wir beeilen uns, außerdem hinzuzufügen, daß sie bei allem perversen Verlangen, das sie im Moment nicht ganz unterdrücken konnte, sich sorgfältig hütete, auch nur das geringste davon zu verraten. Schließlich hatte sie für Mrs. Touchetts Gewinne ebensoviel Verständnis wie für ihre Verluste.

»Er hat mir dies Haus hinterlassen«, sagte die frischgebackene Witwe; »aber ich werde es natürlich nicht bewohnen; ich habe ja in Florenz ein weit besseres. Sein Testament wurde erst vor drei Tagen eröffnet, aber ich habe das Haus bereits zum Verkauf gestellt. An der Bank bin ich gleichfalls beteiligt, aber ich habe noch nicht begriffen, ob ich verpflichtet bin, meinen Anteil dort zu lassen. Wenn nein, werde ich ihn bestimmt herausnehmen. Ralph bekam natürlich Gardencourt; aber ich weiß nicht, ob er in der Lage sein wird, das Gut zu halten. Er wurde natürlich sehr gut bedacht, aber sein Vater hat riesige Summen fortgegeben; eine ganze Reihe von Vettern dritten Grades in Vermont bekamen ein Legat. Ralph hängt jedoch an Gardencourt und könnte dort – den Sommer über – ganz gut mit einem Alleinmädchen und einem Gärtnerburschen hausen. Das Testament meines Mannes enthält übrigens eine bemerkenswerte Klausel«, setzte Mrs. Touchett hinzu. »Er hat meiner Nichte ein Vermögen hinterlassen.«

»Ein Vermögen!« wiederholte Madame Merle leise.

»Isabel erhält an die siebzigtausend Pfund.«

Madame Merles Hände lagen gefaltet in ihrem Schoß; jetzt hob sie sie, noch gefaltet, und preßte sie für einen Moment gegen

ihren Busen, während sie mit geweiteten Augen die Freundin anstarrte. »Ah«, rief sie, »die schlaue kleine Person!«
Mrs. Touchett warf ihr einen schnellen Blick zu. »Was willst du damit sagen?«
Für einen Augenblick verdunkelten sich Madame Merles Züge, und sie senkte die Augen. »Es ist gewiß sehr schlau, solchen Erfolg zu buchen – ohne jede Anstrengung!«
»Anstrengungen hat sie gewiß nicht gemacht. Du mußt da nicht von Erfolg reden.«
Madame Merle befand sich selten in der peinlichen Lage, ihre Worte zurücknehmen zu müssen; ihre Weisheit bewährte sich vielmehr darin, sie aufrechtzuerhalten und nur in ein günstigeres Licht zu rücken. »Liebste Freundin, Isabel würde gewiß nicht siebzigtausend Pfund erben, wenn sie nicht das reizendste Mädchen der Welt wäre. Ihr Liebreiz schließt große Klugheit nicht aus.«
»Ich bin überzeugt, sie hat nicht im Traum daran gedacht, daß mein Mann je etwas für sie tun würde; ich habe auch nie im Traum daran gedacht, denn er hat nie etwas von seiner Absicht verlauten lassen«, entgegnete Mrs. Touchett. »Sie hatte nicht den leisesten Anspruch; es war für ihn schließlich keine große Empfehlung, daß sie *meine* Nichte war. Was immer sie erreichte, sie erreichte es ahnungslos.«
»Oh«, stimmte Madame Merle zu, »das sind die größten Würfe!«
Mrs. Touchett beharrte bei ihrer Meinung. »Das Mädchen ist ein Glückspilz, das leugne ich nicht. Aber zur Zeit ist sie einfach sprachlos.«
»Soll das heißen, daß sie nicht weiß, was sie mit dem Geld anfangen soll?«
»Daran hat sie, glaube ich, noch gar nicht gedacht. Sie weiß nicht, was sie von der ganzen Sache halten soll. Es war, als ob man plötzlich eine große Kanone hinter ihr abgefeuert hätte; jetzt fühlt sie nach, ob sie nicht verletzt ist. Es ist erst drei Tage her, da machte ihr der Testamentsvollstrecker sehr höflich persönlich einen Besuch, um sie zu unterrichten. Er erzählte mir hinterher, sie sei, nachdem er seine kleine Rede beendet, in Tränen ausgebrochen. Das Geld bleibt übrigens in der Bank, und sie bezieht die Zinsen.«
Madame Merle schüttelte mit weisem und nun ganz mildem Lächeln den Kopf. »Wie köstlich! Wenn sie das zwei- oder dreimal getan hat, wird sie sich daran gewöhnen.« Dann fragte sie

nach einem Schweigen unvermittelt: »Was hält dein Sohn davon?«
»Er hat England vor der Testamentseröffnung verlassen – ganz aufgebraucht von Müdigkeit und Kummer – und hat sich eilig in den Süden begeben. Er ist unterwegs zur Riviera, und ich habe noch nichts von ihm gehört. Aber es ist wenig wahrscheinlich, daß er gegen irgendeine Handlung seines Vaters Einwände erhebt.«
»Sagtest du nicht, sein eigener Anteil sei verringert?«
»Nur auf seinen Willen hin. Ich weiß, daß er seinen Vater drängte, etwas für die Verwandten in Amerika zu tun. Er hat nicht die geringste Veranlagung, in der ersten Person zu denken.«
»Das hängt davon ab, wen er als erste Person betrachtet!« sagte Madame Merle. Einen Augenblick blieb sie nachdenklich sitzen, die Augen auf den Boden geheftet. »Darf ich deine glückliche Nichte nicht begrüßen?« fragte sie dann, sie wieder aufschlagend.
»Du kannst sie gern sehen, aber sie wird dir nicht gerade als sehr glücklich auffallen. Sie hat in diesen drei Tagen so feierlich wie eine Madonna von Cimabue ausgesehen!« Und Mrs. Touchett klingelte dem Diener.
Isabel erschien, kurz nachdem der Diener nach ihr geschickt worden war, und Madame Merle mußte, als sie ihrer ansichtig wurde, zugeben, daß Mrs. Touchetts Vergleich etwas für sich hatte. Das junge Mädchen war ernst und blaß – ein Eindruck, den ihre tiefe Trauerkleidung nicht milderte; aber ihr Gesicht wurde von ihrem strahlendsten Lächeln erhellt, als sie Madame Merle erblickte, die ihr entgegenging, ihr die Hand auf die Schulter legte und sie, nachdem sie sie einen Augenblick betrachtet hatte, küßte, als ob sie ihr den in Gardencourt empfangenen Abschiedskuß zurückgeben wollte. Dies war die einzige Andeutung, mit welcher die Besucherin, in ihrem großen Taktgefühl, zunächst auf die Erbschaft ihrer jungen Freundin Bezug nahm.
Mrs. Touchett hatte nicht die Absicht, den Verkauf ihres Hauses in London abzuwarten. Nachdem sie unter den Möbeln die Gegenstände herausgesucht hatte, die sie in ihr anderes Heim zu übernehmen wünschte, überließ sie alles andere dem Auktionator und begab sich auf ihre Reise zum Kontinent. Ihre Nichte begleitete sie natürlich; sie hatte jetzt reichlich Muße, den Glücksfall, zu dem Madame Merle ihr so verschämt gratulierte, zu er-

messen, abzuwägen und sich im übrigen hinein zu schicken. Der Gedanke, auf einmal ein Vermögen zu besitzen, beschäftigte sie viel, sie wendete ihn wohl ein dutzendmal hin und her; aber wir wollen jetzt nicht versuchen, ihrem Gedankenflug zu folgen oder genau zu erklären, warum ihr Gewissen im Anfang noch bedrückt war. Ihre Unfähigkeit, sofort die richtige Freude zu empfinden, währte übrigens nicht lange. Das Mädchen war jetzt zu der Erkenntnis gelangt, daß Reichsein eine Tugend sei, weil es zu Unternehmungen befähigte, und daß Unternehmungen nur süß sein konnten. Es war die anmutige Kehrseite zur dummen Seite der Schwäche – besonders der weiblichen Schwäche. Schwach zu sein, konnte einer zarten, jungen Person ganz gut stehen, aber schließlich, fand Isabel heraus, gab es größere Anmut als solche. Gegenwärtig, das traf zu, konnte sie noch nicht viel unternehmen, nachdem sie schon einen Scheck an Lily und einen anderen an die arme Edith geschickt hatte; aber sie war nur dankbar für die ruhigen Monate, die ihre Trauerkleider und die frische Witwenschaft der Tante sie miteinander zu verbringen nötigten. Der Besitz von Macht stimmte sie nachdenklich; sie prüfte ihre Macht mit einer Art zarter Wildheit, aber sie war nicht gierig, sie auszuüben. Damit begann sie erst während ihres mehrwöchigen Aufenthalts in Paris, wo sie schließlich mit ihrer Tante eintraf, wenn auch in einer Weise, die unweigerlich trivial sein mußte. Es war die Weise, die eine Stadt natürlich nahelegt, deren Geschäfte die Bewunderung der ganzen Welt erregen, und sie war uneingeschränkt durch die Führung von Mrs. Touchett bestimmt, welche die Umwandlung ihrer Nichte von einem armen zu einem reichen Mädchen von rein praktischem Standpunkt aus betrachtete. »Da du nun eine vermögende junge Dame bist, mußt du auch wissen, wie du deine Rolle spielst – ich meine: *gut* spielst«, hatte sie Isabel ein für allemal erklärt; und sie setzte hinzu, es sei jetzt ihre erste Pflicht, sich nur noch hübsche Sachen anzuschaffen. »Du weißt noch nicht, wie man mit seinen Sachen umgeht, das mußt du erst lernen«, fuhr sie fort; das sei Isabels zweite Pflicht. Isabel fügte sich; aber fürs erste hatte sich ihre Phantasie noch nicht entzündet; sie sehnte sich nach Gelegenheiten, solche Gelegenheiten meinte sie jedoch nicht.

Mrs. Touchett änderte ihre Pläne nur selten; da sie vor dem Tode ihres Gatten beschlossen hatte, einen Teil des Winters in Paris zu verbringen, sah sie keinen Grund, warum sie sich – noch we-

niger ihre Nichte – um dieses Vergnügen bringen sollte. Wenn sie auch sehr zurückgezogen leben würden, konnte sie doch ganz formlos ihre Nichte dem kleinen Zirkel ihrer Landsleute vorstellen, die am Rande der Champs Elysées wohnten. Mit vielen Vertretern dieser liebenswürdigen Kolonie stand Mrs. Touchett auf vertrautem Fuße; sie teilte ihre Heimatlosigkeit, ihre Zerstreuungen, ihre Überzeugungen, ihren *ennuie*. Isabel sah sie mit großer Emsigkeit dem Hotel ihrer Tante zustreben und äußerte sich mit einer Schärfe über sie, die zweifellos ihrem derzeit übersteigerten Gefühl für die Menschenpflicht zuzuschreiben war. Sie entschied sich dahin, daß sie, wenn auch luxuriös, ein leeres Leben führten, und zog sich einiges Mißfallen zu, als sie diese Ansicht an glänzenden Sonntagnachmittagen äußerte, zu denen die Auslandsamerikaner einander besuchten. Obwohl ihre Zuhörer als Leute galten, die von ihren Köchinnen und Schneiderinnen in ausnehmend wohlwollender Stimmung gehalten wurden, waren doch zwei oder drei darunter, die fanden, daß Isabels Klugheit, die man allgemein anerkannte, den neuen Theaterstücken unterlegen war. »Sie alle leben hier so dahin, aber wohin führt dieses Leben?« fragte sie gern. »Mir scheint, es führt zu nichts, und eigentlich müßte es sie sehr ermüden.«
Mrs. Touchett fand, diese Frage hätte Henrietta Stackpole Ehre gemacht. Beide Damen hatten Miß Stackpole in Paris getroffen, und Isabel sah sie beständig, so daß Mrs. Touchett sich mit einiger Berechtigung sagen konnte, daß, wenn sie nicht klug genug wäre, fast alles ursprünglich und von sich aus zu empfinden, sie wohl in den Verdacht geraten könnte, derlei Bemerkungen von ihrer journalistischen Freundin entliehen zu haben. Isabel hatte diese Worte erstmalig anläßlich eines Besuches beider Damen bei Mrs. Luce ausgesprochen, einer alten Freundin von Mrs. Touchett und der einzigen Person in Paris, die sie jetzt regelmäßig aufsuchte. Mrs. Luce hatte seit den Tagen Louis Philippes in Paris gelebt; sie pflegte scherzend zu sagen, daß sie zu der Generation von achtzehnhundertdreißig gehöre – ein Scherz, dessen Pointe nicht immer verstanden wurde. In diesem Fall pflegte Mrs. Luce zu erklären: »Nun ja, ich gehöre eben noch zu den Romantischen.« Ihr Französisch war nie ganz fehlerfrei geworden. Sie war sonntagnachmittags immer zu Hause und von mitfühlenden Landsleuten umringt, gewöhnlich denselben. Tatsächlich war sie zu jeder Zeit zu Hause; sie hatte sich in ihrem mit Kissen wohl gepolsterten kleinen Winkel der glänzenden

Stadt wunderbar getreu den heimatlichen Ton ihrer Vaterstadt Boston bewahrt.

Das war der Grund, weshalb Mr. Luce, ihr würdiger Gemahl, ein großer, hagerer, eisgrauer, wohlgepflegter Herr, der ein goldgerändertes Monokel und seinen Hut ein wenig zu weit im Nacken trug, sich in allerdings platonischen Lobeshymnen auf die Pariser »Zerstreuungen« erging. Er führte sie beständig im Munde, wenn man auch nie erraten hätte, welche Sorgen er sich eigentlich zerstreuen ließ. Eine von ihnen war, daß er jeden Tag auf die amerikanische Bank ging, wo sich ein Postamt befand, in dem es fast ebenso gesellig und unterhaltend zuging wie im Postamt eines amerikanischen Landstädtchens. Bei schönem Wetter saß er eine Stunde auf einem Stuhl in den Champs Elysées, dann speiste er ungewöhnlich gut an seinem eigenen Tisch, an dem er oberhalb eines gebohnerten Fußbodens saß, von dessen spiegelndem Glanz es Mrs. Luces ganzes Glück ausmachte zu glauben, er sei in der französischen Hauptstadt unerreicht. Gelegentlich speiste er mit ein, zwei Freunden im Café Anglais, wo sein Talent, ein Menü zusammenzustellen, seine Gefährten beständig zu neuen Glückwünschen hinriß und selbst für den Oberkellner Gegenstand der Bewunderung war. Dies waren die einzigen Zerstreuungen, die man an ihm kannte, aber seit beinahe einem halben Jahrhundert hatten sie seine Stunden ausgefüllt und seine häufige Behauptung gerechtfertigt, es gebe keinen zweiten Ort wie Paris. Kein anderer Ort bot ihm, wie Mr. Luce sich schmeichelte, unter den gleichen Voraussetzungen den gleichen Lebensgenuß. Paris war unerreicht, aber wir müssen gestehen, daß Mr. Luce neuerdings etwas weniger von diesem Platz seiner Vergnügungen schwärmte als in jüngeren Jahren. Auf seiner Unterhaltungsliste dürfen seine politischen Interessen nicht vergessen werden, denn diese bildeten zweifellos das belebende Element vieler Stunden, die, flüchtig betrachtet, sonst leer erschienen wären. Ähnlich vielen seiner Freunde aus der Kolonie war Mr. Luce zuhöchst – vielmehr zutiefst – konservativ und hatte mit der kürzlich eingesetzten Regierung in Frankreich nichts im Sinn. Er hatte kein Zutrauen zu ihrer Dauer und versicherte von Jahr zu Jahr, daß ihr Ende nahe bevorstände. »Sie wollen niedergehalten werden, mein Herr, niedergehalten; nichts als die starke Faust – der eiserne Absatz – paßt für sie«, erklärte er häufig von den Franzosen; sein Ideal einer schönen, repräsentativen, klugen Herrschaft war die des verflossenen Kaiserreiches.

»Paris hat seit den Tagen des Kaisers viel von seiner Anziehungskraft verloren; *er* verstand es, die erfreulichen Seiten einer Stadt hervorzukehren«, hatte Mr. Luce oft Mrs. Touchett erklärt, die ganz wie er dachte und oft behauptete, man habe den gräßlichen Atlantischen Ozean doch schließlich nur durchschifft, um drüben den ewigen Republiken zu entgehen.

»Ach Madame, habe ich nicht in den Champs Elysées gegenüber dem Palais de l'Industrie gesessen und die Hofequipagen von den Tuilerien aus hin- und herfahren sehen, manchmal siebenmal am Tage? Ich erinnere mich einer Gelegenheit, da war es sogar neunmal. Was sehen Sie heute? Es hat keinen Zweck, daß man darüber spricht, der ganze Stil ist dahin. Napoleon wußte, was das französische Volk sich wünschte. Erst müssen sie ihr Kaiserreich wiederhaben, so lange wird eine dunkle Wolke Paris, *unser* Paris, verhängen.«

Unter Mrs. Luces Sonntagnachmittagsgästen befand sich auch ein junger Mann, mit dem sich Isabel oft angelegentlich unterhielt und der ihrer Ansicht nach voller schätzenswerter Kenntnisse steckte. Mr. Edward Rosier – Ned Rosier, wie er genannt wurde – war in New York geboren und in Paris erzogen worden, wo er unter der Aufsicht seines Vaters aufwuchs, eines früheren und nahen Freundes des verstorbenen Mr. Archer, wie sich dabei herausstellte. Edward Rosier entsann sich Isabels noch als kleinen Mädchens; sein Vater hatte damals den kleinen Archers in Neufchâtel beigestanden (er war mit dem Knaben auf Reisen gewesen und zufällig im selben Hotel abgestiegen), nachdem ihre Bonne mit dem russischen Fürsten durchgegangen und Mr. Archers mysteriöser Aufenthalt einige Tage nicht zu ermitteln gewesen war. Isabel erinnerte sich noch genau an den adretten kleinen Knaben, dessen Haar so herrlich nach Pomade duftete und der ganz für sich allein eine Bonne gehabt hatte, die garantiert jeder Versuchung, ihn aus den Augen zu lassen, widerstand. Isabel war mit beiden am See spazierengegangen, und der kleine Edward war ihr so schön wie ein Engel erschienen – ein für ihr Gemüt keineswegs konventioneller Vergleich, denn sie hatte eine sehr bestimmte Vorstellung von den typischen Gesichtszügen, die sie für engelhaft hielt und die ihr neuer Freund zur Vollkommenheit besaß. Ein rosa Gesichtchen unter einer blauen Samtkappe, eingerahmt von einem steifen, gestickten Kragen, war zum Inhalt ihrer kindlichen Träume geworden; und noch einige Zeit hinterher hatte sie fest geglaubt, daß die

Himmelsbewohner sich in komischem französischem Englisch unterhielten und darin die artigsten Gefühle ausdrückten, gerade wie Edward, der erklärte, seine Bonne habe ihm »verwehrt«, sich dem Rande des Sees zu nähern, und seiner Bonne müsse man immer gehorchen. Ned Rosiers Englisch hatte sich gebessert; wenigstens bediente er sich nicht mehr so oft der französischen Variante. Sein Vater war gestorben und seine Bonne entlassen, aber der junge Mann hielt sich noch immer an den Geist ihrer Belehrung – er begab sich niemals an den Rand des Sees. Noch immer hatte er etwas für die Nase sehr Angenehmes und für die edleren Organe nichts Abstoßendes. Er war ein sehr sanfter und anmutiger Jüngling mit sogenanntem kultiviertem Geschmack – ein Freund von altem Porzellan, von gutem Wein, von Bucheinbänden, ein Freund des *Gotha*, der besten Läden, der besten Hotels, ein Kenner der genauen Eisenbahnabfahrtszeiten. Er konnte ein Menü fast so gut wie Mr. Luce zusammenstellen, und es war überhaupt wahrscheinlich, daß er, da seine Erfahrungen noch zunahmen, einen würdigen Nachfolger dieses Herrn abgeben würde, dessen ziemlich grimmige politische Ansichten er mit leiser und unschuldiger Stimme gleichfalls vertrat. Er hatte in Paris ein paar entzückende Zimmer, mit alter spanischer Altarspitze drapiert, der Neid seiner Freundinnen, die behaupteten, sein Kaminsims sei besser drapiert als die hohen Schultern mancher Gräfin. Gewöhnlich verbrachte er einen Teil jedes Winters in Pau, und einmal war er auf einige Monate in den Vereinigten Staaten gewesen.

Er hatte großes Interesse an Isabel und erinnerte sich noch gut an ihren gemeinsamen Spaziergang in Neufchâtel, als sie so hartnäckig zum Rand des Wassers gedrängt hatte. Dieselbe Neigung schien er jetzt in der aufrührerischen Frage zu erkennen, die wir kurz zuvor zitierten und die zu beantworten er sich jetzt mit größerer Weltoffenheit anschickte, als sie vielleicht verdiente.

»Wozu es führt, Miß Archer? Nun, Paris führt überallhin. Man kann nirgends hingehen, ohne zuerst hierher zu kommen. Jeder, der nach Europa kommt, muß seinen Weg über Paris nehmen. Sie meinen es nicht sosehr in diesem Sinn? Sie meinen, was dabei für Sie herausspringt? Nun, wer will das Zukünftige durchdringen? Wer will sagen, was uns bevorsteht? Wenn es ein hübscher Weg ist, kümmere ich mich nicht darum, wohin er führt. Mir gefällt der Weg, Miß Archer; mir gefällt der gute, alte Asphalt. Man wird seiner nicht überdrüssig – versuchen Sie es nur!

Man denkt es anfangs, aber es ist unmöglich; immer gibt es etwas Neues und Frisches. Nehmen Sie zum Beispiel das Hôtel Drouot; da halten sie manchmal drei, vier Auktionen in einer Woche ab. Wo bekommt man solche Dinger sonst? Trotz allem, was geredet wird, bleibe ich dabei, es ist hier auch billiger, man muß nur die richtigen Geschäfte kennen. Ich kenne viele Geschäfte, aber ich behalte sie für mich. Ihnen würde ich sie als besondere Gunst verraten; Sie dürfen sie bloß nicht weitersagen. Gehen Sie nirgends hin, ohne mich vorher zu fragen; das müssen Sie mir versprechen. Die Boulevards vermeiden Sie am besten; auf den Boulevards ist wenig zu wollen. Genaugenommen – *sans blague* – glaube ich, kennt niemand Paris besser als ich. Sie und Mrs. Touchett müssen einmal zu mir zum Frühstück kommen, dann werde ich Ihnen meine Sachen zeigen; *je ne vous dis que ça*! Neuerdings macht man so viel Aufhebens von London; es ist Mode, von London zu sprechen. Aber da steckt nichts dahinter – in London kann man nichts haben. Kein Louis Quinze – nichts vom Ersten Kaiserreich; nichts als die ewige Queen Anne. Für unsere Schlafzimmer reicht Queen Anne – für unsere Ankleidezimmer; aber sie schickt sich nicht für einen *Salon*. Ob ich meine Tage beim Auktionator verbringe?« überlegte Mr. Rosier als Antwort auf eine andere Frage Isabels. »O nein; die Mittel habe ich nicht. Ich wollte, ich hätte sie. Sie denken, ich stehle unserem Herrgott den Tag; das kann ich Ihrem Gesicht ansehen – Sie haben ein wunderbar ausdrucksvolles Gesicht. Ich hoffe, Sie nehmen mir das nicht übel, daß ich das sagte; es war als eine Art Warnung gemeint. Sie denken, ich müßte etwas tun; das denke ich auch, solange es unbestimmt bleibt. Aber wenn man die Sache näher betrachtet, sieht man ein, daß man schon anhalten muß. Ich kann nicht heimfahren und einen Laden aufmachen. Sie finden, dazu sei ich ganz gut geeignet? Ach, Miß Archer, Sie überschätzen mich. Ich kann sehr gut einkaufen, aber ich kann nichts verkaufen; Sie sollten es nur erleben, wie ich mich manchmal bemühe, meine Sachen loszuwerden. Man braucht viel mehr Geschick, andere Leute zum Kaufen zu animieren, als um selbst zu kaufen. Wenn ich bedenke, wie klug die Leute sein müssen, die *mich* zum Kaufen veranlassen! Ach nein; ich kann keinen Laden führen. Ich kann auch kein Doktor werden; das ist ein zu abstoßendes Geschäft. Ich kann kein Geistlicher werden, dazu habe ich nicht die nötigen Überzeugungen. Außerdem kann ich die Namen in der Bibel nicht richtig aussprechen.

Die sind sehr schwierig, besonders die aus dem Alten Testament. Ich kann auch kein Jurist werden; da verstehe ich das – wie sagt man? – amerikanische Prozeßverfahren nicht. Gibt es sonst noch etwas? Für einen Gentleman gibt es nichts in Amerika. Ich würde gern Diplomat, aber amerikanische Diplomatie – das ist auch nichts für einen Gentleman. Ich bin überzeugt, hätten Sie den letzten Minister...«

Henrietta Stackpole, die oft zugegen war, wenn Mr. Rosier am späten Nachmittag seine Aufwartung machte und sich in der eben geschilderten Weise erging, pflegte den jungen Mann gewöhnlich an dieser Stelle zu unterbrechen und ihm eine Lektion über die Pflichten eines amerikanischen Bürgers zu lesen. Sie fand ihn höchst unnatürlich; er war noch schlimmer als der arme Ralph Touchett. Aber Henrietta Stackpole neigte zu diesem Zeitpunkt noch stärker zur Kritik, denn ihr Gewissen war in bezug auf Isabel erneut wachgerüttelt worden. Sie hatte der jungen Dame nicht zu ihrem neuen Reichtum gratuliert, vielmehr gebeten, sich das ersparen zu dürfen.

»Wenn Mr. Touchett mich konsultiert hätte, ob er dir das Geld hinterlassen solle«, gab sie freimütig zu, »hätte ich gesagt: ›Niemals!‹«

»Aha«, hatte Isabel geantwortet. »Du denkst, es wird sich als ein verkappter Fluch entpuppen. Vielleicht stimmt das.«

»›Hinterlassen Sie es jemand, der Ihnen weniger nahesteht‹ – das hätte ich gesagt.«

»Dir selbst zum Beispiel?« schlug Isabel scherzhaft vor. Und dann: »Glaubst du wirklich, es werde mich ruinieren?« fragte sie in ganz anderem Ton.

»Hoffentlich wird es dich nicht ruinieren; aber es wird dich bestimmt in deinen gefährlichen Neigungen bestärken.«

»Meinst du meine Vorliebe für Luxus – für Verschwendung?«

»Nein, nein«, sagte Henrietta; »ich meine deine Gefährdung auf der moralischen Seite. Den Luxus billige ich; ich finde, wir sollten so elegant wie möglich sein. Betrachte nur den Luxus unserer westlichen Städte; ich habe hier nichts getroffen, was dem an die Seite zu stellen wäre. Ich hoffe auch, daß du nicht grob sinnlich wirst; da habe ich aber weiter keine Angst. Die Gefahr für dich liegt darin, daß du zu sehr in der Welt deiner Träume lebst. Du hast nicht genug Kontakt mit der Wirklichkeit – mit der schaffenden, strebenden, leidenden, ich will sogar sagen: sündigen Welt um dich her. Du sitzt auf zu hohem Roß; du hast zu viele nette Illusionen. Deine neuerworbenen Tausender werden dich mehr und mehr abschließen und dich der Gesellschaft der wenigen selbstsüchtigen und herzlosen Leute ausliefern, die ein Interesse daran haben, dir diese Illusionen zu erhalten.«

Isabels Augen wurden groß, als sie sich diese düstere Szene ausmalte. »Was habe ich denn für Illusionen?« fragte sie. »Ich bemühe mich doch immer, keine zu haben.«

»Na«, sagte Henrietta, »du denkst, daß du ein romantisches Leben führen und leben könntest, indem du dir und anderen gefällst. Du wirst noch merken, daß du da im Irrtum bist. Bei welchem Leben auch immer, du mußt deine ganze Seele hineinstecken – damit du zu irgendeinem Erfolg kommst; und wenn du ein solches Leben einmal anfängst, hört es auf, romantisch zu sein, das kann ich dir sagen. Dann wird es rauhe Wirklichkeit. Du kannst dir auch nicht immer gefallen wollen; manchmal mußt du auch anderen gefallen. Dazu, das gebe ich zu, bist du durchaus bereit; aber etwas anderes ist noch wichtiger – oft muß man auch anderen *miß*fallen. Dazu muß man immer bereit sein – davor darf man nicht zurückschrecken. Das paßt dir natürlich nicht – du bist zu sehr auf Bewunderung aus – du möchtest, daß man gut von dir denkt. Du denkst, du kannst dich unangenehmen Pflichten entziehen, indem du dir romantische Vorstellungen machst – das ist deine große Illusion, mein Schatz. Aber das geht nicht. Du mußt darauf gefaßt sein, bei manchem Anlaß im Leben niemandem zu gefallen – nicht einmal dir selbst.«

Isabel schüttelte traurig den Kopf; sie sah bekümmert und verängstigt aus. »Dann muß dies, Henrietta«, sagte sie, »für dich so ein Anlaß sein.«

Es traf gewiß zu, daß Miß Stackpole während ihres Pariser Aufenthaltes, der beruflich ergiebiger war als ihr Besuch in England, nicht in einer Traumwelt gelebt hatte. Mr. Bantling, jetzt nach England zurückgekehrt, hatte ihr während der ersten vier Wochen Gesellschaft geleistet, und an Mr. Bantling war nichts verträumt. Isabel erfuhr von ihrer Freundin, daß die beiden in größter Vertrautheit zusammen gelebt und daß Henrietta aus den beachtlichen Kenntnissen, die ihr Gefährte von Paris besaß, besonderen Vorteil gezogen hatte. Er hatte ihr alles erklärt, alles gezeigt, er war ihr ein ständiger Begleiter und Dolmetscher gewesen. Sie hatten zusammen gefrühstückt, zusammen diniert, zusammen das Theater besucht. Auf eine Art wirklich ganz zusammengelebt. »Er war ein wahrer Freund«, hatte Henrietta mehr als einmal unserer Heldin versichert; sie habe nie gedacht, daß sie je einen Engländer so gernhaben würde. Isabel hätte nicht sagen können, warum, aber sie fand, daß irgend etwas sie an diesem Bündnis zwischen der Korrespondentin des *Interviewers* und Lady Pensils Bruder zum Lachen reizte; und ihre Heiterkeit behauptete sich ungeachtet der Anerkennung, die sie beiden dafür zollte. Sie konnte sich nur nicht ganz des Verdachts erwehren, daß beide einander mißverstanden – daß die Einfalt eines jeden dem anderen in die Falle gegangen war. Aber darum war diese Einfalt für alle beide doch aller Ehren wert. Daß Henrietta glaubte, Mr. Bantling interessiere sich für die Ausbreitung lebendiger Journalistik und die Festigung der Stellung der weiblichen Korrespondenten, war von ihrer Seite ebenso reizend wie die Vermutung ihres Gefährten, die Sache des *Interviewers* – einer Zeitschrift, von der er nur eine sehr unklare Vorstellung hatte – sei, falls man sie genau analysiere (eine Aufgabe, der sich Mr. Bantling vollauf gewachsen fühlte), nur eine Sache für Miß Stackpoles Bedürfnis, ihre Persönlichkeit zu demonstrieren. Jeder dieser beiden im dunkeln tappenden Zölibatäre hatte also ein Bedürfnis aufzuweisen, das der andere mit Ungestüm wahrnahm. Mr. Bantling in seiner etwas langsamen und umständlichen Art genoß dieses rasche, eifrige, positive Wesen, dessen blitzendes, herausforderndes Auge, dessen wie aus der Pappschachtel entsprungene Frische ihn entzückte und die in seinem Geist, dem das gewöhnliche Brot des Lebens recht ungesalzen erschien, eine Vorstellung von pikanter Würze erregte. Henrietta andererseits genoß die Gesellschaft dieses Herrn, der irgendwie auf seine Art, in kostspieligen, umständlichen, beinahe kuriosen Prozessen für ihren Gebrauch geschaffen schien, dessen Müßiggang, obzwar im allgemeinen unhaltbar, für eine so atemlose Person ein wahrer Segen war und der für jede entstehende soziale oder praktische Frage stets eine leichte, traditionelle, wenn auch keineswegs erschöpfende Antwort zur Hand hatte. Sie fand Mr. Bantlings Antworten häufig sehr brauchbar; in ihrer Eile, die amerikanische Wochenpost noch zu erreichen, gab sie sie oft kurzerhand unverändert, nur ein wenig aufgebauscht, an die Öffentlichkeit weiter. Es stand zu fürchten, daß sie tatsächlich jenen Abgründen der Verfälschung zutrieb, vor denen Isabel sie mit ihrer gutartigen Erwiderung gewarnt hatte. Für Isabel mochte Gefahr im Anzug sein, aber es bestand wenig Hoffnung, daß Miß Stackpole ihrerseits dauernden Frieden finden würde, wenn sie sich weiterhin den Ansichten einer Klasse verschrieb, die all den alten Mißständen verhaftet war. Isabel fuhr fort, sie gutartig zu warnen; Lady Pensils höflicher Bruder wurde zuweilen, im Munde unserer Heldin, zum Gegenstand unehrerbietigen Spottes. Doch in diesem Punkt war Henriettas gute Laune durch nichts zu erschüttern. Sie pflegte Isabels Spott noch zu überbieten und begeistert die Stunden aufzuzählen, die sie mit diesem vollendeten »Mann von Welt« verbracht hatte – ein Ausdruck, an dem sie nicht mehr wie früher Anstoß nahm. Aber schon wenige Augenblicke später vergaß sie, daß sie im Scherz gesprochen, und begann mit impulsivem Ernst einen Ausflug zu schildern, den sie in seiner Gesellschaft unternommen. Das klang dann so: »O, in Versailles kenne ich mich vollkommen aus; da bin ich mit Mr. Bantling gewesen. Ich mußte es gründlich besichtigen – denn ich hatte ihn unterwegs gewarnt, ich sei sehr gründlich; also blieben wir drei Tage dort im Hotel und durchforschten den ganzen Komplex. Es war herrliches Wetter – so eine Art Altweibersommer, nur nicht ganz so wohltuend. Wir haben direkt im Park gelebt. Ach ja; mir kann niemand etwas von Versailles erzählen.« Henrietta schien sich mit ihrem Freund für das Frühjahr in Italien verabredet zu haben.

XXI

NOCH vor ihrer Ankunft in Paris hatte Mrs. Touchett bereits den Tag ihrer Abreise festgesetzt; Mitte Februar reisten sie nach Süden weiter. Sie unterbrachen die Fahrt, um ihren Sohn zu besuchen, der in San Remo an der italienischen Küste des Mittelmeers einen strahlenden, öden Winter unter einem sich nur langsam drehenden weißen Sonnenschirm zugebracht hatte. Selbstverständlich begleitete Isabel die Tante, obwohl die Tante sie in gewohnter hausbackener Logik vor die Alternative gestellt hatte.

»Jetzt bist du natürlich vollkommen dein eigener Herr und bist so frei wie der Vogel in der Luft. Ich will damit nicht sagen, daß du es vorher nicht auch warst, aber jetzt lebst du auf anderem Fuße – Reichtum errichtet gleichsam eine Schranke. Wenn du reich bist, kannst du viele Dinge tun, die man heftig tadeln würde, wenn du arm wärst. Jetzt kannst du kommen und gehen, wie du willst, allein reisen, eine eigene Wohnung nehmen; ich meine selbstverständlich, wenn du dir eine Gesellschafterin engagierst – irgendeine verblühte Dame mit gestopftem Kaschmirschal und gefärbtem Haar, die auf Samt malt. Das will dir nicht gefallen? Du kannst es natürlich auch lassen; du sollst nur wissen, wieviel Freiheit du jetzt hast. Du könntest dir Miß Stackpole als *dame de compagnie* wählen; sie würde dir die Leute schon vom Halse halten. Ich bin jedoch der Ansicht, du tätest besser daran, bei mir zu bleiben, obwohl dazu keinerlei Verpflichtung besteht. Aus mehreren Gründen wäre es eben besser, ganz abgesehen davon, ob es dir lieber ist. Dabei bilde ich mir gar nicht ein, daß es dir lieber sei, aber ich empfehle dir, dies Opfer zu bringen. Der Reiz der Neuheit an meiner Gesellschaft, der einmal mitspielen mochte, ist natürlich vorbei, und du siehst mich jetzt, wie ich bin – eine langweilige, obstinate, beschränkte alte Frau.«

»Ich finde dich gar nicht langweilig«, hatte Isabel darauf geantwortet.

»Aber doch obstinat und beschränkt? Hab ich's nicht gesagt?« erklärte Mrs. Touchett, sehr befriedigt, im Recht zu sein.

Also blieb Isabel vorläufig bei der Tante, denn trotz ihrer exzentrischen Impulse hatte sie ein großes Gefühl für natürlichen Anstand, und eine junge Dame ohne sichtbaren Anhang war ihr immer wie eine Blume ohne Blätter vorgekommen. Wohl war ihr Mrs. Touchetts Redeweise nie wieder so sprühend erschienen wie an jenem ersten Nachmittag in Albany, als sie in ihrem feuchten Regenmantel dagesessen und ihr die Möglichkeiten ausgemalt hatte, die Europa einem jungen Menschen von Geschmack zu bieten hatte. Dies war jedoch in hohem Maße des Mädchens eigener Fehler; sie hatte jetzt von den Erfahrungen der Tante gekostet, so daß ihre Phantasie stets weit dem Urteil und dem Gefühl einer Frau vorauseilte, die von dieser Gabe sehr wenig besaß. Davon abgesehen, hatte Mrs. Touchett aber einen großen Vorzug: Sie war so ehrlich wie ein Satz Kompasse. Ihre Steifheit und Geradheit hatten etwas Tröstliches; man wußte immer, woran man bei ihr war, und war niemals unerwarteten Zusammenstößen und Konflikten ausgesetzt. Sie wußte Bescheid in allem, was sie selbst anging, und drängte sich nie auf das Gebiet des Nachbarn. Aber Isabel kam schließlich soweit, sie heimlich zu bemitleiden. Es lag etwas so Bedauernswertes in dem Zustand eines Menschen, dessen Wesen so wenig Oberfläche zeigte und zu wenig Raum bot, als daß menschliche Beziehungen darauf gedeihen konnten. Nichts Zartes, nichts

Teilnahmsvolles hatte jemals die Möglichkeit, darauf haftenzubleiben, keine vom Wind gesäte Blume, kein vertrautes, weiches Moos. Was sie in diesem Sinne darbot, mit anderen Worten ihr passives Ausmaß, glich dem einer Messerschneide. Isabel hatte allerdings allen Grund zu glauben, daß Mrs. Touchett in fortschreitendem Alter immer mehr Konzessionen an ein Gefühl machte, das sich auf dunkle Weise vom Konventionellen unterschied – und zwar mehr, als sie davon für ihre eigene Person erwartete. Sie hatte es allmählich gelernt, ihre Prinzipien jenen Rücksichten zweiten Ranges zu opfern, die ihre Entschuldigung nur den besonderen Umständen verdanken. So sprach es nicht für eine absolute Unbeugsamkeit, daß sie diesen langen Umweg auf der Reise nach Florenz gemacht hatte, nur um ihren kranken Sohn für wenige Wochen zu besuchen; in früheren Jahren hatte es zu ihrer festen Überzeugung gehört, daß es Ralph, falls er sie zu sehen wünschte, freistand, sich daran zu erinnern, daß der Palazzo Crescentini eine Zimmerflucht enthielt, die man als die Räume des Signorino bezeichnete.

»Ich möchte dich etwas fragen«, sagte Isabel zu diesem jungen Mann am Tage nach ihrer Ankunft in San Remo – »etwas, was ich dich schon mehr als einmal in einem Brief fragen wollte; ich konnte mich nur nicht entschließen, darüber zu schreiben. Doch jetzt, von Angesicht zu Angesicht, ist die Frage nicht schwer. Hast du gewußt, daß dein Vater die Absicht hatte, mir so viel Geld zu hinterlassen?«

Ralph streckte seine Beine noch ein wenig weiter von sich und blickte noch ein wenig starrer auf das Mittelmeer. »Was macht es aus, liebe Isabel, wenn ich es wußte? Mein Vater hatte seinen eigenen Kopf.«

»Also«, sagte das junge Mädchen, »du hast es gewußt.«

»Ja, er hat es mir gesagt. Wir haben es sogar ein wenig besprochen.«

»Warum hat er es getan?« fragte Isabel unvermittelt.

»Nun, als eine Art Kompliment.«

»Als Kompliment wofür?«

»Für deine so schöne Art zu leben.«

»Er hat mich zu gerngehabt«, entgegnete sie sogleich.

»Das ergeht uns allen so.«

»Wenn ich das glauben müßte, wäre ich sehr unglücklich. Aber zum Glück glaube ich es nicht. Ich will nur gerecht behandelt werden; weiter will ich nichts.«

»Sehr schön. Aber du darfst nicht vergessen, daß Gerechtigkeit gegenüber einem süßen Geschöpf schließlich zu einer gefühlvollen Angelegenheit wird.«
»Ich bin kein süßes Geschöpf. Wie kannst du das gerade jetzt sagen, wo ich so abscheuliche Fragen stelle? Ich muß dir sehr zartfühlend erscheinen.«
»Du erscheinst mir bedrückt.«
»Ich bin auch bedrückt.«
»Worüber?«
Einen Augenblick blieb sie stumm; dann entfuhr es ihr: »Denkst du, es sei gut für mich, plötzlich so reich zu werden? Henrietta findet es nicht.«
»Häng sie auf, deine Henrietta!« Ralph wurde grob. »Wenn du *mich* fragst, ich bin einfach entzückt!«
»Hat es dein Vater deswegen getan – um dich zu entzücken?«
»Ich bin anderer Ansicht als Miß Stackpole«, fuhr Ralph gewichtiger fort. »Ich finde es gut für dich, über Mittel verfügen zu können.«
Isabel blickte ihn aus ernsten Augen an. »Ich möchte wissen, wieso du weißt, was für mich gut ist – oder wieso dich das kümmert.«
»Wenn ich es weiß, ist es mir auch wichtig, verlaß dich drauf. Soll ich sagen, was dir gut tut? Dich nicht selbst zu quälen.«
»*Dich* nicht zu quälen, willst du wohl sagen.«
»Das kannst du gar nicht; dagegen bin ich gefeit. Nehme die Dinge leicht. Frage du nur nicht so viel, ob dies oder ob das gut für dich ist. Du mußt dein Gewissen nicht so erforschen – es wird noch verstimmt wie ein strapaziertes Klavier. Bewahre es für große Gelegenheiten. Versuche nicht beständig, deinen Charakter zu bilden – das kommt mir immer vor, als wolltest du eine feste, zarte junge Rose ausreißen. Lebe, wie es dir am besten behagt, und dein Charakter wird sich allein versorgen. Die meisten Dinge sind gut für dich; es gibt nur wenige Ausnahmen, und angenehme Vermögensverhältnisse sind keine.« Ralph hielt lächelnd inne; Isabel war ihm rasch gefolgt. »Du machst dir zuviel Gedanken – vor allem zuviel Skrupel«, setzte Ralph hinzu. »Es ist völlig grundlos, was du alles für verkehrt hältst. Sei nicht länger auf deiner Hut. Gib deiner Unrast nach. Breite deine Flügel aus. Löse dich vom Boden. Das ist nie verkehrt.«
Sie hatte, wie wir sagten, eifrig zugehört und verfügte über eine schnelle Auffassungsgabe. »Ich zweifle, ob du selbst billigst, was

du da sagst. Du übernimmst damit sonst eine große Verantwortung.«

»Du erschreckst mich ein bißchen; aber ich denke doch, ich habe recht«, sagte Ralph, um ihr weiter Mut zu machen.

»Dabei ist es sehr richtig, was du sagst«, spann Isabel den Faden weiter. »Du hättest nichts Richtigeres sagen können: Ich bin eingesponnen in mich selbst – ich blicke auf das Leben zu sehr wie auf das Rezept eines Doktors. Warum in der Tat sollen wir ständig überlegen, ob etwas gut für uns ist, so, als lägen wir krank in der Klinik? Warum soll ich eigentlich solche Angst haben, daß ich nicht das Richtige tue? Als ob es der Welt etwas ausmachte, ob ich richtig oder falsch handle!«

»Dich kann man großartig beraten«, sagte Ralph; »du nimmst mir den ganzen Wind aus den Segeln!«

Sie sah ihn an, als hätte sie ihn nicht gehört – obgleich sie den Gedanken nachhing, die er selbst geweckt hatte. »Ich nehme immer die Welt wichtiger als mich selbst – aber ich kehre immer zu mir selbst zurück. Das liegt daran, daß ich Angst habe.« Sie hielt inne; ihre Stimme hatte ein wenig gezittert. »Ja, ich habe Angst; ich weiß nicht, wie ich es sagen soll. Ein großes Vermögen heißt Freiheit, und ich habe Angst davor. Es ist so herrlich, und man sollte den höchsten Gebrauch davon machen. Sonst müßte man sich ja schämen. Und man muß dauernd nachdenken; das ist eine beständige Anstrengung. Ich weiß nicht, ob Machtlosigkeit nicht größeres Glück bedeutet.«

»Für Schwächlinge ist es bestimmt ein größeres Glück. Für Schwächlinge muß es schon eine große Anstrengung sein, nicht verächtlich zu werden.«

»Und woher weißt du, daß ich nicht schwach bin?« fragte Isabel.

»Ah«, Ralph antwortete mit einem Erröten, das dem Mädchen nicht entging, »dann wäre ich schrecklich blamiert.«

Der Charme der Mittelmeerlandschaft mußte sich bei näherer Bekanntschaft für unsere Heldin vertiefen, es war ja die Schwelle Italiens, das Tor zu allen Herrlichkeiten. Italien, bisher nur unvollkommen gesehen und empfunden, breitete sich vor ihr wie gelobtes Land, worin die Liebe für alles Schöne gemehrt wird durch unendliches Wissen. Jedesmal wenn sie mit ihrem Vetter an der Küste entlangschlenderte – und sie begleitete ihn täglich auf seinem Spaziergang –, blickte sie mit sehnsüchtigen Augen über das Meer, dorthin, wo sie Genua wußte. Doch war sie froh über dies Zögern am Rande des kommenden Abenteuers; schon das Verweilen davor war so erregend. Auch berührte sie dieser stille Aufenthalt als ein friedliches Zwischenspiel, als ein Verstummen der Trommeln und Querpfeifen auf einer Laufbahn, die sie bisher noch kaum als bewegt betrachten konnte, die sich aber trotzdem ständig im Licht ihrer Hoffnungen, Befürchtungen, Vorstellungen, Pläne und Vorfreuden ausmalte und die, unter diesen Aspekten betrachtet, genügend dramatisch erschien. Madame Merle hatte es Mrs. Touchett vorausgesagt, daß ihre junge Freundin, nachdem sie ihre Hand ein halbdutzendmal in die Tasche gesteckt, sich mit dem Gedanken aussöhnen würde, daß ein großzügiger Onkel ihr diese jedesmal füllte; und die Ereignisse bestätigten, wie sie es schon so oft bestätigten, den Scharfsinn dieser Dame. Ralph Touchett hatte seine Kusine gelobt, daß sie sich moralisch entflammen lasse, das heißt: einen Wink rasch verstanden habe, der als guter Rat gemeint war. Sein Ratschlag hatte vielleicht der Sache nachgeholfen; auf jeden Fall hatte Isabel sich noch vor ihrer Abreise aus San Remo an das Gefühl ihres Reichtums gewöhnt. Dieses fragliche Gefühl fand seinen genauen Ort in einer recht tollpatschigen kleinen Gruppe von Ideen, die sie von sich selbst hatte und die häufig genug keinerlei unangenehme Seiten für sie aufwiesen. Tausend gute Absichten wurden dabei beständig vorausgesetzt. Sie verlor sich in einer Unmenge von Traumbildern, unter denen die herrlichen Dinge, die ein reiches, unabhängiges, großherziges Mädchen vollbringt, das von seinen Möglichkeiten und Verpflichtungen eine große humane Vorstellung hat, zu den erhabensten gehörten. Ihr Vermögen wurde daher für sie zu einem Teil ihres besseren Selbst; es gab ihr Wichtigkeit, gab ihr sogar in der eigenen Vorstellung eine gewisse ideale Schönheit. Was sie in der Vorstellung anderer gewann, ist eine andere Sache, und wir müssen diesen Punkt später noch berühren. In die soeben genannten Traumbilder mischten sich noch andere Formen. Isabel dachte lieber an die Zukunft als an die Vergangenheit; aber zuweilen, während sie auf das Rauschen der Mittelmeerwellen lauschte, flogen ihre Gedanken rückwärts. Sie verweilten dann bei zwei Gestalten, die trotz der wachsenden Entfernung noch auffällig genug und unschwer als Caspar Goodwood und Lord Warburton zu erkennen waren. Merkwürdig, wie rasch diese Verkörperungen der Energie im Leben unserer Heldin in den Hintergrund getreten waren. Isabel hatte immer dazu geneigt, den Glauben an die Wirklichkeit abwesender Dinge zu verlieren; im Bedarfsfall konnte sie sich diesen Glauben mit einiger Anstrengung zurückerobern, aber diese Anstrengung war immer schmerzhaft, selbst wenn die Wirklichkeit erfreulich gewesen war. Die Vergangenheit neigte dazu, tot zu wirken, und ihre Auferstehung mußte notwendig im schwarzblauen Licht eines Jüngsten Tages erscheinen. Das Mädchen war obendrein nicht versucht, sich einzubilden, daß sie in der Vorstellung anderer weiterlebe – sie war nicht so albern, zu glauben, daß sie untilgbare Spuren hinterlasse. Die Entdeckung, daß man sie vergessen habe, konnte sie gewiß verwunden; aber von allen Freiheiten war ihr selbst die Freiheit des Vergessens die süßeste. Sie hatte, übertrieben ausgedrückt, weder an Caspar Goodwood noch an Lord Warburton ihren letzten Taler verschenkt, und doch konnte sie nicht anders als sie in ihrer Schuld glauben. Natürlich hatte sie nicht vergessen, daß sie von Mr. Goodwood noch hören sollte, aber nicht vor Ablauf von anderthalb Jahren, und bis dahin konnte viel geschehen. Sie war tatsächlich nie darauf gekommen, daß ihr amerikanischer Verehrer irgendein Mädchen finden könne, dessen Liebe leichter zu erringen sei; ließen sich auch viele solcher Mädchen finden, so hatte Isabel doch nicht die leiseste Sorge, daß dieser Vorzug Caspar Goodwood reizen würde. Statt dessen überlegte sie, daß sie selbst durch die Erfahrung einer Sinnesänderung beschämt werden könne, daß sie tatsächlich die Dinge, die nicht Caspar waren (obwohl deren so viele zu sein schienen), erschöpfen und sich gerade mit den Wesenszügen abfinden könnte, die ihr jetzt noch als Hindernis edler Muße erschienen. Daß dieses Hindernis eines Tages zum heimlichen Segen werden könnte, zum klaren, stillen Hafen mit einer guten granitenen Hafenmauer, war gar nicht vorstellbar. Nur die Zeit konnte das erweisen, was sie nicht mit gefalteten Händen abwarten konnte. Auch daß Lord Warburton weiterhin ihr Bildnis in seinem Herzen tragen sollte, erschien ihr mehr, als was edle Bescheidenheit oder freier Stolz erwarten durfte. Sie selbst hatte sich so entschieden geweigert, eine Erinnerung an alles, was vorgefallen, zu bewahren, daß ein Vergessen seinerseits berechtigt gewesen wäre. Dies war nicht nur, wie es scheinen mag, eine sarkastisch gefärbte Theorie. Isabel glaubte aufrichtig, daß Seine Lordschaft seine Enttäuschung, wie es so heißt, verwinden werde. Er war tief getroffen worden – das glaubte sie, und sie war immer noch imstande, sich aus diesem Glauben ein Vergnügen zu ziehen; aber es wäre lächerlich, wenn ein so intelligenter Mann, dem jeder mit Ehrerbietung begegnete, eine Narbe pflegen würde, die nicht der Wunde entsprach. Engländer liebten außerdem ihr Behagen, sagte sich Isabel, und auf die Dauer würde es Lord Warburton wenig behagen, einem selbstherrlichen Mädchen aus Amerika nachzutrauern, das er doch nur flüchtig gekannt hatte. Sie gefiel sich in der Vorstellung, daß sie, sollte sie plötzlich eines Tages erfahren, daß er ein junges Mädchen seines eigenen Landes, das sich mehr um ihn verdient gemacht hatte, geheiratet habe, diese Nachricht ohne merkliches Zucken, nicht einmal mit dem Zucken der Überraschung, aufnehmen würde. Es würde nur beweisen, daß er sie für fest hielt – genau das war es, wie sie auf ihn wirken wollte. Das allein tat ihrem Stolz Genüge.

XXII

An einem der ersten Maitage, ungefähr ein halbes Jahr nach Mr. Touchetts Tode, hatte sich eine kleine Gruppe, die ein Maler als gelungene Komposition bezeichnet hätte, in einem der vielen Räume einer alten Villa zusammengefunden, die auf dem Gipfel eines Olivenhügels lag, jenseits des Römischen Tores von Florenz. Die Villa war ein langgestreckter, ziemlich kahl aussehender Bau mit dem in Toskana so beliebten weit vorspringenden Dach, das, aus der Ferne gesehen, auf den Florenz umgebenden Bergen, zusammen mit den geraden, dunklen, entschlossenen Zypressen, die gewöhnlich gruppenweise zu dreien oder vieren seine beiden Seiten flankieren, ein so harmonisches Rechteck ergibt. Die Vorderfront des Hauses blickte auf eine gerade, grasbewachsene, leere, ländliche Piazza, die einen Teil der Höhe ausmachte; und diese Vorderfront, in unregelmäßigen Abständen von wenigen Fenstern durchbrochen, war mit einer Steinbank ausgestattet, die sich der Längsseite des Sockels einfügte und als Ruheplatz für ein bis zwei Personen ausreichte, dort ihre niemals genügend gewürdigten Verdienste zur Schau zu stellen, wie das in Italien aus unerfindlichen Gründen jeder zu tun scheint, der vertrauensvoll und anmutig eine vollkommen passive Haltung einnimmt; diese antike, feste, ausgewaschene und doch eindrucksvolle Hausfront hatte einen etwas ungeselligen Charakter. Sie war die Maske, nicht das Gesicht des Hauses. Sie hatte schwere Lider, aber keine Augen; in Wirklichkeit blickte das Haus in anderer Richtung – blickte nach hinten, herrlich ins Freie, wo das Licht des Nachmittags sich breitete. Auf jener Seite ragte die Villa über den Bergesabhang und das lange Tal des Arno im verschwommenen Glast italienischer Farben. Ein schmaler Garten schloß sich terrassenförmig an, in dem hauptsächlich wilde Rosenbüsche und wieder alte Steinbänke standen, moosbewachsen und sonnendurchglüht. Das Terrassengitter hatte gerade die richtige Höhe, um sich darüberzulehnen, unterhalb senkte sich der Boden und verlor sich in ein Gewirr von Olivensträuchern und Weinstöcken. Wir haben uns jedoch nicht mit der Außenseite des Hauses zu befassen; an diesem hellen Morgen des erwachenden Frühlings hatten seine Bewohner alle Ursache, die schattige Innenseite zu bevorzugen. Die Fenster des Erdgeschosses wirkten, wie man von der Piazza aus bemerkte, in ihren edlen Proportionen ungemein architektonisch; aber ihre Funktion schien weniger der Verbindung mit der Welt zu dienen, als der Welt den Einblick zu verwehren. Sie waren mit massiven, gebogenen Eisenstäben versehen und in solcher Höhe angebracht, daß alle Neugier, selbst auf Zehenspitzen, sich erschöpfte, bevor sie sie erreichen konnte. In einem Gemach, das drei dieser eifersüchtigen Fensteröffnungen erhellten – einem dieser einzelnen, separaten Gemächer, in welche die Villa aufgeteilt war und die hauptsächlich von Ausländern jeder Nationalität, die für länger in Florenz weilten, bewohnt wurden –, saß ein Herr in Gesellschaft eines jungen Mädchens und zweier Klosterschwestern. Doch war das Zimmer weniger düster, als es unseren Andeutungen nach erscheinen könnte; denn es hatte eine breite, hohe Tür, die jetzt nach dem verwilderten Garten zu offenstand und deren große Eisengitter bisweilen mehr als genug von dem italienischen Sonnenschein einließen. Außerdem war es ein Ort des Behagens, ja des Luxus, wie die achtsam verteilte Einrichtung verriet, die offen zur Schau gestellten Bequemlichkeiten, mit einer Fülle jener verblichenen Damastvorhänge und Gobelins, jener zahllosen Truhen und Kommoden aus geschnitzter und von der Zeit polierter Eiche, mit jenen Stücken eckiger Malerei in ebenso pedantisch primitiven Rahmen und jenen kränklich aussehenden Reliquien mittelalterlicher Messing- und Töpfereikunst, für die Italien lange ein unerschöpfliches Warenhaus war. Diese Dinge standen friedlich neben modernen Möbelstücken, die einer faulenzenden Generation große Zugeständnisse machten; es fiel auf, daß alle Sessel

tief und weich gepolstert waren und daß ein Schreibtisch viel Platz beanspruchte, dessen technische Vollkommenheit seine Herkunft aus London und dem neunzehnten Jahrhundert verriet. Unzählige Bücher, Magazine und Zeitungen lagen herum, auch einige kleine, sonderbare, sehr fleißig ausgeführte Bilder, hauptsächlich Aquarelle. Eines dieser Werke stand auf einer Zimmerstaffelei, vor welcher sich in dem Moment, in dem wir uns ihr zuwenden, das erwähnte junge Mädchen aufgestellt hatte. Schweigend betrachtete sie das Bild.
Die anderen waren nicht – nicht völlig still; aber ihre Unterhaltung schien nur in zäher Verlegenheit dahinzufließen. Die beiden Nonnen hatten es sich in ihren Sesseln nicht bequem gemacht, ihre Haltung drückte eine letzte Reserve aus, und über ihren Gesichtern lag die Glasur der Klugheit. Sie waren gewöhnliche, füllige Frauen mit milden Zügen und einer Art geschäftiger Bescheidenheit, welchen Eindruck das unpersönliche Aussehen ihrer gestärkten Hauben und ihrer schwarzen Kleider, die sie umhüllten, als seien sie auf Rahmen genagelt, noch förderte. Die eine, eine Person fortgeschrittenen Alters, mit Brille, frischer Hautfarbe und vollen Wangen, hatte ein weniger farbloses Benehmen als ihre Kollegin und außerdem die Verantwortung ihrer Mission, die offensichtlich das junge Mädchen betraf. Dieses Objekt des Interesses trug einen Hut von außergewöhnlicher Einfachheit, worin er sich nicht von ihrem schmucklosen Musselinkleidchen unterschied, das, obschon es gewiß schon mehrfach »ausgelassen« sein mußte, für ihr Alter zu kurz war. Der Herr, der wohl die beiden Nonnen hätte unterhalten müssen, war sich vielleicht der Schwierigkeit dieser Aufgabe bewußt; mit sehr schüchternen Menschen ist in seiner Weise ebenso mühsam wie mit sehr mächtigen ins Gespräch zu kommen. Gleichzeitig war seine Aufmerksamkeit augenscheinlich von deren stillem Schützling sehr in Anspruch genommen, und während sie ihm den Rücken zukehrte, ruhten seine Augen unablässig auf ihrer schlanken, kleinen Gestalt. Er war ein Mann von vierzig, mit einem hohen, doch wohlgeformten Kopf; das noch dichte, aber vorzeitig ergraute Haar trug er kurzgeschnitten. Er hatte ein feines, schmales, äußerst modelliertes Gesicht, dessen einziger Fehler gerade darin bestand, daß es ein wenig zu spitzig wirkte; ein Eindruck, den die Form seines Bartes nicht wenig betonte. Dieser Bart, nach der Art der Porträts des sechzehnten Jahrhunderts gestutzt und von einem hübschen Schnurr-

bart vervollständigt, dessen Enden einen romantischen Schwung nach oben nahmen, verlieh seinem Träger ein fremdartiges, traditionelles Aussehen und ließ vermuten, daß er ein Mann war, der Stilkunde betrieb. Allerdings nur in wohlgezogenen Grenzen und nur soweit er sich darin auskannte, wovon seine sehr klugen, neugierigen Augen zeugten, die in ihrer gleichzeitig unbestimmten und durchdringenden intelligenten Härte den Beobachter sowohl wie den Träumer verrieten. Ihn nach Heimat und Herkunft bestimmen zu wollen, würde selbst den Kundigen leicht in Verlegenheit setzen; er besaß keines jener oberflächlichen Kennzeichen, welches die Antwort auf diese Frage gewöhnlich so kinderleicht macht. Wenn er englisches Blut in den Adern hatte, so enthielt es wahrscheinlich eine französische oder italienische Beimischung; er erinnerte an ein schönes altes Goldstück, aber ohne den Stempel und das Schaubild der gewöhnlichen Münzen, die den allgemeinen Umlauf gewährleisten; er glich mehr einer vornehmen, kunstvollen Denkmünze, geprägt zu besonderem Anlaß. Seine leichte, hagere, recht robust wirkende Gestalt war anscheinend weder groß noch klein. Er war angezogen wie ein Mann, der sich für seinen Anzug nur insoweit interessiert, als er jede vulgäre Note vermeidet.
»Nun, mein Kind, was hältst du davon?« fragte er das junge Mädchen.
Er sprach Italienisch mit vollkommener Leichtigkeit; aber das hätte niemanden überzeugt, er sei Italiener.
Das Kind wendete seinen Kopf ernsthaft von rechts nach links.
»Es ist sehr hübsch, Papa. Hast du es selbst gemalt?«
»Aber gewiß habe ich es selbst gemalt. Findest du nicht, daß ich tüchtig bin?«
»Ja, Papa, sehr tüchtig; ich habe auch malen gelernt.« Sie drehte sich um und zeigte ein kleines, hübsches Gesicht, mit einem Lächeln von äußerster Süße.
»Du hättest mir eine Probe deiner Kunst mitbringen sollen.«
»Ich habe viele mitgebracht; sie sind in meinem Koffer.«
»Sie zeichnet sehr – sehr sorgfältig«, bemerkte die ältere der beiden Nonnen auf französisch.
»Das freut mich. Haben Sie sie unterrichtet?«
»Glücklicherweise nein«, sagte die gute Schwester, leicht errötend. »*Ce n'est pas ma partie*. Ich unterrichte nicht; das überlasse ich den Klügeren. Wir haben einen ausgezeichneten Zeichenlehrer, Mr. – Mr. – wie heißt er doch?« fragte sie ihre Gefährtin.

Ihre Gefährtin blickte über den Teppich. »Es ist ein deutscher Name«, sagte sie auf italienisch, als ob er übersetzt werden müßte. »Ja«, fuhr die andere fort, »er ist Deutscher, und wir haben ihn schon viele Jahre.«
Das junge Mädchen, der Unterhaltung nicht achtend, war weiter an die offene Tür des großen Zimmers gewandert und blickte in den Garten hinaus. »Und Sie, Schwester, sind Französin«, sagte der Herr.
»Ja«, entgegnete die Besucherin milde. »Ich spreche mit den Schülerinnen in meiner eigenen Sprache. Ich kenne keine andere. Aber wir haben auch Schwestern aus anderen Ländern – Engländerinnen, Deutsche, Irinnen. Sie sprechen alle ihre eigene Sprache.«
Der Herr setzte ein Lächeln auf. »Stand meine Tochter unter der Obhut einer der Irinnen?« Doch als er sah, daß seine Besucherin einen Scherz vermutete, ihn aber nicht verstand, setzte er augenblicklich hinzu: »Ihr Institut ist sehr vielseitig.«
»O ja, wir sind vielseitig. Wir haben alles, und alles nur vom Besten.«
»Wir haben sogar Turnstunde«, wagte die italienische Schwester sich vor. »Aber ganz ungefährlich.«
»Das will ich hoffen. Ist das *Ihre* Branche?« Eine Frage, die auf seiten beider Damen viel unschuldige Heiterkeit auslöste; als sie verebbt war, bemerkte der Hausherr mit einem Blick auf seine Tochter, daß sie gewachsen sei.
»Ja, aber ich glaube, sie hört schon auf. Sie wird so bleiben – nicht sehr groß«, sagte die französische Schwester.
»Das bedauere ich nicht. Mit Frauen geht es mir wie mit Büchern – sie müssen sehr gut und nicht zu lang sein. Aber ich wüßte keinen besonderen Grund«, sagte der Herr, »warum mein Kind klein bleiben sollte.«
Die Nonne zuckte leicht die Achseln, wie um anzudeuten, daß diese Dinge außerhalb unserer Einsicht liegen. »Sie ist bei bester Gesundheit; das ist die Hauptsache.«
»Ja, sie sieht wohl aus« – der Vater beobachtete sie kurz. »Was siehst du denn im Garten?« fragte er auf französisch.
»Ich sehe viele Blumen«, erwiderte sie mit ihrer leisen, süßen Stimme und einem Akzent, ebenso rein wie sein eigener.
»Ja, aber nicht viel Gescheites. Du kannst trotzdem hingehen und ein paar pflücken für *ces dames*.«
Das Kind kehrte sich ihm zu mit einem Lächeln, das die Freude vertiefte. »Darf ich wirklich?«

»Nun, wenn ich es sage«, entgegnete ihr Vater.
Das Mädchen blickte hinüber zu der älteren Nonne. »Darf ich wirklich, *ma mère?*«
»Gehorche deinem Herrn Vater, mein Kind«, sagte die Schwester, abermals errötend.
Das Kind, befriedigt von dieser Billigung, stieg über die Türschwelle hinunter und war bald den Blicken entschwunden.
»Sie verziehen sie nicht«, sagte ihr Vater belustigt.
»Sie müssen bei allem um Erlaubnis bitten. Das ist unser System. Erlaubnis wird weitgehend gewährt, aber sie müssen darum bitten.«
»O, ich streite auch nicht gegen Ihr System; zweifellos bewährt es sich glänzend. Ich schickte Ihnen mein Kind und wollte sehen, was Sie aus ihm machen würden. Ich glaube an Sie.«
»Man muß glauben«, erklärte die Schwester milde und blickte durch ihre Brille.
»Nun, und wurde mein Glaube belohnt? Was haben Sie aus ihr gemacht?«
Die Schwester senkte einen Moment die Augen. »Eine gute Christin, Monsieur.«
Der Hausherr senkte seine Augen ebenfalls; aber möglicherweise hatte diese winzige Bewegung jeweils eine verschiedene Ursache. »Ja, und was noch?«
Er musterte die Klosterfrau und mochte glauben, sie könne sagen, eine gute Christin sei alles; aber sie war bei aller Einfalt doch nicht in dem Maße weltfremd. »Eine entzückende junge Dame – ein richtiges junges Mädchen – eine Tochter, die Ihnen nur Freude bereiten wird.«
»Sie erscheint mir sehr *gentille*«, sagte der Vater. »Sie ist wirklich hübsch.«
»Sie ist vollkommen. Sie hat keinen Fehler.«
»Sie hatte keinen als Kind, und ich bin sehr froh, daß sie keinen bei Ihnen gelernt hat.«
»Wir haben sie viel zu lieb«, sagte die bebrillte Schwester mit Würde. »Und was die Fehler angeht, wie sollten wir etwas geben, was wir nicht haben? *Le couvent n'est pas comme le monde, Monsieur*. Sie ist ja unsere Tochter, sozusagen. Sie war seit ihrer frühesten Kindheit bei uns.«
»Von allen, die wir in diesem Jahr verlieren, werden wir sie am meisten vermissen«, murmelte die Jüngere ehrerbietig.
»O ja, wir werden noch lange von ihr reden«, sagte die andere.

»Wir werden sie den Neuen als Beispiel vorhalten.« Bei diesen Worten fand die Schwester scheinbar, daß ihre Brillengläser sich beschlagen hatten, während ihre Begleiterin nach einigem Suchen ein Taschentuch von höchst haltbarem Gewebe zutage förderte.
»Es steht noch nicht fest, ob Sie sie verlieren; es ist noch nichts geregelt«, versicherte der Hausherr rasch; nicht als ob er ihren Tränen zuvorkommen wollte, sondern im Ton eines Mannes, der ausspricht, was ihn selbst das angenehmste dünkt.
»Das wäre uns eine sehr willkommene Aussicht. Fünfzehn ist ein sehr frühes Alter, uns zu verlassen.«
»Ach«, rief der Herr mit größerer Lebhaftigkeit, als er bisher an den Tag gelegt, »ich bin es nicht, der sie fortnehmen will. Ich wollte, sie könnte immer bei Ihnen bleiben!«
»Ach, Monsieur«, sagte die ältere Schwester lächelnd und erhob sich, »bei aller Tugend ist sie doch für die Welt bestimmt. *Le monde y gagnera.*«
»Wenn wir alle guten Menschen in Klöstern verbergen wollten, wie sollte die Welt dann weiterleben?« fragte ihre Begleiterin sanft, sich gleichfalls erhebend.
Dies war eine Frage von größerer Tragweite, als die gute Seele offensichtlich vermutete. Die Schwester mit der Brille schlug einen versöhnlichen Ton an, als sie behaglich bemerkte: »Zum Glück gibt es überall gute Menschen.«
»Wenn Sie uns jetzt verlassen, werden es hier zwei weniger sein«, entgegnete der Herr höflich.
Auf dieses hochgestochene Kompliment hatten seine einfachen Gäste keine Antwort; sie blickten einander nur in schicklicher Verlegenheit an; aber ihre Verwirrung wurde durch die Rückkehr des jungen Mädchens eilig verdeckt, das mit zwei großen Rosensträußen eintrat – der eine ganz in weiß, der andere in rot.
»Ich lasse Ihnen die Wahl, Maman Cathérine«, sagte das Kind. »Nur die Farbe ist verschieden, Maman Justine; sonst ist in jedem Strauß genau die gleiche Anzahl Rosen.«
Die beiden Nonnen nickten sich zu, lächelten und zögerten. »Welchen wollen Sie nehmen?« und »Nein, Sie haben die Wahl.«
»Ich nehme die roten, ich danke dir«, sagte Mutter Cathérine mit der Brille. »Ich bin selbst so rot. Sie werden uns trösten auf unserem Rückweg nach Rom.«
»Ach, sie halten sich ja nicht«, rief das junge Mädchen. »Ich würde Ihnen so gern etwas schenken, was sich hält.«

»Du hast uns von dir selbst ein gutes Andenken geschenkt, meine Tochter. Das wird sich halten.«
»Ach, wenn Nonnen doch hübsche Sachen tragen könnten, dann würde ich Ihnen meine blauen Perlen schenken«, fuhr das Kind fort.
»Sie fahren schon heute abend nach Rom zurück?« fragte ihr Vater.
»Ja, wir nehmen wieder den Zug. Wir haben so viel zu tun *là-bas*.«
»Sind Sie nicht müde?«
»Wir sind nie müde.«
»Ach, Schwester, manchmal schon«, murmelte die jüngere Geweihte.
»Auf jeden Fall nicht heute. Wir haben uns hier so gut ausgeruht. *Que Dieu vous garde, ma fille.*«
Der Hausherr ging voran, während sie noch Abschiedsküsse mit seiner Tochter tauschten, und öffnete ihnen die Tür. Dabei ließ er einen leisen Ausruf der Überraschung hören, blieb stehen und blickte hinaus. Die Tür führte in ein gewölbtes Vorzimmer, so hoch wie eine Kapelle, mit roten Fliesen ausgelegt, und in dieses Vorzimmer führte gerade ein Diener, ein Bursche in schäbiger Livree, eine Dame herein, die er weiter in das Zimmer nötigte, in welcher sich die kleine Gesellschaft noch aufhielt. Der Herr an der Tür verstummte nach seinem Ausruf, und stumm trat die Dame näher. Sie wechselten kein Wort der Begrüßung; er bot ihr keine Hand, sondern trat nur zur Seite, um sie einzulassen. An der Schwelle zögerte sie. »Ist jemand da?« fragte sie.
»Jemand, der Sie interessieren dürfte.«
Sie trat ein und fand sich den beiden Nonnen mit ihrem Schützling gegenüber, die ihr entgegenkamen, das Kind in der Mitte, bei beiden eingehakt. Angesichts der neuen Besucherin stockten alle drei, und die Dame, die gleichfalls innehielt, sah ihnen entgegen. Da trat das junge Mädchen mit einem leisen Ausruf: »Ah, Madame Merle!« auf sie zu.
Die Besucherin war ein wenig bestürzt; aber schon im nächsten Moment zeigte sie wieder ihr liebenswürdiges Benehmen. »Ja, es ist Madame Merle, die dich zu Hause willkommen heißt!« Und sie streckte dem Mädchen beide Hände hin, das sie sogleich ergriff und ihr die Stirn zum Kuß darbot. Madame Merle bedachte diesen Teil des reizenden jungen Wesens und blieb lächelnd vor den beiden Nonnen stehen. Diese erwiderten ihr Lächeln mit gebührender Verneigung, aber unterließen es, ihre

imponierende, blendende Erscheinung genauer zu mustern, die etwas vom Glanz der äußeren Welt mit sich zu bringen schien.
»Die Damen haben meine Tochter nach Hause gebracht und kehren jetzt ins Kloster zurück«, erklärte der Herr.
»O, Sie kehren zurück nach Rom? Ich bin erst kürzlich dort gewesen. Es ist jetzt herrlich da«, sagte Madame Merle.
Die guten Nonnen standen da, verbargen die gefalteten Hände in ihren Ärmeln und nahmen diese Erklärung kritiklos hin; der Herr des Hauses fragte seinen neuen Gast, seit wann er Rom verlassen habe. »Sie hat mich im Kloster besucht«, sagte das junge Mädchen, bevor die Dame noch Zeit hatte zu antworten.
»Ich habe dich mehr als einmal besucht, Pansy«, entgegnete Madame Merle. »Bin ich nicht deine beste Freundin in Rom?«
»Ich erinnere mich am besten an das letzte Mal«, sagte Pansy, »weil Sie mir da sagten, daß ich fortkäme.«
»Haben Sie ihr das gesagt?« fragte der Vater des Kindes.
»Das weiß ich nicht mehr genau. Ich habe ihr erzählt, was sie vielleicht erfreuen konnte. Jetzt bin ich eine Woche in Florenz gewesen. Ich hoffte auf Ihren Besuch.«
»Ich hätte Sie besucht, wenn ich gewußt hätte, daß Sie dort waren. Man erfährt eben solche Dinge nicht durch Eingebung – wenn man es vielleicht auch sollte. Wollen Sie nicht Platz nehmen?«
Beide sprachen in einem besonderen Tonfall – halblaut und in beherrschter Ruhe, aber mehr aus Gewohnheit als aus einem besonderen Anlaß. Madame Merle blickte sich nach einem Sessel um. »Sie begleiten die Schwestern gerade zur Tür? Ich will die Zeremonie natürlich nicht unterbrechen. *Je vous salue, mesdames*«, setzte sie auf französisch zu den Nonnen gewendet hinzu, als wolle sie sie entlassen.
»Diese Dame steht uns sehr nahe; Sie werden sie im Kloster getroffen haben«, sagte der Hausherr. »Wir haben sehr viel Zutrauen zu ihrem Urteil, sie soll mir helfen zu entscheiden, ob meine Tochter am Ende der Ferien zu Ihnen zurückkehrt.«
»Hoffentlich entscheiden Sie sich zu unseren Gunsten, Madame«, wagte die Schwester mit der Brille zu bemerken.
»Das war nur eine Gefälligkeit von Mr. Osmond; ich habe gar nichts zu entscheiden«, sagte Madame Merle, aber auch wie aus Gefälligkeit. »Ich glaube schon, daß Sie eine sehr gute Schule haben, aber Miß Osmonds Freunde dürfen nicht vergessen, daß sie natürlich für die Welt bestimmt ist.«

»Genau das habe ich Monsieur gesagt«, antwortete Schwester Cathérine, »daß wir sie für die Welt erzogen haben.« Und sie blickte auf Pansy, die ein wenig abseits stand und andächtig Madame Merles Eleganz in sich aufnahm.
»Hast du gehört, Pansy? Du bist natürlich für die Welt bestimmt«, sagte Pansys Vater.
Das Kind hielt ihn für einen Augenblick mit seinen reinen, jungen Augen fest. »Bin ich nicht für dich bestimmt, Papa?«
Ihr Vater lachte leicht und schnell. »Das hindert ja nichts! Ich bin auch von dieser Welt, Pansy.«
»Gestatten Sie freundlichst, daß wir uns jetzt zurückziehen«, sagte Schwester Cathérine. »Meine Tochter, bleibe immer gut und klug und glücklich.«
»Ich komme bestimmt zurück und besuche Sie«, entgegnete Pansy, sie aufs neue umarmend, bis Madame Merle sie unterbrach.
»Leiste mir ein bißchen Gesellschaft, liebes Kind«, sagte sie, »solange dein Vater die Damen zur Tür begleitet.«
Pansy machte große Augen, sie war enttäuscht, aber widersprach nicht. Sie war offensichtlich durchdrungen von der Vorstellung des Gehorsams, den sie jedem schuldete, der gebieterisch zu ihr sprach. Als passiver Zuschauer verfolgte sie den Ablauf ihres eigenen Schicksals. »Darf ich nicht Maman Cathérine zur Kutsche begleiten?« fragte sie trotzdem sehr zaghaft.
»Es wäre mir lieber, du bliebest hier«, sagte Madame Merle, während Mr. Osmond und seine Gäste, die sich abermals tief verneigten, ins Vorzimmer hinaustraten.
»O ja, ich bleibe«, antwortete Pansy. Sie stand neben Madame Merle und lieferte dieser willenlos ihr Händchen aus, das diese Dame sogleich ergriff. Sie starrte zum Fenster hinaus, ihre Augen füllten sich mit Tränen.
»Ich bin froh, daß man dich Gehorsam gelehrt hat«, sagte Madame Merle – »das gehört sich für artige kleine Mädchen.«
»O ja, ich gehorche sehr gut«, rief Pansy in sanftem Eifer, fast prahlerisch, als ob sie von ihrem Klavierspielen spräche. Und dann entfuhr ihr ein schwacher, eben hörbarer Seufzer.
Madame Merle hielt ihre Hand fest und zog sie auf ihre eigene schöne Handfläche, um sie zu betrachten. Ihr Blick war kritisch, aber er fand nichts auszusetzen; die Mädchenhand war zart und hübsch. »Hoffentlich achten sie immer darauf, daß du Handschuhe trägst«, sagte sie nach einem Augenblick. »Kleine Mädchen mögen das gewöhnlich nicht.«

»Ich mochte es früher auch nicht, jetzt mag ich es«, gab die Kleine zur Antwort.
»Sehr schön, dann will ich dir ein Dutzend schenken.«
»Ich danke dir schön. In welcher Farbe werden sie sein?« fragte Pansy voll Interesse.
Madame Merle überlegte. »Brauchbare Farben.«
»Aber sehr hübsche?«
»Hast du hübsche Sachen gern?«
»Ja; aber – aber nicht zu gern«, sagte Pansy, mit einer Spur von Askese.
»Nun – sie werden nicht zu hübsch ausfallen«, entgegnete Madame Merle und lachte. Sie nahm die andere Hand des Kindes und zog es näher an sich; nachdem sie es ein wenig betrachtet hatte, fuhr sie fort: »Wirst du Mutter Cathérine sehr vermissen?«
»Ja – wenn ich an sie denke.«
»Dann denke möglichst nicht an sie. – Vielleicht wirst du eines Tages eine andere Mutter haben«, fügte Madame Merle hinzu.
»Ich glaube, das ist nicht nötig«, sagte Pansy, ihr kleines, sanftes, versöhnendes Lachen wiederholend. »Im Kloster hatte ich mehr als dreißig Mütter.«
Als der Schritt ihres Vaters wieder im Vorzimmer erklang, erhob sich Madame Merle und gab das Kind frei. Mr. Osmond kam herein und schloß die Tür; sodann schob er, ohne Madame Merle anzusehen, einen oder zwei Stühle zurecht. Seine Besucherin wartete einen Augenblick, ob er nichts sagen würde, und sah seinen Hantierungen zu. Schließlich meinte sie: »Ich hatte gehofft, Sie würden nach Rom kommen. Ich hatte gedacht, Sie könnten doch vielleicht den Wunsch gehabt haben, Pansy persönlich abzuholen.«
»Das war ein sehr naheliegender Gedanke; aber ich fürchte, es ist nicht das erstemal, daß ich Ihren Berechnungen zuwiderhandelte.«
»Ach«, erklärte Madame Merle, »ich finde Sie doch recht eigensinnig.«
Mr. Osmond machte sich noch im Zimmer zu schaffen – der Raum bot genügend Bewegungsfreiheit – nach Art eines Mannes, der mechanisch einen Vorwand sucht, um einer peinlichen Verlegenheit zu entgehen. Schließlich aber waren seine Vorwände erschöpft; es blieb ihm nichts weiter übrig – es sei denn, er griffe nach einem Buch –, als mit den Händen auf dem Rücken Pansy zu betrachten. »Warum bist du nicht mitgekommen und

hast Maman Cathérine hinausbegleitet?« fragte er sie unvermittelt auf französisch.
Pansy zögerte einen Augenblick und blickte auf Madame Merle.
»Ich bat sie hierzubleiben«, sagte diese Dame, die jetzt auf einem anderen Sessel Platz genommen hatte.
»So, vielleicht war das besser«, gab Osmond zu. Damit ließ er sich in einen Lehnstuhl fallen und sah Madame Merle an; er beugte sich ein wenig vor, die Ellbogen auf den Armlehnen, die Hände ineinander verschränkt.
»Sie will mir Handschuhe schenken«, sagte Pansy.
»Das brauchst du nicht jedem zu erzählen, mein Kind«, bemerkte Madame Merle.
»Sie sind sehr gut zu ihr«, sagte Osmond. »Aber sie hat eigentlich alles, was sie braucht.«
»Ich würde meinen, sie hat jetzt genug von den Nonnen gehabt.«
»Wenn wir diese Sache besprechen wollen, verläßt sie besser das Zimmer.«
»Lassen Sie sie hier«, sagte Madame Merle. »Wir können von etwas anderem reden.«
»Wenn ihr wollt, hör' ich nicht zu«, schlug Pansy mit einer Unschuld vor, die entwaffnend war.
»Du kannst gern zuhören, süßes Kind, du wirst nämlich nichts verstehen«, entgegnete ihr Vater.
Das Kind setzte sich folgsam neben die offene Tür, in das Blickfeld des offenen Gartens, auf den sie ihre reinen, wehmütigen Augen richtete; Mr. Osmond sprach ohne Übergang weiter, sich der anderen zuwendend: »Sie sehen heute besonders gut aus.«
»Ich denke, ich sehe immer gleich aus«, sagte Madame Merle.
»Sie *sind* immer gleich. Sie verändern sich nicht. Sie sind eine herrliche Frau.«
»Ja, das finde ich auch.«
»Immerhin ändern Sie zuweilen Ihre Entschlüsse. Nach Ihrer Rückkehr aus England erklärten Sie, Sie würden Rom vorläufig nicht verlassen.«
»Es freut mich, daß Sie sich meiner Worte so gut erinnern. Es war auch meine Absicht. Aber ich kam nach Florenz, um dort ein paar Freunde zu treffen, die erst kürzlich ankamen und über deren Pläne ich damals noch nicht unterrichtet war.«
»Das ist eine charakteristische Begründung. Sie richten Ihre Schritte immer nach Ihren Freunden.«

Madame Merle blickte den Hausherrn mit offenem Lächeln an. »Das ist weniger charakteristisch als Ihr Kommentar dazu – der völlig unsinnig ist. Ich will es Ihnen jedoch nicht als Verbrechen ankreiden, weil, wenn Sie nicht glauben, was Sie sagten, kein Grund ersichtlich ist, weswegen Sie es sagten«, setzte sie hinzu. »Ich ruiniere mich nicht für meine Freunde, Ihr Lob verdiene ich gar nicht. Ich denke größtenteils an mich selbst.«

»Allerdings; aber Ihre Person schließt so viele andere ein – so viel von allem und jedem. Ich habe nie einen Menschen gekannt, dessen Leben sich mit so vielen anderen berührte.«

»Was nennen Sie eines Menschen Leben?« fragte Madame Merle.

»Unsere Erscheinung, unsere Bewegung, unsere Verpflichtungen, unsere Gesellschaft?«

»*Ihr* Leben ist der Ehrgeiz, würde ich sagen«, antwortete Mr. Osmond.

Madame Merle sah einen Augenblick nach Pansy. »Ich möchte doch wissen, ob sie das versteht«, murmelte sie.

»Sie sehen, sie kann nicht dabeibleiben!« Und Pansys Vater lächelte wenig erfreut. »Geh in den Garten, *Mignonne*, pflück ein paar Blumen für Madame Merle«, setzte er auf französisch hinzu.

»Das wollte ich gerade«, rief Pansy, sofort aufspringend, und verschwand lautlos.

Ihr Vater ging ihr nach bis an die offene Tür, blieb stehen und sah ihr einen Augenblick zu, kam dann zurück; aber er blieb jetzt stehen, ging vielmehr im Zimmer auf und ab, als ob er seine Freiheit behaupten wollte, die ihm sonst abhanden kommen könnte.

»Mein Ehrgeiz gilt vornehmlich Ihnen«, sagte Madame Merle und blickte mit einem gewissen Mut zu ihm auf.

»Das kommt auf dasselbe heraus. Ich bin ein Teil Ihres Lebens – ich und tausend andere. Sie sind nicht selbstsüchtig – das würde ich immer bestreiten. Wenn Sie schon selbstsüchtig wären, was wäre dann ich? Welches Epitheton würde dann auf mich passen?«

»Sie sind träge. Das ist Ihr schlimmster Fehler.«

»Ich fürchte, das ist noch mein bester.«

»Ihnen ist alles egal«, sagte Madame Merle ernst.

»Ja, das glaube ich auch. Als welchen Fehler würden Sie das bezeichnen? Auf jeden Fall trug meine Trägheit dazu bei, daß ich nicht nach Rom fuhr. Aber nicht ausschließlich.«

»Es spielt keine Rolle – wenigstens nicht für mich –, daß Sie nicht fuhren; obwohl ich mich gefreut hätte, Sie dort zu treffen.

Ich bin froh, daß Sie jetzt nicht in Rom sind – was bestimmt noch der Fall wäre, wenn Sie da vor einem Monat hingefahren wären. Gegenwärtig hätte ich gern, daß Sie etwas in Florenz unternehmen.«

»Bitte vergessen Sie meine Trägheit nicht«, sagte Osmond.

»Ich denke schon daran, aber Sie müssen sie einmal vergessen. Auf die Weise läge in der Tugend schon die Belohnung. Es ist keine große Mühe damit verbunden, und es könnte ein echtes Interesse dabei herausspringen. Wie lange ist es her, seit Sie Ihre letzte Bekanntschaft schlossen?«

»Ich glaube nicht, daß ich nach Ihnen eine neue hatte.«

»Dann wird es höchste Zeit für eine neue. Ich möchte gern, daß Sie eine Freundin von mir kennenlernen.«

Mr. Osmond war auf seinem Rundgang wieder an die offene Tür gekommen und sah seiner Tochter zu, die sich im hellen Sonnenlicht bewegte. »Und was habe ich davon?« fragte er mit einer gewissen heiteren Roheit.

Madame Merle wartete. »Ihr Vergnügen.« In dieser Entgegnung lag nichts Rohes; sie war durchaus überlegt.

»Wenn Sie das sagen, wissen Sie, daß ich Ihnen glaube«, sagte Osmond und trat heran. »In mancher Beziehung habe ich unbedingtes Vertrauen zu Ihnen. Zum Beispiel ist es mir völlig klar, daß Sie gute und schlechte Gesellschaft unterscheiden können.«

»Die Gesellschaft ist immer schlecht.«

»Verzeihen Sie. Das ist keine gängige Weisheit – wenn ich Ihnen auch die Erkenntnis zutraue. Die haben Sie sich auf die richtige Weise, nämlich experimentell, erworben; Sie haben eine riesige Zahl mehr oder weniger unmöglicher Leute miteinander verglichen.«

»Nun, dann lassen Sie sich einladen, von meiner Erkenntnis zu profitieren.«

»Zu profitieren? Glauben Sie so sicher, daß ich das werde?«

»Das hoffe ich eben. Es wird von Ihnen abhängen. Wenn ich Sie nur zu einer Anstrengung verleiten könnte!«

»Ah, da sehen Sie! Ich wußte, es kommt etwas Leidiges. Was auf der Welt – was wirklich hier passieren könnte – wäre einer Anstrengung wert?«

Madame Merle wurde rot, als sei sie in ihrer Absicht getroffen. »Seien Sie nicht töricht, Osmond! Niemand weiß besser als Sie, wann sich eine Anstrengung lohnt. Habe ich Sie nicht in früheren Tagen erlebt?«

»Einige Dinge erkenne ich an. Aber davon ist keines in diesem kümmerlichen Leben wahrscheinlich.«
»Erst die Bemühung macht sie wahrscheinlich«, sagte Madame Merle.
»Daran ist etwas Wahres. Also wer ist Ihre Freundin?«
»Eine Nichte der Mrs. Touchett, die Sie wohl nicht vergessen haben und deretwegen ich nach Florenz fuhr.«
»Eine Nichte? Das klingt nach Jugend und Unwissenheit. Ich sehe, worauf Sie hinauswollen.«
»Ja, sie ist jung – dreiundzwanzig Jahre alt. Sie steht mir sehr nahe. Ich traf sie zum ersten Mal vor einigen Monaten in England, und wir haben sogleich feste Freundschaft geschlossen. Ich mag sie riesig gern, und ich tue etwas, was ich nicht alle Tage tue – ich bewundere sie. Ihnen wird es genauso ergehen.«
»Nicht, wenn ich es verhindern kann.«
»Das meine ich: Sie werden gar nicht anders können.«
»Ist sie schön, klug, reich, herrlich, universell gebildet und beispiellos tugendhaft? Nur unter dieser Bedingung lege ich Wert auf ihre Bekanntschaft. Sie wissen ja, daß ich Sie schon vor einiger Zeit bat, mir niemanden vorzuschlagen, der nicht dieser Beschreibung entspricht. Schmierige Leute kenne ich genug; davon brauche ich keine neuen kennenzulernen.«
»Miß Archer ist nicht schmierig; sie ist taufrisch. Sie entspricht ganz Ihrer Beschreibung; deshalb möchte ich ja, daß Sie ihr begegnen. Sie erfüllt alle Ihre Bedingungen.«
»Mehr oder weniger, natürlich.«
»Nein, buchstäblich. Sie ist schön, gut erzogen, großmütig und, für eine Amerikanerin, von guter Herkunft. Außerdem ist sie klug und liebenswürdig und hat ein stattliches Vermögen.«
Schweigend hörte Mr. Osmond zu, es hatte den Anschein, als ob er das Gehörte im Geist überprüfe, die Augen auf die Sprecherin gerichtet. »Was haben Sie denn mit ihr vor?« fragte er schließlich.
»Was Sie sehen. Ich stelle sie Ihnen in den Weg.«
»Wäre sie nicht zu etwas Besserem bestimmt?«
»Ich gebe nicht vor, zu wissen, wofür die Menschen bestimmt sind«, sagte Madame Merle. »Ich weiß nur, was ich mit ihnen tun kann.«
»Miß Archer tut mir leid!« erklärte Osmond.
Madame Merle erhob sich. »Wenn Sie damit ein erstes Interesse bekunden, will ich es als solches registrieren.«

Auge in Auge standen sich die beiden gegenüber; sie brachte ihre Mantille in Ordnung und sah herab. »Sie sehen sehr gut aus«, wiederholte Osmond noch unvermittelter als vorher. »Sie schmieden Pläne. Sie sehen nie besser aus, als wenn Sie Pläne schmieden. Das steht ihnen immer besonders gut.«

Im Benehmen und in der Sprechweise dieser beiden Menschen lag bei jedem Zusammentreffen, besonders in Gegenwart dritter, etwas Indirektes und Vorsichtiges, als ob sie sich auf Schleichwegen einander näherten und ihre Unterhaltung nach geheimer Abmachung führten. Ihre gegenseitige Wirkung schien darauf zu beruhen, daß einer den andern bis zu einem gewissen Grade in Verlegenheit setzte. Madame Merle wurde natürlich mit jeder Verlegenheit leichter fertig als ihr Freund; aber selbst Madame Merle war bei dieser Gelegenheit nicht so in Form, wie sie gewünscht – nicht von jener vollkommenen Selbstbeherrschung, die sie gern vor ihrem Gastgeber zur Schau getragen hätte. Immerhin muß betont werden, daß dieses Spannungsmoment zwischen ihnen – woraus es auch bestehen mochte – sich in einem bestimmten Moment löste und beide jedesmal in engerem Kontakt zurückblieben als je mit einem anderen. Das war auch jetzt wieder der Fall. Sie standen da, und jeder kannte den anderen gut; auch war jeder im ganzen bereit, die Befriedigung seiner Erkenntnis als Ausgleich für die Unbequemlichkeit seines Erkanntwerdens hinzunehmen, worin diese auch bestehen mochte.

»Ich wünschte nur, Sie wären nicht so herzlos«, sagte Madame Merle ruhig. »Das hat sich bei Ihnen immer störend bemerkbar gemacht und wird Ihnen auch jetzt wieder Nachteile bringen.«

»Ich bin nicht so herzlos, wie Sie meinen. Hin und wieder bin ich gerührt – zum Beispiel durch Ihre Worte vorhin, daß Ihr Ehrgeiz mir gilt. Ich verstehe es ja nicht; ich sehe auch nicht ein, wieso und warum. Aber trotzdem rührt es mich.«

»Sie werden es wahrscheinlich in Zukunft immer weniger verstehen. Manche Dinge werden Sie nie verstehen. Es ist auch nicht besonders nötig.«

»Sie sind immer noch die bemerkenswerteste von allen Frauen«, sagte Osmond. »In Ihnen steckt mehr als in jeder anderen. Ich verstehe nicht, warum Sie denken, Mrs. Touchetts Nichte könnte mir Eindruck machen, wenn – wenn –« Aber schon hielt er inne.

»Wenn selbst ich Ihnen so wenig Eindruck machte?«

»Das wollte ich natürlich nicht sagen. Wenn ich eine Frau wie Sie kannte und zu würdigen wußte.«

»Isabel Archer ist mehr als ich«, sagte Madame Merle.
Osmond ließ ein Lachen hören. »Wie wenig müssen Sie von ihr halten, um das zu sagen!«
»Glauben Sie, daß ich eifersüchtig sein könnte? Bitte, antworten Sie einmal!«
»Im Hinblick auf mich? Nein; im ganzen glaube ich das nicht.«
»Dann kommen Sie und besuchen Sie mich, heute in zwei Tagen. Ich wohne bei Mrs. Touchett – Palazzo Crescentini –; das junge Mädchen wird zugegen sein.«
»Warum haben Sie mich nicht einfach eingeladen, ohne dieses Mädchen zu erwähnen?« fragte Osmond. »Sie hätte ja auf jeden Fall dabeisein können.«
Madame Merle sah ihn an wie eine Frau, die für jede Frage gewappnet ist. »Möchten Sie wissen warum? Weil ich ihr schon von Ihnen erzählte.«
Osmond kehrte sich stirnrunzelnd ab. »Das hätte ich lieber nicht gewußt.«
Einen Moment später deutete er auf die Staffelei mit dem kleinen Aquarell. »Haben Sie gesehen, was da steht? Mein letztes.«
Madame Merle trat prüfend näher. »Sind es die Alpen bei Venedig – eine Ihrer vorjährigen Skizzen?«
»Ja – wie Sie auch alles erraten!«
Sie betrachtete es noch eine Minute und wandte sich dann ab. »Sie wissen ja, ich mache mir nichts aus Ihren Bildern.«
»Ich weiß, aber es überrascht mich immer wieder. Sie sind wirklich viel besser als die der anderen Leute.«
»Das mag schon sein. Aber als einzige Beschäftigung für Sie – nein, da ist es zu wenig. Ich hätte Sie gern bei vielen anderen Dingen gesehen: dahin ging mein Ehrgeiz.«
»Ja; Sie haben mir viele genannt – Dinge, die unmöglich waren.«
»Die unmöglich waren«, sagte Madame Merle. Und dann in ganz anderem Ton: »An sich ist Ihr kleines Bild sehr gut.« Sie sah sich im Zimmer um – sie sah die alten Kommoden, Bilder, Gobelins, die verblaßten Seiden. »Wenigstens Ihre Zimmer sind vollendet. Das fällt mir jedesmal aufs neue auf; ich kenne nirgends schönere. Sie verstehen sich auf diese Dinge wie niemand sonst. Sie haben einen unbestechlichen Geschmack.«
»Mir wird übel von meinem unbestechlichen Geschmack«, sagte Gilbert Osmond.

»Trotzdem müssen Sie Miß Archer einladen und ihr alles zeigen. Ich habe ihr schon davon erzählt.«

»Ich habe nichts dagegen, meine Sachen zu zeigen – wenn die Leute keine Idioten sind.«

»Sie können das entzückend. Als Cicerone Ihres Museums machen Sie sich immer sehr vorteilhaft.«

In Erwiderung dieses Kompliments blickte Mr. Osmond sofort kälter und aufmerksamer auf. »Sagten Sie nicht, sie sei reich?«

»Sie hat siebzigtausend Pfund.«

»*En écus bien comptés*?«

»An ihr Vermögen ist nicht zu tippen. Ich habe es selbst gesehen, wenn ich so sagen darf.«

»Großartige Person – ich meine *Sie*. Und wenn ich Sie besuche, treffe ich dann die Mutter?«

»Die Mutter? Sie hat keine – auch keinen Vater.«

»Dann die Tante – wie sagten Sie doch – Mrs. Touchett?«

»Ich kann sie mit Leichtigkeit fernhalten.«

»Sie stört mich nicht«, sagte Mr. Osmond; »Mrs. Touchett habe ich ganz gern. Sie hat so einen altmodischen Charakter, der jetzt im Aussterben ist – so eine lebendige Persönlichkeit. Aber der lange Schlaks von Sohn – streicht er auch dort herum?«

»Er ist da, aber er wird Sie nicht behelligen.«

»Er ist ein rechter Esel.«

»Ich glaube, da irren Sie sich. Er ist ein sehr kluger Mensch. Aber er läßt sich nicht gern blicken, wenn ich dort bin, weil er mich nicht leiden kann.«

»Was könnte eseliger sein? Sagten Sie nicht, sie sieht gut aus?« fuhr Osmond fort.

»Ja; aber ich sage es nicht wieder, damit Sie nicht enttäuscht sind. Kommen Sie und machen Sie einen Anfang; mehr verlange ich nicht.«

»Einen Anfang, wozu?«

Madame Merle schwieg ein wenig. »Natürlich möchte ich, daß Sie sie heiraten.«

»Der Anfang vom Ende? Nun, ich werde sehen. Haben Sie das auch schon erzählt?«

»Wofür halten Sie mich? Sie ist nicht aus so derbem Holz – und ich auch nicht.«

»Wahrhaftig«, sagte Osmond nach einigem Überlegen, »ich verstehe Ihren Ehrgeiz nicht.«

»Ich glaube, diesmal werden Sie ihn verstehen, wenn Sie Miß

Archer erblicken. Sparen Sie Ihr Urteil noch.« Bei diesen Worten hatte sich Madame Merle der offenen Tür zum Garten genähert, wo sie einen Augenblick stehenblieb und hinausspähte. »Pansy ist wirklich hübsch geworden«, setzte sie sogleich hinzu.

»Das schien mir auch so.«

»Aber sie hat jetzt genug von dem Kloster.«

»Das weiß ich nicht«, sagte Osmond. »Mir gefällt das, was sie aus ihr machten. Das ist sehr reizend.«

»Das ist nicht das Kloster. Das ist die Natur des Kindes.«

»Ich denke, es ist die Kombination. Sie ist so rein wie eine Perle.«

»Warum kommt sie dann nicht zurück und bringt mir die Blumen?« fragte Madame Merle. »Sie scheint es nicht sehr eilig zu haben.«

»Wir werden gehen und sie holen.«

»Sie kann mich nicht leiden«, murmelte die Besucherin, während sie ihren Sonnenschirm aufspannte; dann schritten sie in den Garten.

XXIII

MADAME Merle, die nach Mrs. Touchetts Ankunft auf Einladung dieser Dame nach Florenz gekommen war – Mrs. Touchett hatte ihr für einen Monat die Gastlichkeit des Palazzo Crescentini angeboten –, die urteilsfähige Madame Merle sprach erneut zu Isabel über Gilbert Osmond und gab dabei ihrer Hoffnung Ausdruck, daß die andere ihn kennenlernen möchte; doch machte sie von der Sache nicht so viel Aufhebens wie bei Mr. Osmond, als sie ihm das Mädchen empfahl. Der Grund dafür lag vielleicht darin, daß Isabel ihrem Vorschlag nicht den leisesten Widerstand entgegensetzte. In Italien wie in England besaß die Ältere zahllose Freunde, sowohl unter den Einheimischen wie unter ihren heterogensten Besuchern. Sie hatte Isabel die meisten Menschen aufgezählt, deren Bekanntschaft sich für das Mädchen verlohnte – natürlich, sagte sie, könne Isabel jeden in der weiten Welt kennenlernen – und hatte dabei Mr. Osmond ziemlich weit nach oben auf die Liste gesetzt. Er sei einer ihrer alten Freunde, sie kenne ihn schon an die zwölf Jahre; er sei einer der angenehmsten und klügsten Männer – nun, einfach von Europa. Er stehe völlig über dem erfreulichen Durchschnitt – ein ganz anderer Zuschnitt. Er sei kein professioneller Poseur – weit

gefehlt, seine Wirkung hänge zum großen Teil von seiner Stimmung und vom Zustand seiner Nerven ab. Sei er nicht in der richtigen Verfassung, könne er so tief sinken wie jeder andere, es sei denn, daß ihn sein Aussehen rette, das in diesen Stunden einem demoralisierten Prinzen im Exil ähnele. Aber wenn er angeregt und interessiert oder richtig auf den Plan gerufen sei – es müsse nur eben genau richtig sein –, dann spüre man seine Klugheit und seine Distinktion. Diese Qualitäten hingen bei ihm nicht wie bei so vielen Menschen davon ab, wieweit er sich verausgabe oder zur Schau stelle. Er habe schlechte Seiten – was Isabel tatsächlich bei allen Männern feststellen könne, die sich der Mühe lohnten – und lasse sein Licht nicht gleichmäßig bei allen Leuten leuchten. Madame Merle denke jedoch, daß sie sich verbürgen könne, daß er vor Isabel glänzen werde. Er sei leicht gelangweilt, zu leicht, bei langweiligen Menschen erlösche er einfach; aber ein lebendiges und kultiviertes Mädchen wie Isabel werde eine Anregung für ihn sein, die er sonst im Leben sehr entbehre. Auf jeden Fall sei er eine Person, die man sich nicht entgehen lasse. Man solle nicht versuchen, in Italien zu leben, ohne sich mit Gilbert Osmond zu befreunden, der mehr vom Land verstehe als irgendein anderer, ein paar deutsche Professoren vielleicht ausgenommen. Wenn diese mehr Kenntnisse hätten, so habe er aber mehr Einblick und mehr Geschmack – durch und durch künstlerisch, wie er sei. Isabel entsann sich, daß die Freundin schon in ihren tiefen Gesprächen in Gardencourt Mr. Osmond erwähnt hatte, und fragte sich doch, welche Bande diese beiden überlegenen Geister wohl zusammenhielten. Sie fühlte, daß Madame Merles Bande immer irgendwie eine Geschichte hatten; auf diesen Eindruck ging teilweise ihr Interesse zurück, das diese ungewöhnliche Frau in ihr wachhielt. Was aber ihre Beziehungen zu Mr. Osmond angingen, so stieß Isabel nur auf eine langerklärte, ruhige Freundschaft. Deswegen entgegnete sie, sie preise sich glücklich, jemanden kennenzulernen, der seit vielen Jahren ein so hohes Vertrauen genoß. »Sie sollten viele Männer kennenlernen«, bemerkte Madame Merle; »so viele wie möglich, damit Sie sich an sie gewöhnen.«
»An sie gewöhnen?« wiederholte Isabel mit dem feierlichen Erstaunen, das sie zuweilen vom Standpunkt der Komödie aus als untauglich erscheinen ließ. »Wieso, ich habe doch keine Angst vor ihnen – ich bin so an sie gewöhnt wie ein Koch an Metzgerbuben.«

»An sie gewöhnen, meine ich, um sie zu verachten. Soweit kommt es ja bei den meisten. Und die wenigen, die Sie nicht verachten, werden Sie sich zu Ihrem engeren Verkehr aussuchen.«
Dies war ein zynischer Ton, den anzuschlagen sich Madame Merle nur selten erlaubte, aber Isabel war nicht beunruhigt, denn sie hatte nie angenommen, daß größere Welterfahrung unter allen Gefühlen gerade zu einer Steigerung des Respektgefühls beitragen könnte.
Dies geschah hingegen durch das herrliche Florenz, das ihr ganz so gefiel, wie Madame Merle es vorausgesagt; und wenn ihr ungeschulter Geist nicht fähig gewesen wäre, den Charme dieser Stadt zu ermessen, so standen ihr kluge Begleiter zur Seite, um als Priester dieses Mysteriums zu fungieren. Einer ästhetischen Erleuchtung bedurfte sie tatsächlich nicht, denn Ralph war es eine große Freude, die seine eigene frühere Leidenschaft erneuerte, seiner eifrigen jungen Verwandten als Cicerone zu dienen. Madame Merle blieb zu Hause; sie hatte die Schätze von Florenz mehr als einmal gesehen und hatte stets etwas anderes zu tun. Aber sie sprach von allen Sehenswürdigkeiten mit bemerkenswert lebendiger Erinnerung – sie entsann sich der rechten Ecke des großen Perugino-Gemäldes und der Haltung der Hände der heiligen Elisabeth in dem Bild daneben. Sie hatte ihre eigenen festen Ansichten über den Charakter vieler berühmter Kunstwerke, die sich häufig in aller Schärfe von denen Ralphs unterschieden, gegen den sie ihre Auffassung mit Geist und Humor verteidigte. Isabel lauschte dem Streit der beiden in dem Gefühl, viel dabei lernen und daraus Erkenntnisse gewinnen zu können, die ihr zum Beispiel in Albany nicht zuteil geworden wären.
An den klaren Maimorgen vor dem offiziellen Frühstück – diese Mahlzeit wurde bei Mrs. Touchett um zwölf Uhr serviert – wanderte sie mit ihrem Vetter durch die engen, düsteren Florentiner Gassen und verweilte ein Weilchen bald im tiefen Dämmerlicht einer historischen Kirche, bald in den gewölbten Räumen eines verlassenen Klosters. Sie besuchte Galerien und Paläste; sie betrachtete Gemälde und Statuen, die ihr bisher nur große Namen gewesen, und tauschte für ein Vorgefühl, das sich meist als recht unbestimmt erwies, feste, wenn auch oft noch begrenzte Kenntnisse ein. Sie vollzog überall jenen Akt geistiger Anbetung, mit welcher jugendliche Begeisterung bei einem ersten Italien-

besuch stets so verschwenderisch umgeht; sie fühlte ihr Herz in Gegenwart des unsterblichen Genius höherschlagen und erfuhr die Süßigkeit aufsteigender Tränen, wenn blasse Fresken und gedunkelter Marmor vor dem Auge verschwammen. Aber die Rückkehr war jeden Tag noch erfreulicher als der Aufbruch; die Rückkehr in den weiten, monumentalen Hof des großen Hauses, in dem sich Mrs. Touchett vor vielen Jahren niedergelassen, und in die hohen, kühlen Räume, wo die geschnitzten Deckenbalken und pompösen Fresken des sechzehnten Jahrhunderts auf die vertrauten Bequemlichkeiten des Reklamezeitalters herabblickten. Mrs. Touchett bewohnte ein historisches Gebäude in einer schmalen Straße, deren Name schon an die Fehde mittelalterlicher Parteien erinnerte. Für die Dunkelheit der Hausfront entschädigte sie die mäßige Miete wie der Glanz des Gartens, dessen Natur ebenso archaisch wirkte wie die ungeglättete Architektur des Palastes und dessen Duft alle Zimmer regelmäßig und klärend durchzog. In einem solchen Palast zu wohnen, war für Isabel dasselbe, wie wenn sie eine Muschel aus dem Meere der Vergangenheit ans Ohr gehalten hätte. Dieses ferne, ewige Rauschen hielt ihre Phantasie hellwach.
Gilbert Osmond kam, besuchte Madame Merle und ließ sich der jungen Dame vorstellen, die sich am anderen Ende des dämmerigen Zimmers aufhielt. Isabel machte während der Unterhaltung kaum den Mund auf, sie lächelte nicht einmal, wenn die anderen sich ihr einladend zukehrten; sie saß da, als betrachte sie ein Schauspiel, als habe sie sogar einen ziemlich hohen Preis für ihren Platz gezahlt. Mrs. Touchett war nicht dabei, so daß die beiden freie Hand hatten, all ihren Glanz zu entfalten. Sie plauderten von der florentinischen, der römischen, der kosmopolitischen Welt und hätten zwei hervorragende Darsteller in einer Wohltätigkeitsveranstaltung abgeben können. All das hatte die angereicherte Schlagfertigkeit, wie sie nur die Einstudierung bewirkt. Madame Merle bemühte sich dabei vergeblich, auch Isabel zum Mitspielen zu bewegen, aber diese verstand es, jedes Stichwort zu ignorieren, allerdings ohne die Szene zu verderben – wenn sie auch damit die Freundin entsetzlich in Verlegenheit brachte, die Mr. Osmond gegenüber behauptet hatte, man könne sich stets auf sie verlassen. Das kam diesmal nicht in Betracht, selbst wenn noch mehr auf dem Spiel gestanden hätte, wäre Isabel unfähig gewesen, sich selbst in Positur zu setzen. Etwas an dem Besucher dämpfte sie und bewirkte ihre Zurück-

haltung – als sei es wichtiger, von ihm einen Eindruck zu erhalten, als auf ihn Eindruck zu machen. Außerdem hatte sie wenig Geschick, einen Eindruck zu erwecken, von dem sie wußte, daß man ihn von ihr erwartete; im allgemeinen war ihr nichts willkommener als eine Gelegenheit, ihren Charme zu entfalten, aber sie sträubte sich innerlich, dies auf Verabredung zu tun. Mr. Osmond, um ihm Gerechtigkeit widerfahren zu lassen, hatte eine wohlerzogene Art, gar nichts zu erwarten, eine ruhige Leichtigkeit, die alles überdeckte, selbst die erste Vorführung seines eigenen Geistes. Dies war um so bemerkenswerter, als sein Gesicht und sein Kopf seine Feinfühligkeit verrieten; er war nicht schön, aber sehr fein, so fein wie eine der Handzeichnungen in der langen Galerie der Uffizien oberhalb der Brücke. Selbst seine Stimme war fein – was ein wenig befremdete, da sie bei aller Klarheit nichts Liebenswürdiges hatte. Hier lag auch die Ursache für Isabels Scheu, sich an dem Gespräch zu beteiligen. In jeder seiner Äußerungen schwang ein gläserner Klang; hätte sie ihren Finger ausgestreckt, würde sie die Tonhöhe verändert und das Konzert verdorben haben. Doch ehe er sich verabschiedete, mußte sie ihm noch antworten.

»Madame Merle«, sagte er, »hat eingewilligt, mich nächste Woche irgendwann auf meiner Bergeshöhe zu besuchen und bei mir im Garten Tee zu trinken. Es wäre mir eine große Freude, wenn Sie sie begleiten würden. Man behauptet, es sei sehr hübsch da oben – man hat die sogenannte Große Aussicht. Mein Töchterchen würde sich auch sehr freuen – vielmehr, denn für starke Gefühle ist sie noch zu jung: *ich* würde mich freuen – sehr freuen.« Und mit der Miene leichter Verlegenheit hielt Mr. Osmond inne, ohne seinen Satz zu beenden. »Ich wäre sehr glücklich, wenn Sie meine Tochter kennenlernten«, fuhr er nach kurzer Pause fort.

Isabel entgegnete, daß sie entzückt sei, Miß Osmond kennenzulernen, und es Madame Merle danken werde, wenn sie ihr den Weg zur Bergeshöhe zeige. Nach dieser Versicherung nahm der Gast Abschied, und Isabel erwartete nun mit vollem Recht, daß die Freundin sie schelten werde, daß sie sich so fade gezeigt habe. Aber zu ihrer Überraschung sagte diese Dame, die in der Tat niemals ins Alltägliche fiel, wenige Minuten später: »Sie waren reizend, Liebste; Sie waren ganz so, wie ich es mir gewünscht hatte. Sie enttäuschen mich doch nie.« Ein Vorwurf wäre wahrscheinlich ärgerlich gewesen, obwohl Isabel ihn si-

eher mit Haltung hingenommen hätte; aber diese tatsächlich geäußerten Worte erregten in ihr, so seltsam es klingt, das erste Mißbehagen, das diese Vertraute in ihr wachrief. »Das lag kaum in meiner Absicht«, entgegnete sie kühl. »Ich wüßte nicht, inwiefern ich verpflichtet wäre, Mr. Osmond zu gefallen.«
Madame Merle wurde sichtbarlich rot, aber wir wissen, daß ein Rückzug nicht zu ihren Gepflogenheiten gehörte. »Mein liebes Kind, ich sprach nicht im Interesse des armen Menschen. Ich bezog es nur auf Sie. Natürlich ist es keine Frage, ob Sie ihm gefielen oder nicht; darauf kommt es auch gar nicht an. Aber ich dachte, *er* hätte *Ihnen* gefallen.«
»Er gefiel mir«, sagte Isabel ehrlich. »Aber ich sehe nicht, was das groß zu bedeuten hat.«
»Alles, was Sie betrifft, ist mir bedeutungsvoll«, erklärte Madame Merle in ihrem lässigen Edelmut, »besonders wenn es gleichzeitig noch einen anderen guten Freund betrifft.«
Was Isabels Verpflichtungen, welcher Art sie auch waren, Mr. Osmond gegenüber anging, so läßt sich nicht verschweigen, daß sie unsere Heldin veranlaßten, sich bei Ralph eingehend nach ihm zu erkundigen. Sie hielt Ralphs Urteil durch seine Krankheit für ein wenig verzerrt, aber sie schmeichelte sich, inzwischen gelernt zu haben, ihm darin Konzessionen zu machen.
»Ob ich ihn kenne?« sagte ihr Vetter. »O ja, ich kenne ihn schon, zwar nicht näher, aber es reicht aus. Ich habe seine Gesellschaft allerdings nie gesucht, und er hat augenscheinlich auch die meine nie als unerläßlich für sein Wohlbefinden angesehen. Wer er ist? Was er ist? Er ist einer dieser vagen, undefinierbaren Amerikaner, der schon seine dreißig Jahre in Italien lebt. Warum ich ihn undefinierbar nenne? Nur um meine Unwissenheit dahinter zu verbergen; ich kenne weder seine Vorfahren noch seine Familie noch seine Herkunft. Dennoch könnte er gut ein verkleideter Prinz sein; er sieht übrigens beinahe so aus – wie ein Prinz, der in einem Anfall von Weltüberdruß abdankte und seitdem seinen Überdruß weiternährt. Früher lebte er in Rom, aber vor einigen Jahren nahm er seinen Aufenthalt hier; ich entsinne mich, daß ich ihn sagen hörte, Rom sei so vulgär geworden. Er hat große Angst vor dem Vulgären; das ist seine spezielle Note; ich wüßte nicht, daß er außerdem noch eine andere hätte. Er lebt von seinem Kapital; ich argwöhne, es ist keines dieser vulgär großen. Er ist ein unbemittelter, aber ehrenwerter Gentleman – so bezeichnet er sich selbst. Er hat jung geheiratet und seine Frau

verloren; soviel ich weiß, hat er eine Tochter. Er hat auch eine Schwester, die irgendeinen kleinen Grafen hier aus der Gegend heiratete; ich bin ihr früher einmal vorgestellt worden. Sie ist netter als er, würde ich sagen. Aber im ganzen ziemlich unmöglich. Meines Wissens erzählt man sich da allerhand. Ihre Bekanntschaft zu machen, würde ich dir deshalb kaum empfehlen. Aber warum fragst du nicht Madame Merle nach diesen Leuten? Sie kennt sie alle viel besser als ich.«

»Ich frage dich, weil ich deine Meinung neben der ihren hören wollte.«

»Einen Schmarren für meine Meinung! Wenn du dich in Mr. Osmond verliebst, wirst du dann viel nach meiner Meinung fragen?«

»Nein, wahrscheinlich nicht. Aber bis dahin ist sie mir wichtig. Wir können uns doch gar nicht genug über die Gefahren informieren, die uns drohen.«

»Da bin ich anderer Ansicht – dadurch entstehen diese Gefahren erst. Heutzutage weiß man viel zuviel über seinen lieben Nächsten; wir hören alle zuviel. Unsere Ohren, unser Geist, unser Mund ist vollgepfropft mit Personalangaben. Höre du nicht auf das, was dir andere von anderen erzählen. Beurteile alles und jeden von dir aus.«

»Das versuche ich ja«, sagte Isabel; »aber wer das tut, den nennen die Leute dann eingebildet.«

»Darauf sollst du auch nicht hören – das will ich dir ja gerade klarmachen, daß du dich ebensowenig darum kümmern sollst, was sie über dich als was sie über deine Freunde oder deine Feinde sagen.«

Isabel überlegte. »Ich glaube, du hast recht; aber um manche Dinge muß ich mich doch kümmern, wenn man zum Beispiel meine Freunde angreift oder wenn ich selbst gelobt werde.«

»Natürlich steht es dir immer frei, den Kritiker zu kritisieren. Aber wenn du die Leute als Kritiker beurteilst«, setzte Ralph hinzu, »dann wirst du sie alle verdammen.«

»Ich werde mir Mr. Osmond also selbst ansehen«, sagte Isabel. »Ich habe ihm einen Besuch versprochen.«

»Einen Besuch...?«

»Um seine Aussicht, seine Bilder, seine Tochter zu betrachten – ich weiß nicht mehr genau, was eigentlich. Madame Merle soll mich hinbringen; sie erzählte, daß ihn viele Damen besuchen.«

»Ach, mit Madame Merle kannst du überall hingehen; *de confiance*«, sagte Ralph. »Sie hat nur den besten Umgang.«

Isabel sagte nichts weiter über Mr. Osmond, aber sie erklärte ihrem Vetter abermals, daß ihr sein Ton in bezug auf Madame Merle gar nicht gefiel. »Mir scheint, daß du ihr irgendwelche Dinge unterschiebst. Ich weiß nicht, was du eigentlich bezweckst, aber wenn du einen Grund hast, sie nicht zu mögen, finde ich, müßtest du ihn entweder offen angeben oder völlig verstummen.«

Ralph wies jedoch diesen Vorwurf mit größerem Ernst, als er gewöhnlich aufbrachte, zurück. »Ich sprach *von* Madame Merle genauso wie ich *zu* ihr spreche: mit leicht übertriebenem Repekt.«

»Übertrieben, ganz richtig. Deswegen beschwere ich mich ja.«

»Ich tue das nur, weil Madame Merles Verdienste übertrieben werden.«

»Von wem bitte? Von mir? Dann erwies ich ihr einen schlechten Dienst.«

»Nein, nein; von ihr selber.«

»O, da protestiere ich!« rief Isabel in wachsendem Eifer. »Wenn je eine Frau geringeren Anspruch ...«

»Du legst den Finger auf die Wunde«, unterbrach sie Ralph. »Eben ihre Bescheidenheit ist übertrieben. Mit geringeren Ansprüchen hat sie gar nichts zu schaffen – sie ist vollauf berechtigt, große zu machen.«

»Also hat sie große Verdienste. Du widersprichst dir.«

»Ihre Verdienste sind enorm«, sagte Ralph. »Sie ist unbeschreiblich tadelfrei; eine unwegsame Wüste der Tugend; die einzige Frau, die ich kenne, die einem nie eine Chance gibt.«

»Wozu eine Chance?«

»Nun, sagen wir: ihr eine Dummheit nachzuweisen. Sie ist die einzige Frau, die ich kenne, mit nur diesem einzigen, winzigen Fehler.«

Ungeduldig wandte Isabel sich ab. »Ich verstehe dich nicht; für mein einfaches Gemüt bist du zu paradox.«

»Laß es mich erklären. Wenn ich behaupte, sie übertreibe, so unterstelle ich keine niedrige Gesinnung – daß sie prahle, sich brüste, ihre Person übermäßig herausstreiche. Ich meine, daß ihr Streben nach Vollkommenheit buchstäblich zu weit geht – daß ihre Verdienste in sich überfordert sind. Sie ist zu gut, zu freundlich, zu gescheit, zu gebildet, zu vollendet, alles zu sehr. Mit einem Wort: zu vollständig. Ich muß dir gestehen, sie geht mir auf die Nerven, ich empfinde bei ihr Ähnliches wie die äußerst humanen Athener bei Aristides dem Gerechten.«

Isabel blickte ihren Vetter scharf an; aber diesmal huschte der Spotteufel, der durch seine Worte geisterte, nicht über seine Züge. »Willst du denn Madame Merle verbannen?«

»Auf keinen Fall. Sie unterhält uns viel zu gut. Ich bin entzückt von Madame Merle«, sagte Ralph Touchett einfach.

»Mein Herr, Sie sind abscheulich!« rief Isabel und fragte dann, ob er irgend etwas Nachteiliges über ihre glänzende Freundin wisse.

»Nicht das geringste. Verstehst du nicht, daß ich das gerade meine? Auf jedem Charakter findet sich ein kleiner schwarzer Fleck; wenn ich mir eines Tages eine halbe Stunde Mühe gebe, finde ich todsicher auch einen auf deinem heraus. Mein eigener ist gefleckt wie ein Leopard. Aber bei Madame Merle findet sich rein gar nichts.«

»Das ist genau, was ich denke!« sagte Isabel, ihren Kopf zurückwerfend. »Darum habe ich sie doch so gern.«

»Für dich ist ihr Umgang großartig. Da du die Welt kennenlernen willst, könntest du keinen besseren Führer finden.«

»Das soll vermutlich heißen, daß sie weltlich ist?«

»Weltlich? Nein«, sagte Ralph. »Sie ist die große, runde Welt in höchsteigener Person.«

Er hatte gewiß nicht aus raffinierter Bosheit behauptet, daß er von Madame Merle entzückt sei, wie Isabel es sich gegenwärtig einbildete. Ralph Touchett sammelte seine Freuden, wo er sie finden konnte, und hätte sich nicht verziehen, wenn er sich eine Aufklärung durch eine solche Meisterin gesellschaftlicher Künste hätte entgehen lassen. Es gibt tiefgründige Sympathien und Antipathien, und trotz aller erwiesenen Gerechtigkeit, die Madame Merle aus seinen Händen widerfuhr, wäre sein Leben durch ihre Abwesenheit aus dem Hause seiner Mutter sicherlich nicht um einen Deut ärmer geworden. Aber Ralph Touchett hatte sich unmerklich mit der Rolle des Beobachters abgefunden, und nichts wirkte erfrischender auf seine Lebensgeister als mit anzusehen, wie Madame Merle sich üblicherweise in Szene setzte. Er kostete sie in kleinen Schlucken, er ließ sie mit einer Gelassenheit über sich ergehen – sie selbst hätte ihn darin nicht übertreffen können. Zuweilen tat sie ihm beinahe leid, merkwürdigerweise immer dann, wenn seine Freundlichkeit am wenigsten zutage trat. Er war überzeugt, daß sie sich in Ehrgeiz verzehrte und daß das, was sie augenscheinlich erreicht hatte, bei weitem nicht ihrem geheimen Maßstab entsprach. Sie hatte sich einem vollen Training unterworfen, ohne dabei einen einzigen Preis gewonnen zu haben. Sie blieb stets ganz schlicht Madame Merle, die Witwe eines Schweizer *negociant* mit kleinem Einkommen und großem Bekanntenkreis, die sich viel als Besuch aufhielt und überall fast ebenso begrüßt wurde wie ein neuer Band seichter Unterhaltungslektüre. Der Kontrast zwischen dieser Stellung und dem halben Dutzend anderer, auf die sie sich gewiß zu verschiedenen Zeiten Hoffnungen gemacht hatte, enthielt fast ein tragisches Moment. Seine Mutter war im Glauben, er vertrage sich glänzend mit ihrem anregenden Gast; in Mrs. Touchetts Sinn mußten zwei Menschen, die sich so eingehend mit den überklugen Theorien menschlichen Verhaltens – ihres eigenen nämlich – beschäftigten, viele gemeinsame Züge haben. Er hatte sich Isabels vertraulichen Verkehr mit ihrer bedeutenden Freundin natürlich reiflich überlegt und war schon früh zu der Erkenntnis gekommen, daß er seine Kusine unmöglich für sich behalten konnte; wie schon bei schlimmeren Dingen hielt er sich auch hier an die guten Seiten. Er meinte, das werde sich alles von selbst erledigen. Diese Freundschaft konnte ja nicht ewig halten. Keine dieser beiden erhabenen Personen kannte die andere so gut, wie sie vermeinte, und wenn erst jede ein paar Überraschungen erlebt hatte, würde wenn nicht ein Bruch, so doch eine Abkühlung eintreten. So lange war er durchaus gewillt zuzugeben, daß die Konversation der Älteren ein Gewinn für die Jüngere war, die noch viel zu lernen hatte und es zweifellos besser bei Madame Merle als bei irgendeinem anderen Erzieher der Jugend lernte. Daß Isabel dabei Schaden nehmen könnte, war kaum anzunehmen.

XXIV

WELCHER Schaden zum Beispiel aus ihrem Besuch entstehen konnte, den sie gegenwärtig Mr. Osmonds Bergeshöhe abstattete, hätte sich nur schwer feststellen lassen. Die Situation hätte nicht reizender sein können – ein weicher Nachmittag in der vollen Reife des toskanischen Frühlings. Die Damen fuhren zum Römischen Tor hinaus, dessen schönes, klar gebogenes Portal von einem riesigen schmucklosen Aufbau gekrönt wird, der die Reinheit seiner Umrisse eindringlich betont. Sie erreichten durch gewundene Gassen, über deren hohe Wälle die

blühenden Obstgärten ihren Reichtum verschwendeten und ihren Duft verströmten, die Höhe und hielten vor der kleinen zierlichen Piazza von geschwungener Form, wo die lange braune Fassade der Villa, deren Mr. Osmond einen Teil bewohnte, das Hauptaugenmerk, zum mindesten einen sehr imposanten Blickpunkt, bildete. Isabel durchschritt mit der Freundin einen weiten, hohen Innenhof, wo unten alles in tiefem Schatten lag, während oben zwei einander gegenüberliegende Galerien mit leichten Bögen auf ihren schlanken Säulen und den blühenden Pflanzen, mit denen sie sich schmückten, das obere Sonnenlicht abfingen. Etwas Ernstes und Strenges lag über dem Ort, als bedürfe es, hatte man ihn einmal betreten, einer besonderen Anstrengung, ihn wieder zu verlassen. Für Isabel indessen bestand vorläufig kein Anlaß, ihn zu verlassen, sondern vielmehr einzutreten. Mr. Osmond empfing sie in dem kühlen Vorzimmer – hier war es selbst im Mai noch kühl – und nötigte sie mit ihrer Führerin in den Wohnraum, den wir bereits kennenlernten. Madame Merle hatte den Vortritt; während Isabel im Gespräch mit ihm noch verweilte, ging sie ohne alle Umstände weiter und begrüßte die zwei Personen, die im Salon saßen. Die eine war die kleine Pansy, die sie mit einem Kuß bedachte; die andere war eine Dame, die Mr. Osmond Isabel als seine Schwester Gräfin Gemini vorstellte. »Und das ist mein kleines Mädchen«, sagte er, »das gerade das Kloster verlassen hat.«
Pansy trug ein sehr bescheidenes weißes Kleidchen, und ihr blondes Haar war sorgfältig in einem Netz geordnet, ihre kleinen Schuhe hatte sie sandalenmäßig um die Knöchel gebunden. Sie machte vor Isabel einen kleinen konventionellen Knicks, um dann zum Kuß heranzutreten. Die Gräfin Gemini begnügte sich mit einem Kopfneigen, ohne sich von ihrem Platz zu erheben. Isabel sah, daß sie eine Dame von Welt war. Sie war mager und dunkel und gar nicht hübsch, ihre Züge erinnerten an einen tropischen Vogel – mit langer, schnabelartiger Nase, kleinen beweglichen Augen, mit stark fliehender Mund- und Kinnpartie. Aber ihr Ausdruck hatte dank seiner entschiedenen Fähigkeit, Nachdruck und Verwunderung, Entsetzen und Freude widerzuspiegeln, nichts Menschenunähnliches, und was ihre Erscheinung betraf, so war es klar, daß sie sich auf ihre Vorzüge verstand und etwas aus sich zu machen wußte. Ihr Anzug aus vielen und zarten Stoffen, knisternd vor Eleganz, bot den Anblick eines schimmernden Gefieders, auch bewegte sie

sich so leicht und unvermittelt wie jene Wesen, die sich auf Zweigen schaukeln. Sie hatte viel Lebensart, und Isabel, die nie jemand mit soviel Lebensart gesehen hatte, bezeichnete sie sofort bei sich als die affektierteste aller Frauen. Sie mußte daran denken, daß Ralph ihr diesen Verkehr nicht empfohlen hatte, aber auf den ersten Blick konnte sie in der Gräfin Gemini keine verbotenen Tiefen entdecken. Ihr Gebaren gemahnte vielmehr an das heftige Schwenken einer Waffenstillstandsfahne – aus weißer Seide mit flatternden Bändern.

»Sie werden mir glauben, daß ich mich freue, Ihre Bekanntschaft zu machen, wenn ich Ihnen sage, daß ich nur deshalb herkam, weil ich wußte, Sie würden erwartet. Ich komme nie, um meinen Bruder zu besuchen – der muß kommen und mich besuchen. Dieser Berg hier ist unmöglich – ich weiß nicht, was damals in ihn gefahren ist. Tatsächlich, Osmond, du wirst mich noch eines Tages die Pferde ruinieren lassen; wenn sie sich verletzen, mußt du mir zwei neue kaufen. Ich hörte heute, wie sie keuchten; ich schwöre dir, daß das wahr ist. Es ist abscheulich, wenn die Pferde keuchen und man selber im Wagen sitzt; außerdem klang es, als wären sie nicht in Ordnung. Und ich habe immer sehr gute Pferde gehabt, was mir sonst auch fehlen mag. Das habe ich immer geschafft. Mein Mann versteht ja nicht viel, aber ich glaube, in Pferden kennt er sich aus; im allgemeinen verstehen Italiener nichts davon, aber mein Mann begeistert sich mit seinen beschränkten Kräften nun mal für alles Englische. Meine Pferde stammen aus England – es wäre ein um so größerer Jammer, wenn man sie ruinierte. Ich muß Ihnen sagen«, fuhr sie fort, sich direkt an Isabel wendend, »daß Osmond mich nur selten einlädt; ich glaube, er sieht mich hier nicht gern. Daß ich heute heraufkam, war meine eigene Idee. Ich lerne gern neue Menschen kennen, und Sie sind doch ganz funkelnagelneu. Aber setzen Sie sich nicht dahin; der Sessel hält nicht, was er verspricht. Einige sind hier sehr gut, aber es gibt auch einige Greuel.«

Diese Bemerkungen wurden unter unaufhörlichem, ruckartigem Nicken, unter schrillem Gelächter und in einem Akzent vorgebracht, der eine freundliche Erinnerung an gutes Englisch oder vielmehr eher an gutes Amerikanisch darstellte.

»Ich sähe dich hier nicht gerne, liebe Schwester?« fragte der Bruder. »Du bist mir unersetzlich!«

»Ich sehe nirgends ein Greuel«, entgegnete Isabel, sich umblikkend. »Mir scheint hier alles schön und kostbar.«
»Ich habe einige gute Stücke«, räumte Osmond ein. »Ich habe tatsächlich nichts ausgesprochen Schlechtes. Aber ich habe nicht das, was ich gerne hätte.«
Er stand ein wenig verlegen da und blickte lächelnd von einem zum anderen; sein Benehmen war eine merkwürdige Mischung aus Betroffenheit und Gleichgültigkeit. Er schien andeuten zu wollen, daß es allein auf richtige »Werte« ankomme. Isabel kam rasch zu einer logischen Schlußfolgerung: Vollkommene Einfachheit war nicht das Kennzeichen dieser Familie. Selbst das kleine Mädchen aus dem Kloster, das in seinem knappen weißen Kleidchen, mit seinem kleinen ergebenen Gesicht und seinen verschränkten Händen dastand, als sollte es an seiner ersten Kommunion teilnehmen, selbst Mr. Osmonds Töchterchen besaß eine gewisse Vollendung, die nicht ganz ungekünstelt war. »Sie hätten gern einige Stücke aus den Uffizien und dem Pitti – unter dem machen Sie es nicht«, sagte Madame Merle.
»Der arme Osmond mit seinen alten Vorhängen und Kruzifixen!« ließ sich die Gräfin Gemini erneut vernehmen; sie schien ihren Bruder nur bei seinem Nachnamen zu nennen. Ihr Ausruf war an niemanden gerichtet; sie lächelte Isabel dabei zu und betrachtete sie von Kopf bis Fuß.
Ihr Bruder hatte sie nicht gehört; er schien zu überlegen, was er zu Isabel sagen sollte. »Wollen Sie nicht Tee trinken – Sie müssen sehr müde sein«, auf diese Bemerkung hatte er sich schließlich besonnen.
»Aber nein, ich bin nicht müde; was sollte mich ermüdet haben?« Isabel hatte das Gefühl, hier besonders offen sein und kein Als-ob vortäuschen zu sollen; hier lag etwas in der Luft, nach ihrem allgemeinen Eindruck von allem – sie hätte kaum sagen können, was –, das ihr die Möglichkeit raubte, sich selbst in den Vordergrund zu spielen. Der Ort, der Anlaß, die verschiedenen Menschen, das alles bedeutete mehr, als es oberflächlich den Anschein hatte; sie würde versuchen, es zu ergründen – sie würde möglichst alle anmutigen Gemeinplätze vermeiden. Die arme Isabel hatte offensichtlich keine Ahnung, daß viele Frauen anmutige Gemeinplätze gebrauchen, um dahinter ihre Beobachtungskünste zu verstecken. Wir müssen gestehen, ihr Stolz war ein wenig beunruhigt. Ein Mann, von dem man in Lobestönen sprach, die ihr Interesse erregten, und der anscheinend die

Gabe besaß, sich gesellschaftlich auszuzeichnen, hatte sie, eine junge Dame, die mit ihrer Gunst nicht gerade verschwenderisch umging, in sein Haus gebeten. Nachdem sie gekommen, lag die Last der Unterhaltung naturgemäß auf seinen Schultern. Isabel verspürte noch keine Neigung, von ihren Beobachtungen abzulassen, und im Moment, schätzen wir, war sie auch nicht zu größerer Nachsicht zu bewegen, nur weil sie bemerkte, daß Mr. Osmond diese Last nicht mit der Leichtigkeit trug, die man bei ihm erwartet hätte. »Was war ich für ein Narr, mir diese unnütze Mühe aufzubürden –!« konnte sie sich beinahe einbilden ihn ausrufen zu hören.

»Sie werden erst müde sein, wenn Sie heimgehen; falls er Ihnen wirklich seinen ganzen Krimskrams zeigt und Ihnen bei jedem Stück eine Vorlesung hält«, erklärte die Gräfin Gemini.

»Davor fürchte ich mich nicht; und wenn ich müde sein sollte, habe ich wenigstens etwas gelernt.«

»Nur sehr wenig vermutlich. Aber meine Schwester hat schreckliche Angst, überhaupt etwas zu lernen«, sagte Mr. Osmond.

»O, das gebe ich gerne zu; ich will nicht mehr wissen – ich weiß jetzt schon zuviel. Je mehr man weiß, desto unglücklicher wird man.«

»Sie sollten das Lernen vor Pansy nicht so herabsetzen, sie hat ihre Erziehung doch noch nicht abgeschlossen«, wandte Madame Merle mit einem Lächeln ein.

»Pansy wird keinen Schaden nehmen«, sagte der Vater des Kindes. »Pansy ist eine kleine Klosterblume.«

»Ach, die Klöster, die Klöster!« rief die Gräfin, und ihre Rüschen knisterten. »Man rede mir nicht von Klöstern! Da kann man alles lernen; ich bin selbst eine Klosterblume. Ich heuchle keine Tugend, das tun die Nonnen. Verstehen Sie, was ich meine?« fuhr sie fort und wandte sich an Isabel.

Isabel wußte nicht genau, ob sie verstand, und antwortete, Argumenten zu folgen sei nicht ihre Stärke. Darauf erklärte die Gräfin, daß sie Argumente verabscheue, aber daß Argumente nach dem Geschmack ihres Bruders seien – er würde mit jedem diskutieren. »Ginge es nach mir«, sagte sie, »dann gefällt einem eine Sache oder sie gefällt einem nicht; natürlich kann einem nicht alles gefallen. Aber man sollte nicht versuchen, daran herumzutüfteln – da weiß man nie, wohin das führt. Wissen Sie nicht, daß sehr gute Gefühle oft sehr böse Gründe haben können? Und dann gibt es manchmal sehr böse Gefühle, die haben ihren guten Grund. Verstehen Sie, was ich meine? Aus Gründen mache ich mir nichts, aber ich weiß genau, was mir gefällt.«

»O, das ist die Hauptsache«, sagte Isabel lächelnd, heimlich argwöhnend, daß die Bekanntschaft mit dieser leichtplätschernden Person nicht zu geistiger Ruhe führen werde. Wenn die Gräfin sich nicht auf Argumente einließ, so fühlte Isabel im Moment auch kein Verlangen danach; sie streckte Pansy die Hand hin, in dem angenehmen Gefühl, daß eine solche Geste sie zu nichts verpflichte, was auf eine Meinungsverschiedenheit hätte schließen lassen. Gilbert Osmond verzagte offensichtlich vor dem Ton seiner Schwester; er lenkte die Unterhaltung in andere Bahnen. Er setzte sich jetzt auf die andere Seite seiner Tochter, die schüchtern angefangen hatte, Isabels Finger zu streicheln; aber es endigte damit, daß er sie aus ihrem Sessel zog und dann zwischen seinen Knien hielt, während sie sich an ihn lehnte, und seinen Arm um ihre schmale Gestalt legte. Das Kind heftete still und ohne Neugier seine großen Augen auf Isabel; es lag keine Absicht in diesem Blick, bloß ein leises Gefühl erster Anziehung. Mr. Osmond sprach von vielen Dingen; Madame Merle hatte versichert, er könne sehr liebenswürdig sein, wenn er wolle, und heute schien er nach einem Weilchen nicht nur dazu gewillt, sondern geradezu entschlossen zu sein. Madame Merle und die Gräfin Gemini saßen ein wenig abseits und plauderten miteinander in der mühelosen Art von Menschen, die sich zu gut kennen, um noch länger formell zu sein; aber hin und wieder hörte Isabel, wie die Gräfin auf ein Wort ihrer Nachbarin hin sich kopfüber in die klare Durchsichtigkeit der anderen stürzte, genau wie ein Pudel, der nach einem hingeschleuderten Stock ins Wasser planscht. Es war, als ob Madame Merle probieren wolle, wie weit sie gehen könnte. Mr. Osmond plauderte inzwischen von Florenz, von Italien, von den Freuden, die das Leben in diesem Lande bot, und von dem, was diese Freuden schmälerte. Es gab hier eben leider Nachteile und Vorteile; die Nachteile waren zahlreich. Fremde neigten gewöhnlich dazu, diese Welt allzu romantisch anzusehen. Es war eine Zufluchtsstätte für alles menschliche und gesellschaftliche Versagen – von Leuten, die, wie er meinte, aus ihrem Feingefühl nichts hatten »herausschlagen« können; hier konnten sie es pflegen, auch wenn sie arm waren, ohne sich damit lächerlich zu machen, so wie man ein Erbstück pflegt, ein unbequemes

Fideikommiß, das längst nichts mehr einbringt. Das Leben in diesem Lande, das die größten Schätze an Schönheit besaß, hatte also schon seine Annehmlichkeiten. Gewisse Eindrücke empfing man nur hier. Andere, dem Leben sehr günstige, bekam man nie, und einige, die man bekam, waren sehr nachteilig. Aber zuweilen erhielt man einen so einmaligen Eindruck von so erlesener Qualität, daß man für alles entschädigt war. Trotzdem hatte Italien schon viele Menschen verdorben, manchmal war er schon so verrückt gewesen, zu glauben, auch er wäre ein besserer Mensch geworden, wenn er nicht so lange in Italien gelebt hätte. Man wurde hier faul und dilettantisch und zweitklassig, hier gab es gar keine Schulung des Charakters, oder, anders ausgedrückt, hier wurde keine freche Redeweise kultiviert, die einem gesellschaftliche Erfolge einbrachte, wie sie in Paris und London im Schwange war. »Wir sind hier tiefste Provinz«, sagte Mr. Osmond, »und ich bin mir völlig klar darüber, daß ich selber so rostig bin wie ein Schlüssel, der in kein Schloß mehr paßt. Durch die Unterhaltung mit Ihnen reibe ich mich wieder ein bißchen blank – nicht, daß ich mich damit zu der Behauptung verstiege, ich könnte das sicher sehr komplizierte Schloß Ihres Geistes mir erschließen! Aber Sie werden auf und davon gehen, ehe ich Sie dreimal sah, und vielleicht werde ich Sie danach nie wiedersehen. Das kommt davon, wenn man in einem Lande lebt, das andere Leute nur besuchsweise aufsuchen. Sind es unangenehme Leute, ist es schlimm genug, sind es angenehme, ist es noch ärger. Sobald man Gefallen an ihnen findet, sind sie wieder verschwunden. Ich bin schon zu oft betrogen worden; ich habe aufgehört, Freundschaften anzuknüpfen, mir das Gefühl einer inneren Verbundenheit zu gestatten. Sie beabsichtigen hierzubleiben – hier heimisch zu werden? Das wäre wirklich ein Trost. Ja, gewiß, Ihre Tante ist eine Art Garantie, ich glaube, auf sie kann man sich verlassen. O, sie ist eine alte Florentinerin; ich meine: eine buchstäblich alteingesessene, nicht eine dieser modernen Außenseiterinnen. Die Medici sind ihre Zeitgenossen; bei der Verbrennung Savonarolas ist sie gewiß dabeigewesen; ich bin gar nicht sicher, ob sie nicht selber eine Handvoll Reisig in die Flammen warf. Ihr Gesicht sieht ganz so aus wie die Gesichter auf frühen Bildern; kleine, trockene, entschlossene Gesichter, die sehr viel Ausdruck gehabt haben müssen, wenn auch fast immer den gleichen. Ich kann Ihnen tatsächlich ihr Porträt auf einem Fresko Ghirlandaios zeigen. Hoffentlich nehmen Sie es mir nicht übel, wenn ich so von Ihrer Tante spreche, wie? Ich glaube fest, das tun Sie nicht. Oder halten Sie das vielleicht für noch schlimmer? Ich versichere Ihnen, es geschieht nicht aus mangelndem Respekt Ihnen beiden gegenüber. Sie wissen doch, ich bin ein besonderer Verehrer Ihrer Tante.«

Während ihr Gastgeber sich bemühte, sie in dieser etwas vertraulichen Art zu unterhalten, blickte Isabel gelegentlich zu Madame Merle hinüber, die ihren Blick mit einem zerstreuten Lächeln erwiderte, das diesmal nicht wieder so unglückselig andeutete, daß unsere Heldin sich vorteilhaft ausnehme. Beiläufig schlug Madame Merle der Gräfin vor, doch mit ihr in den Garten hinauszugehen; die Gräfin erhob sich, schüttelte ihre Federn und rauschte zur Tür. »Arme Miß Archer!« rief sie, die andere Gruppe voller Mitgefühl überblickend. »Sie ist schon ganz in die Familie eingebracht.«

»Miß Archer kann für die Familie, der du angehörst, gewiß nur Sympathien hegen«, antwortete Mr. Osmond mit einem Lachen, in welchem bei allem Spott eine große Geduld mitschwang.

»Ich weiß nicht, was du damit sagen willst! Ich bin überzeugt, sie wird in mir nichts Schlimmeres vermuten, als was du ihr erzählst. Ich bin aber besser, als er behauptet, Miß Archer«, fuhr die Gräfin fort. »Ich bin nur langweilig und ziemlich verrückt. Mehr hat er nicht gesagt? Ah, dann halten Sie ihn weiter bei guter Laune. Hat er schon mit einem seiner Lieblingsthemen begonnen? Ich muß Sie vorbereiten, daß er zwei oder drei *à fond* behandelt. Für den Fall setzen Sie besser Ihr Hütchen ab.«

»Ich glaube nicht, daß ich Mr. Osmonds Lieblingsthemen schon kenne«, sagte Isabel, die sich erhoben hatte.

Die Gräfin nahm für einen Augenblick eine Pose tiefster Meditation an, indem sie alle Fingerspitzen der einen Hand gegen ihre Stirn preßte. »Ich werde sie Ihnen gleich nennen. Das eine ist Machiavelli; das andere Vittoria Colonna; das dritte Metastasio.«

»Ach, bei mir«, sagte Madame Merle und schob ihren Arm unter den der Gräfin Gemini, wie um ihre Schritte in den Garten zu lenken, »wird Mr. Osmond nie so historisch.«

»Ach Sie!« antwortete die Gräfin, während sie hinausgingen, »Sie sind selbst Machiavelli – und selbst Vittoria Colonna!«

»Gleich werden wir zu hören bekommen, daß die arme Madame Merle auch Metastasio ist!« seufzte Gilbert Osmond resigniert.

Isabel war in der Annahme aufgestanden, daß sie gleichfalls in den Garten gingen; aber der Hausherr schien keine sichtbare Lust zu verspüren, das Zimmer schon zu verlassen; er war stehengeblieben, die Hände in den Taschen seines Jaketts und neben sich seine junge Tochter, die sich jetzt bei ihm eingehakt hatte und sich an ihn schmiegte, während ihre Augen von ihm zu Isabel blickten. Isabel wartete in einer gewissen stummen Zufriedenheit, daß man ihre Schritte lenken möge; Mr. Osmonds Geplauder, seine Gesellschaft gefiel ihr; sie hatte das Bewußtsein, eine neue Beziehung anzuknüpfen, das ließ ihr Herz immer ein wenig höherschlagen. Durch die offene Tür des großen Wohnraumes sah sie Madame Merle und die Gräfin über das dünne Gras des Gartens wandeln; dann kehrte sie sich ab und ließ ihre Augen über die umherliegenden Dinge gleiten. Die Abmachung hatte dahin gelautet, daß Mr. Osmond ihr seine Schätze zeigen sollte; seine Gemälde und Kommoden sahen alle wie Schätze aus. Isabel trat nach einem Moment an eines der Bilder heran, um es besser zu betrachten; aber kaum stand sie davor, sagte er unvermittelt: »Miß Archer, was halten Sie von meiner Schwester?«

Etwas überrascht blickte sie auf. »Ach, das müssen Sie mich nicht fragen – ich habe Ihre Schwester kaum gesehen.«

»Gewiß, Sie haben sie kaum gesehen; aber sie müssen bemerkt haben, daß es bei ihr nicht weiter viel zu sehen gibt. Was halten Sie denn überhaupt von unserem Familienton?« fuhr er mit seinem kühlen Lächeln fort. »Es würde mich interessieren, wie wir auf ein frisches, unvoreingenommenes Gemüt wirken. Ich weiß schon, was Sie sagen wollen – daß Sie noch gar keinen Eindruck haben. Natürlich handelt es sich nur um einen ersten Schimmer. Aber achten Sie doch einmal in Zukunft darauf, wenn sich die Gelegenheit bietet. Ich denke manchmal, wir gewöhnen uns hier Unarten an, so wie wir hier unter Dingen und Menschen leben, zu denen wir nicht gehören – ohne Verantwortung und Verpflichtungen, ohne die geringste Stütze, an welcher wir uns aufrichten können, ohne den kleinsten Zusammenhalt; wir heiraten Ausländer, wir züchten uns einen künstlichen Geschmack heran und drücken uns um unsere natürliche Mission. Ich darf dabei hinzusetzen, daß ich das mehr in bezug auf mich selbst als auf meine Schwester sage. Sie ist eine sehr aufrichtige Frau, aufrichtiger, als es den Anschein hat. Sie ist ziemlich unglücklich, und da sie keine ernste Veranlagung hat, neigt sie nicht dazu, sich tragisch aufzuführen, sie zeigt es mehr von der komischen Seite. Sie hat einen schrecklichen Mann, obwohl ich nicht sicher bin, ob sie ihn nicht doch verbraucht, wie er ist. Aber wie auch immer, ein schrecklicher Ehemann ist eine peinliche Sache. Madame Merle berät sie ausgezeichnet, aber das bedeutet auch nicht viel mehr, als wenn man einem Kind ein Lexikon gibt, um es daraus eine Sprache lernen zu lassen. Man kann die einzelnen Wörter nachschlagen, aber man kann sie nicht zusammensetzen. Meine Schwester müßte eine Grammatik haben, unglücklicherweise hat sie keine grammatische Begabung. Verzeihen Sie, wenn ich Sie mit diesen Details langweile, meine Schwester hatte ganz recht mit ihrer Behauptung, Sie seien schon ganz in die Familie aufgenommen. Ich will Ihnen das Bild herunternehmen; Sie brauchen dazu mehr Licht.«

Er nahm das Bild herab, trug es zum Fenster und berichtete einige bemerkenswerte Einzelheiten darüber. Sie betrachtete dann die anderen Kunstwerke, und er teilte sich ihr nun mehr mit, wie es für eine junge Dame geeignet erschien, die an einem Sommernachmittag auf Besuch gekommen war. Seine Gemälde, Medaillons und Gobelins waren interessant, aber nach einem Weilchen wurde ihr Besitzer für Isabel weit interessanter, und zwar unabhängig von ihnen, so dicht sie ihn auch überschatteten. Er hatte mit niemandem Ähnlichkeit, den sie kannte; die meisten ihrer Bekannten ließen sich in ein halbes Dutzend Typen einteilen. Ein oder zwei Ausnahmen mochte es wohl geben; zum Beispiel fiel ihr keine Gruppe ein, in die sie ihre Tante Lydia einreihen konnte. Es gab noch andere Leute, die ein ziemlich eigentümliches Gesicht hatten – was man so eigentümlich nennt –: solche wie Mr. Goodwood, wie ihr Vetter Ralph, wie Henrietta Stackpole, wie Lord Warburton, wie Madame Merle. Aber im wesentlichen, wenn man sie einmal genau besah, gehörten diese einzelnen zu Typen, die ihren Vorstellungen geläufig waren. Ihre Vorstellung enthielt aber keine Klasse, in welcher Mr. Osmond seinen natürlichen Platz einnahm – er war eine Klasse für sich. Nicht, daß Isabel alle diese Wahrheiten augenblicklich herausfand, aber sie stellten sich bei ihr ein. Zunächst sagte sie sich nur, daß ihre »neue Beziehung« sich möglicherweise als überaus vorteilhaft erweisen werde. Schon Madame Merle besaß diesen eigentümlich seltenen Ton, aber welche ganz andere Macht gewann er, kaum daß ein Mann ihn angeschlagen! Nicht sosehr durch das, was er sagte oder tat, als durch das, was er zurückhielt, gewann er für sie jenen Seltenheitswert, dessen Zeichen er ihr auf der Rückseite alter Teller oder in der Ecke seiner Handzeichnungen des sechzehnten Jahrhunderts nachwies. Er suchte nicht durch besondere, vom Üblichen abweichende Formen aufzufallen, er war originell, ohne dabei exzentrisch zu sein. Niemals war ihr ein Mensch aus so feinem Stoff begegnet. Schon physisch war er etwas Besonderes, und das erstreckte sich bis in feinste seelische Nuancen. Sein feines, dichtes Haar, seine feingeschnittenen, fast retuschierten Züge, seine klar getönte Hautfarbe, selbst sein ebenmäßiger Bartwuchs, dazu die leichte Elastizität seiner schlanken Figur, durch welche die Bewegung eines einzigen Fingers zu einer ausdrucksvollen Geste wurde – diese körperlichen Vorzüge waren für unsere feinfühlige junge Heldin Zeichen ausgesprochener Qualität, die ein Interesse wohl verlohnten. Er war sicher sehr herablassend, sehr kritisch; wahrscheinlich sehr nervös. Er wurde von seiner Empfindlichkeit beherrscht – wahrscheinlich zu sehr beherrscht; sie hatte ihn vom Alltag getrennt, der seine Geduld überforderte, und ihn zu einem Leben der Einsamkeit in einer gestellten, ausgesuchten, sorgsam behüteten Welt angehalten, in welcher er ungestört seinen Gedanken über Kunst, Schönheit und Geschichte nachhängen konnte. In allen Dingen war er seinem Geschmack gefolgt – vielleicht nur seinem Geschmack, wie ein kranker Mann, der, seine Unheilbarkeit erkennend, zuletzt nur noch einen Anwalt konsultiert: das war es, worin er sich von seinen Mitmenschen unterschied. Ralph war ihm darin ähnlich; auch er schien zu denken, das Leben sei eine Sache für Kenner, aber bei Ralph war dieser Gedanke ein wenig anomal, mehr wie ein komischer Auswuchs, während Mr. Osmonds ganzes Wesen darauf abgestimmt war. Noch war sie sicherlich weit davon entfernt, ihn völlig zu verstehen; was er meinte, trat nicht immer klar zutage. Zum Beispiel war es schwer für sie, seinen Andeutungen über seine Provinznatur zu folgen, die sie bei ihm am wenigsten vermutet hätte. War dies ein harmloses Paradoxon, um ihr ein Rätsel aufzugeben? Oder war es die letzte Verfeinerung höchster Kultur? Das alles hoffte sie zuversichtlich mit der Zeit zu erfahren; es würde sie höchlich interessieren. War eine solche Harmonie provinziell, wo blieb dann die Vollendung der Hauptstadt? Sie konnte sich diese Frage stellen trotz jener Schüchternheit, die sie an ihrem Gastgeber gewahrte; denn seine Schüchternheit – herrührend aus feiner Wahrnehmung und reizbaren Nerven – war mit hoher Bildung durchaus vereinbar. Sie war in der Tat fast ein Beweis seines Niveaus und seines Maßstabes, der anders war als der übliche; er wußte anscheinend zu gut, daß das Abgeschmackte immer Sieger blieb. Er war nicht der Mann der leichten Sicherheit, der mit der Ungehemmtheit oberflächlicher Naturen plauderte und schwätzte. Er war kritisch gegen sich und andere; von anderen ein gut Teil erwartend, ehe er sie annehmbar fand, nahm er wahrscheinlich dem gegenüber, was er selbst zu bieten hatte, einen recht ironischen Standpunkt ein: wiederum ein Beweis dafür, daß er nicht auf primitive Weise von sich eingenommen war. Wäre er nicht so schüchtern gewesen, hätte er nicht diese allmähliche, unauffällige und erfolgreiche Wandlung vollziehen können, durch die er auf sie nicht nur angenehm, sondern auch geheimnisvoll wirkte. Daß er sie so plötzlich nach ihrer Meinung über die Gräfin Gemini gefragt, bewies zweifellos, daß er sich für sie interessierte; hätte sie ihm doch kaum zu einer tieferen Kenntnis seiner Schwester verhelfen können. Daß er dieses Interesse zeigte, verriet einen forschenden Geist; aber es war ein wenig sonderbar, daß er seine brüderlichen Gefühle seiner Wißbegier zum Opfer brachte. Das war seine bisher sonderbarste Äußerung.

Hinter dem Zimmer, in dem er sie empfangen hatte, befanden sich noch zwei weitere Räume, gleichfalls mit romantischen Gegenständen angefüllt; hier hielt sich Isabel beinahe eine Viertelstunde auf. Jedes Ding war über die Maßen kostbar und absonderlich. Mr. Osmond war weiterhin der liebenswürdigste aller Ciceroni, während er sie, noch immer sein Töchterchen an der Hand, von einem zum anderen führte. Seine Liebenswürdigkeit war für unsere junge Freundin fast ein wenig überraschend; sie wunderte sich, daß er sich so viel Mühe um sie gab, und war schließlich ganz überwältigt von der Fülle an Schönheit und Wissen, mit der sie vertraut gemacht wurde. Es war jetzt genug; sie hatte aufgehört, seinen Worten zu folgen; sie lauschte ihm mit aufmerksamen Augen, ohne den Sinn zu verstehen. Er dachte wahrscheinlich, sie sei rascher, klüger in jeder Hinsicht, viel aufnahmefähiger, als sie wirklich war. Madame Merle hatte sicher angenehm übertrieben, was bedauerlich war, denn er würde es sicher herausbringen, und dann würde ihn ihre wahre Intelligenz kaum über seinen Irrtum hinwegtrösten.

Isabels Ermüdung entsprang zum Teil der Anstrengung, so intelligent zu erscheinen, wie Madame Merle sie beschrieben haben mochte, und der Furcht (ganz ungewöhnlich bei ihr), sich nicht sosehr durch Dummheit (das machte ihr weniger Sorge) als durch mangelnde Aufnahmefähigkeit bloßzustellen. Sie hätte sich geärgert, hätte sie für etwas Gefallen geäußert, was er von seinem überlegenen Standpunkt aus ablehnte, und etwas übersehen, wovor ein wahrhaft Eingeweihter von selbst verweilt hätte. Sie wünschte nicht in die groteske Lage zu geraten, in welcher sie – eine Warnung – andere Mädchen lustig, aber doch haltlos sich hatte festfahren sehen. Darum achtete sie sorgfältig auf alles, was sie sprach, was sie beachtete oder zu beachten unterließ, viel sorgfältiger, als sie es jemals gewesen war.

Sie kehrten in das erste Zimmer zurück, wo der Tee serviert worden war; aber da die anderen beiden Damen noch auf der Terrasse weilten und Isabel noch nicht mit der Aussicht, dem höchsten Vorzug des Hauses, bekanntgemacht war, lenkte Mr. Osmond ihre Schritte nunmehr ohne weiteren Aufschub in den Garten. Madame Merle und die Gräfin hatten sich Stühle heraustragen lassen, und da der Nachmittag so herrlich war, schlug die Gräfin vor, den Tee im Freien einzunehmen. Pansy wurde daher hineingeschickt, um dem Diener Bescheid zu sagen. Die Sonne stand schon tief, das goldene Licht nahm einen tieferen Ton an, und auf den Bergen und der Ebene davor erglühten die purpurnen Schatten so stark wie die dem Licht noch ausgesetzten Stellen. Die ganze Umgebung zeigte ungewöhnlichen Reiz. Die Luft war von fast feierlicher Stille, und die breit hingelagerte Landschaft mit ihren gartenähnlichen Kulturen, ihren edlen Umrissen, mit ihrem fruchtbaren Tal und ihren zart gefransten Bergketten, ihren vereinzelten Flecken menschlicher Behausung lag im Glanz ihrer Harmonie und in klassischer Anmut vor ihnen. »Sie scheinen sich so daran zu freuen, daß ich Ihnen ein Wiederkommen fast zutrauen möchte«, sagte Osmond, als er seinen Gast an das eine Ende der Terrasse führte.

»Ich komme bestimmt wieder«, entgegnete sie, »obwohl Sie sagen, es sei nicht gut, in Italien zu leben. Was sagten Sie noch über unsere natürliche Sendung? Ich wüßte ja gerne, ob ich meiner natürlichen Sendung entgehe, wenn ich meine Zelte in Florenz aufschlage.«

»Die natürliche Sendung einer Frau liegt immer da, wo sie am meisten geschätzt wird.«

»Dann gilt es herauszufinden, wo das ist.«
»Sehr richtig – dabei vergeudet eine Frau meist unnötig viel Zeit! Man müßte es ihr deutlich machen.«
»Mir müßte man es schon sehr deutlich machen«, lächelte Isabel.
»Auf jeden Fall freue ich mich, daß Sie wenigstens davon sprechen, sich hier festzusetzen. Durch Madame Merle gewann ich die Vorstellung, Sie seien von ziemlich schweifender Natur. Ich dächte, sie sprach davon, daß Sie eine Weltreise planten.«
»Ich schäme mich ein bißchen meiner Pläne; jeden Tag habe ich einen neuen.«
»Ich wüßte nicht, weshalb Sie sich da schämen sollten; es gibt kein größeres Vergnügen.«
»Ich glaube, es ist leichtfertig«, sagte Isabel. »Man sollte sich lieber sehr behutsam etwas aussuchen und dann treu dabeibleiben.«
»Nach dieser Regel wäre ich also nicht leichtfertig.«
»Haben Sie nie Pläne gemacht?«
»Doch, ich faßte einen vor Jahren und handle noch heute danach.«
»Dann muß es ein sehr hübscher Plan gewesen sein«, erlaubte sich Isabel zu bemerken.
»Er war sehr einfach. Nämlich: mich so still wie möglich zu verhalten.«
»So still?« wiederholte das Mädchen.
»Mich nicht zu sorgen – nicht zu kämpfen, nicht zu streben. Mich zu bescheiden. Mit wenigem zufrieden zu sein.« Er sprach diese Sätze langsam, mit kurzen Pausen, und sein kluger Blick ruhte auf seiner Besucherin mit dem bewußten Ausdruck eines Mannes, der sich ein Geständnis abringt.
»Und das nennen Sie einfach?« fragte sie mit sanfter Ironie.
»Ja, weil es negativ ist.«
»War Ihr Leben denn negativ«?
»Nennen Sie es meinetwegen positiv. Doch hat es meine Indifferenz bestärkt. Beachten Sie wohl, nicht meine natürliche Indifferenz – die ich gar nicht besaß: sondern meine überlegte, willentliche Indifferenz.«
Sie verstand ihn kaum; es war die Frage, ob er scherzte oder nicht. Warum sollte ein Mann, dessen hohes Maß an Zurückhaltung ihr aufgefallen war, sich plötzlich zu solchen Vertraulichkeiten hinreißen lassen? Aber das war schließlich seine Sache, und seine Vertraulichkeiten waren bemerkenswert. »Ich ver-

stehe nur nicht, warum Sie alles aufgaben?« sagte sie etwas später.

»Weil ich nichts ausrichten konnte. Ich hatte keine Aussicht, ich war arm und kein Genie. Ich war nicht einmal talentiert; meine Möglichkeiten im Leben erkannte ich früh. Ich war einfach der blasierteste junge Mann auf Gottes Erdboden. Es gab zwei oder drei Menschen in der Welt, die ich beneidete – zum Beispiel den Kaiser von Rußland und den türkischen Sultan. Es gab Momente, da beneidete ich sogar den Papst in Rom – wegen der Achtung, die er genießt. Ich wäre entzückt gewesen, hätte man mir eine Achtung in diesem Ausmaß entgegengebracht; aber da das nicht möglich war, konnte mir Geringeres nicht genügen, und ich beschloß, mich um keine Ehren zu bewerben. Der mittellose Gentleman kann sich immer selbst beachten, und glücklicherweise *war* ich, wenn auch unbemittelt, zum mindesten ein Gentleman. In Italien konnte ich nichts ausrichten – nicht einmal zum italienischen Patrioten taugte ich. Dazu hätte ich außer Landes gehen müssen, und dazu wiederum war mir dieses Land zu lieb, ganz davon zu schweigen, daß ich im ganzen mit dem bestehenden Zustand zu sehr einverstanden war, um eine Änderung herbeizuwünschen. So habe ich hier viele Jahre nach dem erwähnten stillen Plan gelebt. Ich bin keineswegs unglücklich gewesen. Ich will auch nicht behaupten, daß ich keine Interessen hatte; aber die Dinge, die mich interessierten, waren bestimmte – begrenzte. Die Ereignisse meines Lebens waren einzig mir selbst wahrnehmbar: die Erwerbung eines alten silbernen Kruzifixes zu einem Spottpreis (ich kaufte selbstverständlich nie etwas Teures) oder, was mir einmal gelang, die Entdeckung einer Skizze von Correggio auf einer Holztafel, die ein eingebungsreicher Idiot übermalt hatte.«

Dies wäre ein etwas dürftiger Bericht über Mr. Osmonds Laufbahn gewesen, wenn Isabel sich allein darauf verlassen hätte; aber ihre Phantasie steuerte das menschliche Element bei, das ja nicht gefehlt haben konnte. Sein Leben war gewiß mit dem anderer Menschen mehr verknüpft, als er zugab; natürlich hatte sie nicht erwarten dürfen, daß er darauf einging. Vorerst unterließ sie es, ihn zu weiteren Äußerungen zu bewegen; eine Andeutung, daß er noch nicht alles gesagt haben könne, wäre zu vertraulich und weniger rücksichtsvoll gewesen, als sie zu erscheinen wünschte – wäre tatsächlich grenzenlos ungezogen gewesen. Er hatte ihr wahrhaftig schon genug erzählt. Gegenwärtig drängte es sie nur, ihm ihre maßvolle Sympathie für den Erfolg auszusprechen, mit welchem er sich seine Unabhängigkeit bewahrt hatte. »Welch ein angenehmes Leben«, sagte sie, »sich mit Correggio zu bescheiden.«

»O, ich habe auf meine Weise das Beste daraus gemacht. Sie müssen nicht denken, daß ich darüber jammere. Man ist selber schuld, wenn man nicht glücklich ist.«

Das war hochgegriffen; sie hielt sich an ein kleineres Maß. »Haben Sie immer hier gewohnt?«

»Nein, nicht immer. Ich wohnte lange Zeit in Neapel und viele Jahre in Rom. Aber jetzt bin ich schon längere Zeit hier. Aber vielleicht muß ich mich bald verändern, um irgend etwas anzufangen. Ich darf nicht länger nur an mich denken. Meine Tochter wächst jetzt heran und könnte sich womöglich nicht so mit Correggio und Kruzifixen begnügen wie ich. Ich muß jetzt zuerst an Pansys Wohl denken.«

»Ja, das müssen Sie«, sagte Isabel. »Sie ist ein so süßes kleines Mädchen.«

»Ach«, rief Gilbert Osmond mit Inbrunst, »sie ist eine kleine Heilige! Sie ist mein ganzes Glück!«

XXV

Während dieser hinreichend vertraulichen Unterhaltung (die sich in dieser Weise noch ein Weilchen länger hinzog) hatten Madame Merle und ihre Begleiterin nach einem beträchtlichen Schweigen gleichfalls einen Gedankenaustausch begonnen. Sie saßen sich in einer Haltung gegenüber, die eine uneingestandene Erwartung ausdrückte, was besonders auf seiten der Gräfin Gemini zu erkennen war, die, von nervöserer Gemütsart als die andere, in der Kunst der Selbstbeherrschung längst nicht so bewandert war. Auf was die Damen warteten, war nicht ganz ersichtlich und ihrem Geist wohl kaum bewußt. Madame Merle wartete darauf, daß Osmond ihre junge Freundin aus ihrem *tête-à-tête* entließ, und die Gräfin wartete, weil Madame Merle es tat. Aber während sie noch warteten, schien der Gräfin die Zeit gekommen, eine ihrer hübschen Bosheiten zu placieren. Sie schien die Minute abzupassen. Ihr Bruder schlenderte mit Isabel zum Ende des Gartens hinunter, wohin ihre Augen ihnen folgten.

»Meine Liebe«, bemerkte sie nun zu ihrer Gefährtin, »Sie werden mir verzeihen, wenn ich Ihnen nicht gratuliere.«
»Bereitwilligst, ich wüßte auch gar nicht wozu.«
»Haben Sie nicht wieder ein Plänchen geschmiedet, von dem Sie sich recht viel versprechen?« Und die Gräfin deutete mit einem Kopfnicken nach dem entfernten Paar.
Madame Merles Augen folgten dieser Richtung. Dann blickte sie mit heiterer Gelassenheit zu ihrer Nachbarin hinüber. »Sie wissen doch, daß ich Sie nie ganz richtig verstehe«, lächelte sie.
»Niemand versteht mich besser als Sie, wenn Sie wollen. Aber ich begreife, daß Sie im Moment eben *nicht* wollen.«
»Sie sagen mir Dinge, die mir sonst niemand sagt«, erklärte Madame Merle ernst, aber ohne Bitterkeit.
»Sie meinen Dinge, die Ihnen unangenehm sind? Sagt nicht Osmond manchmal ähnliche Dinge?«
»Was Ihr Bruder sagt, hat immer eine Spitze.«
»Ja, manchmal eine vergiftete. Wenn Sie damit sagen wollen, daß ich nicht so klug bin wie er, so müssen Sie nicht denken, daß ich unter Ihrer Erkenntnis zusammenbreche. Aber es wäre schon besser, wenn Sie mich verstehen würden.«
»Und warum?« fragte Madame Merle. »Wozu soll das führen?«
»Wenn ich mit Ihrem Plänchen nicht einverstanden bin, so ist es besser, Sie wissen das, um die Gefahr, daß ich mich einmischen könnte, rechtzeitig in Rechnung zu setzen.«
Madame Merle sah aus, als sei sie bereit, zuzugeben, daß sie sich dieser Logik nicht ganz verschließen könne; aber schon im selben Moment entgegnete sie ruhig: »Sie halten mich für berechnender, als ich bin.«
»Ihre Berechnung nehme ich Ihnen nicht übel; wohl aber, daß Ihre Berechnungen falsch sind, und das sind sie in diesem Fall.«
»Zu dieser Entdeckung müssen Sie selbst große Berechnungen angestellt haben.«
»Nein, dazu hatte ich keine Zeit. Ich habe das Mädchen heute zum erstenmal gesehen«, sagte die Gräfin. »Da kam mir die Erkenntnis ganz plötzlich. Sie gefällt mir sehr.«
»Mir auch«, bemerkte Madame Merle.
»Das zeigen Sie aber auf merkwürdige Weise!«
»Ich gab ihr doch Gelegenheit, Sie kennenzulernen.«
»Das ist tatsächlich das Beste, was ihr noch passieren konnte«, kreischte die Gräfin.
Madame Merle sagte ein Weilchen gar nichts. Das Benehmen

der Gräfin war abstoßend, war wirklich gemein; aber es war eine alte Geschichte, und die Augen sinnend auf die Hänge des Monte Morello geheftet, stellte sie ihre Überlegungen an. »Meine Teure«, nahm sie schließlich das Gespräch wieder auf, »ich rate Ihnen, sich nicht einzumischen. Die Sache, die Sie andeuten, betrifft drei Personen, die viel willensstärker sind als Sie selbst.«

»Drei Personen? Sie und Osmond natürlich. Aber ist denn Miß Archer auch so zielbewußt?«

»Genausosehr wie wir.«

»Na also«, und die Gräfin strahlte, »dann brauche ich sie ja nur zu überzeugen, daß es in ihrem eigenen Interesse liegt, Ihnen Widerstand zu leisten, und sie wird es erfolgreich tun!«

»Uns Widerstand? Warum drücken Sie sich so roh aus? Sie wird weder einem Zwang noch einem Betrug ausgesetzt.«

»Da bin ich gar nicht sicher. Sie sind zu allem fähig. Sie und Osmond. Ich meine nicht Osmond allein, und ich meine nicht Sie allein. Aber zusammen sind Sie gefährlich – wie so eine chemische Verbindung.«

»Dann lassen Sie uns lieber in Ruhe.« Madame Merle lächelte.

»Ich beabsichtige auch nicht, Sie anzufassen – aber mit dem Mädchen werde ich sprechen.«

»Meine arme Amy«, murmelte Madame Merle, »ich weiß nicht, was Ihnen in den Sinn gekommen ist.«

»Ich interessiere mich für sie – das ist alles, was mir in den Sinn kam. Sie gefällt mir.«

Madame Merle zögerte einen Moment. »Ich glaube nicht, daß Sie ihr gefallen.«

Die glänzenden kleinen Augen der Gräfin weiteten sich, und ihr Gesicht verzog sich zu einer Grimasse. »Oh, Sie *sind* gefährlich – selbst allein.«

»Wenn Sie ihr gefallen wollen, dürfen Sie Ihren Bruder nicht vor ihr herabsetzen.«

»Sie wollen doch nicht leugnen, daß sie sich schon bei zwei Gesprächen in ihn verliebt hat?«

Madame Merle blickte einen Augenblick zu Isabel und dem Hausherrn hinüber. Er lehnte ihr gegenüber mit verschränkten Armen gegen das Geländer und sah sie an; und sie war zur Zeit augenscheinlich nicht in den Anblick der unpersönlichen Aussicht versunken, so angelegentlich sie auch dorthin schaute. Während Madame Merle sie noch beobachtete, schlug sie die

Augen nieder; sie lauschte, möglicherweise mit einiger Verlegenheit, seinen Worten, während sie die Spitze ihres Sonnenschirmes in den Boden grub. Madame Merle erhob sich von ihrem Stuhl. »Doch, das behaupte ich«, erklärte sie.

Der schäbige kleine Diener, von Pansy gerufen – er hätte seiner verschossenen Livree und seinem fremden Typus nach einem Skizzenbuche alten Stils entsprungen und vom Pinsel eines Longhi oder Goya in dieses Bild gesetzt sein können –, hatte einen kleinen Tisch herausgetragen und ins Gras gestellt und war dann zurückgegangen, um das Teetablett zu holen; wonach er aufs neue verschwand, um Stühle herbeizutragen. Pansy war diesen Vorgängen voller Interesse gefolgt, sie hatte dabeigestanden, die kleinen Hände über ihrem dürftigen Kleidchen gefaltet, aber ohne ihre Hilfe anzubieten. Als dann der Teetisch gedeckt war, trat sie leise zu ihrer Tante.

»Glaubst du, daß Papa etwas dagegen hätte, wenn ich den Tee bereite?«

Die Gräfin musterte sie mit einem kritischen Blick, der Frage nicht achtend. »Armes Nichtchen«, sagte sie, »ist das dein bestes Kleid?«

»O nein«, antwortete Pansy, »das ist nur eine kleine *toilette*, für gewöhnliche Gelegenheiten.«

»Nennst du es eine gewöhnliche Gelegenheit, wenn ich euch besuche – ganz zu schweigen von Madame Merle und der schönen Dame da unten?«

Pansy überlegte einen Augenblick, ernsthaft sich jeder genannten Person zukehrend. Dann erstrahlte ihr Gesichtchen in seinem schönsten Lächeln. »Ich habe noch ein schönes Kleid, aber auch das ist sehr einfach. Warum sollte ich es neben euren schönen Sachen zur Schau stellen?«

»Weil es das schönste ist, das du hast; für mich mußt du immer dein schönstes tragen. Bitte zieh es das nächstemal an. Mir scheint, sie könnten dich überhaupt etwas besser anziehen.«

Das Kind strich zaghaft über sein altmodisches Kleidchen. »Es ist aber gut genug, um darin Tee zu machen – findest du nicht? Glaubst du nicht, daß Papa es mir erlaubt?«

»Das kann ich unmöglich sagen, mein Kind«, sagte die Gräfin. »Mir sind die Gedanken deines Vaters unergründbar. Madame Merle versteht sich besser darauf. Sie mußt du fragen.«

Madame Merle lächelte in gewohnter Liebenswürdigkeit. »Das ist eine gewichtige Frage, laß mich überlegen. Ich finde, es

müßte deinen Vater erfreuen, wenn ihm eine achtsame kleine Tochter den Tee bereitet. Das gehört zu den Pflichten einer heranwachsenden Tochter.«
»Das finde ich auch, Madame Merle!« rief Pansy. »Sie sollen sehen, wie gut ich es kann. Einen Teelöffel voll für jeden.« Und sie begann geschäftig am Teetisch zu hantieren.
»Für mich zwei Teelöffel«, sagte die Gräfin, die ihr mit Madame Merle zusammen einen Moment zusah. »Hör einmal her, Pansy«, hub die Gräfin wieder an, »ich wüßte gern, was du von deinem Besuch hältst.«
»O, das ist nicht mein Besuch, das ist Papas«, widersprach Pansy.
»Miß Archer ist auch zu dir gekommen«, sagte Madame Merle.
»Das freut mich sehr; sie war sehr höflich zu mir.«
»Du hast sie also gern?« fragte die Gräfin.
»Sie ist reizend – ganz reizend«, wiederholte Pansy in ihrem kleinen, artigen Unterhaltungston. »Sie gefällt mir durchaus.«
»Und wie, glaubst du, gefällt sie deinem Vater?«
»Ah, wahrhaftig, Gräfin!« flüsterte Madame Merle beschwörend. »Lauf und hol sie zum Tee«, fuhr sie, zu der Kleinen gewendet, fort.
»Ihr sollt sehen, ob er ihnen schmeckt!« erklärte Pansy und lief, um die anderen zu rufen, die noch am Ende der Terrasse weilten.
»Wenn Miß Archer ihre Mutter werden soll, ist es immerhin von Interesse zu wissen, ob das Kind sie gernhat«, sagte die Gräfin.
»Wenn Ihr Bruder wieder heiratet, geschieht es nicht wegen Pansy«, entgegnete Madame Merle. »Sie wird bald sechzehn, und danach wird sie eher einen Mann als eine Stiefmutter brauchen.«
»Und Sie werden auch ihr einen Mann besorgen?«
»Ich werde mich gewiß für ihre glückliche Heirat interessieren. Sie werden wohl das gleiche Interesse haben.«
»Bestimmt nicht!« rief die Gräfin. »Warum sollte ausgerechnet ich einen solchen Wert auf einen Ehemann legen?«
»Sie gingen keine glückliche Heirat ein; davon rede ich ja. Wenn ich von einem Ehemann spreche, meine ich einen guten.«
»Gute gibt es nicht. Osmond wird kein guter sein.«
Für einen Moment schloß Madame Merle die Augen. »Sie sind jetzt gereizt; wenn ich auch nicht weiß, warum«, sagte sie danach. »Ich glaube gar nicht, daß Sie im Grunde etwas gegen

eine Heirat Ihres Bruders oder Ihrer Nichte einzuwenden haben, wenn es erst soweit ist; und was Pansy angeht, so vertraue ich fest darauf, daß wir eines Tages gemeinsam das Vergnügen haben, nach einem Mann für sie Ausschau zu halten. Ihr großer Bekanntenkreis wird uns da sehr zustatten kommen.«

»Ja, ich bin gereizt«, antwortete die Gräfin. »Sie reizen mich häufig. Ihre eigene Kaltblütigkeit ist fabelhaft. Sie sind eine seltsame Frau.«

»Es wäre viel besser, wenn wir stets gemeinsam handelten«, fuhr Madame Merle fort.

»Ist das als Drohung gedacht?« fragte die Gräfin, sich erhebend. Madame Merle schüttelte wie in stiller Belustigung den Kopf. »Sie haben wirklich nicht meine Kaltblütigkeit!«

Isabel und Mr. Osmond kamen jetzt langsam auf sie zu, Isabel führte Pansy an der Hand. »Wollen Sie behaupten, daß er sie glücklich machen wird?« forschte die Gräfin.

»Wenn er Miß Archer heiraten sollte, glaube ich, daß er sich wie ein Gentleman benehmen wird.«

Die Gräfin wechselte in zuckender Ungeduld ihre Stellungen. »Sie meinen, so wie sich die meisten Gentlemen benehmen? Dann müßte man schon dankbar sein! Osmond ist natürlich ein Gentleman; daran braucht man seine eigene Schwester nicht zu erinnern. Aber denkt er denn, er kann jedes Mädchen heiraten, das er sich zufällig aussucht? Natürlich ist Osmond ein Gentleman; aber ich muß sagen, ich habe niemals, nein, nein, niemals jemand gesehen mit solchen Ansprüchen wie Osmond. Worauf er sie begründet, geht über meinen Horizont. Ich bin seine einzige Schwester; ich sollte es schließlich wissen. Bitte schön, wer ist er denn? Was hat er geleistet? Wenn an seiner Abstammung etwas besonders Großartiges wäre – wenn er aus einem besonders feinen Stoff gemacht wäre –, nehme ich an, müßte ich ja auch eine Spur davon abbekommen haben. Hätte es in unserer Familie Glanz und Ehren gegeben, hätte ich gewiß etwas daraus gemacht, sie wären ganz mein Fall gewesen. Aber davon ist nicht das geringste vorhanden. Unsere Eltern waren natürlich reizende Leute; aber das waren Ihre zweifellos auch. Heutzutage sind alle Leute reizend. Selbst ich bin eine reizende Person, lachen Sie nicht, man hat es buchstäblich gesagt. Aber was Osmond angeht, so schien er immer zu glauben, daß er von den Göttern abstamme.«

»Sie mögen da sagen, was Sie wollen«, sagte Madame Merle,

die diesem heftigen Ausbruch aufmerksam gefolgt war, wenn sie auch ihre Augen wandern ließ und ihre Hände mit dem Schleifchen an ihrem Kleid beschäftigt waren. »Ihr Osmonds seid eine feine Rasse – Ihr Blut muß aus besonders reiner Quelle fließen. Ihr Bruder, als intelligenter Mann, trägt diese Gewißheit in sich, wenn er auch keine Beweise hat. Sie sind da zu bescheiden, aber Sie sind selbst ungemein vornehm. Und was sagen Sie zu Ihrer Nichte? Das Kind ist eine kleine Prinzessin. Dennoch«, setzte Madame Merle hinzu, »wird es keine Kleinigkeit für Osmond sein, Miß Archer zu heiraten. Aber er kann es versuchen.«

»Ich hoffe, sie schlägt ihn aus. Das wird ihm einen kleinen Dämpfer aufsetzen.«

»Wir dürfen nicht vergessen, daß er einer der klügsten Männer ist.«

»Das habe ich Sie schon früher sagen hören, aber ich habe noch nicht entdeckt, was er je getan hat.«

»Er hat nichts getan, was er wieder rückgängig machen müßte. Und er hat verstanden zu warten.«

»Auf Miß Archers Geld? Wieviel hat sie eigentlich?«

»Das meine ich nicht«, sagte Madame Merle. »Miß Archer hat siebzigtausend Pfund.«

»Ach, es ist ein Jammer, daß sie so reizend ist«, erklärte die Gräfin. »Um geopfert zu werden, täte es jedes andere Mädchen auch. Dazu brauchte sie nicht von diesem Rang zu sein.«

»Wäre sie nicht von diesem Rang, würde Ihr Bruder sie keines Blickes würdigen. Er muß stets das Beste haben.«

»Ja«, entgegnete die Gräfin, als sie den anderen ein paar Schritte entgegengingen. »Er ist sehr schwer zufriedenzustellen. Und darum zittere ich für ihr Glück.«

XXVI

Nun stattete Gilbert Osmond wieder Isabel einen Besuch ab; das heißt, er besuchte den Palazzo Crescentini. Da hatte er natürlich auch andere Bekannte; Mrs. Touchett und Madame Merle gegenüber war er stets von unparteiischer Liebenswürdigkeit; aber der ersteren der beiden Damen entging es nicht, daß er innerhalb von vierzehn Tagen fünfmal erschien. Dem konnte sie eine andere Zeitrechnung entgegenhalten, an die sie sich unschwer erinnerte. Zwei Besuche im Jahr war bisher der regelmäßige Tribut gewesen, den er ihrem Ansehen zahlte; dabei war ihr auch niemals aufgefallen, daß er die Zeit für diese Besuche, die sich beinahe periodisch wiederholten, danach aussuchte, ob Madame Merle unter ihrem Dache weilte; die beiden waren alte Freunde, ihretwegen stürzte er sich nicht in Unkosten. Und Ralph konnte er nicht leiden – das hatte Ralph ihr mitgeteilt; es war kaum anzunehmen, daß Mr. Osmond auf einmal von heftiger Zuneigung zu ihrem Sohn ergriffen war. Ralph war nicht zu erschüttern – er besaß eine gewisse saloppe Weltoffenheit, in die er sich einzuwickeln pflegte wie in einen schlecht sitzenden Mantel, den er niemals ablegte; er hielt Mr. Osmond für einen angenehmen Gesellschafter und war stets bereit, ihn gastfreundlich zu begrüßen. Aber er hegte jetzt keinerlei schmeichlerische Vorstellungen, daß die Wiedergutmachung einer früheren Nachlässigkeit das Motiv dieser plötzlichen Besuche sein könnte; er erkannte die Situation zu klar. Isabel war der Anziehungspunkt – und sicherlich ein ausreichender Anziehungspunkt. Osmond war wählerisch, ein Liebhaber von Kostbarkeiten, da mußte eine so seltene Erscheinung naturgemäß seine Neugier erregen. Als daher seine Mutter bemerkte, es sei ja sonnenklar, was Mr. Osmond im Schilde führe, antwortete Ralph, er sei ganz derselben Ansicht. Schon von früher her hatte dieser Herr auf der kurzen Liste von Mrs. Touchetts Bekannten gestanden, wenn sie sich auch zuweilen schon gewundert hatte, durch welche Künste und welches Verhalten eigentlich – so negativ und weise, wie sie waren – er sich überall zur Geltung zu bringen verstand. Da seine Besuche niemals ungelegen kamen, war er noch nirgends zum Stein des Anstoßes geworden, außerdem hatte sie es immer zu schätzen gewußt, daß er nie verhehlte, genausogut ohne sie auskommen zu können wie sie ohne ihn; ein Verhalten, das für sie immer, seltsam genug, eine solide Grundlage für die Anknüpfung erster Beziehungen abgab.

Daß er sich in den Kopf gesetzt haben könnte; ihre Nichte zu heiraten, bereitete ihr allerdings kein Vergnügen. Von Isabels Seite aus würde eine solche Verbindung fast einen perversen Anstrich haben. Mrs. Touchett vergaß nicht so rasch, daß das Mädchen einen englischen Peer abgewiesen hatte; wenn Lord Warburton sich nicht mit ihr messen konnte, dann ging es nicht an, daß dieselbe junge Dame sich mit einem obskuren amerikanischen Dilettanten, einem älteren Witwer mit einem törichten Kind und ungeklärten Vermögensverhältnissen zufriedengab; das widersprach jeder Vorstellung, die Mrs. Touchett sich von einer guten Partie machte. Dem Leser wird es nicht entgehen, daß sie die Ehe nicht vom sentimentalen, sondern vom politischen Standpunkt aus betrachtete – was immer viel für sich hat. »Ich hoffe nur, daß sie nicht so töricht ist und ihn erhört«, sagte sie zu ihrem Sohn; worauf Ralph entgegnete, daß für Isabel Erhören und Anhören zwei verschiedene Dinge seien. Er wußte ja, daß sie schon verschiedene Parteien angehört hatte, wie sein Vater es nennen würde, aber diese umgekehrt hatten auch sie anhören müssen; der Gedanke belustigte ihn, daß er innerhalb der wenigen Monate, die er sie jetzt kannte, schon wieder einen Freier an ihrer Tür beobachten konnte. Ralph freute sich schon auf einen vierten, fünften, zehnten Bewerber; er war überzeugt, sie würde beim dritten noch lange nicht Schluß machen. Sie würde ihre Tür einen Spalt öffnen und eine Verhandlung beginnen, aber auf keinen Fall würde Nummer drei eine Einlaßkarte erhalten. Ungefähr in dieser Weise drückte er seine Meinung aus, so daß seine Mutter ihn ansah, als tanze er auf Eiern. Er hatte eine so phantastische, bilderreiche Aussprache, ebensogut konnte er sich ihr mit chinesischer Zeichensprache verständlich machen.

»Ich glaube nicht, daß ich dich richtig verstehe«, sagte sie; »du gebrauchst mir zuviel Umschreibungen; Allegorien habe ich nie verstanden. Ich habe in jeder Sprache vor zwei Wörtern den höchsten Respekt, und das sind Ja und Nein. Wenn Isabel Mr. Osmond heiraten will, werden sie deine schönen Vergleiche nicht hindern. Sie wird sich schon selbst welche ausdenken für alles, was sie unternimmt, da sei unbesorgt. Von dem jungen Mann in Amerika weiß ich sehr wenig; ich glaube nicht, daß sie ihm viele Gedanken widmet, und er wird wohl keine Lust mehr haben, noch länger auf sie zu warten. Keine Macht der Welt wird sie also hindern, diesen Mr. Osmond zu heiraten, sie braucht ihn bloß auf eine bestimmte Weise zu betrachten. Das ist alles gut und schön; niemand billigt es mehr als ich, daß man sich nach seinem eigenen Geschmack entscheidet. Aber sie findet Geschmack an so komischen Dingen. Sie ist imstande und heiratet Mr. Osmond nur wegen seiner schönen Gedanken oder weil er ein Autogramm von Michelangelo besitzt. Sie will nicht aus Berechnung heiraten: als ob das ausgerechnet bei ihr zu befürchten wäre. Wird aber *er* jede Berechnung unterlassen, wenn es sich um ihr Vermögen handelt? Mit diesem Gedanken hat sie sich schon vor dem Tode deines Vaters beschäftigt, und seitdem reizt es sie erst recht. Sie sollte jemanden heiraten, dessen mangelnde Berechnung einwandfrei feststände, und dafür gibt es keinen besseren Beweis als ein eigenes Vermögen.«

»Liebe Mutter, da bin ich ganz unbesorgt«, gab Ralph zur Antwort. »Sie führt uns doch alle ein wenig an der Nase herum. Natürlich wird sie ihrem eigenen Geschmack folgen, aber das tut sie schon, wenn sie die menschliche Natur aus der Nähe betrachtet und sich dennoch ihre Freiheit bewahrt. Sie hat sich jetzt auf Entdeckungsfahrt begeben, und ich glaube nicht, daß sie schon im Anfang nur auf ein Signal von Gilbert Osmond hin ihren Kurs wechseln wird. Sie mag ihre Geschwindigkeit jetzt für eine Stunde herabgeschraubt haben, aber ehe wir es noch gewahr werden, wird sie schon wieder davongedampft sein. Entschuldige, schon wieder eine Metapher.«

Mrs. Touchett mochte sie vielleicht entschuldigen, aber sie war keineswegs soweit beruhigt, um nicht Madame Merle ihre Befürchtungen mitzuteilen. »Du weißt doch immer alles«, sagte sie. »Du mußt doch auch wissen, ob dieser komische Mensch meiner Nichte wirklich den Hof macht.«

»Gilbert Osmond?« Madame Merles klare Augen weiteten sich, und in plötzlichem Verstehen rief sie aus: »Der Himmel steh' mir bei, das wär' ja ein Gedanke!«

»Bist du noch nie darauf gekommen?«

»Du wirst mich für beschränkt halten, aber ich muß gestehen, noch nie. Ich möchte nur wissen«, setzte sie hinzu, »ob Isabel es schon gemerkt hat.«

»O, das werde ich sie gleich fragen«, sagte Mrs. Touchett.

Madame Merle dachte nach. »Setz es ihr nicht erst in den Kopf. Dann müßte man lieber Mr. Osmond fragen.«

»Das kann ich nicht«, sagte Mrs. Touchett. »Ich kann mich dem nicht aussetzen, daß er mich fragt – wozu er in seiner hochnäsigen Art durchaus imstande ist –, was mich das bei Isabels Situation angehe.«

»Dann werde ich ihn selber fragen«, erklärte Madame Merle heldenhaft.

»Aber was geht es dich an – von *seinem* Standpunkt aus?«

»Nicht das geringste, darum kann ich mir ja eine Frage erlauben. Mich geht es zuallerletzt etwas an, darum kann er mich auch mit jeder beliebigen Antwort abspeisen. Aber an der Art, wie er reagiert, werde ich seine Absichten erkennen.«

»Laß mich dann bitte wissen, was bei deinen Ergründungen herauskam«, sagte Mrs. Touchett. »Wenn ich nicht mit ihm sprechen kann, will ich wenigstens mit Isabel reden.«

Ihre Freundin ließ daraufhin einen Warnungston hören. »Bei ihr würde ich mich nicht übereilen. Du darfst nicht erst ihre Phantasie beflügeln.«

»Das ist mir noch bei keinem Menschen im Leben gelungen. Aber bei ihr bin ich immer darauf gefaßt, daß sie etwas tut – nun ja, was nicht in *meiner* Linie liegt.«

»Ja – dir würde es nicht passen«, bemerkte Madame Merle im Ton trockener Feststellung.

»Wie in aller Welt käme ich auch dazu? Mr. Osmond hat ihr nichts, gar nichts Solides zu bieten.«

Wieder schwieg Madame Merle, während ein nachdenkliches Lächeln, noch reizender als sonst, ihren linken Mundwinkel in die Höhe zog. »Wir müssen da unterscheiden. Gilbert Osmond ist schließlich auch nicht der erste beste. Er ist ein Mann, der unter vorteilhaften Umständen sehr wohl großen Eindruck machen kann. Meines Wissens hat er schon mehr als einmal großen Eindruck gemacht.«

»Ach, komm mir nicht mit seinen wahrscheinlich höchst kaltschnäuzigen Liebesgeschichten. Das ist nichts für mich!« rief Mrs. Touchett. »Das bestärkt mich ja gerade in meinem Wunsch, er möchte seine Besuche einstellen. Er hat, soviel ich weiß, in der Welt nicht mehr als ein oder zwei Dutzend früher Meister und eine mehr oder weniger dreiste kleine Tochter.«

»Die frühen Meister sind heute eine Menge Geld wert«, sagte Madame Merle, »und was die Tochter angeht, so ist sie eine sehr junge, sehr unschuldige und sehr harmlose kleine Person.«

»Mit anderen Worten ein unreifes kleines Gör. Meinst du das? Ohne Vermögen hat sie keine Aussichten auf eine standesgemäße Heirat; so daß Isabel ihr eine Aussteuer oder eine monatliche Unterstützung gewähren müßte.«

»Isabel würde wahrscheinlich immer sehr freundlich zu ihr sein. Ich glaube, sie ist dem armen Kind sehr zugetan.«

»Also noch ein Grund mehr, daß Mr. Osmond besser zu Hause bleibt. Sonst ist sie nächste Woche bereits bei der Überzeugung angelangt, daß ihre Lebensmission in dem Nachweis liegt, daß auch eine Stiefmutter sich opfern kann – und daß sie, um diesen

Nachweis zu führen, zunächst einmal eine Stiefmutter werden muß.«

»Sie würde eine bezaubernde Stiefmutter abgeben«, lächelte Madame Merle; »aber darin pflichte ich dir bei, daß sie sich lieber nicht so rasch über ihre Mission schlüssig werden sollte. Die Form unserer Mission läßt sich später beinah ebensoschwer ändern wie die Form unserer Nase: jede steht mitten drin, in unserem Gesicht und in unserem Charakter – man müßte dann zu weit zurückgreifen. Aber ich werde mich erkundigen und dir berichten.«

All dieses ging hinter Isabels Rücken vor sich; sie konnte nicht argwöhnen, daß ihre Beziehungen zu Mr. Osmond erörtert würden. Madame Merle hatte nichts gesagt, um sie zur Vorsicht zu mahnen; sie erwähnte ihn nicht mehr als die anderen Herren in Florenz, die jetzt, Einheimische oder Ausländer, in beträchtlicher Zahl Miß Archers Tante ihre Aufwartung machten. Isabel fand Mr. Osmond interessant – darauf lief es bei ihr stets hinaus; in diesem Licht dachte sie gern an ihn. Sie hatte von ihrem Besuch damals auf seiner Bergeshöhe ein Bild von ihm zurückgetragen, das sich nicht verwischte, auch als sie ihn näher kennenlernte, und das mit allen Dingen besonders gut in Einklang stand, die sie sonst noch in ihn hineingeheimnißte, Geschichten über Geschichten: Das Bildnis eines stillen, klugen, empfindsamen und vornehmen Mannes, der über eine moosbewachsene Terrasse oberhalb des herrlichen Val d'Arno schlenderte, sein Mädelchen an der Hand führend, dessen glockengleiche Klarheit der Kindheit neue Anmut gab. Dies Bildnis hatte keine Schnörkel, aber ihr gefielen die Farben und die sommerliche Dämmerstimmung, von der es durchtränkt war. Es stellte jene persönlichen Dinge dar, die sie am meisten berührten, jene Beziehung zwischen Mensch und Gegenstand – wie sollte sie sagen? –, jene Zusammenhänge zwischen Kargheit und Fülle. Es sprach von einem einsamen Studienleben in einem herrlichen Land; von einem alten Schmerz, der noch heute manchmal brannte; von einem Gefühl des Stolzes, das vielleicht übertrieben, aber von edlen Zügen ausgezeichnet war; von einer Liebe für alles Schöne und Vollkommene, so natürlich und kultiviert zugleich, daß sich sein Leben darunter zu erstrekken und schön gelegene Ruheplätze, ja die Stufen, Terrassen und Brunnen eines richtigen italienischen Gartens zu enthalten schien – worin er gleichsam nur die ausgedörrten Stellen mit dem natürlichen Tau seiner sonderbaren, halb ängstlichen, halb hilflosen Vaterschaft erfrischte. Im Palazzo Crescentini blieb Mr. Osmonds Benehmen stets das gleiche; er war anfangs mißtrauisch – ach, und zweifellos verlegen und sehr bestrebt (dies erkannte nur das mitfühlende Auge), dieser Verlegenheit Herr zu werden, woraus sich dann gewöhnlich eine leichte, lebhafte, sehr positive, ziemlich aggressive und stets anregende Unterhaltung ergab. Mr. Osmonds Unterhaltung wurde nicht dadurch beeinträchtigt, daß er etwa eifrig versuchte, nur sein eigenes Licht leuchten zu lassen. Isabel war von der Festigkeit seiner Überzeugung durchdrungen, er wußte ausdrücklich jede Zustimmung zu seiner Ansicht auf liebenswürdige Weise zu schätzen, vielleicht besonders, wenn die Zustimmung von Miß Archer stammte. Was aber unserer jungen Freundin am meisten gefiel, war sein amüsanter Ton, der nicht, wie bei anderen Leuten, *auf Effekte* ausging. Er äußerte seine Gedanken, als ob er mit ihnen, so seltsam sie oft klangen, durchaus vertraut sei und sie ständig gebrauche; sie waren wie alte polierte Knäufe oder Griffe aus kostbarem Material, die sich, wenn nötig, neuen Spazierstöcken aufsetzen ließen – nicht etwa Stecken, die mangels von etwas Besserem von gewöhnlichen Bäumen abgerissen waren und dann übertrieben elegant durch die Luft gewirbelt wurden. Eines Tages brachte er sein Töchterchen mit, und Isabel freute sich, erneut mit dem Mädchen Bekanntschaft zu schließen, das sie, als es sich artig von jedem einzelnen in der Runde die Stirn küssen ließ, lebhaft an die *ingénue* in einem französischen Stück erinnerte. Isabel hatte nie ein Kind dieser Art erlebt: amerikanische Mädchen waren ganz anders – auch die kleinen *maiden* in England waren ganz anders! Pansy war für den winzigen Platz, den sie in der Welt einnahm, vollendet geformt und gebildet und dabei in ihrer Phantasie, wie jeder sah, noch überaus unschuldig und kindlich. Sie saß neben Isabel auf dem Sofa; ihr Mäntelchen war aus billigem Seidenstoff; dazu trug sie ein Paar jener praktischen Handschuhe, die Madame Merle ihr geschenkt hatte – kleine graue Handschuhe mit nur einem Knopf. Sie war wie ein reines Blatt Papier – die ideale *jeune fille* ausländischer Romane. Isabel konnte nur hoffen, daß eine so glatte und schöne Seite mit erbaulichem Text beschrieben würde.

Die Gräfin Gemini machte ihr gleichfalls einen Besuch. Aber die Gräfin war ein ganz anderes Format. Sie war keineswegs ein unbeschriebenes Blatt; sie war mit unzähligen Handschriften bedeckt, und Mrs. Touchett, die sich durch ihren Besuch keineswegs geschmeichelt fühlte, betonte, daß auf ihrer Haut eine Reihe unmißverständlicher Tintenkleckse zu sehen sei. Die Gräfin wurde in der Tat der Anlaß zu einer Meinungsverschiedenheit zwischen der Dame des Hauses und Madame Merle – die nicht so töricht war, die Menschen mit ihrer ständigen Zustimmung zu öden, sondern statt dessen lieber geschickten Gebrauch von dem Widerspruch machte, den ihre Gastgeberin allen anderen ebenso freigebig zugestand wie sich selbst. Mrs. Touchett hatte es für ein starkes Stück erklärt, daß diese höchst kompromittierte Person sich am hellichten Tage im Palazzo Crescentini sehen ließ, wo sie doch längst wissen mußte, daß man sie dort nicht sonderlich schätzte. Isabel hatte inzwischen erfahren, wie hoch unter diesem Dach ihre Einschätzung ging. Demnach war Mr. Osmonds Schwester eine Dame, die mit ihrem anstößigen Lebenswandel so achtlos verfuhr, daß er aus allen Fugen zu gehen drohte – was sich ja zum mindesten vermeiden ließ – und ihr zerrütteter Ruf nur noch aus geborstenen Teilen bestand, die sich der gesellschaftlichen Zirkulation hindernd in den Weg stellten. Sie war von ihrer Mutter, einer recht umsichtigen Person mit einer Schwäche für ausländische Titel, welche die Tochter, um ihr Gerechtigkeit widerfahren zu lassen, inzwischen wohl überwunden hatte, an einen italienischen Aristokraten verheiratet worden, dessentwegen man es vielleicht entschuldigen konnte, daß ihr allmählich das Gefühl für einen Skandal abhanden gekommen war. Aber es war tatsächlich skandalös, wie sich die Gräfin tröstete; die Liste ihrer Entschuldigungen war längst im Labyrinth ihrer Abenteuer verlorengegangen. Mrs. Touchett hatte sich stets geweigert, sie zu empfangen, obgleich die Gräfin sich schon früher um sie bemüht hatte. Florenz war keine sittenstrenge Stadt; aber, wie Mrs. Touchett sich ausdrückte, irgendwo gab es schließlich eine Grenze.

Madame Merle verteidigte die Unglückliche mit viel Geist und Eifer. Sie könne nicht einsehen, warum Mrs. Touchett gerade diese Frau zum Sündenbock mache, die wirklich niemandem etwas zuleide tue, die nur Gutes getan habe, wenn auch auf verkehrte Weise. Natürlich müsse man eine Grenze ziehen, aber wenn schon, dann wenigstens eine gerade. Aber nur ein sehr krummer Kreidestrich könne die Gräfin Gemini ausschließen.

Dann tue Mrs. Touchett schon besser daran, ihr Haus ganz zu schließen; das sei vielleicht die beste Maßnahme für die Dauer ihres Aufenthaltes in Florenz. Man müsse wenigstens gerecht sein und keine spitzfindigen Unterscheidungen machen: Die Gräfin habe sich zweifellos unklug benommen; sie sei eben nicht so gewitzt wie andere Frauen. Sie sei eine gute Seele, absolut nicht klug; aber seit wann sei das ein Grund, jemanden aus der ersten Gesellschaft auszuschließen? Man habe jetzt seit langem nichts mehr über sie gehört; es könne keinen besseren Beweis für ihre Bekehrung geben, als daß sie jetzt danach strebe, in Mrs. Touchetts Kreis aufgenommen zu werden.

Isabel konnte zu dieser interessanten Unterhaltung nichts beisteuern, nicht einmal geduldige Aufmerksamkeit; sie mußte sich damit zufriedengeben, die unglückliche Dame freundschaftlich willkommen zu heißen, die ungeachtet ihrer Mängel doch das Verdienst hatte, Mr. Osmonds Schwester zu sein. Da sie den Bruder gernhatte, hielt Isabel es für angemessen, wenigstens zu versuchen, auch die Schwester gernzuhaben! Trotz der wachsenden Zuspitzung der Dinge war sie noch imstande, diese primitiven Schlußfolgerungen zu ziehen. Sie hatte bei ihrem Besuch in der Villa nicht gerade den glücklichsten Eindruck von der Gräfin gewonnen, darum ergriff sie jetzt dankbar die Gelegenheit, ihre Meinung zu korrigieren. Hatte nicht Mr. Osmond bemerkt, sie sei eine achtbare Person? Dies war vielleicht eine etwas karge Feststellung, so wie sie von Gilbert Osmond vorgetragen wurde, die erst unter Madame Merles Händen ein wenig Glanz gewann. Sie erzählte Isabel mehr über die arme Gräfin als Mr. Osmond damals und berichtete die Geschichte ihrer Heirat und ihrer Folgen. Der Graf gehörte zu einer alten toskanischen Familie, besaß aber so wenig Grundbesitz, daß er froh gewesen war, Amy Osmond, trotz ihrer fragwürdigen Schönheit, die sie allerdings an ihrem Lebenswandel nicht gehindert hatte, und trotz der bescheidenen Aussteuer, die ihre Mutter hatte beischießen können, heimführen zu dürfen. Eine gleiche Summe war schon dem Bruder als sein Anteil am väterlichen Erbe ausgezahlt worden. Aber inzwischen hatte Graf Gemini Geld geerbt, und jetzt lebten sie für Italiener in ganz behaglichen Verhältnissen, obgleich Amy entsetzlich verschwenderisch war. Der Graf aber war ein ganz brutaler Mensch; er hatte seiner Frau Vorwand genug gegeben. Sie hatte keine Kinder, nachdem sie drei jedesmal im ersten Jahr nach der Geburt verloren hatte. Ihre Mutter, die sich mit Bildungsansprüchen gebrüstet und Gedichte beschreibender Natur veröffentlicht und über italienische Sitten an englische Wochenschriften berichtet hatte, ihre Mutter war drei Jahre nach der gräflichen Hochzeit gestorben, während der Vater, von dem es hieß, er sei im Morgengrauen der amerikanischen Staatenbildung untergegangen und ursprünglich reich und ein Draufgänger gewesen, schon viel früher gestorben war. Man sah es Gilbert Osmond noch an, behauptete Madame Merle – sah es ihm an, daß eine Frau ihn erzogen hatte; wenn man auch, nach ihm zu urteilen, auf eine vernünftigere Frau hätte schließen können, als die amerikanische Corinna es gewesen, wie Mrs. Osmond sich gern hatte nennen lassen. Nach ihres Mannes Tode hatte sie die Kinder nach Italien gebracht, und Mrs. Touchett erinnerte sich noch an sie, an das Jahr nach ihrer Ankunft. Sie hielt sie für schrecklich eingebildet, aber das war eigentlich ein Fehlurteil, denn wie Mrs. Osmond war ja auch sie für praktische Heiraten eingetreten. Die Gräfin war sehr unterhaltend und keineswegs so ein Hohlköpfchen, wie es den Anschein hatte; man mußte bei ihr nur eine einzige Regel beachten, nämlich kein Wort von dem, was sie sagte, zu glauben. Madame Merle hatte sich dem Bruder zuliebe immer ganz gut mit ihr gestanden; er war dankbar für jede Freundlichkeit, die man Amy erwies, weil er eigentlich immer das Gefühl hatte – wenn man es nun einmal gestehen sollte –, daß sie ihren gemeinsamen Namen entehrte. Natürlich konnte er ihren Stil, ihre schrille Stimme, ihren Egoismus nicht leiden; ihre Geschmacksverirrungen, ihre mangelnde Wahrheitsliebe, das alles ging ihm gräßlich auf die Nerven, sie war absolut nicht *sein* Typ. Was sein Typ war? O, das genaue Gegenteil der Gräfin, eine Frau, welche die Wahrheit schon aus Gewohnheit heilighielt. Isabel hätte nicht zu sagen vermocht, wie oft ihr Besuch die Wahrheit in einer halben Stunde verletzte; ihr war die Gräfin vielleicht etwas albern, aber ganz aufrichtig erschienen. Sie hatte fast ausschließlich von sich gesprochen; wie gern sie Miß Archer kennenlernen möchte; wie dankbar sie für eine wirkliche Freundin wäre; wie gemein die Leute in Florenz seien; wie sehr ihr die Stadt verleidet sei; wie gern sie woanders leben würde – in Paris, in London, in Washington; wie unmöglich es sei, sich in Italien etwas Hübsches zum Anziehen zu kaufen, außer einem bißchen alter Spitze; wie teuer überall das Leben werde, was sie schon alles an Leiden und Enttäuschungen durchgemacht habe. Madame Merle lauschte voller Interesse auf Isabels Bericht, aber sie hätte sich keine Sorgen darüber zu machen brauchen. Im ganzen fürchtete sie die Gräfin nicht, so daß sie es sich leisten konnte – was immer das beste ist –, auch nach außen keine Furcht zu zeigen.

Inzwischen bekam Isabel einen anderen Besuch, der sich nicht leicht, selbst hinter ihrem Rücken nicht, so gönnerhaft behandeln ließ. Henrietta Stackpole, die Paris erst nach Mrs. Touchetts Aufbruch nach San Remo verlassen und sich, wie sie es nannte, durch die Städte Norditaliens hindurchgearbeitet hatte, erreichte die Ufer des Arno ungefähr Mitte Mai. Madame Merle überflog sie mit einem einzigen Blick, musterte sie von Kopf bis Fuß und beschloß mit einem Seufzer der Verzweiflung, sie zu dulden. Sie beschloß tatsächlich, sich an ihr zu freuen. Henrietta ließ sich nicht gerade wie eine duftende Rose einatmen, aber sie ließ sich zum mindesten wie eine Brennessel anpacken. Also preßte Madame Merle sie fröhlich zur Bedeutungslosigkeit zusammen, so daß Isabel sich angesichts dieser Freimütigkeit mit Recht sagen konnte, daß sie sich in der Intelligenz ihrer Freundin nicht geirrt habe. Kein anderer hatte Henriettas Besuch angekündigt als Mr. Bantling, der, während sie noch in Venedig weilte, von Nizza herübergekommen war, um sie in Florenz zu treffen. Als sie nicht kam, hatte er im Palazzo Crescentini angeklopft, um dort seiner Enttäuschung Luft zu machen. Henrietta traf dann selbst zwei Tage später ein, was in Mr. Bantling eine Gemütsbewegung auslöste, die vollauf berechtigt war, wenn man bedenkt, daß er sie seit dem Ablauf ihrer Versailler Episode nicht wiedergesehen hatte. Man betrachtete seine Lage allgemein von der komischen Seite, aber nur Ralph Touchett sprach es offen aus, als Mr. Bantling bei ihm im Zimmer eine Zigarre rauchte, und erging sich in ausgelassenen Neckereien über das Thema »Die Allwissende und ihr britischer Gefolgsmann«. Der Geneckte verstand den Spaß und erklärte in aller Unschuld, die Affäre sei eben ein durchaus intellektuelles Abenteuer. Miß Stackpole gefalle ihm ungemein; er finde, sie trage einen wunderbaren Kopf auf ihren Schultern, und er genieße mit Behagen die Gesellschaft einer Frau, die nicht beständig daran dächte, was die anderen sagen würden, oder wie das, was sie tat, was sie *beide* taten – und sie hätten allerhand getan! –, nach außen wirken würde. Miß Stackpole kümmere sich nie um den äußeren Anschein, und wenn sie sich keine Gedanken mache, bitte schön, warum solle *er* sich welche machen? Aber seine Neugier sei jetzt wach geworden; er wolle brennend gern wissen, ob sie sich überhaupt jemals Gedanken machen *werde*. Er sei bereit, so weit zu gehen wie sie – er sehe schließlich nicht ein, warum er zuerst zusammenbrechen solle.

Henrietta war vom Zusammenbruch noch weit entfernt. Seit ihrer Abreise aus England hatten sich ihre beruflichen Aussichten gebessert, und jetzt genoß sie ihre reich sprudelnden Möglichkeiten in vollen Zügen. Ihre Hoffnungen auf das europäische Innenleben hatte sie freilich auch begraben müssen; die sozialen Fragen des Kontinents starrten von Schwierigkeiten, die noch zahlreicher waren als die in England. Aber auf dem Kontinent begegnete ihr das Außenleben auf Schritt und Tritt, das für den literarischen Gebrauch viel ergiebiger war als die Sitten der undurchsichtigen Inselbewohner. Im Ausland sehe man auf der Straße, wie sie einsichtsvoll bemerkte, die Stickerei von der richtigen, in England dagegen nur von der verkehrten Seite, die noch keinen Aufschluß über das Bild gebe. Für ihren Biographen ist es ein schmerzliches Eingeständnis, aber Henrietta hatte an der Darstellung verborgener Dinge verzweifelt und sich jetzt mit Vehemenz dem Außenleben zugewandt. Sie hatte es zwei Monate in Venedig studiert, von wo aus sie dem *Interviewer* gewissenhafte Berichte über die Gondeln, die Piazza, die Seufzerbrücke, die Tauben und den jungen Gondoliere geschickt, der Tasso gesungen hatte. Der *Interviewer* war vielleicht enttäuscht, aber zum mindesten erlebte Henrietta Europa. Jetzt beabsichtigte sie zunächst hinunter nach Rom zu fahren, bevor die Malaria dort einsetzte – sie dachte offensichtlich, daß dies zu einem bestimmten Termin geschah; daher wollte sie gegenwärtig nur wenige Tage in Florenz bleiben. Mr. Bantling sollte sie nach Rom begleiten; denn, wie sie Isabel erklärte, er war schon dort gewesen, er war Offizier und hatte eine klassische Erziehung genossen – er war in Eton erzogen worden, und da lernen sie ja nichts weiter als Latein und White-Melville[1], wie Miß Stackpole behauptete – also war er für die Stadt der Cäsaren der geeignetste Begleiter. An diesem Kreuzpunkt kam Ralph auf die glückliche Idee, Isabel vorzuschlagen, unter seinem eigenen Schutz gleichfalls eine Pilgerfahrt nach

[1] Georg John White-Melville, englischer Novellist (1821-1878). (Anm. d. Ü.)

Rom zu machen. Sie wollte sowieso im Winter längere Zeit nach Rom – das war schön und gut, aber inzwischen konnte sie doch ihr Feld schon einmal in Augenschein nehmen. Es blieben ihr noch zehn herrliche Maitage – allen wahren Romverehrern ist ja der Mai der kostbarste Monat. Und Isabel war die geborene Romverehrerin. Das stand von vornherein fest. Eine vertrauenswürdige Gesellschaft aus dem eigenen Geschlecht stand ihr ja zur Seite, und diese würde sie nicht bedrücken, da die Dame ja zum Glück noch andere Verpflichtungen hatte. Madame Merle würde bei Mrs. Touchett bleiben; sie hatte Rom für den Sommer verlassen und wohl jetzt nicht schon wieder zurück wollen. Sie gestand denn selbst, sie sei glücklich, in Frieden in Florenz leben zu können; sie hatte ihre Wohnung abgeschlossen und ihre Köchin nach Hause nach Palestrina geschickt. Aber sie drängte Isabel, Ralphs Vorschlag anzunehmen, eine gute Einführung in Rom sei nie zu verachten. Isabel brauchte nicht erst gedrängt zu werden, so daß das Quartett alsbald seine kleine Reise vorbereitete. Mrs. Touchett hatte diesmal auf ihren Posten als *Duenna* verzichtet; wir wissen ja, daß sie immer mehr zur Überzeugung kam, Isabel müsse jetzt auf eigenen Füßen stehen. Zu Isabels Vorbereitungen gehörte auch, daß sie Gilbert Osmond traf und ihm ihre Reiseabsichten mitteilte.

»Ich hätte Sie gern in Rom erlebt«, erklärte er daraufhin. »Ich hätte Sie gern auf dem wunderbaren Boden gesehen.«

Sie zögerte nur wenig. »Dann können Sie doch mitkommen?«

»Sie werden schon genug Gesellschaft haben.«

»Nun ja«, gab Isabel zu, »ich bin dort natürlich nicht allein.«

Einen Augenblick sagte er nichts weiter. »Es wird Ihnen gefallen«, fuhr er schließlich fort. »Man hat die Stadt verunstaltet, aber Sie werden trotzdem auf Ihre Kosten kommen.«

»Soll sie mir denn mißfallen, diese gute alte Niobe unter den Städten, nicht wahr? – nur weil man sie verunstaltet hat?« fragte sie.

»Nein, das nicht. Man hat sie schon so oft mißbraucht«; er lächelte. »Wenn ich mitkäme, was sollte ich mit meinem Mädelchen anfangen?«

»Kann sie nicht in der Villa bleiben?«

»Das täte ich nicht sehr gern – obgleich da eine gute alte Frau nach ihr sehen könnte. Eine Gouvernante kann ich mir nicht leisten.«

»Dann nehmen Sie sie doch mit«, entgegnete Isabel unverzüglich. Mr. Osmond machte ein ernstes Gesicht. »Sie ist den ganzen Winter in ihrem Kloster in Rom gewesen; für eine Vergnügungsreise ist sie noch zu jung.«
»Sie wollen sie noch nicht in die Gesellschaft einführen?« erkundigte sich Isabel.
»Nein, ich finde, junge Mädchen gehören nicht in die große Welt.«
»Da wurde ich nach einem anderen System erzogen.«
»Sie? O, bei Ihnen ging das – Sie, Sie sind eine Ausnahme.«
»Ich wüßte nicht, wieso«, sagte Isabel, die das aber nicht ganz unrichtig fand.
Mr. Osmond sparte sich eine Erklärung; er fuhr ganz einfach fort: »Wenn ich wüßte, daß sie Ihnen nachschlagen würde, wenn sie sich Ihrer kleinen Gesellschaft anschließen dürfte, würde ich sie sofort mitnehmen.«
»Ach, sie soll mir nicht nachschlagen«, sagte Isabel; »lassen Sie sie bleiben, wie sie ist!«
»Ich könnte sie zu meiner Schwester schicken«, überlegte Mr. Osmond. Es hatte fast den Anschein, als ob er um Rat fragte; er schien seine häuslichen Angelegenheiten gern mit Miß Archer zu besprechen.
»Ja«, stimmte sie zu; »da läuft sie kaum Gefahr, mir nachzuschlagen.«
Nachdem sie Florenz verlassen hatte, traf Gilbert Osmond Madame Merle bei der Gräfin Gemini. Es waren noch andere Leute zugegen; der Salon der Gräfin war gewöhnlich gut besetzt, und es herrschte eine allgemeine Unterhaltung. Aber nach einem Weilchen verließ Osmond seinen Platz und setzte sich auf eine Ottomane halb neben, halb hinter Madame Merles Stuhl. »Sie möchte, daß ich mitfahre nach Rom«, bemerkte er mit leiser Stimme.
»Mit ihr?«
»Ja, daß ich dort bleibe, solange sie dort ist. Sie schlug es mir vor.«
»Sie meinen wahrscheinlich, daß Sie es vorschlugen und daß sie zustimmte.«
»Ich spielte es ihr natürlich zu. Aber sie bestärkte mich, sie bestärkte mich sehr.«
»Das freut mich zu hören – aber rufen Sie nicht zu früh Viktoria. Natürlich fahren Sie nach Rom!«

»Ach«, sagte Osmond, »diese Idee von Ihnen, nichts als Arbeit hat man davon.«

»Tun Sie nicht so, als ob es Ihnen nicht auch Spaß machte – Sie sind doch schrecklich undankbar! Seit Jahren waren Sie nicht so gut beschäftigt.«

»Die Art, wie Sie es hinnehmen, ist reizend«, sagte Osmond. »Deswegen schon müßte ich Ihnen dankbar sein.«

»Na, übertreiben Sie nicht«, gab Madame Merle zur Antwort. Sie redete und lächelte dabei in ihrer gewohnten Weise, in ihren Stuhl zurückgelehnt und im Zimmer umherblickend. »Sie machten vorzüglichen Eindruck, und daß Isabel umgekehrt auf Sie einen ähnlichen machte, habe ich wohl bemerkt. Sie sind ja schließlich nicht mir zuliebe siebenmal zu Mrs. Touchett gekommen.«

»Das Mädchen ist nicht unangenehm«, räumte Osmond ruhig ein. Madame Merle streifte ihn mit einem kurzen Blick, während ihre Lippen sich fest zusammenpreßten. »Ist das alles, was Sie über dies entzückende Geschöpf zu sagen haben?«

»Alles? Ist das nicht genug? Von wieviel Menschen haben Sie mich das je sagen hören?«

Darauf gab sie keine Antwort, aber immer noch zeigte sie der Gesellschaft ein anmutig plauderndes Gebaren.

»Bei Ihnen stößt man auf keinen Grund«, murmelte sie schließlich. »Ich habe Angst vor dem Abgrund, in den ich das Mädchen gestoßen haben werde.«

Er nahm es von der heiteren Seite. »Jetzt können Sie nicht mehr zurück – jetzt sind Sie schon zu weit gegangen.«

»Na schön; aber das übrige müssen Sie allein besorgen.«

»Das werde ich«, sagte Gilbert Osmond.

Darauf schwieg Madame Merle, und er wechselte wieder seinen Platz; aber als sie sich erhob, um sich zu verabschieden, empfahl er sich gleichfalls. Mrs. Touchetts Equipage erwartete deren Gast im Hof; er half der Freundin beim Einsteigen, blieb aber noch am Wagenschlag stehen. »Sie sind sehr unvorsichtig«, sagte sie, ein wenig kampfmüde; »Sie hätten nicht sogleich aufbrechen dürfen, als ich ging.«

Er hatte seinen Hut abgenommen und strich mit der Hand über die Stirn. »Das vergesse ich immer; ich bin ganz aus der Übung.«

»Bei Ihnen stößt man auf keinen Grund«, wiederholte sie mit einem Blick auf die Fenster des Hauses; es war ein modernes Gebäude und lag im neuen Stadtteil.

Er ignorierte diese Bemerkung und folgte statt dessen seinen eigenen Gedanken. »Sie ist wirklich ganz reizend. Ich kenne kaum jemand von solcher Anmut.«
»Das höre ich gern. Je mehr sie Ihnen gefällt, desto besser ist es für mich.«
»Sie gefällt mir sehr. Sie entspricht ganz Ihrer Beschreibung, und darüber hinaus spüre ich, sie hat durchaus das Zeug zu einem großen Gefühl. Sie hat bloß einen Fehler.«
»Und der wäre?«
»Zu viele Gedanken.«
»Ich warnte Sie vor ihrer Klugheit.«
»Zum Glück sind es sehr schlechte«, sagte Osmond.
»Wieso zum Glück?«
»Weil sie geopfert werden müssen, *gnädige Frau.*«
Madame Merle lehnte sich zurück, die Augen geradeaus gerichtet; dann sprach sie mit dem Kutscher. Aber ihr Freund hielt sie abermals zurück. »Wenn ich nach Rom fahre, was mache ich dann mit Pansy?«
»Dann werde ich mich um sie kümmern«, sagte Madame Merle.

XXVII

Wir müssen es uns versagen, die Antwort unserer Heldin auf den mächtigen Anruf Roms im einzelnen darzustellen oder ihre Gefühle zu schildern, die sie bewegten, als sie über das Pflaster des Forums schritt, oder ihre Pulsschläge zu zählen, als sie über die Schwelle der Peterskirche trat. Wir begnügen uns mit der Feststellung, daß ihre Eindrücke ganz der Frische und der Begeisterungsfähigkeit ihrer Natur entsprachen. Sie hatte Geschichte immer geliebt, und hier begegnete ihr Geschichte in jedem Straßenstein, in jedem Partikel Sonnenstaub. Ihre Phantasie hatte sich immer an dem Bericht großer Taten entzündet, und hier waren an jeder Ecke große Taten vollbracht worden. Diese Dinge bewegten sie tief, aber sie bewegten sie nur innerlich. Den anderen schien es, als ob sie schweigsamer sei als sonst, und Ralph Touchett gab sich nur nach außen hin den Anschein, teilnahmslos über sie hinwegzublicken; in Wahrheit beobachtete er sie unablässig. Nach ihrem eigenen Ermessen war sie sehr glücklich; sie wäre sogar einverstanden gewesen, diese Stunden als die glücklichsten hinzunehmen, die ihr je vergönnt sein würden. Das Gefühl der schrecklichen menschlichen Vergangenheit bedrückte sie schwer, aber das Bewußtsein der Gegenwart verlieh diesem Gefühl zuweilen Flügel, so daß es in seliger Bläue wieder zerstob. Sie wurde von so mannigfaltigen Empfindungen bewegt, daß sie manchmal nicht wußte, wohin es sie wegriß; sie ging in einem unterdrückten Rausch von Eindrücken umher und sah oft mehr in die Dinge hinein, als da war, wobei sie wieder manches von dem übersah, was ihre Führer ihr aufzählten. Rom zeigte sich nach Ralphs Ansicht von seiner schönsten Seite. Die alles nachplappernden Touristenherden hatten sich bereits verlaufen, und die meisten der feierlichen Plätze waren in ihre Feierlichkeit zurückgesunken. Der Himmel zeigte ein blankes Blau, und das Plätschern der Springbrunnen in ihren moosigen Becken hatte sein Frösteln verloren und seine Melodie verstärkt. An den warmen, hellen Straßenecken stolperte man über wahre Blumenbündel. Unsere Freunde waren eines Nachmittags – am dritten Tag ihres Aufenthalts – ausgezogen, um die letzten Ausgrabungen im Forum zu besichtigen; man hatte erst kürzlich diese Arbeiten sehr erweitert. Sie waren von der modernen Straße auf die Höhe der Via Santa herabgestiegen, die sie jetzt mit sehr unterschiedlicher Verehrung hinabschritten. Henrietta Stackpole war überrascht, daß das alte Rom fast ebenso gepflastert war wie New York, und fand selbst in den tiefen Wagenspuren, die sich auf der alten Straße noch nachweisen lassen, eine Ähnlichkeit mit den ausgeleierten Eisenschienen, die die Intensität des amerikanischen Lebens ausdrücken. Die Sonne war im Sinken, die Luft von dunstigem Gold erfüllt; die langen Schatten der geborstenen Säulen und zersprungenen Sockel legten sich über das Ruinenfeld. Henrietta ging mit Mr. Bantling weiter, den es offensichtlich entzückte, sie von Julius Cäsar als »einem gerissenen alten Knaben« reden zu hören, während Ralph weise Erklärungen abgab, so viel, wie das aufmerksame Ohr unserer Heldin nur aufnehmen wollte. Einer der bescheidenen Archäologen, die dort vorbeistreichen, hatte sich dem Paar zur Verfügung gestellt und wiederholte nun seine Lektion mit einer Geläufigkeit, der die schwindende Saison nichts hatte anhaben können. In einer entfernten Ecke des Forums hatte man aufs neue zu graben begonnen, wozu er jetzt bemerkte, falls es den *Signori* genehm sei, dort ein wenig zuzuschauen, könnten sie vielleicht etwas Interessantes mit ansehen. Der Vorschlag war mehr an Ralph als an Isabel gerichtet, die, vom Laufen ermüdet, ihrem Begleiter zuredete, seine Neugier doch ja zu befriedigen, sie werde geduldig seine Rückkehr erwarten. Zeit und Stunde waren ganz nach ihrem Geschmack, sie blieb gern einen Augenblick allein. Also zog Ralph mit dem Cicerone weiter, während Isabel sich auf eine umgestürzte Säule setzte, nicht weit vom Grundstein des Kapitols entfernt. Sie genoß die kurze Einsamkeit, die jedoch nicht lange währen sollte. So brennend ihr Interesse an den rauhen Reliquien der römischen Vergangenheit auch war, die hier zerstreut umherlagen und trotz der Zerstörung durch die Jahrhunderte noch immer genug Spuren individuellen Lebens besaßen, so waren ihre Gedanken, nachdem sie längere Zeit bei diesen Dingen verweilten, doch allmählich auf andere Gebiete und Gegenstände übergeglitten, die ihrem Herzen näherstanden. Von der Vergangenheit Roms zu der Zukunft Isabel Archers war es ein langer Weg, aber ihre Phantasie hatte ihn mit einem einzigen Flügelschlag zurückgelegt und kreiste nun langsam über dem näheren und reicheren Feld. Während ihre Augen auf einer Reihe von Steinblöcken ruhten, die zu ihren Füßen lagen, war sie so in Gedanken versunken, daß sie die nahenden Schritte erst hörte, als ein Schatten über diese Steine fiel. Sie sah auf und erblickte einen Herrn – einen Herrn, der nicht Ralph war, der etwa zurückkam, um zu berichten, die Ausgrabungen seien höchst langweilig. Der Fremde war ebenso verblüfft wie sie; er blieb stehen und nahm den Hut ab; sie selbst war vor Überraschung sichtbar erblaßt.

»Lord Warburton!« rief Isabel und erhob sich.

»Ich hatte ja keine Ahnung, daß Sie es sind. Ich bog hier um die Ecke, und da stoße ich auf Sie.«

Suchend blickte sie sich nach einer Erklärung um. »Ich bin allein, meine Freunde gingen erst vor einem Augenblick fort. Mein Vetter schaut sich drüben die Ausgrabungen an.«

»Aha.« Lord Warburton blickte flüchtig in die angewiesene Richtung. Ganz sicher stand er jetzt vor ihr. Er hatte sein Gleichgewicht schon wiedergefunden, was er ihr anscheinend auf freundliche Art doch zeigen wollte. »Bitte, lassen Sie sich nicht stören«, fuhr er fort und sah ihre abgespannte Blässe. »Ich fürchte, Sie sind sehr müde.«

»Ja, ich bin ziemlich müde.« Sie zögerte einen Augenblick, aber dann setzte sie sich wieder hin. »Lassen Sie sich aber bitte nicht aufhalten«, setzte sie hinzu.

»Ach Gott, ich bin ganz allein, ich habe in der Welt nichts zu tun. Ich hatte ja keine Ahnung, daß Sie in Rom sind. Ich komme gerade aus dem Osten. Ich bin nur auf der Durchreise hier.«

»Sie haben eine lange Reise gemacht«, sagte Isabel, die von Ralph gehört hatte, daß Lord Warburton England verlassen hatte.

»Ja, ich ging für ein halbes Jahr ins Ausland – kurz nachdem ich Sie zum letztenmal sah. Jetzt bin ich in der Türkei und in Kleinasien gewesen, ich kam gestern aus Athen.« Es gelang ihm, seine Verlegenheit zu verbergen, aber noch war er ein wenig gezwungen. Erst nach einem langen Blick auf das junge Mädchen gewann er seine alte Natürlichkeit wieder. »Soll ich Sie lieber allein lassen, oder darf ich noch ein Weilchen hierbleiben?«

Sie zeigte sich sehr menschlich. »Ich möchte nicht, daß Sie mich schon wieder verlassen, Lord Warburton; ich freue mich sehr, Sie wiederzusehen.«

»Ich danke Ihnen, daß Sie das sagen. Darf ich mich setzen?«

Der gerillte Säulenschaft, auf dem sie sich niedergelassen, hätte mehreren Personen als Ruheplatz dienen können, er bot auch einem kräftig entwickelten Engländer Raum genug. Der erlesene Vertreter dieser großen Klasse nahm also neben unserer jungen Dame Platz und hatte ihr binnen fünf Minuten verschiedene Fragen gestellt, die er zufällig herausgriff und auf deren Antwort er, da er einige wiederholte, anscheinend wenig achtgab; auch hatte er kurz über sich selbst berichtet; ihrem ruhigeren weiblichen Sinn waren diese Einzelheiten nicht entgangen. Er wiederholte mehr als einmal, daß er diese Begegnung nicht vermutet habe, und offensichtlich bewegte ihn das Wiedersehen in einer Weise, daß es geraten schien, sich dagegen zu wappnen. Er wechselte plötzlich seinen Gesprächsstoff, kam von der Harmlosigkeit der Dinge auf ihre Feierlichkeit zu sprechen und behauptete einmal, sie seien erfreulich, und im gleichen Atem, sie seien unmöglich. Er war prachtvoll sonnengebräunt, selbst sein dichter Bart war von dem Feuer Asiens gebleicht. Er trug die losen, heterogen zusammengesetzten Kleidungsstücke, mit denen der englische Reisende im Ausland gern seinem Behagen genügt und seine Nationalität bekundet; mit seinen angenehmen, ruhigen Augen, seiner bronzenen Gesichtsfarbe, deren Frische ihn jünger wirken ließ, seiner männlichen Gestalt, mit seinen unauffälligen Manieren und dem allgemeinen Äußeren eines Gentlemans und Forschungsreisenden gehörte er zu den Repräsentanten der britischen Rasse, die niemand zu verleugnen braucht, der ihr wohlgesinnt ist. Isabel bemerkte dies alles und war froh, daß sie ihn immer gerngehabt hatte. Trotz seiner Erschütterung schien er alle jene Vorzüge behalten zu haben, die dem Wesen der vornehmen und großen Häuser entsprechen, deren Struktur und deren Ornamentik sie innerlich ähneln und die, jedem vulgären Ansturm standhaltend, erst bei einem allgemeinen Zusammenbruch zugrunde gehen. Sie sprachen nun von allen Ereignissen der Reihe nach; von des Onkels Tode, von Ralphs Gesundheitszustand, wie sie den Winter zugebracht hatte, von ihrem Besuch in Rom, von ihrer Rückkehr nach Florenz, ihren Sommerplänen, von dem Hotel, in dem sie logierte; und dann von Lord Warburtons eigenen Abenteuern, von seinen Reisen, Plänen, Eindrücken und gegenwärtigem Quartier. Schließlich entstand ein Schweigen, das beredter war als alles, was sie gesprochen, so daß es kaum seiner abschließenden Worte bedurft hätte.

»Ich habe Ihnen verschiedentlich geschrieben.«

»Mir? Ich habe aber Ihre Briefe nie erhalten.«

»Ich habe sie auch nie abgeschickt. Ich verbrannte sie alle.«

»So«, lachte Isabel, »das war besser, als wenn ich es getan hätte.«

»Ich dachte, sie würden Ihnen lästig sein«, fuhr er mit einer Einfachheit fort, die sie rührte. »Mir schien, daß ich schließlich kein Recht hatte, Sie noch mit meinen Briefen zu behelligen.«

»Ich hätte mich über eine Nachricht von Ihnen sehr gefreut. Sie wissen doch, wie sehr ich hoffte, daß – daß –« Aber sie hielt inne; es wäre zu flach gewesen, ihren Gedanken auszusprechen.

»Ich weiß, was Sie sagen wollten. Sie hofften, wir würden immer gute Freunde bleiben.« Diese Formel klang von Lord Warburtons Lippen allerdings sehr flach. Aber eine solche Wirkung mochte er wohl im Sinn haben.

Ihr blieb nichts weiter übrig als ein einfaches: »Bitte, reden Sie nicht mehr von der Sache«; ein Satz, der den anderen, wie ihr schien, kaum verbesserte.

»Damit gewähren Sie mir nur einen kleinen Trost!« entgegnete er mit Nachdruck.

»Ich habe nicht vor, Sie zu trösten«, sagte das Mädchen und saß ganz still; innerlich aber griff sie beinah triumphierend auf die alte Antwort zurück, die ihm schon vor einem halben Jahr so wenig behagt hatte. Er war angenehm, er war mächtig, und er war sehr ritterlich; es gab keinen Besseren als ihn. Aber ihre Antwort blieb dieselbe.

»Gut, daß Sie mich nicht trösten wollen; es dürfte Ihnen kaum gelingen«, hörte sie ihn sagen; sie befand sich in seltsam gehobener Stimmung.

»Ich hoffte immer, Sie wiederzutreffen, weil ich wußte, ich brauchte keine Angst zu haben, daß Sie mich ins Unrecht setzen. Wenn Sie es aber doch tun, dann – tut es mir weh und freut mich nicht.« Und sie erhob sich mit ein wenig bewußter Majestät, nach ihren Freunden Ausschau haltend.

»Das will ich nicht, das will ich damit gewiß nicht sagen. Ich möchte nur, daß Sie Bescheid wissen, aus Mitleid mit mir selbst sozusagen. Ich werde also auf das Thema nicht mehr zurückkommen. Meine Gefühle für Sie sind noch dieselben wie im vorigen Jahr; ich habe seither an nichts anderes gedacht. Ich wollte vergessen – energisch, systematisch. Ich versuchte, mich für jemand anders zu interessieren. Das erzähle ich Ihnen nur, damit Sie wissen, ich tat meine Pflicht. Es half nichts. Aus demselben Grund ging ich ins Ausland – so weit fort wie möglich. Man sagt ja, Reisen zerstreue den Geist; aber meinen hat es nicht zerstreut. Ich habe unablässig an Sie gedacht, seitdem ich Sie zum letztenmal sah. Ich bin noch genau derselbe. Ich liebe Sie noch ebenso, und alles, was ich damals sagte, trifft auch heute noch zu. Jetzt, im Augenblick, wo ich mit Ihnen spreche, merke ich zu meinem Mißbehagen, daß Sie mich noch immer unüberwindlich *verzaubern*. So – weniger kann ich nicht sagen. Doch ich will nicht darauf bestehen; es ging nur mit mir durch. Ich darf hinzusetzen, daß ich, als ich vor wenigen Minuten so unvermutet, ohne es zu ahnen, auf Sie stieß, auf Ehrenwort gern gewußt hätte, wo Sie wohl steckten.« Er hatte seine Fassung wiedergefunden, und während er sprach, bekam er sich wieder vollständig in die Gewalt. Er hätte zu einer kleinen Versammlung sprechen können – ruhig und klar, eine wichtige Erklärung abgebend, nur hin und wieder einen Blick in seine Notizen werfend, die er in seinem Hut verborgen hielt, den er noch nicht wieder aufgesetzt hatte. Und die Versammlung hätte gewiß den Punkt für bewiesen erachtet.

»Ich habe auch oft an Sie gedacht, Lord Warburton«, antwortete Isabel. »Sie können mir glauben, das werde ich immer.« Und sie setzte in einem Ton hinzu, der die Freundlichkeit ihrer

Worte betonen und ihre Bedeutung mindern wollte: »Daraus entsteht für keinen von uns ein Leid.«
Sie gingen jetzt beide zusammen weiter, und sie beeilte sich, ihn nach seinen Schwestern zu fragen und ihm Grüße an beide aufzutragen. Vorläufig kam er auf ihre gemeinsame Frage nicht wieder zurück, sondern begnügte sich, in seichtere und sicherere Gewässer einzulenken. Aber er erkundigte sich, wann sie wieder abzureisen gedenke, und als sie den äußersten Zeitpunkt ihres Aufenthalts nannte, erwiderte er, er sei froh, daß dieser noch so fern sei.
»Warum sagen Sie das, wenn Sie selber hier nur durchreisen?« fragte sie leicht besorgt.
»O, wenn ich von meiner Durchreise sprach, so soll das nicht heißen, daß ich Rom für einen englischen Umsteigebahnhof halte. Durch Rom zu reisen bedeutet einen Aufenthalt von ein bis zwei Wochen.«
»Sagen Sie doch offen, daß Sie so lange hierbleiben wollen wie ich.« Sein lächelndes Erröten schien sie etwas zu besänftigen. »Es paßt Ihnen nicht. Sie fürchten, Sie müßten mich dann zu häufig sehen.«
»Ich kann natürlich nicht verlangen, daß Sie diesen herrlichen Ort meinetwegen verlassen. Aber ich muß Ihnen gestehen, ich fürchte mich wirklich.«
»Fürchten Sie, daß ich wieder davon anfange? Ich verspreche Ihnen, ich nehme mich jetzt in acht.«
Ihre Schritte hatten sich wieder verlangsamt; sie standen sich jetzt von Angesicht zu Angesicht gegenüber. »Armer Lord Warburton!« sagte sie mit einem Mitleid, das ihnen beiden gut tun sollte.
»Armer Lord Warburton, wahrhaftig! Aber ich werde mich in acht nehmen.«
»Sie mögen schon unglücklich sein, aber *mich* dürfen Sie nicht auch noch unglücklich machen. Das werde ich nicht zulassen.«
»Wenn ich wüßte, ich könnte Sie unglücklich machen, würde ich es sicher versuchen.« Hierauf ging sie weiter, und auch er folgte. »Aber ich werde kein Wort mehr sagen, das Ihnen mißfallen könnte.«
»Also gut. Sonst hört unsere Freundschaft auf.«
»Vielleicht werden Sie mir eines Tages – vielleicht später – Erlaubnis geben.«
»Mich unglücklich zu machen?«

Er zögerte. »Ihnen aufs neue zu sagen –« Aber er unterbrach sich selbst. »Ich werde es in mich verschließen. Für immer.«
Ralph Touchett war auf seinem Wege zu den Ausgrabungen Henrietta Stackpole und Mr. Bantling wieder begegnet, die sich ihm angeschlossen hatten. Diese drei tauchten nun aus den Erdhaufen und Steinwällen empor, die die Öffnung umgaben, und wurden von Isabel und ihrem Begleiter gesichtet. Ralph erkannte voller Freude und Überraschung seinen Freund, während Henrietta in den höchsten Tönen ausrief: »Allmächtiger, das ist doch dieser Lord!« Ralph und sein englischer Nachbar begrüßten sich so unnahbar, wie sich nach langer Trennung englische Nachbarn zu begrüßen pflegen, und Miß Stackpole ließ ihren forschenden, intelligenten Blick auf dem sonnengebräunten Reisenden ruhen. Und schon war sie der Situation wieder gewachsen. »Ich glaube nicht, daß Sie sich noch an mich erinnern, mein Herr.«
»Natürlich erinnere ich mich an Sie«, sagte Lord Warburton. »Ich bat Sie einmal, mich zu besuchen, und Sie sind nie gekommen.«
»Ich folge nicht jeder Einladung«, entgegnete Henrietta kühl.
»Aha, dann werde ich Sie also nicht wieder bitten«, lachte der Herr von Lockleigh.
»Wenn Sie es aber doch tun sollten, würde ich kommen; da können Sie sicher sein!«
Bei aller Heiterkeit schien Lord Warburton sicher genug zu sein. Mr. Bantling hatte währenddessen danebengestanden, ohne sich weiter bemerkbar zu machen. Aber jetzt nahm er die Gelegenheit wahr, Seiner Lordschaft zuzunicken, der ihn freundschaftlich begrüßte. »Ah, Sie sind auch hier, Bantling?« womit er ihm die Hand schüttelte.
»Nanu«, sagte Henrietta, »ich habe nicht gewußt, daß Sie ihn kannten.«
»Ich nehme an, Sie kennen nicht jeden, den ich kenne«, entgegnete Mr. Bantling belustigt.
»Ich dachte immer, wenn ein Engländer einen Lord kennt, daß er das sofort erzählt.«
»O, ich bin bange, Bantling hat sich meiner geschämt.« Lord Warburton brach wieder in Lachen aus. Isabel war froh über diesen Ton; sie seufzte erleichtert, als sie ihre Schritte heimwärts lenkten.
Der nächste Tag war ein Sonntag; am Nachmittag schrieb sie

zwei lange Briefe – den einen an ihre Schwester Lily, den anderen an Madame Merle; aber in beiden Episteln verschwieg sie, daß ein abgewiesener Freier ihr erneut einen Antrag gemacht hatte. Am Sonntagnachmittag folgen alle guten Römer (und die besten Römer sind oft die Barbaren des Nordens) der alten Sitte, an der Vesper in der Peterskirche teilzunehmen; unsere Freunde hatten sich daher verabredet, gemeinsam zu der großen Kirche zu fahren. Nach dem Mittagessen, eine Stunde vor Ankunft des Wagens, machte Lord Warburton im Hotel de Paris Besuch und ließ sich den Damen melden, da Ralph Touchett und Mr. Bantling zusammen ausgegangen waren. Der Besucher schien von dem Wunsch beseelt zu sein, Isabel zu zeigen, daß er sein am Abend zuvor gegebenes Versprechen zu halten gedachte; er war diskret und freimütig – nicht insgeheim aufdringlich oder auch nur von ferne bedeutungsvoll. Sie sollte erkennen, welch guter Freund er sein konnte. Er erzählte von seinen Reisen, von Persien und der Türkei, und als Miß Stackpole ihn fragte, ob es sich für sie »bezahlt machen« würde, diese Länder zu bereisen, versicherte er, daß sich hier dem weiblichen Unternehmungsgeist ein großes Betätigungsfeld biete. Isabel erkannte sein Bemühen an, aber sie wunderte sich, was er damit bezwecke und zu gewinnen hoffe, wenn er den würdevollen Zug seiner Redlichkeit herausstrich. Wenn er hoffte, sie dadurch zu rühren, daß er ihr zeigte, was er für ein guter Freund sei, hätte er sich die Mühe sparen können. Sie kannte seine besseren Seiten; eine neue Belehrung verschlug nichts. Außerdem empfand sie seinen Aufenthalt in Rom schon an sich als eine schwerwiegende Komplikation. Komplikationen leichteren Formats waren ihr lieber. Als er sich jedoch verabschiedete und erklärte, er werde sich gleichfalls zum Gottesdienst in die Peterskirche verfügen und dort nach ihr und ihren Freunden Ausschau halten, konnte sie nicht gut anders als ihm antworten, das müsse er selbst am besten wissen.

Sie war in der Kirche noch kaum über den Mosaiksteinboden geschritten, als er schon auf sie zukam. Sie gehörte übrigens nicht zu den erhabenen Menschen, die von der Peterskirche »enttäuscht« sind, in der Meinung, sie sei kleiner als ihr Ruhm. Als sie zum erstenmal unter dem riesigen ledernen Vorhang hindurchging, der sich am Eingang knatternd bauscht, als sie zum erstenmal unter der fern sich wölbenden Kuppel stand und das Licht durch die mit Weihrauch erfüllte Luft sickern sah, das sich in all dem Marmor und Gold, in Mosaik und Bronze widerspiegelte, stieg ein Gefühl atemberaubender Größe in ihr auf, das sie fortan immer mächtiger emporhob. Staunend wie ein Kind oder wie ein Bauer blickte sie mit großen Augen um sich, und schweigend erwies sie dem Allerheiligsten den schuldigen Tribut.

Lord Warburton schritt neben ihr einher und sprach von der Hagia Sophia in Konstantinopel; sie fürchtete nur, er werde zum Schluß nicht unterlassen, auf sein vorbildliches Benehmen hinzuweisen. Der Gottesdienst hatte noch nicht begonnen, aber in der Peterskirche gibt es genug Sehenswürdigkeiten, und da der Größe des Ortes fast etwas Profanes anhaftet, die der physischen Übung fast ebenso zu dienen scheint wie der geistigen, können dort die verschiedenen Gruppen und Gestalten, die einzelnen Gläubigen und Beschauer, ohne bei den anderen Aufsehen oder Anstoß zu erregen, ungehindert ihren Neigungen folgen. In dieser prächtigen Unendlichkeit hatte menschliche Taktlosigkeit nur einen kurzen Radius. Doch ließen sich Isabel und ihre Freunde in dieser Hinsicht nichts zuschulden kommen; denn obwohl Henrietta Stackpole sich verpflichtet fühlte, in aller Unschuld zu erklären, daß Michelangelos Kuppel den Vergleich mit der Kuppel des Kapitols in Washington nicht aufnehmen könne, richtete sie ihren Protest hauptsächlich an Mr. Bantlings Ohr und behielt sich eine akzentuierte Form für die Spalten des *Interviewers* vor. Isabel durchmaß die Kirche mit Seiner Lordschaft, und als sie sich dem Chor zur Linken des Eingangs näherten, wurden ihnen über die Köpfe der andächtigen, an der Tür sich stauenden Menge hinweg die jubelnden Stimmen der päpstlichen Sänger zugetragen. Sie blieben in der Menge stehen, die sich zu gleichen Teilen aus römischem Straßenvolk und schaulustigen Fremden zusammensetzte, während das fromme Konzert seinen Fortgang nahm. Ralph war mit Henrietta und Mr. Bantling anscheinend mehr im Innern geblieben, von wo Isabel, über die vor ihr stehenden Menschen hinwegblickend, das Nachmittagslicht, von Weihrauchwolken, die sich mit den herrlichen Gesängen zu vermählen schienen, versilbert, durch die gewölbten Nischen der großen Fenster entweichen sah. Nach einer Weile verstummte der Gesang, und Lord Warburton schien bereit zu sein, mit ihr weiterzuwandeln. Isabel mußte ihn wohl begleiten, bis sie sich auf einmal Gilbert Osmond gegenüber fand, der anscheinend nicht weit von ihr entfernt gestanden hatte. In aller Förmlichkeit, die er anläßlich des Ortes noch zu verdoppeln schien, trat er zu ihrer Begrüßung heran.

»Also haben Sie sich doch entschlossen?« sagte sie, als sie ihm die Hand hinstreckte.

»Ja, ich kam gestern abend an und sprach heute nachmittag in Ihrem Hotel vor. Dort sagte man mir, Sie seien hierhergegangen, und ich sah mich nach Ihnen um.«

»Die anderen sind drinnen«, entschied sie sich zur Antwort zu geben.

»Ich bin nicht wegen der anderen gekommen«, entgegnete er prompt.

Sie blickte zur Seite; Lord Warburton beobachtete sie; vielleicht hatte er das gehört. Plötzlich fiel ihr ein, daß er genau dasselbe an jenem Morgen in Gardencourt gesagt hatte, als er um sie angehalten hatte. Mr. Osmonds Worte hatten ihr die Röte ins Gesicht getrieben, die sich bei dieser Erinnerung nicht gerade verflüchtigte. Sie verwischte ihre Verlegenheit, indem sie beide Herren einander vorstellte, und glücklicherweise tauchte in diesem Moment Mr. Bantling aus dem Mittelschiff auf, zerteilte die Menge mit britischer Bravour und bahnte Miß Stackpole einen Weg. Wir behaupten: glücklicherweise, aber damit kennzeichnen wir die Situation vielleicht oberflächlich; denn der Anblick des Herrn aus Florenz schien Ralph Touchett auch nicht gerade freundlich zu stimmen. Doch ließ er es darum nicht an Höflichkeit fehlen und bemerkte sogleich zu Isabel, mit der schuldigen Hochachtung, daß sie nun nächstens wohl alle ihre Freunde um sich versammelt hätte. Miß Stackpole hatte Mr. Osmond schon in Florenz kennengelernt und nicht versäumt, Isabel zu versichern, daß er ihr ebenso mißfiel wie ihre anderen Bewunderer – wie Mr. Touchett und Lord Warburton, selbst wie der kleine Mr. Rosier in Paris. »Ich weiß nicht, was du an dir hast«, hatte sie kopfschüttelnd erklärt, »aber für ein nettes Mädchen machst du auf recht unnatürliche Leute Eindruck. Mr. Goodwood ist der einzige, den ich respektiere, und gerade aus dem machst du dir nichts.«

»Und was halten Sie von der Peterskirche?« erkundigte sich Mr. Osmond inzwischen bei Isabel.

»Sie ist sehr groß und hell«, begnügte sich Isabel zu erwidern.

»Sie ist zu groß; man kommt sich wie ein Atom darin vor.«

»Gehört sich das nicht so in dem größten aller menschlichen

Tempel?« fragte sie, nicht ohne Wohlgefallen an ihrer eigenen Formulierung.

»Wahrscheinlich gehört sich das überall so, wenn man ein Niemand *ist*. Aber mir mißfällt das in einer Kirche ebenso wie woanders.«

»Sie müßten wirklich Papst sein!« entfuhr es Isabel, die sich dunkel entsann, daß er etwas Derartiges in Florenz gesagt haben mußte.

»Ach, das würde mir Spaß machen!« sagte Gilbert Osmond.

Lord Warburton hatte sich inzwischen Ralph Touchett zugesellt, gemeinsam schlenderten sie weiter. »Wer ist dieser Mensch, der mit Miß Archer spricht?« fragte Seine Lordschaft.

»Er heißt Gilbert Osmond und wohnt in Florenz«, sagte Ralph.

»Und was ist er außerdem?«

»Gar nichts. Ah, richtig, er ist Amerikaner; man vergißt das immer – er hat so wenig von einem.«

»Kennt er Miß Archer schon lange?«

»Seit drei bis vier Wochen.«

»Hat sie ihn gern?«

»Das versucht sie gerade zu ergründen.«

»Und gelingt es ihr?«

»Das zu ergründen – ?« fragte Ralph.

»Wird sie ihn gernhaben?«

»Du meinst, ob sie ihn erhört?«

»Ja«, sagte Lord Warburton nach einem kurzen Augenblick; »das habe ich wohl schrecklicherweise gemeint.«

»Vielleicht läßt sie es, wenn man nichts unternimmt, um sie daran zu hindern«, entgegnete Ralph.

Seine Lordschaft riß weit die Augen auf, dann verstand er. »Da müssen wir also ganz stumm sein?«

»So stumm wie das Grab. Und immer auf der Hut!« setzte Ralph hinzu.

»Daß sie vielleicht – ?«

»Daß sie vielleicht nicht – !«

Lord Warburton nahm dies zunächst schweigend hin, dann hub er wieder an. »Ist er entsetzlich klug?«

»Entsetzlich«, sagte Ralph.

Sein Begleiter überlegte. »Und was noch?«

»Was wünschst du denn noch?« stöhnte Ralph.

»Meinst du, was *sie* sich noch wünscht?«

Ralph ergriff ihn beim Arm, um mit ihm umzukehren; sie

durften die anderen nicht warten lassen. »Sie wünscht sich nichts von dem, was *wir* ihr bieten können.«

»Na, wenn sie nicht einmal dich will – !« sagte Seine Lordschaft liebenswürdigerweise, während sie voranschritten.

XXVIII

Am Abend des nächsten Tages machte sich Lord Warburton wieder auf, um seine Freunde im Hotel zu besuchen. Dort erfuhr er, daß sie in die Oper gefahren waren. Also fuhr auch er zur Oper, um ihnen dort in der Loge nach der leichten italienischen Sitte einen kurzen Besuch zu machen; er löste sich eine Karte – es war eines der zweitrangigen Theater – und sah sich suchend in dem großen, kahlen, schlecht beleuchteten Hause um. Der erste Akt war gerade vorüber, und er konnte sich ungehindert umschauen. Nachdem er zwei, drei Logenreihen vergeblich mit den Augen abgesucht hatte, entdeckte er in einer größeren Loge eine Dame, die er unfehlbar erkannte. Miß Archer saß der Bühne gegenüber, der Logenvorhang verdeckte sie ein wenig; und neben ihr, zurückgelehnt in seinem Sessel, saß Mr. Gilbert Osmond. Sie schienen dort allein zu sein; Warburton vermutete, daß die anderen die Pause nutzten, um draußen auf dem Gang die größere Kühle zu genießen. Er blieb ein Weilchen stehen, die Augen auf das interessante Paar gerichtet, und fragte sich, ob er hinaufgehen und sie in dieser Harmonie stören solle. Schließlich kam er zu der Überzeugung, daß Isabel ihn gesehen haben mußte, und dieser Umstand bestimmte ihn. Es sollte nicht so aussehen, als ob er sich bewußt zurückhielte. Also ging er. Auf der Treppe stieß er auf Ralph Touchett, der langsam herabkam, den Hut gelangweilt im Nacken, die Hände an ihrem üblichen Platz.

»Ich sah dich eben unten stehen und wollte zu dir kommen. Ich fühle mich einsam und suche ein bißchen Gesellschaft.«

»Du hast doch oben die allerbeste.«

»Meinst du meine Kusine? Ach, sie hat einen Besucher da und braucht mich nicht. Und Miß Stackpole ist mit Bantling in ein Café gegangen, um dort ein Eis zu essen – Miß Stackpole schwärmt für Eis. Ich glaube, die brauchen mich auch nicht. Die Oper ist übrigens schandbar; die Frauen sehen wie Waschweiber aus und singen wie die Pfauen. Mir ist hundeelend.«

»Dann geh doch lieber nach Hause«, sagte Lord Warburton völlig ungerührt.
»Und meine junge Dame soll ich an diesem Trauerort allein lassen? O nein, ich muß über sie wachen.«
»Sie scheint Freunde genug zu haben.«
»Ganz recht, darum muß ich ja wachen«, sagte Ralph mit derselben spöttischen Melancholie.
»Wenn sie dich nicht braucht, wird sie mich wohl auch nicht brauchen.«
»Bei dir ist es etwas anderes. Geh du in die Loge und bleib da, solange ich hier auf und ab gehe.«
Lord Warburton begab sich zur Loge, wo Isabel ihn wie einen Freund im ehrwürdigsten Alter begrüßte, so daß er sich fragte, welche merkwürdige zeitliche Provinz sie da für ihn annektiert hatte. Sodann verneigte er sich vor Mr. Osmond, dem er am Tag zuvor vorgestellt worden war und der nun, kaum daß der andere eingetreten, sanft und stumm zur Seite rückte, als wollte er sich für das nun einsetzende Gespräch von vornherein als nicht zuständig zeigen. Ihr zweiter Besucher fand, daß Miß Archer, soweit man das in einer Oper kann, erstrahlte, ja sogar etwas aufgeregt wirkte. Aber da sie zu allen Zeiten sprühend lebhaften Gemütes und von leichter Beweglichkeit war, mochte er sich darin geirrt haben. Ihre Unterhaltung mit ihm ließ außerdem auf große Geistesgegenwart schließen; sie drückte eine so überlegte und freimütige Freundlichkeit aus, als wollte sie andeuten, daß sie noch im ungestörten Besitz ihrer geistigen Fähigkeiten war. Der arme Lord Warburton war gelegentlich verblüfft. Sie hatte ihn in aller Form entmutigt, soweit eine Frau das nur kann; wieso kam sie ihm jetzt mit diesen liebenswürdigen Künsten, vor allem mit diesen versöhnlichen – verheißungsvollen Tönen? Ihre Stimme war voll süßen Blendwerks – was sollte das *ihm*? Die anderen kehrten zurück, und die dürftige, alltägliche, geistlose Oper hub von neuem an. Die Loge war groß und bot Platz genug auch für ihn, wenn er ein wenig nach hinten ins Dunkle rückte. Eine halbe Stunde hielt er es auch aus, während Mr. Osmond, vor ihm sitzend, sich nach vorn legte, die Ellbogen auf den Knien, genau hinter Isabel. Lord Warburton hörte nichts, und in seiner dunklen Ecke sah er auch nichts als das klare Profil der jungen Dame, das sich gegen die trübe Beleuchtung des Hauses abhob. In der nächsten Pause blieben alle sitzen. Mr. Osmond plauderte mit Isabel, und

Lord Warburton saß in seiner Ecke. Er tat das allerdings nicht lange, dann erhob er sich und sagte den Damen Lebewohl Isabel hielt ihn nicht zurück, was ihn abermals vor ein Rätsel stellte. Warum sollte sie einen seiner Vorzüge derart herausstreichen – noch dazu den falschen –, wenn sie ausgerechnet mit dem richtigen nichts zu tun haben wollte? Er ärgerte sich, daß er sich hatte irremachen lassen, und dann wieder ärgerte er sich über seinen Ärger. Verdis Musik bot ihm wenig Trost. Er verließ das Theater und ging, ohne den Weg zu kennen, nach Hause, durch die leiderfahrenen, tragischen Straßen Roms, die schon größeren Kummer mit angesehen hatten, den man unter ihren Sternen dahingetragen.

»Wie ist eigentlich der Charakter dieses Herrn?« erkundigte sich Osmond bei Isabel, nachdem er sich zurückgezogen hatte.

»Untadelig – haben Sie das nicht bemerkt?«

»Ihm gehört beinahe halb England – das ist sein Charakter«, bemerkte Henrietta. »Und das nennt man ein freies Land!«

»O, er ist Großgrundbesitzer? Der Glückliche!« sagte Gilbert Osmond.

»Das nennen Sie Glück – den Besitz elender Menschenleben?« rief Miß Stackpole. »Ihm gehören seine Tagelöhner – Tausende hat er davon. Es ist nett, wenn einem etwas gehört, aber mir genügen leblose Dinge. Ich verlange nicht nach Fleisch und Blut und Seelen und Gewissen.«

»Mir scheint, der eine oder andere Mensch gehört Ihnen doch«, wandte Mr. Bantling scherzend ein. »Ich kann mir nicht denken, daß Warburton seine Leute so kommandiert, wie Sie mich kommandieren.«

»Lord Warburton gehört zu den Radikalen«, sagte Isabel. »Er hat sehr fortgeschrittene Ansichten.«

»Er hat sehr fortgeschrittene Steinmauern. Sein Park ist von einem riesigen Eisengitter umgeben, ungefähr dreißig Meilen in der Runde«, verkündete Henrietta zu Mr. Osmonds Information. »Ich wollte, er würde sich einmal ein bißchen mit unseren Radikalen in Boston unterhalten.«

»Sind die nicht für Eisengitter?« fragte Mr. Bantling.

»Nur um böse Konservative einzuschließen. Bei Ihnen habe ich übrigens auch immer das Gefühl, als ob ich *Sie* über eine Mauer mit so niedlichen Glassplitterchen obendrauf anspräche.«

»Kennen Sie ihn genauer, diesen unreformierten Reformator?« fuhr Mr. Osmond fort, Isabel auszufragen.

»Gut genug für meinen Bedarf.«
»Und wie weit geht dieser Bedarf?«
»Nun, ich freue mich, daß er mir gefällt.«
»Freude am Gefallen – das ergibt Leidenschaft!« sagte Osmond.
»Nein« – sie überlegte – »nehmen Sie das für Freude am *Miß*-fallen.«
»Da wollen Sie mich also herausfordern zu einer Leidenschaft für *ihn*?« Osmond lachte.
Einen Augenblick sagte sie nichts, aber dann griff sie die leichte Frage mit unverhältnismäßigem Ernst wieder auf. »Nein, Mr. Osmond, ich glaube nicht, daß ich es jemals wagen würde, Sie herauszufordern. Auf jeden Fall ist Lord Warburton«, setzte sie leichter hinzu, »ein sehr netter Mensch.«
»Mit reichen Gaben?« forschte ihr Freund.
»Mit den reichsten Gaben, und ebenso gut, wie er aussieht.«
»Sie meinen wohl: ebenso gut wie gutaussehend? Er sieht sehr gut aus. Was für ein unbestreitbarer Glückspilz! Ein großer englischer Magnat, obendrein gescheit und gutaussehend und zum guten Schluß noch hoch in Ihrer Gunst. Den Mann könnte ich beneiden!«
Isabel betrachtete ihn interessiert. »Mir scheint, irgend jemanden beneiden Sie immer. Gestern war es der Papst, heute ist es der arme Lord Warburton.«
»Mein Neid ist ungefährlich; er tut keiner Maus weh. Ich will die Leute ja nicht vernichten – ich möchte nur an ihrer Stelle sein. Sie sehen, damit würde ich also mich selbst vernichten.«
»Sie wären gern der Papst?« fragte Isabel.
»Ich wäre es gern – doch dazu hätte ich mich früher entschließen müssen. Aber wieso nennen Sie Ihren Freund arm?« Osmond blieb beim Thema.
»Wenn Frauen sehr, sehr gut sind, bemitleiden sie die Männer, die sie zuvor verletzten; damit beweisen sie immer ihr gutes Herz«, sagte Ralph, sich erstmalig in die Unterhaltung mischend. Sein Zynismus war von so geschickter Anzüglichkeit, daß er tatsächlich ganz unschuldig wirkte.
»Bitte sehr, ich hätte Lord Warburton verletzt?« fragte Isabel mit hochgezogenen Augenbrauen, als sei ihr dieser Gedanke vollkommen neu.
»Das geschähe ihm nur recht«, sagte Henrietta, während sich der Vorhang für das Ballett öffnete.
In den nächsten vierundzwanzig Stunden sah Isabel nichts mehr

von dem ihr zugeschobenen Opfer, aber zwei Tage nach dem Opernabend traf sie ihn in der Kapitolgalerie, wo er vor dem Prunkstück der Sammlung, dem *Sterbenden Gladiator*, stand. Sie war wieder mit ihrer ganzen Gesellschaft gekommen, auch Gilbert Osmond war bei dieser Gelegenheit wieder dabei, die Gruppe hatte die Treppe erstiegen und nun den ersten und schönsten Raum betreten. Lord Warburton begrüßte sie überaus lebhaft, aber er sagte sogleich, daß er die Galerie gerade verlassen wolle. »Und Rom verlasse ich auch«, setzte er hinzu. »Ich muß Ihnen Lebewohl sagen.« Inkonsequent wie immer, bedauerte Isabel jetzt, was sie hörte. Das lag vielleicht daran, daß sie sich nicht länger vor einem neuen Antrag fürchtete; sie hatte jetzt an anderes zu denken. Fast hätte sie ihr Bedauern ausgesprochen, aber sie besann sich rechtzeitig und wünschte ihm nur schlicht eine gute Reise. Daraufhin sah er sie ziemlich verdutzt an. »Ich fürchte, Sie finden mich sehr ›flatterhaft‹. Vor kurzem sprach ich davon, wie gern ich hierbliebe.«
»Aber nein, Sie können doch Ihre Meinung ändern.«
»Das habe ich auch getan.«
»Dann also *bon voyage*.«
»Sie haben es sehr eilig, mich loszuwerden«, sagte Seine Lordschaft ganz unglücklich.
»Gewiß nicht. Aber ich hasse Abschiede.«
»Und was ich mache, danach fragen Sie nicht«, fuhr er voller Selbstmitleid fort.
Isabel sah ihn einen Augenblick an. »O, jetzt halten Sie Ihr Versprechen nicht.«
Er wurde rot wie ein Junge von fünfzehn. »Wenn ich es nicht halte, so weil ich es nicht kann, und darum reise ich auch ab.«
»Dann leben Sie wohl.«
»Leben Sie wohl.« Doch er blieb noch immer stehen. »Wann werde ich Sie wiedersehen?«
Isabel zögerte, aber plötzlich sagte sie, als sei ihr ein glücklicher Gedanke gekommen: »Später einmal, wenn Sie verheiratet sind.«
»Das wird nie geschehen. Dann also nach Ihrer Heirat.«
»Das wird genügen.« Sie lächelte.
»Ja, durchaus. Leben Sie wohl.«
Sie schüttelten sich die Hände, und er ließ sie allein in dem herrlichen Raum zwischen den schimmernden antiken Marmorfiguren. Sie setzte sich mitten in den Kreis dieser Gestalten und

betrachtete sie gedankenverloren, sie ließ ihre Augen auf den schönen leeren Gesichtern ruhen, als ob sie ihrem ewigen Schweigen lausche. Aber gerade in Rom kann man ja unmöglich bei einer größeren Anzahl griechischer Skulpturen verweilen, ohne die Wirkung ihrer edlen Ruhe zu spüren, die, als schlösse eine hohe Pforte den Raum solcher Begegnung, langsam wie ein großer weißer Mantel des Friedens unseren Geist umhüllt. Ich bemerke ausdrücklich: in Rom – denn besonders die römische Luft verstärkt diesen Eindruck. Der goldene Sonnenschein spielt ein, die große Stille der Vergangenheit, noch ganz lebendig und doch nichts anderes als ein Abgrund, angefüllt mit Namen, scheint ihnen einen feierlichen Zauber zu verleihen. Die Fensterläden des Kapitols waren zum Teil geschlossen, ein klarer, warmer Schatten lag auf den Figuren und gab ihnen mehr milde Menschlichkeit. Isabel saß lange dort und ließ den Charme ihrer bewegungslosen Anmut auf sich wirken; sie hätte gern gewußt, vor welchem Erlebnis diese Statuen so weit die leeren Augen öffneten und wie unserem Ohr wohl der Laut ihrer fremden Lippen geklungen hätte. Gegen die dunkelroten Wände gewannen sie eine tiefe Reliefwirkung, spiegelnd gab der blanke Marmorboden ihre Schönheit wieder. Sie kannte sie schon alle, aber ihre Freude war noch dieselbe, ja, sie nahm noch zu, weil Isabel abermals erleichtert war, ein Weilchen hier allein zu sitzen. Doch schließlich schweiften ihre Gedanken ab; sie wurden von der tieferen Flut des Lebens fortgetragen. Gelegentlich schaute ein Tourist herein, hielt inne, starrte den *Sterbenden Gladiator* einen Augenblick an und verschwand mit leisem Stiefelknarren wieder durch die andere Tür. Nach einer halben Stunde tauchte Gilbert Osmond wieder auf, der den anderen offensichtlich vorausgeeilt war. Er kam langsam herangeschlendert, die Hände auf dem Rücken, mit seinem üblichen fragenden, nicht sehr gewinnenden Lächeln. »Ich bin überrascht, daß Sie allein sind. Ich dachte, Sie hätten noch Gesellschaft.«

»Die habe ich auch, und zwar die beste.« Und sie blickte auf *Antonius und den Faun*.

»Ist das bessere Gesellschaft als ein englischer Peer?«

»O, mein englischer Peer ist schon vor längerer Zeit gegangen.« Sie erhob sich und sprach mit Absicht ein wenig trocken.

Mr. Osmond entging diese Trockenheit nicht, dadurch wurde ihm seine Frage noch gewichtiger. »Ich fürchte, es trifft zu, was ich neulich abend hörte: Sie sind etwas grausam gegen diesen Edelmann.«

Isabel blickte kurz auf den besiegten Gladiator. »Das trifft nicht zu. Ich bin rückhaltlos freundlich.«

»Genau das meine ich ja«, entgegnete Gilbert Osmond, und zwar mit einer so lebhaften Fröhlichkeit, daß sein Vergnügen der Erklärung bedarf. Wir kennen seine Vorliebe für das Echte, für Seltenheiten, für das Kostbare, das Erlesene; nachdem er jetzt Lord Warburton gesehen und als Musterexemplar seiner Rasse und seines Standes erkannt hatte, gewann er dem Gedanken neuen Reiz ab, sich eine junge Dame zu gewinnen, die sich selbst qualifiziert hatte, in seine Sammlung auserwählter Dinge einzutreten, indem sie eine so edle Hand abgewiesen hatte. Gilbert Osmond hatte eine hohe Meinung von der exklusiven englischen Patrizierstellung, nicht sosehr wegen ihrer Würde – die wäre leicht zu übertreffen gewesen – als wegen ihrer Gültigkeit. Er hatte es seinem Stern nie vergeben, daß er ihn nicht zu einem englischen Herzogtum berufen hatte; wie außer aller Erwartung Isabels Verhalten war, verstand er also zu ermessen. Es war nur recht, daß die Frau, die er zu heiraten gedachte, eine solche Tat aufzuweisen hatte.

XXIX

Ralph Touchett hatte im Gespräch mit seinem glänzenden Freund seine Ansicht über Gilbert Osmonds persönliche Verdienste, wie wir vernahmen, ziemlich pointiert geäußert, aber eigentlich hätte das Verhalten dieses Herrn während ihrer restlichen Tage in Rom ihn fühlen lassen müssen, daß er kleinlich gewesen war. Osmond verbrachte ein gut Teil jedes Tages mit Isabel und ihren Freunden und erwies sich am Ende bei allen als der umgänglichste Gesellschafter. Mußte nicht jeder anerkennen, daß ihm Takt sowohl wie Heiterkeit zu Gebote standen? Darum machte Ralph ihm ja seine frühere sehr oberflächliche Geselligkeit noch zum Vorwurf. Aber selbst Isabels mißgünstiger Vetter mußte jetzt zugeben, daß er gegenwärtig ein erfreulicher Gefährte war. Seine gute Laune war unverwüstlich; daß er die richtigen Tatsachen kannte und stets das richtige Wort zur Hand hatte, war ebenso willkommen wie das freundliche Aufflammen seines Zündhölzchens für die Zigaretten der anderen. Er amüsierte sich deutlich – soweit ein Mann, der sich so wenig überraschen läßt, sich eben amüsiert; jetzt neigte er fast zu Beifallsäußerungen. Natürlich war er nicht sichtbarlich ausgelassen – im Konzert des Vergnügens wäre es ihm unmöglich gewesen, auch nur mit dem Knöchel die große Pauke zu streifen; er hatte eine unüberwindliche Abneigung gegen alle schrillen, gellenden Töne, gegen jeden ziellosen Radau, wie er es nannte. Miß Archers überstürzter Eifer ging ihm manchmal etwas zu weit. Schade, daß sie diesen Fehler hatte, sonst wäre sie wirklich ohne Fehl gewesen; sonst hätte sie sich seinen gewöhnlichen Bedürfnissen angeschmiegt, wie gebrauchtes Elfenbein sich der Handfläche anschmiegt. Wenn er persönlich also nicht laut war, so war er tief und während dieser letzten römischen Maitage außerdem von einem Wohlbehagen durchdrungen, das ganz im Einklang stand mit den langsamen, schweifenden Spaziergängen unter den Pinien der Villa Borghese, vorbei an süßen Wiesenblumen und moosbewachsenen Ruhebänken. Er war von allem entzückt, nie zuvor hatten ihn so viele Dinge auf einmal entzückt. Er frischte alte Eindrücke, alte Freuden wieder auf; als er eines Abends in sein Herbergszimmer zurückkehrte, schrieb er ein kleines Sonett nieder, das er mit der Überschrift *Wiedersehen mit Rom* versah. Ein paar Tage später zeigte er Isabel diese Probe korrekter, geistvoller Verskunst, indem er ihr erklärte, es sei eine italienische Sitte, Ereignisse im Leben durch einen Zoll an die Musen zu feiern.

Im allgemeinen nahm er seine Freuden einzeln zu sich; er gab es selber zu – zu oft, zu bedenklich ließ er sich sein Vergnügen dadurch stören, daß er etwas Häßliches, etwas Falsches daran entdeckte; der anregende Tau ungetrübter Seligkeit fiel nur selten auf seinen Geist. Aber gegenwärtig war er glücklich – glücklicher vielleicht als jemals zuvor in seinem Leben, und diese Empfindung war fest gegründet: im Gefühl des Erfolges nämlich, der angenehmsten Bewegtheit des menschlichen Herzens. Osmond hatte nie sehr viel davon erhalten; in dieser Hinsicht trieb ihn ein Verlangen nach Sättigung, was er auch durchaus wußte und sich immer wieder vor Augen hielt. »O nein, ich bin nicht verwöhnt; ich bin gewiß nicht verwöhnt«, pflegte er oft bei sich zu wiederholen. »Wenn ich vor meinem Tode noch einmal Erfolg haben sollte, habe ich ihn weidlich verdient.« Er mußte sich einfach einreden, daß man sich diese Belohnung dadurch *verdiente*, daß man heimlich darum litt, und daß sie dieser geistlichen Übung dann zuteil werde. Ganz frei von Erfolg war seine Laufbahn zwar nicht gewesen; ein Zuschauer hätte zuweilen denken können, er ruhe auf irgendwelchen Lorbeeren aus. Aber einige seiner Triumphe waren mit der Zeit veraltet, andere zu leicht errungen. Auch sein gegenwärtiger Sieg war weniger heiß erkämpft worden, als man hätte denken sollen; er war leicht, das heißt rasch gewonnen – aber nur, weil er sich diesmal ganz ungewöhnlich angestrengt hatte, viel mehr, als er sich selbst zugetraut hätte. Das Verlangen, etwas vorweisen zu können – auf die eine oder andere Weise –, war der Traum seiner Jugend gewesen; aber als die Jahre vergingen, waren ihm die Bedingungen, unter denen sich der Nachweis eigener Seltenheit erbringen ließ, immer abstoßender und brutaler erschienen; wie das Hinunterkippen von Bierkrügen, um darzutun, inwieweit man »seinen Mann steht«. Wenn ein anonymes Gemälde an einer Museumswand Bewußtsein und Beobachtungsgabe besäße, müßte es auch ebendiese eigentümliche Genugtuung erfahren, wenn man es endlich und ganz plötzlich identifizierte – als von der Hand eines großen Meisters –, und zwar durch die überragende und so unbeachtete Tatsache seines Stils. Osmonds »Stil« war es, was das junge Mädchen mit ein wenig Nachhilfe entdeckt hatte und jetzt, abgesehen davon, daß sie sich selbst daran erfreute, vor aller Welt verkünden würde, ohne daß es ihm die geringste Schererei machte. Sie sollte die Sache *für* ihn tun; er würde nicht umsonst gewartet haben.

Ehe sie noch ihre Abreise festgesetzt hatten, erhielt unsere Heldin ein Telegramm von Mrs. Touchett, folgenden Inhalts: »Verlasse Florenz vierten Juni nach Bellaggio, nehme Dich mit, falls keine anderen Pläne. Aber kann nicht warten wegen Bummelei in Rom.« Die Bummelei in Rom war sehr hübsch, aber da Isabel noch anderes vorhatte, schrieb sie sogleich an die Tante, sie komme sofort zurück. Als sie es Gilbert Osmond mitteilte, entgegnete er, da er ja sommers und winters in Italien wohne, werde er gern noch ein wenig länger im kühlen Schatten St. Peters verweilen. Er wolle erst zehn Tage später nach Florenz zurückkehren, und bis dahin werde sie schon nach Bellaggio aufgebrochen sein. Demnach werde es Monate dauern, bis er sie wiedersehe. Diese Unterhaltung fand in dem großen, dekorierten Wohnzimmer statt, das unsere Freunde sich im Hotel gemietet hatten; es war spät am Abend, am folgenden Morgen wollte Ralph Touchett seine Kusine nach Florenz zurückbringen. Osmond hatte das Mädchen allein angetroffen; Miß Stackpole hatte sich mit einer reizenden amerikanischen Familie im vierten Stock befreundet und war die endlose Treppe hinaufgestiegen, um ihnen dort einen Besuch zu machen. Henrietta schloß auf Reisen stets höchst freimütig Freundschaften; sie hatte im Eisenbahnabteil schon Beziehungen angeknüpft, die zu den wertvollsten ihres Lebens gehörten. Ralph steckte in Reisevorbereitungen für den morgigen Tag, so daß Isabel in einer Wildnis gelber Polster allein dasaß. Die Sessel und Sofas waren in Orange, die Wände und Fenster in Purpur und Gold drapiert. Die Spiegel und Bilder hatten mächtige goldgeflammte Rahmen; die tiefgewölbte Decke war mit nackten Musen und Engeln übermalt. Für Osmond war der Raum zum Weinen häßlich; die falschen Farben, die kalte Pracht wirkten auf ihn wie ein ordinäres, verlogenes, prahlerisches Geschwätz. Isabel hatte ein Buch über Ampère zur Hand genommen, das ihr Ralph bei ihrer Ankunft in Rom geschenkt hatte; aber obwohl das Buch auf ihrem Schoß lag und ihr Finger ungefähr die Zeilen festhielt, zeigte sie sich nicht ungeduldig auf weiteres Studium. Eine Lampe mit einem Schirm aus rosa Seidenpapier brannte auf dem Tisch neben ihr und tauchte den Umkreis in eine seltsam rosige Blässe.

»Sie sagen, Sie kommen wieder; aber wer weiß?« sagte Gilbert Osmond. »Ich halte es vielmehr für wahrscheinlich, daß Sie nächstens Ihre Weltreise antreten. Sie sind keinerlei Verpflichtung eingegangen, wiederzukommen; Sie können genau das tun, was Sie wollen; Sie können Raum und Zeit durchmessen.«

»Nun, Italien gehört zum Raum«, antwortete Isabel. »Das kann ich ja auf dem Wege mitnehmen.«

»Auf dem Wege um die Welt? Nein, das müssen Sie nicht tun. Setzen Sie uns nicht in Parenthese – widmen Sie uns ein ganzes Kapitel. Ich möchte Sie nicht auf Reisen sehen. Ich möchte Sie lieber sehen, wenn diese Reisen vorbei sind. Und ich würde Sie gern sehen, wenn Sie müde und gesättigt sind«, setzte Osmond einen Augenblick später hinzu. »In dem Zustand würden Sie mir gefallen.«

Isabel blätterte mit niedergeschlagenen Augen in den Seiten von Mr. Ampère. »Sie drehen die Dinge immer ganz verstohlen ins Lächerliche, wenn Sie es vielleicht auch nicht beabsichtigen. Meine Reisen machen Ihnen keinen Eindruck – Sie halten sie für lächerlich.«

»Wie kommen Sie darauf?«

Sie sprach im selben Ton weiter, während sie die Seiten ihres Buches mit dem Papiermesser aufriß. »Sie sehen meine Unwissenheit und meine Schnitzer und die Art, wie ich umherstreife, als ob die Welt mir gehörte, einfach weil – weil ich mir das leisten kann. Sie denken, eine Frau sollte das nicht. Sie finden das dreist und häßlich.«

»Ich finde es wunderbar«, sagte Osmond. »Sie kennen meine Ansichten – ich habe Sie reichlich damit geplagt. Erinnern Sie sich nicht, daß ich Ihnen sagte, man sollte aus seinem Leben ein Kunstwerk machen? Damals waren Sie zuerst schockiert, aber dann sagte ich Ihnen, daß Sie mir genau den Eindruck machen, als ob Sie das mit Ihrem Leben versuchten.«

Sie blickte von ihrem Buch auf. »Aber Sie verachten nichts so sehr in der Welt wie schlechte, alberne Kunst.«

»Schon möglich. Aber die Ihre erschien mir sehr klar und sehr gut.«

»Wenn ich nächsten Winter nach Japan ginge, würden Sie mich auslachen.«

Osmond lächelte – ein kühnes Lächeln, aber es war kein Lachen; denn der Ton ihrer Unterhaltung war nicht übermütig. Isabel zeigte tatsächlich ihre eigentümliche Feierlichkeit; er kannte sie schon. »Ihre Phantasie kann einen verblüffen!«

»Das sage ich ja. Sie halten meine Einfälle für absurd.«

»Ich gäbe meinen kleinen Finger drum, wenn ich nach Japan könnte; es ist eines der Länder, die ich am liebsten bereisen möchte. Können Sie sich das nicht vorstellen bei meiner Vorliebe für alten Lack?«

»Ich habe keine Vorliebe für alten Lack zu meiner Entschuldigung«, sagte Isabel.

»Sie haben eine bessere Entschuldigung – Sie haben das Reisegeld. Ihre Theorie, daß ich Sie auslachen würde, ist ganz verkehrt. Ich weiß gar nicht, wie Sie sich das in den Kopf setzen konnten.«

»Es wäre gar nichts dabei, wenn Sie es lächerlich fänden, daß ich das Reisegeld habe und Sie nicht; denn Sie wissen alles, und ich weiß nichts.«

»Grund genug, daß Sie reisen und sich bilden«, lächelte Osmond. »Außerdem«, setzte er hinzu, als müsse er es deutlich feststellen, »weiß ich nicht alles.«

Isabel stutzte nicht, als er dies mit so komischem Ernst bemerkte;

sie überlegte nur, daß die hübscheste Episode ihres Lebens mit ihrem Glück nun zu Ende ging. Sie gefiel sich darin, ihren nur allzu kurzen römischen Aufenthalt in diesem Licht zu betrachten; sie verglich ihn am liebsten träumerisch mit dem Bild irgendeiner kleinen Prinzessin aus dem Zeitalter der Staatsgarderoben, die in ihrem Staatsmantel fast versank und eine Schleppe hinter sich her zog, welche von Pagen oder Historikern getragen werden mußte. Daß sie diese interessante Zeit zum größten Teil Mr. Osmond verdankte, war eine Überlegung, die anzustellen sie jetzt keine Lust hatte; über ihre Dankesschuld war sie sich hinreichend im klaren. Aber sie sagte sich, wenn ihnen wirklich kein Wiedersehen mehr vergönnt sein sollte, daß es dann vielleicht am Ende ebensogut wäre. Glückliche Dinge wiederholen sich nicht, und ihre Begegnung hatte bereits das veränderte, das seewärts gewandte Aussehen einer romantischen Insel angenommen, von der aus sie, nachdem sie sich dort an purpurnen Trauben erquickte, mit frischem Winde unter Segel ging. Sie könnte nach Italien zurückkehren und ihn verändert finden – diesen merkwürdigen Menschen, der ihr gefiel, so wie er war; dann wäre es besser, nicht wiederzukommen und das Risiko zu vermeiden. Aber sollte sie nicht wiederkehren, dann war der Jammer, daß das Kapitel schon zu Ende war, um so größer; einen Augenblick durchfuhr sie ein Stich, der bis an die Quelle ihrer Tränen drang. Die Erregung verschloß ihr den Mund, und auch Gilbert Osmond war verstummt; er sah sie an.
»Gehen Sie überallhin«, sagte er schließlich mit einer leisen, liebevollen Stimme, »unternehmen Sie alles; genießen Sie Ihr Leben. Seien Sie glücklich – triumphieren Sie.«
»Was verstehen Sie darunter?«
»Nun, alles zu tun, wonach es einen verlangt.«
»Dann scheint mir das Triumphieren ein Fehlschlag zu sein! All die trügerischen Dinge zu tun, wonach es einen verlangt, ist oft recht mühsam.«
»Richtig«, sagte Osmond mit seiner ruhigen Schnelligkeit. »Wie ich Ihnen eben andeutete, eines Tages werden Sie müde sein.« Er machte eine kleine Pause und fuhr dann fort: »Ich weiß nicht, ob ich nicht besser so lange warten sollte, bis ich Ihnen etwas mitteile, was ich Ihnen mitteilen möchte.«
»Da kann ich Ihnen nicht raten, wenn ich nicht weiß, um was es sich handelt. Aber ich bin schrecklich, wenn ich müde bin«, setzte Isabel mit ihrer gewohnten Inkonsequenz hinzu.

»Das glaube ich nicht. Sie sind manchmal ärgerlich – das kann ich mir vorstellen, wenn ich es auch nie erlebte. Aber ich bin überzeugt, Sie sind niemals ›außer sich‹.«
»Auch nicht, wenn ich die Geduld verliere?«
»Die verlieren Sie nicht – die werden Sie finden, und das muß sehr schön sein.« Osmond sprach mit edlem Ernst. »Das müssen große Augenblicke sein, die man mitzuerleben wünscht.«
»Wenn ich sie nur jetzt fände!« rief Isabel nervös.
»Da hab' ich keine Angst; ich würde meine Arme verschränken und Sie bewundern; ich spreche sehr aufrichtig.« Er lehnte sich vor, eine Hand auf jedem Knie; dann blickte er kurze Zeit zu Boden. »Ich möchte Ihnen nämlich sagen«, fuhr er endlich aufblickend fort, »daß ich mir über meine Liebe zu Ihnen klargeworden bin.«
Sofort stand sie auf. »Ach, behalten Sie das für sich, bis ich müde *bin*!«
»Müde, weil Sie es zuviel von anderen hörten?« Er saß da und hob die Augen zu ihr auf. »Nein, Sie sollen es jetzt oder nie bedenken – wie Sie wollen. Aber sagen muß ich es Ihnen jetzt.« Sie hatte sich abgekehrt, aber noch im Abwenden hatte sie innegehalten und ihren Blick ihm zugewandt. In dieser Haltung verharrten beide und wechselten einen langen Blick – den großen, schicksalsschweren Blick unserer kritischen Lebensstunden. Dann stand er auf und trat zu ihr, voller Ehrerbietung, als fürchte er, zu weit gegangen zu sein. »Ich liebe Sie grenzenlos.« Er hatte diese Erklärung in einem Ton von fast unpersönlicher Diskretion wiederholt, wie ein Mann, der sehr wenig erwartete, aber zu seiner eigenen Erleichterung sprach. Die Tränen traten ihr in die Augen: dieses Mal gaben sie dem scharfen Stich nach, der ihr vorkam wie das Schnappen eines feinen Riegels – vor oder zurück, sie hätte es nicht zu sagen vermocht. Die Worte, die er gesprochen, ließen ihn, während er da stand, schön und großherzig erscheinen, sie verliehen ihm den goldenen Schein des frühen Herbstes; aber, moralisch ausgedrückt, sie schrak vor diesen Worten zurück – ihn immer noch anblickend –, wie sie es schon früher in ähnlichen Situationen getan hatte. »O, bitte, Sie dürfen das nicht sagen«, antwortete sie mit einer Heftigkeit, die ihre Angst verriet, auch in diesem Fall wieder wählen und entscheiden zu müssen. Was ihre Angst so steigerte, war gerade die Kraft, die, wie man denken sollte, alle Angst eigentlich beseitigen müßte – das Gefühl, daß tief in ihr eine

beflügelte und sehnsüchtige Leidenschaft schlummerte. Sie lag dort wie eine große Summe Geldes in einer Bank – sie fürchtete sich heftig, sie schon anzugreifen. Wenn sie sie erst anrührte, dann bliebe kein Rest.

»Ich bin nicht der Ansicht, daß dieses Geständnis für Sie weiter von Bedeutung ist«, sagte Osmond. »Dazu habe ich Ihnen zu wenig zu bieten. Was ich habe – genügt gerade für mich; aber für Sie ist es nicht genug. Ich habe weder Vermögen noch Ruhm noch äußerliche Vorteile irgendwelcher Art. Also biete ich gar nichts. Ich sage es Ihnen nur, weil ich denke, es kann Sie nicht kränken, und vielleicht freut es Sie eines Tages sogar. Mich freut es sehr, muß ich sagen«, fuhr er fort und stand vor ihr, ihr rücksichtsvoll zugeneigt und seinen Hut, den er aufgenommen, mit einer langsamen Bewegung umdrehend, die wohl das leise Schwanken der Verlegenheit, aber keine Befangenheit verriet, während er ihr sein feines, entschlossenes, leicht verwüstetes Gesicht zukehrte. »Es tut mir nicht weh, es ist vollkommen einfach. Für mich werden Sie immer die wichtigste Frau auf Erden bleiben.«

Isabel betrachtete sich sofort in dieser Rolle – betrachtete sich genau und dachte, sie erfülle sie mit einer gewissen Anmut. Aber ihre Antwort bekundete keinerlei derartiges Wohlgefallen. »Sie kränken mich nicht; aber Sie müssen bedenken, daß man sich, wenn auch nicht gekränkt, so doch beschwert, behindert fühlen kann.« – »Beschwert«, sie hörte, wie sie es aussprach, und fand, es sei ein lächerlicher Ausdruck. Aber dummerweise war ihr nichts Besseres eingefallen.

»Das bedenke ich wohl. Natürlich sind Sie überrascht und überrumpelt. Aber wenn es nichts weiter ist als das, wird es vorübergehen. Und vielleicht hinterläßt es etwas, dessen ich mich nicht zu schämen brauche.«

»Ich weiß nicht, was es hinterlassen soll. Auf alle Fälle sehen Sie, daß ich nicht völlig überwältigt bin«, sagte Isabel mit einem etwas blassen Lächeln. »Ich bin nicht so verwirrt, daß ich nicht denken könnte. Und ich denke, daß ich doch froh bin, daß wir uns vorläufig trennen – daß ich morgen Rom verlasse.«

»Da bin ich natürlich anderer Ansicht.«

»Ich *kenne* Sie doch überhaupt nicht«, setzte sie unvermittelt hinzu, und dann verfärbte sie sich, weil sie sich dieselben Worte sagen hörte, die sie beinahe vor Jahresfrist zu Lord Warburton gesagt hatte.

»Wenn Sie nicht abreisten, würden Sie mich besser kennenlernen.«
»Das werde ich ein andermal tun.«
»Das hoffe ich sehr. Ich bin sehr leicht zu erkennen.«
»Nein, nein«, antwortete sie nachdrücklich – »jetzt sind Sie nicht aufrichtig. Sie sind nicht leicht zu erkennen; niemand sonst ist so undurchsichtig.«
»Na schön«, er lachte, »ich sagte das nur, weil ich mich selbst erkenne. Das klingt vielleicht anmaßend, aber es stimmt.«
»Das mag schon sein; aber Sie sind auch sehr weise.«
»Sie auch, Miß Archer!« rief Osmond.
»Gegenwärtig habe ich nicht gerade das Gefühl. Trotzdem bin ich noch weise genug, um Sie zu bitten, mich jetzt allein zu lassen. Gute Nacht.«
»Gott segne Sie!« sagte Gilbert Osmond und nahm ihre Hand, die sie ihm nicht entziehen konnte. Worauf er hinzusetzte: »Wenn wir uns wiedersehen, werden Sie mich unverändert finden. Wenn nicht, werde ich dennoch bleiben, wie ich war.«
»Ich danke Ihnen. Leben Sie wohl.«
Isabels Besucher zeigte eine unbeirrbare Sicherheit; er ging aus eigenem Antrieb, aber er ließ sich nicht entlassen. »Noch eines. Ich habe Sie um nichts gebeten – nicht einmal um ein Gedenken in der Zukunft –, das müssen Sie mir zugeben. Aber einen kleinen Gefallen könnten Sie mir tun. Ich werde noch einige Tage von Hause fernbleiben. Rom ist hübsch und ganz der rechte Ort für einen Mann in meiner Verfassung. O, ich weiß, Sie bedauern Ihren Weggang; aber Sie haben ganz recht, wenn Sie dem Wunsch Ihrer Tante folgen.«
»Sie wünscht es nicht unbedingt!« entfuhr es Isabel seltsamerweise.
Osmond lag offensichtlich schon eine Antwort auf der Zunge, die diesen Ausruf nutzen wollte; aber er besann sich und entgegnete einfach: »Nun, es ist schicklich, daß Sie mit ihr fahren, sehr schicklich. Handeln Sie immer schicklich; daran liegt mir viel. Verzeihen Sie, wenn ich Sie so bevormunde. Sie sagen ja, Sie kennten mich nicht, aber wenn Sie einmal soweit sind, werden Sie entdecken, welchen Wert ich auf schickliches Benehmen lege.«
»Sie sind doch nicht etwa konventionell?« fragte Isabel ernsthaft.
»Wie reizend Sie das Wort aussprechen! Nein, ich bin nicht konventionell: ich bin die Konvention in Person. Das verstehen

Sie nicht?« Er machte eine kleine Pause und lächelte. »Ich würde es Ihnen gern erklären.« Dann mit einer plötzlichen, raschen, hellen Natürlichkeit: »Ach, kommen Sie doch wieder; wir müssen uns noch über so viele Dinge unterhalten.«

Sie stand mit niedergeschlagenen Augen vor ihm. »Von welchem Gefallen sprachen Sie eben?«

»Gehen Sie doch und besuchen Sie noch mein Töchterchen, bevor Sie Florenz verlassen. Sie ist dort allein in der Villa; ich konnte mich doch nicht entschließen, sie meiner Schwester anzuvertrauen; sie hat so ganz andere Anschauungen als ich. Sagen Sie ihr, sie müsse ihren armen Vater sehr lieb haben«, sagte Osmond weich.

»Ich gehe sehr gern zu ihr«, antwortete Isabel. »Ich werde ihr bestellen, was Sie sagen. Und nun nochmals: leben Sie wohl.«

Darauf verabschiedete er sich eilig und respektvoll. Als er gegangen war, blieb sie noch einen Moment unschlüssig stehen, dann setzte sie sich langsam und mit verzweifeltem Gesicht. Als ihre Freunde zurückkamen, saß sie noch dort, mit gefalteten Händen, auf den häßlichen Teppich starrend. Ihre Bewegung – denn diese war nicht geschwunden – war sehr still und sehr tief. Was geschehen war, darauf hatte ihre Phantasie sich schon die letzte Woche gewappnet, aber jetzt, als es eingetreten, hielt sie inne – das großartige Prinzip war irgendwie zusammengestürzt. Der Geist unserer jungen Freundin ging seltsame Wege, wir können es dem Leser nur von unserem Standpunkt aus schildern, ohne Aussicht, es ganz natürlich scheinen zu lassen. Ihre Phantasie, wie wir sagten, zuckte jetzt zurück: einen letzten dunklen Graben konnte sie nicht überqueren – eine trübe, unsichere Furt, die falsch und gleisnerisch aussah wie eine Moorlandschaft im winterlichen Zwielicht. Aber sie sollte sie dennoch überqueren.

XXX

Am nächsten Morgen fuhr sie unter der Obhut ihres Vetters nach Florenz zurück, und Ralph Touchett, den sonst das Eingesperrtsein im Bahnabteil bockig machte, war es nur recht, daß sie die nächsten Stunden in einem Zuge verbrachten, der seine Kusine so eilig aus jener Stadt entfernte, die Gilbert Osmond zur Zeit mit seiner Gegenwart beglückte. Diese Stunden sollten den ersten Abschnitt eines größeren Reiseplans bilden. Miß Stackpole war in Rom geblieben; sie plante einen kleinen Ausflug nach Neapel, bei dem sie auf Mr. Bantlings Beistand rechnete. Isabel blieb noch drei Tage in Florenz bis zum vierten Juni, dem Datum von Mrs. Touchetts Abreise, und sie bestimmte den letzten davon für ihren Besuch bei Pansy Osmond, um damit ihr Versprechen einzulösen. Doch für einen Augenblick drohte ihre Absicht von Madame Merle durchkreuzt zu werden. Diese Dame hielt sich noch in der Casa Touchett auf; aber auch sie stand kurz vor ihrer Abreise aus Florenz; ihren nächsten Aufenthalt gedachte sie in ein altes Schloß in den toskanischen Bergen zu verlegen, die Residenz einer adligen Familie der dortigen Gegend, deren Bekanntschaft (sie kannte sie, wie sie sagte, »schon ewig«) Isabel an Hand von gewissen Fotografien, die ihre Freundin ihr von der riesigen, mit Zinnen versehenen Behausung zeigte, wie ein seltenes Privileg erschien. Sie erzählte der begünstigten Frau, daß Mr. Osmond sie gebeten habe, nach seiner Tochter zu sehen; aber daß er ihr obendrein seine Liebe gestanden, erwähnte sie nicht.

»*Ah, comme cela se trouve!*« rief Madame Merle. »Ich habe auch schon überlegt, daß es ganz freundlich wäre, das Kind noch einmal zu besuchen, bevor ich abfahre.«

»Dann können wir ja zusammen gehen«, sagte Isabel vernünftigerweise; »vernünftig«: weil sie diesen Vorschlag nicht gerade mit Enthusiasmus äußerte. Sie hatte sich schon ausgemalt, ihre kleine Pilgerfahrt in aller Einsamkeit zu unternehmen; das hätte ihr besser behagt. Aber sie war dennoch bereit, dieses träumerische Gefühl der großen Neigung zu ihrer Freundin zu opfern.

Diese Dame überlegte sehr fein. »Warum sollen wir schließlich beide gehen, wo wir in diesen letzten Stunden alle Hände voll zu tun haben?«

»Nun ja, ich kann auch gut allein gehen.«

»Das weiß ich nun nicht – allein in das Haus eines anziehenden Junggesellen? Er war verheiratet – aber das ist lange her!«

Isabel machte große Augen. »Wenn Mr. Osmond fort ist, was macht es da aus?«

»Die Leute wissen ja nicht, daß er fort ist, verstehen Sie?«

»Die Leute? Wen meinen Sie?«

»Alle Welt. Aber vielleicht hat es nichts zu sagen.«

»Wenn Sie gehen, warum sollte ich es nicht auch – ?« fragte Isabel.

»Weil ich eine alte Schachtel bin und Sie eine wunderschöne junge Frau.«
»Nun, lassen wir das; Sie haben es nicht versprochen!«
»Wie Sie immer an Ihre Versprechungen denken!« sagte die Ältere mit mildem Spott.
»Meine Versprechen sind mir allerdings sehr wichtig. Überrascht Sie das?«
»Sie haben recht«, überlegte Madame Merle hörbar. »Ich glaube, Sie wollen der Kleinen wirklich nur eine Freundlichkeit erweisen.«
»Ich möchte ihr sehr gern einen Gefallen tun.«
»Dann gehen Sie hin; darüber kann sich niemand aufhalten. Und bestellen Sie ihr, ich wäre gekommen, wenn Sie sie nicht besucht hätten. Vielmehr«, unterbrach sich Madame Merle, »bestellen Sie ihr *nichts*. Sie legt doch keinen Wert darauf.«
Als Isabel in aller Öffentlichkeit, in einem offenen Wagen, die gewundene Straße zu Mr. Osmonds Bergeshöhe hinauffuhr, überlegte sie, was ihre Freundin wohl damit gemeint haben konnte, daß niemand sich darüber aufhalten könne. Hin und wieder, in großen Zeitabständen, ließ diese Dame, deren Diskretion sich im allgemeinen mehr auf offenen Meeren als in gefährlichen Kanälen bewegte, eine zweideutige Bemerkung fallen; zuweilen hatten ihre Worte einen falschen Klang. Was fragte Isabel Archer nach der vulgären Meinung obskurer Leute? Dachte Madame Merle wirklich, daß sie etwas tun würde, was sich nur verstohlen bewerkstelligen ließ? Gewiß nicht – sie mußte etwas anderes gemeint haben, was sie in der Eile ihrer Abreise nur nicht hatte erklären können. Isabel würde später einmal darauf zurückkommen; in gewissen Dingen sah sie gern klar.
Als man sie in Mr. Osmonds Salon führte, hörte sie nebenan Pansy das Klavier strapazieren; das kleine Mädchen »übte«, und Isabel freute sich, daß sie diese Pflicht so streng erfüllte. Sie kam sofort herein; ihr Röckchen glättend, machte sie die Honneurs im Hause ihres Vaters mit dem großäugigen Ernst der Höflichkeit. Isabel saß eine halbe Stunde dort, und Pansy wuchs in ihre Rolle hinein, wie die kleine beflügelte Fee des Puppenspiels sich mit Hilfe unsichtbarer Drähte in die Lüfte erhebt – sie schwätzte nicht, sie plauderte und zeigte dasselbe respektvolle Interesse für Isabels Angelegenheiten, das Isabel die Güte hatte ihr selbst zu erweisen. Isabel staunte über sie; die weiße Blume kultivierter Süße war ihr noch nie in solcher Nähe begegnet. Wie gut hatte

man das Kind unterwiesen, dachte unsere junge Heldin bewundernd, wie reizend belehrt und zurechtgemacht, und doch, wie einfach, wie natürlich und unschuldig war sie dabei gehalten worden. Isabel stellte stets gern die Frage nach Qualität und Charakter; das tiefe Geheimnis der Persönlichkeit zu ergründen, lockte sie immer aufs neue, wie jemand das nennen könnte. Bis jetzt hatte sie willig bei ihrem Zweifel verharrt, ob dieses schmale Ding nicht am Ende alles durchschaute. War der Gipfel ihrer Reinheit nur die Vollkommenheit ihres Selbstbewußtseins? Drückte sich darin nur eine anmutige Gebärde gegen den Gast ihres Vaters aus, oder war es die direkte Äußerung einer makellosen Natur? Die Stunde, die Isabel in Mr. Osmonds schönem, leerem, dämmerigem Zimmer zubrachte – die Fenster waren der Hitze wegen halb verdunkelt, nur hier und dort durch kleine Ritzen lugte der herrliche Sommertag herein und ließ in dem vollen Dämmerschein einen Schimmer verblichener Farben und verblaßten Goldes aufleuchten –, die Stunde ihrer Unterhaltung mit der Tochter des Hauses, wie gesagt, klärte diese Frage grundsätzlich. Pansy war wirklich ein unbeschriebenes Blatt, eine reine weiße Oberfläche, die erfolgreich so bewahrt war; sie besaß weder Künste noch Verstellung, weder Temperament noch Talente – bis auf zwei, drei kleine, köstliche Instinkte: Sie verstand, einen Freund zu erkennen, einen Fehler zu vermeiden und ein altes Spielzeug oder ein neues Kleid zu schonen. Aber so viel Zartheit war ergreifend, man spürte, dem Schicksal würde sie ein leichter Spielball sein. Sie hatte keinen eigenen Willen, keine Widerstandskraft, kein Gefühl für ihren eigenen Wert. Man würde sie leicht hinters Licht führen, leicht zerknicken können; ihre Stärke lag allein in der Erkenntnis, wann und wo sie sich anklammern mußte. Sie ging mit ihrem Besuch durch die Räume, die Isabel gern noch einmal betrachten wollte, und gab dabei ihr Urteil zu verschiedenen Kunstwerken ab. Sie sprach von ihren Aussichten, ihren Beschäftigungen, von den Absichten ihres Vaters; sie war nicht egoistisch, sie wollte höflich sein und ihrem vornehmen Gast alles mitteilen, was für ihn irgendwie von Interesse sein konnte.

»Ach bitte, sagen Sie doch«, fuhr sie fort, »hat Papa in Rom Madame Cathérine besucht? Er sagte, er würde es tun, wenn er Zeit hätte. Aber vielleicht hatte er keine Zeit. Papa hat gern viel Zeit. Er wollte sich nach meiner Erziehung erkundigen; sie ist noch nicht abgeschlossen, wissen Sie. Ich weiß ja nicht, was sie noch viel bei mir machen können, aber anscheinend bin ich noch sehr unvollkommen. Papa sagte neulich, er würde mir das Letzte selbst beibringen; denn im Kloster sind die Lehrer für die großen Mädchen in den letzten beiden Jahren sehr teuer. Papa ist nicht reich, und ich wäre sehr traurig, wenn er noch mehr Geld für mich bezahlen müßte, denn ich glaube nicht, daß es sich bei mir lohnt. Ich begreife nicht sehr rasch, und ich habe kein Gedächtnis. Wohl für alles, was man mir sagt – besonders wenn es etwas Nettes ist –, aber nicht für das, was man aus Büchern lernt. Da war ein junges Mädchen, das war meine beste Freundin; als sie vierzehn war, nahm man sie aus dem Kloster wegen – wie sagt man? – wegen der Aussteuer. Ich hoffe, das ist nicht falsch; ich meine: Sie sparten das Geld für ihre Heirat. Ich weiß nicht, ob Papa deshalb das Geld behalten will – für *meine* Heirat. Heiraten kostet so viel!« Pansy seufzte tief. »Vielleicht muß Papa sein Geld so einteilen. Auf jeden Fall bin ich noch zu jung, um schon daran zu denken, und ich denke auch noch an keinen Herrn; ich meine, außer an ihn. Wenn er nicht mein Papa wäre, würde ich am liebsten ihn heiraten; lieber bin ich seine Tochter als die Frau von – von einem Fremden. Ich entbehre ihn sehr, aber nicht so sehr, wie Sie vielleicht denken, ich bin ja so viel von ihm getrennt gewesen. Papa blieb grundsätzlich für die Ferien. Ich entbehre Madame Cathérine eigentlich mehr; aber das dürfen Sie ihm nicht sagen. Sie werden ihn jetzt nicht wiedersehen? Das tut mir sehr leid, und ihm wird es auch sehr leid tun. Sie gefallen mir am besten von allen Besuchern. Das ist kein sehr großes Kompliment, wir haben nicht viele Gäste. Es war sehr nett von Ihnen, daß Sie mich heute besuchten – Sie haben so einen weiten Weg; denn ich bin ja eigentlich noch ein Kind. O ja, ich treibe noch die Spiele der Kindheit. Wann gaben *Sie* sie auf, die Spiele Ihrer Kindheit? Ich möchte so gerne wissen, wie alt Sie sind, aber ich weiß nicht, ob man das fragen darf. Im Kloster hat man uns gesagt, wir dürfen nie nach dem Alter fragen. Und ich tue nicht gern etwas, was verboten ist; das sieht sonst aus, als sei man nicht gut erzogen worden. Ich selbst mag auch nicht gern überrascht werden. Papa hat für alles seine Weisungen hinterlassen. Ich gehe sehr früh zu Bett. Wenn die Sonne dort auf der Seite verschwindet, gehe ich in den Garten. Papa hat streng befohlen, daß ich mir nicht den Teint verbrennen lassen soll. Ich freue mich immer über die Aussicht; die Berge sind so anmutig. In Rom sahen wir vom Kloster aus nichts als Dächer und Glockentürme. Ich übe immer drei Stunden. Ich spiele nicht sehr gut. Sie spielen auch? Ich wünschte nur, Sie würden mir etwas vorspielen; Papa hat immer die Vorstellung, ich müßte gute Musik hören. Madame Merle hat mir schon verschiedentlich vorgespielt; das gefällt mir an Madame Merle am besten; sie ist sehr geschickt. Ich werde nie sehr geschickt sein. Ich habe auch keine Stimme – bei mir klingt es wie das Quietschen eines Schiefergriffels, der Schnörkel malt.«

Isabel erfüllte diesen bescheidenen Wunsch; sie streifte ihre Handschuhe ab und setzte sich ans Klavier, während Pansy neben ihr stand und zusah, wie ihre weißen Hände behende über die Tasten glitten. Als sie aufhörte, küßte sie die Kleine zum Abschied, hielt sie eng an sich gepreßt und betrachtete sie lange. »Sei recht brav«, sagte sie; »bereite deinem Vater viel Freude.«

»Ja, dazu bin ich doch auf der Welt«, antwortete Pansy. »Er hat nicht viel Freude; er ist eigentlich ein trauriger Mensch.«

Isabel lauschte auf diese Erklärung mit einem Interesse, das sie nur mühsam verbarg. Sie fühlte sich jedoch zum Schweigen verpflichtet, ihr Stolz und ein gewisses Anstandsgefühl zwangen sie dazu; denn es kamen ihr noch andere Dinge in den Sinn, sofort verscheuchte, die sie Pansy für ihr Leben gern über ihren Vater gesagt hätte. Sie hätte sich auch gefreut, das Kind zum Reden zu bringen. Aber kaum wurde sie sich dieser Regung bewußt, als ihre Phantasie voller Entsetzen vor dem Gedanken zurückbebte, sie könnte das kleine Mädchen ausnützen – dessen hätte sie sich sofort beschuldigt –, sie könnte der Luft hier, für die der Vater des Kindes vielleicht eine feine Witterung hatte, etwas von ihrem verzauberten Zustand mitteilen. Sie war gekommen – sie war da; aber sie blieb nur eine Stunde. Rasch erhob sie sich von dem Klavierschemel; doch wieder zögerte sie einen Moment und hielt die kleine Gefährtin umfaßt, enger zog sie des Kindes süße Schlankheit an sich und betrachtete sie fast mit Neid. Sie mußte es sich selbst eingestehen, es wäre ihr eine leidenschaftliche Freude gewesen, mit diesem unschuldigen, winzigen Persönchen von Gilbert Osmond zu sprechen, das ihm so nahestand. Aber sie sprach kein Wort weiter, sie küßte Pansy nur noch einmal. Zusammen schritten sie durchs Vestibül bis an die Tür, die auf den Hof hinausführte; da hielt ihre junge Gastgeberin an, wehmütig hinausblickend. »Weiter darf ich nicht mit. Ich habe Papa versprochen, nur bis zur Tür zu gehen!«

»Dann ist es recht, wenn du gehorchst; er wird nie etwas Unvernünftiges von dir verlangen.«

»Ich werde ihm immer gehorchen. Aber wann werden Sie wiederkommen?«

»Ich fürchte, nicht so bald.«

»Aber dann hoffentlich, so bald Sie können. Ich bin nur ein kleines Mädchen«, sagte Pansy, »aber ich werde immer auf Sie warten.« Und die kleine Gestalt blieb an dem hohen, dunklen Türeingang stehen und sah Isabel nach, als sie über den hellen, grauen Hof ging und in die Helligkeit hinter dem großen Tor eintauchte, die aufblendete, als sie es öffnete.

XXXI

ISABEL kehrte nach Florenz zurück, aber erst nach Ablauf einiger Monate; inzwischen war vielerlei geschehen. Aber nicht während dieser Zwischenzeit soll sie uns beschäftigen, sondern unsere Aufmerksamkeit wird erst wieder lebendig an einem bestimmten Spätfrühlingstag kurz nach ihrer Ankunft im Palazzo Crescentini, ein Jahr nach den soeben berichteten Ereignissen. Sie war allein in einem der zahlreichen Räume, die Mrs. Touchett der Geselligkeit offenhielt; ihre Haltung und ihr Ausdruck verrieten, daß sie Besuch erwartete. Das hohe Fenster stand offen, aber obwohl seine grünen Läden halb geschlossen waren, drang das helle Licht des Gartens durch den breiten Zwischenraum und erfüllte das Zimmer mit Duft und Wärme. Unsere junge Freundin stand längere Zeit davor, die Hände auf dem Rücken verschränkt; von unbestimmter Unrast getrieben, blickte sie hinaus. Aber ihre Gedanken waren woanders, sie bewegten sich im leeren Kreis. Doch konnte sie kaum beabsichtigen, ihren Besucher im voraus zu erspähen, denn der Palasteingang lag nicht auf der Gartenseite, wo beständig Stille und Frieden herrschten. Sie wünschte vielmehr, seine Ankunft noch zu verschieben; sie wollte noch versuchen, Klarheit in ihre Gedanken zu bringen, und nach dem Ausdruck ihres Gesichtes zu schließen, machte ihr dieser Versuch genügend zu schaffen. Sie fand selbst, daß sie im vergangenen Jahr ernster geworden war und daß ihre Reife durch Erfahrung gewonnen hatte. Nach ihren eigenen Worten hatte sie den Raum durchmessen und viel von der Welt gesehen, darum war sie jetzt in ihren eigenen Augen eine ganz andere

Person als jenes leichtfertige Mädchen aus Albany, das vor zwei Jahren auf dem Rasen von Gardencourt begonnen hatte, Europa Maß zu nehmen. Sie schmeichelte sich selbst, Weisheit geerntet und viel mehr vom Leben gelernt zu haben, als jenes leichtfertige Geschöpf damals vermutete. Hätten ihre Gedanken gerade jetzt Rückschau halten wollen, anstatt mit unruhigen Flügelschlägen um die Gegenwart zu kreisen, so hätte sie eine bunte Reihe interessanter Bilder hervorzaubern können. Landschaften und Gruppenbilder wären es gewesen, und die letzteren in der Überzahl. Mit verschiedenen solcher Bilder, die sie so hätte entwerfen können, sind wir bereits bekannt. Dazu gehörte zum Beispiel die versöhnliche Lily, die Schwester unserer Heldin und Gattin Edmund Ludlows, die von New York herübergekommen war und fünf Monate bei ihrer Schwester zugebracht hatte. Ihren Gatten hatte sie zu Hause gelassen und statt dessen ihre Kinder mitgebracht, für die Isabel verschwenderisch und zärtlich die angeborene Tante spielte.

Mr. Ludlow hatte sich zum Schluß noch für ein paar Wochen von seinen juristischen Triumphen frei machen können und den Ozean mit größter Schnelligkeit durchschifft; einen Monat blieb er mit beiden Damen in Paris, ehe er seine Frau wieder mit nach Hause nahm. Da die kleinen Ludlows selbst vom amerikanischen Standpunkt aus das richtige Touristenalter noch nicht erreicht hatten, beschränkte Isabel, solange ihre Schwester da war, ihren Verkehr nur auf den kleinsten Kreis. Im Juli hatte sie sich mit Lily und den Kindern in der Schweiz getroffen, und sie hatten zusammen bei herrlichem Wetter den Sommer in einem Alpental verbracht, wo die Wiesen von Blumen übersät gewesen waren und die Schatten großer Kastanienbäume ihnen nach den Wanderungen bergan, wie sie von Damen und Kindern an warmen Nachmittagen unternommen werden, Rast geboten hatten. Danach waren sie in der französischen Hauptstadt eingetroffen, wo Lily in Freuden schwelgte und sich kostbare Souvenirs erstand, während Isabel, vom Lärm abgestoßen, sich ihrer Erinnerung an Rom bediente, als ob sie sich gleichsam in einem überhitzten und vollen Raum einige Tropfen aus einem Riechfläschchen heimlich ins Taschentuch gegossen hätte.

Mrs. Ludlow also opferte der Stadt Paris; freilich hatte sie Zweifel und Bedenken, die an diesem Altar keine Milderung fanden, und es bekümmerte sie, daß auch ihr Mann, als er sich mit ihr getroffen hatte, nicht die richtige Teilnahme für ihre sorgenvollen Spekulationen aufbrachte. Sie alle hatten Isabel zum Gegenstand; aber Edmund Ludlow lehnte es ab, wie auch früher schon, sich von irgend etwas überraschen oder hinreißen, betrüben oder befremden zu lassen, was seine Schwägerin getan oder zu tun verabsäumt hatte. Mrs. Ludlows geistige Wanderungen waren abwechslungsreich genug. Das eine Mal hielt sie es für die natürlichste Sache der Welt, wenn die Schwester heimkehrte und sich ein Haus in New York kaufte, das Rossiter-Haus zum Beispiel, mit seinem eleganten Damenzimmer und der günstigen Lage, ihrem eigenen gerade gegenüber; das andere Mal konnte sie ihre Überraschung kaum verbergen, daß das Mädchen in Europa nicht längst ein Mitglied der höchsten Aristokratie geheiratet hatte. Aber im ganzen kümmerte sie sich nicht mehr viel darum, was hätte geschehen können. Daß Isabel ein Vermögen zugefallen war, hatte sie mehr befriedigt, als wenn sie selbst es geerbt hätte; es schien ihr genau den richtigen Hintergrund für Isabels ein wenig zu schlanke, aber darum nicht minder bedeutende Figur abzugeben. Doch hatte sich Isabel weniger entwickelt, als Lily sich vorgestellt hatte; Entwicklung hing eben nach Lilys Auffassung auf geheimnisvolle Weise mit Morgenbesuchen und Abendgesellschaften zusammen. Intellektuell hatte sie zweifellos riesige Fortschritte gemacht. Aber an gesellschaftlichen Erfolgen hatte sie anscheinend wenige zu buchen; Mrs. Ludlow hatte vergebens gehofft, ihre Trophäen bewundern zu können. Lily hatte allerdings nur sehr unklare Vorstellungen von solchen Verdiensten, aber das hatte sie ja gerade von Isabel erwartet – diesen Form und Gestalt zu geben. Isabel hätte es in New York ebensoweit bringen können; beschwörend wandte sie sich an ihren Gatten mit der Frage, ob sie in Europa denn ein Vorrecht genieße, das ihr die Gesellschaft jener Stadt nicht zu bieten vermöchte. Wir wissen zur Genüge, daß Isabel Eroberungen gemacht hatte – ob vorteilhaftere als in ihrem Vaterlande, das zu entscheiden wäre eine sehr delikate Angelegenheit; daß sie diese ehrenvollen Anträge nicht der Öffentlichkeit preisgab, erwähnen wir abermals mit nicht ganz ungetrübtem Wohlgefallen. Sie hatte ihrer Schwester die Geschichte von Lord Warburton nicht erzählt und kein Wort von Mr. Osmonds innerer Verfassung fallen lassen. Sie wollte nicht darüber sprechen, das war die einzige Begründung ihres Schweigens. Es war romantischer, wenn man nichts sagte; während sie heimlich in tiefen Zügen von dieser Romantik trank, war sie ebensowenig geneigt, die arme Lily um Rat zu fragen, wie dieses seltsame Kapitel für immer abzuschließen. Aber von diesen Unterscheidungen wußte Lily nichts, sie konnte nur betonen, daß ihre Schwester sich zwischen merkwürdigen Gegenpolen bewegte – ein Eindruck, den die Tatsache bestätigte, daß Isabels Schweigen über Mr. Osmond zum Beispiel im umgekehrten Verhältnis zu der Häufigkeit stand, mit welcher er ihre Gedanken beschäftigte. Da das sehr häufig geschah, war es Mrs. Ludlow schon manchmal so vorgekommen, als habe die Schwester ihren alten Mut verloren. Daß ein so himmelstürmendes Ereignis wie diese große Erbschaft eine so befremdende Wirkung hervorrufen sollte, war natürlich für die heitere Lily höchst verwunderlich; es bestätigte ihren allgemeinen Eindruck, daß Isabel eben ganz anders war als andere Leute.

Der Mut unserer Heldin mochte jedoch seinen Höhepunkt erreicht haben, als ihre Angehörigen abfuhren. Sie konnte sich tapferere Taten vorstellen als den Winter über in Paris zu bleiben – Paris hatte Züge, in denen es so New York ähnelte; Paris war wie flotte, saubere Prosa –, und ihre eifrige Korrespondenz mit Madame Merle trug viel dazu bei, solche Einfälle anzuregen. Sie hatte ihre Freiheit, die absolute Kühnheit und Zügellosigkeit der Freiheit niemals lebhafter empfunden als an jenem späten Novembernachmittag, als sie vom Bahnsteig des Londoner Euston-Bahnhofs zurückkam, nachdem der Zug, der die arme Lily mit Mann und Kindern nach Liverpool ans Schiff bringen sollte, endlich abgefahren war. Es hatte ihr gut getan, Geschenke auszuteilen; darüber war Isabel sich klar; wir wissen schon, daß sie immer genau darauf achtete, was ihr gut tat, und daß ihre Bemühungen stets darauf hinausliefen, etwas zu finden, was auch gut genug war. Um ihre gegenwärtige Freiheit bis zum letzten Moment voll auszukosten, hatte sie neidlos die Reisenden von Paris aus begleitet. Sie wäre auch bis Liverpool mitgefahren, wenn nicht Edmund Ludlow sie gebeten hätte, diese Absicht ihm zu Gefallen aufzugeben; Lily würde nur noch konfuser werden und noch unmöglichere Fragen stellen. Isabel sah den Zug davonfahren; sie warf dem älteren ihrer kleinen Neffen noch eine Kußhand zu, einem temperamentvollen Kind, das sich lebensgefährlich weit zum Fenster hinauslehnte und die Trennung mit wilder Ausgelassenheit feierte; dann aber wanderte sie durch die nebligen Londoner Straßen zurück. Die Welt lag vor ihr – sie konnte tun und lassen, was sie wollte. Das war wunderbar aufregend, aber vorläufig blieb ihre Wahl erträglich zurückhaltend; sie wollte einfach nur zu Fuß von Euston Square zu ihrem Hotel zurückkehren. Die frühe Dämmerung des Novembernachmittages war bereits hereingebrochen; die Straßenlaternen blickten rot und schwächlich durch den dicken braunen Dunst; unsere Heldin hatte keine Begleitung, und es war weit von Piccadilly. Aber Isabel legte den Weg voller Freude über alle Gefahren zurück, sie verirrte sich schließlich fast absichtlich, nur um noch etwas zu erleben, und war enttäuscht, als ein höflicher Schutzmann sie mühelos wieder zurechtwies. Sie war so vernarrt in das Schauspiel menschlichen Getriebes, daß ihr unterwegs alles Spaß machte, der Anblick der sinkenden Dämmerung in den Straßen, die wogende Menschenmenge, die eiligen Kutschen, die beleuchteten Läden, die flackernden Lichter in den Pferdeställen und die spiegelnde dunkle Feuchtigkeit, in die alles getaucht war. Abends schrieb sie in ihrem Hotel an Madame Merle, daß sie in ein, zwei Tagen nach Rom fahren wolle. Sie fuhr die weite Strecke nach Rom hinunter, ohne Florenz zu berühren – da sie den Weg über Venedig und von da rückwärts über Ancona gewählt hatte. Sie reiste ohne andere Hilfe als die ihrer Zofe, da ihre natürlichen Beschützer diesmal nicht zur Stelle waren. Ralph Touchett verbrachte den Winter auf Korfu, und Miß Stackpole war im vorigen September durch ein Telegramm des *Interviewers* nach Amerika zurückgerufen worden. Dieses Wochenblatt bot dem Geist seiner glänzenden Korrespondentin jetzt ein frischeres Betätigungsfeld als die verrotteten Städte Europas, und Henrietta wurde der Abschied durch Mr. Bantlings Versprechen verklärt, daß er sie drüben bald besuchen wolle. Isabel schrieb an Mrs. Touchett und entschuldigte sich, daß sie sie unterwegs nicht aufsuchte; die Antwort der Tante war charakteristisch wie immer: Entschuldigungen, führte Mrs. Touchett aus, seien für sie nicht nützlicher als Seifenblasen; mit solchem Artikel gebe sie sich nicht ab. Entweder tat man eine Sache oder tat sie nicht, was man getan haben »würde«, gehörte zur Sphäre des Wesenlosen wie die Vorstellung von einem zukünftigen Leben oder vom Ursprung aller Dinge. Ihr Brief war freimütig, aber (ein seltener Fall bei Mrs. Touchett) nicht so freimütig, wie er vorgab. Sie vergab ihrer Nichte nur allzugern, daß sie nicht in Florenz Station machte, denn sie nahm es für ein günstiges Zeichen, daß Gilbert Osmond nicht mehr so zur Debatte stand wie vorher. Natürlich paßte

sie auf, ob er jetzt unter irgendeinem Vorwand nach Rom abreiste, und war sehr beruhigt, als sie erfuhr, daß er sich keiner Abwesenheit schuldig gemacht hatte.
Isabel ihrerseits war noch nicht vierzehn Tage in Rom, als sie Madame Merle eine kleine Wallfahrt in den Osten vorschlug. Madame Merle erklärte, ihre Freundin sei voller Unrast, aber sie setzte hinzu, daß sie schon immer von dem Verlangen verzehrt worden sei, einmal Athen und Konstantinopel zu besichtigen. Dementsprechend unternahmen beide Damen ihre Expedition und blieben drei Monate in Griechenland, in der Türkei und in Ägypten. Isabel fand in diesen Ländern vieles ihrer Aufmerksamkeit wert, obwohl Madame Merle bei ihrer Ansicht beharrte, daß sie selbst angesichts klassischer Stätten, die vornehmlich zur Ruhe und Nachdenklichkeit einluden, eine gewisse Zerstreutheit nicht ablegen konnte. Isabel reiste rasch und ohne Besinnung; sie war wie jemand, der vor Durst Becher um Becher leert. Währenddessen keuchte Madame Merle als Hofdame einer Prinzessin, die inkognito reist, ein wenig in der Nachhut. Sie war Isabels Einladung gefolgt; mit der nötigen Würde begegnete sie Isabels unausgeglichener Haltung. Sie spielte ihre Rolle mit dem Takt, den man von ihr erwarten konnte; sich selbst auslöschend, begnügte sie sich mit dem Posten einer Gesellschafterin, deren Auslagen großzügig beglichen wurden. Doch brachte diese Stellung nichts Peinliches mit sich; wer dieses reservierte, wenn auch auffallende Paar auf seinen Reisen traf, hätte nicht zu sagen vermocht, wer die Herrin und wer die Angestellte war. Zu behaupten, daß Madame Merle bei näherer Bekanntschaft gewann, würde den Eindruck nur unvollständig wiedergeben, den sie auf unsere Freundin machte, die von Anfang an die andere so umgänglich und tatkräftig gefunden hatte. Nach dreimonatigem vertrautem Verkehr war Isabel überzeugt, sie kenne sie jetzt besser; ihr Charakter habe sich enthüllt; und außerdem hatte die bewunderungswürdige Frau inzwischen ihr Versprechen eingelöst und ihre Lebensgeschichte von ihrem eigenen Standpunkt aus erzählt – was um so wünschenswerter war, als Isabel sie bereits von anderen aus hatte erzählen hören. Es war eine so trostlose Geschichte (insoweit sie den verstorbenen Monsieur Merle betraf, der zwar anfangs noch ganz vernünftig, tatsächlich aber ein Abenteurer gewesen, das konnte man schon sagen, und vor Jahren ihre Jugend und eine Unerfahrenheit ausgenutzt hatte, an die zu glauben ihren heutigen Bekannten sicher

schwerfallen würde), mit einer Fülle so überraschender und beklagenswerter Einzelheiten, daß Isabel sich nur wunderte, daß ein so schwer geprüfter Mensch sich noch so viel Frische, so viel Teilnahmsfähigkeit für das Leben bewahrt hatte. In diese Frische Madame Merles erhielt sie einen beträchtlichen Einblick; sie kam ihr etwas professionell und mechanisch-oberflächlich vor, als würde sie im Kasten wie die Geige eines Virtuosen mitgenommen oder abgerieben und aufgezäumt wie der »Favorit« eines Jockeis. Isabel hatte die andere nach wie vor sehr gerne, aber da war ein Zipfel des Vorhangs, der nie gelüftet wurde. Madame Merle schien eben doch eine Art Weltverbesserer zu bleiben, dazu verdammt, nur in Kostüm und Rolle aufzutreten. Sie hatte einmal gesagt, sie komme von weit her, sie gehöre zur »alten, alten« Welt, und Isabel verlor niemals den Eindruck, daß sie, als Produkt eines anderen moralischen oder sozialen Klimas als des ihren, unter anderen Sternen aufgewachsen sein mußte. Daraufhin glaubte sie, daß die andere im Grunde eine andere Moral hatte. Natürlich hat die Moral zivilisierter Menschen stets viele gemeinsame Züge, aber unsere junge Freundin besaß ein sehr feines Gefühl für falsche oder, wie man in Kaufläden sagt, für herabgesetzte Ware. Mit der Überheblichkeit der Jugend folgerte sie, daß eine Moral, die sich von ihrer eigenen unterschied, notwendig schlechter sei, und diese Überzeugung half ihr, in der Unterhaltung der Gefährtin, welche die zarte Rücksichtnahme zur Kunst erhoben und in ihrem Stolz die schmalen Wege des Betrugs stets verschmähte, dennoch zuweilen einen Zug von Grausamkeit, ein gelegentliches Abweichen von der Wahrheit festzustellen. Ihre Kenntnisse menschlicher Antriebe schienen, in gewisser Beleuchtung, am Hof irgendeines heruntergekommenen Königtums gesammelt zu sein; auf ihrer Liste standen einige, die unsere Heldin nicht einmal dem Namen nach kannte. Sie kannte vieles noch nicht, das war ganz klar; offensichtlich gab es Dinge in der Welt, deren Kenntnis nicht von Vorteil war. Ein paarmal war sie tatsächlich erschrocken; das hatte sie so aufgeregt, daß sie ihrer Freundin wegen hatte ausrufen müssen: »Der Himmel steh' ihr bei; sie versteht mich nicht!« So absurd es klingt, diese Entdeckung wirkte wie ein Schock, sie hinterließ einen leichten Abscheu, dem sich sogar eine leise Vorahnung beimischte. Der Abscheu schwand natürlich, kaum daß Madame Merle plötzlich wieder einen Beweis ihrer bemerkenswerten Intelligenz gab, aber in der Ebbe und Flut ihres Vertrauens blieb er als Hochwassermarke doch zurück. Madame Merle hatte früher einmal ihre Überzeugung ausgesprochen, daß eine Freundschaft, sobald sie aufhört zu wachsen, sofort in Verfall gerate, zwischen wachsender und schwindender Zuneigung gebe es keinen Ruhepunkt. Ein stetes Gefühl, mit anderen Worten, sei demnach unmöglich – es bewege sich immer in der einen oder anderen Richtung. Wie dem auch sei, das Mädchen fand in diesen Wochen genügend Betätigung für seinen ausgesprochen romantischen Sinn, der geschäftiger war als je zuvor. Wir beziehen uns dabei nicht auf die Impulse, die sie empfing, als sie die Pyramiden betrachtete, die sie von Kairo aus erreichte, oder als sie zwischen den geborstenen Säulen der Akropolis stand und ihre Augen auf die Stelle richtete, die man ihr als die Bucht von Salamis bezeichnete, so tief sich diese Erlebnisse auch ihrem Gedächtnis einprägten. In den letzten Märztagen kehrte sie aus Ägypten und Griechenland zurück und nahm wieder Aufenthalt in Rom. Wenige Tage nach ihrer Ankunft kam Gilbert Osmond von Florenz herüber und blieb drei Wochen; dadurch, daß sie mit seiner alten Freundin Madame Merle zusammen war, in deren Haus sie Quartier genommen hatte, ließ es sich kaum vermeiden, daß er sie jeden Tag besuchte. Als der April zu Ende ging, schrieb sie an Mrs. Touchett, daß sie jetzt gern eine längst ergangene Einladung annehme, und stattete dem Palazzo Crescentini einen Besuch ab; Madame Merle war diesmal in Rom geblieben. Sie traf ihre Tante allein; ihr Vetter weilte noch auf Korfu. Doch man erwartete Ralph jetzt täglich in Florenz, und Isabel, die ihn fast ein Jahr lang nicht gesehen hatte, war bereit, ihn auf das herzlichste willkommen zu heißen.

XXXII

TROTZDEM dachte sie nicht an ihn, während sie noch am Fenster stand, an dem wir sie vor einem Weilchen antrafen, und auch nicht an die Dinge, die wir soeben flüchtig skizzierten. Ihre Gedanken weilten nicht in der Vergangenheit, sondern beschäftigten sich mit der gegenwärtigen, anbrechenden Stunde. Sie fürchtete eine Szene, aber Szenen waren ihr verhaßt. Sie brauchte nicht zu überlegen, was sie ihrem Besucher sagen sollte, diese Frage war bereits erledigt. Vielmehr handelte es sich nur darum, was er ihr zu sagen hatte; es würde nichts sehr Tröstliches sein, dafür hatte sie ihre Gewähr, und deshalb war auch ihre Stirn umwölkt. Im übrigen herrschte aber Klarheit in ihrem Innern; sie hatte ihre Trauer abgelegt und schritt in schimmerndem Glanz einher. Nur älter fühlte sie sich – viel älter, als sei sie jetzt »im Wert gestiegen« wie ein merkwürdiges Stück in der Sammlung eines Antiquars. Sie war ihren Befürchtungen durchaus nicht endlos ausgesetzt, denn schließlich erschien ein Diener mit einer Karte auf dem Tablett. »Lassen Sie den Herrn herein«, sagte sie und blickte weiter unverwandt zum Fenster hinaus; der Diener war inzwischen verschwunden. Erst als sie hörte, wie sich die Tür hinter dem Neuankömmling schloß, blickte sie sich um.

Dort stand Caspar Goodwood – stand und empfing für einen Moment von Kopf bis Fuß ihren hellen, trockenen Blick, mit dem sie ihre Begrüßung mehr zurückhielt als anbot. Ob sein Gefühl der Reife mit dem von Isabel Schritt hielt, werden wir vielleicht bald feststellen; so lange mag uns genügen, daß ihr kritischer Blick nichts entdeckte, was eine Einwirkung der Zeit verraten hätte. Aufrecht, hart und kraftvoll, zeigte seine Erscheinung nichts, was auf Jugend oder Alter hätte schließen lassen; wenn er weder Unschuld noch Schärfe besaß, so huldigte er auch keiner praktischen Philosophie. Sein Unterkiefer zeigte denselben freien Schwung wie in früheren Tagen; aber eine Krise wie die gegenwärtige mußte ihm natürlich einen grimmigen Zug geben. Er schien eine anstrengende Reise hinter sich zu haben; er sagte vorerst nichts, als sei er außer Atem gekommen. So fand Isabel Zeit für eine Überlegung: Armer Freund, er könnte große Dinge verrichten; welcher Jammer, wenn er seine glänzenden Kräfte so vergeudet! Welcher Jammer auch, daß man es nicht jedem recht machen kann! – Sie fand noch mehr Zeit und sagte, nachdem eine Minute verstrichen war: »Ich kann Ihnen nicht beschreiben, wie sehr ich gehofft habe, Sie würden nicht kommen!«

»Daran zweifle ich nicht!« Und er blickte sich nach einer Sitzgelegenheit um. Er war nicht nur gekommen, er wollte sich auch niederlassen.

»Sie müssen sehr müde sein«, sagte Isabel und setzte sich, um ihm, wie sie dachte, sehr großzügig Gelegenheit zu geben, das gleiche zu tun.

»Nein, ich bin absolut nicht müde. Haben Sie mich jemals müde gesehen?«

»Nein, leider nicht. Wann sind Sie angekommen?«
»Gestern abend, ganz spät; mit einer Schneckenpost, die sich hier Expreßzug nennt. Diese italienischen Züge haben ungefähr das Tempo eines amerikanischen Leichenzuges.«
»Das paßte ja – dann war Ihnen wohl zumute, als führen Sie zu meiner Beerdigung!« Und sie zwang sich zu einem erleichterten Lächeln, um die Situation ein wenig zu entspannen. Sie hatte sich alles reiflich überlegt und es völlig klargestellt, daß sie nicht etwa die Treue gebrochen oder einen Kontrakt gefälscht habe; aber dessenungeachtet hatte sie Angst vor ihrem Besucher und schämte sich wiederum dieser Angst, wenn sie auch von Dankbarkeit durchdrungen war, daß sie sich sonst über nichts zu schämen hatte. Er blickte sie mit seiner steifen Beharrlichkeit an, einer Beharrlichkeit, der es völlig an Takt gebrach, besonders, wenn der dunkle, schwere Blick seiner Augen wie ein körperliches Gewicht auf ihr lastete.
»Nein, so war mir nicht; tot konnte ich Sie mir nicht vorstellen. Ich täte es gern!« erklärte er unumwunden.
»Herzlichen Dank!«
»Es wäre mir lieber, Sie wären tot als mit einem anderen Mann verheiratet.«
»Das ist sehr selbstsüchtig von Ihnen!« entgegnete sie mit dem Feuer der Entrüstung. »Wenn Sie selbst nicht glücklich sind, behalten doch andere ihr Recht, es zu sein!«
»Höchstwahrscheinlich ist das selbstsüchtig; das stört mich überhaupt nicht, wenn Sie das sagen. Nichts, was Sie noch sagen, stört mich mehr – ich spüre es gar nicht. Sie können sich die größten Grausamkeiten ausdenken, sie wären Nadelstiche. Nach dem, was Sie getan haben, werde ich nie wieder etwas spüren – ich meine, nichts außer dem. Das werde ich mein Leben lang spüren.«
Mr. Goodwood gab diese knappen Versicherungen mit kühler Bedachtsamkeit ab, in seiner harten, langsamen amerikanischen Betonung, die diese in sich unreifen Urteile grollend hervorbrachte. Sein Ton reizte Isabel mehr, als daß er sie rührte; aber ihre Gereiztheit war insofern ein Glück, als sie sich dadurch weiterhin veranlaßt sah, sich zu beherrschen. Unter dem Druck dieser Selbstbeherrschung fuhr sie nach einem Weilchen ausweichend fort: »Wann sind Sie von New York abgefahren?«
Er warf den Kopf zurück, als ob er nachrechne. »Vor siebzehn Tagen.«

»Dann sind Sie aber schnell gereist trotz Ihrer langsamen Züge.«
»Ich kam, so rasch ich konnte. Ich wäre noch fünf Tage früher gekommen, wenn es gegangen wäre.«
»Das hätte keinen Unterschied gemacht, Mr. Goodwood«, lächelte sie kühl.
»Nicht für Sie, gewiß - aber für mich.«
»Ich wüßte nicht, was Sie dabei gewonnen hätten.«
»Das muß ich selbst entscheiden.«
»Natürlich. Mir scheint, Sie quälen sich nur selber.« Und dann fragte sie, um das Thema zu wechseln, ob er Henrietta Stackpole gesehen habe. Er sah nicht aus, als sei er von Boston nach Florenz gereist, um sich über Henrietta Stackpole zu unterhalten; aber er antwortete mit aller Deutlichkeit, daß er besagte junge Dame kurz vor seiner Abreise in Amerika getroffen habe.
»Hat sie Sie aufgesucht?« wollte Isabel wissen.
»Ja, sie war in Boston und suchte mich in meinem Büro auf. Das war an dem Tag, als ich Ihren Brief bekam.«
»Sie haben ihr doch nichts gesagt?« fragte Isabel mit gewisser Besorgnis.
»O nein«, sagte Caspar Goodwood einfach; »das wollte ich nicht. Sie wird es schon früh genug erfahren; sie erfährt ja alles.«
»Ich werde ihr schreiben, und dann wird sie wiederschreiben und mich ausschelten«, erklärte Isabel und versuchte erneut zu lächeln. Doch Caspar blieb bei seinem grimmigen Ernst. »Wahrscheinlich wird sie herüberkommen.«
»Um mich auszuschelten?«
»Das weiß ich nicht. Sie schien der Ansicht zu sein, daß sie Europa noch nicht genügend besichtigt habe.«
»Da bin ich froh, daß Sie mir das sagen«, sagte Isabel, »dann muß ich mich vorbereiten.«
Mr. Goodwood blickte einen Augenblick zu Boden; schließlich sah er wieder auf. »Kennt sie Mr. Osmond?« fragte er.
»Ein wenig. Und sie mag ihn nicht. Aber ich heirate natürlich nicht Henrietta zu Gefallen«, setzte sie hinzu. Es wäre für den armen Caspar allerdings besser gewesen, wenn Isabel sich etwas mehr nach Miß Stackpole gerichtet hätte, aber das sprach er nicht aus. Er fragte jetzt nur, wann ihre Hochzeit stattfinden sollte. Woraufhin sie zur Antwort gab, daß sie es noch nicht wisse. »Ich kann nur sagen, recht bald. Ich habe es noch niemandem erzählt außer Ihnen und einer anderen – einer alten Freundin von Mr. Osmond.«

»Ist es denn eine Heirat, die Ihre Freunde billigen?« erkundigte er sich.
»Da habe ich keine Ahnung. Wie ich schon sagte, ich heirate nicht meiner Freunde wegen.«
Er fuhr fort, ohne Ausruf oder Kommentar, nur Fragen zu stellen, und dies tat er ohne Zartgefühl. »Wer und was ist also Mr. Gilbert Osmond?«
»Wer und was? Niemand und nichts, aber ein sehr guter und sehr ehrenhafter Mann. Er hat keinen Beruf«, sagte Isabel. »Er ist nicht reich und hat sich nie in einer bestimmten Richtung ausgezeichnet.«
Mr. Goodwoods Fragen behagten ihr nicht, aber sie sagte sich, daß sie es ihm schuldig war, ihn soweit wie möglich zufriedenzustellen. Freilich, die Zufriedenheit, die der arme Caspar zur Schau trug, war nicht sehr groß. »Wo kommt er her? Wo gehört er hin?«
Sein Ton mißfiel ihr immer mehr. »Er kommt nirgends her. Er hat die meiste Zeit seines Lebens in Italien zugebracht.«
»Sie schrieben in Ihrem Brief, er sei Amerikaner. Hat er keinen Geburtsort?«
»Doch, aber er hat ihn vergessen. Er kam schon als Junge fort.«
»Ist er nie zurückgegangen?«
»Warum sollte er zurückgehen?« fragte Isabel, im Eifer ihrer Verteidigung errötend. »Er hat ja keinen Beruf.«
»Er hätte aus Anhänglichkeit zurückgehen können. Liebt er die Vereinigten Staaten nicht?«
»Er kennt sie doch gar nicht. Außerdem lebt er hier sehr still und zurückgezogen – er begnügt sich eben mit Italien.«
»Mit Italien und mit Ihnen«, sagte Mr. Goodwood mit düsterer Gradheit, ohne sich den Anschein zu geben, ein Epigramm prägen zu wollen. »Was hat er getan?« setzte er unvermittelt hinzu.
»Damit ich ihn heirate? Gar nichts«, erwiderte Isabel, deren Geduld sich jetzt mit ein wenig Härte helfen mußte. »Wenn er große Dinge vollbracht hätte, würden Sie mir dann eher vergeben? Geben Sie mich doch auf, Mr. Goodwood; ich heirate eine perfekte Null. Sparen Sie Ihr Interesse. Er kann Sie gar nicht interessieren!«
»Ich kann ihn nicht einschätzen; das meinen Sie. Und Sie meinen keineswegs, daß er eine perfekte Null ist. Sie finden ihn großartig. Sie finden ihn groß, auch wenn niemand sonst das findet.«

Isabels Farben vertieften sich; ihr Gast ging wirklich zu weit; sie konnte nur in dem Gedanken Zuflucht suchen, daß Leidenschaft sich an Empfindungen ausliefert, die sie niemals für angenehm gehalten hatte. »Warum kommen Sie immer auf das zurück, was andere finden? Ich kann Mr. Osmond doch unmöglich mit Ihnen erörtern.«

»Das sehe ich ein«, sagte Caspar vernünftig. Und er saß da mit seiner Miene steifer Hilflosigkeit, als ob nicht nur dies unmöglich sei, sondern als ob es auch sonst nichts gäbe, was sie noch erörtern könnten.

»Da sehen Sie, wie wenig Sie gewinnen«, begehrte sie auf, »wie wenig Trost und Genugtuung ich Ihnen geben kann.«

»Ich habe auch nicht viel erwartet.«

»Dann verstehe ich nicht, warum Sie kamen.«

»Ich kam, um Sie noch einmal zu sehen – ganz so, wie Sie sind.«

»Ich habe nichts dagegen, aber wenn Sie etwas gewartet hätten, früher oder später hätten wir uns gewiß getroffen, und das wäre dann für beide Teile viel erfreulicher gewesen.«

»Gewartet bis nach Ihrer Heirat? Das gerade wollte ich nicht. Dann sind Sie verändert.«

»Nicht viel. Ich werde Ihnen immer wohlgesinnt bleiben. Warten Sie nur ab.«

»Das macht es nur noch schlimmer«, sagte Mr. Goodwood voller Ingrimm.

»Ach, Sie sind unbelehrbar! Ich kann doch nicht versprechen, Sie zu verabscheuen, nur damit Sie leichter auf mich verzichten.«

»Das wäre mir auch völlig gleichgültig.«

Isabel erhob sich mit einer Bewegung unterdrückter Ungeduld und trat ans Fenster, wo sie einen Augenblick stehenblieb und hinausschaute. Als sie sich wieder umdrehte, saß ihr Besucher noch immer bewegungslos an seinem Platz. Sie trat wieder auf ihn zu und machte bei dem Sessel halt, den sie eben verlassen hatte, und stützte die Hand auf die Lehne. »Wollen Sie sagen, daß Sie mich einfach nur ansehen wollten? Das ist vielleicht besser für Sie als für mich.«

»Ich wollte den Klang Ihrer Stimme hören«, sagte er.

»Das haben Sie jetzt, und haben wohl auch gemerkt, daß sie nicht sehr liebevoll klingt.«

»Er entzückt mich trotzdem.« Und damit stand er auf.

Voller Schmerz und Unbehagen hatte sie früh am Morgen die Nachricht erhalten, daß er in Florenz sei und mit ihrer Erlaubnis sie in einer Stunde aufsuchen werde. Sie war bekümmert und verwirrt gewesen, obwohl sie ihm durch seinen Boten hatte sagen lassen, daß er gerne kommen könne. Seinem Anblick war ihre Bedrücktheit nicht gewichen, schon seine Anwesenheit schloß so viele Verpflichtungen ein. Verpflichtungen, die sie nie anerkennen würde, Rechte, Vorwürfe, Vorstellungen, Tadel und die Erwartung, daß sie ihren Entschluß umstoße. Allerdings wurden diese Dinge, sollte das die Absicht gewesen sein, nicht ausgesprochen, so daß unsere junge Freundin jetzt, so seltsam es klingt, die auffallende Selbstbeherrschung ihres Besuchers zu ärgern begann. Er zeigte einen dumpfen Jammer, der sie verwirrte; aber die männliche Festigkeit seiner Hand ließ ihr Herz schneller schlagen. Sie spürte ihre steigende Bewegung, und sie sagte sich, daß sie sich ärgere wie eine Frau, die im Unrecht ist. Sie war nicht im Unrecht; diese Bitternis brauchte sie glücklicherweise nicht zu schlucken; aber dennoch wünschte sie, er werde sie ein wenig heruntermachen. Sie hatte gehofft, sein Besuch werde nicht lange dauern, es gab keinen Sinn, keine Berechtigung dazu. Doch jetzt, als er sich abzukehren schien, packte sie ein plötzliches Entsetzen, er könne sie verlassen, ohne ein Wort zu sagen, das ihr Gelegenheit geben könne, sich zu verteidigen; sich besser zu verteidigen als damals vor einem Monat, als sie ihm in wenigen, sorgfältig überlegten Worten ihre Verlobung mitgeteilt hatte. Aber wenn sie nicht im Unrecht war, warum verlangte es sie so sehr nach einer Verteidigung? Es war von Isabels Seite ein Ausdruck ihrer Großmut, daß sie sich wünschte, Mr. Goodwood verärgert zu sehen. Und wenn er sich nicht so zusammengenommen hätte, wäre es ihr tatsächlich gelungen, als er den Ton hören mußte, in den sie plötzlich ausbrach, als ob sie ihn anzuklagen habe, als habe er wirklich angeklagt: »Ich habe Sie nicht betrogen! Ich war völlig frei!«

»Ja, das weiß ich«, sagte Caspar.

»Ich habe Sie gründlich gewarnt, daß ich mir eine freie Wahl vorbehielte.«

»Sie sagten, Sie würden wahrscheinlich nie heiraten, und Sie sagten es in solchem Ton, daß ich Ihnen durchaus glaubte.«

Einen Augenblick erwog sie dies. »Niemand ist überraschter als ich selbst über meinen jetzigen Entschluß.«

»Sie sagten zu mir, daß ich es nicht glauben solle, wenn ich von Ihrer Verlobung erführe«, fuhr Caspar fort. »Ich erfuhr es vor

zwanzig Tagen von Ihnen selbst, aber ich entsann mich Ihrer Worte. Ich dachte, es sei vielleicht ein Irrtum, deshalb bin ich auch zum Teil gekommen.«
»Wenn Sie wünschen, daß ich es mündlich wiederhole, so ist das bald geschehen. Von Irrtum kann keine Rede sein.«
»Das habe ich erkannt, als ich ins Zimmer trat.«
»Was hätten Sie davon, wenn ich nicht heiraten würde?« fragte sie mit einer gewissen Heftigkeit.
»Es wäre mir lieber als so.«
»Sie sind sehr selbstsüchtig, wie ich schon einmal sagte.«
»Das weiß ich. Ich bin so selbstsüchtig wie Eisen.«
»Selbst Eisen schmilzt zuweilen! Wenn Sie vernünftig sein wollen, werden wir uns später wiedersehen.«
»Nennen Sie mich jetzt nicht vernünftig?«
»Ich weiß nicht, was ich Ihnen noch sagen soll«, sagte sie in plötzlicher Demut.
»Ich werde Sie auf lange Zeit nicht mehr behelligen«, fuhr der junge Mann fort. Er schritt auf die Tür zu, aber er machte wieder halt. »Ich kam noch aus einem anderen Grund. Ich wollte gern hören, wie Sie Ihre Sinnesänderung zu erklären gedenken.«
Ebenso plötzlich war ihre Demut wieder verschwunden.
»Zu erklären? Glauben Sie, daß ich zu einer Erklärung verpflichtet bin?«
Er schenkte ihr einen seiner langen, stummen Blicke. »Sie waren damals sehr positiv. Ich verließ mich darauf.«
»Ich auch. Denken Sie denn, ich könnte es erklären, wenn ich auch wollte?«
»Nein, vermutlich nicht. Immerhin«, setzte er hinzu, »ich habe meine Absicht ausgeführt. Ich habe Sie wiedergesehen.«
»Wie wenig Sie von diesen schrecklichen Reisen haben!« Sie fühlte die Armseligkeit ihrer eigenen Worte.
»Wenn Sie befürchten, daß es mich umwirft – irgend etwas in dieser Hinsicht –, dann können Sie ganz beruhigt sein.« Er wandte sich ab, diesmal endgültig, kein Händedruck, kein Abschiedszeichen wurde zwischen ihnen gewechselt. An der Türe machte er halt, die Hand auf dem Türgriff. »Ich werde Florenz morgen wieder verlassen«, sagte er, ohne daß seine Stimme schwankte.
»Das höre ich gern!« antwortete sie leidenschaftlich. Fünf Minuten später, nachdem er gegangen war, brach sie in Tränen aus.

XXXIII

IHR Tränenanfall besänftigte sich bald, und alle Spuren waren verwischt, als sie eine Stunde später ihrer Tante die Neuigkeit schonend beizubringen versuchte. Wir gebrauchen diesen Ausdruck, weil sie genau wußte, daß Mrs. Touchett nicht sehr angenehm berührt sein würde. Isabel hatte mit ihrer Mitteilung nur gewartet, bis sie Mr. Goodwood gesprochen hatte. Denn sie hatte das sonderbare Gefühl gehabt, als sei es nicht ganz ehrenhaft, die Sache zu veröffentlichen, bevor sie nicht erfuhr, was Mr. Goodwood dazu zu sagen hatte. Er hatte eigentlich weniger gesagt, als sie gedacht hatte, es war ihr jetzt ein irgendwie ärgerliches Gefühl, Zeit vertan zu haben. Aber sie würde keine mehr verlieren; Mrs. Touchett hatte also kaum den Salon vor dem mittäglichen Frühstück betreten, als sie anhub: »Tante Lydia, ich muß dir etwas sagen.«

Mrs. Touchett fuhr leicht zusammen und blickte sie beinahe kriegerisch an. »Du brauchst mir nichts zu sagen. Ich weiß es bereits.«

»Ich wüßte nicht, wieso du das wissen kannst.«

»Genau wie ich weiß, wenn ein Fenster offensteht – ich merke, daß es zieht. Du willst diesen Menschen heiraten.«

»Welchen Menschen meinst du?« fragte Isabel mit großer Würde.

»Madame Merles Freund – Mr. Osmond.«

»Warum nennst du ihn Madame Merles Freund? Ist er hauptsächlich unter dieser Eigenschaft bekannt?«

»Wenn er nicht ihr Freund wäre, müßte er es werden – nach allem, was sie für ihn getan hat!« rief Mrs. Touchett. »Ich hätte es ja nicht von ihr gedacht, ich bin sehr enttäuscht.«

»Wenn du denkst, daß Madame Merle irgend etwas mit meiner Verlobung zu tun hat, dann bist du sehr im Irrtum«, erklärte Isabel in einer Art glühender Kälte.

»Du meinst, daß deine Vorzüge genügten, ohne daß man den Herrn aufzustacheln brauchte? Da hast du freilich recht. Sie sind riesig, deine Vorzüge, und er würde sich nie angemaßt haben, ein Auge auf dich zu werfen, wenn sie ihn nicht dazu angestiftet hätte. Er ist sehr von sich eingenommen, aber er war nicht der Mann, um sich die Mühe zu machen. Madame Merle hat ihm die Mühe abgenommen.«

»Er hat sich Mühe genug gegeben!« rief Isabel und lachte gezwungen.

Mrs. Touchett nickte mit Entschiedenheit. »Ich denke, das muß er wohl, sonst könntest du ihn jetzt unmöglich so schätzen.«
»Ich dachte, selbst dir gefiele er ganz gut.«
»Das tat er früher auch; darum bin ich ja so böse auf ihn.«
»Sei böse auf mich, nicht auf ihn«, sagte das Mädchen.
»Oh, auf dich bin ich immer böse; das ist kein Trost! Hast du deshalb Lord Warburton ausgeschlagen?«
»Bitte, komm nicht wieder darauf zurück. Warum sollte ich Mr. Osmond nicht gernhaben, anderen erging es doch auch schon so.«
»Die anderen haben auch in ihren tollsten Momenten nicht daran gedacht, ihn zu heiraten. Hinter ihm steckt doch nichts«, erklärte Mrs. Touchett.
»Dann kann er mir ja nicht weh tun«, sagte Isabel.
»Glaubst du denn, daß du glücklich wirst? Bei solchen Geschichten wird man nicht glücklich, das mußt du wissen.«
»Dann werde ich die Mode einführen. Wozu heiratet man denn?«
»Wozu *du* heiratest, das mag der Himmel wissen. Gewöhnlich heiraten die Leute genauso, wie wenn sie eine Partnerschaft eingehen – um eine Firma zu gründen. Aber bei eurer Partnerschaft kommt alles von deiner Seite.«
»Heißt das, daß Mr. Osmond nicht reich ist? Redest du davon?« fragte Isabel.
»Er hat kein Geld; er hat keinen Namen; er hat keine Bedeutung. Ich schätze solche Dinge sehr hoch, und ich habe den Mut, das offen auszusprechen; ich halte sie für sehr wertvoll. Viele andere Leute tun das genauso und zeigen es auch. Sie begründen es nur anders.«
Isabel zögerte ein wenig. »Ich glaube, auch ich schätze alles, was wertvoll ist. Geld ist mir sehr wichtig; darum möchte ich ja, daß Mr. Osmond auch ein bißchen erhält.«
»Dann gib es ihm in Gottes Namen, aber heirate jemand anders.«
»Sein Name ist gut genug für mich«, fuhr das Mädchen fort. »Es ist ein sehr hübscher Name. Ist denn meiner so besonders?«
»Grund genug durchaus, daß du ihn verbesserst. Gute amerikanische Namen gibt es nur ein Dutzend. Heiratest du ihn aus Mitgefühl?«
»Tante Lydia, es war meine Pflicht, dir die Sache mitzuteilen, aber ich glaube nicht, daß ich sie auch noch erklären muß. Außerdem könnte ich es gar nicht. Also bitte erhebe keine Einwände; wenn ich darüber rede, ziehe ich den kürzeren. Ich kann darüber nicht sprechen.«

»Ich erhebe keine Einwände, ich gebe dir nur Antwort; ich muß ja schließlich irgendein Zeichen des Verstehens von mir geben. Ich sah es kommen und habe nichts gesagt. Ich mische mich nie ein.«
»Das tust du auch nie, und ich bin dir sehr dankbar dafür. Es war sehr rücksichtsvoll.«
»Es war nicht rücksichtsvoll – es war bequem«, sagte Mrs. Touchett. »Aber ich werde mit Madame Merle reden.«
»Ich verstehe nicht, wieso du immer sie hineinziehst. Sie war mir eine sehr gute Freundin.«
»Schon möglich; aber zu mir war sie falsch.«
»Was hat sie dir getan?«
»Sie hat mich betrogen. Sie hatte mir so gut wie versprochen, deine Verlobung zu verhindern.«
»Das hätte sie nie gekonnt.«
»Sie kann alles; darum habe ich sie ja immer gerngehabt. Ich wußte, daß sie jede Rolle spielen kann; aber ich verstand es immer dahin, daß sie sie hintereinander spielte. Ich wußte nicht, daß sie auch Doppelrollen spielt.«
»Ich weiß nicht, welche Rolle sie bei dir gespielt hat«, sagte Isabel. »Das geht nur euch beide an. Zu mir war sie immer aufrichtig und liebevoll und ergeben.«
»Ergeben, natürlich; sie wünschte ja, daß du ihren Kandidaten heiratest. Mir sagte sie, sie wolle dich beobachten, um rechtzeitig einzuschreiten.«
»Das hat sie nur dir zu Gefallen gesagt«, antwortete das Mädchen; sie war sich jedoch bewußt, daß diese Erklärung kaum ausreichte.
»Mir zu Gefallen, indem sie mich betrügt? Da kennt sie mich besser. Gefällt es mir denn jetzt?«
»Ich glaube nicht, daß dir so leicht etwas gefällt«, gestand Isabel. »Wenn Madame Merle wußte, daß du die Wahrheit erfährst, was hat sie dann mit ihrem Doppelspiel gewonnen?«
»Sie gewann Zeit, wie du siehst. Während ich darauf wartete, daß sie eingriff, bist du losmarschiert, und sie hat in Wirklichkeit die Pauke dazu geschlagen.«
»Das ist alles gut und schön. Aber du gibst es selbst zu, daß du mich marschieren sahst, und selbst wenn sie den Takt dazu schlug, so würdest du doch nicht versucht haben, mich aufzuhalten?«
»Nein, nicht ich, aber jemand anders.«
»Wen meinst du?« fragte Isabel, die Tante scharf anblickend.

Mrs. Touchetts blanke kleine Augen, so beweglich sie sonst waren, hielten dem Blick mehr stand, als daß sie ihn zurückgaben. »Hättest du nicht auf Ralph gehört?«
»Nicht, wenn er Mr. Osmond beschimpft hätte.«
»Ralph beschimpft andere Leute nicht; das weißt du ganz genau. Er hängt sehr an dir.«
»Das weiß ich«, sagte Isabel, »und das wird mir jetzt sehr wertvoll sein, denn er weiß, daß ich alles, was ich tue, mit Überlegung tue.«
»Er hat nie geglaubt, daß du dieses tust. Ich sagte ihm, du wärest durchaus dazu imstande, aber er vertrat die gegenteilige Ansicht.«
»Das tat er nur aus Lust am Widersprechen.« Das Mädchen lächelte. »Ihn beschuldigst du nicht, daß er dich betrog; warum willst du Madame Merle beschuldigen?«
»Er hat nie vorgegeben, es verhindern zu wollen.«
»Da bin ich froh!« rief Isabel heiter. »Ich möchte gern«, setzte sie hinzu, »wenn er kommt, daß du ihm gleich von meiner Verlobung erzählst.«
»Natürlich werde ich das erwähnen«, sagte Mrs. Touchett. »Und jetzt werde ich nicht mehr mit dir davon sprechen, aber ich mache dich darauf aufmerksam, daß ich es anderen erzählen werde.«
»Das steht dir frei. Ich dachte nur, es wäre überhaupt besser, daß die Bekanntgabe durch dich als durch mich erfolgt.«
»Da gebe ich dir recht, das gehört sich so!« Und damit gingen Tante und Nichte zum Lunch, wobei Mrs. Touchett ihrem Wort gemäß nicht wieder auf Gilbert Osmond zurückkam. Nach längerem Schweigen jedoch fragte sie ihre Nichte, wer sie vor einer Stunde besucht habe.
»Ein alter Freund – ein Herr aus Amerika«, sagte Isabel, eine leichte Röte im Gesicht.
»Natürlich ein Amerikaner. Nur ein Amerikaner macht morgens um zehn Uhr Besuch.«
»Es war halb elf, und er hatte es sehr eilig; er fährt heute abend wieder ab.«
»Konnte er da nicht gestern kommen, zur üblichen Zeit?«
»Er kam erst gestern nacht an.«
»Und bleibt nur vierundzwanzig Stunden in Florenz?« rief Mrs. Touchett aus. »Da ist er wahrhaftig ein Amerikaner.«
»Das ist er wirklich«, sagte Isabel und dachte unwillkürlich vol-

ler Bewunderung an alles, was Caspar Goodwood für sie getan. Zwei Tage später kam Ralph zurück; aber obwohl Isabel überzeugt war, daß Mrs. Touchett keine Zeit verloren hatte, ihm die große Neuigkeit mitzuteilen, zeigte er zunächst nicht offen, daß er etwas wußte. Ihr erstes Gespräch drehte sich natürlich um seine Gesundheit; Isabel hatte viele Fragen über Korfu. Sie war von seinem Aussehen entsetzt, als er ins Zimmer trat; sie hatte vergessen, wie krank er war. Trotz Korfu sah er heute sehr leidend aus, und sie fragte sich, ob es ihm wirklich schlechter ging, oder ob sie es nur einfach verlernt hatte, mit einem Kranken zusammenzuleben. Der arme Ralph kam der konventionellen Schönheit mit fortschreitenden Jahren nicht gerade näher, und der jetzt anscheinend vollständige Verlust seiner Gesundheit trug wenig dazu bei, die angeborene Seltsamkeit seiner Erscheinung zu mildern. Gezeichnet und verzerrt, aber noch immer für alle Eindrücke empfänglich, noch immer ironisch, war sein Gesicht wie eine von innen erleuchtete, mit Papier verklebte, unsicher gehaltene Laterne; sein dünner Backenbart erstreckte sich über hagere Wangen, seine scharf gebogene Nase sprang noch weiter vor. Hager war er ganz und gar, hager und lang und lose zusammengefügt; ein zufälliges Bündel loser Knochengelenke. Sein braunes Samtjackett trug er nun schon seit Jahren; seine Hände hatten sich in den Hosentaschen fest eingenistet; er ging schleppend, unsicher, mit schleifenden Sohlen, woran man seine große physische Hilflosigkeit erkannte. Dieser wunderliche Gang kennzeichnete vielleicht, mehr als alles andere, seinen Charakter als den eines wunderlichen Kranken, eines Kranken, für den selbst sein eigenes Versagen noch zum allgemeinen Gaudium gehörte. In diesem körperlichen Versagen lag wohl auch die Ursache für den mangelnden Ernst, der für seinen Ausblick auf die Welt bezeichnend war, in welcher sich ein stichhaltiger Grund für seine anhaltende eigene Gegenwart längst nicht mehr ermitteln ließ. Isabel war seine Häßlichkeit langsam ans Herz gewachsen; seine Unbeholfenheit war ihr teuer geworden. Im Umgang mit ihm verklärten sich beide Eigenschaften, ja, sie schienen ihr die Voraussetzung seines besonderen Charmes zu sein. Er war so charmant, daß ihr Gefühl für sein Kranksein bisher eine Art Trost enthielt; sein Gesundheitszustand schien keine Begrenzung, sondern intellektuell nur ein Vorteil zu sein; er entband ihn von allen beruflichen und offiziellen Sorgen und gestattete ihm den Luxus, ausschließlich seiner eigenen Person

zu leben. Die Persönlichkeit, die so entstand, war bezaubernd; sie war noch immer ein Beweis gegen die schale, abstumpfende Wirkung des Leidens; er hatte sich damit abzufinden, daß er beklagenswert krank war, aber der formalen Kränklichkeit war er noch immer entflohen. Dies war der Eindruck gewesen, den das junge Mädchen bisher von ihrem Vetter hatte, und wenn sie ihn bemitleidete, geschah es immer erst, wenn sie nachdachte. Da sie viel nachdachte, hatte sie ihm stets eine gewisse Portion Mitleid zugestanden; aber sie war beständig in Angst, von dieser Essenz zu viel zu verschwenden – von dieser Kostbarkeit, die dem Spender mehr wert ist als jedem anderen. Jetzt hingegen bedurfte es keiner besonderen Feinfühligkeit, um zu spüren, daß der arme Ralph das Leben nicht mehr so elastisch trug, wie er eigentlich sollte. Er hatte einen klaren, freien, großzügigen Geist; er besaß die Erleuchtung der Weisheit ohne ihre Pedanterie und siechte doch trauervoll dem Tode entgegen.
Isabel bemerkte erneut, daß für manche Leute das Leben doch sehr hart war, und fühlte eine leise Glutwelle der Beschämung, als sie daran dachte, wie leicht es jetzt für sie zu werden versprach. Sie war darauf gefaßt, daß Ralph ihre Verlobung nicht gutheißen würde; aber sie war nicht gewillt, trotz ihrer Zuneigung für ihn, sich durch diesen Umstand die Laune verderben zu lassen. Sie war nicht einmal gewillt, oder dachte es wenigstens, sich über sein Mißfallen zu ärgern; denn es würde ja sein Privileg sein – tatsächlich seine natürliche Linie –, an jedem Schritt etwas auszusetzen, der sie einer Heirat näherbrachte. Jeder Vetter gibt vor, den Ehegatten der Kusine zu hassen; das war traditionell, das war klassisch; das gehörte ebenso dazu wie die Anbetung, die einem angeblich jeder Vetter entgegenbringt. Ralph war alles andere als unkritisch; und wenn sie auch gewiß froh gewesen wäre, vorausgesetzt, alles war sonst das gleiche, mit seiner Zustimmung wie mit der Zustimmung von jedermann zu heiraten, so war es doch abwegig, ihre Wahl ernsthaft davon abhängig zu machen, ob sie seinen Gesichtspunkten widersprach. Und welche Gesichtspunkte hatte er denn? Er hätte es angeblich gutgeheißen, wenn sie Lord Warburton geheiratet hätte; aber das lag nur daran, daß sie diesen trefflichen Mann ausgeschlagen hatte. Andernfalls würde Ralph bestimmt andere Töne angeschlagen haben; er bezog immer den gegensätzlichen Standpunkt. Man konnte jede Heirat kritisieren; es gehörte zum Wesen einer Heirat, Kritik herauszufordern. Wie gut könnte sie

selbst, käme es dabei nur auf ihre Meinung an, diese ihre eigene Verbindung kritisieren. Sie hatte Besseres zu tun; Ralph konnte ihr gern diese Aufgabe abnehmen. Isabel war zu äußerster Geduld und äußerster Nachsicht bereit. Er mußte das gemerkt haben, um so befremdlicher war es, daß er gar nichts sagte. Nachdem drei Tage vergingen, ohne daß er sprach, wurde unserer Heldin die Warterei zu lang; so unangenehm es ihm sein mochte, der Form konnte er schließlich genügen. Wir, die wir von dem armen Ralph mehr wissen als seine Kusine, wollen gern glauben, daß er während der Stunden nach seiner Ankunft im Palazzo Crescentini, ganz allein, schon viele Formen durchlaufen hatte. Seine Mutter hatte ihn buchstäblich mit der großen Neuigkeit begrüßt, die ihn noch fühlbarer erkältet hatte als Mrs. Touchetts mütterlicher Kuß. Ralph war wie vor den Kopf geschlagen und fühlte sich gedemütigt; seine Berechnungen waren falsch gewesen, und der Mensch, an dem er auf Erden das meiste Interesse hatte, war ihm verlorengegangen. Er strich durchs Haus wie ein steuerloses Schiff in einem klippenreichen Strom oder saß im Garten des Palastes in einem großen Rohrstuhl, seine langen Beine ausgestreckt, den Kopf zurückgeworfen und den Hut über die Augen gezogen. Es war ihm kalt ums Herz; nie hatte ihm etwas derartig mißfallen. Was sollte er tun? Was sollte er sagen? Wenn das Mädchen unwiederbringlich verloren war, wie konnte er dann Zustimmung heucheln? Der Versuch, sie zurückzurufen, würde nur gerechtfertigt sein, wenn er gelang. Sie zu der Überzeugung zu bringen, daß dem Mann, dessen dunklen Künsten sie unterlegen war, etwas Verdorbenes und Trübes anhaftete, ließ sich mit Anstand und Diskretion nur vereinen, wenn sie sich wirklich überzeugen ließ. Sonst konnte er sich einfach nur verwünschen. Es kostete ihn dieselbe unsägliche Mühe, seine Gedanken auszusprechen, wie sie in sich zu verschließen; er konnte weder aufrichtig zustimmen noch aussichtsreich protestieren. Währenddessen wußte er – oder vermutete es vielmehr –, daß das verlobte Paar täglich seine stummen Gelübde erneuerte. Osmond erschien zu dieser Zeit kaum im Palazzo Crescentini; Isabel traf ihn täglich irgendwo, was ihr nach der Veröffentlichung ihrer Verlobung natürlich freistand. Sie hatte sich für den Monat eine Kutsche gemietet, um nicht ihrer Tante für ein Mittel verpflichtet zu sein, dessen Zweck Mrs. Touchett mißbilligte, und fuhr jeden Morgen zum Cascine. Diese Vorstadtwildnis war in den frühen Morgenstunden noch leer von allen Besuchern, und nachdem unsere junge Dame ihren Verlobten dort an einer stillen Ecke getroffen, spazierten sie zusammen durch den italienischen Morgendunst und lauschten auf die Nachtigallen.

XXXIV

EINES Morgens, als sie von ihrer Ausfahrt zurückgekehrt war, ungefähr eine halbe Stunde vor dem Lunch, stieg sie im Hof des Palastes aus und ging, anstatt die große Freitreppe hinaufzusteigen, über den Hof durch einen anderen Bogengang in den Garten. Zu dieser Stunde ließ sich kein lieblicherer Ort vorstellen. Über ihm hing die Stille des Mittags, und der warme Schatten, eingefangen und lautlos, machte aus den Lauben geräumige grüne Käfige. Dort, im klaren Dämmerschein, saß Ralph zu Füßen einer Statue der Terpsichore – einer tanzenden Nymphe mit spitz zulaufenden Fingern und sich bauschenden Gewändern nach der Art des Bernini; die völlige Gelöstheit seiner Haltung ließ Isabel zunächst vermuten, er sei eingeschlafen. Er hatte ihre leichten Schritte im Gras offenbar überhört; bevor sie zurückging, blieb sie einen Augenblick stehen und betrachtete ihn. Im selben Augenblick öffnete er die Augen, daraufhin setzte sie sich auf einen zweiten Gartenstuhl, der dem seinen entsprach. Obgleich sie ihn, verwirrt wie sie war, der Gleichgültigkeit beschuldigt hatte, war ihr doch nicht entgangen, daß er offensichtlich über etwas grübelte. Aber sie hatte sich seine Geistesabwesenheit teils durch die Abgespanntheit seiner wachsenden Schwäche, teils durch die Sorgen erklärt, die mit seinem väterlichen Erbe zusammenhingen – dem Ergebnis exzentrischer Abmachungen, denen Mrs. Touchett nicht zugestimmt und die jetzt, wie sie Isabel erzählt hatte, bei den anderen Teilhabern der Bank Opposition erregten. Er hätte nach England gehen müssen, sagte seine Mutter, anstatt nach Florenz zu kommen; er war seit Monaten nicht dort gewesen und zeigte für die Bank ungefähr das gleiche Interesse wie für den Staat von Patagonien.

»Es tut mir leid, daß ich dich aufweckte«, sagte Isabel; »du siehst sehr müde aus.«

»Ich bin sehr müde. Aber ich habe nicht geschlafen, ich habe an dich gedacht.«

»Und darum bist du müde?«

»Ja, sehr; es führt zu nichts. Der Weg ist weit, und ich gelange nie ans Ziel.«

»Wo willst du hingelangen?« spielte sie ihm die Frage zu, ihren Sonnenschirm zusammenklappend.

»Zu dem Punkt, daß ich mir klar werde, was ich von deiner Verlobung denken soll.«

»Denke nicht zuviel daran«, entgegnete sie leichthin.

»Meinst du, daß es mich nichts angeht?«

»Über einen gewissen Punkt hinaus nicht.«

»Diesen Punkt möchte ich gern fixieren. Du wirst dich wahrscheinlich gewundert haben über mein schlechtes Betragen. Ich habe dir noch nicht gratuliert.«

»Natürlich habe ich das bemerkt. Ich wunderte mich, warum du schwiegst.«

»Dafür gibt es viele Gründe. Ich werde sie dir jetzt auseinandersetzen«, sagte Ralph. Er nahm seinen Hut ab und legte ihn auf den Boden; dann blickte er sie an. Er lehnte sich in Berninis Schutz zurück, den Kopf gegen den Marmorsockel gestützt; seine Arme hingen zu beiden Seiten herab, seine Hände ruhten auf den Armlehnen des breiten Stuhls. Er sah verlegen aus, es war ihm nicht behaglich; er zögerte lange. Auch Isabel sagte nichts. Wenn Leute verlegen waren, tat es ihr meist leid; aber diesmal war sie entschlossen, Ralph nicht die geringste Hilfestellung zu geben, um ein Wort zu äußern, das die Ehre ihrer hohen Entscheidung antasten konnte. »Ich glaube, ich habe mich noch immer nicht von meiner Überraschung erholt«, hob er endlich an. »Du warst meiner Ansicht nach die letzte, die sich einfangen lassen würde.«

»Ich weiß nicht, warum du es einfangen nennst.«

»Weil man dich in einen Käfig sperren wird.«

»Wenn mir der Käfig gefällt, braucht es dich doch nicht zu stören«, gab sie zur Antwort.

»Darüber zerbreche ich mir ja den Kopf; darüber denke ich unaufhörlich nach.«

»Wenn *du* schon nachdenkst, kannst du dir wohl vorstellen, wie sehr *ich* nachgedacht habe. Jetzt bin ich sehr befriedigt, daß ich so gut gefahren bin.«

»Du mußt dich mächtig verändert haben. Noch vor einem Jahr ging dir die Freiheit über alles; du wolltest das Leben kennenlernen.«

»Ich habe es kennengelernt«, sagte Isabel. »Ich muß zugeben, daß es mir heute nicht mehr so verlockend erscheint.«

»Das will ich auch nicht behaupten; ich hatte nur die Vorstellung, daß du es mit wohlwollenden Augen ansahst und das ganze Feld überblicken wolltest.«

»Ich habe eingesehen, daß man so etwas Allgemeines nicht unternehmen kann. Man muß sich einen Winkel aussuchen und den bestellen.«

»Das denke ich auch; man muß den bestmöglichen Winkel aussuchen. Ich hatte keine Ahnung, den ganzen Winter über, während ich deine reizenden Briefe las, daß du schon am Aussuchen warst. Du schriebst ja nichts davon, da war ich nicht mehr auf der Hut.«

»Es war keine Sache, über die sich schreiben ließ. Außerdem kannte ich die Zukunft nicht. Es hat sich alles erst vor kurzem entschieden. Wenn du aber auf der Hut geblieben wärst«, fragte Isabel, »was hättest du dann getan?«

»Dann hätte ich gesagt: Warte noch ein bißchen.«

»Und worauf?«

»Nun, auf ein bißchen mehr Licht«, sagte Ralph mit einem recht törichten Lächeln, während seine Hände den Weg in seine Taschen fanden.

»Woher sollte mir das Licht kommen? Von dir?«

»Ich hätte vielleicht ein paar Funken geschlagen.«

Isabel hatte ihre Handschuhe abgestreift, sie fuhr jetzt glättend darüber hin, als sie auf ihren Knien lagen. Aber die Sanftheit dieser Gebärde war zufällig, denn ihr Ausdruck war nicht versöhnlich. »Du klopfst nur auf den Busch, Ralph. Du willst sagen, daß du Mr. Osmond nicht leiden kannst, und hast bloß Angst davor.«

»›Bereit zu verwunden, doch voll Angst, zuzuschlagen‹? Ich bin bereit, *ihn* zu verwunden, gewiß – aber nicht dich. Ich habe Angst vor dir, nicht vor ihm. Wenn du ihn heiratest, wäre es nicht sehr glücklich, wenn ich mich offen über ihn ausspreche.«

»*Wenn* ich ihn heirate! Hattest du denn erwartet, du könntest mich davon abbringen?«

»Das erscheint dir natürlich zu anmaßend.«

»Nein«, sagte Isabel ein bißchen später, »das erscheint mir zu rührend.«

»Das ist dasselbe. Ich komme mir ganz lächerlich vor, wenn du mich bemitleidest.«

Wieder strich sie über ihre langen Handschuhe. »Ich weiß, daß du mir sehr zugetan bist. Das darf ich nicht vergessen.«

»Um Gottes willen, versuche es nicht. Halte dir das immer vor Augen. Dann wirst du begreifen, wie dringend ich möchte, daß es dir wohl ergeht.«

»Und wie wenig du mir traust.«

Einen Moment herrschte Schweigen; selbst die warme Mittagsstunde schien zu lauschen. »Dir traue ich, aber ihm traue ich nicht«, sagte Ralph.

Sie schlug voll die Augen auf und blickte ihn groß an. »Nun hast du es gesagt, und ich bin froh, daß du es so klar formuliert hast. Du wirst dafür büßen müssen.«

»Nicht, wenn du gerecht bist.«

»Ich bin sehr gerecht«, sagte Isabel. »Wie könnte ich es besser beweisen als dadurch, daß ich dir nicht böse bin? Ich weiß nicht, was mit mir los ist, aber ich bin es nicht. Ich war es zuerst, als du anfingst, aber das ist vergangen. Vielleicht sollte ich böse sein, aber das wäre Mr. Osmond nicht recht. Er möchte, daß ich alles kennenlerne; das gefällt mir so an ihm. Du hast nichts zu gewinnen, das weiß ich. Ich bin als Mädchen nie so nett zu dir gewesen, daß du dir wünschen könntest, ich sollte ein Mädchen bleiben. Du gibst die besten Ratschläge; das hast du immer getan. Nein, ich bin ganz ruhig; ich habe immer an deine Klugheit geglaubt«, fuhr sie fort, stolz auf ihre Ruhe; dabei sprach sie mit einer Art unterdrücktem Feuer. Sie wünschte leidenschaftlich, gerecht zu sein; es griff Ralph ans Herz, es berührte ihn wie die Liebkosung eines Wesens, das er verletzt hatte. Er wollte sie unterbrechen, er wollte sie beruhigen; für einen Augenblick war er lächerlich schwankend geworden; er hätte am liebsten alles zurückgenommen, was er gesagt hatte. Aber sie ließ es nicht dazu kommen – sie fuhr fort, denn sie glaubte, den Schimmer einer heroischen Attitüde erhascht zu haben, und war nun gewillt, in dieser Richtung vorzudringen. »Ich merke, du hast eine besondere Auffassung; ich würde sie sehr gern erfahren. Bestimmt ist sie uneigennützig, das spüre ich. Mir kommt es merkwürdig vor, darüber zu argumentieren, und natürlich muß ich dir klipp und klar sagen, daß du dir alle Überredung sparen kannst. Du wirst mich nicht um einen Zentimeter abrücken können; dazu ist es zu spät. Wie du sagst, ich bin eingefangen. Du wirst dich nur ungern hieran erinnern, aber aller Kummer wird in deinen eigenen Gedanken stecken; ich werde dir nie etwas vorwerfen.«

»Das denke ich auch nicht«, sagte Ralph. »Es ist eben

absolut nicht die Heirat, die ich von dir erwartet hätte.«
»Und welche Heirat hättest du denn erwartet?«
»Ja, das kann ich kaum sagen. Ich hatte eigentlich keine positive Vorstellung, aber ich hatte eine negative. Ich hatte nicht gedacht, du würdest dich – nun ja, für *diesen* Typ entscheiden.«
»Was hast du gegen Mr. Osmonds Typ – wenn er einen hat? Was *mir* am meisten an ihm auffällt, ist seine Unabhängigkeit, seine individuelle Eigenart«, erklärte das Mädchen. »Was kennst du Nachteiliges an ihm? Eigentlich kennst du ihn doch überhaupt nicht.«
»Ja«, sagte Ralph, »ich kenne ihn sehr wenig, und ich gestehe, ich habe zuwenig Unterlagen, um nachzuweisen, daß er ein Bösewicht ist. Aber trotzdem habe ich das Gefühl, daß du ein schwerwiegendes Risiko eingehst.«
»Jede Ehe ist ein schwerwiegendes Risiko, und sein Risiko ist ebenso schwerwiegend wie meines.«
»Das ist seine Sache! Wenn er Angst hat, laß ihn aussteigen. Ich wünschte zu Gott, er würde es tun.«
Isabel lehnte sich in ihrem Stuhl zurück; sie verschränkte die Arme und blickte ihren Vetter eine Weile an. »Ich glaube nicht, daß ich dich verstehe«, sagte sie endlich sehr kühl. »Ich weiß nicht, wovon du redest.«
»Ich glaubte, du würdest einen Mann von mehr Bedeutung heiraten.«
Ihr Ton war kühl gewesen, aber jetzt stieg ihr die Farbe wie eine Flamme ins Gesicht. »Für wen von Bedeutung? Mir scheint, es genügt, wenn mein Mann für mich Bedeutung hat!«
Ralph war gleichfalls errötet. Seine Haltung war ihm peinlich. Physisch gesprochen machte er Anstalten, sie zu ändern; er richtete sich auf und lehnte sich nach vorn, die Hände auf die Knie gestützt. Er heftete seine Augen auf den Boden; er sah aus, als gebrauchte er alle respektvolle Vorsicht. »Ich werde dir gleich sagen, wie ich es meine«, sagte er sodann. Er fühlte, wie bewegt er war, wie er vor Eifer glühte; nachdem er die Diskussion einmal begonnen, wollte er nun sein Herz erleichtern. Aber ebensosehr wollte er mit äußerster Sanftmut vorgehen.
Isabel wartete ein wenig – dann fuhr sie majestätisch fort: »Mr. Osmond zeichnet sich in allem aus, was man an Menschen gern hat. Es mag noch edlere Naturen geben, aber die zu treffen, hatte ich nie das Vergnügen. Mr. Osmond ist der feinste Charakter, den ich kenne. Für mich ist er gut genug und interessant genug

und klug genug. Alles, was an ihm ist und was er darstellt, fällt mir viel mehr auf als das, was ihm vielleicht abgeht.«

»Ich hatte mir ein reizenderes Bild von deiner Zukunft ausgemalt«, bemerkte Ralph, ohne hierauf einzugehen. »Es hat mir immer Spaß gemacht, ein hohes Schicksal für dich zu entwerfen. Nichts von dieser Art kam darin vor. Du solltest nicht so leicht und nicht so bald schon herunterkommen.«

»Herunterkommen, sagst du?«

»Nun ja, so kommt es mir vor, was dir widerfahren ist. Du schienst mir hoch hinauf ins Blaue zu steigen, im hellen Licht, über den Köpfen der Menschen dahinzusegeln. Plötzlich wirft dir jemand eine welke Rosenknospe hinauf – eine Botschaft, die dich nie erreichen sollte –, und schon stürzt du geradewegs zu Boden. Es schmerzt mich«, sagte Ralph mit aller Kühnheit, »es schmerzt mich, als sei ich selbst herabgestürzt.«

Der schmerzliche und verwirrte Ausdruck seiner Gefährtin vertiefte sich. »Ich verstehe dich absolut nicht«, wiederholte sie. »Du sagst, es hat dir Spaß gemacht, dir meine Karriere auszumalen – das verstehe ich nicht. Treibe dein Vergnügen nicht zu weit, sonst denke ich noch, es geht auf meine Kosten.«

Ralph schüttelte den Kopf. »Das stört mich nicht, daß du an meinen großen Plänen für dich zweifelst.«

»Was meinst du mit meinem Aufsteigen und Dahinsegeln?« nahm sie den Faden wieder auf. »Ich habe mich nie auf höherer Ebene bewegt als jetzt. Es gibt nichts Höheres für ein Mädchen als – als einen Mann zu heiraten, den sie gernhat«, sagte die arme Isabel und verstrickte sich im Didaktischen.

»Daß du diese besagte Person gernhast – das wagte ich zu kritisieren, liebe Kusine. Ich würde sagen, daß der richtige Mann für dich eine aktivere, größere und freiere Natur haben müßte.« Ralph zögerte und setzte dann hinzu: »Ich kann einfach das Gefühl nicht loswerden, Osmond ist irgendwie – nun ja, zu schmal.« Er hatte das letzte Wort etwas unsicher ausgesprochen; er fürchtete, sie würde wieder auffahren. Aber zu seiner Überraschung blieb sie ruhig; ihre Miene war nachdenklich.

»Schmal?« Sie dehnte das Wort im Munde.

»Ich finde, er ist zu eng, zu selbstsüchtig. Er nimmt sich viel zu wichtig.«

»Er hat große Achtung vor sich selbst; das nehme ich ihm nicht übel«, sagte Isabel. »Um so sicherer respektiert er doch die anderen.«

Einen Augenblick fühlte sich Ralph durch ihren verständigen Ton ganz beruhigt. »Ja, aber alles ist relativ; man muß sich immer in Beziehung setzen zu den Dingen – zu den anderen. Ich glaube nicht, daß Mr. Osmond das tut.«

»Mich betreffen am meisten seine Beziehungen zu mir, und die sind ausgezeichnet.«

»Er ist der verkörperte gute Geschmack«, fuhr Ralph fort, scharf überlegend, wie sich Gilbert Osmonds finstere Eigenschaften am besten ausdrücken ließen, ohne daß er sich dadurch ins Unrecht setzte, daß seine Beschreibung zu roh wirkte. Er wollte ihn unpersönlich, wissenschaftlich beschreiben. »Er urteilt, mißt, billigt und verdammt alles nur danach.«

»Dann ist es ja entschieden ein Glücksumstand, daß sein Geschmack so hervorragend ist.«

»Natürlich ist er hervorragend, weil er dadurch veranlaßt wurde, dich als seine Braut zu wählen. Aber hast du je gesehen, wenn ein solcher Geschmack – ein so hervorragender Geschmack – die Fassung verliert?«

»Ich hoffe, daß es mir nicht beschieden ist, meinen Mann jemals zu enttäuschen.«

Bei diesen Worten sprang Ralph eine plötzliche Leidenschaft auf die Lippen. »O, das ist kindisch, das ist deiner unwürdig! Du bist nicht dazu geschaffen, daß man dich in dieser Weise mißt – du warst zu etwas Besserem bestimmt, als ängstlich Wache zu halten über die launische Empfindlichkeit eines sterilen Dilettanten!«

Isabel war rasch aufgesprungen, und er tat dasselbe, so daß sie sich jetzt einen Augenblick gegenüberstanden und sich ansahen, als hätte er ihr eine Beschimpfung oder eine Beleidigung hingeschleudert. Aber sie sagte nur atemlos: »Du gehst zu weit!«

»Ich habe gesagt, was mich bedrückt – und ich habe es gesagt, weil ich dich liebe!«

Isabel wurde blaß: Stand er auch auf der leidigen Liste? Sie spürte plötzlich das Verlangen, ihn auszustreichen. »Ach, dann bist du selbst nicht uninteressiert.«

»Ich liebe dich, aber ich liebe ohne Hoffnung«, sagte Ralph schnell, sich zu einem Lächeln zwingend und schon gewahr, daß er mit der letzten Erklärung mehr gesagt hatte, als er beabsichtigte.

Isabel machte einige Schritte und schaute in die sonnige Stille des Gartens; aber schon kehrte sie wieder um. »Ich fürchte jetzt, du sprachst einfach aus Verzweiflung. Ich verstehe das nicht – aber das macht ja nichts. Ich will nicht mit dir rechten; das wäre mir ganz unmöglich. Ich habe nur versucht, dir zuzuhören. Ich bin dir sehr dankbar, daß du versucht hast, mir alles zu erklären«, sagte sie sanft, als ob der Zorn, der sie hatte aufspringen lassen, sich schon wieder gelegt hätte. »Du hast es gut gemeint, daß du mich gewarnt hast, wenn du wirklich so beunruhigt bist; aber ich kann nicht versprechen, daß ich es mir zu Herzen nehme: ich werde es so schnell wie möglich vergessen. Und vergiß du es auch; du hast deine Pflicht getan, und mehr kann ein Mann nicht tun. Ich kann dir nicht erklären, was ich fühle und was ich glaube; und wenn ich es könnte, würde ich es nicht tun.« Sie machte eine Pause und fuhr dann mit ihrer Inkonsequenz fort, die Ralph selbst mitten in seinem Eifer, wenigstens das kleinste Zeichen einer Konzession aus ihren Worten herauszuhören, nicht entging: »Ich kann mich nicht auf deine Auffassung von Mr. Osmond einlassen; ich kann dir nicht widersprechen, weil ich ihn in ganz anderem Lichte sehe. Er ist nicht bedeutend – nein, das ist er nicht; er ist ein Mann, dem alle Bedeutung höchst gleichgültig ist. Wenn du das unter ›schmal‹ verstehst, dann laß ihn so ›schmal‹ sein, wie du willst. Ich nenne das groß – es ist das Größte, was ich kenne. Aber ich will mich nicht mit dir auf einen Streit einlassen über einen Menschen, den ich im Begriff stehe zu heiraten«, wiederholte Isabel. »Ich bin gar nicht daran interessiert, Mr. Osmond zu verteidigen; er ist nicht so schwach, daß er meine Verteidigung brauchte. Ich sollte meinen, es müßte dir seltsam vorkommen, daß ich so ruhig und kühl von ihm spreche, als wäre er sonst wer. Ich würde mit niemandem über ihn sprechen außer mit dir; und dir – nach dem, was du gesagt hast –, dir kann ich gleich ein für allemal antworten. Bitte schön, wünschst du denn, daß ich eine Geldheirat einginge – was man so eine Erfolgsheirat nennt? Ich habe nur einen Ehrgeiz – frei zu sein, um einem guten Gefühl folgen zu können. Ich hatte früher noch andere Pläne, aber die sind zerflattert. Tadelst du Mr. Osmond, weil er nicht reich ist? Darum gefällt er mir ja. Ich habe glücklicherweise Geld genug; ich war nie so dankbar dafür wie heute. Es hat Momente gegeben, da wäre ich gern hingegangen, um am Grabe deines Vaters niederzuknien. Er hat vielleicht mehr getan, als er damals wußte, als er es in meine Macht legte, einen armen Mann zu heiraten – einen Mann, der seine Armut mit solcher Würde, mit solcher Gleichgültigkeit getragen hat. Mr. Osmond hat nie gekämpft und nie gestrebt – er fragte nach keinem weltlichen Lohn. Wenn das eng ist oder eigennützig, dann soll es mir recht sein. Ich lass' mich durch solche Worte nicht erschrecken, nicht einmal ärgern; ich bin nur traurig, daß du so im Irrtum bist. Anderen mag das gern passieren, bei *dir* überrascht es mich. Du müßtest einen Gentleman erkennen, wenn dir einer begegnet; du müßtest auch einen hohen Geist erkennen. Mr. Osmond handelt nicht fehlerhaft! Er weiß alles, er versteht alles, er hat den gütigsten, sanftesten, höchsten Geist. Du hast dich in eine ganz falsche Idee verrannt. Das ist ein Jammer, aber ich kann es nicht ändern; schließlich betrifft das dich mehr als mich.« Isabel machte eine kleine Pause, und als sie ihren Vetter ansah, leuchtete in ihren Augen ein Gefühl, das der gehüteten Ruhe ihres Benehmens entschieden widersprach – ein Gefühl, in welches sich zorniger Schmerz über seine Worte und verletzter Stolz, eine Wahl verteidigen zu müssen, von deren Reinheit und Wert sie durchdrungen war, gleichermaßen mischten. Obwohl sie innehielt, sagte Ralph noch nichts; er sah, sie wollte noch weitersprechen. Sie war großartig, aber sie war voller Unruhe; sie war gleichgültig, aber voller Leidenschaft. »Was für eine Sorte Mensch sollte ich denn heiraten?« fragte sie plötzlich. »Du redest da von einem Aufsteigen in die Lüfte und vom Dahinsegeln, aber wenn man heiratet, berührt man die Erde. Ich habe doch auch menschliche Gefühle und Bedürfnisse, ich habe ein Herz in der Brust, und ich kann nur ein einziges Wesen heiraten. Deine Mutter hat mir nie verziehen, daß ich mich nicht besser mit Lord Warburton verstand, und jetzt ist sie entsetzt, daß ich mich mit jemandem zufriedengebe, der nichts von seinen großen Vorzügen hat – keinen Grundbesitz, keinen Titel, weder Ehren noch Häuser, weder Ländereien noch Stellung, keinen Ruf und keine sonstigen glänzenden Belange. Daß alle diese Dinge total fehlen, das gefällt mir ja gerade. Mr. Osmond ist einfach nur ein sehr einsamer, sehr kultivierter und sehr ehrlicher Mann – er ist kein feudaler Grundbesitzer.«

Ralph hatte mit großer Aufmerksamkeit zugehört, als ob alles, was sie sagte, höchste Beachtung verdiente; aber in Wahrheit lieh er den Dingen, die sie sagte, nur ein halbes Ohr, er ließ sich im übrigen von ihrem Gesamteindruck einfach überwältigen – von dem Eindruck ihres glühenden, guten Glaubens. Sie war im Irrtum, aber sie glaubte; sie war geblendet, aber sie war entsetz-

lich hartnäckig. Es war herrlich charakteristisch für sie, daß sie eine so schöne Theorie über Gilbert Osmond erfunden hatte und ihn nun nicht liebte wegen der Eigenschaften, die er wirklich besaß, sondern wegen seiner Mängel, die sie ihm als Tugenden auslegte. Ralph mußte daran denken, daß er damals zu seinem Vater gesagt hatte, er wünsche, sie möge imstande sein, die Bedürfnisse ihrer Phantasie zu erfüllen. Das hatte er getan, und das Mädchen hatte diesen Luxus voll ausgenützt. Eine Schwäche überwältigte den armen Ralph; er fühlte sich beschämt. Isabel hatte zuletzt mit der stillen Feierlichkeit der Überzeugung gesprochen und damit ihre Unterhaltung praktisch beendet; sie schloß sie jetzt auch formal, indem sie sich umkehrte und zum Haus zurückging. Ralph ging an ihrer Seite; zusammen schritten sie durch den Hof und erreichten die große Treppe. Hier hielt er an, und Isabel zögerte; sie wandte ihm ein strahlendes Gesicht zu – strahlend von tiefer, verkehrter Dankbarkeit. Seine Opposition erst hatte sie über ihr eigenes Verhalten aufgeklärt.
»Willst du nicht zum Frühstück kommen?« fragte sie.
»Nein, ich brauche kein Frühstück; ich bin nicht hungrig.«
»Du solltest mehr essen«, sagte das Mädchen; »du lebst ja von der Luft.«
»Ja, zum großen Teil, und ich gehe jetzt in den Garten zurück, um noch einen Mundvoll zu nehmen. Ich kam nur so weit mit, um dir noch ganz einfach das folgende zu sagen: Ich sprach vor einem Jahr davon, daß ich mich schrecklich schuldig fühlen müsse, wenn du je in Schwierigkeiten gerietest. Heute bin ich soweit.«
»Glaubst du, daß ich in Schwierigkeiten geraten bin?«
»Man gerät in Schwierigkeiten, wenn man im Irrtum ist.«
»Na schön«, sagte Isabel, »dann werde ich dich nie mit meinen Schwierigkeiten behelligen!« Und sie schritt die Treppe hinauf. Ralph blieb stehen, die Hände in den Hosentaschen, seine Augen folgten ihr; dann erfaßte ihn die lauernde Kühle des ummauerten Hofes und ließ ihn schaudernd zusammenfahren, so daß er in den Garten zurückkehrte, um dort vom Florentiner Sonnenschein zu frühstücken.

XXXV

ISABEL fühlte kein Bedürfnis, während sie mit ihrem Bräutigam den Cascine durchstreifte, ihm von dem geringen Beifall zu berichten, den seine Person im Palazzo Crescentini fand. Die sehr diskrete Opposition, die Tante und Vetter ihrer Heirat entgegensetzten, machte ihr im ganzen wenig Eindruck; die Moral der Geschichte lag ganz schlicht darin, daß sie Gilbert Osmond nicht leiden konnten. Ihre Abneigung beunruhigte Isabel nicht wesentlich; sie bedauerte sie nicht einmal; denn dadurch hob sich die in jeder Hinsicht so ehrenwerte Tatsache nur um so deutlicher ab, daß sie nur um ihrer selbst willen heiratete. Andere Dinge tat man um der anderen willen, aber diese Sache geschah zur eigenen, persönlichen Genugtuung, und Isabels Genugtuung wurde durch das bewunderungswürdig gute Benehmen ihres Bräutigams vollauf bestätigt. Gilbert Osmond war verliebt, und niemals hatte er die harte Kritik, die Ralph Touchett über ihn verhängte, weniger verdient als während dieser stillen, hellen Tage, die, einzeln gezählt, der Erfüllung seiner Hoffnung vorausgingen. Der hauptsächliche Eindruck, den diese Kritik in Isabels Gemüt hinterließ, ging dahin, daß die Leidenschaft der Liebe das Opfer nicht von der geliebten Person, aber von jedem anderen grausam trennt. Sie fühlte sich von jedermann abgeschnitten, den sie früher gekannt – von ihren beiden Schwestern, die geschrieben hatten, um pflichtschuldigst ihre Hoffnung auf ihr künftiges Glück und, etwas unbestimmter, ihre Überraschung auszudrücken, daß sie nicht einen Gemahl gewählt hatte, der im Mittelpunkt reicherer Anekdoten stand; von Henrietta, die sicherlich, wenn auch zu spät, herüberkommen würde, um noch zu protestieren; von Lord Warburton, der sich gewiß, und von Caspar Goodwood, der sich wahrscheinlich nicht trösten würde; von ihrer Tante, die über die Ehe kalte, seichte Vorstellungen hegte, die zu verachten ihr gewiß nicht leid tat, und von Ralph, dessen Reden über ihre großen Möglichkeiten sicherlich nur ein schrulliger Deckmantel für seine persönliche Enttäuschung war. Ralph wünschte deutlich, sie solle überhaupt nicht heiraten – darauf lief es im Grunde hinaus –, weil er sich mit dem Schauspiel ihrer Abenteuer als alleinstehende Frau angenehm die Zeit vertreiben wollte. In seiner Enttäuschung hatte er dann böse Dinge über den Mann gesagt, dem sie selbst vor ihm den Vorzug gab: Isabel schmeichelte sich mit der Überzeugung, daß

Ralph ihr zürne. Dies glaubte sie um so leichter, als sie jetzt, wie wir schon konstatierten, nur noch wenige freie Gedanken oder unbeschäftigte Gefühle für Kleinigkeiten übrig hatte und es als ein Anhängsel, ja nur als ein Ornament ihres Schicksals betrachtete, daß sie durch ihre Liebe zu Gilbert Osmond aller anderen Bindungen verlustig ging. Sie kostete von der Süße dieser Liebe und wurde sich beinahe mit Ehrfurcht der fordernden und erbarmungslosen Gezeiten ihres verzauberten und besessenen Zustandes bewußt, so groß auch sonst die Ehren und Tugenden waren, die man der Liebe traditionsgemäß zuschrieb. Das war eben die tragische Seite des Glückes; das eigene Recht ging immer auf Schaden eines anderen.

Die Freude des Erfolgs, die jetzt in Osmond gewiß hoch aufflammte, ließ inzwischen für ein so prächtiges Feuer recht wenig Rauch nach außen entweichen. Zufriedenheit äußerte sich bei ihm niemals in gewöhnlicher Form; Erregung bedeutete bei diesem so überaus selbstbewußten Manne stets einen Rausch der Selbstbeherrschung. Aus dieser Anlage heraus wurde er zum idealen Liebhaber; dabei behielt er seinen elenden bisherigen Zustand beständig im Auge. Niemals vergaß er sich selbst, wie wir bereits sagten; er vergaß es auch nie, zärtlich und aufmerksam zu sein und stets den Anschein zu erwecken – was ihm tatsächlich keine Schwierigkeiten bereitete –, als seien seine Sinne erregt und seine Absichten die tiefsten. Er war von seiner jungen Braut ungemein entzückt; Madame Merle hatte ihm da ein Geschenk von unschätzbarem Wert gemacht. Was konnte herrlicher sein, als mit einem Geschöpf zusammenzuleben, dessen hochgespannter Geist ganz auf Sanftmut abgestimmt war? Denn war nicht die Sanftmut für ihn selbst bestimmt, während der Gesellschaft, die ja Überlegenheit bewundert, die Energie überlassen blieb? Welche Gabe konnte an seiner Gefährtin willkommener sein als ihre rasche, phantasievolle Auffassung, die ihm alle Wiederholungen ersparte und seine Gedanken auf einer polierten, eleganten Oberfläche höchst schmeichelhaft zurückwarf? Osmond haßte es, wenn man seine Gedanken wörtlich reproduzierte – das ließ sie fade und töricht erscheinen; es war ihm lieber, wenn sie durch Reproduktion an Frische gewannen, wie Worte durch Musik. Sein Egoismus hatte sich nie in dem primitiven Wunsch nach einer langweiligen Frau erschöpft; die Intelligenz seiner Braut sollte ein Silberteller, nicht eine irdene Schüssel sein – ein Teller, auf dem sich reife Früchte häuften, die damit also einen dekorativen Wert erhielten, so daß ein Gespräch für Osmond zu einer Art von zuträglichem Nachtisch werden konnte. Diese Qualität des Silbers fand er zur Perfektion in Isabel; er konnte mit einem Knöchel ihre Phantasie anschlagen und sie zum Klingen bringen. Obgleich sie es ihm nicht gesagt hatte, wußte er genau, daß ihre Verbindung vor den Augen ihrer Verwandtschaft wenig Gnade fand; aber er hatte sie immer so völlig als selbständigen Menschen behandelt, daß er sich kaum genötigt fühlte, ein Bedauern über die Haltung ihrer Familie zu äußern. Trotzdem spielte er eines Morgens darauf an. »Es ist der Unterschied in unseren Vermögensverhältnissen, der ihnen nicht gefällt«, sagte er. »Sie denken, ich hätte mich in dein Geld verliebt.«

»Sprichst du von meiner Tante – von meinem Vetter?« fragte Isabel. »Woher weißt du, was sie denken?«

»Du hast mir nicht gesagt, daß sie sich freuen, und als ich vor kurzem an Mrs. Touchett ein paar Zeilen schrieb, hat sie mir nie geantwortet. Wären sie entzückt gewesen, hätte ich es irgendwie erkannt; da ist also die Tatsache meiner Armut und deines Reichtums die einleuchtendste Erklärung ihrer Zurückhaltung. Wenn ein armer Mann ein reiches Mädchen heiratet, ist er natürlich allerhand Mutmaßungen ausgesetzt. Das soll mich nicht stören; mir liegt dabei nur eines am Herzen – daß dich auch nicht der Schatten eines Zweifels trifft. Ich kümmere mich nicht um die Gedanken anderer Leute – ich kann mich vielleicht nicht einmal zu einer höflichen Wißbegier aufraffen. Gott mag mir verzeihen, aber ich habe mich nie viel mit anderen abgegeben, und warum sollte ich heute damit beginnen, da ich mich selbst so reich entschädigt fühle? Ich will nicht so tun, als ob ich es bedauerte, daß du reich bist; ich bin vielmehr entzückt. Mein Entzücken gilt allem, was dir gehört – sei es nun Gold oder Tugend. Dem Gelde zu folgen, ist abscheulich, aber ihm zu begegnen, ist reizend. Mir scheint jedoch, ich habe die Grenzen meines pekuniären Verlangens bereits genügend bewiesen: Ich habe mich nie im Leben bemüht, auch nur einen Heller zu verdienen, und ich sollte weniger dem Argwohn ausgesetzt sein als die meisten dieser Leute, die man unaufhörlich nach Geld jagen und rennen sieht. Wahrscheinlich müssen sie mich beargwöhnen – deine Verwandten; im ganzen kann man es wohl erwarten. Eines Tages werde ich ihnen besser gefallen; auch dir, soweit es diese Sache betrifft. Bis dahin ist es meine Pflicht, ruhig

Blut zu bewahren und einfach dankbar zu sein für Leben und Liebe.« – »Die Liebe zu dir hat mich gebessert«, sagte er bei anderer Gelegenheit; »sie hat mich weiser und leichter gemacht und – ich will es gar nicht leugnen – auch liebevoller und klüger und sogar stärker. Früher hatte ich viele Wünsche und zürnte dem Schicksal, daß sie unerfüllt blieben. Theoretisch war ich ganz zufrieden, wie ich dir einst sagte. Ich schmeichelte mir, meine Wünsche eingeschränkt zu haben. Aber ich war ein Spielball von Verwirrungen; ich hatte dann krankhafte, sterile, abscheuliche Anfälle von Hunger, von Begierde. Jetzt erst bin ich richtig befriedigt, weil ich mir gar nichts Besseres ausmalen kann. Es ist genauso, als ob man versucht hätte, im Dämmerlicht ein Buch zu entziffern, und plötzlich bringt jemand die Lampe herein. Ich hatte mir über dem Buch des Lebens die Augen ausgeschaut und nichts gefunden, was meine Mühe lohnte; aber jetzt, da ich es richtig lesen kann, entdecke ich, daß es eine herrliche Geschichte ist. Mein liebes Mädchen, ich kann dir gar nicht sagen, wie sich das Leben vor uns auszustrecken scheint – was für ein langer Sommernachmittag uns erwartet. Es ist die zweite Hälfte eines italienischen Tages – mit einem goldenen Dunsthauch und den sich gerade verlängernden Schatten und der göttlichen Zartheit im Licht, in der Luft, in der Landschaft, die ich mein Leben lang geliebt habe und die du heute liebst. Bei meiner Ehre, ich seh' nicht ein, warum es uns nicht gelingen soll. Wir haben alles, was das Herz begehrt – ganz davon zu schweigen, daß wir einander haben. Wir haben die Fähigkeit zur Bewunderung und einige vortreffliche Überzeugungen. Wir sind nicht dumm, wir geizen nicht, wir sind weder an eine Form der Beschränktheit noch der grauen Eintönigkeit gebunden. Du bist bemerkenswert frisch, und ich bin bemerkenswert gut erhalten. Zu unserer Unterhaltung haben wir mein armes Kind; wir werden uns bemühen, ein wenig Leben für sie herbeizuzaubern. Alles wird von sanfter Reife – von italienischer Färbung sein.«

Sie schmiedeten viele Pläne, aber vor allem überließen sie sich der Muße; es ergab sich jedoch ganz natürlich, daß sie vorläufig in Italien leben wollten. In Italien hatten sie sich getroffen, Italien hatte teilgehabt an ihren ersten Eindrücken voneinander, und Italien sollte nun teilhaben an ihrem Glück. Osmond besaß für das Land die Anhänglichkeit alter Bekanntschaft, und für Isabel hatte es den Reiz des Neuen, darauf schien sich für sie eine

Zukunft von hohem Zuschnitt im Bewußtsein des Schönen aufbauen zu lassen. Dem Verlangen nach schrankenloser Expansion war in ihrer Seele ein Gefühl für die Leere des Lebens gefolgt, die sich nur durch persönliche Pflichten überbrücken ließ, in die alle Energien sich sammeln sollten. Sie hatte Ralph erklärt, daß sie in den ein, zwei Jahren das ›Leben kennengelernt‹ habe und bereits müde geworden sei, nicht des Lebens sosehr wie des Betrachtens. Was war aus ihrer Begeisterung, ihren hochfliegenden Plänen und Theorien, aus der hohen Einschätzung der Unabhängigkeit und ihrer glühenden Überzeugung geworden, daß sie nie heiraten werde? Diese Dinge waren in einem primitiven Bedürfnis aufgegangen, in einem Bedürfnis, dessen Befriedigung, zahllose Fragen beiseite kehrend, doch ungezählte Wünsche erfüllte. Es hatte die Situation mit einem Schlage vereinfacht. Es fiel wie das Licht der Sterne von oben herab und bedurfte keiner Erklärung. Die Tatsache, daß er ihr Geliebter, ihr eigen war und sie ihm von Nutzen sein konnte, war Erklärung genug. Sie konnte sich ihm voller Demut ergeben, aber sie konnte ihn auch mit einer Art Stolz heiraten; sie empfing nicht nur, sie schenkte auch.

Zwei- oder dreimal brachte er Pansy mit ins Cascine; Pansy, die seit dem vergangenen Jahr wenig größer und nicht viel älter geworden war. Ihr Vater war überzeugt, sie werde immer ein Kind bleiben; er hielt sie an der Hand, obwohl sie in ihrem sechzehnten Jahr stand, und schickte sie zum Spielen fort, während er sich mit der hübschen Dame ein wenig niederließ. Pansy trug ein kurzes Kleidchen unter ihrem langen Mantel; ihr Hut schien ihr immer zu groß zu sein. Es machte ihr Spaß, mit kurzen, raschen Schritten die Allee hinunter zu eilen und mit einem Lächeln zurückzukehren, das um ein kleines Lob zu betteln schien. Isabel lobte im Überschwang, und dieser Überschwang hatte genau die persönliche Note, nach welcher die zärtliche Natur des Kindes sehnsüchtig verlangte. Isabel beobachtete ihre Absichten, als ob auch für sie viel von deren Erfüllung abhinge – Pansy gehörte bereits zu dem Aufgabenkreis, den sie erfüllen, zu der Verantwortung, die sie übernehmen wollte. Ihr Vater behandelte sie so sehr als unmündiges Kind, daß er ihr die neue Beziehung, in der er jetzt zu der eleganten Miß Archer stand, noch gar nicht erklärt hatte. »Sie weiß noch nichts«, sagte er zu Isabel; »sie errät noch nichts; sie findet es völlig natürlich, daß du und ich hierherkommen und einfach wie gute Freunde spa-

zierengehen. Für mich liegt darin eine bezaubernde Unschuld; das ist die Art, wie ich sie haben möchte. Nein, ich bin kein Versager, wie ich mir einzubilden pflegte; mir sind zwei Dinge geglückt. Ich werde die Frau heiraten, die ich bewundere, und ich habe mein Kind, so wie ich wollte, in der alten Weise erzogen.«
Er legte bei allen Dingen großen Wert auf die »alte Weise«, das war Isabel schon als einer seiner feinen, stillen, ernsthaften Wesenszüge aufgefallen.
»Ich meine eigentlich, daß du erst wissen kannst, ob du Glück hast, wenn du es ihr gesagt hast«, entgegnete sie. »Du mußt abwarten, wie sie deine Neuigkeit aufnimmt. Sie könnte doch entsetzt sein – sie könnte eifersüchtig werden.«
»Da habe ich keine Befürchtungen; dazu hat sie dich von sich aus schon viel zu lieb. Ich möchte sie ganz gern noch ein bißchen länger im dunkeln lassen – um abzuwarten, ob es ihr gar nicht in den Sinn kommt, daß wir uns, falls wir es nicht sind, eigentlich verloben müßten.«
Isabel war beeindruckt, daß Osmond die Unschuld seiner Tochter so von der künstlichen, wie es ihr schien, von der plastischen Seite aus betrachtete; sie selber urteilte eher moralisch besorgt. Sie war jedoch nicht wenig erleichtert, als er ihr nach einigen Tagen sagte, daß er seiner Tochter die Neuigkeit mitgeteilt habe, die so hübsch darauf geantwortet habe: »Ach, dann werde ich eine schöne Schwester haben!« Sie sei weder überrascht noch beunruhigt gewesen, sie habe auch nicht geweint, wie er erwartet hätte.
»Vielleicht hat sie es doch geahnt«, sagte Isabel.
»Sag das nicht; ich wäre empört, wenn ich das glauben müßte. Ich dachte, es würde ihr einen kleinen Stoß versetzen, aber die Art, wie sie es aufnahm, bewies, daß ihre guten Manieren wirklich unübertrefflich sind. So habe ich es mir gewünscht. Du kannst dich aber selbst überzeugen; morgen soll sie dir persönlich gratulieren.«
Die Begegnung fand am anderen Tag bei der Gräfin Gemini statt, wohin Osmond seine Tochter gebracht hatte, da er wußte, daß Isabel am Nachmittag der Gräfin einen Besuch erwidern wollte, den ihr diese gemacht hatte, als sie erfuhr, daß sie Schwägerinnen werden sollten. Als sie in der Casa Touchett vorsprach, war Isabel nicht zu Hause gewesen, als man aber unsere Heldin jetzt in den Salon der Gräfin nötigte, erschien Pansy und meldete, daß ihre Tante sogleich erscheinen werde. Pansy weilte

den ganzen Tag bei dieser Dame, die jetzt ihre Nichte für alt genug hielt, langsam zu lernen, sich in der Gesellschaft zu bewegen. Isabel neigte indessen mehr der Meinung zu, das kleine Mädchen solle lieber der Tante Unterricht im guten Benehmen geben, und nichts konnte diese Überzeugung mehr rechtfertigen als die Art, wie sich Pansy benahm, während sie beide auf die Gräfin warteten. Ihr Vater hatte sich damals vor einem Jahr schließlich doch noch entschlossen, sie ins Kloster zurückzuschicken, damit sie dort den letzten Schliff empfange, und Madame Cathérine war daraufhin offensichtlich ihrer Theorie gefolgt, daß Pansy für die große Welt vorzubereiten sei.
»Papa hat mir gesagt, daß Sie so freundlich sein wollen, ihn zu heiraten«, sagte die Schülerin dieser vortrefflichen Frau. »Das ist sehr schön; ich finde, Sie passen sehr gut zu ihm.«
»Denkst du auch, daß ich zu *dir* passe?«
»Zu mir passen Sie wunderschön; aber was ich sagen wollte, ist, daß Sie und Papa gut zusammenpassen. Sie sind beide so ruhig und ernst. Sie sind nicht so ruhig wie er – auch nicht einmal wie Madame Merle; aber Sie sind ruhiger als viele andere. Er könnte zum Beispiel eine Frau wie meine Tante nicht gebrauchen. Sie ist immer in Bewegung, in Unruhe, besonders heute; Sie werden es gleich sehen. Man hat uns im Kloster gesagt, es sei nicht recht, wenn wir über die Erwachsenen urteilen, aber ich glaube, es ist nicht schlimm, wenn wir sie günstig beurteilen. Sie werden für Papa eine reizende Gefährtin sein.«
»Hoffentlich auch für dich«, sagte Isabel.
»Ich spreche absichtlich zuerst von ihm. Ich habe Ihnen ja schon gesagt, was ich selbst von Ihnen denke; ich habe Sie gleich schon liebgehabt. Ich bewundere Sie so sehr, daß ich finde, es ist ein ganz großes Glück, wenn ich Sie jetzt immer vor Augen habe. Sie sollen mein Vorbild sein; ich werde mir alle Mühe geben und Ihnen nacheifern, obwohl ich fürchte, es wird mir kaum gelingen. Ich freue mich für Papa – er brauchte noch etwas mehr als mich. Ohne Sie weiß ich nicht, wie er hätte gewinnen können. Sie werden jetzt meine Stiefmutter – aber das Wort wollen wir nicht gebrauchen. Es heißt immer, sie sind grausam; aber ich glaube nicht, daß Sie mich jemals kneifen oder schubsen werden. Ich habe gar keine Angst.«
»Meine liebe kleine Pansy«, sagte Isabel zärtlich, »ich werde immer liebevoll zu dir sein.« Dabei stieg eine unbestimmte ab-

wegige Ahnung, daß die Kleine sie auf sonderbare Weise einmal brauchen werde, fröstelnd in ihr auf.

»Das ist schön, dann habe ich ja nichts zu befürchten«, entgegnete das Kind mit seiner anerzogenen Beflissenheit. Das sollte wohl andeuten, durch welche Lehre sie gegangen war – oder welche Strafen sie bei Ungehorsam fürchtete.

Die Beschreibung ihrer Tante war nicht unrichtig gewesen; die Gräfin Gemini war weiter denn je davon entfernt, ihr Gefieder zusammenzuhalten. Sie betrat das Zimmer, flatterte durch die Luft und küßte Isabel zuerst auf die Stirn und dann auf jede Wange, als ob sie einem vorgeschriebenen alten Ritus folge. Sie zog ihren Besuch auf ein Sofa, und indem sie ihn noch mit vielem Kopfnicken betrachtete, begann sie das Gespräch etwa so, als ob sie mit dem Pinsel in der Hand vor einer Staffelei stünde und an einer bereits skizzierten Gruppe von Figuren noch eine Reihe wohlüberlegter Striche anzubringen gedächte.

»Wenn Sie erwarten, daß ich Ihnen gratuliere, muß ich Sie bitten, mich davon zu dispensieren. Ich glaube nicht, daß Sie viel danach fragen, ob ich es tue oder lasse; ich glaube, bei Ihrer Klugheit fragen Sie nicht viel nach allen gewöhnlichen Dingen. Aber mir ist es arg, wenn ich schwindeln muß; ich tue es nur, wenn etwas dabei herausspringt. Aber ich wüßte nicht, was es mir bei Ihnen nützen sollte – besonders, da Sie mir kaum glauben werden. Ich mache keine Bekenntnisse mehr, ebensowenig wie ich noch Papierblümchen oder rüschenbesetzte Lampenschirme anfertige – ich wüßte nicht wie. Meine Lampenschirme würden unweigerlich Feuer fangen und meine Rosen und Schwindeleien überlebensgroß erscheinen. Für meine Person bin ich sehr froh, daß Sie Osmond heiraten wollen, aber Ihretwegen tut es mir leid, darüber möchte ich Sie nicht täuschen. Sie sind eine glänzende Erscheinung – Sie wissen doch, daß man in diesem Sinn von Ihnen spricht; Sie sind eine reiche Erbin, sehen sehr gut aus und sind originell, nicht *banal*; Sie sind also ein Gewinn für die Familie. Sie wissen ja, wir sind von sehr guter Familie; das wird Osmond Ihnen schon erzählt haben; meine Mutter war ziemlich berühmt – man nannte sie die amerikanische Corinna. Aber ich finde, wir sind schrecklich heruntergekommen. Sie werden uns vielleicht wieder in die Höhe bringen. Ich habe großes Vertrauen zu Ihnen; es gibt unzählige Dinge, die ich mit Ihnen bereden möchte. Ich gratuliere einem Mädchen nie zur Ehe, ich finde, man sollte nicht eine so schreckliche Eisenfalle daraus machen. Wahrscheinlich dürfte Pansy dies alles nicht hören – aber deshalb ist sie eigentlich zu mir gekommen – um sich den gesellschaftlichen Ton anzueignen. Es schadet nichts, wenn sie erfährt, welche Schrecken ihrer warten. Als ich zum erstenmal den Eindruck bekam, mein Bruder hätte Absichten auf Sie, wollte ich Ihnen eigentlich schreiben, um Ihnen dringend abzuraten, ihn anzuhören. Dann fand ich es aber illoyal, und dergleichen hasse ich. Außerdem war ich, wie gesagt, für mich selbst sehr entzückt, und ich bin nun einmal sehr egoistisch. Übrigens werden Sie mich nie respektieren, nicht die Bohne, und wir werden wohl nie intim werden. Ich hätte schon Lust dazu, aber Sie anscheinend gar nicht. Trotzdem werden wir eines Tages bessere Freunde sein, als Sie vorläufig denken mögen. Mein Mann wird Ihnen natürlich seine Aufwartung machen, wenn er auch, wie Sie wahrscheinlich wissen, mit Osmond nicht auf bestem Fuße lebt. Schöne Frauen besucht er nur zu gern, aber da bin ich bei Ihnen ganz unbesorgt. Erstens ist es mir egal, was er tut. Zweitens werden Sie sich gar nichts aus ihm machen; er wird niemals Ihr Typ sein, und bei aller Dummheit wird auch er begreifen, daß Sie nicht sein Typ sind. Später, wenn Sie es vertragen, werde ich Ihnen alles von ihm erzählen. Finden Sie, meine Nichte müßte doch lieber hinausgehen? Pansy, geh doch und übe ein bißchen in meinem Boudoir.«

»Bitte lassen Sie sie hier«, sagte Isabel. »Ich möchte lieber nichts hören, was nicht für Pansys Ohren bestimmt ist.«

XXXVI

An einem Nachmittag im Herbst 1876 läutete ein junger Mann von angenehmem Äußerem gegen Abend an der Tür einer kleinen Etage im dritten Stock eines alten römischen Hauses. Als man ihm öffnete, fragte er nach Madame Merle, worauf die Dienerin, eine nette, einfache Frau mit einem französischen Gesicht und den Manieren einer Zofe, ihn in ein winziges Salonchen führte und ihn fragte, wen sie melden dürfe.

»Mr. Edward Rosier«, sagte der junge Mann und nahm Platz, um auf die Dame des Hauses zu warten.

Der Leser wird sich vielleicht entsinnen, daß Mr. Rosier ein Schmuckstück des amerikanischen Zirkels in Paris war; und es wird ihm vielleicht nicht ganz entfallen sein, daß er dort zuweilen verschwand. Er hatte verschiedene Winter teilweise in Pau verbracht, und als ein Herr mit festen Gewohnheiten hätte er vielleicht auf Jahre hinaus diesen hübschen Ort regelmäßig aufgesucht. Im Sommer 1876 jedoch hatte sich ein Zwischenfall ereignet, der den Verlauf nicht nur seiner Gedanken, sondern auch seiner üblichen Gepflogenheiten von Grund auf änderte. Er hatte einen Monat im oberen Engadin verlebt und in St. Moritz ein reizendes junges Mädchen getroffen. Dieser kleinen Person begann er auf der Stelle seine ausschließliche Aufmerksamkeit zuzuwenden; sie schien genau der Hausengel zu sein, nach dem er schon lange Ausschau gehalten hatte. Er handelte niemals übereilt, er war die Diskretion in Person, also versagte er es sich noch, seine Leidenschaft sogleich zu bekennen; als sie sich aber trennten – die junge Dame fuhr nach Italien hinab, und ihr Anbeter wurde von Freunden in Genf erwartet –, da schien es ihm, als ob ihn romantischerweise das Leben jammern würde, wenn er sie nicht wiedersähe. Das einfachste war daher, im Herbst nach Rom zu reisen, wo die Familie der Miß Osmond ihren Wohnsitz hatte. Mr. Rosier machte sich also zu einer Pilgerfahrt in die italienische Hauptstadt auf, die er am ersten November erreichte. Das Unterfangen war insoweit recht erfreulich, aber für den jungen Mann entbehrte es nicht des Heroischen. Er mußte sich ja völlig schutzlos dem Gift der römischen Luft aussetzen, das im November bekanntermaßen auf der Lauer liegt. Das Glück indessen ist dem Tapferen hold, und dieser verwegene Abenteurer, der täglich drei Gramm Chinin schluckte, hatte am Ende des Monats keinen Grund, seinen Wagemut zu bereuen. Seine Zeit hatte er in gewisser Hinsicht gut ausgenutzt, indem er sie vergeblich dazu verwandte, in Pansy Osmonds Wesen ein Haar zu finden. Sie war wunderbar vollkommen; sie war bis aufs letzte erzogen und wirklich ein vollendetes Stück. In seinen amourösen Betrachtungen dachte er zum guten Teil an sie, wie er an eine Schäferin aus Meißner Porzellan denken mochte. Miß Osmond erinnerte in der Blüte ihrer Jugend tatsächlich an das Rokoko, was Rosier, dessen Geschmack vorwiegend in diese Richtung ging, natürlich ungemein entzückte. Daß er die Produkte einer verhältnismäßig frivolen Periode zu schätzen wußte, ging schon aus der Aufmerksamkeit hervor, die er jetzt Madame Merles Salon zukommen ließ, der zwar, mit Stücken jeglicher Stilperiode möbliert, besonders reich an

Geräten aus den beiden letzten Jahrhunderten war. Er hatte sofort sein Einglas ins Auge geklemmt und sehnsuchtsvoll gemurmelt: »Beim Jupiter, sie hat ein paar glänzende Stücke!« Das Zimmer war klein und mit Möbeln vollgepfropft; man gewann den Eindruck von verblichener Seide und kleinen Nippfiguren, die umzukippen drohten, sobald man sie bewegte. Rosier erhob sich und ging mit seinem behutsamen Schritt von einem zum anderen; er beugte sich über Tische, die mit allerlei Krimskrams beladen, und über Kissen, die mit fürstlichen Wappen bestickt waren. Als Madame Merle hereinkam, fand sie ihn vor dem Kamin stehen, die Nase dicht über dem großen Spitzenläufer, der auf dem Simsbezug aus Damast lag. Er hatte ihn vorsichtig in die Höhe gehoben, als ob er daran riechen wollte.
»Es ist alte venezianische Spitze«, sagte sie, »und recht gut.«
»Es ist zu gut hierfür; Sie sollten es tragen.«
»Ich hörte, Sie hätten in Paris noch bessere für den gleichen Zweck.«
»Ach, ich kann meine doch nicht tragen«, lächelte der Gast.
»Das sehe ich nicht ein. Zum Tragen habe ich noch bessere Spitzen.«
Seine Augen schweiften wieder genießerisch durchs Zimmer.
»Sie haben einige sehr gute Sachen.«
»Ja, aber ich hasse sie.«
»Wollen Sie sie abstoßen?« fragte der junge Mann sogleich.
»Nein, es ist gut, wenn man etwas zum Hassen hat; man läßt seinen Zorn daran aus.«
»Ich liebe meine Sachen«, sagte Mr. Rosier, als er dasaß und errötend seine Schätze überdachte. »Aber ich kam nicht, um über sie oder die Ihren zu sprechen.« Er machte eine kleine Pause und fuhr dann mit großer Weichheit fort: »Mehr als alle Antiquitäten Europas bedeutet mir Miß Osmond.«
Madame Merle machte große Augen. »Kamen Sie, um mir das mitzuteilen?«
»Ich kam, um Ihren Rat zu erbitten.«
Sie sah ihn mit freundlichem Stirnrunzeln an, mit ihrer großen, weißen Hand ihr Kinn streichelnd. »Sie wissen ja, ein verliebter Mann braucht keinen Rat.«
»Warum nicht, wenn er in schwieriger Lage ist? Das passiert Verliebten häufig. Ich war schon früher verliebt, ich weiß das. Aber noch nie so wie dieses Mal – wirklich noch nie. Mir liegt nun besonders daran, von Ihnen zu erfahren, was Sie von mei-

nen Aussichten halten. Ich fürchte, daß ich für Mr. Osmond nicht gerade – hm, nun ja, nicht gerade von Sammlerinteresse bin.«

»Wünschen Sie meine Vermittlung?« fragte Madame Merle, die schönen Arme verschränkt und den hübschen Mund leicht nach links gezogen.

»Wenn Sie ein gutes Wort für mich einlegten, wäre ich Ihnen sehr verbunden. Es hat keinen Zweck, daß ich Miß Osmond behellige, solange ich nicht weiß, ob ihr Vater einwilligt.«

»Da sind Sie höchst rücksichtsvoll; das spricht für Sie. Aber Sie scheinen ziemlich unverblümt der Ansicht zu sein, daß *ich* Sie für einen Ehrenpreis halte.«

»Sie waren immer sehr nett zu mir«, sagte der junge Mann. »Darum kam ich zu Ihnen.«

»Ich bin immer nett zu Leuten, die gutes Louis Quatorze besitzen. Das ist jetzt ziemlich selten, und man kann nie wissen, was man einmal dafür bekommt.« Womit der linksseitige Winkel von Madame Merles Mund dem Scherz Nachdruck verlieh.

Er aber sah trotzdem recht trübsinnig und angespannt aus. »Ach, und ich dachte, Sie hätten mich meiner selbst wegen gern.«

»Ich habe Sie sehr gern; aber, wenn Sie erlauben, wollen wir das nicht analysieren. Verzeihen Sie, wenn ich etwas mütterlich erscheine, aber in meinen Augen sind Sie ein vollkommener kleiner Gentleman. Doch ich muß Ihnen sagen, daß ich mit der Verheiratung von Pansy Osmond nichts zu tun habe.«

»Das meinte ich auch nicht. Aber Sie scheinen der Familie nahezustehen, da dachte ich, Sie hätten vielleicht einen gewissen Einfluß.«

Madame Merle überlegte. »Was nennen Sie ihre Familie?«

»Nun, ihren Vater, und – wie sagt man doch – ihre *belle-mère !*«

»Mr. Osmond ist ihr Vater, gewiß; aber seine Frau kann man kaum als Mitglied ihrer Familie rechnen. Mrs. Osmond hat mit Pansys Verheiratung nichts zu schaffen.«

»Das tut mir leid«, sagte Rosier und seufzte liebenswürdig, voll guten Glaubens. »Ich denke, Mrs. Osmond wird mich begünstigen.«

»Höchstwahrscheinlich – wenn ihr Mann es nicht tut.«

Er zog seine Augenbrauen in die Höhe. »Vertritt sie immer den gegenteiligen Standpunkt?«

»In allem. Sie denken ganz verschieden voneinander.«

»Hm«, sagte Rosier, »das tut mir leid; aber es geht mich schließlich nichts an. Sie ist aber Pansy sehr zugetan.«
»Ja, sie ist ihr sehr zugetan.«
»Und Pansy hängt sehr an ihr. Sie hat mir erzählt, wie sehr sie sie liebt, als wenn sie ihre eigene Mutter wäre.«
»Sie müssen sich also doch sehr intim mit dem armen Kind unterhalten haben«, sagte Madame Merle. »Haben Sie ihr Ihre Gefühle offenbart?«
»Nie!« rief Rosier und hob abwehrend seine hübsch behandschuhte Rechte. »Nicht, bevor ich mich über die Gefühle ihrer Eltern vergewissert habe.«
»Warten Sie immer darauf? Da haben Sie glänzende Prinzipien; Sie beachten wirklich alle Regeln des Anstandes.«
»Ich glaube, Sie lachen mich aus«, murmelte der junge Mann, in seinen Sessel zurücksinkend und nach seinem dünnen Schnurrbart tastend. »Das hätte ich nicht von Ihnen erwartet, Madame Merle«.
Sie schüttelte ruhig den Kopf, wie ein Mensch, der den Dingen ins Gesicht schaut. »Da verkennen Sie mich. Ich finde, Ihr Benehmen zeugt von ausgezeichnetem Geschmack, Sie könnten keinen besseren Weg einschlagen. Jawohl, das finde ich.«
»Ich will sie nicht beunruhigen – um sie nur zu beunruhigen, dazu liebe ich sie viel zu sehr«, sagte Mr. Rosier.
»Ich bin doch froh, daß Sie mir alles erzählt haben«, fuhr Madame Merle fort. »Überlassen Sie es mir ein bißchen; ich glaube, ich kann Ihnen helfen.«
»Ich sagte doch, Sie seien die einzige Person, die mir helfen kann!« rief ihr Besucher schnell ermuntert.
»Sie sind sehr klug«, entgegnete Madame Merle, schon wieder etwas trocken. »Wenn ich Ihnen helfen will, so unterstelle ich zunächst, daß Ihre Sache gut ist. Wir wollen ein wenig überlegen, ob das stimmt.«
»Ich bin schrecklich wohlerzogen«, sagte Rosier ernsthaft. »Ich will nicht sagen, ich hätte keine Fehler, aber ich kann sagen, ich habe keine Laster.«
»Das ist alles negativ, außerdem hängt es immer davon ab, was man unter Laster versteht. Was aber ist Ihre positive Seite? Wo sind Ihre Tugenden? Was haben Sie noch außer Ihren spanischen Spitzen und Ihren Dresdener Teetassen?«
»Ich habe ein behagliches kleines Vermögen – ungefähr vierzigtausend Francs im Jahr. Mit meinem Talent, die Dinge zu arrangieren, können wir herrlich davon leben.«

»Herrlich – nein. Ausreichend – ja. Doch das hängt davon ab, wo Sie leben werden.«
»Nun, in Paris. Ich möchte es in Paris wagen.«
Madame Merles Mundwinkel verzog sich nach links. »Das wäre nicht sehr berühmt; dann müßten Sie Ihre Tassen gebrauchen, und die zerbrechen so leicht.«
»Wir wollen nicht berühmt sein. Wenn Miß Osmond alles recht hübsch hat, genügt das vollkommen. Wenn man so hübsch ist wie sie, dann kann man sich ganz billiges *Fayence* leisten. Sie dürfte nie etwas anderes tragen als Musselin – ohne diese Tupfen«, überlegte Mr. Rosier.
»Wollen Sie ihr nicht einmal die Tupfen gestatten? Auf jeden Fall wird sie Ihnen für diese Theorie sehr dankbar sein.«
»Es ist die richtige, glauben Sie mir; und ich glaube sicher, daß sie das mitmacht. Sie versteht diese Dinge; darum liebe ich sie ja.«
»Sie ist ein sehr liebes kleines Mädchen und sehr adrett – auch äußerst anmutig. Aber ihr Vater kann ihr meines Wissens gar nichts mitgeben.«
Rosier widersprach kaum. »Das wünsche ich auch nicht im mindesten. Aber ich darf nebenbei bemerken, daß er doch wie ein reicher Mann auftritt.«
»Das Geld stammt von seiner Frau; sie hat ihm ein großes Vermögen mit in die Ehe gebracht.«
»Da Mrs. Osmond ihre Stieftochter sehr gern hat, könnte sie etwas für sie tun.«
»Nun, für einen verliebten Schäfer halten Sie Ihre Augen offen«, sagte Madame Merle lachend.
»Ich weiß eine Aussteuer sehr zu schätzen. Ich kann sie entbehren, aber ich weiß sie zu schätzen.«
»Mrs. Osmond«, fuhr Madame Merle fort, »wird es wahrscheinlich vorziehen, ihr Geld für ihre eigenen Kinder aufzuheben.«
»Ihre eigenen Kinder? Sie hat doch gar keine.«
»Sie mögen noch kommen. Sie hatte ein armes kleines Bübchen, das starb vor zwei Jahren, sechs Monate nach seiner Geburt. Daher könnten noch andere folgen.«
»Das wünsche ich ihr sehr, wenn es sie glücklich macht. Sie ist eine großartige Frau.«
Madame Merle versäumte es, sich über dieses Thema auszulassen. »Ach, über sie läßt sich manches sagen. Großartig, wenn Sie wollen. Aber wir sind uns noch immer nicht schlüssig gewor-

den, ob Sie eine gute *Partie* sind. Fehlende Laster sind kaum eine Einnahmequelle.«

»Verzeihen Sie, da bin ich anderer Ansicht«, sagte Rosier vieldeutig.

»Sie werden ein rührendes Paar abgeben und von Ihrer Unschuld zehren.«

»Da, glaube ich, unterschätzen Sie mich.«

»So unschuldig sind Sie doch nicht? Im Ernst«, sagte Madame Merle, »vierzigtausend Francs und ein guter Charakter sind natürlich eine beachtenswerte Kombination. Ich will nicht sagen, daß man danach springt, aber es könnten schlimmere Angebote kommen. Mr. Osmond wird allerdings mehr dem Glauben zuneigen, daß er noch höher gehen kann.«

»*Er* vielleicht; aber was kann seine Tochter tun? Doch nichts Besseres als den Mann heiraten, den sie liebt. Denn wissen Sie, sie liebt mich«, setzte Rosier eifrig hinzu.

»Ja – ich weiß es.«

»Oh«, rief der junge Mann, »sagte ich nicht, man müsse sich an Sie wenden?«

»Aber ich weiß nicht, woher *Sie* es wissen, wenn Sie sie nicht fragten.«

»In solchem Fall braucht man nicht zu fragen und zu reden; wie Sie sagten, wir sind ein unschuldiges Paar. Und woher wissen *Sie* es?«

»Ich, die ich nicht unschuldig bin? Durch schlaue Listen. Überlassen Sie es mir; ich werde es für Sie herausbekommen.«

Rosier erhob sich und blieb stehen, seinen Hut glattstreichend.

»Sie sagen das ziemlich kühl. Bekommen Sie bitte nicht nur heraus, wie es steht, sondern versuchen Sie doch, es dahin zu bringen, wie es stehen soll.«

»Ich werde mein Bestes tun. Ich werde Ihre Vorzüge in das beste Licht rücken.«

»Haben Sie herzlichen Dank. Inzwischen werde ich mich an Mrs. Osmond wenden.«

»*Gardez-vous-en bien!*« Schon war Madame Merle auf den Füßen. »Lassen Sie sie besser aus dem Spiel, sonst verderben Sie sich alles!«

Rosier blickte nachdenklich in seinen Hut; es kamen ihm gelinde Zweifel, ob sein Gegenüber trotz allem die einzige Person war, die man um Rat fragen sollte. »Das verstehe ich wohl nicht ganz. Ich bin ein alter Freund von Mrs. Osmond, und ich dächte, ihr wäre es lieb, wenn ich mein Ziel erreichte.«

»Bleiben Sie ihr alter Freund, solange Sie wollen; je mehr alte Freunde sie hat, um so besser; denn mit einigen ihrer neuen steht es nicht gerade zum besten. Doch versuchen Sie vorderhand nicht, sie zur Verstärkung heranzuziehen. Ihr Gatte mag andere Pläne haben, und als Unbeteiligte, die Ihr Wohl will, rate ich Ihnen, vermehren Sie nicht die strittigen Punkte zwischen den beiden.«

Das Gesicht des armen Rosier nahm einen beunruhigten Ausdruck an; eine Bewerbung um die Hand Pansy Osmonds war demnach eine weit kompliziertere Angelegenheit, als es sein Sinn für saubere Transaktionen erlaubte. Aber die äußerste Gutartigkeit, sonst unter einer Maske verborgen, die als »Wohlsituiertheit« eines vorsichtigen Bürgers wirken sollte, kam ihm jetzt zu Hilfe. »Ich sehe gar nicht ein, daß ich Mr. Osmond so sehr in Rechnung stellen muß!« rief er aus.

»Nein, aber Sie sollten *sie* in Rechnung stellen. Sie sagen doch, Sie seien ein alter Freund. Soll sie Ihretwegen leiden?«

»Um nichts in der Welt!«

»Dann nehmen Sie sich in acht und lassen Sie die Sache ruhen, bis ich ein paarmal auf den Busch geklopft habe.«

»Die Sache ruhen lassen, meine liebe Madame Merle? Vergessen Sie nicht, ich bin verliebt!«

»O, Sie werden schon nicht in Flammen aufgehen! Warum sind Sie hergekommen, wenn Sie nicht auf mich hören wollen?«

»Sie sind sehr freundlich; ich will auch ganz brav sein«, versprach der junge Mann. »Aber ich fürchte doch, Mr. Osmond ist ziemlich hartnäckig«, setzte er mit seiner milden Stimme hinzu, während er zur Tür schritt.

Madame Merle lachte kurz auf. »Das konstatierten wir bereits. Aber seine Frau ist auch nicht sehr einfach.«

»Ah, sie ist eine großartige Frau!« wiederholte Ned Rosier zum Abschied.

Er beschloß von nun an, sein Benehmen so einzurichten, daß er auch als Freier weiterhin als Muster der Diskretion gelten konnte; aber er fand, daß er Madame Merle keine Versprechungen gemacht hatte, die es als unschicklich erscheinen ließen, wenn er sich durch einen gelegentlichen Besuch in Miß Osmonds Elternhaus seine gute Laune bewahrte. Er grübelte beständig, was seine Ratgeberin ihn alles geheißen hatte, und zerbrach sich lange den Kopf über die Bedeutung ihres sehr zurückhaltenden Tones. Er hatte sie *de confiance* aufgesucht, wie man es in Paris ausdrückt;

aber möglicherweise lag darin schon eine Übereilung. Er fand es schwierig, sich selbst als vorwitzig zu bezeichnen – diesen Vorwurf hatte er sich bisher kaum zu machen brauchen; aber es traf schon zu, daß er Madame Merle erst vor einem Monat kennengelernt hatte, und daß er sie reizend fand, war, wenn man es genau betrachtete, schließlich kein Grund zu der Annahme, daß sie sich dazu drängen würde, ihm Pansy Osmond in die Arme zu führen, so anmutsvoll er diese Glieder auch zu ihrem Empfang ausbreiten würde. Sie hatte ihm tatsächlich ihr Wohlwollen bewiesen, und in der Familie des Mädchens spielte sie immerhin eine recht auffällige Rolle (Rosier hatte schon manchmal darüber nachgedacht, wie sie das zuwege brachte); sie verkehrte dort intim, ohne jemals vertraulich zu werden. Aber wahrscheinlich hatte er diese Vorteile überschätzt. Sie hatte keine besondere Veranlassung, sich seinetwegen Unannehmlichkeiten auszusetzen; eine reizende Frau war zu jedem reizend, und Rosier kam sich reichlich töricht vor, wenn er daran dachte, daß er sich an sie gewandt hatte, nur weil sie ihn ausgezeichnet hatte. Sehr gut möglich – obwohl sie es im Scherz gesagt zu haben schien –, daß sie wirklich nur an seine antiken Schätze dachte. War es ihr in den Kopf gekommen, er würde ihr ein paar Gemmen aus seiner Sammlung anbieten? Wenn sie ihm nur zu einer Heirat mit Miß Osmond verhalf, wollte er ihr gern sein ganzes Museum verehren. Doch ging es nicht an, dies unumwunden auszusprechen; das sah zu sehr nach plumper Bestechung aus. Aber er wünschte durchaus, sie möchte das glauben.
Unter diesen Überlegungen begab er sich aufs neue zu Mrs. Osmond; Mrs. Osmond gab regelmäßig einen »Abend« – wofür sie den Donnerstag jeder Woche gewählt hatte –, der seine Anwesenheit ohne weiteres als reine Höflichkeit erklärte. Das Objekt seiner wohlausgewogenen Gefühle wohnte in einem hohen Hause mitten im Herzen Roms, einem dunklen, massiven Gebäude an einer sonnigen *piazzetta* nicht weit vom Palais Farnese gelegen. Die kleine Pansy wohnte auch in einem Palais – einem Palais römischen Maßstabs, aber nach Ansicht des armen Rosier war es ein Verlies. Es schien ihm ein böses Omen zu sein, daß die junge Dame, die er zu heiraten wünschte und deren hochmütiger Vater wohl kaum darein willigen würde, in einer Art häuslicher Festung eingekerkert war, die einen stolzen, alten römischen Namen trug, nach historischen Taten, nach Verbrechen, Gewalt und Feindseligkeit roch, in jedem »Führer« erwähnt und

von Touristen besucht wurde, die sie nach einem flüchtigen Überblick enttäuscht und bedrückt wieder verließen. Das Haus besaß im *piano nobile* Fresken von Caravaggio und eine Reihe leicht beschädigter Statuen und staubiger Urnen in seiner breiten, edel gewölbten Loggia, die auf den feuchten Hof hinausschaute, wo ein Brunnen aus moosiger Nische hervorsprudelte. Mit einem weniger belasteten Gemüt hätte er dem Palazzo Roccanera Verständnis entgegengebracht; dann hätte er es Mrs. Osmond nachgefühlt, daß sie und ihr Gemahl, wie sie ihm früher einmal erzählte, sich diese Wohnung, als sie sich für Rom entschlossen, aus Liebe zum Lokalkolorit gewählt hatten. Lokalkolorit gab es hier genug; obwohl Rosier mehr von Limoger Porzellan als von Architektur verstand, sah er doch, daß die Proportionen der Fenster und selbst die Details an den Gesimsen durchaus von großer Linie waren. Aber jetzt wurde er von der Vorstellung gejagt, daß man in malerischen Epochen junge Mädchen hinter diesen Mauern eingeschlossen hatte, um sie ihren treuen Liebsten fernzuhalten und unter Androhung des Klosters in schändliche Heiraten zu drängen. Doch gab es einen Punkt, worin er stets Verständnis zeigte, wenn er sich gelegentlich in Mrs. Osmonds warm und üppig wirkenden Empfangsräumen befand, die im zweiten Stockwerk lagen. Anerkennend stellte er jedesmal fest, daß diese Leute mit »guten Stücken« wohlversehen waren. In ihnen äußerte sich Osmonds Geschmack – ganz und gar nicht der ihre, das hatte sie ihm schon das erstemal erzählt, als er ihr Haus betreten und sich dabei wohl eine Viertelstunde gefragt hatte, ob sie nicht am Ende noch bessere französische »Stücke« besaßen als er in Paris, was er auf der Stelle zuzugeben sich alsbald genötigt sah; sehr viele sogar, so daß er, wie es einem Gentleman gebührt, seinen Neid bezwang und der Dame des Hauses seine unverhohlene Bewunderung für ihre Schätze aussprach. Er erfuhr darauf von Mrs. Osmond, daß ihr Gemahl schon vor ihrer Ehe eine große Sammlung zusammengebracht habe und daß, wenn er auch innerhalb der letzten drei Jahre eine Anzahl schöner Stücke neu erworben hatte, seine größten Funde doch aus einer Zeit stammten, als er sich noch nicht ihres Ratschlages bediente. Rosier übersetzte sich diese Information nach eigenem Prinzip. Statt »Ratschlag« lies »Bargeld«, sagte er zu sich selbst; die Tatsache aber, daß Gilbert Osmond das Beste in seiner geldknappen Zeit erstanden hatte, bestätigte nur seine Lieblingsdoktrin – daß nämlich ein Sammler ruhig mittellos sein kann, wenn er nur geduldig ist. Für gewöhnlich, wenn Rosier sich an einem Donnerstagabend hier einfand, galt sein erster Blick den Wänden des Salons; da hingen drei, vier Stücke, nach denen sein Auge wahrhaftig lechzte. Aber seit seiner Unterredung mit Madame Merle war er von dem äußersten Ernst seiner Position durchdrungen; als er diesmal eintrat, sah er sich so angelegentlich nach der Tochter des Hauses um, wie man es sonst nur einem Herrn zugesteht, der stets die Schwelle mit einem Lächeln überschreitet, das alles Angenehme für selbstverständlich hält.

XXXVII

PANSY befand sich nicht im ersten Zimmer, einem großen Raum mit gewölbter Decke und roten, seidenbespannten Wänden. Hier hielt sich Mrs. Osmond für gewöhnlich auf – obwohl sie heute abend nicht an ihrem gewohnten Platz saß –, um die näheren Freunde um das Kaminfeuer zu versammeln. Dieser Raum war von gedämpfter, diffuser Helligkeit; er enthielt die größeren Möbel und fast immer den Duft von Blumen. Pansy war diesmal vermutlich in einem der nächsten Salons, dem Zufluchtsort der jungen Gäste, wo man Tee servierte.
Osmond stand vor dem Kamin, zurückgelehnt, die Hände auf dem Rücken; er hatte einen Fuß erhoben und wärmte sich die Stiefelsohle. Laut redend umringte ihn ein halbes Dutzend Leute, an deren Konversation er sich jedoch nicht beteiligte; seine Augen hatten, wie es häufig geschah, einen bestimmten Ausdruck angenommen, als ob sie sich mit anderen Dingen beschäftigten, die sich mehr verlohnten als die Erscheinungen, die sich ihm direkt darboten. Da Rosier unangemeldet hereinkam, war es ihm nicht gelungen, die Aufmerksamkeit des Hausherrn auf sich zu ziehen; aber in seiner Gewissenhaftigkeit trat der junge Mann, obwohl er genau wußte, daß er nur die Hausfrau zu sprechen wünschte, doch heran, um ihm die Hand zu schütteln. Ohne seine Haltung zu verändern, streckte ihm Osmond die Linke hin.
»'n Abend. Meine Frau wird wohl in der Nähe sein.«
»Keine Angst; ich werde sie schon finden«, sagte Rosier munter.
Osmond jedoch maß ihn von Kopf bis Fuß; Rosier hatte noch nie im Leben das Gefühl gehabt, so gründlich betrachtet zu werden. »Madame Merle hat es ihm gesagt, und jetzt paßt es ihm

nicht«, räsonierte er bei sich. Er hatte gehofft, Madame Merle zu treffen, aber sie war nirgends sichtbar; vielleicht befand sie sich auch im Nebenzimmer oder würde später noch kommen. Aus Gilbert Osmond hatte er sich nie sehr viel gemacht, er hatte ihn stets im Verdacht, daß er sich aufspielte. Aber Rosier war nicht leicht zu kränken, und sobald es zu einer Frage der Höflichkeit wurde, fühlte er stets das starke Bedürfnis, sich korrekt zu verhalten. Also blickte er sich um und lächelte, ohne daß der andere ihm zu Hilfe kam, und sagte dann im nächsten Moment: »Ich sah heute ein recht gutes Stück von Capo di Monte.«
Anfangs antwortete Osmond gar nichts, dann entgegnete er, während er sich weiter die Schuhsohlen wärmte: »Ich pfeife auf Capo di Monte.«
»Hoffentlich verlieren Sie nicht alles Interesse?«
»An alten Töpfen und Tellern? Doch, da verliere ich jegliches Interesse.« Für einen Augenblick vergaß Rosier seine delikate Stellung. »Denken Sie etwa daran, sich von ein paar Stücken zu trennen?«
»Nein, Mr. Rosier; ich denke nicht daran, mich von irgend etwas zu trennen«, sagte Osmond, die Augen noch immer auf die Augen seines Gastes gerichtet.
»Aha, Sie wollen Ihre Sachen behalten, aber nicht vermehren«, bemerkte Rosier unverdrossen.
»Durchaus. Ich habe nichts, was ich zu kuppeln wünsche.«
Der arme Rosier fühlte, daß er rot geworden war; seine mangelnde Sicherheit bekümmerte ihn. »*Ich* aber schon!« brachte er halblaut vor, und er wußte, daß sein Murmeln wohl untergegangen war, als er sich abwandte. Er lenkte seine Schritte ins Nebenzimmer, wo er beinahe auf Mrs. Osmond stieß, die gerade durch die tiefe Türnische trat. Sie war in schwarzen Samt gekleidet; wie er behauptet hatte, sah sie hoch und herrlich aus, dabei, ach, so strahlend und sanft! Wir wissen, was Mr. Rosier von ihr hielt und in welchen Worten er Madame Merle gegenüber seine Bewunderung geäußert hatte. Sie beruhte ähnlich wie seine Liebe zu ihrer jungen Stieftochter zum Teil auf seinem Blick für das Dekorative, auf seinem Instinkt für das Echte; aber ebenso auf seinem sicheren Gefühl für nicht katalogisierte Werte, für das Geheimnis eines Glanzes, der nicht zu verlieren oder wiederzugewinnen war und den er bei aller Verehrung für Nippfigürchen noch durchaus zu erkennen vermochte. Mrs. Osmond befriedigte gegenwärtig diese Vorliebe vollauf. Die Jahre hatten

sie gestreift, nur um sie zu verschönern; die Blüte ihrer Jugend war nicht verwelkt, sie ruhte nur stiller auf ihrem schlanken Stiel. Von ihrem raschen Eifer, an dem ihr Mann heimlich Anstoß genommen, hatte sie ein wenig eingebüßt – sie erweckte jetzt mehr den Anschein, als ob sie zu warten wisse. Auf jeden Fall wirkte sie jetzt im goldenen Türrahmen auf unseren jungen Mann wie das Bildnis einer huldreichen Dame. »Da sehen Sie, wie regelmäßig ich auftauche«, sagte er. »Aber wer sollte es sein, wenn nicht ich?«

»Ja, ich kenne Sie länger als alle anderen hier. Aber wir dürfen uns jetzt nicht in zarte Jugenderinnerungen versenken. Ich möchte Sie gerne einer jungen Dame vorstellen.«

»O bitte, welcher jungen Dame?« Rosier war ungemein dankbar; aber zu diesem Zweck war er nicht erschienen.

»Sie sitzt dort in Rosa am Kaminfeuer und hat niemanden zur Unterhaltung.«

Rosier zögerte einen Moment. »Kann Mr. Osmond sie nicht unterhalten? Er ist keine sechs Fuß von ihr entfernt.«

Mrs. Osmond zögerte ebenso. »Sie ist nicht sehr lebhaft, und er kann langweilige Menschen nicht leiden.«

»Aber für mich ist sie gut genug? O, das ist bitter!«

»Ich meine nur, Sie haben Gedanken für zwei. Und außerdem sind Sie so verbindlich.«

»Das ist Ihr Gatte auch.«

»Nein, das ist er nicht – zu mir nicht.« Und Mrs. Osmond lächelte schwach.

»Das ist ein Zeichen, daß er es um so sehr mehr gegenüber anderen Damen sein müßte.«

»Das sage ich ihm auch«, entgegnete sie und lächelte noch immer.

»Verstehen Sie nicht: ich suche eine Tasse Tee«, fuhr Rosier fort, sich wehmütig umblickend.

»Das trifft sich gut, dann bringen Sie der jungen Dame auch eine.«

»Na schön; aber danach überlasse ich sie ihrem Schicksal. Die simple Wahrheit ist nämlich die: Ich gehe zugrunde, wenn ich nicht mit Miß Osmond ein paar Worte wechseln kann.«

»Ach«, sagte Isabel, sich abkehrend, »da kann ich Ihnen nicht helfen.«

Fünf Minuten später überlegte er, während er dem Fräulein in Rosa, das er in das andere Zimmer geführt hatte, eine Tasse Tee reichte, ob er mit dem soeben erwähnten Bekenntnis vor Mrs. Osmond wohl gegen den Geist seines Versprechens an Madame Merle verstoßen haben könnte. Solche Fragen vermochten das Gemüt dieses Mannes beträchtliche Zeit zu beschäftigen. Aber schließlich wurde er – verhältnismäßig – bedenkenlos; es kümmerte ihn wenig, welche Versprechungen er brechen könnte. Das Schicksal, das er dem Fräulein in Rosa angedroht, erwies sich inzwischen als recht gnädig; denn Pansy Osmond, die ihm den Tee für seine Dame eingeschenkt hatte – Pansy hatte am Teezubereiten noch immer die gleiche Freude –, kam kurz darauf herbei, um eine Unterhaltung mit ihr zu beginnen. An diesem sanften Zwiegespräch beteiligte sich Edward Rosier freilich nur wenig; er saß schmollend daneben und betrachtete seine kleine Herzallerliebste. Wenn wir sie jetzt mit seinen Augen ansehen, werden wir anfänglich wenig erblicken, was noch an das gehorsame kleine Mädchen erinnert, das in Florenz vor drei Jahren auf kleine Spaziergänge im Cascine geschickt wurde, während ihr Vater und Miß Archer zusammen von Dingen sprachen, die Erwachsenen vorbehalten sind. Aber schon nach einem Moment können wir feststellen, daß Pansy mit neunzehn zwar eine junge Dame geworden, aber dieser Rolle keineswegs gewachsen war; daß sie zwar sehr hübsch aussah, aber daß es ihr in beklagenswerter Weise an jener Eigenschaft gebrach, die man an der weiblichen Erscheinung als Stil erkennt und zu schätzen weiß. Sie war zwar apfelfrisch gekleidet, aber sie trug ihr hübsches Kleid in der unverhohlenen Absicht, es zu schonen – ganz so, als sei es ihr eigens zu dieser Gelegenheit geliehen. Man sollte meinen, Edward Rosier sei ganz der Mann, diese Mängel zu bemerken; und tatsächlich gab es an der jungen Dame nicht eine einzige Eigenschaft, die ihm entgangen wäre. Er umschrieb diese Eigenschaften nur mit Namen eigener Erfindung – von denen einige recht glücklich gewählt waren. »Nein, sie ist einmalig – sie ist absolut einmalig«, pflegte er zu sich selbst zu sagen; und wir können überzeugt sein, daß er nicht für eine Minute zugegeben hätte, daß ihr Stil fehle. Stil? Was denn, hatte sie nicht den Stil einer kleinen Prinzessin? Wer das nicht sah, hatte keine Augen im Kopf. Er war nicht modern, dieser Stil, er war nicht bewußt und würde am Broadway keinen Eindruck machen; das schmale, ernste Jungfräulein in seinem gestickten Kleidchen sah nur aus wie eine Infanta von Velásquez. Das genügte Edward Rosier, der sie entzückend altmodisch fand. Ihre angstvollen Augen, ihre reizenden Lippen, ihr schmales Figürchen waren so rührend wie ein Kindergebet. Er hatte jetzt ein brennendes Verlangen, genau zu wissen, bis zu welchem Punkt sie ihn gernhatte; er begann, auf seinem Stuhl ganz zappelig zu werden. Es wurde ihm so heiß, daß er seine Stirn mit dem Taschentuch betupfen mußte; noch nie war ihm so ungemütlich zumute gewesen. Sie war eine so vollkommene *jeune fille*, und von einer *jeune fille* ließen sich schwerlich die nötigen Erkundigungen einziehen, die Klarheit in diese strittige Frage brachten. Rosier hatte immer von einer *jeune fille* geträumt, von einer *jeune fille*, die jedoch nicht französisch sein durfte, denn er hatte das Gefühl, daß sich bei dieser Nationalität die Sache komplizieren würde. Er war überzeugt, daß Pansy noch nie in eine Zeitung geschaut hatte, und was Romane anging, so hatte sie, wenn es hochkam, Sir Walter Scott gelesen. Eine amerikanische *jeune fille* – was konnte es Besseres geben? Sie würde immer frisch und lustig sein und dabei nicht allein ausgehen, keine Briefe von Männern erhalten und nicht das Theater besuchen, um sich moderne Sittenkomödien anzusehen. Rosier konnte nicht bestreiten, daß so, wie die Dinge standen, es einen Bruch der Gastfreundschaft bedeutet hätte, wenn er sich direkt an dieses arglose Geschöpf wenden würde; aber er war jetzt soweit, daß er sich die gefährliche Frage stellte, ob Gastfreundschaft das Heiligste in der Welt sei. War nicht das Gefühl, das er für Miß Osmond hegte, von unendlich viel größerer Bedeutung? Von größerer Bedeutung für ihn – allerdings; aber wahrscheinlich nicht für den Herrn des Hauses. Einen Trost gab es: Selbst wenn dieser Herr von Madame Merle gewarnt worden war, würde er die Warnung nicht an Pansy weitergeben; es würde nicht zu seiner Politik gehören, ihr mitzuteilen, daß ein wahnsinniger junger Mann sie liebte. Aber er liebte sie *wahrhaftig*, der wahnsinnige junge Mann, und all diese einschränkenden Umstände fingen an, ihm entsetzlich auf die Nerven zu gehen. Was sollte es heißen, daß Gilbert Osmond ihm zwei Finger seiner linken Hand gereicht hatte? Wenn Osmond ruppig war, durfte *er* gewiß auch kühn sein. Er fühlte sich äußerst kühn werden, nachdem das langweilige Mädchen in seiner vergeblichen rosenfarbigen Verkleidung dem Ruf seiner Mutter gefolgt war, die hereinkam, um Rosier mit anzüglichem Lächeln zu erklären, daß sie es jetzt anderen Triumphen zuführen müsse. Mutter und Tochter verschwanden miteinander, und nun hing es allein von

ihm ab, daß er auch wirklich mit Pansy allein blieb. Er war noch nie mit ihr allein geblieben, noch nie allein mit einer *jeune fille*. Es war ein großer Augenblick; der arme Rosier betupfte sich schon wieder die Stirn. Das Zimmer, in dem sie standen, führte noch in ein weiteres – ein kleineres, das offenstand und beleuchtet war, aber den ganzen Abend über, weil die Gesellschaft verhältnismäßig klein geblieben war, leergestanden hatte. Es war auch jetzt noch leer; in blassem Gelb gepolstert, enthielt es mehrere Lampen; durch die offene Tür sah es wie ein Tempel erlaubter Liebe aus. Rosier blickte einen Augenblick hinein; er fürchtete, Pansy werde ihm davonlaufen, und war schon fast bereit, sie mit der Hand zurückzuhalten. Aber sie verweilte noch an der Stelle, wo die andere Jungfrau sie verlassen hatte, und traf keine Anstalten, sich einem anderen Kreis von Gästen am anderen Ende des Zimmers anzuschließen. Einen Augenblick kam es ihm vor, als ob sie Angst habe – als ob sie sich vielleicht aus Angst nicht regen könne; aber ein zweiter Blick beruhigte ihn, daß das nicht der Fall war, und sogleich überlegte er, daß sie dafür wirklich noch zu unschuldig sei. Schließlich überwand er ein letztes Zögern und fragte, ob er wohl hinübergehen und sich das gelbe Zimmer einmal ansehen dürfe, das so lauschig und doch so unberührt aussehe. Er war mit Osmond schon dort gewesen, um die Möbel zu besichtigen, die noch aus dem ersten französischen Empire stammten, um besonders die Uhr zu bewundern (die er in Wahrheit nicht bewunderte), ein riesiges klassisches Ungetüm derselben Periode. Er hatte daher das Gefühl, das Manöver eröffnet zu haben.
»Gewiß dürfen Sie das«, sagte Pansy; »und wenn es Ihnen recht ist, zeige ich es Ihnen.« Sie hatte nicht die mindeste Angst.
»Ich hoffte, das würden Sie sagen; das ist sehr freundlich von Ihnen«, murmelte Rosier.
Sie gingen zusammen hinüber. Rosier fand das Zimmer entschieden häßlich, es schien auch kalt zu sein. Offensichtlich hatte Pansy denselben Eindruck. »Es taugt nicht für Winterabende; im Sommer ist es hier angenehmer«, sagte sie. »Es ist ganz nach Papas Geschmack; er hat sehr viel Geschmack.«
Er hat eine ganze Menge, dachte Rosier; aber zum Teil ist er recht schlecht. Er blickte sich um; er wußte kaum, was man in solcher Situation sagen sollte. »Interessiert sich denn Mrs. Osmond nicht für die Einrichtung ihrer Räume? Hat sie keinen Geschmack?« fragte er.

»O doch, sehr viel; aber mehr für Literatur«, sagte Pansy – »und für Konversation. Aber Papa interessiert sich auch für diese Dinge. Ich finde, er weiß alles.«
Rosier schwieg eine Weile. »Eines wird er sicher wissen!« entfuhr es ihm endlich. »Er weiß, daß mein Kommen bei allem Respekt vor ihm, bei allem Respekt vor Mrs. Osmond, die wirklich reizend ist – in Wirklichkeit«, sagte der junge Mann, »nur Ihnen gilt.«
»Mir?« Und Pansy öffnete weit ihre leicht verwirrten Augen.
»Nur um Sie zu sehen, deshalb komme ich her«, wiederholte Rosier, vom Gefühl eines Hausfriedensbruches vergiftet.
Pansy stand da und blickte ihn an, schlicht, offen und inständig; ein Erröten war nicht nötig, um die Demut ihres Gesichtchens zu vertiefen. »Das dachte ich mir schon.«
»Und es war Ihnen nicht unangenehm?«
»Das konnte ich nicht beurteilen, ich wußte es ja nicht. Sie haben mir nie etwas gesagt«, sagte Pansy.
»Ich war bange, es könne Sie kränken.«
»Sie kränken mich nicht«, murmelte das junge Mädchen und lächelte, als hätte es ein Engel geküßt.
»Haben Sie mich denn gern, Pansy?« fragte Rosier sanft; er war sehr glücklich.
»Ja, ich habe Sie gern.«
Sie waren bis zum Kamin gegangen, wo die große, kalte Empireuhr aufgebaut war; sie standen jetzt mitten im Zimmer und waren dadurch der Beobachtung von außen entzogen. Der Ton, in dem sie diese fünf Worte gesprochen hatte, erschien ihm wie der unmittelbare Anhauch der Natur, und seine Antwort konnte nur darin bestehen, daß er ihre Hand ergriff und einen Augenblick festhielt. Dann zog er sie an seine Lippen. Sie wehrte ihm nicht. In ihrem noch immer vertrauensvollen, reinen Lächeln lag etwas unauslöschlich Hingebungsvolles. Sie hatte ihn gern – sie hatte ihn die ganze Zeit schon gerngehabt; nun konnte kommen, was wollte! Sie war bereit – sie war schon immer bereit gewesen und hatte gewartet, daß er sprechen sollte. Wenn er nicht gesprochen hätte, würde sie für immer gewartet haben; aber als das Wort fiel, ließ sie sich wie ein Pfirsich vom Baum schütteln. Rosier spürte, wenn er sie jetzt an sich ziehen und an sein Herz pressen würde, dann würde sie ohne einen Laut nachgeben, ohne eine Frage zu stellen dort ruhen. Allerdings wäre dies in einem gelben Empire-*salottino* ein etwas überstürztes

Experiment gewesen. Sie hatte gewußt, daß sein Besuch ihr galt, und hatte es doch wie eine kleine vollkommene Lady hingenommen!

»Du bist mir sehr teuer«, murmelte er und bemühte sich, nicht völlig zu vergessen, daß es schließlich doch noch so etwas wie ein Gastrecht gab.

Sie betrachtete einen Augenblick ihre Hand, die er geküßt hatte. »Hast du gesagt, daß Papa es weiß?«

»Du hast mir gerade gesagt, daß er *alles* weiß.«

»Ich finde, du mußt da ganz sichergehen«, sagte Pansy.

»Ach, mein Liebes, wenn ich nur *deiner* sicher bin!« flüsterte ihr Rosier ins Ohr, woraufhin sie in die anderen Räume zurückkehrten, mit einem kleinen Anflug von Beharrlichkeit, der zu bedeuten schien, daß sie sofort vor ihn treten wollten.

In den anderen Räumen hatte man inzwischen allgemein von Madame Merles Eintritt Notiz genommen, die überall, wohin sie kam, bei ihrem Eintritt Aufmerksamkeit erregte. Auf welche Weise ihr das gelang, hätte auch der aufmerksamste Beobachter nicht zu sagen vermocht; es geschah nicht dadurch, daß sie laut lachte oder die Stimme beim Sprechen erhob oder sich rasch bewegte, sich auffallend kleidete oder sonst in irgendwelcher greifbaren Weise Gehör verlangte. Groß und blond, lächelnd und gelassen, lag etwas in ihrer Ruhe selbst, was sich ihrer Umwelt mitteilte, und wenn sich die Leute nach ihr umblickten, geschah es wegen dieser plötzlichen Ruhe. Diesmal tat sie das Ruhigste, was sie tun konnte; sie umarmte Mrs. Osmond, was vielleicht noch auffiel, und setzte sich dann auf ein kleines Sofa, um mit dem Hausherrn zu plaudern. Beide tauschten zunächst kurz die Gemeinplätze aus – in der Öffentlichkeit legten sie auf Gemeinplätze immer einen gewissen Wert –, und dann fragte Madame Merle, die ihre Augen hatte umherschweifen lassen, ob der kleine Mr. Rosier an diesem Abend nicht da sei.

»Er kam vor ungefähr einer Stunde – aber jetzt ist er verschwunden«, sagte Osmond.

»Und wo ist Pansy?«

»Im Nebenzimmer. Dort sind noch weitere Gäste.«

»Wahrscheinlich ist er dabei«, sagte Madame Merle.

»Möchten Sie ihn sprechen?« fragte Osmond in aufreizend beiläufigem Ton.

Madame Merle sah einen Augenblick zu ihm hin; sie kannte

seine Töne bis auf das Achtel genau. »Ja; ich möchte ihm gern sagen, daß ich mit Ihnen über seine Wünsche sprach und daß Sie nur mäßiges Interesse daran haben.«

»Das sagen Sie ihm lieber nicht; sonst wird er mich dafür zu erwärmen suchen, was ich gerade vermeiden möchte. Sagen Sie ihm, daß ich seinen Antrag verabscheue.«

»Aber Sie verabscheuen ihn doch nicht.«

»Das besagt gar nichts; er ist mir lästig. Ich habe schon versucht, ihm dies heute abend beizubringen; ich habe ihm absichtlich die kalte Schulter gezeigt. Dergleichen ödet mich entsetzlich an. Außerdem pressiert es nicht.«

»Ich werde ihm sagen, Sie brauchten Zeit, um sich die Sache zu überlegen.«

»Nein, tun Sie das nicht. Dann drängt er weiter.«

»Wenn ich ihm keine Hoffnungen mache, wird er auch drängen.«

»Ja, aber im ersten Fall wird er versuchen wollen, sich zu erklären – was mich außerordentlich ermüden würde. Im zweiten wird er wahrscheinlich seinen Mund halten und sich tiefer hineinbohren. Dann habe ich meine Ruhe. Ich hasse es, mit Eseln reden zu müssen.«

»Sprechen Sie so von dem armen Mr. Rosier?«

»Ach, er ist eine Plage – mit seiner ewigen Majolika.«

Madame Merle senkte den Blick; sie lächelte fein. »Er ist ein Gentleman, er hat ein reizendes Naturell und schließlich doch ein Einkommen von vierzigtausend Francs!«

»Es bleibt ein Elend – ein ›vornehmes‹ Elend«, unterbrach sie Osmond. »Das habe ich mir nicht für Pansy erträumt.«

»Nun gut. Er hat mir versprochen, nicht mit ihr zu sprechen.«

»Und Sie glauben ihm?« fragte Osmond geistesabwesend.

»Vollkommen. Pansy hat schon viel an ihn gedacht; aber ich glaube nicht, daß das in Ihren Augen etwas ausmacht.«

»Das macht in meinen Augen gar nichts aus; ebensowenig glaube ich, daß sie an ihn denkt.«

»Diese Ansicht ist bequemer«, sagte Madame Merle ruhig.

»Hat sie Ihnen gesagt, daß sie ihn liebe?«

»Für wen halten Sie Ihre Tochter? Und für wen halten Sie mich?« setzte Madame Merle noch hinzu.

Osmond hatte seinen Fuß leicht angehoben und ließ nun sein schlankes Fußgelenk auf dem anderen Knie ruhen; ungeniert umspannte er seinen Knöchel mit der Hand – sein langer, schma-

ler Zeigefinger und der Daumen konnten einen Ring darum bilden – und blickte eine Weile vor sich hin. »Derlei Dinge treffen mich nicht unvorbereitet. Daraufhin habe ich sie erzogen. Nur auf dies *eine* hin – daß sie, wenn solch ein Fall eintritt, das tun wird, was ich vorziehe.«
»Ich habe gar keine Bedenken, daß sie das nicht tut.«
»Nun also; wo ist dann der Haken?«
»Ich sehe keinen. Aber trotzdem empfehle ich Ihnen, Mr. Rosier nicht ganz fallenzulassen. Behalten Sie ihn an der Hand; er könnte sich noch als nützlich erweisen.«
»Das kann ich nicht. Dann behalten Sie ihn.«
»Schön. Ich werde ihn in die Ecke stellen und ihm jeden Tag nur so viel erlauben.«
Während sie sprachen, hatte Madame Merle sich fortgesetzt umgeblickt; das war in dieser Situation ihre Gewohnheit, genauso, wie es ihre Gewohnheit war, immer eine Anzahl leer wirkender Pausen einzuschalten. Ein dicker Tropfen davon folgte ihren letzten hier mitgeteilten Worten, und schon sah sie Pansy, gefolgt von Edward Rosier, aus dem anstoßenden Zimmer hereintreten. Das Mädchen kam einige Schritte näher, dann hielt es inne und blickte fragend auf Madame Merle und seinen Vater.
»Er hat sich ihr erklärt«, bemerkte Madame Merle zu Osmond. Ihr Partner wendete nicht einmal den Kopf. »Da sehen Sie, was von seinen Versprechungen zu halten ist. Man sollte ihm die Reitpeitsche zu spüren geben.«
»Er will ja schon beichten, der arme kleine Kerl.«
Osmond erhob sich. Er warf jetzt einen scharfen Blick auf seine Tochter. »Das hat nichts zu sagen«, murmelte er und entfernte sich. Einen Augenblick später trat Pansy mit ihrer kleinen Miene unpersönlicher Höflichkeit auf Madame Merle zu. Diese Dame begrüßte sie keineswegs viel herzlicher; sie schenkte ihr, während sie sich vom Sofa erhob, nur ein freundliches Lächeln.
»Sie sind sehr spät gekommen«, sagte das junge Geschöpf in seiner sanften Art.
»Mein liebes Kind, ich komme nie später, als ich beabsichtige.«
Madame Merle hatte sich aber nicht erhoben, um leutselig zu Pansy zu sein; sie wandte sich vielmehr an Edward Rosier. Er kam ihr schon entgegen, und wie um es rasch loszuwerden, flüsterte er ihr zu: »Ich habe mich ihr erklärt.«
»Das weiß ich bereits, Mr. Rosier.«
»Hat sie es Ihnen gesagt?«

»Ja, sie hat es mir gesagt. Jetzt benehmen Sie sich aber tadellos für den restlichen Abend, und morgen nachmittag können Sie mich viertel nach fünf besuchen.« Sie war streng und in der Art, wie sie ihm den Rücken zukehrte, lag eine gewisse Verachtung, die ihn veranlaßte, leise eine dezente Verwünschung zu murmeln.

Er hatte jetzt nicht die Absicht, mit Osmond zu sprechen; weder Zeit noch Ort waren dazu angetan. Aber instinktiv zog es ihn zu Isabel, die sich mit einer alten Dame unterhielt. Er setzte sich auf ihre andere Seite; die alte Dame war Italienerin, und Rosier nahm es für gegeben hin, daß sie kein Englisch verstand.

»Sie sagten vorhin, Sie wollten mir nicht helfen«, begann er sein Gespräch mit Mrs. Osmond. »Vielleicht denken Sie anders darüber, wenn Sie erst erfahren – erst erfahren –«

Isabel half seinem Zögern. »Wenn ich was erfahre?«

»Daß mit ihr alles in Ordnung ist.«

»Was wollen Sie damit sagen?«

»Nun, daß wir zu einem Einverständnis gekommen sind.«

»Da ist sie auf dem Holzwege«, sagte Isabel. »Das führt zu nichts.«

Der arme Rosier blickte sie halb beschwörend, halb ärgerlich an; daß er einen roten Kopf bekam, bestätigte, daß er sich ungerecht behandelt fühlte. »Ich bin noch nie so behandelt worden«, sagte er schließlich. »Was hat man eigentlich gegen mich? Das ist nicht die Art, wie man mich gewöhnlich einschätzt. Ich hätte schon zwanzigmal heiraten können.«

»Schade, daß Sie es nicht taten. Ich meine nicht zwanzigmal, sondern einmal, und recht glücklich«, setzte Isabel freundlich lächelnd hinzu. »Sie sind nicht reich genug für Pansy.«

»Sie macht sich doch nicht das geringste aus Geld.«

»Sie nicht, aber ihr Vater.«

»O ja, das hat er bewiesen!« rief der junge Mann.

Isabel erhob sich und kehrte sich von ihm ab, die alte Dame ohne weiteres im Stich lassend; und er beschäftigte sich die nächsten zehn Minuten, indem er so tat, als besichtige er Gilbert Osmonds Miniaturensammlung, die säuberlich auf einer Reihe schwarzer Samtunterlagen ausgebreitet lag. Aber sein Blick erfaßte nichts; seine Wangen brannten; er war zu sehr von dem Unrecht erfüllt, das man ihm angetan. Soviel stand fest, er war noch nie in dieser Art behandelt worden; daß man ihn nicht für gut genug hielt, das war ihm noch nie passiert. Er kannte seinen Wert, und wenn diese Geringschätzung nicht soviel Verderben zu bringen drohte, hätte er laut darüber lachen können. Er machte sich erneut auf die Suche nach Pansy, aber sie blieb verschwunden, so daß er jetzt nur noch danach strebte, das Haus zu verlassen. Vorher wechselte er noch ein paar Worte mit Isabel; es war ihm ein unbehaglicher Gedanke, daß er ihr soeben zu nahegetreten war – der einzige Punkt, der jetzt eine schlechte Meinung von ihm gerechtfertigt hätte.

»Ich sprach vorhin recht ungebührlich von Mr. Osmond«, hub er an. »Aber wenn Sie sich an meine Stelle versetzen –«

»Ich kann mich nicht entsinnen, was Sie sagten«, antwortete sie kühl.

»Ach, jetzt sind Sie gekränkt und werden mir nie mehr helfen.«

Sie schwieg einen Augenblick und fuhr dann in anderem Ton fort.

»Es ist nicht, daß ich nicht will; ich *kann* einfach nicht!« Sie wurde fast leidenschaftlich.

»Wenn Sie es nur ein kleines bißchen *könnten*, werde ich Ihren Gatten nur noch einen Engel nennen!«

»Das ist allerdings eine große Versuchung«, sagte Isabel ernstundurchdringlich, wie er es später sich selbst gegenüber nannte; und der Blick, mit dem sie ihm direkt in beide Augen sah, war gleichfalls undurchdringlich. Er mußte unwillkürlich daran denken, daß er sie als Kind gekannt hatte, und doch ging ihm dieser Blick näher, als ihm lieb war; damit empfahl er sich.

XXXVIII

ANDERNTAGS ließ er sich bei Madame Merle melden; zu seiner Überraschung verfuhr sie ziemlich glimpflich mit ihm. Aber er mußte versprechen, vorläufig nichts weiter zu unternehmen, bis sich etwas Endgültiges entscheiden würde. Mr. Osmond hatte seine Erwartungen höher gespannt, und so machte er es der Kritik wirklich leicht, da er selbst seiner Tochter keine Mitgift zu geben gedachte, ja, eigentlich machte er sich sogar lächerlich damit. Aber sie würde Mr. Rosier empfehlen, nicht diesen Ton anzuschlagen; wenn er seine Seele mit Geduld wappnete, könnte er doch noch zur Glückseligkeit gelangen. Noch war Mr. Osmond seinem Antrag nicht wohlgesonnen, aber es wäre kein Wunder, wenn er sich allmählich bereden ließ. Pansy würde ihrem Vater nie widerstreben, darauf könnte er sich verlassen; also war bei einer Überstürzung gar nichts zu gewinnen. Mr. Osmond mußte sich innerlich erst an einen Antrag gewöhnen, den er bisher noch nie erwogen hatte, und dieses Resultat mußte sich von selbst ergeben – es hatte keinen Zweck, es erzwingen zu wollen. Rosier entgegnete, daß seine eigene Lage derweilen die ungemütlichste von der Welt sein würde, und Madame Merle versicherte ihm, das könnte sie ihm nachfühlen. Aber, wie sie richtig erklärte, alles, was er sich wünscht, kann der Mensch nicht haben; diese Lektion hätte sie auch erst lernen müssen. An Gilbert Osmond zu schreiben, sei zwecklos, er habe sie ermächtigt, ihm das auszurichten. Er wünschte, die Sache für einige Wochen ruhen zu lassen; er würde selber schreiben, wenn er Mr. Rosier etwas Angenehmes mitzuteilen hätte.

»Es gefiel ihm gar nicht, daß Sie sich Pansy erklärten. O, es gefiel ihm gar nicht«, sagte Madame Merle.

»Ich bin ja vollkommen bereit, mir das von ihm selbst sagen zu lassen.«

»Wenn Sie darauf bestehen, wird er Ihnen mehr sagen, als Ihnen lieb ist. Betreten Sie sein Haus in der nächsten Zeit so wenig wie möglich und überlassen Sie das weitere mir.«

»So wenig wie möglich? Wer soll diese Möglichkeit bemessen?«

»Das lassen Sie meine Sorge sein. Gehen Sie zu den Donnerstagabenden wie alle Welt, aber gehen Sie nicht zwischendurch und grämen Sie sich nicht um Pansy. Ich werde dafür sorgen, daß sie alles versteht. Sie ist ein stilles kleines Wesen; sie wird es ruhig hinnehmen.«

Edward Rosier grämte sich beträchtlich über Pansy, aber er tat, wie ihm geraten war, und wartete bis zum nächsten Donnerstag, bevor er wieder im Palazzo Roccanera vorsprach. Dort hatte sich diesmal eine Gesellschaft zum Diner versammelt, so daß schon, obwohl er früh gekommen war, zahlreiche Gäste zugegen waren. Osmond befand sich wie gewöhnlich im ersten Zimmer, nahe dem Kamin, von wo aus er die Tür genau im Auge hielt, so daß Rosier, um nicht direkt unhöflich zu sein, eine Begrüßung nicht vermeiden konnte.

»Ich bin froh, daß Sie einen Wink zu begreifen verstehen«, sagte Pansys Vater, seine scharfen, wachen Augen leicht zusammenkneifend.

»Ich erhielt keinen Wink, ich erhielt eine Bestellung, so habe ich es wenigstens aufgefaßt.«

»Die erhielten Sie? Und wo erhielten Sie die?«

Es schien dem armen Rosier, als ob man ihn beschimpfen wollte; und er wartete einen Augenblick, um zu überlegen, wieviel ein treuer Liebhaber sich gefallen lassen müßte. »Madame Merle hat mir – soweit ich verstand – eine Bestellung von Ihnen ausgerichtet – wonach Sie es ablehnten, mir Gelegenheit zu geben, Ihnen meinen Wunsch vorzutragen.« Und er schmeichelte sich, sehr bestimmt gesprochen zu haben.
»Ich verstehe nicht, was Madame Merle damit zu tun hat. Warum wenden Sie sich an Madame Merle?«
»Ich fragte sie nach ihrer Meinung – nach nichts weiter. Und das tat ich, weil mir schien, daß Sie gut miteinander bekannt sind.«
»Sie kennt mich nicht so gut, wie sie denkt«, sagte Osmond.
»Das tut mir leid, sie ließ mir immerhin einen kleinen Hoffnungsschimmer.«
Osmond starrte einen Moment ins Feuer. »Ich setze einen hohen Preis auf meine Tochter.«
»Keinen höheren als ich. Beweise ich es nicht am besten, indem ich sie zu heiraten wünsche?«
»Ich wünsche meine Tochter sehr vorteilhaft zu verheiraten«, fuhr Osmond mit einer trockenen Impertinenz fort, die der arme Rosier in anderer Stimmung gewiß bewundert hätte.
»Ich behaupte natürlich, daß sie vorteilhaft heiratet, wenn sie mich nimmt. Sie könnte niemand heiraten, der sie mehr liebt – oder, wie ich hinzusetzen darf, den sie mehr liebt.«
»Ich habe keine Veranlassung, mir Ihre Theorien zu eigen zu machen, hinsichtlich der Person, die meine Tochter liebt« – und Osmond blickte mit einem eiligen, kalten Lächeln auf.
»Ich rede nicht von Theorien. Ihre Tochter hat gesprochen.«
»Nicht zu mir«, fuhr Osmond fort, jetzt ein wenig nach vorn gebeugt und in die Betrachtung seiner Stiefelspitzen vertieft.
»Ich habe ihr Wort, Herr«, rief Rosier mit der Schärfe der Verzweiflung.
Da sie ihre Stimmen vorher sehr gedämpft hatten, mußte solch ein Ton einiges Aufsehen unter der Gesellschaft hervorrufen. Osmond wartete, bis die leise Bewegung wieder verebbt war, dann sagte er, völlig ungerührt: »Dessen dürfte sie sich wohl kaum noch entsinnen.«
Sie hatten im Stehen ihre Gesichter dem Feuer zugekehrt; nachdem er die letzten Worte geäußert, drehte sich der Herr des Hauses wieder dem Zimmer zu. Ehe Rosier noch Zeit zu einer

Entgegnung fand, sah er, daß ein Herr – ein Fremder – gerade hereintrat, unangemeldet, der römischen Sitte entsprechend, und im Begriff stand, sich dem Gastgeber vorzustellen. Letzterer lächelte verbindlich, wenn auch etwas ratlos; der Neuankömmling hatte ein schönes Gesicht und einen blonden Bart; er war offensichtlich ein Engländer.
»Sie erkennen mich anscheinend nicht wieder«, sagte er mit einem Lächeln, das sprechender war als das Osmonds.
»O doch; jetzt weiß ich. Sie konnte ich allerdings kaum erwarten.«
Rosier ging inzwischen weiter und machte sich auf die Suche nach Pansy. Er suchte sie wie gewöhnlich im Nebenzimmer, aber zunächst stieß er dort wieder auf Mrs. Osmond. Er hielt sich mit keiner Begrüßung auf – seine Entrüstung war noch zu frisch –, sondern sagte unumwunden: »Ihr Herr Gemahl ist schrecklich kaltblütig.«
Wieder zeigte sie das mystische Lächeln, das ihm schon früher aufgefallen war. »Sie können nicht erwarten, daß alle so hitzig sind wie Sie.«
»Ich will nicht behaupten, daß ich kalt bin, aber ich bin kühl. Was hat er mit seiner Tochter angestellt?«
»Ich habe keine Ahnung.«
»Interessiert Sie denn das alles gar nicht?« fragte Rosier gereizt, auch sie irritierte ihn.
Für einen Augenblick blieb sie stumm, dann sagte sie unvermittelt: »Nein!«, aber in ihren Augen blitzte ein Licht auf, das diesem Wort widersprach.
»Verzeihen Sie, wenn ich das nicht glaube. Wo ist Miß Osmond?«
»Dort in der Ecke beim Teezubereiten. Bitte lassen Sie sie jetzt in Ruhe.«
Sogleich entdeckte Rosier seine kleine Freundin; dazwischenstehende Gruppen hatten sie ihm verborgen. Er sah ihr von weitem zu, aber ihre Aufmerksamkeit war ganz auf ihre Beschäftigung konzentriert. »Was hat er um Gottes willen mit ihr angestellt?« fragte er abermals beschwörend. »Er hat mir erklärt, sie hätte mich aufgegeben.«
»Sie hat Sie nicht aufgegeben«, sagte Isabel in leisem Ton, ohne ihn anzusehen.
»O, ich danke Ihnen! Jetzt werde ich sie auch in Ruhe lassen, solange Sie es für angemessen halten!«

Er hatte kaum geendet, als er sah, wie sie die Farbe wechselte, während Osmond auf sie zukam, begleitet von dem Herrn, der eben eingetreten war. Trotz seines guten Aussehens und seiner sichtbaren gesellschaftlichen Erfahrung schien ihm der letztere ein wenig befangen zu sein. »Isabel«, sagte ihr Gemahl, »hier bringe ich dir einen alten Freund.«
Mrs. Osmonds Antlitz war trotz ihres Lächelns wie das ihres alten Freundes nicht ganz unbefangen. »Ich bin glücklich, Lord Warburton wiederzusehen«, sagte sie. Rosier trat zur Seite; da ihre Unterhaltung unterbrochen worden war, fühlte er sich sogleich von seinem eben abgelegten kleinen Gelübde entbunden. Er hatte sofort den Eindruck, daß Mrs. Osmond jetzt auf sein Tun nicht achten würde.
Darin mußte man ihm wohl recht geben, denn Isabel vergaß für die nächste Zeit völlig, ihn noch weiter zu beobachten. Sie war aufgestört; sie wußte kaum, ob ihr diese Begegnung Freude oder Schmerz bereitete. Aber Lord Warburton war offensichtlich, als er ihr nun von Angesicht zu Angesicht gegenüberstand, der Situation vollkommen gewachsen, obwohl seine grauen Augen noch immer die schöne, ursprüngliche Eigenschaft hatten, das Wiedererkennen und dessen Bestätigung sehr ernst zum Ausdruck zu bringen. Er war etwas schwerer geworden als früher und sah älter aus; sehr sicher und überlegen stand er da.
»Sie haben mich wahrscheinlich nicht erwartet«, sagte er. »Ich bin soeben erst angekommen, genauer gesagt, ich traf heute abend ein. Sie sehen also, ich verlor keine Zeit, um herbeizueilen und Ihnen mein Kompliment zu machen. Ich wußte, daß Sie donnerstags empfangen.«
»Da siehst du, der Ruhm deiner Donnerstage ist schon bis nach England gedrungen«, bemerkte Osmond zu seiner Frau.
»Es ist sehr liebenswürdig von Lord Warburton, sogleich zu kommen, das schmeichelt uns sehr.«
»Nun ja, hier ist es besser als in einem dieser schaurigen Gasthäuser«, fuhr Osmond fort.
»Das Hotel scheint nicht schlecht zu sein; ich glaube, es ist dasselbe, in dem ich Sie vor vier Jahren aufsuchte. Wissen Sie, wir trafen uns damals zuerst in Rom wieder; es ist jetzt lange her. Erinnern Sie sich noch, wo ich Ihnen Lebewohl sagte?« fragte Seine Lordschaft die Gastgeberin. »Es war im Kapitol, im ersten Raum.«
»Daran erinnere sogar ich mich«, sagte Osmond. »Ich war damals auch dort.«

»Ja, das weiß ich noch. Es tat mir damals sehr leid, Rom verlassen zu müssen – so leid, daß es mir irgendwie die Erinnerung verdarb und ich bis heute keine rechte Lust mehr hatte, zurückzukommen. Aber ich wußte ja, daß Sie hier wohnten«, sagte er zu Isabel gewandt, »und ich versichere Ihnen, ich habe oft an Sie gedacht. Es muß sich hier reizend leben lassen«, setzte er hinzu, sich in ihrer Häuslichkeit mit einem Blick umsehend, in dem sie noch einen blassen Schatten seines alten Liebeskummers hätte entdecken können.
»Wir hätten Sie jederzeit gern willkommen geheißen«, bemerkte Osmond mit allem Anstand.
»Vielen Dank. Ich bin seitdem nicht wieder aus England fortgekommen. Bis vor einem Monat hatte ich noch gedacht, meine Reisen seien beendet.«
»Ich habe manchmal von Ihnen gehört«, sagte Isabel, die mit der ihr eigenen seltenen Gabe für solche inneren Seilkunststückchen bereits erwogen hatte, was dieses Wiedersehen für sie bedeutete.
»Hoffentlich war es nichts Nachteiliges. Mein Leben war auffallend ereignislos.«
»Wie die guten Regierungszeiten in der Geschichte«, warf Osmond ein. Er schien seine Hausherrenpflichten nun für beendet zu halten – nachdem er sie so gewissenhaft erfüllt hatte. Nichts konnte artiger bemessen und der Situation angemessener sein als seine Höflichkeit gegenüber dem alten Freunde seiner Frau. Sie war genau, war betont, war alles, nur nicht natürlich – ein Mangel, der Lord Warburton, der selbst ein gut Teil Natürlichkeit besaß, wahrscheinlich nicht entgangen war. »Ich werde Sie jetzt mit meiner Frau allein lassen«, setzte er hinzu. »Sie haben gemeinsame Erinnerungen, in die ich nicht eindringen will.«
»Ich fürchte, da entgeht Ihnen viel!« rief Lord Warburton ihm nach, als er davonschritt; sein Ton verriet vielleicht zuviel Anerkennung für diese Großmut. Dann blickte der Gast Isabel mit tieferer, ja tiefster Bedeutsamkeit an, indem er langsam wieder ernst wurde.
»Ich bin so froh, Sie wiederzusehen.«
»Ich freue mich auch.«
»Wissen Sie, daß Sie sich verändert haben – ein bißchen?« Sie zögerte eine Spur. »Ja – ziemlich.«
»Ich meine natürlich nicht zum Schlechteren; und doch, wie könnte ich sagen zum Besseren?«

»Ich glaube, ich muß mich nicht bedenken, das von *Ihnen* zu sagen«, entgegnete sie tapfer.
»Ach, was mich angeht – es ist eine lange Zeit. Es wäre schlimm, wenn man da nichts vorzuweisen hätte.« Sie setzten sich, und sie erkundigte sich nach seinen Schwestern, unter anderen mehr beiläufigen Fragen. Er antwortete ihr, als ob ihn ihre Fragen interessierten, und schon nach kurzer Zeit sah sie – oder glaubte es wenigstens –, daß sein Drängen nachgelassen hatte. Die Zeit war über sein Herz gestrichen und hatte ihm, ohne es abzukühlen, die Linderung der frischen Luft gebracht. Isabel fühlte ihre gewöhnliche Achtung vor der Zeit mit einem Sprung höherschnellen. Das Benehmen ihres Freundes war das eines zufriedenen Mannes, dem daran lag, vor anderen oder zum mindesten vor ihr als solcher zu gelten. »Eines muß ich Ihnen jetzt zuallererst mitteilen«, sagte er, »ich habe Ralph Touchett mitgebracht.«
»Sie haben ihn mitgebracht?« Isabels Überraschung war groß.
»Er ist im Hotel geblieben; er war zu müde, um noch auszugehen, und ist zu Bett gegangen.«
»Dann werde ich ihn besuchen«, sagte sie sogleich.
»Eben das erhoffte ich mir von Ihnen. Ich hatte nämlich den Eindruck, daß Sie ihn seit Ihrer Heirat nicht mehr so oft gesehen hatten, daß Ihre Beziehungen vielmehr ein wenig förmlich geworden waren. Darum zögerte ich vorhin – wie ein schüchterner Brite.«
»Ich habe Ralph so gern wie immer«, antwortete Isabel. »Aber warum kam er nach Rom?« Ihre Erklärung klang sehr sanft, ihre Frage ein wenig pointiert.
»Weil es schlecht um ihn steht, Mrs. Osmond.«
»Dann ist Rom nicht der richtige Ort für ihn. Er schrieb mir, daß er beschlossen hätte, seine Gewohnheit, im Ausland zu überwintern, aufzugeben und in England zu bleiben, zu Hause, in einem, wie er es nannte, künstlichen Klima.«
»Der arme Kerl, er hatte kein Glück mit seinem künstlichen Klima! Als ich ihn vor drei Wochen in Gardencourt besuchte, fand ich ihn sehr elend. Sein Zustand hat sich mit jedem Jahr verschlimmert und seine Kraft ist jetzt aufgezehrt. Er raucht nicht einmal mehr Zigaretten! Tatsächlich hatte er ein künstliches Klima zustande gebracht; im Haus war es so heiß wie in Kalkutta. Trotzdem hatte er es sich plötzlich in den Kopf gesetzt, nach Sizilien aufzubrechen. Ich glaube nicht daran – ebensowenig wie seine Ärzte und sonstigen Freunde. Da seine Mut-

ter, wie Sie wohl wissen, zur Zeit in Amerika weilt, war aber niemand da, der ihn daran hindern konnte. Er beharrte auf seinem Standpunkt, daß es seine Rettung wäre, wenn er den Winter in Catania verbrächte. Er sagte, Personal und Möbel könnte er mitbringen und sich dort ganz behaglich einrichten, aber tatsächlich hat er das alles gar nicht geschafft. Ich wollte gern, daß er wenigstens zu Schiff führe, um sich die Reise etwas zu erleichtern; aber er sagte, er hasse den Seeweg und wolle unbedingt in Rom Station machen. Daraufhin entschloß ich mich, obwohl ich fand, es sei der reine Unsinn, ihn wenigstens zu begleiten. Ich wirkte – wie sagen doch die Amerikaner? – als eine Art Dämpfer. Der arme Ralph ist jetzt sehr gedämpft. Vor vierzehn Tagen sind wir in England abgefahren, und unterwegs ging es ihm sehr schlecht. Er konnte nicht warm werden; je weiter wir nach Süden kamen, um so mehr litt er unter der Kälte. Er hat einen ganz ordentlichen Burschen bei sich, aber ich fürchte, er ist bereits jenseits aller menschlichen Hilfe. Ich wollte gern, daß er sich einen klugen Menschen mitnahm – ich meinte, einen scharfen, jungen Doktor; aber davon wollte er nichts wissen. Wenn Sie mir die Bemerkung gestatten, ich fand es etwas ungewöhnlich, daß Mrs. Touchett gerade zu dieser Zeit ihre Amerikareise antrat.«

Isabel hatte erregt zugehört; in ihrem Gesicht spiegelten sich Schmerz und Verwunderung. »Meine Tante reist an festgesetzten Tagen, und nichts in der Welt kann sie davon abhalten. Wenn der Termin da ist, bricht sie auf; ich glaube, sie wäre auch abgereist, wenn Ralph im Sterben gelegen hätte.«

»Manchmal denke ich, er *liegt* im Sterben«, sagte Lord Warburton.

Isabel sprang auf. »Dann will ich sogleich zu ihm.«

Er hielt sie zurück; die schnelle Wirkung seiner Worte verwirrte ihn etwas. »Ich meine nicht, daß ich es heute abend fürchte. Im Gegenteil, heute im Zug ging es ihm besonders gut; der Gedanke, daß wir Rom erreichten – er liebt Rom sehr, wissen Sie –, gab ihm neue Kraft. Als ich mich vor einer Stunde von ihm verabschiedete, sagte er, er fühle sich zwar müde, aber sehr glücklich. Besuchen Sie ihn morgen vormittag, mehr wollte ich nicht sagen. Ich erzählte ihm auch nicht, daß ich hierherging; dazu entschloß ich mich erst nachträglich, als mir einfiel, daß er erzählt hatte, Sie hätten offene Abende, und daß ja heute ein Donnerstag sei. Ich dachte, ich könnte schnell hereinschauen und Ihnen Bescheid sagen, damit Sie nicht erst seinen Besuch abwarten. Ich glaube, er sagte noch, er hätte Ihnen nicht geschrieben.« Es war nicht nötig, daß Isabel beteuerte, sie würde Lord Warburtons Rat befolgen; während sie dasaß, sah sie aus wie ein beflügeltes Wesen, das sich nur mit Mühe zurückhalten ließ. »Abgesehen davon, daß ich Sie selbst gern wiedersehen wollte«, setzte ihr Gast galant hinzu.

»Ich verstehe nur Ralphs Plan nicht; das alles kommt mir sehr gewagt vor«, sagte sie. »Ich war so froh, ihn zwischen den dicken Mauern von Gardencourt aufgehoben zu wissen.«

»Er war dort völlig allein; nur die dicken Mauern leisteten ihm Gesellschaft.«

»Sie besuchten ihn doch; Sie waren äußerst liebenswürdig.«

»Lieber Gott, ich hatte nichts zu tun«, sagte Lord Warburton.

»Wir hören im Gegenteil, daß Sie große Dinge tun. Alle Welt spricht von Ihnen als einem großen Staatsmann, und Ihr Name begegnet mir beständig in der *Times*, die Sie übrigens nicht gerade zu verehren scheint. Sie sind augenscheinlich noch immer ein wilder Radikaler.«

»Ich komme mir nicht halb so wild mehr vor. Wissen Sie, die Welt hat mich nur jetzt entdeckt. Touchett und ich haben unterwegs fast die ganze Zeit von London bis hier eine Art parlamentarischer Debatte abgehalten. Ich behaupte, er ist der letzte Tory, und er nennt mich den Gotenkönig – sagt, ich hätte bis zum letzten Detail meiner persönlichen Erscheinung völlig das Aussehen eines Barbaren. Sie sehen also, noch steckt Leben in ihm.«

Isabel hätte gern noch manches über Ralph gewußt, aber sie enthielt sich weiterer Fragen. Sie würde sich morgen selbst von seinem Zustand überzeugen. Denn es entging ihr nicht, daß Lord Warburton nach einer Weile das Thema zu wechseln wünschte – es lagen ihm noch andere Dinge am Herzen. Sie kam mehr und mehr zu der Überzeugung, daß er die Vergangenheit überwunden hatte, und, was wichtiger war, sie empfand dabei keine Bitterkeit. Er war seit langem für sie so zum Inbegriff hartnäckiger Beharrlichkeit geworden, gegen die sie sich immer zu stemmen und zur Wehr zu setzen hatte, daß sein Wiederauftauchen mit neuer Unruhe zu drohen schien. Aber sie war jetzt beruhigt; sie erkannte deutlich, daß ihm nur noch daran lag, freundschaftlich mit ihr zu verkehren und sie wissen zu lassen, daß er ihr vergeben hatte und nicht so taktlos war, sich in spitzen Anspielungen

zu ergehen. Es war natürlich ebensowenig eine Form der Rache; sie brauchte ihn nicht zu verdächtigen, daß er jetzt seine Desillusionierung zur Schau stellte, nur um sie damit zu strafen; sie war gerecht genug, ehrlich zu glauben, daß ihm ganz schlicht der Gedanke gekommen war, es könnte sie doch interessieren zu erfahren, daß er inzwischen resigniert hatte. Es war die Resignation einer männlichen, gesunden Natur, an welcher sentimentale Wunden nicht eitern konnten. Die britische Politik hatte ihn geheilt, das hatte sie nicht anders erwartet. Sie dachte mit Neid an das glückliche Los der Männer, die jederzeit bereit sind, sich in die heilenden Wasser sachlicher Tätigkeit zu stürzen. Lord Warburton sprach natürlich von der Vergangenheit, aber er unterließ jede Andeutung und ging sogar soweit, ihre frühere Begegnung in Rom als eine sehr vergnügliche Zeit zu bezeichnen. Und er sagte ihr, die Nachricht von ihrer Verheiratung habe ihn riesig interessiert, er freue sich jetzt sehr, Mr. Osmonds Bekanntschaft zu machen, von Bekanntschaft habe man das letztemal ja kaum reden können. Er hatte ihr damals zu diesem Wegkreuz ihrer Geschichte zwar nicht geschrieben, aber deswegen entschuldigte er sich nicht. Das einzige, was er anklingen ließ, war ihre alte Freundschaft, ihre nahe Freundschaft. Und es klang tatsächlich wie bei einem nahen Freund, als er nach einer Pause, während er sich lächelnd umgeblickt hatte, wie jemand, der sich während einer Provinzveranstaltung bei einem unschuldigen Ratespiel amüsiert, sie plötzlich fragte:
»Und nun sind Sie also glücklich und zufrieden?«
Isabel antwortete mit einem leichten Lachen; der Ton seiner Frage klang fast wie aus einer Komödie. »Glauben Sie, daß ich es Ihnen sagen würde, wenn ich es nicht wäre?«
»Nun, das weiß ich nicht. Warum denn nicht?«
»Also würde ich es sagen. Gott sei Dank bin ich sehr glücklich.«
»Sie haben ein sehr schönes Haus.«
»Ja, es ist hübsch; aber das ist nicht mein Verdienst – das liegt an meinem Mann.«
»Sie meinen, er hat es eingerichtet?«
»Ja, es sah nach nichts aus, als wir einzogen.«
»Da muß er sehr begabt sein.«
»Er ist ein Genie für Dekoration.«
»Diese Dinge sind jetzt sehr modern. Aber Sie werden doch auch Ihren eigenen Geschmack haben.«
»Ich freue mich an den Dingen, wenn sie vorhanden sind,

aber ich habe keine Ideen. Ich kann nie Vorschläge machen.«
»Meinen Sie damit, daß Sie akzeptieren, was andere vorschlagen?«
»Bereitwilligst, in den meisten Fällen.«
»Gut, daß ich das weiß. Dann werde ich Ihnen etwas vorschlagen.«
»Sehr freundlich. Doch ich muß sagen, bei einigen Kleinigkeiten habe ich mir noch eine gewisse Initiative bewahrt. Zum Beispiel möchte ich Sie gern mit einigen Menschen hier bekanntmachen.«
»O bitte nicht. Ich bleibe viel lieber hier sitzen. Es sei denn, Sie meinen dort die junge Dame in dem blauen Kleid. Sie hat ein reizendes Gesicht.«
»Die sich dort mit dem rosigen jungen Mann unterhält? Das ist die Tochter meines Mannes.«
»Glücklicher Mensch, Ihr Herr Gemahl. Was für ein liebes, kleines Ding!«
»Sie müssen ihre Bekanntschaft machen.«
»Nachher – mit Vergnügen. Ich sehe sie mir gern von hier aus an.« Aber schon bald hörte er damit auf; seine Augen kehrten beständig zu Mrs. Osmond zurück. »Wissen Sie, daß ich mich doch geirrt habe, als ich sagte, Sie hätten sich verändert?« nahm er kurz danach das Gespräch wieder auf. »Sie erscheinen mir trotz allem völlig unverändert.«
»Und doch halte ich es für eine bedeutende Veränderung, verheiratet zu sein«, sagte Isabel leicht belustigt.
»Die meisten Leute werden mehr davon betroffen als Sie. Sie sehen, ich habe mich darum noch nicht damit befaßt.«
»Das überrascht mich eigentlich.«
»Das müssen Sie doch verstehen, Mrs. Osmond. Aber ich möchte gern heiraten«, setzte er einfacher hinzu.
»Das dürfte Ihnen nicht schwerfallen«, sagte Isabel, sich erhebend, worauf sie mit einem vielleicht zu sichtbaren Zusammenzucken überlegte, daß sie kaum die Person war, die dies sagen dürfte. Vielleicht hatte Lord Warburton ihr Zusammenzucken bemerkt, so daß er es sich großmütig versagte, sie darauf aufmerksam zu machen, daß sie es ihm nicht gerade erleichtert hatte.
Edward Rosier hatte sich inzwischen auf die Ottomane neben Pansys Teetisch gesetzt. Zunächst tat er so, als wollte er sich mit ihr nur über Belanglosigkeiten unterhalten, und sie fragte ihn, wer der neue Herr sei, der dort mit ihrer Stiefmutter sprach.
»Ein englischer Lord«, sagte Rosier. »Mehr weiß ich auch nicht.«
»Ob er wohl eine Tasse Tee trinkt? Die Engländer trinken so gern Tee.«

»Zerbrich dir darüber nicht den Kopf; ich habe etwas Besonderes mit dir zu besprechen.«
»Sprich nicht so laut – jeder kann dich hören«, sagte Pansy.
»Niemand wird zuhören, solange du so aussiehst, als ob es dein einziger Wunsch im Leben sei, daß der Kessel kocht.«
»Er wurde eben erst gefüllt; die Dienstboten wissen nie Bescheid!« – und sie seufzte unter der Last ihrer Verantwortung.
»Weißt du, was dein Vater mir eben sagte? Daß du es nicht so gemeint habest, was du vorige Woche sagtest.«
»Ich kann nicht alles so meinen, wie ich es sage. Welches junge Mädchen könnte das? Aber was ich zu *dir* sage, meine ich auch.«
»Er sagte, du hättest mich vergessen.«
»O nein, ich vergesse dich nicht«, sagte Pansy und zeigte ihre hübschen Zähne in einem starren Lächeln.
»Dann ist also alles noch beim alten?«
»O nein, nicht ganz. Papa war schrecklich streng.«
»Was hat er dir getan?«
»Er fragte, was *du* mir getan hättest, und ich habe ihm alles erzählt. Da hat er mir verboten, dich zu heiraten.«
»Das brauchst du nicht zu beachten.«
»O doch, das muß ich. Ich kann nicht ungehorsam zu Papa sein.«
»Nicht für einen, der dich so liebt wie ich und den du auch zu lieben behauptest?«
Sie lüftete den Deckel der Teekanne, in deren aromatisches Innere sie dann, einen Augenblick hineinspähend, fünf Worte fallen ließ: »Ich liebe dich darum genauso.«
»Was nützt mir das?«
»Ach«, sagte Pansy und schlug ihre süßen, flatternden Augen auf, »das weiß ich auch nicht.«
»Du enttäuschst mich«, stöhnte der arme Rosier.
Einen Augenblick verstummte sie; sie überreichte dem Diener eine Tasse Tee – »Bitte rede nicht weiter.«
»Muß ich mich damit zufriedengeben?«
»Papa hat gesagt, ich soll nicht mit dir sprechen.«
»Und jetzt opferst du mich? Oh, das ist zuviel!«
»Ich wünschte, du würdest etwas warten«, sagte das Mädchen mit einer Stimme, gerade deutlich genug, um ein Zittern zu verraten.
»Ich will natürlich warten, wenn du mir eine Hoffnung läßt. Aber du zehrst an meinem Leben.«
»Ich werde dich nie aufgeben – o nein!« fuhr Pansy fort.

»Er wird versuchen, dich mit jemand anderem zu verheiraten.«
»Das werde ich nie tun.«
»Worauf sollen wir denn warten?«
Wieder zögerte sie. »Ich will mit Mrs. Osmond reden, sie soll uns helfen.« In dieser Form sprach sie meistens von ihrer Stiefmutter.
»Sie wird uns nicht viel helfen. Sie hat Angst.«
»Angst? Wovor?«
»Vor deinem Vater, vermutlich.«
Pansy schüttelte ihr Köpfchen. »Sie hat vor niemandem Angst. Wir müssen nur Geduld haben.«
»Ach, das ist ein furchtbares Wort«, stöhnte Rosier; er war tief verstört. Ungeachtet aller Sitten der guten Gesellschaft ließ er seinen Kopf auf beide Hände fallen und starrte, ihn mit melancholischer Grazie stützend, tiefsinnig auf den Teppich. Kurz darauf bemerkte er eine allgemeine Bewegung in seiner Nähe, aufblickend sah er Pansy einen Knicks machen – es war noch ihr kleiner Knicks aus der Klosterzeit –, mit dem sie den englischen Lord begrüßte, den Mrs. Osmond ihr vorstellte.

XXXIX

Den nachdenklichen Leser wird es sicherlich nicht überraschen, daß Ralph Touchett seine Kusine seit ihrer Heirat viel weniger gesehen hatte, ein Ereignis, über das er in einer Weise dachte, die kaum dazu angetan schien, ihre gegenseitige Freundschaft zu befestigen. Wie wir bereits wissen, hatte er seine Meinung rundheraus gesagt und danach Frieden gehalten, da Isabel ihn nicht wieder aufgefordert hatte, eine Unterredung zu wiederholen, die einen Markstein in ihren Beziehungen bedeutete. Diese Unterredung hatte eine Veränderung herbeigeführt – und zwar mehr die Veränderung, die er gefürchtet, als jene, auf die er gehofft hatte. Er hatte damit den Eifer des Mädchens, ihre Verlobung zu verwirklichen, nicht aufzuhalten vermocht, aber ihre Freundschaft war fast darüber zerbrochen. Nie wieder war zwischen ihnen über Ralphs Meinung von Gilbert Osmond die Rede gewesen, und indem sie dieses Thema mit feierlichem Schweigen übergingen, war es ihnen wenigstens gelungen, sich den Anschein gegenseitiger Offenheit zu bewahren. Aber ein Unterschied war da, wie Ralph oft zu sich selber sagte, ein Unterschied war da. Sie hatte ihm nicht verziehen, nie würde sie ihm verzeihen – das war alles, was er gewonnen hatte. Sie bildete sich freilich ein, sie hätte ihm vergeben; sie glaubte, die Sache längst überwunden zu haben, und da sie sehr großzügig und sehr stolz war, entbehrte dieser Glaube nicht einer gewissen Tatsächlichkeit. Ob nun die Ereignisse ihm letzten Endes recht gaben oder nicht, moralisch hatte er sie gekränkt, und eine Kränkung dieser Art vergessen Frauen nie. Als Omonds Frau konnte sie nie wieder mit ihm befreundet sein. Wenn sie in dieser Eigenschaft das Glück fand, das sie erwartete, würde sie nur Verachtung für den Mann empfinden, der im voraus versucht hatte, ihr dieses so teure Glück zu schmälern; wenn aber andererseits seine Warnung berechtigt sein sollte, dann würde ihr Schwur, ihm das niemals mitzuteilen, ihr Gemüt so belasten, daß sie ihn schon deshalb hassen mußte. So trübe war im ersten Jahr nach ihrer Eheschließung Ralphs Ausblick in die Zukunft; wenn uns diese Bedenken ein wenig krankhaft erscheinen, dürfen wir nicht vergessen, daß er nicht in der Blüte seiner Gesundheit stand. Er tröstete sich damit, soweit ihm das gelang, daß er sich (wie ihm dünkte) sehr passend benommen und der Zeremonie beigewohnt hatte, durch die Isabel mit Mr. Osmond vereinigt wurde und die in Florenz im Juni stattfand. Von seiner Mutter hörte er, daß Isabel anfangs daran gedacht hatte, ihre Vermählung in ihrer Heimat zu feiern, aber da sie vor allem nach Einfachheit strebte, hatte sie, trotz Osmonds erklärter Bereitwilligkeit, eine Reise von jeder beliebigen Länge zu unternehmen, sich schließlich dahin entschieden, daß diese Einfachheit am besten zu erreichen war, wenn sie sich von dem ersten besten Geistlichen so schnell wie möglich trauen ließen. Daher wurde die Sache in der kleinen amerikanischen Kapelle an einem sehr heißen Tage nur in Gegenwart von Mrs. Touchett und ihrem Sohn, von Pansy Osmond und der Gräfin Gemini vollzogen. Die Kargheit der erwähnten Feierlichkeiten resultierte zum Teil aus der Abwesenheit von zwei Personen, die man bei dieser Gelegenheit hätte erwarten können und die dem Ganzen einen gewissen Glanz verliehen hätten. Madame Merle war natürlich eingeladen worden, aber Madame Merle, die Rom nicht verlassen konnte, hatte einen anmutigen Entschuldigungsbrief geschrieben. Henrietta Stackpole hatte man hingegen nicht eingeladen, da ihre Abreise aus Amerika, Isabel durch Mr. Goodwood angekündigt, durch ihre beruflichen Verpflichtungen in letzter Minute vereitelt worden war; auch sie hatte einen Brief geschickt, zwar einen weniger anmutigen als Madame Merle, der aber durchblicken ließ, daß sie der Feierlichkeit, wenn sie imstande gewesen wäre, den Atlantik rechtzeitig zu überqueren, nicht nur als Zeugin, sondern auch als Kritikerin beigewohnt hätte. Ihre Rückkehr nach Europa war dann etwas später erfolgt, und ihr Wiedersehen mit Isabel fand im Herbst in Paris statt, wobei sie ihrem kritischen Witz vielleicht ein wenig zu sehr die Zügel hatte schießen lassen. Der arme Osmond, der hauptsächlich ihre Zielscheibe war, hatte jedoch so scharfen Protest erhoben, daß Henrietta sich veranlaßt sah, ihrer Freundin zu erklären, sie habe einen Schritt unternommen, der eine Schranke zwischen sie setze. »Es liegt keineswegs daran, daß du geheiratet hast – es liegt nur daran, daß du *ihn* geheiratet hast.« Mit dieser Bemerkung stimmte sie Ralph Touchett in weit höherem Maße zu, als sie argwöhnen konnte; seine Hemmungen und seine Zerknirschung teilte sie allerdings kaum. Doch erwies sich Henriettas zweiter Besuch in Europa wohl nicht als ganz vergeblich; denn gerade in dem Moment, als Osmond seiner Frau erklärte, er müsse wirklich gegen dieses Zeitungsweib Einspruch erheben, und Isabel ihm geantwortet hatte, ihr scheine, er beurteile Henrietta zu schroff, war der gute Mr. Bantling auf dem Schauplatz erschienen und schlug vor, einen Ausflug hinüber nach Spanien zu unternehmen. Henriettas Reisebriefe aus Spanien erwiesen sich denn als die gelungensten, die sie bisher veröffentlicht hatte, besonders einer, datiert von Alhambra und betitelt *Moore und Mondschein*, galt allgemein als ihr Meisterwerk. Isabel war heimlich enttäuscht gewesen, daß ihr Mann es nicht einfach fertiggebracht hatte, das arme Mädchen von der spaßigen Seite zu nehmen. Sie überlegte sogar, ob sein Sinn für Späße oder auch für zornige Leute – das wäre also sein Sinn für Humor, nicht wahr? – am Ende nicht ein wenig defekt sei. Sie selbst betrachtete natürlich die Sache wie jemand, dessen gegenwärtiges Glück keine Schuld an Henriettas verletztem Gewissen trug. Osmond hielt ihre Freundschaft einfach für ungeheuerlich; er konnte sich nicht vorstellen, was sie miteinander verband. Für ihn war Mr. Bantlings Reisegefährtin schlechtweg ein höchst gewöhnliches Weib, er hatte außerdem erklärt, sie sei von Grund auf verdorben. Bei diesem letzten Urteilsspruch hatte Isabel mit einem Feuer widersprochen, daß er über den manchmal merkwürdigen Geschmack seiner Frau nur erneut den

Kopf schütteln konnte. Isabel konnte nur erklären, sie schätze eben die Bekanntschaft von Leuten, die so verschieden wie nur irgend möglich von ihr selber seien. »Warum suchst du dann nicht die Bekanntschaft deiner Waschfrau?« hatte sich Osmond erkundigt; worauf Isabel geantwortet hatte, sie fürchte, dafür würde ihre Waschfrau wohl kaum zu haben sein. Henrietta aber war immer für sie zu haben.

Ralph hatte in den zwei Jahren nach ihrer Hochzeit so gut wie nichts von ihr gesehen; den ersten Winter, der den Auftakt ihres Aufenthalts in Rom bildete, hatte er wieder in San Remo zugebracht, wohin seine Mutter ihm im Frühling gefolgt war, die ihn danach nach England begleitete, um dort bei der Bank nach dem Rechten zu sehen – allein hätte er sich zu diesem Schritt nie entschlossen. Ralph hatte sich in San Remo ein Haus gemietet, eine kleine Villa, die er auch im zweiten Winter bewohnte, aber spät im April dieses zweiten Jahres war er nach Rom hinübergefahren. Zum ersten Male seit ihrer Vermählung war er Isabel wieder gegenübergetreten; sein Verlangen, sie wiederzusehen, war damals unbezähmbar gewesen. Sie hatte ihm von Zeit zu Zeit geschrieben, aber ihre Briefe berichteten nichts von dem, was er wissen wollte. Er hatte seine Mutter manchmal gefragt, was sie aus ihrem Leben mache, und seine Mutter hatte schlicht erklärt, sie mache wahrscheinlich das Beste daraus. Mrs. Touchett besaß nicht die Phantasie, die Umgang mit dem Unsichtbaren pflegt, obendrein gab sie jetzt auch nicht vor, mit der Nichte auf vertrautem Fuße zu stehen; sie trafen sich nur selten. Die junge Frau schien in durchaus erfreulichen Verhältnissen zu leben, aber Mrs. Touchett beharrte bei ihrer Ansicht, diese Eheschließung sei eine höchst schäbige Angelegenheit gewesen. Auch der Gedanke an Isabels Wohnung bereitete ihr keine sonderliche Freude; sie war überzeugt, daß die Geschichte einen Haken hatte. Hin und wieder stieß sie in Florenz auf die Gräfin Gemini, stets bemüht, diesen Kontakt möglichst einzuschränken, denn die Gräfin erinnerte sie an Osmond, und dadurch wurde sie verleitet, an Isabel zu denken. Die Gräfin war in diesen Tagen nicht mehr sosehr in aller Munde; aber daraus folgerte Mrs. Touchett nichts Gutes; es bewies nur, wie sehr sie es vorher gewesen. Einen direkten Hinweis auf Isabel verkörperte Madame Merle; aber Madame Merles Beziehungen zu Mrs. Touchett hatten einen merklichen Wandel erfahren. Ohne Umschweife hatte ihr Isabels Tante erklärt, sie hätte ein zu feines Spiel gespielt; und Madame Merle, die sich niemals zankte, die immer zu denken schien, das lohne kein Mensch, und die das Wunder vollbracht hatte, mehrere Jahre hindurch ohne sichtbare Symptome der Verstörung mit Mrs. Touchett zusammenzuleben, Madame Merle also hatte diesmal sehr hohe Töne angeschlagen und erklärt, dies sei eine Beschuldigung, gegen die sich zu verteidigen unter ihrer Würde liege. Doch setzte sie hinzu (ohne sich damit besagter Würde zu begeben), daß ihr Betragen nur allzu durchsichtig gewesen sei, daß sie nur geglaubt, was sie gesehen hätte, sie habe gesehen, daß Isabel nicht aufs Heiraten versessen und Osmond nicht leicht zu befriedigen gewesen sei (seine häufigen Besuche hätten nichts zu bedeuten gehabt, er habe sich auf seinem Bergesabhang zu Tode gelangweilt und sei nur zu seinem Vergnügen gekommen), Isabel habe ihre Gefühle für sich behalten und mit ihrer Reise nach Griechenland und Ägypten ihrer Begleiterin nur Sand in die Augen gestreut. Sie selbst nehme jetzt das Ereignis hin – sie weigere sich, es als Skandal zu betrachten; aber daß sie irgendeine Rolle dabei gespielt, eine einfache oder eine Doppelrolle, sei eine Unterstellung, gegen die sie mit allem Stolz protestiere. Zweifellos hing es mit Mrs. Touchetts Verhalten und dem Unrecht zusammen, das sie damit den geheiligten Gewohnheiten manch reizender Saison antat, daß Madame Merle es hierauf vorgezogen hatte, viele Monate in England zuzubringen, wo ihr Kredit noch unangetastet war. Mrs. Touchett hatte ihr unrecht getan; es gibt gewisse Dinge, die lassen sich nicht verzeihen. Aber Madame Merle litt stumm; ihre Würde hatte stets etwas Imponierendes.

Ralph, wie gesagt, wollte sich damals mit eigenen Augen überzeugen; aber noch mit diesem Vorhaben beschäftigt, empfand er aufs neue, welch ein Narr er gewesen war, daß er Isabels Wachsamkeit geweckt hatte. Er hatte die falsche Karte ausgespielt und damit das Spiel verloren. Er würde nichts durchschauen, er würde nichts erfahren; für ihn würde sie immer eine Maske tragen. Es wäre von ihm viel richtiger gewesen, wenn er sich über ihre Verbindung entzückt gezeigt hätte, dann hätte sie später, wenn, wie Ralph es ausdrückte, die Sache ihren Boden verlieren würde, wenigstens die Freude gehabt, ihm sagen zu können, er sei ein Kamel gewesen. Er hätte gern eingewilligt, für ein Kamel zu gelten, wenn er damit Isabels wahre Lage kennengelernt hätte. Doch vorläufig neckte sie ihn weder mit seinen

Trugschlüssen, noch gab sie sich den Anschein, als hätte sich ihr eigenes Vertrauen bewahrheitet; wenn sie eine Maske trug, so verdeckte diese ihr Gesicht vollkommen. Es lag etwas Starres und Mechanisches in ihrer aufgetragenen Heiterkeit; Ralph fand darin keinen Ausdruck – er fand, es sei eine Darstellung, sogar eine Reklame. Sie hatte ihr Kind verloren; das war ein Leid, aber es war ein Leid, über das sie selten sprach; es war mehr darüber zu sagen, als sie zu Ralph sagen konnte. Überdies war es eine Sache der Vergangenheit, die vor einem halben Jahr geschehen war; sie hatte die Zeichen der Trauer schon wieder abgelegt. Sie schien jetzt das Leben der großen Welt zu führen; Ralph hörte ihre »reizende Position« rühmen. Er beobachtete, daß sie einen eigentümlich neiderregenden Eindruck hervorrief; daß es für viele Leute ein Privileg bedeutete, sie überhaupt zu kennen. Ihr Haus stand nicht jedem offen, zu ihren freien Abenden ergingen die Einladungen nicht als eine Selbstverständlichkeit. Sie lebte mit einer gewissen Pracht, aber um diese wahrzunehmen, mußte man schon zu ihrem engeren Kreis gehören; denn nach außen gab es in den täglichen Verrichtungen des Ehepaares Osmond nichts zu gaffen, nichts zu kritisieren, selbst nichts zu bewundern. Darin erkannte Ralph unfehlbar die Hand des Meisters; denn er wußte, daß Isabel nicht die Gabe hatte, wohlüberlegte Impressionen hervorzurufen. Es fiel ihm auf, daß sie eine große Vorliebe für Bewegung, für Geselligkeit, spätes Aufbleiben, für lange Ritte und Strapazen an den Tag legte; sie schien nach unterhaltenden, interessanten, ja auch nach langweiligen Dingen zu verlangen, sie wollte Bekanntschaften schließen, Leute kennenlernen, von denen man sprach, Roms Umgebung erforschen und mit einigen der verstaubten Überbleibsel seiner ältesten Gesellschaft in Beziehung treten. In alldem war sie viel weniger wählerisch als in jenem alten Bedürfnis, den Lauf der Dinge zu durchdringen, für dessen Erfüllung er sonst seinen Verstand anzustrengen pflegte. Es lag eine gewisse Heftigkeit in einigen ihrer Impulse, eine gewisse Schroffheit in einigen ihrer Versuche, die ihn in Erstaunen setzten: ihm schien, daß sie sogar schneller sprach, sich schneller bewegte und schneller atmete als vor ihrer Heirat. Zweifellos war sie auf Übertreibungen verfallen – sie, die so viel auf die lautere Wahrheit gegeben hatte; und während sie früher eine große Freude am fröhlichen Argumentieren, am intellektuellen Kampfspiel hatte (nie hatte sie reizender ausgesehen, als wenn sie in der

Hitze des Gefechts einen zermalmenden Schlag mitten ins Gesicht erhalten und ihn wie eine Feder von sich geblasen hatte), schien sie jetzt zu denken, es lohne nicht die Mühe, ob man einmütig oder verschiedener Meinung sei. Früher war sie neugierig gewesen, jetzt war sie gleichgültig, und doch war trotz ihrer Gleichgültigkeit ihre Aktivität größer denn je. Noch immer schlank, aber reizvoller als früher, hatte sie äußerlich nicht viel an Reife gewonnen; jedoch lagen eine Fülle und ein Glanz über ihrer ganzen Erscheinung, die ihrer Schönheit eine herausfordernde Note gaben. Arme, mitfühlende Isabel, in welche Verstrickung war sie geraten? Ihr leichter Schritt zog eine Menge drapierten Stoffes hinter sich her, ihr kluger Kopf trug hoheitsvollen Schmuck. Das freie, temperamentvolle Mädchen war ein ganz anderer Mensch geworden; was er sah, war eine vornehme Dame, die etwas darzustellen hatte. Was stellte Isabel dar? fragte sich Ralph, und er konnte nur die einzige Antwort finden, daß sie Gilbert Osmond darstellte. »Lieber Himmel, was für eine Aufgabe!« rief er schmerzlich aus. Er versank in Staunen vor dem Geheimnis der Dinge.

Wie gesagt, er erkannte Osmond in ihr; er erkannte ihn auf Schritt und Tritt. Er sah, wie er alles in Grenzen hielt, wie er ausglich, regulierte, jede Lebensweise bestimmte. Osmond war hier in seinem Element; endlich hatte er das richtige Arbeitsmaterial. Er hatte immer ein Auge für Wirkung gehabt, und seine Wirkungen waren haarscharf berechnet. Sie wurden nicht durch gewöhnliche Mittel erzielt, aber seine Motive waren so gewöhnlich, wie seine Kunst groß war. Aus seinem Inneren eine Art boshaftes Heiligtum zu machen, die Gesellschaft mit dem Gefühl ihrer Ausgeschlossenheit zu drangsalieren, die Leute glauben zu machen, sein Haus sei anders als alle anderen, sich nach außen den Anschein zu geben, er zeige der Welt eine kalte Originalität – dies war der geistreiche Effekt einer Persönlichkeit, der Isabel eine höhere Moralität verliehen hatte. »Er arbeitet jetzt mit feinstem Material«, sagte sich Ralph; »es ist die reiche Fülle, verglichen mit seinen früheren Hilfsquellen.« Ralph war ein kluger Mann, aber nie war er – nach seinem eigenen Urteil – klüger gewesen, als in dem Augenblick, da er bei sich entdeckte, daß Osmond unter der Maske eines Mannes, der nur nach inneren Werten fragt, ausschließlich für die Außenwelt lebte. Weit davon entfernt, ihr Herr und Meister zu sein, wie er vorgab, war er ihr gehorsamer Diener, und das Maß ihrer Beachtung war ihm der einzige Maßstab des Erfolges. Die Augen einzig auf seine Umwelt gerichtet, lebte er von morgens bis abends, und die Welt war so töricht, diesen Trick niemals zu durchschauen. Alles, was er tat, war *Pose* – *Pose*, so fein bemessen, daß man sie für Eingebung halten konnte, wenn man nicht auf der Hut war. Ralph hatte nie einen Mann getroffen, der so viel im Lande der Überlegung lebte. Seine Liebhabereien, seine Studien, seine Künste, seine Sammlungen richteten sich alle auf einen Zweck. Sein Leben auf der Bergeshöhe bei Florenz war eine jahrelange, bewußte Attitüde gewesen. Seine Einsamkeit, sein *ennui*, die Liebe zu seiner Tochter, seine guten, seine schlechten Manieren gehörten zu den mannigfaltigen Zügen eines geistigen Bildes, das ihm als ein Muster von Impertinenz und Mystifizierung beständig gegenwärtig war. Sein Ehrgeiz ging nicht dahin, der Welt, sondern sich selbst zu gefallen, indem er die Neugier der Welt erregte und es dann ablehnte, sie zu befriedigen. Es hatte ihm jedesmal ein Gefühl von Größe gegeben, der Welt einen Streich zu spielen. Seine Vermählung mit Miß Archer war bisher der größte Gefallen, den er sich im Leben selbst getan, wobei in diesem Fall tatsächlich die verblendete Welt in der armen Isabel verkörpert war, die nach Herzenslust im dunkeln hatte tappen können.Bei seiner Beharrlichkeit fand Ralph natürlich deutliche Zusammenhänge heraus. Er hatte ein Credo angenommen, für das er gelitten hatte; so konnte er es bei seiner Ehre nicht widerrufen. Wir teilten einen knappen Aufriß seiner Artikel mit, so, wie sie damals wohl zu bewerten waren. Er war sicherlich sehr geschickt darin, alle Tatsachen seiner Theorie einzuordnen – selbst diejenige, daß während der vier Wochen, die er damals in Rom zubrachte, der Ehegatte der Frau, die er liebte, ihn nicht im geringsten als Feind zu betrachten schien.

Diese Bedeutung besaß Ralph für Gilbert Osmond noch nicht. Er besaß auch nicht die Bedeutung eines Freundes, er besaß vielmehr überhaupt keine. Er war Isabels Vetter und hatte eine ziemlich unerfreuliche Krankheit – auf dieser Basis behandelte ihn Osmond. Er erkundigte sich jedesmal, wie es sich gehörte, nach seinem Befinden, nach Mrs. Touchett, nach seiner Meinung über das winterliche Klima, ob sein Hotel bequem genug sei. Die wenigen Male, die sie sich trafen, richtete er nicht ein Wort zuviel an ihn; aber sein Betragen bekundete stets die weltmännische Gelassenheit, die dem bewußten Erfolg in Gegenwart des bewußten Mißerfolges so wohl ansteht. Dessenungeachtet hatte Ralph gegen Ende seines Aufenthaltes den deutlichen Eindruck gewonnen, daß Osmond seiner Frau Schwierigkeiten zu machen begann, als sie weiterhin Mr. Touchett empfing. Er war nicht eifersüchtig – diese Entschuldigung hatte er nicht; niemand konnte auf Ralph eifersüchtig sein. Aber er ließ Isabel ihre altgewohnte Freundlichkeit büßen, von der sie noch so viel übrig hatte. Ralph konnte nicht wissen, wieweit sie dafür büßen mußte; ihm genügte, daß sein Argwohn erregt war, und schon reiste er ab. Damit hatte er Isabel freilich um eine interessante Beschäftigung gebracht; sie hatte sich beständig überlegt, welches edle Prinzip ihn wohl am Leben hielt. Schließlich war sie zu der Entscheidung gekommen, es müßte seine Freude an der Konversation sein; seine Konversation war brillanter denn je gewesen. Das Gehen hatte er ganz aufgegeben; er schlenderte nicht länger humorvoll umher. Er saß den ganzen Tag im Sessel – fast jeder Sessel genügte ihm – und war von fremder Handreichung so abhängig, daß man, wenn seine Plauderei nicht so anschaulich gewesen wäre, hätte denken können, er sei blind. Der Leser weiß bereits mehr von ihm, als Isabel je erfahren sollte; daher sei ihm der Schlüssel zu diesem Geheimnis ruhig ausgehändigt. Was Ralph am Leben hielt, war einfach die Tatsache, daß er bis jetzt noch nicht genug von der Person gesehen hatte, die ihn auf Erden am meisten interessierte: noch war er nicht befriedigt. Da mußte noch mehr kommen, er konnte sich nicht damit abfinden, daß ihm das entgehen sollte. Er wollte mit ansehen, was sie aus ihrem Ehegatten machen würde – oder der Ehegatte aus ihr. Dies war nur der erste Akt des Dramas, und er war entschlossen, die ganze Aufführung mit anzusehen. Sein Entschluß hatte sich bewährt; er hatte dadurch schon wieder achtzehn Monate überdauert, bis zum Zeitpunkt seiner Rückkehr nach Rom mit Lord Warburton. Er hatte dadurch so nachdrücklich den Eindruck erweckt, als beabsichtige er, noch endlos zu leben, daß Mrs. Touchett keine Bedenken getragen hatte, sich nach einem fremden Lande einzuschiffen. Mehr denn je neigte sie zu Gedankenverwirrungen in bezug auf ihren merkwürdigen Sohn, von dem sie nichts empfing und dem sie auch nichts gab, wie wir sahen. Wenn die Spannung Ralph bisher am Leben gehalten hatte, so wurde jetzt Isabel zum großen Teil durch dasselbe Gefühl – nämlich durch die erregte Spannung, in welchem Zustand sie ihn finden würde – die Treppe zu seiner Wohnung hinaufgetrieben, am Tage, nachdem ihr Lord Warburton von seiner Ankunft in Rom berichtet hatte. Sie blieb eine Stunde bei ihm; es war der erste von mehreren Besuchen. Auch Gilbert Osmond besuchte ihn regelmäßig, und als sie den Wagen für ihn schickten, kam Ralph mehr als einmal in den Palazzo Roccanera. Und als vierzehn Tage verstrichen waren, erklärte Ralph seinem Freunde Warburton, daß er doch nicht nach Sizilien reisen werde. Beide Herren hatten zusammen gespeist, nachdem letzterer den Tag über die Campagna durchstreift hatte. Sie hatten sich vom Tisch erhoben, und Warburton zündete sich am Kamin seine Zigarre an, die er sofort wieder aus dem Munde nahm.

»Nicht nach Sizilien? Wo willst du denn sonst hin?«

»Hm, ich nehme an, ich will nirgends hin«, sagte Ralph vom Sofa her, ganz unverfroren.

»Soll das heißen, du willst nach England zurück?«

»Um Himmels willen; ich bleibe hier in Rom.«

»Rom ist nichts für dich. Rom ist nicht warm genug.«

»Das muß reichen. Dafür werde ich schon sorgen. Du siehst doch, wie gut es mir geht.«

Lord Warburton betrachtete ihn ein Weilchen, seine Zigarre rauchend und als ob er dies feststellen wollte. »Es geht dir besser als auf der Reise, das stimmt. Ich wundere mich noch immer, wie du sie überstanden hast. Aber diesen Entschluß begreife ich nicht. Ich empfehle dir, es doch mit Sizilien zu versuchen.«

»Ich kann mir keine Versuche mehr leisten«, anwortete der arme Ralph. »Darüber bin ich längst hinaus. Ich kann mich nicht weiter rühren. Die Reise würde ich nicht schaffen. Stell dir doch vor, wenn ich zwischen Scylla und Charybdis wählen müßte! Ich möchte nicht auf der sizilischen Hochebene sterben – wie Proserpina in dieselben Örtlichkeiten abberufen werden, in das plutonische Schattenreich.«

»Wozu zum Teufel bist du denn sonst hergekommen?« erkundigte sich Seine Lordschaft.

»Weil mich der Gedanke mitriß. Jetzt seh' ich ein, es geht nicht. Jetzt ist es wirklich gleich, wo ich bleibe. Ich habe alle Heilmittel erschöpft, jedes Klima versucht. Wenn ich nun einmal hier bin, kann ich auch hier bleiben. In Sizilien habe ich nicht eine einzige Kusine – nicht einmal eine verheiratete.«

»Deine Kusine ist freilich eine Versuchung. Aber was sagt der Arzt dazu?«

»Ich habe ihn nicht gefragt, ich pfeife auf seine Ansicht. Wenn ich hier sterbe, wird Mrs. Osmond mich begraben, aber ich werde hier nicht sterben.«

»Hoffentlich nicht.« Lord Warburton rauchte nachdenklich weiter. »Na, ich muß sagen«, meinte er abschließend, »für meine Person bin ich sehr froh, wenn du nicht auf Sizilien bestehst. Ich hatte eine Höllenangst vor der Reise.«

»Oh, aber dir brauchte das nichts auszumachen. Ich hatte nicht die Absicht, dich noch weiter in meinem Gefolge mitzuschleppen.«

»Ich hatte bestimmt nicht die Absicht, dich allein ziehen zu lassen.«

»Mein lieber Warburton, ich habe nie erwartet, daß du noch weiter mitkämst«, rief Ralph.

»Ich wäre aber mitgekommen, um mich zu überzeugen, daß du gut versorgt würdest«, sagte Lord Warburton.

»Du bist ein guter Christ und ein sehr gütiger Mensch.«

»Dann wäre ich umgekehrt.«

»Aha, zurück nach England.«

»Nein, nein; dann wäre ich hiergeblieben.«

»Na also«, sagte Ralph, »wenn wir das beide im Schilde führten, dann weiß ich nicht, was Sizilien noch damit zu tun hat.«

Der Freund schwieg; er saß und starrte ins Feuer. Schließlich sah er auf und brach los: »Sage mir doch dies eine: Hattest du wirklich die Absicht, nach Sizilien zu gehen, als wir aufbrachen?«

»Oh, *vous m'en demandez trop!* Erlaubst du mir zunächst eine andere Frage? Bist du aus rein platonischen Gründen mitgekommen?«

»Ich weiß nicht, was du damit meinst. Ich wollte gern ins Ausland.«

»Ich habe uns im Verdacht, daß wir alle beide unsere Hintergedanken hatten.«

»Da sprichst du nur für dich. Ich habe nicht im geringsten verhehlt, daß ich einige Zeit hierbleiben wollte.«

»Ja, ich erinnere mich, du sagtest, du würdest hier gern den Außenminister aufsuchen.«

»Ich habe ihn schon dreimal getroffen. Er ist sehr amüsant.«

»Ich denke mir, du hast inzwischen vergessen, warum du herkamst.«

»Ja, vielleicht«, antwortete sein Gefährte, ernster werdend.

Beide Herren waren Angehörige einer Rasse, die sich nicht gerade durch fehlende Reserve auszeichnet; sie waren zusammen von London nach Rom gereist, ohne an jene Dinge zu rühren, die das Gemüt eines jeden vornehmlich beschäftigten. Es gab ein altes Thema, das sie früher oft erörtert hatten; inzwischen hatte es aber seinen angestammten Platz in ihren Betrachtungen verloren, und selbst nach ihrer Ankunft in Rom, wo viele Dinge zurückwiesen, hatten sie sich in dasselbe halb zerstreute, halb vertraute Schweigen gehüllt.

»Ich empfehle dir trotz alledem doch, die Billigung des Doktors einzuholen«, fuhr Lord Warburton nach einer Zwischenpause plötzlich fort.

»Die Billigung des Doktors verdirbt uns alles. Ich hole sie mir nie, wenn ich es irgend vermeiden kann.«

»Was findet denn Mrs. Osmond?« fragte Ralphs Freund.

»Ich habe ihr noch nichts gesagt. Sie wird wahrscheinlich sagen, daß Rom zu kalt sei, und sich vielleicht erbieten, mich nach Catania zu begleiten. Dazu ist sie durchaus imstande.«

»Das würde mir an deiner Stelle nur recht sein.«

»Ihrem Gemahl wird es aber weniger recht sein.«

»Nun ja, das kann ich mir vorstellen; obgleich mir scheint, daran brauchst du dich nicht zu kehren. Das ist seine Sache.«

»Ich möchte nicht die Unstimmigkeiten zwischen ihnen noch vermehren«, sagte Ralph.

»Bestehen schon so viele?«

»Sie summieren sich. Wenn sie mit mir ginge, würde es zur Explosion kommen. Osmond schätzt den Vetter seiner Frau nicht gerade.«

»Dann wird er natürlich Krach schlagen. Aber tut er das nicht auch, wenn du hierbleibst?«

»Das will ich ja gerade abwarten. Er schlug Krach, als ich das letztemal in Rom war, damals hielt ich es für meine Pflicht, zu verschwinden. Jetzt finde ich, ist es meine Pflicht, hierzubleiben und sie zu verteidigen.«

»Mein lieber Touchett, die Kräfte deiner Verteidigung – !« hub Lord Warburton mit einem Lächeln an. Aber er sah etwas in dem Gesicht seines Freundes, was ihn zurückhielt. »Deine Pflichten auf diesem Gebiet erscheinen mir eine etwas heikle Frage«, bemerkte er statt dessen.

Für kurze Zeit antwortete Ralph nichts. »Es ist wahr, meine Verteidigungskräfte sind nicht groß«, entgegnete er schließlich; »aber da meine Angriffskräfte noch geringer sind, könnte Osmond am Ende doch zu der Einsicht kommen, es lohne sich nicht für sein Schießpulver. Auf jeden Fall«, setzte er hinzu, »sind da Dinge, die mich neugierig machen.«

»Dann bringst du also deine Gesundheit deiner Wißbegier zum Opfer!«

»Ich bin an meiner Gesundheit nicht sonderlich interessiert, aber an Mrs. Osmond bin ich herzlich interessiert.«

»Das bin ich auch. Aber nicht mehr so wie früher«, setzte Lord Warburton rasch hinzu. Dies war eine Bemerkung, die an jene Dinge rührte, zu deren Erörterung er bisher noch keine Gelegenheit gefunden.

»Findest du sie sehr glücklich?« fragte Ralph, kühn geworden durch soviel Vertrauen.

»Ich weiß nicht recht; darüber habe ich noch kaum nachgedacht. Neulich abend sagte sie, sie sei glücklich.«

»O ja, *dir* hat sie das natürlich gesagt«, rief Ralph lächelnd.

»Das weiß ich nicht. Mir scheint, ich gehörte eigentlich gerade zu den Leuten, bei denen sie sich beklagen könnte.«

»Beklagen? Sie wird sich nie beklagen. Was sie getan hat, *hat* sie getan – und das weiß sie. Bei dir wird sie sich zuallerletzt beklagen. Da paßt sie genau auf.«

»Das hat sie gar nicht nötig. Ich will ihr keine neue Liebeserklärung machen.«

»Das freut mich zu hören. Über *deine* Pflichten bestehen also keine Zweifel.«

»O nein«, sagte Lord Warburton ernst; »nicht die geringsten.«

»Erlaube mir eine Frage«, fuhr Ralph fort. »Willst du diese Tatsache, daß du ihr keine Liebeserklärung mehr zu machen gedenkst, damit betonen, daß du der Kleinen so höflich entgegenkommst?«

Lord Warburton fuhr leicht zusammen; er erhob sich und blickte angelegentlich ins Feuer. »Findest du das sehr lächerlich?«

»Lächerlich? Nicht im mindesten, wenn du sie wirklich gernhast.«

»Ich finde, sie ist eine entzückende kleine Person. Ich wüßte nicht, wann mir ein Mädchen in dem Alter mehr gefallen hätte.«

»Sie ist ein süßes Ding. Ach, sie ist wenigstens echt.«

»Natürlich ist da der Altersunterschied – mehr als zwanzig Jahre.«

»Mein lieber Warburton«, sagte Ralph, »sprichst du im Ernst?«

»Vollkommen – so wie die Dinge liegen.«

»Das freut mich sehr. Und, der Himmel steh' uns bei«, rief Ralph, »wie das den alten Osmond wohl erfrischen wird!«

Sein Freund runzelte die Stirn. »Hör mal, verdirb mir die Freude nicht. *Ihm* zu Gefallen würde ich nicht um seine Tochter anhalten.«

»Er wird trotzdem verdorben genug sein, es als einen großen Gefallen aufzufassen.«

»Dazu hat er mich nicht gern genug«, sagte Seine Lordschaft.

»Dazu? Mein lieber Warburton, der Nachteil deiner Stellung liegt darin, daß die Leute dich nicht gernzuhaben brauchen, um eine Verbindung mit dir zu erstreben. Ich würde allerdings im gleichen Fall das glückliche Vertrauen haben, daß sie es nur aus Liebe tun.«

Lord Warburton schien leider kaum in der rechten Stimmung zu sein, um allgemeine Axiome zu würdigen; er grübelte über einen Sonderfall. »Denkst du denn, daß sie sich freuen wird?«

»Das Mädchen? Ist bestimmt entzückt.«

»Nein, nein; ich meine Mrs. Osmond.«

Ralph sah ihn einen Moment an. »Mein lieber Junge, was hat sie damit zu tun?«

»Was ihr beliebt. Sie hängt sehr an Pansy.«

»Sehr wahr – sehr wahr.« Und Ralph erhob sich langsam. »Eine sehr interessante Frage – wie weit sie ihre Anhänglichkeit an Pansy ausdehnen wird.« Er stand einen Augenblick da, die Hände in den Hosentaschen, die Stirn ziemlich umwölkt. »Weißt du, hoffentlich bist du dir deiner Sache sehr, sehr sicher. Verflixt!« Er brach ab. »Ich weiß nicht, wie ich mich ausdrücken soll.«

»Doch, das weißt du genau: du kannst alles ausdrücken.«

»Aber es ist doch peinlich. Hoffentlich bist du ganz sicher, daß unter Miß Osmonds Vorzügen die – nun ja, die Nähe ihrer Stiefmutter nicht zu den verlockendsten gehört?«

»Lieber Himmel, Touchett!« rief Lord Warburton ärgerlich, »für wen hältst du mich?«

XL

ISABEL hatte seit ihrer Heirat nicht mehr viel von Madame Merle gesehen, da diese Dame jetzt häufig von Rom abwesend war. Einmal hatte sie ein halbes Jahr in England zugebracht, ein andermal einen Teil des Winters in Paris verlebt. Sie hatte häufig bei entfernten Freunden zu Gast geweilt und dem Gedanken Raum gegeben, daß sie künftig sich weniger hartnäckig an Rom klammern wollte als früher. Da ihre frühere Hartnäckigkeit nur in dem Sinn zu verstehen war, daß sie in dem sonnigsten Winkel des Pincio beständig eine Wohnung unterhielt – die häufig leerstand –, bedeutete dies fast eine Aussicht auf ihre dauernde Abwesenheit; eine Gefahr, die zu beklagen Isabel doch zeitweise sehr geneigt gewesen war. Bei näherem Umgang hatte sich ihr erster Eindruck von Madame Merle in mancher Hinsicht zwar etwas gemildert, aber nicht wesentlich geändert; sie hatte noch immer eine staunende Bewunderung für sie übrig. Diese Person war auf allen Seiten gewappnet; es war ein vergnüglicher Anblick, wie vollständig dieser Charakter für den Lebenskampf gerüstet war. Sie trug ihre Fahne im verborgenen, aber ihre Waffen waren aus glänzendem Stahl, und sie gebrauchte sie mit einer Geschicklichkeit, die Isabel immer mehr an einen kampferprobten Streiter denken ließ. Sie war niemals abgekämpft, niemals von Überdruß überwältigt; sie schien niemals der Ruhe oder des Trostes zu bedürfen. Stets hatte sie ihre eigenen Gedanken; früher hatte sie eine ganze Reihe davon an Isabel weitergegeben, die außerdem genau wußte, daß die hochkultivierte Freundin unter dem Deckmantel äußerster Selbstbeherrschung ein reiches Gefühlsleben verbarg. Aber der Wille beherrschte ihr Leben; es lag fast etwas Ritterliches in der Art, wie sie sich behauptete. Es war, als hätte sie ein Geheimnis erforscht – als ob die Kunst des Lebens in einem klugen Trick bestand, den sie erraten hatte. Isabel selbst hatte, während sie älter wurde, Gefühlsumschwung und Überdruß genug kennengelernt; an manchen Tagen sah die Welt so grau aus, daß sie sich mit einiger Gereiztheit fragte, was ihr Leben eigentlich lebenswert machte. Früher hatte sie nach alter Gewohnheit aus Enthusiasmus gelebt; da hatte sie sich in plötzlich entdeckte Möglichkeiten verliebt, in die Vorstellung eines neuen Abenteuers. Als junger Mensch war sie gewöhnt gewesen, von einem kleinen Überschwang zum anderen fortzuleben, nur selten hatte es dazwischen öde Strecken gegeben. Aber Madame Merle hatte jeden Enthusiasmus in sich erstickt; sie verliebte sich in nichts mehr, sondern lebte völlig aus Vernunft und Weisheit heraus. Es gab Stunden, da hätte Isabel für eine Lektion in dieser Kunst bereitwilligst alles hingegeben; wäre die glänzende Freundin nur in Reichweite gewesen, hätte sie sie darum gebeten. Mehr als frü-

her war ihr der Vorteil klargeworden, den eine solche Wesensart mit sich brachte – nämlich sich selbst mit einer festen Oberfläche, mit einer silbernen Rüstung zu versehen.
Aber wie gesagt, erst während des Winters, in dessen Verlauf wir die Bekanntschaft mit unserer Heldin erneuerten, schlug besagte Person wieder ihre Zelte in Rom auf. Isabel traf sie jetzt wieder öfter als sonst seit ihrer Heirat; aber inzwischen hatten sich Isabels Neigungen und Bedürfnisse beträchtlich verändert. Gegenwärtig war es nicht Madame Merle, an die sie sich zwecks Instruktionen gewendet hätte; das Verlangen, den klugen Trick dieser Dame zu erfahren, war ihr ganz vergangen. Sie mußte ihren Verdruß für sich behalten, und wenn sie es sehr schwer hatte, wurde es dadurch nicht leichter, daß sie sich als geschlagen bekannte. Madame Merle war zweifellos für sich selbst von großem Nutzen und eine Zierde für jeden Kreis; aber war sie – würde sie für andere in den Gezeiten seelischer Bedrängnis nützlich sein? Man profitierte von der Freundin am meisten – dies hatte Isabel tatsächlich immer gedacht –, wenn man sie imitierte, wenn man ebenso hart und glänzend wurde wie sie. Sie ließ keine Bedrängnisse aufkommen, und Isabel, dieser Tatsache eingedenk, beschloß zum fünfzigsten Male, ihre eigenen beiseite zu schieben. Außerdem schien es ihr, als sie die alte Freundschaft, die praktisch unterbrochen gewesen, wieder auffrischte, daß ihre alte Verbündete anders war, fast uninteressiert, indem sie nämlich eine gewisse, reichlich künstliche Befürchtung, indiskret erscheinen zu können, bis zum äußersten übertrieb. Wir wissen noch, daß Ralph Touchett der Meinung war, sie neige zu Übertreibungen, sie forciere ihre Haltung, sie trage, vulgär gesprochen, zu dick auf. Isabel hatte diese Beschuldigung nie anerkannt – sie tatsächlich nie ganz verstanden; Madame Merles Benehmen trug in ihren Augen stets den Stempel des guten Geschmacks; sie »fiel niemals auf«. Aber in dieser Sache, in diesem Bemühen, um keinen Preis in das Privatleben der Familie Osmond einzudringen, kam es schließlich auch unserer jungen Freundin zu Bewußtsein, daß darin eine kleine Übertreibung lag. Das war natürlich nicht der beste Geschmack; es war eher verletzend. Sie war sich zu sehr bewußt, daß Isabel verheiratet war; daß sie jetzt andere Interessen hatte; daß sie, Madame Merle, zwar Gilbert Osmond und seine kleine Pansy sehr gut gekannt hatte, besser als alle anderen, aber schließlich doch nicht zum engsten Kreis gehörte. Sie war auf der Hut, sie sprach nie

von den Angelegenheiten ihrer Freunde, es sei denn, man fragte, ja bestürmte sie – als ob man ihre Meinung hören wollte; sie vermied ängstlich jeden Anschein persönlicher Einmischung. Madame Merle war so freimütig, wie wir sie kennen; und eines Tages sprach sie sich freimütig über ihre Befürchtungen zu Isabel aus.

»Ich *muß* einfach auf der Hut sein«, sagte sie zu Isabel. »Ich könnte Sie sonst leicht kränken und merkte es gar nicht. Und Sie wären durchaus zu Recht gekränkt, auch wenn ich die reinsten Absichten haben mag. Ich darf nie vergessen, daß ich Ihren Gatten lange vor Ihnen kannte; das darf mich nie zu einem falschen Schritt verleiten. Wenn Sie ein albernes Geschöpf wären, könnten Sie leicht eifersüchtig werden. Aber Sie sind kein albernes Geschöpf; das weiß ich durchaus. Aber ich bin es ebensowenig, und darum bin ich entschlossen, allen Schwierigkeiten aus dem Wege zu gehen. Ein kleiner Schaden entsteht sehr rasch, ein Fehler passiert, ehe man es noch bemerkt. Wenn ich mit Ihrem Gatten zarte Beziehungen anknüpfen wollte, hätte ich natürlich zehn Jahre dazu Zeit gehabt, nichts hätte mich gehindert; daher ist es wenig wahrscheinlich, daß ich es heute tun werde, wo ich lange nicht mehr so anziehend bin wie früher. Aber wenn ich Sie ärgern wollte, indem ich mir einen Platz, der mir nicht zusteht, anzumaßen schiene, würden Sie diese Überlegung kaum anstellen; Sie würden nur einfach sagen, daß ich gewisse Unterschiede nicht beachte. Dabei bin ich entschlossen, sie niemals außer acht zu lassen. Eine gute Freundin ist dessen gewiß nicht immer eingedenk; man mag seine Freundin nicht gern der Ungerechtigkeit bezichtigen. Bei Ihnen, meine Liebe, bin ich nicht im mindesten argwöhnisch, das bin ich nur gegenüber der menschlichen Natur. Sie müssen nicht denken, daß ich mir damit das Leben vergälle; fortgesetzt beobachte ich mich nicht. Und ich denke, das beweise ich hinreichend, indem ich so offen mit Ihnen spreche. Immerhin, alles, was ich sagen möchte, betrifft diesen einen Punkt, wenn Sie eifersüchtig würden – darauf liefe es hinaus –, müßte ich den Fehler sicherlich ein wenig bei mir suchen. Ihr Gatte könnte gewiß nichts dazu.«

Drei Jahre hatte Isabel Zeit gehabt, sich Mrs. Touchetts Theorie zu überlegen, daß Madame Merle Gilbert Osmonds Ehe gestiftet hatte. Wir wissen, wie sie anfangs darauf reagierte. Madame Merle mochte vielleicht Gilbert Osmonds Ehe gestiftet haben, aber sicherlich nicht Isabel Archers. Ihre Ehe war das

Werk – Isabel wußte kaum zu sagen, wessen: der Natur, der Vorsehung, des Glückes, der ewig geheimnisvollen Fügung. Das war richtig, ihre Tante hatte sich weniger über Madame Merles Tun als über ihr Doppelspiel beschwert: sie hatte das seltsame Ereignis zuwege gebracht und dann ihre Schuld geleugnet. Isabel sah darin keine große Schuld, es ließ sich schwerlich ein Verbrechen daraus konstruieren, daß Madame Merle die kausale Ursache der wichtigsten Freundschaft gewesen, die sie je geschlossen hatte. So hatte Isabel die Sache kurz vor ihrer Heirat angesehen, nach ihrer kleinen Diskussion mit der Tante, zu einem Zeitpunkt also, als sie noch fähig war, ihre kargen jungen Annalen fast nach Art eines philosophischen Historikers in inneren Zusammenhängen zu erblicken. Wenn es Madame Merle damals um eine Änderung ihres Familienstandes zu tun gewesen war, so konnte sie das nur als einen sehr glücklichen Einfall bezeichnen. Ihr gegenüber war sie zudem vollkommen offen gewesen, sie hatte nie ein Hehl aus ihrer Wertschätzung Gilbert Osmonds gemacht. Nach ihrer Eheschließung entdeckte Isabel, daß ihr Mann die Sache weniger günstig ansah; er ließ sich allerdings nur selten herbei, im Gespräch diese am meisten gerundete und geglättete Perle ihres gesellschaftlichen Rosenkranzes in die Finger zu nehmen.

»Kannst du Madame Merle eigentlich nicht leiden?« hatte Isabel ihn einmal gefragt. »Sie hält sehr große Stücke auf dich.«

»Ich sage dir ein für allemal«, hatte Osmond erwidert, »ich konnte sie früher besser leiden als heute. Ich habe sie satt und schäme mich dessen. Sie ist von so unnatürlicher Güte. Ich bin froh, daß sie jetzt nicht in Italien ist; das gibt uns eine Atempause – eine Art moralischer *détente*. Sprich nicht soviel von ihr, das scheint sie zurückzurufen. Sie wird noch früh genug zurückkehren.«

Madame Merle war in der Tat zurückgekehrt, bevor es zu spät war – das soll heißen, zu spät, um an Boden zu gewinnen, was sie etwa verloren haben mochte. Aber wenn sich in der Zwischenzeit, wie wir berichteten, ihre Einstellung geändert hatte, so waren Isabels Gefühle auch nicht mehr ganz dieselben. Sie empfand die Situation noch ebenso deutlich wie früher, aber sie empfand nicht mehr die gleiche Befriedigung dabei. Ein unbefriedigtes Gemüt mag mancherlei entbehren, nur an Gründen wird es ihm niemals mangeln; die blühen so dicht wie Löwenzahn im Juni. Die Tatsache, daß Madame Merle bei Gilbert Osmonds Heirat die Hand im Spiel gehabt, hatte aufgehört, ihr einen Anspruch auf besondere Rücksicht zu gewähren; schließlich ließ es sich auch dahin auslegen, daß so viel nicht da war, wofür man ihr zu danken hatte. Während die Zeit voranschritt, wurde es immer weniger, so daß Isabel sich einmal sagte, daß ohne Zutun Madame Merles die Sache vielleicht niemals so weit gediehen wäre. Diese Überlegung erstickte sie jedoch im Keim; ein Entsetzen überfiel sie, daß sie sie überhaupt hatte aufkommen lassen. »Was mir auch zustoßen mag, laß mich nicht ungerecht werden«, sagte sie, »laß mich meine Last allein tragen und sie nicht anderen aufbürden!« Diese Bereitschaft wurde soeben durch die geistreiche Apologie ihres gegenwärtigen Benehmens auf die Probe gestellt, die abzulegen Madame Merle sich doch veranlaßt sah, und die wir kurz skizzierten; denn etwas Irritierendes – beinah der leise Schatten einer Verspottung – lag in ihren säuberlichen Unterscheidungen und klaren Urteilen. In Isabels Gemüt aber war heute nichts klar; da herrschte ein Wirrwarr von Klagen, kompliziert durch mancherlei Ängste. Sie fühlte ihre Hilflosigkeit, während sie sich von der Freundin abwandte, die gerade ihre erwähnten Erklärungen abgegeben hatte. Ach, Madame Merle wußte so wenig von dem, was sie beschäftigte! Überdies war Isabel außerstande, sich selbst auszudrücken. Eifersüchtig auf die andere – eifersüchtig auf sie wegen Gilbert? Diese Vorstellung entbehrte gerade jetzt jeder Realität. Sie wünschte fast, Eifersucht könnte möglich sein, das hätte eine gewisse Erfrischung bedeutet. War sie nicht in einer Hinsicht ein Symptom des Glückes? Madame Merle aber war weise, so weise, daß sie vielleicht hätte behaupten können, Isabel besser zu kennen, als Isabel sich selbst kannte. Die junge Frau war immer fruchtbar an Entschlüssen gewesen – viele davon waren erhabener Natur; aber zu keinem Zeitpunkt waren sie üppiger ins Kraut geschossen (in der Stille ihres Herzens) als heute. Gewiß, sie besaßen alle Familienähnlichkeit und ließen sich in der einen Entscheidung zusammenfassen, daß sie, falls sie wirklich unglücklich werden sollte, das nicht noch selbst verschulden wollte. Ihr armer beflügelter Geist hatte immer voll Verlangen danach gestrebt, sein Bestes zu geben, bisher war er auch noch nicht ernstlich entmutigt worden. Daher wünschte sie, auch fernerhin fest bei der Gerechtigkeit zu beharren und nicht niedrigen Rachegelüsten zu folgen. Denn nichts anderes wäre es gewesen, hätte sie Madame Merle mit ihrer Enttäuschung in Verbindung gebracht – zumal die daraus gewonnene Genugtuung nur von kurzer Dauer wäre. Mochte er ihre Verbitterung nähren, ihre Fesseln würden sich nicht lockern. Unmöglich konnte sie vorgeben, sie hätte nicht mit offenen Augen gehandelt; wenn jemals ein Mädchen sein eigener Anwalt war, war sie es gewesen. Ein verliebtes Mädchen war zweifellos kein freier Anwalt; doch der Irrtum hatte einzig in ihr seinen Anfang genommen. Weder Verschwörung noch Fallgruben waren aufgetaucht, sie hatte gesehen, überlegt und gewählt. Wenn eine Frau einen solchen Irrtum begangen hatte, blieb ihr nur eine Möglichkeit der Wiedergutmachung: ihn (ja, mit der vorbildlichsten Haltung!) hinzunehmen. Eine Torheit war genug, besonders wenn sie für immer währte; eine zweite machte die Sache nicht besser. In diesem Schweigegelübde lag eine gewisse Noblesse, die Isabel aufrecht hielt; aber dessenungeachtet hatte Madame Merle gut daran getan, ihre Vorkehrungen zu treffen.

Einen Monat später, nachdem Ralph in Rom eingetroffen war, kam Isabel eines Tages von einem Spaziergang mit Pansy nach Hause. Es entsprang nicht nur ihrem allgemeinen Entschluß, Gerechtigkeit zu üben, daß sie gegenwärtig besonders dankbar für Pansy war, sondern ebenso ihrer Zärtlichkeit für alle Dinge, die rein und zufällig waren. Pansy war ihr teuer, niemand sonst in ihrem Leben war so wie dieses junge Wesen zu solcher Anhänglichkeit berechtigt, und nichts sonst schenkte ihr diese Süße der Gewißheit. Es war wie eine sanfte Gegenwart – wie eine kleine Hand in ihrer eigenen: während es auf Pansys Seite mehr war als bloßes Gefühl – da war eine Art glühenden, zwingenden Glaubens. Isabel bedeutete die Abhängigkeit des jungen Mädchens mehr als nur ein Vergnügen; sie empfand sie gleichsam als Verpflichtung, wenn ihre übrigen Motive nicht mehr Stich halten wollten. Sie hatte sich oft gesagt, daß wir unsere Pflicht tun müssen, wo wir sie vorfinden, und daß wir uns allerorts danach umzublicken haben Pansys Zuneigung war eine. direkte Mahnung, die auf eine wenn auch nicht sehr wesentliche, so doch unmißverständliche Gelegenheit zu solcher Pflichterfüllung hinzuweisen schien. Wohin diese Gelegenheit führte, hätte Isabel allerdings kaum zu sagen vermocht, ganz allgemein vielleicht, der Kleinen mehr zu sein, als diese ihr selbst bedeuten konnte. In diesen Tagen hätte Isabel lächeln können, wenn sie daran dachte, daß ihr die kleine Gefährtin früher doppeldeutig vorgekommen war; denn jetzt erkannte sie, daß Pansys Doppeldeutigkeit einfach auf ihrem eigenen Mangel an Einsicht beruht hatte. Sie hatte nicht glauben können, daß jemand so sehr – so außerordentlich – darauf bedacht sein konnte, der Welt zu gefallen. Aber seitdem hatte sie diese zarte Kraft am Werk gesehen, und nun wußte sie, was sie davon zu halten hatte. Wie eine Triebkraft lebte es in diesem jungen Geschöpf, es war beinahe eine Art von Genius, der sie leitete. Pansy hatte auch keinen Ehrgeiz, ihm irgendwelche Vorschriften zu machen, und obwohl ihre Eroberungen beständig zunahmen, rechnete sie sich diese nicht als Verdienst an. Die beiden waren ständig zusammen; Mrs. Osmond wurde selten ohne ihre Stieftochter gesehen. Isabel liebte ihre Gesellschaft; ihre Wirkung war dieselbe, wie wenn man ein Bukett aus ganz denselben Blumen mit sich herumtrug. Und schließlich hatte sie eben einen Glaubensartikel daraus gemacht, Pansy nicht zu vernachlässigen – nie und unter keinen Umständen. Das junge Mädchen ließ deutlich erkennen, daß sie nirgends sonst so glücklich war wie in Isabels Gesellschaft, es sei denn in der ihres Vaters, den sie noch immer mit einer Intensität bewunderte, die vollauf berechtigt war, da für Gilbert Osmond die Vaterschaft ein exquisites Vergnügen bedeutete, so daß er sich stets den Luxus der Milde geleistet hatte. Isabell wußte, wie gern Pansy mit ihr zusammen war und wie diese die Mittel studierte, womit sie ihr zu Gefallen sein konnte. Sie hatte entschieden, die beste Art, ihr zu gefallen, sei negativ und bestehe darin, ihr keinen Kummer zu machen – eine Überzeugung, die sich natürlich nicht auf einen schon bestehenden Kummer beziehen konnte. Sie war daher von kluger Passivität und von einer beinahe phantasievollen Fügsamkeit; sorgfältig mäßigte sie sogar den Eifer, mit dem sie Isabels Vorschlägen zustimmte und der vielleicht darauf schließen ließ, daß sie anderer Ansicht sein könnte. Niemals unterbrach sie einen Satz, niemals stellte sie persönliche Fragen, und obwohl jedes Lob sie entzückte, bis zu dem Punkt, daß sie erblaßte, wenn es ihr widerfuhr, streckte sie niemals die Hand danach aus. Sie sah ihm nur wehmütig entgegen, was ihre Augen, als sie älter wurde, zu den hübschesten auf der Welt machte.

Als sie während ihres zweiten Winters im Palazzo Roccanera anfing, Gesellschaften und Bälle zu besuchen, war sie die erste, die zu vernünftiger Stunde, falls Mrs. Osmond müde sein sollte, zum Aufbruch mahnte. Isabel würdigte dieses Opfer der letzten Tänze vollauf, denn sie wußte, daß ihre kleine Gefährtin ein leidenschaftliches Vergnügen am Tanzen hatte; sie setzte ihre

Schritte nach der Musik wie eine gewissenhafte kleine Fee. Gesellschaften waren ihr obendrein eine unumschränkte Freude; sie genoß auch die ermüdenden Zutaten – die Hitze im Ballsaal, die eintönigen Diners, das Gedränge an der Tür, das peinliche Warten auf den Wagen. Jetzt, am Tage, saß sie in diesem Gefährt neben ihrer Stiefmutter in einer kleinen, starren, wohlgefälligen Pose, indem sie sich schüchtern lächelnd nach vorn neigte, als sei es ihre erste Ausfahrt.

An besagtem Tage waren sie zu einem der Stadttore Roms hinausgefahren und nach Ablauf einer halben Stunde ausgestiegen, der Wagen sollte sie am Wege erwarten; sie wanderten über das kurze Gras der Campagna, das selbst im Winter mit zarten Blumen übersät ist. Dies gehörte fast zu Isabels täglichen Gewohnheiten; sie liebte das Spazierengehen und hatte einen raschen, langen Schritt, wenn auch nicht mehr ganz so rasch wie nach ihrer ersten Ankunft in Europa. Zwar war es nicht ganz der Zeitvertreib, den Pansy am liebsten hatte, aber er gefiel ihr, weil ihr alles gefiel. In kürzerem Wellengang schritt sie neben ihres Vaters Frau, die umgekehrt ihr zu Gefallen auf der Rückfahrt nach Rom einen Umweg über den Pincio oder die Villa Borghese einschlagen ließ. Weit außerhalb der Mauern Roms hatte Isabel eine Handvoll Blumen an einem sonnigen Plätzchen gepflückt; sie hatten daher kaum den Palazzo Roccanera wieder erreicht, als sie sofort auf ihr Zimmer ging, um ihnen Wasser zu geben. Isabel betrat den einen Salon, den sie gewöhnlich selbst benutzte, den zweiten Raum nach dem großen Wohnzimmer, den man von der Treppe aus erreichte und dessen Aussehen von grandioser Nacktheit sich selbst von Gilbert Osmonds reichen Einfällen nicht hatte mildern lassen. Knapp hinter der Schwelle des Salons stockte sie. Der Anlaß war ein Eindruck, den sie soeben empfing. Genaugenommen war an diesem Eindruck nichts Unerhörtes; aber sie empfand ihn als neu, und die Lautlosigkeit ihres Schrittes gab ihr Zeit, die dargebotene Szene in sich aufzunehmen, bevor sie sie unterbrach. Da war Madame Merle in ihrem Hütchen, und Gilbert Osmond sprach mit ihr; eine Minute lang wurden beide nicht gewahr, daß sie eingetreten war. Isabel hatte dieses Bild schon oft gesehen, gewiß; aber was sie bisher nicht gesehen, zum mindesten nicht bemerkt hatte, war das vertraute Schweigen, das dem Gespräch gerade folgte und dem sie augenblicklich entnahm, daß bei ihrem Eintritt beide aufschrecken würden. Madame Merle stand auf dem Läufer, et-

was entfernt vom Feuer; Osmond saß in einem tiefen Sessel, zurückgelehnt blickte er sie an. Sie hielt den Kopf wie gewöhnlich aufgerichtet, aber ihre Augen trafen sich mit den seinen. Was Isabel zuerst auffiel, war, daß er saß, während Madame Merle stand; das war so ungewöhnlich, daß es ihr in die Augen sprang. Sodann bemerkte sie, daß beide im Austausch ihrer Gedanken bei einer flüchtigen Pause angelangt waren und versonnen, Auge in Auge, ihren Gedanken nachhingen, mit der Unbekümmertheit alter Freunde, die sich zuweilen Dinge mitteilen, ohne sie auszusprechen. Hierin lag nichts Ungehöriges; sie waren ja tatsächlich alte Freunde. Aber das Ganze war ein Bild, das nur eine Sekunde währte, wie ein Licht, das plötzlich aufblitzt. Ihre Stellung zueinander, ihr selbstvergessener, stummer Blick überfiel sie wie eine Entdeckung. Aber bis sie es richtig gesehen, war es schon vorbei. Madame Merle erblickte sie und begrüßte sie, ohne sich zu rühren; ihr Mann andererseits war sofort aufgesprungen. Er murmelte sogleich etwas von einem Spaziergang, den er machen wollte, und nachdem er ihre Besucherin um Entschuldigung gebeten, verließ er das Zimmer.
»Ich wollte Sie gern besuchen und dachte, Sie würden gleich hereinkommen. Als Sie ausblieben, wartete ich auf Sie«, sagte Madame Merle.
»Hat er Sie nicht zum Sitzen aufgefordert?« fragte Isabel mit einem Lächeln.
Madame Merle sah um sich. »Ah, sehr richtig; ich war eben im Weggehen.«
»Jetzt müssen Sie aber bleiben.«
»Gewiß. Ich kam auch nicht ohne Grund. Ich habe nämlich etwas auf dem Herzen.«
»Ich sagte Ihnen ja schon früher«, sagte Isabel – »erst ungewöhnliche Dinge führen Sie in dieses Haus.«
»Und Sie wissen, was ich *Ihnen* sagte: daß mich, ob ich komme oder wegbleibe, immer dasselbe Motiv bewegt – das Gefühl für Sie.«
»Ja, das haben Sie mir gesagt.«
»Sie sehen geradeso aus, als glaubten Sie das nicht«, sagte Madame Merle.
»Ach«, entgegnete Isabel, »die Tiefe Ihrer Motive ist das Letzte, was ich bezweifle.«
»Eher bezweifeln Sie die Aufrichtigkeit meiner Worte.«
Ernst schüttelte Isabel den Kopf. »Ich weiß, Sie waren immer gut zu mir.«

»Sooft Sie es nur zuließen. Sie nehmen es nicht immer an; dann muß man Sie in Ruhe lassen. Doch heute bin ich nicht gekommen, um Ihnen eine Freundlichkeit zu erweisen; heute handelt es sich um ganz etwas anderes. Ich möchte gern eigene Sorgen bei Ihnen abladen – ich sprach schon zu Ihrem Gatten davon.«
»Das überrascht mich aber; er hat Sorgen nicht gern.«
»Besonders nicht die anderer Leute. Das weiß ich sehr wohl. Ihnen wird es ähnlich gehen, glaube ich. Aber Sie müssen mir trotzdem helfen. Es handelt sich um den armen Mr. Rosier.«
»Aha«, sagte Isabel, »dann sind es seine Sorgen und nicht die Ihren.«
»Es ist ihm gelungen, sie mir aufzuhalsen. Er besucht mich zehnmal in der Woche, um über Pansy zu reden.«
»Ja, er möchte sie heiraten. Ich weiß das alles.«
Madame Merle zögerte. »Durch Ihren Gatten erhielt ich den Eindruck, als ob Sie es vielleicht nicht wüßten.«
»Wie kann er wissen, was ich weiß? Er hat nie mit mir über die Sache gesprochen.«
»Wahrscheinlich weiß er nicht, wie er es anstellen soll.«
»Bei diesen Fragen gerät er sonst selten in Verlegenheit.«
»Ja, weil er im allgemeinen genau weiß, was er von einer Sache zu halten hat. In diesem Fall weiß er es nicht.«
»Haben Sie ihm nicht geraten?« fragte Isabel.
Madame Merle schenkte ihr ein strahlendes Lächeln. »Wissen Sie, daß Ihr Ton recht trocken ist?«
»Das kann ich kaum ändern. Mr. Rosier hat auch mit mir gesprochen.«
»Dazu hat er allen Grund. Sie stehen dem Kind sehr nahe.«
»Ach«, sagte Isabel. »Ich konnte ihm wenig Trost bieten. Wenn Sie schon finden, mein Ton sei trocken, dann möchte ich wissen, was *er* findet.«
»Ich glaube, er findet, Sie könnten mehr für ihn tun, als Sie bisher taten.«
»Ich kann gar nichts tun.«
»Sie können zum mindesten mehr tun als ich. Ich weiß ja nicht, welche mysteriösen Beziehungen er zwischen mir und Pansy entdeckt haben mag; aber zu mir kam er von Anfang an, als ob ich sein Glück in den Händen hielte. Und jetzt kehrt er immer wieder, um mich anzuspornen, um den Stand seiner Hoffnung zu erfahren, um mir sein Herz auszuschütten.«
»Er liebt sie sehr«, sagte Isabel.

»Sehr – für seine Verhältnisse.«
»Für Pansys, kann man ebensogut sagen.«
Madame Merle senkte einen Augenblick die Augen. »Finden Sie sie nicht sehr anziehend?«
»Sie ist allerliebst – aber sehr begrenzt.«
»Um so leichter hat es Mr. Rosier, sie zu lieben. Mr. Rosier ist auch nicht unbegrenzt.«
»Nein«, sagte Isabel. »Er hat ungefähr das Ausmaß eines Taschentuchs – eines kleinen mit Spitzenrand!« Ihr Humor hatte sich neuerdings in Sarkasmus verwandelt. Aber schon im selben Moment schämte sie sich, ihn an einem so unschuldigen Objekt wie Pansys Freier auszulassen. »Er ist sehr freundlich, sehr ehrlich«, setzte sie sogleich hinzu; »und er ist nicht solch ein Narr, wie es den Anschein hat.«
»Er versichert mir, sie sei von ihm entzückt«, sagte Madame Merle.
»Das weiß ich nicht; da hab' ich sie nicht gefragt.«
»Haben Sie sie nie ein wenig ausgehorcht?«
»Das steht mir nicht zu; das ist Sache ihres Vaters.«
»Ach, Sie nehmen das alles zu genau!« sagte Madame Merle.
»Das muß ich selbst beurteilen.«
Madame Merle schenkte ihr erneut ein Lächeln. »Ihnen zu helfen ist nicht leicht.«
»Mir zu helfen?« sagte Isabel und wurde ernst. »Wie meinen Sie das?«
»Man erregt sehr leicht Ihr Mißfallen. Sehen Sie jetzt ein, wie weise ich bin, daß ich mich in acht nehme? Ich darf Sie auf jeden Fall davon in Kenntnis setzen, wie ich es schon bei Osmond tat, daß ich meine Hände, was die Liebesgeschichten von Miß Pansy und Mr. Edward Rosier betrifft, in Unschuld wasche. *Je n'y peux rien, moi!* Ich kann mit Pansy reden. Ganz besonders«, setzte Madame Merle hinzu, »da ich ihn nicht für einen Ausbund von Ehemann halte.«
Isabel überlegte ein wenig und lächelte. »Dann waschen Sie Ihre Hände also doch nicht!« sagte sie. Woraufhin sie wieder in anderem Ton fortfuhr: »Das können Sie auch gar nicht – dafür sind Sie viel zu sehr interessiert.«
Madame Merle erhob sich langsam; sie hatte Isabel einen Blick zugeworfen, so rasch wie die flüchtige Andeutung, die vor ein paar Minuten vor unserer Heldin aufblitzte. Nur hatte Isabel diesmal nichts bemerkt. »Fragen Sie ihn das nächste Mal, dann werden Sie es selbst sehen.«

»Ich kann ihn nicht mehr fragen. Er hat seine Besuche eingestellt. Gilbert hat ihn wissen lassen, daß er nicht länger willkommen ist.«
»Ach richtig«, sagte Madame Merle, »das vergaß ich – obwohl alle seine Klagen sich darauf beziehen. Er sagte, Osmond habe ihn beleidigt. Trotz alledem«, fuhr sie fort, »ist Osmond ihm gar nicht so abgeneigt, wie er denkt.« Sie war aufgestanden, als ob sie die Unterhaltung beenden wollte; aber sie verweilte noch, sah sich suchend um und hatte augenscheinlich noch mehr zu sagen. Isabel sah das wohl, sogar das Ziel, dem die andere zustrebte; aber Isabel hatte gleichfalls ihre Gründe, ihr diesen Weg nicht freizugeben.
»Das muß ihn gefreut haben, wenn Sie ihm das erzählten«, entgegnete sie und lächelte.
»Gewiß habe ich ihm das erzählt; in dieser Hinsicht habe ich ihm durchaus Mut gemacht. Ich habe ihm Geduld gepredigt und ihm gesagt, sein Fall sei nicht so aussichtslos, wenn er nur den Mund halten und sich ruhig verhalten würde. Unglückseligerweise hat er es sich in den Kopf gesetzt, eifersüchtig zu sein.«
»Eifersüchtig?«
»Eifersüchtig auf Lord Warburton, der, wie er behauptet, ständig hier aus- und eingeht.«
Isabel war aus Müdigkeit bisher sitzengeblieben; aber jetzt erhob sie sich ebenfalls. »Ach so!« rief sie einfach und ging langsam auf den Kamin zu. Madame Merle beobachtete sie, als sie vorüberschritt und einen Augenblick vor dem Spiegel über dem Sims stehenblieb, um sich eine lose Haarsträhne aufzustecken.
»Der arme Mr. Rosier behauptet sogar, es sei gar nicht ausgeschlossen, daß Lord Warburton sich in Pansy verliebt hat«, fuhr Madame Merle fort.
Isabel schwieg eine Weile, dann kehrte sie sich vom Spiegel ab. »Das stimmt schon – ausgeschlossen ist es nicht«, entgegnete sie schließlich ernst und etwas sanfter werdend.
»Das mußte ich auch Mr. Rosier zugeben. Auch Ihr Gatte ist derselben Ansicht.«
»Davon weiß ich nichts.«
»Fragen Sie ihn, dann werden Sie es sehen.«
»Ich werde ihn nicht fragen«, sagte Isabel.
»Verzeihen Sie; ich vergaß, daß Sie das schon versicherten. Sie haben natürlich«, setzte Madame Merle hinzu, »unendlich viel

mehr Gelegenheit, Lord Warburtons Benehmen zu studieren, als ich.«

»Ich sehe keine Veranlassung, Ihnen zu verschweigen, daß er meine Stieftochter sehr gern hat.«

Wieder warf ihr Madame Merle einen ihrer raschen Blicke zu. »Gernhat, meinen Sie – wie Mr. Rosier das meint?«

»Ich weiß nicht, was Mr. Rosier meint; aber Lord Warburton hat mir zu verstehen gegeben, daß er von Pansy bezaubert ist.«

»Und das haben Sie Osmond nie erzählt?« Diese Bemerkung kam sofort, überstürzt; sie sprang fast von Madame Merles Lippen.

Isabel ließ ihre Augen auf ihr ruhen. »Ich denke, er wird es noch rechtzeitig erfahren. Lord Warburton hat ja eine Zunge und weiß sich sehr gut auszudrücken.«

Madame Merle wurde sich augenblicklich bewußt, daß sie rascher als gewöhnlich gesprochen hatte, und diese Einsicht trieb ihr die Röte ins Gesicht. Sie ließ ihrem verräterischen Impuls Zeit abzuebben und sagte dann, als hätte sie es sich inzwischen überlegt: »Das wäre freilich besser als eine Heirat mit dem armen Mr. Rosier.«

»Viel besser, glaube ich.«

»Es wäre herrlich; es wäre eine große Partie. Es ist wirklich sehr liebenswürdig von ihm.«

»Liebenswürdig?«

»Seine Gunst an ein so schlichtes, kleines Mädchen zu verschenken.«

»Das sehe ich nicht ein.«

»Das ist sehr nett von Ihnen. Aber schließlich ist Pansy Osmond –«

»Schließlich ist Pansy Osmond das anziehendste Geschöpf, das er je gekannt hat!« rief Isabel.

Madame Merle machte große Augen, tatsächlich war ihr Befremden berechtigt. »Oh, vor einem Augenblick noch dachte ich, sie sprächen ein wenig geringschätzig von ihr.«

»Ich sagte, sie sei begrenzt. Das ist sie auch. Lord Warburton ist das ebenfalls.«

»Das sind wir alle, wenn Sie so wollen. Wenn er nicht mehr ist, als was Pansy verdient, um so besser. Wenn sie freilich ihre Neigung Mr. Rosier zuwendet, hat sie ihn nicht verdient. Das wäre zu verhängnisvoll.«

»Mr. Rosier ist eine Plage!« rief Isabel unwillkürlich.

»Da stimme ich Ihnen durchaus zu und bin entzückt, daß ich jetzt weiß, daß ich kein Öl in sein Feuer zu gießen brauche. Wenn er mich künftig besucht, soll ihm meine Tür verschlossen bleiben.« Und ihre Pelerine zusammenraffend, machte Madame Merle alle Anstalten aufzubrechen. Doch während sie noch auf die Tür zuschritt, wurde sie durch Isabels inkonsequente Bitte nochmals aufgehalten.
»Seien Sie trotzdem freundlich zu ihm.«
Sie zog ihre Schultern und Augenbrauen hoch, ihre Freundin betrachtend. »Ich verstehe Ihre Widersprüche nicht! Ich werde ganz entschieden nicht freundlich zu ihm sein, denn das wäre eine falsche Freundlichkeit. Ich möchte sie mit Lord Warburton verheiratet sehen.«
»Warten Sie lieber ab, bis er sich ihr erklärt.«
»Wenn das, was Sie sagen, wahr ist, wird er sich schon erklären. Besonders«, setzte Madame Merle im nächsten Moment hinzu, »wenn Sie ihn dazu veranlassen.«
»Wenn ich ihn veranlasse?«
»Das liegt ganz bei Ihnen. Sie haben großen Einfluß auf ihn.«
Isabel runzelte die Stirn. »Woher wissen Sie das?«
»Von Mrs. Touchett. Nicht von Ihnen – im Leben nicht!« sagte Madame Merle und lächelte.
»Ich habe Ihnen bestimmt nie etwas Derartiges erzählt.«
»Sie *hätten* es schon tun können – was die Gelegenheit angeht –, wenn wir zuweilen unsere vertrauten Gespräche führten. Aber in Wirklichkeit erzählten Sie mir sehr wenig; das habe ich seither oft gedacht.«
Isabel hatte das gleiche auch gedacht, und manchmal nicht ohne innere Befriedigung. Aber sie gab es jetzt nicht zu – vielleicht weil sie nicht den Anschein erwecken wollte, als ob sie darüber frohlocke. »Meine Tante scheint Sie glänzend informiert zu haben«, entgegnete sie einfach.
»Sie teilte mir mit, daß Sie einen Heiratsantrag von Lord Warburton ablehnten, weil sie sehr bekümmert und voll von der Geschichte war. Ich finde natürlich, Sie haben eine bessere Wahl getroffen. Aber wenn Sie Lord Warburton nicht selbst heiraten wollten, erweisen Sie ihm jetzt die Wohltat und helfen Sie ihm, jemand anders zu heiraten.«
Isabel lauschte diesen Worten mit einem Gesicht, das sich beharrlich weigerte, Madame Merles helle Ausdrucksfreude widerzuspiegeln. Aber schon im nächsten Moment sagte sie, ver-

ständig und ganz sanft: »Ich würde mich für Pansy wirklich sehr freuen, wenn es sich einrichten ließe.« Woraufhin ihre Besucherin, die dies für ein verheißungsvolles Abschiedswort zu nehmen schien, sie zärtlicher, als zu erwarten gewesen, umarmte und triumphierend davonging.

XLI

OSMOND brachte die Sache am selben Abend zum erstenmal zur Sprache; er betrat den Salon zur späten Stunde, wo sie noch allein saß. Sie waren den Abend zu Hause geblieben, und Pansy war zu Bett gegangen; er selbst hatte sich seit dem Abendessen in einem kleinen Raum aufgehalten, den er, da er darin seine Bücher aufgestellt hatte, gern sein Studierzimmer nannte. Um zehn Uhr war Lord Warburton noch auf einen Sprung vorbeigekommen, wie er es stets zu tun pflegte, sobald er von Isabel hörte, daß sie zu Hause sein würde. Isabel hatte sich bei ihm nach Ralph erkundigt und dann absichtlich sehr wenig mit ihm gesprochen; sie wollte gern, daß er sich mit ihrer Stieftochter unterhielt. Sie vertiefte sich zum Schein in ein Buch; sie setzte sich sogar ein Weilchen später ans Klavier und fragte sich, ob sie nicht am besten das Zimmer verließe. Ganz allmählich war ihr der Gedanke ans Herz gewachsen, daß Pansy die Frau des Herrn von Lockleigh werden sollte, eine Vorstellung, die anfangs noch wenig geeignet schien, ihren Enthusiasmus zu entzünden. Doch Madame Merle hatte am Nachmittag bei ihr ein Zündholz an einen ganzen Berg brennbaren Materials gehalten. Wenn Isabel unglücklich war, begann sie immer – teils aus Impuls, teils aus theoretischer Überlegung – nach irgendeiner positiven Aufgabe Ausschau zu halten. Sie konnte sich nie ganz des Gefühls erwehren, daß Unglücklichsein ein Krankheitsstadium war – ein Leiden im Gegensatz zum Handeln. Handeln – beinahe gleichgültig, wie – wurde deshalb für sie zu einem Ausweg, vielleicht in gewissem Sinne zu einem Heilmittel. Außerdem wollte sie die Überzeugung gewinnen, daß sie alles getan habe, um ihren Mann zufriedenzustellen; sie war entschlossen, sich nicht von der Vorstellung eines Weibes heimsuchen zu lassen, das sich dem Ehemann störrisch widersetzt. Pansy mit einem englischen Aristokraten verheiratet zu sehen, würde ihm eine riesige Genugtuung sein, erst recht, wo dieser Aristokrat solch rechtschaffener Charakter war. Isabel glaubte, falls sie es sich zur Pflicht machte, dieses Ereignis zu einem guten Abschluß zu bringen, als gute Ehefrau zu handeln. Und das wollte sie. Sie wollte endlich in die Lage kommen, ernstlich und überzeugt daran zu glauben, daß sie eine gute Ehefrau war. Ferner empfahl sich ein solches Unternehmen noch auf andere Weise. Es würde sie beschäftigen, und sie sehnte sich nach Beschäftigung. Es würde sie sogar erfreuen, und wenn sie sich noch richtig freuen konnte, war sie vielleicht gerettet. Und schließlich würde sie Lord Warburton einen Dienst erweisen, der augenscheinlich großes Gefallen an dem reizenden Mädchen fand. Ein bißchen »gespenstisch« war es ja – für einen Mann wie ihn; aber solche Eindrücke zählten nicht. Pansy konnte sich jeden erobern – wenigstens jeden bis auf Lord Warburton. Isabel hätte sie dafür für zu klein, zu leicht, vielleicht sogar für ein wenig zu künstlich gehalten. Pansy hatte immer leicht etwas Puppenhaftes an sich, und das war nicht das, was er gesucht hatte. Immerhin – wer konnte jemals sagen, was die Männer suchten? Sie suchten, was sie fanden; was ihnen gefiel, wußten sie nur, wenn sie es sahen. In diesen Dingen läßt sich keine Theorie aufstellen, da gab es keinen Maßstab für das Natürliche oder Unberechenbare. Wenn er *sie* geliebt hatte, schien es merkwürdig, daß er jetzt Pansy lieben sollte, die so ganz anders war; aber er hatte sie gar nicht so sehr geliebt, wie er gedacht hatte. Oder wenn doch, dann hatte er es völlig überwunden; dann war es nur natürlich, da diese erste Liebesaffäre fehlgeschlagen war, daß er jetzt dachte, er müsse sein Glück in ganz anderer Richtung versuchen. Anfangs, wie wir sagten, hatte Isabel nicht viel Enthusiasmus für diesen Plan aufbringen können, aber heute war sie plötzlich soweit, und fast empfand sie dabei ein Gefühl des Glückes. Es war erstaunlich, wie der Gedanke, ihrem Mann eine Freude bereiten zu können, sie noch zu beglücken vermochte. Nur ein Jammer, daß Edward Rosier ihren Weg gekreuzt hatte.

Bei dieser Überlegung verlor das Licht, das plötzlich auf diesem Weg aufgeleuchtet war, etwas von seinem Glanz. Isabel war leider so sicher, daß Pansy Mr. Rosier für den nettesten jungen Mann auf Erden hielt – so sicher, als ob sie sich mit ihr über dieses Thema ausgesprochen hätte. Diese Gewißheit war Isabel lästig, zumal sie ängstlich vermieden hatte, sich darüber zu informieren, fast so lästig, wie daß der arme Mr. Rosier sich diese ganze Sache überhaupt in den Kopf setzte. Er war Lord Warburton zweifellos unterlegen. Der Unterschied lag weniger im Vermögen als in den Männern selber; der junge Amerikaner hatte einfach ein zu leichtes Format. Er gehörte viel mehr zum Typus des vornehmen jungen Müßiggängers als der englische Lord. Es war richtig, daß für Pansy kein besonderer Anlaß bestand, ausgerechnet einen Staatsmann zu heiraten; wenn jedoch ein Staatsmann sie bewunderte, so war das seine Sache, sie würde gewiß ein vollkommenes kleines Juwel an seiner Seite abgeben.

Es mag dem Leser so vorkommen, als sei Mrs. Osmond neuerdings merkwürdig zynisch geworden, denn sie beendigte ihre Betrachtungen damit, daß sie sich sagte, diese Schwierigkeit ließe sich wahrscheinlich arrangieren. Ein Hindernis in der Person des armen Mr. Rosier konnte sich kaum als gefährlich erweisen; es ließen sich immer Mittel und Wege finden, um derartig nebensächliche Steine des Anstoßes fortzuräumen. Doch war sich Isabel völlig klar darüber, daß sie Pansys Treue noch nicht erprobt hatte, die sich womöglich als unangenehm groß herausstellen konnte; im ganzen machte Pansy freilich mehr den Eindruck, auf Zureden hin jemand fahrenzulassen, statt flehentlich an ihm festzuhalten – da sie sicherlich die Fähigkeit der Zustimmung in weit höherem Maße entwickelt hatte als die des Protestes. Sie würde sich anklammern, ja, gewiß; aber im Grunde kam es wenig darauf an, an wen sie sich klammerte. Da galt Lord Warburton so gut wie Mr. Rosier – zumal sie ihn ganz gern zu haben schien; das hatte sie Isabel ohne Einschränkung erklärt; sie hatte gesagt, sie fände seine Erzählergabe höchst interessant – er hätte ihr viel über Indien berichtet. Sein Verhalten Pansy gegenüber war ganz frei und offen – das hatte Isabel selbst bemerkt, genauso wie sie beobachtet hatte, daß er in der Unterhaltung, etwa eingedenk ihrer Jugend und Einfachheit, keineswegs einen väterlichen Ton anschlug, sondern ganz so tat, als ob sie seinem Thema dasselbe Verständnis entgegenbrächte wie dem einer Oper, die gerade in Mode war. Das erstreckte sich immerhin auf Musik und Bariton. Ihm lag nur daran, freundlich zu sein – er war zu ihr ebenso freundlich wie damals zu einem anderen aufgeregten, jungen Kücken in Gardencourt. Ein Mädchen konnte sich wohl davon bewegen lassen; sie erinnerte sich, wie bewegt sie selbst gewesen war, und sie sagte sich, daß sein Eindruck, wenn sie Pansys Schlichtheit gehabt hätte, wohl noch tiefer gegangen wäre. Aber sie war nicht schlicht gewesen, als sie ihn damals abwies; das war damals ebenso kompliziert wie später die Annahme von Osmonds Bewerbung. Doch Pansy, bei all *ihrer* Schlichtheit, verstand ihn wirklich und freute sich, daß Lord Warburton sich mit ihr nicht über ihre Tanzpartner und Buketts unterhielt, sondern über Italiens Zustand, über die Verhältnisse der Bauern, über die berühmte Mahlsteuer, die *pellagra*, über seine Eindrücke von der römischen Gesellschaft. Während sie die Nadel durch ihre Stickerei führte, blickte sie ihn mit süßen, demutsvollen Augen an, und wenn sie sie niederschlug, warf sie ruhig kleine, verstohlene Blicke auf seine Gestalt, seine Hände und Füße, auf seine Kleider, als ob sie ihn abschätzte. Selbst seine Gestalt, hätte Isabel ihr sagen können, war besser als die Mr. Rosiers. Aber Isabel begnügte sich in solchen Augenblicken mit einer leichten Verwunderung, wo dieser Herr wohl sein könnte; er hatte sich im Palazzo Roccanera nicht wieder blicken lassen. Es war erstaunlich, wie gesagt, wie sehr sie davon erfüllt war – von dem Gedanken, ihrem Manne zu einer Freude zu verhelfen.

Es war erstaunlich aus mehreren Gründen, die wir sogleich untersuchen werden. An dem fraglichen Abend, als Lord Warburton bei ihnen saß, war sie schon im Begriff gewesen, den großen Schritt zu wagen und die beiden im Zimmer allein zu lassen. Wir bezeichnen es als großen Schritt, weil Gilbert Osmond ihn als solchen betrachtet hätte und Isabel sich bemühte, soweit wie möglich seinen Standpunkt dabei einzunehmen. In gewisser Weise gelang ihr das, aber in diesem erwähnten Punkt versagte sie. Sie konnte sich trotz allem nicht aufraffen; etwas hielt sie zurück und machte es ihr unmöglich. Es war nicht eigentlich, daß es ihr etwa niedrig oder anstößig vorgekommen wäre; denn im allgemeinen bringen Frauen solche Manöver mit dem besten Gewissen zustande, und Isabel hielt instinktiv dem Genius ihres Geschlechts weit mehr die Treue, als daß sie sie brach. Aber ein leiser Zweifel kam ihr dazwischen – ein Gefühl der Unsicherheit. Also blieb sie im Salon, bis Lord Warburton ein Weilchen später zu seiner Abendgesellschaft ging, von welcher er Pansy für den nächsten Tag einen ausführlichen Bericht zu bringen versprach. Nachdem er gegangen war, grübelte Isabel, ob sie etwas vereitelt hätte, was geschehen wäre, wenn sie sich eine Viertelstunde zurückgezogen hätte; und dann betonte sie – immer im Geiste –, daß ihr distinguierter Besucher, wenn er ihre Abwesenheit gewünscht hätte, ihr mit Leichtigkeit einen Wink hätte geben können. Pansy sagte nach seinem Weggang nicht das geringste über ihn; und Isabel sagte mit Absicht nichts, da sie sich Schweigen gelobt hatte, bis er sich erklären würde. Er brauchte dazu etwas länger, als der Beschreibung entsprach, die er Isabel von seinen Gefühlen gegeben hatte. Pansy ging zu Bett, und Isabel mußte sich gestehen, daß sie im Augenblick nicht erriet, woran ihre Stieftochter dachte. Ihre durchsichtige kleine Gefährtin war gegenwärtig nicht zu durchschauen.

So blieb sie allein und starrte ins Feuer, bis nach einer halben Stunde ihr Mann eintrat. Er ging zunächst schweigend auf und ab und nahm dann Platz; auch er blickte ins Feuer. Aber sie hatte jetzt ihre Augen von den flackernden Flammen fort auf Osmonds Gesicht gerichtet; sie beobachtete ihn, während er in Schweigen verharrte. Verstohlene Beobachtung war ihr zur Gewohnheit geworden; ein Instinkt, von dem sich ohne Übertreibung behaupten ließ, daß er dem der Notwehr sehr nahekam, hatte diese Gewohnheit entstehen lassen. Sie wünschte soweit wie möglich seine Gedanken zu erkennen, im voraus zu wissen, was er sagen würde, damit sie für eine Antwort gefaßt war. Eine richtige Antwort bei der Hand zu haben, war früher nie ihre Stärke gewesen; sie war in dieser Hinsicht nie weitergekommen als sich hinterher all die klugen Dinge einfallen zu lassen, die sie hätte sagen können. Aber sie hatte inzwischen Vorsicht gelernt – gewissermaßen direkt aus den Mienen ihres Mannes gelernt. Es war noch dasselbe Gesicht, das sie einst mit Augen von vielleicht demselben Ernst, wenn auch nicht derselben Eindringlichkeit auf der Terrasse einer Florentiner Villa betrachtet hatte; nur ein wenig stämmiger war Osmond seit seiner Heirat geworden. Er sah jedoch noch immer auffallend vornehm aus.

»Ist Lord Warburton hier gewesen?« fragte er sodann.

»Ja, er blieb ungefähr eine halbe Stunde.«

»Hat er Pansy getroffen?«

»Ja, er saß neben ihr auf dem Sofa.«

»Hat er viel mit ihr gesprochen?«

»Fast ausschließlich.«

»Mir scheint, er zeichnet sie aus. Nennst du das nicht so?«

»Ich benenne es gar nicht«, sagte Isabel; »ich habe gewartet, daß du dafür einen Namen findest.«

»So rücksichtsvoll bist du nicht immer«, entgegnete Osmond einen Moment später.
»Ich will diesmal versuchen, nach deinem Willen zu handeln. Darin habe ich so oft versagt.«
Osmond drehte langsam den Kopf herum und sah sie an.
»Versuchst du, einen Streit anzufangen?«
»Nein, ich versuche, in Frieden zu leben.«
»Nichts leichter als das. Du weißt ja, ich selber streite mich nie.«
»Wie nennst du es dann, wenn du mich zu ärgern suchst?« fragte Isabel.
»Das suche ich nicht; wenn ich es tat, dann geschah es auf die natürlichste Weise. Jetzt bin ich außerdem weit davon entfernt.«
Isabel lächelte. »Es macht auch nichts. Ich habe mir vorgenommen, mich nie wieder zu ärgern.«
»Das ist ein glänzender Entschluß. Du bist nicht oft bei guter Laune.«
»Nein – nicht oft.« Sie schob das Buch, in dem sie gelesen hatte, zur Seite und nahm die Stickerei zur Hand, die Pansy auf dem Tisch hatte liegenlassen.
»Das war zum Teil auch der Grund, weshalb ich diese Angelegenheit meiner Tochter nicht mit dir besprach«, sagte Osmond, von Pansy in der Form sprechend, die ihm am geläufigsten war. »Ich fürchtete deine Opposition – daß du in dieser Sache eine eigene Ansicht hättest. Ich habe den kleinen Rosier übrigens in seine Schranken zurückgewiesen.«
»Du fürchtetest, ich würde für Mr. Rosier plädieren? Ist dir nicht aufgefallen, daß ich ihn niemals erwähnte?«
»Dazu gab ich dir keine Gelegenheit. Wir pflegen in diesen Tagen ja wenig Aussprache miteinander. Ich weiß, er war ein alter Freund von dir.«
»Ja, er ist ein alter Freund.« Isabel machte sich aus ihm nicht viel mehr als aus der Stickerei in ihrer Hand; aber es traf zu, er war ein alter Freund, und ihrem Mann gegenüber verspürte sie immer das Verlangen, diese Bande ihrer Jugend nicht zu lockern. Er hatte eine Art, seine Verachtung hierüber zu äußern, die sie in ihrer Loyalität nur bestärkte, selbst dann, wenn sie, wie im vorliegenden Fall, von nur geringer Bedeutung war. Manchmal empfand sie eine leidenschaftliche Zärtlichkeit für Erinnerungen, die kein anderes Verdienst besaßen, als daß sie noch zu ihrer Mädchenzeit gehörten. »Aber was Pansy angeht«, setzte sie kurz darauf hinzu, »so habe ich ihn nicht ermutigt.«

»Das ist ein Glück«, bemerkte Osmond.
»Du meinst wohl, ein Glück für mich. Ihm macht es wenig aus.«
»Von ihm zu reden, hat keinen Zweck«, sagte Osmond. »Wie ich dir sagte, ich habe ihn hinausgeworfen.«
»Ja; aber ein Liebhaber draußen bleibt trotzdem ein Liebhaber. Vielleicht mehr denn je. Mr. Rosier gibt die Hoffnung nicht auf.«
»Der Trost sei ihm gegönnt! Meine Tochter braucht nur noch ruhig dazusitzen, um Lady Warburton zu werden.«
»Würde dich das freuen?« fragte Isabel mit einer Schlichtheit, die nicht so verstellt war, wie es den Anschein haben könnte. Sie war entschlossen, nichts vorauszusetzen, denn Osmond verstand es, völlig unerwartet ihre Voraussetzungen gegen sie auszuspielen. Die Intensität, mit welcher er sich wünschte, daß seine Tochter Lady Warburton würde, war ja die Basis ihrer soeben angestellten Überlegungen gewesen. Aber das galt nur für sie allein; nach außen würde sie nichts anerkennen, was Osmond nicht ausdrücklich in Worte kleidete; sie würde es nicht für selbstverständlich halten, daß ihm Lord Warburton als ein Preis erschien, um dessentwillen sich eine für die Osmonds ungewöhnliche Mühe wohl verlohnte. Denn bisher hatte Gilbert Osmond beständig durchblicken lassen, daß sich für ihn nichts im Leben lohne, daß er mit den vornehmsten Menschen der Welt auf gleichem Fuße stand, und daß seine Tochter sich nur umzuschauen brauche, um sich einen Prinzen auszusuchen. Es kostete ihn daher einen Bruch mit seiner Auffassung, wenn er ausdrücklich zugab, daß er sich nach Lord Warburton verzehrte und daß man, wenn dieser Edelmann entschlüpfen sollte, seinesgleichen nicht wiederfände; wobei es wiederum zu seinen gewohnheitsmäßigen Andeutungen gehörte, daß er niemals unbeständig sei. Es wäre ihm lieber gewesen, seine Frau wäre stillschweigend über diesen Punkt hinweggeglitten. Aber seltsamerweise war Isabel, nun da sie sich ihm von Angesicht zu Angesicht gegenüber befand und trotz aller Pläne, die sie noch vor einer Stunde ihm zu Gefallen geschmiedet hatte, jetzt keineswegs entgegenkommend, sie wollte nicht hinweggleiten. Dabei wußte sie genau, welche Wirkung ihre Frage auf ihn hatte: er empfand sie als Demütigung. Aber wenn auch; er verstand es großartig, *sie* zu demütigen – um so mehr, als er es ebenso verstand, eine große Gelegenheit abzuwarten und fast

gleichgültig die kleinen ungenützt verstreichen zu lassen. Isabel umgekehrt mußte vielleicht die kleinen wahrnehmen, da sie sich einer großen wohl kaum zu bedienen gewußt hätte.

Doch gegenwärtig zog sich Osmond sehr ehrenhaft aus der Affäre. »Es würde mich außerordentlich freuen; es wäre eine ganz große Partie. Außerdem hat Lord Warburton noch einen Vorteil: er ist ein alter Freund von dir. Es wäre ihm sicher angenehm, in unsere Familie zu heiraten. Sehr eigenartig, daß alle Bewunderer Pansys deine alten Freunde sind.«

»Es ist nur natürlich, daß sie mich besuchen. Dabei sehen sie Pansy. Und dann ist es nur natürlich, daß sie sich in sie verlieben.«

»So stelle ich es mir auch vor. Aber du bist zu dieser Auffassung nicht verpflichtet.«

»Wenn sie Lord Warburton heiratet, würde ich mich sehr freuen«, fuhr Isabel offen fort. »Er ist ein vortrefflicher Mann. Aber du sagst, dazu brauche sie nur noch brav stillzusitzen. Vielleicht will sie das nicht. Wenn sie Mr. Rosier verliert, könnte sie am Ende auffahren.«

Osmond schien diesen Einwand nicht zu beachten; er saß und starrte ins Feuer. »Pansy wird gern eine große Dame sein«, bemerkte er einen Augenblick später, mit fast zärtlichem Ton. »Vor allem will sie gefällig sein.«

»Vielleicht nur Mr. Rosier.«

»Nein, mir.«

»Ich denke, auch mir ein wenig«, sagte Isabel.

»Ja, auf dich hält sie große Stücke. Aber sie wird tun, was ich möchte.«

»Wenn du dessen so sicher bist, ist es ja gut«, fuhr sie fort.

»Und inzwischen«, sagte Osmond, »könnte sich unser vornehmer Gast langsam erklären.«

»Das hat er – mir gegenüber. Er hat mir erklärt, es sei ihm eine große Freude, wenn er glauben dürfte, daß sie ihn schätze.«

Osmond wendete rasch seinen Kopf herum, aber zunächst sagte er noch nichts. Dann fragte er scharf: »Warum hast du mir das noch nicht gesagt?«

»Dazu hatte ich noch keine Gelegenheit. Du weißt ja, wie wir leben. Ich habe jetzt die erste Chance benutzt.«

»Hast du ihm etwas von Rosier gesagt?«

»O ja, ein wenig.«

»Das war sehr überflüssig.«

»Ich fand, es sei besser, er wüßte es, so daß er – so daß er –« Und Isabel machte eine Pause.

»So daß er was?«

»So daß er entsprechend handelte.«

»So daß er noch aussteigen konnte, meinst du?«

»Nein, so daß er vorgehen konnte, solange noch Zeit ist.«

»Diese Wirkung scheint es nicht gehabt zu haben.«

»Du müßtest etwas mehr Geduld haben«, sagte Isabel. »Du weißt doch, Engländer sind schüchtern.«

»Dieser nicht. Er war nicht schüchtern, als er *dir* den Hof machte.«

Sie hatte gefürchtet, Osmond würde davon anfangen; das war ihr sehr unangenehm. »Pardon, er war es durchaus«, entgegnete sie. Er schwieg für einige Zeit, nahm ein Buch und blätterte in den Seiten, während sie stumm dasaß und sich mit Pansys Handarbeit beschäftigte. »Du mußt einen beträchtlichen Einfluß auf ihn haben«, fuhr Osmond schließlich fort. »Sobald du es nur wirklich wünschst, kannst du ihn dazu veranlassen.«

Dies war noch beleidigender; aber sie spürte, wie natürlich ihm dieser Gedanke war, und außerdem entsprach es ganz dem, was sie sich selbst gesagt hatte. »Warum sollte ich einen Einfluß ausüben?« fragte sie. »Was sollte ich je getan haben, um ihn mir so zu verpflichten?«

»Du hast ihm einen Korb gegeben«, sagte Osmond, die Augen auf das Buch geheftet.

»Darauf darf ich nicht zu sehr bauen«, entgegnete sie.

Kurz darauf warf er das Buch hin und stand auf; die Hände auf dem Rücken, blieb er vor dem Feuer stehen. »Also ich bin der Ansicht, es liegt in deiner Hand. Ich überlasse es dir. Mit ein wenig gutem Willen müßtest du es einrichten können. Überlege es dir und bedenke, wie sehr ich auf dich baue.« Er wartete noch, um ihr Zeit zu einer Antwort zu lassen; aber sie antwortete nichts. Da verließ er gemächlich das Zimmer.

XLII

SIE hatte nicht geantwortet, weil seine Worte ihr die Situation vor Augen gestellt hatten, in deren Anblick sie nun ganz versunken war. Seine Worte machten sie plötzlich zutiefst zittern, – sie wagte nicht, selbst ein Wort zu sagen. Nachdem er gegangen war, lehnte sie sich in ihren Sessel zurück und schloß die Augen; und lange Zeit, bis tief in die Nacht hinein, saß sie in dem stillen Salon, ihren Gedanken nachhängend. Ein Diener kam herein, um nach dem Feuer zu sehen; sie bat ihn um frische Kerzen und schickte ihn dann zu Bett. Osmond hatte ihr empfohlen, alles zu überlegen, was er gesagt hatte; das tat sie jetzt reiflich und überlegte noch vieles außerdem. Die Behauptung eines Dritten, daß sie einen tatsächlichen Einfluß auf Lord Warburton besaß – das hatte ihr den Schlag versetzt, der eine unerwartete Erkenntnis zu begleiten pflegte. Traf es zu, daß da noch etwas zwischen ihnen war, das ihm zur Veranlassung wurde, sich Pansy zu erklären – eine Empfänglichkeit von seiner Seite für ihre Zustimmung, ein Bestreben, das zu tun, was ihr gefallen würde? Isabel hatte sich bisher diese Frage nicht gestellt, weil niemand sie dazu gezwungen hatte; aber jetzt, als sie ihr direkt präsentiert wurde, erblickte sie die Antwort, und die Antwort erschreckte sie. Ja, da war etwas – etwas auf Lord Warburtons Seite. Als er zuerst in Rom erschien, hatte sie das Band, das sie einst lose vereinte, für völlig zerrissen gehalten; aber nach und nach wurde sie gemahnt, daß es noch fühlbar dauerte. Es war so dünn wie ein Haar, aber gelegentlich schien es ihr, als ob sie es vibrieren höre. Für sie hatte sich nichts geändert; was sie einst von ihm gedacht hatte, dachte sie auch heute noch; es war ein müßiger Gedanke, daß dieses Gefühl sich ändern würde; es schien ihr in der Tat ein besseres Gefühl denn je zu sein. Aber er? Hegte er noch immer den Gedanken, daß sie ihm näher als andere Frauen stand? Wünschte er noch immer von der Erinnerung an die wenigen Augenblicke der Intimität zu zehren, die sie einst miteinander verbrachten? Isabel wußte, daß manches Zeichen seines Verhaltens darauf hindeutete. Aber was waren seine Hoffnungen, seine Ansprüche, und in welch seltsamer Weise mischten sie sich mit seiner augenscheinlich sehr aufrichtigen Vorliebe für die arme Pansy? War er in Gilbert Osmonds Frau verliebt, und wenn ja, welchen Trost versprach er sich davon? Wenn er Pansy liebte, liebte er nicht ihre Stiefmutter, und wenn er ihre Stiefmutter liebte, liebte er nicht Pansy. Sollte sie also den Vorteil, der ihr daraus entsprang, nutzen, ihn zu veranlassen, sich Pansy zu erklären, wohl wissend, daß er das ihr und nicht dem jungen Geschöpf zuliebe tun würde – war das der Dienst, um den ihr Mann sie gebeten? Das war auf jeden Fall die Pflicht, mit der sie sich plötzlich konfrontiert fand – von dem Augenblick an, als sie sich gestand, daß ihr alter Freund noch immer eine unausrottbare Vorliebe für ihre Gesellschaft hatte. Das war keine angenehme Aufgabe; es war in der Tat recht abstoßend. Sie fragte sich entsetzt, ob Lord Warburton etwa seine Liebe zu Pansy nur vorgab, um andere Wünsche zu befriedigen oder, wie man sagt, andere Chancen wahrzunehmen. Eines solchen raffinierten Doppelspiels beschuldigte sie ihn aber nicht lange; lieber nahm sie an, daß er völlig in gutem Glauben war. Aber wenn seine Bewunderung für Pansy eine Selbsttäuschung war, dann war das nicht viel besser als eine falsche Vorspiegelung. Isabel irrte zwischen diesen häßlichen Möglichkeiten hin und her, bis sie völlig ihren Weg verloren hatte; einige, die plötzlich vor ihr auftauchten, waren wahrhaftig garstig genug. Dann brach sie wieder aus dem Labyrinth hervor, rieb sich die Augen und stellte fest, daß ihre Phantasie ihr einen bösen Streich und die ihres Mannes ihm noch einen schlimmeren gespielt hatte. Lord Warburton war so uninteressiert wie nur wünschenswert, und sie bedeutete ihm nicht mehr, als sie selbst wollte. Darauf wollte sie bauen, bis das Gegenteil erwiesen war, und zwar nachdrücklicher, als nur durch eine zynische Andeutung Osmonds.

Aber dieser Entschluß brachte ihr an diesem Abend wenig Frieden, denn ihre Seele wurde von Schrecknissen gejagt, die in den Vordergrund ihres Denkens drängten, sobald sie ihnen Raum gab. Was sie so plötzlich in heftigere Bewegung setzte, hätte sie kaum zu sagen vermocht, es sei denn jener merkwürdige Eindruck, den ihr heute nachmittag das Beieinander ihres Mannes mit Madame Merle gemacht hatte, das viel unmittelbarer war, als sie vermutete. Von Zeit zu Zeit kehrte dieser Eindruck wieder; jetzt wunderte sie sich nur, daß er ihr nicht schon früher gekommen war. Dazu kam ihre kurze Unterredung mit Osmond vor einer halben Stunde, die wieder einmal ein schlagendes Beispiel für seine Fähigkeit war, was er anfaßte, zum Verwelken zu bringen und alles zu verderben, was er ansah. Es war schön und gut, ihm einen Treuebeweis geben zu wollen; sie brauchte aber in Wahrheit nur zu wissen, daß er etwas erwartete, und schon war sie dagegen voreingenommen. Es war, als ob er den bösen Blick habe, als ob seiner Gegenwart ein Fluch anhafte und seine Gunst ein Unglück sei. Lag der Fehler bei ihm oder nur an dem tiefen Mißtrauen, das sie gegen ihn entwickelt hatte? Dieses Mißtrauen war bisher das klarste Ergebnis ihrer kurzen Ehe; ein Abgrund hatte sich zwischen ihnen aufgetan, über den hinweg sie sich mit Augen betrachteten, die auf beiden Seiten von der erlittenen Täuschung sprachen. In seltsamer Opposition standen sie sich gegenüber, nie hätte sie sich etwas Ähnliches träumen lassen – in einer Opposition, worin das Lebensprinzip des einen zu einer Sache der Verachtung für den anderen wurde. Ihr Fehler war es nicht – sie hatte keine Täuschung verübt; sie hatte nur bewundert und geglaubt. Sie hatte jedesmal den ersten Schritt in reinstem Vertrauen getan, und dann hatte sie plötzlich erlebt, wie der unendliche Ausblick auf ein vielfaches Leben zu einer dunklen, engen Sackgasse zusammenschrumpfte, mit einer toten Mauer am Ende. Anstatt auf die Höhen des Glückes zu führen, von wo aus die Welt unter einem zu liegen schien, so daß man mit einem gehobenen, ja abenteuerlichen Gefühl auf sie hinabblicken, urteilen, auswählen und Mitleid üben könnte, führte sie vielmehr in die Tiefe, ins Irdische, in einen Bereich der Beschränkung und Depression, wohin der Klang eines anderen, freieren und leichteren Lebens wie von oben herunterdrang und das Gefühl des Mißlingens nur noch verschärfte. Ihr tiefes Mißtrauen gegen ihren Mann – das verdunkelte ihr die Welt. Dieses Gefühl läßt sich leicht behaupten, aber nicht so leicht erklären, es ist von so vielfältiger Natur, wie nur viel Zeit und noch mehr Leiden es zu seiner wahren Entfaltung bringen. Leiden war Isabel ein aktiver Zustand, es war kein Trost, keine Starrheit, keine Verzweiflung; Leiden bedeutete für sie eine Leidenschaft des Denkens, der Spekulation, ein Reagieren auf jeden Druck. Aber sie schmeichelte sich bei alledem, daß sie ihren schwindenden Glauben für sich behalten, daß ihr niemand außer Osmond argwöhnte. Oh er kannte ihn, und es gab Zeiten, wo sie dachte, daß er sich darüber freue. Es war ganz allmählich gekommen – nicht bevor das erste Jahr ihres gemeinschaftlichen Lebens, zunächst so herrlich vertrauensvoll begonnen, zu Ende ging, hatte sie den Alarm vernommen. Danach hatten sich die Schatten langsam verdichtet, es war, als ob Osmond die Lichter absichtlich, bösartig, eines nach dem anderen gelöscht hätte. Das Dämmerlicht war anfangs noch dünn und unbestimmt gewesen, noch hatte sie ihren Weg erkennen können. Aber dann verdunkelte es sich unaufhaltsam; und wenn hin und wieder noch gelegentlich eine Helligkeit aufleuchtete, so gab es doch schon gewisse Winkel in ihrem Umkreis, die bereits undurchdringlich schwarz erschienen. Diese Schatten waren nicht eine Auswirkung ihres eigenen Gemüts; dessen war sie ganz sicher. Sie hatte alles darangesetzt, gerecht und milde zu bleiben, nichts als die Wahrheit zu sehen. Sie waren ein Teil, eine Art Ursache und Konsequenz, die sich allein aus der Gegenwart ihres Mannes ergaben. Sie entstanden nicht aus Missetaten oder Lastern; sie konnte ihn keines Vergehens beschuldigen – das heißt nur eines, und das war *kein* Verbrechen. Sie wußte von keinem Unrecht, das er begangen; er war nicht gewalttätig, nicht grausam; sie glaubte nur ganz schlicht, daß er sie haßte. Das war alles, dessen sie ihn beschuldigte, und das Betrübliche daran war eben, daß es nichts Frevelhaftes war, wogegen sich sonst vielleicht ein Mittel hätte finden lassen. Er hatte entdeckt, daß sie anders, daß sie nicht das war, was er sich von ihr erhofft hatte. Anfangs hatte er noch gedacht, daß er sie ändern könnte, und sie hatte alles getan, um so zu werden, wie er es sich wünschte. Aber sie war schließlich sie selbst – dafür konnte sie nicht; da hatte auch alle Verstellung keinen Zweck, keine Maske und kein Kleid! Denn er kannte sie jetzt, und seine Meinung war gefaßt. Sie fürchtete ihn nicht; sie hatte ihn nicht im Verdacht, daß er ihr weh tun würde; sein Übelwollen ihr gegenüber war nicht von dieser Art. Womöglich würde er ihr nie einen Vorwand geben, sich nie ins Unrecht setzen. Isabel prüfte die Zukunft mit trockenen, starren Augen und sah ein, daß er ihr darin immer überlegen sein würde. Sie nämlich würde ihm viele Vorwände geben, würde sich oft ins Unrecht setzen. Es gab Zeiten, wo sie ihn fast bemitleidete; denn wenn sie ihn nicht absichtlich getäuscht hatte, verstand sie doch, wie vollkommen sie es tatsächlich getan haben mußte. Sie hatte sich im Anfang ausgelöscht, als er sie kennenlernte; sie hatte sich klein gemacht und so getan, als sei weniger an ihr, als wirklich da war. Weil sie so ungemein unter seinem Zauber stand, hatte er von sich aus keine Mühe gescheut, diesen zu entwickeln. Er hatte sich nicht verändert; er hatte sich während des Jahres seiner Werbung ebensowenig verstellt wie sie. Aber damals hatte sie nur die Hälfte seiner Natur gesehen, wie man nur die Sichel des Mondes erblickt, wenn der Erdschatten ihn teilweise verdeckt. Jetzt sah sie den ganzen Mond, jetzt sah sie den ganzen Mann. Sie selbst hatte sich still verhalten, so daß er freie Hand behielt, und trotz alledem hatte sie einen Teil von ihm für das Ganze gehalten.

Ach, wie sehr war sie seinem Zauber verfallen! Er war noch nicht verflogen; noch war er da: doch wußte sie nun genau, was

Osmond so unwiderstehlich machte, wenn ihm daran lag. Es hatte ihm damals daran gelegen, als er ihr den Hof machte, und da sie von ihm verzaubert sein wollte, damals, war es kein Wunder, daß er Erfolg gehabt hatte. Und den hatte er gehabt, weil er aufrichtig gewesen war; es war ihr noch nie eingefallen, ihm diese Eigenschaft abzusprechen. Er hatte sie bewundert – er hatte ihr auch gesagt, warum: weil sie die phantasievollste Frau war, die ihm je begegnete. Und das mochte zutreffen; denn während jener Monate hatte sie sich unendliche Dinge ausgedacht, die jeder Substanz entbehrten. Sie hatte sich ein wundersames Bild von ihm zurechtgemacht, das ihre verzauberten Sinne, ach, und ihre erregte Einbildungskraft ihr vorgaukelten! – sie hatte ihn nicht richtig gedeutet. Gewisse Wesenszüge hatten sie gerührt, aus ihnen hatte sie eine bestrickende Persönlichkeit zusammengefügt. Daß er arm und einsam war und dabei doch irgendwie sehr nobel – das hatte sie interessiert, das schien ihr eine Gelegenheit zu bieten. Eine unerklärliche Schönheit war von ihm ausgegangen – von seiner Stellung, seinem Geist, von seinem Gesicht. Gleichzeitig hatte sie gespürt, daß er hilflos und wirkungslos war, aber dieses Gefühl hatte die Form der Zärtlichkeit angenommen, die nichts war als die reine Blume ihrer Achtung. Er war der skeptische Reisende gewesen, der, am Strand auf- und abschlendernd, die Flut erwartet, auf das Meer hinaussieht und sich doch nicht einschifft. All das kam zusammen, um sie an ihre Gelegenheit glauben zu lassen. Sie hatte sein Schiff ausrüsten, sie hatte für ihn Vorsehung spielen wollen; es würde herrlich sein, ihn zu lieben. Und sie hatte ihn geliebt, sie hatte sich so ängstlich und dabei so glühend hingegeben – zum Teil um dessentwillen, was sie in ihm fand, aber zum guten Teil auch um dessentwillen, was sie ihm mitbrachte und was ihre Mitgift bereichern sollte. Wie sie so auf die Leidenschaft jener erfüllten Wochen zurückblickte, entdeckte sie darin einen mütterlichen Zug – das Glück einer Frau, die das Gefühl hatte, ein Helfer zu sein, mit vollen Händen zu kommen. Aber ohne ihr Geld, das sah sie heute, hätte sie es nie tun können. Und ihr Geist schweifte hinüber zu dem armen Mr. Touchett, der schon unter englischem Rasen schlief, dem wohlmeinenden Urheber unendlichen Leids! Denn das war das phantastische Ergebnis. Im Grunde war ihr das Geld zu einer Last geworden, und es hatte sie verlangt, das Gewicht dieser Last an ein anderes Gewissen abzutreten, das dafür besser vorbereitet war. Was hätte ihr Gewissen wirksamer erleichtern können als die Übergabe an einen Mann mit dem feinsten Geschmack der Welt? Wenn sie es nicht einem Hospital vermachte, hätte sie gar nichts Besseres damit tun können; es gab außerdem keine karitative Einrichtung, die sie im gleichen Maße interessierte wie Gilbert Osmond. Er würde ihr Vermögen in einer Weise gebrauchen, die ihr eine bessere Meinung von dem Geld beibringen und jene gewisse Grobheit tilgen sollte, die dem Glück einer unerwarteten Erbschaft nun einmal anhaftet. Siebzigtausend Pfund zu erben, war keine sehr delikate Sache; delikat war allein, daß Mr. Touchett sie ihr hinterließ. Aber Gilbert Osmond zu heiraten und ihm eine solche Mitgift zu bringen – darin lag auch für sie etwas Delikates. Freilich weniger für ihn – das war richtig; aber das war seine Sache, und wenn er sie liebte, durfte es ihm nichts ausmachen, daß sie reich war. Hatte er nicht den Mut gehabt zu sagen, er sei froh über ihren Reichtum?

Isabels Wangen brannten, als sie sich fragte, ob sie wirklich auf eine künstliche Theorie hin geheiratet hatte, nur um etwas Löbliches mit ihrem Gelde zu beginnen. Aber sie konnte sich rasch antworten, daß darin die Geschichte nur halb bestand. Es hatte daran gelegen, daß ein plötzliches Feuer sie ergriffen hatte – ein Gefühl von dem Ernst seiner Neigung und ein Entzücken über seine persönlichen Qualitäten. Er war besser als jeder andere. Diese höchste Überzeugung hatte auf Monate ihr Leben beherrscht, und noch war genügend davon vorhanden, um ihr zu beweisen, daß sie nicht anders hatte handeln können. Der feinste männliche Organismus – wenn man darunter den gerissensten versteht –, den sie je gekannt, war ihr Eigentum geworden, und die Erkenntnis, daß sie nur die Hände auszustrecken brauchte, um ihn zu ergreifen, war ihr ursprünglich wie eine Art heiliger Handlung erschienen. Über die Schönheit seines Geistes hatte sie sich nicht geirrt; sie kannte dieses Organ jetzt vollkommen und hatte mit ihm, fast *in* ihm gelebt – es schien ihre Wohnstatt geworden zu sein. Wenn sie gefangen war, dann war es sein Geist, der sie mit festem Griff gepackt hatte; diese Überlegung war wirklich von Wert. Nie war ihr ein Geist mit reicheren Gaben, noch biegsamer, noch kultivierter, zu noch schönerer Ausübung befähigt, im Leben begegnet; und es war dieses erlesene Instrument, mit dem sie jetzt zu rechnen hatte. Sie verlor sich in unendlichem Entsetzen, wenn sie daran dachte, wie grenzenlos *er* sich getäuscht fühlen mußte. Von diesem Standpunkt aus war es vielleicht ein Wunder, daß er sie nicht noch mehr haßte. Sie erinnerte sich noch gut an das erste Zeichen, das er in dieser Hinsicht gab – es war wie das Glöckchen gewesen, auf dessen Läuten hin sich der Vorhang über dem wirklichen Drama ihres Lebens geöffnet hatte. Er hatte ihr eines Tages erklärt, sie hätte zu viele Gedanken, sie müsse sie abtun. Er hatte ihr das schon früher gesagt, vor ihrer Ehe; aber da hatte sie nicht darauf geachtet: erst später war es ihr wieder eingefallen. Diesesmal mußte sie wohl darauf achten, weil er es wirklich gemeint hatte. Die Worte waren nicht oberflächlich gesprochen; aber erst im Licht ihrer tieferen Erkenntnis erschienen sie ihr unheilvoll. Er hatte es wirklich gemeint – er würde es gern sehen, wenn sie nichts weiter besäße als nur ihr hübsches Äußeres. Sie wußte ja, sie hatte zu viele Einfälle; sie hatte sogar mehr, als er vermutete, viel mehr, als sie äußern konnte, als er sie damals um ihre Hand bat. Ja, sie *hatte* geheuchelt; sie hatte ihn so gern gehabt. Sie hatte selbst für sich zu viele Gedanken; aber darum heiratete man ja, um sie mit dem anderen zu teilen. Gedanken ließen sich nicht mit der Wurzel ausreißen, obwohl man sie unterdrücken und sich Mühe geben konnte, sie nicht auszusprechen. Aber darum ging es ja nicht, daß er ihren Meinungen widersprach; das bedeutete gar nichts. Sie hatte keine Meinung – keine, die sie nicht willig in dem Gefühl geopfert hätte, deswegen geliebt zu werden. Er aber hatte das Ganze gemeint – ihren Charakter, die Art, wie sie fühlte, die Art, wie sie urteilte. Und das war das, womit sie zurückgehalten, was er nicht gekannt hatte, und dem er, nachdem die Tür sozusagen ins Schloß gefallen, auf einmal gegenüberstand. Sie hatte eine gewisse Art, das Leben zu betrachten, die auf ihn wie eine persönliche Beleidigung wirkte. Der Himmel wußte, daß es inzwischen eine sehr bescheidene, eine sehr sich anpassende Art geworden war. Das seltsame war nur, daß sie nicht von Anfang an geargwöhnt hatte, daß seine sehr anders sein könnte. Sie hatte seine Lebensart für so groß, so aufgeklärt gehalten, so absolut für die eines aufrechten Mannes, eines Gentlemans. Hatte er ihr nicht versichert, er kenne keinen Aberglauben, keine enge Beschränkung, keine Vorurteile, die ihre Frische eingebüßt hatten? Hatte er nicht das Äußere eines Mannes, der frei im Leben steht, der, kleiner Rücksichten nicht achtend, nur nach Wahrheit und Erkenntnis strebt und daran glaubt, daß zwei intelligente Menschen zusammen danach suchen müßten und, ob sie sie nun finden oder nicht, doch wenigstens ihr eigenes Glück im Suchen finden? Er hatte ihr gesagt, er liebe das Konventionelle; aber diese Erklärung schien ihr einen bestimmten, sehr edlen Sinn zu haben. Und in diesem Sinn, in der Liebe für Harmonie und Ordnung, für Anstand und alle vornehmen Handlungen im Leben ging sie gerne mit ihm, und seine Warnung hatte nichts Drohendes enthalten. Aber als sie ihm, während die Monate verstrichen, weiter gefolgt war und er sie zu der Stätte seiner eigenen Wohnung geführt hatte, *da* erst hatte sie gesehen, wo sie wirklich war.

Sie konnte ihn heute noch nachfühlen, den unglaublichen Schrecken, mit dem sie von ihrer Behausung Maß genommen. Zwischen jenen vier Wänden hatte sie seither gelebt; sie sollten sie bis zum Ende ihres Lebens umgeben. Es war das Haus der stummen Finsternis, das Haus des Erstickens. Osmonds schöner Geist gab ihm weder Licht noch Luft; Osmonds schöner Geist schien in der Tat aus einem kleinen Dachfenster herabzulugen und sie zu verspotten. Natürlich hatte es kein physisches Leiden bedeutet, dafür hätte es schließlich ein Heilmittel gegeben. Sie konnte kommen und gehen; sie war ihr eigener Herr; ihr Mann war immer von vollendeter Höflichkeit. Aber schon daß er sich so ernst nahm, war etwas Erschreckendes. Unter all seiner Kultur, seiner Klugheit, seiner Anmut, unter seiner Zugänglichkeit, seiner Leichtigkeit, seiner Lebenserkenntnis lag sein Egoismus verborgen wie eine Schlange in einem Blumenbeet. Sie hatte ihn ernst genommen, *so* ernst allerdings nicht. Wie konnte sie auch – besonders, als sie ihn besser kannte? Sie sollte von ihm denken, wie er von sich dachte – als dem ersten Gentleman Europas. So hatte sie auch anfangs von ihm gedacht, das war tatsächlich der Grund dafür, daß sie ihn geheiratet hatte. Aber als sie entdeckte, was das alles umschloß, schrak sie zurück; der Vertrag enthielt mehr, als sie zu unterschreiben gedachte. Er umschloß eine souveräne Verachtung aller Menschen, drei oder vier hohe Personen ausgenommen, die er beneidete, und aller Dinge außer einem halben Dutzend seiner eigenen Gedanken. Das ging noch hin; selbst da wäre sie noch eine gute Strecke mit ihm gegangen; denn er hatte ihr so viel von der Gemeinheit und dem Schmutz des Lebens gezeigt, ihre Augen vor der Dummheit, der Verdorbenheit und Unwissenheit der Menschheit so weit geöffnet, daß sie von der unendlich vulgären Natur aller Dinge und der Tugend, sich selber fleckenlos rein zu halten, geziemend beeindruckt war. Aber für diese niedrige, unwürdige Welt, so schien es doch, hatte man schließlich zu leben; wenn man sie sich auch beständig vor Augen halten mußte, nicht um sie aufzuklären oder zu bekehren oder zu erlösen, sondern nur um daran die eigene Überlegenheit zu ermessen. Auf der einen Seite war sie verabscheuenswert, auf der anderen diente sie als Standard. Osmond hatte Isabel von seiner Entsagung, seiner Indifferenz, von der Leichtigkeit erzählt, mit welcher er auf die üblichen Hilfen zum Erfolg verzichtete; und alles dies war ihr bewundernswert erschienen. Sie hatte es für eine großartige Gleichgültigkeit, eine köstliche Unabhängigkeit gehalten. Aber Gleichgültigkeit war wirklich die letzte seiner Eigenschaften; sie hatte niemals jemanden gesehen, der so viel an andere dachte. Was sie selbst anging, so hatte zugestandenermaßen die Welt sie immer interessiert und das Studium ihrer Mitmenschen zu ihren Leidenschaften gehört. Doch hätte sie bereitwillig alle Neugier und alle Sympathie zum Heil eines persönlichen Lebens geopfert, wenn die betreffende Person nur imstande gewesen wäre, sie von dem Gewinn zu überzeugen! Dies war wenigstens ihre gegenwärtige Überzeugung, und die Sache wäre sicher leichter gewesen, als sich um die Gesellschaft zu kümmern, so wie Osmond das tat.

Er war ja außerstande, ohne die Gesellschaft zu leben, und sie sah jetzt, daß er es niemals wirklich getan hatte; noch von seinem Fenster aus hatte er nach ihr ausgespäht, selbst wenn er am weitesten von ihr entfernt zu sein schien. Er hatte ein Ideal, genau wie sie versucht hatte, das ihre zu haben; seltsam war nur, daß man in so verschiedenem Quartier noch Gerechtigkeit suchte. Sein Ideal war die Vorstellung von hohem Reichtum und Anstand, von dem aristokratischen Leben also, das geführt zu haben, wie sie jetzt sah, wenigstens seiner Essenz nach er sich immer gebrüstet hatte. Nicht für eine Stunde war er davon abgewichen, diese Schande würde er sonst niemals überwunden haben. Auch das ging wieder hin; auch hier würde sie ihm zustimmen; aber sie verbanden so verschiedene Ideen, solche verschiedenen Assoziationen und Wünsche mit denselben Formeln. Für sie verband sich mit einem aristokratischen Leben einfach die Vorstellung von großem Wissen und großer Freiheit; das Wissen gab einem das Gefühl der Pflicht und die Freiheit das Gefühl der Freude. Aber für Osmond war es ganz und gar eine Formsache, eine bewußte, berechnete Attitüde. Er liebte das Alte, Geheiligte, Überkommene; sie liebte es auch, aber sie verfuhr nach Gutdünken. Vor der Tradition hatte er eine riesige Achtung; er hatte ihr einmal gesagt, das Beste in der Welt sei, eine zu haben, und wenn man unglücklicherweise keine habe, müsse man sofort darangehen, eine zu gründen. Sie wußte, daß er damit sagen wollte, sie habe keine, und daß er besser daran sei; obwohl sie nie erfuhr, auf welche Quelle er seine Traditionen eigentlich zurückführte. Doch besaß er sie in großer Zahl; soviel war sicher, und nach einiger Zeit begann sie zu begreifen. Die Hauptsache war, daß man in Übereinstimmung mit ihnen handelte, die Hauptsache nicht nur für ihn, sondern auch für sie. Isabel hatte die unklare Vorstellung, daß Traditionen, wenn sie noch anderen als nur ihrem Besitzer dienen sollten, von überlegener Beschaffenheit zu sein hätten; aber trotz alledem fügte sie sich der Anweisung, gleichfalls im Takt der erhabenen Musik zu marschieren, die aus unbekannten Perioden der Vergangenheit ihres Mannes herüberschallte; sie, die früher so frei geschritten, so gern vom Wege abgewichen, so flüchtig und so ganz das Gegenteil eines Prozessionsgängers gewesen war! Da gab es gewisse Dinge, die man tut, eine gewisse Haltung, die man einnehmen, gewisse Leute, die man kennen und nicht kennen mußte. Als sie sah, wie dieses starre System, obwohl in malerische Stoffe drapiert, sich um sie schloß, ergriff jenes schon erwähnte Gefühl der Finsternis und des Erstickens Besitz von ihr; sie schien von einem Geruch nach Moder und Schimmel umgeben zu sein. Natürlich hatte sie widerstanden; zunächst sehr humorvoll, ironisch und zärtlich; dann aber, als die Situation ernster wurde, eifrig, leidenschaftlich, flehentlich. Sie hatte die Sache der Freiheit vertreten, daß sie tun wollten, was ihnen beliebte, und sich nicht um den äußeren Eindruck und die Klassifizierung ihres Lebens zu kümmern brauchten – die Sache anderer Instinkte, einer anderen Sehnsucht und einer ganz anderen Welt.

Aber da war dann die Persönlichkeit ihres Mannes, verletzt wie nie zuvor, hervorgetreten und hatte sich zur vollen Höhe aufgerichtet. Allem, was sie gesagt, begegnete er mit seinem Zorn, und sie konnte erkennen, wie unauslöschlich er sich ihrer schämte. Was dachte er von ihr – daß sie gemein, ordinär und unedel sei? Zum mindesten wußte er jetzt, daß sie keine Tradition hatte. Es war in seiner Anordnung der Dinge nicht vorgesehen, daß sie eine solche Plattheit enthüllte; ihre Gefühle waren einer radikalen Zeitung oder eines unitarischen Pfarrers wert. Die eigentliche Beleidigung, das erkannte sie letztlich, lag aber darin, daß sie überhaupt eine eigene Meinung hatte. Ihre Meinung sollte ihm gehören – der seinen wie ein Gärtchen einem Wildpark angegliedert sein. Dort würde er den Boden sanft bearbeiten und die Blumen begießen; er würde die Beete jäten und sich gelegentlich einen Blumenstrauß pflücken. Für einen bereits sehr wohlhabenden Besitzer würde es ein hübsches Gütchen abgeben. Er wünschte sie sich ja nicht dumm. Im Gegenteil, sie hatte ihm ja wegen ihrer Klugheit gefallen. Aber er erwartete, daß ihre Intelligenz ausschließlich zu seinen Gunsten arbeitete, und war er auch weit davon entfernt, sich ihren Geist als ein unbeschriebenes Blatt zu wünschen, so hatte er sich doch geschmeichelt, daß er überaus aufnahmebereit sein würde. Er hatte von seiner Frau erwartet, daß sie mit ihm und für ihn fühle, daß sie seine Meinung, seinen Ehrgeiz, seine Vorlieben teile; und Isabel mußte notgedrungen zugeben, daß dies von seiten eines so gebildeten Mannes und wenigstens ursprünglich so zärtlichen Ehegatten keine so große Beleidigung war. Aber gewisse Dinge konnte sie niemals hinnehmen. Vor allem waren sie abscheulich unsauber. Sie war nicht eine Tochter der Puritaner, aber dessenungeachtet glaubte sie an solche Dinge wie Keuschheit und Anständigkeit. Wie sich herausstellte, war Osmond weit davon entfernt. Einige seiner Traditionen veranlaßten sie, die Nase zu rümpfen. Hatten wirklich alle Frauen einen Liebhaber? Logen sie alle, und waren selbst die Besten käuflich? Gab es tatsächlich nur drei oder vier, die ihren Mann nicht betrogen? Als Isabel solche Dinge hörte, ergriff sie darüber ein größerer Zorn als über den Klatsch einer Dorfstube – ein Zorn, der sich seine Frische in schlechter Luft bewahrte. Da war der Makel auf ihrer Schwägerin: urteilte denn ihr Mann nur nach der Gräfin Gemini? Diese Dame log oft und betrog nicht nur mit Worten. Aber es genügte, daß diese Dinge ihren Platz unter Osmonds Traditionen einnahmen – es genügte vollauf, sie bedurften nicht noch einer allgemeinen Ausdehnung. Es war ihr Zorn wegen seiner Behauptungen, der ihn veranlaßte, sich aufzurichten. Er besaß genügend Verachtung, es war nur recht, daß auch seine Frau damit wohlausgerüstet war; aber daß sie das heiße Licht ihrer Geringschätzung auf seine eigene Anschauung der Dinge richten würde, das war eine Gefahr, die er nicht in Rechnung gestellt hatte. Er hatte geglaubt, er hätte ihre Gefühle reguliert, bevor sie sie noch empfand; Isabel konnte sich mit Leichtigkeit vorstellen, wie seine Ohren bei der Entdeckung gebrannt haben mußten, daß er zu vertrauensselig gewesen. Wenn man eine Frau hatte, die einem diese Beschämung nicht ersparte, so blieb einem nichts anderes übrig, als sie zu hassen.

Sie war jetzt innerlich überzeugt, daß dieses Gefühl des Hasses, zuerst noch eine Zuflucht und Erfrischung, die Beschäftigung und der Trost seines Lebens geworden war. Dieses Gefühl war tief, weil es aufrichtig war; er hatte die Offenbarung erlebt, daß sie nach alledem ohne ihn auskommen konnte. – Wenn dieser Gedanke selbst für sie aufregend war, wenn er ihr zunächst wie eine Art Treulosigkeit vorkam, als eine Fähigkeit zur Schändung, welche unendliche Wirkung konnte er nicht auf *ihn* ausgeübt haben? Das war sehr einfach; er verachtete sie; sie besaß keine Tradition und den Horizont eines unitarischen Pfarrers. Arme Isabel, die nie verstanden hatte, was unitarisch eigentlich bedeutete! Dies war das Bewußtsein, mit dem sie seit einer Zeit lebte, die zu messen sie längst aufgegeben hatte. Was kam nun – was lag vor ihnen? Das war ihre beständige Frage. Was würde er tun – was mußte *sie* tun? Wenn ein Mann seine Frau haßte, wohin führte das? Sie haßte ihn nicht, dessen war sie sicher, denn hin und wieder verspürte sie einen leidenschaftlichen Wunsch, ihm eine frohe Überraschung zu bereiten. Aber sehr oft auch fürchtete sie sich, und dann überkam es sie, wie wir angedeutet haben, daß sie ihn zuallererst getäuscht hatte. Sie führten auf jeden Fall eine seltsame Ehe, und es war ein furchtbares Leben. Bis zu diesem Morgen hatte er seit einer Woche kaum mit ihr gesprochen; sein Benehmen war so trocken wie ein ausgebranntes Feuer. Sie wußte, das hatte seinen besonderen Grund; er war erzürnt über Ralph Touchetts Ausharren in Rom. Er fand, sie besuche ihn zu oft – vor einer Woche hatte er gesagt, es schicke sich nicht, daß sie ihn in seinem Hotel aufsuche. Er würde noch mehr gesagt haben, wenn nicht Ralphs Krankheitszustand eine Verdächtigung hätte brutal erscheinen lassen. Aber daß er sich beherrschen mußte, hatte seine Ungehaltenheit nur noch vertieft. Isabel las dieses alles, wie sie die Zeit von dem Zifferblatt einer Uhr ablas; sie wußte so genau, daß ihr Interesse für ihren Vetter ihren Mann zur Raserei brachte, als ob Osmond sie in ihrem Zimmer eingeschlossen hätte – was er sicherlich am liebsten getan hätte. Sie war ehrlich überzeugt, daß sie ihm im ganzen nicht widerstrebte, aber vorgeben, daß Ralph ihr gleichgültig sei, konnte sie gewiß nicht. Sie glaubte, daß er nun doch endlich sterben und sie ihn nie wiedersehen würde, dadurch empfand sie eine bisher noch nie gekannte Zärtlichkeit für ihn. Nichts machte ihr sonst noch Freude; wie konnte eine Frau sich noch freuen, die wußte, daß sie ihr Leben fortgeworfen hatte? Eine drückende Last lag auf ihrem Herzen – alle Dinge leuchteten in einem trüben Schein. Aber Ralphs spärliche Besuche waren eine Lampe in der Dunkelheit; denn während der Stunde, die sie bei ihm saß, wurde der eigene Schmerz zu einem Schmerz um ihn. Heute war ihr ums Herz, als sei er ihr Bruder. Sie hatte nie einen Bruder gehabt, aber hätte sie einen, und sie wäre in Not, und er läge im Sterben, dann würde er ihr so teuer sein wie Ralph. O ja, wenn Gilbert eifersüchtig war, dann vielleicht nicht ohne Grund; es machte Gilbert nicht besser, wenn sie eine halbe Stunde bei Ralph saß. Nicht, daß sie über ihn sprachen – nicht, daß sie sich beklagte. Sein Name wurde nie zwischen ihnen genannt. Ralph war einfach großmütig, und ihr Mann war es nicht, das war es. Etwas in Ralphs Redeweise, in seinem Lächeln, in der bloßen Tatsache, daß er in Rom weilte, trug dazu bei, den verhaßten Kreis, in dem sie hin und her lief, zu erweitern. Bei ihm fühlte sie das Gute in der Welt, bei ihm fühlte sie, was hätte sein können. Schließlich war er ebenso klug wie Osmond, ganz abgesehen davon, daß er besser war. Und daher schien es ihr ein Gebot der Zuneigung zu sein, ihm ihr Elend zu verheimlichen. Sie verheimlichte es umständlich; in ihrer Unterhaltung war sie ständig dabei, Vorhänge herabzulassen und spanische Wände aufzubauen. Wieder durchlebte sie ihn – er hatte nie Zeit zum Sterben gehabt –, jenen Morgen im Garten zu Florenz, als er sie vor Osmond gewarnt hatte. Sie brauchte nur die Augen zu schließen, und schon sah sie den Ort wieder, hörte seine Stimme und spürte die warme, süße Luft. Wie konnte er es gewußt haben? Welches Mysterium, welches Wunder an Weisheit! So klug wie Gilbert? Er war viel klüger – ein solches Urteil zu haben! Gilbert war nie so tief und gerecht gewesen. Damals hatte sie zu ihm gesagt, daß er es von ihr zum mindesten nie erfahren würde, wenn er recht hätte, und darauf war sie jetzt bedacht. Sie hatte damit alle Hände voll zu tun, sie legte ihre ganze Leidenschaft, ihre Religion, allen Überschwang hinein. Frauen betätigen ihre Religion zuweilen in seltsamen Übungen, und Isabel war gegenwärtig in ihrer Rolle vor ihrem Vetter davon durchdrungen, daß sie ihm eine Freundlichkeit erwies. Das wäre auch vielleicht der Fall gewesen, wenn er sich nur einen Moment hätte täuschen lassen. So aber bestand die Freundlichkeit hauptsächlich in dem Versuch, ihn glauben zu machen, daß er sie einst sehr verletzt hatte, daß er sich dessen schämen mußte, daß sie ihm aber, weil sie sehr großzügig und er so krank war, nichts nachtrage und es sogar aus Rücksicht unterließ, ihm ihr Glück beständig unter die Nase zu reiben. Ralph lächelte insgeheim, während er auf dem Sofa lag, über diese ungewöhnliche Form von Rücksicht, aber er vergab ihr, wie sie ihm vergeben hatte. Sie wollte ihm den Schmerz ersparen; er sollte nicht wissen, daß sie unglücklich war. Das war die Hauptsache, da spielte es keine Rolle, daß er durch dieses Wissen recht behalten hätte.

Noch lange nachdem das Feuer erloschen, saß sie in dem lautlosen Salon. Sie brauchte die Kälte nicht zu fürchten, sie war wie im Fieber. Sie hörte zuerst die frühen Morgenstunden schlagen, die späteren dann; aber ihre Nachtwache hatte der Zeit nicht acht. Ihr Geist, von Bildern heimgesucht, war in einem Zustand äußerster Aktivität, und jene Bilder konnten sich ebensogut hier einstellen, wo sie ihnen aufrecht gegenübersaß, wie auf ihrem Kopfkissen, wo sie ihrer Ruhe gespottet hätten. Wie gesagt, sie glaubte ihrem Manne nicht zu widerstreben, und was konnte ein besserer Beweis dafür sein, als daß sie die halbe Nacht aufsaß, um sich einzureden, daß es keine Gründe gab, warum Pansy nicht so leicht zu verheiraten sein sollte, wie man einen Brief in den Postkasten wirft? Als die Uhr vier schlug, erhob sie sich; endlich ging sie zu Bett, denn die Lampe war schon lange ausgegangen und die Kerzen bis in die Halter herabgebrannt. Aber wieder blieb sie mitten im Zimmer stehen und starrte im Geist auf ein wiederkehrendes Bild – auf das ihres Mannes und Madame Merles in ihrer unbefangenen vertraulichen Gemeinsamkeit.

XLIII

Drei Abende später nahm sie Pansy auf einen großen Ball mit, zu welchem Osmond, der nie auf Bälle ging, sie nicht begleitete. Pansy war so erwartungsfroh wie immer, sie war nicht von verallgemeinernder Natur und hatte das Verbot, mit dem man vor ihren Augen die Freuden der Liebe belegte, nicht auch auf andere Freuden ausgedehnt. Wenn sie darauf wartete, bis ihre Zeit gekommen oder ihr Vater anderen Sinnes geworden war, dann mußte sie ihres Erfolges sicher sein. Isabel hielt dies allerdings für wenig wahrscheinlich; Pansy hatte anscheinend ganz einfach beschlossen, eine gute Tochter zu sein. Sie hatte bisher nie eine solche Gelegenheit dazu gehabt und wußte Gelegenheiten genügend zu schätzen. Sie war nicht weniger achtsam auf sich bedacht als sonst und hütete ihre duftigen Röcke mit einem so ängstlichen Auge wie stets, sie hielt ihr Bukett ganz fest und zählte seine Blumen wohl zum zwanzigsten Male. Isabel kam sich ganz alt dabei vor; es schien so lange her zu sein, seitdem ein Ball sie in Aufregung versetzte. Pansy, die viel Bewunderung fand, war nie um einen Partner verlegen, und schon bald nach ihrer Ankunft gab sie Isabel, die nicht tanzte, ihr Bukett zum Halten. Isabel hatte ihr diesen Gefallen schon ein Weilchen getan, als sie plötzlich die Anwesenheit Edward Rosiers bemerkte. Schon stand er vor ihr; er hatte sein liebenswürdiges Lächeln verloren und trug einen Ausdruck von fast militärischer Entschlossenheit zur Schau. Die Veränderung seiner Erscheinung hätte Isabel ein Lächeln abgenötigt, wenn sie nicht sein Los im Grunde als sehr hart empfunden hätte: er hatte immer soviel mehr nach Heliotrop als nach Schießpulver gerochen. Er sah sie einen Augenblick ingrimmig an, wie um ihr mitzuteilen, er sei gefährlich, und senkte dann die Augen auf ihr Bukett. Nachdem er es gemustert hatte, milderte sich sein Blick, und er sagte rasch: »Das sind lauter Pansys (Stiefmütterchen); das muß ihr gehören!«

Isabel lächelte freundlich. »Ja, es gehört ihr; sie gab es mir zum Halten.«

»Darf ich es ein bißchen halten, Mrs. Osmond?« fragte der arme junge Mann.

»Nein, Ihnen kann ich es nicht anvertrauen; ich fürchte, Sie würden es mir nicht wiedergeben.«

»Dessen wäre ich auch nicht so sicher; ich würde das Haus sofort damit verlassen. Aber darf ich nicht wenigstens eine einzelne Blüte haben?«

Isabel zögerte einen Moment, und dann hielt sie ihm, noch immer lächelnd, das Bukett hin. »Suchen Sie sich eine aus. Es ist erschreckend, was ich für Sie tue.«

»Ach, wenn Sie nicht mehr für mich tun, Mrs. Osmond!« rief Rosier, das Monokel im Auge, sorgfältig eine Blüte auswählend.

»Aber stecken Sie sie nicht ins Knopfloch«, sagte sie, »um Gottes willen nicht!«
»Ich möchte gern, daß sie es sähe. Sie hat sich geweigert, mit mir zu tanzen, aber ich möchte ihr gern zeigen, daß ich noch an sie glaube.«
»Es schadet nichts, wenn Sie es ihr zeigen, aber es anderen zu zeigen, geht nicht an, ihr Vater hat ihr verboten, mit Ihnen zu tanzen.«
»Und ist das alles, was *Sie* für mich tun können? Ich habe mehr von Ihnen erwartet, Mrs. Osmond«, sagte der junge Mann in einem sehr feinen und beziehungsreichen Ton. »Sie wissen doch, daß unsere Bekanntschaft sehr weit zurückreicht – bis zurück in die Tage unserer unschuldigen Kindheit.«
»Machen Sie mich nicht zu alt!« antwortete Isabel ungeduldig. »Sie kommen sehr häufig darauf zurück, und ich habe es nie bestritten. Aber ich muß Ihnen doch bei aller Freundschaft sagen, daß ich Ihnen, wenn Sie mir die Ehre eines Heiratsantrages erwiesen hätten, auf der Stelle einen Korb gegeben hätte.«
»Ach, dann schätzen Sie mich nicht. Dann sagen Sie doch gleich, daß ich nur ein Pariser Flaneur bin!«
»Ich schätze Sie sehr, aber ich liebe Sie nicht. Was natürlich heißen soll, daß ich Sie Pansys wegen nicht liebe.«
»Sehr wohl. Ich verstehe. Sie haben Mitleid mit mir – mehr nicht.« Und inkonsequent genug blickte Edward Rosier durch sein Einglas in die Runde. Es war ihm eine Offenbarung, daß man nicht entzückter von ihm war, aber er war zu stolz, um seine Bestürzung darüber zu zeigen, daß man allgemein dieser Ansicht sein könnte.
Isabel schwieg einen Augenblick. Seine Erscheinung und sein Benehmen trugen nicht die Würde tiefster Tragik, unter anderem sprach sein kleines Einglas dagegen. Aber plötzlich empfand sie eine Rührung; schließlich hatte ihr eigenes Unglück vieles mit seinem gemeinsam, und es überkam sie, stärker als zuvor, ein Gefühl, daß hier unverkennbar, wenn auch nicht in romantischer Form, die rührendste Sache der Welt sich darbot – junge Liebe im Kampf gegen feindliche Kräfte. »Würden Sie wirklich gut zu ihr sein?« fragte sie leise.
Demütig senkte er den Blick und führte die kleine Blume, die er in der Hand hielt, an die Lippen. Dann sah er sie an. »Sie haben Mitleid mit mir; haben Sie nicht auch *mit ihr* ein wenig Mitleid?«

»Das weiß ich nicht. Da bin ich mir nicht ganz sicher. Sie freut sich immer ihres Lebens.«
»Das hängt davon ab, was Sie Leben nennen!« Mr. Rosier sprach mit Nachdruck. »Quälereien werden sie nicht erfreuen.«
»Davon kann keine Rede sein.«
»Das freut mich zu hören. Sie weiß, was sie will. Warten Sie nur ab.«
»Das denke ich ja auch, namentlich wird sie immer ihrem Vater gehorchen. Aber jetzt kommt sie zurück«, setzte Isabel hinzu, »und ich muß Sie bitten, sich zu entfernen.«
Rosier zögerte einen Augenblick, bis Pansy am Arme eines Kavaliers in sein Blickfeld trat; er blieb gerade lange genug, um ihr ins Gesicht zu blicken. Dann schritt er erhobenen Hauptes weiter; und die Art, in welcher ihm dieses Opfer zur Vollkommenheit gelang, überzeugte Isabel von der Tiefe seiner Neigung.
Pansy geriet beim Tanzen selten in Unordnung; völlig frisch und kühl aussehend, wartete sie ein wenig und nahm dann ihr Bukett zurück. Isabel beobachtete sie und sah, wie sie die Blüten zählte, worauf sie sich sagte, daß da entschieden stärkere Kräfte am Werke waren, als sie bisher erkannt hatte. Pansy hatte Rosier fortgehen sehen, aber sie sagte nichts zu Isabel; sie sprach nur von ihrem Tanzpartner, nachdem dieser sich verbeugt und zurückgezogen hatte, von der Musik, der Tanzfläche und ihrem seltenen Mißgeschick, daß sie sich den Rocksaum zerrissen hatte. Isabel war indessen überzeugt, daß sie entdeckt haben mußte, daß ihr Liebster ihr eine Blume entwendet hatte; doch hatte diese Entdeckung nichts mit der pflichtschuldigen Grazie zu tun, mit welcher sie der Bitte ihres nächsten Tänzers nachkam. Diese vollkommene Liebenswürdigkeit unter scharfem Zwang gehörte zu einem größeren System. Sie wurde wieder, diesmal mit Bukett, von einem erhitzten jungen Mann entführt, und sie war noch nicht lange verschwunden, als Isabel Lord Warburton in der Menge herannahen sah. Er trat sogleich herzu und bot ihr einen guten Abend; sie hatte ihn inzwischen nicht wieder gesehen. Er blickte sich um und fragte dann: »Wo ist die kleine Maid?« In dieser harmlosen Form hatte er sich angewöhnt, von Miß Osmond zu sprechen.
»Sie tanzt«, sagte Isabel. »Sie werden sie irgendwo entdekken.«
Er sah sich unter den Tanzenden um und erhaschte schließlich

Pansys Auge. »Sie sieht mich, aber sie will mich nicht bemerken«, sagte er dann. »Tanzen Sie nicht?«
»Wie Sie sehen, bin ich ein Mauerblümchen.«
»Wollen Sie nicht mit mir tanzen?«
»Vielen Dank; es wäre mir lieber, Sie tanzten mit der kleinen Maid.«
»Man braucht das andere nicht zu lassen – besonders da sie engagiert ist.«
»Sie ist nicht für alle Tänze engagiert, und Sie können sich Ihre Kräfte noch aufheben. Sie tanzt sehr eifrig, und Sie sind dann um so frischer.«
»Sie tanzt sehr hübsch«, sagte Lord Warburton, ihr mit den Augen folgend. »Ach, endlich«, setzte er hinzu, »hat sie mir ein Lächeln gegönnt.« Gelassen stand er da mit seinem schönen Gesicht, frei und bedeutend, und während Isabel ihn beobachtete, kam es wieder über sie, wie früher schon, daß es für einen Mann seines Schlages seltsam war, Interesse für eine kleine Maid zu haben. Es erschien ihr doch sehr ungereimt.
Weder Pansys junger Liebreiz noch seine Freundlichkeit, seine Gutartigkeit, nicht einmal sein Bedürfnis nach Belustigung, das groß und anhaltend war, waren ein genügender Erklärungsgrund. »Ich würde gern mit Ihnen tanzen«, fuhr er einen Augenblick später fort, sich wieder Isabel zukehrend, »aber ich glaube, noch lieber plaudere ich mit Ihnen.«
»Ja, das ist besser und entspricht auch mehr Ihrer Würde. Große Staatsmänner sollten nicht Walzer tanzen.«
»Seien Sie nicht grausam. Warum empfehlen Sie mir dann, mit Miß Osmond zu tanzen?«
»Oh, das ist etwas anderes. Wenn Sie mit ihr tanzten, würde es wie eine Freundlichkeit aussehen – als ob Sie es zu ihrem Vergnügen täten. Wenn Sie mit mir tanzten, würde es mehr nach Ihrem eigenen Vergnügen aussehen.«
»Aber bitte, habe ich kein Recht, mich zu vergnügen?«
»Nein, nicht, wenn Sie die Geschäfte des Britischen Empires besorgen.«
»Zum Teufel mit dem Britischen Empire! Sie müssen mich immer auslachen!«
»Vergnügen Sie sich lieber an einer Unterhaltung mit mir.«
»Ich weiß nicht einmal, ob das eine Erholung ist. Sie sind zu scharf, ich muß mich immer verteidigen. Und heute abend

kommen Sie mir noch gefährlicher vor als sonst. Wollen Sie absolut nicht tanzen?«

»Ich kann meinen Platz hier nicht verlassen – Pansy soll mich hier finden können.«

Einen Augenblick verstummte er. »Sie sind wunderbar gut zu ihr«, sagte er plötzlich.

Isabels Augen weiteten sich ein wenig; sie lächelte. »Können Sie sich jemand vorstellen, der das nicht wäre?«

»Nein, wahrhaftig. Ich weiß, wie sie einen bezaubern kann. Aber Sie müssen sehr viel für sie getan haben.«

»Ich habe sie ausgeführt«, sagte Isabel und lächelte noch. »Und ich habe für ihre Kleider gesorgt.«

»Ihre Gesellschaft muß ein Segen gewesen sein. Sie haben mit ihr gesprochen, ihr mit Rat und Tat zur Seite gestanden und ihr geholfen, sich zu entwickeln.«

»O ja, wenn sie nicht die Rose ist, so hat sie doch dicht neben ihr gestanden.«

Sie lachte, und ihr Freund tat das gleiche; aber von seinem Gesicht ließ sich deutlich ein Nebengedanke ablesen, der ihn nicht zu völliger Heiterkeit kommen ließ. »Wir alle bemühen uns, so dicht wie möglich neben ihr zu stehen«, sagte er nach einem Moment des Zögerns.

Isabel kehrte sich ab; Pansy wurde ihr wieder zurückgebracht, und diese Ablenkung kam ihr sehr gelegen. Wir wissen, wie gern sie Lord Warburton hatte; sie fand ihn sogar noch sympathischer, als die Summe seiner Vorzüge garantierte; seine Freundschaft enthielt etwas, was eine Art Zuflucht im Falle einer unbestimmten Not zu gewährleisten schien; es war, wie wenn man eine große Reserve auf der Bank besaß. Sie fühlte sich glücklicher, wenn er im Zimmer war; etwas Zuversichtliches lag in seinem Näherkommen; der Klang seiner Stimme erinnerte sie an die Wohltaten der Natur. Aber dessenungeachtet paßte es ihr nicht, daß er ihr zu nahe kam, daß er sich allzusehr auf ihren guten Willen verließ. Sie hatte Angst davor; sie wollte dem entgehen; sie wünschte, er würde es lassen. Sie wäre imstande, wenn er so nahe kam, aufzubrausen und ihn zu bitten, sich in Distanz zu halten. Pansy kehrte zu Isabel mit einem zweiten Riß in ihrem Rock zurück, der unvermeidlichen Folge des ersten, und sie wies ihn Isabel mit ernsten Augen vor. Es waren zu viele Herren in Uniform zugegen; sie trugen diese schrecklichen Sporen, die den Kleidern kleiner Mädchen zum

Verhängnis wurden. Daraufhin ließ sich wieder feststellen, daß die Hilfsquellen der Frauen unerschöpflich sind. Isabel nahm sich Pansys derangierter Garderobe an; sie brachte eine Nadel zum Vorschein und heilte den Schaden; lächelnd hörte sie mit an, was die Kleine von ihren Abenteuern berichtete. Ihre Aufmerksamkeit und ihre Teilnahme waren spontan und echt und standen im genauen Verhältnis zu einem anderen Gefühl, mit dem sie nichts zu tun hatten – mit der lebhaften Vermutung, daß Lord Warburton ihr wohl erneut den Hof zu machen versuchte. Es waren nicht einfach nur die soeben geäußerten Worte; es waren noch andere außerdem, sie war ihm dauernd gegenwärtig. An dies alles mußte sie denken, während sie Pansys Kleid richtete. Wenn es so war, wie sie fürchtete, war er natürlich von Sinnen, dann mußte er sich über seine Absichten völlig im unklaren sein. Aber damit wurde die Situation keineswegs glücklicher, um nichts weniger unmöglich. Je eher er die Tatsache wieder im richtigen Verhältnis sah, desto besser. Er begann sogleich mit Pansy zu plaudern – die es gewiß als geheimnisvoll empfinden mußte, daß er ihr ein Lächeln von so keuscher Ergebenheit schenkte. Pansy antwortete ihm wie gewöhnlich mit ihrer kleinen Miene gewissenhafter Beflissenheit; er mußte sich in der Unterhaltung ein beträchtliches Stück zu ihr hinunterbeugen, und ihre Augen überflogen wie gewöhnlich seine kräftige Gestalt, als ob er sich ihr zur Schau anböte. Sie schien immer ein wenig ängstlich zu sein, aber ihre Ängstlichkeit war nicht von der peinlichen Art, die an Abneigung grenzt; im Gegenteil, sie sah genauso aus, als ob sie wisse, daß er wußte, daß sie ihn gernhatte. Isabel ließ sie beide ein Weilchen allein und ging auf einen Bekannten in der Nähe zu, mit dem sie plauderte, bis die Musik zum folgenden Tanz anhob, zu dem, wie sie wußte, Pansy bereits engagiert war. Das Mädchen war mit einem kleinen, flatternden Erröten sogleich wieder an ihrer Seite, damit Isabel, die peinlich genau Osmonds Standpunkt in der völligen Abhängigkeit seiner Tochter befolgte, sie als ein kostbares, kurzbefristetes Pfand ihrem angemeldeten Partner übergeben konnte. In all diesen Dingen behielt sie ihre eigenen Vorstellungen und Vorbehalte für sich; es gab Augenblicke, wo Pansys übergroße Anschmiegsamkeit, ihrem Gefühl nach, sie beide töricht erscheinen ließ. Aber Osmond hatte ihre Stellung als Duenna seiner Tochter fest umrissen, wonach sie zwischen Anziehen und Schleifenlassen der Zügel nur anmutig wechseln durfte; und manchen seiner Anweisungen kam sie gern auf das genaueste nach. Vielleicht um zumindest einige von ihnen damit erst recht *ad absurdum* zu führen.

Nachdem Pansy entführt worden, fand sie sich wieder in Lord Warburtons Gesellschaft. Sie ließ ihre Augen beharrlich auf ihm ruhen; sie wünschte sehnlichst, seine Gedanken lesen zu können. Aber er erweckte nicht den Anschein von Verwirrung. »Sie hat mir versprochen, später mit mir zu tanzen«, sagte er.

»Das freut mich. Wahrscheinlich haben Sie sie zum Kotillon aufgefordert.«

Darauf sah er etwas verlegen aus. »Nein, darum habe ich sie nicht gebeten. Es ist eine Quadrille.«

»Ach, Sie sind nicht gescheit!« sagte Isabel recht ärgerlich. »Ich sagte ihr, sie solle Ihnen den Kotillon aufheben, falls Sie darum bitten würden.«

»Arme kleine Maid, hätte ich das geahnt!« Und Lord Warburton lachte freimütig. »Natürlich tue ich das, wenn Ihnen das recht ist.«

»Mir? Oh, wenn Sie nur mit ihr tanzen, weil es mir recht ist –!«

»Ich fürchte nur, ich bin ihr zu langweilig. Sie scheint eine Menge junger Leute auf ihrer Karte zu haben.«

Isabel schlug die Augen nieder, sie überlegte fieberhaft. Lord Warburton stand vor ihr und beobachtete sie, sie fühlte den Blick seiner Augen auf ihrem Gesicht und bekam große Lust, ihn zu bitten, ihn abzuwenden. Sie unterließ es indessen und sagte nur eine Minute später, indem sie die ihren wieder aufschlug: »Bitte, lassen Sie mich recht verstehen.«

»Was verstehen?«

»Sie sagten mir vor zehn Tagen, daß Sie gern meine Stieftochter heiraten möchten. Das haben Sie doch nicht vergessen!«

»Vergessen? Heute morgen schrieb ich deswegen an Mr. Osmond.«

»Aha«, sagte Isabel, »er hat mir nicht mitgeteilt, daß er von Ihnen Nachricht erhielt.«

Lord Warburton geriet ein wenig ins Stottern. »Ich – ich schickte meinen Brief noch nicht ab.«

»Vielleicht haben Sie *das* vergessen.«

»Nein, er gefiel mir noch nicht. So einen Brief zu schreiben, wissen Sie, ist eine fatale Sache. Aber ich werde ihn heute abend noch abschicken.«

»Um drei Uhr morgens?«

»Ich meine später, im Laufe des Tages.«

»Sehr schön. Dann möchten Sie sie also noch immer heiraten?«
»Ja, sehr gern.«
»Haben Sie denn keine Angst, sie zu langweilen?« Und als ihr Gegenüber sie bei dieser Frage verwundert ansah, fuhr Isabel fort: »Wenn sie jetzt nicht eine halbe Stunde mit Ihnen tanzen kann, wie soll sie dann mit Ihnen durchs Leben tanzen?«
»Ach so«, sagte Lord Warburton bereitwilligst, »ich werde sie mit anderen Leuten tanzen lassen. Was übrigens den Kotillon angeht, Tatsache ist, ich dachte eigentlich, daß Sie – daß Sie –«
»Daß ich ihn mit Ihnen tanzen würde? Ich sagte doch, ich tanze nicht.«
»Gewiß; also könnte ich während seiner Dauer vielleicht ein stilles Eckchen suchen, wo wir uns zusammensetzen und plaudern könnten.«
»Oh«, sagte Isabel ernst, »Sie nehmen viel zuviel Rücksicht auf mich.«
Als der Kotillon begann, stellte sich heraus, daß Pansy im demütigen Glauben, Lord Warburton habe nicht die Absicht, diesen Tanz anderweitig vergeben hatte. Isabel empfahl ihm, sich nach einer anderen Tänzerin umzusehen, aber er beteuerte, daß er nur mit ihr tanzen würde. Da sie aber trotz allen Einspruchs der Gastgeberin auch alle anderen Aufforderungen mit der Begründung, daß sie heute nicht tanze, abgelehnt hatte, konnte sie unmöglich zu Lord Warburtons Gunsten eine Ausnahme machen.
»Schließlich mache ich mir auch nicht viel aus dem Tanzen«, sagte er; »es ist ein barbarisches Vergnügen; viel lieber unterhalte ich mich.« Und er deutete an, daß er genau die richtige Ecke gefunden hätte – eine ruhige Nische in einem der kleineren Räume, wo die Musik nur gedämpft herüberklang und die Unterhaltung nicht störte. Isabel hatte beschlossen, ihn gewähren zu lassen; sie wollte sich Gewißheit verschaffen. Sie verließ den Ballsaal mit ihm, obwohl sie wußte, daß ihr Gemahl nicht wünschte, daß sie seine Tochter aus den Augen ließ. Doch handelte es sich ja um den *prétendant* seiner Tochter, das würde sie vor Osmond rechtfertigen. Auf ihrem Wege traf sie Edward Rosier, der mit verschränkten Armen am Türpfosten lehnte und den Tanzenden in der Haltung eines Jünglings zuschaute, der sich keine Illusion mehr machte. Sie hielt ihn an und fragte, ob er nicht tanze.
»Gewiß nicht, wenn ich nicht mit *ihr* tanzen kann«, antwortete er.

»Dann wäre es besser, Sie gingen nach Hause«, sagte Isabel, wie um ihm einen Rat zu geben.
»Ich gehe nicht, bevor sie geht!« und er ließ Lord Warburton vorbei, ohne ihn eines Blickes zu würdigen.
Dieser Edelmann hatte indessen den melancholischen Jüngling bemerkt, und er fragte Isabel, wer dieser aufgebrachte Freund sei, er müsse ihn schon früher einmal gesehen haben.
»Das ist der junge Mann, von dem ich Ihnen erzählte, der Pansy liebt.«
»O ja, ich entsinne mich. Er sieht recht mitgenommen aus.«
»Nicht ohne Grund. Mein Mann will nichts von ihm wissen.«
»Was ist denn mit ihm los?« erkundigte sich Lord Warburton. »Er macht einen sehr harmlosen Eindruck.«
»Er hat nicht genug Geld und ist nicht sehr klug.«
Lord Warburton hörte voller Interesse zu; der Bericht über Edward Rosier schien ihm Eindruck zu machen. »Lieber Himmel; er schien mir ein ganz annehmbarer junger Mensch zu sein.«
»Das ist er auch, aber mein Mann ist da sehr eigen.«
»Aha.« Und Lord Warburton machte eine kleine Pause. »Wieviel Geld hat er denn?« wagte er dann zu fragen.
»Ungefähr vierzigtausend Francs im Jahr.«
»Sechzehnhundert Pfund? Oh, aber das ist sehr viel, wissen Sie.«
»Das finde ich auch. Aber mein Mann hat sehr große Pläne.«
»Ja; daß Ihr Mann sehr große Pläne hat, ist mir auch schon aufgefallen. Ist er denn wirklich ein Idiot, dieser junge Mann?«
»Ein Idiot? Nicht im mindesten; er ist reizend. Als er zwölf Jahre alt war, war ich selbst in ihn verliebt.«
»Er sieht auch heute nicht viel älter aus als zwölf«, entgegnete Lord Warburton zerstreut und blickte sich um. Dann, wieder mehr bei der Sache: »Finden Sie nicht, daß wir uns hier hinsetzen sollten?« fragte er.
»Wo Sie wollen.« Das Zimmer war eine Art Boudoir, durchflutet von einem gedämpften, rosenfarbenen Licht; eine Dame und ein Herr verließen es, als unsere Freunde eintraten. »Es ist sehr freundlich von Ihnen, daß Sie sich so für Mr. Rosier interessieren«, sagte Isabel.
»Er scheint schlecht behandelt zu werden. Sein Gesicht war ein Meter lang. Ich überlegte, was ihm fehlen könnte.«
»Sie sind ein gerechter Mann«, sagte Isabel. »Selbst für einen Rivalen haben Sie noch einen guten Gedanken übrig.«

Lord Warburton fuhr plötzlich überrascht auf. »Ein Rivale! Nennen Sie ihn meinen Rivalen?«
»Gewiß – da Sie beide dieselbe Person zu heiraten wünschen.«
»Ja – aber wenn er gar keine Chance hat!«
»Sie gefallen mir, wie dem auch sei, daß Sie sich an seine Stelle versetzen. Das zeigt Einfühlungsvermögen.«
»Deswegen gefalle ich Ihnen?« Und Lord Warburton streifte sie mit einem unsicheren Blick. »Ich glaube, Sie meinen, daß Sie mich deswegen auslachen.«
»Ja, ein bißchen lache ich Sie aus. Aber Sie gefallen mir, weil ich Sie ein bißchen auslachen kann.«
»Also gut, dann lassen Sie mich die Situation noch ein wenig weiter erforschen. Was denken Sie denn, könnte man für ihn tun?«
»Da ich Ihr Einfühlungsvermögen pries, müßte ich es Ihnen überlassen, sich das selbst auszumalen«, sagte Isabel. »Pansy wird Ihnen das hoch anrechnen.«
»Miß Osmond? Ach, ich schmeichle mir, sie hat mich bereits ganz gern.«
»Ich glaube, sehr.«
Er wartete etwas; fragend blickte er ihr ins Gesicht. »Also, dann verstehe ich Sie nicht. Sie wollen doch nicht sagen, daß sie sich etwas aus ihm macht?«
»Ich habe Ihnen doch sicherlich gesagt, daß ich das denke?« Eine jähe Röte stieg ihm in die Stirn. »Sie sagten, sie hätte keinen anderen Wunsch als den ihres Vaters, und da ich den Eindruck gewann, daß er mich begünstigt –!« Er machte wieder eine kleine Pause, um dann trotz seines Errötens fortzufahren: »Sehen Sie das nicht ein?«
»Ja, ich sagte Ihnen, daß sie von dem unbedingten Wunsch beseelt ist, ihrem Vater zu gefallen, und daß sie darin wahrscheinlich sehr weitgeht.«
»Das scheint mir durchaus das richtige Gefühl zu sein«, sagte Lord Warburton.
»Gewiß, ein sehr richtiges Gefühl.« Isabel verstummte ein Weilchen; der Raum blieb weiter leer; der Klang der Musik erreichte sie mit einer Fülle, die durch die dazwischenliegenden Zimmer gemildert war. Dann sagte sie endlich: »Aber es scheint mir kaum die Art von Gefühl zu sein, für das ein Mann seiner Frau zu Dank verpflichtet sein möchte.«
»Das weiß ich nicht; wenn es eine gute Frau ist und er denkt, daß sie gut dabei fährt.«

»Ja, natürlich müssen Sie das denken.«
»Das tue ich auch. Ich kann gar nicht anders. Sie nennen das natürlich sehr britisch.«
»Nein, gar nicht. Ich finde, Pansy fährt sehr gut dabei, wenn sie Sie heiratet, und ich wüßte nicht, wer das besser wissen sollte als Sie. Aber Sie sind nicht verliebt.«
»Doch, das bin ich, Mrs. Osmond!«
Isabel schüttelte den Kopf. »Sie denken gern, Sie sind es, während Sie hier bei mir sitzen. Aber so kommen Sie mir nicht vor.«
»Ich bin nicht so wie der junge Mann am Türpfosten. Das gebe ich zu. Aber was macht es so unnatürlich? Könnte irgend jemand auf der Welt liebenswerter sein als Miß Osmond?«
»Wahrscheinlich nicht. Aber Liebe hat mit guten Gründen nichts zu tun.«
»Da bin ich anderer Meinung. Ich bin entzückt über meine guten Gründe.«
»Natürlich sind Sie das. Wenn Sie wirklich verliebt wären, würden Sie keinen Strohhalm dafür geben.«
»Ach, wirklich verliebt – wirklich verliebt!« rief Lord Warburton aus, die Arme verschränkend, seinen Kopf zurücklehnend und sich ein wenig ausstreckend. »Sie müssen nicht vergessen, ich bin zweiundvierzig Jahre alt. Ich will nicht so tun, als ob ich noch der alte sei.«
»Nun, wenn Sie Ihrer Sache sicher sind«, sagte Isabel, »ist ja alles in Ordnung.«
Er antwortete nichts; er saß da, den Kopf zurückgeworfen, und starrte vor sich hin. Doch unvermittelt änderte er seine Stellung und wendete sich rasch der Freundin zu. »Warum sind Sie so unwillig, so skeptisch?«
Ihre Augen trafen sich, und für einen Augenblick sahen sie sich offen an. Wenn sie Gewißheit wollte, so sah sie in seinen Augen etwas, das ihr Gewißheit gab; sie sah in seinem Ausdruck den Funken eines Gedankens, daß sie selbst für sich beunruhigt sei – vielleicht sogar in Angst. Er zeigte einen Verdacht, nicht Hoffnung; aber so, wie es war, verriet es ihr, was sie wissen wollte. Nicht einen Moment sollte er argwöhnen, sie könne seinen Antrag, ihre Stieftochter zu heiraten, dahin verstehen, daß er ihr näherkommen wollte, oder ihn, auf Grund eines solchen Verrats, für verhängnisvoll halten. In diesem kurzen, ganz persönlichen Blick aber schwang noch eine tiefere Bedeutung mit, deren sie sich beide im Moment nicht bewußt waren.

»Mein lieber Lord Warburton«, sagte sie lächelnd, »soweit es mich betrifft, können Sie ganz tun, was Ihnen in den Sinn kommt.« Und damit erhob sie sich und ging ins Nebenzimmer, wo sie, noch im Blickfeld ihres Freundes, sofort von zwei Herren, hohen Persönlichkeiten in der Gesellschaft Roms, angesprochen wurde, die ihr entgegentraten, als hätten sie sie gesucht. Während sie noch mit ihnen plauderte, stellte sie fest, daß sie ihren Weggang bedauerte, es sah ein wenig so aus, als sei sie fortgelaufen – um so mehr, als Lord Warburton ihr nicht gefolgt war. Darüber war sie indessen nur froh, und auf jeden Fall war sie jetzt befriedigt. So sehr befriedigt, daß sie, als sie bei ihrer Rückkehr in den Ballsaal Edward Rosier noch immer an seinem Türpfosten aufgepflanzt fand, wieder bei ihm stehenblieb und ihn ansprach. »Sie taten gut daran, nicht fortzugehen. Ich habe einen kleinen Trost für Sie.«

»Den brauche ich«, klagte der junge Mann leise, »wenn ich sehe, wie schrecklich Sie mit *dem anderen* halten!«

»Reden Sie nicht von ihm; ich will für Sie tun, was ich kann. Ich fürchte nur, es wird nicht viel sein, aber was ich kann, das werde ich tun.«

Er blickte sie in düsterer Selbstvergessenheit an. »Was hat Sie so plötzlich dazu veranlaßt?«

»Das Gefühl, daß Sie eine Plage an diesem Türpfosten sind!« antwortete sie und schritt lächelnd weiter. Eine halbe Stunde später verabschiedete sie sich mit Pansy, und am Fuße der Treppe warteten beide Damen mit vielen anderen Gästen eine Weile auf ihren Wagen. Gerade, als er vorfuhr, trat Lord Warburton aus dem Haus und war ihnen beim Einsteigen behilflich. Er stand noch einen Moment am Wagenschlag und fragte Pansy, ob sie sich gut amüsiert hätte. Sie antwortete ihm und fiel dann mit einer kleinen Miene der Müdigkeit in die Polster zurück. Da winkte ihm Isabel am Fenster mit dem Finger und flüsterte leise: »Vergessen Sie nicht, den Brief an ihren Vater abzuschicken!«

XLIV

Die Gräfin Gemini war häufig ungemein gelangweilt – wie sie selbst sagte, bis zum Umkommen gelangweilt. Bis jetzt war sie allerdings noch nicht umgekommen, sondern rang noch tapfer mit ihrem Schicksal, nämlich einen unnachgiebigen Florentiner geheiratet zu haben, der darauf bestand, in seiner Heimatstadt wohnen zu bleiben, wo er ein Ansehen genoß, wie es einem Herrn wohl zukommt, dessen Talent im Verlieren beim Kartenspiel sonst keineswegs einem verbindlichen Wesen entsprach. Graf Gemini war selbst bei seinen Gewinnern nicht beliebt, und er trug einen Namen, der zwar in Florenz einen beträchtlichen Wert, aber, wie die lokalen Münzen in alten italienischen Staaten, in anderen Teilen der Halbinsel keine Gültigkeit hatte. In Rom war er einfach ein geistloser Florentiner, und es ist nicht verwunderlich, daß ihm nichts daran lag, einen Ort häufig zu besuchen, wo seine Geistlosigkeit, um es kurz zu machen, einer größeren Erklärung bedurft hätte, als ihm angenehm war. Die Gräfin lebte mit den Augen auf Rom, und es war der beständige Kummer ihres Lebens, daß sie dort nicht eine Wohnung hatten. Sie schämte sich zu sagen, wie selten sie die Erlaubnis zu einer Reise nach Rom bekam, und es machte die Sache schwerlich besser, daß andere Mitglieder des Florentiner Adels überhaupt noch nicht dort gewesen waren. Sie fuhr, sooft sie nur konnte; das war alles, was sie sagen konnte. Vielmehr nicht alles, aber alles, was sie behauptete, sagen zu können. Sie hatte tatsächlich viel mehr darüber zu sagen und hatte oft die Gründe dargelegt, weshalb sie Florenz haßte und ihre Tage im Schatten St. Peters zu beenden wünschte. Diese Gründe gehen uns nicht näher an; sie ließen sich gewöhnlich in der Erklärung zusammenfassen, daß Rom, kurz gesagt, die Ewige Stadt und Florenz eben nur ein hübscher kleiner Ort wie jeder andere sei. Die Gräfin hatte es offensichtlich nötig, die Idee der Ewigkeit mit ihren Vergnügungen zu verknüpfen. Sie war überzeugt, daß die Gesellschaft in Rom unendlich viel interessanter war, weil man dort den ganzen Winter über auf Abendgesellschaften Berühmtheiten begegnete. In Florenz gab es keine Berühmtheiten; wenigstens keine, von denen man gehört hätte. Seit der Heirat ihres Bruders hatte ihre Ungeduld beträchtlich zugenommen; sie war ganz sicher, daß seine Frau ein viel glänzenderes Leben führte als sie. Sie war nicht so intelligent wie Isabel, aber doch intelligent genug, um Rom vollauf zu würdigen – nicht sosehr die Ruinen und Katakomben, vielleicht auch nicht die Monumente und Museen, die kirchlichen Zeremonien und die ganze Szenerie; aber sicherlich den gesamten Rest. Sie hörte eine Menge über ihre Schwägerin und wußte ganz genau, daß Isabel eine herrliche Zeit verlebte. Sie hatte es ja selbst gesehen, das einzige Mal, als sie die Gastfreundschaft des Palazzo genoß. Sie hatte dort eine Woche im ersten Winter nach der Hochzeit ihres Bruders zugebracht, aber man hatte sie nicht mehr zu einer Wiederholung dieser Freuden aufgefordert. Osmond wünschte ihre Gesellschaft nicht; darüber war sie sich völlig klar; aber sie wäre trotzdem gefahren, denn schließlich gab auch sie nicht einen Pfifferling um Osmond. Es war ihr Herr Gemahl, der sie nicht fahren ließ, und die Geldfrage war immer eine Sorge. Isabel war sehr nett gewesen; die Gräfin, die ihre Schwägerin von Anfang an gern gemocht hatte, war durch Isabels persönliche Meriten nicht von Neid geblendet. Sie hatte immer beobachten können, daß sie sich mit klugen Frauen besser verstand als mit so albernen wie sie selbst; die Albernen konnten ihre Weisheit nie verstehen, während die Klugen – die wirklich Klugen – ihre Albernheiten immer verstanden. Es schien ihr immer, als ob Isabel und sie, bei aller Verschiedenheit in der Erscheinung und im Stil, doch irgendwo einen Streifen gemeinsamen Grund und Bodens besaßen, den sie schließlich einmal betreten würden. Es war kein sehr großer, aber ein fester Boden, und sie würden das beide erkennen, wenn sie ihn erst einmal berührten. Und außerdem lebte sie bei Mrs. Osmond immer unter dem Eindruck einer angenehmen Überraschung; sie war beständig in Erwartung, daß Isabel auf sie »herabsehen« würde, und ebenso beständig sah sie diese Gelegenheit vorübergehen. Sie fragte sich, wann dies wohl einsetzen würde, wie ein Feuerwerk oder wie der Lenz oder die Opernsaison; nicht daß sie sich darauf freute, aber sie wunderte sich, was Isabel davon abhielt. Ihre Schwägerin betrachtete sie nur gelassenen Blickes und äußerte gegenüber der armen Gräfin so wenig Verachtung wie Bewunderung. In Wirklichkeit hätte Isabel sie ebenso leicht verachten wie über eine Heuschrecke ein moralisches Urteil fällen können. Sie war indessen nicht gleichgültig gegen die Schwester ihres Mannes. Eigentlich fürchtete sie sie ein bißchen. Sie wunderte sich über sie; sie fand sie äußerst ungewöhnlich. Die Gräfin schien ihr einfach keine Seele zu haben; sie war wie eine glänzende, seltene Muschel, mit einer polierten Oberfläche und auffallend rosa Lippen, in welcher etwas rasselte, sobald man sie schüttelte. Diese Rassel war augenscheinlich das geistige Prinzip der Gräfin, eine kleine, lose Nuß, die in ihrem Inneren hin und her sprang. Sie war zu seltsam für jede Verachtung, zu anomal für jeden Vergleich. Isabel hätte sie auch wieder eingeladen (den Grafen einzuladen kam gar nicht in Betracht); aber Osmond hatte nach seiner Heirat keine Skrupel mehr gehabt, ganz offen zu sagen, daß Amy ein Dummkopf übelster Sorte sei, daß sie darin fast schon die Unbezähmbarkeit eines Genies besitze. Ein andermal sagte er, sie habe kein Herz, und im selben Moment setzte er hinzu, sie habe es ganz und gar verschenkt – in kleinen Stücken, wie einen überzuckerten Hochzeitskuchen. Die Tatsache, nicht wieder eingeladen worden zu sein, war natürlich ein weiterer Hinderungsgrund für eine neue Romreise der Gräfin; aber zu dem Zeitpunkt, mit welchem unsere Geschichte sich jetzt zu befassen hat, war sie tatsächlich im Besitz einer Einladung, mehrere Wochen im Palazzo Roccanera zuzubringen. Der Vorschlag ging von Osmond persönlich aus, der seiner Schwester schrieb, daß sie sich aber sehr still zu verhalten habe. Ob sie den Sinn dieser Umschreibung ganz begriff, entzieht sich unserer Kenntnis; sie nahm die Einladung unter jeder Bedingung an. Außerdem war sie neugierig; denn bei ihrem früheren Besuch hatte sie den Eindruck gewonnen, daß ihr Bruder an die Richtige gekommen sei. Vor der Heirat hatte Isabel ihr leid getan, so leid, daß sie schon ernstlich überlegte – wenn die Gräfin jemals etwas ernstlich überlegte –, ob sie sie nicht warnen sollte. Aber das war vergangen, und nach einem Weilchen war sie ganz beruhigt. Osmond war so herablassend wie früher, aber seine Frau würde kein leichtes Opfer werden. Die Gräfin war nicht sehr genau mit ihren Messungen, aber es schien ihr, als ob Isabel, wenn sie sich in die Höhe recken würde, geistig die Größere sei. Was sie jetzt zu erfahren wünschte, war, ob Isabel sich in die Höhe gereckt hatte; es würde ihr ein diebisches Vergnügen bereiten, Osmond übertroffen zu sehen.

Einige Tage vor ihrer Abreise nach Rom brachte ihr der Diener eine Visitenkarte – eine Karte mit der schlichten Aufschrift »Henrietta C. Stackpole«! Die Gräfin preßte die Fingerspitzen gegen die Stirn; sie schien keine solche Henrietta je gekannt zu haben. Darauf bemerkte der Diener, daß die Dame bestellen ließ, falls Frau Gräfin ihren Namen nicht mehr wisse, werde sie ihr beim ersten Anblick sofort wieder bekannt sein. Bis zu dem Augenblick, als sie ihrer Besucherin gegenübertrat, hatte sie sich aber tatsächlich besonnen, daß es bei Mrs. Touchett einmal eine literarische Dame gab; die einzige Literatin, die ihr je begegnet war – das heißt, die einzige moderne, da sie ja selbst die Tochter einer abgedankten Dichterin war. Sie erkannte Miß Stackpole auch sofort wieder, um so mehr, als Miß Stackpole sich gar nicht verändert zu haben schien; und die Gräfin, die von Grund auf gutartig war, fand es eigentlich sehr hübsch, Besuch von einer Person von derartiger Distinktion zu empfangen. Sie überlegte rasch, ob Miß Stackpole sie wohl wegen ihrer Mutter aufsuchte – ob sie wohl von dei amerikanischen Corinna gehört hätte. Ihre Mutter war absolut nicht wie Isabels Freundin; die Gräfin konnte mit einem Blick feststellen, daß diese Dame viel zeitgenössischer war; und sie erhielt sofort einen Eindruck von den Verbesserungen, die hauptsächlich in fremden Ländern im Charakter (im Berufshabitus) der literarischen Damen stattgefunden hatten. Ihre Mutter hatte gewöhnlich einen römischen Schal getragen, malerisch über ein Paar ängstlich von engem schwarzem Samt entblößte Schultern geworfen, und einen goldenen Lorbeerkranz, in einer Fülle glänzender Ringellocken befestigt. Sie hatte leise und verhaucht gesprochen mit dem Akzent ihrer »kreolischen« Vorfahren, wie sie immer gestand; sie seufzte viel und war absolut nicht unternehmend gewesen. Aber Henrietta, das konnte die Gräfin sehen, war immer adrett geknöpft und kompakt gezopft, ihre Erscheinung war flott und geschäftig, ihr Benehmen fast betont vertraulich. Die Vorstellung, sie könnte jemals verhauchend seufzen, war ebenso unmöglich wie die eines Briefes, den man unadressiert in den Postkasten warf. Die Gräfin konnte sich nicht verhehlen, daß die Korrespondentin des *Interviewer* viel mehr im Leben stand als die amerikanische Corinna. Sie erklärte sogleich, sie habe bei der Gräfin voɪgesprochen, weil sie die einzige Person sei, die sie in Florenz kenne, und daß sie beim Besuch fremder Städte gern etwas mehr zu sehen wünschte als die oberflächlichen Reisenden. Sie kenne Mrs. Touchett, aber Mrs. Touchett sei in Amerika, und selbst wenn sie in Florenz gewesen wäre, würde sich Henrietta ihretwegen nicht anstrengen, da Mrs. Touchett nicht Gegenstand ihrer Bewunderung sei.

»Meinen Sie damit, daß ich es bin?« fragte die Gräfin leutselig.

»Nun, ich mag Sie lieber als sie«, sagte Miß Stackpole. »Wenn ich mich recht entsinne, so schienen Sie mir das letztemal sehr interessant zu sein. Ich weiß ja nicht, ob es ein Zufall war oder Ihr üblicher Stil. Auf jeden Fall war ich von dem, was Sie sagten, entschieden beeindruckt. Ich machte später im Druck davon Gebrauch.«

»Lieber Himmel«, rief die Gräfin auffahrend und etwas beunruhigt, »ich hatte keine Ahnung, daß ich jemals etwas Bemer-

kenswertes sagte! Ich wollte, ich hätte es damals gewußt.«
»Es handelt sich um die Stellung der Frau in dieser Stadt«, bemerkte Miß Stackpole. »Sie warfen eine Menge Licht darauf.«
»Die Stellung der Frau ist hier sehr ungemütlich. Meinen Sie das? Und Sie schrieben es auf und publizierten es?« fuhr die Gräfin fort. »Ach, lassen Sie mich das einmal sehen!«
»Ich werde veranlassen, daß man Ihnen die Zeitung zuschickt, wenn Sie wollen«, sagte Henrietta. »Ihren Namen erwähnte ich nicht; ich sagte nur, eine Dame von hohem Rang. Und dann zitierte ich Ihre Ansichten.«
Die Gräfin warf sich hastig zurück, die gefalteten Hände in die Höhe schleudernd. »Wissen Sie, daß es mir eigentlich leid tut, daß Sie keinen Namen nannten? Ich hätte meinen Namen ganz gern in der Zeitung gesehen. Ich habe zwar vergessen, was meine Ansichten waren; ich habe so viele! Aber ich schäme mich ihrer nicht. Ich bin gar nicht wie mein Bruder – ich denke, Sie kennen meinen Bruder? Er findet, es ist ein Skandal, wenn man in den Zeitungen erscheint; wenn Sie ihn zitieren, würde er Ihnen das nie verzeihen.«
»Da braucht er keine Angst zu haben; auf ihn werde ich nie Bezug nehmen«, sagte Miß Stackpole mit barscher Trockenheit. »Das ist noch ein Grund«, fuhr sie fort, »weshalb ich Sie besuchen wollte. Sie wissen doch, Mr. Osmond heiratete meine beste Freundin.«
»Ach richtig; Sie waren Isabels Freundin. Ich überlegte schon die ganze Zeit, was ich von Ihnen wüßte.«
»Mir ist es ganz recht, wenn ich unter dieser Bezeichnung bekannt bin«, erklärte Henrietta. »Aber Ihr Bruder liebt es nicht, mich darunter anzuerkennen. Er hat meine Beziehungen zu Isabel abbrechen wollen.«
»Das dürfen Sie nicht zulassen.«
»Darüber wollte ich gern mit Ihnen sprechen. Ich will weiter nach Rom.«
»Ich auch!« rief die Gräfin. »Wir fahren zusammen!«
»Mit dem größten Vergnügen. Und wenn ich meine Reise beschreibe, werde ich Sie auch als meine Reisegefährtin namentlich anführen.«
Die Gräfin sprang von ihrem Sessel auf und setzte sich neben ihren Besuch aufs Sofa. »Ah, die Zeitung müssen Sie mir schicken! Meinem Mann wird es zwar auch nicht recht sein, aber er braucht es nicht zu erfahren. Außerdem kann er nicht richtig lesen.«

Henriettas große Augen wurden riesig. »Nicht richtig lesen? Darf ich das in meinem Brief erwähnen?«
»In Ihrem Brief?«
»An den *Interviewer*, das ist meine Zeitung.«
»O ja, wenn Ihnen das Spaß macht; mit seinem Namen. Werden Sie bei Isabel logieren?«
Henrietta hob ihren Kopf, ihre Gastgeberin einen Augenblick schweigend betrachtend. »Sie hat mich nicht eingeladen. Ich schrieb ihr, daß ich käme, und sie antwortete, sie würde ein Zimmer in einer Pension bestellen. Einen Grund gab sie nicht an.«
Die Gräfin lauschte mit höchstem Interesse. »Der Grund ist Osmond«, bemerkte sie treffend.
»Isabel müßte sich einmal zur Wehr setzen«, sagte Miß Stackpole. »Ich fürchte, sie hat sich sehr verändert. Ich hatte ihr das vorausgesagt.«
»Das tut mir aber leid; ich hoffte, sie würde ihren Kopf durchsetzen. Warum kann mein Bruder Sie eigentlich nicht leiden?« setzte die Gräfin freimütig hinzu.
»Das weiß ich nicht und es ist mir auch egal. Das steht ihm völlig frei; ich möchte gar nicht, daß mich jeder gernhat; wenn das alle Leute täten, bekäme ich eine sehr viel geringere Meinung von mir selber. Ein Journalist kann die Hoffnung aufgeben, etwas Ordentliches zu leisten, wenn er nicht zuweilen tüchtig gehaßt wird; dann weiß er wenigstens, daß seine Arbeit Früchte trägt. Das gilt für eine Dame genauso. Aber von Isabel hätte ich es nicht gedacht.«
»Sie meinen doch nicht, daß Isabel Sie haßt?« erkundigte sich die Gräfin.
»Das weiß ich nicht. Das will ich erst feststellen. Darum will ich ja nach Rom.«
»Du liebe Zeit, welch ein betrüblicher Anlaß!« rief die Gräfin.
»Sie schreibt nicht mehr wie früher; der Unterschied ist leicht zu sehen. Wenn Sie etwas wissen«, fuhr Miß Stackpole fort, »hätte ich es gern im voraus gewußt, um mir zu überlegen, auf welcher Linie ich dann vorgehen müßte.«
Die Gräfin schob ihre Unterlippe vor und zuckte langsam die Achseln. »Da weiß ich sehr wenig. Auch von Osmond sehe und höre ich sehr wenig. Er kann mich anscheinend ebensowenig ausstehen wie Sie.«
»Dabei sind Sie keine Korrespondentin.«
»Oh, er hat reichlich Gründe. Trotz alledem haben sie mich ein-

geladen – und ich werde im Hause logieren!« Und die Gräfin lächelte beinahe stolz; ihr Frohlocken nahm im Augenblick wenig Rücksicht auf Miß Stackpoles Enttäuschung.

Diese Dame nahm die Mitteilung indessen mit Gemütsruhe hin. »Ich hätte es nicht getan, auch wenn sie mich gebeten *hätte*. Das heißt, ich glaube es; auf jeden Fall bin ich froh, daß ich mich nicht zu entschließen brauchte. Es wäre eine sehr kniffligе Frage gewesen. Ich hätte mich nicht gern von Isabel abgekehrt, aber unter ihrem Dach hätte ich mich nicht wohlgefühlt. Eine *Pension* ist durchaus das richtige. Aber das ist noch nicht alles.«

»Rom ist gerade jetzt sehr angenehm«, sagte die Gräfin; »alle möglichen glänzenden Personen halten sich dort auf. Haben Sie jemals etwas von Lord Warburton gehört?«

»Gehört? Ich kenne ihn sehr gut. Halten Sie den für sehr glänzend?« forschte Henrietta.

»Ich kenne ihn nicht, aber man sagt, er sei durchaus ein *Grandseigneur*. Er ist in Isabel verliebt.«

»Verliebt?«

»So sagt man. Ich kenne keine Details«, sagte die Gräfin obenhin. »Aber Isabel ist ziemlich gesichert.«

Henrietta blickte sehr ernst auf ihre Gefährtin; einen Augenblick schwieg sie. »Wann fahren Sie nach Rom?« fragte sie unvermittelt.

»Ich fürchte, erst in einer Woche.«

»Ich werde morgen reisen«, sagte Henrietta. »Ich glaube, ich warte besser nicht so lange.«

»Du liebe Zeit, das tut mir leid. Ich lasse mir noch einige Kleider machen. Man erzählte mir, Isabel gibt riesige Empfänge. Aber ich werde Sie dort wiedersehen; ich werde Sie in Ihrer Pension besuchen.«

Henrietta saß ganz still – sie war in ihre Gedanken versunken; da rief die Gräfin plötzlich: »Ah, aber wenn Sie nicht mit mir fahren, können Sie unsere Reise nicht beschreiben!«

Miß Stackpole schien diese Überlegung nicht zu rühren; sie dachte an etwas anderes, was sie sogleich aussprach. »Ich weiß nicht, ob ich Sie wegen Lord Warburton recht verstanden habe.«

»Verstanden? Ich meinte, er ist sehr nett, weiter nichts.«

»Finden Sie das nett, sich in verheiratete Frauen zu verlieben?« fragte Henrietta mit wünschenswerter Deutlichkeit.

Die Gräfin starrte sie an und gab ein kleines heftiges Lachen von sich: »Es steht wenigstens fest, daß alle netten Männer das tun.

Heiraten Sie, und Sie werden es erleben!« setzte sie hinzu.
»Der Gedanke würde genügen, mich davon abzuhalten«, sagte Miß Stackpole. »Ich möchte meinen Mann für mich haben; ich würde keinen anderen wollen. Glauben Sie, daß Isabel sich da etwas zuschulden – zuschulden –?« Sie machte eine kleine Pause, um den richtigen Ausdruck zu wählen.

»Sie meinen, ob sie Schuld hat? Oh, lieber Himmel, nein, ich hoffe, noch nicht. Ich meine nur, daß Osmond ziemlich schrecklich ist und daß Lord Warburton, wie ich höre, viel im Hause verkehrt. Ich fürchte, jetzt sind Sie schockiert.«

»Nein, ich bin nur besorgt«, sagte Henrietta.

»Oh, das ist kein Kompliment für Isabel! Sie sollten ihr mehr zutrauen. Ich werde Ihnen etwas sagen«, fuhr die Gräfin rasch fort: »Wenn es Ihnen ein Trost ist, werde ich mich anbieten, ihn abzulenken.«

Miß Stackpole antwortete zunächst nur mit der vertieften Feierlichkeit ihres Blickes. »Sie verstehen mich nicht«, sagte sie ein Weilchen später. »Ich hege nicht die Befürchtung, an die Sie denken. Ich habe nicht in dieser Weise Angst um Isabel. Ich habe nur Angst, daß sie unglücklich ist – und das will ich herausbekommen.«

Die Gräfin wendete ihren Kopf ein dutzendmal hin und her; sie sah ungeduldig und sarkastisch aus. »Das mag schon sein; ich für mein Teil wüßte lieber, ob Osmond unglücklich ist.« Miß Stackpole hatte begonnen, sie ein wenig zu langweilen.

»Wenn sie sich wirklich verändert hat, dann muß das der Grund sein«, fuhr Henrietta fort.

»Sie werden es ja sehen; sie wird es Ihnen erzählen«, sagte die Gräfin.

»Ach, sie erzählt es mir vielleicht auch *nicht* – eben das befürchte ich!«

»Na, wenn Osmond sich nicht amüsiert – auf seine eigene, alte Weise – dann schmeichele ich mir, werde ich es herausbekommen«, antwortete die Gräfin.

»Das ist mir nicht wichtig«, sagte Henrietta.

»Aber mir, riesig! Wenn Isabel unglücklich ist, tut sie mir sehr leid, aber dann kann ich ihr nicht helfen. Ich könnte ihr etwas sagen, das würde alles noch verschlimmern. Aber etwas Tröstliches hätte ich ihr nicht zu sagen. Warum ist sie hingegangen und hat ihn geheiratet? Hätte sie auf mich gehört, hätte sie ihn abgewimmelt. Aber ich will ihr verzeihen, wenn sie ihm wenig-

stens eingeheizt hat. Wenn sie ihm einfach gestattet, auf ihr herumzutrampeln, weiß ich nicht, ob ich dann grade Mitleid habe. Aber das halte ich für ziemlich ausgeschlossen. Ich rechne damit, wenn sie elend ist, wenigstens auch ihn elend zu finden.«
Henrietta stand auf; dies schienen ihr, verständlicherweise, recht schreckliche Aussichten zu sein. Sie glaubte aufrichtig, daß sie kein Verlangen trug, Mr. Osmond unglücklich zu sehen; er konnte sie tatsächlich nicht sonderlich beschäftigen. Im ganzen war sie von der Gräfin ziemlich enttäuscht, deren Geist sich in kleinerem Kreise bewegte, als sie sich vorgestellt hatte, obwohl auch dort mit einer gewissen Drastik. »Es wäre besser, wenn sie einander liebten«, sagte sie erbaulich.
»Das können sie nicht. Er kann niemand lieben.«
»Das vermute ich. Aber das verschlimmert nur meine Angst um Isabel. Ich werde tatsächlich morgen aufbrechen.«
»Isabel hat gewiß ihre Anhänger«, sagte die Gräfin und lächelte lebhaft. »Ich erkläre, sie braucht mein Mitleid nicht.«
»Es könnte aber sein, daß ich ihr nicht helfen kann«, überlegte Miß Stackpole weiter, als ob es besser sei, sich keinen Illusionen hinzugeben.
»Auf jeden Fall war es aber Ihre Absicht, und das ist doch etwas. Ich glaube, Sie sind einzig deshalb von Amerika herübergekommen«, setzte die Gräfin plötzlich hinzu.
»Ja, ich wollte mich nach ihr umsehen«, sagte Henrietta in aller Unschuld.
Ihre Gastgeberin stand da und lächelte sie mit funkelnden kleinen Augen an; ihre Nase bebte vor Eifer; eine Röte war ihr in beide Wangen gestiegen. »Ah, das ist sehr hübsch – *c'est bien gentil*. Heißt man das nicht Freundschaft?«
»Ich weiß nicht, wie man das heißt. Ich dachte, es sei besser, wenn ich käme.«
»Sie ist sehr glücklich – sie hat großes Glück«, fuhr die Gräfin fort. »Ihr stehen noch andere zur Seite.« Und dann brach sie leidenschaftlich los: »Sie hat mehr Glück als ich! Ich bin ebenso unglücklich wie sie – ich habe einen sehr bösen Mann; er ist sehr viel ärger als Osmond. Und ich habe gar keine Freunde. Ich dachte, ich hätte welche, aber sie sind alle verschwunden. Niemand, weder Mann noch Frau, würden das für mich tun, was Sie für Isabel tun.«
Henrietta war gerührt; die Natur selbst sprach aus diesem bitteren Ausbruch. Einen Augenblick sah sie die andere an und

sprach dann: »Hören Sie zu, Gräfin, ich will Ihnen jeden Wunsch erfüllen. Ich werde auf Sie warten und mit Ihnen zusammen reisen.«

»Ach, schon gut«, sagte die Gräfin, eilig den Ton wechselnd. »Beschreiben Sie mich nur in Ihrer Zeitung!«

Bevor sie ging, fühlte sich Henrietta allerdings verpflichtet, der Gräfin noch begreiflich zu machen, daß sie von ihrer Reise nach Rom unmöglich eine fiktive Schilderung geben konnte. Miß Stackpole war eine Reporterin, die sich strikt an die Wahrheit hielt. Nachdem sie Abschied genommen, schritt sie zum Lung' Arno, dem sonnigen Kai neben dem gelben Fluß, wo die hellgesichtigen Gasthäuser, den Touristen wohlvertraut, alle in einer Reihe liegen. Sie hatte schon früher gelernt, ihren Weg durch die Straßen von Florenz zu finden (sie war sehr fix in diesen Dingen), und war daher durchaus imstande, sehr entschiedenen Schrittes den kleinen Platz, der sich von der Brücke der Dreifaltigkeit ausbreitet, zu verlassen. Sie ging zur Linken weiter zum Ponte Vecchio und hielt vor einem der Hotels an, die diesen entzückenden Bau überblicken. Hier zog sie ein Notizbüchlein hervor, entnahm ihm eine Karte und einen Bleistift, und nachdem sie einen Moment überlegt hatte, schrieb sie ein paar Worte nieder. Ihr über die Schulter zu blicken, gehört zu unseren Privilegien; wenn wir davon Gebrauch machen, lesen wir die kurze Frage: »Könnte ich Sie heute abend einen Augenblick in einer wichtigen Angelegenheit sprechen?« Henrietta setzte hinzu, daß sie anderntags nach Rom abreisen würde. Mit diesem kleinen Dokument bewaffnet, schritt sie auf den Portier zu, der inzwischen seinen Posten am Türeingang bezogen hatte, und fragte, ob Mr. Goodwood zu Hause sei. Der Portier erwiderte, was Portiers immer erwidern, daß dieser Herr vor ungefähr zwanzig Minuten das Haus verlassen habe, woraufhin Henrietta ihre Karte vorwies und ihn bat, ihm diese bei seiner Rückkehr auszuhändigen. Dann verließ sie das Gasthaus und verfolgte ihren Weg am Kai entlang bis zu dem schweren Säulengang der Uffizien, durch den hindurch sie kurz darauf den Eingang zu der berühmten Gemäldegalerie erreichte. Sie trat ein und erklomm die hohe Treppe, die zu den oberen Räumen führt. Der lange Korridor, auf der einen Seite verglast und mit antiken Büsten dekoriert, der zu den einzelnen Gemächern führte, gewährte einen leeren Durchblick, durch den das helle Winterlicht auf den Marmorboden fiel. Die Galerie ist sehr kalt und wird in den Wintertagen nur spärlich besucht. Miß Stackpole wird uns in ihrem Verlangen nach künstlerischer Schönheit viel eifriger erscheinen, als es bisher den Anschein hatte, aber schließlich hatte auch sie ihre Lieblinge unter den Kunstwerken. Zu diesen gehörte der kleine Correggio in der Tribuna – die Jungfrau kniend vor dem heiligen Kind, das auf einem Strohbündel liegt; sie klatscht in die Hände, während das Kleine vor Entzücken lacht und kräht. Henrietta hatte eine besondere Verehrung für diese intime Szene – sie hielt es für das schönste Bild der Welt. Gegenwärtig, auf ihrem Wege von New York nach Rom, hatte sie nur drei Tage Aufenthalt in Florenz, aber sie vergaß nicht, daß diese nicht verstreichen durften, ohne daß sie ihrem geliebten Kunstwerk noch einen Besuch abstattete. Sie hatte in mancher Hinsicht einen großen Schönheitssinn und verknüpfte damit viele geistige Verpflichtungen. Sie wollte gerade in die Tribuna einbiegen, als ein Herr heraustrat; daraufhin stieß sie einen kleinen Schrei aus und stand vor Caspar Goodwood.

»Ich bin gerade in Ihrem Hotel gewesen«, sagte sie. »Ich ließ Ihnen eine Karte da.«

»Eine große Ehre für mich«, antwortete Caspar Goodwood, als ob er es wirklich meinte.

»Ich tat es nicht, um Sie zu ehren; ich habe Sie schon früher aufgesucht, und ich weiß, daß Sie das gar nicht mögen. Ich wollte aber etwas mit Ihnen besprechen.«

Er betrachtete einen Augenblick die Schnalle an ihrem Hut. »Ich freue mich zu erfahren, was Sie zu sagen haben.«

»Sie reden nicht sehr gern mit mir«, sagte Henrietta. »Aber das macht mir nicht viel aus; ich rede ja auch nicht zu Ihrem Vergnügen. Ich schrieb Ihnen ein paar Worte, um Sie zu bitten, mich aufzusuchen; aber wo ich Sie nun einmal treffe, läßt es sich auch hier abmachen.«

»Ich war gerade im Begriff, hinauszugehen«, stellte Goodwood fest, »aber natürlich bleibe ich.« Es klang höflich, aber nicht begeistert.

Aber Henrietta erwartete nie ein großes Bekenntnis, und es war ihr mit ihrem Vorhaben so ernst, daß sie ihm dankbar war, wenn er überhaupt zuhörte. Trotz alledem fragte sie ihn zunächst, ob er alle Bilder gesehen hätte.

»Alle, die ich sehen wollte. Ich bin eine Stunde hier gewesen.«

»Ich möchte nur wissen, ob Sie meinen Correggio gesehen haben«, sagte Henrietta. »Ich kam eigens her, um einen Blick darauf zu werfen.« Sie betrat die Tribuna, und er folgte ihr langsam.

»Ich habe ihn wahrscheinlich gesehen, aber ich wußte nicht, daß er Ihnen gehörte. Ich vergesse Bilder immer – besonders dieser Art.« Sie zeigte ihm ihr Lieblingsstück, und er fragte sie, ob sie sich mit ihm über Correggio unterhalten wolle.

»Nein«, sagte Henrietta, »es handelt sich um etwas weniger Harmonisches!« Sie hatten den kleinen, kostbaren Raum, eine herrliche Schatzkammer, für sich allein; nur noch ein Wächter hockte bei der Venus von Medici. »Ich möchte Sie um einen Gefallen bitten«, fuhr Miß Stackpole fort.

Caspar Goodwood runzelte etwas die Stirn, aber das Gefühl, keinen sonderlichen Eifer an den Tag zu legen, versetzte ihn nicht in Verlegenheit. Sein Gesicht war das eines viel älteren Mannes als unseres früheren Freundes. »Sicher um etwas, was ich nicht mag«, sagte er ziemlich deutlich.

»Ja, ich glaube nicht, daß Sie es gern tun. Sonst wär' es ja kein Gefallen.«

»Na, schießen Sie los«, fuhr er im Ton eines Mannes fort, der sich seiner Geduld wohl bewußt ist.

»Sie mögen sagen, es läge kein besonderer Grund vor, mir einen Gefallen zu tun. Ich wüßte tatsächlich nur einen: nämlich der Umstand, daß ich, wenn Sie mich nur ließen, *Ihnen* gern einen tun würde.« Ihr leiser, genauer Ton, der gar nicht nach einem Eindruck haschte, sprach von großer Aufrichtigkeit, und ihr Begleiter wurde angerührt, obwohl er noch immer eine harte Miene zur Schau trug. Aber er zeigte so etwas selten auf die übliche Weise; weder daß er errötete noch fortblickte oder gar Verlegenheit zeigte. Nur seine Aufmerksamkeit wurde angespannter; er schien mit noch größerer Unbeweglichkeit zuzuhören, so daß Henrietta, ohne ihres Vorteils gewahr zu werden, gleichmütig fortfuhr. »Darum kann ich wohl sagen – es scheint jetzt schon so lange her zu sein –, daß ich, falls ich Sie jemals ärgerte (und mir scheint es fast so), es nur tat, weil ich wußte, daß ich mich auch von Ihnen ärgern lassen würde. Ich habe Sie oft bemüht – zweifellos. Aber ich würde mir auch Ihretwegen Mühe geben.«

Goodwood zögerte. »Sie geben sich jetzt Mühe.«

»Ja, ein bißchen. Ich möchte gern, daß Sie sich Ihre Reise nach Rom zunächst noch überlegen.«

»Ich dachte mir schon, Sie würden etwas Derartiges sagen!« antwortete er ziemlich unbeholfen.
»Dann *haben* Sie es sich also überlegt?«
»Natürlich, sehr genau. Ich habe mir diese Reise von allen Seiten betrachtet. Sonst wäre ich nicht bis hierher gekommen. Deshalb blieb ich ja zwei Monate in Paris. Da überlegte ich mir alles.«
»Ich fürchte nur, Sie entschieden sich ganz nach Ihrem Wunsch. Sie beschlossen, es sei das beste, weil die Attraktion zu groß war.«
»Für wen am besten, meinen Sie?« wollte Goodwood wissen.
»Na, zunächst für Sie. Sodann für Mrs. Osmond.«
»Ach, *sie* hat nichts davon! Das bilde ich mir nicht ein.«
»Hat sie nicht den Schaden davon? Das ist doch die Frage.«
»Ich wüßte nicht, was es ihr ausmachen sollte. Ich bedeute Mrs. Osmond gar nichts. Aber wenn Sie es wissen wollen, so möchte ich sie wiedersehen.«
»Ja, und deshalb reisen Sie hin.«
»Natürlich. Gäbe es einen besseren Grund?«
»Was haben Sie davon – das hätte ich gern gewußt«, sagte Miß Stackpole.
»Das gerade kann ich nicht sagen. Das gerade habe ich mir in Paris überlegt.«
»Es wird Sie nur noch unzufriedener machen.«
»Warum sagen Sie ›noch‹?« fragte Goodwood ziemlich bedrückt. »Woher wissen Sie, daß ich unzufrieden bin?«
»Na«, Henrietta zögerte etwas, »Sie scheinen sich nie für eine andere interessiert zu haben.«
»Woher wissen Sie, was mich interessiert?« rief er und errötete heftig. »Gegenwärtig interessiere ich mich für meine Reise nach Rom.«
Henrietta sah ihn schweigend an, mit einem traurigen, aber klaren Ausdruck. »Na«, bemerkte sie schließlich, »ich wollte Ihnen nur meine Bedenken mitteilen; es bedrückt mich. Sie denken natürlich, es ginge mich nichts an. Aber nach dem Prinzip geht einen nie etwas an.«
»Sie meinen es gut; ich danke Ihnen für Ihre Teilnahme«, sagte Caspar Goodwood. »Ich werde nach Rom fahren und Mrs. Osmond nicht weh tun.«
»Vielleicht tun Sie ihr gar nicht weh. Aber werden Sie ihr helfen? – Darum dreht es sich.«

»Braucht sie denn Hilfe?« fragte er langsam, mit durchdringendem Blick.

»Die meisten Frauen brauchen Hilfe«, sagte Henrietta, bewußt ausweichend; ihre Verallgemeinerung war weniger optimistisch gefärbt als sonst. »Wenn Sie nach Rom fahren«, setzte sie hinzu, »dann werden Sie hoffentlich als ein treuer und nicht als ein eigennütziger Freund auftreten.« Und sie wandte sich ab, um sich die Bilder zu betrachten.

Caspar Goodwood ließ sie gehen; er stand und sah ihr nach, wie sie in dem Raum umherging; aber kurz danach gesellte er sich wieder zu ihr. »Sie müssen hier etwas in Erfahrung gebracht haben«, fuhr er fort. »Ich wüßte gern, was das wäre.«

Henrietta hatte nie in ihrem Leben Ausflüchte gebraucht, und wenn es auch bei dieser Gelegenheit ganz angemessen gewesen wäre, so beschloß sie doch, nach minutenlangem Grübeln, auch diesmal keine Ausnahme zu machen. »Ja, ich habe etwas gehört«, antwortete sie; »aber da ich nicht möchte, daß Sie nach Rom fahren, sage ich es Ihnen nicht.«

»Ganz wie Sie wollen. Ich werde mich selbst überzeugen«, sagte er. Dann setzte er, für seine Verhältnisse sehr inkonsequent, hinzu: »Sie haben gehört, sie ist unglücklich.«

»Oh, das werden Sie nicht feststellen!« rief Henrietta.

»Hoffentlich nicht. Wann fahren Sie ab?«

»Morgen mit dem Abendzug. Und Sie?«

Goodwood verbarg seine Unlust nicht; er trug kein Verlangen, die Reise in Miß Stackpoles Gesellschaft zu machen. Seine Abneigung gegenüber diesem Vorrecht war nicht von der gleichen Art wie Gilbert Osmonds, aber sie war in diesem Moment von der gleichen Deutlichkeit. Sie war mehr ein Tribut an Miß Stackpoles Tugenden als an ihre Fehler. Er fand sie bemerkenswert und geistsprühend; theoretisch hatte er gegen die Klasse, der sie angehörte, nichts einzuwenden. Weibliche Korrespondenten schienen ihm in dem natürlichen Plan der Dinge in einem fortgeschrittenen Lande durchaus ihren Platz zu haben, und wenn er auch ihre Berichte nie las, so glaubte er doch, daß sie zur Entwicklung des sozialen Wohlstandes ihr Teil beitrugen. Aber gerade diese Bedeutung ihrer Stellung war ihm ein Grund, daß er wünschte, Miß Stackpole möge nicht immer so viel voraussetzen. Sie setzte voraus, daß er stets bereit war, auf Mrs. Osmond anzuspielen; das hatte sie sechs Wochen nach seiner Ankunft in Europa in Paris getan und diese Voraussetzung bei jeder sich bietenden Gelegenheit wiederholt. Er hatte nicht die geringste Lust, andauernd von Mrs. Osmond zu sprechen; er dachte *nicht* unausgesetzt an sie; dessen war er ganz sicher. Er war ein höchst zurückhaltender, ungesprächiger Mann, und diese redselige Autorin tat nichts anderes, als beständig mit ihrer Laterne in die ruhige Dunkelheit seiner Seele zu leuchten. Er wünschte, sie wäre nicht so geflissentlich bemüht; er wünschte sogar, mochte das auch ziemlich brutal wirken, sie solle ihn in Ruhe lassen. Aber trotz alledem stellte er noch andere Betrachtungen an – die klar beweisen, wie weit sich letzten Endes seine Mißstimmung von der Gilbert Osmonds unterschied. Er wollte sofort nach Rom aufbrechen; er hätte gern noch den Nachtzug, allein, genommen. Die europäischen Eisenbahnwagen waren ihm verhaßt, stundenlang saß man darin wie in einem Schraubstock, Knie an Knie und Nase an Nase mit einem Ausländer, zu dem man sofort in Widerspruch geriet, der um so heftiger wurde, je dringender man das Fenster zu öffnen verlangte. Und wenn sie bei Nacht noch schlimmer waren als bei Tag, so konnte man bei Nacht doch wenigstens schlafen und von einem amerikanischen Salonwagen träumen. Aber er konnte nicht den Nachtzug benutzen, wenn Miß Stackpole am Morgen abfuhr; das wäre ihm wie eine Kränkung einer schutzlosen Frau vorgekommen. Ebensowenig konnte er bis nach ihrer Abreise warten. Soviel Geduld hatte er nicht. Am nächsten Tage zu reisen, paßte ihm gar nicht. Sie machte ihm nur Ungelegenheiten, sie bedrängte ihn; der Gedanke, mit ihr einen Tag in einem europäischen Eisenbahnabteil zubringen zu müssen, stürzte ihn in die allergrößte Verwirrung. Dennoch, sie war eine allein reisende Dame; es war seine Pflicht, sich für sie einzusetzen. Da gab es keine Frage; es war eine vollkommen klare Forderung. Einige Augenblicke sah er sehr ernst vor sich hin und sagte dann ohne die geringste Galanterie, aber deutlichen Tones: »Wenn Sie morgen fahren, begleite ich Sie natürlich, um Ihnen behilflich zu sein.«

»Na, Mr. Goodwood, das wollte ich meinen!« entgegnete Henrietta unerschütterlich.

XLV

Wir hatten bereits allen Grund zu der Behauptung, daß Isabel genau wußte, daß ihr Mann an Ralphs anhaltendem Aufenthalt in Rom Anstoß nahm. Dieses Bewußtsein war ihr sehr gegenwärtig, als sie am Tage darauf, nachdem sie Lord Warburton aufgefordert hatte, einen sichtbaren Beweis für die Aufrichtigkeit seiner Absichten abzugeben, sich zu dem Hotel ihres Vetters begab; und wie schon in anderen Augenblicken, besaß sie auch jetzt genügend Einsicht in den Ursprung von Osmonds Widerstand. Er mißgönnte ihr die freie Meinung und wußte nur allzugut, daß Ralph ein Apostel der Freiheit war. Gerade deshalb, sagte sich Isabel, war es ja eine solche Erfrischung, ihn zu besuchen. Wir konstatieren also, daß sie von dieser Erfrischung auch trotz der Mißbilligung ihres Mannes kostete, aber, wie sie sich schmeichelte, tat sie es auf sehr diskrete Weise. Sie hatte es bis jetzt noch nicht unternommen, seinen Wünschen direkt zuwider zu handeln; er war ihr bestellter und verbriefter Herr; zeitweise starrte sie mit einer Art ungläubiger Bestürzung auf diese Tatsache. Sie lastete jedoch auf ihrem Gemüt; die traditionellen Anstands- und Heiligkeitsvorstellungen der Ehe waren ihrem Geist beständig gegenwärtig. Der Gedanke, sie verletzen zu können, erfüllte sie mit Scham und ebenso mit Entsetzen, denn als sie sich an ihn vergab, hatte sie im vollkommenen Glauben, die Absichten ihres Mannes seien so großmütig wie ihre eigenen, diese Zufälligkeiten völlig aus dem Auge verloren. Dessenungeachtet schien sie aber den Tag sich reißend nahen zu sehen, an dem sie etwas von dem, was sie damals feierlich übereignete, zurückzunehmen hätte. Eine solche Maßnahme war entsetzlich und abstoßend; inzwischen versuchte sie noch, davor die Augen zu schließen. Osmond würde keinen Finger rühren, um ihr dabei zu helfen, indem er den Anfang machte; diese Last würde er ihr bis zum Ende aufbürden. Er hatte ihr bis jetzt die Besuche bei Ralph nicht formell verboten; aber sie war ganz sicher, daß dieses Verbot, falls Ralph nicht sehr bald abreiste, ergehen würde. Wie konnte der arme Ralph denn abreisen? Das Wetter machte es noch unmöglich. Sie konnte den Wunsch ihres Mannes darin ganz gut verstehen; sie wußte nicht, um gerecht zu sein, wie er diese Besuche bei ihrem Vetter billigen *sollte*. Ralph sprach zwar nie ein Wort gegen ihn, aber Osmonds grollender, stummer Protest war trotzdem wohlbe-

gründet. Wenn er sich stärker dagegen stemmte und seine Autorität geltend machte, mußte sie sich entscheiden, und das würde dann nicht leicht sein. Diese Aussicht beschleunigte ihren Herzschlag und ließ ihre Wangen, wie gesagt, schon im voraus brennen; zuweilen ging sie in ihrem Bestreben, einen offenen Bruch zu vermeiden, schon so weit, daß sie sich bei dem Wunsch ertappte, Ralph möge seine Reise doch riskieren. Und es hatte dann keinen Zweck, wenn sie sich in diesem Gemütszustand einen wankelmütigen Feigling schalt. Es war nicht, daß sie Ralph auf einmal weniger lieb hatte, sondern, daß ihr alles andere erträglicher schien, als den ernstesten Akt – den einzig heiligen Akt – ihres Lebens zu widerrufen. Damit schien sie sich die ganze Zukunft zu verderben. Einmal mit Osmond brechen, bedeutete einen Bruch für immer; jede offene Anerkennung unvereinbarer Gegensätze würde zu einem Eingeständnis, daß ihr gemeinsamer Versuch fehlgeschlagen war. Für sie beide konnte es keine Verzeihung, keinen Kompromiß, kein leichtes Vergessen, keine förmliche Wiedereinsetzung geben. Sie hatten nur dieses *eine* versucht, aber dieses *eine* sollte köstlich sein. Wenn es ihnen einmal mißlungen war, konnte nichts anderes mehr genügen; für den einen Erfolg ließ sich kein Ersatz bereitstellen. Im Augenblick ging Isabel ins Hotel de Paris, sooft sie es für richtig hielt; das Maß der Schicklichkeit unterlag dabei dem Gesetz ihres Geschmacks; es gab keinen besseren Beweis für die These, daß die Moral sozusagen eine Sache der ernsten Billigung ist. Isabel war heute mit der Anwendung dieses Maßes besonders frei verfahren, denn außer der grundsätzlichen Erkenntnis, daß sie Ralph nicht allein sterben lassen konnte, hatte sie ihn heute etwas Wichtiges zu fragen. Und das war nun tatsächlich Gilberts Angelegenheit so sehr als die ihre.
Sie kam alsbald auf das zu sprechen, was ihr am Herzen lag. »Ich möchte, daß du mir eine Frage beantwortest. Es handelt sich um Lord Warburton.«
»Ich glaube, ich kann deine Frage erraten«, antwortete Ralph von seinem Lehnstuhl her, aus welchem seine dünnen Beine länger als je hervorragten.
»Schon möglich, daß du sie errätst. Also bitte, beantworte sie.«
»Oh, ich habe nicht gesagt, daß ich das kann.«
»Du stehst ihm doch sehr nahe«, sagte sie. »Du hast ihn immer vor Augen.«
»Sehr richtig. Aber bedenke, wie er sich verstellen muß.«

»Warum sollte er sich verstellen? Das liegt nicht in seiner Natur.«
»Ach, du mußt nicht vergessen, daß die Umstände sehr eigenartig sind«, sagte Ralph mit der Miene eines Menschen, der sich insgeheim vergnügt.
»Bis zu einem gewissen Grade – ja. Aber ist er wirklich verliebt.«
»Ich glaube sehr. Das kann ich feststellen.«
»Aha!« sagte Isabel mit einer gewissen Trockenheit.
Ralph sah sie an, als ob seine milde Heiterkeit an ein Geheimnis rührte. »Das klingt, als ob du enttäuscht seiest.«
Isabel erhob sich, ihre Handschuhe langsam glattstreichend und sie nachdenklich betrachtend. »Schließlich geht es mich ja nichts an.«
»Du bist sehr philosophisch«, sagte ihr Vetter. Und dann im selben Moment: »Darf ich fragen, wovon du eigentlich redest?«
Isabel starrte ihn an. »Ich dachte, das wüßtest du. Lord Warburton sagte mir, daß er ausgerechnet Pansy zu heiraten wünscht. Ich habe dir das schon früher erzählt, ohne einen Kommentar aus dir herauszulocken. Heute morgen, finde ich, könntest du einen wagen. Glaubst du wirklich, daß er sie liebt?«
»Pansy? O nein!« rief Ralph sehr nachdrücklich.
»Aber du sagtest doch gerade, er liebe sie!«
Ralph wartete einen Augenblick. »Daß er dich liebt, Mrs. Osmond.«
Isabel schüttelte ernst den Kopf. »Ach, weißt du, das ist doch Unsinn.«
»Natürlich. Aber der Unsinn stammt von Warburton, nicht von mir.«
»Das wäre sehr ärgerlich.« Sie sprach, wie sie sich schmeichelte, mit viel Vorbedacht.
»Ich muß dir natürlich sagen«, fuhr Ralph fort, »daß er es vor mir geleugnet hat.«
»Sehr nett von euch, daß ihr das miteinander besprecht! Hat er dir auch erzählt, daß er Pansy liebt?«
»Er hat sehr gut von ihr gesprochen – mit allem Anstand. Er hat mir natürlich mitgeteilt, daß er glaubt, sie würde sich in Lockleigh sehr hübsch ausnehmen.«
»Glaubt er das wirklich?«
»Ach, was Warburton wirklich glaubt –!« sagte Ralph.
Isabel begann aufs neue ihre Handschuhe zu glätten; es waren lange, weiche Handschuhe, an denen sie sich nach Herzenslust auslassen konnte. Bald jedoch sah sie auf: »O Ralph, du bist mir keine Hilfe!« rief sie auf einmal leidenschaftlich.

Es war das erstemal, daß sie ihre Hilfsbedürftigkeit eingestand, und ihre Worte erschütterten ihren Vetter durch ihre Heftigkeit. Er stieß einen langen Seufzer der Erleichterung, des Mitleids, der Zärtlichkeit aus, ihm schien, daß sich die Kluft zwischen ihnen endlich überbrücken ließ. Das veranlaßte ihn sogleich zu dem Ausruf: »Wie unglücklich mußt du sein!«
Er hatte noch kaum gesprochen, als sie ihre Selbstbeherrschung wiederfand und sogleich nutzte, um so zu tun, als habe sie ihn nicht gehört. »Wenn ich davon rede, daß du mir helfen sollst, rede ich natürlich großen Unsinn«, sagte sie mit einem raschen Lächeln. »Was für ein Gedanke, dich mit meinen häuslichen Nöten zu behelligen! Die Sache ist ganz einfach; Lord Warburton muß sehen, wo er bleibt. Ich kann ihn unmöglich durchschauen.«
»Er müßte leicht Erfolg haben«, sagte Ralph.
Isabel widersprach. »Ja – aber er hat nicht immer Erfolg gehabt.«
»Sehr richtig. Aber du weißt ja, das hat mich immer überrascht. Wäre Miß Osmond imstande, uns auch eine Überraschung zu bereiten?«
»Diesmal wird die Überraschung mehr von ihm ausgehen. Mir scheint jetzt beinahe, er wird die Sache fallenlassen.«
»Er wird nichts Ungehöriges tun«, sagte Ralph.
»Davon bin ich überzeugt. Nichts kann für ihn ehrenhafter sein, als das arme Kind in Ruhe zu lassen. Sie liebt jemand anders, und es ist grausam, wenn man sie durch prächtige Angebote zu bestechen sucht, den anderen aufzugeben.«
»Grausam vielleicht gegen den anderen – gegen den, den sie liebt. Aber darauf braucht Warburton keine Rücksicht zu nehmen.«
»Nein, grausam gegen sie«, sagte Isabel. »Sie wäre sehr unglücklich, wenn sie sich dazu bereden ließe, den armen Mr. Rosier zu verlassen. Der Gedanke scheint dich zu amüsieren; du bist natürlich nicht in ihn verliebt. Aber er hat in Pansys Augen das große Verdienst – eben Pansy zu lieben. Daß Lord Warburton das nicht tut, kann sie auf den ersten Blick sehen.«
»Er würde sehr gut zu ihr sein«, sagte Ralph.
»Er ist bereits sehr gut zu ihr gewesen. Und glücklicherweise hat er noch kein Wort zu ihr gesagt, das sie beunruhigen könnte. Er könnte morgen kommen und ihr Lebewohl sagen, ohne im geringsten den Anstand verletzt zu haben.«
»Wie würde das deinem Gemahl gefallen?«

»Gar nicht; vielleicht mit gutem Recht. Seine Genugtuung muß er sich freilich selbst verschaffen.«
»Hatte er dich damit beauftragt?« Ralph riskierte die Frage.
»Es war nur natürlich, daß ich durch meine alte Freundschaft zu Lord Warburton – ich meine älter als Gilberts – ein Interesse an seinen Absichten hatte.«
»Ein Interesse, daß er sie aufgab, meinst du?«
Isabel zögerte; sie runzelte leicht die Stirne. »Damit ich dich recht verstehe: plädierst du eigentlich für ihn?«
»Nicht im mindesten. Ich bin sehr froh, wenn er nicht deine Stieftochter zur Frau nimmt. Das gibt so eine verquere Beziehung zu dir!« sagte Ralph und lächelte. »Aber es macht mich etwas nervös, daß dein Mann vielleicht denken sollte, daß du ihn nicht genug geschubst hast.«
Isabel fand die Kraft, so wie er zu lächeln. »Er kennt mich gut genug, um zu wissen, daß ich niemand schubse. Ich nehme an, auch er hat nicht die Absicht zu schubsen. Ich habe also keine Angst, daß ich mich nicht rechtfertigen könnte!« sagte sie leichthin.
Ihre Maske war einen Augenblick gefallen, aber zu Ralphs unaussprechlicher Enttäuschung hatte sie sie sogleich wieder umgelegt. Er hatte nur einen Schimmer ihres natürlichen Gesichtes erhascht, dabei wünschte er so dringend, es zu betrachten. Er spürte ein fast wildes Verlangen, eine Klage von ihr über ihren Mann zu hören – sie sagen zu hören, daß sie wegen Lord Warburtons Verhalten zur Rechenschaft gezogen würde. Ralph war überzeugt, daß ihre Situation so war; instinktiv wußte er im voraus, in welcher Form sich in solchem Fall Osmonds Mißvergnügen äußern würde. Es konnte nur die gemeinste und grausamste sein. Er hätte Isabel gern davor gewarnt – er hätte sie gern wissen lassen, wie er ihre Lage beurteilte und erkannte. Dabei spielte es keine Rolle, daß Isabel das alles viel besser wußte; mehr zu seiner als zu ihrer Befriedigung sehnte er sich danach, ihr zeigen zu können, daß er sich nicht täuschen ließ. Er hatte wieder und wieder versucht, sie zu einem Verrat an Osmond zu bewegen; er kam sich kaltblütig, grausam, ja beinahe ehrlos dabei vor. Aber das fiel kaum ins Gewicht, denn es gelang ihm nie. Aber warum kam sie dann überhaupt, und warum schien sie ihm fast eine Gelegenheit zu bieten, ihre schweigende Übereinkunft zu durchbrechen? Warum bat sie ihn um Rat, wenn sie ihm nicht die Freiheit zu einer Antwort einräumte?

Wie konnten sie von ihren häuslichen Nöten sprechen, wenn deren Hauptfaktor nicht erwähnt werden durfte? Diese Widersprüche waren schon an sich ein Zeichen ihrer Mißhelligkeiten; aber ihr Schrei um Hilfe, gerade eben, war das einzige, was er in Betracht ziehen mußte. »Ihr werdet euch aber trotzdem entschieden entzweien«, sagte er gleich darauf. Und als sie nicht antwortete, nur aussah, als ob sie ihn nicht verstand, fuhr er fort: »Ihr werdet sehr verschiedener Ansicht sein.«
»Das kann auch bei der größten Einigkeit leicht geschehen!« Sie nahm ihren Schirm; er sah, sie war nervös und fürchtete, er könnte noch mehr sagen. »Aber über diese Sache werden wir uns kaum streiten«, setzte sie hinzu; »denn das Interesse liegt ja eigentlich nur auf seiner Seite. Und das ist ganz natürlich. Pansy ist schließlich seine Tochter – nicht meine.« Und sie streckte ihre Hand aus, um ihm Lebewohl zu sagen.
Ralph gelobte sich im Innern, daß sie ihn nicht verlassen sollte, ohne zu erfahren, daß er alles wußte: diese Gelegenheit war zu günstig, um sie sich entgehen zu lassen. »Weißt du auch, was sein Interesse ihm eingeben wird?« fragte er, als er ihre Hand nahm. Sie schüttelte den Kopf, ziemlich ungerührt – nicht entmutigend –, so daß er fortfuhr: »Er wird daraufhin behaupten, daß dein mangelnder Eifer aus Eifersucht herrührt.« Er stockte; ihr Gesicht machte ihm Angst.
»Aus Eifersucht?«
»Aus Eifersucht auf seine Tochter.«
Sie errötete tief und warf den Kopf zurück. »Du bist nicht sehr freundlich«, sagte sie mit einer Stimme, die er nie zuvor an ihr gehört hatte.
»Sei offen zu mir, dann wirst du es sehen«, antwortete er.
Aber sie gab keine Antwort; sie entzog ihm nur ihre Hand, die er noch immer festzuhalten suchte, und verließ eilig das Zimmer. Sie entschloß sich daraufhin, mit Pansy zu reden, und noch am selben Tag fand sie eine Gelegenheit und begab sich vor dem Abendessen in das Zimmer des jungen Mädchens. Pansy hatte sich bereits umgezogen; sie war der Zeit immer voraus, wodurch sie ihre reizende Geduld und die anmutige Ruhe, mit welcher sie stillsitzen und warten konnte, nicht besser illustrieren konnte. Gegenwärtig saß sie, frisch hergerichtet, vor ihrem Schlafzimmerfeuer; sie hatte nach vollendeter Toilette ihre Kerzen ausgeblasen, den sparsamen Gewohnheiten folgend, nach denen sie erzogen war, und die sie jetzt noch strenger als früher

befolgte; so wurde das Zimmer nur durch ein paar brennende Holzscheite beleuchtet. Die Zimmer im Palazzo Roccanera waren ebenso geräumig wie zahlreich, und Pansys jungfräuliches Gemach war ein riesiger Raum mit einer dunklen Decke aus mächtigen Balken. Seine winzige Herrin wirkte in seiner Mitte nur wie ein menschliches Pünktchen, und als sie sich in rascher Ehrerbietung erhob, um Isabel willkommen zu heißen, fiel dieser ihr scheuer Ernst mehr als früher auf. Isabel hatte sich eine schwere Aufgabe vorgenommen – das einzige war, sie so schlicht wie möglich zu erfüllen. Sie fühlte Bitterkeit und Ärger, aber sie warnte sich selbst, ihre Erregung nicht zu verraten. Sie fürchtete schon, zu ernst oder doch zu streng auszusehen; sie wollte keine Unruhe verursachen. Aber Pansy schien erraten zu haben, daß sie mehr oder weniger als ein Beichtvater kam; denn nachdem sie den Stuhl, in dem sie gesessen, ein wenig näher ans Feuer gerückt und Isabel darin Platz genommen hatte, kniete sie auf einem Kissen vor ihr nieder und ließ, zu ihr hinaufblickend, die gefalteten Hände auf den Knien ihrer Stiefmutter ruhen. Was Isabel wünschte, war, von ihren eigenen Lippen zu hören, daß sich ihr Herz nicht mit Lord Warburton beschäftigte; aber wenn es sie nach dieser Versicherung verlangte, so fühlte sie sich doch keineswegs berechtigt, sie dem jungen Mädchen so ohne weiteres zu entlocken. Pansys Vater würde dies als glatten Verrat betrachten, und tatsachlich wußte Isabel ja, daß es, wenn Pansy die kleinste Neigung zu einer Ermutigung Lord Warburtons zeigte, ihre Pflicht sein würde, den Mund zu halten. Es war sehr schwer, eine Frage zu stellen, ohne den Anschein zu erwecken, etwas vorzuschlagen. Pansys übergroße Einfachheit, eine Unschuld, fast noch vollständiger als Isabel bisher gedacht hatte, verlieh der leisesten Erkundigung etwas von dem Wesen einer Ermahnung. Während sie da in dem flackernden Feuerschein kniete, erschien sie Isabel mit ihrem hübschen, leicht schimmernden Kleid, mit den halb flehend, halb ergeben gefalteten Händen, den sanften, aufgeschlagenen Augen, die den Ernst der Situation widerspiegelten, wie eine kindliche Märtyrerin, zum Opfer hergerichtet und kaum annehmend, daß noch eine Hoffnung auf ihre Errettung bestand. Als Isabel sagte, daß sie bisher noch nie mit ihr davon gesprochen hätte, was für eine künftige Heirat zu bedenken sei, daß ihr Schweigen aber nicht auf Gleichgültigkeit oder Unwissenheit, sondern nur auf den Wunsch zurückging, ihre Freiheit nicht anzutasten, da beugte sich Pansy vor, schob ihr Gesichtchen näher heran und antwortete mit einem kleinen Seufzer, der augenscheinlich eine tiefe Sehnsucht ausdrückte, daß sie schon sehr gewünscht habe, Isabel würde sprechen, und daß sie ihr doch jetzt raten möchte.

»Es ist sehr schwierig für mich, dir zu raten«, entgegnete Isabel. »Ich weiß nicht, wie ich es anfangen soll. Das ist Sache deines Vaters; seinen Rat mußt du einholen und vor allem danach handeln.«

Hierauf schlug Pansy die Augen nieder; einen Augenblick sprach sie nichts. »Ich glaube, dein Rat ist mir lieber als Papas«, sagte sie dann.

»Das ist aber nicht recht«, sagte Isabel kalt. »Ich habe dich sehr lieb, aber dein Vater liebt dich mehr.«

»Es ist nicht, weil du mich liebst – es ist, weil du eine Frau bist«, antwortete Pansy mit der Miene eines Menschen, der sehr vernünftig spricht. »Eine Frau kann ein junges Mädchen besser beraten als ein Mann.«

»Dann rate ich dir also, die Wünsche deines Vaters genau zu beachten.«

»O ja«, sagte die Kleine eifrig, »das muß ich ja.«

»Aber wenn ich jetzt mit dir vom Heiraten spreche, geht es mir nicht um dich, sondern um mich«, fuhr Isabel fort. »Wenn ich jetzt versuche, von dir zu erfahren, was du erwartest, was du dir wünschst, dann tu' ich es nur, um danach zu handeln.«

Pansy starrte sie an und fragte dann rasch: »Willst du alles tun, was ich möchte?«

»Ehe ich ja sage, muß ich erst wissen, was du dir wünschst.«

Daraufhin erzählte ihr Pansy, daß sie sich als einziges auf Erden wünsche, Mr. Rosier zu heiraten. Er habe sie gefragt, und sie habe ihm gesagt, sie wolle es tun, wenn ihr Papa es erlaube. Jetzt aber erlaube Papa es nicht.

»Na gut, dann ist es eben unmöglich«, betonte Isabel.

»Ja, dann ist es unmöglich«, sagte Pansy ohne Seufzer und mit unverändert gespannter Aufmerksamkeit in ihrem klaren Gesichtchen.

»Dann mußt du an jemand anders denken«, fuhr Isabel fort; aber jetzt seufzte Pansy und sagte, daß sie diese lobenswerte Absicht schon oft geübt habe, aber ohne den geringsten Erfolg.

»Man denkt an die, die auch an uns denken«, sagte sie mit einem schwachen Lächeln. »Ich weiß, daß Mr. Rosier an mich denkt.«

»Das sollte er nicht«, sagte Isabel von oben herab. »Dein Vater hat es ihm ausdrücklich untersagt.«
»Er kann ja nichts dafür, er weiß eben, daß ich an *ihn* denke.«
»Dann müßtest du es lassen. Für ihn gibt es vielleicht noch eine Entschuldigung, aber nicht für dich!«
»Ich wollte, du würdest mir eine suchen«, rief das Mädchen, als ob es zur Madonna betete.
»Das zu versuchen, würde mir sehr leid tun«, sagte die Madonna mit ungewöhnlicher Kälte. »Wenn du wüßtest, daß jemand anders an dich denkt, würdest du dann auch an ihn denken?«
»Niemand kann so an mich denken wie Mr. Rosier; niemand sonst hat das Recht dazu!«
»Ah, aber ich bestreite Mr. Rosiers Rechte«, rief Isabel heuchlerisch.
Pansy sah ihr nur ins Gesicht, augenscheinlich ganz ratlos; und Isabel, dies gewahr werdend, begann ihr die schrecklichen Folgen eines Ungehorsams gegen ihren Vater auszumalen. Aber da unterbrach sie Pansy mit der Versicherung, daß sie nie ungehorsam sein wolle und nie ohne seine Zustimmung heiraten werde. Und sie erklärte im heitersten, einfachsten Ton, daß sie, wenn sie ihn vielleicht auch nie heiraten werde, niemals aufhören wolle, an Mr. Rosier zu denken. Sie schien sich mit dem Gedanken ewigen Ledigbleibens völlig abgefunden zu haben, von dessen Bedeutung, wie Isabel natürlich berechtigterweise einwenden konnte, sie allerdings kaum eine Vorstellung hatte. Sie war vollkommen aufrichtig; sie war darauf gefaßt, ihren Liebsten aufzugeben. Dies schien der erste wichtige Schritt zu sein, dem der nächste folgen konnte. Aber bei Pansy schien es offensichtlich bei dem ersten sein Bewenden zu haben. Sie empfand keine Bitterkeit gegen ihren Vater; in ihrem Herzen gab es keine Bitterkeit; dort blühte nur die holde Treue zu Edward Rosier und ein seltsamer, köstlicher Wahn, daß sie diese noch besser bewies, indem sie ledig blieb, als wenn sie ihn heiratete.
»Deinem Vater wäre es lieber, wenn du eine bessere Heirat eingingest«, sagte Isabel. »Mr. Rosiers Vermögen ist nicht sehr groß.«
»Inwiefern meinst du: besser – wenn sie vollauf genügt? Ich habe selbst so wenig Geld, warum soll ich nach einem Vermögen trachten?«
»Daß du so wenig hast, ist ein Grund, auf mehr zu achten.«
Jetzt war Isabel dankbar für die Dunkelheit im Zimmer; ihr war,

als könne man ihr die Unaufrichtigkeit vom Gesicht ablesen. Das also tat sie für Osmond; das also hatte man für Osmond zu tun! Pansys feierliche Augen, die ihren suchend, setzten sie fast in Verlegenheit; sie schämte sich, mit der Zuneigung des Mädchens ein so leichtes Spiel zu treiben.

»Was findest du, soll ich tun?« fragte ihr Gegenüber leise.

Diese Frage war schrecklich, und Isabel nahm ihre Zuflucht zu unklaren Ausflüchten. »An all die Freude zu denken, die du deinem Vater nur irgend machen kannst.«

»Jemand anders zu heiraten, meinst du – wenn er um mich anhält?«

Einen Augenblick ließ Isabels Antwort auf sich warten; dann klang sie in der Stille, die Pansys Aufmerksamkeit zu verbreiten schien: »Ja – jemand anders zu heiraten.«

Die Augen der Kleinen wurden immer durchdringender; Isabel glaubte, daß sie ihre Aufrichtigkeit bezweifelte, und dieser Eindruck gewann an Kraft, als Pansy sich langsam von ihrem Kissen erhob; sie stand einen Augenblick mit hängenden Armen vor ihr und stieß zitternd hervor: »Ach, hoffentlich hält niemand um mich an!«

»Es ist schon die Rede davon gewesen. Jemand anders war schon bereit, dich zu fragen.«

»Ich glaube nicht, daß er bereit gewesen ist.«

»Das scheint nur so – er ist es, wenn er genau weiß, daß er Erfolg hat.«

»Wenn er genau weiß? – Dann war er nicht bereit.«

Isabel fand dies reichlich spitzfindig. Auch sie erhob sich und blieb vor dem Feuer stehen. »Lord Warburton war sehr aufmerksam gegen dich«, sagte sie abschließend; »du weißt natürlich, daß ich von ihm spreche.« Gegen alle Erwartung fand sie sich beinahe in die Lage versetzt, sich rechtfertigen zu müssen, was sie veranlaßte, diesen Edelmann viel gröber einzuführen, als sie beabsichtigt hatte.

»Er war sehr gütig zu mir, und ich habe ihn sehr gern. Aber wenn du meinst, daß er um mich anhalten wird, dann irrst du dich.«

»Vielleicht. Aber dein Vater würde größten Wert darauf legen.«

Pansy schüttelte mit einem weisen kleinen Lächeln den Kopf. »Lord Warburton macht mir keinen Antrag, nur um Papa einen Gefallen zu tun.«

»Dein Vater sähe es sehr gern, wenn du ihn ermutigst«, fuhr Isabel mechanisch fort.

»Wie kann ich ihn ermutigen?«

»Das weiß ich auch nicht. Da mußt du deinen Vater fragen.«
Pansy schwieg; sie lächelte noch immer, als sei sie im Besitz einer hellen Gewißheit. »Dann ist keine Gefahr – gar keine!« erklärte sie schließlich.
Es lag so viel Überzeugung in der Art, wie sie dies sagte, und so viel Glückseligkeit in der Art, wie sie es glaubte, daß es Isabel immer peinlicher wurde. Ihr war, als beschuldige man sie einer Unaufrichtigkeit, und diese Vorstellung verfolgte sie. Um ihre Selbstachtung wiederherzustellen, war sie drauf und dran zu versichern, daß Lord Warburton ihr mitgeteilt habe, daß doch eine Gefahr bestehe. Aber sie unterließ es, sie sagte nur – in ihrer Verlegenheit ziemlich weit am Ziel vorbeischießend –, daß er sicherlich sehr gütig und sehr nett gewesen sei.
»Ja, er war sehr nett«, antwortete Pansy. »Darum gefällt er mir ja auch.«
»Warum ist dann die Schwierigkeit so groß?«
»Ich hatte immer das sichere Gefühl, daß er weiß, daß ich ihn nicht – was sagst du, was ich tun sollte? – ermutigen, daß ich ihn nicht ermutigen möchte. Er weiß, daß ich ihn nicht heiraten will, und deshalb will er, daß ich weiß, er wird mich in Ruhe lassen. Das ist der Sinn seiner Freundlichkeit. Er will mir gleichsam sagen: ›Ich habe dich sehr gern, aber wenn du es nicht hören willst, sage ich es nicht.‹ Ich finde das sehr nett und sehr edel«, fuhr Pansy mit steigender Zuversicht fort. »Das ist alles, was wir zueinander sagten. Und er macht sich auch nichts aus mir. O nein, da ist gar keine Gefahr.«
Isabel wurde von Verwunderung ergriffen über die Tiefe der Einsicht, deren dieses demütige junge Wesen fähig war; sie fürchtete sich vor Pansys Weisheit – sie begann fast davor zurückzuschrecken. »Das mußt du deinem Vater sagen«, bemerkte sie sehr reserviert.
»Ich glaube, das lasse ich lieber«, antwortete Pansy sehr unreserviert.
»Du darfst aber nicht zulassen, daß er sich falsche Hoffnungen macht.«
»Vielleicht nicht; aber für mich ist es nur gut, wenn er das tut. Solange er glaubt, daß Lord Warburton etwas von dem, was du sagst, beabsichtige, wird Papa niemand anders vorschlagen. Und das ist für mich ein sehr großer Vorteil«, sagte die Kleine mit großer Klarheit.
In dieser Klarheit lag ein solcher Glanz, daß die Ältere tief auf-

atmete. Damit war ihr eine große Verantwortung abgenommen. Pansy war sich über sich selbst genügend im klaren, und Isabel wußte, daß sie selbst zur Zeit aus ihrem schmalen Vorrat kein Licht erübrigen konnte. Aber trotz allem war sie noch immer davon durchdrungen, daß sie Osmond gegenüber zur Treue verpflichtet und daß es für sie Ehrensache war, mit seiner Tochter ins reine zu kommen. Unter der Einwirkung dieses Gefühls warf sie, bevor sie sich zurückzog, noch einen Vorschlag hin – einen Vorschlag, mit welchem sie ihr Äußerstes getan zu haben glaubte. »Dein Vater hält es zum mindesten für ausgemacht, daß du gern einen Aristokraten heiratest.«

Pansy stand im offenen Türrahmen; sie hatte den Vorhang zurückgeschlagen, damit Isabel hindurchschreiten konnte. »Ich finde, daß Mr. Rosier sehr aristokratisch aussieht!« sagte sie tiefernst.

XLVI

Lord Warburton hatte sich schon einige Tage nicht in Mrs. Osmonds Salon sehen lassen, und Isabel kam nicht um die Feststellung herum, daß ihr Gemahl nichts von dem Empfang eines Briefes zu berichten wußte. Ebensowenig konnte ihr entgehen, daß sich Osmond in einem Stadium der Erwartung befand und daß er der Ansicht war, obwohl ihm dieses zu gestehen nicht leichtfiel, daß ihr erlauchter Freund sie allzulange warten ließ. Nach Ablauf von vier Tagen tat er seiner Abwesenheit Erwähnung. »Was ist eigentlich aus Warburton geworden? Was denkt er sich dabei, uns wie den Lieferanten mit der Rechnung zu behandeln?«

»Ich weiß auch nichts von ihm«, sagte Isabel. »Ich sah ihn zuletzt am Freitag auf dem deutschen Ball. Da sagte er mir, daß er dir schreiben wolle.«

»Er hat mir nie geschrieben.«

»Das schloß ich daraus, daß du es nicht erzähltest.«

»Er ist ein komischer Fisch«, sagte Osmond nachdrücklich. Und als Isabel keine Antwort gab, erkundigte er sich weiter, ob Seine Lordschaft für einen Briefentwurf fünf Tage benötige. »Bringt er seine Worte so schwer zu Papier?«

»Das weiß ich nicht«, sah sich Isabel zu antworten genötigt. »Ich habe nie einen Brief von ihm erhalten.«

»Nie einen Brief? Ich hatte die Vorstellung, daß ihr eine Zeitlang eine intime Korrespondenz führtet.«
Sie antwortete, daß dies nicht der Fall gewesen sei, und ließ das Thema fallen. Doch anderntags, spät am Nachmittag ihren Salon betretend, nahm ihr Gemahl es wieder auf.
»Als Lord Warburton dir sagte, er beabsichtige, an mich zu schreiben, was hast du ihm da geantwortet?« fragte er.
Sie schwankte eine Sekunde. »Ich glaube, ich ermahnte ihn, es nicht zu vergessen.«
»Glaubtest du, daß das zu befürchten stand?«
»Wie du sagst, er ist ein komischer Kauz.«
»Anscheinend hat er es vergessen«, sagte Osmond, »sei so gut und erinnere ihn daran.«
»Wünschst du, daß ich ihm schreibe?« fragte sie.
»Dagegen hätte ich nicht das geringste einzuwenden.«
»Da erwartest du zuviel von mir.«
»O ja, ich erwarte sehr viel von dir.«
»Ich fürchte, da werde ich dich enttäuschen.«
»Meine Erwartungen haben schon eine Reihe von Enttäuschungen überlebt.«
»Natürlich, das weiß ich. Bedenke nur, wie ich mich selbst enttäuscht haben muß! Wenn du aber wirklich Lord Warburton einfangen willst, dann mußt du das allein tun.«
Für ein paar Minuten antwortete Osmond nichts; dann sagte er: »Das ist nicht so einfach, solange du gegen mich arbeitest.«
Isabel fuhr auf; sie fühlte, wie sie anfing zu zittern. Er hatte eine Art, sie durch halbgeschlossene Augenlider anzusehen, als ob er an sie dächte, sie aber kaum wahrnahm, was ihr eine wunderbar grausame Absicht zu haben schien. Damit schien er sie als sehr mißliebige Denknotwendigkeit anzuerkennen, ihre Gegenwart aber währenddessen zu ignorieren. Diese Wirkung war nie so hervorgetreten wie heute. »Ich glaube, du beschuldigst mich da einer großen Gemeinheit«, entgegnete sie.
»Ich beschuldige dich, nicht vertrauenswürdig zu sein. Wenn er sich letzten Endes nicht erklärt, liegt es nur daran, daß du ihn gehindert hast. Ich wüßte nicht, wieso das gemein wäre: Diese Sache gehört zu den Dingen, von denen eine Frau immer denkt, daß man sie tun könne. Ich zweifle nicht, daß du sehr edle Vorstellungen damit verbindest.«
»Ich sagte dir, ich würde alles tun, was ich könnte«, fuhr sie fort.
»Ja, damit gewannst du Zeit.«

Es überkam sie, als er dies gesagt hatte, daß sie ihn einmal schön gefunden hatte. »Wieviel muß dir daran liegen, seiner habhaft zu werden!« entfuhr es ihr im gleichen Moment.
Erst als sie dies geäußert, erfaßte sie die volle Bedeutung ihrer Worte, deren sie sich beim Sprechen nicht bewußt gewesen war. Sie enthielten einen Vergleich zwischen Osmond und ihr, riefen ihr die Tatsache wieder vor Augen, daß sie diesen Schatz, den er begehrte, einst in der Hand gehalten und sich reich genug gedünkt hatte, ihn fallen zu lassen. Eine große Genugtuung ergriff einen Augenblick Besitz von ihr – ein schauriges Entzücken, daß sie Osmond verwundet hatte; denn sein Gesicht verriet ihr sogleich, daß nichts von der Kraft ihres Ausrufs an ihm verlorengegangen war. Jedoch entgegnete er nichts weiter; er sagte nur rasch: »Ja, ich wünsche es unendlich.«
In diesem Augenblick trat ein Diener ein, um einen Besuch zu melden; aber Lord Warburton war ihm bereits auf dem Fuße gefolgt, sichtlich zurückfahrend, als er Osmonds ansichtig wurde. Er blickte blitzschnell von dem Herrn zur Dame des Hauses; eine Bewegung, die seine Scheu vor dem Unterbrechen einer Unterhaltung oder fast eine Wahrnehmung der unheilvollen Stimmung im Salon auszudrücken schien. Aber dann trat er mit seiner englischen Lebensart näher, in welcher sich eine leise Scheu als ein Element guter Erziehung anzubieten schien, deren einziger Mangel nur in der feinen Schwierigkeit bestand, einen leichten Übergang zu schaffen. Osmond war verlegen; er fand nichts zu sagen; aber Isabel bemerkte unverzüglich, daß sie gerade von ihrem Besucher gesprochen hätten. Worauf ihr Gemahl hinzusetzte, daß sie nicht gewußt hätten, was aus ihm geworden sei – sie hätten schon gefürchtet, er sei abgereist. »Nein«, erklärte er, Osmond lächelnd anblickend; »ich bin nur im Begriff abzureisen.« Und dann erwähnte er, daß man ihn plötzlich nach England zurückgerufen habe; er werde morgen oder übermorgen zurückfahren. »Es tut mir nur schrecklich leid, den armen Touchett hierzulassen!« rief er abschließend aus.
Einen Augenblick schwiegen seine Gastgeber. Osmond lehnte sich nur lauschend in seinem Sessel zurück. Isabel sah nicht zu ihm hinüber; sie konnte sich nur ausmalen, wie er aussah. Ihre Augen ruhten auf dem Gesicht des Gastes, was sie um so sicherer tun konnten, als die Seiner Lordschaft es sorgfältig vermieden, den ihren zu begegnen. Doch war Isabel überzeugt, daß sein

Blick, wenn sie ihn aufgefangen hätte, sehr ausdrucksvoll gewesen wäre. Kurz darauf hörte sie, wie ihr Mann leichthin sagte: »Dann sollten Sie den armen Touchett lieber mitnehmen.«

»Er soll lieber auf wärmeres Wetter warten«, antwortete Lord Warburton. »Ich möchte ihm nicht raten, gerade jetzt zu reisen.«

Eine Viertelstunde saß er dort, plaudernd, als ob er sie nicht so bald wiedersehen würde – es sei denn, daß sie tatsächlich einmal nach England kämen, was er ihnen dringend empfehlen möchte. Warum wollten sie nicht im Herbst nach England kommen? – Das schien ihm ein sehr glücklicher Gedanke zu sein. Es werde ihm ein großes Vergnügen sein, alles, was in seinen Kräften stand, für sie zu tun – wenn sie kommen und vier Wochen seine Gäste sein wollten. Osmond war ja zugestandenermaßen bisher nur einmal in England gewesen, ein unhaltbarer Zustand für einen Mann von seiner Muße und seinen Gaben. Es war genau das Land für ihn – er würde sich dort bestimmt sehr wohlfühlen. Sodann fragte Lord Warburton Isabel, ob sie nicht noch wisse, wie sehr sie ihren Aufenthalt damals genossen hatte, und ob sie es nicht noch einmal versuchen wolle. Wünschte sie nicht Gardencourt einmal wiederzusehen? Gardencourt war wirklich recht ordentlich. Touchett ließ ihm ja nicht die richtige Pflege zuteil werden, aber es war ganz der Ort, der nichts von seinem Reiz verlor, wenn man ihn vernachlässigte. Warum wollten sie nicht einmal Touchett besuchen? Er mußte sie doch bestimmt schon eingeladen haben. Hatte er nicht? Was für ein unmanierlicher Mensch! – und Lord Warburton versprach, dem Herrn von Gardencourt einmal tüchtig die Meinung zu sagen. Es war natürlich ein bloßer Zufall; er würde ja entzückt sein, wenn sie ihm die Freude machten. Vier Wochen bei Touchett und vier Wochen bei ihm und dann die Besuche bei allen übrigen, die sie noch kannten, das würde keine so schlechte Sache sein. Lord Warburton setzte hinzu, daß es auch Miß Osmond gefallen werde, die ihm nämlich erzählt habe, daß sie noch nie in England gewesen sei, und der er erzählt habe, es sei ein Land, das kennenzulernen sie wohl verdiente. Sie brauche natürlich nicht nach England zu reisen, um dort bewundert zu werden – das sei überall ihr Los; aber sie werde dort riesige Triumphe feiern, ganz bestimmt, wenn man sie damit locken könne. Er fragte, ob sie nicht zu Hause sei, ob er ihr nicht auch Lebewohl sagen könne. Nicht, daß er das Lebewohlsagen sonderlich liebe – meistens unterschlage er das. Als er neulich aus England abreiste, habe er keinem zweibeinigen Wesen Lebewohl gesagt. Er habe auch schon fest vorgehabt, Rom zu verlassen, ohne Mrs. Osmond einen Abschiedsbesuch zu machen; konnte es denn etwas Trostloseres geben als Abschiedsbesuche? Man sage ja nie die Dinge, die man sagen wolle – die fielen einem immer erst eine Stunde später ein. Andererseits sage man sehr oft viele Dinge, die man besser nicht sagte, einfach aus dem Gefühl heraus, daß man doch etwas sagen müsse. Solch ein Gefühl sei sehr bestürzend; es trübe einem den Verstand. So ergehe es ihm gegenwärtig. Wenn Mrs. Osmond vielleicht denke, er spreche nicht, wie er müßte, dann möge sie es doch seiner Bewegung zugute halten; es sei keine Kleinigkeit, sich von Mrs. Osmond zu trennen. Der Abschied tue ihm wirklich leid. Er habe ihr eigentlich schreiben wollen, anstatt noch einmal vorzusprechen – aber schreiben werde er auf jeden Fall, um ihr alle die Dinge noch mitzuteilen, die ihm unweigerlich noch einfallen würden, sobald er das Haus verlassen habe. Aber einen Besuch in Lockleigh sollten sie sich doch ernstlich überlegen.

Wenn an den Umständen seines Besuches oder der Ankündigung seiner Abreise etwas Peinliches war, so gelangte dies nicht an die Oberfläche. Lord Warburton sprach von seiner Bewegung; aber er zeigte sie auf keine andere Weise, und Isabel erkannte, daß er, nachdem er sich einmal zum Rückzug entschlossen, durchaus in der Lage war, diesen galant auszuführen. Darüber freute sie sich; sie hatte ihn gern genug, um ihm zu wünschen, daß er sich in dieser Situation tapfer durchschlug. Das würde ihm bei jeder Gelegenheit gelingen – nicht aus Unverschämtheit, sondern einfach aus Gewohnheit am Erfolg; und Isabel spürte, daß ihr Mann außerstande war, ihm diese Fähigkeit zu schmälern. Während sie dort saß, arbeiteten in ihrem Geist verschiedene Vorstellungen. Auf der einen Seite hörte sie ihrem Gast zu, sagte die passenden Dinge, las mehr oder weniger zwischen den Zeilen dessen, was er sagte, und überlegte, wie er wohl gesprochen hätte, wenn er sie allein gefunden. Andererseits vermochte sie genau Osmonds Empfindungen nachzufühlen. Er tat ihr beinahe leid; er war dazu verurteilt, den scharfen Schmerz des Verlustes ohne die Erleichterung einer Verwünschung hinzunehmen. Er hatte große Hoffnungen gehabt und war nun, als sie sich in Rauch verflüchtigten, genötigt, lächelnd dabeizusitzen und Daumen zu drehen. Nicht, daß er sich noch um ein besonders strahlendes Lächeln bemühte; er zeigte ihrem Gast eine so leere Miene, wie sie ein kluger Mann gerade noch tragen konnte. Tatsächlich gehörte es zu Osmonds Klugheit, daß er völlig unbeteiligt aussehen konnte. Sein gegenwärtiger Gesichtsausdruck trug jedoch keine Enttäuschung zur Schau, denn es entsprach einfach seinem gewohnten System, seine äußere Ausdruckslosigkeit im umgekehrten Verhältnis seiner inneren Intensität anzupassen. Er hatte diesen Preis von Anfang an intensiv erstrebt; aber er hatte seinem Eifer nie gestattet, sich in seinen feinen Zügen widerzuspiegeln. Er hatte seinen möglichen Schwiegersohn wie jeden anderen auch behandelt – mit der Miene dessen, der sich für den anderen nur um seinetwillen interessiert, als ob einer Person, so allgemein und vollkommen ausgestattet wie Gilbert Osmond, unmöglich daraus ein Vorteil entstehen könnte. Er würde jetzt seine innere Wut über die zerronnene Aussicht auf Gewinn mit keinem Zeichen verraten – nicht mit dem kleinsten, nicht mit dem leisesten. Dessen konnte Isabel ganz sicher sein, falls ihr das einige Befriedigung gewährte. Seltsamer, sehr seltsamer Weise war es ihr eine Befriedigung; sie wünschte, daß Lord Warburton vor ihrem Mann triumphiere, und gleichzeitig wünschte sie, daß ihr Mann seine Überlegenheit über Lord Warburton beweise. Osmond war auf seine Art bewundernswert; er genoß wie ihr Besucher den Vorteil einer erworbenen Gewohnheit. Es war nicht die des Erfolgs, aber es war eine fast ebenso gute – die des unterlassenen Versuchs. Als er sich auf seinem Platz zurücklehnte, den freundlichen Angeboten und unausgesprochenen Erklärungen des anderen nur ein halbes Ohr leihend – als sei es nur schicklich, wenn er annahm, daß beides vornehmlich an die Adresse seiner Frau gerichtet sei –, blieb ihm wenigstens (da ihm so wenig sonst verblieb) der tröstliche Gedanke, wie gut er sich persönlich von allem ferngehalten habe und wie die Miene der Gleichgültigkeit, die aufzusetzen er jetzt in der Lage war, durch den Zug der Beständigkeit an Schönheit gewann. Es war wenigstens etwas, daß er so aussehen konnte, als ob die Vorschläge des Abschiednehmenden zu seinem Geist in keiner Beziehung standen. Letzterer machte seine Sache gut, gewiß; aber Osmonds Darbietung war schon ihrer Natur nach viel vollendeter. Lord Warburtons Position war schließlich sehr einfach, auf der ganzen Welt bestand kein Grund, warum er nicht Rom verlassen sollte. Er hatte sehr löbliche Absichten gehabt, aber kurz vor ihrer Reife waren sie steckengeblieben; er hatte sich nie eine Blöße gegeben, und seine Ehre war unangetastet. Osmond schien sich nur mäßig für seinen Vorschlag zu interessieren, daß sie kommen und ihn besuchen sollten, und auch die Anspielung auf die Erfolge zu ignorieren, die Pansy bei ihrem Besuch sammeln könnte. Er murmelte etwas Zustimmendes, überließ es dann aber Isabel zu sagen, das sei eine Sache, die ernste Überlegung erfordere. Aber noch während sie diese Bemerkung machte, konnte Isabel erkennen, wie sich plötzlich im Geiste ihres Mannes eine Lichtung auftat, in deren Mitte Pansys kleine Gestalt sofort wieder auftauchte.

Lord Warburton hatte um die Erlaubnis gebeten, Pansy Lebewohl zu sagen, aber weder Isabel noch Osmond hatten Anstalten gemacht, nach ihr zu schicken. Er hatte sich den Anschein gegeben, sein Besuch könne nur von kurzer Dauer sein; er saß auf einem kleinen Sessel, als sei es nur für einen Moment, und hielt den Hut in der Hand. Aber er blieb und blieb; Isabel wunderte sich, auf was er noch warten mochte. Sie glaubte nicht, daß er Pansy sehen wollte; sie hatte vielmehr den Eindruck, daß er Pansy lieber nicht sah. Er wollte sie natürlich allein sprechen – er hatte ihr noch etwas zu sagen. Isabel verlangte nicht sonderlich danach, dies anzuhören, denn sie fürchtete, es handelte sich um eine Erklärung, und an Erklärungen hatte sie vollauf genug. Osmond jedoch erhob sich alsbald wie ein Mann von feinem Takt, dem es einfiel, daß ein so alter Jugendfreund doch den Wunsch haben könne, den Damen ein letztes Wort zu sagen. »Ich habe noch einen Brief vor dem Essen zu schreiben«, sagte er; »da müssen Sie mich entschuldigen. Ich werde nachsehen, ob meine Tochter frei ist; wenn ja, soll sie erfahren, daß Sie hier sind. Wenn Sie wieder nach Rom kommen, werden Sie uns natürlich wieder aufsuchen. Mrs. Osmond wird die englische Expedition noch mit Ihnen besprechen; in diesen Dingen steht die Entscheidung bei ihr.«

Das Kopfnicken, mit dem er statt eines Händedrucks diese kleine Rede beendete, war vielleicht eine etwas magere Abschiedsformel; aber im ganzen war es alles, was die Gelegenheit erforderte. Isabel überlegte, daß, nachdem er das Zimmer verlassen, Lord Warburton keine Veranlassung hatte, zu sagen: »Ihr Gemahl war recht verärgert«; was ihr äußerst unangenehm gewesen wäre. Hätte er es getan, würde sie nichtdestoweniger

geantwortet haben: »Oh, seien Sie unbesorgt. Er haßt nicht Sie: er haßt nur mich.«
Erst als sie allein waren, zeigte ihr Freund eine gewisse leichte Verlegenheit; er setzte sich auf einen anderen Platz und fingerte an zwei oder drei Gegenständen herum, die in seiner Nähe standen. »Hoffentlich schickt er Miß Osmond herunter«, sagte er dann. »Ich hätte sie sehr gern noch gesehen.«
»Ich bin froh, daß es das letzte Mal ist«, sagte Isabel.
»Ich auch. Sie liebt mich nicht.«
»Nein, sie liebt Sie nicht.«
»Es wundert mich auch nicht«, entgegnete er. Dann setzte er inkonsequent hinzu: »Aber Sie kommen nach England, nicht wahr?«
»Ich glaube, es ist besser, wenn wir es lassen.«
»Ach, Sie schulden mir noch einen Besuch. Erinnern Sie sich nicht, daß Sie einmal nach Lockleigh kommen wollten und nie gekommen sind?«
»Seitdem hat sich alles verändert«, sagte Isabel.
»Aber gewiß nicht zum Schlechtesten – soweit es uns betrifft. Sie unter meinem Dach zu wissen« – er zögerte nur einen Augenblick –, »wäre mir eine große Befriedigung.«
Sie hatte eine Erklärung gefürchtet; aber dies war die einzige, die fiel. Sie redeten noch ein wenig über Ralph, und im selben Moment trat Pansy ein, bereits zum Essen umgezogen, einen kleinen roten Fleck auf jeder Wange. Sie schüttelte Lord Warburton die Hand und blieb vor ihm stehen, mit einem starren, kleinen Lächeln zu ihm aufblickend – einem Lächeln, von dem Isabel wußte, obwohl Seine Lordschaft es vermutlich nicht argwöhnte, daß es einem Tränenausbruch sehr nahekam.
»Ich werde abreisen«, sagte er, »und möchte Ihnen gern Lebewohl sagen.«
»Leben Sie wohl, Lord Warburton.« Ihre Stimme zitterte merklich.
»Und ich möchte Ihnen noch sagen, wie sehr ich wünsche, daß Sie glücklich werden.«
»Danke vielmals, Lord Warburton«, antwortete Pansy.
Er war einen Moment unschlüssig und warf einen Blick auf Isabel. »Sie müßten sehr glücklich werden – Sie haben doch einen Schutzengel.«
»Ich werde bestimmt glücklich sein«, sagte Pansy im Ton eines Menschen, dessen Gewißheit immer rosig ist.

»Solche Überzeugung wird Sie weit bringen. Aber wenn sie einmal versagt, denken Sie daran – dann denken Sie daran – « Und ihr Ratgeber stotterte ein wenig. »Wissen Sie, denken Sie auch manchmal an mich!« sagte er mit einem unsicheren Lachen. Dann schüttelte er Isabel schweigend die Hand und war gegangen.

Als er das Zimmer verlassen hatte, erwartete sie eine Tränenflut von ihrer Stieftochter; aber Pansy überraschte sie tatsächlich mit etwas ganz anderem.

»Ich finde, *du* bist mein Schutzengel!« rief sie sehr liebreich.

Isabel schüttelte den Kopf. »Ich bin keineswegs ein Engel. Ich bin höchstens deine gute Freundin.«

»Dann bist du eine sehr gute Freundin – daß du Papa gebeten hast, so sanft zu mir zu sein.«

»Ich habe deinen Vater um nichts gebeten«, sagte Isabel verwundert.

»Er hieß mich gerade eben in den Salon gehen, und dann gab er mir einen sehr liebevollen Kuß.«

»Ah!« sagte Isabel, »das tat er ganz von sich aus!«

Sie erkannte seinen Gedankengang vollkommen; er war sehr charakteristisch für ihn, und sie sollte noch mehr davon erfahren. Selbst bei Pansy wollte er sich um keinen Preis ins Unrecht setzen. Sie speisten an diesem Abend auswärts und gingen nach dem Essen noch zu einer anderen Veranstaltung, so daß Isabel ihn erst spät in der Nacht allein sah. Als Pansy ihm vor dem Zubettgehen den Gutenachtkuß gab, erwiderte er ihre Umarmung mit noch größerer Zärtlichkeit als sonst, so daß Isabel sich schon wunderte, ob er damit andeuten wollte, daß nur seine Tochter durch die Machenschaften ihrer Stiefmutter verletzt worden sei. Auf jeden Fall war es zum Teil ein Ausdruck dessen, was er noch weiterhin von seiner Frau erwartete. Sie war im Begriff, Pansy zu folgen, aber er bemerkte, er wünsche, sie möge bleiben; er habe ihr noch etwas zu sagen. Dann ging er einige Schritte im Salon hin und her, während sie in ihrem Abendmantel stehen blieb.

»Ich verstehe nicht, was du jetzt zu tun beabsichtigst«, sagte er im selben Moment. »Ich wüßte es gern – damit ich mein Handeln danach einrichten kann.«

»Jetzt eben beabsichtige ich zu Bett zu gehen. Ich bin sehr müde.«

»Nimm Platz und ruh dich aus. Ich werde dich nicht lange aufhalten. Nicht dort – mach es dir doch bequem.« Und er raffte eine Menge Kissen zusammen, die in malerischer Unordnung auf dem riesigen Diwan verteilt lagen. Dort nahm sie allerdings nicht Platz; sie ließ sich in den nächsten Sessel fallen. Das Feuer war ausgegangen; in dem großen Raum brannten nur noch wenige Lichter. Sie zog den Mantel fester um sich; sie fühlte eine tödliche Kälte. »Ich glaube, du versuchst mich zu demütigen«, fuhr Osmond fort. »Das ist ein höchst lächerliches Unterfangen.«

»Ich ahne nicht im mindesten, was du meinst.«

»Du hast ein sehr feines Spiel gespielt; du hast es wunderbar durchgeführt.«

»Was soll ich durchgeführt haben?«

»Du hast es jedoch noch nicht ganz beendet; wir werden ihn noch wiedersehen.« Und er blieb vor ihr stehen, die Hände in den Taschen, nachdenklich auf sie niederblickend, in seiner gewohnten Art, wodurch er sie anscheinend fühlen lassen wollte, daß sie nicht ein Gegenstand, sondern nur ein wirklich unangenehmer Anlaß zum Nachdenken war.

»Wenn du glaubst, daß Lord Warburton irgendwie verpflichtet ist zurückzukehren, dann irrst du dich«, sagte Isabel. »Eine solche Verpflichtung besteht nicht.«

»Das beklage ich ja. Aber wenn ich sage, er wird zurückkommen, dann meine ich nicht aus Pflichtgefühl.«

»Nichts anderes könnte ihn veranlassen. Ich glaube, er hat Rom so ziemlich erschöpft.«

»O nein, das ist ein oberflächliches Urteil. Rom ist unerschöpflich.« Und Osmond nahm seinen Rundgang wieder auf. »Indessen braucht man das nicht zu überstürzen«, setzte er hinzu. »Es ist eigentlich ein ganz guter Gedanke von ihm, daß wir nach England reisen sollten. Wenn nicht die Angst wäre, daß wir deinen Vetter dort treffen, glaube ich, ich sollte dir zureden.«

»Es könnte sein, daß du meinen Vetter nicht mehr triffst«, sagte Isabel.

»Das wüßte ich gern genau. Ich werde mich jedoch vergewissern. Dabei würde ich mir ganz gern sein Haus einmal ansehen, von dem du mir früher so viel erzähltest: wie nannte es sich doch? – Gardencourt. Es muß ein reizendes Besitztum sein. Und dann, weißt du, habe ich eine Verehrung für das Andenken deines Onkels: durch dich habe ich ihn beinahe lieb-

gewonnen. Ich würde gern den Ort kennenlernen, wo er lebte und starb. Das ist allerdings nur ein Detail. Dein Freund hatte übrigens ganz recht. Pansy müßte England kennenlernen.«
»Ich zweifle nicht, daß es ihr großen Spaß machen wird«, sagte Isabel.
»Aber bis da ist es noch lange hin; der nächste Herbst ist noch weit«, fuhr Osmond fort. »Inzwischen gibt es Dinge, die uns mehr interessieren. Findest du mich eigentlich sehr hochmütig?« fragte er plötzlich.
»Ich finde dich sehr merkwürdig.«
»Du verstehst mich eben nicht.«
»Nein, nicht einmal, wenn du mich beleidigst.«
»Ich beleidige dich nicht; dessen wäre ich gar nicht fähig. Ich rede nur von gewissen Tatsachen, und wenn dich diese Anspielung schon kränkt, liegt der Fehler nicht bei mir. Es ist sicherlich Tatsache, daß du diese Sache nicht aus der Hand gegeben hast.«
»Kommst du wieder auf Lord Warburton zurück?« fragte Isabel. »Ich werde langsam seines Namens müde.«
»Du sollst ihn noch oft hören, bevor wir damit fertig sind.«
Sie hatte davon gesprochen, daß er sie beleidigte, aber plötzlich schien es ihr, daß ihr dies nicht länger Pein bereitete. Er war tief, tief im Fallen begriffen; der Anblick seines Falles verursachte ihr fast ein Schwindelgefühl; das war die einzige Pein. Er war zu merkwürdig, zu verschieden; er berührte sie nicht mehr. Dennoch funktionierte seine morbide Leidenschaft außerordentlich, und sie spürte, wie die Neugier in ihr wuchs, zu erfahren, in welchem Licht er sich gerechtfertigt sah. »Ich könnte dir entgegnen, daß du mir nach meiner Schätzung nichts Wissenswertes mehr zu sagen hast«, erwiderte sie einen Moment später. »Aber vielleicht irre ich mich. Eine Sache würde mich doch zu wissen interessieren – nämlich ganz einfach, was du mir eigentlich vorwirfst.«
»Pansys Heirat mit Warburton verhindert zu haben. Ist das einfach genug?«
»Im Gegenteil, ich interessierte mich sehr dafür. Das sagte ich dir auch; und als du mir sagtest, du zähltest auf mich – das war es, glaube ich, was du sagtest –, faßte ich das als Verpflichtung auf. Ich war schön dumm, aber ich tat es.«
»Du stelltest dich auch so, als ob du zögertest, um mich in meinem Vertrauen zu bestärken. Und dann botest du deinen

ganzen Scharfsinn auf, um ihn aus dem Weg zu räumen.«
»Ich glaube, jetzt begreife ich, was du meinst«, sagte Isabel.
»Wo ist der Brief, von dem du sagtest, daß er ihn geschrieben hätte?« verlangte ihr Mann zu wissen.
»Ich habe keine Ahnung; ich habe ihn nicht gefragt.«
»Du hast ihn unterwegs abgefangen.«
Isabel erhob sich langsam; in ihrem weißen Abendmantel, der sie bis zu den Füßen bedeckte, hätte sie, wie sie so dastand, den Engel des Zorns vorstellen können, den Vetter ersten Grades zu dem des Mitleids. »O Gilbert, für einen Mann, der so vornehm war –!« rief sie halblaut.
»Ich war nie so vornehm wie du. Du hast alles getan, was du wolltest. Du hast ihn aus dem Weg geräumt, ohne daß man es gewahr wurde, und du hast mich in die Lage gebracht, in welcher du mich zu sehen wünschtest – in die eines Mannes, der seine Tochter mit einem Lord vermählen wollte und groteskerweise dabei gescheitert ist.«
»Pansy liebt ihn nicht. Sie ist sehr froh, daß er fort ist«, sagte Isabel.
»Das hat gar nichts mit der Sache zu tun.«
»Und er liebt Pansy auch nicht.«
»So geht das nicht auf; du sagtest mir, er liebe sie. Ich weiß nicht, warum du dir diese besondere Genugtuung verschaffen wolltest«, fuhr Osmond fort; »du hättest dir eine andere aussuchen können. Mir will nicht scheinen, als ob ich zu anmaßend gewesen sei – daß ich alles für selbstverständlich hielt. Ich habe mich sehr bescheiden, sehr still dabei verhalten. Der Gedanke stammte ja auch nicht von mir. Er fing an, Zeichen seiner Zuneigung zu geben, bevor ich noch daran dachte. Alles Weitere überließ ich dir.«
»Ja, du warst sehr froh, es mir überlassen zu können. In Zukunft mußt du die Dinge allein erledigen.«
Er sah sie einen Augenblick an, dann kehrte er sich ab. »Ich dachte, du hättest meine Tochter gern.«
»Nie so gern wie heute.«
»Dann muß deine Liebe große Einschränkungen machen. Aber das ist vielleicht nur natürlich.«
»Ist das alles, was du mir zu sagen hast?« fragte Isabel, eine Kerze ergreifend, die auf einem der Tische stand.
»Bist du zufrieden? Bin ich genügend enttäuscht?«
»Ich glaube nicht, daß du im ganzen enttäuscht bist. Du hattest wieder eine Gelegenheit, mich zu brüskieren.«

»Das ist es nicht. Es hat sich immerhin erwiesen, daß Pansy hoch hinaus kann.«

»Arme kleine Pansy!« sagte Isabel, als sie mit ihrer Kerze hinausschritt.

XLVII

Es war Henrietta Stackpole, durch die sie erfuhr, daß Caspar Goodwood in Rom weilte; eine Mitteilung, die sie drei Tage nach Lord Warburtons Abreise erreichte. Dem war ein Umstand von einiger Wichtigkeit für Isabel vorausgegangen – die vorübergehende abermalige Abwesenheit von Madame Merle, die nach Neapel gereist war, um dort eine Freundin zu besuchen, die glückliche Besitzerin einer Villa in Posilippo. Madame Merle hatte inzwischen aufgehört, zu Isabels Glück etwas beizutragen, die sich jetzt zuweilen fragte, ob die diskreteste aller Frauen nicht zufällig auch die allergefährlichste sein könne. Manchmal in der Nacht traten ihr seltsame Bilder vor die Seele; dann schien sie wieder ihren Mann und ihre Freundin – seine Freundin – in trüber, undeutlicher Verbindung zu sehen. Es war ihr immer, als werde sie noch einmal mit ihr abrechnen müssen: diese Dame hielt noch etwas *in petto.* Isabels Phantasie beschäftigte sich ausgiebig mit dieser sich ihr entziehenden Sache, aber hin und wieder lähmte sie eine namenlose Angst, so daß sie, als die reizende Dame aus Rom verschwand, fast eine bewußte Erleichterung verspürte. Sie hatte bereits durch Miß Stackpole erfahren, daß Caspar Goodwood in Europa war, Henrietta hatte ihr zu diesem Zweck eigens geschrieben, nachdem sie ihn in Paris getroffen hatte. Er selber schrieb nie an Isabel, so daß sie es, obwohl er in Europa war, durchaus für möglich hielt, daß er kein Verlangen danach trug, sie wiederzusehen. Ihre letzte Begegnung vor ihrer Heirat hatte ganz den Charakter eines Bruches gehabt; wenn sie sich recht entsann, hatte er gesagt, er wünsche, sie zum letztenmal gesehen zu haben. Seitdem war er zum einzigen Mißklang ihrer Jugendzeit geworden – tatsächlich zu dem einzigen, mit dem sich ein beständiger Schmerz verband. Er hatte sie an jenem Morgen mit dem Gefühl zurückgelassen, den überflüssigsten Schock erlitten zu haben: es war wie ein Dampferzusammenstoß bei hellem Tageslicht gewesen. Es hatte keinen Nebel, keine verborgenen Strudel als Entschuldigungsgrund gegeben, und sie selbst hatte weit vorbeisteuern wollen. Er hatte indessen ihren Bug gerammt, während ihre Hand noch am Steuer lag, und hatte – um die Metapher durchzuführen – ihrem leichteren Schiff einen Stoß versetzt, der sich noch gelegentlich in einem schwachen Ächzen bemerkbar machte. Es war damals schrecklich gewesen, ihn wiederzusehen, weil er das einzige ernsthafte Unrecht verkörperte, das sie (wie sie glaubte) jemals im Leben getan hatte: er war der einzige Mensch mit einem unerfüllten Anspruch an sie. Sie hatte ihn unglücklich gemacht und das nicht ändern können, und sein Unglück war grimmige Wirklichkeit. Sie hatte vor Zorn geweint, nachdem er sie verlassen – und kaum gewußt, warum: sie überlegte, ob es wohl seine mangelnde Rücksichtnahme gewesen war. Er war mit seinem Unglück vor sie hingetreten, als ihre eigene Seligkeit vollkommen war; er hatte alles darangesetzt, ihr den Glanz jener reinen Strahlen zu trüben. Er war nicht heftig gewesen, aber in seinem ganzen Eindruck hatte eine Heftigkeit gelegen, jedenfalls war es an irgendeiner Stelle, auf irgendeine Weise heftig zugegangen, vielleicht nur bei ihrem Tränenausbruch und in dem nachträglichen Gefühl, das noch drei oder vier Tage anhielt.

Die Wirkung seiner letzten Bestürmung war kurz danach verklungen, und während des ersten Jahres ihrer Ehe war er gänzlich aus ihren Büchern verschwunden. Er war ein undankbares Objekt der Erinnerung; es war sehr mißlich, an einen Menschen denken zu müssen, der einem gram und bitterböse war und zu dessen Besänftigung man dennoch nichts tun konnte. Es wäre anders gewesen, wenn sie hätte zweifeln, nur ein wenig an seiner Unversöhnlichkeit hätte zweifeln können, wie sie bei Lord Warburton gezweifelt hatte; unglücklicherweise stand das völlig außer Frage, und dieser aggressive, kompromißlose Aspekt des Ganzen war genau das, was ihm jeden Reiz nahm. Sie konnte sich nie damit beruhigen, daß hier einer litt, der sich anderweitig trösten konnte, wie sie das im Falle ihres englischen Anbeters gekonnt hatte. Sie glaubte nicht recht an Mr. Goodwoods Tröstungen und erachtete sie für gering. Eine Baumwollfabrik war kein Trost – am wenigsten für den Fehlschlag einer Heirat mit Isabel Archer. Aber darüber hinaus wußte sie kaum, was er sonst hatte – natürlich außer seinen inneren Qualitäten. Ach, deren hatte er genug; daß er sich je nach künstlichem Ersatz umsah, konnte sie sich nicht vorstellen. Wenn er seine Geschäfte ausdehnte – das war die einzige Form, die ihrer Überzeugung nach eine Ausdehnung für ihn annehmen konnte –, so geschah es, weil es ein blühendes Unternehmen oder gut für das Geschäft war, und nicht im mindesten, weil er damit die Vergangenheit zum Schweigen zu bringen hoffte. Das gab seiner Gestalt eine gewisse Dürftigkeit und Kälte, wodurch die zufällige Begegnung mit ihm noch nachträglich oder schon im voraus zu einem sonderbaren Zusammenstoß wurde; ihm fehlte eben jede gesellschaftliche Drapierung, womit man für gewöhnlich in unserem überzivilisierten Zeitalter die Schärfe menschlichen Kontaktes verkleidet. Darüber hinaus vertiefte sein völliges Stillschweigen, die Tatsache nämlich, daß sie nie etwas von ihm oder über ihn hörte, den Eindruck seiner Einsamkeit. Von Zeit zu Zeit hatte sie sich bei Lily nach ihm erkundigt; aber Lily hörte nichts aus Boston – ihre Vorstellungskraft wurde im Osten bereits von Madison Avenue begrenzt. Während die Zeit verstrich, hatte Isabel dann öfter an ihn gedacht, mit weniger Einschränkungen – mehr als einmal war ihr schon der Gedanke gekommen, ihm zu schreiben. Sie hatte ihrem Mann nie von ihm erzählt, hatte Osmond nie etwas von seinen Besuchen in Florenz mitgeteilt; eine Zurückhaltung, die in der ersten Periode nicht einem mangelnden Vertrauen zu Osmond, sondern einfach der Überlegung entsprang, daß die Enttäuschung des jungen Mannes nicht eigentlich ihr, sondern sein Geheimnis war. Es wäre verkehrt, hatte sie geglaubt, es jemand anderem mitzuteilen; schließlich konnten Mr. Goodwoods Angelegenheiten auch nur von geringem Interesse für Osmond sein. Sobald es aber dahin kam, hatte sie doch nicht geschrieben; dann hatte sie, eingedenk seines Kummers, immer überlegt, daß ihn in Ruhe zu lassen das mindeste sei, was sie für ihn tun konnte. Dessenungeachtet wäre sie froh gewesen, ihm auf irgendeine Weise näher zu sein. Nicht, daß es ihr je einfiel, sie hätte ihn heiraten sollen; selbst nachdem ihr die Folgen ihrer tatsächlichen Verbindung klargeworden waren, hatte diese spezielle Überlegung, obwohl sie sich in so vielen erging, nicht Kraft genug gehabt, sich ihr aufzudrängen. Aber angesichts ihrer Sorgen war er für sie zu einem Glied in der Kette der Dinge geworden, die sie richtigzustellen wünschte. Wir haben schon berichtet, wie leidenschaftlich sie das Gefühl benötigte, daß ihr Unglück sie nicht durch eigene Schuld betroffen habe. Sie hatte keine Aussicht auf einen frühen Tod, und doch wünschte sie, mit der Welt

Frieden zu schließen – ihre seelischen Dinge in Ordnung zu bringen. Dann kam es ihr von Zeit zu Zeit wieder zu Bewußtsein, daß sie bei Caspar noch eine Rechnung zu begleichen hatte, und heute sah sie sich endlich in der Lage, dies unter Bedingungen zu tun, die für ihn leichter waren als je zuvor.
Jedoch als sie hörte, er komme nach Rom, überfiel sie die alte Angst. Es würde für ihn viel unangenehmer als für jeden anderen sein, wenn er die Unordnung ihrer inneren Verfassung entdeckte – und er *würde* sie entdecken wie bei einer gefälschten Abrechnung oder dergleichen. Im tiefsten Herzen glaubte sie, daß er sein ganzes Selbst in ihr Glück investiert hatte, während alle anderen immer nur einen Teil investierten. Er war die andere Person, vor welcher sie ihre Kümmernisse verbergen mußte. Sie beruhigte sich indessen wieder, als er in Rom angekommen war, denn er hielt sich hier schon mehrere Tage auf, ohne sie aufzusuchen. Henrietta Stackpole war, wie sich wohl denken läßt, sehr viel pünktlicher, und Isabel wurde ausgiebig mit ihrer Gesellschaft beglückt. Sie stürzte sich hinein, denn da sie nun einmal so angelegentlich auf die Reinheit ihres Gewissens bedacht war, gab es für sie keine bessere Möglichkeit zu beweisen, daß sie nicht oberflächlich gewesen sei – um so mehr als Henriettas Eigenheiten, die von Leuten, die sich weniger als Isabel aus ihr machten, gern zum Ziel von Späßen genommen wurden, mit den Jahren eher anerkannter als blasser geworden wären. Angesichts solcher Eigenheiten bekam Isabels Treue die Würze des Heroismus. Henrietta war so eifrig, rasch und frisch wie nur je und noch ebenso proper, blond und hell. Ihre auffallend offenen Augen leuchteten wie große, verglaste Bahnhöfe und hatten sich inzwischen keine Jalousien zugelegt, ihre Garderobe hatte nichts von ihrer Adrettheit, ihre Ansichten nichts von ihrer nationalen Vorliebe eingebüßt. Doch war sie keineswegs ganz unverändert; Isabel fiel auf, daß sie jetzt Umschweife machte. Früher war sie ohne Umschweife gewesen; sie hatte viele Fragen auf einmal stellen können, jede einzelne aber immer vollständig und klar herausgebracht. Sie hatte ihren Grund für alles, was sie tat, und sich wenig um Begründungen gekümmert. Früher kam sie nach Europa, weil sie es besichtigen wollte. Aber jetzt, da sie es besichtigt hatte, gab es keine solche Entschuldigung mehr. Nicht einen Moment gab sie vor, daß etwa der Wunsch, untergehende Kulturen zu untersuchen, etwas mit ihrem gegenwärtigen Unternehmen zu tun habe; ihre Reise war viel eher ein Ausdruck

für ihre Unabhängigkeit von der Alten Welt, als für das Gefühl, ihr noch weiterhin verpflichtet zu sein. »Nach Europa zu kommen, bedeutet gar nichts«, sagte sie zu Isabel; »mir scheint, man braucht dafür nicht allzu viele Gründe anzuführen. Zu Hause zu bleiben bedeutet etwas; das ist viel wichtiger.« Sie rüstete also nicht im Gefühl, etwas Wichtiges zu unternehmen, zu einer neuen Pilgerfahrt nach Rom; denn sie hatte den Ort schon früher besichtigt und sorgfältig inspiziert; ihr gegenwärtiger Besuch war nur ein Zeichen der Vertrautheit, daß sie Bescheid wußte, daß sie so gut wie alle anderen das Recht hatte, sich dort aufzuhalten. – Alles gut und schön, aber Henrietta war unruhig; zur Unruhe war sie durchaus berechtigt, wenn man es genau besah. Denn sie hatte schließlich noch einen besseren Grund, nach Rom zu kommen, als nur ihre geringe Lust. Ihre Freundin konnte das leicht erkennen und damit auch den Wert ihrer Treue. Henrietta hatte mitten im Winter die stürmische See durchquert, weil sie erraten hatte, daß Isabel traurig war. Henrietta erriet eine ganze Menge, aber sie hatte nie so glücklich geraten. Isabels Freuden waren gerade jetzt gering, aber wären sie auch zahlreicher gewesen, hätte sie bei dem Gefühl, sich mit ihrer hohen Achtung für Henrietta nicht geirrt zu haben, eine besondere Freude empfunden. Sie hatte im Hinblick auf die Freundin stets große Konzessionen gemacht und doch darauf bestanden, daß sie bei allen Abzügen ein wertvoller Mensch sei. Es war indessen nicht nur dieser ihr eigener Triumph, der ihr gut tat; es war vor allem die Erleichterung, sich dieser Vertrauten offenbaren zu können, dem ersten Menschen, dem sie gestand, daß es keineswegs zum Besten um sie bestellt war. Henrietta hatte sich diesem Punkte ohne Verzug genähert und es Isabel auf den Kopf zugesagt, daß sie unglücklich sei. Sie war eine Frau, sie war eine Schwester; sie war nicht Ralph, nicht Lord Warburton, nicht Caspar Goodwood, und Isabel konnte sprechen.

»Ja, ich bin unglücklich«, sagte sie sehr milde. Es war ihr verhaßt, sich das sagen zu hören; sie versuchte es so unparteiisch wie möglich zu sagen.

»Was tut er dir an?« fragte Henrietta stirnrunzelnd, als ob sie sich nach den Machenschaften eines Quacksalbers erkundigte.

»Er tut mir nichts, aber er kann mich nicht leiden.«

»Er ist schwer zufriedenzustellen!« rief Miß Stackpole. »Warum verläßt du ihn nicht?«

»Soweit kann ich mich nicht ändern«, sagte Isabel.

»Und warum nicht, wenn ich fragen darf? Du willst nicht zugeben, daß du einen Fehler gemacht hast. Du bist zu stolz.«
»Das weiß ich nicht. Aber ich kann meine Fehler nicht publik machen. Ich finde das nicht anständig. Lieber würde ich sterben.«
»Einmal wirst du deine Meinung ändern«, sagte Henrietta.
»Ich weiß nicht, wie groß das Unglück werden müßte, das mich dazu brächte; aber mir scheint, ich müßte mich immer schämen. Man muß doch zu seinen Taten stehen. Ich heiratete ihn vor aller Welt; ich war völlig frei; unmöglich konnte man noch ungebundener sein. So sehr darf man sich nicht ändern«, wiederholte Isabel.
»Aber du *hast* dich verändert trotz aller Unmöglichkeit. Ich hoffe, du hast nicht die Absicht, mir zu beteuern, daß du ihn noch gernhast.«
Isabel überlegte. »Nein, ich mag ihn nicht. Dir kann ich das sagen, weil ich meines Geheimnisses müde bin. Aber das ist genug; ich kann es nicht auf den Hausdächern verkünden.«
Henrietta ließ ein Lachen hören. »Glaubst du nicht, daß du etwas zuviel Rücksicht nimmst?«
»Nicht auf ihn, auf mich nehme ich Rücksicht!« gab Isabel zur Antwort.
Es konnte nicht wundernehmen, daß Gilbert Osmond an Miß Stackpole kein Behagen fand; sein Instinkt brachte ihn naturgemäß in die Opposition gegen eine junge Dame, die imstande war, seiner Frau zu raten, das eheliche Dach zu verlassen. Als sie in Rom ankam, hatte er zu Isabel gesagt, er hoffe, sie würde sich um ihre Freundin, die Korrespondentin, nicht kümmern; und Isabel hatte geantwortet, daß er zum mindesten nichts von ihr zu fürchten habe. Sie sagte Henrietta, daß sie sie, da Osmond sie nicht möge, nicht zum Essen einladen möchte, aber daß sie sich mit Leichtigkeit auf andere Weise treffen könnten. Isabel empfing Miß Stackpole ohne weiteres in ihrem eigenen Wohnzimmer und nahm sie wiederholt zur Ausfahrt mit, Pansy gegenüber, die sich auf ihrem Wagensitz ein wenig vorbeugte, um die berühmte Autorin mit einer respektvollen Aufmerksamkeit zu betrachten, die Henrietta zuweilen etwas aufreizend empfand. Sie beschwerte sich bei Isabel, daß Miß Osmond ein wenig so aussehe, als ob sie alles behielte, was man sage.
»Ich möchte nicht, daß man sich an mich in dieser Weise erinnert«, erklärte Miß Stackpole, »ich betone, daß meine Konversation sich, wie die Morgenzeitungen, nur auf den Moment be-

zieht. Deine Stieftochter aber sieht so aus, als ob sie, während sie da sitzt, alle alten Nummern aufhebt, um sie eines Tages gegen mich zu verwenden.« Sie brachte es nicht über sich, günstig über Pansy zu urteilen, deren Mangel an Initiative, an Unterhaltung, an persönlichen Ansprüchen ihr bei einem zwanzigjährigen Mädchen unnatürlich, ja sogar beunruhigend erschien. Isabel erkannte bald, daß Osmond es gern gesehen hätte, wenn sie ein wenig für ihre Freundin bei ihm eingetreten wäre und darauf bestanden hätte, daß er sie empfing, so daß er sich den Anschein hätte geben können, sie um des lieben Friedens willen zu dulden. Daß sie seine Einwände sofort angenommen, setzte ihn zu sehr ins Unrecht – wie es ja überhaupt sehr nachteilig ist, seine Verachtung zu äußern, da man nicht gleichzeitig den Ruf genießen kann, Sympathie geäußert zu haben. Osmond hielt auf seinen Ruf und hielt außerdem auf seine Einwände – alles Elemente, die sich schwer vereinigen lassen. Das richtige wäre gewesen, wenn Miß Stackpole ein-, zweimal im Palazzo Roccanera gespeist hätte, um sich (trotz seiner stets so großen äußeren Höflichkeit) selbst ein Urteil über das Mißvergnügen bilden zu können, das sie ihm bereitete. Als beide Damen sich jedoch so ablehnend verhielten, blieb Osmond nichts weiter übrig, als zu wünschen, die Dame aus New York möge sich davonmachen. Es war erstaunlich, wie wenig Gefallen er an den Freundschaften seiner Frau zu finden wußte, und er versäumte nicht, Isabel darauf aufmerksam zu machen.

»Du bist wirklich nicht sehr glücklich in der Wahl deiner Freunde; ich wollte, du legtest dir bald eine neue Sammlung an«, sagte er eines Morgens zu ihr, ohne sichtbaren Zusammenhang, aber im Tone reiflicher Überlegung, der seiner Bemerkung jede brutale Plötzlichkeit nahm. »Es ist, als habest du dich geplagt, alle Leute in der Welt aufzulesen, mit denen ich nicht das geringste gemein habe. Deinen Vetter hielt ich immer für einen eingebildeten Esel – abgesehen davon, daß er der benachteiligtste arme Teufel ist, den ich kenne. Daher ist es unerträglich, daß man ihm das nicht sagen kann; man muß ihn wegen seines Zustandes schonen. Dabei scheint mir sein Zustand sein bester Teil zu sein; er gewährt ihm Vorrechte, die niemand sonst genießt. Wenn er wirklich so verzweifelt krank ist, läßt sich das nur auf eine Art beweisen, aber dafür scheint er keinen Sinn zu haben. Für den großen Warburton läßt sich nicht viel Besseres vorbringen. Wenn man es sich recht überlegt, so war die kalte Unverschämtheit seines Auftretens doch ein starkes Stück. Er kommt und sieht sich unsere Tochter an, als sei sie eine Zimmerflucht; er probiert die Türgriffe und blickt aus dem Fenster, klopft an die Wände und ist schon fast bereit, sich einzumieten. Wären Sie so gut, den Vertrag auszuschreiben? Dann findet er, daß im ganzen die Räume doch zu klein sind; er glaubt, im dritten Stock nicht wohnen zu können; er wird sich nach einem *Piano Nobile* umsehen. Und fort geht er, nachdem er fast einen Monat umsonst in dem armseligen kleinen Logis gehaust hat. Aber Miß Stackpole ist die Krone deiner Entdeckungen. Mir kommt sie wie eine Art Ungeheuer vor. Man hat am ganzen Körper nicht einen Nerv, den sie nicht zum Zittern brächte. Du weißt ja, ich gab nie zu, daß sie eine Frau ist. Willst du wissen, woran sie mich erinnert? An eine dieser neuen Stahlfedern – das scheußlichste Ding in der Natur. Sie redet, wie eine Stahlfeder schreibt; verfaßt sie übrigens ihre Berichte nicht auf liniiertem Papier? Sie denkt und bewegt sich genauso, geht und sieht aus, wie sie redet. Du kannst sagen, daß sie mich nicht so sehr verletzen kann, da ich sie gar nicht sehe. Ich sehe sie nicht, aber ich höre sie, ich höre sie den ganzen Tag. Ihre Stimme liegt mir in den Ohren; ich kann sie nicht loswerden. Ich weiß genau, was sie sagt, und kenne jede Hebung und Senkung ihrer Stimme. Sie sagt reizende Dinge über mich und spendet dir damit großen Trost. Aber mir gefällt es gar nicht, wenn ich mir vorstelle, daß sie über mich redet – ich habe dabei genau das gleiche Gefühl, als wenn ich wüßte, mein Diener trägt meinen Hut.«

Henrietta redete über Gilbert Osmond, wie ihm seine Frau versicherte, viel weniger, als er argwöhnte. Sie hatte eine Fülle von anderen Themen, von denen zwei den Leser vermutlich besonders interessieren. Sie ließ ihre Freundin wissen, daß Caspar Goodwood von selbst entdeckt hatte, daß sie unglücklich sei, wenn sie auch mit aller Phantasie nicht imstande sei, sich vorzustellen, welchen Trost er ihr zu bringen hoffte, indem er wohl nach Rom kam, sie aber nicht aufsuchte. Sie trafen ihn zweimal auf der Straße, aber er schien sie nicht zu sehen; sie fuhren, und er hatte die Angewohnheit, geradeaus zu blicken, als beabsichtige er, jeweils immer nur einen Gegenstand ins Auge zu fassen. Isabel hätte wähnen können, sie habe ihn erst gestern gesehen: mit demselben Gesicht und demselben Schritt mußte er nach ihrer letzten Unterredung aus Mrs. Touchetts Haus getreten sein. Er war heute genau wie an jenem Tage gekleidet,

Isabel erkannte sogar die Farbe seiner Krawatte wieder; und doch lag bei aller Vertrautheit seines Aussehens eine Fremdheit über seiner Gestalt, etwas, das ihr erneut das Gefühl gab, es sei schrecklich, daß er nach Rom gekommen war. Er sah größer und überragender aus als früher und hatte doch in jenen Tagen schon hoch genug hinaufgereicht. Sie bemerkte, daß die Leute, an denen er vorüberschritt, ihm nachblickten; aber er ging geradenwegs, sein Gesicht wie einen Februarhimmel über ihnen erhebend.
Miß Stackpoles zweiter Gesprächsstoff war von ganz anderer Art; sie teilte Isabel die letzten Neuigkeiten über Mr. Bantling mit. Er war vor einem Jahr drüben in den Vereinigten Staaten gewesen, und sie rühmte sich glücklich, sie habe ihm eine beträchtliche Aufmerksamkeit widmen können. Sie wußte nicht, wie sehr er es genossen hatte, aber sie könne doch behaupten, daß es ihm sehr gut getan habe; er war bei seiner Abreise nicht mehr derselbe wie bei seiner Ankunft. Ihm waren die Augen aufgegangen, und er hatte gesehen, daß England nicht alles war. Er war fast überall beliebt gewesen und für äußerst schlicht angesehen worden – für schlichter, als man Engländer einzuschätzen pflegte. Es hatte zwar Leute gegeben, die fanden, er sei affektiert; sie wußte nicht recht, ob sie damit meinten, seine Einfachheit sei affektiert. Einige seiner Fragen waren allerdings niederschmetternd gewesen; er hielt alle Stubenmädchen für Farmerstöchter – oder alle Farmerstöchter für Stubenmädchen –, genau könne sie sich nicht mehr entsinnen. Anscheinend war er auch außerstande gewesen, das große Schulsystem Amerikas zu begreifen; das war einfach zuviel für ihn. Im ganzen hatte er sich benommen, als habe es von allem zuviel gegeben – als habe er nur immer einen kleinen Teil in sich aufnehmen können. Der Teil, den er sich ausgesucht hatte, war das Hotelsystem und die Flußschiffahrt gewesen. Die Hotels schienen ihn wirklich fasziniert zu haben; er besaß eine Photographie von jedem einzelnen, das er besucht hatte. Aber sein Hauptinteresse galt den Flußdampfern, er hatte nichts weiter mehr tun wollen, als auf den großen Dampfern zu fahren. Sie waren zusammen von New York nach Milwaukee gereist und hatten unterwegs an den interessantesten Orten gehalten; und jedesmal, wenn sie wieder aufbrachen, hatte er zu wissen verlangt, ob sie nicht den Dampfer benutzen könnten. Von Geographie schien er keine Ahnung zu haben – er hatte immer die Empfindung gehabt,

Baltimore sei eine Stadt im Westen, und hatte beständig in der Erwartung gelebt, am Mississippi anzulangen. Er schien nie von einem anderen Strom Amerikas gehört zu haben als vom Mississippi, und war nicht darauf gefaßt, die Existenz des Hudson anzuerkennen, obwohl er am Ende einräumen mußte, daß er dem Rhein völlig gleichkam. In den Salonwagen hatten sie einige fröhliche Stunden verbracht; er hatte bei dem farbigen Kellner immerzu Eis bestellt. An diese Vorstellung habe er sich nie gewöhnen können, daß man im Zug Eis serviert bekam. Denn in englischen Zügen bekäme man natürlich nichts, keine Fächer, keine Süßigkeiten, gar nichts! Die Hitze fand er einfach überwältigend, sie hatte ihm ja gesagt, es sei die größte, die er je erleben würde. Jetzt war er in England zum Jagen – zum Herumjagen, wie Henrietta es nannte. Diese Vergnügungen überließen wir den Indianern in Amerika, wir hätten das längst hinter uns, die Freuden der Jagd. In England schien man ja allgemein zu glauben, daß wir noch Tomahawk und Federschmuck trügen; aber ein solches Kostüm stände mit den englischen Gewohnheiten in viel besserem Einklang. Mr. Bantling werde also kaum die Zeit erübrigen, sie in Italien zu treffen, aber wenn sie wieder nach Paris ging, wollte er hinüberkommen. Er wollte sich gern Versailles noch einmal ansehen; er war ein großer Freund des *ancien régime*. Darüber könnten sie sich nie einigen, aber ihr gefiel ja Versailles deshalb, weil man dort sehen konnte, daß das *ancien régime* beiseite gefegt war. Jetzt gab es dort keine Fürsten und Marquis mehr, im Gegenteil, sie erinnerte sich noch, daß sie dort eines Tages fünf amerikanische Familien herumspazieren sah. Mr. Bantling legte großen Wert darauf, daß sie sich nochmals mit England befaßten, er denke, sie werde jetzt besser damit vorankommen; England habe sich in den letzten zwei bis drei Jahren sehr verändert. Er war entschlossen, falls sie komme, diesmal seine Schwester, Lady Pensil, aufzusuchen, damit die Einladung nicht wieder auf sich warten ließe. Das Geheimnis damals um die erste sei niemals aufgeklärt worden.

Caspar Goodwood erschien schließlich doch im Palazzo Roccanera; er hatte vorher ein Kärtchen an Isabel geschrieben und um Erlaubnis gebeten. Diese wurde ihm umgehend gewährt, sie würde am Nachmittag desselben Tages um sechs Uhr zu Hause sein. Sie verbrachte den Tag in Überlegungen, wozu er wohl herkam – was er sich davon versprach. Er hatte sich bisher als ein Mensch erwiesen, dem die Fähigkeit abging, Kompromisse zu schließen, der sich entweder nahm, um was er gebeten, oder gar nichts anrührte. Isabels Gastlichkeit ließ jedoch keine Fragen aufkommen, und sie fand weiter keine Schwierigkeit darin, glücklich genug zu erscheinen, um ihn zu täuschen. Wenigstens war sie überzeugt, daß sie ihn täuschte, daß er sich sagen müsse, er sei falsch informiert worden. Aber ebenso sah sie ein, so glaubte sie wenigstens, daß er nicht so enttäuscht war, wie es einige andere Männer sicher gewesen wären; er war nicht nach Rom gekommen, um auf eine Gelegenheit zu warten. Sie brachte es nie heraus, warum er gekommen war, er bot ihr keine Erklärung, es konnte keine andere geben als die sehr einfache, daß er sie wiederzusehen wünschte. Mit anderen Worten: Er war zu seinem Vergnügen gekommen. Isabel nahm diese Schlußfolgerung mit großem Eifer auf; sie war entzückt, eine Formel gefunden zu haben, unter welcher sich das Gespenst von dem alten Kummer dieses Herrn begraben ließ. Wenn er zu seinem Vergnügen nach Rom gekommen war, war das ganz das, was sie sich wünschte; denn wenn er auf Vergnügungen aus war, hatte er sein Herzweh überwunden. Hatte er aber dieses überwunden, dann war alles, wie es sein sollte, und ihre Verantwortung hatte ein Ende. Freilich genoß er seine Freuden ein wenig steif, aber er war nie leicht und gelassen gewesen; sie hatte allen Grund, zu glauben, daß er befriedigt war von dem, was er sah. Henrietta stand nicht in der Gunst seines Vertrauens, wenn auch er in ihrer, infolgedessen empfing Isabel kein Seitenlicht von dem Zustand seines Gemüts. Er war ja wenig geneigt, allgemeine Konversation zu machen, und ihr fiel ein, daß sie einmal vor Jahren von ihm gesagt hatte: »Mr. Goodwood spricht eine ganze Menge, aber er plaudert nicht.« Auch jetzt sprach er eine ganze Menge, aber er plauderte so wenig wie je; das heißt, angesichts der vielen Dinge, über die man in Rom zu plaudern wußte. Sein Besuch war nicht dazu angetan, ihre Beziehungen zu ihrem Gemahl zu vereinfachen, denn wenn Mr. Osmond ihre Freunde nicht leiden konnte, so hatte Mr. Goodwood keinen anderen Anspruch auf seine Beachtung als den, zu ihren allerersten zu gehören. Sie konnte nichts anderes von ihm sagen, als daß er ihr ältester Freund sei; diese etwas magere Erklärung erschöpfte bereits die Tatsachen. Sie hatte nicht umhin gekonnt, ihn Gilbert vorzustellen; es war unumgänglich, ihn zum Essen einzuladen und zu ihren Donnerstag-Abenden zu bitten, deren sie recht müde geworden war, an denen aber ihr Gemahl noch festhielt, nicht sosehr, um Leute dazu einzuladen, als um sie davon auszuschließen. Zu den Donnerstagen kam Mr. Goodwood regelmäßig, sehr feierlich und ziemlich früh; er schien diese Einrichtung mit ziemlichem Ernst aufzufassen. Immer wieder mußte sich Isabel einen Augenblick über ihn ärgern; er hatte so etwas erschreckend Buchstäbliches an sich; sie fand, er müsse merken, daß sie nichts mit ihm anzufangen wußte. Dabei konnte sie ihn nicht dumm nennen; das war er nicht im mindesten; er war nur außerordentlich ehrlich. So ehrlich zu sein, unterschied einen Mann beträchtlich von den meisten Menschen; man mußte fast ebenso ehrlich zu *ihm* sein. Diese Überlegungen stellte sie zu eben dem Zeitpunkt an, als sie sich schmeichelte, ihn überzeugt zu haben, daß sie die leichtherzigste aller Frauen sei. Er zeigte in diesem Punkt auch nie einen Zweifel, stellte nie eine persönliche Frage. Mit Osmond vertrug er sich viel besser, als man hätte denken sollen. Osmond hatte eine große Abneigung dagegen, sich festlegen zu lassen. In solchem Fall trieb es ihn unwiderstehlich, diese Erwartung zu enttäuschen. In Anerkennung dieses Prinzips leistete er sich also den Spaß, eine Zuneigung zu diesem baumlangen Bostoner zu fassen, den mit Kälte zu behandeln man von ihm erwartet hätte. Er erkundigte sich bei Isabel, ob Mr. Goodwood sie nicht auch zu heiraten gewünscht habe, und zeigte sich überrascht, daß sie ihn nicht erhört hatte. Das wäre doch eine großartige Sache gewesen, wie das Leben unter einem großen Glockenturm, der alle Stunden schlägt und die Lüfte oben in kosmische Schwingung versetzt. Er erklärte, er unterhalte sich gern mit dem langen Goodwood; anfangs sei es nicht ganz leicht; da müsse man immer zuerst eine endlose steile Treppe erklimmen bis hinauf zur Spitze des Turmes; aber wenn man oben angelangt sei, habe man eine weite Aussicht und spüre eine frische kleine Brise. Osmond hatte, wie wir wissen, reizende Eigenschaften, und er ließ sie Caspar Goodwood zugute kommen. Isabel konnte feststellen, daß Mr. Goodwood eine bessere Meinung von ihrem Mann hatte, als er je zu haben beabsichtigte; er hatte an jenem Florentiner Morgen den Anschein erweckt, als sei er gegen einen guten Eindruck unempfindlich. Gilbert lud ihn wiederholt zum Essen ein, hinterher rauchte Mr. Goodwood eine Zigarre mit ihm und äußerte sogar den Wunsch, seine Sammlungen zu besehen. Gilbert sagte Isabel, er sei sehr originell; er sei so fest und von so gutem Stil wie eine englische Reisetasche – er hätte eine Menge Riemen und Schnallen, die sich niemals

abwetzten, und dazu ein prachtvolles Patentschloß. Caspar Goodwood verlegte sich inzwischen aufs Reiten in der Campagna, eine Übung, der er viel Zeit widmete; Isabel sah ihn daher vornehmlich am Abend. Eines Tages faßte sie sich ein Herz, fragte ihn, ob er ihr wohl einen Gefallen tun wolle, und setzte lächelnd hinzu:
»Ich weiß zwar nicht, welches Recht ich habe, Sie um einen Gefallen zu bitten.«
»Sie sind der Mensch in der Welt mit dem größten Recht«, antwortete er. »Ich habe Ihnen Versicherungen gemacht, die ich keinem anderen gab.«
Der Gefallen bestand darin, daß er hingehen und ihren Vetter Ralph einmal besuchen sollte, der krank im Hôtel de Paris lag, ganz allein; er solle nett zu ihm sein. Mr. Goodwood hatte ihn nie kennengelernt, aber er würde schon wissen, wer der arme Kerl war; wenn sie sich nicht sehr irrte, hatte Ralph ihn einmal nach Gardencourt eingeladen. Caspar erinnerte sich durchaus noch an die Einladung, und wenn er auch nicht als ein Mann von starker Phantasie gelten konnte, so verstand er doch, sich an die Stelle eines armen Herrn zu versetzen, der in einem römischen Gasthof im Sterben lag. Er sprach im Hôtel de Paris vor, und als er sich dem Besitzer von Gardencourt gegenüber befand, sah er neben dessen Sofa Miß Stackpole sitzen. Tatsächlich war in den Beziehungen dieser Dame zu Ralph Touchett ein einzigartiger Wechsel eingetreten. Sie war nicht von Isabel aufgefordert worden, ihn zu besuchen, sondern war auf die Nachricht hin, daß er zu krank sei, um selbst zu kommen, sofort aus eigenem Antrieb zu ihm gegangen. Seitdem machte sie ihm täglich einen Besuch – stets in der Überzeugung, daß sie die größten Feinde seien. »O ja, wir sind sehr intime Feinde«, pflegte Ralph zu sagen; und er beschuldigte sie freimütig – dazu konnte er sich noch immer aufraffen –, daß sie nur kam, um ihn zu Tode zu ärgern. In Wirklichkeit wurden sie die besten Freunde, Henrietta nicht ohne große Verwunderung, daß sie ihn nicht schon früher gerngehabt hatte. Ralph hatte sie noch genauso gern wie immer; er hatte nie einen Moment gezweifelt, daß sie ein wunderbarer Freund war. Sie redeten über alles und waren immer verschiedener Meinung, das heißt, über alles, außer Isabel – ein Thema, bei dem Ralph immer einen dünnen Zeigefinger an die Lippen legte. Mr. Bantling andererseits erwies sich als ein unerschöpflicher Gesprächsstoff; Ralph war imstande,

über Mr. Bantling mit Henrietta stundenlang zu diskutieren. Die Diskussion entfachte sich natürlich an ihrer unvermeidlichen Meinungsverschiedenheit – Ralph hatte sich damit amüsiert, den festen Standpunkt zu vertreten, der fröhliche Ex-Ulan sei in Wirklichkeit ein regelrechter Machiavelli. Caspar Goodwood konnte zu solcher Debatte natürlich nichts beitragen; aber nachdem er mit dem Kranken allein geblieben war, machte er verschiedene andere Themen ausfindig, deren Erörterung sie vornehmen konnten. Es darf versichert werden, daß sich die Dame, die sie gerade verlassen hatte, nicht darunter befand; Caspar sprach ihr im voraus alle Meriten zu, jede weitere Bemerkung aber erübrigte sich für ihn. Ebensowenig ließen sich die beiden Herren nach den ersten Andeutungen über Mrs. Osmond aus – ein Thema, in welchem Goodwood ebenso viele Gefahren witterte wie Ralph. Er fühlte ein großes Bedauern für die schwer zu klassifizierende Persönlichkeit des Kranken; es war ihm unerträglich, einen angenehmen Menschen, so angenehm bei aller Verschrobenheit, so jenseits aller Hilfe zu sehen. Für Goodwood mußte es immer etwas zu tun geben, und auch in diesem Fall tat er etwas, indem er seinen Besuch im Hôtel de Paris verschiedentlich wiederholte. Es schien Isabel, daß sie sehr klug gehandelt hatte; auf listige Weise hatte sie für den überflüssigen Caspar eine Verwendung gefunden. Sie hatte ihm eine Beschäftigung vermittelt; sie hatte ihn zum Krankenwärter für Ralph bekehrt. Sie plante, ihn mit ihrem Vetter nach Norden auf die Reise zu schicken, sobald das erste milde Wetter es erlaubte. Lord Warburton hatte Ralph nach Rom gebracht, und Mr. Goodwood sollte ihn zurückbringen. Darin schien ihr eine glückliche Symmetrie zu liegen, und sie war jetzt dringend darauf bedacht, daß Ralph abreisen solle. Sie wurde beständig von der Angst verfolgt, er könne hier, vor ihren Augen, sterben, und von dem Entsetzen gejagt, daß sich dies in einem Gasthaus, vor ihrer Türschwelle, die er so selten überschritten, ereignen könne. Ralph aber sollte in seinem eigenen, geliebten Haus zur letzten Ruhe kommen, in einem jener tiefen, dämmerigen Gemächer von Gardencourt, wo der dunkle Efeu sich um den Rand des blinkenden Fensters drängte. In diesen Tagen schien für Isabel etwas Weihevolles über Gardencourt zu liegen; kein Kapitel der Vergangenheit war so unwiederbringlich dahin wie dieses. Wenn sie an die Monate dachte, die sie dort verbracht hatte, stiegen ihr die Tränen in die Augen. Sie gratulierte sich, wie gesagt, zu ihrer

Klugheit, aber sie selbst bedurfte jetzt auch all ihrer Kräfte; denn jetzt sollten einige Ereignisse eintreten, die sie zu kränken und herauszufordern schienen. Die Gräfin Gemini traf aus Florenz ein – traf ein mit ihren Koffern, ihren Kleidern, ihrem Geschwätz, mit ihrer Falschheit, ihrer Feierlichkeit, mit der seltsamen, unheiligen Legende von der Zahl ihrer Liebhaber. Edward Rosier, der fortgereist war – niemand, nicht einmal Pansy hatte gewußt, wohin –, erschien erneut in Rom und begann ihr lange Briefe zu schreiben, die sie nie beantwortete. Und Madame Merle kehrte aus Neapel zurück und sagte zu ihr mit einem merkwürdigen Lächeln: »Was in aller Welt haben Sie nur mit Lord Warburton angestellt?« Als ob es sie das geringste anging!

XLVIII

Eines Tages, Ende Februar, entschloß sich Ralph Touchett, nach England zurückzukehren. Er hatte seine eigenen Gründe für diesen Entschluß, die mitzuteilen er sich nicht genötigt sah; aber Henrietta Stackpole, zu der er von seiner Absicht sprach, schmeichelte sich, sie erraten zu können. Sie enthielt sich indessen, davon zu sprechen; sie sagte nur einen Augenblick später, während sie noch neben ihm auf dem Sofa saß: »Sie wissen vermutlich, daß Sie nicht allein reisen können?«

»Ich denke auch nicht daran«, antwortete Ralph. »Ich werde Gesellschaft haben.«

»Was verstehen Sie unter Gesellschaft? Diener, die Sie bezahlen?«

»Nun«, sagte Ralph scherzend, »schließlich sind das auch Menschen.«

»Sind auch Frauen dabei?« wünschte Miß Stackpole zu wissen.

»Sie reden, als hätte ich ein Dutzend! Nein, ich gestehe, eine Soubrette steht nicht in meinen Diensten.«

»Na also«, sagte Henrietta ruhig. »Auf diese Weise können Sie nicht nach England reisen. Sie bedürfen der Obhut einer Frau.«

»Ich habe in den letzten vierzehn Tagen so viel von der Ihren genossen, daß das noch ein Weilchen vorhalten wird.«

»Das war längst nicht genug. Ich glaube, ich werde Sie begleiten müssen«, sagte Henrietta.

»Mich begleiten?« Ralph richtete sich langsam auf seinem Sofa auf.

»Ja, ich weiß, Sie können mich nicht leiden, aber ich werde trotz-

dem mitkommen. Übrigens ist es besser für Ihre Gesundheit, wenn Sie sich wieder hinlegen.«
Ralph sah sie einen Augenblick an; dann sank er langsam zurück. »Ich habe Sie sehr gern«, sagte er plötzlich.
Miß Stackpole ließ ihr seltenes Lachen hören. »Sie brauchen nicht zu denken, daß Sie sich damit loskaufen. Ich reise mit Ihnen, und was mehr ist, ich werde auf Sie aufpassen!«
»Sie haben ein gutes Herz«, sagte Ralph.
»Warten Sie, bis ich Sie erst sicher zu Hause habe, ehe Sie das sagen. Das wird nicht so leicht sein. Trotzdem ist es besser, wenn Sie abreisen.«
Bevor sie ging, sagte Ralph: »Wollen Sie sich wirklich meiner annehmen?«
»Ja, ich will es jedenfalls versuchen.«
»Ich teile Ihnen also mit, daß ich mich unterwerfe. Und wie ich mich unterwerfe!« Es war vielleicht ein Zeichen dieser Unterwerfung, daß er, nachdem sie ihn verlassen, in ein lautes Gelächter ausbrach. Es schien ihm so inkonsequent, ein solch schlüssiger Beweis für sein Abdanken von allen Pflichten, für sein Aufgeben jeder Bemühung zu sein, daß er sich auf einer Reise durch ganz Europa unter die Aufsicht von Miß Stackpole begeben wollte. Und das kuriose dabei war, daß ihm diese Aussicht durchaus gefiel; genießerisch empfand er seine Passivität. Er wartete sogar ungeduldig auf den Aufbruch; tatsächlich hatte er große Sehnsucht nach seinem eigenen Haus. Das Ende der Dinge stand jetzt bevor; ihm war, als brauche er bloß noch den Arm auszustrecken, um die Grenze zu spüren. Aber er wollte zu Hause sterben; es war der einzige Wunsch, der ihm noch blieb: sich in dem großen, stillen Zimmer auszustrecken, wo er seinen Vater zum letzten Mal hatte liegen sehen, und seine Augen dann im sommerlichen Dämmerlicht zu schließen.
Am selben Tage besuchte ihn auch Caspar Goodwood; er teilte seinem Besucher sofort mit, daß Miß Stackpole sich seiner annehmen und ihn nach England zurückbringen wolle. »Ach, dann fürchte ich«, sagte Caspar, »daß ich das fünfte Rad am Wagen bin. Ich mußte Mrs. Osmond versprechen, Sie zu begleiten.«
»Großer Gott – das ist das Goldene Zeitalter! Sie sind ja alle zu freundlich.«
»Die Freundlichkeit meinerseits gilt ihr; Ihnen gilt sie kaum.«
»Zugegeben, dann ist *sie* sehr freundlich«, lächelte Ralph.
»Daß sie die Leute veranlaßt, Sie zu begleiten? Ja, das ist auch

eine Art Freundlichkeit«, antwortete Goodwood, ohne sich zu diesem Scherz herzugeben. »Doch was mich betrifft«, setzte er hinzu, »gehe ich soweit, zu behaupten, daß ich viel lieber mit Miß Stackpole und Ihnen reise als mit Miß Stackpole allein.«
»Und noch lieber blieben Sie hier, als daß Sie eines von beiden täten«, sagte Ralph. »Sie brauchen wirklich nicht mitzukommen. Henrietta ist außerordentlich tüchtig.«
»Dessen bin ich sicher. Aber ich habe es Mrs. Osmond versprochen.«
»Sie können sie leicht dazu bringen, Sie davon zu befreien.«
»Um nichts in der Welt würde sie das tun. Sie wünscht, daß ich mich um Sie kümmere, aber das ist nicht die Hauptsache. Die Hauptsache ist ihr Wunsch, daß ich Rom verlasse.«
»Ach, da legen Sie zu viel hinein«, meinte Ralph.
»Ich langweile sie«, fuhr Goodwood fort. »Sie weiß nicht, was sie mit mir reden soll, daher ersann sie diesen Ausweg.«
»Ach so, wenn ich ihr damit einen Gefallen tue, will ich Sie gern mitnehmen. Obgleich ich nicht ganz einsehe, wieso das ein Gefallen ist«, setzte Ralph gleich darauf hinzu.
»Nun«, sagte Caspar Goodwood einfach, »sie glaubt, ich beobachte sie.«
»Beobachte?«
»Sie denkt, ich versuche herauszukriegen, ob sie glücklich ist.«
»Das bringt man leicht heraus«, sagte Ralph. »Sie ist nach außen die glücklichste Frau, die ich kenne.«
»Genau das; das genügt mir«, antwortete Goodwood trocken. Aber bei aller Trockenheit hatte er noch mehr zu sagen. »Ich habe sie tatsächlich beobachtet; ich bin ein alter Freund von ihr, und mir schien, ich habe ein Recht dazu. Sie gibt vor, glücklich zu sein; das hat sie sich nun einmal vorgenommen, und ich dachte, ich überzeuge mich lieber selbst, wie es darum bestellt ist. Jetzt habe ich mich überzeugt«, fuhr er mit einem rauhen Klang in seiner Stimme fort, »und mehr wollte ich nicht. Jetzt bin ich bereit, wieder abzureisen.«
»Wissen Sie, daß es mir auch so vorkommt, als würde es Zeit für Sie?« stimmte Ralph ihm zu. Und dies war die einzige Unterhaltung, die beide Herren über Isabel Osmond führten.
Henrietta traf ihre Vorbereitungen zur Abreise und fand es dabei angemessen, der Gräfin Gemini noch einige Worte zu sagen, die ihr in der Pension den Besuch erwiderte, den sie bei der Gräfin in Florenz gemacht hatte.

»Über Lord Warburton haben Sie sich sehr geirrt«, bemerkte sie zu der Gräfin. »Ich halte es für richtig, Sie darüber aufzuklären.«

»Daß er Isabel schöne Augen machte? Sie Ärmste, er erschien täglich dreimal in ihrem Hause. Er hat dort Spuren hinterlassen!« rief die Gräfin.

»Er wünschte Ihre Nichte zu heiraten; darum kam er ins Haus!« Die Gräfin starrte sie an und rief dann mit rücksichtslosem Lachen: »Ist das die Geschichte, die Isabel auftischt? Nicht schlecht, wie solche Dinge sich entwickeln. Wenn er meine Nichte zu heiraten wünschte, bitte sehr, warum tat er es nicht? Vielleicht ist er nur gegangen, um den Ehering zu kaufen und wird im nächsten Monat damit zurückkehren, wenn ich wieder fort bin.«

»Nein, er wird nicht zurückkommen. Miß Osmond will ihn nicht.«

»Sie ist sehr entgegenkommend! Ich wußte, daß sie Isabel liebt, aber ich wußte nicht, daß sie es so weit treibt.«

»Ich verstehe Sie nicht«, sagte Henrietta kühl und überlegte, daß die Gräfin recht bösartig war. »Ich muß auf meinem Standpunkt beharren – daß Isabel die Aufmerksamkeiten Lord Warburtons niemals ermutigte.«

»Meine Teure, was wissen Sie und ich darüber? Wir wissen nur, daß mein Bruder zu allem fähig ist.«

»Davon weiß ich nichts«, sagte Henrietta mit Würde.

»Ich beklage ja nicht, daß sie Lord Warburton ermutigte; ich beklage, daß sie ihn fortschickte. Ich wollte ihn doch so gerne kennenlernen. Glauben Sie, daß sie dachte, ich würde ihn ihr abtrünnig machen?« fuhr die Gräfin mit kühner Beharrlichkeit fort. »Aber sie wird ihn sich nur warmhalten wollen, das kann man spüren. Das Haus dort ist voll von ihm; er liegt förmlich in der Luft. O ja, er hat seine Spuren hinterlassen; ich bin sicher, ich werde ihn doch noch zu Gesicht bekommen.«

»Na«, sagte Henrietta kurz darauf mit einer jener Eingebungen, die ihr bei ihren Berichten an den *Interviewer* soviel Glück gebracht hatten, »vielleicht hat er bei Ihnen mehr Erfolg als bei Isabel.«

Als sie ihrer Freundin von dem Angebot erzählte, das sie Ralph gemacht hatte, entgegnete Isabel, daß sie ihr nichts Lieberes hätte antun können. Sie war immer des Glaubens gewesen, daß Ralph und die junge Frau sich im Grunde verstehen müßten.

»Das ist mir egal, ob er mich versteht oder nicht«, erklärte Hen-

rietta. »Die Hauptsache ist, daß er mir nicht in der Eisenbahn stirbt.«
»Das wird er nicht«, sagte Isabel, beteuernd den Kopf schüttelnd. »Nicht, wenn ich es verhindern kann. Ich verstehe übrigens, daß du uns alle wegschicken willst. Ich weiß nur nicht, was du anfangen willst.«
»Ich möchte allein sein«, sagte Isabel.
»Das kannst du doch nicht, solange du soviel Gesellschaft zu Hause hast.«
»Ach, die haben teil an der Komödie. Ihr anderen seid Zuschauer.«
»Nennst du das eine Komödie, Isabel Archer?« fragte Henrietta, regelrecht ergrimmt.
»An der Tragödie also, wenn dir das lieber ist. Ihr blickt mich alle an; das wird mir ganz ungemütlich.«
Henrietta vertiefte sich einen Augenblick in diese Betrachtung. »Du bist wie ein verwundetes Reh, das das Waldesdickicht aufsucht. Ach, du läßt mich die Hilflosigkeit so schmerzlich fühlen«, entfuhr es ihr.
»Ich bin ganz und gar nicht hilflos. Ich habe mir allerhand vorgenommen.«
»Ich rede nicht von dir, ich rede von mir; es ist einfach zuviel, daß ich eigens herkam, um dich jetzt genauso zu verlassen, wie ich dich vorfand.«
»Das tust du nicht; du verläßt mich sehr erfrischt«, sagte Isabel.
»Eine sehr milde Art der Erfrischung – saure Limonade! Ich möchte, daß du mir etwas versprichst.«
»Das kann ich nicht. Ich werde nie wieder etwas versprechen. Vor vier Jahren legte ich ein solches Gelöbnis ab und habe es so schlecht halten können.«
»Da hast du wenig Ermutigung gehabt. Aber in diesem Fall würde ich dir alle Ermutigung geben. Verlaß deinen Mann, bevor es zum Schlimmsten kommt; das sollst du mir versprechen.«
»Zum Schlimmsten? Was nennst du das Schlimmste?«
»Bevor dein Charakter verdorben wird.«
»Du meinst, meine Eigenschaften? Die lassen sich nicht verderben«, antwortete Isabel und lächelte. »Da passe ich schon gut auf. Was mir aber ungemein auffällt«, sagte sie und kehrte sich ab, »ist die unverhüllte Art, mit der du davon sprichst, daß eine Frau ihren Mann verlassen soll. Es ist leicht zu merken, daß du nie einen gehabt hast!«

»Na«, sagte Henrietta, als ob sie einen Gegenbeweis erbringen wolle, »nichts ist häufiger als das in unseren Städten des Westens, und schließlich sind sie es, nach denen wir uns jetzt in Zukunft zu richten haben.« Ihr Argument hat indessen nichts mit unserer Geschichte zu tun, in der noch viele Fäden zu entwirren sind. Inzwischen verkündete sie Ralph, daß sie Rom mit jedem Zug, den er bestimmen würde, zu verlassen bereit sei, und Ralph raffte sich sofort zur Abreise auf. Isabel ging und besuchte ihn zum letzten Male, und er machte dieselbe Bemerkung, die auch Henrietta gemacht hatte. Es sei auffallend, wie ungemein sich Isabel freue, sie alle loszuwerden.

Statt aller Antwort legte sie sanft ihre Hand auf die seine und sagte mit leiser Stimme und raschem Lächeln: »Mein lieber Ralph–« Das war ihm Antwort genug, und er gab sich zufrieden. Aber er fuhr in derselben Weise scherzend und spottend fort. »Ich habe weniger von dir gesehen, als mir lieb war, aber es war besser als nichts. Und außerdem habe ich viel von dir gehört.«

»Ich wüßte nicht von wem, bei dem Leben, das du führst.«

»Von den Stimmen aus der Luft! Oh, von niemand anderem; anderen Leuten gestatte ich nicht, von dir zu sprechen. Sie sagen immer, du seist reizend, und das ist so flach.«

»Ich hätte dich öfter besuchen sollen«, sagte Isabel. »Aber wenn man verheiratet ist, hat man so viel zu tun.«

»Zum Glück bin ich nicht verheiratet. Wenn du mich in England besuchst, werde ich in der Lage sein, dich mit der ganzen Freiheit eines Junggesellen zu bewirten.« Er fuhr fort zu sprechen, als ob sie sich gewißlich wiedersehen würden, und ließ dann diese Annahme als ganz gerechtfertigt erscheinen. Er spielte nicht darauf an, daß seine Zeit bemessen, daß er wahrscheinlich den Sommer nicht mehr überleben würde. Da er das vorzog, ging Isabel gern darauf ein; die Wirklichkeit war deutlich genug, ohne daß sie in ihrer Unterhaltung Wegweiser dafür brauchten. Das war in früheren Zeiten noch angegangen, obwohl Ralph in diesen wie in seinen übrigen Angelegenheiten niemals egoistisch war. Isabel sprach von seiner Reise, von den Abschnitten, in welche er sie einteilen, von den Vorsichtsmaßnahmen, die er treffen sollte. »Henrietta ist meine größte Vorsichtsmaßnahme«, sagte er. »Die Gewissenhaftigkeit dieser Frau ist göttlich.«

»Sie wird sicher höchst gewissenhaft sein.«

»Wird? Sie ist es schon gewesen! Nur weil sie es für ihre Pflicht hält, reist sie mit mir. Daran kannst du dir ein Beispiel nehmen.«

»Ja, sie ist sehr großherzig«, sagte Isabel, »und sie beschämt mich tief. Eigentlich müßte *ich* dich begleiten, weißt du.«

»Dein Mann würde es sicher nicht dulden.«

»Nein, er würde es nicht dulden. Aber ich könnte ja dennoch mitfahren.«

»Ich bin entsetzt von der Kühnheit deiner Phantasie. Man denke, ich als die Ursache einer Meinungsverschiedenheit zwischen einer Dame und ihrem Gemahl!«

»Darum gehe ich auch nicht«, sagte Isabel einfach – indessen nicht sehr einleuchtend.

Doch Ralph verstand sie nur zu gut. »Das wollte ich meinen, bei all den Obliegenheiten, von denen du sprachst.«

»Das ist es nicht. Ich fürchte mich«, sagte Isabel. Nach einer Pause wiederholte sie, mehr für sich selbst als für ihn: »Ich fürchte mich.«

Ralph konnte kaum unterscheiden, was ihr Ton besagte; er klang so seltsam überlegt – anscheinend so bar jeden Gefühls. Wollte sie öffentlich für ein Vergehen Buße tun, dessen sie nicht überführt worden war? Oder waren ihre Worte einfach ein Versuch zur Selbstanalyse? Wie dem auch sei, eine so günstige Gelegenheit konnte er sich nicht entgehen lassen. »Vor deinem Mann?«

»Vor mir selbst!« sagte sie und erhob sich. Einen Augenblick blieb sie stehen und fuhr dann fort: »Wenn ich mich vor meinem Mann fürchtete, so wäre das einfach meine Pflicht. Das erwartet man ja von einer Frau.«

»O ja«, lachte Ralph; »aber um das wettzumachen, gibt es bestimmt immer einen Mann, der sich vor einer Frau schrecklich fürchtet.«

Sie schenkte diesem Satz keine Beachtung, sondern schlug plötzlich eine andere Tonart an. »Mit Henrietta an der Spitze deines kleinen Gefolges«, rief sie plötzlich, »wird für Mr. Goodwood nicht viel zu tun übrigbleiben.«

»Aber, meine liebe Isabel«, antwortete Ralph, »daran ist er doch gewöhnt. Wann *ist* für Mr. Goodwood je etwas übriggeblieben?«

Sie verfärbte sich und bemerkte dann rasch, daß sie jetzt gehen müsse. Einen Augenblick standen sie zusammen; ihre beiden Hände lagen in seinen beiden. »Du bist mein bester Freund gewesen«, sagte sie.

»Ich habe für dich – für dich habe ich leben wollen. Aber ich bin dir nie von Nutzen gewesen.«

Da überkam es sie noch heftiger, daß sie ihn nicht wiedersehen sollte. Das konnte sie nicht hinnehmen; auf diese Art konnte sie sich nicht von ihm trennen. »Wenn du nach mir schickst, dann werde ich kommen«, sagte sie schließlich.

»Dein Mann wird das nicht zulassen.«

»O doch, das könnte ich einrichten.«

»Dann werde ich mir das als letzte Freude aufsparen«, sagte Ralph. Als Antwort küßte sie ihn nur. Es war Donnerstag, und an diesem Abend kam Caspar Goodwood in den Palazzo Roccanera. Er befand sich unter den ersten Gästen und unterhielt sich eine Zeitlang mit Gilbert Osmond, der auf den Empfängen seiner Frau fast immer zugegen war. Sie setzten sich zusammen, und Osmond war mitteilsam und von ausladender Gesprächigkeit. Eine Art intellektueller Heiterkeit schien ihn zu erfüllen. Er lehnte sich mit übereinandergeschlagenen Beinen rekelnd und plaudernd zurück, während Goodwood, viel unruhiger, aber durchaus schweigsamer, seine Stellung fortgesetzt änderte, mit seinem Hut spielte und das kleine Sofa unter sich zum Ächzen brachte. Auf Osmonds Gesicht spielte ein scharfes, herausforderndes Lächeln; er wirkte wie ein Mann, dessen Lebensgeister sich an guten Neuigkeiten erfrischt hatten. Er erklärte Goodwood, wie sehr sie es bedauerten, ihn zu verlieren; er würde ihn ganz besonders vermissen. Er treffe hier so wenig intelligente Männer – die seien in Rom erstaunlich selten. Er müßte auch bestimmt wiederkommen, für einen alteingesessenen Italiener wie ihn bedeute es eine große Erquickung, sich einmal mit einem echten Outsider unterhalten zu können.

»Ich hänge ja sehr an Rom, wissen Sie«, sagte Osmond; »aber es kann mir nichts Besseres widerfahren, als mit Leuten zusammenzutreffen, die diesen Aberglauben nicht teilen. Schließlich ist auch die moderne Welt sehr schön. Sie sind ja durch und durch modern und dabei nicht eine Spur gewöhnlich. So viele von den Modernen, die wir hier treffen, sind von so mäßigem Format. Wenn das die Kinder der Zukunft sind, sind wir gern bereit, jung zu sterben. Natürlich können die Alten auch oft recht lästig sein. Meine Frau und ich haben alles gern, was wirklich neu ist und nicht nur so tut. Unglücklicherweise sind Dummheit und Unwissenheit absolut nichts Neues. Die begegnen uns oft in Formen, die sich als eine Offenbarung des Fortschrittes, der Erleuchtung anbieten. Eine Offenbarung des Ordinären! Es gibt da eine gewisse Art des Ordinären, die ich wirklich für neu halte, ich glaube nicht, daß es dergleichen schon früher gab. Tatsächlich finde ich vor unserem Jahrhundert überhaupt nichts Ordinäres. Im vorigen machte sich hier und da eine leichte Gefahr bemerkbar, aber heutzutage ist die Luft so erfüllt davon, daß man die delikaten Dinge buchstäblich kaum noch erkennen kann. Sie nun *gefielen uns* –!« Wobei er einen Moment zögerte, seine Hand sanft auf Goodwoods Knie legte und mit einer Mischung von Selbstvertrauen und Überlegenheit lächelte. »Ich werde Ihnen jetzt etwas äußerst Kränkendes und Väterliches sagen, aber diese Genugtuung müssen Sie mir gestatten. Sie gefielen uns, weil – weil Sie uns ein wenig mit der Zukunft versöhnten. Wenn es später nur eine gewisse Anzahl Männer Ihresgleichen geben wird – *á la bonne heure!* Sie sehen, ich rede sowohl für meine Frau wie für mich. Sie spricht für mich, meine Frau; warum sollte ich nicht auch für sie sprechen? Wir sind so verbunden, wissen Sie, wie der Leuchter und die Lichtputzschere. Gehe ich fehl in der Annahme, wenn ich sage, daß ich von Ihnen verstanden zu haben glaube, Ihre Beschäftigung sei – merkantiler Natur? Wissen Sie, darin liegt ja eine Gefahr, aber uns überrascht die Art, wie Sie ihr entgangen sind. Verzeihen Sie, wenn mein kleines Kompliment von so abscheulichem Geschmack ist; glücklicherweise kann meine Frau mich nicht hören. Was ich meine, ist, daß Sie leicht zu einem von jenen *hätten werden können* – von denen ich gerade sprach. Die ganze amerikanische Welt hatte sich verschworen, Sie dazu zu machen. Aber Sie widerstanden, Sie haben etwas in sich, das hat Sie gerettet. Und dabei sind Sie so modern, so modern; der modernste Mensch, den wir kennen. Wir werden immer entzückt sein, Sie wiederzusehen!«

Wir sagten schon, daß Osmond guter Laune war, und diese Bemerkungen werden das vollauf bestätigen. Sie waren unendlich viel persönlicher, als er sie für gewöhnlich abzugeben beliebte, und wenn Caspar Goodwood ihnen ein wenig mehr Beachtung geschenkt hätte, müßte er gemerkt haben, daß die Verteidigung der Delikatesse sich da in recht merkwürdigen Händen befand. Doch können wir versichert sein, daß Osmond genau wußte, was er tat, und daß, wenn er den väterlichen Ton mit einer Plumpheit auftrug, die seinen sonstigen Gewohnheiten nicht entsprach, er für diese Eskapade seine guten Gründe hatte. Es kam Goodwood nur unklar zu Bewußtsein, daß der andere diesen Ton überhaupt auftrug; er wußte kaum, an welcher Stelle er die Mixtur verwendete. Tatsächlich wußte er kaum, wovon Osmond eigentlich sprach: er wünschte nur, mit Isabel allein zu sein, und dieser Gedanke tönte ihm lauter im Ohr als die wohlmodulierte Stimme ihres Mannes. Er sah, wie sie mit anderen sprach, und er grübelte, wann sie wohl frei sein werde und ob er sie dann bitten könne, ihn in eines der anderen Zimmer zu begleiten. Seine Laune war nicht wie die Osmonds die beste; eine gewisse stumme Wut brütete in seinem Bewußtsein. Bisher war ihm Osmond persönlich nicht unangenehm gewesen; er fand ihn sehr gebildet und sehr höflich und mehr, als er vermutete, der Person entsprechend, die Isabel Archer naturgemäß heiraten würde. Sein Gastgeber hatte im offenen Feld einen großen Vorteil über ihn errungen, und Goodwoods Sinn für *fair play* war zu stark, um sich deswegen bewegen zu lassen, ihn zu unterschätzen. Er hatte sich nicht wesentlich bemüht, gut von dem anderen zu denken; das war ein Flug in die sentimentalen Gefilde des Wohlwollens, dessen er selbst in den Tagen, als er einer Versöhnung mit dem, was geschehen, am nächsten kam, gar nicht fähig gewesen wäre. Er betrachtete ihn mehr als einen Menschen von glänzenden dilettantischen Gaben, der über einen Überfluß an Zeit verfügte und diese in kleinen Konversationskunstwerken zu vergeuden liebte. Aber er traute ihm nur halb; er konnte nie dahinterkommen, warum zum Teufel Osmond ausgerechnet *ihn* mit Kunstwerken dieser Art überschüttete. Er argwöhnte, daß der andere seinen heimlichen Spaß daran hatte, und es bestärkte ihn in seinem allgemeinen Eindruck, daß sein triumphierender Rivale in seinem Charakter einen boshaften Zug besaß. Er wußte in der Tat, daß Osmond kein Bedürfnis haben konnte, ihm Böses zu wünschen; er hatte ja nichts von ihm zu fürchten. Der andere hatte einen überlegenen Sieg davongetragen und konnte es sich leisten, gut zu einem Manne zu sein, der alles verloren hatte. Es war richtig, daß Goodwood ihm zeitweise grimmig den Tod gewünscht und ihn gern umgebracht hätte, aber Osmond besaß keine Handhabe, dies in Erfahrung zu bringen, denn durch Übung war der Jüngere in der Kunst, für jede heftige Gemütsbewegung unangreifbar zu erscheinen, zum Meister geworden. Er kultivierte diese Kunst, um sich selbst zu täuschen. Aber es waren die anderen, die er zuerst täuschte. Er kultivierte sie zudem mit sehr begrenztem Erfolg, wofür es keinen besseren Beweis gab als den tiefen stummen Groll, der seine Seele beherrschte, als er

hörte, wie Osmond von den Gefühlen seiner Frau sprach, als ob er zu ihrer Verteidigung beauftragt sei.
Das war alles, was er aus den Gesprächen seines Gastgebers an diesem Abend heraushörte; er hatte bemerkt, daß Osmond mehr als sonst auf die im Palazzo Roccanera vorherrschende eheliche Harmonie Bezug nahm. Er hatte noch bedachtsamer als sonst so gesprochen, als ob er und seine Frau alle Dinge in inniger Gemeinsamkeit taten und es für jeden von ihnen ganz natürlich war, »wir« statt »ich« zu sagen. Hierin lag eine Absicht, die unseren armen Bostoner verwirrte und ärgerte. Er konnte sich zu seinem Trost nur überlegen, daß Mrs. Osmonds Beziehungen zu ihrem Mann schließlich nicht seine Sache waren. Er besaß nicht den geringsten Beweis, daß ihr Mann sie falsch darstellte, und wenn er sie nach dem äußeren Anschein beurteilte, war er genötigt zu glauben, daß sie ihr Leben liebte. Sie hatte ihm nie das kleinste Mißbehagen gezeigt. Miß Stackpole hatte ihm zwar berichtet, daß sie ihre Illusionen verloren hätte, aber durch das Zeitungsschreiben neigte Miß Stackpole zu Sensationen. Zudem war sie seit ihrer Ankunft in Rom sehr auf ihrer Hut gewesen; sie hatte fast völlig aufgehört, ihn mit ihrer Laterne zu beleuchten. Das war ihr tatsächlich, soviel mag zu ihrer Ehre gesagt sein, gegen das Gewissen gegangen. Seitdem sie die Wirklichkeit von Isabels Lage erfaßt hatte, erfüllte sie eine ganz neue Zurückhaltung. Was sie auch zu einer Besserung beitragen konnte, die zweckmäßigste Form der Hilfe würde es nicht sein, wenn sie Isabels frühere Verehrer durch einen Hinweis auf ihr erlittenes Unrecht erneut entflammte. Miß Stackpole empfand auch weiterhin ein brennendes Interesse für den Zustand von Mr. Goodwoods Gefühlen, aber sie zeigte es gegenwärtig nur, indem sie ihm ausgewählte Auszüge, humoristischer und anderer Art, von amerikanischen Zeitschriften zusandte, von denen sie mit jeder Post einige erhielt, die sie stets mit der Schere in der Hand durchflog. Die ausgeschnittenen Artikel steckte sie in einen an Mr. Goodwood adressierten Umschlag, den sie eigenhändig in seinem Hotel abgab. Er stellte ihr nie eine Frage nach Isabel; war er nicht fünftausend Meilen weit gereist, um sich selbst zu überzeugen? Er war also nicht im mindesten befugt, Mrs. Osmond für unglücklich zu halten; aber die fehlende Befugnis hatte nur eine irritierende Wirkung. Sie steigerte nur die Unerbittlichkeit, mit der er jetzt erkannte, daß die Zukunft, soweit es sie betraf, ihm trotz aller Überzeugung, daß er zu lie-

ben aufgehört, eben nichts mehr zu bieten hatte. Er hatte nicht einmal die Befriedigung, die Wahrheit zu wissen; anscheinend war ihm nicht einmal zuzutrauen, daß er Isabel respektieren würde, wenn sie wirklich unglücklich war. Er war ohne Hoffnung, ohne Hilfe, ohne Nutzen. Dies letzte hatte sie ihm durch ihren klugen Plan, ihn aus Rom zu entfernen, zu verstehen gegeben. Er hatte gar nichts dagegen, für ihren Vetter zu tun, was in seinen Kräften stand, aber er knirschte mit den Zähnen, wenn er daran dachte, daß von allen Gefälligkeiten, um die sie ihn hätte bitten können, dies die einzige war, die sie eifrig gewählt hatte. Es bestand keine Gefahr, daß sie eine wählte, die ihn in Rom festgehalten hätte.

Heute abend dachte er hauptsächlich daran, daß er sie morgen verlassen mußte und durch sein Kommen nichts gewonnen hatte als die Erkenntnis, daß er so wenig erwünscht war wie je. Über sie selbst hatte er nichts erfahren; sie war unerschütterlich, undurchdringlich, undurchsichtig. Wieder spürte er die alte Bitterkeit, die er so mühsam zu schlucken versucht hatte, in seiner Kehle aufsteigen, und er wußte jetzt, daß es Enttäuschungen gibt, die so lange wie das Leben selbst währen. Osmond redete noch weiter; Goodwood nahm undeutlich wahr, daß er wieder auf die vollkommene Vertrautheit mit seiner Frau hinwies. Einen Moment kam es ihm vor, als besäße dieser Mensch eine wahrhaft dämonische Vorstellungskraft, unmöglich konnte er ohne Bosheit ein so außergewöhnliches Gesprächsthema wählen. Aber was machte es schließlich aus, ob er dämonisch war oder nicht und ob sie ihn liebte oder haßte? Sie konnte ihn bis auf den Tod hassen, ohne daß er selber dabei einen Strohhalm gewann. »Sie reisen wohl mit Ralph Touchett«, sagte Osmond. »Das wird wahrscheinlich heißen, daß Sie nur langsam vorwärtskommen werden?«

»Ich weiß es nicht. Ich werde mich ganz nach ihm richten.«

»Da sind Sie sehr entgegenkommend. Wir sind Ihnen zu großem Dank verpflichtet; Sie müssen erlauben, daß ich das einmal ausspreche. Meine Frau hat Ihnen aber vermutlich schon gesagt, was wir empfinden. Touchett hat uns den ganzen Winter über im Sinn gelegen; es hat mehr als einmal so ausgesehen, als ob er Rom nicht mehr verlassen werde. Er hätte nie herkommen sollen, es ist mehr als unklug, wenn Leute in seinem Zustand reisen; es ist in einer Weise recht indelikat. Um nichts in der Welt möchte ich Touchett gegenüber unter der Verpflichtung stehen, wie

er – meiner Frau und mir gegenüber. Andere Leute müssen sich unvermeidlich seiner annehmen, und nicht jeder ist so großzügig wie Sie.«
»Ich habe ja sonst nichts zu tun«, sagte Caspar trocken.
Osmond blickte ihn einen Augenblick von der Seite an.
»Sie sollten heiraten, dann hätten Sie genug zu tun. Allerdings ständen Sie dann für Taten der Barmherzigkeit nicht mehr ganz so zur Verfügung.«
»Finden Sie, daß Sie als verheirateter Mann sehr beschäftigt sind?« fragte der junge Mann mechanisch.
»Ah, sehen Sie, verheiratet zu sein, ist schon an sich eine Beschäftigung. Nicht immer eine aktive, sehr oft nur eine passive; aber das beansprucht fast noch mehr Aufmerksamkeit. Und dann treiben meine Frau und ich eben viele Dinge gemeinsam. Wir lesen, studieren, machen Musik, wir gehen spazieren, fahren aus – wir plaudern sogar, als wenn wir uns erst seit kurzem kennten. Bis zu dieser Stunde ist die Unterhaltung mit meiner Frau mein ganzes Entzücken. Wenn Sie sich jemals langweilen, befolgen Sie meinen Rat und heiraten Sie. Freilich könnte Ihre Frau Sie langweilen, aber Sie selbst langweilen sich nicht mehr. Sie werden sich selbst immer etwas zu sagen – stets ein Objekt der Betrachtung zur Hand haben.«
»Ich langweile mich nicht«, sagte Goodwood. »Ich habe stets vieles zu bedenken und mir selbst zu sagen.«
»Mehr als anderen!« rief Osmond mit leichtem Lachen. »Wo werden Sie sich dann hinwenden? Ich meine, nachdem Sie Touchett seinen natürlichen Wärtern überantwortet haben – ich glaube, seine Mutter kommt endlich zurück, um nach ihm zu sehen. Die kleine Dame ist superb; sie vernachlässigt ihre Pflichten mit einer Vollendung...! Vielleicht bleiben Sie den Sommer über in England?«
»Ich weiß noch nicht. Ich habe keine Pläne.«
»Sie Glücklicher! Das klingt ein wenig trübe, aber sehr frei.«
»O ja, ich bin sehr frei.«
»Frei, um hoffentlich nach Rom zurückzukehren«, sagte Osmond, als er eine Gruppe neuer Gäste das Zimmer betreten sah. »Vergessen Sie nicht, daß wir auf Sie zählen, sobald Sie wiederkommen!«
Goodwood hatte früh wieder fortgehen wollen, aber der Abend verstrich, ohne daß er Gelegenheit fand, mit Isabel anders als in Gemeinschaft mit anderen zu sprechen. Die Hartnäckigkeit, mit

der sie ihn zu meiden versuchte, war schon beinahe bösartig; sein unstillbarer Groll entdeckte schon da eine Absicht, wo gewiß keine vorhanden war. Eine solche Absicht gab es nicht. Sie begegnete seinen Augen mit ihrem klaren, gastlichen Lächeln, das ihn fast zu bitten schien, er möge doch kommen und ihr helfen, einige der Gäste zu unterhalten. Solchen Vorschlägen begegnete er allerdings mit steifer Ungeduld. Er ging umher und wartete; er sprach mit den wenigen Personen, die er kannte und die ihn zum ersten Male recht widerspruchsvoll fanden. Das war in der Tat sehr selten bei Caspar Goodwood, der lieber anderen widersprach. Im Palazzo Roccanera wurde oft musiziert, und es gab meist recht gute Musik. Unter ihrem Deckmantel gelang es ihm, sich zu beherrschen; aber gegen Ende, als er sah, daß die Leute aufbrachen, näherte er sich Isabel und fragte sie leise, ob er sie nicht noch in einem der anderen Zimmer sprechen könnte, das, wie er sich vorher überzeugt hatte, schon leerstand. Sie lächelte, als ob sie ihm gern den Gefallen tun wollte, aber sich einfach nicht dazu imstande sah. »Ich fürchte, es ist unmöglich. Die Gäste verabschieden sich, und ich muß mich irgendwo aufhalten, wo sie mich sehen können.«

»Dann werde ich warten, bis sie alle fort sind.«

Einen Augenblick zögerte sie. »Ach, das wäre reizend«, rief sie dann.

Und er wartete, obwohl es noch lange dauerte. Zum Schluß schienen einige Leute förmlich am Teppich festgenagelt zu sein. Die Gräfin Gemini, die, wie sie sagte, vor Mitternacht nie sie selber war, schien noch nicht geneigt, den Abend als beendet zu betrachten; sie hatte noch einen kleinen Kreis von Herren vor dem Feuer versammelt, die immer wieder in ein gemeinschaftliches Gelächter ausbrachen. Osmond war verschwunden – er sagte den Gästen nie Lebewohl, und als die Gräfin, ihrer Gewohnheit zu dieser Stunde des Abends entsprechend, ihren Kreis noch ausdehnte, hatte Isabel Pansy zu Bett geschickt. Isabel saß ein wenig abseits; auch sie schien zu wünschen, ihre Schwägerin möchte eine leisere Note anschlagen und die letzten Nachzügler in Frieden ziehen lassen.

»Kann ich jetzt ein Wort mit Ihnen sprechen?« fragte Goodwood.

Sogleich erhob sie sich lächelnd. »Aber gewiß, wir gehen nach nebenan, wenn es Ihnen recht ist.« Sie gingen zusammen, die Gräfin in ihrem kleinen Kreise zurücklassend, und für einen Mo-

ment, nachdem sie die Schwelle überschritten, sprach niemand von ihnen. Isabel wollte sich nicht setzen; sie blieb mitten im Zimmer stehen und bewegte langsam ihren Fächer; sie hatte für ihn noch immer die vertraute Grazie. Sie schien auf seine Worte zu warten. Nun, da er allein mit ihr war, schien die ganze, nie erstickte Leidenschaft seine Sinne zu überfluten; sie brauste in seinen Ohren, alle Dinge begannen zu schwimmen. Das helle, leere Zimmer wurde trübe und verwischte sich, durch einen dichten Schleier schien sie mit schimmernden Augen und geöffneten Lippen vor ihm zu schweben. Hätte er deutlicher hingeblickt, hätte er sehen können, daß ihr Lächeln starr und ein wenig gezwungen war – daß sie sich ängstigte vor dem, was sie in seinem Gesicht las. »Ich glaube, Sie wollen mir Lebewohl sagen?« sagte sie.
»Ja – aber ich mag nicht. Ich möchte nicht fort aus Rom«, antwortete er mit fast kläglicher Ehrlichkeit.
»Das kann ich mir gut vorstellen. Es ist wunderbar von Ihnen. Ich kann Ihnen nicht sagen, wie hoch ich es Ihnen anrechne.« Einen Augenblick sagte er nichts. »Noch ein paar solcher Worte, und Sie vertreiben mich.«
»Sie müssen eines Tages einmal wiederkommen«, entgegnete sie lebhaft.
»Eines Tages? Sie meinen, so spät wie nur möglich.«
»O nein; das alles meine ich nicht.«
»Was *meinen* Sie denn? Ich verstehe Sie nicht. Aber ich sagte, ich würde gehen, und ich werde gehen.«
»Kommen Sie wieder, wenn Sie Lust haben«, sagte Isabel mit gespielter Leichtigkeit.
»Aus Ihrem Vetter mache ich mir gar nichts!« stürmte Caspar los.
»Wollten Sie mir das mitteilen?«
»Nein, nein; ich wollte Ihnen gar nichts mitteilen; ich wollte Sie fragen –« er hielt einen Augenblick inne und sagte dann in leisem raschem Ton: »Was haben Sie wirklich aus Ihrem Leben gemacht?« Wieder machte er eine Pause, als warte er auf Antwort; aber als sie nichts sagte, fuhr er fort: »Ich kann Sie nicht verstehen, ich kann Sie nicht durchschauen. Was soll ich glauben – was wünschen Sie, daß ich denken soll?« Noch immer sagte sie nichts; sie stand nur und sah ihn an, jetzt ohne eine Leichtigkeit vorzutäuschen. »Man sagte mir, Sie seien unglücklich, und wenn Sie es sind, hätte ich es gern gewußt. Das würde mir etwas bedeuten. Aber Sie selbst sagen, Sie seien glücklich, und

irgendwie sind Sie so still, so glatt, so hart. Sie sind völlig verändert. Sie verbergen alles; ich bin Ihnen nicht wirklich nahegekommen.«

»Sie kommen sehr nahe«, sagte Isabel sanft, aber in warnendem Ton.

»Und doch erreiche ich Sie nicht! Ich will die Wahrheit wissen. Ist es Ihnen gut ergangen?«

»Da fragen Sie sehr viel.«

»Ja – das habe ich immer getan. Sie wollen es natürlich nicht sagen. Wenn Sie es verhindern können, werde ich es nie erfahren. Und dann geht es mich ja auch nichts an.« Er hatte sichtlich um Selbstbeherrschung gerungen und versucht, seiner rücksichtslosen Gemütsverfassung eine rücksichtsvolle Form zu geben. Aber das Gefühl, daß es seine letzte Chance war, daß er sie liebte und verloren hatte, daß sie ihn für einen Narren hielt, was er auch sagen mochte, versetzte ihm plötzlich einen Hieb und brachte ein Zittern in seine leise Stimme. »Sie sind völlig undurchsichtig, und das bringt mich auf den Gedanken, Sie haben etwas zu verbergen. Ich sagte Ihnen, daß ich mir nichts aus Ihrem Vetter mache, aber ich meine damit nicht, daß ich ihn nicht leiden kann. Ich meine, daß ich nicht deshalb mit ihm reise, weil ich ihn gernhabe. Auch wenn er ein Idiot wäre, würde ich mit ihm fahren, wenn Sie mich bitten würden. Wenn Sie mich bitten, würde ich morgen nach Sibirien gehen. Warum wollen Sie, daß ich die Stadt verlasse? Sie müssen doch einen Grund haben; wenn Sie wirklich so zufrieden sind, wie Sie vorgeben, wäre Ihnen das ganz gleichgültig. Ich wüßte lieber die Wahrheit über Sie, auch wenn sie verdammenswert ist, als daß ich um nichts und wieder nichts herkam. Deshalb habe ich die Reise nicht gemacht. Ich dachte, es würde mich nicht mehr plagen. Ich kam, weil ich mich vergewissern wollte, daß ich nicht mehr an Sie zu denken brauche. Aber ich habe an nichts anderes gedacht, und Sie haben recht, wenn Sie wünschen, daß ich gehen soll. Aber wenn ich gehen muß, schadet es nichts, wenn ich mich einen einzigen Moment ausspreche, nicht wahr? Wenn Sie verletzt sind – wenn *er* Sie verletzt – dann kann nichts mehr von dem, was *ich* sage, Sie verletzen. Wenn ich sage, daß ich Sie liebe, nenne ich nur den Grund, aus dem ich kam. Ich dachte zwar, es sei aus einem anderen Grund. Aber ich kam nur deshalb. Ich würde es nicht sagen, wenn ich nicht glaubte, daß ich Sie niemals wiedersehe. Es ist das letzte Mal – lassen Sie mich eine einzige Blume pflücken! Ich habe kein Recht, das zu sagen, ich weiß; und Sie haben kein Recht, mir zuzuhören. Aber Sie hören mir ja nicht zu, Sie hören nie zu, Sie denken immer an etwas anderes. Hiernach muß ich natürlich gehen; so hätte ich endlich einen Grund, denn daß Sie mich bitten, ist kein Grund, kein richtiger. Nach Ihrem Mann kann ich nicht urteilen«, fuhr er fast zusammenhanglos fort; »ich begreife ihn nicht; er sagt, daß Sie einander vergöttern. Warum sagt er mir das? Was geht es mich an? Wenn ich es Ihnen sage, sehen Sie so seltsam aus. Aber Sie sehen immer seltsam aus. Ja, Sie haben etwas zu verbergen. Es geht mich nichts an – sehr richtig. Aber ich liebe Sie«, sagte Caspar Goodwood.

Wie er es gesagt hatte, sie sah seltsam aus. Sie wendete die Augen zur Tür, durch welche sie eingetreten, und erhob wie warnend die Stimme. »Sie haben sich bis jetzt so gut benommen; jetzt verderben Sie das nicht«, sagte sie sanft.

»Niemand hört mich. Es ist wunderbar, wie Sie immer versuchen, mich im Zaum zu halten. Ich liebe Sie, wie ich Sie nie geliebt habe.«

»Das weiß ich. Ich wußte es schon, als Sie einwilligten abzureisen.«

»Sie können es nicht ändern – natürlich nicht. Sie würden es tun, wenn Sie könnten, aber unglücklicherweise können Sie es nicht. Ich meine, unglücklicherweise für mich. Ich bitte um nichts – das heißt um nichts, was ich nicht dürfte. Aber ich bitte um eine einzige Gunst: – daß Sie mir sagen – daß Sie mir sagen –!«

»Daß ich Ihnen was sage?«

»Ob ich Sie bemitleiden darf.«

»Möchten Sie das gern?« fragte Isabel und versuchte erneut zu lächeln.

»Sie bemitleiden? Aber gewiß! Dann könnte ich wenigstens etwas tun. Dem würde ich mein Leben widmen!«

Sie hob den Fächer bis zu ihrem Gesicht, der es ganz bedeckte, nur die Augen blieben noch frei und ruhten einen Augenblick in den seinen. »Widmen Sie ihm nicht Ihr Leben; widmen Sie ihm hin und wieder einen Gedanken!« Und damit ging sie zur Gräfin Gemini zurück.

IL

Madame Merle war an jenem Donnerstagabend, von dessen Verlauf wir soeben einiges berichteten, nicht im Palazzo Roccanera erschienen, und Isabel, obwohl sie ihre Abwesenheit bemerkte, war nicht erstaunt darüber. Zwischen ihnen waren Dinge vorgefallen, die zur Geselligkeit keinen Anreiz boten und zu deren Verständnis wir etwas zurückgreifen müssen. Es wurde erwähnt, daß Madame Merle, kurz nachdem Lord Warburton Rom verlassen, aus Neapel zurückgekehrt war und sich bei ihrer ersten Begegnung mit Isabel (die sie, um ihr Gerechtigkeit widerfahren zu lassen, umgehend aufgesucht hatte) sofort nach dem Reiseziel dieses Edelmannes erkundigte, für das sie ihre liebe Freundin anscheinend verantwortlich hielt.

»Bitte reden Sie nicht mehr von ihm«, sagte Isabel statt aller Antwort; »wir haben in der letzten Zeit so viel von ihm gehört.«

Madame Merle neigte ihren Kopf ein wenig protestierend auf die Seite und lächelte mit dem linken Mundwinkel. »Sie ja, aber Sie müssen bedenken, nicht ich in Neapel. Ich hoffte, ihn hier zu finden und in der glücklichen Lage zu sein, Pansy gratulieren zu können.«

»Sie können Pansy noch immer gratulieren; aber nicht zur Heirat mit Lord Warburton.«

»Wie Sie das sagen! Wußten Sie nicht, daß mein Herz daran hing?« fragte Madame Merle sehr lebhaft, aber noch mit einem Anklang guter Laune.

Isabel fühlte sich unbehaglich, aber auch sie war zur guten Laune entschlossen. »Dann hätten Sie nicht nach Neapel fahren dürfen. Dann hätten Sie hierbleiben und die Affäre beobachten sollen.«

»Ich hatte zuviel Vertrauen zu Ihnen. Aber denken Sie, daß es schon zu spät ist?«

»Danach fragen Sie lieber Pansy«, sagte Isabel.

»Ich werde sie fragen, was Sie ihr gesagt haben.«

Diese Worte schienen den Impuls zur Selbstverteidigung auf Isabels Seite zu rechtfertigen, der sich angesichts der kritischen Haltung ihrer Besucherin in ihr regte. Madame Merle war, wie wir wissen, bisher sehr diskret gewesen; sie hatte nie Kritik geübt und eine bemerkenswerte Angst vor jeder Einmischung gehabt. Aber augenscheinlich hatte sie sich nur bis zu dieser Gelegenheit zurückgehalten, da sie jetzt eine gefährliche Behendigkeit des Blickes und eine gereizte Miene zur Schau trug, die selbst ihre bewundernswerte Gelassenheit nicht zu mildern imstande war. Sie hatte eine Enttäuschung erlitten, die Isabels Überraschung erregte – unsere Heldin konnte nicht wissen, daß die andere ein so brennendes Interesse an Pansys Heirat hatte, was sie auf eine Weise zeigte, die Mrs. Osmonds Unruhe noch beschleunigen mußte. Klarer als je zuvor hörte Isabel, wie eine kalte, höhnische Stimme von wer weiß woher in der sie plötzlich umgebenden trüben Leere erklärte, daß diese glänzende, starke, energische und weltliche Frau, die Verkörperung des Praktischen und Persönlichen und Unmittelbaren, ein mächtiger Agent ihres Schicksals sei. Sie stand ihr näher, als Isabel bisher entdeckt hatte, und ihre Nähe war nicht von jener reizenden Zufälligkeit, wie sie so lange angenommen. Das Gefühl der Zufälligkeit war Isabel in der Tat an jenem Tage abhandengekommen, als ihr die Art und Weise auffiel, in welcher die herrliche Frau mit ihrem eigenen Mann vertraulich zusammensaß. Ein endgültiger Verdacht war noch nicht an seine Stelle getreten, aber es genügte, daß sie die Freundin fortan mit anderen Augen betrachtete und zu der Überzeugung gelangte, daß in deren vergangenem Benehmen mehr Absicht gelegen, als sie damals hatte eingestehen wollen. O ja, da war eine Absicht, da war eine Absicht gewesen, sagte Isabel zu sich selbst und schien von einem langen unheilvollen Traum zu erwachen. Wodurch aber war sie so plötzlich zu der Erkenntnis gekommen, daß Madame Merles Absicht keine gute gewesen war? Nur durch das Mißtrauen, das kürzlich erst Gestalt gewonnen und sich jetzt mit der furchtbaren Verwunderung über die Herausforderung vermischte, die ihre Besucherin ihr wegen der armen Pansy entgegenschleuderte. An dieser Herausforderung war etwas, was von Anbeginn zu einer trotzigen Entgegnung reizte; eine namenlose Vitalität, von der sie wußte, daß sie dem Bekenntnis ihrer Freundin zur zartfühlenden Vorsicht keineswegs entsprach. Madame Merle hatte sich bisher jeder Einmischung enthalten, gewiß, aber nur so lange, als es nichts zum Einmischen gab. Es mag dem Leser vielleicht so vorkommen, als sei Isabel sehr voreilig, auf einen bloßen Verdacht hin eine Anhänglichkeit in Zweifel zu ziehen, die sich immerhin etliche Jahre hindurch in guten Diensten erprobt hatte. Tatsächlich war sie darin sehr schnell, und mit gutem Grund; denn eine seltsame Gewißheit durchdrang ihre Seele. Madame Merles Interesse war mit Osmonds identisch, und das genügte. »Ich denke, daß Pansy Ihnen nichts erzählen wird, was Sie noch mehr verärgern könnte«, sagte sie als Antwort auf die letzte Bemerkung der Gefährtin.

»Ich bin keineswegs verärgert. Ich habe nur ein großes Bedürfnis, die Situation zu klären. Sind Sie denn der Ansicht, daß Warburton uns endgültig verlassen hat?«

»Das kann ich nicht sagen; ich verstehe Sie auch gar nicht. Die Sache ist doch vorbei, bitte, lassen Sie sie ruhen. Osmond hat sehr ausgiebig mit mir darüber gesprochen, ich kann nichts mehr davon hören oder dazu sagen. Aber zweifellos«, setzte Isabel hinzu, »wird er glücklich sein, das Thema noch weiter mit Ihnen zu erörtern.«

»Ich weiß, was er denkt; er hat mich gestern abend noch aufgesucht.«

»Als Sie kaum angekommen waren? Dann wissen Sie ja alles und brauchen keine Informationen von mir.«

»Ich wünsche auch keine Information. Im Grunde ist es nur Sympathie. Mein Herz hing an dieser Heirat; diese Vorstellung vermochte, was so wenige Dinge vermögen – die Phantasie zu befriedigen.«

»Ihre Phantasie, ja. Aber nicht die der Menschen, die es anging.«

»Damit meinen Sie natürlich, mich gehe es nichts an. Natürlich nicht direkt. Aber wenn man so lange befreundet ist, kann man nicht umhin, mit dem Herzen Anteil zu nehmen. Sie vergessen, wie lange ich Pansy schon kenne. Sie meinen natürlich«, setzte Madame Merle hinzu, »daß *Sie* zu den Beteiligten gehören.«

»Nein, das ist das letzte, was ich meine. Ich bin der ganzen Sache sehr müde.«

Madame Merle zögerte ein wenig. »Ach ja; nachdem Ihr Werk getan ist.«

»Seien Sie vorsichtig mit Ihren Worten«, sagte Isabel sehr ernst.

»Oh, ich bin schon vorsichtig; vielleicht dann besonders, wenn man es am wenigsten vermutet. Ihr Gatte verurteilt Sie streng.«

Isabel gab hierauf einen Moment keine Antwort; sie spürte eine würgende Bitternis. Es war nicht Madame Merles Anmaßung, ihr mitzuteilen, daß Osmond sie gegen seine Frau ins Vertrauen gezogen, die sie am meisten verletzte; denn sie nahm nicht einmal an, daß ihr dies als eine Kränkung zugedacht war. Madame Merle kränkte einen sehr selten und nur, wenn es berechtigt war. Jetzt war es nicht berechtigt oder wenigstens noch nicht. Was Isabel aber traf, wie ein Tropfen ätzende Säure auf eine

offene Wunde trifft, das war die Erkenntnis, daß Osmond sie mit seinen Worten genauso wie mit seinen Gedanken entehrte.
»Möchten Sie auch erfahren, wie ich *ihn* beurteile?« fragte sie schließlich.
»Nein, weil Sie mir das nie sagen würden. Außerdem wäre es mir schmerzlich, wenn ich es erführe.«
Dann folgte eine Pause, und zum erstenmal seit ihrer Bekanntschaft empfand Isabel Madame Merle als unangenehm. Sie wünschte, die andere möchte gehen. »Denken Sie doch daran, wie reizend Pansy ist und verzweifeln Sie nicht«, sagte sie unvermittelt, in dem Wunsch, damit den Besuch zu beenden.
Aber Madame Merles breite Gegenwart erfuhr dadurch keine Einschränkung. Sie raffte nur ihre Mantille etwas zusammen, durch diese Bewegung der Luft einen zarten angenehmen Duft mitteilend. »Ich verzweifle nicht; ich fühle mich ermutigt. Ich kam auch nicht, um Sie zu schelten; ich kam, um möglichst genau die Wahrheit zu erfahren. Ich weiß, daß Sie die Wahrheit sagen, wenn ich Sie frage. Das ist ein riesiger Trost, daß man sich bei Ihnen darauf immer verlassen kann. Nein, Sie glauben nicht, was für ein Trost mir das ist.«
»Von welcher Wahrheit sprechen Sie?« fragte Isabel verwundert.
»Eben dieses: ob Lord Warburton seine Meinung aus freien Stücken änderte oder weil Sie es ihm nahelegten. Ich meine, um ihm selbst oder um Ihnen einen Gefallen zu tun? Bedenken Sie, welches Vertrauen ich zu Ihnen haben muß, obwohl ich etwas davon einbüßte«, fuhr Madame Merle mit einem Lächeln fort, »Ihnen eine solche Frage zu stellen.« Sie saß und sah die Freundin an, die Wirkung ihrer Worte berechnend, und fuhr dann fort: »Jetzt seien Sie also nicht heroisch, nicht unvernünftig und nicht gekränkt. Mir scheint, ich erweise Ihnen eine Ehre, indem ich so spreche. Ich wüßte keine andere Frau, bei der ich das tun würde. Ich glaube auch nicht im entferntesten, daß eine andere Frau mir nur annähernd die Wahrheit sagen würde. Und sehen Sie nicht, wie gut es wäre, wenn Ihr Gatte alles erführe? Es ist wahr, daß er nicht viel Takt bewies, als er den Sachverhalt zu erfahren suchte, er ist sich in grundlosen Vermutungen ergangen. Aber das ändert nichts an der Tatsache, daß es für seine Ansicht über die Möglichkeiten seiner Tochter einen Unterschied bedeutet, wenn er genau erfährt, was eigentlich vorfiel. Wenn Lord Warburton des armen Kindes einfach überdrüssig

wurde, so ist das *seine* Sache und sehr bedauerlich. Wenn er sie aber Ihnen zu Gefallen aufgab, so ist das etwas ganz anderes. Dann ist es auch bedauerlich, aber auf ganz andere Weise. In lètzterem Fall verzichten Sie vielleicht auf Ihren Gefallen und lassen diese Heirat Ihrer Stieftochter dennoch zu. Geben Sie ihn doch frei – geben Sie ihn uns!«

Madame Merle war sehr behutsam vorgegangen; ihre Freundin beobachtend, hatte sie offensichtlich gedacht, daß sie ungefährdet fortfahren konnte. Während sie weitersprach, war Isabel blaß geworden, sie preßte ihre Hände fester im Schoß zusammen. Nicht, daß ihr Gast schließlich den Zeitpunkt für gekommen hielt, beleidigend zu werden; denn dies trat gar nicht so sehr zutage. Ihr Entsetzen ging viel weiter. »Wer sind Sie – was sind Sie?« flüsterte Isabel. »Was haben Sie mit meinem Mann zu schaffen?« Seltsam, daß sie sich in diesem Moment zu ihm flüchtete, als ob sie ihn noch liebte.

»Aha, dann fassen Sie es also heroisch auf! Das tut mir leid. Aber glauben Sie nicht, daß ich das auch tue.«

»Was haben Sie mit mir zu schaffen?« fuhr Isabel fort.

Madame Merle erhob sich langsam, ihren Muff streichelnd, aber Isabel nicht aus den Augen lassend. »Alles!« antwortete sie.

Isabel saß da und blickte zu ihr hinauf, ohne sich zu erheben; ihr Gesicht war fast wie ein Gebet, das um Erleuchtung bat. Aber das Licht in den Augen dieser Frau war pure Finsternis. »Oh, welches Elend!« murmelte sie schließlich und fiel zurück, ihr Gesicht mit den Händen bedeckend. Wie eine Sturzflut überkam es sie, daß Mrs. Touchett recht gehabt hatte. Madame Merle hatte sie verheiratet. Bevor sie ihr Gesicht wieder freigab, hatte die Dame das Zimmer verlassen.

An diesem Nachmittag fuhr Isabel allein aus; sie wünschte sich weit fort, unter freien Himmel, wo sie ihren Wagen verlassen und über die Wiesenblumen wandern konnte. Schon lange hatte sie das alte Rom in ihr Vertrauen gezogen, denn in einer Welt der Ruinen schien die Ruine ihres Glückes eine weniger unnatürliche Katastrophe zu sein. Sie überließ dort ihren Kummer Dingen, die seit Jahrhunderten zerbröckelten und noch immer aufrecht standen; sie ließ ihr geheimes Leid in die Stille verlassener Plätze tropfen, wo sich seine sehr gegenwärtige Bedingtheit absonderte und unpersönlich wurde, so daß sie, während sie an Wintertagen in sonnenwarmen Winkeln saß oder in einer modrigen Kirche stand, die niemand mehr besuchte, fast darüber lächeln und bedenken konnte, wie klein es sich ausnahm. Es war klein in Roms großer Geschichte, und das sie immer verfolgende Gefühl von der unaufhörlichen Dauer des menschlichen Schicksals trug sie leicht von Kleinem zum Großen. Sie war mit Rom tief und zärtlich vertraut geworden; es durchtränkte und milderte ihren Gram. Aber sie hatte sich angewöhnt, die Stadt hauptsächlich als den Ort zu betrachten, wo Menschen gelitten hatten. Das war es, was sie in den verlassenen Kirchen empfand, wo die Marmorsäulen, aus heidnischen Ruinen übernommen, ihre Gefährten im Ausharren zu sein und der muffige Weihrauch sich aus nie erhörten Gebeten zusammenzusetzen schien. Sanfter und beharrlicher als Isabel konnte es keinen Ketzer geben; der standhafteste Gläubige konnte, auf dunkle Altarbilder und dicke Kerzenbündel blickend, die geheime Beschwörung dieser Dinge nicht vertrauter empfinden oder in solchen Momenten für eine geistige Erscheinung empfänglicher sein. Wie wir wissen, war Pansy beinahe immer ihre Begleiterin, und neuerdings hatte auch die Gräfin Gemini, ein rosa Sonnenschirmchen schwenkend, diesen Ausflügen Glanz verliehen; aber gelegentlich, wenn es zu ihrer Stimmung und dem Orte paßte, blieb sie gern allein. Dann nahm sie zu verschiedenen Plätzen ihre Zuflucht; der bequemste war vielleicht ein Sitz auf der niedrigen Brüstung, die den großen, grasbewachsenen Platz vor der hohen, kalten Vorderseite des heiligen Johannes in Laterano begrenzt, von wo man über die Campagna hin zu den weitlinigen Umrissen der Albaner Berge blickt und zu der mächtigen Ebene dazwischen, die noch so gesättigt ist von dem, was längst von ihr verschwand. Seit der Abreise ihres Vetters und ihrer Freunde streifte Isabel mehr als sonst umher und trug ihr verdunkeltes Gemüt von einem vertrauten Schrein zum anderen. Selbst wenn Pansy und die Gräfin dabei waren, fühlte sie die Berührung einer vergangenen Welt. Ihr Wagen rollte, die Mauern Roms hinter sich lassend, durch enge Wege, wo das wilde Geißblatt anfängt, sich durch die Hecken zu schlängeln, oder wartete auf sie an stillen Ecken, wo die Felder in der Nähe lagen, während sie weiter und weiter durch die blumenübersäten Wiesen schritt oder auf einem Stein saß, der einst einem Zweck gedient, und von dem aus sie durch den Schleier ihrer persönlichen Trauer auf die glänzende Trauer ihrer Umgebung blickte – auf das starke, warme Licht, auf die reiche Abstufung und den weichen Zusammenklang der Farben, auf die bewegungslosen

Schafhirten in ihrer Haltung der Verlassenheit, auf die Berge, wo die Wolkenschatten ein leichtes Erröten zeigten.

An dem Nachmittag, den wir zu schildern begannen, hatte sie den Entschluß gefaßt, nicht an Madame Merle zu denken, aber dieser Entschluß war zwecklos; das Bild dieser Dame schwebte ihr beständig vor Augen. Sie fragte sich mit fast kindlichem Entsetzen vor dieser Vorstellung, ob auf diese nahe Freundin mancher Jahre das große historische Epitheton *gottlos* anzuwenden war. Sie kannte diese Vorstellung nur aus der Bibel und anderen Schriftwerken; soweit sie wußte, hatte sie sonst mit der Gottlosigkeit noch keine persönliche Bekanntschaft gemacht. Sie hatte sich immer eine große Bekanntschaft mit dem menschlichen Leben gewünscht, und wenn sie sich auch schmeichelte, diese erfolgreich zu pflegen, war ihr dieses elementare Vorrecht noch nie zuteil geworden. Vielleicht war es noch nicht gottlos – im historischen Sinn –, von so tiefer Falschheit zu sein; denn das war Madame Merle gewesen, ganz, ganz falsch. Isabels Tante Lydia hatte diese Entdeckung schon längst gemacht und sie ihrer Nichte mitgeteilt; aber Isabel hatte sich zu jener Zeit gebrüstet, eine viel reichere Einsicht in die Dinge, vor allem in die Einmaligkeit ihrer persönlichen Laufbahn und die Feinheit ihrer eigenen Erläuterungen zu haben, als die arme, steif räsonierende Mrs. Touchett. Madame Merle hatte getan, was sie wünschte; sie hatte die Vereinigung ihrer beiden Freunde zustande gebracht; eine Vorstellung, die nicht verfehlte, ein Staunen bei ihr auszulösen, daß jemand dieses Ereignis so angestrebt haben konnte. Es gab Leute, die eine Leidenschaft fürs Ehestiften hatten, die es als *l'art pour l'art* betrieben; aber zu diesen gehörte Madame Merle, so groß sie als Künstlerin war, doch kaum. Sie hielt zu wenig von der Ehe, zu wenig vom Leben; sie hatte diese eine Ehe, aber keine andere gewünscht. Also verband sie damit einen Gedanken an Gewinn, und Isabel fragte sich, wo sie wohl ihren Profit gefunden hatte. Diese Entdekkung kostete sie natürlich viel Zeit, und selbst dann noch war sie unvollkommen. Es fiel ihr wieder ein, daß Madame Merle, obwohl sie sie anscheinend gleich bei ihrer ersten Begegnung in Gardencourt liebgewonnen, nach Mr. Touchetts Tode und nachdem sie erfahren, daß ihre junge Freundin zum Objekt der Wohltätigkeit dieses guten alten Mannes geworden, doppelt liebevoll zu ihr gewesen war. Sie hatte ihren Profit nicht in dem plumpen Kunstgriff, sich Geld zu leihen, sondern in dem feineren Gedanken gefunden, einen ihrer intimen Freunde mit dem frischgebackenen Vermögen des jungen Mädchens in Verbindung zu bringen. Naturgemäß hatte sie dazu ihren engsten Freund ausersehen, und daß Gilbert Osmond diese Stellung bekleidete, war Isabel schon immer lebhaft gegenwärtig gewesen. Auf diese Weise stand sie jetzt der Überzeugung gegenüber, daß der Mann, den sie in der ganzen Welt für am wenigsten schmutzig gehalten, sie wie ein gemeiner Abenteurer wegen ihres Geldes geheiratet hatte. So seltsam es klingt, dies war ihr vorher niemals eingefallen; wenn sie Osmond in Gedanken viel Schlechtes nachsagte, diese besondere Kränkung hatte sie ihm nie zugefügt. Dies war das Schlimmste, was sie sich ausmalen konnte, und sie hatte sich ja gesagt, das Schlimmste würde noch kommen. Ein Mann konnte durchaus eine Frau ihres Geldes wegen heiraten; das geschah sehr oft. Aber zum mindesten mußte er es sie wissen lassen. Sie hätte gern gewußt, ob ihn jetzt ihr Geld, da er es durchaus hatte haben wollen, zufriedenstellen, ob er ihr Geld nehmen und sie ziehen lassen würde? Ach, wenn Mr. Touchetts große Mildtätigkeit ihr nur hierin eine Hilfe wäre, dann wäre sie tatsächlich ein Segen! Es dauerte nicht lange, da fiel ihr ein, daß Gilberts Erkenntlichkeit, wenn Madame Merle ihm hatte einen Dienst erweisen wollen, für diese Wohltat inzwischen an Wärme eingebüßt haben mußte. Was mußten wohl heute seine Gefühle gegen seine übereifrige Wohltäterin sein, und welchen Ausdruck mußten sie bei einem solchen Meister der Ironie gefunden haben? Es ist eine einzigartige, aber charakteristische Tatsache, daß Isabel, ehe sie von ihrer stummen Ausfahrt zurückkehrte, deren Stille mit dem sanften Ausruf durchbrach: »Arme, arme Madame Merle!«

Ihr Mitleid wäre vielleicht gerechtfertigt gewesen, wenn sie sich an diesem selben Nachmittag hinter einem der wertvollen Vorhänge aus altersmürbem Damast verborgen hätte, die den interessanten kleinen Salon besagter Dame schmückten, das sorgfältig eingerichtete Appartement, dem wir schon einmal in Begleitung des diskreten Mr. Rosier einen Besuch abstatteten. In diesem Appartement saß gegen sechs Uhr Gilbert Osmond, und seine Wirtin stand vor ihm, wie Isabel sie schon bei anderer Gelegenheit hatte stehen sehen, die dann in dieser Geschichte einen Nachdruck erhielt, der nicht sosehr ihrer augenscheinlichen wie ihrer wirklichen Wichtigkeit entsprach.

»Ich glaube nicht recht, daß du unglücklich bist; ich glaube, du fühlst dich recht wohl«, sagte Madame Merle.
»Sagte ich, ich sei unglücklich?« fragte Osmond mit einem Gesicht, ernst genug, um eine solche Annahme zu rechtfertigen.
»Nein, aber du sagst auch nicht das Gegenteil, wie du es einfach aus Dankbarkeit tun solltest.«
»Rede mir nicht von Dankbarkeit«, entgegnete er trocken. »Und bring mich nicht noch mehr auf.«
Madame Merle nahm langsam Platz, sie verschränkte die Arme und ordnete ihre weißen Hände als Unterstützung für die eine und als Schmuck sozusagen für die andere an. Sie sah wunderbar ruhig, aber eindrucksvoll traurig aus. »Und du, versuche nicht, mich zu ängstigen. Ich möchte nur wissen, ob du einige meiner Gedanken errätst.«
»Um deine Gedanken kümmere ich mich möglichst wenig. Ich habe genug an meinen eigenen.«
»Die sind ja auch so reizend.«
Osmond legte seinen Kopf ausruhend gegen die Lehne seines Sessels und betrachtete seine Gefährtin mit einer zynischen Unverhohlenheit, die zum Teil Ausdruck seiner Müdigkeit war. »Jetzt bringst du mich doch auf«, bemerkte er nach einem Augenblick. »Ich bin sehr erschöpft.«
»*Et moi donc!*« rief Madame Merle.
»Bei dir liegt es daran, daß du dich selbst erschöpfst. Bei mir ist es nicht mein Fehler.«
»Wenn ich mich erschöpfe, geschieht es nur für dich. Ich habe dir Interesse geschenkt. Das ist ein großes Geschenk.«
»Nennst du es ein Interesse?« erkundigte sich Osmond mit Abstand.
»Gewiß, da es dir hilft, deine Zeit hinzubringen.«
»Die Zeit ist mir nie länger geworden als gerade in diesem Winter.«
»Du hast nie besser ausgesehen; du bist nie so angenehm, so glänzend gewesen.«
»Zum Teufel mit meinem Glanz!« murmelte er nachdenklich. »Wie wenig du mich doch kennst!«
»Wenn ich dich nicht kenne, kenne ich gar nichts«, lächelte Madame Merle. »Du hast das Gefühl eines vollen Erfolges.«
»Nein, das habe ich erst, wenn ich dich dazu bringe, mich nicht mehr zu beurteilen.«
»Das habe ich vor Zeiten getan. Ich spreche aus alter Erkenntnis. Aber du äußerst dich jetzt auch mehr.«

Osmond wurde schleppend. »Ich wollte, du würdest dich selbst weniger äußern.«

»Du willst mich zum Schweigen verurteilen? Vergiß nicht, daß ich nie eine Plaudertasche war. Auf jeden Fall möchte ich dir zunächst noch drei, vier Dinge sagen. Deine Frau weiß nicht, was sie mit sich anfangen soll«, fuhr sie in verändertem Ton fort.

»Verzeih mir, das weiß sie nur allzu gut. Sie hat eine ganz klar gezogene Linie. Sie beabsichtigt stets, ihre Idee auszuführen.«

»Heute müssen ihre Ideen bemerkenswert sein.«

»Das sind sie sicherlich. Sie hat mehr denn je davon.«

»Heute morgen war sie allerdings außerstande, mir irgendeine vorzuführen«, sagte Madame Merle. »Sie schien mir in einer sehr einfachen, fast in einer sprachlosen Gemütsverfassung zu sein. Sie war vollständig durcheinander.«

»Sage lieber gleich, daß sie rührend war.«

»O nein, ich möchte dich nicht zu sehr entmutigen.«

Er lehnte noch immer den Kopf gegen das Kissen im Nacken; der Knöchel seines einen Fußes ruhte auf dem anderen Knie. So saß er eine Weile. »Ich möchte wissen, was mit dir los ist«, sagte er endlich.

»Mit mir – was mit mir – !« Madame Merle hielt inne. Dann fuhr sie, in plötzliche Leidenschaft ausbrechend, wie Donnerschlag an einem klaren Sommerhimmel, fort: »Ich würde meine rechte Hand dafür hingeben, wenn ich nur weinen könnte, aber ich kann es nicht, das ist es.«

»Was hättest du denn davon, wenn du weinen könntest?«

»Dann könnte ich wieder so empfinden, wie ich empfand, bevor ich dich kannte.«

»Wenn ich deine Tränen getrocknet habe, ist das immerhin etwas. Aber ich sah dich schon welche vergießen.«

»Oh, ich glaube, dazu kannst du mich noch immer bringen. Ich meine so, daß ich heule wie ein Wolf. Darauf setze ich große Hoffnung, das brauche ich. Ich war gemein heute morgen; ich war entsetzlich«, sagte sie.

»Wenn Isabel in so sprachloser Gemütsverfassung war, wie du sagst, hat sie es wahrscheinlich nicht gemerkt«, antwortete Osmond.

»Es waren ja gerade meine Teufeleien, die ihr die Sprache raubten. Ich konnte nichts dafür; ich war wirklich voller Bosheit. Vielleicht war das auch etwas Gutes; ich weiß es nicht. Du hast

nicht nur meine Tränen, du hast auch meine Seele ausgetrocknet.«
»Dann wäre also nicht ich für den Zustand meiner Frau verantwortlich«, sagte Osmond. »Welch angenehmer Gedanke, daß ich den Segen deines Einflusses ernten werde. Weißt du nicht, daß die Seele ein unsterbliches Prinzip ist? Wie kann sie eine Änderung erleiden?«
»Daß sie ein unsterbliches Prinzip ist, glaube ich nicht. Ich glaube, daß sie vollständig zerstört werden kann. Das ist mit meiner geschehen, die recht gut war, um etwas damit anzufangen, und das habe ich dir zu verdanken. Du bist *sehr* böse«, setzte sie mit ernster Betonung hinzu.
»Wollen wir auf diese Weise Schluß machen?« fragte Osmond mit derselben absichtlichen Kälte.
»Ich weiß nicht, wie wir Schluß machen sollen. Wenn ich es nur wüßte! Wie machen böse Menschen Schluß – besonders in bezug auf ihre *gemeinsamen* Vergehen? Du hast mich genauso böse wie dich gemacht.«
»Das verstehe ich nicht. Du erscheinst mir gut genug«, sagte Osmond, mit seiner bewußten Gleichgültigkeit seinen Worten eine äußerste Wirkung gebend.
Madame Merles Selbstbeherrschung schien dagegen im Schwinden begriffen, und sie war näher daran, sie zu verlieren, als bei jeder anderen Gelegenheit, an der sie zu treffen wir bisher das Vergnügen hatten. Die Glut ihrer Augen wurde düster; ihr Lächeln verriet eine schmerzhafte Anstrengung. »Gut genug für alles, was ich mit mir angestellt habe? Das willst du doch sagen?«
»Gut genug, um noch immer scharmant zu sein«, rief Osmond; auch er lächelte.
»O Gott!« flüsterte seine Gefährtin; in ihrer reifen Frische dasitzend, nahm sie Zuflucht zu derselben Geste, zu der sie Isabel am Morgen veranlaßt hatte; sie neigte ihr Gesicht und bedeckte es mit ihren Händen.
»Willst du nun doch noch weinen?« fragte Osmond; und als sie sich nicht rührte, fuhr er fort: »Habe ich mich je bei dir beschwert?«
Rasch ließ sie die Hände sinken. »Nein, du hast dir deine Rache woanders geholt – du hast dich an *ihr* gerächt.«
Osmond warf seinen Kopf weiter zurück; eine Weile blickte er zur Decke, und man hätte meinen können, daß er auf formlose

Weise die himmlischen Mächte anrief. »O diese weibliche Phantasie, im Grunde ist sie immer ordinär. Du redest von Rache wie ein drittklassiger Romanschriftsteller.«

»Du hast dich natürlich nicht beschwert. Du hast deinen Triumph weidlich genossen.«

»Das macht mich nun doch neugierig: was nennst du meinen Triumph?«

»Du hast erreicht, daß deine Frau dich fürchtet.«

Osmond wechselte seine Stellung; er lehnte sich vor, stützte die Ellbogen auf die Knie und starrte eine Weile auf die schöne alte Perserbrücke zu seinen Füßen. Er hatte eine Art, die Annahme jedes Wertmaßstabes, selbst den der Zeit, zu verweigern und es vorzuziehen, bei seinem eigenen zu verharren, was ihn in der Unterhaltung zuweilen zu einem beschwerlichen Partner machte. »Isabel fürchtet mich nicht, und das wünsche ich auch gar nicht«, sagte er endlich. »Zu was willst du mich eigentlich herausfordern, wenn du dergleichen behauptest?«

»Ich habe mir alles Leid überlegt, was du mir antun könntest«, antwortete Madame Merle. »Deine Frau hat mich heute morgen gefürchtet, aber in mir warst du es, den sie in Wirklichkeit fürchtete.«

»Du wirst Dinge gesagt haben, die nicht vom besten Geschmack waren; dafür bin ich nicht verantwortlich. Ich habe überhaupt den Zweck deines Besuches nicht eingesehen: Du bist doch fähig, ohne sie zu handeln. Soweit ich sehe, flöße ich *dir* noch keine Furcht ein«, fuhr er fort; »wie sollte ich denn sie dazu gebracht haben? Du bist schließlich ebenso tapfer. Ich kann mir nicht denken, wo du dir diesen Unsinn aufgelesen hast; man sollte meinen, daß du mich inzwischen kennen müßtest.« Er war während des Sprechens aufgestanden und an den Kaminsims getreten, wo er einen Augenblick stehenblieb und seinen Blick, als ob er sie zum erstenmal wahrnähme, auf die zarten Stücke seltenen Porzellans heftete, mit dem dieser bedeckt war. Er nahm ein Täßchen auf und hielt es in der Hand; es festhaltend und seinen Arm auf den Sims legend, sprach er weiter: »Du legst immer zuviel in alles hinein; du übertreibst; du verlierst die Wirklichkeit aus dem Auge. Ich bin viel einfacher, als du denkst.«

»Ich halte dich auch für sehr einfach.« Und Madame Merle richtete ihr Auge auf das Täßchen. »Dazu bin ich allmählich gekommen. Ich beurteile dich, wie ich sagte, von früher her; aber erst seit deiner Heirat verstehe ich dich. Ich habe besser begriffen, was du für deine Frau warst, als ich je begriff, was du für mich warst. Sei bitte vorsichtig mit dem kostbaren Stück.«

»Es hat bereits einen winzigen Sprung«, sagte Osmond trocken, als er es wieder niedersetzte. »Wenn du mich vor meiner Heirat nicht verstandest, war es grausam übereilt von dir, mich in einen solchen Behälter zu sperren. Indessen war mir dieser Behälter nicht unlieb; ich dachte, er würde mir eine angenehme Behausung sein. Ich verlangte ja auch sehr wenig; ich verlangte nur, daß sie mich gernhatte.«

»Daß sie dich sehr gernhatte!«

»Sehr gern, natürlich; in solchem Fall verlangt man immer das Maximum. Daß sie mich anbetete, wenn dir das lieber ist. O ja, das wünschte ich.«

»Ich habe dich nie angebetet«, sagte Madame Merle.

»Ah, du tatest aber so!«

»Es ist richtig, daß du mich nie beschuldigt hast, dir eine angenehme Behausung zu sein«, fuhr Madame Merle fort.

»Meine Frau hat es abgelehnt – abgelehnt, etwas Derartiges zu tun«, sagte Osmond. »Wenn du entschlossen bist, daraus eine Tragödie zu machen, dürfte diese Tatsache kaum sie treffen.«

»Die Tragödie trifft mich!« rief Madame Merle, sich mit einem langen Seufzer erhebend, aber gleichzeitig den Kaminsims im Auge behaltend. »Mir scheint, daß ich die Nachteile einer falschen Stellung erst bitter lernen mußte.«

»Du sprichst Sätze wie aus einem Aufsatzheft. Wir müssen unseren Trost da suchen, wo wir ihn finden. Wenn meine Frau mich nicht liebt, so tut es doch mein Kind. Ich werde mich an Pansy schadlos halten. Glücklicherweise finde ich keinen Tadel an ihr.«

»Ach«, sagte sie weich, »wenn ich ein Kind hätte –!«

Osmond wartete und verkündete dann ein wenig formell: »Auch die Kinder anderer Leute können von größtem Interesse sein!«

»Du ähnelst einem Aufsatzheft noch mehr als ich. Dann hält uns also doch etwas zusammen.«

»Am Ende der Gedanke an das Leid, das ich dir antun könnte?« fragte Osmond.

»Nein, sondern der Gedanke an das Gute, was ich *dir* antun kann. Das ist es ja«, fuhr Madame Merle fort, »was mich so eifersüchtig auf Isabel machte. Ich will, daß es *mein* Werk ist«, setzte sie hinzu, und ihr Gesicht, hart und bitter geworden, nahm wieder seine gewohnte Glätte an.

Ihr Freund ergriff Hut und Schirm, und nachdem er dem ersteren zwei bis drei glättende Striche mit seinem Ärmelaufschlag gegeben, sagte er: »Im ganzen glaube ich, überläßt du es besser mir.«
Nachdem er sie verlassen, ging sie zuerst hin und hob das geschmähte Kaffeetäßchen vom Kaminsims auf, dem er einen Sprung nachgesagt hatte; aber sie musterte es ziemlich abwesend. »Bin ich denn ganz umsonst schlecht gewesen?« wehklagte sie unsicher.

L

DA die Gräfin Gemini die antiken Bauten Roms nicht kannte, erbot sich Isabel zuweilen, ihr diese interessanten Reliquien vorzustellen und ihren nachmittäglichen Ausfahrten ein antikes Ziel zu geben. Die Gräfin, die gern bekannte, daß sie ihre Schwägerin für ein Wunder an Gelehrsamkeit hielt, erhob nie einen Einwand und betrachtete sich die Massen römischer Ziegelsteine so geduldig, als wären es Wälle moderner Stoffbahnen. Sie hatte keinen historischen Sinn, obwohl in mancher Hinsicht einen anekdotischen, und was sie selbst betraf, den apologetischen, aber sie war so entzückt, in Rom zu sein, daß sie nur mit der Strömung zu schwimmen begehrte. Sie würde bereitwillig jeden Tag eine Stunde in der feuchten Dunkelheit der Titusbäder zugebracht haben, wenn das eine Bedingung für ihr ferneres Bleiben im Palazzo Roccanera gewesen wäre. Aber Isabel war kein strenger Cicerone: sie pflegte die Ruinen hauptsächlich deshalb zu besuchen, weil sie ihr einen Anlaß boten, über andere Dinge zu reden als nur über die Liebesgeschichten der Florentiner Damen, zu denen die Gräfin einen Kommentar zu geben niemals müde wurde. Es muß hinzugesetzt werden, daß die Gräfin während dieser Ausflüge von jeder Form aktiver Betätigung Abstand nahm; sie zog es vor, im Wagen zu sitzen und auszurufen, daß alles höchst interessant sei. Auf diese Weise hatte man bisher das Kolosseum besichtigt, zum unendlichen Bedauern ihrer Nichte, die – bei allem schuldigen Respekt – nicht einsah, warum sie nicht den Wagen verließ und das Bauwerk betrat. Pansy hatte so wenig Gelegenheit herumzuklettern, daß ihr Wunsch nicht ganz uneigennützig war; es läßt sich leicht erraten, daß sie heimlich hoffte, daß der Gast ihrer Eltern, wenn er einmal das Innere betrat, vielleicht Lust verspüren könnte, in die höheren Regionen hinaufzusteigen. Und es kam ein Tag, an dem die Gräfin sich bereit erklärte, dieses Unternehmen zu wagen – ein milder Nachmittag im März, als der windige Monat sich in gelegentlichen Frühlingslüften zu erkennen gab. Die drei Damen gingen zusammen ins Kolosseum, aber Isabel verließ die anderen bald, um den Ort allein zu durchstreifen. Sie war oft zu jenen verlassenen Balustraden hinaufgestiegen, von wo die römische Menge ihren Beifall herabgebrüllt hatte und wo heute die Feldblumen (wenn man es ihnen gestattet) in den tiefen Nischen blühen; diesmal fühlte sie sich erschöpft und mehr geneigt, sich in der zerstörten Arena niederzulassen. Es gab ihr außerdem eine Pause, denn die Gräfin beanspruchte oft mehr Aufmerksamkeit, als sie zurückgab, und Isabel glaubte, daß sie, wenn sie mit ihrer Nichte allein war, für einen Moment den Staub auf den alten Skandalgeschichten der Arniden ruhen lassen würde. Also blieb sie unten, während Pansy die nicht sehr wählerische Tante zu der steilen Steintreppe geleitete, an deren Füßen der Wärter das große Holztor aufschließt. Die große Innenfläche lag halb im Schatten; die westliche Sonne brachte den blaßroten Ton der großen Travertinblöcke zum Vorschein – die verborgene Farbe, die das einzige lebendige Element in dieser ungeheuren Ruine darstellt. Hin und wieder ging ein Bauer oder Tourist vorbei, hinaufblickend zu der fernen Himmelslinie, wo sich in der klaren Stille eine Unmenge von Schwalben tummelte. Isabel wurde bald gewahr, daß einer der Besucher mitten in der Arena seine Aufmerksamkeit ihrer Person zuwendete und sie mit einer gewissen kleinen Neigung des Kopfes betrachtete, die sie vor einigen Wochen als ein charakteristisches Zeichen für eine vereitelte, aber unzerstörbare Absicht erkannt hatte. Solch eine Haltung konnte auch heute nur Mr. Edward Rosier gehören, und es erwies sich, daß dieser Herr sich die Frage, ob er sie ansprechen sollte, gestellt hatte. Als er sich versichert hatte, daß sie nicht in Begleitung war, trat er näher und bemerkte, sie habe seine Briefe zwar nicht beantwortet, aber vielleicht wolle sie seiner mündlichen Ansprache ein Ohr leihen. Sie erwiderte, ihre Stieftochter sei ganz in der Nähe, und sie könne ihm nur fünf Minuten geben; woraufhin er seine Taschenuhr hervorholte und sich auf einen geborstenen Block setzte.

»Es ist sehr bald erzählt«, sagte Edward Rosier. »Ich habe näm-

lich alle meine Schätze verkauft!« Isabel stieß instinktiv einen Schreckensruf aus; es war, als wenn er ihr erzählt hätte, er habe sich sämtliche Zähne ziehen lassen. »Ich habe sie auf einer Auktion im Hotel Drouot verkaufen lassen. Der Verkauf fand vor drei Tagen statt, und sie haben mir das Resultat telegraphiert. Es ist großartig.«
»Das freut mich zu hören; aber ich wollte, Sie hätten Ihre hübschen Sachen behalten.«
»Ich habe ja statt dessen das Geld – fünfzigtausend Dollars. Wird Mr. Osmond mich jetzt für reich genug halten?«
»Haben Sie es deshalb getan?« fragte Isabel sanft.
»Für was in der Welt denn sonst? Das ist das einzige, woran ich denke. Ich fuhr nach Paris und traf meine Vorbereitungen. Zum Verkauf konnte ich nicht dableiben. Ich hätte es nicht mit ansehen können. Ich glaube, es hätte mich umgebracht. Aber ich legte die Sache in gute Hände und erzielte hohe Preise. Ich muß Ihnen übrigens sagen, daß ich meine Emaille-Arbeiten behielt. Jetzt habe ich das Geld in der Tasche, jetzt kann er nicht sagen, ich sei arm!« rief der junge Mann trotzig.
»Jetzt wird er sagen, Sie seien nicht ganz gescheit«, sagte Isabel, als ob Gilbert Osmond dies noch nie gesagt hätte.
Rosier warf ihr einen scharfen Blick zu. »Meinen Sie, daß ich ohne meine Sachen nichts mehr bin? Meinen Sie, daß sie das Beste an mir waren? Das bekam ich schon in Paris zu hören; oh, sie waren da ganz offen. Aber keiner hatte ja *sie* gesehen.«
»Mein lieber Freund, Sie haben sich den Erfolg verdient«, sagte Isabel sehr freundlich.
»Sie sagen das so traurig, daß es beinahe auf das Gegenteil hinausläuft.« Und er befragte ihre Augen mit der klaren Angst seiner eigenen Augen. Er hatte das Aussehen eines Mannes, der zwar weiß, daß er eine Woche lang das Stadtgespräch von Paris gewesen und infolgedessen um einen halben Kopf gewachsen ist, aber dabei den schmerzhaften Verdacht nicht los wird, daß trotz dieser Zunahme an Statur zwei oder drei Leute noch immer die Stirn haben, ihn für winzig zu erklären. »Ich weiß, was hier vorgefallen ist, während ich fort war«, fuhr er fort. »Was verspricht Mr. Osmond sich nun, nachdem sie Lord Warburton ausschlug?«
Isabel überlegte. »Daß sie einen anderen Aristokraten heiratet.«
»Welchen anderen?«
»Einen, den er aussuchen wird.«

Rosier stand langsam auf, seine Taschenuhr wieder wegsteckend. »Sie lachen über jemand, aber diesmal glaube ich nicht, daß ich es bin.«

»Ich habe nicht die Absicht zu lachen«, sagte Isabel. »Ich lache sehr selten. Und jetzt gehen Sie besser.«

»Ich fühle mich sehr sicher!« erklärte Rosier, ohne sich zu rühren. Das mochte wohl sein; aber augenscheinlich steigerte es seine Sicherheit, diese Erklärung mit ziemlich lauter Stimme abzugeben, wobei er zusätzlich ein wenig auf den Zehen balancierte und sich im Kolosseum umsah, als sei es von einem Publikum erfüllt. Plötzlich sah Isabel, wie er die Farbe wechselte; er hatte mehr Publikum gehabt, als er erwartet hatte. Sie drehte sich um und sah, daß ihre Begleiterinnen von ihrem Ausflug zurückkehrten. »Sie müssen jetzt wirklich gehen«, sagte sie rasch.

»Ach, meine Liebe, bedauern Sie mich«, murmelte Edward Rosier mit einer Stimme, die in seltsamem Gegensatz zu der eben zitierten Erklärung stand. Und dann setzte er eifrig hinzu, wie ein Mann, der mitten in seinem Elend von einem glücklichen Gedanken gepackt wird: »Ist die Dame dort die Gräfin Gemini? Ich wünschte sehr, ihr vorgestellt zu werden.«

Isabel sah ihn einen Augenblick an. »Sie hat keinen Einfluß auf ihren Bruder.«

»Oh, zu welchem Ungeheuer Sie ihn erklären!« Und Rosier sah der Gräfin entgegen, die vor Pansy mit einer Lebhaftigkeit einherschritt, die vielleicht teilweise auf den Umstand zurückging, daß sie ihre Schwägerin im Gespräch mit einem sehr hübschen jungen Manne zusammen stehen sah.

»Ich bin froh, daß Sie Ihre Emaillesachen behielten!« rief Isabel noch, bevor sie ihn stehenließ. Sie ging geradewegs auf Pansy zu, die beim Anblick von Edward Rosier jäh mit gesenkten Augen stehengeblieben war.

»Wir wollen zurück zum Wagen«, sagte sie sanft.

»Ja, es wird spät«, entgegnete Pansy noch viel sanfter. Und ohne einen Laut ging sie mit, ohne zu zögern oder sich umzublicken. Isabel aber, sich eben diese Freiheit nehmend, sah, daß zwischen der Gräfin und Mr. Rosier sogleich eine Begegnung stattfand. Er hatte seinen Hut abgenommen, er verneigte sich und lächelte; augenscheinlich hatte er sich vorgestellt, während der ausdrucksvolle Rücken der Gräfin Isabels Augen eine liebenswürdige Neigung bot. Aber schon entzogen sich diese Dinge ihrem

Blick, denn Isabel und Pansy nahmen wieder im Wagen Platz. Pansy, ihrer Stiefmutter gegenüber, hatte zuerst ihre Augen noch auf ihren Schoß gesenkt, dann schlug sie sie auf und ließ sie in Isabels ruhen. Da brach aus beiden ein kleiner, melancholischer Strahl – ein Funke schüchterner Leidenschaft, der Isabel ans Herz griff. Gleichzeitig überschwemmte eine Welle von Neid ihre Seele, als sie die zitternde Sehnsucht, das feste Ideal der Kleinen mit ihrer eigenen dürren Verzweiflung verglich.
»Arme, kleine Pansy!« sagte sie zärtlich.
»Oh, das macht nichts!« antwortete Pansy im Tone eifriger Entschuldigung.
Und dann trat ein Schweigen ein; die Gräfin ließ lange auf sich warten. »Hast du deiner Tante alles gezeigt, und hat es ihr Spaß gemacht?« fragte Isabel schließlich.
»Ja, ich habe ihr alles gezeigt. Ich glaube, es hat ihr sehr gefallen.«
»Und du bist hoffentlich nicht müde.«
»O nein, danke, ich bin nicht müde.«
Die Gräfin blieb noch immer aus, so daß Isabel den Diener bat, ins Kolosseum hineinzugehen und ihr zu bestellen, daß sie warteten. Er kam sogleich mit der Erklärung zurück, die Signora Comtessa lasse bitten, nicht zu warten – sie werde in einer Mietdroschke heimkommen.
Ungefähr eine Woche, nachdem diese Dame ihre rasche Sympathie Mr. Rosier zugewandt hatte, fand Isabel, als sie ziemlich spät hinaufging, um sich zum Essen umzuziehen, Pansy in ihrem Zimmer. Das junge Mädchen schien auf sie gewartet zu haben; sie stand von ihrem Schemel auf.
»Verzeih, daß ich mir die Freiheit nahm«, sagte sie mit leiser Stimme. »Es wird die letzte sein – für einige Zeit.«
Ihre Stimme klang seltsam, und ihre Augen, weit geöffnet, hatten einen erregten, ängstlichen Blick. »Du gehst doch nicht fort«, rief Isabel.
»Ich gehe ins Kloster.«
»Ins Kloster?«
Pansy trat näher, bis sie nahe genug war, um Isabel mit beiden Armen zu umschlingen und ihren Kopf auf ihre Schulter zu legen. In dieser Weise stand sie einen Augenblick vollkommen still; aber Isabel fühlte, wie sie zitterte. Das Beben ihres kleinen Körpers drückte alles aus, was sie zu sagen nicht imstande war. Trotzdem fragte Isabel: »Warum gehst du ins Kloster?«
»Weil Papa es für das beste hält. Er sagte, ein junges Mädchen

tut gut daran, ab und zu eine geistliche Übung abzuhalten. Er sagt, die Welt, immer nur die Welt, ist sehr schlecht für ein junges Mädchen. Dies gibt mir Gelegenheit, mich zurückzuziehen – und nachzudenken.« Pansy sprach kurz und abgehackt, als ob sie es sich kaum zutrauen konnte, und setzte dann mit triumphierender Selbstbeherrschung hinzu: »Ich finde, Papa hat ganz recht; ich bin diesen Winter auch zu sehr in der Welt gewesen.« Ihre Erklärung übte eine sonderbare Wirkung auf Isabel aus; sie schien von größerer Bedeutung zu sein, als das Mädchen selbst wußte. »Wann wurde das beschlossen?« fragte sie. »Ich habe nichts davon gewußt.«

»Papa sagte es mir vor einer halben Stunde; er fand, es sei besser, wenn nicht soviel im voraus davon gesprochen würde. Madame Catherine soll mich viertel nach sieben abholen, und ich soll nur zwei Kleider mitnehmen. Es ist nur für wenige Wochen. Ich bin sicher, daß es gut für mich ist. Ich werde alle die Schwestern wiedersehen, die immer so gut zu mir waren, und die kleinen Mädchen treffen, die dort erzogen werden. Ich habe kleine Mädchen sehr lieb«, sagte Pansy mit einer Spur winziger Überlegenheit. »Und Madame Catherine habe ich auch sehr lieb. Ich werde sehr ruhig leben und viel nachdenken.«

Isabel hörte ihr mit angehaltenem Atem zu; sie war fast wie vom Donner gerührt. »Denke auch manchmal an *mich*.«

»Ach, komm doch und besuche mich bald!« rief Pansy, und dieser Schrei klang ganz anders als die heroischen Bemerkungen, die sie gerade von sich gegeben hatte.

Isabel konnte nichts weiter sagen; sie verstand das alles nicht; sie spürte nur, wie wenig sie ihren Mann noch kannte. Ihre Antwort für seine Tochter war ein langer, zärtlicher Kuß.

Eine halbe Stunde später erfuhr sie von ihrer Zofe, daß Madame Catherine in einer Taxe vorgefahren und mit der Signorina wieder abgefahren sei. Als sie vor dem Essen den Salon betrat, traf sie dort die Gräfin Gemini allein, und diese Dame charakterisierte den Vorfall, indem sie mit einem wunderbaren Zurückwerfen ihres Kopfes ausrief: »*Et voilà, ma chère, une pose!*« Aber wenn es nur eine leere Geste war, dann war sie ratlos, was ihr Mann damit bezweckte. Sie konnte nur undeutlich wahrnehmen, daß er mehr Traditionen besaß, als sie vermutet hatte. Es war ihr so zur Gewohnheit geworden, sorgsam darauf zu achten, was sie zu ihm sagte, daß sie, nachdem er eingetreten, so seltsam es erscheinen mag, noch einige Minuten zögerte, auf die

plötzliche Abreise seiner Tochter zu sprechen zu kommen; sie sprach erst davon, als sie bei Tisch saßen. Aber sie hatte sich verboten, jemals wieder eine Frage an Osmond zu richten. Alles, was sie tun konnte, war, eine Feststellung zu machen, und diese klang sehr natürlich: »Ich werde Pansy sehr vermissen.«
Er blickte eine Weile mit leicht geneigtem Kopf auf den Blumenkorb in der Mitte des Tisches. »Ach«, sagte er schließlich, »daran hatte ich auch schon gedacht. Du mußt sie manchmal besuchen, weißt du; aber nicht zu oft. Ich nehme an, du wunderst dich, daß ich sie zu den guten Schwestern schickte; aber ich zweifle, ob ich es dir verständlich machen kann. Es macht auch weiter nichts; bekümmere dich nicht deswegen. Darum hatte ich auch nicht davon gesprochen. Ich glaubte nicht, daß du mir darin folgen kannst. Aber ich habe den Gedanken schon immer gehabt. Ich habe immer gedacht, daß es zur Erziehung einer Tochter gehört. Eine Tochter hat frisch und klar zu sein; sie soll unschuldig und sanft sein. Bei den Manieren der heutigen Zeit kann sie leicht staubig und zerknittert werden. Pansy war jetzt ein wenig staubig, ein wenig in Unordnung geraten; sie hat zuviel mitgemacht. Diese geschäftige, schiebende Betriebsamkeit, die sich Gesellschaft nennt – da sollte man sie gelegentlich herausnehmen. Klöster sind da sehr still, sehr brauchbar und sehr zu begrüßen. Ich bin froh, sie dort zu wissen, in dem alten Garten, unter den Arkaden, unter diesen ruhigen, tugendhaften Frauen. Viele von ihnen stammen aus vornehmen Kreisen, manche aus adligen. Sie wird dort ihre Bücher, ihre Malsachen und ihr Klavier haben. Ich habe sehr freizügige Vorkehrungen getroffen. Alles Asketische halten wir fern; sie soll nur dieses gewisse kleine Gefühl der Abgeschiedenheit bekommen. Sie wird Zeit zum Nachdenken haben, und ich möchte, daß sie über eine Sache besonders nachdenkt.« Osmond sprach bedächtig, vernünftig, noch immer mit der leichten Neigung seines Kopfes, als ob er den Blumenkorb betrachte. Sein Ton jedoch war der eines Mannes, der nicht sosehr eine Erklärung abgab, als eine Sache in Worte – fast in Bilder – setzte, um selbst zu sehen, wie sie sich ausnahm. Eine Weile betrachtete er das Bild, das er selbst entworfen, und schien großes Wohlgefallen daran zu haben. Und dann fuhr er fort: »Die Katholiken sind nun einmal sehr weise. Das Kloster ist doch eine große Institution. Wir können es nicht entbehren; es entspricht einem großen Bedürfnis unserer Familien und unserer Gesellschaft. Es ist eine Schule

des guten Tones; es ist eine Schule der Ruhe. Ich will meine Tochter gewiß nicht von der Welt entfernen«, setzte er hinzu. »Ich will nicht, daß sie ihre Gedanken auf eine andere richtet. Diese ist gut genug, wenn *sie* sie richtig nimmt, und sie mag, soviel sie will, daran denken. Sie muß es nur in der richtigen Weise tun.«

Isabel war dieser kleinen Skizze mit äußerster Aufmerksamkeit gefolgt, sie fand sie in der Tat ungemein interessant. Sie schien ihr zu zeigen, wie weit sich ihr Mann von seinem Verlangen nach effektvollem Tun leiten ließ – bis zu dem Punkt, an dem zarten Organismus seiner Tochter theoretische Tricks vorzuführen. Sie konnte seine Absicht nicht verstehen, nein – nicht ganz; aber sie verstand sie besser, als er vermutete oder wünschte, insoweit, als sie überzeugt war, daß der ganze Vorgang, so umständlich und geheimnisvoll, sich nur an ihre Adresse richtete, um auf ihre Phantasie zu wirken. Er hatte etwas Jähes und Eigenmächtiges tun wollen, etwas Unerwartetes und Feingesponnenes; um den Unterschied zwischen seinen Sympathien und den ihren zu betonen und darzutun, daß er, wenn er seine Tochter als ein kostbares Kunstwerk betrachtete, natürlicherweise bei den letzten Strichen sehr behutsam zu Werke ging. Wenn er effektvoll hatte sein wollen, war ihm das gelungen; der Vorfall warf einen Frost auf Isabels Herz. Pansy hatte das Kloster in ihrer Kindheit gekannt und dort eine glückliche Heimat gefunden; sie hatte die guten Schwestern lieb, die auch sie sehr liebten, und für den Augenblick bot ihr Los keine Härte. Aber trotz alledem, das Mädchen hatte sich erschreckt; der Eindruck, den ihr Vater zu machen wünschte, würde augenscheinlich nachhaltig genug sein. Die alte protestantische Tradition war in Isabels Vorstellung nie verblaßt, und als ihre Gedanken sich mit diesem schlagenden Beispiel von ihres Mannes Fähigkeiten beschäftigten – sie saß und betrachtete, wie er, den Blumenkorb –, erschien ihr die arme kleine Pansy als Heldin einer Tragödie. Osmond wünschte sie wissen zu lassen, daß er vor nichts zurückschrak, und seine Frau fand es schwer, so zu tun, als ob sie ihre Mahlzeit verzehrte. Eine gewisse Entspannung trat ein, als sich die hohe, schrille Stimme ihrer Schwägerin hören ließ. Die Gräfin hatte offensichtlich ebenfalls die Sache überdacht, war aber zu einer ganz anderen Schlußfolgerung gekommen.

»Wie lächerlich, mein lieber Osmond«, sagte sie, »so viele hübsche Gründe für die Verbannung der armen Pansy zu erfinden.

Warum sagst du nicht gleich, daß du sie mir aus dem Wege räumen willst? Hast du noch nicht entdeckt, daß ich sehr viel von Mr. Rosier halte? Das tue ich in der Tat; er erscheint mir einfach *simpaticissimo*. Er hat mich den Glauben an die wahre Liebe gelehrt; ich hatte ihn nie vorher! Und du hast natürlich sehr genau bedacht, daß ich mit dieser Überzeugung ein sehr schlechter Umgang für Pansy bin.«
Osmond trank einen Schluck aus seinem Weinglas; er sah völlig gutartig aus. »Meine liebe Amy«, antwortete er und lächelte, als mache er ihr ein Kompliment, »ich weiß nichts von deinen Überzeugungen, aber wenn ich argwöhnen sollte, daß sie den meinen zuwiderlaufen, wäre es doch viel einfacher gewesen, *dich* zu verbannen.«

LI

Die Gräfin wurde nicht verbannt, aber sie empfand, daß die Pacht der brüderlichen Gastlichkeit eine sehr unsichere war. Eine Woche später erhielt Isabel ein Telegramm aus England, datiert von Gardencourt und mit dem Stempel von Mrs. Touchetts Urheberschaft. Es lautete:

»Ralph wird nicht mehr lange durchhalten, möchte Dich wenn möglich nochmals sehen. Bat mich zu sagen, daß Du nur kommen sollst, wenn keine anderen Pflichten. Ich meine, daß Du immer von Pflichten gesprochen und sie gesucht hast. Bin neugierig, ob Du sie gefunden. Ralph liegt im Sterben. Sonst kein Besuch.«

Isabel war auf diese Nachricht gefaßt, seitdem sie von Henrietta Stackpole einen eingehenden Bericht über ihre Reise nach England mit ihrem dankbaren Patienten erhalten hatte. Ralph war mehr tot als lebendig angekommen, aber sie hatte es noch fertiggebracht, ihn in Gardencourt abzusetzen, wo er seitdem zu Bett lag, von dem er, wie Miß Stackpole schrieb, sich augenscheinlich nie wieder erheben werde. Sie fügte hinzu, daß sie in Wirklichkeit zwei Patienten zu versorgen habe, insofern als Mr. Goodwood, der in der Welt zu nichts nütze gewesen, ebenso, wenn auch in anderer Weise, dahinsieche wie Mr. Touchett. Danach schrieb sie, daß sie das Feld inzwischen Mrs. Touchett habe räumen müssen, die, soeben aus Amerika zurückgekehrt, ihr sogleich zu verstehen gegeben, daß sie keinerlei Berichterstattung in Gardencourt wünsche. Isabel hatte ihrer Tante kurz nach Ralphs Eintreffen in Rom geschrieben, sie von seinem kritischen Zustand unterrichtet und ihr geraten, mit ihrer Rückkehr nach Europa keine Zeit zu verlieren. Mrs. Touchett hatte eine Bestätigung dieser Warnung telegraphiert, und die einzige weitere Nachricht, die Isabel von ihr erhielt, war nun dieses zweite Telegramm, dessen Wortlaut wir soeben wiedergaben. Isabel stand noch einen Augenblick und starrte auf die Nachricht, dann ging sie, nachdem sie sie in die Tasche gesteckt, geradewegs bis an die Tür zu ihres Mannes Studierzimmer. Hier zögerte sie wieder einen Augenblick, öffnete dann und trat ein. Osmond saß an seinem Tisch in der Nähe des Fensters, einen Folioband vor sich, der gegen einen Bücherstoß lehnte. Eine Seite mit kleinen kolorierten Stichen war in dem Band aufgeschlagen, und Isabel sah sofort, daß er daraus die Zeichnung einer antiken Münze kopierte. Ein Kasten mit Wasserfarben und feinen Pinseln stand vor ihm, und auf einem Bogen von makellosem Papier hatte er bereits die zarte, feingetönte Scheibe übertragen. Sein Rücken war der Tür zugekehrt, aber er erkannte seine Frau, ohne sich umzuwenden.

»Entschuldige, wenn ich störe«, sagte sie.

»Wenn ich in dein Zimmer komme, pflege ich stets anzuklopfen«, sagte er, in seiner Arbeit fortfahrend.

»Ich vergaß es; ich mußte an etwas anderes denken. Mein Vetter liegt im Sterben.«

»Ach, das glaube ich nicht«, sagte Osmond, seine Arbeit durch ein Vergrößerungsglas betrachtend. »Er lag im Sterben, als wir heirateten. Er wird uns noch alle überleben.«

Isabel ließ sich keine Zeit und keinen Gedanken, um den sorgfältig überlegten Zynismus dieser Erklärung in sich aufzunehmen; rasch, erfüllt von ihrer Absicht, fuhr sie einfach fort: »Meine Tante hat mir soeben telegraphiert; ich muß sofort nach Gardencourt reisen.«

»Warum mußt du nach Gardencourt reisen?« fragte Osmond im Tone unparteiischer Neugier.

»Um Ralph noch einmal zu sehen, bevor er stirbt.«

Hierauf gab er eine Zeitlang keine Antwort; er fuhr fort, seine ganze Aufmerksamkeit seiner Arbeit zu widmen, die offenbar von der Art war, die keine Vernachlässigung duldet. »Ich sehe die Notwendigkeit nicht ein«, sagte er endlich. »Er hat dich hier

besucht, das gefiel mir gar nicht. Ich sah in seinem Aufenthalt in Rom einen großen Fehler. Aber ich duldete es, weil es das letzte Mal sein sollte, daß du ihn sahst. Jetzt sagst du mir, daß es nicht das letzte Mal gewesen ist. Oh, du bist nicht dankbar!«
»Wofür sollte ich dankbar sein?«
Gilbert Osmond legte seine kleinen Geräte hin, blies ein Stäubchen von seiner Zeichnung, erhob sich langsam und sah seine Frau zum ersten Male an. »Daß ich dir nicht hineinredete, während er hier war.«
»Doch ja, das bin ich. Ich weiß noch genau, wie deutlich du mir dein Mißfallen zu verstehen gabst. Ich war sehr froh, als er wieder abreiste.«
»Dann laß ihn jetzt in Ruhe. Lauf ihm nicht nach.«
Isabel kehrte ihre Augen von ihm ab; sie blieben auf seiner kleinen Zeichnung haften. »Ich muß nach England reisen«, sagte sie in vollem Bewußtsein, daß ihr Ton einem gereizten Mann von Geschmack töricht obstinat erscheinen mußte.
»Es würde mir nicht gefallen, wenn du das tätest«, bemerkte Osmond.
»Warum sollte mich das abhalten? Es würde dir auch nicht gefallen, wenn ich es unterließe. Dir gefällt nichts, was ich tue oder lasse. Du tust so, als ob du mich für eine Lügnerin hieltest.«
Osmond wurde ein wenig blaß; er zeigte ein kaltes Lächeln. »Und deshalb mußt du reisen? Nicht um deinen Vetter noch einmal zu sehen, sondern um dich an mir zu rächen.«
»Ich weiß nichts von Rache.«
»Aber ich«, sagte Osmond. »Gib mir keine Gelegenheit!«
»Du bist nur zu bereit, sie zu ergreifen. Du wünschst dir glühend, daß ich irgendeine Torheit begehe.«
»In dem Fall könnte ich also dankbar sein, wenn du mir nicht gehorchtest.«
»Wenn ich dir nicht gehorchte?« sagte Isabel mit leiser Stimme, was den Eindruck von Milde hervorrief.
»Laß es mich ganz klarstellen. Wenn du heute Rom verläßt, so ist das ein Stück von überlegtester, berechnendster Opposition.«
»Wie kannst du es berechnend nennen? Ich habe das Telegramm meiner Tante erst vor drei Minuten erhalten.«
»Du berechnest sehr schnell; das ist eine große Kunst. Ich wüßte übrigens nicht, weshalb wir unsere Diskussion noch fortsetzen sollten; du kennst jetzt meinen Wunsch.« Und er stand da, als erwarte er, daß sie sich zurückzog.

Aber sie rührte sich nicht; sie konnte sich nicht rühren, so sonderbar es auch scheinen mag; sie wünschte noch immer, sich zu rechtfertigen; er besaß in außerordentlichem Maße die Macht, dieses Bedürfnis in ihr hervorzurufen. Da war etwas in ihrer Phantasie, an das er entgegen ihrem Urteil stets appellieren konnte. »Du hast keinen Grund für deinen Wunsch, und ich habe allen Grund zu reisen. Ich kann dir nicht sagen, wie ungerecht du mir vorkommst. Aber ich denke, daß du das weißt. Deine eigene Opposition ist berechnet. Das ist bösartig.«
Sie hatte ihrem Mann ihre schlimmsten Gedanken bisher nie gesagt, sie jetzt zu hören, war offensichtlich für Osmond eine neue Erfahrung. Aber er zeigte sich nicht überrascht, und seine Kälte war anscheinend ein Beweis dafür, daß er genau gewußt hatte, seine Frau würde seinem gewitzten Versuch, sie aus ihrer Reserve zu locken, tatsächlich auf die Dauer nicht widerstehen. »Um so schwerwiegender wird es«, antwortete er. Und er setzte hinzu, fast wie um ihr einen freundschaftlichen Rat zu geben: »Dies ist eine sehr wichtige Sache.« Das erkannte sie auch; sie war sich der Schwere der Gelegenheit wohl bewußt; sie wußte, daß es zwischen ihnen zu einer Krise gekommen war. Der Ernst der Situation machte sie vorsichtig; sie sagte nichts, und er fuhr fort: »Du sagst, ich hätte keinen Grund? Ich habe den allerbesten. Vom Grunde meiner Seele mißbillige ich deine Absicht. Sie ist unehrenhaft, sie ist undelikat; sie ist unanständig. Dein Vetter bedeutet mir gar nichts, und ich bin nicht verpflichtet, ihm irgendwelche Konzessionen zu machen. Ich habe ihm bereits die ansehnlichsten gemacht. Ich stand auf Nadeln, während deine Beziehungen hier zu ihm andauerten; aber ich ließ es zu, weil ich von Woche zu Woche auf seine Abreise wartete. Ich habe ihn nie und er hat mich nie gemocht. Darum magst du ihn, weil er mich haßt«, sagte Osmond mit einem raschen, kaum hörbaren Zittern in der Stimme. »Ich habe eine Idealvorstellung von dem, was meine Frau tun und was sie nicht tun soll. Sie soll nicht allein durch Europa reisen, um in Nichtachtung meines heißen Wunsches am Bettrand anderer Männer zu sitzen. Dein Vetter bedeutet dir nichts, und er bedeutet uns nichts. Du lächelst höchst ausdrucksvoll, wenn ich *uns* sage, aber ich versichere dir, daß *wir*, *wir*, Mrs. Osmond, alles ist, was ich anerkenne. Ich nehme unsere Ehe sehr ernst; du scheinst eine Art gefunden zu haben, das nicht zu tun. Aber ich wußte nicht, daß wir geschieden sind oder getrennt leben; für mich sind wir unlösbar miteinander ver-

bunden. Du stehst mir näher als jedes andere menschliche Wesen, und ich stehe dir näher. Es mag eine unangenehme Nähe sein; auf jeden Fall ist es eine, die du aus freien Stücken eingingst. Du magst nicht daran erinnert werden, ich weiß; aber ich bin durchaus bereit, weil, weil ...«. Und er machte eine kleine Pause, wobei er aussah, als ob er etwas zu sagen hätte, was den Nagel auf den Kopf traf. »Weil ich finde, daß wir die Folgen unserer Handlung tragen sollten; denn was ich im Leben am höchsten schätze, ist Ehrenhaftigkeit.«
Er sprach ernst und beinahe sanft; sein Ton hatte den sarkastischen Akzent verloren. Sein Ernst dämpfte die schnelle Erregung seiner Frau; ihre Entschlußkraft, die sie noch beim Eintritt in sein Zimmer empfunden hatte, verfing sich in einem feinmaschigen Netz. Seine letzten Worte waren kein Befehl, sie enthielten eine Art von Beschwörung; und obwohl sie wußte, daß jede Respektsäußerung von seiner Seite nur ein verfeinerter Egoismus sein konnte, so stellten sie doch etwas Transzendentes und Absolutes dar, wie das Zeichen des Kreuzes oder die vaterländische Fahne. Er sprach im Namen von etwas Heiligem und Kostbarem – von der Wahrung einer großartigen Form. Sie waren im Gefühl so weit voneinander getrennt, wie zwei ernüchterte Liebende es nur sein konnten, aber nach außen hatten sie sich bisher noch nie getrennt. Isabel hatte sich nicht geändert; die alte Leidenschaft für Gerechtigkeit war noch in ihr lebendig; und jetzt mitten in ihrer Entrüstung über die blasphemische Spitzfindigkeit ihres Mannes, da begann sie nach alter Weise zu klingen, was ihm einen Augenblick lang den Sieg versprach. Es überkam sie, daß er in seinem Wunsch, den Anschein zu wahren, schließlich doch aufrichtig war und daß dies, so weit wie es reichte, doch ein Verdienst bedeutete. Noch vor zehn Minuten hatte sie die Freude spontanen Handelns empfunden – eine Freude, die ihr so lange fremd gewesen; aber das Handeln hatte sich plötzlich in langsamen Verzicht gewandelt, verwandelt unter dem Meltau von Osmonds Berührung. Doch wenn sie verzichten mußte, sollte er wissen, daß sie eher ein Opfer als eine Betrogene war. »Ich weiß, du bist Meister in der Kunst des Spottens«, sagte sie. »Wie kannst du von einer unlösbaren Vereinigung sprechen – wie kannst du sagen, daß du zufrieden bist? Wo ist unsere Vereinigung, wenn du mich der Falschheit beschuldigst? Wo ist deine Zufriedenheit, wenn du nichts als scheußlichen Argwohn im Herzen hast?«

»Sie liegt in unserem ehrbaren Zusammenleben, trotz aller Nachteile.«
»Wir leben nicht ehrbar zusammen«, rief Isabel.
»Allerdings nicht, wenn du nach England reist.«
»Das ist sehr wenig; das ist gar nichts. Ich könnte viel mehr tun.«
Er hob die Augenbrauen, sogar ein wenig die Schultern; er hatte lange genug in Italien gelebt, um diesen Trick zu lernen. »Ach, wenn du gekommen bist, um mir zu drohen, ziehe ich die Beschäftigung mit meiner Zeichnung vor.« Und er ging an seinen Tisch zurück, wo er den Bogen Papier aufnahm, an dem er gearbeitet hatte, und sich hinein vertiefte.
»Ich vermute, wenn ich fahre, wirst du nicht erwarten, daß ich zurückkomme«, sagte Isabel.
Er fuhr rasch herum, und sie konnte sehen, daß wenigstens diese Bewegung nicht beabsichtigt war. Er sah sie kurz an und fragte dann: »Bist du von Sinnen?«
»Was kann es anders als ein Bruch sein?« fuhr sie fort; »besonders wenn alles wahr ist, was du sagst?« Sie war außerstande, das Ganze anders als einen Bruch anzusehen; sie wollte ernsthaft wissen, was es sonst sein könnte.
Er setzte sich an seinen Tisch. »Ich kann wirklich nicht mit dir argumentieren unter der Voraussetzung, daß du mir immer widerstrebst«, sagte er. Und er nahm wieder einen seiner kleinen Pinsel zur Hand.
Sie verweilte nur noch einen Augenblick, lange genug, um mit den Augen seine ganze, absichtlich gleichgültige, aber höchst ausdrucksvolle Gestalt zu umfangen; darauf verließ sie schnell das Zimmer. Ihre Fähigkeiten, ihre Energie, ihre Leidenschaft, alles war wieder zerstoben; ihr war, als ob sich ein kalter, dunkler Nebel über sie senkte. Osmond verstand sich in hohem Maße auf die Kunst, jede Schwäche hervorzuziehen. Auf dem Wege zurück in ihr Zimmer fand sie die Gräfin Gemini in der offenen Türnische eines kleinen Salons stehen, in welcher eine Sammlung verschiedenartigster Bücher untergebracht war. Die Gräfin hielt einen offenen Band in der Hand; sie schien eine Seite zu überfliegen, der es indessen nicht gelingen wollte, ihr Interesse zu fesseln. Als sie Isabels Schritte hörte, hob sie den Kopf.
»Ach, Liebste«, sagte sie, »du bist doch literarisch, rate mir doch zu einem amüsanten Buch. Dies hier ist alles von einer bodenlosen Langeweile –! Meinst du, daß mir dies gefallen würde?«
Isabel blickte auf den Titel des vorgewiesenen Buches, aber ohne

ihn zu lesen oder zu verstehen. »Ich fürchte, ich kann dir jetzt nicht raten. Ich habe schlechte Nachrichten erhalten. Mein Vetter, Ralph Touchett, liegt im Sterben.«
Die Gräfin warf das Buch hin. »Ach, er war so *simpatico*. Ich bedaure dich sehr.«
»Du würdest mich noch mehr bedauern, wenn du alles wüßtest.«
»Was gibt es da zu wissen? Du siehst sehr angegriffen aus«, setzte die Gräfin hinzu. »Du mußt bei Osmond gewesen sein.«
Noch vor einer halben Stunde hätte Isabel bei einer Andeutung, daß sie jemals ein Verlangen nach der Sympathie ihrer Schwägerin tragen könnte, kühl gelächelt; ihre gegenwärtige Bestürzung konnte durch die Tatsache, daß sie sich an die flatternde Aufmerksamkeit dieser Dame geradezu anklammerte, nicht besser unter Beweis gestellt werden. »Ja, ich war bei Osmond«, sagte sie, während die Gräfin sie mit glänzenden Augen anfunkelte.
»Er ist gewiß abscheulich gewesen!« rief die Gräfin. »Hat er gesagt, er sei froh, daß der arme Mr. Touchett stirbt?«
»Er sagte, es sei unmöglich, daß ich nach England reise.«
Die Gräfin hatte, sobald es ihre Interessen betraf, einen sehr beweglichen Geist; sie übersah sofort, daß jeder weitere Glanz ihres römischen Besuches erlöschen würde. Ralph Touchett starb, Isabel legte Trauerkleidung an, und vorbei war es mit allen Abendgesellschaften. Bei dieser Aussicht verzog sich ihr Gesicht für einen Moment zu einer ausdrucksvollen Grimasse; aber dieses eilige, malerische Mienenspiel war das einzige Zeichen ihrer Enttäuschung. Schließlich, überlegte sie, war das Spiel ja fast vorüber; sie hatte ihre Einladung bereits überzogen. Und dann betrübte sie Isabels Kummer genug, um darüber ihren eigenen zu vergessen, und sie sah, daß Isabels Kummer tief ging. Er ging tiefer als der bloße Schmerz über den Tod eines Vetters, und die Gräfin zögerte nicht, sofort ihren sauberen Bruder mit dem Ausdruck in den Augen ihrer Schwägerin in Verbindung zu bringen. Ihr Herz schlug vor einer fast freudigen Erwartung, denn wenn sie sich gewünscht hatte, Osmond überrundet zu sehen, sahen die Bedingungen jetzt günstig aus. Wenn Isabel nach England reiste, würde sie selbst natürlich sofort den Palazzo Roccanera verlassen, und nichts in der Welt würde sie bewegen, noch weiter bei Osmond zu bleiben. Trotz alledem spürte sie ein heftiges Verlangen zu erfahren, daß Isabel auch wirklich nach England ging. »Für dich ist nichts unmöglich, meine Liebe«, sagte sie mit

liebkosender Stimme. »Wozu bist du sonst reich und klug und gut?«
»Ja warum? Ich fühle mich ganz dumm und schwach.«
»Warum sagt Osmond denn, es sei unmöglich?« fragte die Gräfin in einem Ton, der genügend erklärte, daß sie sich das nicht vorstellen konnte.
Doch von dem Moment an, als die andere sie in dieser Weise auszufragen begann, zog sich Isabel zurück; sie machte ihre Hand frei, welche die Gräfin zärtlich ergriffen hatte. Aber diese Frage beantwortete sie noch mit offener Bitterkeit: »Weil wir so glücklich zusammen sind, daß wir uns nicht einmal für vierzehn Tage trennen können.«
»Was?« rief die Gräfin, während Isabel sich abwendete, »wenn ich verreisen will, sagt mein Mann mir nur, daß ich kein Geld kriegen kann!«
Isabel ging in ihr Zimmer, wo sie eine Stunde lang auf und ab ging. Es mag manchem Leser so erscheinen, als ob sie sich unnütze Sorgen machte; für eine Frau von ihrem hochfliegenden Geist hatte sie sich gewiß allzuleicht einfangen lassen. Ihr schien, als ob sie jetzt erst das große Unterfangen einer Ehe voll ermaß. Ehe, das hieß in solchem Fall wie diesem, wenn man zu wählen hatte, natürlich die Sache des eigenen Mannes zu wählen. »Ich fürchte mich – ja, ich fürchte mich«, sagte sie mehr als einmal zu sich selbst, in ihrem Aufundabgehen innehaltend. Aber was sie fürchtete, war nicht ihr Mann – sein Mißfallen, sein Haß, seine Rache; es war nicht einmal ihr späteres Urteil über ihr eigenes Verhalten – eine Überlegung, die sie sonst oft im Zaum gehalten hatte. Es war einfach die Rechtsverletzung, die durch ihr Gehen entstand, wenn Osmond wünschte, daß sie blieb. Ein Abgrund von Verschiedenheit hatte sich zwischen ihnen aufgetan. Und doch verlangte er, daß sie blieb. Es würde ein Schrecken für ihn sein, wenn sie führe. Sie kannte seine nervöse Feinheit, womit er jeden Widerstand witterte. Was er von ihr dachte, wußte sie; was er ihr zu sagen imstande war, hatte sie gespürt; dennoch und trotz allem waren sie verheiratet, und Verheiratetsein bedeutete, daß eine Frau dem Manne anhangen soll, mit dem sie, erschreckende Gelübde äußernd, vor dem Altar gestanden. Sie sank schließlich auf ihr Sofa und verbarg ihren Kopf in einem Berg von Kissen.
Als sie den Kopf wieder hob, befand sich die Gräfin Gemini ihr gegenüber. Sie war unbemerkt hereingekommen; sie trug ein

sonderbares Lächeln um ihre dünnen Lippen, und ihr ganzes Gesicht war innerhalb einer Stunde zu einer leuchtenden Andeutung geworden. Sie lebte erwiesenermaßen, wie man sagen könnte, am Fenster ihres Geistes, aber jetzt lehnte sie sich weit hinaus. »Ich klopfte an«, begann sie, »aber du gabst keine Antwort. Also wagte ich mich herein. Ich habe dich die letzten fünf Minuten betrachtet. Du bist sehr unglücklich.«

»Ja; aber ich glaube nicht, daß du mich trösten kannst.«

»Willst du mir nicht erlauben, es zu versuchen?« Und die Gräfin setzte sich neben sie aufs Sofa. Sie lächelte noch immer, und in ihrem Ausdruck lag etwas Mitteilsames und Frohlockendes. Sie schien eine Menge zu sagen zu haben, und zum erstenmal kam Isabel der Gedanke, daß ihre Schwägerin etwas richtig Menschliches sagen könnte. Sie ließ ihre funkelnden Augen spielen, in denen eine unangenehme Faszination lag. »Vor allem«, begann sie bald, »muß ich dir einmal sagen, daß ich deine Gemütsverfassung nicht verstehe. Du scheinst so viele Skrupel, so viele Gründe, so viele Bindungen zu haben. Als ich vor zehn Jahren entdeckte, daß es der teuerste Wunsch meines Mannes war, mich ins Elend zu stürzen – neuerdings läßt er mich einfach in Ruhe –, ach, da war das eine wunderbare Vereinfachung! Meine arme Isabel, du bist nicht einfach genug.«

»Nein, ich bin nicht einfach genug«, sagte Isabel.

»Ich möchte nämlich gern, daß du etwas erfährst«, erklärte die Gräfin – »weil ich finde, du müßtest es wissen. Vielleicht weißt du es auch schon; vielleicht hast du es erraten. Wenn ja, dann kann ich freilich nur sagen, daß ich es noch weniger verstehe, warum du nicht tust, was du willst.«

»Was soll ich erfahren?« Isabel spürte eine Vorahnung, die ihr Herz schneller schlagen ließ. Die Gräfin war dabei, sich zu rechtfertigen, und das allein war unheilvoll.

Aber sie neigte nichtsdestoweniger dazu, noch ein wenig mit ihrem Thema zu spielen. »An deiner Stelle hätte ich es schon vor Jahren erraten. Hast du nie einen Verdacht gehabt?«

»Ich habe nichts erraten. Wobei sollte ich einen Verdacht haben? Ich weiß nicht, was du meinst.«

»Das kommt davon, wenn man so ein scheußlich reines Gemüt hat. Ich habe nie eine Frau mit einem so reinen Gemüt gesehen!« rief die Gräfin.

Isabel stand langsam auf. »Du willst mir etwas Furchtbares erzählen.«

»Du magst es nennen, wie du willst!« Auch die Gräfin erhob sich, sie nahm ihre ganze Schlechtigkeit zusammen, die furchtbar und lebendig wirkte. Einen Augenblick strahlte sie eigenartig vor Absicht und Häßlichkeit, die Isabel eben jetzt zu erkennen glaubte; sie sagte: »Meine erste Schwägerin hatte keine Kinder.« Isabel starrte sie ebenfalls an; diese Ankündigung wirkte wie eine Ernüchterung. »Deine erste Schwägerin?«

»Ich vermute, du weißt wenigstens, wenn man das erwähnen darf, daß Osmond schon einmal verheiratet war. Ich habe dir nie etwas von seiner Frau erzählt; ich dachte, es wäre vielleicht nicht ganz anständig oder respektabel. Aber andere, mit weniger Rücksicht, werden es getan haben. Die arme kleine Frau lebte kaum drei Jahre und starb kinderlos. Pansy kam erst nach ihrem Tode an.«

Isabels Brauen hatten sich zu einem Runzeln zusammengezogen; ihre Lippen teilten sich in blassem, unsicherem Staunen. Sie versuchte zu begreifen; es schien da mehr zu folgen, als sie übersehen konnte. »Dann ist Pansy nicht das Kind meines Mannes?«

»Deines Mannes – durchaus! Nicht des Mannes einer anderen – sondern der Ehefrau eines anderen. Ach, meine gute Isabel«, rief die Gräfin, »bei dir muß man überall den i-Punkt daraufsetzen!«

»Das verstehe ich nicht. Wessen Ehefrau?« fragte Isabel.

»Der Ehefrau eines schrecklichen kleinen Schweizers, der vor – wie lange? – vor zwölf, vor mehr als fünfzehn Jahren starb. Er hat Fräulein Pansy nie gekannt, auch nie, da er wußte, wie die Dinge standen, etwas mit ihr zu tun haben wollen; und er hatte auch keinen Anlaß dazu. Den hatte Osmond, und das war viel besser, obwohl er hinterher die ganze Geschichte erst zusammenleimen mußte, daß seine Frau im Kindbett starb und er in Gram und Abscheu das kleine Mädchen so lange wie möglich aus seinen Augen entfernte und erst später aus der Pflege zurückholte. Seine Frau war wirklich gestorben, weißt du, an einer ganz anderen Sache, an einem ganz anderen Ort: in den Piemonteser Bergen, wo sie in einem August hinfuhren, weil ihre Gesundheit dort der frischen Luft bedurfte, und wo sie plötzlich zusammenklappte – unheilbar krank. Die Geschichte wurde hingenommen; sie deckte sich mit dem Augenschein, solange niemand aufmerkte und niemand nachforschte. Aber *ich* wußte es natürlich – auch ohne Nachforschungen«, fuhr die Gräfin fort. »Übrigens auch ohne daß ein Wort zwischen uns fiel – ich meine ne zwischen Osmond und mir. Hast du nie bemerkt, auf welche Weise er mich schweigend ansieht, um es niederzuschlagen? – Das heißt, um mich niederzuschlagen, wenn ich etwas sagen sollte. Ich sagte nichts, weder nach rechts noch nach links – nie ein Wort an ein menschliches Wesen, wenn du mir das glauben kannst: bei meiner Ehre, meine Liebe, ich spreche von dieser Sache jetzt, nach all der Zeit, wie ich nie, niemals gesprochen habe. Mir genügte von Anfang an, daß das Kind meine Nichte war – von dem Moment an, als sie die Tochter meines Bruders war. Was ihre wahrscheinliche Mutter betraf –!« Aber jetzt hielt Pansys herrliche Tante vor dem Eindruck des Gesichtes ihrer Schwägerin wie unfreiwillig inne, mehr Augen, als ihr je begegnet waren, schienen ihr daraus entgegenzustarren.

Sie hatte keinen Namen genannt, dennoch konnte Isabel das Echo des Unausgesprochenen auf ihren eigenen Lippen gerade noch zurückhalten. Mit gebeugtem Kopf sank sie wieder auf ihren Sitz zurück. »Warum hast du mir das erzählt?« fragte sie mit einer Stimme, welche die Gräfin kaum wiedererkannte.

»Weil ich es nicht mehr mit ansehen konnte, daß du es nicht wußtest. Offen gestanden, meine Liebe, hatte ich es satt, es dir noch länger zu verschweigen; als ob ich es die ganze Zeit aus Dummheit nicht hätte einrichten können! *Ça me dépasse*, wenn du mir das übelnimmst, daß du von lauter Dingen umgeben warst, die du alle so erfolgreich nicht zu wissen schienst. Es gibt nämlich eine Art von Hilfe – die Unterstützung unschuldiger Unwissenheit –, für die ich mich stets sehr wenig eignete. Und jetzt hat sich meine Tugend, für meinen Bruder Schweigen zu bewahren, auf jeden Fall erschöpft. Und außerdem, weißt du, ist es nicht einmal gelogen«, setzte die Gräfin unnachahmlich hinzu, »die Tatsachen sind genau so, wie ich dir sagte.«

»Ich hatte keine Ahnung«, sagte Isabel daraufhin und blickte in einer Weise zu ihr auf, die der augenscheinlichen Einfalt dieses Geständnisses zweifellos entsprach.

»Das habe ich mir gedacht – obwohl es kaum glaublich war. Ist es dir nie in den Sinn gekommen, daß er sechs oder sieben Jahre ihr Liebhaber war?«

»Ich weiß nicht. Gewisse Dinge *waren* mir gekommen, und vielleicht hatten sie diesen Sinn.«

»Sie ist wunderbar klug gewesen; einfach prachtvoll für Pansy!« rief die Gräfin, von dieser ganzen Aussicht hingerissen.

»Kein Gedanke nahm je bei mir *endgültig* diese Form an«, fuhr

Isabel fort. Sie versuchte sich offensichtlich vorzustellen, was gewesen war und was nicht. »Und wie dem auch sei – ich verstehe es einfach nicht.«
Sie sprach wie jemand, der ratlos und verwirrt ist. Aber der armen Gräfin schien es, als sei ihre Geschichte gänzlich wirkungslos verpufft. Sie hatte als Antwort erwartet, einen Sturm zu entfesseln, und hatte kaum einen Hauch entfacht. Isabel zeigte sich kaum mehr beeindruckt, als wenn sie als junge Frau von lobenswerter Phantasie eine besonders dunkle Stelle der Geschichte vorgesetzt bekommen hätte. »Begreifst du denn nicht, wie das Kind nie als das *ihres* eignen Mannes gelten konnte? – Das heißt also das von Madame Merle selbst«, fuhr die Gräfin fort. »Dafür waren sie zu lange getrennt gewesen, denn er war inzwischen in ein fremdes Land gegangen – ich glaube, nach Südamerika. Wenn sie je Kinder hatte – was ich nicht genau weiß –, so hatte sie sie verloren. Die äußeren Umstände fügten es, daß Osmond notgedrungen (ich meine in dieser peinlichen Klemme) das kleine Mädchen anerkannte. Seine Frau war tot – sehr richtig; aber sie war noch nicht so lange gestorben, um eine gewisse Angleichung der Daten in Frage zu stellen – solange natürlich kein Verdacht aufkam; darauf mußten sie achten. Was war daher natürlicher, als daß die arme Mrs. Osmond in der Ferne und für die Welt, die sich nicht mit Kleinigkeiten abgab, dieses Kind als Pfand ihres kurzen Glückes, das ihr, *poverina*, das Leben gekostet, zurückgelassen hatte? Mit Hilfe eines Ortswechsels – Osmond hatte während ihres Aufenthaltes in den Bergen mit ihr zusammen in Neapel gewohnt, das er nach entsprechender Frist nun für immer verließ – wurde die ganze Geschichte erfolgreich in Gang gebracht. Meine arme Schwägerin konnte sich im Grabe nicht dagegen wehren, und die leibliche Mutter verzichtete, um *ihre* Haut zu retten, auf alle Ansprüche an dem Kind.«
»Ach, die arme, arme Frau!« rief Isabel in Tränen ausbrechend. Es ware lange her, seitdem sie die letzten vergossen hatte. Sie hatte zu viel gelitten, um noch weinen zu können. Aber jetzt flossen sie überreichlich, was die Gräfin wiederum als eine Niederlage ansah.
»Es ist ja sehr nett, wenn du sie bemitleidest!« lachte sie mißtönend. »Du hast tatsächlich eine Art und Weise –!«
»Er muß doch seine Frau betrogen haben – noch dazu so bald!« sagte Isabel plötzlich innehaltend.

»Das hat noch gefehlt – daß du jetzt *ihre* Sache vertrittst«, fuhr die Gräfin fort. »Aber da stimme ich dir bei, es war viel zu bald.«
»Aber mir, mir ist er doch –?« und Isabel zögerte, als ob sie nicht gehört hätte, als ob ihre Frage – die ihr in den Augen geschrieben stand – nun ihr selber galt.
»Dir ist er treu geblieben? Nun, es hängt davon ab, meine Liebe, was du unter treu verstehst. Als er dich heiratete, war er nicht mehr der Liebhaber einer anderen – und welch ein Liebhaber war er schon, *cara mia*, bei ihrem ganzen Risiko, bei all ihren Vorsichtsmaßnahmen, während die Sache noch lief! Über dieses Stadium war die Affäre hinaus; die Dame hatte bereut oder sich auf jeden Fall aus persönlichen Gründen zurückgezogen: auch hatte sie immer den äußeren Anschein so heftig verehrt, daß es selbst Osmond des Guten zuviel wurde. Du kannst dir also vorstellen, wie es gewesen sein muß – als er die Äußerlichkeiten, für die er eintritt, nicht mit den ihren so ganz vereinen konnte! Aber die ganze Vergangenheit stand zwischen ihnen.«
»Ja«, echote Isabel mechanisch. »Die ganze Vergangenheit steht zwischen ihnen.«
»Ach, die jüngste Vergangenheit zählt nicht. Aber wie ich sagte, sechs oder sieben Jahre hat es gedauert.«
Sie blieb ein Weilchen stumm. »Warum wollte sie denn, daß er mich heiratete?«
»Ach, meine Liebe, das war ja ihre Überlegung: weil du Geld hattest, und weil sie glaubte, du würdest gut zu Pansy sein.«
»Arme Frau – und Pansy, die sie nicht leiden mag!« rief Isabel.
»Das ist der Grund, weshalb sie jemand suchte, den Pansy leiden konnte. Sie weiß das; sie weiß eben alles.«
»Wird sie auch wissen, daß du es mir gesagt hast?«
»Das hängt davon ab, ob du es ihr erzählst. Sie ist darauf vorbereitet, und weißt du, auf was sie bei ihrer Verteidigung rechnet? Daß du glaubst, ich lüge. Vielleicht tust du das auch; du brauchst dir keine Mühe zu geben, es mir zu verbergen. Nur diesmal tue ich es zufälligerweise nicht. Ich habe schon viele kleine idiotische Schwindeleien erzählt, aber sie haben nie jemandem außer mir selber geschadet.«
Isabel saß und starrte auf die Geschichte ihrer Besucherin wie auf ein buntes Allerlei aus phantastischen Geräten, das ein fahrender Zigeuner vor ihr auf dem Teppich ausgebreitet haben konnte. »Warum hat Osmond sie nie geheiratet?« fragte sie endlich.

»Weil sie kein Geld hatte.« Die Gräfin hatte auf alles eine Antwort, und wenn sie log, log sie gut. »Keiner weiß, keiner hat je gewußt, wovon sie lebt, oder wo sie all ihre schönen Sachen her hat. Ich glaube nicht einmal, daß Osmond es weiß. Außerdem hätte sie ihn auch nicht geheiratet.«
»Wie kann sie ihn dann geliebt haben?«
»Auf die Weise liebte sie ihn nicht. Zuerst wohl, und da, glaube ich, hätte sie ihn auch geheiratet; aber zu jener Zeit lebte ihr Mann noch. Als dann Mr. Merle sich – ich kann schlecht sagen, zu seinen Vätern versammelte, weil er nie welche hatte – da hatten sich ihre Beziehungen zu Osmond geändert, und sie war ehrgeiziger geworden. Außerdem hatte sie sich«, fuhr die Gräfin fort, es Isabel überlassend, erst später vor der Tragweite des Ganzen zurückzuschrecken, »nie irgendwelche Illusionen über ihn gemacht. Ihre Hoffnung richtete sich auf die Heirat mit einem großen Mann. Sie hat gewartet und beobachtet und Pläne geschmiedet und gebetet; aber sie hat nie Erfolg gehabt. Weißt du, ich finde nämlich nicht, daß Madame Merle ein großer Erfolg ist. Ich weiß nicht, was sie noch vollbringen mag, aber vorläufig hat sie sehr wenig vorzuweisen. Das einzige greifbare Resultat, das ihr bisher gelang – natürlich ausgenommen, daß sie alle Welt kennt und überall kostenlos logiert –, ist, daß sie dich und Osmond zusammenbrachte. Oh, das hat sie getan, meine Liebe; da brauchst du gar nicht so auszusehen, als ob du das bezweifeltest. Ich habe sie jahrelang beobachtet; ich weiß alles – alles. Ich gelte meist für etwas beschränkt, aber so viel Geist konnte ich noch aufbringen, um diesen beiden auf den Sprung zu kommen. Sie haßt mich und zeigt es mir auf ihre Weise, indem sie so tut, als verteidige sie mich beständig. Wenn die Leute sagen, ich hätte fünfzehn Liebhaber, ist sie entsetzt und erklärt, nicht einmal die Hälfte sei erwiesen. Sie hat mich seit Jahren gefürchtet und sich immer mit lasterhaften und bösen Dingen getröstet, die die Leute mir nachsagen. Sie hat Angst gehabt, ich würde sie bloßstellen, und eines Tages drohte sie mir, als Osmond gerade anfing, dir den Hof zu machen, das war noch in seinem Haus in Florenz; erinnerst du dich nicht an den Nachmittag, als sie dich mitbrachte und wir im Garten Tee tranken? Damals ließ sie mich wissen, daß, wenn ich auspacken würde, noch andere ein Wörtchen mitzureden hätten. Sie tut so, als sei über mich viel mehr zu erzählen als über sie. Ein Vergleich dürfte übrigens ganz interessant sein! Ich gebe

keinen Heller für das, was sie sagt, weil ich weiß, daß *du* es auch nicht tust. Weniger als jetzt kannst du dir deinen Kopf nie über mich zerbrechen. Also soll sie sich rächen, wie sie will; ich glaube nicht, daß sie dich damit sehr erschreckt. Sie hat immer die große Idee gehabt, unerhört makellos dazustehen – wie so eine Art voll erblühter Lilie – die Schicklichkeit in Person. Diesen Gott hat sie immer angebetet. Einen Skandal um Cäsars Gemahlin durfte es eben nicht geben, denn wie gesagt, sie hat immer gehofft, Cäsar zu heiraten. Das war auch ein Grund, weshalb sie Osmond nicht heiraten wollte; und dann die Angst, daß die Leute, wenn man sie mit Pansy zusammen sah, sich etwas zusammenreimen, gar eine Ähnlichkeit entdekken könnten! Sie hat immer in Schrecken gelebt, ob die Mutter in ihr sich wohl verriet. Da ist sie schrecklich vorsichtig gewesen; die Mutter hat sich nie geregt.«

»Doch doch, die Mutter hat sich geregt«, sagte Isabel, die sich alles mit immer blasserem Gesicht anhörte. »Neulich hat sie sich verraten, ich habe sie nur nicht erkannt. Da ergab sich für Pansy die Chance einer großen Heirat, und als sie sich zerschlug, da hat sie in ihrer Enttäuschung fast ihre Maske fallen lassen.«

»Ha, da wollte sie sich schadlos halten!« rief die Gräfin. »Sie hat selbst so schrecklich Schiffbruch erlitten, da soll ihre Tochter sie jetzt entschädigen.«

Isabel fuhr zusammen bei den Worten »ihre Tochter«, die ihre Besucherin so verwandtschaftlich hinwarf. »Es erscheint mir alles sehr seltsam«, sagte sie leise; und unter diesem Eindruck des Befremdens verlor sie fast das Gefühl, persönlich etwas mit dieser Geschichte zu tun zu haben.

»Nun geh aber nicht und laß es das arme, unschuldige Kind entgelten!« fuhr die Gräfin fort. »Sie ist sehr nett, trotz ihrer beklagenswerten Abkunft. Ich selber habe Pansy sehr gern, natürlich nicht, weil sie *ihr* gehört, sondern weil sie dein Kind geworden ist.«

»Ja, sie ist meins geworden. Und wie die arme Frau gelitten haben muß, als sie sah, wie ich –!« rief Isabel, bei dem Gedanken tief errötend.

»Ich glaube nicht, daß sie gelitten hat; im Gegenteil, sie hat frohlockt. Osmonds Heirat hat seine Tochter ein gutes Stück höher gebracht. Vorher lebte sie in einem Loch. Und weißt du auch, was die Mutter dachte? Daß du das Kind liebgewinnen und ihm etwas zukommen lassen könntest. Osmond konnte ihm

natürlich nie eine Aussteuer ermöglichen. Osmond lebte wirklich in ziemlicher Armut; aber das weißt du natürlich alles selbst. Ha, meine Liebe«, rief die Gräfin, »warum hast du nur dieses Geld geerbt?« Sie hielt einen Moment inne, als ob sie etwas Ungewöhnliches in Isabels Gesicht erblickte. »Jetzt erzähle mir nicht, daß du ihr eine Mitgift geben willst. Du wärst dazu imstande, aber ich würde mich weigern, es zu glauben. Versuche nur nicht, zu gut zu sein. Sei mal ein bißchen leicht und natürlich und niederträchtig; habe zum Trost auch einmal im Leben ein boshaftes Gefühl!«
»Es ist sonderbar; ich müßte es wohl wissen, aber ich bin ganz ratlos«, sagte Isabel. »Ich bin dir auch sehr dankbar.«
»Ja, so kommst du mir auch vor!« rief die Gräfin mit spöttischem Lachen. »Vielleicht bist du es – vielleicht auch nicht. Du faßt es nicht so auf, wie ich gedacht hätte.«
»Und wie sollte ich es auffassen?« fragte Isabel.
»Nun ja, ich würde sagen, wie eine Frau, die man mißbraucht hat.« Hierauf gab Isabel keine Antwort; sie hörte nur zu. Die Gräfin fuhr fort. »Sie sind immer verbunden geblieben; auch weiterhin, nachdem sie mit ihm gebrochen hatte – oder er mit ihr. Aber er hat ihr immer mehr bedeutet als sie ihm. Als ihr kleiner Karneval vorüber war, trafen sie eine Abmachung, daß einer dem anderen völlige Freiheit lassen, aber jeder dem anderen nach Möglichkeit behilflich sein sollte. Du magst mich fragen, woher ich diese Dinge weiß. Ich weiß das durch die Art ihres Verhaltens. Und man sieht wieder, wieviel besser die Frauen sind als die Männer! Sie hat eine Frau für Osmond gefunden, aber Osmond hat auch nicht einen Finger für *sie* gerührt. Sie hat sich für ihn bemüht, sich für ihn geplagt und gelitten; sie hat ihm sogar mehr als einmal Geld verschafft; und das Ende vom Liede? Er hat sie satt. Sie ist ihm eine alte Gewohnheit geworden; zuweilen braucht er sie noch, aber im ganzen würde er sie nicht entbehren, wenn sie fortginge. Und was noch mehr heißen will, heute weiß sie das. Also brauchst du nicht eifersüchtig zu sein!« setzte die Gräfin humorvoll hinzu.
Isabel erhob sich wieder von ihrem Sofa; sie fühlte sich wie zerschlagen und ganz außer Atem; ihr Kopf schwirrte von all den Neuigkeiten. »Ich danke dir vielmals«, wiederholte sie. Und dann setzte sie unvermittelt in ganz verändertem Ton hinzu: »Und woher weißt du das alles?«
Diese Frage schien die Gräfin mehr zu verschnupfen, als ihr

Isabels Ausdruck der Dankbarkeit gefiel. Sie warf ihrer Schwägerin einen kühnen Blick zu und rief: »Nehmen wir ruhig an, ich hätte alles erfunden!« Indessen änderte auch sie plötzlich ihre Tonart und sagte, ihre Hand auf Isabels Arm legend, mit ihrem durchdringend scharfen, hellen Lächeln: »Und wirst du jetzt deine Reise aufgeben?«

Isabel fuhr ein wenig zusammen; sie kehrte sich ab. Aber sie fühlte sich schwach und mußte den Arm auf den Kaminsims legen, um sich zu stützen. Eine Minute stand sie noch so, und dann fiel taumelnd mit geschlossenen Augen und farblosen Lippen ihr Kopf auf den Arm.

»Wie verkehrt von mir, daß ich sprach – ich habe dich krank gemacht!« rief die Gräfin.

»Ach, ich muß Ralph sprechen!« wehklagte Isabel, nicht voll Vergeltungsdrang, nicht in der raschen Leidenschaft, auf welche die Gräfin gewartet hatte, sondern im Ton weitreichender, unendlicher Trauer.

LII

Am Abend ging noch ein Zug über Turin nach Paris; nachdem die Gräfin sie verlassen, hatte Isabel eine eilige und entschlossene Unterredung mit ihrer Zofe, die ihr treu ergeben, diskret und sehr rührig war. Hierauf dachte sie (außer an ihre Reise) nur noch an eins. Sie mußte Pansy noch aufsuchen; von ihr durfte sie sich nicht abkehren. Sie hatte sie bisher noch nicht wiedergesehen, da Osmond ihr zu verstehen gegeben, daß es dazu noch zu früh sei. Sie fuhr um fünf Uhr vor einer hohen Tür in einer schmalen Gasse in der Gegend der Piazza Navonna vor und wurde von der Pförtnerin des Klosters, einer freundlichen und fügsamen Person, eingelassen. Isabel war schon vorher in dieser Anstalt gewesen; sie hatte hier früher mit Pansy die Schwestern besucht. Sie wußte, daß hier gute Frauen lebten, und sie sah, daß die großen Räume sauber und heiter waren und der gut gehaltene Garten Sonne im Winter und Schatten im Frühling bot. Aber das Haus mißfiel ihr; es war ihr zuwider und ängstigte sie fast; um nichts in der Welt hätte sie hier eine Nacht zugebracht. Heute mehr denn je wirkte es auf sie wie ein gutgeleitetes Gefängnis; denn die Vorstellung, daß es Pansy freistand, es jederzeit zu verlassen, ließ sich unmöglich aufrechterhalten. Dieses unschuldige Geschöpf war ihr in einem neuen jähen Licht gezeigt worden, aber schon ihr nächster Impuls bestand darin, daß sie die Hand nach der Kleinen ausstreckte.

Die Pförtnerin ließ sie im Wohnzimmer des Klosters warten, während sie ging, um den Besuch für das liebe junge Fräulein anzumelden. Das Wohnzimmer war ein riesiges frostiges Gemach mit neu aussehenden Möbeln, einem großen, blanken Ofen aus weißem Porzellan, der nicht brannte, mit einer Sammlung von Wachsblumen unter Glas und einer Reihe von Stichen religiöser Bilder an den Wänden. Beim letztenmal war sie sich hier weniger wie in Rom als wie in Philadelphia vorgekommen; aber heute stellte sie keine Überlegungen an. Heute erschien ihr der Raum nur leer und totenstill. Nach Ablauf von ungefähr fünf Minuten kehrte die Pförtnerin zurück, einen anderen Besuch hereinführend. Isabel erhob sich in der Erwartung, einer der Damen der Schwesternschaft zu begegnen, aber zu ihrer äußersten Überraschung sah sie sich plötzlich Madame Merle gegenüber. Die Wirkung war seltsam, denn Madame Merle war ihrem inneren Auge so gegenwärtig, daß ihre Erscheinung in Fleisch und Blut nicht anders wirkte, als wenn man plötzlich und schrecklicherweise entdeckt, daß ein gemaltes Bild sich bewegt. Isabel hatte den ganzen Tag an ihre Falschheit, ihre Kühnheit, an ihre Fähigkeiten und wahrscheinlichen Leiden gedacht, so daß diese dunklen Dinge in ein plötzliches Licht getaucht schienen, als die andere so unerwartet das Zimmer betrat. Ihr Erscheinen trug den Charakter einer häßlichen Beweiskraft, wie von Handschriften, entweihten Reliquien, von grausigen Dingen, die dem Gericht vorgelegt werden. Isabel fühlte eine Schwäche; wenn sie auf der Stelle hätte sprechen müssen, wäre sie nicht dazu imstande gewesen. Aber eine solche Notwendigkeit drängte sich ihr nicht auf. Ihr schien tatsächlich, als hätte sie Madame Merle nicht das geringste zu sagen. Doch in den Beziehungen dieser Dame hatte sich nie eine Notwendigkeit geltend gemacht; sie hatte es immer verstanden, nicht nur über ihre eigenen, sondern auch über die Mängel anderer Leute unbemerkt hinwegzugleiten. Heute war sie jedoch anders als sonst; sie kam langsam hinter der Pförtnerin herein, und Isabel sah sofort, daß sie heute kaum auf ihre üblichen Hilfsmittel zurückgreifen würde. Auch für sie war die Lage ungewöhnlich, und sie traf keine Anstalten, sie anders als im Lichte des Augenblicks zu handhaben. Dadurch gewannen ihre Züge einen eigentümlichen Ernst; sie gab nicht einmal vor zu lächeln, und obwohl Isabel sah, daß sie mehr denn je schauspielerte, so schien ihr doch, als sei die wunderbare Frau im ganzen noch nie so natürlich gewesen. Sie betrachtete ihre junge Freundin von Kopf bis Fuß, aber nicht etwa streng oder abweisend, vielmehr mit einer kühlen Sanftmut und ohne die geringste Anspielung auf ihre letzte Begegnung. Es war, als ob sie eine Unterscheidung zu machen wünsche. Letzthin war sie gereizt gewesen, jetzt war sie versöhnt.

»Sie können uns allein lassen«, sagte sie zu der Pförtnerin, »in fünf Minuten wird diese Dame nach Ihnen klingeln.« Und dann wandte sie sich zu Isabel, die zwar noch bemerkte, was wir eben mitgeteilt haben, aber nun nichts mehr zu bemerken schien und ihre Augen umherschweifen ließ, soweit die Grenzen des Raumes es ihr gestatteten. Sie wünschte Madame Merle nicht wieder anzusehen. »Sie sind gewiß überrascht, mich hier zu treffen, und ich fürchte, nicht gerade sehr erfreut«, hub diese Dame inzwischen an. »Sie werden nicht einsehen, warum ich kam; als ob ich Ihnen damit vorgreifen wollte. Ich gestehe, ich bin ein wenig taktlos gewesen – ich hätte Sie erst um Erlaubnis bitten müssen.« Es lag keine versteckte Bewegung der Ironie in ihren Worten; sie waren einfach und milde gesprochen; aber Isabel, weit entglitten auf einem Strom von Staunen und Mitleid, hätte sich die Absicht ihres Tones nicht zu deuten vermocht. »Aber ich habe nicht lange oben gesessen«, sprach Madame Merle weiter, »das heißt, ich war nicht lange bei Pansy. Ich habe sie besucht, weil mir heute nachmittag einfiel, sie könnte sich doch recht einsam fühlen und auch ein bißchen elend. Für die *kleinen* Mädchen mag es ja ganz gut sein; ich weiß so wenig von den Kleinen, daß ich es nicht beurteilen kann. Auf jeden Fall ist es für sie recht trübe. Darum kam ich her, einfach auf gut Glück. Ich wußte natürlich, daß Sie und auch ihr Vater kommen würden; schließlich hatte mir niemand gesagt, daß andere Besuche verboten seien. Die gute Seele – wie heißt sie doch? Madame Catherine – erhob auch keine Einwände. Ich blieb zwanzig Minuten bei Pansy; sie hat ein reizendes kleines Zimmer, nicht die Spur klösterlich, mit einem Klavier und Blumen. Sie hat es entzückend eingerichtet, sie hat ja so viel Geschmack. Natürlich geht es mich alles nichts an, aber mir ist wohler, seitdem ich das alles sah. Sie kann sogar eine Zofe haben, wenn sie will; aber sie hat natürlich keine Gelegenheit, hier große Toilette zu machen.

Sie trägt ein kleines schwarzes Kleidchen und sieht reizend darin aus. Ich suchte hinterher noch Madame Catherine auf, die auch ein sehr hübsches Zimmer hat; ich versichere Ihnen, ich kann nicht finden, daß die armen Schwestern hier sehr klösterlich leben. Madame Catherine hat einen höchst koketten kleinen Toilettentisch, darauf stand sogar etwas, das einer Flasche Eau de Cologne ungewöhnlich ähnlich sah. Von Pansy sprach sie ganz reizend, sie sagte, es sei für alle ein großes Glück, sie im Hause zu haben. Sie sei eine kleine Heilige und noch der Ältesten ein Vorbild. Gerade als ich mich von Madame Catherine verabschiedete, kam die Pförtnerin und meldete, eine Dame wünsche die Signorina zu besuchen. Ich wußte natürlich, daß Sie das waren, und bat, daß ich gehen und Sie an ihrer Stelle empfangen dürfte. Sie zögerte sichtlich – das muß ich Ihnen verraten – und sagte, es sei ihre Pflicht, die ehrwürdige Mutter zu benachrichtigen; es sei höchst wichtig, Sie mit allem schuldigen Respekt zu begrüßen. Ich bat sie, die ehrwürdige Mutter in Ruhe zu lassen, und sagte, was sie denn dächte, wie ich Sie begrüßen würde?«

So fuhr Madame Merle fort, mit der ganzen Brillanz einer Frau, welche die Kunst der Unterhaltung schon seit langem meisterte. Aber ihre Rede enthielt Nuancen und Unterschiede, die Isabels Ohr keineswegs entgingen, obwohl ihr Auge das Gesicht der anderen mied. Sie war noch nicht weit gekommen, als Isabel einen plötzlichen Bruch in der Stimme, ein Stocken in ihrem Redefluß wahrnahm, die schon an sich ein vollkommenes Drama darstellten. Diese feine Modulation kennzeichnete eine momentane Entdeckung, die Wahrnehmung einer völlig neuen Haltung auf seiten ihrer Zuhörerin. Innerhalb einer Sekunde hatte Madame Merle erraten, daß alles zwischen ihnen zu Ende war, und innerhalb der nächsten Sekunde hatte sie auch den Grund hierzu erraten. Die Person, die dort stand, war nicht dieselbe, die sie bisher gesehen, sondern war eine andere, eine Person, die ihr Geheimnis kannte. Diese Entdeckung war erschütternd, und von demselben Moment an begann die vollendetste aller Frauen zu zittern und ihren Mut zu verlieren. Aber nur für diesen Moment, dann sammelte sich der bewußte Strom ihrer vollkommenen Manieren wieder und floß so glatt, wie es nur anging, seinem Ende zu. Aber nur weil sie das Ende im Auge hatte, war sie imstande, es zu erreichen. Sie war mit einer Spitze berührt worden, die sie zum Beben brachte, und es bedurfte der

ganzen Spannkraft ihres Willens, ihre Bewegung zu unterdrücken. Ihre einzige Sicherheit lag darin, daß sie sich nicht verriet. Sie widerstand der Versuchung, aber der aufgeregte Ton ihrer Stimme wollte sich nicht beruhigen – sie kam nicht dagegen auf–, während sie sich sprechen hörte und kaum wußte, was sie sprach. Die Flut ihrer Mitteilungen verebbte, und sie konnte nur noch eben in den Hafen gleiten, leise knirschend den Boden streifend.
Isabel nahm alles so deutlich wahr, als ob es sich in einem großen klaren Glas spiegelte. Es hätte ein großer Moment, ein Moment des Triumphes für sie werden können. Daß Madame Merle ihr Selbstbewußtsein verloren hatte und sich dem Gespenst ihrer Bloßstellung gegenübersah, das war schon an sich eine Rache, das war schon fast wie das Versprechen eines helleren Tages. Und während des Augenblickes, den sie anscheinend mit halb abgewendetem Blick zum Fenster hinaussah, genoß Isabel diese Erkenntnis. Jenseits des Fensters lag der Klostergarten, aber sie sah nichts von den knospenden Pflanzen draußen und dem heißglühenden Nachmittag. Sie sah in dem nackten Licht jener Offenbarung, die schon zu einem Teil ihrer Erfahrung geworden war, nur die dürre Tatsache, daß man sie wie ein handliches Werkzeug gebraucht hatte, so gefühllos und praktisch wie bloßes geformtes Holz oder Eisen. Die ganze Bitternis dieser Erkenntnis überschwemmte aufs neue ihre Seele; es war, als ob sie auf ihren Lippen einen Geschmack der Unehre kostete. Es kam der Augenblick, da würde sie, wenn sie sich umgewandt und gesprochen hätte, etwas gesagt haben, das wie ein Peitschenschlag gebrannt hätte. Aber sie schloß die Augen, und das häßliche Bild verschwand. Was übrigblieb, war die klügste Frau der Welt, die wenige Meter von ihr entfernt dastand und sowenig wie die törichtste wußte, was sie denken sollte. Isabels einzige Rache bestand in diesem Stummbleiben – darin, Madame Merle in dieser nie erlebten Situation sich selbst zu überlassen. Dieser Dame mußte dieses Schweigen sehr lang erscheinen, sie hatte mit einer Bewegung Platz genommen, die schon an sich ein Geständnis ihrer Hilflosigkeit war. Dann streifte Isabel sie von oben mit einem langsamen Blick. Madame Merle war sehr bleich, ihre eigenen Augen verschlangen Isabels Gesicht. Was sie dort auch sehen mochte, ihre Gefahr war vorbei. Isabel würde sie nie anklagen, ihr nie Vorwürfe machen, vielleicht wollte sie ihr nie Gelegenheit zur Verteidigung geben.

»Ich bin gekommen, um Pansy Lebewohl zu sagen«, sagte die junge Frau schließlich. »Ich reise heute abend nach England.«
»Heute abend nach England!« wiederholte Madame Merle, dasitzend und sie anblickend.
»Ich fahre nach Gardencourt. Ralph Touchett liegt im Sterben.«
»Oh, das wird Ihnen nahegehen.« Madame Merle erholte sich; sie hatte die Möglichkeit, ihre Teilnahme zu äußern. »Reisen Sie allein?«
»Ja, ohne meinen Mann.«
Madame Merle ließ ein leises unbestimmtes Murmeln hören, als ob sie damit die allgemeine Trauer der Dinge bestätigen wollte. »Mr. Touchett hat mich nie leiden können, aber es tut mir leid, daß er stirbt. Werden Sie seine Mutter treffen?«
»Ja, sie ist aus Amerika zurückgekehrt.«
»Sie war früher sehr nett zu mir; aber sie hat sich geändert. Auch andere haben sich geändert«, sagte Madame Merle mit einem ruhigen, noblen Pathos. Sie machte eine kleine Pause und fügte dann hinzu: »Und das liebe alte Gardencourt werden Sie auch wiedersehen!«
»Ich werde es nicht sehr genießen«, antwortete Isabel.
»Selbstverständlich, bei Ihrem Kummer. Aber im ganzen ist es von allen Häusern, die ich kenne – und ich kenne sehr viele –, dasjenige, in dem ich am liebsten weilte. Ich wage nicht, den Bewohnern meine Grüße zu senden«, sagte Madame Merle, »aber das Haus möchte ich gern grüßen lassen.«
Isabel kehrte sich ab. »Ich gehe jetzt am besten zu Pansy hinauf. Ich habe nicht mehr viel Zeit.«
Während sie sich noch nach dem richtigen Ausgang umblickte, öffnete sich die Tür und ließ eine der Damen des Hauses ein, die sich mit einem diskreten Lächeln näherte, unter ihren langen losen Ärmeln rundliche weiße Hände reibend. Isabel erkannte Madame Catherine, deren Bekanntschaft sie schon gemacht hatte, und bat sie, sofort zu Miß Osmond geführt zu werden.
Madame Catherine sah doppelt diskret aus, aber sie lächelte sehr milde und sagte: »Es wird ihr gut tun, Sie zu sehen. Ich werde Sie selbst hinaufführen.« Dann richtete sie ihr wohlgefälliges Augenmerk auf Madame Merle.
»Darf ich noch ein wenig hierbleiben?« sagte diese Dame. »Es tut so gut, sich hier aufzuhalten.«
»Sie können immer hierbleiben, wenn Sie wollen!« und die gute Schwester schlug ein wissendes Lachen an.

Sie führte Isabel aus dem Zimmer durch verschiedene Korridore eine hohe Treppe hinauf. Alle diese Einrichtungen waren solide und nüchtern, licht und sauber; so, dachte Isabel, sind auch die großen Strafanstalten. Madame Catherine stieß behutsam die Tür zu Pansys Zimmer auf und ließ den Besuch eintreten, dann blieb sie lächelnd mit gefalteten Händen stehen, während sich die beiden begrüßten und umarmten.
»Sie freut sich über Ihren Besuch«, wiederholte sie, »es wird ihr gut tun.« Und sie stellte sorgsam den besten Stuhl für Isabel bereit. Aber sie selbst traf keine Anstalten, sich zu setzen; sie schien bereit, sich zurückzuziehen. »Wie sieht das liebe Kind denn aus?« fragte sie Isabel, noch einen Augenblick verweilend.
»Sehr blaß«, antwortete Isabel.
»Das kommt von der Wiedersehensfreude. Sie ist sehr glücklich. *Elle éclaire la maison*«, sagte die gute Schwester.
Pansy trug, wie Madame Merle gesagt hatte, ein kleines schwarzes Kleid; vielleicht sah sie deshalb so blaß aus. »Sie sind sehr gut zu mir – Sie denken an alles!« rief sie mit ihrem ganzen gewohnten Eifer, sich gefällig zu erweisen.
»Wir denken immer an dich – du bist uns ein wertvoller Zögling«, bemerkte Madame Catherine im Tone einer Frau, deren Güte zu einer Gewohnheit geworden und deren Pflichtauffassung das Übernehmen jeglicher Obhut umschloß. Mit bleiernem Gewicht legte es sich Isabel aufs Herz. Dieser Ton schien ihr die Kapitulation eines Menschen vor der Autorität der Kirche zu verkörpern.
Als Madame Catherine sie allein gelassen, kniete Pansy nieder und verbarg ihren Kopf im Schoß der Stiefmutter. So verharrte sie einige Augenblicke, während Isabel ihr sanft das Haar streichelte. Dann stand sie wieder auf und sah sich mit abgewendetem Gesicht im Zimmer um. »Findest du nicht, daß ich es nett eingerichtet habe? Ich habe hier alles wie zu Hause.«
»Ja, es ist sehr hübsch. Du hast es hier sogar ganz behaglich.« Isabel wußte kaum, was sie ihr sagen sollte. Auf der einen Seite wollte sie nicht, daß Pansy dachte, sie sei nur gekommen, um sie zu bemitleiden, und auf der anderen wäre es der reine Hohn gewesen, wenn sie vorgegeben hätte, sich mit ihr zu freuen. Daher fügte sie nach einem Augenblick schlicht hinzu: »Ich bin gekommen, um dir Lebewohl zu sagen. Ich reise nach England.«
Pansys weißes Gesicht wurde rot. »Nach England! Um nicht wiederzukommen?«

»Ich weiß noch nicht, wann ich zurückkehre.«
»Ach, das tut mir leid«, hauchte Pansy ganz schwach. Sie sprach, als hätte sie kein Recht zur Kritik; aber ihr Ton verriet einen Abgrund von Enttäuschung.
»Mein Vetter, Mr. Touchett, ist sehr krank; er wird wahrscheinlich sterben. Ich möchte ihn noch einmal sehen«, sagte Isabel.
»Ach ja, du hast mir eben erzählt, er würde sterben. Natürlich mußt du reisen. Fährt Papa auch mit?«
»Nein, ich fahre allein.«
Für einen Moment schwieg das Mädchen. Isabel hatte oft überlegt, was sie wohl über die äußeren Beziehungen zwischen ihrem Vater und seiner Frau dachte; aber sie hatte nie durch einen Blick, nie durch eine Andeutung zu erkennen gegeben, daß sie sie nach dem Grade ihrer Intimität für mangelhaft hielt. Sie stellte gewiß ihre Betrachtungen an, dessen war Isabel sicher, und sie mußte der Überzeugung sein, daß es Ehepaare gab, die vertrauter miteinander standen. Aber Pansy war nicht einmal in Gedanken indiskret, sie würde es ebensowenig wagen, ihre sanfte Stiefmutter zu beurteilen, wie ihren herrlichen Vater zu kritisieren. Ihr Herz würde dabei fast ebenso stillgestanden haben, wie wenn sie gesehen hätte, daß zwei der Heiligen auf dem großen Bild in der Klosterkapelle ihre gemalten Köpfe gedreht und einander drohend angeblickt hätten. Aber wie sie im letzteren Fall, um der Heiligkeit willen, dieses schreckliche Wunder niemals erwähnen würde, so legte sie auch alles Wissen von den Geheimnissen größerer Leben als ihres eigenen zur Seite. »Dann wirst du aber weit fort sein«, sagte sie jetzt.
»Ja, ich werde weit fort sein, aber es wird kaum etwas ausmachen«, erklärte ihr Isabel, »denn solange du hier bist, kann man auch nicht sagen, daß ich dir sehr nahe bin.«
»Ja, aber du kannst kommen und mich besuchen, obwohl du noch nicht oft gekommen bist.«
»Ich bin nicht gekommen, weil dein Vater es nicht erlaubte. Und heute bringe ich dir nichts mit, ich kann dir nicht einmal eine Freude machen.«
»Das brauche ich nicht. Papa wünscht es nicht.«
»Dann ist es auch gleich, ob ich komme oder in England bin.«
»Du bist nicht glücklich, Mrs. Osmond«, sagte Pansy.
»Nicht sehr. Aber das macht nichts.«
»Das sage ich mir auch. Was macht das denn? Aber ich würde hier gern herauskommen.«

»Das wünsche ich dir wirklich.«
»Laß mich nicht hier«, fuhr Pansy sanft fort.
Für eine Minute sagte Isabel nichts, ihr Herz schlug heftig. »Willst du jetzt mit mir kommen?« fragte sie.
Pansy sah sie flehend an. »Hat Papa gesagt, du sollst mich mitbringen?«
»Nein, das ist mein eigener Vorschlag.«
»Ich glaube, dann warte ich lieber noch. Hat Papa nichts bestellen lassen?«
»Ich glaube, er wußte nicht, daß ich herkam.«
»Er glaubt, daß ich noch nicht genug habe«, sagte Pansy. »Aber ich habe genug. Die Damen sind alle sehr nett zu mir, und die kleinen Mädchen besuchen mich. Es sind ganz kleine dabei, so reizende Kinder. Und hier mein Zimmer – das siehst du selbst. Das ist alles sehr schön, aber ich habe genug. Papa wollte gern, daß ich ein wenig nachdenke – und ich habe viel nachgedacht.«
»Worüber?«
»Nun ja, daß ich Papa niemals verstimmen darf.«
»Das wußtest du doch schon vorher.«
»Ja, aber jetzt weiß ich es noch mehr. Ich will alles tun, ich will ja alles tun«, sagte Pansy. Dann, als sie die eigenen Worte hörte, stieg ihr eine reine, tiefe Röte ins Gesicht. Isabel las ab, was das bedeutete; sie sah, das arme Mädchen war besiegt. Es war gut, daß Mr. Edward Rosier seine Emaillearbeiten behalten hatte! Isabel blickte ihr in die Augen und sah da vornehmlich ein Gebet um milde Behandlung. Sie legte ihre Hand auf Pansys, wie um sie wissen zu lassen, daß ihr Anblick keine Verringerung ihrer Achtung zur Folge hatte; denn mit dem Zusammenbruch seines gegenwärtigen Widerstandes (so stumm und bescheiden er auch war) schien das Mädchen nur der Wahrheit der Dinge seinen Tribut zu zollen. Sie war nicht so vermessen, über andere zu urteilen, aber sie hatte über sich selbst geurteilt, sie hatte die Wirklichkeit begriffen. Sie war nicht dazu berufen, mit Verwicklungen zu kämpfen; in der feierlichen Abgeschiedenheit war etwas, das hatte sie überwältigt. Sie neigte ihren hübschen Kopf vor der Autorität und bat sie nur um Gnade. Ja, es war sehr gut, daß Edward Rosier sich einige Gegenstände aufgehoben hatte.
Isabel stand auf; ihre Zeit lief eilends ab. »Dann lebe wohl, ich verlasse Rom noch heute abend.«
Pansy griff nach ihrem Kleid; auf ihrem Gesicht trat eine

plötzliche Veränderung ein. »Du siehst so merkwürdig aus, du machst mir Angst.«
»Ach, ich bin ganz harmlos«, sagte Isabel.
»Vielleicht kommst du nicht wieder?«
»Vielleicht. Das kann ich nicht sagen.«
»Ach, Mrs. Osmond, du willst mich doch nicht verlassen?«
Isabel sah jetzt, daß sie alles erraten hatte. »Mein liebes Kind, was kann ich denn für dich tun?« fragte sie.
»Ich weiß nicht – aber ich bin glücklicher, wenn ich an dich denke.«
»Du kannst immer an mich denken.«
»Nicht, wenn du so weit fort bist. Ich fürchte mich ein bißchen«, sagte Pansy.
»Wovor fürchtest du dich?«
»Vor Papa ein bißchen. Und vor Madame Merle. Sie besuchte mich eben.«
»Das darfst du nicht sagen«, bemerkte Isabel.
»Ach, ich tue auch alles, was sie wollen. Nur – wenn du da bist, fällt es mir leichter.«
Isabel bedachte sich. »Ich werde dich nicht verlassen«, sagte sie endlich. »Leb wohl, mein Kind.«
Dann hielten sie sich einen Augenblick in einer stummen Umarmung umschlungen wie zwei Schwestern, und danach begleitete Pansy ihren Gast den Korridor entlang bis zur Treppe. »Madame Merle war hier«, erzählte sie im Gehen, und als Isabel nichts antwortete, setzte sie unvermittelt hinzu: »Ich kann Madame Merle nicht leiden!«
Isabel zögerte, dann blieb sie stehen. »Das mußt du nie wieder sagen – daß du Madame Merle nicht leiden kannst.«
Pansy sah sie verwundert an, aber Verwunderung war für Pansy nie ein Grund zum Widerspruch. »Ich tue es nie wieder«, sagte sie in ihrer köstlichen Sanftmut. An der Treppe mußten sie sich trennen, da es zu dei milden, aber unumstößlichen Disziplin, unter welcher Pansy lebte, zu gehören schien, daß sie nicht hinunter durfte. Statt dessen ging Isabel hinunter, und als sie am Fuß der Treppe anlangte, stand das Mädchen noch immer oben. »Wirst du auch wiederkommen?« rief sie mit einer Stimme, an die sich Isabel noch später erinnerte.
»Ja, ich werde wiederkommen.«
Madame Catherine traf Mrs. Osmond unten und begleitete sie bis an die Tür zum Wohnzimmer, wo die beiden noch eine

Minute plaudernd stehenblieben. »Ich gehe nicht mit hinein«, sagte die gute Schwester. »Madame Merle wartet noch auf Sie.«

Bei dieser Ankündigung versteifte sich etwas in Isabel. Sie war im Begriff, sich nach einem anderen Klosterausgang zu erkundigen; aber nach einer sekundenlangen Überlegung entschied sie, daß es besser wäre, wenn sie der würdigen Nonne ihren Wunsch, Pansys anderer Freundin auszuweichen, verheimlichte. Ihre Begleiterin ergriff sanft ihren Arm, sie mit ihren weisen, gütigen Augen einen Moment anblickend, und fragte auf französisch und fast vertraulich: *»Eh bien, chère madame, qu'en pensez-vous?«*

»Über meine Stieftochter? Oh, das zu erzählen, würde lange dauern.«

»Wir finden, es ist jetzt genug«, sagte Madame Catherine deutlich. Und sie stieß die Tür zum Wohnzimmer auf.

Madame Merle saß noch, wie Isabel sie verlassen hatte, wie eine Frau, die so in ihre Gedanken versunken war, daß sie keinen Finger gerührt zu haben schien. Als Madame Catherine die Tür schloß, erhob sie sich, und Isabel sah, daß ihr Nachdenken einem Zweck gewidmet war. Sie hatte ihr Gleichgewicht wiedergefunden und war wieder in vollem Besitz aller ihrer Möglichkeiten. »Ich fand, daß ich noch auf Sie warten wollte«, sagte sie höflich. »Aber nicht um über Pansy zu reden.«

Isabel wunderte sich, was es sonst noch zu reden gab, und trotz Madame Merles Erklärung antwortete sie nach einem Augenblick: »Madame Catherine sagte, es sei jetzt genug.«

»Ja, auch mir erscheint es genug. Ich wollte Sie noch etwas wegen des armen Mr. Touchett fragen«, setzte Madame Merle hinzu. »Haben Sie einen bestimmten Anlaß zu glauben, daß es mit ihm wirklich zu Ende geht?«

»Ich habe keine Informationen außer einem Telegramm. Unglücklicherweise bestätigt es lediglich die Wahrscheinlichkeit.«

»Ich möchte Ihnen eine sonderbare Frage stellen«, sagte Madame Merle. »Haben Sie ihren Vetter sehr gern?« und sie lächelte so sonderbar, wie ihre Äußerung sonderbar war.

»Ja, ich habe ihn sehr gern. Aber ich verstehe Sie nicht.«

Sie zögerte noch. »Es läßt sich nicht ganz leicht erklären. Mir ist etwas eingefallen, was Ihnen vielleicht noch nicht einfiel, und ich stelle Ihnen meine Gedanken zur Verfügung. Ihr Vetter hat Ihnen einmal einen großen Dienst erwiesen. Haben Sie das nie erraten?«

»Er hat mir viele Dienste erwiesen.«

»Ja, aber der eine war mehr als alle anderen. Er machte sie zur reichen Erbin.«

»*Er* machte mich ...?«

Madame Merle sah ihren Erfolg und fuhr, schon triumphierender, fort: »Er verlieh Ihnen den Extraglanz, der noch nötig war, um Sie zu einer glänzenden Partie werden zu lassen. Im Grunde müssen Sie sich bei ihm bedanken.« Sie stockte – da war etwas in Isabels Auge.

»Ich verstehe Sie nicht. Es war das Geld meines Onkels.«

»Ja, es war das Geld Ihres Onkels. Aber es war der Gedanke Ihres Vetters. Er überredete seinen Vater. Ach, meine Liebe, die Summe war groß!«

Isabel stand und starrte vor sich hin, sie schien heute in einer Welt zu leben, die von schwarzgelben Blitzen erhellt wurde. »Ich verstehe nicht, warum Sie solche Dinge sagen. Ich weiß nicht, was Sie wissen.«

»Ich weiß nichts, was ich nicht erriet. Aber so viel habe ich erraten.«

Isabel schritt zur Tür, und blieb, als sie sie geöffnet hatte, noch einen Moment mit der Hand auf der Klinke stehen, dann sagte sie – es war ihre einzige Rache –: »Ich glaubte, ich müßte mich bei Ihnen bedanken!«

Madame Merle schlug ihre Augen nieder, sie stand in einer Art von stolzer Buße da. »Ich weiß, Sie sind sehr unglücklich. Aber ich bin es noch mehr.«

»Ja, das kann ich mir denken. Ich glaube, ich möchte Sie nie wiedersehen.«

Madame Merle hob den Blick. »Ich werde nach Amerika zurückgehen«, sagte sie ruhig, während Isabel hinausschritt.

LIII

Als Isabel in Charing Cross aus dem Zug stieg, fiel sie nicht mit einem Gefühl der Überraschung, sondern mehr mit einem Gefühl, das unter anderen Umständen dem der Freude gleichgekommen wäre, sozusagen in die Arme – auf jeden Fall in die Hände – von Henrietta Stackpole. Sie hatte ihrer Freundin von Turin aus telegraphiert, und wenn sie auch nicht fest damit gerechnet hatte, daß Henrietta sie abholen würde, so hatte sie doch gespürt, daß ihr Telegramm eine hilfreiche Wirkung haben werde. Auf ihrer langen Reise von Rom her hatten ihre Gedanken sich nur mit vagen Dingen beschäftigt. Sie war unfähig gewesen, überhaupt an die Zukunft zu denken. Sie hatte diese Reise mit blicklosen Augen überstanden und wenig Vergnügen an den Ländern gefunden, die sie durcheilte, obgleich sie in der reichsten Frische des Frühlings prangten. Ihre Gedanken zogen durch andere Länder – seltsamer aussehende, trübe beleuchtete, weglose Gefilde, wo es keine Wechsel der Jahreszeiten gab, sondern nur, wie es schien, die ständige Öde des Winters. Zusammenhanglose Bilder zogen vorüber und plötzliche trübe Lichter der Erinnerung, der Erwartung. Vergangenheit und Zukunft kamen und gingen, wie sie wollten, aber sie sah sie nur in zufälligen Bildern, die nach eigener Logik auf- und niederstiegen. Sie erinnerte sich an die ungewöhnlichsten Dinge. Jetzt, wo sie eingeweiht war, wo sie so manches von dem wußte, was sie selbst so sehr betraf und dessen Verdunkelung das Leben gleichsam zu einem Versuch hatte werden lassen, mit unvollständigen Karten Whist zu spielen, jetzt reckte sich die Wahrheit der Dinge, ihre stummen Beziehungen, ihre Andeutung und zum größten Teil ihr Schrecken in eine Art architektonischer Größe vor ihr auf. Sie besann sich auf tausend Kleinigkeiten; spontan wie ein Schauder begannen sie zu leben. Sie hatte sie damals für Kleinigkeiten gehalten, jetzt sah sie, daß sie mit Blei behangen gewesen waren. Aber schließlich blieben es Kleinigkeiten, denn welchen Zweck hatte es, wenn sie sie jetzt verstand? Nichts erschien ihr heute einen Zweck zu haben. Jedes Ziel, jede Absicht hing für sie in der Luft; auch jedes Verlangen, außer dem einzigen, ihren heißersehnten Zufluchtsort zu erreichen. Gardencourt war ihr Ausgangspunkt gewesen, und in jene lautlosen Gemächer zurückzukehren, war wenigstens vorläufig eine Lösung. Von dort war sie voller Kraft ausgezogen; dorthin kehrte sie in ihrer Schwäche zurück, und wenn der Ort ihr schon früher Rast geboten, so wurde er jetzt zu einem Heiligtum. Sie beneidete Ralph um sein Sterben, denn wenn man sich nach Ruhe sehnte, war dies die vollkommenste. Völlig aufzuhören, alles aufzugeben und von nichts mehr zu wissen – dieser Gedanke erschien ihr so süß wie im heißen Land die Vision eines kühlen Bades in einer Marmorwanne in einem abgedunkelten Raum erscheint.

Unterwegs, auf ihrer Reise von Rom herauf, hatte sie Augenblicke gehabt, die waren fast so gut wie gestorben zu sein. Sie saß in ihrer Ecke, so bewegungslos, so passiv, einfach nur im Gefühl, fortgetragen zu werden, so entledigt von Hoffnung und Bedauern, daß sie sich selbst wie eine jener etruskischen Figuren vorkam, die auf der Urne ihrer Asche ruhen. Da gab es nichts mehr zu bedauern – das war alles vorbei. Nicht nur die Zeit ihrer Verblendung, auch die Zeit ihrer Reue lag weit zurück. Das einzige, was noch zu bedauern blieb, war Madame Merle und deren – nun ja, unvorstellbares Verhalten. Hier verließ sie alles Verständnis, sie war völlig außerstande anzugeben, wie Madame Merle sich eigentlich verhalten hatte. Aber wie dem auch sei, das mußte Madame Merle selbst bedauern, und sie würde es zweifellos auch tun, in Amerika, wohin sie sich wenden wollte. Es betraf Isabel nicht mehr, sie hatte nur den Eindruck, daß sie Madame Merle niemals wiedersehen würde. Dieser Eindruck trug sie fort in die Zukunft, von der sie hin und wieder einen verstümmelten Ausblick erhaschte. Sie sah sich selbst in fernen Jahren, noch immer in der Haltung einer Frau, die ihr Leben zu leben hatte, und diese Anzeichen widersprachen ihrer gegenwärtigen Stimmung. Es mochte erstrebenswert sein, ganz fortzugehen, richtig fort, weiter fort als bis zum kleinen graugrünen England, aber dieses Vorrecht war ihr augenscheinlich nicht beschieden. Tief in ihrer Seele – tiefer als jeder Wunsch nach Verzicht – ruhte das Gefühl, daß zu leben noch lange ihre Aufgabe sein werde. Und für kurze Augenblicke lag etwas Belebendes, fast etwas Anfeuerndes in dieser Überzeugung. Es war ein Beweis von Kraft – es war ein Beweis, daß sie eines Tages doch wieder glücklich sein werde. Es konnte ja nicht sein, daß sie nur leben sollte, um zu leiden; sie war schließlich noch jung, und noch konnten ihr viele Dinge widerfahren. Nur zu leben, um zu leiden – nur um zu fühlen, wie sich das Unrecht des Lebens wiederholte und vergrößerte –, dazu, schien es ihr, war sie zu wertvoll und zu begabt. Aber schon überlegte sie, ob es nicht eitel und töricht war, so gut von sich selbst zu denken. Wann war es je eine Garantie gewesen, wertvoll zu sein? War nicht die Geschichte voll von der Zerstörung kostbarer Dinge? War es nicht viel wahrscheinlicher, daß man leiden würde, wenn man fein war? Es enthielt dann vielleicht ein Eingeständnis, daß man eine gewisse Grobheit besaß, aber Isabel erkannte, als er vor ihren Augen vorüberhuschte, den raschen, unbestimmten Schatten einer langen Zukunft. Sie würde nie entfliehen; sie würde aushalten bis zum Ende. Dann umhüllten sie wieder die mittleren Jahre, und der graue Vorhang ihrer Gleichgültigkeit schloß sich wieder über ihr.

Henrietta küßte sie, wie Henrietta für gewöhnlich küßte, als ob sie fürchtete, dabei ertappt zu werden; und dann blieb Isabel in der Menge stehen, sich umblickend, nach ihrer Zofe Ausschau haltend. Sie fragte nicht; sie wartete gern. Sie hatte plötzlich die Vorstellung, daß man ihr helfen werde. Sie frohlockte, daß Henrietta gekommen war; eine Ankunft in London war sonst etwas Schreckliches. Das trübe, rauchige, weitreichende Gewölbe des Bahnhofs, das sonderbare braungelbe Licht, die dichte dunkle Menge erfüllte sie mit nervöser Angst und trieb sie, sich bei der Freundin einzuhaken. Sie erinnerte sich, sie hatte diese Dinge einmal gerngehabt; sie schienen ihr teilzuhaben an einem mächtigen Schauspiel, das sie rührte. Sie erinnerte sich, wie sie vor fünf Jahren von Euston Station aus zu Fuß gegangen war, an einem dämmerigen Wintertag, durch überfüllte Straßen. Heute hätte sie das nicht fertiggebracht, heute erschien ihr der Vorfall wie die Tat einer anderen Person.

»Es ist zu schön, daß du gekommen bist«, sagte Henrietta sie ansehend, als ob Isabel bereit sein könnte, diesem Satz zu widersprechen. »Wenn du es nicht getan hättest – wenn du nicht gekommen wärst – na, ich weiß nicht«, bemerkte Miß Stackpole, dunkel auf ihre Mißbilligungskräfte Bezug nehmend.

Isabel blickte sich um, ohne ihre Zofe zu entdecken. Ihr Auge blieb indessen an einer anderen Gestalt haften, die sie schon irgendwo gesehen haben mußte; und im selben Moment erkannte sie das freundliche Gesicht Mr. Bantlings. Er hielt sich ein wenig abseits, und es lag nicht in der Gewalt der Menge, die ihn umwogte, ihn um einen Zentimeter davon abzubringen, sich solange diskret fernzuhalten, bis die Damen ihre Umarmungen beendet hatten.

»Da ist ja Mr. Bantling«, sagte Isabel, sanft und sorglos, es kümmerte sie jetzt kaum noch, ob sie ihr Mädchen fand oder nicht.

»O ja, er geht überall mit mir. Kommen Sie, Mr. Bantling!« rief Henrietta. Worauf der galante Junggeselle mit einem Lächeln nähertrat – einem Lächeln, das jedoch dem Ernst der Stunde angemessen war. »Ist es nicht herrlich, daß sie gekommen ist?« sagte Henrietta. »Er weiß genau Bescheid«, fügte sie hinzu, »wir hatten richtig einen Streit. Er sagte, du würdest nicht, und ich sagte, du würdest doch kommen.«

»Ich dachte, Sie stimmten immer überein«, lächelte Isabel zurück.

Sie fühlte, daß sie jetzt lächeln konnte; schon im ersten Augenblick hatte sie in Mr. Bantlings treuen Augen gelesen, daß er gute Nachrichten hatte. Sie schienen ihr sagen zu wollen, daß sie doch daran denken möchte, er sei ein alter Freund ihres Vetters – er verstehe sie, und somit sei alles in Ordnung. Isabel gab ihm die Hand, sie hielt ihn in ihrem Überschwang für einen schönen Ritter ohne Tadel.

»Ich bin immer derselben Meinung«, sagte Mr. Bantling. »Nur sie nicht, verstehen Sie?«

»Habe ich nicht immer gesagt, eine Zofe sei eine Plage?« fragte Henrietta. »Deine Zofe ist wohl in Calais zurückgeblieben?«

»Das macht mir auch nichts«, sagte Isabel, Mr. Bantling ansehend, der ihr noch nie so interessant vorgekommen war.

»Bleibt einen Augenblick stehen, während ich mich umtue«, kommandierte Henrietta, die beiden sich selbst überlassend.

Zuerst standen sie schweigend zusammen, und dann fragte Mr. Bantling, wie es auf dem Kanal gewesen sei.

»Sehr schön. Nein, ich glaube, es war sehr stürmisch«, entgegnete sie zu ihres Begleiters sichtbarem Erstaunen. Woraufhin sie sagte: »Ich weiß, Sie sind in Gardencourt gewesen.«

»Woher wollen Sie das wissen?«

»Das kann ich auch nicht sagen – nur, daß Sie so aussehen wie jemand, der in Gardencourt war.«

»Finden Sie, daß ich so schrecklich traurig aussehe? Dort ist es schrecklich traurig, wissen Sie.«

»Ich glaube nicht, daß Sie jemals schrecklich traurig aussehen. Sie sehen schrecklich nett aus«, sagte Isabel mit einer Ausführlichkeit, die sie keine Anstrengung kostete. Es schien ihr, als ob sie nie wieder eine oberflächliche Verlegenheit empfinden werde. Der arme Mr. Bantling befand sich indessen noch in diesem minderen Stadium. Er errötete stark und lachte, er versicherte ihr, daß er oft sehr niedergeschlagen sei, und daß er dann schrecklich leicht aufbrause. »Da können Sie Miß Stackpole fragen, wissen Sie. Ich war vor zwei Tagen in Gardencourt.«

»Und haben Sie meinen Vetter gesehen?«

»Nur ganz kurz. Aber er hatte Besuch gehabt; Lord Warburton war am Tage vorher dagewesen. Ralph war noch ganz der alte, außer daß er im Bett lag und entsetzlich krank aussieht und nicht sprechen kann«, erzählte Mr. Bantling weiter. »Dennoch war er schrecklich lustig und witzig. Er war genauso gescheit wie immer. Es ist ein schrecklicher Jammer.«

Selbst auf dem überfüllten lauten Bahnhof wirkte diese einfache Erzählung lebendig. »War das spät am Tage?«

»Ja, ich besuchte ihn absichtlich noch. Wir dachten, Sie wüßten gern von ihm.«

»Ich danke Ihnen sehr. Kann ich heute abend noch hinunterfahren?«

»Ach, ich glaube nicht, daß *sie* das zuläßt«, sagte Mr. Bantling. »Sie möchte gern, daß Sie hierbleiben. Touchetts Diener mußte versprechen, mir heute zu telegraphieren und vor einer Stunde erhielt ich das Telegramm in meinem Klub. ›Ruhig und zufrieden‹ lautet es und ist um zwei Uhr datiert. Also Sie sehen, Sie können bis morgen warten. Sie müssen doch schrecklich müde sein.«

»Ja, ich bin schrecklich müde. Und ich danke Ihnen nochmals.«

»Wir wußten genau, daß Sie die letzten Nachrichten haben wollten«, sagte Mr. Bantling. Wobei Isabel unbestimmt feststellte, daß er und Henrietta schließlich doch derselben Meinung sein mußten. Miß Stackpole kehrte mit Isabels Zofe zurück, die sie bereits in voller Tätigkeit gefunden hatte. Diese tüchtige Person hatte sich, anstatt sich in der Menge zu verirren, nur ganz schlicht um das Gepäck ihrer Herrin gekümmert, so daß diese jetzt den Bahnhof ohne weiteren Aufenthalt verlassen konnte. »Weißt du, du darfst heute nicht mehr daran denken, aufs Land hinauszufahren«, sagte Henrietta. »Ganz gleichgültig, ob noch ein Zug fährt oder nicht. Du kommst jetzt sofort mit mir in die Wimpolestreet. In London ist kein Plätzchen mehr zu haben, aber ich habe dir trotzdem eins besorgt. Es ist kein römischer Palast, aber für eine Nacht reicht es.«

»Ich tue alles, was du willst«, sagte Isabel.

»Du kommst mit und beantwortest mir ein paar Fragen, mehr will ich nicht.«

»Von einem Abendessen hat sie nicht gesprochen, nicht wahr, Mrs. Osmond?« fragte Mr. Bantling im Scherz.

Henrietta blickte ihn einen Moment mit ihren forschenden Blikken an. »Ich verstehe, Sie haben es sehr eilig mit dem Ihren. Sie werden sich also morgen um zehn Uhr Paddington Station wieder einfinden.«

»Bitte, kommen Sie nicht meinetwegen, Mr. Bantling«, sagte Isabel.

»Er kommt nur meinetwegen«, erklärte Henrietta, als sie die Freundin in eine Droschke steigen ließ. Und später, in dem

dämmerigen Wohnzimmer in Wimpolestreet – um ihr gerecht zu werden: Abendessen hatte es reichlich gegeben –, stellte sie jene Fragen, die sie schon auf dem Bahnhof angekündigt hatte.
»Hat dein Mann dir eine Szene gemacht wegen deiner Reise?« Das war das erste, wonach sich Miß Stackpole erkundigte.
»Nein, ich kann nicht sagen, daß es eine Szene war.«
»Dann hatte er gar nichts dagegen?«
»Doch, sehı viel. Aber man konnte es nicht gut eine Szene nennen.«
»Was war es dann?«
»Eine sehr ruhige Unterredung.«
Henrietta betrachtete ihren Gast einen Augenblick. »Es muß teuflisch gewesen sein«, stellte sie fest. Und Isabel bestritt es nicht. Aber sie beschränkte sich darauf, Henriettas Fragen zu beantworten. Was ihr nicht schwerfiel, da sie erträglich und kurz und bündig waren. Vorläufig teilte sie ihr noch nichts Neues mit. »Also«, sagte Miß Stackpole schließlich, »ich hätte nur eine Kritik anzubringen. Ich verstehe nicht, warum du der kleinen Miß Osmond versprachst, zurückzukehren.«
»Ich verstehe es jetzt auch nicht ganz«, erwiderte Isabel. »Aber damals tat ich es.«
»Wenn du deinen Grund vergessen hast, vielleicht fährst du dann nicht wieder zurück.«
Isabel wartete einen Moment. »Vielleicht finde ich noch einen anderen.«
»Du findest bestimmt nie einen guten.«
»In Ermangelung eines besseren wird es genügen, daß ich es versprach.«
»Ja, darum war mir das gleich zuwider.«
»Sprich jetzt nicht davon. Ich habe vorläufig etwas Zeit. Die Abreise war eine Schwierigkeit, wie wird erst die Rückkehr sein?«
»Du mußt schließlich daran denken, daß er dir keine Szene macht«, sagte Henrietta bedeutungsvoll.
»Das wird er dennoch«, antwortete Isabel ernst. »Nicht eine Szene des Augenblicks; eine Szene für den Rest meines Lebens.«
Einige Minuten saßen beide Freundinnen und bedachten diese Aussicht. Und dann verkündete Miß Stackpole, um das Thema zu wechseln, wie Isabel gebeten hatte: »Ich bin übrigens bei Lady Pensil zu Besuch gewesen!«
»Ach, ist die Einladung schließlich doch eingetroffen?«

»Ja, es dauerte fünf Jahre. Aber diesmal wollte sie mich gern kennenlernen.«
»Das ist nur natürlich.«
»Es war noch natürlicher, als du wissen kannst«, sagte Henrietta, einen fernen Punkt mit ihren Augen fixierend. Und dann sich plötzlich umwendend, setzte sie hinzu: »Isabel Archer, ich bitte dich um Verzeihung. Du weißt nicht, warum? Weil ich an dir Kritik übte und jetzt noch einen Schritt weiterging als du. Mr. Osmond war ja schließlich noch drüben geboren!«
Es dauerte einen Moment, bis Isabel begriff; der Sinn ihrer Worte war so bescheiden, oder wenigstens so geschickt verschleiert. Isabels Gemüt war gegenwärtig nicht imstande, die Komik der Dinge zu sehen. Aber das Bild, das ihre Freundin ihr heraufbeschwor, begrüßte sie doch mit einem raschen Lachen. Sie faßte sich indessen sofort und erkundigte sich mit dem gebührlichen Nachdruck: »Henrietta Stackpole«, fragte sie, »du stehst doch nicht etwa im Begriff, dein Vaterland aufzugeben?«
»Doch, meine arme Isabel, das tue ich. Ich will es gar nicht leugnen, ich blicke der Tatsache ins Auge. Ich werde Mr. Bantling heiraten und mich direkt hier in London niederlassen.«
»Das kommt mir ganz seltsam vor«, sagte Isabel und lächelte jetzt.
»Ja, das kann schon sein. Ich bin auch erst allmählich dazu gekommen. Ich glaube ja, daß ich weiß, was ich tue; aber ich weiß nicht, wie ich es erklären soll.«
»Die eigene Heirat läßt sich nie erklären«, antwortete Isabel. »Und deine braucht nicht lange erklärt zu werden. Mr. Bantling ist kein Rätsel.«
»Nein, er ist kein schlechter Witz – oder etwa ein Ausbund von amerikanischem Humor. Er hat eine prächtige Natur«, fuhr Henrietta fort. »Ich habe ihn viele Jahre studiert und durchschaue ihn ganz. Er ist so klar wie der Stil eines guten Prospektes. Er ist nicht intellektuell, aber er weiß den Intellekt zu schätzen. Andererseits übertreibt er dessen Anforderungen nicht. Ich denke ja manchmal, daß wir das in den Vereinigten Staaten tun.«
»Ach«, sagte Isabel, »du hast dich tatsächlich verändert! Es ist das erstemal, daß ich höre, wie du etwas gegen dein Heimatland äußerst.«
»Ich sage nur, daß wir uns zu sehr von der bloßen Gehirnmacht betören lassen; das ist schließlich kein Fehler. Aber ich *bin* verändert; eine Frau muß sich beträchtlich verändern, um zu heiraten.«

»Ich hoffe, du wirst sehr glücklich. Jetzt wirst du endlich -- hierzulande – auch etwas von dem Innenleben erfahren.«
Henrietta seufzte ein wenig bedeutsam. »Das ist, glaube ich, der Schlüssel dieses Mysteriums. Ich ertrug es nicht, ihm fernzubleiben. Jetzt bin ich dazu genau so wie jeder andere berechtigt«, setzte sie mit ungekünstelter Freude hinzu.
Isabel zeigte sich pflichtgemäß erfreut; aber sie betrachtete das Ereignis doch mit einer gewissen Melancholie. Henrietta hatte sich nun letzten Endes doch als menschlich und als weibliche Natur erwiesen, Henrietta, die sie als helle starke Flamme betrachtet hatte, als eine körperlose Stimme. Es war enttäuschend, daß auch sie persönliche Bedürfnisse hatte, daß auch sie Gegenstand persönlicher Leidenschaften geworden und ihr vertrauter Umgang mit Mr. Bantling nicht ganz so origineller Natur gewesen war. Daß sie ihn heiratete, entbehrte der Originalität – es war beinahe töricht, und für einen Moment nahm die Eintönigkeit des Lebens für Isabels Gefühl eine tiefere Tönung an. Ein wenig später überlegte sie aber, daß wenigstens Mr. Bantling sehr originell war. Aber sie verstand nicht, wie Henrietta ihre Heimat aufgeben konnte. Sie selber hatte diesen Halt längst fahrenlassen, aber es war nie in dem Maße ihre Heimat gewesen wie Henriettas. Sie fragte sie alsbald, ob sie ihren Besuch bei Lady Pensil genossen hätte.
»O ja«, sagte Henrietta, »sie hat nämlich nicht gewußt, was sie mit mir anfangen sollte.«
»Und war das so genußreich?«
»Ja, sehr, weil man ihr einen meisterhaften Verstand nachsagt. Sie denkt, daß sie alles weiß; aber eine Frau von meinem modernen Typ versteht sie nicht. Es würde ihr viel leichter fallen, wenn ich nur ein bißchen besser oder ein bißchen schlechter wäre. So ist sie ratlos; ich glaube, sie hält es für meine Pflicht, daß ich hingehe und etwas Unmoralisches tue. Sie findet es schon unmoralisch, daß ich ihren Bruder heirate; aber das ist schließlich nicht unmoralisch. Meine Mischung wird sie nie verstehen – nie!«
»Dann ist sie also nicht so intelligent wie ihr Bruder?« sagte Isabel. »Er scheint dich doch verstanden zu haben.«
»O nein, das hat er nicht!« rief Miß Stackpole mit Entschiedenheit. »Ich glaube sogar, daß er mich nur deshalb heiraten will – nur um das Geheimnis und seine Proportionen zu ergründen. Das ist seine fixe Idee – das fasziniert ihn.«

»Dann ist es sehr nett, daß du ihm den Spaß nicht verdirbst.«
»Na ja«, sagte Henrietta, »ich habe auch etwas zu ergründen.« Und Isabel sah, daß sie nicht ein Bündnis anstrebte, sondern eine Attacke plante; endlich war sie soweit, sich ernstlich mit England zu kabbeln.
Isabel bemerkte allerdings am anderen Morgen, in Paddington Station, wo sie sich um zehn Uhr in Begleitung von Miß Stackpole und Mr. Bantling einfand, gleichfalls, daß dieser seine schwierige Aufgabe durchaus auf die leichte Schulter nahm. Wenn auch noch nicht alles, so hatte er doch zumindest den Hauptpunkt herausgefunden – daß es Miß Stackpole niemals an Entschlußkraft mangeln würde.
»Henrietta hat es mir erzählt, und ich bin sehr froh darüber«, sagte Isabel, als sie ihm die Hand reichte.
»Ich darf behaupten, daß Sie es schrecklich komisch finden«, erwiderte Mr. Bantling, sich auf seinen hübschen Regenschirm stützend.
»Ja, ich finde es schrecklich komisch.«
»Aber nicht so sehr wie ich selber. Doch ich bin immer gern aus der Reihe getanzt«, sagte Mr. Bantling in gewohnter Heiterkeit.

LIV

ISABELS Ankunft in Gardencourt vollzog sich bei diesem zweiten Mal fast noch lautloser als beim ersten. Ralph Touchett führte nur einen kleinen Haushalt, und für das neue Personal war Mrs. Osmond natürlich eine Fremde, so daß sie, anstatt in ihr eigenes Zimmer geführt zu werden, kühl in den Salon gewiesen und zu warten gebeten wurde, während man ihren Namen der Tante nach oben meldete. Sie wartete geraume Zeit; Mrs. Touchett schien keine Eile zu haben, sie zu empfangen. Schließlich wurde sie ungeduldig. Sie wurde nervös und ängstlich – so ängstlich, als ob die Gegenstände ringsum Bewußtsein erlangten und ihrer Sorge mit grotesken Grimassen zusahen. Der Tag war trübe und kalt; in den Winkeln der weiten Räume lauerte eine tiefe Dämmerung. Das Haus war vollkommen still – von einer Stille, an die sich Isabel entsann; dieselbe Stille hatte das Haus tagelang vor dem Tode ihres Onkels erfüllt. Sie verließ den Salon und wanderte weiter – sie schlenderte durch die Bibliothek und die kleine Bildergalerie entlang, wo ihre Schritte in der tiefen Stille ein Echo hervorriefen. Nichts war verändert; sie erkannte alles wieder, was sie vor Jahren gesehen hatte; es hätte gestern sein können, daß sie da gestanden hatte. Sie beneidete die wertvollen »Stücke«, die sich nicht um Haaresbreite verändern, nur an Wert gewinnen, um ihre Sicherheit, während ihre Besitzer Zentimeter um Zentimeter an Jugend, Glück, Schönheit verlieren; und sie wurde gewahr, daß sie hier umherwanderte, wie ihre Tante es an dem Tage getan hatte, als sie sie in Albany besuchte. Seitdem hatte sie sich genügend verändert – das war damals der Anfang gewesen. Es durchfuhr sie auf einmal, daß vielleicht alles anders gekommen wäre, wenn ihre Tante nicht an jenem Tage auf genau jene Weise gekommen und sie allein angetroffen hätte. Sie hätte ein anderes Leben haben und eine glücklichere Frau werden können. Sie stand in der Galerie vor einem kleinen Bilde still – einem reizenden und kostbaren Bonington –, auf welchem ihr Auge lange Zeit ruhte. Aber sie sah das Bild nicht an; sie überlegte, ob sie, wenn ihre Tante nicht an jenem Tage nach Albany gekommen wäre, wohl Caspar Goodwood geheiratet hätte.

Schließlich erschien Mrs. Touchett, gerade als Isabel in den großen, unbewohnten Salon zurückgekehrt war. Sie sah beträchtlich älter aus, aber ihr Auge war so glänzend wie je und ihr Kopf ebenso aufrecht; hinter dünnen Lippen schien sie geheime Ansichten zu verwahren. Sie trug ein kleines, graues Kleid von unscheinbarster Machart, und Isabel überlegte nur, wie sie schon beim erstenmal überlegt hatte, ob ihre bemerkenswerte Verwandte mehr einer regierenden Königin oder der Leiterin eines Gefängnisses ähnelte. Auf Isabels heißen Wangen fühlten sich ihre Lippen in der Tat sehr dünn an.

»Ich habe dich warten lassen, weil ich bei Ralph gesessen habe«, sagte Mrs. Touchett. »Die Pflegerin war zum Essen gegangen, und ich hatte sie abgelöst. Er hat auch einen Wärter, der nach ihm sehen soll, aber der Kerl taugt gar nichts; er guckt beständig zum Fenster hinaus – als ob es da etwas zu sehen gäbe! Ich wollte mich nicht gerne rühren, weil Ralph zu schlafen schien und ich Angst hatte, das Geräusch könnte ihn aufwecken. Ich wartete daher, bis die Pflegerin zurückkam; ich wußte ja, daß du das Haus kennst.«

»Ich finde, ich kenne es noch besser, als ich dachte; ich bin überall durchgegangen«, antwortete Isabel. Und dann fragte sie, ob Ralph viel schliefe.

»Er liegt mit geschlossenen Augen da; er regt sich nicht. Aber ich bin nicht sicher, ob er immer schläft.«
»Will er mich wohl sehen? Kann er mit mir sprechen?«
Mrs. Touchett lehnte es ab, darüber zu entscheiden. »Du kannst es ja versuchen«, war die Grenze ihres Entgegenkommens. Und dann erbot sie sich, Isabel auf ihr Zimmer zu geleiten. »Ich dachte, man hätte dich hinaufgeführt; aber es ist nicht mein Haus, es ist Ralphs; und ich weiß nicht, wie sie das hier handhaben. Wenigstens müssen sie dein Gepäck besorgt haben, ich vermute, du hast nicht viel mitgebracht. Nicht, daß es mich viel kümmert. Ich glaube, sie haben dir dasselbe Zimmer gegeben, das du früher hattest. Als Ralph hörte, daß du kämst, sagte er, das müßtest du haben.«
»Hat er noch etwas gesagt?«
»Ach, mein Kind, er plaudert nicht mehr so wie früher!« rief Mrs. Touchett, als sie vor ihrer Nichte die Treppe hinaufstieg. Es war dasselbe Zimmer, und etwas sagte Isabel, es habe niemand mehr darin geschlafen, seitdem sie es bewohnt hatte. Ihr Gepäck war da und war nicht sehr umfangreich; Mrs. Touchett setzte sich einen Augenblick hin, ihre Augen blieben daran haften. »Ist wirklich keine Hoffnung?« fragte unsere Heldin, als sie vor ihr stand.
»Nicht die geringste. Es hat ja nie eine bestanden. Es war kein erfolgreiches Leben.«
»Nein – nur ein sehr schönes.« Isabel stellte fest, daß sie ihrer Tante bereits widersprach; sie war von ihrer Nüchternheit irritiert.
»Ich weiß nicht, was du damit sagen willst; es gibt keine Schönheit ohne Gesundheit. Das ist übrigens ein sehr merkwürdiges Kleid für die Reise.«
Isabel betrachtete ihr Gewand. »Ich fuhr binnen einer Stunde von Rom ab; ich nahm das erste, das mir in die Hand fiel.«
»Deine Schwestern in Amerika wollten wissen, wie du dich anziehst. Das schien ihr vornehmlichstes Interesse zu sein. Ich konnte es ihnen nicht sagen – aber sie schienen die richtige Vorstellung zu haben, daß du es nicht unter schwarzem Brokat tust.«
»Sie halten mich für eleganter, als ich bin; ich fürchte mich, ihnen die Wahrheit zu gestehen«, sagte Isabel. »Lily schrieb mir, daß du mit ihnen gespeist hast.«
»Sie lud mich viermal ein, und ich ging einmal hin. Nach dem zweitenmal hätte sie mich in Ruhe lassen sollen. Das Essen war

sehr gut; es muß teuer gewesen sein. Ihr Mann hat ein sehr schlechtes Benehmen. Ob ich meine Reise nach Amerika genossen habe? Warum sollte ich? Ich fuhr nicht zum Vergnügen hin.«
Das waren interessante Einzelheiten, aber Mrs. Touchett ließ ihre Nichte bald allein. Sie trafen sich nach einer halben Stunde zum Mittagessen wieder. Bei dieser Mahlzeit saßen sich die beiden Damen in dem düsteren Speisezimmer an einer verkürzten Tafel gegenüber.
Nach einer Weile sah Isabel, daß ihre Tante nicht so trocken war, wie es den Anschein hatte, und wieder überkam sie das alte Mitleid mit dem Unvermögen der armen Frau, sich auszudrücken, ein Bedauern zu zeigen, eine Enttäuschung zu empfinden. Es ließ sich nicht übersehen, daß sie es heute als Segen betrachtet hätte, wenn sie sich geschlagen zeigen oder einen Fehler, eine Scham hätte eingestehen können. Sie fragte sich, ob die Tante diese Reichtümer unseres Bewußtseins nicht sogar entbehrte, ob sie nicht heimlich versuchte – einen Nachgeschmack des Lebens, die Brosamen des Festmahls zu erhaschen, die Bekundung eines Schmerzes oder die kühle Erquickung einer Reue. Andrerseits fürchtete sie sich vielleicht; wenn sie einmal anfing, Reue zu verspüren, könnte es sie zu weit führen. Isabel konnte jedoch bemerken, wie es sie unklar überkam, daß sie irgendwie versagt hatte, daß sie sich selbst in Zukunft als alte Frau ohne Erinnerung erblickte. Ihr kleines scharfes Gesicht sah tragisch aus. Sie erzählte ihrer Nichte, daß Ralph sich bis jetzt noch nicht gerührt habe, aber daß er sie wahrscheinlich noch vor dem Abendessen sehen könne.
Und dann setzte sie im selben Moment hinzu, daß er vorgestern Lord Warburton gesprochen hätte; eine Mitteilung, die Isabel ein wenig beunruhigte, da sie zu besagen schien, daß diese Persönlichkeit in der Nachbarschaft weilte und ein Zufall sie zusammenführen könnte. Solch ein Zufall wäre nicht sehr glücklich; sie war nicht nach England gekommen, um erneut mit Lord Warburton zu ringen. Trotz alledem erzählte sie ihrer Tante, daß er sehr gut zu Ralph gewesen sei; sie hätte das in Rom erlebt.
»Jetzt hat er an anderes zu denken«, entgegnete Mrs. Touchett. Und sie machte eine Pause mit dem Blick eines Holzbohrers. Isabel sah, daß sie etwas im Sinn hatte, und sie erriet sogleich, was gemeint war. Aber ihre Antwort verbarg, daß sie es erraten hatte: ihr Herz schlug schnell, und sie wollte einen Augenblick

Zeit gewinnen. »Ach so – das Oberhaus und so weiter.«
»Es handelt sich nicht um die Lords, er denkt jetzt an die Ladies. Wenigstens an eine; er hat Ralph erzählt, daß er sich verlobt hat und heiraten will.«
»Ach, heiraten!« entfuhr es Isabel leise.
»Es sei denn, er löst es wieder. Er schien zu glauben, Ralph würde es gerne erfahren. Der arme Ralph kann nicht zur Hochzeit fahren, obgleich sie wohl bald stattfindet.«
»Und wer ist die junge Dame?«
»Ein Mitglied der Aristokratie; Lady Flora, Lady Felicia, so etwas ähnliches.«
»Das freut mich«, sagte Isabel. »Es muß ein plötzlicher Entschluß gewesen sein.«
»Ich glaube, plötzlich genug; drei Wochen hat er ihr den Hof gemacht. Es ist gerade erst veröffentlicht worden.«
»Das freut mich sehr«, wiederholte Isabel mit größerem Nachdruck. Sie wußte, daß ihre Tante sie beobachtete – und auf ein äußerliches Zeichen rechnete, das sie ihr zur Last legen könnte, und der Wunsch, ihr nichts Derartiges zu zeigen, befähigte sie, im Tone der Befriedigung, fast im Ton der Erleichterung zu sprechen. Mrs. Touchett folgte darin natürlich der Tradition, daß Frauen, selbst verheiratete, die Heirat ihrer alten Verehrer als persönliche Kränkung betrachten. Isabels erste Sorge ging also dahin, zu zeigen, daß sie, wie das auch sonst im allgemeinen sein mochte, nicht zu den Gekränkten gehörte. Aber inzwischen, wie wir sagten, schlug ihr Herz rascher; und wenn sie sich einen Moment in Gedanken verlor – sie vergaß inzwischen Mrs. Touchetts Beobachtung –, geschah es nicht, weil sie einen Anbeter verloren hatte. In ihrer Phantasie durchquerte sie halb Europa und hielt atemlos, fast ein wenig zitternd, in der Stadt Rom an. Sie stellte sich vor, daß sie ihrem Mann verkündete, Lord Warburton wolle eine Braut zum Altar führen, und sie war sich natürlich nicht bewußt, wie erschöpft sie aussah, während sie diese geistige Anstrengung ausführte. Aber schließlich riß sie sich zusammen und sagte zu ihrer Tante: »Früher oder später mußte er es ja einmal tun.«
Mrs. Touchett schwieg; dann schüttelte sie mit einem scharfen kleinen Ruck den Kopf. »Ach, meine Liebe, du übersteigst mein Denkvermögen!« rief sie plötzlich. Schweigend fuhren sie mit ihrer Mahlzeit fort; Isabel war es, als hätte sie von Lord Warburtons Tod erfahren. Sie hatte ihn nur als Freier gekannt, und

nun war das alles vorüber. Er war tot für die arme Pansy; durch Pansy hätte er weitergelebt. Ein Diener hatte noch im Hintergrund gehockt, schließlich forderte Mrs. Touchett ihn auf, sie allein zu lassen. Sie hatte ihre Mahlzeit beendet; sie saß mit gefalteten Händen am Tischrand. »Ich möchte dir gern drei Fragen stellen«, bemerkte sie, als der Diener verschwunden war.

»Drei sind sehr viele.«

»Unter dem geht es nicht. Ich habe sie mir überlegt, es sind alles sehr gute.«

»Das fürchte ich ja. Die besten Fragen sind die schlimmsten«, antwortete Isabel. Mrs. Touchett hatte ihren Stuhl zurückgeschoben, und als ihre Nichte vom Tisch aufstand und etwas befangen zu einer der tiefen Fensternischen schritt, fühlte sie, wie die Augen der Tante ihr folgten.

»Hast du es je bereut, daß du Lord Warburton nicht geheiratet hast?« fragte Mrs. Touchett.

Isabel schüttelte langsam, aber nicht nachdrücklich den Kopf. »Nein, liebe Tante.«

»Gut. Ich muß dir übrigens sagen, daß ich beabsichtige, deinen Worten Glauben zu schenken.«

»Dann ist dein Glaube eine riesige Versuchung für mich«, sagte Isabel und lächelte noch immer.

»Eine Versuchung zu lügen? Das empfehle ich dir nicht, denn wenn ich falsch informiert werde, bin ich so gefährlich wie eine vergiftete Ratte. Ich will doch nicht über dich triumphieren.«

»Es ist mein Mann, der nicht mit mir zu Rande kommt«, sagte Isabel.

»Das hätte ich ihm voraussagen können. Und das nenne ich keinen Triumph«, setzte Mrs. Touchett hinzu. »Hast du Madame Merle noch immer gern?« fuhr sie fort.

»Nicht mehr so wie früher. Aber das spielt keine Rolle mehr, denn sie geht jetzt nach Amerika.«

»Nach Amerika? Dann muß sie etwas sehr Schlechtes getan haben.«

»Ja, etwas sehr Schlechtes.«

»Darf ich fragen, was es war?«

»Sie hat mich ausgenützt.«

»Ach«, rief Mrs. Touchett, »das hat sie auch bei mir getan. Das tut sie bei jedem.«

»Sie wird auch Amerika ausnützen«, sagte Isabel und lächelte wieder, froh, daß die Fragen ihrer Tante vorüber waren.

Es wurde Abend, bevor sie Ralph sehen durfte. Er hatte den ganzen Tag im Halbschlummer gelegen; wenigstens war er nicht bei Bewußtsein gewesen. Der Arzt war zugegen, aber nach einer Weile ging er wieder – der einheimische Arzt, der seinen Vater behandelt hatte und den Ralph gern hatte. Er kam drei- oder viermal am Tage: er kümmerte sich sehr um seinen Patienten. Ralph hatte auch Sir Matthew Hope dagehabt, aber er war dieses berühmten Mannes bald überdrüssig geworden und hatte seine Mutter gebeten, ihm mitzuteilen, daß er jetzt tot sei und seines ärztlichen Rates nicht mehr bedürfe. Mrs. Touchett hatte daraufhin ganz schlicht an Sir Matthew geschrieben, daß ihr Sohn ihn nicht leiden könne. Am Tage von Isabels Ankunft gab Ralph, wie wir berichteten, viele Stunden kein Zeichen von sich; aber gegen Abend kam er zu sich und sagte, er wisse, daß sie gekommen sei. Wieso er das wußte, blieb ungeklärt, da man ihm, aus Angst ihn aufzuregen, nichts davon gesagt hatte. Isabel kam herein und saß im dämmerigen Licht an seinem Bett; nur in der Ecke des Zimmers brannte eine abgeschirmte Lampe. Sie sagte der Pflegerin, sie könne gehen – sie werde den Abend über selbst bei ihm bleiben. Er hatte seine Augen geöffnet und sie erkannt und hatte seine Hand bewegt, die hilflos an seiner Seite lag, damit sie sie ergriff. Aber er war außerstande zu sprechen; er schloß die Augen wieder und lag vollkommen still, nur ihre Hand in der seinen haltend. Sie saß eine lange Zeit bei ihm – bis die Pflegerin wiederkam; aber er gab sonst kein Zeichen mehr von sich. Er hätte dahinscheiden können, während sie ihn ansah; er hatte schon die Gestalt und das Aussehen des Todes. Schon in Rom hatte sie gedacht, daß seine Krankheit weit fortgeschritten war, aber dies war schlimmer; jetzt war nur noch *eine* Veränderung möglich. Über seinem Gesicht lag eine merkwürdige Ruhe; es war so still wie der Deckel eines Gefäßes. Dadurch schien er nur noch ein Knochengerüst zu sein; als er seine Augen aufschlug, um sie zu grüßen, da war es ihr, als ob sie in einen unermeßlichen Raum blickte. Es wurde Mitternacht, bis die Pflegerin zurückkam; aber die Stunden waren Isabel nicht lang erschienen; genau dazu war sie hergekommen. Wenn sie nur zum Warten gekommen war, fand sie dazu reichlich Gelegenheit; denn er lag drei Tage in einer Art dankbaren Schweigens. Er erkannte sie und zuweilen schien er auch sprechen zu wollen; aber seine Stimme versagte jedesmal. Dann schloß er aufs neue die Augen, als ob auch er auf etwas warte – auf etwas, das sicher kommen würde. Er war so völlig still, daß es ihr schien, als ob das, was kam, schon da sei; und dennoch verlor sie das Gefühl, daß sie noch zusammen waren. Aber sie waren nicht immer zusammen; es gab andere Stunden, in denen sie das leere Haus durchwanderte und auf eine Stimme lauschte, die nicht dem armen Ralph gehörte. Sie hatte eine beständige Angst; sie hielt es für möglich, ihr Mann könne ihr schreiben. Aber er blieb stumm, und sie erhielt nur einen Brief aus Florenz, von der Gräfin Gemini. Indessen sprach Ralph endlich – am Abend des dritten Tages.

»Ich fühle mich wohler heute abend«, murmelte er unvermittelt in das lautlose Halbdunkel ihrer Wache hinein; »ich glaube, heute kann ich sprechen.«

Sie sank neben seinem Kopfkissen auf die Knie, nahm seine dünne Hand in die ihre, bat ihn, sich nicht anzustrengen – sich nicht zu ermüden. Sein Gesicht war notwendig ernst – zu dem Muskelspiel eines Lächelns war es nicht mehr imstande; aber sein Besitzer hatte anscheinend seinen Sinn für Unstimmigkeiten noch nicht verloren. »Was macht es aus, ob ich müde werde, wenn ich die ganze Ewigkeit zu meiner Ruhe habe? Eine Anstrengung kann nichts schaden, wenn es die allerletzte ist. Geht es den Leuten denn nicht immer besser, gerade vor dem Ende? Das habe ich oft gehört; darauf habe ich gewartet. Seitdem du da bist, habe ich immerfort gedacht, daß es kommen würde. Ich versuchte es ein paarmal; ich fürchtete schon, du könntest müde werden, wenn du so dasaßest.« Er sprach langsam mit schmerzhaften Unterbrechungen und langen Pausen; seine Stimme schien von weit her zu kommen. Wenn er innehielt, lag er und hatte Isabel sein Gesicht zugekehrt, und seine großen, weit geöffneten Augen blickten in die ihren.

»Es war sehr lieb von dir, daß du kamst«, fuhr er fort. »Ich dachte auch, du würdest kommen; aber ich war mir nicht sicher.«

»Ich war mir auch nicht sicher, bis ich da war«, sagte Isabel.

»Du hast wie ein Engel neben meinem Bett gesessen. Du weißt doch, man redet vom Engel des Todes. Das ist der schönste von allen. So bist du gewesen; als ob du auf mich wartetest.«

»Ich wartete nicht auf deinen Tod; ich wartete – auf das Warten. Das ist nicht der Tod, lieber Ralph.«

»Nein, nicht für dich. Nichts kann uns so ein Gefühl des Lebens geben wie andere sterben zu sehen. Das ist das Erlebnis des Le-

bens – das Gefühl, daß wir übrigbleiben. Ich habe es auch gehabt, selbst ich. Aber jetzt bin ich zu nichts mehr nütze als es an andere weiterzugeben. Mit mir ist es vorbei.«
Und er machte eine Pause. Isabel beugte ihren Kopf tiefer, bis er auf ihren beiden Händen ruhte, mit denen sie die seinen umklammert hielt. Sie konnte ihn jetzt nicht sehen; aber seine weit entfernte Stimme war nahe an ihrem Ohr. »Isabel«, fuhr er plötzlich fort, »ich wollte, es wäre auch für dich vorbei.« Sie antwortete nicht, sie war in Schluchzen ausgebrochen; so verharrte sie mit vergrabenem Gesicht. Stumm lag er da und lauschte ihrem Schluchzen; schließlich ließ er ein langes Stöhnen hören. »Ach, was hast du für mich getan?«
»Und was tatest du für mich?« rief sie. Ihre tiefe Bewegung wurde fast erstickt durch ihre Haltung. Sie hatte nun ihre Scham verloren, jeden Wunsch, die Dinge zu verbergen. Jetzt sollte er es wissen, sie wünschte, daß er jetzt alles erfuhr, denn das brachte sie innig zusammen, er war ja jenseits aller Schmerzen. »Du hast einmal etwas getan – du weißt es. O Ralph, du bist mir alles gewesen! Was habe ich für dich getan, was kann ich heute für dich tun? Ich würde gern sterben, wenn du dann leben könntest. Aber ich wünsche dir nicht, daß du lebst; ich würde selber sterben, um dich nicht zu verlieren.« Ihre Stimme war so gebrochen wie die seine und voller Tränen und Todesangst.
»Du verlierst mich nicht – du behältst mich doch. Behalte mich in deinem Herzen; dann werde ich dir näher sein, als ich jemals war. Liebe Isabel, das Leben ist besser, denn im Leben ist die Liebe. Der Tod ist gut, aber da ist keine Liebe.«
»Ich habe dir nie gedankt – ich habe nie gesprochen – ich bin nie so gewesen, wie ich hätte sein sollen!« fuhr Isabel fort. Sie fühlte ein leidenschaftliches Bedürfnis, aufzuschreien, und sich anzuklagen, sich von ihrer Trauer ergreifen zu lassen. Im Augenblick wurden alle ihre Sorgen eins und schmolzen in diesem Schmerz zusammen. »Was mußt du von mir gedacht haben? Aber woher sollte ich es wissen? Ich wußte nichts und weiß es erst heute, weil andere Leute nicht so dumm waren wie ich.«
»Laß die Leute«, sagte Ralph. »Ich glaube, ich bin froh, daß ich die Leute hinter mir lasse.«
Sie hob den Kopf und die gefalteten Hände; einen Augenblick schien sie zu ihm zu beten. »Ist es denn wahr?« fragte sie.
»Wahr, daß du dumm warst? O nein«, sagt Ralph, mit der fühlbaren Absicht zu scherzen.

»Daß du mich reich gemacht hast – daß alles, was ich habe, dir gehört?«
Er wendete seinen Kopf und schwieg einige Zeit. Dann schließlich: »Ach, sprich nicht davon – das war nicht glücklich.« Langsam drehte er ihr wieder sein Gesicht zu, und sie sahen sich noch einmal an. »Aber was das betrifft... was das betrifft...« und er hielt inne. »Ich glaube, ich habe dich ruiniert«, klagte er. Sie war durchdrungen von dem Gefühl, daß er jenseits aller Schmerzen war. Er schien kaum noch von dieser Welt zu sein. Aber auch wenn dem nicht so war, sie hätte dennoch gesprochen, denn jetzt kam es nur noch auf das eine Wissen an, das nicht reine Todesangst war – das Wissen, daß sie zusammen der Wahrheit gegenüberstanden. »Er hat mich wegen des Geldes geheiratet«, sagte sie. Sie wollte alles sagen, sie fürchtete nur, er könnte sterben, ehe sie fertig war.
Er blickte sie ein Weilchen an, und zum erstenmal senkten sich die Lider über seine starren Augen. Aber er schlug sie im selben Augenblick wieder auf und antwortete: »Er hat dich sehr geliebt.«
»Ja, er hat mich geliebt. Aber er würde mich nicht geheiratet haben, wenn ich arm gewesen wäre. Ich tue dir nicht weh, wenn ich das sage, nicht wahr? Ich will nur, daß du es verstehst. Ich habe immer versucht, dich am Verstehen zu hindern; aber das ist jetzt vorbei.«
»Ich habe es immer verstanden.«
»Das dachte ich, und es war mir gar nicht recht. Aber jetzt ist es mir recht.«
»Du tust mir nicht weh, du machst mich sehr glücklich.« Und als Ralph dies sagte, klang eine große Freudigkeit in seiner Stimme. Sie beugte wieder ihren Kopf und preßte ihre Lippen auf den Rücken seiner Hand. »Ich habe es immer verstanden«, fuhr er fort, »obwohl es so seltsam war – so jammervoll. Du wolltest dir selber das Leben ansehen, aber es war dir nicht vergönnt, schon für diesen Wunsch wurdest du bestraft. Du warst das Korn in der Mühle der Konvention.«
»O ja, ich bin bestraft worden«, schluchzte Isabel.
Er lauschte ein wenig und fuhr dann fort: »War er sehr böse wegen deiner Reise?«
»Er hat es mir sehr schwer gemacht. Aber das kümmert mich jetzt nicht.«
»Dann ist es aus zwischen euch?«

»Ach nein, ich glaube nicht, daß etwas aus ist.«
»Wirst du zu ihm zurückgehen?« Ralph rang nach Luft.
»Ich weiß es nicht, ich kann es nicht sagen. Ich werde hierbleiben, solange ich darf. Ich will jetzt nicht denken – ich brauche nicht zu denken. Ich frage jetzt nur nach dir, und das ist vorläufig genug. Das dauert noch ein Weilchen. Hier auf meinen Knien, du sterbend in meinen Armen, fühle ich mich glücklicher als seit langem. Und ich möchte, daß du auch glücklich bist – und nichts Trauriges mehr denkst; nur fühlst, daß ich dir nahe bin und dich liebe. Wir müssen kein Leid empfinden. In solcher Stunde wie dieser, was haben wir da mit dem Leid zu schaffen? Es ist nicht das Tiefste; da gibt es etwas, was tiefer ist.«
Ralph wurde es augenscheinlich von Augenblick zu Augenblick schwerer zu sprechen; er mußte länger warten, um sich zu sammeln. Anfangs schien er auf ihre letzten Worte keine Antwort zu geben; er ließ eine lange Zeit verstreichen. Dann flüsterte er nur: »Du mußt hierbleiben.«
»Ich möchte gerne bleiben – so lang wie es recht erscheint.«
»Wie es recht erscheint, wie es recht erscheint?« Er wiederholte ihre Worte. »Ja, daran denkst du immer.«
»Natürlich muß ich das. Jetzt bist du sehr müde«, sagte Isabel.
»Ich bin sehr müde. Du sagtest gerade, daß das Leid nicht das Tiefste sei. Nein – nein. Aber es ist sehr tief. Wenn ich bleiben könnte ...«
»Für mich wirst du immer hier sein«, unterbrach sie ihn sanft. Es war leicht, ihn zu unterbrechen.
Aber nach einem Moment sprach er weiter: »Schließlich vergeht er; er vergeht jetzt. Aber die Liebe bleibt. Ich weiß nicht, warum wir so viel leiden müssen. Vielleicht werde ich es herauskriegen. Es gibt viele Seiten im Leben. Du bist sehr jung.«
»Ich fühle mich sehr alt«, sagte Isabel.
»Du wirst wieder jung werden. So sehe ich dich. Ich glaube nicht... ich glaube nicht...« aber er hielt wieder inne. Seine Kräfte schwanden.
Sie bat ihn, jetzt still zu sein. »Wir brauchen nicht zu sprechen, um uns zu verstehen«, sagte sie.
»Ich glaube nicht, daß ein so großherziger Fehler wie der deine dich länger als eine kleine Weile verletzen kann.«
»Oh, Ralph, ich bin jetzt sehr glücklich«, rief sie unter Tränen.
»Und denke daran«, sprach er weiter, »wenn du gehaßt wur-

dest, daß du auch geliebt wurdest. Ach, *angebetet* –!« hauchte er, zögernd und noch eben hörbar.

»Ach, mein Bruder!« rief sie mit einer Bewegung von noch tieferer Ergriffenheit.

LV

Er hatte ihr vor Jahren am ersten Abend, den sie in Gardencourt verbrachte, erzählt, daß sie eines Tages, wenn sie im Leben viel gelitten hätte, das Gespenst sehen würde, mit dem das alte Haus, wie es sich gehörte, ausgestattet war. Anscheinend hatte sie jetzt die erforderliche Bedingung erfüllt: denn am nächsten Morgen, im kalten, blassen Morgengrauen, wußte sie, daß ein Geist neben ihrem Bette stand. Sie hatte sich hingelegt, ohne sich auszukleiden, da sie im Glauben war, Ralph werde die Nacht nicht überleben. Sie spürte kein Verlangen nach Schlaf; sie wartete, und solches Warten hält wach. Aber sie schloß die Augen; sie glaubte, während die Nacht voranschritt, Klopfen an ihrer Tür zu hören. Sie hörte kein Klopfen, aber zur Zeit, als die Dunkelheit langsam zu ergrauen begann, fuhr sie von ihrem Kissen auf, so jäh, als hätte sie einen Ruf vernommen. Einen Augenblick schien es ihr, als ob da eine wunderliche schwebende Gestalt in der Verschwommenheit des Zimmers stand. Sie starrte sie einen Moment an; sie sah ein weißes Gesicht – freundliche Augen, dann sah sie, daß nichts da war. Sie war nicht ängstlich, sie war nur sicher. Sie verließ das Zimmer, und in ihrer Gewißheit glitt sie durch dunkle Korridore und eine sichere Treppenflucht hinunter, die im blassen Licht eines Dielenfensters erglänzte. Vor Ralphs Tür hielt sie lauschend inne, aber sie schien nur das lautlose Verstummen zu hören, das drinnen herrschte. Sie öffnete die Tür mit so sanfter Hand, als ob sie ein Tuch vom Gesicht eines Toten lüftete, und sah Mrs. Touchett reglos und aufrecht neben dem Lager ihres Sohnes sitzen, eine seiner Hände in der ihren. Der Doktor stand auf der anderen Seite; das andere Handgelenk des armen Ralph ruhte in seinen professionellen Fingern. Die zwei Pflegerinnen standen am Fußende dazwischen. Mrs. Touchett nahm keine Notiz von Isabel, aber der Doktor sah sie eindringlich an; dann legte er behutsam Ralphs Hand in die richtige Lage, dicht neben ihm. Die Pflegerin sah sie gleichfalls eindringlich an, und niemand

sprach ein Wort; aber Isabel sah nur auf das, was zu sehen sie gekommen war. Sein Gesicht war schöner, als Ralph im Leben je gewesen, und eine seltsame Ähnlichkeit mit den Gesicht seines Vaters trat darauf zutage, den sie vor sechs Jahren auf demselben Kissen hatte liegen sehen. Sie ging zu ihrer Tante und legte den Arm um sie; und Mrs. Touchett, die im allgemeinen zu Zärtlichkeiten weder neigte noch dazu aufforderte, gab dieser einen Augenblick nach, indem sie aufstand, wie um sie entgegenzunehmen. Aber sie war steif und die Augen waren trokken; ihr scharfes weißes Gesicht wirkte erschreckend.
»Liebe Tante Lydia«, murmelte Isabel.
»Geh und danke Gott, daß du kein Kind hast«, sagte Mrs. Touchett, sich aus ihrer Umarmung lösend.
Drei Tage später fanden zahlreiche Menschen auf der Höhe der Londoner »Saison« noch Zeit, mit einem Morgenzug hinunter nach einer stillen Station in Berkshire zu fahren und eine halbe Stunde in einer kleinen grauen Kirche zuzubringen, die in Reichweite eines leichten Spazierganges lag. Auf dem grünen Kirchhof dieses Gebäudes übergab Mrs. Touchett ihren Sohn der Erde. Sie stand selbst am Rande des Grabes, und Isabel stand neben ihr; der Totengräber konnte kein sachlicheres Interesse an dem Vorgang haben als Mrs. Touchett. Es war eine feierliche, aber keine bedeutende oder sensationelle Angelegenheit; eine gewisse Fröhlichkeit lag über den äußeren Dingen. Das Wetter hatte sich aufgehellt, der Tag, einer der letzten des verräterischen Mai, war warm und windstill, und die Luft hatte einen Schimmer von Weißdorn und Amselschlag. Wenn es traurig war, an den armen Touchett zu denken, so doch nicht zu traurig, da sein Tod kein gewaltsamer war. Er hatte so lange im Sterben gelegen; er war so willig gewesen; man hatte alles so vorbereitet und erwartet. Tränen standen in Isabels Augen, aber es waren keine Tränen, die blind machten. Durch sie hindurch blickte sie auf die Schönheit des Tages, den Glanz der Natur, auf die süße Versponnenheit des alten englischen Friedhofes, auf die gebeugten Köpfe der guten Freunde. Lord Warburton war da, und eine Gruppe von Herren, die sie nicht kannte, einige von ihnen, wie sie hinterher erfuhr, standen mit der Bank in Verbindung, und andere waren da, die sie kannte. Miß Stackpole stand unter den ersten, und der ehrliche Mr. Bantling an ihrer Seite; und Caspar Goodwood war zugegen, seinen Kopf höher hebend als die übrigen – und ihn weniger

tief beugend. Während der meisten Zeit spürte Isabel Mr. Goodwoods Blick; er blickte sie eindringlicher an, als er es sonst in der Öffentlichkeit tat, während die anderen ihre Blicke auf den Kirchhofsrasen senkten. Aber sie ließ ihn nicht einmal sehen, daß sie ihn sah; sie wunderte sich nur, daß er noch immer in England weilte. Sie merkte, daß sie mit Bestimmtheit angenommen hatte, er sei, nachdem er Ralph bis Gardencourt begleitete, gleich weitergereist; sie entsann sich noch, wie wenig dieses Land ihm zusagte. Er war indessen da, sehr deutlich sogar; und etwas in seiner Haltung schien ihr zu sagen, daß er mit einer doppelten Absicht da war. Sie mied jedoch seinen Blick, obwohl zweifellos Sympathie darin lag; sie wurde ziemlich unruhig. Als die kleine Gesellschaft sich auflöste, verschwand er, und die einzige Person, die sie ansprach – obwohl mehrere mit Mrs. Touchett sprachen –, war Henrietta Stackpole.

Ralph hatte zu Isabel gesagt, er hoffe, sie werde in Gardencourt bleiben, sie traf daher keine sofortigen Anstalten, den Ort zu verlassen. Sie sagte sich, daß es die übliche Rücksicht erfordere, noch ein wenig bei ihrer Tante zu bleiben. Es war ein Glück, daß sie diesen guten Vorwand hatte; sonst wäre sie sehr in Verlegenheit geraten. Ihr Auftrag war erfüllt; sie hatte alles getan, weswegen sie ihren Mann verlassen hatte. Sie hatte einen Mann in einer fernen Stadt, er zählte die Stunden bis zu ihrer Rückkehr; in solchem Fall bedurfte es schon einer einleuchtenden Begründung. Er gehörte nicht zu den besten Ehemännern, aber das änderte nichts an der Sache. Mit der bloßen Tatsache einer Ehe waren nun einmal gewisse Verpflichtungen verknüpft; sie bestanden unabhängig von der Menge der Freuden, die dabei abfielen. Isabel dachte sowenig wie möglich an ihren Mann; aber jetzt in der Ferne, außerhalb seines Machtbereiches, dachte sie mit einer Art geistigen Schauderns an Rom. Dieses Bild allein verbreitete eine durchdringende Kälte, und sie flüchtete davor in den tiefsten Schatten von Gardencourt. Sie lebte von einem Tag zum andern, alles aufschiebend, die Augen schließend, möglichst ohne zu denken. Sie wußte, sie mußte sich entscheiden, aber sie entschied sich nicht; ihr Kommen selbst war keine Entscheidung gewesen; da war sie einfach aufgebrochen. Osmond gab keinen Laut von sich und wollte augenscheinlich auch weiterhin schweigen; er überließ alles ihr. Auch von Pansy hörte sie nichts, aber das war sehr einfach: ihr Vater hatte ihr verboten zu schreiben.

Mrs. Touchett nahm Isabels Gesellschaft an, aber sie bot ihr keinen Beistand; sie schien zwar ohne Enthusiasmus, aber mit völliger Klarheit in die Betrachtung der neuen Annehmlichkeiten ihrer eigenen Lage vertieft zu sein. Mrs. Touchett war kein Optimist, aber selbst aus schmerzlichen Vorfällen gelang es ihr einen gewissen Nutzen zu ziehen. Dieser bestand in der Überlegung, daß solche Dinge letzten Endes nur anderen Leuten und nicht ihr selber widerfuhren. Der Tod war unangenehm, aber in diesem Fall war es der Tod ihres Sohnes und nicht ihr eigener; sie hatte sich nie geschmeichelt, daß ihr eigener jemandem außer Mrs. Touchett unangenehm sein würde. Sie war besser daran als der arme Ralph, der alle Bequemlichkeiten des Lebens hinter sich gelassen hatte, und tatsächlich auch alle Sicherheit; denn es war für Mrs. Touchetts Vorstellungen das schlimmste am Sterben, daß man dann rettungslos der Ausbeutung ausgesetzt war. Jetzt war sie selbst zur Stelle; nichts konnte besser sein. Sehr pünktlich – es war am Abend seiner Beerdigung – teilte sie Isabel einige von Ralphs Testamentsbestimmungen mit. Er hatte seiner Mutter alles gesagt, sie in allem um Rat gefragt. Er hinterließ ihr kein Geld; denn dafür hatte sie natürlich keinen Bedarf. Er hinterließ ihr das Mobiliar von Gardencourt, außer den Bildern und den Büchern, und die Nutznießung des Anwesens auf ein Jahr; danach sollte es verkauft werden. Der Erlös war als Stiftung für ein Sanatorium bestimmt, das arme Menschen aufnehmen sollte, die an derselben Krankheit litten, an welcher er gestorben war. Für diesen Teil seines Willens war Lord Warburton als Testamentsvollstrecker eingesetzt. Der Rest seines Vermögens, das der Bank zu entziehen war, teilte sich in verschiedene Zuwendungen auf, von denen etliche an jene Vettern in Vermont gingen, denen sich sein Vater schon so großzügig erwiesen hatte. Dann waren da noch eine Reihe kleinerer Ausführungen.

»Einige sind höchst sonderbar«, sagte Mrs. Touchett, »er hat beträchtliche Summen an Personen hinterlassen, von denen ich nie gehört habe. Als er mir die Liste gab, fragte ich nach einigen; aber er sagte mir, das seien alles Leute, die ihn zu verschiedenen Zeiten einmal gerngehabt hätten. Anscheinend muß er gedacht haben, daß du ihn nicht gernhattest, denn dir hat er nicht einen Groschen hinterlassen. Er war der Ansicht, du seiest von seinem Vater recht nett bedacht worden, was ich ja zugeben muß – obwohl ich nicht behaupten will, daß ich jemals hörte, daß er sich darüber beklagte. Die Bilder sollen auseinandergehen. Er hat sie Stück für Stück als kleine Andenken verteilt. Das wertvollste Stück der Sammlung geht an Lord Warburton, und was, denkst du wohl, hat er mit der Bibliothek gemacht? Es klingt wie ein schlechter Scherz. Er hat sie deiner Freundin Miß Stackpole vermacht – »in Anerkennung ihrer Verdienste um die Literatur«. Meinte er damit, daß sie ihn von Rom heraufbegleitete? War das ein Verdienst um die Literatur? Die Bibliothek enthält eine große Menge seltener und wertvoller Ausgaben, und da sie sie nicht im Koffer in der Welt umherschleppen kann, empfiehlt er ihr, sie zur Versteigerung zu bringen. Sie wird sie natürlich bei Christie verkaufen und mit dem Erlös eine Zeitschrift gründen. Ist das dann ein Verdienst um die Literatur?«

Diese Frage zu beantworten, erübrigte sich für Isabel, da sie über die kleine Befragung hinausging, die sie notwendigerweise über sich ergehen lassen mußte. Außerdem war sie nie weniger an Literatur interessiert gewesen als in diesen Tagen, wie sie wieder feststellte, als sie gelegentlich einen der seltenen und kostbaren Bände, von denen Mrs. Touchett gesprochen, aus dem Regal nahm. Sie war außerstande zu lesen; nie hatte sie ihre Aufmerksamkeit so wenig in der Gewalt gehabt. An einem Nachmittag, ungefähr eine Woche nach der Feierlichkeit auf dem Kirchhof, versuchte sie in der Bibliothek aufs neue sich zu konzentrieren; aber ihre Augen wanderten nur allzuoft von dem Buch in ihrer Hand zum offenen Fenster hinüber, das auf die lange Allee hinausblickte. Auf diese Weise sah sie, wie ein bescheidenes Vehikel sich dem Tor näherte, und gewahrte Lord Warburton, der darin in ziemlich unbequemer Haltung in einer Ecke saß. Er hatte immer einen hohen Grad von Höflichkeit besessen, so daß es nicht weiter verwunderlich war, wenn er sich den Umständen entsprechend die Mühe gemacht hatte, von London herüberzukommen, um Mrs. Touchett einen Beileidsbesuch abzustatten. Es war natürlich Mrs. Touchett und nicht Mrs. Osmond, die er besuchen wollte; wie um sich die Gültigkeit dieser These zu beweisen, verließ Isabel sogleich das Haus, um ein wenig im Park spazierenzugehen. Seit ihrer Ankunft in Gardencourt war sie nur wenig im Freien gewesen, das Wetter hatte längere Spaziergänge nicht begünstigt. Doch dieser Abend war schön, und anfangs erschien es ihr als ein glücklicher Gedanke, daß sie hinausgegangen war. Die eben erwähnte These war auch durchaus stichhaltig, aber sie brachte ihr wenig Ruhe, und wer sie dort auf und ab wandeln sah, würde sagen, sie hätte ein schlechtes Gewissen. Sie hatte noch keinen Frieden gefunden, als sie, nach Ablauf einer Viertelstunde wieder vor dem Hause angelangt, Mrs. Touchett, begleitet von ihrem Besucher, aus dem Portal heraustreten sah. Ihre Tante hatte Lord Warburton offensichtlich vorgeschlagen, sich auf die Suche nach ihr zu begeben. Isabel war nicht in der Stimmung, Besucher zu empfangen, und hätte sich gern, wenn sich die Möglichkeit ergeben hätte, hinter einen der großen Bäume zurückgezogen. Aber sie sah, daß man sie entdeckt hatte und daß ihr nichts anderes übrigblieb als näher zu treten. Da die Rasenflächen von Gardencourt ein riesiges Ausmaß hatten, brauchte sie hierzu eine gewisse Zeit; währenddessen konnte sie beobachten, daß Lord Warburton, an der Seite seiner Gastgeberin, seine Hände ziemlich steif auf dem Rücken und seine Blicke auf den Boden gesenkt hielt. Anscheinend schwiegen beide; aber Mrs. Touchetts dünner kleiner Blick, mit dem sie Isabel entgegensah, trug selbst aus der Ferne einen sprechenden Ausdruck. Er schien mit schneidender Schärfe zu sagen: »Hier ist der so ungemein willfährige Edelmann, den du hättest heiraten können.« Als Lord Warburton jedoch seine Blicke aufhob, sagten diese etwas ganz anderes. Sie schienen sie zu beschwören: »Dies ist eine recht peinliche Lage, und ich verlasse mich auf Sie, daß Sie mir helfen.« Er war sehr ernst, sehr gemessen und begrüßte sie zum ersten Male, seit Isabel ihn kannte, ohne ein Lächeln. Selbst in den Tagen seines Kummers hatte er immer mit einem Lächeln begonnen. Er sah diesmal höchst befangen aus.

»Lord Warburton hat die Freundlichkeit gehabt, mich aufzusuchen«, sagte Mrs. Touchett. »Er sagte, er habe nicht gewußt, daß du noch hier bist. Ich weiß, er ist ein alter Freund von dir, und als man mir sagte, du seiest nicht im Haus, brachte ich ihn hierher, damit er sich selbst überzeuge.«

»Ja, ich sah, daß um sechs Uhr vierzig ein guter Zug zurückgeht, der mich noch rechtzeitig zum Abendessen nach Hause bringt«, erklärte Mrs. Touchetts Begleiter ziemlich zusammenhanglos. »Und ich freue mich sehr, Sie noch anzutreffen.«

»Ich bin hier nicht für lange, wissen Sie«, sagte Isabel mit einer gewissen Eilfertigkeit.

»Das dachte ich mir; aber hoffentlich noch einige Wochen. Sie

kamen also eher nach England, als – hm – als Sie dachten?«
»Ja, ich kam sehr plötzlich.«
Mrs. Touchett trat zur Seite, als prüfe sie den Zustand der Beete, der auch wirklich nicht so war, wie er hätte sein sollen, während Lord Warburton noch ein wenig zögerte. Isabel vermutete, daß er gerade im Begriff gewesen war, sich nach ihrem Gemahl zu erkundigen und sich – ziemlich verwirrt – noch gerade eines Besseren besonnen hatte. Er trug weiter einen unausweichlichen Ernst zur Schau, entweder, weil er dachte, daß es sich an einem Ort, den der Tod gestreift, nicht anders gehöre, oder aus mehr persönlichen Gründen. Wenn er es aus persönlichen Gründen tat, dann kam ihm das erste Motiv als Deckmantel sehr zustatten, er konnte es nützen. An all dieses mußte Isabel denken. Sein Gesicht war nicht gerade traurig, denn das war eine andere Sache; aber es war merkwürdig ausdruckslos.
»Meine Schwestern wären gerne mitgekommen, wenn sie gewußt hätten, daß Sie noch hier waren – wenn sie vermutet hätten, daß Sie sie empfangen«, fuhr Lord Warburton fort. »Erlauben Sie doch, daß sie Sie noch begrüßen, bevor Sie England verlassen.«
»Das wäre mir eine große Freude; ich habe sie noch in so guter Erinnerung.«
»Ich weiß ja nicht, ob Sie noch ein paar Tage nach Lockleigh kämen? Sie wissen doch, da besteht noch immer dies alte Versprechen.« Und Seine Lordschaft wurde ein wenig rot bei diesem Vorschlag, wodurch sein Gesicht ein vertrautes Ansehen gewann. »Vielleicht dürfte ich das gar nicht sagen; Sie denken jetzt natürlich nicht an Besuche. Aber ich meinte, dies könnte man kaum als Besuch rechnen. Meine Schwestern werden zu Pfingsten auf fünf Tage in Lockleigh sein; und wenn Sie dann hinkämen – da Sie ja sagen, daß Sie nicht mehr lange in England bleiben –, dann würde ich dafür sorgen, daß buchstäblich niemand anders sonst dort ist.«
Isabel fragte sich, ob nicht einmal die junge Dame, die er zu heiraten gedachte, mit ihrer Mama da sein würde; aber sie lieh diesen Gedanken keine Worte. »Herzlichen Dank«, begnügte sie sich zu sagen; »ich fürchte, ich weiß noch gar nicht, wie es mit Pfingsten wird.«
»Aber ich habe Ihr Versprechen – nicht wahr? – dann für ein andermal.«
Es lag eine Frage darin; aber Isabel ließ sie fallen. Sie sah ihn

einen Augenblick an, und das Ergebnis ihrer Besichtigung war, daß er ihr – wie das schon früher der Fall gewesen – leid tat. »Passen Sie auf, daß Sie ihren Zug nicht versäumen«, sagte sie, und setzte dann hinzu: »Ich wünsche Ihnen alles Glück.«
Wieder errötete er, diesmal noch mehr, und sah auf seine Uhr. »O ja, der Zug sechs Uhr vierzig; ich habe nicht mehr viel Zeit; aber mein Wagen steht vor der Tür. Ich danke Ihnen vielmals.«
Es war nicht ersichtlich, ob der Dank sich darauf bezog, daß sie ihn an seinen Zug erinnert hatte, oder auf ihre sentimentalere Bemerkung. »Leben Sie wohl, Mrs. Osmond, leben Sie wohl.« Er schüttelte ihr die Hand, ohne ihren Augen zu begegnen, und wandte sich dann an Mrs. Touchett, die sich wieder bei ihnen eingefunden hatte. Sein Abschied von ihr war von gleicher Kürze, und schon einen Augenblick später sahen beide Damen, wie er mit langen Schritten über den Rasen eilte.
»Weißt du genau, daß er heiraten wird?« fragte Isabel die Tante.
»Ich kann es nicht besser wissen als er, aber er wußte es ziemlich sicher. Ich gratulierte ihm, und er nahm es an.«
»Ach«, sagte Isabel, »ich gebe es auf!« – während ihre Tante ins Haus und zu ihren Geschäften zurückkehrte, die sein Besuch unterbrochen hatte.
Sie gab es auf, aber sie dachte noch darüber nach – während sie sich wieder unter den großen Eichen erging, deren Schatten lang über die Wiesen fiel. Nach wenigen Minuten kam sie zu einer Gartenbank, die ihr, nachdem sie sie einen Moment betrachtete, irgendwie bekannt vorkam. Es war nicht bloß, daß sie sie schon gesehen oder auch nur darauf gesessen hatte, es war hier auf diesem Fleck, daß ihr etwas Wichtiges zugestoßen war – daß der Platz mit etwas anderem zusammenhing. Dann erinnerte sie sich, daß sie hier vor sechs Jahren gesessen hatte, als der Diener ihr aus dem Hause den Brief brachte, in welchem Caspar Goodwood ihr mitteilte, daß er ihr nach Europa gefolgt sei. Und daß sie den Brief kaum gelesen hatte, als Lord Warburton vor ihr stand und ihr ankündigte, daß er sie zu heiraten wünsche. Es war in der Tat eine historische, eine bemerkenswerte Bank; sie stand und sah sie an, als ob sie ihr etwas sagen könne. Sie wollte sich jetzt nicht darauf setzen – sie hatte fast ein wenig Angst vor ihr. Sie stand nur davor; und während sie dastand, kam ihr die vergangene Zeit in einer jener rauschenden Gefühlsaufwallungen zurück, von denen sensible Naturen zu ungewöhnlichen Zeiten manchmal heimgesucht werden. Die Folge dieser

Bewegung war ein plötzliches Gefühl großer Müdigkeit, unter deren Einfluß sie ihre Bedenken überwand und auf den ländlichen Sitz niedersank. Wir sahen, daß sie ruhelos und außerstande war, sich zu beschäftigen; ob nun derjenige, der sie dort sitzen sah, die Berechtigung des ersten Attributs anerkannte, wissen wir nicht, zum mindesten mußte er in diesem Moment einräumen, daß sie als Bild viel eher ein Opfer der Untätigkeit zu sein schien. Ihre Haltung entbehrte jeder Absicht; ihre Hände, zu beiden Seiten herabhängend, verloren sich in den Falten ihres schwarzen Kleides; ihre Augen schauten traumverloren vor sich hin. Da war nichts, was sie ins Haus zurückrief; die beiden Damen in ihrer Einsamkeit speisten früh und tranken Tee zur unbestimmten Stunde. Wie lange sie in dieser Stellung verharrte, hätte sie nicht sagen können. Die Dämmerung war schon tief hereingebrochen, als sie gewahr wurde, daß sie nicht länger allein war. Rasch richtete sie sich auf, blickte sich um und sah, was aus ihrer Einsamkeit geworden war. Sie teilte sie mit Caspar Goodwood, der wenige Meter entfernt dastand und sie ansah und dessen Schritt sie auf dem dichten Gras nicht gehört hatte. Dabei durchfuhr es sie, daß Lord Warburton sie damals genauso überraschte. Sie erhob sich augenblicklich, und sobald Goodwood sah, daß er gesehen worden war, trat er heran. Sie hatte gerade noch Zeit gehabt, sich zu erheben, als er mit einer Bewegung, die wie Gewalt aussah, sich aber anfühlte wie – sie wußte nicht wie –, sie am Handgelenk ergriff und sie wieder auf die Bank zurücksinken ließ. Sie schloß die Augen; er hatte ihr nicht weh getan; es war nur die Berührung gewesen, der sie gehorcht hatte. Aber in seinem Gesicht stand etwas, das sie nicht zu sehen wünschte. Auf dieselbe Weise hatte er sie neulich auf dem Kirchhof angesehen; nur war es jetzt schlimmer. Zunächst sagte er nichts; sie fühlte ihn nur nahe neben sich – neben sich auf der Bank und ihr bedrängend zugewandt. Es schien ihr fast, daß ihr noch niemand so nahe gekommen war, aber alles das dauerte nur eine Sekunde, danach machte sie ihr Handgelenk frei und kehrte ihrem Besucher ihre Augen zu. »Sie haben mich erschreckt«, sagte sie.

»Das wollte ich nicht«, antwortete er, »aber wenn ich es ein bißchen tat, so schadet das nichts. Ich kam vor einer Weile mit der Bahn von London herüber, aber ich konnte nicht direkt hierherkommen. Da war ein Herr am Bahnhof, der war schneller als ich. Er nahm dort die Kutsche, und ich hörte, wie er Anweisung gab, hierherzufahren. Ich weiß nicht, wer es war, aber ich wollte nicht zusammen mit ihm hier ankommen; ich wollte Sie allein sprechen. So habe ich gewartet und bin umhergewandert. Ich kam zu Fuß hierher und wollte gerade ins Haus treten, als ich Sie sah. Ich traf auch einen Gärtner, der mich ansprach; aber das war in Ordnung, weil ich ihn noch von neulich kannte, als ich Ihren Vetter herbrachte. Ist der Herr jetzt gegangen? Sind Sie ganz allein? Ich möchte mit Ihnen reden.«

Goodwood sprach sehr schnell; er war ebenso erregt wie damals bei seinem Abschied in Rom. Isabel hatte gehofft, dieser Zustand würde sich legen, und sie kroch in sich selbst zurück, als sie sah, daß er im Gegenteil alle Segel gesetzt hatte.

Sie empfand, daß etwas Neues von ihm ausging, was er bisher nie hervorgerufen hatte: ein Gefühl von Gefahr. Es lag tatsächlich etwas Furchterregendes in seiner Entschlossenheit. Sie blickte gerade vor sich hin, und er, mit einer Hand auf jedem Knie, beugte sich vor und sah ihr tief ins Gesicht. Die Dämmerung schien sich dunkel um sie zu legen. »Ich möchte mit Ihnen sprechen«, wiederholte er; »ich habe etwas Besonderes zu sagen. Ich will Sie nicht verwirren – wie neulich in Rom. Das hatte keinen Zweck; das hat Sie nur bekümmert. Ich konnte es aber nicht ändern; ich wußte nur, es war verkehrt. Aber heute ist es nicht verkehrt; bitte denken Sie das nicht«, fuhr er mit seiner harten, tiefen Stimme fort, die einen Moment beschwörend zerschmolz. »Hente kam ich mit einem Vorsatz. Das ist ganz etwas anderes. Damals war es umsonst, daß ich mit Ihnen sprach; aber jetzt kann ich Ihnen helfen.«

Sie hätte es nicht zu sagen vermocht, ob es an ihrer Furcht lag oder ob solche Stimme in der Dunkelheit notwendig wie eine Wohltat wirkt, aber sie lauschte ihm, wie sie nie zuvor gelauscht hatte; seine Worte tropften tief in ihre Seele. Sie riefen in ihrem ganzen Wesen eine Stille hervor, und nur mit Mühe konnte sie ihm antworten. »Wie können Sie mir helfen?« fragte sie leise, als ob sie das, was er gesagt hatte, ernst genug nahm, um diese Frage voller Vertrauen stellen zu können.

»Indem ich Sie überreden möchte, mir zu vertrauen. Jetzt weiß ich es – seit heute weiß ich es. Entsinnen Sie sich, was ich Sie in Rom fragte? Damals tappte ich noch ganz im dunkeln. Aber heute weiß ich es aus einer guten Quelle; heute ist mir alles klar. Es war nämlich sehr gut, daß Sie mich zu dieser Reise mit ihrem Vetter veranlaßten. Er war ein guter, ein vornehmer Mensch, einer der besten; er erzählte mir, wie es sich im einzelnen mit

Ihnen verhält. Er erklärte mir alles; er erriet meine Gefühle. Er war ein Mitglied Ihrer Familie, und er übergab Sie – solange, wie Sie in England bleiben – meiner Obhut«, sagte Goodwood, als ob er darauf besonderen Wert lege. »Wissen Sie auch, was er mir das letzte Mal gesagt hat, als ich ihn sah? Als er dort lag, wo er dann starb? Er sagte: ›Tun Sie alles, was Sie können, für sie; tun Sie alles, was sie Ihnen erlaubt.‹«

Isabel stand plötzlich auf. »Sie hatten kein Recht, über mich zu reden!«

»Warum nicht – warum nicht, wenn wir in dieser Art redeten?« fragte er, ihr eilig nachgehend. »Und er starb – wenn ein Mensch stirbt, ist alles anders.« Sie erstickte die Bewegung, die sie gemacht hatte, um ihn zu verlassen; sie lauschte mehr denn je; es stimmte, daß er das letztemal nicht so gewesen war. Damals war es nur ziellose, fruchtlose Leidenschaft gewesen, aber gegenwärtig verfolgte er einen Gedanken, den sie mit ihrem ganzen Wesen witterte. »Aber es macht auch nichts!« rief er aus, sie noch enger bedrängend, obwohl er jetzt nicht einmal den Saum ihres Gewandes berührte. »Wenn Touchett auch nicht den Mund aufgetan hätte, ich würde es trotzdem wissen. Ich brauchte Sie nur anzusehen bei der Beerdigung Ihres Vetters, um zu wissen, was mit Ihnen los ist; jetzt können Sie mich nicht mehr täuschen; um Gottes Barmherzigkeit willen, seien Sie doch endlich ehrlich zu einem Mann, der so ehrlich zu Ihnen ist. Sie sind die unglücklichste aller Frauen, und Ihr Mann ist der teuflischste Unhold.«

Sie fuhr herum, als wenn er sie geschlagen hätte. »Sind Sie wahnsinnig?« rief sie.

»Ich bin nie so normal gewesen; jetzt erst übersehe ich das Ganze. Sie brauchen nicht zu glauben, daß Sie ihn verteidigen müßten. Aber ich will kein Wort mehr gegen ihn sagen; ich will nur von Ihnen reden«, setzte Goodwood rasch hinzu. »Wie können Sie verbergen, daß Sie nicht gebrochenen Herzens sind? Sie wissen nicht, was Sie tun sollen – Sie wissen nicht wohin. Es ist jetzt zu spät, um noch zu schauspielern; haben Sie das nicht alles in Rom zurückgelassen? Touchett hat es gewußt, und ich habe es auch gewußt, was es Sie gekostet hat, hierherzukommen. Es wird Sie Ihr Leben gekostet haben? Sagen Sie ja!« – Fast zornig fuhr er sie an: »Schenken Sie mir doch ein Wort der Wahrheit! Wenn ich diese Schrecken kenne, wie kann ich da anders als Sie zu retten versuchen? Was würden Sie von mir denken, wenn ich still danebenstände und zusehe, wie Sie zurückgehen zu Ihrer

Belohnung? ›Schrecklich, was sie dafür wird bezahlen müssen!‹ – das hat Touchett zu mir gesagt. Das darf ich Ihnen doch erzählen, nicht wahr? Er war ein so naher Verwandter!« rief Goodwood, wieder grimmigen Wert darauf legend. »Ich hätte mich eher erschießen lassen als zugegeben, daß ein anderer Mann mir so etwas sagt; aber bei ihm war das etwas anderes; mir schien, er hatte das Recht dazu. Es geschah erst, nachdem er zu Hause war – als er sah, daß er starb, und als ich es auch sah. Ich verstehe jetzt alles: Sie haben Angst, dorthin zurückzugehen. Sie sind vollkommen allein, Sie wissen nicht wohin. Sie können nirgends hin, das wissen Sie genau. Daher möchte ich also, daß Sie an *mich* denken.«

»An Sie?« sagte Isabel und blieb in der Abenddämmerung vor ihm stehen. Der Gedanke, von dem sie vorhin eine Ahnung erspähte, ragte jetzt hoch vor ihr auf. Sie warf ihren Kopf ein wenig zurück, wie um ihn anzustarren, als sei er ein Komet am Himmel.

»Sie wissen nicht, wohin Sie sich wenden sollen. Wenden Sie sich geradewegs an *mich*. Ich möchte Sie überreden, mir zu vertrauen«, wiederholte Goodwood. Und dann machte er eine Pause, seine Augen leuchteten. »Warum sollten Sie zurückgehen – warum sollten Sie das alles noch einmal durchmachen?«

»Um *Ihnen* auszuweichen!« antwortete sie. Aber damit drückte sie nur wenig aus von dem, was sie empfand. Der Rest bestand darin, daß sie noch nie geliebt worden war. Sie hatte es geglaubt, aber dies war ganz anders; dies war der heiße Wind aus der Wüste, bei dessen Näherkommen die andern Winde wie bloße süße Gartendüfte vergingen. Es hüllte sie ein; es riß sie hoch, während der bloße Geschmack wie von etwas Mächtigerem, Scharfem und Fremdem ihre zusammengebissenen Zähne auseinanderzwang.

Zunächst schien es ihr, daß er als Entgegnung auf das, was sie gesagt, in noch größere Heftigkeit ausbrechen würde. Aber nach einem Augenblick war er völlig ruhig; er wollte ihr beweisen, daß er normal war, daß er sich alles überlegt hatte.

»Das möchte ich eben verhindern, und ich glaube, ich kann es, wenn Sie mir nur einmal zuhören wollten. Es ist zu grausig, sich ernsthaft vorzustellen, wie Sie dort wieder in das Elend zurücksinken und ihren Mund dort in der vergifteten Luft öffnen. Sie sind es, die wahnsinnig ist. Vertrauen Sie mir, als ob ich die Aufsicht führe. Warum sollten wir nicht glücklich sein – wenn es hier vor uns liegt? Wenn alles so leicht ist? Ich bin ewig der Ihre auf ewig und ewig. Hier stehe ich, so fest wie ein Fels. Was kümmert Sie noch? Sie haben keine Kinder; das wäre vielleicht ein Hindernis gewesen. Aber so haben Sie nirgends Rücksicht zu nehmen. Sie müssen von Ihrem Leben retten, was Sie retten können. Sie dürfen nicht alles verlieren, weil Sie einen Teil verloren! Es wäre ein Schimpf gegen Sie, wenn man glaubte, Sie dächten an den äußeren Anschein der Dinge, an das, was die Leute sagen, an die bodenlose Idiotie der Welt. Damit haben wir nichts zu tun; darüber sind wir hinaus; wir sehen den Dingen gerade ins Gesicht. Sie machten den großen Schritt, als Sie herkamen; der nächste ist belanglos, das ist der natürliche. Ich schwöre, wie ich hier stehe, daß eine Frau, die mit Bedacht gequält wird, zu allem im Leben berechtigt ist – und wenn sie auf die Straßen geht, sollte ihr das helfen. Ich weiß, wie Sie leiden, und darum bin ich gekommen. Wir haben vollkommen freie Hand, wem unter der Sonne sind wir etwas schuldig? Was hält uns noch zurück, wer hat das kleinste Recht, in einer Frage wie dieser noch mitzureden? Diese Frage geht nur uns selber an – und sobald wir das sagen, ist sie schon erledigt. Wurden wir geboren, um in unserem Elend zu verderben? – Wurden wir geboren, um Angst zu haben? Ich habe *Sie* nie ängstlich gekannt! Wenn Sie mir nur vertrauen, wie wenig sollen Sie enttäuscht werden! Die Welt liegt vor uns – und die Welt ist sehr groß. Davon verstehe ich etwas.«

Isabel ließ ein leises Wimmern hören, wie ein Geschöpf in Schmerzen; es war, als ob er auf etwas drücke, was ihr weh tat. »Die Welt ist sehr klein«, sagte sie aufs Geratewohl; sie hatte ein großes Verlangen, ihm noch zu widerstehen. Sie sagte es aufs Geratewohl, um sich etwas sagen zu hören; aber es war nicht das, was sie meinte. Die Welt war ihr in Wahrheit nie so groß erschienen; sie schien sich um sie herum zu weiten, die Form eines mächtigen Meeres anzunehmen, wo sie in unergründlichen Wassern dahintrieb. Sie hatte sich Hilfe gewünscht, und hier war Hilfe; in brausenden Sturzbächen war sie gekommen. Wir wissen nicht, ob sie alles glaubte, was er sagte, aber sie glaubte jetzt eben, daß es nächst ihrem Sterben das beste wäre, zuzulassen, daß er sie in seine Arme nahm. Dieser Glaube war im Moment eine Art Taumel, in den sie tiefer und tiefer hineinsank. In dieser Bewegung schien sie fast mit den Füßen zu schlagen, um sich wieder aufzufangen, um etwas zu spüren, auf dem sie ruhen konnte.

»Oh, sei mein, so wie ich dein bin!« hörte sie ihren Gefährten rufen. Er hatte plötzlich alle Argumente fallenlassen, und seine Stimme schien rauh und furchtbar durch einen wilden Lärm anderer Geräusche zu dringen.
Dies war jedoch nur eine subjektive Tatsache, wie die Metaphysiker das nennen, der Lärm, das Geräusch der Wasser und alles übrige existierte nur in ihrem eigenen verschwimmenden Sinn. Noch im selben Moment sah sie das ein. »Tun Sie mir die größte Liebe«, rief sie atemlos, »ich flehe Sie an, gehen Sie fort!«
»Ach, sag das nicht. Das tötet mich!«
Sie rang die Hände; ihre Augen waren tränenüberströmt. »Wenn Sie mich lieben, wenn Sie mich bemitleiden, lassen Sie mich allein!«
Einen Augenblick starrte er sie durch die Dämmerung an, und im nächsten Moment fühlte sie seine Arme um sich und seine Lippen auf ihren Lippen. Sein Kuß war wie ein weißer Blitz, wie ein Strahl, der sich ausbreitete, weitete und blieb; und es war unbeschreiblich, wie sie währenddessen alles an seiner harten Männlichkeit bejahte, was ihr bisher am wenigsten gefallen; jede aggressive Einzelheit seines Gesichts, seiner Gestalt, seiner Gegenwart verschmolz zu einer überwältigenden Identität mit diesem Akt der Besitzergreifung. So hatte sie gehört, daß den Schiffbrüchigen ein Zug von Bildern folgt, bevor sie untersinken. Aber als die Dunkelheit zurückkehrte, war sie frei. Sie hatte sich nicht mehr umgeblickt, sie war nur fortgestürzt. In den Fenstern des Hauses war Licht; es leuchtete weit über den Rasen. In ungewöhnlich kurzer Zeit – denn die Entfernung war beträchtlich – war sie durch die Dunkelheit geeilt (denn sie konnte nichts erkennen) und an der Tür angelangt. Erst hier hielt sie inne. Sie sah sich nach allen Seiten um; sie lauschte noch ein wenig; dann legte sie die Hand auf die Klinke. Sie hatte nicht gewußt, wohin sie sich wenden sollte; aber jetzt wußte sie es. Da gab es einen ganz geraden Weg.
Zwei Tage später klopfte Caspar Goodwood an die Tür des Hauses in Wimpolestreet, in welchem Henrietta Stackpole möblierte Zimmer bewohnte. Er hatte noch kaum seine Hand vom Klopfer zurückgenommen, als die Tür geöffnet wurde und Miß Stackpole vor ihm stand. Sie trug Hut und Jackett; sie war im Begriff auszugehen. »Guten Morgen«, sagte er, »ich hoffte, Mrs. Osmond hier zu finden.«
Henrietta ließ ihn einen Augenblick auf Antwort warten, aber

selbst wenn Miß Stackpole schwieg, war ihr Ausdruck beredt.
»Bitte, was veranlaßt Sie zu der Annahme, daß sie hier sei?«
»Ich fuhr heute morgen nach Gardencourt hinaus, und da sagte der Diener, sie sei nach London gefahren. Er glaubte, sie wolle zu Ihnen.«
Wieder ließ ihn Miß Stackpole – durchaus in freundlicher Absicht – auf Antwort warten. »Sie kam auch gestern hier an und blieb die Nacht über. Aber heute morgen ist sie nach Rom weitergefahren.«
Caspar Goodwood sah sie nicht an; er konnte seinen Blick nicht von der Schwelle heben. »Sie ist weitergefahren ...?« stammelte er. Und ohne den Satz zu beenden oder aufzublicken, kehrte er sich hölzern ab. Er war sonst keiner Bewegung fähig.
Henrietta war herausgetreten und hatte die Tür hinter sich zugeschlagen; jetzt streckte sie die Hand aus und ergriff seinen Arm. »Hören Sie, Mr. Goodwood«, sagte sie; »jetzt warten Sie einmal ruhig ab!«
Daraufhin blickte er zu ihr auf – aber nur, um in plötzlichem Umschwung aus ihren Zügen zu entnehmen, daß sie einfach gemeint hatte, er sei noch sehr jung. Sie stand und bestrahlte ihn mit diesem billigen Trost, was seinem Leben auf der Stelle dreißig Jahre hinzufügte. Doch schritt sie mit ihm weiter, als ob sie ihm jetzt den Schlüssel zur Geduld gegeben habe.

NACHWORT

Deutsch von Helmut M. Braem

BILDNIS EINER DAME wurde, wie *Roderick Hudson*, während eines dreimonatigen Aufenthaltes in Florenz im Frühjahr 1879 begonnen. Es ist ein langer Roman, und ich brauchte lange, um ihn zu schreiben; ich erinnere mich, daß ich noch einmal angestrengt daran arbeitete, als ich im folgenden Jahr mehrere Wochen in Venedig weilte. Ich wohnte unter dem Dach eines Hauses in der Riva Schiavoni, nahe dem Kanal, der nach San Zaccaria führt; vor mir das Leben und Treiben am Wasser, die herrliche Lagune. Pausenlos drang das Geschnatter der Venezianer durch meine Fenster, zu denen ich mich immer wieder getrieben fühlte in dem fruchtlosen Kampf um die Komposition – als erwartete ich, draußen auf dem blauen Kanal käme das Boot der guten Idee in Sicht, das Boot eines treffenderen Satzes, eines weiteren gelungenen Verknüpfens meines Handlungsfadens, eines sicher gesetzten Pinselstriches an meinem Gemälde. Aber ich entsinne mich noch deutlich: Der Bescheid, den ich auf diese unermüdlichen Anrufungen erhielt, war meist die abschreckende Warnung, daß romantische und historische Stätten, an denen es in Italien wahrhaftig nicht mangelt, dem Künstler für die Konzentration nur eine fragwürdige Hilfe sein können, wenn sie nicht gerade sein Thema bilden. Diese Stätten sind in ihrem Eigenleben zu reich, schon zu überfrachtet mit sich selbst, um dem Künstler auch nur mit einem einzigen stümperhaften Satz weiterhelfen zu können; sie lenken ihn von seiner kleinen Frage ab und zu ihrer eigenen, größeren hin; und so kommt er sich bald vor, während er in seiner Not schmachtet, als bitte er eine Armee siegreicher Krieger, ihm einen Hausierer festnehmen zu helfen, der ihm falsch herausgegeben hat.

Es gibt in diesem Buche Seiten, bei denen ich, lese ich sie wieder, den starren Bogen der breiten Riva vor mir sehe, die großen Farbkleckse der Häuser mit ihren Balkonen und die sich wiederholenden Wogen der kleinen, buckligen Brücken, für die das wellenförmige Ansteigen und Abfallen klappernder Schritte von sich entfernenden Fußgängern charakteristisch war. Der venezianische Schritt und der venezianische Schrei – jedes gesprochene Wort hat hier die Lautstärke eines übers Wasser schallenden Rufes – dringen dann noch einmal durchs Fenster und beleben längst vergangene Impressionen verzückter Sinne und eines gespaltenen, enttäuschten Geistes. Warum versagen Orte, welche die Phantasie *im allgemeinen* so anregen, ihr in einem bestimmten Augenblick gerade das, was sie braucht? Ich erinnere mich, daß ich mich an vielen schönen Orten immer wieder darüber verwunderte. Ich glaube, es liegt daran, daß sie bei einem solchen Anruf zu viel antworten – mehr jedenfalls, als man zur gegebenen Zeit verarbeiten kann; und so ertappt man sich schließlich dabei, daß man – soweit es von den Eindrücken ringsum abhängt – weniger konzentriert arbeitet als in einer zurückhaltenden, neutralen Umgebung, der wir mit unserer Phantasie vielleicht noch Glanz verleihen können. Ein Ort wie Venedig ist zu stolz für solche Almosen; Venedig borgt sich nichts – es spendet nur in Überfülle. Wir können unendlich viel von ihm empfangen, aber dazu müssen wir entweder aller Pflichten ledig sein oder ausschließlich in seinem Dienst stehen. Soweit also meine reuevollen Erinnerungen; obwohl ihnen natürlich mein Buch und meine »literarischen Bemühungen« nicht geschadet haben dürften. Ein vergeblicher Versuch, sich zu konzentrieren, erweist sich auf lange Sicht, so merkwürdig es klingt, oft als fruchtbar. Es hängt alles davon ab, *wie* die Konzentration betrogen, wie sie verschwendet wurde: ob durch einen anmaßenden, unverschämten oder durch einen heimtückischen, schleichenden Betrug. Ich fürchte, selbst wenn der Künstler mit voller Überlegung zu Werke geht, so besitzt er immer noch genug törichten guten Glauben, immer noch genug drängende Sehnsucht, um den Tücken des Betrugs ausgeliefert zu sein.

Wenn ich jetzt, zur Erläuterung, versuche, den Keim meiner Idee bloßzulegen, dann merke ich, daß er keinesfalls aus dem Einfall einer Fabel bestand, mit keinem Gedanken aus einem Gewebe von Beziehungen oder aus einer jener Situationen, die durch ein ihnen eigenes Gesetz für den Erzähler sofort in Bewegung geraten – in Marschieren oder Stürmen oder Trippeln schneller Schritte; der Keim bestand vielmehr nur aus der Vorstellung eines einzigen Charakters, des Charakters und der Erscheinung einer besonders anziehenden jungen Frau, der all die üblichen Attribute einer Individualität, zumindest die ihres Hintergrundes, erst hinzugefügt werden mußten. Ebenso interessant wie die junge Frau selbst finde ich – das muß ich noch einmal sagen – dieses Spiegelbild der Erinnerung, das auf den

Ablauf der Entwicklung in der eigenen Phantasie geworfen wird, auf derlei Notbehelf für ein Motiv. Dies ist der vielfältige Reiz der Erzählkunst: die stillen Kräfte des Anschwellens; der Drang der Saat zu sprießen; der wundervolle Entschluß der entfalteten Idee, so hoch wie möglich zu wachsen, in Luft und Licht emporzustoßen und dort üppig zu blühen; und dann die herrlichen Möglichkeiten – von dem gewonnenen Boden und einem guten Standpunkt aus –, die vertraute Entwicklung des Ganzen zu rekonstruieren, sie Schritt für Schritt auf seiner Spur zurückzuverfolgen. Ich habe mich stets gern einer Bemerkung erinnert, die ich vor Jahren von Iwan Turgenjew hörte, als er über seine Erfahrungen mit dem landläufigen Ursprung eines fiktiven Bildes sprach. Alles begann für ihn fast immer mit der Vorstellung einer oder mehrerer Personen, die ihm vorschwebten, ihn belästigten, ihn als aktive oder passive Figuren fesselten und an ihn appellierten als das, was sie waren und wodurch sie es waren. Er sah sie sozusagen als *disponibles*, sah sie sich den Chancen und Komplikationen des Seins unterwerfen, sah sie höchst lebendig vor sich; aber dann mußte er die rechten Beziehungen für sie entdecken, die Beziehungen, welche sie am stärksten charakterisierten, mußte erdichten und erfinden und auswählen und die Situationen nach der Bedeutung dieser Geschöpfe sinnvoll und geschickt miteinander in Verbindung bringen, auf daß jene Komplikationen entstünden, die ihnen am ehesten entsprächen. »An diesem Punkt ankommen, heißt bei meiner ›Geschichte‹ ankommen«, sagte er, »und auf dem ganzen Weg dorthin halte ich nach ihr Ausschau. Der Erfolg ist, daß man bei mir oft bemängelt, ich hätte nicht genug ›Handlung‹. Ich für meinen Teil habe jedoch, soviel ich brauche – brauche, um meine Menschen vorzuführen und ihre Beziehungen untereinander darzustellen; dies ist mein einziger Maßstab. Wenn ich sie lange genug beobachte, sehe ich sie zusammentreffen, sehe ich sie an ihren Platz gestellt, in diese oder jene Unternehmung, in diese oder jene Schwierigkeit verwickelt. Wie sie ausschauen und sich bewegen und sich benehmen und sprechen, stets in der von mir für sie geschaffenen Umgebung, das ist meine Erzählung – von der ich, leider, sagen muß: *Que cela manque souvent d'architecture*. Aber ich glaube, mir ist ein bißchen weniger Architektur lieber als zuviel – sofern Gefahr besteht, daß sie mit meinem Maßstab an Wahrheit in Widerstreit gerät. Die Franzosen natürlich wollen mehr davon haben, als ich geben kann; ihre geniale Hand darin ist ja auch

bekannt; man sollte wirklich geben, soviel man kann. Und was den Ursprung der vom Wind zerstreuten Samen anlangt, nach dem Sie mich fragen – wer kann sagen, wo sie herkommen? Wir müssen zu weit zurückgreifen, zu weit hinter die Dinge blicken, um dies entscheiden zu können. Ist das nicht alles, was wir wissen, daß sie aus allen vier Himmelsrichtungen kommen, daß sie an fast jeder Wegbiegung *da* sind? Sie sammeln sich an, und wir wühlen in ihnen und wählen unter ihnen aus. Sie sind der Hauch des Lebens – ich meine damit, daß das Leben auf seine Weise sie über uns aushaucht. So werden sie – auf einem ihnen vorgeschriebenen und aufgedrängten Weg – vom Strom des Lebens in unser Bewußtsein getragen. Damit werden die sinnlosen Anwürfe des Kritikers, dem der Verstand mangelt, unser Thema zu begreifen, einfach hinfällig. Kann er etwa darauf hinweisen, welches andere Thema man hätte wählen sollen? – schließlich ist es ja sein Amt, auf etwas hinzuweisen. *Il en serait bien embarassé.* Ja, wenn er darauf hinweist, was ich gut gemacht oder versäumt habe, dann ist das ein ander Ding: das steht ihm zu. Meine ›Architektur‹ überlasse ich ihm«, so schloß mein geschätzter Freund, »solange er will.«
Soweit dieses großartige Genie; ich erinnere mich gern der Dankbarkeit, die ich bei diesen Darlegungen über die Intensität der Eingebung empfand, der Eingebung, die in einer einzelnen Figur liegen kann, in dem völlig ungebundenen Charakter, in der Vorstellung *en disponibilité.* Dies berechtigte mich mehr als je zu der segenbringenden Gewohnheit, meine Phantasie spielen zu lassen, berechtigte mich zu dem Kunstgriff, eine erfundene oder existierende Gestalt, ein Paar oder mehrere Menschen mit der im Keim befindlichen Eigenheit und Persönlichkeit auszustatten. Ich war mir vorher meiner Figuren immer weit stärker bewußt als ihrer Umgebung – es war freilich ein zu vorläufiges, gar zu bevorzugtes Interesse, das mir meistens vorkam, als spannte ich den Karren vor das Pferd. Ich könnte den erfinderischen Schriftsteller beneiden – wenn auch nie nachahmen –, der zuerst die Handlung vor sich hat und dann ihre Werkzeuge; ich könnte niemals etwas von einer Fabel halten, die der Werkzeuge, die sie in Gang setzen sollen, einfach nicht bedarf; ich könnte kaum etwas von einer Situation halten, die nicht in ihrem eigenen Interesse von der Natur der in ihr situierten Personen und der Art, wie sie damit fertig werden, abhinge. Ich glaube, es gibt bei erfolgreichen Romanciers gewisse Methoden der sogenannten

Darstellung, bei welchen die Situation für ihren Akteur gleichgültig ist; für mich jedoch bleibt der Wert unvergessen, den die Versicherung des verehrungswürdigen Russen damals für mich enthielt; ich hätte es nicht nötig, aus Aberglauben solch eine Gymnastik zu treiben und vorzuführen. Weitere Echos desselben Ursprungs leben, ich gesteh' es gern, unvermindert in mir fort – falls es nicht überhaupt ein einziges allumfassendes Echo ist. Es war danach unmöglich, in die gequälte und entstellte und verunglimpfte Problematik des objektiven Wertes und sogar in die Problematik kritischer Billigung des Themas im Roman nicht zum eigenen Vorteil große Klarheit hineinzulesen.
Seit alters herrscht der Instinkt, solche Werte richtig einzuschätzen und dadurch die albernen Dispute über das »unmoralische« Thema und das moralische einfach nichtig zu machen. Indem ich nun so schnell den einzigen Wertmaßstab eines gegebenen Themas erkannte und damit auch die Frage, die, sofern man sie richtig beantwortet, auch alle anderen erledigt – ist dies unbestreitbar, ist es unverfälscht, ist es echt, ist es das Ergebnis eines direkten Eindrucks oder einer unmittelbaren Anschauung vom Leben? –, fand ich meist nur wenig Erbauung in einem kritischen Anspruch, der von Anfang an jedes Abstecken des Terrains und jede Erklärung der Begriffe vernachlässigte. In der Erinnerung kommt mir meine erste Zeit völlig verdunkelt vor von dieser Nichtigkeit – aber vielleicht liegt der ganze Unterschied heute nur in meiner schließlichen Ungeduld, im Nachlassen der Aufmerksamkeit. Ich finde, es gibt in dieser Hinsicht keine befriedigendere und zwingendere Wahrheit als die, daß der »moralische« Sinn eines Kunstwerks von jener Größe des erlebten Lebens abhängig ist, die es hervorgebracht hat. Die Frage läuft also offensichtlich auf die Beschaffenheit und den Grad des Empfindungsvermögens eines Künstlers hinaus – eines Empfindungsvermögens, das den Boden bildet, aus dem sein Thema erwächst. Die Qualität und Leistungsfähigkeit dieses Bodens, sein Vermögen, mit pflichtschuldiger neuer Kraft und Unmittelbarkeit jedes Bild des Lebens in sich reifen zu lassen, steht mehr oder minder für die beabsichtigte Moral. Dies ist nämlich nur eine andere Bezeichnung für die Verbindung zwischen Thema und deutlich hervortretender Einsicht, zwischen Thema und ernsthafter Erfahrung. Damit soll natürlich keinesfalls behauptet werden, daß diese alles umgebende Menschlichkeit des Künstlers, die seinem Werk den letzten Schliff gibt, nicht weitherzig

und wunderbar vielfältig sei; im einen Fall kann es ein reiches und prächtiges Medium sein, im andern Fall ein verhältnismäßig armseliges und geiziges. Genau dies ist der hohe Preis des Romans als literarische Form – nicht nur seine Macht! –, während wir uns getreu an diese Form halten, um all die Unterschiede der individuellen Beziehung zu ihrer allgemeinen Themenfrage zu durchwandern, all die vielfältigen Ausblicke auf das Leben, all die Möglichkeiten des Spiegelns und Widerspiegelns – entstanden durch Bedingungen, die von Mann zu Mann (oder von Mann zu Frau) nie dieselben sind, aber dieser Form in ihrem Charakter um so eher entsprechen, je mehr sie strapaziert wird oder, bei ihrer versteckten Zügellosigkeit, dazu neigt, gesprengt zu werden.

Kurz: das Haus der Fiktion hat nicht nur ein Fenster, sondern eine Million – all die noch möglichen Fenster gar nicht gerechnet; ein jedes ist an der breiten Vorderfront eingelassen oder ist noch einzulassen: durch die Notwendigkeit der individuellen Sicht und den Drang des individuellen Willens. Diese Öffnungen verschiedener Form und Größen befinden sich also alle nebeneinander oberhalb der menschlichen Szene, so daß man eigentlich durch sie eine größere Ähnlichkeit der Berichte erwarten könnte, als es in Wahrheit der Fall ist. Es sind bestenfalls nur Fenster, nichts als hoch gelegene, unzusammenhängende Löcher in einer toten Mauer; es sind keinesfalls mit Angeln versehene, sich geradenwegs dem Leben öffnende Türen. Aber es ist ihnen eigen, daß an jedem von ihnen eine mit einem Augenpaar oder wenigstens mit einem Feldstecher ausgestattete Gestalt steht, einem Augenpaar, das immer wieder ein einzigartiges Beobachtungsinstrument bildet und der Person, von der es verwendet wird, einen Eindruck garantiert, der sich deutlich von jedem andern unterscheidet. Sie und ihre Nachbarn betrachten das gleiche Bild, aber der eine sieht mehr, wo der andere weniger sieht, der eine sieht Schwarz, wo der andere Weiß sieht, der eine sieht Groß, wo der andere Klein sieht, der eine sieht Grob, wo der andere Fein sieht. Und so weiter; zum Glück kann das einzelne Augenpaar nicht wissen, wofür ihm sein Fenster *nicht* offensteht; »zum Glück« wegen eben dieser Unberechenbarkeit der Blickwinkel. Das sich ausbreitende Feld, die menschliche Szene, ist die »Wahl des Themas«; die eingelassene Öffnung, entweder breit oder mit Balkon versehen oder schlitzförmig und mit Vordächern, ist die »literarische Form«; aber diese Öffnungen sind, ob einzeln oder im ganzen gesehen, nichts ohne den dahinter aufgestellten Beobachter – mit andern Worten: ohne den wahrnehmenden Künstler. Sage mir, wer der Künstler ist, und ich sage dir, was er wahrnahm. Und damit kann ich sofort seine ungebundene Freiheit und seine »moralischen« Bezüge erklären.

All diese Bemerkungen führen freilich nur auf großen Umwegen zu meinen ersten schüchternen Schritten dem *Bildnis* entgegen, in dem ich mit sicherer Hand einen einzelnen Charakter herausgriff – eine Erwerbung, überdies auf eine Art gemacht, die ich hier nicht zurückverfolgen kann. Genug, daß ich diesen Charakter, wie ich mir einbildete, gänzlich besaß, daß ich ihn lange Zeit besaß, daß er mir vertraut und sein Scharm dennoch nicht verwischt wurde, und daß ich ihn bedrängend und schmerzhaft in Bewegung und sozusagen im Übergang sah. Das heißt also, ich sah ihn seinem Schicksal entgegenstreben – diesem oder jenem Schicksal; welchem von den vielen möglichen, das eben ist die Frage. So kam ich zu meinem lebensvollen Individuum – seltsamerweise lebensvoll, obwohl es noch auf freiem Fuße war, obwohl es noch nicht von den Umständen gefangen, noch nicht in die Verwirrung einbezogen war, in der wir meist jene Merkmale suchen, die eine Persönlichkeit ausmachen. Wenn dieser Erscheinung überhaupt erst ein Platz gegeben werden mußte, wie kam es dann, daß sie schon so lebensvoll war? Schließlich klügeln wir solche unbekannten Größen doch immer gerade dadurch aus, daß wir ihnen einen Platz geben. Zweifellos ließe sich eine derartige Frage eindeutig beantworten, wenn die überaus schwierige, wenn nicht sogar ungeheuerliche Aufgabe zu lösen wäre, die Geschichte vom Wachstum der Phantasie zu schreiben. Man würde dann berichten, was ihr zu gegebener Zeit Außergewöhnliches widerfahren ist, und man wäre damit zum Beispiel in der Lage, einigermaßen klarzumachen, wie es einem unter der Gunst des Augenblicks gelang, eine so oder so geartete Figur zu übernehmen (direkt vom Leben zu übernehmen). Die Figur hat also, wie Sie sehen, einen Platz erhalten – einen Platz in der Phantasie, den sie festhält, bewahrt, beschützt, genießt: ihrer Gegenwart in dem staubigen, überfüllten, fremden hinteren Laden des Geistes ebenso bewußt, wie ein wachsamer Händler kostbarer Kleinigkeiten – dem es erlaubt ist, die ihm anvertrauten Kostbarkeiten zu beleihen – sich des seltenen kleinen »Stückes« bewußt ist, das ihm von der in Not geratenen, geheimnisvollen Dame von Rang oder dem spekulierenden Sammler anvertraut

wurde und das bereits seinen Wert von neuem offenbart, sobald sich nur der Schlüssel in der Schranktür gedreht hat.
Ich gebe zu, das Bild des »Schatzes«, von dem ich sprach, mag ein etwas überspitzter Vergleich sein, wenn man an das junge weibliche Wesen denkt, über das ich für so beträchtliche Zeit verfügen konnte; aber meinem zärtlichen Gedenken scheint der Schatz durchaus passend - mit der weiteren Erinnerung an meinen frommen Wunsch, ihm nur ja den rechten Platz zu geben. Ich erinnere mich meiner als eines Händlers, der darauf verzichtet, den Schatz zu »realisieren«, und der das kostbare Stück lieber für immer verschließt, als es, ganz gleich zu welchem Preis, unwürdigen Händen zu überlassen. Denn es gibt Händler solcher Figuren und Schätze, die einer derartigen Schrulligkeit tatsächlich fähig sind. Es geht jedoch darum, daß der kleine Eckstein, der Entwurf einer gewissen ihrem Schicksal gegenüberstehenden jungen Dame mein ganzes Material war zu dem großen Gebäude *Bildnis einer Dame*. Es wurde ein massives und geräumiges Haus – wenigstens erschien es mir so, als ich es erneut durchschritt; aber ich hatte es um meine junge Dame herum errichten müssen, während sie ganz für sich in der Mitte stand. Das ist es, künstlerisch gesehen, was mich an der Sache interessiert. Denn ich muß gestehen, ich habe mich wieder einmal von der Neugierde hinreißen lassen, den Bau zu untersuchen. Durch welchen Prozeß logischen Wachstums kam diese unbedeutende Person, dieser schwache Schatten eines zwar klugen, aber recht anspruchsvollen Mädchens dazu, mit den edlen Eigenschaften einer Persönlichkeit ausgestattet zu werden? Doch würde solch eine Persönlichkeit durch geistige Armut nicht einfach unbrauchbar werden? Millionen von anspruchsvollen Mädchen – ob klug oder nicht – stehen täglich ihrem Schicksal gegenüber, und was ist schon groß an ihrem Schicksal, das uns berechtigte, Aufhebens davon zu machen? Der Roman ist ohnedies seiner ganzen Natur nach ein »Aufheben« – ein Aufheben um irgend etwas, und je größer die Form, die er beansprucht, desto größer das Aufheben. Das also war es, worum es mir ganz bewußt ging: ein Aufheben zu veranstalten um Isabel Archer.
Ich glaube, ich war mir über diese Übertreibung völlig im klaren; mit dem Ergebnis, daß ich den Zauber des Problems durchaus erkannte. Man fordere solch ein Problem mit einigem Verstand heraus, und man wird sofort sehen, daß es voller Substanz ist; wundersam bleibt dennoch, wenn wir die Welt betrachten,

wie unbedingt, wie unmäßig die Isabel Archers und sogar noch unbedeutendere weibliche Wesen darauf bestehen, von Bedeutung zu sein. George Eliot hat dies großartig formuliert: »In diesen zarten Gefäßen ist über die Jahrhunderte hinweg der Schatz der menschlichen Liebe enthalten.« Sie stehen auf so festem Grund und atmen so kräftig Luft, daß sie stets Herr über ihre Füße und Lungen sind. Dennoch sind sie typisch für eine besondere Gruppe, deren einzelne Mitglieder man nur schwer in den Mittelpunkt des Interesses stellen kann; so schwer, daß manch erfahrener Porträtist, wie zum Beispiel Dickens und Walter Scott und sogar eine geschulte Hand wie die von R. L. Stevenson, es vorzog, die Aufgabe gar nicht erst anzupacken. Wahrhaftig, es sind Schriftsteller, von denen wir wissen, daß sie sich damit herausreden, derartige Figuren seien des Anpackens gar nicht erst wert; dieser Kleinmut macht ihnen allerdings keine Ehre. Man kann schließlich einen Wert – oder auch nur das unvollkommene Gefühl eines solchen Wertes – nicht beweisen, kann ihn überhaupt nicht wahrheitsgetreu schildern, wenn man ihn schlecht darstellt. Die verschwommene Vorstellung eines Künstlers wird künstlerisch auch nicht dadurch ausgeglichen, daß er seine Sache so schlecht wie nur möglich macht. Da gibt es viel bessere Möglichkeiten, und die beste von ihnen ist, mit ein wenig mehr Verstand an die Arbeit zu gehen.
Man könnte mir natürlich bei Shakespeares und George Eliots Werk entgegenhalten, daß das Zugeständnis an die »Bedeutung« ihrer Julias und Cleopatras und Portias (selbst dann, wenn man Portia als den Typ und das Modell des klugen und anspruchsvollen jungen Mädchens betrachtet), ihrer Hettys und Maggies und Rosamonds und Gwendolens geschmälert wird, weil es diesen an sich unscheinbaren Gestalten, wenn sie auch als die wesentlichen Stützpfeiler der Handlung dienen, niemals verstattet ist, die einzigen Werkzeuge ihres Themas zu sein; ihre Unzulänglichkeit wird jedoch ausgeglichen durch komische Zwischenszenen und Nebenhandlungen, wie sie die Dramatiker nennen – wenn nicht gar durch Morde und Schlachten und die großen Veränderungen der Welt. Wenn man sie so bedeutend wie nur möglich darstellt, dann ist dies gerechtfertigt durch hundert andere Gestalten, die aus viel härterem Stoff gemacht sind und von denen jede außerdem in hundert Beziehungen verwickelt ist, die für *sie* erst im Zusammenhang mit der einen ihre Bedeutung erhalten. Cleopatra ist über alle Maßen für Antonius bedeutend,

aber seine Kameraden, seine Widersacher, die Lage Roms und die drohende Schlacht sind ebenso über alle Maßen bedeutend für ihn; Portia ist für Antonio bedeutend und für Shylock und für den Prinzen von Marokko und für die fünfzig prinzlichen Bewerber, aber für diese Leute gibt es auch andere lebensvolle Beziehungen; bemerkenswert ist, daß es für Antonio Shylock und Bassanio und seine vergeblichen Wagnisse und die äußerste Mißlichkeit seiner Situation sind. Diese Mißlichkeit ist gleicherweise für Portia von Bedeutung – obwohl eine solche Tatsache natürlich nur dadurch bemerkenswert wird, daß Portia für *uns* von Bedeutung ist. Daß sie dies ist und daß alles andere darauf hinausläuft, unterstreicht meine Behauptung über dieses schöne Beispiel eines Wertes, den wir in dem nichts als jungen Ding erkannt haben. (Ich sage »nichts als« junges Ding, weil ich annehme, daß selbst Shakespeare, mag er sich auch hauptsächlich mit den Leidenschaften von Prinzen beschäftigt haben, einem wohl kaum weisgemacht hätte, das Wichtigste an seinen Bemühungen um sie sei ihre hohe gesellschaftliche Stellung.) Dies ist ein treffendes Beispiel für die herausgeforderte große Schwierigkeit – die Schwierigkeit nämlich, George Eliots »zartes Gefäß«, wenn nicht zum A und O unserer Aufmerksamkeit, so doch zum Einleuchtendsten an seiner ganzen Bemühung zu machen.

Eine große Schwierigkeit herausgefordert zu sehen, bedeutet jedoch für den in seinem Werk wahrhaft aufgehenden Künstler, diesen wunderbaren Antrieb fast qualvoll zu empfinden, ihn derart zu empfinden, daß er die Gefahr nur noch gesteigert wünscht. Die einzige Schwierigkeit, die es lohnt, in Angriff genommen zu werden, ist für ihn die größte, die der Fall überhaupt aufzuweisen hat. Ich erinnere mich: daß ich hier (immer im Hinblick auf die besonders geartete Unsicherheit meines Fundaments) das Gefühl hatte, der eine Weg zu der zu schlagenden Schlacht sei besser als der andere – oh, viel besser als jeder andere! Das »zarte Gefäß«, das mit George Eliots »Schatz« gefüllt und daher von solcher Wichtigkeit ist für jene, die sich ihm neugierig nähern, hat gleicherweise wichtige Möglichkeiten für sich selbst, Möglichkeiten, die eine Anwendung zulassen, ja sie geradezu verlangen von dem Augenblick an, wo man sie erkennt. Man kann stets vor der erdrückenden Verantwortung für die unscheinbare Ursache solchen Zaubers fliehen, indem man als Brücke für Ausweichen, Rückzug und Flucht ihre

Beziehung zu den sie Umgebenden benützt. Nimm sie vor allem als *deren* Beziehung, und der Trick ist gelungen: du stellst damit ganz allgemein ihre Wirkung dar, stellst sie dar – was das Errichten eines Oberbaus angeht – mit einem Maximum an Bequemlichkeit. Ich entsinne mich noch gut, wie wenig mir das Maximum an Bequemlichkeit in meiner jetzt völlig gefestigten Verbindung zusagte und wie ich es loszuwerden versuchte, indem ich die Gewichte in den beiden Waagschalen gerecht verteilte. »Lege den Mittelpunkt des Themas in das Bewußtsein der jungen Frau«, sagte ich mir, »und du hast eine so herrlich interessante Schwierigkeit, wie du sie dir nur wünschen kannst. Daran halte dich – an den Mittelpunkt; wirf das schwerste Gewicht in diese Waagschale, die geräumige Waagschale ihrer Beziehung zu sich selbst. Wenn du sie nun noch hinreichend interessiert sein läßt an den Dingen, die nicht sie sind, dann braucht diese Beziehung keine zu enge Begrenzung zu fürchten. Lege inzwischen das leichtere Gewicht in die andere Waagschale (jenes Gewicht, welches im allgemeinen die Waagschale des Interesses zur Neige bringt): drücke am gelindesten auf das Bewußtsein der Trabanten deiner Heldin – vor allem der männlichen; das Interesse an ihnen darf lediglich zu dem größeren beitragen. Sieh unbedingt zu, was sich in dieser Hinsicht machen läßt. Könnte es für die dichterische Phantasie ein ergiebigeres Feld geben? Das Mädchen schwebt dir unabänderlich vor als bezauberndes Wesen, und deine Aufgabe wird sein, sie in die höchste Bedeutung dieses Wortes zu übertragen, ja, in so gut wie *alle* Bedeutungen davon. Auf daß dir dies gelinge, wirst du gänzlich von ihr und ihren kleinen Belangen abhängig sein müssen, wenn du sie wirklich ›schaffen‹ willst.«
So überlegte ich; es war wirklich nichts weniger nötig als diese regelrechte Strenge – wie ich jetzt durchaus einsehe –, um mir das rechte Vertrauen einzuflößen, auf solch einem Fleckchen Erde das sich darüber wölbende, saubere, wohlproportionierte Backsteingebäude errichten zu können, das somit, bautechnisch gesprochen, das literarische Monument zu bilden hatte. Unter diesem Aspekt sehe ich heute das *Bildnis*: eine Struktur, geschaffen mit einer »architektonischen« Fähigkeit – wie Turgenjew es genannt hätte –, die es nach Ansicht des Autors zu dem proportioniertesten seiner Werke macht – nach *The Ambassadors*, das etliche Jahre später folgte und das zweifellos überragend abgerundet ist. In einem war ich fest entschlossen: daß ich,

wenn ich auch um des Interesses willen Stein auf Stein schichten mußte, keinen Einwand gelten ließe, Maß, Gewicht oder Perspektive seien nicht eingehalten. Ich wollte groß angelegt bauen – mit schönen verzierten Gewölben und bemalten Bögen, so daß niemand einen Vorwurf erheben konnte; und ich wollte dafür sorgen, daß der gepflasterte Gehweg, der Boden unter den Füßen des Lesers, sich an jeder Stelle bis zu den Grundmauern hin erstreckte. Diese weise Voraussicht beeindruckt mich beim Wiederlesen des Buches am stärksten: sie bezeugt meinen Drang, den Leser unbedingt zu unterhalten. Ich fühlte im Hinblick auf die möglichen Begrenzungen meines Themas, daß eine solche Voraussicht niemals übertrieben sein könne und daß sie lediglich die allgemeine Auswirkung meines ernsten Suchens sei. Und ich finde wahrhaftig, daß ich mir über die Gestaltung der Fabel keine andere Rechenschaft ablegen kann: Nur unter dem so benannten Aspekt empfinde ich den gewonnenen nötigen Zuwachs, spüre ich den Beginn der nötigen Verwicklungen. Natürlich mußte auch die junge Frau komplex sein; dies war die Grundbedingung – zumindest erschien mir Isabel Archer von Anfang an in diesem Licht. Eine solche Verwicklung jedoch war nur auf eine bestimmte Weise zu erreichen, und man würde andere Lichter, widerstreitende, widersprechende Lichter verschiedenster Farbe – womöglich so verschiedenfarbig wie die Raketen und Leuchtkugeln und Feuerwerksräder einer pyrotechnischen Vorführung – verwenden müssen, um zu beweisen, daß die junge Frau komplex war. Zweifellos hatte ich den richtigen Instinkt für solche Verwicklungen, da ich gänzlich unfähig bin, die Spuren jener Gestalten zu verfolgen, welche die allgemeine Situation darstellen. Sie sind da, so gut und so zahlreich sie können; aber ich muß gestehen, daß meine Erinnerung nicht weiß, wie und woher sie kamen.

Anscheinend bin ich einfach eines Morgens erwacht und hatte sie: Ralph Touchett und seine Eltern, Madame Merle, Gilbert Osmond und seine Tochter und seine Schwester, Lord Warburton, Caspar Goodwood und Miß Stackpole – die endgültige stattliche Reihe des Zubehörs zu Isabel Archers Geschichte. Ich erkannte sie, ich kannte sie, sie waren die numerierten Stücke meines Mosaiks, die handgreiflichen Grenzsteine von meinem »Fleckchen Erde«. Es war, als hätten sie ganz einfach von sich aus meinen Gesichtskreis betreten – und das nur, um auf meine erste Frage zu antworten: »Was wird sie wohl nun *machen?*« Ihre Antwort schien zu sein, daß sie es mir zeigen würden, wenn ich ihnen nur vertraute; worauf ich ihnen, mit der dringenden Bitte, es wenigstens so interessant wie möglich zu tun, denn auch vertraute. Sie glichen den Hilfskräften für die Bewirtung und den Lohndienern, die mit dem Zug herbeigereist kommen, wenn die Leute auf dem Land eine Gesellschaft geben; sie waren die verkörperte Garantie für das Gelingen der Gesellschaft. Ich hatte also ein ausgezeichnetes Verhältnis zu ihnen, das sogar möglich war bei einem so schwankenden Rohr (was ihre schwachen Bindungen betrifft) wie Henrietta Stackpole. Es ist dem Romancier in schöpferischen Stunden eine altbekannte Wahrheit, daß gewisse Elemente in einer Arbeit den Sinn, andere lediglich die Form bilden; daß dieser oder jener Charakter, diese oder jene Anlage des Stoffes sozusagen direkt zum Thema gehören, während diese oder jene nur indirekt dazu gehören – dafür aber untrennbar zur Entwicklung. Aus dieser Wahrheit jedoch gewinnt der Romancier nur selten einen Vorteil, da man ihm einen solchen ja bloß durch eine intuitive Kritik bieten könnte - eine Kritik, die recht rar ist auf dieser Welt. Ich gebe zu, daß er auch gar nicht an Vorteile denken darf, denn das wäre kein ehrlicher Weg; er hat nur an den einen Vorteil zu denken, den wie auch immer gearteten Vorteil, der darin liegt, daß der Autor einen Zauber um die einfachen, ja einfachsten Formen der Aufmerksamkeit gewoben hat. Auf mehr hat er nicht Anspruch; er muß sich eingestehen, daß er auf nichts von dem Anspruch hat, was ihm von seiten des Lesers an Tadel oder Würdigung entgegengebracht werden könnte. Natürlich würde er einen solch schönen Tribut *genießen* – das ist eine andere Sache; aber doch nur als ein ihm zugeworfenes kleines Trinkgeld, als einen bloßen wunderbaren Glücksfall, als die Frucht eines Baumes, den er nicht geschüttelt hat. Zu seinen Gunsten haben sich Himmel und Erde gegen jeden Tadel und jede Würdigung verschworen; und darum muß er sich meist selbst schulen und arbeitet von vornherein nur für sein »Existenzminimum«. Das Existenzminimum ist des Lesers Bewilligung der minimalsten Aufmerksamkeit, die erforderlich ist, damit er den »Zauber« überhaupt wahrnimmt. Das gelegentliche reizvolle »Trinkgeld« ist die Geste einer Klugkeit, die darüber hinausgeht, ist ein goldener Apfel, der von dem windgeschüttelten Baum in den Schoß des Schriftstellers fällt. Natürlich träumt der Künstler in sehnsuchtsvollen Stunden von einem Paradies (der Kunst), wo der direkte Anruf an die Klugheit gesetzlich geregelt ist; denn solchen Extravaganzen sich je zu verschließen, kann sein verlangender Geist kaum hoffen. Das äußerste, was er tun kann, ist, sich daran zu erinnern, daß es Extravaganzen sind.

All dies war wohl nur ein elegant gewundener Umweg zu der Behauptung, daß Herietta Stackpole im *Bildnis* ein gutes Beispiel für das war, worauf ich anspielte – das beste Beispiel, das ich mir denken könnte: wäre nicht Maria Gostrey aus *The Ambassadors*, die damals noch im Schoße der Zeit schlummerte, ein noch besseres. Jede dieser Gestalten ist nur ein Rad der Kutsche; keine gehört zur Karosserie dieses Fahrzeugs oder auch nur für einen Augenblick zu den inneren Sitzen. Dort allein liegt das Thema, nämlich in »Held und Heldin« und den von der Etikette Bevorzugten, die neben dem König und der Königin reiten. Aus gewissen Gründen wäre es schön, wenn der Leser das empfinden würde, so wie es ganz allgemein schön wäre, wenn er in einem Werk nahezu alles empfände, was der Autor für seinen Teil empfunden hat. Wir haben jedoch gesehen, wie müßig diese Überlegung ist, von der ich wirklich nicht zu viel Aufhebens machen möchte. Maria Gostrey und Miß Stackpole sind also beide nur aus einem kleinen *ficelle* entstanden, nicht aus der wirklichen Ursache; sie mögen »aus Leibeskräften« neben der Kutsche herlaufen, mögen sich daran klammern, bis sie außer Atem sind (wie es die arme Miß Stackpole ja ganz offensichtlich ist), und dennoch bekommt keine von ihnen auch nur den Fuß auf den Tritt, hört keine von ihnen auf, den Staub der Straße zu treten. Man könnte sie sich sogar als die Fischweiber vorstellen, die an jenem schicksalschweren Tag in der ersten Hälfte der Französischen Revolution halfen, den Wagen der königlichen Familie von Versailles nach Paris zurückzubringen. Ich gebe gern zu, das einzige, was man mich fragen könnte, ist, warum ich dann in der vorliegenden Fiktion geduldet habe, daß Henrietta (die uns zweifellos zuviel wird) so aufdringlich, so merkwürdig, ja geradezu unerklärlich wieder und wieder erscheint. Ich will sofort nach bestem Wissen erklären, was es mit dieser zwar ungereimten, aber meist ausgleichenden Darstellungsweise auf sich hat.

Ich habe noch eine weitere Feststellung zu machen: Wenn in meinem Drama mein Vertrauensverhältnis zu den Akteuren, die im

Gegensatz zu Miß Stackpole wirkliche Ursachen sind, ausgezeichnet war, so stand mein Verhältnis zum Leser doch auf einem ganz andern Blatt, und ich mochte darin keinem trauen als mir selbst. Diese meine Sorge drückte sich in der geduldigen Kunstfertigkeit aus, mit der ich, wie schon bemerkt, Stein auf Stein schichtete. Die Steine – kleine charakteristische Züge und erdichtete Episoden und dramatische Steigerungen – kommen mir jetzt bei der Rekonstruktion wahrhaft zahllos vor und erscheinen mir geradezu übertrieben gewissenhaft nebeneinandergelegt und aneinandergepreßt. Dadurch beruht die Wirkung hauptsächlich auf winzigen Details; wenn man jedoch in diesem Zusammenhang auf alles eingehen wollte, spräche man damit auch die Hoffnung aus, daß das maßvolle, geräumige Bauwerk im ganzen das Detail überdauert. Wenigstens glaube ich einen Teil dieses Überflusses an kleinen, schlichten, eifrig gesuchten Illustrationen erklären zu können, wenn ich daran zurückdenke, daß ich – im Interesse meiner jungen Frau – den Finger auf den offenkundigsten ihrer Werte legte. »Was wird sie ›machen‹?« Nun, das erste, was sie machen wird, ist: nach Europa zu kommen; dies wird geradezu unvermeidlich einen nicht geringen Abschnitt ihres ganzen Abenteuers bilden. Nach Europa zu kommen, ist sogar für »zarte Gefäße« in diesem herrlichen Alter bloß ein kleines Abenteuer; allerdings sind ihre Abenteuer, wenn man sie von einer gewissen Seite her betrachtet – der Seite nämlich, daß sie nichts mit Überschwemmungen und Schlachten, Verkehrsunfällen, Kriegen und Morden und plötzlichem Tod zu tun haben –, ja tatsächlich nur klein. Hätte die junge Frau nicht ein Empfinden für sie, so wären diese Abenteuer wirklich unerheblich; aber ist es nicht gerade das schöne und schwierige, eben die geheimnisvolle Verwandlung der Abenteuer durch jenes Empfinden, die Verwandlung in den Stoff des Dramas oder – um ein viel köstlicheres Wort zu gebrauchen – der »Geschichte« aufzuzeigen? Mein Beweis klang klar wie eine silberne Glocke. Zwei bezeichnende Beispiele von der Wirkung dieser Verwandlung, zwei Fälle seltener Chemie bringen die Seiten, wo Isabel in den Salon in Gardencourt tritt, zurückgekehrt von einem Regenspaziergang oder sonstwas an diesem nassen Nachmittag, und Madame Merle vorfindet, Madame Merle, die stark in Anspruch genommen und doch gelassen am Klavier sitzt, und Isabel in der zunehmenden Dämmerung jener unvergeßlichen Stunde erkennt, daß die Anwesenheit dieser Frau, von der sie noch vor einem Augenblick nicht einmal gewußt hatte, einen Wendepunkt in ihrem Leben darstellt. Es ist nicht gerade angenehm, daß man zu künstlerischem Nachweis so sehr auf seine i-Punkte aufmerksam machen und auf seinen Absichten beharren muß, und ich tue es auch jetzt nicht gern; jedenfalls ging es hier um die Aufgabe, ein Maximum an Intensität mit einem Minimum an Aufwand zu erreichen.

Die Spannung mußte bis zum Höhepunkt getrieben und doch mußten die Mittel dazu in der Gewalt behalten werden, so daß ich also, sollte die Sache den nötigen Eindruck erwecken, zu zeigen hatte, wie sich ein »aufregendes« Innenleben für einen Menschen auswirken kann, selbst wenn es durchaus im Rahmen des Normalen bleibt. Und ich kann mir kein folgerichtigeres Beispiel für diesen Wunschtraum denken als – etwa in der Mitte des Buches – die ausführliche Darstellung von der so mit Nachdenken verbrachten Nacht, die auf jenen einschneidenden Tag folgte. Auf ihren wesentlichen Sinn beschränkt, ist sie lediglich eine Nacht eingehender Kritik; aber sie treibt die Handlung schneller vorwärts, als es zwanzig »Vorfälle« getan hätten. Im Entwurf war diese Nacht so gedacht, daß sie die ganze Dramatik eines Vorfalls hatte und die Dramaturgie eines Gemäldes. Isabel sitzt bis tief in die Nacht hinein am erlöschenden Feuer – im Bann von Erkenntnissen, unter denen sie plötzlich die schmerzhafteste von allen findet. Es geht hier um nichts weiter, als um die Schilderung ihres reglosen *Sehens* und obendrein um den Versuch, die stille Klarheit ihres Verhaltens so »spannend« zu machen wie den Überfall auf eine Karawane oder die Identifizierung eines Seeräubers. Diese Nacht stellt sogar eine der Identifizierungen dar, die dem Romancier besonders lieb, ja geradezu unersetzlich sind; aber all dies geschieht, ohne daß sich ihr eine andere Gestalt nähert oder sie ihren Sessel verläßt. Dies ist offensichtlich die beste Stelle des ganzen Buches, genaugenommen veranschaulicht sie jedoch nichts anderes als den Gesamtplan. Was Henrietta anbetrifft, deren Rechtfertigung ich vorhin nicht vollendete, so beruht ihr allzu häufiges Auftreten, wie ich fürchte, nicht auf meinem Plan, sondern nur auf übertriebenem Eifer. So früh also neigte ich schon dazu, für mein Thema (wenn ich die Wahl hatte, beziehungsweise wenn die Gefahr bestand) lieber zuviel zu tun als zuwenig. (Ich weiß, daß mancher Ausübende meines Handwerks darin nicht mit mir übereinstimmt, aber ich habe stets gefunden, zuviel zu tun sei das kleinere Übel.) Für das Thema vom *Bildnis* etwas zu »tun«, lief darauf hinaus, niemals durch einen Mißgriff zu vergessen, daß das Buch auf Grund einer bestimmten Verpflichtung unterhaltend zu sein hatte. Es bestand die Gefahr der bereits erwähnten »Unbedeutendheit«, die auf Gedeih und Verderb durch Entwicklung des Lebensvollen verhindert werden mußte. Wenigstens sehe ich es heute so. Henrietta war damals zweifellos ein Teil meiner blühenden Vorstellung vom Lebensvollen. Und dann war da noch eine andere Sache. Ich war wenige Jahre zuvor nach London gezogen, und die »internationale« Atmosphäre lag für mich damals dicht und kraftvoll über der Szene. Es war die gleiche Atmosphäre, von der das Gemälde so reichlich erfüllt ist. Aber das ist nun *wirklich* eine andere Sache. Es wäre einfach zu viel darüber zu sagen.

Henry James

ERIK FOSNES HANSEN
FALKENTURM

Roman
Titel der Originalausgabe: *Falketårnet*
Deutsch von Taja Gut

KiWi 406

»Falkenturm« erzählt die Geschichte des jungen Rittersohnes Wolfgang, der versucht, zu sich selbst zu finden, und schließlich durch Mißgunst und Intoleranz seiner Mitmenschen in die Vernichtung getrieben wird.

Der Debüt-Roman des Bestsellerautors von »Choral am Ende der Reise«

KiWi-Paperbackreihe bei Kiepenheuer & Witsch

NATHALIE SARRAUTE
KINDHEIT

Titel der Originalausgabe: *Enfance*
Aus dem Französischen von Elmar Tophoven

KiWi 403

In Szenen von großer Schönheit erzählt Nathalie Sarraute von ihrer Kindheit in Rußland und Frankreich in der Zeit vor dem Ersten Weltkrieg.

KiWi-Paperbackreihe bei Kiepenheuer & Witsch

Charles Bukowski
Auf dem Stahlross ins Nirwana

Gedichte
Titel der Originalausgabe:
The Last Night of the Earthpoems
Herausgegeben und übersetzt von Carl Weissner

KiWi 414

Voller Galgenhumor, knurriger Nachdenklichkeit und skurriler Vorstellungen über das Ende des Lebens sind Charles Bukowskis Gedichte wie immer ein Spiegel seiner Lebensumstände und Gefühle. Er schreibt über Hollywoodfilme und Frauengeschichten, über mehr oder weniger elende Jobs, über seine Lieblingsautoren und Kindheitserlebnisse. Und über die Liebe.

KiWi-Paperbackreihe bei Kiepenheuer & Witsch

GABRIEL GARCÍA MÁRQUEZ
DIESELBE GESCHICHTE, NUR ANDERS

Aus dem Spanischen von Tom Koenigs

GEORGES SIMENON
DER MANN AUF DER STRASSE

Aus dem Französischen von Linde Birk

GUILLAUME APOLLINAIRE
DER MATROSE VON AMSTERDAM

Aus dem Französischen von Hans Thill

KiWi 370
Originalausgabe

44 Jahre suchte Gabriel García Márquez nach einer Detektivgeschichte aus einer verlorengegangenen Anthologie von Kriminalgeschichten, die er in seiner Jugend gelesen hatte. Diese amüsante Ich-Erzählung ist zusammen mit der wiedergefundenen Geschichte von Georges Simenon und einer geheimnisvollen Erzählung von Guillaume Apollinaire, die sich auch in der abhanden gekommenen Anthologie befand, ein kriminalistischer Literaturspaß.

KiWi Paperbackreihe bei Kiepenheuer & Witsch

Gabriel García Márquez
Chronik eines angekündigten Todes
Roman

Titel der Originalausgabe: *Crónica de una muerte anunciada*
Aus dem Spanischen von Curt Meyer-Clason
KiWi 39

Ein Dorf an der kolumbianischen Karibikküste feiert ein rauschendes Hochzeitsfest, doch noch in der Hochzeitsnacht wird die Braut ins Elternhaus zurückgeschickt; sie war nicht mehr unberührt. Der mutmaßliche »Täter« muß sterben.

»Der geradlinige Verlauf verleiht dem Roman einen derartigen *drive*, daß kein Umstand, kein Wort überflüssig wirkt. Jedes Detail steht mit einer solchen Notwendigkeit an seinem Platz, daß ich nur ein Wort finde, diesen Roman zu kennzeichnen: ›klassisch‹ – die *Chronik eines angekündigten Todes* erscheint mir eine klassische Erzählung der Weltliteratur, in der Kategorie etwa von Kleists *Michael Kohlhaas*, Kafkas *Verwandlung* oder Hemingways *Der alte Mann und das Meer.*«
Dieter E. Zimmer, Die Zeit

KiWi-Paperbackreihe bei Kiepenheuer & Witsch

EMINE SEVGI ÖZDAMAR
DAS LEBEN IST EINE KARAWANSEREI HAT ZWEI TÜREN AUS EINER KAM ICH REIN AUS DER ANDEREN GING ICH RAUS
Roman
KiWi 334

Zu Recht hat man die Geschichte der Kindheit und Jugend eines türkischen Mädchens von seiner Geburt in Malatya, den zahlreichen Umzügen der ständig von Armut bedrohten Familie nach Istanbul, Bursa und Ankara als eine Art orientalischen Bildungsroman, als ein europäisches Werk des magischen Realismus gewürdigt.

»Es liegt nahe, den ersten Roman Emine Sevgi Özdamars als ein literarisches Ereignis zu beschreiben.«
Süddeutsche Zeitung

»Vor allem aber besticht diese in der Tat raffinierte und naive Verschränkung von Mythen, Märchen und Kismet-Mentalität mit dem geradezu lapidaren Surrealismus der sinnlichen deutschen Prosa.« *Frankfurter Rundschau*

»Der Roman fesselt durch das Tempo des Erzählens ... Diese Atemlosigkeit ist Zeichen ... eines unbändigen Andrangs von Erzählstoff« *Frankfurter Allgemeine Zeitung*

KiWi Paperbackreihe bei Kiepenheuer & Witsch

ANNEMARIE SELINKO
DÉSIRÉE
Roman

KiWi 167

»Das Tagebuch einer charmanten, witzigen, klugen und warmherzigen jungen Frau, die plötzlich, ohne ihr Zutun, mitten im Weltgeschehen steht. Ein bezauberndes und liebenswertes und lehrreiches Buch.«
Süddeutscher Rundfunk, Stuttgart

»Die Biographie romancée ist ein Buch, das man atemlos liest, das man entzückt und um viel Wissen reicher aus der Hand legt. Eine entzückende Liebesgeschichte mit großartiger historischer Szenerie.« *St. Galler Tageblatt*

»Was die Autorin als Finesse handhabt, stellt sich dem Leser als köstliche, einmal ganz historische Vision dar, als Privatblick durch einen Vorhangsspalt ins offizielle Rampenlicht.«
Die Zeit